壬寅诗存四百首

林在勇 著

作家出版社

作者近照

林在勇　文史学者、编剧、词作家。原华东师大副校长、上海音乐学院院长，现任上海师范大学党委书记。主要研究领域汉语言文学、中国思想文化，诗词创作研究专业研究生导师。发表《心灵底片的曝光——试析莫言作品的瞬间印象方式》（1986）《发展神话观初论》（1989）《孔子对中国古代辩证法思想的贡献及其成因》（1991）等论文几十篇；出版《怪异:神乎其神的智慧》《玛雅的智慧——浪漫神奇的文化隐喻》《论语日讲》《张岱年学述》《见仁见智》等，主编《当代人文社科名家学述丛书》《中国文史百科·思想卷》等著作十余部。策划出品音乐剧《海上·音》、交响乐《丝路追梦》《炎黄颂》等，系原创音乐剧《梦临汤显祖》、歌剧《汤显祖》《贺绿汀》、歌舞剧《2020好儿女》总策划、词作者，音乐剧《春上海1949》编剧、音乐剧《红梅花开》词作者之一。诗词合集出版《雅颂有风——古体近体诗三百零五首》《比兴而赋——词牌创作三百零五例》《韵成入乐——散曲、杂剧二百曲牌创作合辑》。

序一

《壬寅诗存四百首》序

陶文鹏

1839 年即农历己亥年，被柳亚子誉为“三百年来第一流”的爱国诗人龚自珍辞官南归，“往返九千里”，历时八月余，写下 315 首七言绝句，言志抒怀，历历如绘，合为《己亥杂诗》。林在勇先生则将 2022 年（壬寅年）所作诗歌汇集付梓，故以“壬寅”为题，而集中作品之多（416 首），体裁之全（含括五七绝、五七律、五古、五排），内容之富，已可想见作者才情之敏赡，对古典诗歌体式系统之谙熟。

中国自《诗经》“风雅”和汉乐府“缘事而发”的创作以来，就奠定了诗歌史上深厚的关注社会现实的传统。唐宋以降，随着由科举制的成熟导致的诗人、学者与官员合为一体的新型士大夫阶层的出现，诗歌与政治、社会的关系空前紧密。不过清末科举制瓦解，政治、学术与创作的关系从联结走向分离，诗歌书写现实似乎就不再成为一种“理应如此”的义务。也正因此，当我们打开在勇先生的这部诗集，就不能不对充盈于其间的高度自觉的现实关怀表示一份敬意。无论是正发生于异国生灵涂炭的战争（《壬寅末伏庚日思俄乌战事已半年矣》），还是大国争衡背景下的外交态势（《闻某国遏华战略报告出炉》）；是社会的民生问题（《闻宾川县某村扶贫事》），还是国家政治的历史记忆（《诵陈毅元帅梅岭三章》），都在诗人的诗歌世界中留下鲜明的印记。值得注意的是，在勇先生身居上海，所以近一年来上海及全国的疫情形势，尤其时刻牵动着诗人的心。《致敬防疫一线任劳者》《初封快递》《杨熹携女疫中亲馈粮蔬于我诸师友感赋》《盆栽韭菜》《题石元稻蛙图，明日沪上防疫解封哉》等作品，连起来足以组成一个系列，记录了疫情时代五味杂陈的社会、人生景况，饱含着诗人对于家国、生活的热忱。

唐宋以前，琐细的日常生活被排除在诗坛主流的吟咏视野之外。从杜甫、白居易始，日常生活的审美价值获得独立，并在宋以后形成主流。寓目在勇先生的诗，不难发现其诗学品格正处于这一诗学传统的延长线上。举凡染发、打鼾、做梦、窗外灭马蜂、赴医看病、观画展、观剧、看电影、贺故人诗集付梓、观印谱、读书、纪念长者寿庆、书联赠友、题友人庐等个人活动，以及子媳结婚颁证合影、国庆节诸亲聚会、小友救松鼠幼崽长成、小儿读《资本论》等生活细事，无不被笼入笔端，在在展现出一幅幅热气腾腾的人间生活画卷。耳目所接，一言一动，皆成为触发诗兴的入口。生活本身不再是外在于诗歌的背景板，而是成了诗歌直接表现的对象。

当然，生活与诗歌的关系是双重的。“终日劳而不能度越于禄位田宅妻子之中，数米计薪，日以挫其志气，仰视天而不知其高，俯视地而不知其厚，虽觉如梦，虽视如盲，虽勤动其四体而心不灵”（王夫之《俟解》），焉得有诗兴可言？在勇先生自 1997 年以来历任华东师大、上海音乐学院、上海师大等多所科研院校的多种行政职务，虽有生活之忙，而无生计之累，遂能全其诗性。更为重要的是，他内心深处始终充盈着一种对诗意人生的憧憬与追求，故而看似寻常乃至无聊的生活琐事，总能被诗人的率性和童真点化成趣味盎然的艺术作品。“长凭意气忿相争，专为人间抱不平。摄魄惊天雷炸醒，原来自个打鼾声”（《午眠忽觉》），读来令人捧腹；“我缩他高半慰欣，量身岁岁刻痕纹。老夫耍赖偷踮脚，少比儿郎矮几分”（《新年与小儿比身高》），全无传统诗学里嗟老叹朽的衰飒之气，亦非“我言秋日胜春朝”的强自振拔，而是一种直面衰老之后的泰然自足，“耍赖偷踮脚”的细节更活画出一个“老顽童”的形象。又如寒潮来袭，诗人“假装老子不平凡”，“天寒正好舒筋骨，剥去一层连帽衫”（《霜降前寒潮来袭》），调侃打油的快乐代替了传统诗歌的平板；吃鸳鸯锅，联想到情人约会，于是“龙珠凤爪斗湘江，蟹将虾兵列队降。摆个鸳鸯新阵法，红红火火筷成双”（《约会宜火锅》），一派富于情趣而闹热非凡的场景跃然纸上。古人说“有真我而后有真诗”（王世贞《邹黄州鷦鷯集序》），又说“诗难其真也，有性情而后真”（袁枚《随园诗话》），在勇先生诗中的真趣，也许正在于他敢于“肆无忌惮”地表达出他性情中最为真实的一面的缘故吧。此亦是作者诗风清通爽利之根底所在。

日常琐事琐物本身缺乏激荡人心的超越性体验，容易写得平直无味，宋人经过长期的探索，锁定了“理趣”这一途径，经由它将诗歌内容引向另一广大世界，达致诗意的超越。以此反观在勇先生的生活诗，可谓深谙其中三昧。其多数绝句起头平平，但能在后二句陡发议论，宕出理趣，盘活全诗，形成一个相对稳固的书写模式。如五绝《秋景》前二句直叙“春秋各宰神，草色又翻新”，后二句陡云“世界非谁有，时时换主人”，意境为之一豁，但又是从“草色翻新”的写景中自然联想得出，出人意料又在情理之中。又如七绝《初冬》：“神思大化随时变，地气微阳隔日晴。但见上头黄叶落，何妨下面老根生。”《四月花》：“谁把山茶芍药栽，牡丹幸好错时开。是花都爱争颜色，青笋无声长起来。”将再寻常不过的写景咏物瞬间带入一个饱含人生至理的别样境界，也使一首本来普通的诗真正升格为一首“理趣诗”。

律诗中间两联要求对仗，且需意象独运，清新自然，此非学识广博、思维活跃者不能为。在勇先生曾自叙自幼“对汉语言文字的各种引申义，同义反义近义喜欢摆弄，细微之处体贴亲切”，“所以写起旧诗来特别喜欢和擅长对偶”（《雅颂有风·后记》），这在《壬寅诗存四百首》一集中也可得到印证。如“金霞飞涨海，碧水戏浮鸥”（《西沙永兴》），允能造境；“神工开禹迹，鲤跃壮龙门”（《思洛阳龙门》），气象阔大。“须将素志迎潮立，纵有长鲸到手擒”（《遥赠南海太守袁公》)，则以虚字将意思连贯而下，清通流畅；“行行思蜀道，念念破天荒。忽见开山者，才知筑路方”(《欣闻中老铁路运行成功》)、“师古师今求事妥，学来学去为心安。人知不比天知贵，善忘何如健忘欢”(《壬寅春夏百日与石元兄合作诗画六十幅纪念》)，一气流转，使人忘其为对偶。通观全集，就技艺而言，善用对仗无疑是在勇先生最为突出的造诣之一。

虽然旧体诗词在新诗产生之后就失去了进入文学史的“资格”，但它仍以自身顽强的生命力在历史长河中不断延续着，并在近些年借着传统文化的热潮而颇有复苏之势。今人写旧体诗本属旧瓶装新酒，“若无新变，不能代雄”(萧子显《南齐书·文学传论》)，其中的关键，也许正在于如何使旧体诗与“现代性”获致最深广最紧密的结合吧。在勇先生尚能因缘际会于旧体诗词复兴的大潮，近两年来已陆续出版《雅颂有风》《比兴而赋》《韵成入乐》《谛观四季》四部作品，分别涉及诗、词、曲、题画诗等文体或题材。我期待他继续创作出更多诗词精品，来共同参与到这一传统文化复兴的历史进程之中。

(作者简介：陶文鹏，中国社会科学院文学研究所研究员，博士生导师，曾任《文学遗产》主编、中国宋代文学学会副会长、中国毛泽东诗词研究会副会长、中国唐代文学学会常务理事等。)

序二

小调大腔吟今生

——林在勇《壬寅诗存四百首》序

何建明

当代诗词界的纷乱现象不知从什么时候开始的，似乎大家都有这种感觉。所谓的“乱”，主要是指诗歌的评价体系让人有些摸不着头脑。简单地说，到底什么是“诗”、什么是好诗，众说纷纭，没个标准。这也引出了十来年前当时主管文化宣传的中央领导见了我，给我提出的两点指示：能不能在《诗刊》之外再开辟一个阵地；把《中华辞赋》杂志正式办起来。我在中国作家协会任驻会副主席十几年，主要负责管理报刊社工作，兼任中国作家出版集团管委会主任、党委书记，像《人民文学》、《诗刊》、《中国作家》、《民族文学》、《小说选刊》、《文艺报》、作家出版社、中国作家网等都在集团之中。从领导的口中与平时我们所了解的实际情况，清楚地意识到社会上对新诗创作上的某些现象感到不满，同时对我们的一些专业阵地也有很多微词。有一天我们的党组书记突然征求我意见：你去兼《诗刊》主编如何？我一听赶紧摆手，连连婉拒，理由是：我兼职太多，不能再兼职了！

这事就过去了。但因为是中央领导有具体的指示，所以后来在作协党组支持下，我跑了几次中南海和财政部，要来一千多万元专项资金支持，创办了“中国诗歌网”。这个网站现在每天能够吸引三四十万诗歌爱好者，成为最大的诗歌创作平台，令人欣慰。不久我们又向中宣部申请了一份《中华辞赋》杂志刊号，我兼任社长，编辑部仍由几位辞赋界的老专家负责，中央领导多次出席辞赋活动。中国诗歌网以发新诗为主，《中华辞赋》以发古体诗词和辞赋为主，形成诗界新的格局。这是从落实中央领导指示精神角度，我们做的两项具体工作。

我虽偶尔也写些小诗，但纯属“票友”。不过因为在中国作协分管相关工作，所以也多少见证了近二十年中国诗歌发展的一些具体事。印象中特别深的是：我们的中央领导中真有好几位对诗歌特别热爱与执着，他们也是写诗作赋的高手。有一位中央领导写古体诗词的水平，被行家们高度肯定。令我意外和感动的是：这位中央领导因为诗词创作，只要他有空，我就可以到中南海，在其办公室跟他“诗兴”一两个小时，且总是兴致勃勃。

中国的诗词，绝不是几个自称是“诗人”的专利，就像书法一样，非书法会员的书法家在民间不知有多少高人！诗词创作也一样，依我之见，中国的诗人和有成就的诗作，也绝非是文坛上经常熟悉的和捧大奖的那几位，在数千万民间诗人和业余作者中，高人和高手确实很多。只是他们并不去跟这奖、跟那名去争夺而已。他们写诗作赋，纯粹是个人的爱好与兴趣，是情所致、心所达。

林在勇是其中之一，也是比较活跃的一位。他已经出版了多部诗词集，在上海诗词界也颇有名望。作家出版社此次出版他的又一部新作《壬寅诗存四百首》。作为这个出版社的老社长，我感到高兴，因为作家出版社素以出版当代长篇畅销文学作品为己任，而我在任社长时提出“多出好书，出作家的书，出读者喜欢的书”的原则，至今仍在被继承和坚持，所以看到林在勇的诗作在我工作过的出版社出版，有种特别的欣慰。

近五年，我多数时间在上海，以写作为生，所以有幸认识了在多个高校当领导的林在勇先生。认识之后，他经常会发些他“随手发挥”的诗作给我看。因为大多是一绝一阕，又是从手机上传送来的，所以反倒会认真品读。有时见味道不错的，会欣然一笑，点个赞。如此一来一往，感觉又多了位“日日诗见面”的朋友，而且常被他“瞬间的灵感”与“多情的目光”所折服。诗人与写长篇的作家相比，属于更细腻和细致的人，他们善于把零碎的时间和体验进行巧妙的编织，其作品也大多是在普遍人浑然迷糊之间诞生的。他们的作品通常不会是气壮山河的长城，也不会是情怨阁深的故宫，但他们的作品往往是浩瀚大漠中闪着光亮的金粒子，具有大海浪涛间鱼儿跃起的那一瞬之美……《壬寅诗存四百首》中的多数作品属于这一类，所以我比较喜欢。

与他的高校领导者身份有关，林在勇先生平时总是文文静静，四平八稳，属于修养饱满而又不外溢的那种人。但他创作的诗与词，却格外有生活气息。比如，他写二十四节气的24首律诗，写岁时寄兴的16首等等，都来自平时点滴时间里的“点滴灵感”，皆可谓“身边事”。然而每个创作者都清楚一件事：真要把“身边事”关注透、关注清、关注到位，其实是很难的，只有耐心者、细心者和上心者才能做得到，仅此一点，在勇先生就是位非常善于经营生活的人，何况他一上班就有千头万绪的工作，即使下班之后也很难有消停的时光，这样的人能细腻细致细心地关注日常生活中的那些容易被一般忽略的事，并把它“拾”起来，捡进脑子里，再用美妙的文字表达出来，这功夫只有少数才过八斗之人才能做得到。

从一位诗人的作品中，可以看出他的情怀。而情怀大小，也通常会决定一篇诗作的优劣。林在勇是一位高校领导，“讲大局”、“讲政治”，这对他来说自然少不了。故他的诗作里，可以看到诸如他对当今社会、世界风云，都有其主张和观点，而且这些观点与思考，都饱含了一个正直的当代中国知识分子的悯民情怀及世界观，由此也使他的一首首“小诗”，也能张扬鼓起天地之嚎声。我还特别喜欢读他在一些生活琐碎事里的“诗境”，如《初封快递》《盆栽韭菜》等，这些诗题虽小，却读来有趣，可见诗人的心底善感。在当今社会里，我们虽然有足够的自由度，写文作报告不乏机会，估计林在勇先生身为高校领导，这种机会比别人更多些。但这仍然无法代替他内心的一些忧与思，所以他的诗作中有不少思考这个世界万事现象的哲诗。这样的哲诗，在优美的格律形态下呈现，显得特别地深刻与宏阔，非常耐味，值得多吟。

我因此言林在勇的《壬寅诗存四百首》具有小调大腔之艺术和社会之功效，它说出了我们想说又没有说出，或者说不到位的话，他在诗作里给了我们这方面的很多先导与智慧。不知读者意下如何？

期待林在勇先生能在新一年里再来一部《癸卯新作500首》。我们期待。

癸卯年正月初二于上海

（作者简介：何建明，苏州人。中国作家协会第七、八、九届驻会副主席，党组成员、书记处书记，中华文学基金会理事长，中国报告文学学会会长。曾任中国作家出版集团党委书记、管委会主任，作家出版社社长、《中国作家》主编，中华辞赋杂志社社长等职。）

目录

·壬寅廿四节气辑 24 首·

· 壬寅岁时寄兴辑 16 首 ·

· 壬寅体国念远辑 20 首 ·

· 壬寅春园留吟辑 20 首 ·

· 壬寅浮生思静辑 20 首 ·

· 壬寅仰观默察辑 20 首 ·

· 壬寅天伦叙存辑 15 首 ·

· 壬寅心学善境辑 15 首 ·

· 壬寅读赏会心辑 20 首 ·

・壬寅怀恩敬人辑 15 首・

・壬寅乐群共情辑 15 首・

· 壬寅山海八日辑 17 首 ·

· 壬寅湖湘六日辑 28 首 ·

· 壬寅坐游神往辑 25 首 ·

· 壬寅岁杪冷暖辑 16 首 ·

· 壬寅春秋题画辑 99 首 ·

· 壬寅题画编余辑 31 首 ·

壬寅廿四节气辑24首

七绝·立春

天候温寒非确凿，
新年心气渐豪雄。
须将今日立些住，
不待春潮与蕙风。

七绝·雨水

何曾飞雪到人家，
七九寒天滴露华。
总是江南三点水，
不消指日更浇花。

七绝·惊蛰

风来雨去日还新，
千百遭逢运转轮。
几瓣梅残犹冻色，
一声莺啭为祈春。

七绝·春分

暄风戏画一池皴，
暖日徐回百草匀。
恰好心情分不得，
看前看后两边春。

七绝·清明

将生将灭莫非化，
或雨或旸皆有情。
气血之身应感触，
悲欢忽而更分明。

七绝·谷雨

思农我故矜高远，
四体不勤只诵吟。
谷稗均沾天好雨，
阴阳合看道无心。

七绝·立夏

欣欣立夏贵尝新，
门外枇杷未可亲。
习俗如今还斗蛋。
家家有秤欲称人。

七绝·小满

江南多雨河渠涨，
塞上长晴黍麦圆。
自古恒言谦受益，
偏教两处满盈天。

七绝·芒种

辛勤近获麦金黄，
努力犹栽晚稻秧。
春尾夏头尚得种，
天时两季见锋芒。

七绝·夏至

阳盛阴滋天色开，
青枝绿叶悄成材。
夏长漫说今为最，
去岁蝉声昨已来。

七绝·小暑

才厌江南梅雨涟，
又将入伏汗蒸天。
书童自喜新长假，
几个劳人得息肩。

七绝·大暑

瞻云何处能行雨，
赤日炎炎苦不休。
论暑空言今最大，
还将更热在前头。

七绝·立秋

炎心凉念转相生，
时至申金含肃庚。
余势犹烧三伏火，
立秋岁岁浪虚名。

七绝·处暑

盛夏极繁秋未轮，
烹油烈火满山薪。
须寻余热归潜处，
好做旁观冷静人。

七绝·白露

平生未遇此熬煎，
三伏长如六伏天。
白露有些秋意思，
忘经凉热愿丰年。

七绝·秋分

看天看地两清爽，
与物与人皆喜欢。
今享其成分美意，
秋来好事恁多攒。

七绝·寒露

悄月秋寒露早生，
肌肤诚实眼浮明。
一声叹息如风至，
听得窗前划叶轻。

七绝·霜降

温存入夜覆周身，
天赐柔纱遍处银。
慢向寒冬长睡去，
晨兴草木小阳春。

七绝·立冬

草花收拾淡容妆，
此际但留松柏苍。
偶有余温知不久，
天时已告自含藏。

七绝·小雪

来下犹含日月精，
居高自结水云盟。
天飞玉屑因何事，
点化此心同样清。

七绝·大雪

庆幸江南未雪飞，
如期或虑备寒衣。
今时莫忘老黄历，
饱暖及人无失机。

七绝·冬至

夜长昼短五阴爻，
穷尽反时天地交。
来复一阳应可证，
寒枝头上看新苞。

七绝·小寒

冷肃平添几点红，
窗花剪贴扎灯笼。
小寒渐向新年里，
勾起温情腊月中。

七绝·大寒

梅花看老雪花新，
时对尖风又一轮。
数九寒天应耐下，
算来日日近阳春。

壬寅岁时寄兴辑16首

七绝·壬寅春节

早鹊摇翻天竺红，

初阳敞向腊梅风。

才将新岁觉春意，

观物看人多不同。

2022 年 1 月 31 日晨

七绝·对书闲春

花将春暮颜稍淡，

茶近书前味更酡。

四海闲愁先放下，

晨眠午睡晚惺忪。

2022 年 4 月 15 日

七绝・初夏

花气逾春风老树，
蕉声过雨月西厢。
人间两件都难久，
痛苦不长欢不长。

2022 年 6 月 14 日

七绝·仲夏得韵头字咏蝉

但有高声何用愁，
只须一念唱春秋。
今番蜕得皮应厚，
不管扰民烦下头。

2022 年 6 月 27 日晨

七绝·得韵头字自和咏蝉

有酒有书无事愁，
时方仲夏念凉秋。
但知解渴能消暑，
不想贪杯也上头。

2022 年 6 月 27 日晨

附：

和林子咏蝉诗一首

王 焰

一吟抛下万般愁，
细雨斜风几度秋。
响入林中禅意透，
何须惆怅上眉头。

七绝·七夕

为开智慧情三世，
恰合风神韵五弦。
思到人间欢未足，
前生预约鹊桥仙。

2022 年 8 月 4 日

五律·壬寅立秋

心焦未到头，
黄历老应修。
冰雹如鸡卵，
蒸笼作苦囚。
台风何不至？
大汗几无休。
天上争方热，
人间枉立秋。

2022 年 8 月 7 日

五律·壬寅末伏庚日思俄乌战事已半年矣

世事隔荧屏，
犹闻野战声。
骄阳秋老虎，
黑土血飞虻。
宜伏不宜动，
算天何算庚。
五行当火盛，
金死未休兵。

2022 年 8 月 15 日

七绝·又到中秋

几处微蒙留梦觉，
无边清旷待云堆。
心情何独中秋惹，
一岁还圆十二回。

2022 年 9 月 10 日

五绝·秋日风雨后感作

一岁荣枯景，
两边新旧情。
三生三世在，
四季四回更。

2022 年 9 月 15 日

七绝·思秋山晨色

一望山川七彩金，
东方日出染层林。
才收紫气分浓淡，
又借行云著浅深。

2022 年 9 月 18 日

五绝·秋景

春秋各宰神，
草色又翻新。
世界非谁有，
时时换主人。

2022 年 9 月 23 日

七绝·霜降前寒潮来袭

料定冬来愈酷严，
假装老子不平凡。
天寒正好舒筋骨，
剥去一层连帽衫。

2022 年 10 月 18 日

七绝·霜降桂园

秋晨未忍踏清霜，
曾不折花春愿长。
树下还铺金粟粒，
枝头犹带木樨香。

2022 年 10 月 23 日

七绝·十月初九

早怕霜颜不耐看，
秋来倒也任风寒。
年深草木潜滋长，
却有诗人管得宽。

2022 年 11 月 2 日

七绝·初冬

神思大化随时变，
地气微阳隔日晴。
但见上头黄叶落，
何妨下面老根生。

2022 年 11 月 7 日

附：

依林在勇先生七绝初冬原韵有作

曹辛华

怪疫空将君梦封，
妙言陡令我心晴。
莫忧久觅谈诗日，
窗外老梅苞已生。

壬寅体国念远辑20首

七绝·贺首家退役军人学院成立

是好儿郎俱挺身，
强军报国尚精神。
重归事所当行事，
又见人中可爱人。

2022 年 1 月 11 日

七绝·思此时正是油菜花开

思农为画种田忙，
但擅丹青未足当。
灼灼三春桃李外，
苍天润色菜花黄。

2022 年 4 月 8 日

七律·博弈之局与一带一路

世界纷纭贵见几，
花旗绿纸值应稀。
瘟氛略可成关锁，
实业无将作嫁衣。
故事丝绸争狭路，
新猷山海出重围。
埋头先顾小生计，
忍得终明是是非。

2022 年 7 月 1 日

七绝·北斗卫星

难禁老泪仰苍青，
国运观求渐有形。
浩渺巡天依北斗，
明航何止七枚星。

2022 年 7 月 4 日

五律·壬寅夏日逛街

熙熙尘市昌，
世俗即天堂。
未觉鸣蝉噪，
时闻烤肉香。
行人依树影，
飞汗聚云裳。
尧舜无多事，
许民生业忙。

2022 年 7 月 9 日

五绝·读冀中抗战史料致敬左叶团长

左叶留青史，
成名岂冀中。
人生多跌宕，
一惜此英雄。

2022年7月12日

七绝 · 诵陈毅元帅梅岭三章

必是天工偶得之，
三章句句死生时。
吾人岂到英雄境，
感诵将军梅岭诗。

2022 年 8 月 11 日

七律·新四军颂

首义洪都旌热血，
纵横八省十年勋。
哀兵东进驱倭寇，
劲旅南征扫敌氛。
大将称神筹有略，
王师得众惠能文。
中原一定吞江海，
天下无如新四军。

2022 年 8 月 11 日

七绝·孟区长嘱为罗店花神咏棉花

暖我同袍亿兆民，
婆心玉质世间春。
何曾花界争颜色，
却使群芳拜称神。

2022 年 8 月 17 日

七绝·贺上海师大南疆科研团队

申江云水到南疆，

为植土宜藜麦粮。

拜托师生研技术，

欣闻秸秆喂牛羊。

2022 年 8 月 18 日

五古·闻宾川县某村扶贫事

方问扶贫事，
乡长谈兴至。
事皆其躬亲，
所言颇及义。
思忆偶动情，
不禁眶盈泪。
彝民此苍山，
归来吾为记。

巉岩势崔嵬，
登山到此回。
尺幅蜿蜒隙，
匍匐局面开。
下临急湍水，
村落一隅隈。
桃源姑妄语，

民生实可哀。

虽非化外民，
世世蓬蒿人。
欲其迁佳地，
劝言不能申。
欲其兴生计，
久习固安贫。
八年倍勤苦，
面貌始一新。

政府出公帑，
官民各助资。
劈山康庄路，
车轮任驱驰。
地也得其利，
人也逢其时。
盛业堪入史，
国风足采之。

2022 年 8 月 19 日

七绝·壬寅八一后赠水师将军

碧浪红旗鸥队飞，
新渔劲网几重围。
东风潮上夕阳下，
战士欢歌打靶归。

2022 年 8 月 20 日

五古·忆到郑州毛主席视察黄河治理纪念址

黄河决天水，
咆哮无息止。
漫漶作苍黄，
拓疆千万里。
几曲人难知，
但见野沵迤。
生我耕稼民，
沦没亦痛史。

邙山矗中土，
滔滔拍岸回。
王气凭山起，
上立临崔嵬。
俯瞰金衣带，
问疾久徘徊。
农夫敬粗碗，
卫士斟茶杯。

岂是爱器粗，
滴水福泽广。
岂是一润之，
天命吾民飨。
河清终有时，
安澜非梦想。
至今思伟人，
巍巍千秋仰。

2022 年 8 月 23 日

五言排律·欣闻中老铁路运行成功

近闻南掌事，
铁马入寮疆。
吾访十年久，
车驱千里长。
盘旋多忐忑，
上下两苍茫。
土俗同真腊，
民人类傣乡。
行行思蜀道，
念念破天荒。
忽见开山者，
才知筑路方。
交通宜食货，
运命共荣昌。
欧美风凉话，
炎黄潮海航。

及今应庆贺，

遥祝酹澜沧。

2022 年 10 月 1 日

七绝·浦东滨江

呼吸一江秋气清，
鸥飞夕照两边城。
外滩新旧长流水，
涌上心头拍浪声。

2022 年 10 月 11 日

七绝·闻某国遏华战略报告出炉

小我何期必远猷，
太平谁欲结冤仇。
年来饱受窝囊气，
狗子抓狂吠不休。

2022 年 10 月 13 日

七绝·百年未有之变局

北线频传新战况，
西洋不售旧车型。
鹰颓日暮风声乱，
远近汐潮心静听。

2022年10月14日

七绝·十月盛会感作

清秋胸次宜澄廓，
变局棋间欲惕兢。
回顾百年犹半至，
预知诸夏复中兴。

2022 年 10 月 16 日

七绝·斗争

前路分明过五关，
须经试练畏何难。
但凭胆气行将去，
天下曾无免费餐。

2022 年 10 月 16 日

七绝·中国则中国之

邯郸唯学一尊步，
罗马惯行同轨车。
但愿吾人多自信，
东西从此不糊涂。

2022 年 10 月 16 日

壬寅春园留吟辑20首

七绝·致敬防疫一线任劳者

岂知时序吝还春，
谁为温寒远负薪。
先具香花醇酒案，
长思风里雨中人。

2022 年 3 月 18 日

七绝·为王焰社长捐赠物资题照

疑无韶气到生涯，
幸有春风动岁华。
但见枝头开一朵，
回头千树万枝花。

2022 年 3 月 24 日

七绝·初封快递

闭关小院渐花香，
天作温阴怕毒阳。
愁坐城中言不出，
感兄遥递润喉汤。

2022 年 3 月 24 日

打油词·申江绿

速发新冠，应拦住，稍稍许些。抬杠脸，仰天常叫，撞栏激烈。酸测清零封与堵，八天起步旬和月。莫等闲，来了大白兜，空车接。

浸汤齿，犹未洗；身子汗，何时泄。假长需外卖，货郎今缺。上次希餐咕咾肉，谈笑可饮消毒液。待从头，收拾臭衫箩，搓衣去。

2022 年 3 月 24 日

五绝·盆栽韭菜

新韭出茬么？
泥盆长几何？
一天三看菜，
还比看花多。

2022 年 4 月 10 日

七绝·斑姬地鸠

东南有雀今春至，
巢挂车门卧对城。
问是人称阳界鸟，
喜阴时节畏君名。

2022 年 4 月 16 日

七绝·尹华兄拍摄树上猫

香樟高处好安家，
本性猫儿爬树丫。
最近人间容得否，
长眠不饿上头趴。

2022 年 4 月 17 日

七绝·记校园捉龟问答

鹭宿鱼嬉春水池，
年来生态渐将危。
外来物种频侵者，
乱放巴西赤耳龟。

2022 年 4 月 21 日

七绝·春园杂感

无言桃李自安排，
阳晒阴滋各受来。
走马观花人又至，
春风不欲把门开。

2022 年 4 月 21 日

七绝·敕鸟捉虫

地气藏瘟出蠮螉，
一园花树对鸣风。
烦听喧鸟唱高调，
记得当春早捉虫。

2022 年 4 月 22 日

七绝·戏佳华小友为巴西龟配对

甲宽尾短打量中，
红耳双龟配一笼。
莫等天长孵臭蛋，
才知两只不雌雄。

2022 年 5 月 3 日

七绝·五四日戏捉放小乌鸫

青春节日一天青，
立夏新雏下树鸣。
只为老夫顽捉放，
惹来老鸟跳呼惊。

2022 年 5 月 4 日

附：

敬和螭耶居主人戏乌鸫诗

傅蓉蓉

芳菲一片草青青，
飞去灵乌绕树鸣。
已惯重门深锁处，
诗人过访不须惊。

七绝·对镜理发，时隔八十一日矣

方嫌忽爱此心何，
一副皮囊颇耐磨。
五十余年烦供养，
惜他应比厌他多。

2022 年 5 月 24 日

五绝·五月初一夜自斟

有酒须邀饮，
来诗好对嗟。
今宵无见月，
将就看灯花。

2022 年 5 月 30 日

七律·步韵放翁病起书怀

何病缠身心本宽，
烟城遥望倚阑干。
野闲本欲无多事，
人老仍思必盖棺。
蛙作春潮鸣月夜，
天须善念动风銮。
隆中一对书生话，
伤眼文章不必看。

2022 年 6 月 3 日

附：

陆游《病起书怀》

病骨支离纱帽宽，
孤臣万里客江干。
位卑未敢忘忧国，
事定犹须待阖棺。
天地神灵扶庙社，
京华父老望和銮。
出师一表通今古，
夜半挑灯更细看。

七绝·午眠忽觉

长凭意气愤相争，
专为人间抱不平。
摄魄惊天雷炸醒，
原来自个打鼾声。

2022 年 6 月 6 日

七绝·壬寅仲夏将归志喜

与春对语皆花事，
在我唯吟似缊暄。
三月回头停一瞬，
百篇到底费千言。

2022 年 6 月 7 日

七绝·春去一年人老一岁，壬寅仲夏口占

小园关住自闲春，
听雨尝风我一身。
日日看花花不厌，
今年唯此眼花人。

2022 年 6 月 7 日

七律·壬寅春夏百日与石元兄合作诗画六十幅纪念

清才未济众生难，
自揌平头戴小冠。
师古师今求事妥，
学来学去为心安。
人知不比天知贵，
善忘何如健忘欢。
秋眼观春宜纸上，
弗随时季数花残。

2022 年 6 月 28 日

七绝·忆壬寅三四月感赋

风来冷暖幻频繁，
十二层楼对校园。
春树春花看顾好，
人生本分不寒暄。

2022 年 7 月 29 日

壬寅浮生思静辑20首

五绝·咏帽

炎凉压帽檐，
护颗老头安。
世路遮些住，
行人两不看。

2022 年 2 月 17 日

七绝·为王焰老师题照

封门禁足望江城，
逐浪闲鸥浑不惊。
哪管人间许多事，
草花杨柳自生生。

2022 年 3 月 16 日

七绝·寄远秀楼主

一介书生扣剑忙，
无端借酒做文章。
天真若在此身在，
人老不狂何岁狂。

2022 年 3 月 24 日

附：

和螭耶居主人诗

傅蓉蓉

百计生涯百事忙，
江山指点费评章。
书生留得天真趣，
万卷何妨著我狂。

七绝·壬寅春欲题梅画

几粒残梅画款迟，
三春别后拟成之。
欲随工部留诗史，
好为苍生作史诗。

2022 年 4 月 16 日

七绝·又老半岁

物华倏老叹零沦，
幸有题诗画可珍。
并与春归花落去，
渐行渐远看花人。

2022 年 6 月 15 日

五绝·咏烛

微光或未匀，
竭此一心身。
自个含些泪，
还都送与人。

2022 年 6 月 26 日

七绝·湖州感苏轼

少有才名似遇时，
江湖之远未能知。
人生中岁真关节，
一去乌台会作诗。

2022 年 7 月 13 日

七律·忆己亥今日

欲把凡尘尽扫之，
荒音乱耳辨疑迟。
壮心一段何堪记，
悖论双重未必知。
宜向春秋寻说法，
莫随黑白枉言辞。
精神尚有真能寄，
无处无时不可诗。

2022 年 7 月 18 日

七绝·冥想

明暗一窗知日新，
闭关好做自由人。
慧来无个山应驻，
瞑着有些书可亲。

2022 年 8 月 5 日

七绝·望六之年杂感

眼花少与物嗟惊，
人老多经世迭更。
六十年前新式样，
重来甲子又流行。

2022 年 8 月 18 日

七绝·遥想南阳草庐

莫道孔明无失筹，
为全性命弗当忧。
茅庐不料烦三顾，
未想成名是武侯。

2022 年 8 月 23 日

七绝·少不看《西游》

泼皮猴子可曾还，
梦里海州花果山。
假相真经都笑取，
人生八十一难关。

2022 年 8 月 25 日

七绝·记梦

心宽不是梦多人，
山海壮游疑似真。
醒觉此身非我有，
仰天呼吸合清神。

2022 年 8 月 25 日

七绝·又将赴华东疗养院检查身体

春去秋还岁月催，
施仁种德作花栽。
人间康寿秘方子，
忙得无闲生病来。

2022年8月26日

七绝·今年能用功自励

一岁光阴速转轮，
工夫不外驭心身。
多余埋怨春多困，
及夏来时热煞人。

2022 年 9 月 1 日

七绝・染发

寻方遮掩鬓毛斑，
莫奈皱纹爬老颜。
面上春秋浑可忘，
诗中爱恨不能删。

2022 年 9 月 1 日

七绝·感赵普语

鲜克有终皆有初，
相安无事复何如。
嘿然学做三年鸟，
莞尔思能半部书。

2022 年 9 月 1 日

七绝·不知老之将至

白头须有平头乐，
低处何如高处难。
了不起时心放下，
愿身起不了时安。

2022 年 9 月 1 日

七绝·一日不可无诗

了些睡梦复三餐，
这样那般曾未完。
一日无诗心必乱，
何如跳出杂纷观。

2022 年 9 月 2 日

七绝·壬寅生日

台风渐去开云海，
夕照微来壮暮天。
人比秋花颇耐老，
况多诗酒一年年。

2022 年 9 月 15 日

附：

和林子诗

王 焰

诗壮酒香人不老，
书斋独有彩霞天。
繁花逝水洛神杳，
自是仙家又一年。

壬寅仰观默察辑20首

五绝·早起见残月

眠安醒更早，
夜黑见愈澄。
残月东边候，
意将钩日升。

七绝·题禅照

有闲庭坐对花朝，
得趣茶烹用玉勺。
正月太阳孩子气，
云间天外躲猫猫。

2022 年 2 月 6 日

七绝·路边即景

新扎篱笆换主人，
春风折入隔窗邻。
夕阳如昨还来去，
望眼渐遮稍退身。

2022 年 2 月 14 日

七绝·感某州事

日上轩亭和气升，
鸟喧高处正歌矜。
柱边蚁队搬残粒，
托此生生草底层。

2022 年 2 月 15 日

七绝·四月花

谁把山茶芍药栽，
牡丹幸好错时开。
是花都爱争颜色，
青笋无声长起来。

2022 年 4 月 21 日

七绝·今宵七星连珠

天象连珠贯七星，
奈何凡眼未分明。
都云数十年才遇，
又作痴人仰五更。

2022 年 6 月 17 日

七绝·题友人滨江楼书斋

观心面壁往来舟，
合掌朝天俯仰头。
高处烟云多变化，
最能听得是江鸥。

2022 年 6 月 21 日

五律·过岳阳路随感

幽街深树寂，
久夏热蝉喧。
驳壁窗经世，
爬墙蔓有年。
猫闲红屋上，
水滴绿门前。
伫处人间事，
流光小片天。

2022 年 7 月 28 日

七绝·静夜思

举头不黑正苍青，
夜夜遥观宇宙形。
必是天庭皆有命，
今生看顾出云星。

2022 年 8 月 4 日

七绝·凭阑

何用吟哦对自然，
花开树长一年年。
唯风不厌吾罗索，
寄意飞云送与天。

2022 年 8 月 16 日

七绝·今夏沪上酷热四十九天，前所未遇也

人间热闹连三月，
七七推来大衍成。
四十九天真味火，
看将老眼炼金睛。

2022 年 8 月 23 日

七绝·壬寅处暑雨后

涵春难写入时句，
熬夏乱开驱暑方。
头脑热昏应后怕，
期将豪雨洗清凉。

2022年8月23日

五绝·今夏大旱

久旱望云霓，

莫如先固堤。

从来天可测，

道路雨中溪。

2022 年 8 月 24 日

七绝·台风季街行转角见天

乱雨多风晴忽然，
街楼缝里望谁边。
原来一朵乌云下，
暗了容身那片天。

2022 年 9 月 4 日

七绝·过幼儿园

堂上儿童直挺腰，
学来乖巧课无聊。
思分果果排排坐，
小辫光头后脑勺。

2022 年 9 月 9 日

七绝·抬头忽见天

时光大半为三餐，
夜睡晨兴没个完。
紧着眼前些子事，
云天错过几回看。

2022 年 10 月 5 日

七绝·星月夜坐

仰天风治颈椎病，
对月星遮眼底花。
无价偏方相赠与，
教人不老好生涯。

2022 年 10 月 13 日

五言排律·书斋窗外灭马蜂

芸窗闲必久，
檐挂白泥窠。
咄咄称奇事，
嗡嗡作野歌。
往还胡旋舞，
出入乱穿梭。
默察焉知故，
仰观其欲何。
人虫分世界，
天地一笼箩。
非类随安置，
有身费琢磨。
春来荒太甚，
气变异才多。
善念应相与，
恶邻难共和。

忍将肤蜇肿，

捅了马蜂窝。

2022 年 10 月 15 日

七绝·秋夕花气来侵口罩

两年七窍遮三个，
已惯春秋掩鼻装。
过看庭前天色晚，
侧闻树上桂花香。

2022 年 10 月 17 日

七绝·太湖大箕山好望角

曲岸风摇七彩芦，
长天晕串九芒珠。
银盘谁为镶螺钿，
多把青山让予湖。

2022年10月29日

附：

原韵奉和林在勇先生七绝太湖大箕山好望角

曹辛华

吾头白似怒花芦，
君作亮如明月珠。
何日重逢闲话梦，
逍遥歌棹影心湖。

壬寅天伦叙存辑15首

七绝·新年与小儿比身高

我缩他高半慰欣，
量身岁岁刻痕纹。
老夫要赖偷踮脚，
少比儿郎矮几分。

2022 年 2 月 1 日

五绝·大儿种植地锦

冬植爬墙虎，
相期绿荫凉。
经年才寸进，
叶茂几辰光？

2022 年 3 月 24 日

五律·拟闺思

情知须久别，
弗必一相逢。
春履行花下，
寒衾辗泪中。
感时来去异，
叹己有无同。
转念非曾遇，
如何度日终。

2022 年 4 月 8 日

五绝·拟情歌

只因回一眸，
寤寐万千忧。
万物有穷尽，
此何无尽头。

2022 年 5 月 20 日

七绝・居家

柴米油盐七事门，
夫妻酱醋当何真。
修身先学不生气，
料定修成气煞人。

2022 年 6 月 16 日

七绝 · 约会宜火锅

龙珠凤爪斗湘江，
蟹将虾兵列队降。
摆个鸳鸯新阵法，
红红火火筷成双。

2022 年 6 月 16 日

七绝·劝儿早生孙

积善成名枉贵尊，
人间百不一之存。
能诗得句谁传久，
莫若生儿造子孙。

2022 年 8 月 5 日

七绝·赠儿

人生当下外无寻，
一寸光阴一寸金。
明日何尝回得去，
恐还虚掷此时今。

2022 年 8 月 20 日

七绝·照雯退伍志庆并贺钰雄

双燕于飞遇桂时，
三年于役至佳期。
相看短发新娘子，
重做红妆小女儿。

2022 年 8 月 31 日

五绝·赠小儿女

欢喜作生涯，
油盐酱醋茶。
童心皆有趣，
儿女过家家。

2022 年 9 月 3 日

七绝·儿将定亲

灯明花放真荣景，
乐响言欢正吉辰。
行礼如仪听唱唤，
未曾经过事都新。

2022 年 9 月 20 日

七绝·国庆节诸亲聚会儿新家

灯火宜家宴至亲，
桂香入夜月清新。
欢情必要频添酒，
圆桌还能多坐人。

2022 年 10 月 1 日

五绝 · 为儿戏题

儿女两情长，
宅家成梦乡。
金秋多胃口，
夤夜小厨房。

2022 年 10 月 6 日

七律·泓哥寄赠先母与吾兄弟并诸表兄姊四十二年前合影

人老弥珍回闪念，
一帧照影到从前。
长兄二姐颇英气，
五弟三哥犹少年。
姑表亲缘难彼此，
海天离合共婵娟。
触情怕看先慈母，
默对形容一泫然。

2022 年 10 月 14 日

七绝·子媳结婚颁证合影志喜

官书天命大红章，
亲爱专诚百岁长。
正事良辰端正好，
新词合乐贺新郎。

2022 年 10 月 20 日

壬寅心学善境辑15首

七绝·遥题明澈山房

无明身外山头月，
但澈心中房顶风。
尘市高楼偎一角，
或南或北任西东。

2022年1月18日

七绝·无题

一生有我还无我，
三界入之能出之。
为数诗篇量酒斗，
荒唐尽在认真时。

2022 年 3 月 10 日

七绝·心学

悟道龙场百虑空，
阳明洞里一穹隆。
须逢作雨兴风际，
便在无知不觉中。

2022 年 3 月 30 日

五绝·与友偶语境心口占一首

立处皆斯土，
仰时唯厥天。
境随心转矣，
人与命安焉。

2022 年 6 月 14 日

七绝·林子题花不知名

蝶蜂与驻疑前梦，
纸笔相留认宿知。
尚有许多花不识，
空忙耽误好春时。

2022 年 6 月 15 日

五律·玥婷救松鼠幼崽长成道贺

怜生春拾得，
三月壮而康。
摇尾肩头坐，
亲人怀里藏。
身将菩萨拜，
手把核桃香。
毋乃精灵子，
还应福报长。

2022 年 6 月 28 日

七绝·龙华寺照诚大和尚像赞

来头不小因缘大，
立脚方深根器宏。
一盏香灯诚捻撚，
尼山曾照到今生。

2022 年 7 月 3 日

七律·照诚方丈命笔纪念明旸法师圆寂二十周年

一落凡尘九十年，
好生正觉各都圆。
发心贝叶香灯道，
升座龙华喜乐禅。
为大因缘方到此，
几多果报半由天。
南洋西海皆传法，
盛德音容宛在前。

2022 年 7 月 13 日

五律·遵命奉和照诚大和尚礼赞明公上人诗

廿载长思处，
因缘问去留。
网罗何略密，
智慧自稀稠。
万法兴无止，
今生证未休。
须将人尽度，
一济大风流。

2022 年 8 月 7 日

附：

五律·师尊明公上人往生廿周年缅怀礼赞

妙密楞严定，
慈心万古留。
大千周德惠，
一吼遍恩稠。
誓愿恒无尽，
悲怀永未休。
生生毋舍我，
欣喜泪双流！

（嗣法弟子照诚顶礼）

七绝·照诚大师引福坤医生为尹兄施治感作

香绕莲池烛有神，
种花禅院四时春。
头疼医脚遇高手，
事乱观心听上人。

2022 年 8 月 19 日

五律·慧觉监院阅呈觉醒上座老友

酷暑火流行，
连番伏不平。
俗知难一卷，
醉觉到三更。
感气心头热，
生风月上明。
新闻钟铸就，
遥夜得循声。

2022年8月20日

七绝·梦题东林寺壁

对树对花无异同，
仰天也似在笼中。
身心冥想飞开去，
看着庐山一小丛。

2022 年 9 月 19 日

七律·经静安寺感作

五十年前经庙弄，
老街荒寺入斜阳。
鸿斋对卖酱糜肉，
褐壁邻开皮草行。
梵宇规模今复盛，
密乘气象又重光。
应非岁月不禁过，
一刹那间多感伤。

2022年9月22日

七绝·感大明寺能修方丈惠寄手书心经

平山堂上意如何，
第五泉来惠我多。
为写波罗僧揭谛，
菩提善祝萨婆诃。

2022 年 9 月 29 日

七绝·静安寺塔重阳节登高

炫目何多一片金，
繁华都市有丛林。
层层欢喜登高意，
步步慈悲俯下心。

2022 年 10 月 4 日

壬寅读赏会心辑20首

七绝·俞晓夫先生画展观后

艺术高明何处寻，
似他者个玩童心。
认真活着成风格，
率性描来忘古今。

2022 年 1 月 22 日

五绝·杨乙嘉瓷画步步莲花

对花如见人，
画作一天真。
欲使凌波步，
无教染地尘。

2022 年 6 月 11 日

五绝·观李岗画册闻兄言绘画如呼吸

呼吸自如来，
丹青漫润开。
烟霞吞吐际，
一气贯三才。

2022 年 6 月 11 日

七绝·皮涛兄嘱题八骏图

驰策西方王母宾，
渠黄绿耳各封神。
穆天子后谁应与，
八骏翩然自在身。

2022年6月28日

七绝·观石元兄丙寅年旧作

三十六年前弱冠，
学将老辣捺枝干。
花开花谢凭天意，
管领春风一寸丹。

2022 年 7 月 6 日

七绝·电影《爱乐之城》

观人知世隔悲欢，
歌哭余音真幻天。
总有奇缘经邂逅，
却无好梦续缠绵。

2022 年 7 月 26 日

七绝·为文尖启立兄归乡摄影感作

境转浮光人物非，
卅年幸有故乡归。
桃花岁岁亲交老，
春树如今合抱围。

2022 年 7 月 31 日

七绝·赠书法家潘善助

案上夕朝皆旧帖，
毫端汗血一深缸。
愿骈天马同挥洒，
汩汩来兮饮大江。

2022 年 8 月 5 日

五绝·九十四翁韩敏大师为钰象作立荷一路莲登图感赋

天水万和形，
花红莲叶青，
高飞何欲驻，
得意惜惺惺。

2022 年 8 月 6 日

五律·小儿钰象读《资本论》

吾儿十五龄，
夜坐阅真经。
开卷应多益，
存心欲可型。
大公微小著，
至道永恒听。
父退书房外，
抬头望斗星。

2022 年 8 月 8 日

七绝·贺刘涟清先生《倥偬集》付梓

方诵明清佳句近，
应知倥偬盛名迟。
晚情谁看不毛胫，
壮岁自行无字诗。

2022 年 8 月 22 日

七绝·赤峰红山文化玉猪龙

六千年岁玉猪龙，
重现红山在赤峰。
剔透温莹真玩赏，
古人艺术亦萌茸。

2022 年 8 月 25 日

七绝·石墨先生蓝荷图观后

丹青最合入江南，
烟墨夏风鱼戏耽。
春水长情花上带，
犹将莲叶绿如蓝。

2022 年 8 月 29 日

七绝·刘半山兄《嘉风印谱》观后

好事篆铭留典型，
嘉风印谱见明灵。
半山可谓世家子，
一石能传乃祖馨。

2022 年 8 月 31 日

七绝·耿静良先生《雨花石廿四节气图谱》出版

定睛禁得千回看，
滴血结成三世盟。
一石春秋俱画出，
四时运化气长生。

2022 年 9 月 28 日

五绝·感俞晓夫先生为画葫芦瓷器

君子器之乎？
何须作琏瑚。
思存天地气，
善养一葫芦。

2022 年 10 月 12 日

七绝·邹其成十六龄书画展

山形水势各分明，
凤翥鸾翔合共生。
物理而文初一睹，
其来有自与天成。

2022 年 10 月 25 日

七绝·观李佩红京剧穆桂英再挂帅

四世根苗唯此才，
景阳钟彻纛旗开。
须将天下涵元气，
有事一朝忠义来。

2022 年 10 月 26 日

五律・裴晶先生画观后

裴公画美人，
一派老天真。
故意旗袍子，
花心碧玉身。
还题胡乱句，
恰会漆胶神。
岁月都成爱，
丹青亦可亲。

2022 年 10 月 28 日

七绝·读何建明先生《浦东史诗》

烟笼春盛各迷蒙，
化万千身在局中。
今古入怀真史眼，
大风歌里大江东。

2022 年 10 月 31 日

壬寅怀恩敬人辑15首

七绝·咏秋叶敬呈长者

护花入夏遮长日，
固本先秋对落风。
能尽人间应分内，
年年到此自然红。

2022 年 1 月 12 日

五绝·贺友人创业三十周年

百世可知然，

相看三十年。

利他初念正，

福报自由天。

2022 年 1 月 20 日

七绝·杨熹携女疫中亲馈粮蔬于我诸师友感赋

玄鸟双飞谷雨前，
今年雏燕已争先。
春风穿柳衔泥至，
不筑家巢垒福田。

2022 年 4 月 16 日

七绝·栀子香赞白衣志愿者

喧嚷一春各斗夸，
枝头红绿乱纷华。
俯身众里清香远，
朵朵连心素白花。

2022 年 4 月 21 日

五绝·李岗兄自家烧瓷悟道

形寄炉青火，
心随烟赤霞。
大千都着手，
渐顿捏泥巴。

2022 年 6 月 15 日

七绝·纪念乔羽先生

大河归海同千祀，
双桨生情各一边。
难忘今宵今不朽，
乔公羽化在长天。

2022 年 6 月 20 日

七绝·欣得周向潮兄来信感赋

时徐时疾入佳春，
一处还如一处新。
走马观花常走散，
回头不见共来人。

2022 年 6 月 25 日

五律·潘文国先生八十寿庆感作

浮生过眼云，
恩义旧陶熏。
反训能为诂，
浅知尝作文。
吾师诚爱我，
心授幸逢君。
四十年前语，
余香尚可闻。

2022 年 7 月 29 日

七绝·徐汇滨江十年变迁赠炳章兄

如梦风光促岁匆，
新生一代小儿童。
老夫记得石灰港，
西岸日晖霞色中。

2022 年 8 月 24 日

七绝·谢王联合兄书法录我诗词

学府生涯经与济，
桐城文脉气兼身。
羡为曲水分觞者，
猜是兰亭转世人。

2022 年 8 月 26 日

七律·淮海中路上方花园过汤文鹏先生旧居

先师故宅偶行经，
才念斯人竟涕零。
立发横髭同鲁迅，
腾烟对酒胜刘伶。
忆他言笑新知趣，
入此街坊老树青。
遗教宛然三十载，
天真一派足风型。

2022 年 8 月 30 日

七绝·寻访金德珍老师

长忆应多四十春，
当年教诲记犹真。
唐诗一册吾师赠，
吟得今看耄耋人。

2022 年 9 月 5 日

七绝·赠王顾左右兄

桐国兼才通食货，
鹅池有水洗天真。
顾之左右言他者，
扪此中心欲利人。

2022 年 10 月 10 日

七绝·中华诗词学会周会长闽沪讲学即返京匆别呈正

载道南来一日游，
应观江上自由鸥。
西山又遣红云召，
不使桂花香处留。

2022年10月11日

七律·与学友遥念宋耀良老师

友朋共忆昔年春，
欢喜同随彼一人。
思辨睛光常炯炯，
讲谈辞气每訚訚。
能将文质兼行处，
不为诗书局我身。
学问须凭生命力，
天天向上始长新。

2022 年 11 月 3 日

壬寅乐群共情辑15首

七绝·腊八书二联赠友

振铎观音译得真，
扬帆过海友多亲。
合来余腊八方气，
好做新春五福人。

2022 年 1 月 10 日

七绝·尹华兄花木摄影，戏改前人四句以赠

无情必定非豪杰，
心事春来发几枝。
一叶一花些小意，
真人眼里出新诗。

2022 年 4 月 11 日

七绝·壬寅三月十六子夜感好友贻我汾酿至

几回风雨乱忧魂，
又到春深深锁门。
十六才圆迟上月，
遥斟老友杏花樽。

2022 年 4 月 16 日

附：

步韵和林子一首

傅蓉蓉

几度伤春更断魂，
凄凉唯见锁重门。
杏花村里耽幽趣，
且劝圆蟾共酒樽。

七绝·壬寅夏诸友重聚

错过一春呦鹿鸣，
诸君再见把壶觥。
数来百个三秋别，
三百岁修兄弟情。

2022 年 6 月 18 日

七绝·石元兄崇明作画

瀛岛鲜烹江海虾，
酒香无量望无涯。
临风醉画东滩鸟，
乱点潮帆白浪花。

2022 年 6 月 21 日

七绝·戏言

可爱红颜不染尘，
女儿情态最天真。
思摸一著新裙子，
必遇心仪那个人。

2022 年 6 月 27 日

五绝·咏风筝赠格物研究院赠符湘林院长

格物辨精微，
须知顺与违。
鸢筝高欲上，
善与逆风飞。

2022 年 7 月 28 日

七绝·壬寅七月初五宴莫言兄

中年成色入清杯，
鬓白酒红先摆开。
早把炎凉都饮过，
晴天最热故人来。

2022 年 8 月 2 日

五绝·遥题林建隆兄桂庐

结庐居汕尾，
迎旭在潮头。
君子风南海，
庭薰兰桂悠。

2022 年 8 月 5 日

五古·一字韵赠倪华强兄

兄弟话当年，
算来三十年。
彼时称老某，
堪笑小青年。
感慨何匆遽，
一年复一年。
亲交能几个，
默契共流年。
相约同长久，
心宽自养年。
人生余恁事，
诗酒可颐年。

2022 年 8 月 14 日

七绝·江东书院赠可胜兄

近海云声涵故事，
来潮天井带离骚。
今朝都向江东去，
为有风流耐洗淘。

2022 年 8 月 22 日

七绝·初秋闻李岗兄返居景德镇荷院

可约客来莲爱池，
饮花如酒萼为卮。
今秋颇在热头上，
篱下观山采菊迟。

2022 年 8 月 30 日

七绝·原韵奉和曹辛华先生赠诗

相看林下白头翁，
今岁嘤鸣何不同。
必是阳秋春样子，
还将暖意入声中。

2022 年 10 月 27 日

附：

赠林先生在勇有忆

曹辛华

霜降吾头变老翁，
何时再结两心同。
西风又起诗湖上，
一缕春光匿浪中。

五绝·戏星弟金秋忙采花

美人攒落英，
星弟同伸手。
秋气更多香，
桂花思酿酒。

2022 年 10 月 29 日

五绝·念李岗兄独居景德镇

帘风落叶寒，
炉火入瓷丹。
冬至谁先画，
新萌白玉兰。

2022 年 12 月 22 日

壬寅山海八日辑17首

七绝·赠苍洱郡守杨公国宗兄

苍洱风流谁得之，
文章太守见明时。
与民休息兴生业，
临水观鱼乐可知。

2022 年 7 月 16 日

附：

和林子苍洱郡公诗

王 焰

闻君雅颂乘风之，
洱海苍山夜语时。
一唱古城花意落，
禅心自在不须知。

七绝·洱海生态长廊

十万鸭鸥欢共啼，
一时清晏海之西。
山云也爱风花好，
化作泉来八九溪。

2022 年 7 月 17 日

七绝·大理喜洲至双廊

苍洱周行西到东，
云天自寄小穹隆。
双廊对海晴光下，
一抱来风碧色中。

2022 年 7 月 17 日

七律·苍山洱海

行走人间未必何，
平些仄个作诗歌。
不知不愠谁尴尬，
如切如磋自琢磨。
一把拨开文字梏，
几回踏出恼烦罗。
抬头向海长舒气，
云白山青意也多。

2022 年 7 月 17 日

七绝·重庆车窗即景

风情熟眼追新貌，
里巷今名接老词。
颇爱山城多故事，
行来处处可遐思。

2022 年 7 月 18 日

七绝·洪崖洞下嘉陵江船

嘉陵到此是长江，
要启新帆万里航。
今夜洪崖灯火处，
一川波影尽流觞。

2022 年 7 月 18 日

七绝·儋州赠邹公

欲共坡公跨海来，
读书种子应时栽。
天涯须得天荒破，
风气于今万岁开。

2022 年 7 月 19 日

七绝·海南云色

南海天开气色纷，
有闲如我看渍沦。
儋州听讲苏公梦，
苍狗忽然生乱鳞。

2022 年 7 月 20 日

七绝·儋州往琼海道上遇雨

绿白红蓝转瞬间，
飞车直向海风前。
须腾五指山头雨，
一净万泉河上天。

2022 年 7 月 20 日

七绝·琼海夜话赠邑宰田公

云作龙腾文曲河，

蛙喧水激进贤歌。

来年黉学万全事，

府县捻灯筹划多。

2022 年 7 月 20 日

七绝·万宁黎族乡校见沈公语录

一十六言墙上箴，
黎村学校在椰林。
晴香看自咖啡树，
雨气闻来菩萨心。

2022 年 7 月 21 日

七律·遥赠南海太守袁公

前年把酒论知心，
一戍海疆千古吟。
襟抱无涯今守土，
礁沙在处世观音。
须将素志迎潮立，
纵有长鲸到手擒。
我爱天南花不谢，
醇香只待共君斟。

2012 年 7 月 22 日

七绝·西沙七屿

七屿连珠碧海苍，
云幡仪仗御风航。
龙鳞闪闪前程去，
指引南天正大光。

2022 年 7 月 22 日

五律·西沙永兴

浩渺对遐悠，
忍将今古愁。
金霞飞涨海，
碧水戏浮鸥。
老泪红碑字，
新锚铁甲舟。
军歌巡远去，
目送大风流。

2022 年 7 月 22 日

七绝·南海三沙

排浪携风绕岛回，
老夫寻梦踏沙来。
才张眼目南天近，
要拓心胸万世开。

2022 年 7 月 23 日

七绝·三沙畅怀

苍穹蓝水点红旗，
立定嶕盘望括之。
云在天南尤可爱，
风来海上最宜思。

2022 年 7 月 23 日

七绝·西沙石岛老龙头崖刻

男儿许国带吴钩，
刻石志诚书壮猷。
南海风云催浪起，
射潮人在老龙头。

2022 年 7 月 23 日

壬寅湖湘六日辑28首

五律·高铁过湘赣看七月农事

挥汗入云间，
农忙三伏天。
车移移景看，
窗隔隔空怜。
诗语寻悲悯，
民生在陌阡。
才收春种谷，
晚稻下秧田。

2022 年 8 月 8 日

七律·橘子洲诵《沁园春·长沙》感作

三伏啸吟非怅惆，
欲将寄意到冬秋。
襟怀岳麓词潇洒，
浪漫城头活自由。
江水长淘千古迹，
人生多羡少年游。
盛来嘉气观红遍，
更在霜天橘子洲。

2022 年 8 月 8 日

七绝·访湖南师大，创校校长廖世承先生亦上海师大校长也

谛听岳麓共风来，
千岁名黉盛楚材。
我溯申江思谒敬，
世承山长一人哉。

2022 年 8 月 8 日

五绝·长沙后湖拜会画家朱训德、段江华

无中生有处，

相外得神时。

与世真游赏，

何妨艺术之。

2022 年 8 月 8 日

七绝·长沙文和友夜宴

一座新交与故知，
湘江品论月明时。
心情最是文和友，
尽在杯中不用诗。

2022 年 8 月 8 日

七绝·梦到张家界旧游地

山有奇峰每诧神，
云多逸气固宜人。
寻思上古崆峒界，
何事张家冒作邻。

2022 年 8 月 9 日

七绝·八年后携儿再访岳麓书院

岳麓门楹南面开，
谁言唯楚有其材。
湖山一对风云起，
小子心思不用猜。

2022 年 8 月 9 日

七绝·爱晚亭

山有精神风有型，
斯文郁郁树青青。
花开一季人何在，
万岁余香爱晚亭。

2022 年 8 月 9 日

七绝·登岳麓山

刚天柔水此相逢，
一拓心胸岳麓风。
湘女多情应有故，
江山气象爱英雄。

2002年8月9日

七绝·重游马王堆忆少时究古史

典章文物见崔嵬，
欲向高山仰止回。
帛画曾猜秦汉事，
少年学问马王堆。

2022 年 8 月 9 日

七绝·庆侯有志李沛诸公邀饮长沙

火宫殿外万千灯，
上邑繁华望眼凭。
焦土应怜成往事，
祝融盛世只烹蒸。

2022 年 8 月 9 日

五古·湘人于我国家有大功者三

一向湖湘来，
悟得三所以。
倘无文正公，
披发左衽矣。
为有左文襄，
始知大汉强。
万里皆故土，
新疆复旧疆。
汉武名我族，
韶山万世祝。
站立岂一人，
民气乃兴复。

2022 年 8 月 10 日

七绝·携小儿谒韶山冲偶感

为人父母未先知，
庭训子孙忠义时。
耕读三伢能执帚，
庭除宇宙两清之。

2022 年 8 月 10 日

七绝·滴水洞即兴

衡山七十二三峰，
一个龙头百岳崇。
涎象天泉听滴水，
甘霖已向大江东。

2022 年 8 月 10 日

七律·谒韶山

万里风烟到此淳，
韶山山水总青春。
腹中书卷生华气，
掌上乾坤入妙神。
能把三千身感切，
许将一世眼开新。
百年后信真天运，
何幸人间有是人。

2022 年 8 月 10 日

七绝·访湘潭大学

唯楚有才皆向学，
斯人遗爱在人间。
门楣何贵其三拱，
世界谁高此一山。

2022 年 8 月 10 日

七绝·与海上花鸟名家石元兄偕访齐白石故居未果戏笔

一世皆知白石虾，
奇人异事足堪夸。
闻听弟子多红袖，
长寿须当作画家。

2022 年 8 月 10 日

五绝·常德柳叶湖

波翻春草气，
目接夏云风。
丽日流光下，
清杯待月中。

2022 年 8 月 11 日

七绝·常德赠庆侯方春友君遥致湘林绍军诸乡贤

将倾幸赖楚材安，
版册文明弗欲残。
我认湖湘多契友，
知人无辣不成欢。

2022 年 8 月 11 日

七律·常德十里诗墙

喜悯心情景幻真，
湖城处处可吟呻。
兴邦好事皆成德，
抗日忠魂已作神。
一自朗州司马去，
今方盛世武陵春。
沅江到此流连久，
拍浪踏歌相赠人。

2022 年 8 月 12 日

七绝·皮兄家乡常德桃源游憩

行来豪气天风地，
享得小康诗酒茶。
欲见江山强似汉，
武陵源外遍桃花。

2022 年 8 月 12 日

五绝·常德桃花源

热山须冷到，
快意且徐行。
五柳先生后，
谁人识落英。

2022 年 8 月 12 日

七绝·观桃花源记溪游实景演出

一溯桃源溪姓秦，
应非不做汉家臣。
山中也是俗生活，
日子平平年号新。

2022 年 8 月 12 日

七绝·七月十五常德与皮兄

憾事多匆未报恩，
一年一度供盂盆。
月圆今夜中元节，
老友忽然同默言。

2022 年 8 月 12 日

七绝·澧县城头山遗址早于良渚

四十度天蒸未止，
六千年地热相看。
城头埋没应偏僻，
良渚之江作大观。

2022年8月13日

七绝·常德古朗州刘禹锡谪地也

八司马地投荒置，
五大夫松幸御封。
郡县府州千二百，
谪官不到不灵钟。

2022 年 8 月 13 日

五绝·澧县津市红二军团贺龙司令部旧址

乱世并豪雄，
将军独此峰。
红云行福雨，
赤子过江龙。

2022 年 8 月 13 日

七绝·六日前访贾谊故居未果

太平街市对门嗟，
排队游人买奶茶。
消夏闲诗多六日，
春秋要读贾长沙。

2022 年 8 月 13 日

壬寅坐游神往辑25首

七绝·黄州乃苏轼前后二赋处也

东坡赤壁认黄州，
自把多情笑白头。
故国千年凭意会，
诗人一半是神游。

2022 年 1 月 15 日

五绝·庆侯兄寄长沙冬景照即兴

浩荡云头水，
迷蒙橘子洲。
三冬天一色，
雾里作神游。

2022 年 1 月 17 日

五绝·忆登鹳雀楼

观河将泛浩，
望气欲摩苍。
何以长相忆，
君曾共夕阳。

2022 年 6 月 7 日

七绝·记谒庐江周瑜墓

大纛金钲白马儿，
英雄出处遇其时。
一挥羽扇东南向，
江左风流尽得之。

2022 年 6 月 25 日

五绝·思峨眉金顶

朝日曳金绦，
前山着锦袍。
云天斯壮阔，
值为一登高。

2022 年 6 月 25 日

七绝·深圳

渔村谁料此繁华，
岁拓街宽叹堵车。
老眼犹欢曾到海，
新楼又立几重遮。

2022 年 6 月 27 日

七绝·忆过世界第一高北盘江大桥

飞马长桥天上驰，
清江俯瞰细盘丝。
万山竹树云生出，
开得一窗先捧之。

2022 年 7 月 21 日

五绝·忆登洞头岛

东日散朝花，
洞头沐海霞。
平生曾到此，
回味十年夸。

2022 年 7 月 26 日

七绝·时隔廿一年思将谒普陀山

紫微未尽里程何，
信有神风渡劫波。
多幸一帆东海近，
观音所在普陀罗。

2022 年 7 月 26 日

五律·思在广州

因他四季花，
南粤好安家。
远念人依月，
顽心手摘霞。
桥头留客座，
沙面过灯艖。
明日还晴热，
珠江吃早茶。

2022 年 8 月 6 日

七绝·念青海湖

高原六月三春至，
漫草黄花一夜生。
青海湖天蓝与白，
阳光底下马骈行。

2022 年 8 月 11 日

七绝·思莫高窟

当年只道是寻常，
大窟金龛画佛光。
今日认真多一点，
好留后世亦敦煌。

2022 年 8 月 12 日

七绝·忆九寨沟

九寨上头烟树明，
一沟更看一沟惊。
欲知何处清流出，
须向深山里面行。

2022 年 8 月 16 日

七绝·忆稻城亚丁

映水雪峰疑幻真，
教人遥念有其神。
思将仙境长留影，
倏尔飞云隐玉身。

2022 年 8 月 16 日

五绝·神游塞上

野马青山下，
旷原黄麦秋。
如嘶遥未至，
时向草低头。

2022 年 8 月 22 日

五绝·自和神游塞上一首

闲牛青陇上，
塞外一天秋。
无笛无童子，
不知何辔头。

2022 年 8 月 22 日

七绝·开封故城湮于今地三丈下

昔日上河图画凭，
清明闹市夜花灯。
东京都在梦华录，
故事一层尘一层。

2022 年 8 月 24 日

五律·思洛阳龙门

伊洛中州胜，
钟灵莫此恩。
神工开禹迹，
鲤跃壮龙门。
崖洞春秋岁，
佛身千万尊。
香山香也盛，
花有乐天魂。

2022 年 8 月 24 日

七绝·忆重游仰韶遗址

偃师城外故重温，
三十年前到此村。
好古推原文字始，
钩圈摹画仰韶盆。

2022 年 8 月 25 日

七绝·忆厦门骑楼

最爱骑楼街两廊，
遮阳避雨各风光。
闲情移步兴多致，
美食挨家挨户尝。

2022 年 8 月 25 日

七绝·吊福州戍守台湾将士墓群

戍守台湾将士茔，
归来忠骨不知名。
但能一善于家国，
应有千秋与旐旌。

2022 年 8 月 25 日

七绝·忆豫州行

麦子金黄连垄畴，
中原行走念春秋。
老夫何事怅然立？
想数千年地里头。

2022 年 8 月 26 日

七绝·忆车过秦岭

上下青山南北之，
炎凉换景易多诗。
仙凡境界差何处，
蜀道他难我浪驰。

2022 年 8 月 30 日

七绝·忆汀州赣州

好山好水古城头，
最美汀州向赣州。
岁岁春归南去雁，
奔忙莫不为乡愁。

2022 年 8 月 31 日

七绝·忆谒献县纪晓岚墓

无教四部尽蒙尘，
阅了些微怪力神。
天下诙谐都玩遍，
霹雷碑下竟何人。

2022 年 9 月 13 日

壬寅岁杪冷暖辑16首

七绝·命题桃花源拟作

悲欢为是人间事，
福祸谁凭纸上言。
今诵闲词如梦令，
乱云飞处觅桃源。

2022 年 11 月 27 日

七绝·思到绍兴访鲁迅故居

门前流水矮篷船。
鲁镇寻来这那边。
小说数他真会做，
白描阿桂画圈圈。

2022 年 11 月 30 日

七绝・冬骤

黄历反常冬日融，
时闻鸣唱草间虫。
忽然一夕吹喑哑，
又怪天寒好大风。

2022 年 12 月 10 日

七绝·冬雀

应猜百鸟喜春秋，
习性晨昏闹两头。
夏热冬寒禁不住，
日中夜半弗啾啾。

2022 年 12 月 10 日

七绝·冬树

满心满眼望葱笼，
却道四时原不同。
可叹冬来无奈树，
枝摇叶落总跟风。

2022 年 12 月 10 日

七绝·冬练

比划有之聊胜无，
谈何巧劲笨功夫。
五更起学屠龙术，
拳脚对空堪自娱。

2022 年 12 月 11 日

七绝·冬病

寒摧老朽看先天，
阳盛阴虚各纠缠。
众友唯他无症状，
吹嘘得意患疯颠。

2022 年 12 月 11 日

七绝·冬肃

不待凝霜撒雪银，
万物素颜风扫身。
白衣白帽流行色，
医院还留白鬓人。

2022 年 12 月 15 日

七绝·冬雪

冬暖天晶偶见飞，
纷纷来下好诗题。
一场雪後还相看，
阴处白斑阳处泥。

2022 年 12 月 15 日

七绝·冬日

巡天只在半天央，
一岁恩威变短长。
似有似无微热气，
把春等到好重光。

2022 年 12 月 15 日

七绝·冬省

东听西说辩儿争，
北辙南辕指路行。
天下攘熙皆共业，
缺侬缺伲未能成。

2022 年 12 月 15 日

七绝·题李岗兄双猫图

屋头世界好冬烘，
莫管外边雌与雄。
惜玉怜香夫子意，
依猫画虎大王风。

2022 年 12 月 16 日

七绝·谢径山寺法涌大师赐书

开示迷蒙四字箴，
径山遥拜好丛林。
思将相与随缘事，
愿得从来自在心。

2022 年 12 月 29 日

七绝·2023元旦题
徐立铨兄红柿玉兔如意图

星岁行天运不同，
柿圆如意认枝红。
明眸看得年成好，
玉足奔来耳顺风。

2022年12月31日

七绝·壬寅末传闻解禁烟花爆竹

十年风俗改常行，
感慨将闻爆竹声。
旧岁瘟殃祈斥去，
烟花心照眼中明。

2022 年 12 月 31 日

五绝·题立铨兄冬日寄兴山茶图

寒中画寓神，
花似耐冬人。
色得情天正，
佳名是薮春。

2023 年 1 月 16 日

［注］山茶花又名耐冬、薮春。

壬寅春秋题画辑99首

七绝·题石元兄天竺图

为有春花如玉白，
相看秋实作丹红。
春秋来去风云笔，
写入一团和气中。

2022 年 1 月 1 日

七绝·题立铨兄除夕妙画

红烛红梅红火炉，
壶中暖酒是屠苏。
於菟画作祥云扇，
虎虎生风旺岁图。

2022 年 1 月 31 日

七绝·石元兄画腊梅水仙

仙子娇容不耐寒，
三冬竟作笑颜欢。
将春和气来前面，
不欲梅花傲骨单。

2022 年 3 月 10 日

七绝·题石元兄画红玉兰致敬抗疫英模

或为春寒人不出，
今春桃李厌春来。
时艰总有逆行者，
相伴玉兰红盛开。

2022 年 3 月 22 日

七绝·题石元雄鸡迎春图

携花仙子送春信，
绽羽雄风报晓声。
岁有严寒时遇晦，
毒虫啄尽向清明。

2022 年 3 月 25 日

七绝·题石元兄下厨图

五颜六色菜须嗟，
红柿看成几朵花。
新妇新厨新手势，
画鲢划水烩番茄。

2022 年 4 月 5 日

七绝·戏题石元兄壬寅春新作

花鸟大师不看花，
琢磨青菜与黄瓜。
今春功力缘何长，
茄紫椒红画到家。

2022 年 4 月 10 日

五绝·壬寅仲春题画口占

路见出无车，
梦思食有鱼。
蔷薇开一点，
周急送时蔬。

2022 年 4 月 10 日

七绝·校园防疫夜遇刺猬

不毛不刺猬成拳，
五瑞行三号白仙。
遇共春风明月夜，
拜君来告吉祥天。

2022 年 4 月 11 日

七绝·满幅画紫藤

宜浓可淡满花篷，
解毒杀虫成果功。
今岁紫藤凭忆画，
还留纸上作春风。

2022 年 4 月 21 日

七绝·预庆小龙虾上桌

不干不净对空争，
上市龙虾下镬烹。
筷到青红皆可忘，
同欢初夏解风情。

2022 年 4 月 21 日

七绝·题石元春居三友图

小葱大蒜傍生姜，
工笔描来一幅张。
为算三春将近夏，
何匆何慢过辰光。

2022 年 4 月 22 日

七绝·感恩疫中善举

天若有情天寿长，
沧桑不改德馨香。
人情都在春风里，
谢了樱花送海棠。

2022 年 4 月 22 日

五绝・月季花

花界号皇后，
人称月月红。
多思红绿意，
天地好生同。

2022 年 4 月 25 日

七绝·游园赏花

方闻芍药深回味，
不识蔷薇急问名。
今我花痴须做得，
无教辜负一春生。

七绝·题石元兄画蜀葵枇杷粽子

枇杷熟了将端午，
一丈红葵月月新。
盼把包茅徐解展，
好同花气再逢春。

2022 年 4 月 30 日

五绝·题石元兄劳动节扫帚落叶图

春风入夏初，
旧叶在沟渠。
代谢天机运，
还劳一扫除。

2022 年 5 月 1 日

七绝·戏题石元画蟹

老夫观物日知新，
对蟹置醪都认真。
不食横行千百爪，
哪能画出这精神。

2022 年 5 月 2 日

五绝·月季花又一首

颜色胜玫瑰，
繁花月月回。
生机根植厚，
红绿各相催。

2022 年 5 月 7 日

七绝·题石元兄松鼠枇杷图

飞蓬又舞最高枝，
两月仙身再见迟。
料有萌儿窝里长，
枇杷新摘速归之。

2022 年 5 月 14 日

五古·闻石元画蚕豆鲫鱼荔枝图

蚕豆缠斗之，
耳背听错辞。
鲫鱼如偈语，
荔枝力不支。

2022 年 5 月 15 日

五绝·题石元兄壶酒花生图

天地大壶觥，
心肠小尺衡。
思将浮蚁醉，
长伴落花生。

2022 年 5 月 16 日

七绝·题石元松鼠枇杷图又一首

未知松鼠怎生涯，
忙碌枝头不看花。
也望青梅能止渴，
眼前饥得摘枇杷。

2022 年 5 月 17 日

五绝·题石元兄莴笋红椒慢龟图

红椒偶也尝，

莴笋一春香。

已惯慢生活，

抬头归路长。

2022 年 5 月 19 日

七绝·520题石元玫瑰葡萄图

善因美意来心底，
紫果红花到眼前。
三百六旬零五日，
合都要做有情天。

2022 年 5 月 20 日

七绝·题石元兄蜀葵鸭蛋青粽图

青粽红葵翰墨筵，
蛋黄腌久料应鲜。
春来数问先知鸭，
可是分香端午天。

2022 年 5 月 22 日

七绝·题石元兄黄鱼带鱼图

三餐日影慢移闲，
一水舟山快送鲜。
江海凭君都入画，
看回春浦好风天。

2022 年 5 月 23 日

五绝·题石元红豆粽子艾草石榴图

榴色动精神，
艾香随处新。
相思包裹起，
未画念中人。

2022 年 5 月 24 日

五绝·石元葡萄月季图趣

色香俱味佳，

约取画中拿。

待酿葡萄酒，

还添月季花。

2022 年 5 月 26 日

五绝·咏初夏杨梅

岁寒先具神，
时好不当春。
梅子同花看，
津津有味人。

2022 年 5 月 27 日

七绝·石元兄画无名花草

窗花框外对蒿莱，
兔管迟疑画不该。
此际无言难落字，
青红皂白点将来。

2022 年 5 月 28 日

七绝·石元兄东西南北瓜同画，古今一人也

久在思中弭迩遐，
都来笔下作精华。
情生日月风云岁，
恩养东西南北瓜。

2022 年 5 月 29 日

七绝·初夏杨梅

变化一春温与凉，
身心热夏种收忙。
落花正好无相惹，
只把杨梅入酒香。

2022 年 5 月 30 日

五绝·题石元稻蛙图，明日沪上防疫解封哉

画外夕晨光，
闲中日月长。
春虫言捉尽，
好待稻花香。

2022 年 5 月 31 日

七绝·题石元启瓮图，今沪上防疫解封矣

春粮自酿入陈坛，
仲夏开封酒怕酸。
要得今晴收麦子，
先斟饮祝共加餐。

2022 年 6 月 1 日

五绝·壬寅端午为石元兄题画

樱桃赤玉珂，
佳节枇杷箩。
剥粽数红豆，
相思谁最多。

2022 年 6 月 2 日

七绝·端午后题石元凌霄枇杷图

是处长生化意形，
每天多获在丹青。
花红不欲凌霄上，
为告佳时善果馨。

2022 年 6 月 5 日

五绝·题石元兄葡萄麻雀图

雏鸟欲贪饕，
新藤正蔓高。
天怜生万物，
岁岁结葡萄。

2022 年 6 月 7 日

七绝·感花诗一首欲石元兄明日画之

俗将贵贱到花间，
次第都开无后先。
一二还将三四数，
看知世界本多妍。

2022 年 6 月 7 日

五绝·题石元兄凌霄八哥图

痴红固此身，
俯首避贪嗔。
鸟语凌霄上，
为名多误人。

2022 年 6 月 13 日

五绝·题石元枇杷芭蕉图

一季枇杷色，
橙红或嫩黄。
芭蕉多蔽护，
地气各生光。

2022 年 6 月 14 日

五绝·石元兄画杜鹃花

不驻小帘栊，
南天漫对风。
相知来做伴，
犹带满山红。

2022 年 6 月 16 日

五绝·夏至为石元兄花鸟图跋

不因遥日长，
乃敢近花香。
徒有飞天翼，
来回饮啄忙。

2022 年 6 月 21 日

五绝·石元兄提笔画枝干

天机不可言，
得气自通根。
水墨徐徐衍，
生花到处恩。

2022 年 6 月 23 日

五绝·题石元兄玉米丰收图

金玉画中收，
苍生一盼秋。
谁云君子者，
不为稻粱谋。

2022 年 6 月 24 日

五绝·题石元夏热画瓜赠友

红瓤爽口沙，
看饱大西瓜。
寡欲能消暑，
劝人多吃茶。

2022 年 6 月 26 日

五绝·题石元鸬鹚图

缘曾伴子陵，
谁使做鱼鹰。
愿画成双至，
好为情爱凭。

2022 年 6 月 27 日

七绝·题石元兄鸟过花丛图

可行可止未羁笼，
鸣啭随心也有风。
收放自如都一瞬，
高飞顺便过花丛。

2022 年 6 月 27 日

五绝·题石元兄葫芦蝈蝈图

葫芦做酒窠，
蝈蝈恰能歌。
入夏知欢至，
先来介许多。

2022 年 6 月 28 日

七绝·题石元兄三龟图

福禄寿须康健先，
诗书画有性情天。
合当再活三千岁，
不止人生五百年。

2022 年 6 月 28 日

五绝·题石元兄牵牛雏鸡图

朝颜喇叭名，
雏鸟唧啾声。
多感青春意，
天机勃勃生。

2022 年 7 月 3 日

七绝·题石元荔枝图

紫佩红袍白玉浆，
神奇不啻气生阳。
罗浮山上修丹灶，
一味仙枝入药汤。

2022 年 7 月 7 日

七绝·题石元兄瓜棚图

盛夏须欢有处遮，
凉棚高下话桑麻。
后言苦乐先知趣，
老看风云嫩吃瓜。

2022 年 7 月 13 日

七绝·题石元兄中韩建交卅年志庆图

凭山对海好风媒，
木槿牡丹并世开。
红紫繁花皆国色，
新天代谢韵将来。

2022 年 7 月 14 日

五绝·题石元枇杷雏鸡图

暖香金果风，
活泼翠玲珑。
夏树荫方好，
春鸡羽渐丰。

2022 年 7 月 18 日

七绝·儋州独有仙花请石元兄画之

玉蕊人间择地开，
只随苏子谪儋来。
仙丝不与趋炎日，
夜读香灯拈几枚。

2022 年 7 月 20 日

七绝·题石元兄画寿桃

才惊春盛颜容好，
更慕秋深福报多。
看尽人间花与果，
应皆不若此祥和。

2022 年 7 月 21 日

七绝·石元兄画我海南摄影龙船花

好色深香名上分，
龙船一款未尝闻。
今朝有酒能无画？
何日无花不有君。

2022 年 7 月 22 日

五绝·石元兄大暑画黄瓤西瓜

皮绿内红瓤，
珍珠黑子镶。
莫非充御贡，
敕令变娇黄？

2022 年 7 月 23 日

五绝·题石元画取意春江水暖鸭先知

桃花傍水开，
冷暖变春回。
智者闲闲鸭，
等他鱼上来。

2022 年 7 月 25 日

五绝·题石元兄盛夏画西瓜水蜜桃

桃子生中土，
瓜苗西域来。
多情天赐物，
夏令养人哉。

2022 年 7 月 26 日

五绝·又题石元兄画葡萄

栽培一处田，
人事尽皆天。
岁运无由管，
心安大小年。

2022 年 7 月 26 日

五绝·题石元水墨兰花图

山野自闲之，
清疏展叶时。
无端多寄托，
本不欲人知。

2022 年 7 月 28 日

五绝・题石元画向日葵

谁怜向日葵，
午热在高陂。
炫目知难近，
时将头下垂。

2022 年 7 月 29 日

五绝·题石元兄葵花向阳图

好生之德长，
天地大明光。
何独葵花意，
有情皆向阳。

2022 年 7 月 29 日

五绝·题石元兄画望鹤兰

花红玉叶青，

极乐更通灵。

必是天堂鸟，

飞来求画形。

2022 年 8 月 1 日

附：

和林子诗

王 焰

纸间草色青，
花发语生灵。
手起诗文落，
亦兼神与形。

七绝·乞石元画赠莫言老兄

时来时去果中因，
未与荣枯费我神。
何事常开思不谢，
人间待个识花人。

2022 年 8 月 2 日

七绝·石元兄美意画石榴赠友

丹青福德可传家，
一画红榴寓岁华。
已是春秋颜色好，
更添世代子孙嘉。

2022 年 8 月 16 日

七绝·松赞

遍历四时犹翠葱，
高低瘠沃立根同。
若非体面知收小，
强干如何耐得风。

2022 年 8 月 16 日

五绝·咏荷

红黄濯水明，
萼藕出泥清。
入眼花多色，
迎风骨一茎。

2022 年 8 月 19 日

五绝·题石元兄萱草双雀图

对面母儿谈，
谁将鸟语谙。
花开终忘郁，
石挺必宜男。

2022 年 8 月 21 日

五绝·题石元画盆栽凌霄

谁曰一隅小，
有花堂上芬。
生根皆得地，
早晚看凌云。

2022 年 8 月 23 日

七绝·红柿图诗贺友兄得孙

万善生生不息中，
菩提树上送金风。
人间行到佳时令，
一柿还看一柿红。

2022 年 8 月 27 日

七绝·秋有桂菊者

爱菊今之谁似君，
果然陶后鲜能闻。
清神可与秋凉热，
浓淡并同丹桂芬。

2022 年 8 月 28 日

七绝·咏紫薇期石元画之

花气绵延申酉月，
仙姿出入蕊珠宫。
在天应合紫薇数，
长祝人间百岁红。

2022 年 8 月 28 日

七绝·题石元兄画凤凰木

积善人和兆吉祥，
天时地利自繁昌。
南方何处无乔木，
必待东来驻凤凰。

2022 年 8 月 29 日

七绝·题石元兄学吴昌硕墨梅图

人间留出几分白，
墨雪霜风不写来。
老树新晴相抱住，
千言万语作花开。

2022 年 8 月 31 日

七绝·咏枇杷

未觉绿红风雨晴，
如期而至自生生。
爱他岂在黄金色，
欢喜年年佳果成。

2022 年 8 月 31 日

五古・斗鸡

身无几两肉，
好勇斗狠啄。
冲冠一怒何，
教人看相扑。

2012 年 9 月 5 日

七绝·题石元桂花月饼图

悄然香气动怦然，
况复美哉高爽天。
只待金宵明月上，
桂花树下好团圆。

2022 年 9 月 6 日

五绝·题石元桃花鸬鹚图

鱼鹰自性天，
何系钓翁船。
闲在桃花下，
鳞游不纠缠。

2022 年 9 月 6 日

五绝·蟹叹

拳大窝边斗，
脚多横里行。
头身披甲胄，
厨案对刀兵。

2022 年 9 月 8 日

五绝・题石元兄画玫瑰

两情相悦时，
四手共欢持。
世上花千万，
唯将一托之。

2022 年 9 月 11 日

七绝·题红柿如意图

何求尘事如人意，
但得吾心随遇安。
佳果红时同玉赏，
诗家境界画毫端。

2022 年 9 月 16 日

七绝・题石元凌霄秋蟹图

肥螯青壳辨雌雄，
旁看凌霄花自红。
九月阳春枝尚暖，
悄然蟹脚振金风。

2022 年 9 月 18 日

七绝·补题石元广玉兰月季图

逢雨逢晴一样风，
生而高下不相同。
此身暂寄恒如玉，
难与闲花月月红。

2022 年 9 月 19 日

七绝·题石元鸡冠花小鸡图

花盛多遮须下看，
英雄自古出微寒。
眼前啄粒雏儿样，
也是锦袍红紫冠。

2022 年 9 月 20 日

五绝·题石元佛手图

菩心当入世，
佛手未拈花。
玉指无何指，
因缘自结瓜。

2022 年 9 月 21 日

七绝·补题石元天竺腊梅图

色正红黄皆正色，
香清远近共清香。
精神佛国琉璃子，
气韵霜天熠爚光。

2022 年 9 月 24 日

七绝·补题石元岁寒三友图

必有吾邻德不孤，
形容气质各相符。
画梅要使傍松竹，
一笔岁寒三友图。

2022 年 9 月 24 日

五绝·补题石元金橘图

君子天行健，
多劳课植完。
秋成皆吉庆，
积善满盈安。

2022 年 9 月 24 日

七绝·补题石元芦花秋蟹图

世不相通喜与忧，
伊人宛在水中游。
蒹葭霜露关谁事，
蟹爪忙忙又一秋。

2022 年 9 月 24 日

五绝·补题石元新春牡丹图

富吉人之欲，
安康道所存。
花红皆可见，
得意究其根。

2022 年 9 月 24 日

五绝·补题石元红梅残雪图

情多天滴泪，
来结雪晶莹。
更有恩深处，
红梅血化生。

2022 年 9 月 24 日

五绝·题石元红柿图

岁老喜霜寒，
山林点点丹。
天将甘露下，
多赐赤金盘。

2022 年 10 月 8 日

七绝·题石元黄山苍松图

日朗天开烟不存，
身清忘却岳为尊。
松间看得黄山小，
自把浩然云气吞。

2022 年 10 月 13 日

五绝·题石元画忘忧草

三春晖入秋，
君子远行游。
芳草连天路。
无将贻母忧。

2022 年 10 月 18 日

七绝·题石元丝瓜蝈蝈图

晴到浓荫瓜瓞棚，
看花念念又相生。
虫儿不管多情蔓，
摩翅闲来自顾鸣。

2022 年 10 月 23 日

七绝·题石元芙蓉图

顺得天时得地深，
一团和气自升沉。
看花还是从容好，
入眼都生锦绣心。

2022 年 10 月 24 日

壬寅题画编余辑31首

七绝·题石元兄迎春花下母鸡图

觅虫花下遍寻无，
节令岂非惊蛰乎。
喜事迎春都说尽，
草窠正好育吾雏。

2022 年 3 月 17 日

五绝·石元兄画石榴

已忘花容久，
唯寻果味香。
经风圆熟老，
幸有子孙长。

2022年3月19日

五绝·题石元兄壬寅春分闭关画海棠

春寒先落墨，
点染海棠红。
思到花前座，
期来月下风。

2022 年 3 月 20 日

七绝·题石元苍松石榴图

三月青枝四月花，
将看结子石榴霞。
苍松兀自天然色，
春夏秋冬未管它。

2022 年 3 月 25 日

七绝·枇杷佛手同画幅

何须事急拜如来，
金果枇杷寓意开。
亿万观音同合掌，
共情妙手把春回。

2022 年 4 月 18 日

五绝·题紫藤白菜小品

有情才是理，
能画莫非春。
蔬饭皆辛苦，
紫藤花下人。

2022 年 4 月 19 日

七绝·牡丹

富贵荣华颇耐观，
红红绿绿好堆攒。
且收传世吾师法，
欢喜由人画牡丹。

2022 年 5 月 10 日

七绝·题石元麻雀葡萄图

献花喂米百般非，
雀爱葡萄性不违。
何物羁笼关得住，
还它天上自由飞。

2022 年 5 月 25 日

五绝·题石元红荷图

群芳独爱红，
心血入花中。
点染频添笔，
情深又一重。

2022 年 6 月 4 日

七绝·感花诗又一首欲石元兄后日画之

百花颜色一齐开，
不为铺陈笔底才。
要有芬芳还有骨，
心思都到画中猜。

2022 年 6 月 7 日

五绝·题石元兄红叶紫荆麻雀图

欲把众芳嗟，
和鸣隔树丫。
春深犹耐看，
红叶紫荆花。

2022 年 6 月 11 日

五绝·石元兄爱女抗疫归来喜画餐桌

欢纵五花肥，
千金昨日归。
明珠堪对酒，
小品一涂挥。

2022 年 6 月 12 日

五绝·石元兄画苦瓜

好看嫩花黄，
蔓繁来远香。
不知生也苦，
高处未之尝。

2022 年 6 月 15 日

七绝·石元兄口误丝瓜为苦瓜即兴口占

世人多爱色浮华，
叶茂枝繁点缀花。
好看管他空里子，
苦瓜弗画画丝瓜。

2022 年 6 月 15 日

五绝·八哥蜀葵图

鸟中千百灵，
花是美容形。
只学他人道，
如何说好听。

2022 年 6 月 19 日

七绝·题石元兄清石牡丹图

欲画风神颜色遮，
岂因炫富作红霞。
世人误把盆中贵，
奇石才堪配傲花。

2022 年 6 月 20 日

五绝·石元兄平生初画山

嶒崚不可攀，

高峻自闲闲。

欲借神来笔，

飞临第一山。

2022 年 6 月 25 日

附：

和螭耶居主人一首

傅蓉蓉

飞临第一山，
身共野云闲。
峻嶒平生意，
星辰只手攀。

五绝·并蒂莲

花开做一双，
何处不鸳鸯。
想是前缘久，
又将今日偿。

2022 年 6 月 28 日

五绝·题石元墨叶葡萄图

风香叶蔽深，
佳色引飞禽。
使结琉璃子，
应含剔透心。

2012 年 7 月 10 日

五绝·题石元葡萄鸣蝉图

食清游也清，
佳果熟将成。
本欲花间隐，
欢多唱出声。

2022 年 7 月 11 日

五绝·题石元兄松鹰图

俯首故巢间，
多情儿女怜。
与松缘一刻，
再见是苍天。

2022 年 7 月 12 日

五绝·题石元画夹竹桃

霞红人面羞，
云白玉容愁。
一夏桃花在，
不随春去留。

2022 年 7 月 19 日

七绝·题石元兄竹石嬉雀图

竹风飞雀共嬉欢，
毛羽渐丰新得天。
愿有情深同宇宙，
生机看到一年年。

2022 年 7 月 27 日午

五绝·补题石元兄庚子疫中樱花图

冬畏风邪气，
晨惊梦黑云。
思将花树写，
春到总缤纷。

2022 年 7 月 31 日

五绝·题石元画凌霄花

此花如有灵，
寄托达天庭。
岁月山河好，
民心仔细听。

2022 年 8 月 3 日

七绝·题石元兄蜀葵图

红紫多妍入世尘，
一身善意化天真。
不辞长向风中立，
召唤人间日日春。

2022 年 8 月 5 日

五绝·题石元湘游前一日画虾

明往拜方家，
今先不画花。
心思齐白石，
笔下数青虾。

2022 年 8 月 7 日

七绝·题石元画荷

清白都呈碧玉台，
还多心血化红来。
原非笔墨能勾到，
要蘸天香渲染开。

2022 年 8 月 15 日

七绝·题石元画瓜菜蝴蝶兰

朱紫满堂自煜辉，
人家生气在厨闱。
兰花知作花蝴蝶，
常向瓜蔬香色飞。

2022 年 9 月 6 日

七绝·咏美人蕉

长羡花开春夏秋，
人生如此复何求。
应知美意来天地，
善葆赤心红不休。

2022 年 9 月 8 日

七绝·题石元画芙蓉

芙蓉花蕊可怜诗，
佳赏伊人临岸池。
难得红颜兼气骨，
春秋冬夏各风姿。

2022 年 9 月 20 日

后记

林在勇

一时竟不知从何说起。这两年连续为诗集、词集、曲集写了三篇编后记，想说的大概也都说了。

2022 壬寅年，从历史长河看，不过就是一个年份数字，不过就是六十甲子循环中之一。从个人来看，再有梦想也不敢说还有本事再活到下一个壬寅年，所以这个唯一性好像还有点特殊性。但是终究，哪有什么特别，历史很长，个人很小，不过就是浮生中的 365 天。何况是 11 月初就交了稿，所收录其实无非十个月 300 天中的生存影子。连 12 月份亲身经历新型冠状病毒感染都并未及之。

这一年的诗都写在手机上，前一天写过什么后一天都不见得记得，但是电子科技倒是把时间记得清清楚楚，把合计有多少条笔记算得明明白白。于是就有了《壬寅诗存四百首》。也为了显得不像流水账，就没按照时间顺序编排，而是按照大概意思分派了16个专辑。于是就有了“廿四节气辑”“岁时寄兴辑”“体国念远辑”“春园留吟辑”“浮生思静辑”“仰观默察辑”“天伦叙存辑”“心学善境辑”“读赏会心辑”“怀恩敬人辑”“乐群共情辑”“山海八日辑”“湖湘六日辑”“坐游神往辑”“春秋题画辑”等等。

有没有家国情怀、历史观照、遇境触悟，有没有悲天悯人、感时伤春、同袍共情，有没有尽心尽力、成事成人、率性任性，或有之，吾不知也。每天总有那么一瞬间进入到中国人血脉中从汉唐宋明遗传来的诗的状态，也就差不多一瞬间就留下了一首诗，也就留下了个体生命的这一刻、这一年。所以倒不是说写得快，写得多，而是要感恩中华传统，终于用了几十年学成了古人的状态，用诗的方式去感受，去思考，去表达，去存在。

宋末元初的黄庚《论诗》绝句云：

三百余篇岂苦思，
个中妙处少人知。
籁鸣机动何容力，
才涉推敲不是诗。

他的意思是诗根本不是硬作出来的，甚至好像也不应该把文学当作一种专业去硬搞。尽管必须把怎样写诗这门手艺搞得很明白很专业，但作为作品的诗却实在不应是硬作出来的。那么2022壬寅年，看样子又是很特别能够给予我那么多诗感瞬间的一年，我就很感恩地打开心胸敞开思维与它交互了。

有位热心朋友向我推荐了一款软件，可以用大数据查重，看看自己的诗是否和浩如烟海的古人作品有相似的句子，我试了一下，居然差不多近乎完全没有相似。那么很好，符合我的想法。既然用了古典的文学形式，就应该要真像古人，但是又不应蹈袭重复古人，那本来就是个体对世界，理当就是活人说今事，所以就是2022那一年的，如此而已，那应该就对了。

两位赐序的前辈陶文鹏先生、何建明主席对这本小书给予了不少溢美，对于这份厚爱我至为铭感。其实他们都讲出了时代的文学和专业的学术，这些文字本身都具有独立的价值。对拙诗细观深察，时予阐扬褒奖，愧不敢承。作家出版社编辑田小爽女士审校之精细，恰在染疫之苦中，亦令我十分感动。我把这本小集子看作是我们几位各自朝向2022年的共同文学工作，留给我们自己和后人。

2023年2月13日

又及：感谢编审优容，排版受累，在全书校样完成即将付梓之际，又得将壬寅冬腊一辑16首补入集子，则壬寅拙作416首完整矣，幸甚！

2023年2月28日

图书在版编目（CIP）数据

壬寅诗存四百首 / 林在勇著. -- 北京：作家出版社，2023.5

ISBN 978-7-5212-2223-4

Ⅰ. ①壬… Ⅱ. ①林… Ⅲ. ①诗集-中国-当代 Ⅳ. ①I227

中国国家版本馆 CIP 数据核字（2023）第 040598 号

壬寅诗存四百首

作　　者： 林在勇
责任编辑： 田小爽
装帧设计： 百丰艺术
出版发行： 作家出版社有限公司
社　　址： 北京农展馆南里 10 号　　**邮　　编：** 100125
电话传真： 86-10-65067186（发行中心及邮购部）
86-10-65004079（总编室）
E-mail: zuojia@zuojia. net. cn
http: //www. zuojiachubanshe.com
印　　刷： 河北鹏润印刷有限公司
成品尺寸： 145×210
字　　数： 38 千
印　　张： 15.5
版　　次： 2023 年 5 月第 1 版
印　　次： 2023 年 5 月第 1 次印刷
ISBN 978-7-5212-2223-4
定　　价： 88.00 元

下册目录

第三篇　行政行为法篇

第四篇 行政救济法篇

第三篇　行政行为法篇

第十章　行政行为法概说

第一节　行政行为法的概念

一、行政法中的行政行为

有学者曾对行政行为作了这样的分类：[1]

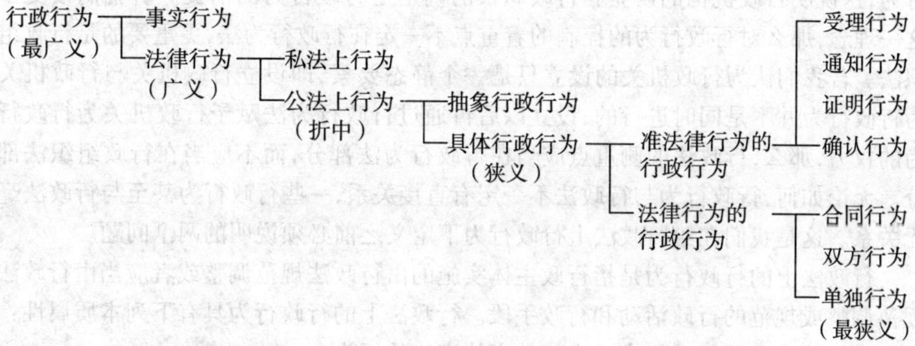

上列分类表明行政行为单就学理上的定义而论有五种解释方法：第一种为最广义的行政行为，指行政机关作为一个机构实体所为的一切行为，包括能够产生法律效果的行为和不能产生法律效果的纯粹事实行为。第二种为广义的行政行为，指行政机关作为一个机构实体所为的能够发生法律效果的行为，包括公法上的效果和私法上的效果。第三种为狭义的行政行为，指行政行为是行政主体所为的具体行政行为，即就某一具体事件所为的行为。第四种为最狭义的行政行为，指行政行为是行政主体就具体事件所为并发生行政法上效果的单独行为，即行政主体为此一行为时是在单方意志决定下实施的。第五种为折中的行政行为，指行政主体本于行政职权所为的公法上的行为，能够发生公法效果的行为。

这种关于行政行为的分类研究，并通过分类研究揭示行政法上行政行为定义的方法对我们研究行政行为有非常重要的借鉴意义，在我们给行政法上的行政行为下定义之前首先必须对行政行为的概念予以说明。一则，“行政行为”是一个学理用语，不是一个法律用语。所谓学理用语，是指我们所提到的行政行为并没有明文的法律规定，只是学者们对行政机关或者行政主体行政过程的一个描述，事实上在法律表述中或者用行政活动的概念,或者使用行政机关实施的一些具体的行政行为,如处罚、强制、许可等。行政行为是学者们对行政机关在行政活动过程中所为或者不为一定状态的描述。二则,行政行为不一定都与行政法有关。行政机关在组建以后要作诸多的事情,从行政行为最广泛的意义上讲行政机关所作的一切事情或者在做事过程中的意思表示都可以称为行政行为。而在所有行为中只有一部分与行政法有关,可以说绝大部分与行政法没有必然联系,没有直接关系。行政行为和行政法的关系是需要探讨的,行政行为究竟先于行政法规范存在,还是行政法规范先于行政行为存在,这一问题从深层意义上讲是一个行政法哲学问题。如果我们认为行政行为先于行政法存在,那么,行政法如何控制行政行为,控制在多大的范围内和多大的程度上?各国的实践似乎告诉我们,行政行为是先于行政法规范而存在的,至少是先于行政行为法规范而存在的。例如,国家在建立行政组织体系时,并没有同时制定各个行政机关应采取何种行政行为的规则,而行政机关一旦建立就必然会实施这样或者那样的行为,这说明行政机构的设立和行政职权的确定是行政行为的前提。若我们接受了这一理念,那么对行政行为的控制的着重点不一定在行政行为法,更重要的是行政组织法。若我们认为行政机关的设立只是一个静态要素,即设立行政机关与行政机关为行政行为并不是同时进行的,设立以后再通过行政行为法赋予行政机关为行政行为的权力,那么,行政法的侧重点应当在行政行为法部分,而不应当在行政组织法部分。无论如何,行政行为与行政法不一定有直接关系,一些行政行为甚至与行政法毫无关系。这是我们在给行政法上行政行为下定义之前必须说明的两个问题。

行政法上的行政行为是指行政主体实施的由行政法规范调整或者应当由行政法规范调整或规范的行政活动和行政手段。行政法上的行政行为具有下列本质属性:

1. 行政法上的行政行为是由行政主体实施的行为

任何行为都有对应的行为主体,没有主体的行为是不存在的。行政法上的行政行为是由具有行政主体资格的机关或组织实施的。行政行为的实施者具有行政主体资格,是在法律上规定的合格行政主体。我们知道,行政主体是在与行政相对人的关系形式中确定其地位的,一个没有与相对一方发生任何关系的行政机关,由于它是一个静态的机构,还不是我们在法律上讲的行政主体。因此,纯粹行政机关的行为不能算是行政法上的行为。相反,某一主体若不是行政机关,但它却具有行政主体资格,如法律授权的组织在授权下所为的行为都符合行政行为的主体要件。[2]

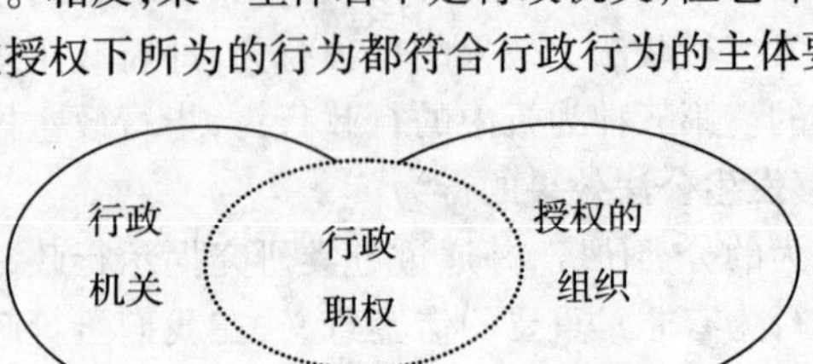

2. 行政法上的行政行为是与行政法有关系的行为

上面已经指出在行政行为的学理分析中，相当一部分行为是行政法规范之外的行为，如行政主体在民事法律关系中的行为，行政主体所作的不发生法律效力的事实行为等。[3]这些非行政法行为肯定不是行政法上的行为，行政行为与行政法发生关联以后才可被视为行政法上的行为。我们所指的与行政法的关联，一方面指该行为受到了行政法规范的规定。或者行政法规范赋予了行政机关实施这一行为的资格，如《中华人民共和国消费者权益保护法》第28条规定："各级人民政府工商行政管理部门和其他有关行政部门应当依照法律、法规的规定，在各自的职责范围内，采取措施，保护消费者的合法权益。有关行政部门应当听取消费者及其社会团体对经营者交易行为、商品和服务质量问题的意见，及时调查处理。"该条赋予了工商行政机关采取有关措施和调查处理的资格；或者行政法规范对行政主体实施这一行为进行了有效限制，如《中华人民共和国行政诉讼法》就对行政机关实施行政许可的行为进行了必要限制。另一方面指该行为应当受到行政法规范的规定。行政组织法赋予行政主体职权后，行政主体依行政职权实施诸多行为。一些行为有相应的行为法予以规定，一些尚未有相应的行为法予以规定。不能认为没有被行政法规范的行政行为都不是行政行为。由于立法技术等方面的原因，在一国的行政法治中肯定有一些行政行为本应受到法律的控制而没有受到控制。我们认为，应当受到行政法规范和调整的行政行为就应当是行政法上的行政行为。法律规范规定行政行为的广度和深度与一国行政法治水平有关。法治水平高的国家行政行为被纳入行政法规范的广度和深度要强一些，例如，有完整行政程序法的国家将行政决策等行为都纳入到行政法规范的调整之中，而尚未制定行政程序法的国家至少行政决策没有受到行政法规范的规制。

3. 行政法上的行政行为以行政活动和行政手段为外形

行政行为是对行政过程中行政机关实施行为的概括，行为本身是行政机关的一种意思表示，而该意思表示对相对人的权益会产生影响。行政行为是以具体的形式出现的，这样的具体形式我们称之为行政行为的外形。一种为行政管理活动。例如《中华人民共和国外国人入境出境管理法》第25条规定："中国政府在国外受理外国人入境、过境申请的机关，是中国的外交代表机关、领事机关和外交部授权的其他驻外机关。中国政府在国内受理外国人入境、过境、居留、旅行申请的机关，是公安部，公安部授权的地方公安机关和外交部、外交部授权的地方外事部门。"该条赋予了地方公安机关以及其他机关实施外国人入境的行政管理活动。另一种为行政手段，即行政机关在行政过程中为实现行政职权而采用的各种手段。例如，《中华人民共和国港口法》第48条规定："有下列行为之一的，由港口行政管理部门责令停止违法经营，没收违法所得；违法所得10万元以上的，并处违法所得2倍以上5倍以下罚款；违法所得不足10万元的，处5万元以上20万元以下罚款：(一)未依法取得港口经营许可证，从事港口经营的；(二)未经依法许可，经营港口理货业务的；(三)港口理货业务经营人兼营货物装卸经营业务、仓储经营业务的。有前款第(三)项行为，情节严重的,由有关主管部门吊销港口理货业务经营许可证。"此条赋予了港口行政管理机关诸多行政手段,只不过我们在行政法中将这些行政手段叫做行政行为而已。

4. 行政法上的行政行为是一个范畴概念

行政法上的行政行为是一个行为体系,即我们将多种行政手段和行政管理方法共同称为行政行为。正是这种范畴概念的特点使学者们不得不用诸多分类标准对行政行为进行理论分类。如我们将行政行为分为具体行政行为和抽象行政行为;[4]一次行政行为和二次行政行为;禁止性行政行为与许可性行政行为;内部行政行为与外部行政行为;可诉行政行为与不可诉行政行为;程序性行政行为与实体性行政行为;原始行政行为与改变后的行政行为;有利行政行为与不利行政行为;羁束的行政行为与自由裁量的行政行为;终局行政行为与非终局行政行为;附款行政行为与无附款行政行为;强制行政行为与非强制行政行为;单方行政行为与双方行政行为;主行政行为与从行政行为;中间行政行为与最终行政行为;依职权的行政行为与依申请的行政行为;要式的行政行为与不要式的行政行为;作为行政行为与不作为行政行为;合法行政行为与违法行政行为等。[5]行政行为作为一种范畴概念对于我们完善行政行为法造成了很大的难度,究竟通过一部法典规范行政行为,还是针对每个行政行为制定规则就是理论界长期争论的一个问题。

序号	行为特性	基本含义
1	由行政主体实施	具有行政主体资格者实施的
2	与行政法有关系	已经受行政法规范规制,或者应当受行政法规范规制
3	以行政活动与行政手段为外形	行为的物质外形是具体的行政活动和具体的行政手段
4	是由行为系列构成的范畴	是对无数行政活动和手段的总称,将个别现象普遍化了

二、行政行为法的界定

所谓行政行为法,是指规范行政行为的行政法规范的总称。

行政法教科书中有行政行为法的名称,[6]但没有行政行为法的定义,例如皮纯协主编的《行政法学》其中有一篇的名称叫"行政行为法",却没有对行政行为法的概念进行阐释,在"行政行为法"篇中他设计了下列内容:行政行为的一般理论、行政立法、行政许可、行政征收、行政处罚、行政编制、行政调查、行政契约、行政指导、行政计划、行政事实行为等。国内其他行政法的教科书也基本上采取这样的处理方式。1993年出版的我国第一部《行政行为法》的专著也没有行政行为法的概念界定。[7]学者普遍使用行政行为法的名称而不界定行政行为法的概念,其主要理由不外乎下列方面:

第一,将行政行为与行政行为法视为同一意义的概念。

笔者注意到学者在教科书中用行政行为法代替行政行为的定义几乎是一个普遍现象。我国学者在讲授行政行为的定义时也基本上将行政行为与行政法结合起来,如"行政行为是享有行政权的组织(主体)运用行政权对行政相对人所作的法律行为,不具有行政权的组织所作的行为,具有行政权组织非运用行政权所作的行为,或者非针对行政相对人所作的行为,以及不具有法律意义的事实行为,一般都不属于本书所界定的行政行为的范围”。[8]依这一定义,行政法上的行政行为是具有法律属性的,行政行为能够产生行政法上的效果,从这个意义分析似乎行政行为法和行政行为是同一意义的用语,即行政行为本身就是行政法中的一种法律形式,而行政行为法又是国家通过政府行政行为表现出来的,这便必然推论出行政行为法与行政行为是同一意义的论点。笔者认为,行政行为法与行政行为是否为同一意义的概念关系重大,它牵涉到行政法和行政过程的价值选择问题,即行政行为法是通过行政行为得到体现呢,还是必须赋予行政行为以法律的属性这一哲理问题。如果将行政行为法与行政行为视为同一意义的概念,那么,政府行政行为就必然具有法律属性,行政权的任何一次作为与不作为都会被法律化,最终使行政凌驾于法律之上,因为我们无原则的赋予了行政行为以法律的属性。

第二,将行政行为法视为非实在法。

所谓非实在法就是不由立法机关制定、不以国家强力表现出来的法律范畴。从各国立法的情况来看,行政行为法似乎也是一个非实在法,如当我们讲到行政组织法时我们可以寻找到以行政组织法命名的法律规范,如我国的国务院组织法、地方人民政府组织法,当我们讲到公务员法时也能从各国法典中找到同样名称的法典,当我们讲到行政诉讼法时也能从各国实在法中找到这样的法律规范。而以行政行为法命名的法典在各国行政法中很难找到同一名称的法典,[9]这也许是由于行政行为本身就是一个范畴概念所导致的。

其实上列两个方面都不应当妨碍我们对行政行为法的界定。行政行为法与行政行为不论从学理上讲还是从法律规范方面说都不是同一意义的概念,行政行为是政府行政系统所实施的管理活动和采用的行政手段,它的管理活动和行政手段既可以来自实在法,即国家制定的法律规范,又可以来自法律规范之外的其他因素,如行政行为可以直接来自于行政组织法规定的行政职权,可以直接来自于行政系统的指挥与命令,还可以直接来自于行政文化和行政道德。正如上述,行政行为有很大部分并不是来自行政法规范的规定,在行政法治实践中有一大部分行政行为游离于法律规范之外。行政行为法则是一个规则系统,行政行为是行政行为法的元素,行政行为使行政行为法有了实在意义,而行政行为法使行政行为有了法律形式,这是理论上二者的不同。从法律规则上看,行政行为法与行政行为也是不同的,行政行为法是国家制定的规范行政行为的规则,而行政行为则是行政主体实施的行政手段,二者的主体存在差别,二者在法律形式上存在差别。至少将行政行为法视为非实在法、视为从若干具体行政行为中概括出来的抽象概念这一认识更难以成立。行政行为法是一国法律体系的组成部分,虽然有称谓上的不同,然而,其作为国家用以调整行政管理活动和行政手段的规则都是非常实在的。它存在的分散性不能成为其作为非实在法的一个理由。我们针对行政处罚行为制定的行政处罚法就是一个实在的法。就目前的立法水平看,我们还没有找到一个很好的办法能将规范所有行政行为的实体规则和程序规则统一在一个法典中,实体规则与程序规则的分立,不同行政行为规则的分立,不同行政管理活动规则的分立模糊了我们将行政行为法看作实在法的视野。这是我们在揭示行政行为法的本质属性之前对国内关于行政行为法研究的评说。

行政行为法应当具有下列本质属性:

1. 行政行为法是制约行政主体与行政相对人动态关系的法

行政主体与行政相对人的关系存在于诸多方面,当我们将行政机构体系作为行政权的行使主体,将社会公众作为行政权的归属主体看待时,行政主体与行政相对人的关系便是静态关系。行政机构体系是一个静态的机构实体,社会公众是无数社会成员的一个集合,行政机构体系的存在是以社会公众付出的成本为前提的,而行政主体也为社会公众带来看得见或者看不见的利益。此时,我们可以将行政主体与行政相对人的关系以静态形式看待,对于这样的静态关系一般以行政组织法加以调整。行政主体在行政管理过程中从事无数的行政活动采取无数的管理手段,其从事的这些管理活动和采取的管理手段都要对一定的人和组织产生影响。因此,行政主体的行政活动和行政手段必须有相应的法律形式,这些法律形式就是行政行为法的构成。例如《中华人民共和国律师法》第 49 条规定:"律师有下列行为之一的,由设区的市级或者直辖市的区人民政府司法行政部门给予停止执业 6 个月以上 1 年以下的处罚,可以处 5 万元以下的罚款;有违法所得的,没收违法所得;情节严重的,由省、自治区、直辖市人民政府司法行政部门吊销其律师执业证书;构成犯罪的,依法追究刑事责任:(一)违反规定会见法官、检察官、仲裁员以及其他有关工作人员,或者以其他不正当方式影响依法办理案件的;(二)向法官、检察官、仲裁员以及其他有关工作人员行贿,介绍贿赂或者指使、诱导当事人行贿的;(三)向司法行政部门提供虚假材料或者有其他弄虚作假行为的;(四)故意提供虚假证据或者威胁、利诱他人提供虚假证据,妨碍对方当事人合法取得证据的;(五)接受对方当事人财物或者其他利益,与对方当事人或者第三人恶意串通,侵害委托人权益的;(六)扰乱法庭、仲裁庭秩序,干扰诉讼、仲裁活动的正常进行的;(七)煽动、教唆当事人采取扰乱公共秩序、危害公共安全等非法手段解决争议的;(八)发表危害国家安全、恶意诽谤他人、严重扰乱法庭秩序的言论的;(九)泄露国家秘密的。律师因故意犯罪受到刑事处罚的,由省、自治区、直辖市人民政府司法行政部门吊销其律师执业证书。"该条规定了司法行政部门吊销律师执业证书这一行政行为,律师具有从业的权利,在从业过程中行政主体对其具有管理的权限,而管理是以一定手段为之的,这一手段将律师与行政主体在律师从业中的动态关系联系起来了。行政主体对行政相对人具有管理权是无须证明的,而管理过程中的意志关系却是必须受到制约的,通过这种制约使行政主体与行政相对人的权利义务良性运作,这便是行政行为法的第一本质属性。如下图所示:

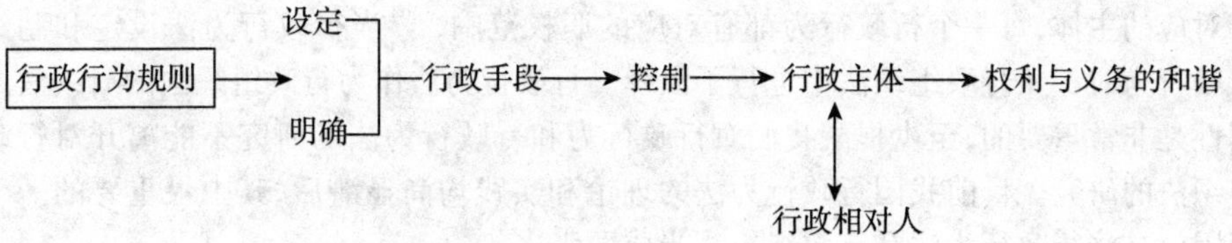

2. 行政行为法是形成行政行为与制约行政行为的法

行政行为法是用以规范行政行为的，它对行政行为的规范主要有两个方面：一是形成行政行为，即通过行政行为法形成行政主体能够实施的行政行为。我们首先应当推定，行政职权不能派生行政行为，我们还应当推定行政组织法设计了行政组织以后并不同时为行政主体确定相应的行为，事实上各国行政组织法一般都不规定政府行政系统所能够实施的行政行为。也就是说，行政机构体系设立以后，行政主体还必须通过其他法律规范取得实施行为资格，有行政主体资格不见得一定具有实施某种行为的资格，行政行为是由行政组织规则以外的规则确定的。例如《出版管理条例》第55条规定："未经批准，擅自设立出版物的出版、印刷或者复制、进口、发行单位，或者擅自从事出版物的出版、印刷或者复制、进口、发行业务，假冒出版单位名称或者伪造、假冒报纸、期刊名称出版出版物的，由出版行政部门、工商行政管理部门依照法定职权予以取缔；依照刑法关于非法经营罪的规定，依法追究刑事责任；尚不够刑事处罚的，没收出版物、违法所得和从事非法活动的专用工具、设备，违法经营额1万元以上的，并处违法经营额5倍以上10倍以下的罚款，违法经营额不足1万元的，并处1万元以上5万元以下的罚款；侵犯他人合法权益的，依法承担民事责任。"没有该条确定出版行政部门与工商行政管理部门对非法经营者实行取缔等行政行为，此二行政主体就不具备实施这种行为的资格。二是制约行政行为，就是通过行政行为法对行政主体实施行政行为进行制约，使其实施行政行为时遵循一定的规则和程序。例如《中华人民共和国行政处罚法》规定行政机关实施行政处罚行为必须坚持公开、公正、公平的原则，这便是对行政主体实施行政处罚行为的约束。

3. 行政行为法是行政组织法的后续法

行政法学界关于行政组织法和行政行为法的关系尚没有人进行探讨，行政法教科书将二者分而讲解并没有提到二者之间的逻辑关系。我们知道，行政法的规范体系中包括对体进行的规范和对用进行的规范两个方面，体和用是两个不能分开的东西，"体"所指的是行政法中的静态要素，"用"指的是动态要素，静态要素和动态要素的结合使行政过程得以实现。作为对"用"作出规范的行政行为法必须以行政组织法为前提。没有行政组织法对行政机构体系的设计，行政行为就失去了存在的主体，行政行为法也就没有了规制的主体要件；没有行政组织法对行政主体职权的规定，行政行为法就失去了规制行政行为的权力来源。例如，没有行政组织法设计诸如工商、税务、物价、环保等无数行政管理职能部门，行政行为法就无法对这些职能部门确定行为，更无从制约他们的行为。笔者注意到，在行政行为法中几乎每一个行政行为都有对应的主体,每一个行政行为都有对应的职权范围,[10]当行政行为法设定和制约行政行为时都从行政组织法中进行了演绎。行政行为法作为行政组织法的后续法之属性是非常重要的,至少提醒我们对行政行为和行政行为法的研究不能离开对行政组织法的研究。目前我国行政行为法的理论和实践均尚显滞后,其中最重要的一个原因就是将行政行为法和行政组织法当成两张皮。

4. 行政行为法的法形态最为零散

行政法是由许许多多法律规范构成的法律群,这一特性在行政行为法中的表现最为突出。行政行为法是由许许多多不同种类的行政法规范构成的。一则,我们难以寻找到一个专门规范行政行为的法典,如果有的话它也是针对个别的行政行为而作出的,如《行政处罚法》和《行政许可法》。同时,这些法律所规范的并不是行政处罚和行政许可行为的全部,它仅仅涉及行政处罚和行政许可行为的程序规则,而行政组织法则有相对规范化的法典,如《中华人民共和国国务院组织法》就对国务院组织的几乎所有问题作了全面规定。二则,行政行为规范的法典最大。我国每一个行政管理部门法都有行政行为的规定,例如《中华人民共和国农业法》、《中华人民共和国环境保护法》、《中华人民共和国矿山安全法》等。且每一个这样的行政管理部门法只涉及几个或一个行政行为,[11]这类法典中对行政行为的规定大多是实体规则,即该行政行为所涉及的具体权利义务以及权利和义务的量。例如《中华人民共和国矿山安全法》第40条规定:“违反本法规定,有下列行为之一的,由劳动行政主管部门责令改正,可以并处罚款;情节严重的,提请县级以上人民政府决定责令停产整顿;对主管人员和直接责任人员由其所在单位或者上级主管机关给予行政处分:(一)未对职工进行安全教育、培训,分配职工上岗作业的;(二)使用不符合国家安全标准或者行业安全标准的设备、器材、防护用品、安全检测仪器的;(三)未按照规定提取或者使用安全技术措施专项费用的;(四)拒绝矿山安全监督人员现场检查或者在被检查时隐瞒事故隐患、不如实反映情况的;(五)未按照规定及时、如实报告矿山事故的。”本文就是一个具体条款,对行政行为及实施主体规定得十分具体。为了进一步量化,《中华人民共和国矿山安全法实施条例》第52条规定:“依照《矿山安全法》第40条规定处以罚款的,分别按照下列规定执行;(一)未对职工进行安全教育、培训,分配职工上岗工作的,处4万元以下的罚款;(二)使用不符合国家安全标准或者行业安全标准的设备、器材、防护用品和安全检测仪器的,处5万元以下的罚款;(三)未按照规定提取或者使用安全技术措施专项费用的,处5万元以下的罚款;(四)拒绝矿山安全监督人员现场检查或者在被检查时隐瞒事故隐患,不如实反映情况的,处2万元以下的罚款;(五)未按照规定及时、如实报告矿山事故的,处3万元以下的罚款。”该规定使该行政行为的实体权利义务非常确定。行政行为法形态的零散性是行政法的一个特有现象,该现象究竟是必然还是实然是需要理论界探讨的问题。

三、行政行为法的立法主体

所谓行政行为法的立法主体,是指行政行为法的造法机关。行政行为法不是行政行为法律的代名词,而是指所有规范行政行为的行政法规范。只要我们将行政法的渊源确定在哪一个层次,那么,这一层次中规范行政行为的规则就是行政行为法。如果我们将正式行政法渊源确定到行政管理规范性文件这一级别的话,那么,几乎每个层次的行政法规范中都有行政行为法的规则。

第二节　行政行为法的法构成

行政行为法的法构成,是指规范行政行为的行政法规范反映在哪些类型的行政法规范之中。行政行为法是由规范行政行为的不同规则集合而成的,它不像行政组织法那样在行政立法文件中就有专门的名称,如果我们将不同行政法规范体系中规制行政行为的规则统一称为行政行为法,那么,如何确定行政行为法在行政法规范中分布的领域就是澄清行政行为法时必须首先解决的问题。从行政法文件的部类看,行政行为法主要反映在下列行政法文件中:

一、行政立法法中的行政行为法

行政立法法是指规范政府行政系统立法行为的行政法规范的总称。行政立法法所规范的主要是行政行为。哪些层次的行政机关享有行政立法权是行政立法法解决的第一个问题,行政立法机关如何作出行政立法行为是行政立法法规范的第二个问题,第三个问题是行政立法行为所涉及到的行政管理事项,第四个问题是行政立法行为实施时的一些具体操作规程。我国行政立法行为法大体包括下列不同层次的行政法规范:(1)《中华人民共和国立法法》对行政立法行为的规定。包括对行政法规制定行为和政府规章制定行为的主体、客体、程序等的规定。(2)《行政法规制定程序条例》对行政立法行为的规定。主要规定了行政法规制定行为操作中的具体问题。(3)《规章制定程序条例》对行政立法行为的规定。主要规定了部门规章和地方政府规章制定过程中的操作规程问题。(4)《法规规章备案条例》对行政立法行为的规定。其中对规章备案问题的若干规定是行政行为法的内容。(5)上列若干规范行政立法行为的规则是中央机关制定的,各地根据自己的实际情况相继制定了各地行政立法权行使的规则,如《山东省人民政府规章制定程序办法》、《山东省人民政府规章和规范性文件备案办法》、《上海市人民政府规章制定程序办法》、《长沙市人民政府规章制定程序办法》等。截至目前几乎我国具有规章制定权的地方都有规范规章制定行为的规则。

二、规范其他抽象行政行为的行政行为法

规章以下的抽象行政行为主要是行政管理规范性文件的发布,《中华人民共和国宪法》、《中华人民共和国地方各级人民代表大会和地方各级人民政府组织法》赋予了我国各级行政机关及其职能部门制定行政管理规范性文件的权力。但是,至少在中央立法层面还没有一部专门的规范性文件制定行为的规则。一些地方人民代表机关或者地方人民政府则制定了对规范性文件制定行为进行调整的规则。例如,上海市人民政府2003年12月22日发布了《上海市行政规范性文件制定和备案规定》,该规定对行政规范性文件的制定行为从下列方面进行了规范:

1. 确立了规范性文件的制定原则。例如第5条规定:"规范性文件的制定和备案,应当遵循下列原则:(一)维护社会主义法制统一;(二)依照法定职权和程序进行;(三)保障公民、法人和其他组织合法权益;(四)体现职权与职责一致性;(五)坚持有件必备、有备必审、有错必纠。"

2. 对规范性文件的制定主体进行了限制。例如第7条规定:"下列机构不得制定规范性文件:(一)临时性行政机构;(二)行政机关的内设机构;(三)实行垂直领导的市人民政府工作部门的下属机构;(四)区(县)人民政府的派出机构;(五)依据法律、法规、规章的授权进行行政管理的组织,但法律、法规或者规章另有规定的除外。"

3. 对规范性文件不得设定的事项作了规定。例如第8条规定:"规范性文件的名称,一般称'规定'、'办法'、'细则'、'决定'、'通告'。凡内容为实施法律、法规、规章和上级行政机关规范性文件的,其名称前一般冠以'实施'两字。规范性文件一般用条文形式表述。除内容复杂的外,一般不分章、节。"第9条规定:"规范性文件不得设定下列内容:(一)行政许可事项;(二)行政处罚事项;(三)行政强制措施;(四)行政收费事项;(五)其他应当由法律、法规、规章或者上级行政机关规定的事项。规范性文件对实施法律、法规、规章作出的具体规定,不得增设公民、法人或者其他组织的义务,不得限制公民、法人或者其他组织的权利。"

4. 对规范性文件的制定程序进行了规定。尤其对规范性文件的组织起草、意见听取、审核、批准、公布等进行了规定。例如第10条规定:"规范性文件由行政机关组织起草。市和区(县)人民政府组织起草规范性文件时,可以确定由其一个或者几个部门具体负责起草,也可以确定由其法制机构起草或者组织起草。规范性文件的内容涉及两个或者两个以上部门职权的,应当由两个或者两个以上部门联合起草;联合起草时,应当以一个部门为主,其他部门配合。其他行政机关组织起草规范性文件,参照本条第2款、第3款的规定执行。"笔者认为上海以及我国其他一些地方针对行政规范性文件的发布制定专门立法的做法值得我国中央立法机关注意,在我国没有出台行政程序法的情况下,制定专门规范行政规范性文件的行政行为法规则是很必要的。[12]

三、部门行政管理法[13]中的行政行为法

部门行政管理法也叫部门行政法，是指有关部门行政管理的法律规范的总称。我国的部门行政管理法与其他国家不同，[14]它采取的立法体制是二元结构，即在一部部门行政法典中包括了双重内容。一部分内容是规范行政相对人的以行政相对人为规范对象，例如《中华人民共和国进出口商品检验法》第5条规定："列入目录的进出口商品，由商检机构实施检验。前款规定的进口商品未经检验的，不准销售、使用；前款规定的出口商品未经检验合格的，不准出口。本条第1款规定的进出口商品，其中符合国家规定的免予检验条件的，由收货人或者发货人申请，经国家商检部门审查批准，可以免予检验。"另一部分内容是规范行政主体的，还以《中华人民共和国进出口商品检验法》为例，该法第37条规定："国家商检部门、商检机构的工作人员违反本法规定，泄露所知悉的商业秘密的，依法给予行政处分，有违法所得的，没收违法所得；构成犯罪的，依法追究刑事责任。"部门行政管理法二元结构的立法技术使我国绝大多数行政行为法的规则都分散在部门行政管理法中。部门行政法关于行政行为法的具体规定表现如下：

（一）规定了具体行政行为所涉及的管理领域

部门行政法作为行政法的一大部类，从总体上讲对行政行为的规范反映在对行政行为涉及行政管理领域的划分。每一个部门行政管理都有一些主要的部门管理规则，若将这些部门管理规则集中在一起进行分析的话，我们发现行政行为领域的划分某种意义上讲是行政行为法的基本内容。只有对行政行为分布的领域作出合理划分，才能确定如何根据行政权的不同范畴制约行政行为。目前我国行政行为分布的主要管理领域有：

（1）各级人民政府的行政行为。例如《中华人民共和国义务教育法》规定当地人民政府有权对违法当事人进行罚款。

（2）财政部门的行政行为。例如《中华人民共和国注册会计师法》、《中华人民共和国外资企业法》、《社会集团购买力管理办法》等都有规定。

（3）审计部门的行政行为。例如《中华人民共和国审计法》、《中华人民共和国预算法》等。

（4）税务部门的行政行为。例如《中华人民共和国税收征收管理法》、《中华人民共和国个人所得税法》等。

（5）工商部门的行政行为。例如《中华人民共和国企业法人登记管理条例》、《中华人民共和国广告法》、《中华人民共和国商标法》等。

（6）金融部门的行政行为。例如《中国人民银行法》、《境外金融机构管理办法》、《银行外汇信贷资金管理办法》等。

（7）外汇管理部门的行政行为。例如《中华人民共和国外汇管理条例》、《国务院关于加强外汇管理的决定》等。

(8)物价部门的行政行为。例如《中华人民共和国价格法》、《价格违法行为行政处罚规定》、《公路运价管理暂行规定》等。

(9)劳动部门的行政行为。例如《中华人民共和国劳动法》、《锅炉房安全管理规则》、《中华人民共和国矿山安全法实施条例》、《中华人民共和国矿山安全法》等。

(10)公安部门的行政行为。例如《中华人民共和国治安管理处罚法》、《中华人民共和国道路交通安全法》、《中华人民共和国集会游行示威法》、《中华人民共和国国旗法》、《中华人民共和国出入境管理法》等。

(11)国家安全部门的行政行为。例如《中华人民共和国国家安全法》。

(12)司法部门的行政行为。例如《中华人民共和国律师法》、《中华人民共和国公证法》等。

(13)海关部门的行政行为。例如《中华人民共和国海关法》、《海关行政处罚实施条例》等。

(14)环境保护部门的行政行为。例如《中华人民共和国环境保护法》、《中华人民共和国大气污染防治法》、《中华人民共和国水污染防治法》、《中华人民共和国海洋环境保护法》等。

(15)商品检疫检验部门的行政行为。例如《中华人民共和国进出口商品检验法》、《中华人民共和国进出口商品检验实施条例》、《出口商品运输包装检验管理办法》等。

(16)对外贸易部门的行政行为。例如《中华人民共和国对外贸易法》、《外国商品管理暂行规定》《中华人民共和国进出口货物原产地条例》、《中华人民共和国进出口货物许可制度暂行条例》等。

(17)外事部门的行政行为。例如《中华人民共和国外国常驻新闻机构和外国记者采访条例》等。

(18)技术监督部门的行政行为。例如《中华人民共和国标准化法》、《中华人民共和国产品质量法》、《中华人民共和国产品质量认证管理条例》、《中华人民共和国标准化法实施条例》等。

(19)科学技术部门的行政行为。例如《实验动物管理条例》、《国家科学技术奖励条例》、《中华人民共和国科技进步法》。

(20)商标部门的行政行为。例如《中华人民共和国商标法》、《中华人民共和国商标法实施条例》等。

(21)专利部门的行政行为。例如《中华人民共和国专利法》、《中华人民共和国专利法实施细则》、《专利代理条例》等。

(22)教育部门的行政行为。例如《中华人民共和国教育法》、《中华人民共和国教师法》、《中华人民共和国民办教育促进法》、《中外合作办学条例》等。

(23)新闻出版部门的行政行为。例如《出版管理条例》、《广播电视管理条例》等。

(24)文化部门的行政行为。例如《中华人民共和国文物保护法》等。

(25)广播电视部门的行政行为。例如《广播电视设施保护条例》、《有线电视管理办法》等。

(26)卫生部门的行政行为。例如《中华人民共和国食品安全法》、《突发公共卫生事件应急条例》、《中华人民共和国传染病防治法》等。

(27)药品管理部门的行政行为。例如《药品管理法》等。

(28)城乡建设部门的行政行为。例如《城市房屋拆迁管理条例》、《城乡建筑工程设计单位注册登记审查管理办法》、《城市市容环境卫生管理条例》、《城市园林绿化管理暂行条例》等。

(29)土地部门的行政行为。例如《中华人民共和国土地管理法》、《中华人民共和国土地管理法实施条例》、《土地复垦规定》等。

(30)规划部门的行政行为。例如《中华人民共和国城乡规划法》、《停车场建设和管理暂行规定》等。

(31)烟草专卖管理部门的行政行为。例如《中华人民共和国烟草专卖法》、《烟草专卖行政处罚规定》等。

(32)农牧渔业管理部门的行政行为。例如《兽药管理条例》、《中华人民共和国渔业法》、《中华人民共和国农业法》、《中华人民共和国草原法》、《水产资源繁殖保护条例》等。

(33)能源管理部门的行政行为。例如《天然气商品量管理暂行办法》等。

(34)交通运输部门的行政行为。例如《中华人民共和国海上交通安全法》、《中华人民共和国内河交通安全管理条例》、《中华人民共和国航道管理条例》、《中华人民共和国公路法》等。

(35)旅游管理部门的行政行为。例如《旅行社管理条例》等。

(36)地质矿产部门的行政行为。例如《中华人民共和国矿产资源法》、《地质勘察资质管理条例》等。

(37)林业部门的行政行为。例如《中华人民共和国森林法》、《中华人民共和国森林法实施条例》等。

(38)水管理部门的行政行为。例如《中华人民共和国水法》、《中华人民共和国水土保持法》、《中华人民共和国水土保持法实施条例》等。

(39)民政部门的行政行为。例如《中华人民共和国人口与计划生育法》等。

(40)邮政部门的行政行为。例如《中华人民共和国邮政法》、《中华人民共和国邮政法实施细则》等。

(41)国有资产管理部门的行政行为。例如《事业单位国有资产管理办法》。

(二)规定了行政行为的名称

我国行政法教科书中使用的行政行为名称,尤其具体行政行为名称,几乎都是从部门行政法中提炼出来的,即我们所讲的行政行为都存在于部门行政管理法之中,如行政处罚、行政许可等。部门行政法所规定的行政行为本质上有下列各类：

1. 管理性行政行为

部门行政行为管理法几乎都有管理性行政行为。通过法律规范赋予相关行政机关对某一方面行政事物进行管理的权力，以及根据这一权力实施行政活动的资格。例如《中华人民共和国食品安全法》第 4 条规定："国务院设立食品安全委员会，其工作职责由国务院规定。国务院卫生行政部门承担食品安全综合协调职责，负责食品安全风险评估、食品安全标准制定、食品安全信息公布、食品检验机构的资质认定条件和检验规范的制定，组织查处食品安全重大事故。国务院质量监督、工商行政管理和国家食品药品监督管理部门依照本法和国务院规定的职责，分别对食品生产、食品流通、餐饮服务活动实施监督管理。"第 5 条规定："县级以上地方人民政府统一负责、领导、组织、协调本行政区域的食品安全监督管理工作，建立健全食品安全全程监督管理的工作机制；统一领导、指挥食品安全突发事件应对工作；完善、落实食品安全监督管理责任制，对食品安全监督管理部门进行评议、考核。县级以上地方人民政府依照本法和国务院的规定确定本级卫生行政、农业行政、质量监督、工商行政管理、食品药品监督管理部门的食品安全监督管理职责。有关部门在各自职责范围内负责本行政区域的食品安全监督管理工作。上级人民政府所属部门在下级行政区域设置的机构应当在所在地人民政府的统一组织、协调下，依法做好食品安全监督管理工作。"

2. 许可性行政行为

此类行为赋予了行政主体实施行政许可行为的资格，行政主体因此对行政相对人实施行政审批。例如《中华人民共和国国境卫生检疫法》第 4 条规定："入境、出境的人员、交通工具、运输设备以及可能传播检疫传染病的行李、货物、邮包等物品，都应当接受检疫，经国境卫生检疫机关许可，方准入境或者出境。具体办法由本法实施细则规定。"国境卫生检疫机关的行政许可行为来源于该条的规定。

3. 行政检查行为

即部门行政法赋予行政主体对某些事项实施行政检查行为的权力。如《中华人民共和国食品安全法》第 36 条规定："食品生产者采购食品原料、食品添加剂、食品相关产品，应当查验供货者的许可证和产品合格证明文件；对无法提供合格证明文件的食品原料，应当依照食品安全标准进行检验；不得采购或者使用不符合食品安全标准的食品原料、食品添加剂、食品相关产品。食品生产企业应当建立食品原料、食品添加剂、食品相关产品进货查验记录制度，如实记录食品原料、食品添加剂、食品相关产品的名称、规格、数量、供货者名称及联系方式、进货日期等内容。食品原料、食品添加剂、食品相关产品进货查验记录应当真实，保存期限不得少于 2 年。"

4. 行政处罚行为

这也是部门行政法规定的最多的行政行为。行政处罚也是一个类概念。在行政处罚行为之下，存在警告、罚款、吊销许可证执照、行政拘留等众多具体的行为类型。[15]如《中华人民共和国药品管理法》第 74 条规定："生产、销售假药的，没收违法生产、销售的药品和违法所得，并处违法生产、销售药品货值金额二倍以上五倍以下的罚款；有药品批准证明文件的予以撤销，并责令停产、停业整顿；情节严重的，吊销《药品生产许可证》、《药品经营许可证》或者《医疗机构制剂许可证》；构成犯罪的，依法追究刑事责任。"该条文包含了没收、罚款、吊销许可证、责令停产等 5 种以上的处罚行为。

5. 行政强制行为

行政强制行为有两种：一是行政强制执行，即行政机关对违法当事人采取的强制执行的具体行政行为，如行政主体对不交纳税款的人强征滞纳金；二是行政强制措施，即行政主体对当事人在紧急情况下采取的处罚措施，例如《中华人民共和国治安管理处罚法》第 15 条规定："醉酒的人违反治安管理的，应当给予处罚。醉酒的人在醉酒状态中，对本人有危险或者对他人的人身、财产或者公共安全有威胁的，应当对其采取保护性措施约束至酒醒。"

6. 行政奖励行为

部门行政法中一些条款规定了行政主体在行政管理中有权实施行政奖励行为。例如，《中华人民共和国文物保护法》第 12 条规定："有下列事迹的单位或者个人，由国家给予精神鼓励或者物质奖励：（一）认真执行文物保护法律、法规，保护文物成绩显著的；（二）为保护文物与违法犯罪行为作坚决斗争的；（三）将个人收藏的重要文物捐献给国家或者为文物保护事业作出捐赠的；（四）发现文物及时上报或者上交，使文物得到保护的；（五）在考古发掘工作中作出重大贡献的；（六）在文物保护科学技术方面有重要发明创造或者其他重要贡献的；（七）在文物面临破坏危险时，抢救文物有功的；（八）长期从事文物工作，作出显著成绩的。"该条虽没有明确行政奖励的实施主体，但从文物行政机关是管理机关看，应由文物部门实施对行政相对人的奖励行为。

上列行为都是一些范畴性概念，在它们之下还包括着各种其他具体行政行为，而这些具体行政行为也须有法律依据。

（三）规定了行政行为的对应主体

行政行为都是一定主体的行为，只有当行为与行为主体对应以后，行为本身才具有合法性。因此，部门行政法在确立某一行政行为时都同时规定了该行为的对应主体。例如《中华人民共和国税收征收管理法》第 28 条规定："税务机关依照法律、行政法规的规定征收税款，不得违反法律、行政法规的规定开征、停征、多征、少征、提前征收、延缓征收或者摊派税款。农业税应纳税额按照法律、行政法规的规定核定。"税务征收的行政行为其对应的主体是税务行政机关，税务机关以外的机关则不能实施此条规定的行为。应当说明的是，我国部门行政管理法中有相应一部分条文对某一行为的对应主体规定得比较宽泛，例如《生产安全事故报告和调查处理条例》第 39 条规定："有关地方人民政府、安全生产监督管理部门和负有安全生产监督管理职责的有关部门有下列行为之一的,对直接负责的主管人员和其他直接责任人员依法给予处分;构成犯罪的,依法追究刑事责任:(一)不立即组织事故抢救的;(二)迟报、漏报、谎报或者瞒报事故的;(三)阻碍、干涉事故调查工作的;(四)在事故调查中作伪证或者指使他人作伪证的。"该条规定的有关机关就使行政行为的对应主体不明确。部门行政法关于行政行为和行政主体对应程度的状况直接关系到行政法对行政行为控制的质量,这种不明确性的行文方式,既有可能导致行政越权又有可能导致行政推诿。

(四)规定了行政行为的救济途径

部门行政法由于立法技术上的原因,基本上没有规定行政行为的实施程序,[16]但是一般都规定了行政行为若对当事人不利时的救济途径。例如《中华人民共和国私营企业暂行条例》第44条规定:"私营企业对管理机关按照本条例第41条、第42条的规定作出的处罚决定不服时,应当在收到通知之日起15日内向作出处罚决定机关的上一级机关申请复议。上一级机关应当在收到申请之日起30日内作出复议决定。申请人对复议决定不服的,可以在收到通知之日起30日内向人民法院起诉。逾期未申请复议或者未向人民法院起诉的,处罚决定生效。"

四、行政程序法中的行政行为法

"行政程序是行政行为的表现形式,所以行政程序法是以行政行为为调整对象的。行政行为主要是指行政机关一方的行为,不包括相对一方的行为。行政程序法也常常涉及相对一方的行为,但相对一方的行为不构成行政行为是否合法的决定性,它不会导致行政行为无效,只有行政机关自己违反程序法的行为才会导致行政行为无效。"[17]这是应松年教授对行政程序法属性的揭示,从行政程序的属性看,行政程序法是以行政行为为中心的,它的作用基点在行政行为。我国没有一部完整的行政程序法,我们一方面根据行政法治较为发达的国家所制定的行政程序法观察行政程序法对行政行为的规定,另一方面根据我国的一些行政程序法规范揭示行政程序法对行政行为的规定。

1. 关于行政程序法对行政行为主体的规定

行政行为既必须有对应主体,同时该主体应当是规范化的主体。外国行政程序法就规定了行政行为主体的表明身份制度。即行政主体实施某一行政行为时必须表明执法身份,以证明其身份的合法性。我国在一些特别的行政程序中也有表明身份的规定,例如《中华人民共和国居民身份证法》第15条规定:"人民警察依法执行职务,遇有下列情形之一的,经出示执法证件,可以查验居民身份证:(一)对有违法犯罪嫌疑的人员,需要查明身份的;(二)依法实施现场管制时,需要查明有关人员身份的;(三)发生严重危害社会治安突发事件时,需要查明现场有关人员身份的;(四)法律规定需要查明身份的其他情形。有前款所列情形之一,拒绝人民警察查验居民身份证的,依照有关法律规定,分别不同情形,采取措施予以处理。任何组织或者个人不得扣押居民身份证。但是,公安机关依照《中华人民共和国刑事诉讼法》执行监视居住强制措施的情形除外。”由此可以看出,表明身份制度是其他相关制度的基础。

2. 关于行政程序法对行政行为告知制度的规定

告知制度包括实施行政行为的机关告知行政相对人的有关事项和告知利害关系人的有关事项。对于行政相对人而言,行政主体要告知有关行政决定的情况。牵涉利害关系人权益的行政主体亦要告知利害关系人。《西班牙公共行政机关及共同的行政程序法》第58条规定:“一、影响利害关系人权益的裁决及行政行为应根据下条规定通知利害关系人。二、所有通知必须在行为之日起的10天内发出,通知须包括裁决的全文,指出它是否为行政程序上的终决,说明有关申诉,受理申诉的部门以及提出申诉的期限,但这并不妨碍利害关系人进行他认为合适的申诉。三、在利害关系人进行意味知晓裁决内容的活动或通知对象的行为,或提出有关申诉之日起,瑕疵通知即发生效力。”[18]

3. 关于顺序制度的规定

行政程序核心部分应当是行政行为的顺序,即行政行为作出的过程和环节。《日本行政程序法》第6条就规定了行政机关作出行政行为时的“标准处理期间”、“行政机关应尽力订定自申请到达其办公处所时起至对该申请为处分时止,通常应需之标准期间(依法令应先向与该行政机关不同之其他机关提出申请这情形,则合并该申请到达该先提出之机关之办公处所起至到达该行政机关办公处所止之时间为通常所需之标准期间)。同时,于订定有该项期间时,应于提出该申请之机关办公处所设置或以其他适当方法公告之。”[19]虽然只是行政行为顺序的一个环节,但从此可以看出程序法对行政行为的控制是非常精细的。

4. 关于对行政行为说明理由制度的规定

行政行为说明理由是现代行政程序保护行政相对人权益,促使行政主体谨慎行政的一种措施。各国行政程序法基本上都有这样的规定,法国1979年制定了专门的《说明行政行为理由及改善行政机关与公众关系法》,其第1条规定:“自然人与法人有权及时知悉与其有关且对其不利的个别行政决定的理由。具有下列内容的决定应当说明理由:——限制公众自由的行使,或其他警察措施;——实施处罚;——对给予许可附加限制性条件或强制性命令;——规定时效、权利丧失或失效;——拒绝给予一项优惠,而该给予对于符合法定条件获取该优惠之人构成一项权利;——拒绝给予许可,但通知理由违反保安原则或损害1978年7月17日第78—753号法律第6条第2至5项规定所保护优惠的,不在此限。”[20]

5. 行政行为听证制度的规定

《美国联邦行政程序法》将行政听证分为正式听证和非正式听证两大类。“所谓正式听证指行政机关在制定法规和作出行政裁决时,举行正式的听证会,使当事人得以提出证据、质证、询问证人,行政机关基于听证记录作出决定的程序。”[21]“非正式听证指行政机关在制定法规或作出行政裁决时,只须给予当事人口头或书面陈述意见的机会,以供行政机关参考,行政机关不须基于记录作出决定的程序。”[22]此两种听证的目的都在于保护行政相对人的权益,都在于使行政行为能够在公平公开的情况下作出。我国已经在一些行政行为中实施了听证制度,如行政处罚等。

五、单一行政行为规则中的行政行为法

针对某一行政行为或普遍行政行为重要事项作出规定是近年来行政行为法立法的一个新趋向。这种趋向有学者持批评态度,认为应当通过行政程序法典对所有行政行为的程序要件作出规定,而不应当针对每个具体行政行为或者抽象行政行为制定规则。因为这种立法技术既会使立法成本加大,又会遗漏某些细节规定。而另一些学者则主张这样的技术是可取的,它使行政法对行政行为的规制更具针对性。不过,由于我国难以在短期内制定一部规范化的行政程序法典,针对一些行政行为和一些问题制定单行行政法律或法规,至少在目前情况下是一种比较可行的立法选择。对单一行政行为规制的行政行为法有三大类,分述于后。

1. 针对某一行政行为而制定一部单一法典

具有代表性的是《中华人民共和国行政处罚法》和《中华人民共和国行政许可法》。前者是针对行政处罚行为而制定的,它的内容主要是行政程序规则,如行政处罚法中的管辖、决定程序、处罚决定权和执行权的分离等。有一小部分内容是行政处罚的实体规则,如行政处罚种类的规定等。后者是针对行政许可行为而制定的,它的内容也主要是行政许可的程序规则,实体规则所占的部分也相对较小。对特定行政行为制定专门法典,在今后一段时间内是我国行政法的一个趋势,这种立法方式虽然有针对性,但正如一些学者所担忧的,此种立法方式将会加大立法成本。国内行政处罚、行政许可中的一些程序也可以适用于其他行政行为,分而制定重复性的规则要通过立法形式出现多次。还有一个便是对行政行为的规制有遗漏之嫌。我们知道,就我国行政法对行政行为的控制而言,不单单要控制某个或某些行为,而是要控制所有行政行为,包括内部行政行为和外部行政行为。例如,行政机关实施的一些行政管理行为、实施的行政强制行为等在一定意义上讲比行政许可、行政处罚更需要控制。因此,笔者认为,此一立法方式只能作为手段之一。

2. 针对普遍行政行为中的某一环节而制定单一法典

行政行为实施过程中有不同的环节,针对不同的环节规定不同的程序也是一个很好的立法技术。当然,一般选择具有敏感性的环节,例如《美国联邦政府机构会议公开法》就针对政府行政决策这样一个环节而展开,《奥地利国家赔偿法》、《美国联邦侵权求偿法》、《中华人民共和国国家赔偿法》针对行政行为造成侵权这一现象作出规定。这样的法律规范是对行政程序法的一个补充。

3. 针对行政行为中存在的敏感问题而制定单一法典

例如,法国针对行政行为的作出是否充分考虑公众利益和公众关系而在 1979 年制定了《说明行政行为理由及改善行政机关与公众关系法》、1983 年制定了《行政机

关与其使用人关系法令》,为了使行政行为不侵犯私权,美国1974年制定了《美国私人秘密法》、《美国情报自由法》。我国一些地方针对政府行为的内部运作,相继制定了政府信息公开的规则,如广州市制定了《广州市依申请公开政府信息办法》、上海市制定了《上海市政府信息公开规定》等。

行政行为法的法构成

序号	构成范围的称谓	存在方式或者内涵	行为类型
1	行政立法法	(1)《中华人民共和国立法法》部分条款 (2)《行政法规制定程序条例》 (3)《规章制定程序条件》 (4)《法规规章备案条例》部分条款 (5)地方人大或地方政府制定的规章规则	行政立法行为
2	规范其他抽象行政行为的规则	(1)规范性文件的专门规制原则 (2)其他分散地规范性文件的规则	其他抽象行政行为
3	部门行政管理法	(1)规定具体行政行为涉及的管理领域 (2)规定具体行政行为的名称 (3)规定具体行政行为的对应主体 (4)规定具体行政行为的救济途径	具体行政行为
4	行政程序法	(1)行政行为主体的规定 (2)行政行为告知制度 (3)行政行为顺序制度 (4)行政行为说明理由制度 (5)行政行为听证制度	具体行政行为或抽象行政行为
5	单一行政行为规则	(1)针对某一行政行为制定 (2)针对普遍行政行为中的某一环节 (3)针对行政行为中存在的敏感问题	具体行政行为或抽象行政行为

第三节 行政行为法的功能

行政行为法是以规范行政行为为其本质属性的,对行政行为的实施以及行政行为实施过程中诸关系的调整也就自然而然地成了行政行为法的功能。若以行政行为法对行政行为进行控制的具体表现观察,我们将会发现行政行为法具有如下功能。

一、确定行政行为与行政主体的关系

行政行为,是一定行政主体的行为,而一定行政主体在行政管理活动过程中也必然实施着一定行为。那么,行政行为与行政主体的关系就直接关系到一国行政法治的实质。行政法对行政权的控制既包括对行政组织的控制,还包括对行政行为的控制。此点在行政法学界是没有争议的,行政法对行政权控制的技术显得十分重要。

笔者认为,行政法如何处理行政行为与行政主体的关系便是一个非常好的控制技术。行政体制法设计了行政机关的体系结构,甚至也设定了行政机构体系的职权,而行政组织法由于是内部行政法,它不可能将行政主体与行政行为对应起来。行政行为法作为调整行政关系的外部法可以确定行政行为与行政主体的对应关系,在行政行为法中对行政主体与行政行为等关系的确定有两种方式,笔者分述于后。

1. 行政行为法确定一定行为的对应主体

行政行为通过分类可以确定一些范畴,可以使一些行为具有科学内涵。例如,在行政法中人们就提炼出来诸多具有确定内涵的行为,行政处罚、行政许可就是非常典型的。在这些行为的科学属性通过法律规范揭示以后,实施这样的行为就成了一个关键问题,行政行为法便以比较规范和灵活的法律形式将具有确定内涵的行为归于一类行政主体之下。在行政过程中,只有某一类甚至某一个行政主体可以对应某一行为。具体分析有下列情形:(1)某一行政行为由所有行政主体或者行政机关对应,如广义上行政管理活动以及与这一活动有关的管理性行政行为。每一个行政机关都有权实施,不论是一级人民政府,还是人民政府职能部门,抑或行政系统中的其他构成主体。(2)某一行政行为对应一类行政主体。在此种情况下,行政行为具有类别上的排他性,如各级人民政府可以发布行政命令,而人民政府职能部门在一般情况下没有实施这一行政行为的资格。再如行政救助行为亦只对应一些行政机关,而其他行政机关则没有实施这一行政行为的法律资格。(3)某一行政行为只能由某个行政主体实施。例如行政拘留只能由公安机关实施,[23]其他行政主体则没有实施行政拘留行为的资格。公安机关对行政拘留的专属性和排他性为行政法对行政过程的控制、为公众对行政行为的监督提供了非常明确的依据。行政行为的对应主体越明确行政法治的水平就越高。但是,我国行政行为法在处理行政行为的对应主体时显得十分模糊,常常使一个非常具体的特定行为对应了若干个主体。例如,《中华人民共和国海洋环境保护法》第5条就海洋环境保护中实施的管理行为对应了7个行政部门。[24]行为多主体的立法技术必然会造成行政管理中的越权和推诿。对行政权的控制是主体控制和行为控制的统一,只有将行为的对应主体搞清楚才能高度实现这种统一性。若行政行为法能使每一个或每一类行政行为的主体都非常确定,我们对行政过程的控制就非常容易了。

2. 行政行为法确定一定主体的对应行为

行政行为法使行政行为与行政主体相和谐的另一行文技术就是依法使行政主体明确自己所能够实施的行政行为。在行政法中一种方式是对某一行政主体从总体上确定一些行政行为。除这些行政行为之外该行政主体不能实施其他行为。例如,行政监察机关只能够对应行政监察行为,审计机关只能对应审计行为。总体上的对应使每一行政主体明确了本机构自设立以后所能够实施的行为范畴。我国每一个行政管理职能部门都有一些对应行为。这也使职能部门之间的行为范畴有了质的区别,如文化行政管理机关所能够实施的行政行为都是与文化管理有关的行为。另一种方式是行政主体在执行某一法律时所能够实施的对应行为。例如,工商行政管理机关具有管理广告事务的职能,执行广告法就成了工商部门的一个执法职能,其在执行广告法时所能够实施的行政行为仅仅只有广告法规定的罚款、吊销执照等行政行为。

二、确定行政行为与行政事态的关系

行政行为的物质内容是行政管理事态,任何一个行政行为都不能例外,其必然是以行政事态为客观基础的,部门行政管理法对行政行为的设定都基于具体的行政事项。例如,《中华人民共和国保险法》第140条规定:"保险公司未依照本法规定提取或者结转各项责任准备金,或者未依照本法规定办理再保险,或者严重违反本法关于资金运用的规定的,由保险监督管理机构责令限期改正,并可以责令调整负责人及有关管理人员。"保险监督管理机构责令限期改正的行政行为其物质内容就是保险这一行政事态。行政行为法通过下列方式确定行政行为与行政事态的关系。

1. 针对行政事态性质确定行政行为类型

行政事态在行政法治实践中是非常复杂的,它有多种多样的外在表现形式,上面列举的我国30个行政管理职能部门都对应了一类行政管理事态,而每一类行政管理事态所对应的行政行为是不相同的。例如,金融行政管理事态中常常对应的行政处罚行为有没收非法所得、没收实物、加还利息、按存款的利率计算赔偿、责令行业整顿、责令向借款方如数退还、责令停止跨地区证券交易活动等;劳动行政管理事态所对应的行政行为则有颁发锅炉压力容器使用证书、颁发技术等级证书、颁发就业许可证、限期整顿、吊销劳动防护产品生产许可证、注销其生产许可证、限期改进等。交通行政事态所对应的行政行为有:罚款、收回驾驶执照、没收涂改的凭证、责令停工、责令停止维修业务、责令停止营运、责令停止超越经营范围的业务等;林业行政事态的系统行政行为有:责令限期除治、责令补栽、责令更新造林、限期补植或重造、责令改变用途、颁发采伐许可证等;城乡建设行政事态所对应的行政行为有:吊销资格证书、降低企业等级、降低资质等级、收取白蚁防治费、收取房地产交易管理费、责令恢复原状、责令施工企业无偿返工重构、责令停工整顿、企业停止分包等;卫生行政事态的对应行政行为主要有:限期改进、限期治理、吊销药品制剂许可证、吊销检疫单证等。行政行为最为根本的决定因素是行政事态,而不是行政管理职能部门。例如责令补栽这一行政行为只能由林业行政事态所决定,只能从林业行政事态中派生。我国部门行政管理法基本上都将此一类事态的相应行为列举出来了。

2. 针对行政事态类型确定行政行为的性质

行政事态在行政管理过程中可以分成诸多类型。我们经常讲到的一般事态和非常事态就是两个比较典型的不同类型的事态。针对此两类事态行政行为法便确定了不同的行为性质。如果是一般性的行政事态,那么相对应的就是常态的行政行为。例如《工伤保险条例》第19条规定:"劳动保障行政部门受理工伤认定申请后,根据审核需要可以对事故伤害进行调查核实,用人单位、职工、工会组织、医疗机构以及有关部门应当予以协助。职业病诊断和诊断争议的鉴定,依照职业病防治法的有关规定执行。对依法取得职业病诊断证明书或者职业病诊断鉴定书的,劳动保障行政部门不再进行调查核实。职工或者其直系亲属认为是工伤,用人单位不认为是工伤的,由用人单位承担举证责任。”此处所规定的调查核实行为都是按照一般法律程序实施的。若行政事态是非常事态则对应非常态的行政行为,例如 2003 年 5 月 9 日制定的《突发公共卫生事件应急条例》第 44 条规定:“在突发事件中需要接受隔离治疗、医学观察措施的病人、疑似病人和传染病病人密切接触者在卫生行政主管部门或者有关机构采取医学措施时应当予以配合;拒绝配合的,由公安机关依法协助强制执行。”此条所规定的行政行为就是非常态的行政行为——在卫生事件中介入公安机关。还可以将行政事态分成需要管理的事态和需要制裁的事态,有些行政事态只需要施以行政管理行为,而另一些事态则可能需要施以制裁行为。总之,行政事态的不同类型要对应不同性质的行政行为。

行政行为与行政主体、行政事态关系表

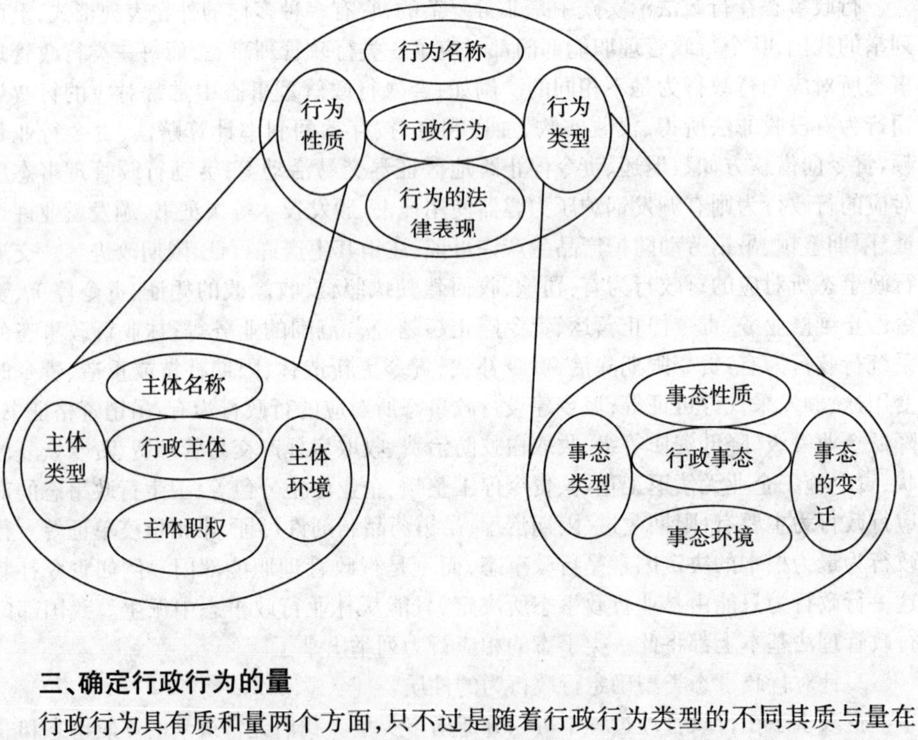

三、确定行政行为的量

行政行为具有质和量两个方面,只不过是随着行政行为类型的不同其质与量在行政行为中的意义和地位有所区别而已。一些行政行为主要是质的问题,无法用数量标准衡量,如行政机关实施的行政检查行为其量的方面就显得不十分重要。有些行政行为必须有相应的量,没有量这样的行为就无法操作,如行政处罚中的罚款等。行政行为法必须对行政行为的量,尤其具有量化标准的行政行为的量予以规定。对量作出规定的行政行为法大多体现在部门行政管理法中，例如《中华人民共和国放射性污染防治法》第55条规定："违反本法规定，有下列行为之一的，由县级以上人民政府环境保护行政主管部门或者其他有关部门依据职权责令限期改正；逾期不改正的，责令停产停业，并处2万元以上10万元以下罚款；构成犯罪的，依法追究刑事责任：（一）不按照规定设置放射性标识、标志、中文警示说明的；（二）不按照规定建立健全安全保卫制度和制定事故应急计划或者应急措施的；（三）不按照规定报告放射源丢失、被盗情况或者放射性污染事故的。"其中对罚款规定了2万到10万元的量化标准。行政行为法对行政行为量的确定主要有下列几个方面。

1. 对行政行为中金钱数额的确定

行政机关的行政征收行为和罚款行为等都有相应的金钱额度。例如，对于行政相对人的治安违法行为行政机关的罚款金钱数额为1元以上200元以下。金钱数额是行政行为中一个最为精确、最为敏感的量化指标，对于这类指标法律必须规定得比较具体，否则，行政机关则取得较大的自由裁量权。我国一些法律对一个违法行为规定的下限为3万元，上限则为20万元，就一个行政行为而言17万元的幅度还是显得大了一些。既然是量化就应当是一个准确的量化，一个行政行为能够与行政事态对应的量化。

2. 对行政行为中期限的量化

限期改正中的量就是期限，我国行政法中的期限以日计算的为多，如行政拘留1日以上15日以下。也有以月计算的，如专利行政法中关于专利权取得的期限。也有以小时计算的，对于违法行为人采取人身强制的不得超过24小时。

3. 对行政行为中尺度的量化

这里的尺度量化在行政行为法中有多种多样的量化单位。[25]如有的以米作为量化的标准，公路行政管理中对路面两侧的建筑的控制就是以米为单位的。有的以亩为单位，《中华人民共和国土地管理法》对土地行政管理部门实施行政许可行为的量化单位便是亩。[26]吨、公斤等也都是行政行为中经常使用的量化单位。

4. 对行政行为中区域的量化

主要是对行政行为空间的限制。

5. 对行政行为中其他因素的量化

凡是可以计量的单位或者不可以计量但可以作出量的分析的都可以成为行政行为中量的要素，行政行为法对这样的要素都可以作出相应规定，例如《物业管理条例》第29条规定："在办理物业承接验收手续时，建设单位应当向物业服务企业移交下列资料：（一）竣工总平面图，单体建筑、结构、设备竣工图，配套设施、地下管网工程竣工图等竣工验收资料；（二）设施设备的安装、使用和维护保养等技术资料；（三）物业质量保修文件和物业使用说明文件；（四）物业管理所必需的其他资料。物业服务企业应当在前期物业服务合同终止时将上述资料移交给业主委员会。"像条例列举的诸种资源就是一个量的问题，少一个资料行政主体都可以作出不予验收的决定。

四、确定行政行为的实体要件

行政行为法必须对行政行为成立的要件作出规定。行政法学界普遍认为行政行为的成立具有实体要件和程序要件两个方面，某一行政行为能否成立必须以此两方面的要件为衡量标准，若符合实体要件和程序要件的行政行为则可以成立；反之，若不符合此一要件的则不能成立，从理论上讲，这两个方面的要件缺一不可。需要说明的是，我们现在关于行政行为成立实体要件和程序要件的探讨都是从应然方面分析的，因为我国既没有行政程序法，也没有系统的行政行为法，长期以来行政行为能否成立以行政机关的行政决定为依据。《中华人民共和国行政处罚法》、《中华人民共和国治安管理处罚法》对行政处罚的实体要件和程序要件作了规定，《中华人民共和国行政许可法》对行政许可行为成立的实体要件和程序要件作了规定。也就是说，我国目前除了行政处罚、行政许可行为的实体要件和程序要件有明确的法律依据外，其他行政行为成立的法律要件基本上都是学者们的设想。结合外国行政行为法的理论和我国相关法律的规定，笔者对行政行为成立的要件作出下列分析，认为行政行为法至少应当从下列方面规范行政行为的实体要件。

1. 行政行为成立的主体要件

某一行政行为的作出要求行政机关必须具有法律上的能力，必须具有法律资格。对法律上能力的要求有两个方面：一是行政主体既是合法成立的又符合法律规定的程序，这些问题是由行政组织法规定的；二是行政行为的作出在行政主体的职权范围内，若某一行政行为作出时，行为是合法的但不是作出该行为的机关的职权范围，就不符合主体要件。

2. 行政行为成立的客观要件

在一些国家和地区对行政行为客观要件的要求有三个方面：一是行政行为的内容必须合法，且符合公共利益，“所谓适法，须其内容适合行政法规之规定，不得与法规抵触或违反禁止的规定。兹所谓法，不仅指成文法，即习惯法与法理亦应包括在内。法规之违反，无论其为实质的或形式的，均构成行政处分之违法，依理应为无效。行政处分之内容，不独有适法与否的问题，而且有适当与否的问题。所谓合于公益，即是否适当之问题。行政处分之内容，如合于政治上或行政上之目的，不违背立国主义与正义意识，自可合于会益，其不合于公益者，纵不抵触法规，亦得以处分不当而撤销之”。〔27〕二是行政行为的内容具有可操作性，即具有实现的可能。三是行政行为的内容必须确定。

五、确定行政行为的程序要件

行政行为的程序要件指行政行为的作出必须符合一定的法律程序，行政程序包括下列几个方面的内容。

1. 行政行为的方式

这是指行政行为以什么样的方式作出。例如《中华人民共和国行政处罚法》第34条规定:“执法人员当场作出行政处罚决定的,应当向当事人出示执法身份证件,填写预定格式、编有号码的行政处罚决定书。行政处罚决定书应当当场交付当事人。前款规定的行政处罚决定书应当载明当事人的违法行为、行政处罚依据、罚款数额、时间、地点以及行政机关名称,并由执法人员签名或者盖章。执法人员当场作出的行政处罚决定,必须报所属行政机关备案。”此条对行政处罚在简易程序下的行为方式作了规定。

2. 行政行为的步骤

一个行政行为的作出有时是瞬间完成的,在这种情况下行政行为的步骤并不显得重要。绝大多数行政行为并不是瞬时性的,步骤对这类行政行为而言就成为一个不可缺少的要件。该要件有时是受科学因素制约的,有时则是受规则制约的。例如《中华人民共和国环境影响评价法》第13条规定:“设区的市级以上人民政府在审批专项规划草案,作出决策前,应当先由人民政府指定的环境保护行政主管部门或者其他部门召集有关部门代表和专家组成审查小组,对环境影响报告书进行审查。审查小组应当提出书面审查意见。参加前款规定的审查小组的专家,应当从按照国务院环境保护行政主管部门的规定设立的专家库内的相关专业的专家名单中,以随机抽取的方式确定。由省级以上人民政府有关部门负责审批的专项规划,其环境影响报告书的审查办法,由国务院环境保护行政主管部门会同国务院有关部门制定。”此条将专项规划审批这一行政行为的顺序规定得十分明确。在行政行为法中对行政行为作出这样的程序设计是控制行政行为的关键所在。

3. 行政行为的时限

行政行为法中的时限主要是约束行政主体的。如《中华人民共和国环境影响评价法》第22条第3款规定:“审批部门应当自收到环境影响报告书之日起60日内,收到环境影响报告表之日起30日内,收到环境影响登记表之日起15日内,分别作出审批决定并书面通知建设单位。”这一期限的规定对促使行政主体高效行政起到了重要的作用。

4. 行政行为的附款

行政行为的附款是行政行为的一个特殊问题,即不是任何一个行政行为都有附款问题,只有一小部分行政行为有附款,即便这一小部分行政行为的附款也要受行政行为法的制约。在行政行为理论中,附款一般有下列情形:一是为行政行为中的权益关系附一定的条件,只有在满足了所附条件的情况下,这一行政行为才能发生法律效力。如要取得营业许可的行政相对人必须是具有良好设备这样的条件,才能营业。二是附有一定期限,“行政处分之附有期限者,亦要对处分内容所加的限制,使其处分效果,决定于将来确定发生之事实的时期。凡处分效果:因其期限届至而始发生者,为附始期;因其期限届至而归消灭者;为附终期。至于法定限期,则非附期限的处分”。[28]三是附从义务，即在行政行为内容中附有将使相对人负担新的义务，此项新的义务与行政行为没有直接关系。例如，银川市政府为了城运会筹措资金，让本市机动车司机购置“抗磨剂”，购置抗磨剂就是为行政相对人设的一个新义务。四是附保留撤销权。当行政主体作出对行政相对人有利的行政行为时，要求行政相对人依严格的标准享受该行为所设定的权利，若没有达到行政主体确定的标准，行政主体随时可以撤销这一行政行为。

注释

〔1〕 左潞生：《行政法概要》，三民书局1977年版，第72页。

〔2〕 行政主体实施行政行为是指行政主体有权决定实施行政行为的状态，即行政主体不一定亲自实施自己有权决定实施的行政行为，它可以通过委托等方式将行政行为的具体实施转移到其他主体手中。

〔3〕 事实行为的概念无统一的定义，有学者认为事实行为是不发生法律效果的行为，或发生法律效果，然其效果之发生及系于外界之事实状态，并非由于行政权心理作用之行为。另有学者认为事实行为系指行政主体所为不以产生特定法效果，而是以事实效果为目的之行政行为形式。还有的认为事实行为系行政主体无拘束力又无规范内容的行为，它只直接产生事实上效果，但在一定条件下亦可产生法律效果，特别于准备的与执行的行政未能上法律行为时可能产生。绝大多数学者还是主张事实行为不产生法律效力。参见翁岳生：《行政法》（下册），中国法制出版社2000年版，第895页。

〔4〕 具体行政行为与抽象行政行为的分类还不单单是理论上的分类，《中华人民共和国行政诉讼法》出台以后，这一分类已经具有了法律意义。

〔5〕 若法律对行政行为的类型没有作出具体规定，学者们对行政行为的分类基本上都是从理论层面展开的，即便法律对行政行为的类型作出规定，学者们还可以进一步对行政行为的类型作出划分。分类的目的在于准确把握行政行为，因此，分类是没有一个严格界限的，只要能够设定一个合理的标准就可对行政行为作出一个类型划分。

〔6〕 应松年教授主编的书名叫《行政行为法》，但该书并没有给行政行为法下一个定义。不过，该书还是指出了行政行为在行政法中的地位；“行政行为最能反映行政实践中出现的各种问题。要了解行政实践的基本运行状况，必须从行为入手，掌握行政行为的范围、方式及程序，在此基础上，才能发现行政管理中出现的各种问题，即使是深层次的组织问题和责任问题也要通过行政行为得到反映。行政行为是联系政府与个人权利的纽带。行政行为既能够反映政府的行政效率，同时也可以体现公民在国家管理中的权利。对行政行为的规范过程实质上是平衡兼顾公共利益和个人利益的过程。行政行为是建构中国行政法体系的突破口。行政诉讼法颁布之前，我国行政法体系的建构虽然取得很大进展，但从体系到具体观点都存在着许多不稳定或者说不明确之处，行政诉讼法的实施，尤其是行政行为可诉性问题促使人们重新思考如何构建行政法学理论体系、行政法的发展模式等问题。我国行政法的性质和特征决定了新体系的建立必须选择行政行为为突破口，从行政行为入手并围绕着行为探讨组织、责任、诉讼等问题。只有如此才能解决目前行政实践存在的各种矛盾，合理地确定行政行为的范围、标准、程序和责任

等问题,从而建构一个既不脱离中国实际状况又能解决实际问题的行政法新体系。”参见应松年主编:《行政行为法》,人民出版社 1993 年版,第 2—3 页。

〔7〕 应松年主编:《行政行为法》,人民出版社 1993 年版。

〔8〕 在各国的行政法文件中,有专项的行政行为法,就是针对某一个行政行为制定的法律规范,如澳大利亚的《行政强制执行法通则》,日本的《行政代执行法》,奥地利的《行政罚法》,美国的《制定行政规章规则程序》等。在大多数情况下,行政行为的规则反映在部门行政管理法、行政程序法、行政救济法等法律规范之中。

〔9〕 行政行为来自于相关法律法规规定的行政主体的职权,例如《中华人民共和国职业病防治法》第 8 条规定:“国家实行职业卫生监督制度。国务院卫生行政部门统一负责全国职业病防治的监督管理工作。国务院有关部门在各自的职责范围内负责职业病防治的有关监督管理工作。县级以上地方人民政府卫生行政部门负责本行政区域内职业病防治的监督管理工作。县级以上地方人民政府有关部门在各自的职责范围内负责职业病防治的有关监督管理工作。”该条将行政主体的行为与职权的关系反映得比较清楚。

〔10〕 行政管理部门法是针对一些特定的行政管理事项作出规定,而这些行政事项都要通过一个或者一些行政行为进行管理,而不可能需要较多的行政行为进行处置,因此部门行政法中所规定的行政行为都是一些个别性的行政行为。

〔11〕 行政立法法也是一个范畴概念,即我们将规范行政立法行为的法律规范叫行政立法法,《中华人民共和国立法法》制定以后,我国陆续出台了一系列规范行政立法行为的行政法规、地方性法规等。显然,这些行政法规和地方性法规所调整的仅仅是行政立法行为。

〔12〕 行政规范性文件违法是行政违法中较为多见的,而且行政规范性文件的违法要比具体行政行为的违法造成的后果严重得多。因此,应当加强对行政规范性文件违法行为的控制,而比较好的控制方式之一是制定行政规范性文件的行为规则。

〔13〕 部门行政管理法在我国被视为行政法的构成,但从行政法是规范政府行政权的角度看部门行政法很难被归入行政法的范畴,笔者曾经提出部门行政法应当从行政法体系中分化出去的论点,如果没有完成这样的分化,行政法与经济法以及其他部门法的关系就难以厘清。

〔14〕 我国部门行政法在目前来讲非常复杂,常常在一个法典中既规定行政相对人的权利义务,又规定行政主体的权利义务,这也是人们将部门行政管理法归于行政法体系的原因之一。

〔15〕 《中华人民共和国行政处罚法》颁布以前,我国行政处罚十分混乱,有学者统计当时行政处罚行为有 200 多种。行政处罚行为限制在 6 种,若要在这 6 种之外创设新的行政处罚种类,就必须由法律和行政法规规定进行。其他行政法文件则没有创设新的行政处罚种类的权力。

〔16〕 例如,《中华人民共和国安全生产法》第 9 条规定:“国务院负责安全生产监督管理的部门依照本法,对全国安全生产工作实施综合监督管理;县级以上地方各级人民政府负责安全生产监督管理的部门依照本法,对本行政区域内安全生产工作实施综合监督管理。国务院有关部门依照本法和其他有关法律、行政法规的规定,在各自的职责范围

内对有关的安全生产工作实施监督管理;县级以上地方各级人民政府有关部门依照本法和其他有关法律、法规的规定在各自的职责范围内对有关的安全生产工作实施监督管理。"该条对行政职权和行政行为作了规定,但基本上没有行政行为的程序规则。

〔17〕 应松年主编:《行政法学新编》,中国方正出版社1999年版,第488—489页。

〔18〕 应松年主编:《外国行政程序法汇编》,中国法制出版社1999年版,第300页。

〔19〕 同上书,第442页。

〔20〕 同上书,第568页。

〔21〕 应松年主编:《比较行政程序法》,中国法制出版社1999年版,第190页。

〔22〕 同上书。

〔23〕 根据《中华人民共和国国家安全法》的规定,国家安全机关在一定条件下也可实施行政拘留的行政处罚。

〔24〕 我国有些法律规范在描述某一行政行为的主体时所使用的是"国家"这一概念。例如,《中华人民共和国台湾同胞投资保护法实施细则》第24条规定:"国家对台湾同胞投资者的投资不实行国有化和征收,在特殊情况下,根据社会公共利益的需要,对台湾同胞投资者的投资可以依照法律程序实行征收,并给予相应补偿。……"此条的征收行为所对应的是"国家",而国家在行政法治实践中可以理解成此一行政机关或彼一行政机关。

〔25〕 几乎每一个行政部门管理法文件中都有量化条款,如《中华人民共和国律师法》第5条规定:"申请律师执业,应当具备下列条件:(一)拥护中华人民共和国宪法;(二)通过国家统一司法考试;(三)在律师事务所实习满一年;(四)品行良好。实行国家统一司法考试前取得的律师资格凭证,在申请律师执业时,与国家统一司法考试合格证书具有同等效力。"其中"一年"就是个量词。《出版管理条例》第19条规定:"图书出版社、音像出版社和电子出版物出版自登记之日起满180日未从事出版活动的,报社、期刊社登记之日起满90日未出版报纸、期刊的,由原登记的出版行政部门注销登记,并报国务院出版行政部门备案。因不可抗力或者其他正当理由发生前款所列情形的,出版单位可以向原登记的出版行政部门申请延期。"其中的"180日"、"90日"就是量词,《上海金桥出口加工区海关、监管区管理暂行办法》第6条规定:"(外资项目管理)管委会接受市外资委的委托,对下列进行加工区的有关外商投资项目、企业进行审批、审核和确认,并报有关行政管理部门备案:(一)审批属于国家鼓励类的项目;(二)审批投资总额在3000万美元以下的允许类项目;(三)审批本条第(一)项、第(二)项外商投资企业合同、章程的变更;(四)审核外商投资企业自用设备的进口;(五)确主和考核外商投资产品出口型企业。"其中"3000万美元"就是一个量化标准。

〔26〕 例如,《中华人民共和国土地管理法》第45条规定:"收下列土地的,由国务院批准:(一)基本农田;(二)基本农田以外的耕地超过35公顷的;(三)其他土地超过70公顷的。征收前款规定以外的土地的,由省、自治区、直辖市人民政府批准,并报国务院备案。征收农用地的,应当依照本法第44条的规定先行办理农用地转用审批。其中,经国务院批准农用地转用的,同时办理征地审批手续,不再另行办理征地审批;经省、自治区、直辖市人民政府在征地批准权限内批准农用地转用的,同时办理征地审批手续,

不再另行办理征地审批,超过征地批准权限的,应当依照本条第 1 款的规定另行办理征地审批。”

〔27〕 张载宇:《行政法要论》,汉林出版社 1978 年版,第 345 页。

〔28〕 同上书。

第十一章　抽象行政行为法

第一节　行政立法行为法

一、行政立法的界定

行政立法若在行政法之外观察有两个层面的含义：[1]第一层面的含义是行政立法指行政法规范的法律体系。行政立法作为一个部门法的造法行为和规范构成都是此一含义所应当包括的内容。这一层面的行政立法是相对于别的部门的立法而言的，如刑事立法、民事立法等。[2]第二层面的含义是行政立法指行政系统内部的造法行为，此层面的行政立法不是对行政法体系的描述而是对政府行政系统一种特殊的行政行为的描述。当然，这一行政行为的结果会导致相关行政法规范的产生。行政法学体系中的行政立法概念是就行政立法第二个层面的含义而论之的，正如学者们所揭示的："行政立法是行政主体根据法定权限并按法定程序制定和发布行政法规和规章的活动。"[3]行政立法的本质属性我们可以作出如下描述。

（一）国家职能划分的相对性是行政立法存在的原始条件

现代国家政权是以权力的相对分立为特征的，无论权力分割制的国家还是议行合一制的国家，都对国家权力作了相对的划分。[4]这种划分都没有绝对意义，即立法权中亦可能有行政权的存在，行政职能中亦可能有立法职能的介入。"国家职能的发展以及各种发展理论经过了一个漫长的过程。从总的趋势来看，国家职能的发展是从职能不明显到明显，从高度合一化到逐渐分散化。如官僚集权制发展到权力分割制，就使国家职能发展过程中的这种由一统化到分散化的过程反映了国家职能进步的客观事实，是人类国家政体发展的大成果。这一成果即使在议行合一的国家体制下也得到了广泛认可和巩固。从现代发达国家、民主进程快的国家的实际情况看，国家职能都有了合理的划分。然而，20 世纪中期以后国家职能的发展又有了新的趋向，即国家职能在发展过程中，由明确分工化到体系一统化。有些学者把这种趋向叫做国家职能发展回归论，即是说国家职能又逐渐呈现出较强的一统化。尤其是美国著名学者古德诺所著《政治与行政》一书中所阐述的理论受到了广泛的关注。古德诺认为作为一个国家的职能来讲，只有两种就是政治与行政，即表达国家意志的行为和执行国家意志的行为。他还认为这两种行为有时是难以明确分清的，表达国家意志可能涉及执行国家意志,而执行国家意志时也可能无形中表达了国家意志。该观点尽管是21世纪初提出的,起初只是一个理论形态并且没有引起多大的反应和相应的社会效应。一些学者认为作为福利国家的国家职能不能够是截然分开的,而应当是一个互相配合互相支持的整体。"[5]以此观点而论,立法机关所行使的并不仅仅是立法权,而行政机关或者行政机构体系所行使的也不应当仅仅是行政权,它实际上行使着相当一部分立法权。

(二)立法权的有限性是行政立法存在的基础条件

立法行为的完成是在一定的立法主体和立法客体的相互作用下实现的。立法主体就是指承担立法职能的机构实体和机构的组成分子,即所有参与立法活动的代表及其他组成人员。立法主体是立法行为得以完成的主导方面,通过它的行为使立法得以有效实现。立法的客体简单地讲就是立法的客观对象,所有应当受到法律调整的社会事态都是立法的客体。立法主体在对立法客体认识的基础上,根据立法客体的本来特性制定某种行为规则从而形成被国家认可的法律规范。立法客体是一个非常大的概念,所有社会生活领域都是立法客体或者立法客体所涉及的方面。我们认为立法客体包括下列几个有机联系的整体及其关系形式:

1. 个人的生活方式,包括生活观点,即人们对生活的态度和基本认识,生活方式即每个个人以什么手段生活,基本的方式和方法是什么。就立法来讲必然面临最基本的社会成员,并有必要把属于个人的社会生活观点,特别是生活方法予以认可或取舍。

2. 社会关系,即人们在社会中形成的各种社会关系。社会关系的合理方面是立法应当予以确认或设置某种必须遵从的行为规则的。这些社会关系包括社会意义上的人际关系,它对其他社会关系都会产生或深或浅的影响。家庭关系,即家庭成员之间的联系方式,不同的历史条件和社会技术、社会进程下家庭关系存在不同的表现特征。如进入现代以后,以前的四世同堂、五世同堂等关系形态则被小型化的家庭形态所取代,这无疑是家庭关系发生变化的一个极其重要的事实。今后还会不会有别的发展方向,立法应认可何种类型的形态,都是立法主体对客体认识的基本问题。道德关系和思想关系,这两种关系具有很强的意识成分,但二者仍然是法律的基本客体,因为提倡何种道德关系,容许何种意义的思想关系的存在,关系到行政权统治的特征和方向。

3. 社会结构。社会结构直接关系到社会的组合特征以及各社会成员的联系方式,甚至关系到国家和成员的联系方式。社会结构中包括下面诸要素:集体,就是社会中部分人为了共同的目的而进行的组合,集体的规模一般不大,成员之间的利益关系明确,行为规则也没有太大的反差。社会集团,就是通常所说的利益集团,或其他类型的规模大一点的社会组织。这类集团有时有强大的力量会对政府的政策产生重大影响。此外,社会阶层、阶级都是社会结构的基本构成。立法对社会结构的形成、生存、发展有很大的影响作用,有时是决定作用。例如,市场经济条件下,法律对社会组织的法律地位作了明确规定,而且给了有些社会组织相当大的权力,以致一些社会组织的行为结果会决定一定的社会成员的权利义务关系。

4. 社会的生产过程和生产过程中的关系形态。生产过程包括生产手段、生产技术等。生产关系则是指生产过程中人们形成的关系。对于生产过程和生产关系,法律都可以发生作用。通过法律可以改变生产过程中人们的组合方式。例如,我国改革开放以前实行计划经济,生产关系相对单一,分配方式相对统一、相对简单。而改革开放以后,尤其1992年邓小平南巡讲话以后,我国全面推行市场经济,这样便产生了新的生产组合方式,新的分配方式,更为重要的是有了全新的经济调节机制。

在上述所有转化过程中,法律都起到了决定性作用。可见立法主体和立法客体的关系不单单是一个产生法律的问题,更为重要的是一个产生新的社会关系和社会结构的问题。上面的论述可以得出这样的一个结论:立法主体和立法客体的关系直接影响法律的产出,既影响法律产出的质,又影响法律产出的量。或者变换一种说法:立法主体与立法客体的距离越近,立法产出的质量就越高;反之,立法主体与立法客体的距离越远,立法产出的质量就越低。这是一个永远也忽视不得的立法理论问题。从目前我国立法体制的设置和立法者的基本素养来看,立法主体与立法客体的距离并不近。一方面,立法机构呈现出极大的高位性,我国的立法机构原则上只有全国人民代表大会及其常务委员会,从地位来看是极高的,且全国只有一个,而这个机构承担了全国范围内的几乎所有立法职能,由于其地位高因而与较低的社会事态相比必然存在较大的相对距离。又因为人民代表机构的人员、机构的有限性使其与复杂的、众多的社会事态也存在距离,即其不能与社会事态形成一种逻辑上有序的结构模式。另一方面,人民代表组成上由于考虑了对社会生活社会事态的宽度、广度的涵盖,而不可能同时考虑对社会事态的深度的涵盖。因而,从广度上讲,立法主体可能与社会事态是近距离。从深度上讲,立法主体与社会事态却是远距离。还应指出,我国是单一制结构的国家,国家权力的行使相对集中,不允许权力分割,不允许存在与西方相似的自治制度。过分讲求权力的统一化、集中化这无疑进一步加大了立法主体和立法客体的距离。我国长期以来的立法实践也证明了这一点。例如,作为国家根本大法的宪法在我国从1949年到1982年这30多年期间就有4部宪法出台和修正,还不算一些细小的修改。说明立法主体与立法客体在距离远的情况下,法律的产出有很大的障碍,往往不能迅速地找到与社会事态相适应的最优的行为准则,产生最能适合社会事态的优良的法律。要解决立法主体与立法客体的这种远距离化的弊端,可能有几种可供选择的方案。我们认为比较可行的一种就是在立法主体和立法客体之间寻求某种中间体,并使这个中间体有承上启下的功能,上能反映立法主体的意志,替代立法主体的行为,下能够对社会事态进行深刻认识,探索社会事态的固有本质。那么,行政机关或者行政机关中某个层次的机构实体充当这个中间体是较为现实的,因为行政管理所涉及的几乎是社会生活的所有领域,如经济、政治、文化、社会、科技、体育、卫生等。同时行政机构又有很高的管理权威,这两个方面足以使其成为合格的中间体,行政立法从深层意义上讲,就是行政机关承担中间体职能的表现。

(三)行政管理的专业性是行政立法的技术条件

行政机关是受一定的外界条件制约的。国家强力是行政权的首要条件,统治意识、民族特性等也是行政权的基本条件。随着社会进程的发展,行政权的外在条件越来越复杂。社会技术已经成为行政权的基本条件之一,它对行政权起着越来越大的制约作用。一些社会技术手段在行政权行使过程中得到广泛运用。现代技术手段在行政权中的运用,使行政权的行使方式首先发生了变化。随着社会技术的迅速发展,必然最终影响国家政权的行使方式。或者说,国家政权体系中的所有机构都要对日益发展的社会技术以及科技手段作出反应。在高科技发展的前提下,改变自己的权力行使方式,或者运用新的科技手段行使权力,或者以新的科技手段为前提调整权力行使方式,或者调整原有的体制模式。国家政权体制中的不同机构对新的社会技术的反映有着不同的速度,即有的机构对新的技术手段反应迅速一些,有些相对来讲慢一些。立法机构的职能是制定法律规范,确定社会生活的大原则,设计新的社会关系模式,其行为性质决定了它不可以迅速地对社会技术作出反应。再则,立法机构和社会技术之间还存在行政机构,行政机构是连接立法机构和社会技术手段的因素之一,这一点已被各国的法律所承认。各国的行政机构几乎都毫无例外地有向立法机构提出议案的权力。也就是说,行政机构把自己认识的社会事态,把通过自己认识后需要法律规范调整的社会事态提供给立法机关,再由立法机关制定出应当成为普遍准则的法律规范。可见,立法机构从固有职能上讲,对迅速发展的科学技术手段的适应是缓慢的。行政机构与立法机构相比对于社会技术的适应要迅速得多。这既是由行政权的性质决定的,又是由行政权行使过程的实际需要决定的。一则行政管理过程需要新的科学技术手段,陈旧的管理方式使行政权难于适应飞速发展的社会现实。因此,各国都将一些技术尤其高科技手段运用到行政管理过程中,如科学统计手段、科学原则手段、信息监控技术、系统分析手段等。这些高科技手段逐渐成为行政权行使过程中具有普遍意义的方式,而且各种手段又构成了一个完整的规则体系。二则各个方面行政管理事态日益科学化,甚至大量运用了自然科学的成就。原始的农业领域,技术手段简单,经营方式简单,生产关系简单,一切农业领域的规则也相对简单。而现代化的农业从上述各方面看,都有了质的飞跃,如各种农作物的种子问题,在以前是不存在问题的,各耕作主体自留种子就可以完成耕作行为。但是,现代农业,讲究优种优产,大量利用各种优良品种或杂交种子,对于产量的提高起到了很大作用,这样,就不得不制定与该技术手段相适应的行为规则,如各地都制定了种子条例等。行政系统中此两方面的技术变化和高科技的运用说明了行政系统中的科学属性要强于立法系统,行政系统对于社会技术手段的反映快于立法系统,这样就对国家提出了一个非常现实的问题,即由行政机关将需要调整或认可的技术关系和行政机制反馈给立法机关,由立法机关制定法律规范的方式不能适应飞速发展的社会技术和高科技。显然,原有的传统方法已不能适应新的形势,一些行为规则应当迅速被法律规范所认可,而行政机关在这个过程中有很大的优势,可以由它制定行为规则。这样,就会在符合客观现实的基础上,及时调整因社会技术手段的运用产生的新的法律关系。

(四)法律上的空间和事态上的空间是行政立法的可行性条件

行政系统承担立法职能具有法律上的可能性。行政系统承担一定的立法职能,必须在一定的法律制度上取得合法性,否则就会使国家职能的划分处于混乱状态,使各国家机关在权力行使的过程中不可能形成合理配合的默契关系。行政立法究竟属于什么性质的行为在理论上有不同的观点。一种观点认为行政立法属于行政行为,只是这种行政行为具有立法属性。因此为了折中,他们认为行政立法是立法性的行政行为。另一种观点认为行政立法是立法行为,而不是行政行为,因为该行为的性质和立法是没有什么区别的,只是为了减轻立法机关的负担或者为了使一部分立法权由行政机关行使而交由行政机关履行,称为行政立法行为。这两种观点在行政立法的行为鉴定上存在很大的差异。前者落脚点是行政行为,即行政立法是行政权的固有职能,是行政系统应当承担的。后者的落脚点是立法行为,它本来是立法机关的行为,是立法机关应当承担的职能。笔者认为,作为理论上的探讨这两种争论是很有意义的,因为无论如何必须给行政立法某种理论上的说法。以我们的观点而论,行政立法从行为的本质特性来看,应当属于立法性行为,应当是立法机关的职能范畴。这既可以从行政立法所涉及的社会生活的面来证明,也可从行政立法的本质特性来证明。行政立法对社会生活的覆盖特别宽,而且对未来的社会事态、行政管理事态有设计作用,这两个方面的根本特点恰恰和立法的特点是一致的。各国行政立法发展的过程表明,行政立法并不是行政权从一开始就有的职能,或者不全部是。基本事实是,对于日益复杂和迅速发展的社会生活,立法机构难以承受,不得不把一些立法职能移转给其他机关,行政机关的行政立法职能就是这种移转的结果。由此可见,行政立法的产生、发展、完善等过程都必然牵涉到两个机构实体的关系,即权力机关、行政机关之间的关系。如二者如何划分职权,怎样进行立法方面的权力分配,尤其权力机关对行政机关应是什么样的作用,为行政立法权的行使提供何种类型的法律规范。行政立法或行政机关承担立法职能在法律上的可能性就是因此而引申出来的,如果行政立法本身就是行政机关的固有职能,那就没必要研究行政立法在法律上的可能性。

以上论述表明,行政立法在法律上的可能性问题就是指行政立法过程中立法机构和行政系统的关系形态问题。进一步讲就是立法机构对于行政机关制定法律规范的态度问题。各国立法机构对行政机构制定一些法律规范的态度,可以概括为下列三大类:第一类是公开承认式,即承认行政机关的立法权限,并采取积极的态度予以约束,使其沿着正常的轨道运行;第二类是默认式,即对行政机关制定法律规范的行为采取默认态度,不作承认或否认,更不制定一些行为规则进行限制或约束,而是一种放任态度,让行政立法依自己的规律发展或运行;第三类是形式上否认而实质上放任式,即在立法上不承认行政机关有立法职能,也不允许行政机关行使职权过程中争夺立法机关的地盘,但在立法和行政权发展的客观现实中,行政权有意或无意地占领了立法机关的一些地盘,承担一定的立法职能。上述三类都只是立法机关对行政立法的态度问题。事实上,行政立法的发展已成为一个不可逆转的事实。无论承认与否,都不影响行政机关立法权的逐渐扩大或泛化。正因如此,绝大多数国家在其宪法或立法机关制定的基本法中首先承认了行政机关的立法权,然后以一定的方式对其进行约束和监控,或者制定一定的范围。一般有三种方式:

1. 委任式,即立法机关把自己难于行使的立法权交给行政系统行使并通过法律程序办理委任手续。有些委任是长期性的,就是制定有关的委任法规,对于长期的、大面积的行政管理事项作出委任,由行政机关制定该领域的行为规则。有些则是阶段性委任,就是对某一个单一事态或单一性行为作出委任的一种委任方式。委任制下,行政机关的立法权范围小。

2. 授权式,即立法机关授予行政机关制定一定法律规范的权力。授权式又有两种情形:法律上的授权和事实上的授权。前者指立法机关在法律上规定行政机关对该领域的立法权,后者则是指就某个事项通过书面或口头形式上授予行政机关立法权。一般来讲,法律上的授权其程序性强,行政机关因此而得到的立法权限也更大一些,甚至有些立法权是永恒的。事实上的授权,行政机关的立法权力要弱一些,但此种授权灵活性强,可以充分体现国家政权行使过程中的应变原则。

3. 留有余地式,即在国家制定宪法和其他法律文件时,对立法权不作绝对性的规定,在处理有关立法的事项时,给行政机关留有余地,既没有写明行政机关制定的法律规范的权力,也不禁止行政机关行使一定的立法权,如果在行政权行使过程中,行政机关承担了立法职能也视为合法。

上述三种方式都从法律上对行政立法进行了认可,行政机关也因此取得了制定有关法律规范的权力。行政系统承担部分立法职能在法律上的可能性是非常重要的,如果立法机关不在立法制度上、法律规范上明示或暗示行政机关承担部分立法职能的权力,就必然使行政立法在实践上阻塞,进而对政府的立法行为和行政行为都产生不良后果。我国实行的是人民代表大会制度,人民代表机关拥有非常高的权限,其他任何国家机构都必须服从人民代表机关的意志。行政系统尽管具有独立的特性,但它不能有独立于人民代表机关的意志,我国国家制度的这一大前提,说明在我国解决行政立法在法律上的可能性更为重要。因此,一方面允许行政机关承担部分立法职能,另一方面对行政机关承担立法职能的范围、职责、程序必须作明确限制。除宪法上关于行政机构立法权的规定外,立法机关还可以制定专门性的法律对行政立法作详细规定,有些国家有专门的法规标准法,在这类法律中甚至对各类行政立法的行文方式等一些极度具体的事项也作了规定。我国也有一些这方面的立法,但还不太系统。总之,行政系统承担立法职能,从法律原则来讲是可能的,如果立法机构合理划分职权是不可能产生法律冲突的。

行政系统承担立法职能具有事态上的可能性。立法概念和立法行为的成立在客观事态方面需要具备两个条件,这两个条件使立法行为有了客观事态上的可能性。

两个方面的条件缺一不可：

第一,行政管理的客观事态必须达到一定的量,足以使制定出来的法律规范能够有较大范围的覆盖领域。现代行政管理所包含的领域越来越广,每个领域的事务越来越多,关系也越来越复杂。所以这方面的条件已基本具备,甚至有一定的超越性。行政系统内部由于形成了巨大的系统,本身就需要一定的管理规则,而且是带有普遍意义和长远性的行为规则。行政系统内部的管理是行政事态的一个不可缺少的方面,这方面总的原则和方略由立法机关规定是无可非议的。但是,内部诸多的具体行为准则和行事规则由行政系统内部确立则较为合适。或者在立法机关确定规则尚不成熟的条件下,由行政系统首先确定适应性规则。如作为规定行政系统内部构成分子的公务员法,在我国立法机关制定公务员基本法还不成熟的情况下,由行政系统制定的公务员条例就是一例。这种做法是明智的,且符合行政权和立法权特征。可见,仅就行政系统内部的客观事态而言就具备了相当大的规模,符合立法的量的要求。行政系统的外部管理其规范和体系更大一些,除行政大系统面临全部领域的行政管理外,各个职能部门也有独立的管理系统,且有些管理系统的事态有膨胀之势。

第二,行政系统对所管理的事态的认识必须达到一定的程度,即能够掌握本管理系统的发展方向。现代行政管理属性之一就是科学性。人们在管理的发展逻辑上,是从必然王国到自由王国不断深化的过程。传统行政管理人们仅凭经验、直觉认识管理对象,处理行政管理过程中遇到的各种问题。而现代行政管理人们更多的是依科学手段和严密的逻辑思维处理管理事务,各种各样的管理科学理论和科学手段广泛使用,且在确立行政系统的行为规则时,大胆引用科学性、技术性的行为规范。总之,行政系统对于所管理的客观事态的认识已经达到了相当完善的地步。这一点是立法机构不能比拟的,也就是说,从对管理事态认识的角度讲,行政机关更深刻一些。行政事态上这两个方面的条件极其关键,前者消除了行政立法虚无主义的担忧。所谓行政立法的虚无主义就是认为行政立法缺乏必要的广泛领域,或者认为即使有可制定为法律规范的领域范畴,但这些领域是不足以法律规范调整的。近年来,持这种观点的人并不少。后者消除了行政立法浅薄主义的担忧。所谓行政立法的浅薄主义,是指认为行政机关制定管理领域的行为规则是过于简单、过于浅薄的。认为行政机关在处理具体事务方面是有精力、有能力,也是符合实际的,而让它制定具有普遍性的行为准则则不太合理,因为立法毕竟是立法,它与行政反差极大,立法机构在对事态普遍性方面认识的深刻程度要高于行政系统。通过上面的论证我们可以看出行政立法浅薄主义的观点也是不能成立的。

二、调整行政法规范制定行为的行政立法法

(一)调整行政法规制定行为的法律形式

根据《行政法规制定程序条例》第4条等的规定,调整行政法规制定行为的法律形式有三个方面:第一是《中华人民共和国宪法》第89条,赋予了国务院制定行政法规的权力;第二是《中华人民共和国立法法》第三章,对行政法规的实体内容和基本制定程序作了规定;第三是《行政法规制定程序条例》,对行政法规制定行为的具体程序作了规定。

(二)行政法规的名称

行政法规的名称依行政法规的类型不同而有所区别。依职权的行政法[6]的名称为"条例"、"规定"或者"办法",依授权的行政法规[7]名称为"暂行条例"、"暂行规定";实施法律的行政法规[8]名称为"实施条例"、"实施细则"或"实施办法"。

(三)行政法规的规制事项

行政法规的规制事项也可以理解为行政法规的客体,即行政法规可以就什么样的行政事态作出规范,对什么样的行政管理关系作出调整。《中华人民共和国立法法》第56条规定:"国务院根据宪法和法律,制定行政法规。行政法规可以就下列事项作出规定:(一)为执行法律的规定需要制定行政法规的事项;(二)宪法第89条规定的国务院行使管理职权的事项。应当由全国人民代表大会及其常务委员会制定法律的事项,国务院根据全国人民代表大会及其常务委员会的授权决定先制定的行政法规,经过实践检验,制定法律的条件成熟时,国务院应当及时提请全国人民代表大会及其常务委员会制定法律。"根据该条的规定,我们可以对行政法规的规制事项作出下列分解。

1. 执行法律的行政事项

国务院是全国人民代表大会及其常务委员会的执行机关,执行最高权力机关的意志是国务院的当然职责,其执行行为主要体现在对最高立法机关制定的法律的执行,为了执行法律国务院有权制定相关的细则等。行政法规对这一事项的规定有两个条件:一是法律本身留有空间并允许国务院制定相应的规则;二是所制定的行政法规不能超越所执行法律之原则和具体内容等。

2. 依职权履行行政管理职能的事项

我们在分析国务院的职权时列举了20项,国务院可以根据20项职权制定管理过程中的行为规则。此类事项具有很大的伸缩性,立法法亦难以对这些事项作出列举,但是,根据《中华人民共和国立法法》第8条规定下列事项行政法规不能作出规定:其一,国家主权的事项;其二,各级人民代表大会、人民政府、人民法院和人民检察院的产生、组成和职权;其三,民族区域自治制度、特别行政区制度、基层群众自治制度;其四,犯罪和刑罚;其五,对公民政治权利的剥夺、限制人身自由的强制措施和处

罚;其六,对非国有财产的征收;其七,民事基本制度;其八,基本经济制度以及财政、税收、海关、金融和外贸的基本制度;其九,诉讼和仲裁制度;必须由全国人民代表大会及其常务委员会制定法律的其他事项。

3. 依授权而应当制定法律的事项

有些事项本应制定法律,但由于制定法律的条件和时机还不成熟,全国人大及其常务委员会有权将这样的事项让国务院先制定行政法规,这样的法律行为叫授权立法。行政法规制定后若时机成熟国务院便可提请全国人大制定法律。行政法规对此类事项的规定要依严格的法律授权而为之。

(四)行政法规的体现

《行政法规制定程序条例》第5条规定:“行政法规应当备而不繁,逻辑严密,条文明确、具体,用语准确、简洁,具有可操作性。行政法规根据内容需要,可以分章、节、条、款、项、目。章、节、条的序号用中文数字依次表述,款不编序号,项的序号用中文数字加括号依次表述,目的序号用阿拉伯数字依次表述。”依此规定行政法规的体例大体上有下列类型:

(1)无章、节、款的行政法规。这样的行政法规行文简练,一般针对一些较为简单的行政事态,行文中仅仅有条文,上无章节下无款项。例如1995年3月25日发布的《国务院关于职工工作时间的规定》,共9条,条下未设款和项。

(2)无章、节、项的行政法规。例如1993年4月20日发布的《国有企业富余职工安置规定》。

(3)有章、无节的行政法规。此类行政法规有条、款等,但没有设节。此类在行政法规中最为多见。例如,《中华人民共和国国家赔偿法》、《中华人民共和国企业劳动争议处理条例》。

(4)有章、节、条、款、项的行政法规。

(5)有章、条、项无款的行政法规。有些行政法规有章或者节、条、目但没有设款。例如《铁路运输安全保护条例》第34条规定:“在下列地点,铁路运输企业应当按照标准设置易于识别的警示、保护标志:(一)铁路桥梁、隧道的两端;(二)铁路信号、通信光(电)缆埋设、铺设地点;(三)电气化铁路接触网、自动闭塞供电线路和电力贯通线路等电力设施附近易发生危险的地方。”由于第一句话为“在下列地点,铁路运输企业应当按照标准设置易于识别的警示、保护标志”,该语无独立含义,不能被认为是一款,一些国家将项上面的一句话称之为“注书”。[9]

(五)行政法规的立项

行政法规的制定受立法计划的制约,每年或每届政府任职期间都应当有相应的立法计划。立法计划以立法立项为基础,行政法规的立项由国务院各部门申报,立项申请应当包括:立法基础上要解决的主要问题;依据的方针政策;拟确立的主要制度等。列入国务院年度立法计划的行政法规项目必须符合下列要求:一是适应改革、发展、稳定的需要;二是有关的改革实践经验具体成熟;三是所有解决的问题属于国务院职权范围并需要国务院制定行政法规的事项。

（六）行政法规的起草

（1）行政法规的起草主体是国务院，年度立法工作计划确定的行政法规可以由国务院的一个部门或者几个部门具体负责起草，也可以确定由国务院法制机构起草或组织起草。

（2）行政法规的起草要符合《中华人民共和国立法法》确定的立法原则，并应遵循下列要求：一要体现改革精神，科学规范行政行为，促进政府职能向经济调节、社会管理、公共服务转变；二要符合精简、统一、效能的原则，相同或者相近的职能规定由一个行政机关承担，简化行政管理手续；三要切实保障公民、法人和其他组织的合法权益，在规定其应当履行的义务的同时，应当规定其相应的权利和保障权利实现的途径；四要体现行政机关的职权与责任相统一的原则，在赋予有关行政机关必要的职权的同时，应当规定其行使职权的条件、程序和应承担的责任。

（3）行政法规的起草应依下列程序进行：其一，深入调查，广泛听取意见，可以采取召开座谈会、论证会、听证会等多种形式；其二，起草部门就有关管理体制、方针政策等需要国务院决策的重大问题报国务院决定；其三，起草单位向国务院报送审稿，由起草部门负责人签署。报送时要附有关的背景材料；其四，起草部门应当就涉及其他部门的职责或与其他部门关系紧密的，与有关部门协商。

（七）行政法规的审查

报送国务院的行政法规由国务院法制机构负责审查，审查的主要事项包括：

其一，是否符合宪法、法律的规定和国家的方针政策；

其二，是否符合立法原则和相关要求；

其三，是否与有关行政法规协调、衔接；

其四，是否正确处理有关机关、组织和公民对送审稿主要问题的意见；

其五，其他需要审查的内容。

行政法规送审稿有制定时机不成熟，主要制度争议较大，起草部门未与有关部门协商、论证不充分等瑕疵的，国务院法制机构可以缓办或者退还起草部门。

国务院法制机构对行政法规送审稿可以采取多种形式进行论证。对形成新草案的行政法规，国务院法制部门提出提请国务院常务会议审议的建议。

（八）行政法规的决定与公布

行政法规仅是由国务院常务会议审议，或者由国务院审批。审批过程中国务院法制机构或者起草部门说明。审议后由法制部门根据审议意见进一步修改，形成草案修改稿，报请总理签署国务院公布施行，载明该行政法规的施行日期。行政法规签署公布后，及时在国务院公报和在全国发行的报纸上刊登。由国务院法制机构及时汇编出版行政法的国家正式版本。在国务院公报上刊登的行政法规文本为标准文本。行政法规应当自公布之日起30日后施行。但是，涉及国家安全、外汇汇率、货币政策的确定以及公布后不立即施行将有碍行政法规施行的，可自公布之日起施行。

（九）行政法规的解释

行政法规的解释权在国务院，行政法规的解释与行政法规有同等效力。国务院部门以及省级人民政府可以向国务院提出行政法规解释要求，其他主体则没有这样的权利。行政法规具体应用中的问题由国务院法制机构负责解释。

三、调整行政规章制定行为的法律形式

调整规章制定行为的法律形式有：

第一，《中华人民共和国宪法》第107条；

第二，《中华人民共和国地方各级人民代表大会和地方各级人民政府组织法》第60条；

第三，《中华人民共和国立法法》第四章第2节，第五章的有关条文；

第四，《规章制定程序条例》；

第五，《法规规章备案条例》；

第六，各地关于地方政府规章制定的有关规定。

（一）行政规章的名称

《规章制定程序条例》第6条规定："规章的名称一般称'规章'、'办法'，但不得称'条例'。"依这一条的规定结合规章在制定过程中的情况，规章的名称有两类：第一类是"规定"、"办法"，此类规章规定的行政事态已基本成熟。第二类是"暂行规定"、"暂行办法"，这类规章规定的行政事态尚未成熟，处于试行阶段。例如，2003年制定的《上海市国有企业内部审计管理暂行办法》、《上海市建设工程监督管理暂行办法》等。

（二）行政规章的规制事项

（1）行政规章的规制事项因规章性质不同而有所不同，部门规章所能够规定的事项有：执行法律的事项。在法律与部门规章之间存在行政法规，因此，我们认为部门规章不能超越行政法规而直接执行法律，或者说行政法规已对执行法律的事项有所规定的，部门规章就不能超越职权而规定有关的事项。只有当法律规定某方面的事务可以由部门规章制定，或者行政法规短期内不能对法律留有空间的事项作出规定时，部门规章才可以制定执行法律的事项。

（2）执行行政法规的事项。行政规章与行政法规之间是相邻的上下位关系，因此，部门规章为执行行政法规而对某方面的行政事项作出规定是不存在障碍的。例如，《中外合作办学条例》出台以后，教育部等有关部门为了执行该条例，制定了《中外合作办学条例实施办法》，对行政法规起到了非常好的执行作用。

（3）本部门的具体行政管理事项。《中华人民共和国立法法》第71条第1款规定："国务院各部、委员会、中国人民银行、审计署和具有行政管理职能的直属机构，可以根据法律和国务院的行政法规、决定、命令，在本部门的权限范围内，制定规章。"表明部委和直属机构对本部门的具体行政管理事项可以制定规章。

地方政府规章所能够规定的事项有：一是执行法律的事项；二是执行行政法规的事项；三是执行地方性法规的事项。较大市的人民政府、省会市人民政府由于其行政级别低于省级，因此，它们既要对同级人大制定的地方性法规负执行义务，同时又要对其所在的省人民代表大会及其常务委员会制定的地方性法规负责执行义务；四是属于本行政区域内的具体行政管理法规已经明确作出规定的事项，行政规章原则上不作重复规定。

（三）行政规章的体例

《规章制定程序条例》第7条第3款规定："除内容复杂的外，规章一般不分章、节。"依该条规定，行政规章的体例以准确、简洁为原则。既可以有章节排列的规章，但原则上不设章、节。规章与行政法规一样一般都有条、款和项。

（四）行政规章的立项

规章立项由规章制定主体的内设部门申报，即国务院各部门的内设机构或者其他机构认为需要制定部门规章的，向该部门申请立项。省、自治区、直辖市和较大的市的人民政府所属工作部门或者下级人民政府认为需要制定地方政府规章的，应当向其所属的人民政府申请立项。报送立项的规章应当对制定的必要性、所要解决的重要问题、拟确立的主要制度等作出说明。立项事项的办理由职能部门的法制机构和地方政府的法制机构负责，并报规章制定主体批准后执行。同时，《规章制定程序条例》对规章的立项还作了这样的强调规定："国务院部门、省、自治区、直辖市和较大的市的人民政府，应当加强对执行年度规章制定工作计划的领导。对列入年度规章制定工作计划的项目，承担起草工作的单位应当抓紧工作，按照要求上报本部门或者本级人民政府决定。年度规章制定工作计划在执行中，可以根据实际情况予以调整，对拟增加的规章项目应当进行补充论证。"

（五）行政规章的起草

1. 充分听取相关意见。起草实践中，行政法规的起草部门应当深入调查研究，向有关组织和个人，尤其是向那些有丰富经验的人员和有利害关系的组织和个人征求意见。善于总结实践经验，广泛听取有关机关、组织和公民的意见。听取意见可以采取书面征求意见、座谈会、论证会、听证会等多种形式。

起草的规章直接涉及公民、法人或者其他组织切身利益的，有关机关、组织或者公民对其有重大意见分歧的，应当向社会公布，征求社会各界的意见；起草单位也可以举行听证会。听证会依照下列程序组织：听证会公开举行，起草单位应当在举行听证会的30日前公布听证会的时间、地点和内容；参加听证会的有关机关、组织和公民对起草的规章，有权提问和发表意见；听证会应当制作笔录，如实记录发言人的主要观点和理由；起草单位应当认真研究听证会反映的各种意见，起草的规章在报送审查时，应当说明对听证会意见的处理情况及其理由。

起草部门规章，涉及国务院其他部门的职责或者与国务院其他部门关系紧密的，起草单位应当充分征求国务院其他部门的意见。如有不同意见，应当充分协商，经过协商还不能取得一致意见的，起草单位应当在上报规章送审稿时，说明情况与理由。

此外，起草部门报送审查的部门规章送审稿，应当由起草部门主要负责人签署。几个部门共同起草的行政规章送审稿，应当由该几个部门主要负责人共同签署，起草单位应当将规章送审稿及其说明、对规章送审稿主要问题的不同意见和其他有关材料按规定报送审查。其中“说明”是指立法的必要性、规定的主要措施、有关方面的意见等情况。“有关材料”主要包括汇总的意见、听证会笔录、国内外的有关立法资料、调研报告等。

2. 衔接与协调。部门规章起草中，还应该注意与有关法律、行政法规和其他部门规章的衔接和协调。一般而论，对于同一事项，如果要作出与其他部门规章不一致的规定时，应在上报草案时，专门提出并说明其理由，由国务院决定。法律、法规已经明确规定的内容，规章原则上不作重复规定。

3. 清理相应的部门规章。起草时，必须对现行的内容相同或基本相同的部门规章进行清理。如果现行的部门规章将被起草的部门规章所取代，必须在草案中说明从何时起废止被取代的部门规章，“不要使用‘与本规章相抵触的无效’或‘以本规章为准’之词句，因为这样就要求人们必须费力地去查找与之相抵触的立法，是相当麻烦的，不利于人们对该部门规章的掌握与实施”。[10]

（六）行政规章的审查

行政规章的审查由制定主体的法制机构负责，法制机构主要从以下方面对送审稿进行审查：(1)是否符合有关的立法原则；(2)是否与有关规章协调、衔接；(3)是否正确处理有关机关、组织和公民对规章送审稿主要问题的意见；(4)是否符合立法技术要求；(5)需要审查的其他内容。

对于送审稿存在下列问题的，法制机构可以缓办或者退回起草单位：一是制定规章的若干条件尚不成熟的；二是有关机构或者部门对规章送审稿规定的主要内容存在较大争议，起草单位未与有关机构或者部门协商的；三是送审稿未经广泛论证的。

法制机构对规章送审稿要进行广泛地征求意见、讨论、调研等。

（七）行政规章的决定和公布

部门规章经由部委会议或者委员会会议决定，地方政府规章由政府党委会议或者全体会议决定。审议规章时，由法制机构作说明，也可以由起草单位作说明。法制机构要根据有关会议审议意见进一步对规章作出修改，并形成草案修改稿，报请部门首长或地方政府首脑签署命令予以公布。《规章制定程序条例》第30条规定：“公布规章的命令应当载明该规章的制定机关、序号、规章名称、通过日期、施行日期、部门首长或者省长、自治区主席、市长署名以及公布日期。部门联合规章由联合制定的部门首长共同署名公布，使用主办机关的命令序号。”部门规章公布后，部门公报或者国务院公报或全国范围内发行的有关报纸应当及时予以刊登。地方政府规章签署公布后，本级人民政府公报和本行政区域范围内发行的报纸应当予以刊登。在部门公报或者国务院公报和地方人民政府公报上刊登的规章文本为标准文本。规章应当自公布之日起30日后施行,但是,涉及国家安全、外汇汇率、货币政策的规定以及公布后不立即施行将有碍规章施行的,可以自公布之日起施行。

(八)行政规章的备案

1. 行政规章备案的概念。所谓行政规章的备案,是指行政规章制定以后依法定程序报送有关主体,有关主体依法对行政规章的实体内容和程序内容进行审查,以便规章不与上位法抵触,规章之间不发生冲突的行政规章制定监督方式。

2. 行政规章备案的主体。规章备案的主体是国务院,备案事项的审查机构是国务院法制机构。

3. 行政规章备案的报送程序。部门规章由国务院各部门报国务院备案,两个或者两个以上部门联合制定的规章,由主办的部门报国务院备案;省级以上人民政府的规章由制定主体报国务院备案;较大的市的人民政府规章由制定主体报国务院、省级人民政府备案,报送国务院备案的行政规章由国务院法制机构受理。报送行政规章备案,应当提交备案报告、规章文本和说明,按照规定的格式装订成册,一式10份。对受理的备案应予以登记,不符合报送形式要件的暂缓登记,可让报送部门补充或重新报送。

4. 行政规章的备案审查。国务院法制机构对报送备案的行政规章进行审查,主要审查以下内容:一是行政规章的制定是否超越制定主体的权限;二是行政规章是否有违反上位法的情形;三是行政规章对同一事项的规定是否有不一致之处;四是行政规章的规定是否适当;五是行政规章的制定是否违反法定程序。

国务院法制机构在对行政规章进行审查过程中,若认为需要制定主体提供有关的材料或说明理由的,制定主体有义务满足法制机构的要求。对于有瑕疵的行政规章,国务院法制机构有权建议制定主体予以纠正,亦有权上交国务院决定。

5. 行政规章备案的法律责任。行政规章备案的法律责任是指没有依法定程序进行报送所承担的责任。《法规规章备案条例》第20条规定:“对于不报送规章备案或者不按时报送规章备案的,由国务院法制机构通知制定机关,限期报送;逾期仍不报送的,给予通报,并责令限期改正。”从法律程序上讲,没有报送备案的行政规章不能发生法律上的拘束力,因为备案是一个必经程序。

(九)行政规章的解释

《规章制定程序条例》第33条规定:“规章解释权属于规章制定机关。规章有下列情况之一的,由制定机关解释:(一)规章的规定需要进一步明确具体含义的;(二)规章制定后出现新的情况,需要明确适用规章依据的。规章解释由规章制定机关的法制机构参照规章送审稿审查程序提出意见,报请制定机关批准后公布。规章的解释同规章具有同等效力。”

四、行政立法的模式转换

(一)直接主义的行政立法

1. 间接主义与直接主义的对比

市场经济使我国传统行政立法模式在诸多方面表现出了极大的不适,因此,转换行政立法模式已成为我国法制及政治体制改革的重要一环。行政立法在实践中可以有两种不同的操作方式,即间接式和直接式。前者是指行政立法权的实际操作包括法律的提案、起草、表决、通过、生效等环节以行政立法机关为中坚主体。公众意见、舆论力量仅在法律的酝酿过程中起作用,对法律感应影响的力度较弱。间接行政立法过程中,绝大多数与即将或已经通过的法律有利害关系的个人、组织、政治实体没有直接介入或表决。如果说这些广泛的与法律有利害关系的社会主体对法律过程有什么影响的话,也主要是通过第二性的组织来实现的。[11]与间接式不同,直接行政立法是指公众尤其是与某项法律有利害关系的公民、法人或其他经济组织、政治实体介入了法律规范制定的全过程,甚至在该法案的表决中行使了神圣的投票权。显然,直接行政立法是一种广泛参与的立法模式,从立法主体的范围到法案表决的宽度都是如此。应当指出,直接式行政立法和间接式行政立法的划分只是相对意义上的,不可能是绝对的。因为一个法律的制定往往是专职立法机构和公众广泛参与两因素综合作用的结果,只是主辅上的区别。进而可以得出这样的结论:凡专职行政立法机构在立法过程中起主导作用,对立法后果有决定意义影响,公众对立法过程起次要作用的就是间接式行政立法。反之,凡公众在行政立法过程中起主导作用,对立法后果有决定性影响,而专职立法机构仅负责整理、清理公众意见,对立法过程起次要影响作用的就是直接式行政立法。

2. 直接主义的起源

直接立法早已有之,并不是现代人的发明。古希腊、古罗马投石式、投骨式表决问题的方式可以说是直接立法的例证之一。然而,现代意义的直接立法则产生于19世纪80年代的美国,对此梅里亚姆在其著作《美国政治思想》一书中有较为详细的叙述。[12]观察直接立法产生的背景不外乎两个方面:一是利益多元化的社会经济状况;二是专职立法机关与现代经济、社会、文化事务的反差。

(1)多元化利益组合是直接行政立法的社会基础。市场经济是一种多样型的经济形态,它既给经济的构成、运行、发展注入了很大的活力,同时,又使社会结构、社会过程、社会利益组合丰富多彩。计划经济体制下,由于国家强调一体化、一统化、普遍化的治国原则,因而社会阶层之间轮廓明确、利益关系稳定。既不可能有复杂的利益集团,也不可能有每日每时的利益组合关系。在此社会结构之上建立的政权体系及其原理、方式也具有极强的稳定性和可测性。市场经济允许并鼓励经济性组织、企业、社团法人等经济实体存在,亦容允各经济实体追逐自己的经济利益和其他利益。因此,各种经济组织常常从自己的利益出发进行多种多样的利益组合。该利益的组合最初是由于经济动机引起的,但它最终要化为某种政治性的因素影响政府的有关重大决策和政府行政系统的管理活动。如果利益组合的政治影响具有极大的有序性便可以成为积极因素,利于国家宏观调控;反之,如果各利益集团对政治性决定的影响是无序化的,便必然造成极大的社会混乱,甚至社会动荡。作为国家来讲,处理这一问题的最佳方案是:既允许利益集团和其他经济实体的存在,又允许其公平地、民主地参与政治性决策。那么直接行政立法就是其公平参与决策的基本途径。

(2)竞争性经济机制是直接行政立法的经济条件。市场经济是崇尚竞争的经济制度,它允许各市场参与者在经济活动中发挥自己的体力和智力,允许各经济组织以自己的优势取胜对手。竞争经济说到底是一种智能型经济,并且是有效率的。正如美国著名经济学家萨缪尔森所指出的:“竞争制度是一架精巧的机器,通过一系列的价格和市场,发生无意识的协调作用。它也是一具传达信息的机器,把千百万不同个人的知识和行动汇合在一起。虽然不具有统一的智力,它却解决着一种可以想象到的牵涉到数以千计未知数和关系的最复杂的问题。没有人去设计它,它总在变动。但是,它承受了任何社会组织的最基本的考验——它可以生存。”[13]可见,竞争性经济机制之下,各经济参与主体在追求自己的利益时,往往使他自己比在真正出于本意的情况下更有效地促进了社会的利益,并把此通过追求个人利益而最终对社会产生好处的行为视为是在“一只看不见的手”的调节作用下实现的。[14]不言而喻,市场参与主体充分表达自己经济利益、政治利益的过程中自然而然地达到了某种程度的社会平衡。直接立法就是在这样的经济机制之下形成并产生极大的社会和经济效益的。当然,竞争性经济机制只是直接行政立法的条件,还需政府的主动性行为才能最终使直接行政立法的模式形成。

3. 直接主义行政立法的初步设想

从以上直接立法产生的背景和其宗旨看,其亦适合我国目前的经济社会状况。市场经济使经济结构多样化,又使社会经济利益关系重新组合。在此情形下,立法机关要作出合理的裁决和适当的安排确非易事,只有将一些棘手的问题推向全社会或公众才有可能找到标准答案。直接立法操作的具体步骤,笔者以为可从如下方面考虑:

(1)关于行政立法动议权,即赋予社会多方主体以立法动议权,改变以往主体单一的状态。

(2)关于行政立法表决权,这是直接行政立法操作过程的第二步。理论上,行政立法案的表决有三种情形:第一种是国家制定的所有行政法律都归入行政立法机构中,所有法律的表决都由专职的行政立法机构进行,以行政立法机构中的相对多数通过宣告完成。第二种是把所有的法律案都拿到社会上去,由公众或与该法案有利害关系的人进行表决,以参与表决人数的相对或绝对多数通过而告完成。第三种是一部分法律案归于专职立法机关表决,另一部分归入社会表决。我国直接行政立法表决方式应采取第三种情形,即首先解决由专职立法机关表决的问题,允许公众有部分法案的表决权。而且应以利害关系为原则划分公众和专职行政立法机关表决的范围,即与公民、法人、社会组织、经济实体有直接利害关系的法案都应当由利害关系人表决,以相对或绝对多数确定法案的命运。

(3)关于行政立法听证权。立法听证是公众直接参与立法的又一重要手段。听证主要发生在法律草案的讨论和酝酿阶段。公众行使听证权的一般做法是:由行政机关成立专项法案的专门性组织,主持该项法律案的制定工作,当法案的形成过程达到一定程度时,就由主持机关宣布进入听证阶段。这时,对于该法案有兴趣的公民、法人和其他社会组织以及利害关系人便可以得到允许,并按法律规定的条件、程序、方式到达主持机关指定的地点,在主持机关的主持下,对该法案提出口头的或书面的意见,并有权要求主持机关对该法案形成过程中的事实根据、法律根据以及有关材料在不违反有关保密制度的前提下予以公布,还可以要求主持机关对一些事实不清或已引起怀疑的问题作出解释。

(4)关于行政立法监督权。从长远意义上讲,立法动议权、立法表决权、立法听证权是直接行政立法的基本构成,也是直接行政立法模式的核心内容。但是,以我国目前的状况而论,公众上述三种权能的完全实现还不大可能。其中有体制、心理意识、技术手段等方面的原因。相比之下,行政立法监督权实现的可能性则要大得多。或者说,在目前情况下,直接行政立法的主要内容应以大力提倡公众对立法的监督权为核心。立法监督权,就是公民、法人、社会组织以及其他市场主体对行政法规范制定过程、政府的立法行为以及正在生效的法律的监督权能。上述主体可以有组织地或个别地向有关行政机关就立法行为或立法案提出意见,亦可以通过新闻媒介提出自己在某方面的行政立法主张。

(二)参与主义的行政立法

1. 参与主义与堵塞主义的对比

参与主义的行政立法是以直接行政立法为前提和基础的。参与主义与堵塞主义是一对相对的概念,参与主义是社会主体都能涉足行政立法领域的状态,堵塞主义则仅限于行政立法主体参与行政立法领域而其他任何组织或个人无权涉及。在参与主义状态下,一方面立法主体是不特定的,即行政立法的主体不仅包括专职行政立法机关,也包括公民、法人、社会组织以及其他利害关系人,从数量界限上讲是广泛的,参与的比率越高,立法主体的广度就越深刻;反之,参与的比率越低,立法主体的广度就越差。另一方面行政立法事项是面向社会公开的。与封闭主义不同,参与主义下,是否需要行政立法,何种事项纳入行政立法,都是专职立法主体以外的主体知悉的,对于专职行政立法主体来讲,亦尽可能吸引其关注行政立法事项。其他主体参与立法的实际状况我们又可以依主体数量和立法事项范围而分为普遍参与制与利害关系参与制。

2. 普遍参与制

普遍参与制是指公民、法人和其他社会组织只要不是主观条件的限制都有立法的参与机会,立法主体的广泛性是其最为本质的属性,不仅如此,还有讨论事项的宽度,即是说,绝大多数领域的立法事宜公众都有权参与。立法是一个总的概念,它牵涉到政治、经济、文化、科技、外交等具体管理领域和公民权利义务关系以及政府组织原则等众多方面。封闭主义立法状态在上述诸多领域,公民、法人、社会组织要么不能直接参与各领域的立法性行为,要么只能对小范围内的立法事项发表意见或进行表决。普遍参与的立法模式下,公民、法人、社会组织不仅对涉及有关自身权益的行政立法事项有参与权,而且能够参与各行政管理领域内的与自己有利害关系的法律、行政法规、规章等的制定。当然,对各个问题参与的深度可能有所不同。应当说明的是,行政立法参与范围的宽度是一个具有相对意义的概念,因为任何一个社会,任何一种类型的政府体制和立法体制都不可能实现全面参与制。有些行政立法事宜由于政治的原因只能由专职立法机关单独完成,有些立法事宜由于技术原因只能由专家委员会完成,还有一些立法事宜与公众没有利害关系或没有直接利害关系,公众可以放弃参与的机会。随着我国市场经济的深入,公众对行政立法参与范围的宽度将会日益扩大。

3. 利害关系参与制

从现代民主国家的立法理论讲,所有受某法案影响的公民、法人、社会组织或其他利害关系人对该法案的形成都可以起到一定的作用。“每一个政治规章和经济规章所应注意的立法目的应该是增进社会的最大幸福,也就是社会上大多数人的最大幸福。任何以此为目的而从事于制定政治和经济的规章制度的人都应该具有一个主要条件,没有这个条件,知识和活动能力都是没有用处的,而且反而会成为作恶的工具。这一主要条件就是这些规章的制定者必须对于社会,也就是说,对于在这些规章管理之下的那些社会上大多数人,怀有同情、胞与为怀的感情和利益的一致。”[15] 但由于受主客观条件的限制,大多数情况下,这只是一种理想。在任何规模很大的社会中,要使全体社会的正式成员在立法过程中都起到一定的作用,是不大可能的。然而,公民、法人、社会组织或其他利害关系人对于将要出台的法律进行参与的程度却是可以比较的,尤其与即将通过的法案有利害关系的经济实体能够顺理成章地对法案提出自己的意见。现实中,利害关系参与制相对于普遍参与制应该是更可行的。判断利害关系人是否参与到法案中可从下述方面衡量:

(1)参与主体对法案的认识水平。这是非常关键的一点,如果参与者对于与自己有利害关系的法案有较高的认识水平,能够识别该法案与自己有利害关系,甚至对法案的长远影响等有心理上的权衡,就可以说已经达到了一定程度的参与深度。否则的话,即使有广泛的参与主体,也难以有高质量的参与效果。

(2)参与主体对法案形成过程的影响程度。即对某一个自己关心的法律的通过能起到多大的、何种程度的影响,是否能够通过多数规则把自己的意见、设想、态度反映到法案中去,是否能够决定法案的最后结果。参与者既能充分表达自己的主张,又能通过合法途径影响法案的最终结果,就可以说达到了一定的深度。

(3)参与主体能否将自己认为有必要上升为法律的某种主张通过正当途径表现

出来,并被行政立法机构作为一种动议而列入议事范畴。

(4)参与主体能否对正在生效的与自己有利害关系的法律进行监督或提出修正意见。

(三)专家式行政立法

1. 专家式与委员会式的对比

在我国权力机构中,立法是通过专门的委员会操作的。"委员会"这个名词以后也出现在行政系统中。政府委员会是行政管理技术化、现代化、日益复杂化的必然结果。各个方面的委员会在政府机构中具有极其重要的作用,管理着本业务范围内的所有社会事务,甚至行使行政管理权以外的其他权力,如美国各委员会,既行使行政管理权,同时又行使立法权和司法权。在世界许多国家,行政立法职能也是通过委员会实现的,但并不是每个国家都如此,也不是每个国家的行政系统都设立了委员会。因此,笔者此处所指委员会不能等同于美国政府系统所设之委员会,而是代表了行政机关中行使立法职能的部门。显然,委员会就是行政系统内部负责行政立法起草、组合、技术加工等的业务组织。它可以是一个常设机构,也可以是一个临时性机构。常设部门类似于我国立法机构中的立法委员会。我国以往行政立法均采取委员会式的立法方式。笔者认为,为了保证行政立法的科学性和合理性,应从独立的委员会式立法向专家式立法转变。

所谓专家式立法,即行政立法工作的每一步如起草、审议、修改等均吸收有关专家、学者参与。专家参与的形式多种多样,可以在一定范围之内选定数名专业技术人员或学者聘作立法顾问,只要有关行政事项需要立法,即可委托其起草、审议等。也可以不限定于某些人,而是行政主体根据立法实际需要,临时邀请有名望的专家学者参加,提供意见和建议。不管何种形式的专家参与,他们都不履行对社会事务的直接管理职能,而专门负责本管理领域的规章及其他规范性文件的起草工作。一般来说,专家们应对法案具有很高的草拟权威。当然,目前状况下,一下过渡到完全专家式立法恐怕还是有些难度的,那么可以先采取委员会和专家混合式立法,立法的有关技术环节尽可能采纳专家意见,委员会只负责组织性工作和材料整理、提供等工作,这样有利于提高行政立法质量。

2. 科技型专家立法制

现代行政管理的外在条件越来越复杂,社会技术已对行政权起着越来越大的制约作用。科技手段在行政权中的运用使行政权的行使方式首先发生了变化。例如,在电视、电话系统广泛启用以前,行政机构举行会议主要是面对面的方式,即直接会议。由于电子计算机系统的广泛运用,人们已逐渐地把直接会议变为间接会议,即不采用直接见面的方式,而通过间接手段,即电视、电话的联系互通情况,并且就某个重大的行政管理问题达成共同协议。不仅如此,随着社会技术的迅速发展,国家政权体系中的所有机构都要对日益发展的社会技术以及科技手段作出反应,或者改变自己的权力行使方式,或者运用新的科技手段行使权力,或者以新的科技手段为前提调整权力行使方式,或者改变原有的体制模式。例如,立法机构本来是行使传统立法职能的机关,现其立法的方式不得不加以改变,各国的行政机构几乎毫无例外地有向立法机关提出议案的权力。也就是说,行政机构把自己认识的社会事态中需要法律规范调整的情况提供给立法机关,再由立法机关制定出具有普遍约束力的规则。而且,行政立法在各国广泛出现。传统的立法方式改变了,是否传统的行政立法方式亦需改变?回答当然是肯定的。我们在前面谈到了直接立法、普遍参与制等都是行政立法方式的新模型。此外,还需专家的参与,尤其是科技型专家。行政立法的技术性与上述行政管理的技术性相对应已越来越强,这类法律规范的社会属性相对来讲要多一些。这种情况下,公民、法人和其他社会组织的参与没有多大意义,而且不是上述主体力所能及的范畴,必须让专门的业务机构与科技人员参与,才能达到民主化和科学化的目的。例如,有关自然资源的行政立法需让野生动植物专家参与;有关海洋环境保护的行政立法需让海洋环境研究科技人员参与。科技型专家参与立法意义也较为深刻,他们往往是在比较公正和客观的立场上对行政立法与社会事务的接近程度提出意见,科技专家的参与职能具有其他参与不可取代的作用。

3. 法政型专家立法制

行政立法本身的技术性表现为两个方面:一是法律涉及内容的技术性,需要科技型专家把关。二是法律制定过程的技术问题。如一部法律、法规篇幅的长短,体系结构的安排,语言表达、文字处理以及该法案在整个法律体系中所处层级的表现等。前者更多的是有关法律的实质要件,后者则多半是一些形式要件,当然也有实质的东西。对于一部法律来讲,实质要件是主要的,内容的科学性、合理性是法律规范能否存在的前提和基础。有些西方学者曾依据宪法规范的实施效果,将宪法分为规范宪法、名义宪法和语义宪法。[16]所谓的"实施效果"就是宪法内容在实践中实现的程度。笔者认为,法律、法规如果内容不切合实际,只能是名义的东西,没有任何规范作用。但是,法律、法规的形式要件尽管居于第二位,也不能忽视。假如一部法律经过科技人员提供了有关方面的内容,但体系混乱、语言文字疏漏,行政执法实践是难以操作的。因此,行政立法的内容和形式两者缺一不可。法律制定过程的技术问题就是由法政型专家把关的。法政型专家是指精通法律、了解国家政策的有关专家学者,其在行政立法中承担的职能主要有以下方面:一是法案的技术处理。包括行政法规或规章的名称规范、简明、准确,正确反映行政立法的性质、主要内容、效力等级和适用范围;文本排列结构严谨、条理清楚,一般按章,节、条、款、项进行排列;文字斟酌,力求用词准确、清晰,有助于人们正确理解和运用。二是同类法规、规章的衔接与协调。行政法规、规章起草时,注意与有关法律、法规的衔接、协调,对于同一事项,其前后规定应保持一致。如果现行的法规将被新起草的法规、规章所代替,必须在新的法规规章中予以说明。三是行政立法遵循政策精神。起草过程中,出现法规规章内容与现行政策相抵触或不一致时,应按照政策与法律关系的正确理论或有关规定予以解决。由此可见,法政型专家的职能也是其他类型的参与不可取代的。

（四）动议权式行政立法

1. 动议权与提案权的对比

提案权是立法过程中的具体操作问题，在法律文件的形成中它是具体环节的第一环。传统立法模式把立法提案视为一项权力，仅赋予特定的机构或组织实体。依据我国宪法、法律、行政法规的规定，可以向全国人大提出法律草案的立法提案权的主体是：全国人民代表大会主席团、全国人民代表大会常务委员会、全国人民代表大会各专门委员会、国务院、中央军事委员会、最高人民法院、最高人民检察院、代表团30名以上的联名代表。可以向全国人大常委会提出法律草案的立法提案权的主体是：常委会委员长会议、全国人民代表大会各专门委员会、国务院、中央军事委员会、最高人民法院、最高人民检察院、10人以上的常务委员会组成人员。可以向国务院提出行政法规草案的立法提案权的主体是国务院的各个部门，包括国务院下属的部、委、办、局等。以上是对我国提案权的整体情况介绍，笔者在此主要是讨论行政立法提案权。笔者认为，行政立法提案权在法律形成过程中限制了提出法律案的主体范围，难以适应市场经济的情形，应将此种方式转换为行政立法动议权式。所谓行政立法动议权，是指社会各个阶层、各种组织实体、各种社会力量都可以根据自己的实际状况提出有系统的法律案，而且应将此确定为各市场参与者的一项权利。由行政立法提案权变为行政立法动议权，一方面扩大了行政立法提案的范围，另一方面也使法律有了较强的技术性。传统行政立法模式中的提案权主体绝大多数都是专门机构，属政府行政系统的某个部分，显然没有为技术性很强的专业性提案和广泛的社会性提案开辟道路。伍德罗·威尔逊就曾给立法动议权很高的评价，认为它是"门背后的枪"，[17]尽管不经常起作用，但在关键时候还是大有用处的。我们主张行政立法动议权并不完全否定专职机关的提案功能。如果有了行政立法动议权，真正的行政立法提案权将更为科学合理。

2. 动议权主体

动议权主体是享有行政立法动议权的机关、组织和个人。首先国家机关是行政立法动议权的当然主体。上述我们列举了行政立法提案权的主体，对于行政系统的这些部门来说，其享有法定的提案权，自然也应该享有行政立法动议权。至于它们的动议权范围、方式等，因法律、法规有了提案权的明确规定，故可以参照行使。其次是组织，它的范围非常广泛，可以包括政党、社会团体、利益集团。在美国，"数不清的公民委员会以及各式各样的联合会、协会和社团都研究过、热烈讨论过并且草拟过许多法案，组织了许多院外活动集团，并且大力从事它们各自的法律宣传"。[18]我国在一些重大问题如代表候选人提名上确立了政党、社会团体等的参与制度，那么在行政立法上也是可以借鉴西方国家的一些做法的，而且是非常必要的。因为行政管理的法规和规章有的具有部门性，有的具有地方性，有的则具有特定的社会阶层性，也就是说，行政管理法规一般牵涉到一定范围的利害关系人，这些权利义务主体当然应有提出立法动议的权利。最后是公民个人。从一般意义上讲，整个市场活动都是围绕公民、法人和其他社会组织而展开的,尤其公民既是生产主体,又是消费主体,整个市场经营活动也要依靠他们而进行。所以,他们对于国家行政机关制定的行政管理法规范是具有当然的动议权资格的。主张公民动议权的思想在西方国家很早就产生了,并且视动议权与投票权同等重要。如美国"公民投票在杰克逊任内已应用于州宪法,除极少数例外,根本法由人民投票决定已成为一个固定不移的原则。……在这个时期的后期,却提议把公民投票作为一种更为普遍应用的措施。另外,还主张实行动议权。"[19]可见,立法动议权是具有一定的理论和实践价值的,对于公民、组织的动议权应作为一项重要权利予以保障。

3. 动议权规则

动议权规则是指动议权主体在行使立法动议权时应遵循的准则。它既是对行政立法动议权的规范,也是提高行政立法动议权质量的根本保证。依据我国行政立法状况和动议权主体的经济、文化水平等素质状况,笔者以为,行政立法动议权应遵循如下规则:

(1)有序化规则,即动议权的行使应以适当的程序作保障。我国行政立法动议权主体包括公民、法人、企事业组织等方面。如果他们在进行行政立法动议时带有随意性、盲目性,不仅不能很好地行使权利,而且面对诸多杂乱无章的立法动议,行政机关往往会无所适从,其结果失去了立法动议的意义。这就要求行政机关必须把社会各动议主体有效组织起来,在指定时间、地点、场所提出立法动议。

(2)针对性规则,这是对动议权主体提出的要求。所谓的针对性即突出重点,解决当前迫切问题。现代法治国家任何制度都是要纳入法律轨道的,但法律的制定不是一夜之间就可以完成的,往往有轻重缓急和层次区分。先制定什么,后制定什么是有一定规则性的。因此,动议权主体的立法动议要与现实紧密结合,具有实践价值。立法实践不像理论研究,理论研究可以超前,也可以务实,而立法一定要务实,否则起不到调控作用。要做到这一点,相应的动议权主体的素质一定要较高,具备起码的法律和政策知识。

(3)专业限制规则。即对某些科学性、技术性较强领域的行政立法,不宜让广泛的社会主体提出立法动议,只能由有关专家和专职的行政管理部门承担,以利于行政立法内容的科学性、合理性。

(4)国家秘密限制规则。立法动议是立法公开化、民主化的体现,而公开化在我国各项制度中是有条件的,有关国家机密事项不宜公开提起立法动议。需要法律作出明文规定的事项,一般要求国家行政机关根据有关原则确定。

序号	1	2	3	4	5	6	7	8	9	10
区分要旨	名称	体例	制定主体	立法	起草	审查	决定	公布	解释	备案
行政法规	条例规定办法或加暂行	章、节、条、款、项、目	国务院	制订年度计划—{适应需要、条件成熟、客体对应} 立项申请—{要解决问题、依据、拟设立的制度} 立项审批—{国务院审批、积极起草}	国务院组织法制机构和有关主体执行召开听证会等	国务院法制机构审查合法性、适当性审查后果可缓办或退回起草	国务院常务会议议定总理签署	国务院公报或全国发行的报刊	国务院	必须备案
行政规章	规定办法或加暂行	条款项目一般无章节	部、委、直属机构、省、自治区、直辖市政府、较大的市政府	申请立项—{要解决的问题、依据、拟设立的制度} 立项汇总——法制部门 立项审批——制定主体 立项执行—{法制机构、承办机构}	制定主体组织法制机构和有关主体执行召开听证会等	法制机构审查合法性、合理性审查后果：可缓办或退回起草	常务会议、全体会议决定首长签署	政府公报或者本区域发行的报纸	制定主体	报国务院备案

第二节　行政规范性文件制定行为法

一、行政规范性文件地位的有关理论

"行政规范性文件，是指国家行政机关为执行法律、法规和规章，对社会实施管理，依法定权限和法定程序发布的规范公民、法人和其他社会组织行为的具有普遍约束力的政令。"[20]行政规范性文件的名称在行政法学界并不统一，有的叫规范性文件，有的叫行政管理规范性文件，有的叫规章以外的行政规范性文件，有的叫规章以下的规范性文件；[21]行政规范性文件的外延亦不统一，"广义的解释是指各类国家行政机关为实施法律、执行政策在法定权限内制定的除行政法规、行政规章以外的具有普遍约束力的决定、命令及行政措施等。"[22]"狭义的解释是指没有行政法规和行政规章制定权的国家行政机关为实施法律、法规和规章而制定的具有普遍约束力的决定、命令、行政措施等。"[23]行政规范性文件是处于规章之下的下位行政规则。行政规范性文件的上位规则是规章，这在行政法学界似乎已形成共识，然而，在行政法治实践中的状况并非如此，因为在我国行政规范性文件的制定主体并不是没有规章制

定权的行政主体,或者准确地说,行政规范性文件不完全是由没有规章制定权的行政机关制定的。例如,1998年8月25日湖北省人民政府发布的《关于武汉市加强生猪屠宰管理实施放心肉供应工作有关问题的通知》就是一个典型的规范性文件。又如,《南宁市人民政府关于禁止高音喇叭宣传车上街的通知》的规定:"在南宁市区范围内,除公安部门批准的全市性大型活动外,原则上禁止高音喇叭宣传车上街",其不论从内容和形式都是一个标准的规范性文件。有权制定行政法规的最高行政机关也经常发布行政规范性文件,再如,2000年6月24日国务院发布的《国务院关于鼓励软件产业和集成电路产业发展的若干政策》就是一个规范性文件。行政规范性文件制定主体的复杂性便引申出了另一个问题,即规范性文件的地位高低问题。若将规范性文件仅仅理解为规章的下位行为规则,那就等于肯定了国务院制定的规范性文件可能在地位上低于部委规章的事实,而事实上恰恰相反,国务院制定发布的行政规范性文件显然要高于部委规章和地方政府规章。所有这些问题都使行政规范性文件的法律地位必须在理论上给一个说法,否则将会在行政法治实践中造成巨大混乱。关于行政规范性文件的法律地位,在理论界有下列诸种认识,笔者将予以系统介绍。

(一)抽象行政行为说

此说认为行政规范性文件从性质和法律地位看是政府行政系统的一种行政行为,是一种面对不特定的对象而为之的抽象行政行为。此说在行政法学界是占统治地位的说法,在我国行政法的教科书中基本上都将行政规范性文件划入抽象行政行为的范畴之中,"抽象行政行为,是指行政主体以不特定的人或事为对象所实施的行政行为。抽象行政行为一般以规范性文件的形式表现出来,既包括行政立法,如国务院制定的行政法规,各部委制定的部门规章,省级政府、省会市政府及国务院批准的较大的市政府制定的政府规章等;也包括其他规范性文件,即行政机关如一般市、县人民政府及其工作部门发布的其他具有普遍约束力的决定、命令"。[24]有学者将规范性文件作为抽象的行政行为的地位说得更加明确,其认为抽象行政行为包括四种,即行政法规、行政规章、行政措施和抽象性的行政决定和命令,并指出:"从性质上看,行政措施是行政规范的一种形式,对行政行为具有普遍的规范意义,但它不属于行政法律规范的形式。""具有普遍约束力的决定和命令,不属于法律和法规,因而它在行政诉讼中没有直接依据上的意义,既不能作为人民法院审理的案件中的适用或参照规范,也不能作为相对人提起行政诉讼的依据。但是,决定和命令作为抽象行政行为的一种形式,自然具有普遍的约束力,同样是行政主体和相对人在国家行政管理中必须遵循的行为准则。"[25]与其说抽象行政行为是对行政规范性文件法律地位的揭示,还不如说其更多的是对行政规范性文件性质的揭示,因为这种说法并没有一个关于行政规范性文件法律约束力的一个标准答案。

(二)准行政立法行为说

此说认为行政规范性文件在形式上虽不能与行政立法行为具有同等意义,但在实质上具有普遍的约束力和反复适用性,而普遍约束力和反复适用性恰恰是行政立法行为的一般表现。“其他规范性文件虽然不属于法的范畴,但它们也为人们提供了行政规则和行为模式,具有规范性和约束力。行政规范性文件的效力低于法律、法规和规章,并且根据制定主体的不同,效力自上而下呈现多层级的特点,下级行政规范性文件不能与上级行政规范性文件的内容相抵触。在行政管理过程中,依法制定的其他行政管理规范性文件对于行政相对人具有约束力和执行力。行政规范性文件一经颁布,其所及范围内的组织和个人都应当遵守,对所确定的义务必须履行。行政规范性文件对行政机关本身亦有确定力,一经发布,行政机关非经法定程序不得将内容撤销、改变或废止。行政规范性文件对制定机关及下级行政机关实施具体行政行为,具有适用的效力,行政机关在实施具体行政行为或作出有关行政决定时,必须适用相应的行政规范性文件。”〔26〕此段关于规范性文件性质和地位的概括充分反映了其将规范性文件定为准行政立法行为的论点。一方面,行政规范性文件是行政机关的行政行为,但它不是法律所规定的行政立法行为;另一方面,行政规范性文件起着行政立法的作用,其对于行政相对人有普遍约束力和反复适用性,对于行政主体有确定力和执行力,且行政主体在作出具体行政行为时必须考虑规范性文件的内容。此种关于行政规范性文件的两难说法,正是对目前我国行政规范性文件在行政法治实践中困惑性的一个描绘。

(三)行政法渊源说

行政法的法源或者行政法的渊源是指行政法的表现形式。在我国行政法的教科书中一般不认为行政规范性文件是行政法的表现形式,但就笔者所知诸多学者在行政法的讲授中,自觉不自觉地将行政规范性文件归入行政法法源的范畴。我国也有学者在著述中将行政规范性文件归入到行政法渊源的范畴。“命令成为行政法渊源具有重要的思想理论基础。从传统的法治国家原理看,有关公民权利义务的内容须由形式意义上的法律规定,立法权统一由国会行使。但是,随着行政领域的扩大与行政事务专业性程度的提高,人们开始认定行政立法的合理性,命令成为各国行政法学者们普遍公认的行政法渊源。但是,有关命令的存在形式与性质各国行政法学的规定不尽相同。如在日本,命令有广义和狭义之分。广义的命令指国会以外的国家机关制定的法,狭义的命令指依据行政权确定的规范。”〔27〕其所指的命令当然包括行政规范性文件。有些学者甚至将命令排列在行政法法源的第三层次上,其地位仅次于根本法和普通法,当然,其对命令的理解是一种广义上的理解,但无论如何命令之中包括了行政规范性文件。“命令指未经立法机关通过,经由国家元首发布,或由国家元首及法律委任各级行政机关发布的命令而言。此项命令就机关等级而言,有中央的政府令、省县市政府及各级政府所属各行政机关令等;就性质而言,有指挥命令、规则、规程、细则、办法等。各种命令不论其形式如何,出自何种机关,只要其与行政作用有关,均为行政法的法源。”〔28〕这是对规范性文件法律性质的一个经典性概括。

以上三个关于行政规范性文件的说法反映了目前我国行政规范性文件的理论尚处于起步阶段。一则,上述理论基本上都没有形成一个完整的体系,都是一些非常零散的说法，且诸多说法的立足点也并不完全一致。二则，对行政规范性文件的概念这一最为基本的问题也没有达成共识。三则，关于规范性文件的规制程度和调整力度等最为关键的问题也没有一个肯定的说法，而规制程度和调整力度是解决规范性文件法律地位必须予以澄清的问题。

二、行政规范性文件规制和调整方式的考察

WTO规则对于各国法律、法规、规章之外的行政规则和其他行为规则给予了广泛的关注，几乎在所有协定之中都有关于这些规则透明度的规定，如《服务贸易总协定》第3条第1项规定："除紧急情况外，每一成员应迅速公布有关或影响本协定运用的所有普遍适用的措施，最迟应在此类措施生效之时，一成员为签署方的有关或影响服务贸易的国际协定也应予以公布。"第3项规定："每一成员应迅速并至少每年向服务贸易理事会通知对本协定项下具体承诺所涵盖的服务贸易有重大影响的任何新的法律、法规、行政准则或现有法律、法规、行政准则的变更。"第4项规定："每一成员对于任何其他成员关于提供属第1款范围内的任何普遍适用的措施或国际协定的具体信息的所有请求应迅速予以答复。"[29] WTO规则中关于一国行政规范性文件必须予以透明的规定还有许多。世界贸易组织之所以要对各国的行政规范性文件如此关注，其原因非常简单，就是这些属于行政权范畴的规则同样规制着一定的贸易关系。在一国范围内，行政规范性文件规制的广度和力度则更加巨大。其既可以设定新的权利义务关系，如《当阳市城市规划管理办法》[30]第30条规定："在城市规划区内新建、改建、扩建建筑物、构筑物、道路、桥涵、管道、电力、通讯缆和其他工程设施的，建设单位应持有关批准文件，向市规划行政主管部门提交建设工程申请，由市规划行政主管部门勘测现场，制定建设工程红线图，提出规划设计要求，作为设计依据，并审查设计工程施工图，核发建设工程规划许可证。"其中设定了非常重要的行政许可的关系形式；又可以设定诸多制裁措施，如《南宁市关于清理整顿土地市场的通知》规定："对拒不申报和拒不办理有关手续，拒缴有关费用的，工商管理部门不予年审工商执照。""对应补交地价款的单位和个人，逾期不缴的，除令其限期补缴外，还按每天1%征收滞纳金。""对拒不缴款情节严重者，经市人民政府批准由市土地局依法收回其土地使用权。"其中关于行政制裁的规定是非常具体且带有强制性的；还可以对社会事务作出预测性、导向性规定，如财政部、国家税务总局《关于对若干项目免征营业税的通知》第1条规定："对保险公司开展的一年期以上返还性人身保险业务的保险免征营业税。"这些导向性的规定对行政相对人权益的影响也是不容忽视的。由于规范性文件具有非常重要的调控功能，因此，行政规范性文件与行政机关的行政措施不是同一意义的概念。但是，不能因行政规范性文件对社会关系具有调控功能将其混同于行政法的其他渊源形式，就是说，只有将行政规范性文件规制和调整的方式梳理清楚其法律地位才能进一步探讨下去。笔者认为，行政规范性文件规制和调整方式主要表现在下列方面：

1. 规制和调整领域的正式规则剩余性

《中华人民共和国立法法》第 1 条规定:"为了规范立法活动,健全国家立法制度,建立和完善有中国特色社会主义法律体系,保障和发展社会主义民主,推进依法治国,建设社会主义法治国家,根据宪法,制定本法。"其明确指出了该法的目的是规范政府的立法行为,该法随后对目前我国法律形式作了列举规定,其所列举的法律形式有:法律,即由全国人民代表大会及其常务委员会制定的行为规则;行政法规,即由国务院制定的调整行政活动关系的规则;地方性法规,就是由省、较大的市的人大制定的规则;规章,包括中央规章和地方规章两个范畴,前者由国务院的部委制定,后者由省、较大的市的人民政府制定;自治条例和单行条例,即在少数民族地方适用由民族自治机关制定的有关的行为规则。上列反映在立法法中的法律形式我们可以称为正式规则。显然,行政规范性文件由于没有被立法法所认同和调整,故而,其只是正式规则以外的规则。关于正式规则所能够规制的事项和所能够调整的社会关系,《立法法》都作了列举规定,如第 73 条规定:"……地方政府规章可以就下列事项作出规定:(一)为执行法律、行政法规、地方性法规的规定需要制定规章的事项;(二)属于本行政区域的具体行政管理事项。"显然,规章以上的法律渊源形式所能够规定的事项行政规范性文件就不能再作出规定,否则既多此一举又有越权之嫌。所以,规范性文件调整方式的第一个方面就是规制和调整正式规则所剩余的事项。所谓剩余的事项,是指正式规则对这些事项没有必要作出规定而不是正式规则来不及规定的事项。也就是说,在对社会关系进行规制和调控的过程中,每一种法律形式都有其规制对象的相对确定性,如民事、刑事方面的社会关系一般只能由法律作出规定。而由于立法技术等方面的限制,常常是某一形式的正式规则来不及对应当规定的事项作出规定,[31]对于这种来不及规定的事项不能视为剩余事项,也就是说,行政规范性文件不能对规章以上规则本该规定但尚未规定的事项作出调整。这是规范性文件调整方式中最为基本的,如《当阳市人民政府关于建立城区饮用水水源保护区的通告》第 1 条规定:"保护区范围:市二水厂水源取水口上游 1000 米至下游 100 米的河水域及其滩涂为一级保护区;一级保护区以外,干溪镇金沙渡口至当阳大桥河段内的水域及其滩涂为二级保护区。"此事项就可以视为正式规则的剩余事项,因为规章、行政法规等永远也没有必要对这样的事项作出规定。

2. 规制和调整过程的随机性

所谓调整过程,是指行为规则与社会事态结合的方式以及结合后所表现出来的关系形式。我们知道,任何属于法律渊源的行为规则都必须对应一定的社会关系和社会事态。如果把法律规则作为一个外壳看待的话,其所涉及的事态则是它的内核。抽象的法律规则与客观事态的结合便构成了法律规则与调整事态的基本行为状态。考察行为规则的规制程度便有了两个方面的变量:一是行为规则与客观事态是如何结合在一起的。我们发现,不同层次的法律规则与社会事态在结合过程中表现出了极大的不同。一般来讲,行为规则的层次越高,其与客观事态的结合过程就越缓慢,即其既不能迅速与社会事态紧密地联系在一起，又不能迅速对新的社会事态作出感应。如宪法规则是一个国家社会生活中最高的行为规则，然而，宪法在起初对社会事态的规制就表现得较为迟缓，而对新变化的社会事态也难以及时作出感应。反之，行为规则的层次越低其与社会事态的结合就愈加敏捷，如规章在规范社会关系时就要比法律灵敏得多；二是行为规则与客观事态结合在一起以后解除的程度。行为规则与社会事态的结合会随着时间的发展而变化。而这种变化也因行为规则层级的高低不同而有所不同。行为规则的层次越高其与已经结合的社会事态之间的关系越难以解除；反之，行为规则层次越低其与社会事态之间的关系就越容易分离。我们将这种结合过程缓慢而结合以后关系形式相对牢固的状态称之为稳定性调整，而将结合过程快捷，结合以后关系形式表现松散的状态称之为随机调整。不言而喻，行政规范性文件对社会事态的调整过程是以后者出现的，即其对社会关系和社会事态的规制和调整是随机性的。这从行政规范性文件的数量、内容等可以得到印证。"行政机关制定其他行政规范性文件的活动在行政管理实践中大量存在，行政规范性文件的数量大大超过行政法规和规章，……对于完善行政法制的及时调整和解决行政管理中的社会关系和出现新问题起着积极的作用。"[32]同时，我们可以通过一个规范性文件的内容看到这种调控过程的随机性，如珠海市《关于搞好小型水库安全达标建设的通知》规定："各级政府，各有关部门要将小型水库安全达标作为水利工程安全达标的重要组成部分，列入重要议事日程，并作为任期目标责任制的内容。"换句话说，小型水库安全达标一旦完成该规范性文件在此方面与社会事态也将终止。规范性文件调整过程的此种随机性是规章和其他法源所不具备的。

3. 规制和调整对象的弱普遍性

任何行为规则的规制对象都不外三个方面：一是一定的地域范围，就是在多大的地域范围内发生作用，对多大的地域范围有法律上的规制意义，如地方政府规章只能在其所辖的区域内发生作用。二是一定的人和组织范围，就是其对什么人或者什么类型的组织发生作用，如税务行政规范的行为规则只对纳税人有法律意义。三是一定的事件，就是其对什么样的事件发生作用。如物价管理的规章只对物价方面的事态发生效力。上述三个方面都有特定性与非特定性、普遍性与非普遍性之分，所谓特定性就是指其所对应的是具体的人、具体的事、具体的区域。所谓普遍性，就是指其对应的人、事、区域是非特定的。人们常常在论证法律规则时认为法律规则是一些普遍性规则，正如马季佛指出的："法律的普遍性或普通性，在以往差不多是任何政治思想家所坚持说有的——从亚里士多德，从罗马一般法学家，以迄于今日。……法律本身必须具有普遍性，方足以成为一种规则。"[33]在行政法学领域人们普遍认为具体行政行为针对特定的人，特定的事，而作为规范性文件针对的是非特定的人，非特定的事。其实这种说法有一定的缺陷。我们注意到，在行为规则所涉及的人、事、区域等方面有时既不是特定的又不是普遍的，而介于特定与普遍之间的并不在少。如《开封市排水设施有偿使用办法》第3条规定："各排水单位要如实向排水设施管理部门申报登记排水量，经核定后，作为收费依据。其计算方法如下：(一)凡使用城市自来水的用户，按自来水用量的80%计算排水量；(二)自备水源的用户，按自备水抽水量的80%计算排水量；(三)以水为原料的用户，总用水量减去产品(用户要提交产量报单)含水量，按余量的80%计算排水量。”该条规定中的事和区域是特定的，但人是不特定的。也就是说，行为规则有时所涉及的是一些介于普遍与特定之间的情形。行政规范性文件所规制的对象大多都是这种具有一定普遍性但又不完全普遍的人或事，我们将这种情形叫做弱普遍性。如果说规章以上的行政法法源主要是普遍适用的话，那么，规范性文件则是一种弱普遍性的适用，这从深层次反映了行政规范性文件既属立法又属行政行为的特点。

三、行政规范性文件法律地位的认识

行政规范性文件的法律地位牵涉到诸多非常重要的理论问题和实践问题。因此，要回答行政规范性文件的法律地位，绝对不能从具体行政行为和抽象行政行为的简单划分入手，而必须从诸多方面去看。首先，要和现代的法治理念结合起来。我们知道，自20世纪中期以后人类关于法律构成的理念发生了深刻变化，如果说在20世纪中期以前法律规则仅仅是单元主义的话，那么，从这以后，法律规则将由多元主义所取代。即以前人们仅将法律理解为纯粹立法机关的行为结果或者享有法律形式上的立法权的行政机关的行为结果，而现在人们认为法律是一个既成政府机关行为规则的东西，又有非政府机关的行为规则，如有人认为非政府机关的社团也有法律的制定权，“每个这样的社团都有一种集体意识和独立于它的一些成员的思想和意志之外的意志。而且，在发展法律上，每个社团都是创始的机关。这就是说，没有得自国家任何机关的授权，每个社团起着机关的职能，一些带法律性的普遍信仰通过这样的机关就变成了法律规则。在这个过程里，国家起着主要作用，但国家在这里的作用远不是独占的”。[34]这无疑为我们探讨行政规范性文件的法律地位拓宽了视野，虽然这个理论在某些环节上具有一定的极端性。其次，要和行政法治实践结合起来。我国的行政法治近年来取得了巨大进步，然而，我国行政法治在诸多方面表现出了强烈的非驴非马色彩，一些似是而非的现象表现得非常突出，造成这种现象的原因主要是行政法中的一系列问题仅有名称而无名分，如我们有国家行政机关的名称而无国家行政机关的名分，有抽象行政行为的名称而无抽象行政行为的名分，有规范性文件的名称而无规范性文件的名分，即行政法上的准确地位。我们研究行政规范性文件主要是应突破旧的理念给其一个恰当的名分。最后，要和加入WTO结合起来。WTO规则被认为是国际行政法典，言下之意它对政府行政权的影响要大于它对企业权益的影响。其要求政府行政系统的规章、规范性文件等必须合乎相应的要求，在我国加入世贸组织议定书中已有多处承诺，“中国将及时公布行政法规、部门规章和中国政府的其他法令以保证中国政府的承诺在一定的时限内得以全面履行”。“中国将废止与中国所承担的义务不一致的地方性法规、政府规章和其他地方性措施。中国代表

进一步确认，中央政府将保证中国的（包括省级政府）法律、法规和其他行政措施符合中国根据《WTO协定》和《议定书》承担的义务。”[35]可见，世界贸易组织并不因为行政规范性文件的行政性而轻视其地位，其基本上将这些行政规范性文件给予了与规章、法律同样的关注。从上列三个大的方面出发，我们认为行政规范性文件的法律地位应当重新审视，具体而言其法律地位有下列实质性要素：

1. 行政规范性文件是我国行政法体系的有机构成[36]

法律作为一个总的概念就其本质而论是对国家意志的一种表达，而国家意志具有抽象性和具体性之分。一般而论，作为国家立法机关所表达的国家意志是比较抽象的国家意志，而具体的国家意志还需要诸如行政机关等这样的执行机关来表达。“许多由国家制定法律的机关通过的法律具有一个特点，它们只是作为一般的行政规则来表达国家意志的。因此，它们当然不会，也不可能把国家意志表达得十分详细，使之即使没有政府进一步活动也能够被执行。”[37]此论点从深层揭示了政府规范性文件表达的国家意志属性，其与法律规则所表达的国家意志的不同之处在于其具体性。例如《宜昌市城镇住宅建筑安全防范设施建设暂行办法》第1条规定：“为加强城镇住宅建筑安全防范设施建设，保障人民生命财产安全，根据中共中央、全国人大常委会、国务院《关于加强社会治安综合治理的决定》和建设部、公安部《关于在住宅建筑设计中加强安全防范措施的暂行规定》及其他有关规定，结合本市实际，制定本办法。”说明宜昌市的这一行政规范性文件是在法律、法规表达了国家意志的若干原则后的进一步细化，此种细化尽管是行政权的作用结果，但仍不失为一种国家意志的表达行为。这从其后面条文的规定可以清楚地看出来，如第6条规定：“建筑设计主管部门应对住宅设计文件进行建筑安全防范设计审查，符合安全防范要求的，方可颁发施工许可证。凡不符合安全防范设计规定的不得交付施工，并要责成原设计单位修改后重新提交审查。”此条确定的行为规则其反复适用性充分表明了其是对国家意志的一种表达，所不同的是这种表达既是一定范围的又是依上位规则而进行的。行政规范性文件属于抽象行政行为的说法虽然并没有错，但这种说法是就行政规范性文件的产出过程而言的，而不是从行政规范性文件对社会成员的关系而言的。总之，行政规范性文件不能被简单的视为是一种政府行为，也不能简单的视为是行政法制度中的一种现象，或者行政法的一种规制对象，而应不折不扣的视为我国行政法体系的构成部分，视为行政法的一个基本法源。若能确立行政规范性文件作为行政法有机构成部分的地位，我们便能够像制定《中华人民共和国立法法》那样制定对行政规范性文件进行有效规制的规则，或者我们在修改立法法时加进对规范性文件进行法律调整的内容。对其名分确定以后进行约束的方便程度要比其在没有相应名分下进行约束来得方便一些，这是不言自明的道理。

2. 行政规范性文件应以规范名称和制定主体相结合确定其等效

行政规范性文件的制定主体有三种情形：第一种情形是无规章制定权的行政主体享有行政规范性文件的制定权，如广大的地级市和县级市的人民政府、乡镇人民政府、省级人民政府职能部门等;第二种情形是有规章制定权的行政主体享有行政规范性文件制定权,如省、较大的市、省政府所在地的市的人民政府、国务院的职能机构等;第三种情形是有行政法规制定权的行政主体享有规范性文件制定权。无规章以上行政法文件制定权的机关制定的规范性文件可以依机关的等级不同而确定其等效,但其制定的规范性文件其地位显然是低于行政规章的。而行政法规制定权的机关制定的行政规范性文件其地位如何却是有必要认真思考的,由于这一问题的复杂性使一些学者对这一问题常常采取不大严肃的回避态度,如有学者就将行政规范性文件限制在没有规章制定权的行政主体制定的规范性文件之中,"狭义的解释是指没有行政法规和行政规章制定权的国家行政机关为实施法律、法规和规章而制定的具有普遍约束力的决定、命令、行政措施等。本节采用狭义的解释。"[38] 其没有回答有规章制定权的行政主体制定的规范性文件问题。行政规范性文件在法律地位中最为突出的就是其等效问题,所谓等效就是指其在行政法规范体系中与其他法律形式的关系,而不是指其对人、对事、对空间、对时间的效力。由于制定主体的复杂性便出现了最高行政机关和高级行政机关制定规范性文件的状况,这便引出了较高地位的行政机关制定的行政规范性文件其效力是否要低于比制定机关地位低的行政机关制定的行政规章,具体地说,省级人民政府、国务院职能部门制定的行政规章是否要高于国务院制定的行政规范性文件。这样的问题在我国行政法治实践中已经遇到过,在规章和国务院的规范性文件冲突以后究竟何者效力为大,这一问题在行政法理和有关的行政解释中还没有一个满意的说法。笔者认为,在我国行政规范性文件法律制度还不健全的情况下,应当采取比较折中的处理方式:一方面,原则上行政规范性文件在规章的地位之下,将其作为行政法的渊源,但必须排列在规章之后;另一方面,若最高行政机关发布的规范性文件在实施中与规章有冲突则可以由有关部门交由最高行政机关处理,不过依我国行政系统中低层行政机关服从高层行政机关的原则,在没有相应的机制解决高层机关规范性文件与规章冲突的制度下,低层行政机关应当服从高层级行政机关的规范性文件。随着我国政府法制的完善,是否应当严格限制各种行政法文件的对应主体则是一个值得探讨的问题。例如,是否可以严格地将行政规范性文件的制定权限制在尚无规章、行政法规制定权的行政主体之中,若某个行政主体有权制定行政规章以上的行为规则,是否应限制其制定行政规范性文件的权力,这些问题都是应当从理论上予以阐释的。

3. 行政规范性文件具有次级强力性

"不论我们用什么作法律的基础,法律是由一种法律规范即一种命令和禁止所规定出来的。没有它不可能有授予什么的法律。而只有也只能有命令什么或禁止什么的法律。在这里无论法律用什么条文,不过是禁止任何妨碍他人作出上述的一种行为罢了。这是一种禁止,而不是授予什么东西,我们也看不出对某些人所作的禁止什么就会构成对他人授予一种权利。……人们当然可以认识到刚才所下定义来了解的一种法律规范的拘束力,即一种规范之所以是强制的,是因为它是一种社会的规范，但它所以有一特殊的强制的性质，是因为个人群众了解这种规范是那样直接牵涉到社交性和公平，以致它必须直接或间接地以社会强制来保障。”[39]这是关于法律约束力和强力的一个经典性表述。行政规范性文件在诸多方面亦具有强制力，且强制力的形式表现得极为复杂。如宜昌市《关于坚决查处、取缔色情活动的通知》规定："强化对歌舞厅、录像放映厅等文化娱乐场所的管理。严禁跳熄灯舞；严禁容留无证人员在歌舞厅演奏、演唱；严禁表演‘三点式’舞蹈；严禁演奏演唱和放映内容反动、淫秽的曲目和图像，各类表演活动提前申请经审查准可。”《开封市环境保护管理办法》规定对于相关的违法行为者“由公安部门视其情节，分别处以警告、罚款、或没收音响器材、发声设备。”总之，目前我国行政规范性文件包括了形形色色的强制条款。行为规则所具有的强制力最能反映其在规则体系中所处的地位，因此，行政规范性文件强制力的确定就成为其法律地位的重要内容。我们认为，一则必须确立行政规范性文件具有强制力的地位，若不给行政规范性文件一定的强制力其就很难发挥对社会关系进行调整和社会事态进行规制的作用。二则行政规范性文件的强制力必须限制在一定的范围内。例如，《中华人民共和国行政处罚法》就限制了行政规范性文件对行政处罚的设定权。我们认为是否采取限制措施是无关紧要的，而最为关键的是必须把行政规范性文件的强制力与规章以上行政法规范确定的强制力衔接起来，使其具有次级的强制力。所谓次级强制力，就是其他行政法渊源已经规定了强制手段的情况下，行政规范性文件只能结合本地的实际对上位规则的强制性予以具体化，这要求规范性文件在确定强制手段等时必须有充分的上位行政法依据，而目前我国行政规范性文件在此方面存在许多问题，如 1999 年 8 月 6 日广州市人民政府发布了《关于珠江新城规划路段房屋拆迁有关问题的通知》在没有写明任何制定依据和设定强制手段依据的前提下规定：“有下列行为之一的，由公安部门依照治安管理处罚规定进行处罚；涉嫌犯罪的，由司法机关依法追究刑事责任：(一)阻挠、干扰国家工作人员依法执行公务或围攻、殴打国家工作人员的；(二)妨碍房屋拆迁工作或工程施工正常进行的……”既享有次级的强制力又必须严格的确定强制力的范围是行政规范性文件法律地位的又一属性。

第三节　瑕疵抽象行政行为的控制

1982 年宪法赋予了特定行政机关行政立法权和另一些行政机关制定行政管理规则权[40]无疑是对我国行政权的一个强化，也是行政管理朝着成熟化方向发展的一个契机。然而，正如其他任何事物都有两面性一样，行政机关获取的这种规则制定权在运作过程中又有一些负面效应，其中通过此权将行政主体自身的不当利益合法化就是一个突出表现。我们知道，制定规则的权力是所有权力中最为关键的权力，古今中外的权力行使者无一不看重此项权力,无一不为争夺此项权力而与对手展开激烈竞争。因此,法治化的政权机制或宪政体制都首先有效地解决了规则制定权的分配问题,并使该权力在有效的规则制约下运行。2000 年 3 月通过的《中华人民共和国立法法》就是为解决规则制定权的分配关系而制定的,但该法没有明确提出行政主体利用抽象行政行为使不当利益合法化的问题,这不能不说是该法的一个缺陷。

一、行政主体不当利益的构成要件

据《布莱克维尔政治学百科全书》的解释,"利益的概念是同权利、义务、责任、合理性相互联系在一起的"。[41]就是说利益指的是一定主体的权利义务、责任以及这些权利义务、责任背后所依据物质与精神价值的合理所得。深而言之,利益是利益主体的一种物质或精神上的获取,而此种获取又是以法律上的合理性和道德上的合理性为支撑点的。显然,失去法律上和道德的合理性的利益我们就可以将其界定为不当利益。行政主体由于在职权行使中有着广泛的权利义务关系,有着广泛的责任等,因此,其必然存在于一定的利益关系之下,其至少有下列方面的利益层次:一是代表国家利益的利益形式;二是行政主体自身利益的利益形式;三是行政主体代表社会利益的利益形式。在第一种和第三种利益形式之下,行政主体的利益关系不应作恰当与不当之分,因为此时行政主体只是利益的代表者,而不是利益的直接获得者,即直接的利益主体。[42]在第二种情况下,行政主体的利益关系则较为复杂,首先行政主体可以有独立的利益,这是不容置辩的事实。[43]因为行政主体作为一个特殊的社会阶层,也必然有这一阶层的生物学、生态学、社会学等方面的需求,为了需求而获取这不是利益又是什么呢?而行政主体自身为了生存和自我保护的需要必然为争得利益而不懈努力,对此应当有一个正确的认识,千万不要以为行政主体为自己争得利益就是可恶的、可怕的,恰恰相反,正是行政主体不想争得自身利益这一事实成了我们建立责任政府的客观基础。因为一个不关心自身利益的组织无论如何都不是一个健康的组织。然而,行政主体自身利益的取得以及自身利益本身有客观上的两面性,即与国家利益与社会利益吻合的自身利益或者受宪法原则和道德理念制约的利益,与国家利益和社会利益相悖的自身利益,或者违背宪法原则和道德理念的自身利益。在后种情况下的利益我们就叫作行政主体的不当利益,这就是我们对行政主体不当利益的界定。若分析构成要件的话,行政主体的不当利益由以下若干要件构成:

1. 行政主体不当利益的成立,要求行政主体必须获得现实利益

这是不当利益成立的首要条件。行政主体的职权行使都与一定的利益有关,有些利益的最终归属在国家、社会和行政管理相对一方当事人等方面,而不在行政主体一方,尽管该利益是行政主体通过行政职权行使而实现的,也就是说,行政主体不当利益的利益主体是特定的、具体的而不是普遍的、抽象的,这是一方面。另一方面,行政主体职权行使中的利益有预期利益与现实利益之分,有潜在利益和具体利益之分,

有间接利益和直接利益之分。行政主体的不当利益不得包括预期利益,即通过行政权的运作在将来可能得到的利益,如行政主体对某一职权行使以后,这一职权改变了一定的权利义务关系,而该权利义务关系会在若干年之后影响行政机关的体系构建,从而使行政机关在将来得到利益。预期利益不能够作为不当利益的原因在于,随着法制环境和其他外部环境的变化预期利益可能永远也得不到实现;潜在利益由于难以在法律的规则的范围内进行讨论,因而也不能归于实现利益之列;而间接利益由于与行政职权没有直接的因果关系,不列入不当利益也是情理之中的事。总之,具体性、直接性、现成性是构成现实利益的三个主要标准,只有符合此三个标准的利益才是行政主体的现实利益。

2. 行政主体不当利益的成立,要求行政主体获得利益是与职权有因果关系的利益

行政主体的利益可以有多种表现形式,最主要的是行政主体的群体利益与行政组织中个人利益的区分。尽管个人和公民是利益的主要承担者,[44]但不可否认行政主体作为群体的利益形式存在,不同行政主体、行政机关对某一事态有着共同的价值判断,不同行政主体以及同一行政主体的不同行政人员对于某一事态或规则有着共同的认识和评介等就证明行政主体是以群体利益出现的利益形式。当然,行政主体中构成分子的利益在有些情况下也应当视为行政主体的利益,如果这种个人利益与行政主体的利益、与行政主体的总体构成有关的话。问题的关键在于,判断一个行政主体的不当利益必须把握利益与行政主体职权之间的因果关系,若行政主体的利益与职权有因果关系就可以列入其利益范围之列,若与职权无关,是行政主体成员因感情等因素联结起来并在职权之外获取的利益就不能看作是行政主体的利益。同样,行政主体成员的个人利益若与行政主体的职权有关联就可以视为是行政主体的利益,而不能视为个人利益。此种因果关系的实质是行政主体行使职权以后,该职权就为行政主体或行政主体中的组成人员带来了物质或精神上的好处,此时,我们就可以说此种利益与职权行使有因果关系。如行政主体通过行政收费或其他行政摊派的行政行为从行政相对人收取的归行政主体自己享有的金钱、财物等。对于利益与职权之间因果关系的把握是非常必要的,因为有时职权行使会给行政主体带来利益,但该利益不是职权行使后直接产生的,如行政主体通过行政指导行为给公民、法人及其他社会组织带来了利益,而行政相对人对行政主体产生了广泛的认同感,并给予其物质或精神上的支持,此时不应认为行政主体通过行政相对人的支持所获得的利益与其行政指导的职权行使有因果关系。因为行政指导并不必然使行政主体占有或获取某种好处,尤其来自相对一方当事人的好处。

3. 行政主体不当利益的成立,要求行政主体是以不当职权行使获得的利益

此处所讲的不当职权行使是从广义上分析的,它既包括行政主体违法的职权行使,又包括行政主体不恰当的职权行使,因为理论界把行政主体不当职权行使是与违法职权行使并列起来进行研究的,广义上的不当当然应包括违法在内。我们知道,行

政主体利益本身是中性的,如果撇开利益关系和利益获取手段而论之的话,我们判定利益的合理性既要看利益所表现的利益关系形式,又要看获取利益的手段。只有把这些标准统一起来才能确定利益的性质。因此,行政主体的不当利益从其获取手段看必然是不当职权运用的结果,必然是由不当职权带来的利益。不当职权应当有下列类型:一是主体不当,即不合格的行政主体所行使的职权,或者行政组织不健全,或者此一行政组织行使了彼一行政组织的职权,在行政超越职权情况下,行政主体与其行使的职权相比都是不当的;[45]二是范围不当,即职权超过了必要范围,包括地域范围和时间范围以及职能等方面;三是程序不当,就是行政主体不依法定程序行使行政职权;四是对象物不当,即将行政职权的作用对象搞错,使行政职权作用于不该作用的人或事;五是依据不当,就是行政主体依据了错位的规则而行使行政职权。前四种不当在行政法学理论中都有较为系统的研究,也有较为成熟的理论,而第五种即依据不当则研究的较少,相关理论也不够成熟。如行政主体某一具体的职权行使可能是有依据的,但依据本身的层次较低,或者规章、或者规范性文件,而该依据是明确的、内容是可靠的,但是,该依据赖以生存的上位规则并没有认同它,此时亦应认为行政职权的依据不当。

4. 行政主体不当利益的成立,要求行政主体利益是不能被上位法律证明的利益

行政主体拥有广泛的行政管理权,其在职权行使中必然与各种各样的利益发生关系,或者以主体的形式或者以主体中成员的形式获取这样或那样的利益。对于其已经获取的广泛利益必须通过相关的手段予以控制,否则,任何行政职权的运用对公众来讲都是一个可怕的事情。正因为如此,在一些国家建立了相关的利益证明制度,如行政预算跟踪调查制、行政行为的社会参与制、行政财产申报制、行政职员个人收入说明来源制等,这些制度的目的是使行政主体对自己或其成员获得的利益能够有效地予以证明。在我国有一些零散的利益证明制度,[46]但还没有系统化。由于我国行政法渊源形态的复杂性,使部门性法律渊源、地方性法律渊源在整个渊源体系中占有很大比重,而部门渊源和地方渊源也成了行政主体获取利益的重要手段。根据《中华人民共和国立法法》,以这些渊源获得的利益还不能完全称为恰当利益,只有当这些利益能够为其上位规则证明时,才可以称为合法利益;相反,若行政主体的某种利益不能被上位规则证明时,其就是不当利益。

上列四个方面的构成要件是一个完整的统一体,缺一不可,也就是说同时符合上列规则的利益才可以成为不当利益。当然,上列规则是从理论研究的角度出发的,在行政法治实践中,可以根据相关理论确立明了的不当利益构成规则。

二、行政主体不当利益合法化的含义

通过上面的分析,我们知道不当利益是一个实质性概念,而不是一个形式性概念,即是说不当利益所揭示的是利益的本质,是利益相对稳定、恒定的状态,而不是以利益的外在形式来判定的,外在形式如果能够作出判定的话,也只是其他判定标准的

一个附加标准,其本身不能独立构成不当利益的判定标准。“存在的就是合理的,合理的就是存在的”这样的逻辑在这里是不适用的。因此,取得了一定法律外形的不当利益,绝对不能因其具有法律外形而变为正当,如果将所有具有法律外形的利益都视为正当利益的话,那么,对利益状况的任何分析都是没有太大意义的,因为在一般情况下法律规则所揭示的利益外形还是比较明确的。我们探讨这一问题的理论前提就是先确定利益的性质,再揭示利益的外形,而不是以利益的外形来判定利益的性质。基于此,我们可以给行政主体不当利益的合法化下一个简短的定义:所谓行政主体不当利益的合法化,就是指行政主体通过一定的手段使那些不属于自己、不合乎理性、不符合道德理念的利益取得法律外形的行为过程。行政主体不当利益合法化的主体要素是行政主体,即行政主体既是不当利益的受益者,又是不当利益合法化行为的始作俑者,合法化的整个过程就是在行政主体的操纵下完成的,或者台前操纵、或者幕后操纵。行政主体不当利益合法化的主观要素是有意识的脑力活动过程,而不是下意识的被动性行为过程;行政主体不当利益合法化的客观要素是使不当利益取得了法律上的认同,由实质上的不当变为实质上的恰当;行政主体不当利益合法化的后果是行政主体通过制定规则权或参与制定规则权而从国家、社会或相对一方当事人获取了利益,而且是较大范围的利益。分层论之的话,行政主体不当利益合法化的含义可概括如下:

1. 合法化的不当利益是取得了法律形式的不当利益

如上所述,不当利益的性质是相对恒定的,在人为手段的作用下本来属于不当利益的东西是不能正当化的,这是合法化不当利益应当率先把握的问题。而合法化则指使不当利益取得了法律形式,其是一定的法律规则认可的利益。在这里我们必须给使不当利益合法化的法律规则有所定位,换句话说,我们不能笼而统之的把所有层级的法律规则都包括在分析合法化不当利益的范围之内。我们可以用排除的方式,或者排除加列举的方式确定某种层级的法律规则不可能使不当利益合法化。首先,《中华人民共和国宪法》由于是根本大法,依严格的制宪程序而制定,具有最高的权威性,故其不可能使不当利益合法化,如果有可能使不当利益合法化的话,那就是政治学范畴而非法学范畴内的问题。其次,由全国人民代表大会及其常务委员会制定的法律亦不存在不当利益合法化的问题,因为属于法律的那些规则是由人民代表按照法定程序制定的,行政主体在法律制定过程中起不到决定性作用,其即使想将自己的意志贯穿进去,也会通过立法否决作出最后的制约。法律以下其他形式的行政法文件在理论层面上都存在不当利益合法化的问题。就地方立法机关制定地方性法规而言,地方不当利益以及地方政府的不当利益就很容易被合法化。例如,2000 年某省制定了一个经纪人管理条例,其中规定了工商行政机关为从事经纪活动的人的办证权和办班权以及数量可观的罚款权,其中所体现的属于地方性和行政性的不当利益到处可见。而规章的不当利益亦不为少见,如某省 1999 年制定的《×省水利建设基金征收使用管理办法》第 4 条规定:“各级人民政府应加强对水利建设基金筹集、使用和管理工作的领导。”“从吸取的政府性基金中提取3%……”,从而使获取公路养路基金的不当利益取得了规章形式。而行政管理规范性文件则更是不当利益合法化的主要文件形式。如某市人民政府在《关于加强城区市容环境卫生管理的通知》中设定了数十种行政处罚形式,也没有罚款必须上缴国库的规定,行政主体从其中所获得的不当利益是显而易见的。

2. 合法化的不当利益是由行政主体发动而取得法律形式的不当利益

行政主体不当利益合法化是在一定的行为过程中完成的,那么,在这一行为过程中扮演主角的则是行政主体。在当代社会中,“行使权威时的一个重要组成部分是合法性,即在统治者和被统治者共同接受的某些原则的基础上合法的统治或对权力行使。”[47]也就是说,行政主体在权力行使过程中除了积极地履行管理职能外,还尽可能为强化行政主体自身而作些与管理权没有太大关系的努力,当然该努力的最终结果使行政主体自身受益。行政主体职权行使过程,尤其对自身利益追求的过程常常是以醉翁之意不在酒的形式出现的,就是在使利益成为规则的情况下进行的。此处有两个关键要素:一是使该利益不当化的是行政主体的主观需要,行政主体尽可能使属于社会、国家和他人的利益归属于自己,或者变通法律形式使利益关系发生变化。此种主观需要既可能是行政主体总体的需要,也可能是行政主体个别成员的需要。要说明的是行政主体个别成员的需要与行政主体总体利益的需要发生冲突时,此种个人利益就很难归于本文所讨论的不当利益范畴。二是使该不当利益合法化是行政主体采用的一种手段,通过该手段使不当利益不再引起争议,使该利益具有长远性和不断获取性,正因为如此,行政主体在促成不当利益合法化中态度往往是十分积极的,排除不当化干扰的态度也是坚决的。在整个不当利益合法化的过程中,行政主体所扮演的角色类似于利益集团,其行为过程相当于利益集团对政府决策的影响的过程,与利益集团不同的是,“利益集团是致力于影响国家改革方向的组织,它们自身并不图谋组织政府”。[48]而行政主体既影响政府决策,影响立法活动,又直接介入或参与立法活动中来。合法化的不当利益就其存在的形态和发展过程看,经历了两个时间和空间段:第一阶段是纯粹不当利益段,在此阶段,不当利益既没有法律实质上的依据,又没有法律形式上的依据,是一种纯粹的非法利益。由于缺乏法律上的形式要件,因而,其不当性是赤裸裸的,是很容易得到识别的。如某市人民政府在《×市城市建设综合开发暂行条例》出台以前,有数年的时间让预定商品房的单位,在开工建设时按工程概算额向市有关行政部门交付40%的款项,这一行为当时由于没有明文的依据遭到当事者的质疑和投诉。正是这种显而易见的违法性常常引来争议,促使行政主体尽可能使本来完全性的非法利益发生转化,由非法而转为合法。以本事件为例,某市人民政府于1991年出台了该规定,其中第13条规定:“在城市规划区内需要用商品房计划进行住宅建设的单位,应凭计划部门下达的商品房购买指标向市城市建设开发公司预定购买。凡预定商品房的单位,在开工建设时,按工程概算额应预付40%的工程款,工程完成一半时,再付30%的工程款;房屋竣工使用时,按商品房价格结算付清全部款项和管理款项。需要在综合开发区内进行非商品住宅建设的单位,其建设项目应由市城市建设综合开发公司统一组织建设,并同步配套。"通过这一规范性文件给本来完全非法的不当利益签上了合法的标签。由非法而转化为合法的工程并不一定是在无序地情况下进行的,恰恰相反,其常常是在有序的前提下,依程序规则进行的,转化以后的非法利益具有非常大的欺骗性。由此可见,由非法而转化为合法是不当利益合法化的关键之一。

3. 合法化的不当利益是利益受损者失去救济权的不当利益

利益常常是在复杂的社会关系之中得到体现的,若放在大的社会环境之下来分析,绝大多数利益都具有绝对性,即如果把利益作为一个数理概念分析,那么,它则是一个常数,具有确定的质与量。换句话说,一方取得某种利益,必然有一方失去与得到方相同质、相同量的利益。因此,行政主体不当利益以及不当利益合法化之后,必然使国家、社会或他人的同质同量利益受损。在一般情况下,利益受损者可以通过正当途径保护自己的利益。如在行政法制度中设立的行政复议制度、行政诉讼制度、行政赔偿制度等就是为相对方提供利益保护的救济制度。当然,只能是对未合法化的不当利益进行法律上的校正,而对于行政主体合法化不当利益使其利益受损后的救济则无相关依据。应当指出的是,1999 年颁布施行的《中华人民共和国行政复议法》第 7 条规定:"公民、法人或者其他组织认为行政机关的具体行政行为所依据的下列规定不合法,在对具体行政行为申请行政复议时,可以一并向行政复议机关提出对该规定的审查申请:(一)国务院部门的规定;(二)县级以上地方各级人民政府及其工作部门的规定;(三)乡、镇人民政府的规定。……"这为不当利益合法化侵害相对方权益的救济作了一个尝试,但将救济途径仍限制在行政系统内部。概而言之,不当利益合法化的利益受损失在绝大多数情况下是失去了救济途径的,这主要因为我国的司法审查制度仅仅限于对具体行政行为的审查,而作为已经合法化的其他抽象行政行为则不能通过司法审查而得到解决。这是一个因素,另一个因素是在目前中国公众的法律意识里,对已经成为法律的东西进行怀疑几乎没有任何思想基础和社会基础,从而导致合法化的不当利益难以通过有效途径予以救济。

三、行政主体不当利益合法化的途径

行政主体不当利益合法化的运作过程是以行政主体为本位的,行政主体在不当利益合法化的全过程中起着十分重要的作用。而不当利益合法化过程的实现是行政主体对行政权不当行使的结果,因此,我们分析行政主体不当利益合法化的途径必须以行政权及其行使为轴心,离开行政权力基础行政主体便不可能使不当利益取得合法地位。正如卢梭指出的最强有力的人或者组织"绝不会强大到足以永远成为主人,除非他自己的权力转变成正义,把服从转变为责任"。[49]可见,无论什么样的不当利益合法化途径都是对权力的一种运用,或者可以说直接用权力塑造不当利益,并得到相关规则认同。具体而言,行政主体不当利益合法化的途径有:

1. 通过不当行使提案权而为之的合法化

提案权是指特定主体向议事机关或立法机关提起有关议案供其决策或决策过程中予以运用的一项专属权。在一国的宪法或宪法性法律中一般都规定了提案权，并对享有提案权的主体作出列举规定。依《中华人民共和国宪法》，特定行政主体是享有提案权的主体，如中央人民政府可以向全国人大提起立法议案，特定地方政府可以向特定地方人大提起立法案。一些议案属于政策性议案，其涉及的是政府决策问题。如对某一重大工程的提案等便是如此。另一些则是立法议案，就是需要制定法律或地方性法规的议案。行政主体享有立法提案权以后，便可以该权的行使使不当利益成为立法议案。当然，在大多数立法议案中的某些条款包含了不当利益，也有在少数情况下，某一立法议案的全部都充满了不当利益的合法化问题。在我国地方性法规的制定过程中，大多数立法议案是由在某一领域行使管理权的人民政府职能部门提出的。以湖北省 1998 年到 2002 年的立法规则的议案提起权而论，由人大直接决定或形成的立法议案只占全部立法议案的 10%，而 90% 的立法议案都是由人民政府职能部门提起的，如《湖北省经纪人管理条例》就是由湖北省工商行政管理局提起的，《湖北省农药管理条例》是由湖北省农业厅提起的，《湖北省法制宣传教育条例》是由湖北省司法厅提起的。各地的立法实践表明，政府职能部门不单单享有提案权，而且还享有对所提议案的起草权。甚至地方人大的立法规则也是由政府各部门决定的，因为我国的立法事项一般都由政府管理部门上报，人民代表大会根据上报的立法议案作出立项决定，也就是说，立法的基础是由政府职能部门铺设的。通过提案权而使不当利益合法化从上述过程中可以得到充分证明，行政主体在规则形成的源头上就已经把自己的利益纳入了合法化的轨道。

2. 通过不当行使行政管理规则制定权而为之的合法化

行政管理规则制定权是一个具有广泛意义的概念，指行政机关在行政管理职能的履行中为相对一方当事人或行政管理事态制定规则的权力。我国各个层级的行政机关都具有行政管理规则的制定权。规章以上的行政立法行为是制定行政管理规则的行为这是没有什么争议的。而规章以下的行政管理规范性文件能否制定行政管理规则则存在争议，但无论如何都不能否认大量规范性文件中都包含了行政管理规则。行政主体通过对规则制定权的不当行使常常使不当利益合法化。如×省人民政府制定的《×省城市房地产开发经营管理办法》第 21 条规定："……超过出让合同约定的动工开发日期一年未动工开发的，可以由土地管理部门征收相当于土地使用权出让金 20% 以下的土地闲置费；满 2 年未动工开发的，报经有批准权的人民政府批准，由土地管理部门宣布无偿收回土地使用权……"以规章的形式使不当利益合法化。×县级市人民政府发布的《×市人民政府关于机动车辆实行定期缴纳车辆通行费的通知》第 2 条规定："定期缴纳收费标准根据车辆的数量吨位和车辆种类核定，并按月计征。其具体标准为：摩托车 10 元；手扶拖拉机、三轮车 20 元；25 型拖拉机 60 元；财政拨款小汽车 30 元；其他车辆每吨 80 元；不足一吨的按一吨计收。定期交纳通行费的拖拉机，按缴纳养路期数计征全年通行费。”第4条规定：“……对于不缴纳通行费的或不听劝阻、强行冲关者，工作人员有权责令其停车、补交通行费，并视情节轻重处应交费额5倍以下的罚款。”非常典型地将公路管理中的不当利益用规范性文件的形式合法化。

3. 通过不当行政裁量而为之的合法化

行政裁量是行政主体的重要权力，行政法理论中叫做行政自由裁置权。其存在于两种情况之下：一是法律规范规定了某种行为的上限和下限，行政主体在行政执法中从上限和下限之间根据自己的主观判断进行选择。其可以在多种答案中进行任意选择的事实，说明法律赋予了其作出主观决定的权力。在此部分的自由裁置权行使中，行政主体一般不大可能使不当利益合法化，因为此时自由裁置权所针对的是特定的事件和事实，而从某一事件中获利的行为是毋须合法化的。二是法律由于其自身的原因，没有对一些行政事态作出规定，而该事态是一个长远的、必须予以处理的事态，行政主体为了使此一类事态，或者以后出现的国家事态得到解决，便设立解决此种事态的行为规则。[50]如电信法出台之前，行政主体为了使因电信问题而引起的社会关系得到调整，便为其设立相关的规则。行政主体在设立这种新规则的同时，把不当利益以新规则的形式予以确立，这便是通过自由裁置权使不当利益合法化。由于我国行政法学界对行政自由裁置权的片面认识，[51]因而使以自由裁置权为之的不当利益合法化常被疏忽。我国行政系统中存在的行政垄断，如电信业的经营垄断、航空运输业的经营垄断以及其他形式的政府管制行为都是以行使自由裁置权为之的不当利益合法化。又如《中华人民共和国公路法》没有关于“施救权”的规定，而《×省高等级公路管理条例》则规定：“高速公路路政管理部门负责高速公路上故障车辆的牵引拖带和事故现场的救援、排障及路障损失的清偿。”行政主体依此取得了行使有偿性的施救权。[52]

4. 通过规避上位规则而为之的合法化

我国行政法规范是一个按等级有序排列的渊源体系。从法律到行政管理规范性文件形成了六个不同的级差，根据《中华人民共和国立法法》，上位规则已有规定的下位规则不能再作相反的规定，上位规则作出禁止规定的，下位规则不能作出许可规定，若下位规则有明显的与上位规则对抗的情形就可以视为违法的下位规则，违法的下位规则当然不能发生法律效力，尤其《中华人民共和国立法法》颁布施行以后，违法的下位规则是难以存在的。然而，一些行政主体却采取了另一种对抗上位规则的办法，即规避上位规则的办法。如上位规则禁止行政主体收费，那么，下位规则则以另一组织的名义收费，某市人民政府发布的《×市人民政府关于加强城区市容环境卫生管理的通告》设定了数10项收费和罚款的情形，如“对单位内部环境脏、乱、差的，经市爱国卫生运动委员办公室审定后，处100元到500元罚款，并通报批评”。而其没有将收费和罚款权直接赋予行政机关，而交给“市容卫生监督队”执行，以主体转移的方式规避了《行政处罚法》等上位法律。又如上位规则禁止收某种名目的费用,而下位规则则改变收费名目,以上位规则没有提到的名目收费。自《中华人民共和国立法法》颁布以后,一些地方为了规避立法法而本来应当以规章规定的事项转而以规范性文件的形式规定,因为该法不对规范性文件进行调整,这是行政主体规避上位规则的一个新的苗头,必须给予高度重视。

5. 通过解释权而为之的合法化

我国行政机关享有广泛的规则解释权,行政法规由国务院解释,部门规章由各职能部门解释。如《仿制药品审批办法》第14条规定:"本办法由国家药品监督管理局负责解释。"《建设工程施工许可管理办法》第18条规定:"本办法由国务院建设行政主管部门负责解释。"地方性法规的绝大多数也由负责执行的行政主管部门负责解释。例如,《湖北省公路路政管理条例》第35条规定:"本条例应用中的问题由省交通主管部门负责解释。"《武汉市暂住人口管理条例》第30条规定:"本条例具体应用问题由武汉市人民政府负责解释。"地方规章的解释权更是归属于地方政府职能部门,即谁有执行此项规则的权利同时享有解释此项规则的权利,这样行政主体便可以通过解释权使不当利益合法化。例如,2000年11月湖北武汉市就曾发生了一起林业局没收某公民家具的案件,其没收的根据是《湖北省木材流通管理条例》第3条和第14条规定。第3条规定:"本条例所称木材,是指各类木、竹及木竹制品,以及以木竹为原(燃)料,消耗木竹资源较多的林产品。"第14条规定:"运输木材的货主或托运人必须持有县级以上林业主管部门核发的木材运输证。"被处罚人对林业局的处罚决定不服,认为其私购家具不包括在第3条规定的范围之内,其将家具购回家的行为亦不符合第14条有关运输的规定。而负责解释该《条例》的省林业主管部门竟然将私人家具解释为该《条例》第13条的调整范围。此种解释显然是有利于行政执法机关的,行政机关通过这一解释权获得了没收并拍卖私人家具的不当利益。

四、行政主体不当利益合法化的对策

行政主体不当利益的合法化有着深层次的经济、体制和社会原因。从经济结构上看,我国的市场经济结构没有完全形成,在诸多方面还存在浓烈的计划经济色彩,而这样的经济结构必然使政府行政系统与经济关系保持一种行政上的吏属关系,或者说其对经济进行计划的行为与自身利益有着千丝万缕的联系;从体制方面看,尤其从微观行政体制方面看,政府在许多环节上既是市场活动的介入者又是市场活动的裁判者,也就是说,其介入到某一市场活动中并为这一活动中的游戏制定规则,此种运行模式必然会使不当利益存在并最终合法化;从社会因素方面看,公众参与管理各种社会事务的机会在我国还不够充分,其在与行政主体的力量对比关系上尚处于下风,这就使不当利益合法化有了底蕴。因此,要解决行政主体不当利益合法化问题,必须作系统性的长远打算,运用各种各样的手段。就目前来讲下列对策是最主要的。

1. 强化利益关系的市场机制调节

笔者所讲的利益关系是不包括行政主体利益在内的那些市场参与主体的利益关系。市场经济下,各市场主体存在这样那样的利益关系,正是这些复杂的利益关系为政府行政权的行使提出了新的课题。是以纯粹的市场机制来调节这些关系呢?还是以市场调节和行政干预相结合呢?甚或纯粹采取政府干预的形式予以调节呢?毫无疑问,唯有第一者是最为理性的选择。纯粹的政府干预肯定是行不通的,而市场调节和政府干预结合起来也显得非常暧昧,并最终导致行政干预占上风。正如《中华人民共和国国民经济和社会发展第十个五年计划纲要》对政府行政系统所要求的"按照发展社会主义市场经济的要求,进一步转变政府职能,集中精力搞好宏观调控和创造良好的市场环境,不直接干预企业正常的生产经营活动。加快政府审批制度的改革,大幅度减少行政性审批,规范审批行为,强化监督机制"。[53]全面的市场机制调节将会使行政系统与相对人的利益关系分离,其便不会也不可能为获得某一方面利益而确立有利于自己的市场机制。

2. 根除各种形式的行政垄断

"行政垄断是指政府及其所属部门滥用行政权力扶持、培植一定范围的经营者,使其在本行政区域本行业中形成垄断的情形。"[54]《中华人民共和国反不正当竞争法》对行政垄断作了明确的禁止性规定,应当说该法出台前后,行政垄断在我国已经得到了一定程度的控制。然而,根据近年来的情况看,具体的垄断行为、个别的垄断环节得到了控制,而长期以来形成的行业性、体制性的行政垄断则没有得到有效解决。如电信、电力、铁路、民航等关键行业仍存在非常严重的行政垄断问题。这些体制性垄断其强度是非常大的,如目前上述行业的运行规则、收费标准、与公众的关系形式等都是由行政主体自己制定和确立的,在其制定规则时自然而然地将不当利益合法化了。地方性行政垄断表现得亦较为突出,地方行政系统通过这种垄断亦可使不当利益合法化。好在《中华人民共和国国民经济和社会发展第十个五年计划纲要》已对此予以重视,指出:"引入竞争机制,加快电力、铁路、民航、通信、公用事业等垄断行业管理体制改革。破除地方封锁,反对地方保护主义,废除阻碍统一市场形成的各种规定。"[55]对这些"规定"的废止无疑是对此方面不当利益合法化的有效校正。当然,从根本上彻底解决行政垄断并制止因行政垄断引起的不当利益合法化还需要不断的努力。

3. 抗辩式地方立法提案权制度的确立

中央立法提案权在我国有一套完整的制度,《中华人民共和国立法法》第 12 条和第 13 条进一步规范了中央立法提案权制度。但是,我国地方立法提案权一直没有较系统的制度规则,而《立法法》亦没有作出新的规定,仅规定依 1995 年颁布的《中华人民共和国地方各级人民代表大会和地方各级人民政府组织法》的规定办理,该法第 18 条关于地方立法提案权作了非常原则的规定:"地方各级人民代表大会举行会议的时候,主席团、常务委员会、各专门委员会、本级人民政府,可以向本级人民代表大会提出属于本级人民代表大会职权范围内的议案,由主席团决定提交人民代表大会审议,或者并交有关专门委员会审议、提出报告,再由主席团审议决定提交大会表决。”首先,这样的规定并不完全针对地方立法行为。其次,这样的规定在操作过程中也不十分方便。从目前情况来看,地方性法规在制定过程中,绝大多数提案权是由政府职能部门草拟和提出的,可以说是一种单向式的提案方式,而此种方式最容易使不当利益体现在该地方性法规之中。因此,笔者建议,应当确立抗辩式立法提案权制度即政府职能部门提出的地方性法规议案,或地方性法规中牵涉职能行政管理时,应当由职能部门和利益相关的行政相对人提出两套同一事态的议案,或者对一套议案进行双方之间的论辩。这样便可以把部门性地方法规的不当利益缩减到最小限度。国外一些国家采取的立法听证制度就带有明显的抗辩色彩,这种制度把立法案中涉及的各种利益关系予以公开,在未形成法律规范之前利益各方展开充分的论争,其间可能不乏讨价还价色彩,但讨价还价对于立法行为而言是一种较为恰当的选择折中的方法。

4. 直接行政立法模式的尝试

我国特定行政主体享有制定行政法规、规章和行政管理规范性文件的权力。而宪法和法律在赋予行政主体这样的权力时并没有同时确立相应的制约制度和相应的介入制度,故而导致行政规章、规范性文件等的制定都是在行政主体单方面操纵之下进行的。《中华人民共和国立法法》也将规章的最后决定权赋予了行政主体,该法第75条规定:“部门规章应当经部务会议或者委员会会议决定。地方政府规章应当经政府常务会议或者全体会议决定。”第76条规定:“部门规章由部门首长签署命令予以公布。地方政府规章由省长或者自治区主席或者市长签署命令予以公布。”行政主体作为规章最后决定权的享有者从理论上是难以得到合理解释的,实践上也不利于行政立法的公正性。笔者认为,随着我国立法水平的提高和公众参与意识的提高,应当将目前的行政立法模式转换为直接行政立法模式,即在行政立法的过程中,利害关系人或者其他广泛的社会成员既可以提起规章、地方性法规等的立法案,又有权对直接关系自己权益的行政立法文件进行表决。事实上,行政立法对行政相对人权益的影响更为具体一些,也更为全面一些,如南宁市1999年制定的地方性法规仅有5件,而地方政府规章和其他规范性文件却有41件,足见行政性规则对公众权益影响的程度。其中,绝大多数与公众权益有直接关系,而依目前的行政立法程序公众便无法对影响自身权益的这些规则提出合理化建议。直接行政立法模式如果能够得到尝试,将会使每一个关系公众权益的规则在制定过程中由其介入其中。此种立法模式并非不可行,行政法学界有人对这种立法模式已经作过讨论。[56]

5. 行政法规范解释权重构

目前有关行政法规范适用中的问题尚无一套完整的解释制度,致使行政法解释在行政法治实践中非常混乱。例如,关于地方性法规适用中的解释权在各地就有不同的表现,湖北省的地方性法规均由施行主体解释,即谁负责执行某一地方性法规谁亦享有相应的解释权，而上海市则没有明文将解释权赋予执行部门。有些情况下，行政主体竟享有对法律的解释权，如卫生部《关于食品卫生监督机构实施行政处罚中有关问题的复函》中这样规定："食品卫生经营者对食品卫生监督机构给予的'责令停业改进'的行政处罚，应在行政处罚决定书送达之日起立即执行。对未停业又逾期不起诉者，建议根据《中华人民共和国食品卫生法》行政处罚程序第28条第1款第4项之规定，应予以加重处罚。……"这是一个典型的行政主体解释法律的例证。行政主体对行政法规、地方性法规和规章的解释则更为普遍。如前所述，目前这样混乱的解释体制是不当利益合法化的重要途径。因此，要解决不当利益合法化问题，行政法规范解释制度的重构就势在必行。至少在赋予行政主体制定相关规则权时，不同时赋予其解释规则的权力，更不能让执行某一地方性法规、规章的行政主体在执行过程中对其进行解释。当然，由全国人民代表大会及其常务委员会制定的法律更不能由行政主体解释。地方性法规的解释权应绝对集中于制定它的地方人大手中。应以《中华人民共和国立法法》为契机，规范行政规章的解释制度。其实该法第86条是将规章的解释权集中于高层机关的，如"部门规章之间，部门规章与地方政府规章之间对同一事项的规定不一致时，由国务院裁决"。当然，这主要指规章冲突以后的解释问题，而适用过程中的解释问题可以同样采用此种由更高一级机关解释的制度。

注释

〔1〕 行政法学界在讲授行政立法的概念时都使用广义的行政立法和狭义的行政立法概念，"行政立法作为一个学理概念，学术界历来存在不同的理解。比较具有代表性的观点有两种：一是国家机关制定有关国家行政管理的规范性文件的活动都是行政立法。这是从立法的内容和实质方面来理解的，也就是说，不论制定规范性文件的主体是行政机关还是权力机关，只要其内容是关于行政管理的，都是行政立法。这是对我国行政立法最广义的理解。二是国家行政机关依照法定权限和程序制定具有法律效力的规范性文件的活动才称为行政立法"。参见教育部高等教育司组编：《行政法与行政诉讼法》，高等教育出版社1999年版，第148页。

〔2〕 我国立法的发展脉络大体上是：第一阶段是中华人民共和国成立到1954年宪法颁布，此一阶段是中央统一领导下的多级立法。《共同纲领》第16条规定："中央人民政府与地方人民政府间职权的划分，应按照各项事务的性质，由中央人民政府委员会以法令加以规定，使之既利于国家统一，又利于因地制宜。"依此规定地方在一定范围内也享有立法权，但此时由于地方人民政府有权力机关和行政机关双重属性，因此，行政立法只能是有关行政管理的法律规则，而不是以立法主体区分的；第二阶段是1954年宪法颁布到1982年宪法制定，这一阶段建立了中央高度集权的立法体制，这从1954年宪法、1975年宪法和1982年宪法确立的统一化立法体制可以看出来，即没有赋予行政机关立法权。这一阶段的行政立法当然指与刑事、民事等立法相对应的有关行政管理的立法；第三阶段是1982年宪法颁布到2000年立法法的出台。宪法确立了多级立法体制，政府行政系统除履行行政管理职能外，还在一定范围内行使行政立法权，由于宪法关于行政

机关立法权规定得比较原则,行政机关事实上取得了较大的有关行政管理的立法权;第四阶段是2000年《中华人民共和国立法法》颁布以后,该法既对立法权作了科学划分又确立了较为合理的立法体制。

〔3〕 姜明安主编:《行政法与行政诉讼法》,高等教育出版社1999年版,第163页。

〔4〕 参见本书第二章。

〔5〕 张淑芳:《行政立法论》,陕西人民出版社1996年版,第25—26页。

〔6〕 参见姜明安主编:《行政法与行政诉讼法》,高等教育出版社1999年版,第163页。

〔7〕 例如,1984年,全国人民代表大会常务委员会通过了《关于授权国务院改革工商税制和发布试行有关税收条例(草案)的规定》;1985年,全国人民代表大会常务委员会通过了《关于授予国务院对有关经济体制和对外开放方面的问题制定暂行规定或条例的决定》;1983年,全国人民代表大会常务委员会通过了《关于授权国务院对退休退职办法进行部分修改或补充的决定》等。

〔8〕 全国人民代表大会及其常务委员会制定的法律,有的不需要通过制定实施细则就可以直接实施,有的则需要下位规则规定具体、详细内容予以实施,如《中华人民共和国公民出入境管理法实施细则》、《中华人民共和国文物保护法实施条例》、《中华人民共和国国境卫生检疫法实施细则》等。法律的实施细则都要以行政法规的形式出现。

〔9〕 日本的立法文件将法律中的此种行文方式称为"注书"。

〔10〕 关保英主编:《行政法与行政诉讼法》,中国政法大学出版社2007年版,第293—294页。

〔11〕 关保英:"市场经济与立法模式的转换研究",载《法商研究》1997年第4期。

〔12〕 [美]梅里亚姆:《美国政治思想》,朱曾汶译,商务印书馆1984年版,第66—68页。

〔13〕 [美]萨缪尔森:《经济学》(上册),高鸿业译,商务印书馆1979年版,第61页。

〔14〕 [英]亚当·斯密:《国富论》(下卷),郭大力、王亚南译,商务印书馆1974年版,第27页。

〔15〕 [英]威廉·汤普逊:《最能促进人类幸福的财富分配原理的研究》,何慕李译,商务印书馆1986年版,第174页。

〔16〕 [荷]亨利·范·马尔赛文、格尔·范·德·唐:《成文宪法的比较研究》,陈云生译,华夏出版社1987年版,第333—334页。

〔17〕 [美]梅里亚姆:《美国政治思想》,朱曾汶译,商务印书馆1984年版,第74页。

〔18〕 同上书,第70页。

〔19〕 同上书,第73页。

〔20〕 罗豪才主编:《行政法学》,中国政法大学出版社1996年版,第151页。

〔21〕 参见关保英:《行政法案例教程》,中国政法大学出版社1999年版,第169页。

〔22〕 应松年主编:《行政法学新编》,中国方正出版社1999年版,第228页。

〔23〕 同上书。

〔24〕 姜明安主编:《行政法学》,法律出版社1998年版,第64页。

〔25〕 胡建淼:《行政法学》,法律出版社1998年版,第308—309页。

〔26〕 方世荣主编:《行政法学》,中国政法大学出版社1999年版,第176页。

〔27〕 张正钊、韩大元主编:《比较行政法》,中国人民大学出版社1998年版,第43页。

〔28〕 左潞生:《行政法学》,三民书局1978年版,第9页。

〔29〕 石广生:《中国加入世界贸易组织知识读本——乌拉圭四全多边贸易谈判结果:法律文本》,人民出版社2002年版,第345页。

〔30〕 当阳市为县级市人民政府,故无规章制定权,所以,其关于城市规划管理的规则只是一个行政规范性文件。

〔31〕 法律规范对社会关系的调整常常表现出极大的滞后性,梅因在《古代法》一书中对此有经典性论证。

〔32〕 方世荣主编:《行政法学》,中国政法大学出版社1999年版,第176页。

〔33〕 [英]马季佛:《现代的国家》,胡道维译,商务印书馆1937年版,第239—240页。

〔34〕 [英]爱·麦·伯恩斯:《当代世界政治理论》,曾炳钧译,商务印书馆1990年版,第106页。

〔35〕 全国人大常委会办公厅报编辑室编辑:《中国加入世界贸易组织法律文件及有关国际条约》,中国民主法制出版社2002年版,第706页。

〔36〕《中国入世工作组报告》第149条规定:"工作组成员和中国代表同意,在《议定书》第15节(d)小段中的'国家法律'一词,应解释为不仅包括法律而且包括法令、规章和行政上的条例。"这实际上肯定了行政规范性文件的法律地位。参见中国入世议定书翻译组译:《中国入世议定书》,上海人民出版社2001年版,第290页。

〔37〕 [英]古德诺:《政治与行政》,王元译,华夏出版社1982年版,第4页。

〔38〕 应松年主编:《行政法学新编》,中国方正出版社1999年版,第229页。

〔39〕 [法]狄骥:"宪法论",载《西方法律思想史资料选编》,北京大学出版社1983年版,第619页。

〔40〕《中华人民共和国宪法》第89条第2款规定,国务院有权"根据宪法和法律,规定行政措施,制定行政法规,发布决定和命令"。第90条第2款规定:"各部、各委员会根据法律和国务院的行政法规、决定、命令,在本部门的权限内,发布命令、指示和规章。"第100条规定:"省、直辖市的人民代表大会和它们的常务委员会,在不同宪法、法律、行政法规相抵触的前提下,可以制定地方性法规,报全国人民代表大会常务委员会备案。"《中华人民共和国地方各级人民代表大会和地方各级人民政府组织法》第60条规定:"省、自治区、直辖市的人民政府可以根据法律、行政法规和本省、自治区、直辖市的地方性法规,制定规章,报国务院和本级人民代表大会常务委员会备案。省、自治区的人民政府所在地的市和经国务院批准的较大的市的人民政府,可以根据法律、行政法规和本省、自治区的地方性法规,制定规章……"规范性文件的制定权则泛泛地包括在其行政管理权之中。

〔41〕 [英]戴维·米勒、韦农·波格丹诺主编:《布莱克维尔政治学百科全书》,邓正来等译,中国政法大学出版社1992年版,第363页。

〔42〕 行政主体所行使的权力是国家权力,其只是权力的行使者而非权力的所有者,因而在这种关系中其是利益代表者而不是直接的利益主体。参见关保英:《行政法的价值定位》,中国政法大学出版社1997年版,第十二章。

〔43〕 参见关保英:《行政法的价值定位》,中国政法大学出版社 2003 年版,第三章。

〔44〕 [英]戴维·米勒、韦农·波格丹诺主编:《布莱克维尔政治学百科全书》,邓正来等译,中国政法大学出版社 1992 年版,第 363 页。

〔45〕 参见张家洋:《行政法》,三民书局 1998 年版,第 650 页。

〔46〕 我国关于公职人员的财产申报制度实际上就是一种利益证明制度。

〔47〕 [英]A. 布洛克等编:《现代思潮辞典》,社会科学文献出版社 1988 年版,第 435 页。

〔48〕 [英]戴维·米勒、韦农·波格丹诺编:《布莱克维尔政治学百科全书》,邓正来等译,中国政法大学出版社 1992 年版,第 362 页。

〔49〕 [法]卢梭:《社会契约论》,何兆武译,商务印书馆 1980 年版,第 13 页。

〔50〕 如广西南宁市人民政府 1999 年 1 月 27 日发布的批转市经贸委、市计委《关于我市建设项目优先采用本市工业产品的意见》,对上位法律尚未规定的事态作出创新规定,并以此保护地方利益。

〔51〕 罗豪才主编的《行政法学》对行政自由裁量权作了这样的界定:"指行政机关的自行决定权,即对行为的方式、范围、种类、幅度等的选择权。"其将自由裁量权仅限于选择权的范围,显然将行政自由裁置权的另一部分内容,即对法律未规定事项作出处理权的内容遗漏了。参见罗豪才主编:《行政法学》,中国政法大学出版社 1996 年版,第 61 页。

〔52〕 参见"湖南两部门为争'施救权'人为阻塞高速路",载《法制文萃报》2001 年 6 月 7 日第 16 版。

〔53〕 朱镕基:《关于国民经济和社会发展第十个五年计划纲要的报告》,人民出版社 2001 年版,第 73 页。

〔54〕 王全兴主编:《竞争法通论》,中国检察出版社 1997 年版,第 153 页。

〔55〕 朱镕基:《关于国民经济和社会发展第十个五年计划纲要的报告》,人民出版社 2001 年版,第 71 页。

〔56〕 参见张淑芳:"一种新的行政立法模式构想",载《行政法学研究》2000 年第 3 期。

第十二章　具体行政行为

第一节　行 政 处 罚

一、行政处罚概说

(一)行政处罚名称及概念诸说

1. 国外关于行政处罚名称及内涵

行政处罚是对违反行政法律规范的相对方当事人所给予的惩戒和制裁,即通过行政处罚剥夺或者限制违法行为人一定的权利和利益,使其人身权或财产权受到一定的损失。从权利的角度说,行政处罚是对违法行为人的人身权或财产权合法地给予损害;从义务的角度说,行政处罚是让违法人在不履行法定义务的情况下,使之承担第二次义务。

国外也有行政处罚,由于各国法律文化和用语习惯的不同,从行政处罚的名称到内涵与我国均存在较大相异性。首先,从名称来看,使用"行政罚"[1]者较多,而在行政罚的内涵上又有广义与狭义之分。"行政罚之意义在我国台湾地区向有广义与狭义之分。就广义而言,约与前述之行政制裁概念相当,大致可包括行政刑罚、行政秩序罚、惩戒罚与执行罚(行政强制执行)。狭义之行政罚系以秩序罚为主要内容,故又称为行政秩序罚。行政秩序罚可以说是行政机关基于维持行政秩序之目的,对于过去违反行政义务者,所施以刑罚以外之处罚,资为制裁。"[2]在日本和德国,行政处罚的概念都是在广义上使用的,其中既包括了行政刑罚,又包括了秩序罚。"对行政上的义务违反者处以刑法中有刑名规定的刑罚或罚款。""被处以行政罚的行政上的义务违反者被称为行政犯。"[3]

2. 我国行政法学界关于行政处罚概念的认识

在我国,行政法治理论和实践界对行政处罚都持狭义理解,认为行政处罚是行政主体行使行政管理职能的一种重要手段,也是行政相对人承担行政法律责任的主要形式。《中华人民共和国行政处罚法》出台以前,行政法学界关于行政处罚相关问题的争论非常激烈,其中关于行政处罚概念的讨论就有上十种,[4]分析起来内涵上却是八九不离十的。依我国一些学者的说法,[5]在行政处罚法的起草制定过程中立法者曾多次试图给行政处罚下一个定义,这不仅是许多理论工作者的要求,也是对一部冠以行政处罚之名的法形式逻辑上的必然要求，但这个定义最终仍未明确出现在该法中。尽管如此，我们认为，行政处罚的内涵应该已经贯穿于行政处罚法中，并且是清楚明确的，如《行政处罚法》第3条规定："公民、法人或者其他组织违反行政管理秩序的行为，应当给予行政处罚的，依照本法由法律、法规或者规章规定，并由行政机关依照本法规定的程序实施。"正是基于此点，行政处罚法出台后，对于行政处罚概念的认识更趋于一致，最多只不过是一些用语上的微不足道的差异而已。[6]

我们不妨给行政处罚下这样一个定义，即行政处罚是国家行政机关依法对违反行政管理秩序而尚未构成犯罪的公民、法人或其他组织所实施的一种惩戒行为。它属行政制裁范畴。行政处罚具有如下特征：

(1)行政处罚的主体是特定国家行政机关。行政处罚尽管是行政机关的一种行政行为，但并不是所有的国家行政机关都可以作出这种行为。依据我国《行政处罚法》第15、17条的规定："行政处罚由具有行政处罚权的行政机关在法定职权范围内实施"，"法律、法规授权的具有管理公共事务职能的组织可以在法定授权范围内实施行政处罚"，即拥有行政处罚权的行政机关和经法律、法规授权的组织，才有处罚权。这里有两点值得注意的问题：一是行政机关的行政处罚权是一个笼统的概念，具体到某一特定行政机关是否拥有处罚权、拥有何种和多大范围内的处罚权则要视法律、法规的规定而定；二是行政处罚权虽然由有权的行政机关拥有，但具体实施时，它可以由法律、法规授权的组织或经行政机关委托的组织行使。

(2)行政处罚的对象是行政相对人。行政处罚只能对违反行政管理秩序的公民、法人或其他组织作出，不能针对行政机关及其工作人员作出，除非后者以行政相对人的身份出现。

(3)行政处罚针对的是行政违法行为而不是犯罪行为。行政处罚是行政机关对违反行政法律规范的行为的制裁，而不是对违反其他法律规范行为的制裁。行政处罚所制裁的是违反行政法律规范但没有构成犯罪的行为。如果行政相对人的行为已经构成了犯罪，就属刑事制裁范畴。

(4)行政处罚是一种法律制裁，通过对违法人的惩戒，使其以后不再重犯。

(二)行政处罚原则

行政处罚的原则是指贯穿于行政处罚过程的基本行为准则。行政处罚到底应包含哪些原则，西方国家和我国台湾地区的情形与我国差异较大，仅在个别原则上具有共同性。如有台湾地区学者概括为：明确性原则、比例原则、有责性原则、法定原则及便宜原则。[7]

1. 我国行政处罚法确立的行政处罚原则

(1)处罚法定原则。行政合法性原则是行政法最主要的原则，处罚法定可以说是行政合法性原则对行政处罚的基本要求。它包含三层意思：一处罚实施主体法定。行政机关是否拥有处罚权，拥有多大的处罚权，要视法律、法规的具体规定。为了贯彻这一原则，我国《行政处罚法》规定：行政处罚由具有行政处罚权的行政机关在法定权限范围内实施;法律、法规授权的具有管理公共事务职能的组织可以在法定授权范围内实施行政处罚;受委托组织在委托范围内,以委托行政机关名义实施行政处罚。二处罚依据法定。《行政处罚法》第3条规定:"公民、法人或者其他组织违反行政管理秩序的行为,应当给予行政处罚的,依照本法由法律、法规或者规章规定。"即没有法定依据,行政处罚无效。三处罚程序法定。行政处罚不仅要求实体合法,而且要求程序合法,即要求行政处罚遵循法定程序。我国行政处罚法和其他有关行政处罚方面的法律规范都规定了实施行政处罚的法定程序,行政处罚实施机关在实施行政处罚时,如果违反法定程序,则行政处罚无效。

(2)公开、公正原则。"公开"有两层含义:一是有关行政处罚的规定要公布,使公民事先了解;二是对违法者依法给予行政处罚要公开。程序公开体现在行政处罚法具体条文上有以下三个方面:第一,行政机关在作出行政处罚决定时,应当告知当事人作出行政处罚决定的事实、理由及依据。当事人有权陈述和申辩,行政机关必须听取当事人的意见,否则行政处罚不能成立。第二,行政机关作出责令停产停业、吊销许可证或者执照、较大数额罚款等行政处罚决定前,应当告知当事人,当事人对违法事实的认定与行政机关有重大分歧,当事人要求听证或者行政机关认为有必要听证的,行政机关应当组织听证。第三,行政处罚的实施一般应以书面形式。处罚决定应当在宣布后当场交付当事人;当事人不在场的,行政机关应依法送达。公正原则是指行政处罚必须以事实为根据,以法律为准绳。处罚的轻重应与违法行为的事实、性质、情节以及社会危害程度相当。防止行政处罚的偏私和畸轻畸重。

(3)处罚与教育相结合原则。处罚与教育相结合不仅体现在行政处罚法中,它也是我国执法和司法普遍适用的一条原则。《行政处罚法》第5条规定:"实施行政处罚,纠正违法行为,应当坚持处罚与教育相结合,教育公民、法人或者其他组织自觉守法。"行政处罚法还规定:"不满14周岁的人有违法行为的,不予行政处罚,责令监护人加以管教;已满14周岁不满18周岁的人有违法行为的,从轻或者减轻行政处罚。"这些都体现了处罚和教育相结合的原则。

(4)保障当事人权利原则。保障当事人权利原则可以说是行政处罚法的一条总原则,它贯穿于行政处罚法过程的始终。行政处罚的设定、行政处罚的程序都体现了这一原则。其具体含义是:在行政处罚中,相对方当事人享有申辩权、听证权、申请复议权、行政诉讼权、要求行政赔偿权。这五项权利说明:未经正当法律程序,任何人的权利不能被剥夺;相对人对自己合法权利具有防卫的权利,在权利受到侵害时可得到法律的救济。

2. 关于"一事不再罚"原则的讨论

《中华人民共和国行政处罚法》第24条规定:"对当事人的同一个违法行为,不得给予两次以上罚款的行政处罚。"此规定第一次在我国行政法制度中确立了一事不再罚原则。尽管一事不再罚只适用于罚款这一特定行政处罚中,该原则确立以后,在行政处罚实践中常常遇到一些似是而非的问题,不同的行政机关对一事不再罚有不同的认识,而且理论界在阐释这一原则时观点也不一致。[8]因此,至今是人们争论的焦点。

(1)关于"一事不再罚"的性质。"一事不再罚"被普遍认同为行政处罚的一个原则,这是毫无疑问的。但"一事不再罚"到底应归入行政处罚法的立法原则范畴还是应归入行政处罚的适用范畴,也存不同理解。尽管人们在谈"一事不再罚"原则时,都是和其他原则放在一起讨论的,然而我们可以看出,普遍地认为"一事不再罚"是作为行政处罚的适用原则来对待的。有的学者认为其应作为立法的原则。"一事不再罚也应指导立法。立法虽不可避免各个不同法律、法规之间处罚规定的重叠、交叉,但应以一事不再罚为原则,力求将这种重叠、交叉压缩在尽量小的范围内。……由于各个行政机关都依据自己的'法'进行处罚,势必造成对同一违法行为重复处罚、多头处罚的现象,因此,从源头上解决问题,立法应遵循一事不再罚原则。"[9]

(2)关于"一事不再罚"的内涵。行政处罚法已实施了近13年时间,之所以"一事不再罚"仍然没有一个定论,主要在于立法本身的模糊性。从表面看,行政处罚法规定的"对当事人的同一个违法行为,不得给予两次以上罚款的行政处罚"很容易理解,事实上,从不同的角度看会存在多种不同的认识。我们试将该条文进行剖析:其中,违法主体的"当事人"是否"同一主体"在进行行政处罚时是比较好认定的。但"同一个违法行为"即是否为"一事"认定起来似乎就有些麻烦,如有学者解释为"同一事实和同一理由",而且"同一事实和同一理由是不可分割的条件,如果同一事实不同理由,就可以再罚。以《水污染防治法》为例加以说明。该法第39条规定:'违反本法规定,造成水污染事故的企业单位,由环境保护部门或者交通部门的航政机关根据所造成的危害和损失处以罚款;……'如果环保部门和航政机关,据此对同一违法行为各自作出罚款决定,就是一事再罚,因为事实和理由都是同一的。此外,同一事实不同理由,如在繁华路段无照摆设烟摊,由工商、市容、交通等部门均可依不同的法律法规对之予以处罚。"[10]这里的基于作出行政处罚的"理由"实际上就是与违法当事人的违法行为能沾上边的作为处罚依据的法律、法规,而这些法律法规作为处罚的依据都来自于行政主体的主观单方面认定。为此,另有学者提出相反的意见,"这就意味着,不同行政机关对于同一违法行为违犯了多种行政法律规定的,可以给予不同处罚。……迁就了实际存在的不合理现象。如一个无照商贩,在马路边设摊卖食品,这一行为可能违反了多种行政法律的规定,因此工商、税务、食品卫生、市容、交通管理部门都可依各自执法依据来处罚该违法者。但问题在于,该违法行为的社会危害性有限,如此多头处罚,于法有据却于理不容。"[11]由此可见,用于衡定同一违法行为的"同一事实和理由"存在较大分歧。

我们再看看学界关于一事不再罚中的"罚"。有的学者从行政处罚法的字面意义出发,认定为"罚款",意即金钱的给付。"行为人的一个行为,同时违反了两个以上法律、法规的规定,可以给予两次以上的处罚,但如果处罚是罚款,则罚款只能是一次,另一次处罚可以依法是吊销营业执照或其他许可证,也可以是责令停产停业,还可以是没收等，只是不能再罚款了。"[12]而"大多数学者认为该对这一条文作广义理解，因为罚款是最常见和最容易被重复处罚的种类，所以在条文中才会被指出，根据公正原则，一事不再罚最起码应说明对同一违法行为不得因同一事实和同一理由给予两次或两次以上的处罚"。"我们认为一事不再罚原则应适用于所有处罚种类而不仅仅是罚款。"[13]这里的处罚就不仅仅指罚款了。

（三）行政处罚与相关概念之界限

1. 行政处罚与行政处分

行政处罚和行政处分两者都属行政制裁的范畴，是一对极易混淆的概念，但它们仍有很大的区别：

（1）主体不同。行政处罚的主体是特定的行政机关，即法律、法规授权的机关和委托机关。没有法律、法规的明确规定和授权，任何行政机关不得行使行政处罚权。例如，根据《治安管理处罚法》规定，有权实施治安管理处罚的只能是公安机关，而一般国家行政机关都有行政处分权。

（2）对象不同。行政处罚的对象是被管理的相对一方当事人，即公民、法人或其他组织；行政处分的对象是行政机关内部工作人员。

（3）种类不同。行政处罚的种类有警告；罚款；没收违法所得、没收非法财物；责令停产停业；暂扣或吊销许可证、暂扣或吊销执照；行政拘留七种。行政处分的种类有警告；记过；记大过；降级；撤职；开除六种。

（4）性质和救济途径不同。行政处罚属行政机关的外部行政行为，而行政处分属内部行政行为。因行政处罚引起的争议，可以通过行政复议和行政诉讼途径解决。行政机关工作人员对行政处分不服，只能在行政机关内部通过申诉途径，由行政监察机构解决。

2. 行政处罚与执行罚

行政处罚与执行罚都是对不履行义务的个人、组织的处罚，在行政执法实践中，有时两者之间的认定是比较困难的，因而必须区分这两个概念。它们的不同点主要有：

（1）处罚的目的不同。行政处罚的目的是惩戒个人、组织的违法行为，执行罚的目的是促使个人、组织履行法定义务。行政处罚采取一事不再罚原则，即行政机关对相对人的违法行为实施处罚后，相对方因违法行为引起的行政责任即告结束。执行罚实施后，如果当事人没有履行义务，它可以一直继续下去，直到履行义务为止。

（2）处罚的形式不同。行政处罚的形式很多，而执行罚只有财产给付一种。

3. 行政处罚与行政强制执行

行政处罚与行政强制执行的区别，主要体现在目的和手段方面。行政处罚是对相对人权益的最终处分，如没收财产，就是对财产权的最终剥夺。而行政强制执行是对不履行义务的个人、组织强迫其履行义务。行政处罚的手段主要是财产罚、行为罚，行政强制执行的手段是间接强制执行和直接强制执行。

（四）各国行政处罚的立法概况

1. 外国行政处罚立法

当今世界各国，无论大陆法系国家还是英美法系国家，行政处罚都是其一项重要的法律制度，但在对行政处罚进行规制的立法模式选择上各自有其特色。

据有关资料显示，目前对行政处罚采取法典式立法的只有奥地利、德国、前苏联等少数几个国家。[14]绝大多数国家没有一部法律对行政处罚做统一全面的规定，而是由各个单行立法对个别领域或个别方面的行政处罚分别做出规定。

2. 我国行政处罚法的立法背景

1979年党的十一届三中全会以来，我国的法制建设步入快速恢复发展时期，法律、法规、规章的数量激增。其中大多数都制定了相应的行政处罚手段，作为保障法律、法规、规章执行的措施之一。但很快暴露出有些领域里乱处罚的问题。针对这种状况，1986年以来，全国人大常委会、国务院分门别类，在几个领域里制定出专门性的行政处罚法律、法规，例如，《治安管理处罚条例》[15]、《违反财政法规处罚的暂行规定》[16]、《海关法行政处罚实施细则》[17]等。截至《行政处罚法》出台前，据计我国17年来问世的280余个法律中有202个法律在"法律责任"中规定了行政处罚，另外还有800多个行政法规、4000多个地方性法规的规定涉及行政处罚。还有资料说我国法律内容的80%要靠行政部门执行。[18]这些情况表明，行政处罚确实已成为我国社会生活中与公民关系密切、渗透各个领域的一项制度。同时，行政处罚领域出现了诸多混乱现象，如"行政处罚设定权限不清，造成立法主体多元化，是滥罚的源头；法律、法规、规章以及其他规范性文件在规定行政处罚时，赋予行政机关太大的自由裁量权；各种处罚规定相互矛盾冲突；处罚立法不规范；忽略行政处罚程序或行政处罚程序不完备。"[19]这些一方面是执法造成的，另一方面是行政处罚领域里的多头立法造成的。袁曙宏在其著作《行政处罚的创设、实施和救济》中也系统分析了我国《行政处罚法》出台前有关行政处罚立法的混乱、相互矛盾以至难于操作的现象。[20]行政立法的现状及存在的问题表明中国需要制定一部统一的行政处罚法来规范行政机关设定和实施行政处罚行为，在治"乱"的同时，达到保护相对人合法权益、强化行政机关行政管理职能的目的。

二、行政处罚的种类和设定

（一）行政处罚非法典化与行政处罚种类的不确定性

如前所述，目前世界各国对行政处罚采法典式立法者并不在多，仅少数几个国家有行政处罚方面的法典，其他则散见于各种单行法律法规中。就行政处罚的种类而言，亦是散见于分门别类的法律法规中，总的特点是多而乱。在我国台湾地区，由于向来缺乏完整的行政处罚体系，至今仍无一致的分类方式。台湾地区学者有的将行政处罚分为九种类型，有的分为三种类型、有的分为十种类型。台湾地区有的学者在其所编《行政法》一书中将较常见的行政处罚种类就归纳为4大类,50余种。[21]我国《行政处罚法》颁布以前,现行部门法关于行政处罚具体种类的规定有120余种之多,形式不一,界限不清。例如,剥夺和限制人身自由方面的处罚有拘留和劳动教养等;剥夺和限制财产权利的处罚有罚款、没收违法所得、没收违法工具等;限制公民、法人行为能力及权利能力的处罚有吊销许可证、执照,责令停产停业等;谴责和警告公民、法人的精神名誉的处罚有警告、通报批评,此外还有名目繁多的责令、取消资格、荣誉、停止优惠等处罚。[22]

(二)行政处罚法典化国家之行政处罚种类

1. 奥地利行政处罚种类。奥地利行政处罚分为五种:

(1)自由罚,包括拘留和住宅禁足。《奥地利行政罚法》第13条规定:"被判处住宅禁足者,应宣誓保证勿离其住宅,违反誓言时应就其禁足期间执行拘留。"

(2)罚锾。《奥地利行政罚法》第14条规定:"罚锾之强制执行,以不影响受裁决人最低限度之生活、法律上赡养义务之履行及对被害人损害之赔偿为限。"

(3)没入。《奥地利行政罚法》第17条规定:"宣告没入之物,以属于行为人或共犯或有处分权人所交付者为限。如行政法规另有规定时,从其规定。"

(4)警告。《奥地利行政罚法》第21条规定:"官署认为行政逾越者之行政责任轻微,而其行政逾越行为之结果未具意义,且依案件情节即使处以最轻之自由罚或罚锾仍嫌过重者,得免除其自由罚或罚锾,而改予警告。"

(5)补充罚,也称易科罚,即受罚款处罚的受罚人无力交纳罚款时,以拘留代之即易科拘留。

2. 德国行政处罚种类。根据《德国违反秩序法》,行政处罚分为四种:

(1)警告,即对于轻微违反秩序的行为人所给予的警示及训诫,包括单独的警告及附加罚款的警告两种。如《德国违反秩序法》第56条规定:"对于轻微违反秩序行为,可以由行政机关对当事人予以警告并征收5—75德国马克的警告罚款。如果给予不附加警告罚款的警告不足以惩戒,行政机关应当给予附加警告罚款的警告。"

(2)罚款。《德国违反秩序法》规定"罚款最低为5德国马克并且——如果法律没有其他规定——最高为1000德国马克"。但"罚款数额应当超过行为人从违反秩序行为中得到的经济上的好处。如果法律规定的最高罚款数额在此低于此种好处,则可以超过法定罚款数额"。[23]

(3)没收。《德国违反秩序法》第22条规定:"只在法律明确准许时,方得到违反秩序行为处以没收物品的附加措施。没收只在下列情形方予准许:一是物品在裁判时属于行为人或为其所有,或者二是物品按其类型或依当时情形有害于公众或者存在被用于实施应受刑罚或罚款处罚的危险……"

(4)充公。《德国违反秩序法》第29a条规定:"如果行为人为了一项受罚款的行为而得利或由于该行为而得利,并且没有因该行为而被科处罚款,则可以下令将其钱款充公,充公钱款的数额最高可相当于其所得利益的价值。如果实施一项违反秩序行为的行为人是为他人所为并因此而得利,则可以下令将其钱款充公,数额同本条第1款。得利多少及其价值可以估计。本法第18条相应适用。如果没有针对行为人开始罚款程序或此种程序已经停止,可以单独颁布充公令。"

(三)我国《行政处罚法》规定的行政处罚种类

为了规范和统一行政处罚的种类,《行政处罚法》将行政处罚的种类确定为以下八类:

1.警告。警告是申诫罚的一种形式,是指行政机关或者法律、法规授权的组织对轻微违法行为人的谴责和告诫。这种形式适用极为普遍,仅在治安管理领域,就适用于侵犯他人人身权利、侵犯公私财物、扰乱公共秩序、妨碍公共安全等数十种行为。

警告具有如下特点:其一,警告是对违法行为人声誉的影响,不涉及违法行为人的人身自由和财产自由。其二,警告只能针对轻微违法行为作出。如《中华人民共和国道路交通安全法》第87条规定:"公安机关交通管理部门及其交通警察对道路交通安全违法行为,应当及时纠正。公安机关交通管理部门及其交通警察应当依据事实和本法的有关规定对道路交通安全违法行为予以处罚。对于情节轻微,未影响道路通行的,指出违法行为,给予口头警告后放行。"

2.罚款。罚款是指行政机关令违法行为人在一定期限内承担一定的金钱给付义务的处罚形式。罚款是剥夺相对人财产权的处罚,适用范围十分广泛,几乎为所有的行政机关采用。

行政处罚中的罚款具有以下特征:(1)罚款是行政机关实施的行政制裁手段,与刑事制裁中的罚金存在质的区别。二者在适用主体、对象、范围上都不同。(2)罚款的目的是通过让相对人承担一定的金钱给付义务的方式来纠正和制止违法行为。既不影响相对人的人身自由,又不剥夺限制其行为能力。

因为罚款在行政处罚中运用得最广,行政处罚机关在行使这一权力时,必须严格依法进行。首先是正确掌握罚款的幅度,针对违法行为的性质、情节、社会危害程度作出,避免畸轻畸重和明显不当现象。其次是处罚决定权与执行权相分离,即作出处罚决定的机构与收受罚款的机构不能是同一机构。

3.没收违法所得。没收即收归国有,没收违法所得是行政机关将违法行为人的违法所得和非法收入收归国有的处罚形式。例如,《海关法行政处罚实施细则》第5条规定:"走私国家禁止进出境的物品的,没收走私物品和违法所得。"没收违法所得和罚款都是指向相对人的财产权利,但两者适用的情形不同。没收的财物本身就是属于非法所得的财物,因而,仅适用于有违法所得的违法情形,而罚款无此条件要求。

4.没收非法财物。没收非法财物是行政机关将违法行为人非法占有的财物收归国有的处罚形式。非法财物通常包括:从事违法活动的物品,违法工具、用具、违禁品等。例如,《海关行政处罚实施条例》第9条所列的"走私的货物、物品"、"走私的运输工具或者用于掩护走私的货物、物品"、《药品管理法》规定的"假药、劣药"等都属非法财物。没收非法财物必须注意两个方面的问题:一是没收的物品必须是非法财物,对于相对人的合法财产不能随意没收。二是没收的非法财物必须依法上交国库或通过法定方式加以处理,行政机关不得私分、出售或毁坏。

5. 责令停产停业。责令停产停业是指行政机关对从事非法生产经营活动的行政管理相对人的一种处罚,包括停止生产和停止营业两种情形。在我国现行的法律、法规中,责令停产停业的处罚形式很多。例如,《环境保护法》规定,主管机关可以责令污染单位"停产治理";《水污染防治法》规定为"责令停止生产或使用","责令关闭";《矿山安全法》规定为"责令停业整顿"。责令停产停业是限制和剥夺相对人行为能力的处罚形式,目的是要求行为人停止正在进行的生产经营和各种业务活动。它与罚款、没收财物等剥夺和限制行为人的财产权的处罚不同。责令停产停业的处罚仅适用于较为严重的违法行为,即生产、经营者实施了比较严重的违法行为,而且带来了比较严重的后果。例如,违反安全规定从事矿山开采,资源开发。责令停产停业通常有一定的期限要求,即受处罚人在一定期限内纠正了错误,即可以恢复生产和经营。例如,《防治拆船污染环境管理条例》第 20 条规定,对经限期治理逾期未完成治理任务的拆船单位,可以根据其造成的危害后果,责令停业整顿或关闭。这一规定说明,如果违法行为得到了及时的纠正,就可以从事正常的生产活动。

6. 暂扣或吊销许可证、执照。暂扣或吊销许可证、执照是指行政机关暂时扣押或取消违法行为人已经获得的从事某项活动或业务的资格证书,限制或剥夺其从事某项特许活动的权利的处罚。一般常见于交通、环境保护等行政管理领域。例如,《道路交通安全法》的相关规定。暂扣或吊销许可证、执照是最为严厉的行政处罚之一,直接关系到相对人的人身和财产权。它的实施意味着工商企业、个体工商户等的停产停业,其生产经营权随之丧失,生产经营者的财产权即被限制。同时也影响其作为法人或个体工商者继续存在的权利,实质上剥夺或限制了其人身权。暂扣或吊销许可证、执照是一种资格能力罚,仅适用于实行许可证的领域内的违法行为,且是已经取得了许可证、执照的公民、法人或者其他组织。

7. 行政拘留。行政拘留是指公安机关对违反行政管理秩序的公民,在短期内剥夺其人身自由的处罚形式。行政拘留具有如下特点:(1)行政拘留是最严厉的行政处罚形式。其行使机关、适用范围和对象都受到严格的法律限制。例如,根据我国《治安管理处罚法》只有县级以上公安机关才有行政拘留权。(2)行政拘留的实施机关只能是公安机关,其他机关无权实施。(3)拘留是对行为人人身自由权的剥夺。

8. 法律、法规规定的其他行政处罚。除上述主要行政处罚种类外,法律、法规还可规定其他的行政处罚形式。

(四)《行政处罚法》出台前的行政处罚设定状况

行政处罚的设定,是指由谁创设和规定行政处罚以及设定权如何划分。有学者认为行政处罚的设定实质上就是要公平分配处罚机关与相对一方的权利义务。[24]我国《行政处罚法》出台前,由于缺乏行政处罚设定的统一规定,在行政处罚设定权方面情况相当混乱。有学者认为,"我国各级政府和政府各部门都有制定规范性文件的权力，于是各级政府、各个部门纷纷自设处罚权。这是将制定规范性文件的权力与设定行政处罚的权力混为一谈，有的则是将行政管理权与处罚设定权等同起来。加之罚没制度的某些不完善，使处罚为经济利益所驱动，乱处罚当然成为不可避免。”[25]还有学者认为我国行政处罚实践中存在的问题主要有：“一是很多单位在没有法律、法规依据情况下自行设定行政处罚。据有关方面对国务院7个部门发布的规章的调查，其中没有法律、行政法规依据而自行设定行政处罚的占35%。据有关方面对7个省、市部门发布的规章的调查，约有50%以上的自行创设的行政处罚没有法律和行政法规依据，甚至也没有地方性法规依据。有的市规章处罚涉及的更为广泛分散，如民办学校管理、财产报告、公墓管理、多层次传销管理等。有的省则在清真食品卫生经营、城镇职工养老保险、个体兽医诊所管理方面创设了种种行政处罚。二是缺乏划分处罚设定权限的统一法律，于是出现处罚设定极不统一的现象。如《统计法》及国务院批准的《统计法实施细则》规定，违反统计法的行为，情节较重但尚未构成犯罪的，对主管领导人或直接责任人员，给予行政处分；对个体经营户，经县以上政府批准，由工商部门给予停业或吊销执照的处罚；构成犯罪的依法追究刑事责任。但某省人大常委会通过的《×省统计法检查监督规定》却规定，对单位可处5000元至1万元的罚款，对个人可处200元以下罚款，对个体经营户可处5000元以下罚款，这明显突破了法律、行政法规的处罚种类，构成地方性法规与法律、行政法规的冲突。三是设定的行政处罚种类繁多、内容混乱、标准不一等。”[26]

我们认为，我国《行政处罚法》颁布以前，在行政处罚权设定上存在几个方面的问题：首先，设定主体混乱，许多行政机关甚至社会团体等在没有法律、法规依据的情况下随意设定行政处罚；其次，处罚设定权的界限划分不清，往往存在处罚设定极不一致的现象；最后，设定的行政处罚种类繁多，内容混乱，甚至互相矛盾。

(五)行政处罚法对行政处罚设定的规范

鉴于以上问题，《行政处罚法》对此进行了规范。

1. 设定行政处罚的机关

世界各国行政处罚的设定机关有几个方面的共同的特点：一是行政处罚的设定机关一般为立法机关；二是行政机关设定行政处罚时必须有立法机关通过法律的明确具体的授权；三是行政机关所能设定的一般是人身罚外的程度较轻的行政处罚。[27]

依据《行政处罚法》的规定，我国有权设定行政处罚的机关有以下几类：(1)全国人大及其常委会。我国《宪法》第57、58条规定，“中华人民共和国全国人民代表大会是最高国家权力机关。它的常设机关是全国人民代表大会常务委员会”。“全国人民代表大会和全国人民代表大会常务委员会行使国家立法权。”因此全国人大及其常委会制定的法律可以设定任何形式的行政处罚，可以通过法律规定受处罚行为的范围、处罚的种类、幅度等。这既是立法权的体现，也是控制和规范行政处罚设定权的必然要求。(2)国务院。它是最高国家权力机关的执行机关，是最高国家行政机关。根据《宪法》规定,国务院享有18项职权,其中根据宪法和法律,规定行政措施,制定行政法规,发布决定、命令是主要职权。与此同时,国务院领导和管理经济工作、城乡建设、科教文卫、民政、公安、司法监察、对外事务、国防事业等。其在职权范围内也可以设定行政处罚。《行政处罚法》规定,国务院制定的行政法规可以设定除限制人身自由以外的行政处罚,即可以设定警告、罚款、责令停产停业、暂扣或吊销许可证、执照、没收违法所得、没收非法财物的行政处罚。(3)省、自治区、直辖市的人民代表大会及其常务委员会,省会市的人民代表大会及其常委会,国务院批准的较大的市的人民代表大会及其常委会,全国人大授权的特区市人民代表大会及其常委会。这些地方国家权力机关可以通过制定地方性法规设定除限制人身自由、吊销企业营业执照以外的行政处罚。(4)国务院各部、委员会,国务院授权的具有行政处罚权的直属机构。按照《行政处罚法》规定,部委规章可以在法律、行政法规规定的行政处罚行为、种类、幅度内作出具体规定。尚未制定法律、行政法规的,规章对违反行政管理秩序的行为,可以设定警告或一定数量的罚款的行政处罚。罚款的限额由国务院规定。有行政处罚权的直属机构设定行政处罚适用本条规定。(5)省、自治区、直辖市人民政府和省、自治区所在地的市人民政府以及国务院批准的较大的市人民政府,经全国人大授权的特区市人民政府,可以在法律、行政法规、地方性法规规定的行政处罚的行为、种类、幅度内作出具体规定。尚未制定法律、行政法规或者地方性法规的,对违反行政管理秩序的行为,可以设定警告或一定数量罚款的行政处罚,罚款的限额由省、自治区、直辖市人大常委会规定。

除上述机关外,其他任何单位、组织不得以任何形式设定行政处罚。

2. 行政处罚设定权的划分

根据上述情况,享有行政处罚设定权的主体很多,而且设定机关性质、层级均有差异。为了避免设定权行使的冲突矛盾,必须对设定权作适当划分:(1)法律对行政处罚的设定权。法律是指由全国人大及其常委会制定的规范性文本,除宪法以外它在我国法律体系中居于最高地位。因此,法律有权根据需要设定任何一种形式的行政处罚。《行政处罚法》第9条规定:“法律可以设定各种行政处罚。限制人身自由的行政处罚,只能由法律设定。”说明有关人身罚的行政处罚,其他层级的规范性文件无权设定。(2)行政法规的设定权。《行政处罚法》第10条规定:“行政法规可以设定除限制人身自由以外的行政处罚。法律对违法行为已经作出行政处罚规定的,行政法规需要作出具体规定的,必须在法律规定的给予行政处罚的行为、种类和幅度的范围内规定。”这一方面因为法律对行政处罚的规定过于原则和抽象,对行政管理的细节问题不可能全部覆盖,需要行政法规加以补充。另一方面由国务院的地位决定,行政法规对处罚的设定权必须受到法律的限制。(3)地方性法规的设定权。地方性法规是省、自治区、直辖市,省会市,国务院批准的较大的市的人民代表大会及其常委会制定的规范性文件。地方性法规设定行政处罚权表现为两方面:一是《行政处罚法》第11条第1款规定:“地方性法规可以设定除限制人身自由、吊销企业营业执照以外的行政处罚”；二是《行政处罚法》第11条第2款规定：“法律、行政法规对违法行为已经作出行政处罚规定的，地方性法规需要作出具体规定的必须在法律、行政法规规定的给予行政处罚的行为、种类和幅度的范围内作出具体规定。”(4)规章的设定权。规章包括部门规章和地方规章两类。《行政处罚法》分别对部门规章和地方规章的处罚设定作了规定，既有授权，又有限制。部门规章的处罚设定权可以分为创设和规定权两部分。创设就是法律、行政法规对违法行为及其处罚未作规定的，部门规章可以设定警告和罚款两种处罚，但罚款限额由国务院规定。规定权是指法律、行政法规对行政处罚行为、种类、幅度已经作出规定的，部门规章在其范围内作出具体规定。但仍然要受法律、行政法规规定范围的限制。

国务院直属机构也可以规定警告和罚款的行政处罚，罚款的具体限额由国务院规定。

地方规章的处罚设定权也是两部分，即创设和规定权。创设是指法律、法规没有规定处罚的情况下，对违反行政管理秩序的行为可以创设警告和一定数量罚款的行政处罚，但罚款限额由省级人大常委会规定。规定权是指法律、法规已经规定了的处罚，地方规章将其进一步具体化，但不能超越法律、法规规定的界限。《行政处罚法》第14条规定：“除本法第9条、第10条、第11条、第12条以及第13条的规定外，其他规范性文件不得设定行政处罚。”即除法律、行政法规、地方性法规和规章可以设定行政处罚外，其他规范性文件不得设定行政处罚。

三、行政处罚的实施机关

行政处罚的实施机关，在有的国家也称为行政处罚的主体，在我国，是指具有行政处罚权并实施行政处罚权的行政机关及法定组织。依据《行政处罚法》的规定，包括行政机关，法律、法规授权的实施机关，委托机关。而在其他国家和地区，行政处罚的主体则有不同规定。奥地利行政处罚的主体是行政机关；在德国，行政秩序罚行为虽然以行政机关处理为主，但是，如果当事人提出异议，则必须由法院作出裁决，检察机关对违反秩序行为也有一定的管辖权；日本对于违反行政法上义务者以法院制裁为主要形式，行政机关制裁只是一种辅助性的，一般仅限于小额罚款。

(一)哪些行政机关享有行政处罚权

《行政处罚法》第15条规定：“行政处罚由具有行政处罚权的行政机关在法定职权范围内实施。”我们可以这样理解该条文的含义：

1. 行政处罚权只能由行政机关行使，不能由其他性质的国家机关行使。依据我国宪法规定，尽管我国是“议行合一”[28]国家，其他国家机关如行政机关、审判机关、检察机关都要向全国人民代表大会及其常务委员会负责，但它们之间在职权行使上是有一定分工的，即全国人民代表大会及其常务委员会行使立法权，国务院及地方各级人民政府行使行政权，最高人民法院及地方各级人民法院行使司法权等，照此分工，行政权自然是行政系统须行使的权力，因而行政处罚权只能由行政机关行使。

2. 由行政机关行使行政处罚权不等于所有的行政机关都有行政处罚权，只有法律、法规或规章规定有行政处罚权的机关才能行使行政处罚权。另外，一些内部行政机关如各级人民政府的办公机构、监察机构、人事机构、事务机构、咨询机构等，它们是为了保证国家行政机关对外行使行政权而设置的，也不享有行政处罚权。

3. 不同性质的国家行政机关之间在行政处罚方面也有职能分工，依我国行政处罚法之规定，有行政处罚权的行政机关只能在自己主管业务范围内行使行政处罚权。例如，公安机关不能对违反工商管理的行为进行行政处罚。

4. 行政机关只能在处罚权限内行使行政处罚权。而且"国务院或者经国务院授权的省、自治区、直辖市人民政府可以决定一个行政机关行使有关行政机关的行政处罚权，但限制人身自由的行政处罚权只能由公安机关行使"，此条明文界定了行政机关的行政处罚权限。

5. 我国《行政处罚法》规定的享有行政处罚权的机关种类有：(1)国务院各部、委、行、署、直属局和部委管理的国家局。它们是国务院的组成部门，是中央的主要行政处罚实施主体。(2)地方各级人民政府，包括省、自治区、直辖市，市、县、乡人民政府。一般省级人民政府只在本辖区内重大问题上实施一定范围的行政处罚权，县、乡两级政府实施行政处罚较多。(3)地方各级人民政府的职能部门。地方各级人民政府根据宪法和法律规定，根据工作需要，都设立了若干部门，承担某一方面的行政管理事务。如公安、工商、税务、环保、交通、海关、卫生等，相应的享有某一方面的行政处罚实施权。

(二)法律、法规授权的实施机关具有何种法律地位

法律、法规授权的实施机关，是指行政机关以外的，经法律、行政法规、地方性法规授权而享有并能实施行政处罚权的组织。《行政处罚法》第17条规定："法律、法规授权的具有管理公共事务职能的组织可以在法定授权范围内实施行政处罚。"如《中华人民共和国注册会计师法》授权注册会计师协会以处罚权即属此类。

1. 授权组织实施行政处罚必须有法律、法规的明确授权。这类组织本身不是行政处罚的当然实施主体，没有法律、法规的授权，不能行使行政处罚权，否则就是违法或无效行政处罚。这类组织的授权必须是来自法律、法规的，规章无权授予组织行政处罚权。

2. 法律、法规授权的组织必须是具有公共事务管理职能的组织，即对公民、法人或其他组织可以行使类似于行政管理的职能。如注册会计师法授权的注册会计师协会。

3. 经法律、法规授权的组织即成为实施行政处罚的当然主体。可以以"组织"自身的名义实施行政处罚，作出行政处罚；它可以享有行政优益权；它可以以自己的名义参加行政复议和行政诉讼；它可以独立承担法律责任。[29]

4. 授权组织只能享有部分行政处罚实施权。法律、法规授权的组织实施的行政处罚只能是人身自由罚之外的行政处罚，人身自由罚只能由公安机关实施。

5. 哪些组织可以经法律、法规授权而成为实施行政处罚权的主体？(1)事业单位。事业单位的组织类型复杂，有的本身就是公务组织。这些单位经法律、法规授权后，就可以成为行政处罚主体，如卫生防疫站、食品卫生检验所。(2)企业单位。企业一般不从事公务活动，也不享有管理公共事务的权力。但是，在特定情况下，由于法律、法规授权，它也可以成为行政处罚主体，如铁路运输部门。(3)社会组织。社会团体、群众组织等经法律、法规授权，可以享有部分行政处罚权。

(三)委托实施机关的条件

1. 委托实施机关的含义

委托实施机关是受行政机关委托实施行政处罚权的组织。我国行政处罚法对委托处罚作了肯定。《行政处罚法》第18条规定，行政机关依照法律、法规或者规章的规定，可以在其法定权限内委托符合法定条件的组织实施行政处罚。(1)受委托组织以委托的行政机关的名义作出行政处罚决定，而不是以自己的名义独立行使处罚权，也不能担任行政复议的被申请人或行政诉讼的被告，其处罚行为的法律责任由委托人承担。这也是行政委托与法定授权的根本区别之所在。(2)行政机关委托实施行政处罚必须符合法定条件，必须依法律、法规、规章的规定进行。(3)委托实施处罚必须有正当理由。如行政机关因执法任务过重，在人员、经费不足等情况下，可以委托其组织实施处罚。委托处罚的范围受严格的法律限制，一般来说，限于较轻微的、事实清楚的行政处罚，而重大的行政处罚不宜委托。(4)受委托组织接受行政机关委托后，不得再委托其他组织或个人实施行政处罚，即只能是一次委托，不得多次委托。(5)委托行政机关对受托组织实施行政处罚行为进行监督，并可依法收回或撤销委托。

2. 委托实施机关应具备的条件

由于行政处罚委托受法律羁束的程度小，而受行政机关自主决定的程度大，因此，需要进一步明确委托实施机关应具备的条件才能更好规范委托实施的行政处罚权。我国《行政处罚法》第19条规定："受委托组织必须符合以下条件：(一)依法成立的管理公共事务的事业组织；(二)具有熟悉有关法律、法规、规章和业务的工作人员；(三)对违法行为需要进行技术检查或技术鉴定的，应当有条件组织进行相应的技术检查或者技术鉴定。"我们认为，仅此条文的规定显得比较抽象，还不足以规范受委托组织的行为，有学者在此基础上提出了更为具体的标准，[30]值得立法和法治实践予以参考。

四、行政处罚的管辖和适用

(一)行政处罚的管辖

1. 行政处罚管辖的概念和原则

行政处罚管辖，是指法律、法规规定的某一行政违法案件由哪一行政机关最初受理和处罚的制度。我国《行政处罚法》第20条对此作了规定："行政处罚由违法行为发生地的县级以上地方人民政府具有行政处罚权的行政机关管辖。法律、行政法规另有规定的除外。”这一规定确立了行政处罚管辖的几个基本原则。

(1)便利当事人原则。行政处罚法的一个重要目的就是要保护当事人的合法权益,包括违法行为人和受侵害人。行政处罚法规定行政处罚由违法行为地人民政府管辖,体现了这一精神。因为这样可以方便有关当事人参加行政处罚的有关程序,节省人力、物力和时间。

(2)有利于维护公共利益和社会秩序原则。行政处罚法不仅要保护当事人的合法权益,而且要维护公共利益。由违法行为发生地人民政府进行行政处罚,也有利于行政执法,有效维护违法行为发生地的公共利益。同时规定由县级以上人民政府管辖,限制了对违法行为行使行政处罚权的机关,有利于提高行政处罚的质量。

(3)灵活运用原则。行政处罚法尽管原则上规定行政处罚案件由违法行为发生地最初受理,但又规定法律、行政法规另有规定的除外。说明其又有一定的灵活性。行政执法实践中,因为常常会发生一些例外情形,可能由其他行政机关管辖更为合适,就应该改变原来规定的管辖方式。

2. 行政处罚管辖的种类及其形式

我国行政处罚的管辖种类依有关法律、法规和行政处罚实践,大致有四种:职能管辖、级别管辖、地域管辖和裁定管辖。

(1)职能管辖。它要解决的是将各行政机关间依据各自职能对违法行为人进行行政处罚方面的分工。如根据《治安管理处罚法》规定,治安管理事务属于公安机关主管,相应地治安管理处罚也是由公安机关管辖;《中华人民共和国药品管理法》第88条规定,药品管理处罚由县级以上药品监督管理部门决定;《中华人民共和国森林法实施条例》第38条规定,对违反森林法行为的行政处罚,由县级以上林业主管部门或其授权的单位管辖。职能管辖一般较为单一,即每一事务由对其负有管理职能的一个处罚机关管辖,但立法上有时也会作出共同管辖或交叉管辖的规定。所谓共同管辖是指两个或两个以上行政机关或组织依法对同一违法行为都有行政处罚管辖权,如对违法生产、销售仿真玩具枪的行为实施行政处罚,有关法律、法规规定由公安部门和工商行政管理部门共同管辖。又如《计量法》第31条规定:“本法规定的行政处罚由县级以上地方人民政府计量行政部门决定。本法第27条规定的行政处罚,也可以由工商行政管理部门决定。”

有学者认为,行政处罚的共同管辖或交叉管辖既可能是由于相关的行政机关职能界限不够明确,也可能是为了实施行政处罚的及时和便利,但无论如何,这毕竟反映了处罚立法上的某种不完善,容易造成管辖冲突和多次处罚。[31] 为此,立法中确立了“一事不再罚”原则,理论上对此亦至今有诸多争论。还有学者认为,对共同管辖的行政处罚“只能由一个机关或者组织给予一次处罚,那么如何确定某一机关或组织来管辖,我们赞成实行‘先查处原则’,即哪一机关先收到检举材料或自己发现违法行为以及开始立案或者调查取证的,该机关拥有对该行为的最终管辖权。”[32]

(2)级别管辖。它是指上下级行政机关之间对行政违法案件行使行政处罚权的分工和权限。关于级别管辖问题,我国的处罚立法大部分对此作出了规定。例如,《行政处罚法》第20条规定:“行政处罚由违法行为发生地的县级以上地方人民政府具有行政处罚权的行政机关管辖。法律、行政法规另有规定的除外。”《治安管理处罚法》第91条规定:“治安管理处罚由县级以上人民政府公安机关决定;其中警告、500元以下的罚款可以由公安派出所决定。”

关于按什么标准或者依据来划分级别管辖,有的认为行政处罚的级别管辖非常复杂,划分行政处罚管辖标准不可能统一,而且大量行政处罚都由县级行政机关或者组织管辖,往上依级递减,往下也是递减;有的则以部门管辖和政府管辖为标准确立级别管辖;有的则从行为的违法程度、处罚的轻重程度和违法组织的法律地位三者出发来确定级别管辖。[33]

(3)地域管辖。它是指同级同类行政机关之间对行政违法案件行使行政处罚权的分工和权限。对此,我国行政处罚法作了原则性和灵活性的规定,即行政处罚案件由违法行为发生地的行政机关管辖,法律、法规另有规定的除外。职能管辖解决的是由哪一类行政机关管辖的问题,级别管辖解决的是由哪一级行政机关管辖的问题,而地域管辖解决的是两个以上的同级行政机关之间,特别是县级行政机关之间由谁管辖的问题。行政处罚法所谓的“违法行为发生地”有两种情况:一是违法行为发生地与危害结果地是同一地的,由该地行政机关管辖;二是违法行为发生地与危害结果地非同一地的,仍然由行为发生地管辖。

(4)裁定管辖。它是对前三种管辖的补充。裁定管辖通常包括移送管辖和指定管辖两种。移送管辖指无处罚管辖权的行政机关错误地受理了行政处罚案件后又依法将其移送到有管辖权的行政机关处理的行为。受移送的行政机关认为此案自己确无管辖权时,可以与移送行政机关再行协商或报告双方共同上级行政机关解决。指定管辖是指两个以上行政机关对行政处罚案件的管辖权发生争议,由有权行政机关指定某一行政机关管辖的制度。我国《行政处罚法》第21条规定:“对管辖发生争议的,报请共同的上一级行政机关指定管辖。”指定管辖发生最多的情况是两个以上的行政机关或组织在实施行政处罚时发生相互推诿或者争夺管辖权的现象。也有是因为法律、法规对处罚管辖权规定不明确,造成行政机关对管辖权产生不同理解;也有在特殊情况下不可抗力导致指定管辖等。

(二)行政处罚的适用

行政处罚的适用,是指行政机关对违反行政法律规范应当受到行政处罚的当事人,给予行政处罚的行为。

行政机关对相对方当事人处以行政处罚是否须以具备责任能力和责任条件为要件,各国有不同规定。世界许多国家对“责任条件”作了规定,一般来说,对无责任能力的人,不应给予行政处罚。但在少数国家和地区目前尚无此规定,如我国台湾地区。在外国立法例方面,有的分为有责任条件和无责任条件两种;有的分为无责任条件、限制责任条件及有责任条件三种。

1. 无责任认定

法律、法规规定行为人在某些情形存在时，行政机关对形式上虽违法但实质上不应承担违法责任的不适用行政处罚。根据各国的普遍做法，下列情形之一可导致行为人无责任：

(1)未达法定年龄。各国规定的责任年龄大多为14周岁，未满14周岁即视为未达法定年龄，其行为亦不承担法律责任。如《德国违反秩序法》第12条规定："实施行为时不满14岁者，其行为不应受谴责。青少年只在《青少年法院法》第3条第1句的前提下行事时方应受谴责。"《奥地利行政罚法》第4条规定："行为时年龄尚未届满14岁者不罚。"我国《行政处罚法》第25条规定："不满14周岁的人有违法行为的，不予行政处罚，责令监护人加以管教。"

(2)因疾病致使行为人无法控制自己的行为。《德国违反秩序法》第12条第2款规定："实施行为时因病理性精神错乱，因深度神智迷乱或弱智或者其他严重的精神变态而无能力认识此系不允许的行为或无能力按此认识行事者，其行为不应受谴责。"《奥地利行政罚法》第3条规定："行为时知觉发生障碍或精神作用发生病理上之故障，或因心神耗弱，对于行为之禁止不可能辨识或不可能为适当之处理时，其行为不罚。"我国《行政处罚法》第26条规定："精神病人在不能辨认或者不能控制自己行为时有违法行为的，不予行政处罚，但应责令其监护人严加看管和治疗。"我国《治安管理处罚法》第14条还规定："盲人或者又聋又哑的人违反治安管理的，可以从轻、减轻或者不予处罚。"

(3)除此之外，我国还规定，违法行为在2年内未被发现的或违法行为轻微并及时纠正、没有造成危害后果的不予处罚。

2. 有限责任认定

处罚机关对违反行政秩序法行为由于行为人某些方面的事由，在法定的处罚方式和处罚幅度内，对受处罚人选用较低限的处罚。

(1)已达法定责任年龄的未成年人。即行为人虽已满14周岁但不满18周岁，处罚机关在对其实施制裁时，必须从轻或减轻。因为各国法律所规定的行政处罚标准一般都是以成年人为基准的，如果让不满18周岁的人承担同等程度的法律责任显然有悖于公平原则。而且，从生理上讲，不满18周岁的行为人对自己行为的辨认还会存在某种程度的不足。因此，一些国家规定了有限责任的行政处罚。如我国《行政处罚法》第25条规定："已满14周岁不满18周岁的人有违法行为的，从轻或者减轻行政处罚。"

(2)有从轻或减轻处罚的事由。有的国家还规定了可从轻或减轻处罚的事由。如我国《行政处罚法》规定，在下列情况下，行政机关应当对违法者适用从轻、减轻处罚：违法情节显著轻微的；及时纠正违法行为的；主动消除或者减轻违法行为危害后果的；受他人胁迫、诱骗实施违法行为的；行为人主动配合执法人员查处违法行为，有立功表现的;法律、法规规定从轻、减轻处罚的其他情形。《德国违反秩序法》第17条第2款规定:“如果法律故意和过失都处以罚款,但是没有在罚款额度上加以区别,则对于过失行为,最高只可处以所规定的罚款数额的一半。”

(三)竞合违法行为与行政处罚的适用

竞合行为应当说是一学理概念而非法律概念,有两种理解:一种是广义的,包括“数行为数罪名”和“一行为数罪名”;另一种是狭义的,是指“一行为数罪名”,即“法条竞合”。[34] 由于违法行为的复杂性,常常遇到一行为触犯数个行政法律规范构成数个行政违法罪名或既构成行政违法,又构成行政犯罪。行政法治实践中的竞合违法或犯罪行为大致有如下情形:

1. 竞合违法行为

竞合违法行为就是通常所说的“一行为数罪名”,即由于行政管理法律、法规的交错规定,致使行为人的一个行为同时触犯规定不同违法行为的数个法律条文,而构成数个具有可罚性的行政违法行为。从竞合违法行为的外在形式看,其具有以下特征:(1)违法行为人所实施的行为是一个违法行为而非数个违法行为,如某人实施生产、销售假药的行为;(2)违法行为人所实施的一个违法行为触犯了分别规定不同违法行为的数个法律规范;如某人生产、销售假药的行为违反了《中华人民共和国药品管理法》第76条、《药品管理法实施细则》第79条、《工业产品质量责任条例》第24条等。

由于行为人的同一行为触犯了两个以上关于不同违法行为规定的行政法律规范,而每一个法条又规定了不同的罚则处罚的方法及轻重程度等都有差别,对实施了竞合违法行为的行为人,如何适用行政处罚,到底是选择其中一个法条规定适用处罚,还是同时依据二个以上的法条规定适用处罚无疑是个十分棘手的问题。为此,我国《行政处罚法》第24条规定:“对当事人的同一违法行为,不得给予两次以上罚款的行政处罚。”即因为竞合违法行为实质上只是行为人的一个违法行为,对违法行为人的同一个违法行为任何机关不得以同一事实和理由给予两次以上的处罚。这一规定就是行政处罚的“一事不再罚”原则。在此,我们认为有必要将其中的两个细则进一步澄清。

(1)一事不再罚中的“事”。一事不再罚的第一要素便是事,对于事的认定是一事不再罚能否正确把握的关键,我们认为一事不再罚中的事是受如下条件限制的,也只有在以下关系的基础上才能确定事的性质,即为一事或两个以上的事。

第一,一事不再罚中的事是受行政相对人制约的事。简单地说,事所指的是违法行为的事实或行政主体主观认为违法行为的事实,该事实是由一定的违法行为人实施和完成的。当行政主体介入到事的追究以后,违法行为人的身份就变成了行政相对人,其与事的关系是事的首要环节。事与相对人的关系可有下列情形:一是一人一事,即一个行政相对人实施了一个违法行为,如某个体商贩在禁止地点摆地摊,仅在一个地点而没有第二个地点。二是一人多事,但该事是同一性质的事,若是两个不同性质的事就不会引起争论。例如，某个体商贩在禁止地点摆地摊，一定时段内在三个不同禁止地点摆设，或不同时段内在同一地点摆了两次以上的地摊。三是多人一事，就是两个以上的行政相对人就同一对象、同一事态共同实施了违法行为，其主观上有共同的认识，各方都已经领会了另一方的意图。如兄弟五人达成协议在法律禁止的责任田上修一栋楼房，然后一人分住一层。四是多人多事，即相互有共同认识基础的多个行政相对人实施了两个以上的违法行为，如三个香烟贩子联合起来在三个不同地方实施了贩卖香烟的行为。上述四种情形中第一种为一事是无可争议的，第四种情形是多事亦是无可争议的。而第二与第三种情形则比较特殊。第二种情形下，尽管行政相对人是一人，违法行为亦为同一性质，但应视为二事而非一事，因为行为人的若干行为都是独立存在的，每一个行为都有相对独立的价值，甚至其主观上的故意亦是两个以上。第三种情形从表面看行政相对人有多人似乎是多个事实，其实若把一事不再罚中的事当成一个整体看，多人仍然可以为一事，因为多人之间的主观意识不可分割、多人之间的行为亦不能分而论之，若分而论之，将会变成另一种形态的事实，因此，第三种情形应视为一事。行政主体在实施行政处罚时也只能追究一个事实责任，根据事实的量而不能根据行为人的量追究责任。第三种情形的行政处罚在操作过程中存在一些问题，既包括法律规定中的误差，又包括行政主体在实施行政处罚时主观认识的误差。[35]

第二，一事不再罚中的事是受时段制约的事。违法行为的事实与时间段有着非常密切的联系，以至于几乎任何一个违法行为事实上认定时都要确定其发生的时间或时间段。与一事不再罚中的事有意义的时段可以作这样的理论划分：其一，霎时性行为，在霎时性行为状态下，违法行为是在一个难以量化的时段内实施的，行为状态常常以突出的性状表现出来，如治安违法中的打架斗殴，行为人在事先没有准备的情况下，与人发生口角并立即实施殴打行为。行为人对自己的行为亦很难说有预测。霎时性行为由于时间段较短，因而在大多数情况下容易判断其事的一或二，笔者认为此种情况下大多数是一事。其二，瞬时性行为，在瞬时性行为状态下，违法行为的时段可以量化，且行为人在实施行为时亦认识到该行为在一定时间内可以完成，如倒卖车船票的违法行为。对于瞬时状态下的违法行为，绝不可简单以一事确定之，如倒卖车船票者在很短的时间段既可能实施倒卖车船票的行为又同时实施诈骗行为，此时决不可将二事认定成一事。其三，循环性行为。违法行为人的行为有时以周期性的状态出现，整个行为过程是一个循环状态。有的循环周期较长，有的循环周期较短，如违法摆地摊的可能选择每天傍晚 5 至 7 时在禁止区域摆地摊。还如有些违法行为仅在周末实施，而不可能在其他时间实施。周期性的行为若是实施一次抓获一次则不存在一事与二事以上的争议问题，在行政执法实践中，常常是当行政主体发现某个违法行为人时，在调查取证以后，才知相对人的行为不止一次而是周期性的出现，如某摆地摊者被抓获后，竟查出其连续一周都在每晚 5 至 7 时在某一禁止地段摆地摊。循环性的行为状态，不能以行为的同一性、行为主体的同一性将事认定为一事，尽管在循环周期的每一次其主观故意都是一样的,行为状态也是一样的。因为当事人每一次的行为都是独立的,当事人的主观故意每次都有独立存在的价值。此一状态在行政处罚实践中遇到的最多,争议也最多,许多当事人以《行政处罚法》规定的一事不再罚原则为自己循环性违法行为状态开脱,且请求行政主体最多处罚自己一次,这是不能成立的。其四,持续性行为。在持续性行为状态下,违法行为持续了较长时间,或数天、或数月、或数年。在行政处罚实践中持续性违法行为状态最难把握,由于其时间跨度长,很容易给人产生一种错误,似乎此种类型的违法行为为多事而非一事。其实,持续性违法行为状态中的事都是一事而非二事或多事。例如,某违法建房者,在建房过程中逃避了房管部门和其他部门的管理,房子建成后便搬了进去,一年半以后被房管部门发现,此时,既不能因为其已经住进新房而将违法变为合法,亦不能因为其持续了一年半时间而将其行为认定成多个违法行为,应以一事论之。

第三,一事不再罚中的事是受地段制约的事。对于一事不再罚中事的讨论不能不涉及事与地段的关系。任何违法行为的发生都与一定的地点、一定的地域有关。地域和地段状况是制约事态的基础条件之一,我们认为在行政违法行为中存在下列诸种情形:违法行为在一地就可以完成。行为人实施一个违法行为时只需要一个地段就可以完成,若其他条件不变的情况下,此时行为人的行为应视为一事;违法行为在一地不能完成,只有两地才能促使该违法行为完成,此时,两地是一个违法行为成立的必要条件而非充分条件,如非法长途贩运,利用地区差价实施投机倒把,此时若其他条件不变的情况下,不能因为行为人的行为跨越两地而认定成二事或多事,此一状态是行政处罚实践中较易将一事认定成多事的;同样违法行为在多地实施,如倒卖车船票者,在同一天内可以在一个城市的数个车站实施。该情形下,行为人在每一地的行为都是一个单独行为,都是一个不依赖他地可以完成的行为,因而每一次的行为应视为一个事实,在处罚过程中对此不适用一事不再罚原则;同一违法行为跨越了数个地段,此种情形比较特殊,其在一地这一行为是一个独立行为,有独立价值,牵涉两地后仍然是一个具有独立价值的行为,后地对前地没有决定性的意义,只是一个补充条件。如货主在河北省的香烟走私者从广州走私香烟运往河北,沿途经过湖南、湖北、河南等地,对其行为起决定作用的只有一地,即广州,而其他地段只是其行为成立的一个补充条件。对于此种跨越多地的同一违法行为切不可因多地而将其定为多事。

(2)一事不再罚中的"罚"。一事不再罚的罚是仅次于事的第二构成要素,从行政处罚的决定阶段看,事比罚重要,因为只有将事的性质判断正确才能施行罚,而进入处罚的量罚过程中,罚则比事显得更为重要。尤其对于行政管理相对一方当事人来讲,罚的意义比事的意义要重要得多,因为只有罚才能最终改变其权利义务关系,才能对其施加物质或精神负担。笔者认为,一事不再罚中的罚是受下述因素制约的:

第一,行政主体对罚的制约。行政主体与罚的关系可表述为,首先,同一主体的一罚,即同一个行政主体对同一个违法行为进行一次处罚,让行政相对人承担一次违法行为的责任,该种情况中的罚是正当处罚,没有什么争议。其次,同一主体的二罚,即同一个行政机关对于相对人一个违法行为处罚二次以上,笔者所指的二次是就同一处罚种类而论、是针对罚款的处罚形式而言的。同一主体的二罚既可以是同时进行的,也可以是在一次处罚之后再处罚一次或多次。同时进行二次处罚时所基于的理由大多是相对人一个违法行为同时触犯了两个以上的法律条文,如砍罚林木时既可能违反了森林法的此一条款,又可能违反了彼一条款。后来加罚时大多是由于认为前罚不足以制裁违法行为或前罚没有达到与违法行为相互对应的量,故再加罚一次,上述同一主体两次以上处罚的两种状态都是多罚而非一罚,就是说两种两次以上处罚行为都是违背一事不再罚精神的。最后,不同主体的二罚,即不同的行政主体对相对人的违法行为各处罚了一次或各处罚了两次以上。若各处罚了两次以上其违背一事不再罚精神的事实是很明显的。而各个主体在各自的职权范围内处罚一次究竟是一罚还是多罚就是值得引起注意的,因为此种情况于每一个行政主体而言只实施了一次处罚行为,而对于违法行为人其事而言则处罚了两次以上。如在《行政处罚法》颁布之前在某市就曾发生过一个工厂的排放废水行为先后被16个行政管理职能部门罚款的情形。现实中,由于行政管理的职能交叉,违法行为人的行为可能触犯了两个以上的法律或法规或规章,牵涉到两个以上职能部门的管理权限,对此笔者认为,多个执法主体应组成一个联合处罚机关对于当事人的违法行为合并处罚。我国刑法中就有牵连犯的规定,即犯罪人一个行为触犯两个罪名,此时采取重罪吸收轻罪的原则只追究一个罪名的责任。《行政处罚法》在确定一事不再罚原则时也是针对违法行为中的事而论的,而不是就某一单一行政主体而论的。应当指出,相对人同一个违法行为触犯两个行政法规范由两个行政机关共同处罚时不可将各部门法中规定的罚款额加而处之,若加而论之对于相对人来讲仍可视为多罚。如某违法行为人无证出售猪肉,既违反了工商行政管理法可处1000元罚款,又违反了卫生检疫法可处1500元罚款,绝不可由卫生防疫机关和工商机关以共同名义合并对相对人处罚2500元,而应选择其一罚之,即或处1500元,或处1000元。由于我国行政法没有确立重罚吸收轻罚的原则,因此,执法机关应从行政合理性原则精神出发对当事人选择适中性处罚。

第二,处罚规则对罚的制约。对此笔者将用一个案例予以说明。1997年12月,黄某等驾驶一辆东风牌汽车,进入某省森林保护区。黄某事先伪造了木材出山证、准运证等虚假证件。进入林区后,其以付高价的手段从林区农民购买了30立方米木材,后用伪造的出山证骗过林区检查人员将木材转移出山,又用伪造的假准运证企图蒙骗设在林区公路的运输检查站,后假证件被发现并查获。某县林业局根据《中华人民共和国森林法》和《×省森林管理条例》等对黄某进行了处罚。处罚机关认为黄某的违法行为有三个事实,这三个事实是从《×省森林管理条例》的三个规则中推导出来的:第一个事实是依《×省森林管理条例》第11条规定禁止任何人从林区农民收购木材,黄某有收购行为;第二个事实是依森林法木材出山必须有出山证,黄某无出山证将木材转移出山;第三个事实是依森林法运输木材必须有准运证,黄某无证运输。依上述三个事实某县林业局分别对黄某处罚3000元罚款;2000元罚款;3000元罚款并合并执行8000元罚款。[36] 此案例充分反映了处罚规则对罚的制约作用。我们认为,若上述三个行为即收购木材、将木材转移出山、无证运输木材是由三个违法行为人实施的话,某县林业局的处罚将是无可非议的,因为三个人实施的违法行为是可以割裂开的,可分别对其进行处罚。然而,依本案的情况,黄某所追求的仅一车木材,对黄某的行为不能简单的套用《中华人民共和国森林法》和《×省森林管理条例》的一些条文,应对其采取重罚吸收轻罚或折中处罚的方式选择三个处罚手段中的一个。行政处罚规则对罚的制约一是由于立法的疏漏造成的,另一是由于处罚机关对法规的不当理解造成的。因此,笔者建议对于一事不再罚应由国务院作出行政解释并附有相关的一事不再罚适用原则。

第三,处罚的种类对罚的制约。行政处罚的种类除《行政处罚法》列举的六种之外,还有上百种没有被列举的,但在行政处罚中都运用颇多。其中绝大多数处罚种类都与当事人的物质利益和经济利益有关,有些甚至从实质上讲与罚款是完全相同的。如加征利息、滞纳金、停止贷款、停发工资、停发奖金等。依《行政处罚法》第24条"对当事人的同一个违法行为,不得给予两次以上罚款的行政处罚"之规定,显然,罚款可以与上列诸如滞纳金、加征利息、加征养路费等处罚手段并用。笔者认为,这是《中华人民共和国行政处罚法》在确立一事不再罚原则时的一个严重疏漏。若按该法规定的一事不再罚原则处罚,相对人仍然可能对一次违法行为承受两次以上的处罚后果。因为行政处罚机关在罚款处罚之外,还可以选择其他对相对人造成经济负担的处罚手段。事实上,在行政处罚实践中,由于该规定的不周延恰好成为一些行政主体规避法律的借口。因此,我们建议:一方面,在《行政处罚法》修改时应将目前的狭义一事不再罚原则改成广义不再罚原则,就是牵涉经济内容的行政处罚只能选择一种。另一方面,行政主体对《行政处罚法》规定的诸种处罚种类之外的处罚在使用中要慎之又慎,不能以换汤不换药的方式向违法行为人收取金钱。

2. 行政处罚与刑罚之竞合

有时行为人的一个行为既违反了行政法律规范的规定构成行政违法,又违反了刑法条文的规定构成犯罪行为。关于行政处罚与刑罚竞合时应如何处理的问题,在外国立法方面,有的采用竞合主义,[37] 有的采用并罚主义。[38]

我国学者对如何正确适用行政处罚与刑罚的竞合提出了不同看法。有些学者认为具体适用上可视不同情况采用不同方法:一是只由司法机关予以刑罚处罚,即对于已予刑罚处罚就足以达到惩处和预防行政犯罪目的的,就没有必要再由行政机关予以行政处罚;二是刑罚与行政处罚双重适用,即对行为人除由司法机关予以刑罚处罚外,有关行政机关还应予以行政处罚;三是免刑后适用行政处罚。在人民法院免除刑罚后,行政机关仍应依行政法律规范的规定给予犯罪人以相应的行政处罚。[39] 还有学者则提出了"代替主义"和"免除代替"。[40] 前者认为同一违法行为,只能在刑罚、行政处罚中选择一种,不能并施。理由是二者都是公法上的责任,有互为替代的基础。后者认为行政处罚与刑罚可以并科,但任何一个罚执行后,认为没有必要再执行另外一个时,可以免除执行。

从目前我国已出版的行政法学专著和教科书看,绝大多数学者比较赞成行政处罚与刑罚的双重适用。我国行政处罚法对此方面的立法也采合并适用规定,《行政处罚法》第 28 条规定:“违法行为构成犯罪,人民法院判处拘役或者有期徒刑时,行政机关已经给予当事人行政拘留的,应当依法折抵相应刑期。”对该条规定,有学者解释为“本条是关于行政处罚与刑罚合并适用的规定”,“行政处罚与刑罚合并适用,是当行政处罚与刑罚发生竞合时的解决办法”,因为“行政处罚与刑罚是两种功能、形式和性质均不相同的制裁措施,二者虽关系密切,但仍是制裁体系中两种彼此独立的处罚,而且实施两种处罚还涉及行政权和司法权的关系,因此,二者的适用既不遵循一事不再罚的原则,也不按重者吸收轻者的吸收原则”。[41]

五、行政处罚的决定

行政处罚既是行政机关的实体行为,又是行政机关的程序行为,实施任何一种行政处罚行为都离不开一定的步骤、方式、方法和过程,这些就构成了行政处罚程序,它是行政程序的重要组成部分,因为行政处罚权的行使不仅关系着行政管理的顺利进行,而且关系着公民的重要宪法权利,所以,设定公正、民主、效率的处罚程序对于公民权利和行政管理都具有十分重要的意义。我国《行政处罚法》第五章、第六章对此作了专门而明确的规定,总的来说包括两大部分:决定与执行。

(一)外国行政处罚程序简介

由于各国行政处罚的内涵不同,对行政违法行为的处理程序有很大差异,其行政违法行为的制裁主体有两大类:一是行政机关;二是法院。行政机关进行的制裁程序多为行政程序,法院进行的制裁程序则为刑事处罚程序。

在美国,行政制裁主要规定在《行政程序法》中,[42]行政机关作出行政制裁裁决时所适用的程序为典型的行政程序,依照《行政程序法》的规定进行。另外,行政机关通过民事制裁权或民事补偿权的方式取得了原来由法院专属的处罚权力。[43]而所采取的程序则比刑事程序简便和容易得多。例如,关于金钱的处罚,有很多是采用和解的方式进行。

美国的行政机关作出的处罚行为实际上也带有司法性。对于违反社会治安秩序的行为大部分是作为刑事犯罪行为由法院来处理的。行政机关通过国会的授权逐渐取得对违法行为的处罚权,该处罚权被定性为民事处罚权,但是,这种处罚权的行使是有条件限制的,当受处罚人提出异议时,即转为民事诉讼程序,由法院科处。

奥地利《行政罚法》专门规定了行政处罚程序,其程序是由行政机关基于职权主动启动的,行政机关可决定是否对违法行为予以侦查和追诉,行政机关提起追诉后的审查程序,分为正式程序和简易程序两种。[44]

奥地利行政处罚程序则是介于司法和行政性之间的程序。尽管其行政处罚程序明确规定在行政程序法典中,但整个行政处罚程序的设计完全参照刑事诉讼程序,具有明显的司法性。

德国也像奥地利一样因为有专门的违反秩序法,其中对违法行为的制裁程序作了详细规定。如有关行政机关对违反秩序行为的追诉及处罚拥有“优先管辖权”;[45]关于一般程序规定,德国《违反秩序法》第46条第1项规定,如果法律没有其他规定时,准用刑事程序法律规定,尤其是刑事诉讼法、法院组织法及少年法院法;关于事前程序;[46]关于罚款程序;[47]关于异议程序;[48]关于罚款决定的主要程序,即罚款裁决的相对人对该罚款裁决提出异议后,由有管辖权的法院予以审理的程序。

以德国为代表的此种行政处罚程序严格意义上属司法性程序,它带有浓厚的刑事诉讼程序痕迹,因为这类行政违法案件本身就是行政机关从司法机关手中接管过来的,这类案件一般社会危害性不大,但行政机关完全可以按照类似刑事程序的程序来处理。而且行政机关这种处罚权的行使必须以受处罚人无异议为前提,一旦受处罚人提出异议,那么行政机关必须立即终止处罚,将案件移交司法机关,由司法机关按照刑事诉讼程序作出裁决。日本在行政处罚程序的设定上与德国相似。[49]

(二)我国行政处罚程序的立法宗旨

我国关于行政处罚程序的规定,在1996年《行政处罚法》颁布之前散见于有关的法律、法规中,如《治安管理处罚法》中就规定了传唤、讯问、取证、裁决、补救等程序。而且各个法律、法规和规章对同一行政处罚程序的规定是各异的,如《治安管理处罚法》规定对违法行为轻微的,给予50元以下罚款或者警告的当场处罚;而《违反矿产资源法规行政处罚办法》规定,处以500元以下的罚款、没收矿产品和违法价值不超过1000元的,可以由行政处罚机关工作人员现场决定。这样导致一方面处罚程序混乱,另一方面处罚权和处罚程序的设定权不清,不仅各种享有立法权的国家机关制定处罚规范设定相应的程序规范,而且没有立法权的国家机关也发布规范性文件设定处罚规则。立法的缺陷必然在执法实践中反映出来,制定统一的处罚程序规则势在必行。我国《行政处罚法》的制定正是适应了这种需要,其第1条规定:“为了规范行政处罚的设定和实施,保障和监督行政机关有效实施行政管理,维护公共利益和社会秩序,保护公民、法人或者其他组织的合法权益……”表明行政处罚程序的立法宗旨一在于控制,二在于保障。

没有法律规范行政处罚程序事实上并不影响行政处罚权的实施,行政处罚程序的设定根本上不是为了进一步维护这种行政权的实施,而是为了控制在实践中已经广泛、严重存在的行政权力的滥用。当然,控制权力的前提是肯定这种权力存在的必要性,而且控制本身也包含着对依法实施行政处罚权的维护并留有自由裁量的余地,否则行政处罚权将无法存在,公共利益不能维护,立法就不得不通过授予处罚机关新的程序性手段,甚至是强有力的手段,比如强制措施权等,以保障处罚权有效实施。

(三)行政处罚决定的条件

行政处罚决定只有在下述三个前提条件下才能作出。

1. 事实清楚。行政处罚应建立在违法事实的基础上,为此行政机关在作出行政处罚决定前须通过调查了解事实真相、搜集证据,防止执法人员主观臆断。《行政处罚法》第30条规定:“公民、法人或者其他组织违反行政管理秩序的行为,依法应当给予行政处罚的,行政机关必须查明事实;违法事实不清的,不得给予行政处罚。”

2. 事先告知当事人。《行政处罚法》第31条规定:“行政机关在作出行政处罚决定之前,应当告知当事人作出行政处罚决定的事实、理由及依据,并告知当事人依法享有的权利。”

3. 听取当事人陈述和申辩。行政机关在作出行政处罚时要充分听取相对方当事人意见,在涉及多个当事人时,应给予当事人各方平等地陈述自己观点和理由的机会。《行政处罚法》第32条规定:“当事人有权进行陈述和申辩。行政机关必须充分听取当事人的意见,对当事人提出的事实、理由和证据,应当进行复核;当事人提出的事实、理由或者证据成立的,行政机关应当采纳。”

(四)行政处罚决定的程序

《行政处罚法》的重要内容是行政处罚程序,如前所述,该法第五章规定了行政处罚的决定程序。根据法律规定,行政处罚程序包括简易程序和一般程序两种。

1. 简易程序

简易程序是指行政机关对于违法事实确凿、情节简单的行政处罚事项当场进行处罚的行政处罚程序。它最大的特点是程序简单,行政执法人员发现违法行为后即可当场处罚,不需要经过复杂的调查取证。我国《行政处罚法》第33条规定,适用简易程序必须“违法事实确凿并有法定依据,对公民处以50元以下、对法人或者其他组织处以1000元以下罚款或者警告的行政处罚的,可以当场作出行政处罚决定……”

(1)设置简易程序的理由。我国对行政处罚简易程序在行政处罚法出台前不够重视,单行立法中对简易程序的规定很少而且过于简单。行政处罚法规定行政处罚简易程序出于这些考虑:一是有利于提高行政效率,节省行政成本。行政权所涉及的领域非常广泛,面对变化迅速、范围广阔的行政事务,如不及时处理,势必使问题进一步积累,所以行政需要高效率,简易程序不仅可以简化手续,还可以节约能源,减少不必要的人力物力浪费。二是入世后的立法趋势。世界各国的诉讼程序几乎都有简易程序规定,如美国对简单司法案件采用的程序就非常简便,法官办案效率极高。我国台湾地区1991年“社会秩序维护法”规定了即时处罚程序,规定警察对于情节轻微、事实清楚的违法案件,可不经通知、讯问等程序,径行作出处罚决定。三是简易程序同样能够保护当事人的利益。简易程序尽管非常简单,但它的适用是有条件限制的,仅适用于违法证据确凿且有处罚法定依据的案件,这样一般能保证无辜者不被处罚,对当事人权利并不构成大的影响。

(2)适用简易程序必须具备的条件。违法事实确凿,即违法的事实清楚,证据充分,没有异议;有法定依据,即必须是法律、行政法规或规章规定可以处罚的;限于警告、罚款等较轻微的行政处罚罚则,即对公民处以50元以下、对法人或者其他组织处以1000元以下罚款或者警告。

(3)简易处罚程序的内容。确认违法事实,说明处罚理由。这是简易处罚程序的第一环节,我国《行政处罚法》没有对违法事实的认定作出明确规定,是因为现实中违法事实的认定比较复杂,有时执法人员当场发现的轻微违法行为,可能违法者会拒绝承认,有时也可能执法人员的发现存在事实上的偏差。如果立法规定仅靠执法人员自己的发现或认定就可以认定违法事实并进行处罚,实践中会有很多问题。如果立法规定仅靠执法人员一人认定违法事实不能处罚会束缚执法人员的手脚。所以在违法事实认定上,执法人员应尽可能取得其他证据。说明处罚理由,即在事实认定的基础上,对违法行为人作出处罚前,应当向相对方说明处罚的事实根据和法律根据,以便被处罚人心中有数。第一,制作处罚决定书。执法人员当场作出处罚决定的,也应当填写预定格式、编有号码的行政处罚决定书。其中应载明当事人违法行为、行政处罚依据、罚款数额、时间、地点以及行政机关名称,并由执法人员签名或者盖章。第二,送达。执法人员按照法律规定的格式要求填写完毕处罚决定书后,应当当场交付当事人。第三,备案。执法人员当场作出的行政处罚决定,必须向所属行政机关备案。第四,当事人签名。对于执法人员制作的行政处罚决定书,当事人应当根据要求签名,而不论对处罚决定是否持有异议。

简易程序

适用范围:对违法事实确凿并有法定依据对公民处以 50 元以下,对法人或其他组织处以 1000 元以下罚款或警告。

表明执法身份
执法人员必须两人以上,穿着制服,主动向当事人出示执法身份证件。

↓

确认违法事实
执法人员指出当事人应受处罚的事实、理由和法律依据,耐心听取当事人的陈述和申辩,并进行复核。

↓

规范填写文书
执法人员填写《行政处罚决定书》,必须载明当事人的违法行为、行政处罚依据、罚款数额、时间以及执法机关名称、执法人员签名后,交付当事人签名。

↓

告知权利
当事人对当场作出的行政处罚决定不服的,可以依法申请行政复议或提起行政诉讼。

↓

执行
对符合下列情形之一的当场收缴罚款:(1)依法给予 20 元以下罚款的;(2)不当场收缴事后难以执行的;(3)在边远、水上、交通不便地区,当事人向指定银行缴纳确有困难,经当事人提出的,对不符合上述条件,严格执行罚缴分离制度。执法人员依法当场收缴罚款的,应出具当地财政部门统一制发的定额收据。

↓

备案
执法人员当场作出的行政处罚决定,须在当天报本机关备案;当场收缴的罚款,应自收缴之日起 24 小时内交本机关财务。

2. 一般程序

一般程序是指简易程序和听证程序以外的,应适用的程序。行政处罚主体作出行政处罚,除了可以当场处罚的以外,必须依照法律规定的一般程序去实施,否则即属于违法,所作出的处罚无效。一般程序的特点是:第一,适用范围最广。除行政处罚法规定的适用简易程序和听证程序的处罚案件外,其他一律适用一般程序。第二,一般程序是一种比较严格复杂的程序,即事先需要经历许多步骤才能作出行政处罚决定。

行政处罚的一般程序必须经过以下步骤:

(1)收集证据。这是一般程序中的第一个步骤。《行政处罚法》第36、37条对此作了详细规定:"行政机关发现公民、法人或者其他组织有依法应当给予行政处罚的行为的,必须全面、客观、公正地调查,收集有关证据";"行政机关在收集证据时,可以采取抽样取证的方法,在证据可能灭失或者以后难以取得的情况下,经行政机关负责人批准,可以先行登记保存,并应当在7日内及时作出处理决定,在此期间,当事人或者有关人员不得销毁或者转移证据"。

(2)告知当事人行政处罚的事实、理由和依据。依据《行政处罚法》第31、41条的规定,行政机关在作出处罚决定之前,必须告知当事人作出行政处罚决定的事实、理由及依据,否则,行政处罚决定不能成立。

(3)听取当事人的陈述、申辩。依据《行政处罚法》第32条和第41条的规定,行政机关作出处罚决定前,除了告知当事人处罚的事实、理由外,还必须听取当事人的意见,对当事人提出的事实、理由和证据进行复核,当事人提出的事实、理由或者证据成立的,行政机关应当采纳。

(4)作出处理决定。根据《行政处罚法》的规定,取证调查结果有四种情况,应分别依此作出不同的处理决定:第一,《行政处罚法》第38条第1款规定:"确有应受行政处罚的违法行为的,根据情节轻重及具体情况,作出行政处罚决定";第二,《行政处罚法》第38条第2款规定:"违法行为轻微,依法可以不予行政处罚的,不予行政处罚";第三,《行政处罚法》第38条第3款规定:"违法事实不能成立的,不得给予行政处罚";第四,《行政处罚法》第38条第4款规定:"违法行为已构成犯罪的,移送司法机关"。

(5)制作并送达处罚决定书。行政机关作出处罚决定,应当制作处罚决定书。根据《行政处罚法》第39条规定,处罚决定书应当载明下列事项:第一,当事人的姓名或者名称、地址;第二,违反法律、法规或者规章的事实和证据;第三,行政处罚的种类和依据;第四,行政处罚的履行方式和期限;第五,不服行政处罚决定,申请行政复议或提起行政诉讼的途径和期限;第六,作出行政处罚决定的行政机关名称和作出决定的日期。

《行政处罚法》第40条还规定,行政处罚决定书应当在宣告后当场交付当事人;当事人不在场的,行政机关应当在7日内依照民事诉讼法的有关规定,将行政处罚决定书送达当事人。

一般程序

适用范围：公民、法人或者其他组织有违法行为应当给予行政处罚的，除法律特别规定的应当适用简易程序和听证程序。

立案

对于属本行政机关管辖范围内并在追究时效内的行政违法行为，行政机关认为有调查处理的必要的，应当正式立案。

↓

调查

执法人员必须两人以上，向当事人出示执法身份证件，全面、客观、公正地调查、收集有关证据，执法人员对调查情况应制作《检查笔录》、《询问笔录》，并交付当事人审阅无误后签名。

↓

审批

执法经办人，规范填写《案件审批表》，提出案件处理意见，逐级审批。案件复杂而且较大数额罚款，必须坚持领导会审制度。

↓

告知

告知当事人（单位）拟作出处罚的事实、理由及依据，当事人依法享有陈述、申辩的权利。

↓

送达

执法人员规范填写《行政处罚决定书》及《送达回证》送达当事人（单位），当事人或见证人审核无误后签名（盖章）。

↓

执行

除在边远、水上、交通不便地区，当事人向指定银行缴纳确有困难，经当事人提出的，可当场收缴罚款外，其他情形，严格执法罚缴分离制度。当事人对处罚决定既不申请行政复议，也不向同级人民法院提起行政诉讼，又不履行的，行政机关在作出行政处罚决定之日起三个月内向人民法院申请强制执行。

↓

备案

按要求写出结案报告并整理文书归档备案。

3. 听证程序

我国的听证程序从制度外形上讲移植于西方，尤其是英美国家。听证在各国的含义并不一致。[50]我国行政处罚中的听证程序是指行政机关在作出行政处罚决定前，为了查明案件事实，通过公开方式举行的由有关利害关系人参加的，广泛吸取各方意见的活动的程序。目前，听证已成为各国行政程序法一项共同的制度，但据有关资料统计，即使行政法治非常发达的国家，听证制度的实际运用比例还是比较低的。[51]这大抵因为听证是赋予当事人的一项权利，当事人可以选择的缘故。

听证应符合以下条件：

(1)行政机关作出责令停产停业、吊销许可证或者执照、较大数额罚款等行政处罚决定，轻微的行政处罚行为一般不需要听证。这里涉及两个方面的问题：一是听证程序的适用受到严格限制，并非所有行政处罚案件都可以适用听证；二是在听证程序的适用中行政机关拥有较大的自由裁量权，尤其“较大数额罚款”可以要求听证，这里的较大数额是个弹性很大的概念，往往由行政机关确定。

(2)当事人要求听证的，行政机关才组织听证。对于当事人没有提出要求举行听证的，行政机关一般不会主动要求听证。但在行政机关认为实行听证有利于查清事实，对违法案件予以正确定性时，也会主动组织听证。

依照我国《行政处罚法》第42、43条的规定，听证的具体程序如下：

(1)当事人要求听证的，应当在行政机关告知后3日内提出，超过此期限即丧失要求听证的权利。提出的形式一般是书面的，也可以是口头的。

(2)行政机关应当在听证的7日前，通知当事人举行听证的时间、地点，以便当事人有提出各种事实、证据及对争议的问题进行申辩的机会。

(3)除涉及国家秘密、商业秘密或个人隐私外，听证公开举行，既允许人们旁听，也允许新闻记者采访和报导。

(4)听证由行政机关指定的非本案调查人员主持，以便能客观、公正地依据事实和法律作出判断。当事人认为主持人与本案有直接利害关系的，有权申请回避。

(5)当事人可以亲自参加听证，也可以委托1至2人代理。

(6)举行听证时，调查人员提出当事人违法的事实、证据和行政处罚建议；当事人进行申辩和质证。

(7)听证应当制作笔录；笔录应当交当事人审核无误后签字或盖章。

(8)听证结束后，行政机关依照本法第38条的规定，作出决定。

听证程序

适用范围：行政机关作出责令停产停业、吊销许可证或者执照、对公民处以1000元以上罚款、对法人或其他组织处以5000元以上罚款。

申请与决定

当事人要求听证的，应当在行政机关告知后三日内提出：行政机关应当在听证七日前，通知当事人举行听证的时间、地点。

↓

听证的主持和参与

听证由行政机关指定的非本案人员主持；当事人认为主持人与本案有利害关系的，有权申请回避。当事人可以亲自参加听证，也可以委托一至二人代理。

↓

辩论

举行听证时，调查人员提出当事人违法的事实、证据和行政处罚建议；当事人进行申辩和质证。

↓

制作听证笔录
听证应当制作《听证笔录》;笔录应当交当事人审核无误后签字或者盖章。

↓

听证后作处理决定
听证结束后,发现事实不清或依据错误处理不当的,应重新进行调查,做到违法事实清楚,处理适当,处罚符合法定程序和要求;若事实清楚,依据正确,由行政机关领导审批后按一般程序继续处理。

六、行政处罚的执行

依据我国《行政处罚法》规定,行政处罚决定依法作出后,当事人应当在行政处罚决定的期限内,予以履行。当事人对行政处罚决定不服,申请行政复议或者提起行政诉讼的,行政处罚不停止执行,法律另有规定的除外。

行政处罚的执行是指有关国家机关责令当事人履行业已生效的行政处罚决定义务的制度。行政处罚法设专章对此作了规定,确立了行政处罚执行的具体制度和措施。

(一)行政处罚决定权和执行权相分离制度

1. 行政处罚权与执行权分离界定

行政处罚权和执行权的分离是政府职能转变和行政法治发展的趋势和要求。首先,区分了两权的属性。对处罚行为与处罚决定的实施行为作了合理划分,使二者有了相对独立的规定性。行政处罚行为虽属行政行为,但更接近司法行为。司法实践中,包括取证、调查、辩论、合议等在内的审判性和裁定性行为与执行是分而行使的,归于不同的权力系统。行政处罚权和行政执行权的分离便意味着赋予了裁决行为和执行行为两种属性。其次,对行使两权的机关作了分工。把处罚权交由与行政事务直接发生关系的机关负责,执行权交由相对专门化的机构负责,使履行管理职能、直接行使管理权的机关只负责对违反行政法的当事人行使取证、审议和裁决的权力,而把处罚决定的实施权交由另一机关行使。最后,肯定了两权逻辑上的有序性。处罚权是执行权存在的前提和条件,而执行权则是保证处罚权实施的手段。

2. 处罚权与执行权分离的基本范畴

我国《行政处罚法》第46条规定:“作出罚款决定的行政机关应当与收缴罚款的机构相分离。除依照本法第47、48条的规定,当场收缴的罚款外,作出行政处罚决定的行政机关及其执法人员不得自行收缴罚款。当事人应当自收到行政处罚决定书之日起15日内,到指定的银行缴纳罚款。银行应当收受罚款,并将罚款直接上缴国库。”这一规定有利于控制行政机关的乱罚、截留、坐支等腐败现象,维护当事人的合法权益。然而,行政处罚法所规定的处罚权与执行权分离仅仅是具有经济内容的制裁权,即防止行政机关从管理相对人取得非法经济利益,侵犯公民、法人和社会组织的经济权益,因而行政机关的处罚裁决作出后,由另一专职的机构予以执行,罚款收归国库。我们认为,除了罚款的行政处罚应与执行权分离外,下列范畴是否可在以后的行政处罚法修改时予以考虑：

(1)具有限制人身自由的制裁权。[52]法律赋予行政机关两种限制人身自由的制裁措施，即行政拘留和劳动教养。行政拘留规定在《中华人民共和国治安管理处罚法》中，对处罚的期限、条件、程序等作了较为详细的规定，但行文中只规定行政拘留权由公安机关行使，而没有明确处罚权和执行权的分离。劳动教养规定在《国务院关于劳动教养问题的决定》中，规定了劳动教养的4种对象和收容程序，同样没有严格地将处罚权和执行权分开。由于处罚和执行合为一体，因此实践中滥施拘留权和劳动教养权者不乏其例。把行政机关具有的这两项权力，予以合理分离，只允许处罚机关依法定程序作出行政拘留和劳动教养的裁决，而由另一机构负责执行，甚至有必要设立专职执行机构，这对于保障公民的人身自由权具有一定的意义。

(2)授权的组织和委托的组织行使的制裁权。对依授权和依委托而作的行政制裁的有效制约和监督办法就是将其处罚权和执行权分离。也就是说，只允许这些组织严格依授予的权限和委托的权限行使处罚权，作出处罚裁决后，再由职能行政机关负责执行。

3. 处罚权与执行权相分离的几种例外情形

(1)依法给予20元以下的罚款的。20元以下的罚款数额很小，适用决定与收缴分离制度对行政效率和当事人的综合利益都有负面影响。

(2)不当场收缴事后难以执行的。主要有两种情况：一是对异地人员的处罚，如不当场收缴，以后执行起来非常困难；二是被处罚的当事人当时无法证明其身份。

(3)在边远、水上、交通不便地区，行政机关及其执法人员依照本法第33、38条的规定作出罚款决定后，当事人向指定的银行缴纳罚款确有困难，经当事人提出，行政机关及其执法人员可以当场收缴罚款。

4. 专门机构收缴罚款的程序

罚款的执行，除当场收缴和依法采取强制措施执行罚款的外，一般情况下由专门机构负责收缴。收缴罚款的专门机构主要为金融机构或专门银行，其收缴程序为：

(1)通知当事人在法定期限内交款。当事人自收到行政处罚决定书之日起15日内须到指定的银行缴纳罚款。

(2)专门机构收受罚款。当事人向专门机构缴纳罚款后，专门机构应向缴纳人开具统一的罚款收据。

(3)将罚款上交国库。银行收到罚款后应直接上交国库。

(二)当场收缴罚款的情形与程序

当场收缴罚款的几种情形也就是上述罚款处罚权与执行权分离的三种例外情况。当场收缴罚款的程序如下：

(1)行政机关及其执法人员当场收缴罚款的，必须向当事人出具省、自治区、直辖市财政部门统一制发的罚款收据；不出具财政部门统一制发的罚款收据的，当事人有权拒绝缴纳罚款。

(2)执法人员当场收缴的罚款,应当自收缴罚款之日起2日内,交至行政机关;在水上当场收缴的罚款,应当自抵岸之日起2日内交至行政机关;行政机关应当在2日内将罚款缴付指定银行。

(三)强制执行制度

当事人拒不执行行政处罚决定时,行政机关依法采取的强制其执行的措施,《行政处罚法》第51条作了专门规定。

1.强制执行种类

(1)行政强制执行,即由作出处罚决定的行政机关依法强制执行。一般可采取人身性强制措施和财产性强制措施。前者主要是强制拘留;后者主要有滞纳金、拍卖扣押财产抵缴罚款、通知银行划拨或扣款。

(2)申请人民法院强制执行。无强制执行权的行政机关在作出行政处罚法律文书后,应向人民法院提出强制执行申请。人民法院经过对案件审查决定予以执行的,应于一定期限内向被处罚人发出执行通知书,责令其在指定的期间履行处罚义务。被处罚人拒不履行处罚义务的,则由人民法院执行人员依法实施强制执行措施。

2.强制执行措施

当事人逾期不履行行政处罚决定的,作出行政处罚决定的行政机关可以采取下列措施:

(1)到期不缴纳罚款的,每日按罚款数额的3%加处罚款;

(2)根据法律规定,将查封、扣押的财物拍卖或者将冻结的存款划拨抵缴罚款;

(3)申请人民法院强制执行;

(4)除依法应当予以销毁的物品外,依法没收的非法财物必须按照国家规定公开拍卖或者按照国家有关规定处理。罚款、没收违法所得或者没收非法财物拍卖的款项,必须全部上缴国库,任何行政机关或者个人不得以任何形式截留、私分或者变相私分;财政部门不得以任何形式向作出行政处罚决定的行政机关返还罚款、没收的违法所得或者返还没收非法财物的拍卖款项。

3.强制执行例外情形

依《行政处罚法》第52条规定,当事人确有经济困难,需要延期或者分期缴纳罚款的,经当事人申请和行政机关批准,可以暂缓或者分期缴纳。

七、我国行政处罚的发展趋势——相对集中行政处罚权

《国务院关于进一步推进相对集中行政处罚权工作的决定》规定:“依照行政处罚法的规定,国务院授权省、自治区、直辖市人民政府可以决定在本行政区域内有计划、有步骤地开展相对集中行政处罚权工作。”可见,相对集中行政处罚权在我国行政系统今后还必须继续,那么,从理论上和实践上探讨城市管理相对集中行政处罚权的发展趋势就是十分必要的。

(一)相对集中行政处罚权的现状

相对集中行政处罚权对我国行政系统而言,无疑是一个新出现的事物,但可以说已经基本上形成了规模。到2002年8月止,实行相对集中行政处罚权的试点城市就有80多个,在一些地方立法比较发达的省市,已经制定了关于相对集中行政处罚权和行政综合执法的地方性法规和规章。例如,2000年9月20日上海市人民政府发布了《上海市城市管理综合执法暂行规定》、1999年12月29日上海市人民政府发布了《上海市文化领域行政执法权综合行使暂行规定》。1999年7月8日广州市人民政府发布了《广州市城市管理综合执法细则》,还有长沙、苏州、杭州等城市的人民政府也发布了相关规定。当然,目前对相对集中行政处罚权进行规制的主要是一些政策性规范文件,如1999年国务院发布的《国务院关于全面推进依法行政的决定》、1998年11月24日广东省人民政府发布的《关于设立广州市城市管理综合执法队伍的公告》、1999年国务院法制局和广东省人民政府联合发布的《关于推进城市管理综合执法试点工作的决定》,以及后来国务院办公厅发布的63号文件、2002年8月22日国务院发布的第17号文件等。这些行政法规范和一些政策性规则使我国相对集中行政处罚权形成了一个雏形,试点城市就是根据这些较为深厚的法律渊源稳步地推进着相对集中行政处罚权的工作。这些规定的内容和各试点城市实施的状况都表明,我们可对相对集中行政处罚权在我国的基本状况作出如下基本评价。

1. 推行广度的集聚性与分散性并存

相对集中行政处罚权是我国行政系统内部的事物,其与行政系统的基本管理属性相对应,因此,对它进行探讨必须从我国行政权和行政机构体系的总格局出发。我们所讲的相对集中行政处罚权的广度就是基于行政大系统而论之的,因为就试点城市本身来讲其无法进行广度的分析。也就是说,笔者所试用的广度概念是就我国行政权所辖的地域范围而言的。目前所确定的试点城市以及推行的状况告诉我们,相对集中行政处罚权既有集聚性的一面,又有分散性的一面。前者指目前相对集中行政处罚权是以试点的形式出现的,而试点本身又集中在一些经济和文化比较发达的城市,而经济和文化相对落后的中西部城市尚未被列为试点。该集聚性是有一定道理和优势的,一是它有推行该制度的文化基础,二是有一定的成本可对推行过程中的问题进行经济性调整。全国260多个城市只有80个城市为试点城市充分反映了此种集聚性。后者指各试点城市之间并没有建立起一个完整的、有序的试点链条,而是相对分离的,国家有关部门也没有对试点城市在试点过程中工作的侧重点作出合理分工,也就是说,试点城市的确定并没有完全集中在一个头脑之下,没有把所有的试点城市当作相对集中行政处罚权大系统的一个支系统和子系统,因而导致同一性质的问题在不同试点城市有统一的表现,各试点城市存在的问题也是同一性的。[53]我们认为,试点的目的在于总结经验和寻求不足,而分散性的试点城市设立很难达到这样的目的,并最终使试点失去尝试和试验的意义。

2. 实施宽度的综合性与职能性并存

行政处罚既是一个重要的行政法制度又是一个普遍运用的行政行为。它的制度属性可以从《中华人民共和国行政处罚法》对它的全面规制中体现出来。它作为行政行为的普遍性可以从任何一个向相对人行使管理权的行政主体运行中体现出来。[54]以此而论,行政处罚是行政主体行使行政权的一个不可或缺的手段,它几乎是所有行政管理行为之首。[55]我们所讲的宽度就是将其与行政管理权和行政机关的行政行为联系起来考察的。相对集中行政处罚权的宽度可以概括为综合性与职能性的并存。所谓综合性就是指相对集中处罚权是从将特殊变为一般、将个别变为普遍这一思维进路出发,如《上海市文化领域相对集中行政处罚权办法》第3条规定:"上海市文化市场行政执法总队(以下简称市文化执法总队)是市人民政府直属的行政执法机构,主管全市文化领域综合执法工作,集中行使文化领域行政处罚权。区县文化综合执法机构是区县人民政府直属的行政执法机构,按照本办法规定的权限在辖区内集中行使文化领域行政处罚权,并接受市文化执法总队的业务指导和监督。各级文广影视、新闻出版、文物、体育、旅游、公安、工商等行政管理部门应当配合市文化执法总队和区县文化综合执法机构(以下统称市和区县文化综合执法机构)做好文化领域相对集中行政处罚权工作。"第4条规定:"市和区县文化综合执法机构集中行使下列行政处罚权:(一)依据法律、法规和规章规定,原由市和区县文化广播影视行政管理部门行使的行政处罚权;(二)依据法律、法规和规章规定,原由市新闻出版行政管理部门和区县负责出版管理的行政部门行使的行政处罚权……"将文化领域的行政处罚权综合在市和区县文化综合执法机构身上。相对集中行政处罚权追求的目标就是一种综合。与之相对,目前相对集中行政处罚权还有职能性的一面,即它集中反映在一些单一的行政职能之下,如国务院办公厅第63号文件规定的"在城市管理领域可以集中行使的行政处罚权,主要包括:市容环境卫生管理、规划管理、城市绿化管理、市政管理、环境保护管理等方面法律、法规、规章规定的全部或者部分行政处罚权……"显然,相对集中也仅仅反映在一些职能性的行政管理环节上。按职能权限进行集中固然有一定好处,但它没有从行政权行使的宏观范畴入手,导致目前所集中行使处罚权的宽度与整个行政处罚行为相比是十分狭窄的。

3. 规制力度的规范性与实用性并存

行政处罚权相对集中行使是行政处罚制度中的一个变革,同时,相对集中行政处罚权又是我国行政法治大系统的基本构成,其不能从行政法治的大环境下游离出去。对此作者在第二章已作过分析。因此便导致了一个变革、革新与合法化之间的矛盾关系,也就是说,任何行政法治中的革新都不能对抗宪法和法律,都必须具有形式上和实质上的合法性,如果这一问题处理不好,既有可能对抗《中华人民共和国宪法》,又有可能对抗《中华人民共和国行政处罚法》以及其他部门行政管理法。而行政处罚法的现实情况又必须使行政处罚权相对集中,如何解决这一问题便成了我们必须作出抉择的一个问题。相对集中行政处罚权的试点工作表明,在当前情况下,对该一问题的规制尚是规范性与实用性的并存。其规范性表现在政府行政系统尽可能使相对集中行政处罚权有章可循、有据可查，并尽可能形成一个规范化的系统，正如《广州市城市管理综合执法细则》第1条规定的，“为加强城市管理，明确综合执法的具体内容，根据国务院法制局《关于在广东省广州市开展城市管理综合执法试点工作的复函》以及市人民政府《关于推进城市管理综合执法试点工作的决定》，制定本细则。”《苏州市城市管理相对集中行政处罚权试行办法》第1条规定：“为加强城市管理，积极推进相对集中行政处罚权试点工作，依据《中华人民共和国行政处罚法》和有关法律、法规、规章的规定，结合本市实际，制定本办法。”《杭州市城市管理相对集中行政处罚权实施办法》第1条规定：“为加强城市管理，维护城市秩序，提高行政执法水平和效能，优化执法环境，保护公民、法人和其他社会组织的合法权益，根据《中华人民共和国行政处罚法》、国务院法制办公室《关于在浙江省杭州市开展相对集中行政处罚权试点工作的复函》及有关法律、法规的规定，制定本办法。”使相对集中行政处罚权的问题严格依规范进行。同时应看到，规范化只是问题的一个方面，与其并存的还有实用性的一面，该实用性主要表现在大多数相对集中行政处罚权都是就事论事的，而没有从行政处罚运作的总体构架中寻求出路，正因为如此，各地在试点过程中都有自己的客观追求，如上海市就针对上海的情况将文化领域的行政处罚权相对集中，而其他试点城市则没有。

4. 实现深度的主动性与被动性并存

相对集中行政处罚权是城市行政管理权的重要组成部分，推行这一制度并不是一个权宜之计，而应当是行政管理的一个战略目标，事实上一些省市已经将其纳入了政府的行政决策之中，如南京市在确立新的行政编制时，专门为综合执法机构留了一个位置，使其在将来成为行政系统中的一个职能机构，而且是常设性的。作为一个战略目标其在试点城市实施中的主动性与被动性就必须引起注意。所谓实现深度的主动性就是指行政系统、行政决策人员、行政主体以及相关的组织都自觉地认识到了相对集中的意义，并主动地予以配合。我们知道，相对集中行政处罚权必然会使一些既得利益者在经济利益等方面受损，若在受损的情况下采取不配合、不支持的态度就是被动性的表现，若在利益受损的情况下还能积极支持就是主动性的表现。事实上，在近年的试点工作中，一些地方就出现了抵制情绪，[56] 如某大城市原有2万名城建方面的执法人员，若将行政处罚权相对集中行使以后，就只保留2000名执法人员，城建等部门就采取了不配合的态度。我们认为，主动性和被动性可以充分佐证相对集中行政处罚权的深度。只有当任何一个行政主体、任何一个行政执法人员都主动地支持该项工作时，其实现的深度便是可以肯定的，反之则是浅层次的。

（二）相对集中行政处罚权的主观趋势

“目前，政府职能转变和行政管理体制改革尚未完全到位，行政机关仍在管着许多不该管、管不了、实际上也管不好的事情，机构臃肿、职责不清、执法不规范的问题相当严重。往往是制定一部法律、法规后，就要设置一支执法队伍。一方面，行政执法机构多,行政执法权分散;另一方面,部门之间职权交叉重复,执法效率低,不仅造成执法扰民,也容易滋生腐败。实行相对集中行政处罚权制度,对于解决行政管理中长期存在的多头执法、职权交叉重复和行政机构膨胀等问题,提高行政执法水平和效率,降低执法成本,建立'精简、统一、效能'的行政管理体制,都有重要意义。"这是国务院办公厅第63号文件对相对集中行政处罚权基本价值的一个阐释。笔者认为,这也是对相对集中行政处罚权主观趋势的一个勾画。笔者所指的主观趋势是从相对集中行政处罚权所要达到的预期目标,相对集中行政处罚权将会给行政法治带来的冲击的角度认识的,若没有主观趋势相对集中行政处罚权就不会有独立的价值构成,因此,对相对集中行政处罚权趋势的探讨必须从主观趋势开始。对这些主观趋势我们可作出这样的概括:

1. 相对集中行政处罚权与行政综合执法一体化

《中华人民共和国行政处罚法》第16条规定:"国务院或者经国务院授权的省、自治区、直辖市人民政府可以决定一个行政机关行使有关行政机关的行政处罚权",这是对行政综合执法的一个规定,该规定表明行政综合执法是指由一个集中若干行政机关权力的超权限机关行使若干机关转让权力的执法行为。其特点是执法主体是具有一定执法资格的主体,其执法资格由省级人民政府以上的国家机关决定,所行使的权力是复合性的或者是超权限的,即其权力超越了一般的行政机关。行政综合执法的实质在于对行政职能进行集中,将分散的管理职能集中在一个行政机构之中。行政综合执法的范围相对较大,它包括了行政执法行为中的各个环节,如调查、取证、许可、制裁等。由此可见,相对集中行政处罚权是行政综合执法的有机构成部分,行政处罚行为与行政相对人权益的密切关系使人们常常将相对集中行政处罚权作为独立行政综合执法的一个事物来看待。当然,这样的独立有利于强调相对集中行政处罚权的重要性,有利于突出相对集中行政处罚权在行政综合执法中的地位。然而,无论如何,相对集中行政处罚权都不能完全从行政综合执法中独立出去,我们在建立相应的制度时,必须将相对集中行政处罚权与行政综合执法一致起来,使二者成为一个有机的统一体。另外,我们必须清楚,相对集中行政处罚权不能成为行政综合执法的代名词,因为执法行为要比相对集中行政处罚权的行为广泛得多,而在一些地方制定的有关行政综合执法规范性文件中,仅仅规定了相对集中行政处罚这一集中执法行为,如《广州市城市管理综合执法细则》第二章关于"市容环境卫生方面"的综合执法所规定的都是行政处罚行为,《长沙市城市管理综合执法试行办法》第三章是"城市规划管理"方面综合执法的规定,其实也都是对此方面行政处罚的相对集中规定,并没有规定其他的行政行为,如第23条规定:"城市违法建设工程严重影响城市规划,有下列情况之一的,责令建设单位或者个人停止建设,限期拆除或者没收违法建筑物、构筑物或者其他设施;限期内没有自行拆除的,组织强制拆除。(一)擅自改变城市规划确定的土地使用性质,危害公共安全或者损害公共利益的;(二)侵占城市水源地或者对城市水源构成污染威胁的;(三)侵占现有的或者城市规划确定保留的城市公共绿地、文物保护范围和其他公共活动场地的；（四）影响城市风景旅游区环境以及严重污染城市环境的；（五）侵占城市道路控制红线，影响近期规划实施或者影响城市道路交通的；（六）妨碍机场、铁路正常运行的；（七）影响城市电讯广播电视通道的；（八）影响城市消防安全、防洪、排水、国防设施的；（九）侵占城市高压供电走廊或者压占城市地下管线的；城市规划行政主管部门根据技术规范要求，认为应在规划控制红线以内退让间距，而没有退让或退让不够的；法律、法规规定的其他严重影响城市规划的。"第 24 条规定："城市违法建设工程影响城市规划，尚可采取改正措施的，应责建设单位或个人停止建设，限期改正，并处该工程违法建设部分造价 30% 至 50% 的罚款。"如何使概念进一步周延是今后立法应当引起注意的一个问题。

2. 相对集中行政处罚权与加入 WTO 后的行政执法衔接化

2001 年 11 月我国完成了加入世界贸易组织的伟大事业。加入世贸组织与其说是政府的一种经济行为，还不如说是一种行政行为，世贸组织规则只有一小部分是有关经济法和国际法的规则，绝大多数是有关行政法的规则。[57]加入 WTO 后对我国经济的发展是一个机遇，而对政府行政管理则是一个巨大的挑战。行政执法在规范化、集中化、公开化等方面都必须有新的突破。以前被下放了的分散的行政行为必须作相应集中，[58]行政主体也必须由多元性、多头性变为规范性和相对单一性。行政处罚权相对集中行使就是要解决执法主体的多元性问题，如《广州市城市管理综合执法细则》第 3 条规定："城市管理综合执法队伍是市、区人民政府集中行使行政处罚权的队伍，是综合性行政执法机关。依照本细则确定的分工，查处违法行为，并对其作出的具体行政行为承担法律责任。"《长沙市城市管理综合执法试行办法》第 5 条规定："行政处罚权相对集中后，原有关行政执法部门不得再行使已由综合执法机关集中行使的行政处罚权；仍然行使的，作出的行政处罚决定一律无效。市、区有关行政部门对综合执法机关依法履行职责的活动应当予以配合"。加入 WTO 以后，我国行政执法在公开化方面，在监督的制约机制方面都要有所提高，而相对集中行政处罚权作为加入 WTO 以后的一种特殊形态的执法行为，也必须在实施的程序化方面以及在权力救济方面有所突破。这一客观趋势要求我们在设计相对集中行政处罚权的制度时，必须将其放在世界发达国家行政执法的总体水平之下，而不能单单从区域性、部门性出发。

3. 相对集中行政处罚权与行政效率原则共容化

行政效率是现代行政学和行政法学非常重视的问题之一，在一些发达国家提高行政效率已成为行政法治中的一项重要原则，也是一些国家的行政法制度所重点考虑的，如西方国家在建立行政组织时，以目标原则为基准使行政机构体系充分发挥效能、行政行为中的期限规则、行政程序中的时效规则都是效率原则的一个反映。行政效率可以有两个方面的内涵：一是行政机构的设置要是最小成本的；换句话说，行政机构的成本越低其效率就越高，成本越大，其效率就越低。[59]二是行政活动必须迅速简捷,当事人的请求权能很快得到满足。[60] 此两方面的内涵充分印证了相对集中行政处罚权对行政效率原则的体现。一则,相对集中行政处罚权使行政机构大幅度精简,如在城市建设管理方面,以前有七八个行政主体行使管理权和处罚权,而处罚权相对集中以后,划七为一,甚至划八为一。国家对行政机构体系的投入原先若需要 8 个成本的话,那么现在只需要一个成本,若以数量计算的话,效率便被提高了 8 倍。各个城市实行相对集中处罚权以后,城建方面的执法人员都有大幅度减少。[61] 相对集中行政处罚权后,处罚行为较以前迅速、简捷。如《上海市城市管理相对集中行政处罚权暂行办法》第 19 条规定:"市和区县城管执法部门应当建立违法行为举报受理制度,并为举报人保密。对公民、法人或者其他组织举报的违法行为,属职责范围内的,市和区县城管执法部门应当及时查处;属职责范围外的,市和区县城管执法部门应当移送有关管理部门处理。市和区县城管执法部门应当将查处或者移送处理的情况告知举报人。"今后有关相对集中行政处罚权的制度设立也必须以行政效率原则为指南,有必要将其容于行政效率原则之中,若遵循效率原则建立相对集中行政处罚权制度,其他相关难题便会迎刃而解。

4. 相对集中行政处罚权与行政法价值统一化

行政法价值在不同的层面有不同的认识,所站立的角度不同,其内容表述也有所不同。在哲理层面上,行政法是效率和程序的一种和谐,因为行政法反映行政权行使主体和归属主体之间的关系,是归属主体对行使主体的一种约定规则,作为一种约定,它要求行使主体必须是最小成本的,活动必须是有序的,这便是效率与程序的一致;在政治层面上,它是一种平衡,是行政主体和行政相对人之间的一种平衡规则,即既要赋予行政主体相应的权力,同时又要充分保护行政相对人广泛的权利;在法律层面上,它是一种控权规则,就是以法律规范控制行政权防止其对公民、法人和其他社会组织进行侵害;在伦理层面上,它是一种服务,就是通过行政法规则达到行政主体对行政相对人服务的目的。上列各层面的行政法价值都必然对相对集中行政处罚权有所制约。深而论之,我们在设立行政处罚权相对集中行使的制度时,要考察程序和效率的关系问题,将程序和效率的内涵贯穿于相对集中行政处罚权的规则之中;要考虑行政主体和行政相对人的平衡关系,只有在行政主体和行政相对人的平衡关系之中,相对集中行政处罚权的运作才会是适时的、可行的;要考虑相关的法律规则对集中以后的行政处罚权的控制,如现行关于行政处罚权相对集中行使的规则就有效地控制了相对集中行使中的行政行为;要考虑相对集中行政处罚权运作过程中对公众和社会的服务。总之,相对集中行政处罚权只有和行政法的价值保持一致,其才有资格成为行政法中的一个基本范畴,否则,其将永远处在政策层面上。

(三)相对集中行政处罚权的客观趋势

依马克思主义哲学的基本原理,法律或者制度范畴的东西是第二性的,其是一定经济基础之上的上层建筑,同时,作为规则和制度至少有四个制约因素:一是自然因素,即作为物理原因的那些因素,其是自然范畴的东西不以人的主观意志为转移,如社会技术、自然环境、生态因素等都会对规则或制度起到制约作用。二是社会因素,就是由各种人文因素构成的东西,如习惯性、民族特性、文化水准、经济状态等,这些因素对规则和制度同样可以制约。三是规则的设计者或者制度的创立者,其所处的社会阶层、知识素质、利益关系都会决定一个规则、一个制度的方向。四是执行因素,一个规则制定出来以后在付诸实施的过程中,实施者也或多或少制约着规则实施的程度。[62]相对集中行政处罚权在其实现过程中也必然会受到上述因素的制约,正如国务院法制办协调司司长青锋同志在广东省相对集中行政处罚权试点工作座谈会上讲话中谈到的,"试点经国务院批准后,是省人民政府的试点。试点的领导权在省人民政府,城市人民政府具体负责实施,执法局是具体落实的机构。各级政府法制机构,特别是县、市级政府法制机构,在这个问题上负有责无旁贷的责任。"[63]也就是说,不同地方的行政机关在实施行政处罚权相对集中的制度时,必然会有不同的表现。而这些问题以及相关的问题是国务院在确立相对集中行政处罚权制度时无法控制和改变的,其作为一种客观因素与相对集中行政处罚权发生联系。由此可见,我们所讲的相对集中行政处罚权客观趋势就是指在实施过程中不受主观因素制约,但朝着一个普遍性的格局发展的状况,笔者认为这些客观趋势有下列方面:

1. 被行政职能取代的相对集中行政处罚权

相对集中行政处罚权存在的前提条件是法律规则本身的不周延,如城市管理领域依法律、行政法规的规定包括市容环境卫生管理、城市规划管理、城市绿化管理、市政管理、环境保护管理、工商行政管理、公路交通管理、文化管理等若干方面。每一个方面都有相互对应的法律规则为根据,正是大量的分部类的法律规则形成了多头的城市管理格局,就这些法律规则本身来讲是没有错的,都是从本部门行政管理的实际出发制定的。然而,若放在法治这一客观体系中考察,法律规则对城市行政管理规制的疏漏就充分地体现出来。换句话说,正是这些大量的法律规则形成了部门之间的打架现象,而目前解决法律规则打架的办法是对各部门管理规范进行协调,行政综合执法和相对集中行政处罚权就是通过协调使相关的行政管理部门放弃一些权力,将权力集中于一个新的行政管理机构手中。《长沙市城市管理综合执法试行办法》第5条就明确规定了其他部门必须放弃有关的权力。笔者认为,这从理论上讲,不是一种长久之计,因为行使相对集中行政处罚权的机关,进行综合执法的机关并没有在法律上取得可以经得起论证的名分,即是说,人们很可能将这些综合执法机关、相对集中行政处罚权的行使机关视为临时机构,其非驴非马的状态若不得到解决相对集中行政处罚权的问题就永远是一个权宜之计。因此,若要让相对集中行政处罚权符合客观规律,若要该相对集中行政处罚权客观地发展下去,就必须使相对集中的行政处罚事项归于一定的行政职能之下,也就是说,只有符合行政职能特点的才能归于同一的行政职能之下,这就对目前一股脑儿地将所有城市行政管理处罚中的事态集中在一个综合执法之手的做法提出了疑问,这样归类符合行政职能的一般原理吗？所归于一个行政机构的事项是一类吗？总之,相对集中行政处罚权职能化是其发展的一种客观必然。

2. 被法律规则认可的相对集中行政处罚权

不言而喻,相对集中行政处罚权是对权力的一种分配,虽然这种分配只是在行政系统内部进行的,其没有超出行政系统之外,但是,作为权力分配来讲必然牵涉到行政权与公民权之间的关系,可以设想相对集中以后行使的行政处罚权与没有集中的行政处罚权对公民权益的影响必然是两种完全不同的结果,从这个意义上讲,相对集中行政处罚权是一个宪政问题,属于宪法范畴内的问题,或者至少是法律范畴内的问题,而就现阶段我国法律规范对相对集中行政处罚权的规定看,最高层次的法律规则是《中华人民共和国行政处罚法》,而该法的规定十分简单,甚至简单到使你难以寻找出行政综合执法与行政处罚权相对集中行使的概念。而绝大多数关于相对集中行政处罚权的规则都是以规范性文件的形式出现的,如《国务院办公厅关于继续做好相对集中行政处罚权试点工作的通知》、《国务院关于全面推进依法行政的决定》等。在地方机关制定的规则中也大多是由行政机构体系制定的,如上海市关于文化领域的综合执法、关于城市建设管理领域的综合执法等都是由市政府制定的规则调整的。相对集中行政处罚权处在试点阶段进行这样的规制是可以理解的,也可能是必需的一步。但是,相对集中行政处罚权的试点,无论如何也只是一种过渡,最终必须由试点而全面推开,而当前情况下的进程却是让人担忧的,它至少反映了一种不平衡水平,如就试点城市看,从最初北京市宣武区开始搞试点,到 2002 年 7 月试点城市达到 60 多个,而且还有 100 多个城市准备也进行尝试,其覆盖面可以说发展得很迅速,而与之对应的法律规则还停留在原来的水平上,既没有一个完整的行政法规对相对集中行政处罚权作出规定,更没有一个系统的法律调整这一制度。今后一段时间,相对集中行政罚权试点工作应进一步扩大,与之对应的规制它的法律规范级别也应当越来越高,这是一个不可逆转的事实。

3. 被机构调整的相对集中行政处罚权

相对集中行政处罚权是以行政系统的行政行为为契机的,它的外在反映是行政法中的动态因素,就是通过政府的管理行为而表现的要素。它的一些规则也似乎是针对行政主体的行政行为的,如《广州市城市管理综合执法细则》第 10 条第 9 项规定:“在市区行政街和城镇范围内的建筑、装饰施工场地,使用各种锯桩机、钻孔机、搅拌机、推土机、挖掘机、卷扬机、振荡器、电锯、电刨、锯木机、风动机具和其他造成环境噪声污染的施工机械,除抢险工程和经市建设行政主管部门批准的工程外,其作业时间超出 7 时至 12 时,14 时至 22 时的,责令其改正,并处以 500 元以上 5000 元以下的罚款。”这是由综合执法中队行使的一个职权,也是其为之的一个行政行为,其动态性的特征再明显不过了。应当说,这只是综合执法和相对集中行政处罚权极其外在的要素,若从内在化分析,相对集中行政处罚权是一个体制的问题,即行政机构体系的问题，正如63号文件所讲的："市县两级政府担负着十分繁重的行政执法任务，长期以来多头执法、职权交叉重复和行政执法机构膨胀等问题比较突出，需要通过改革真正做到精兵简政，建立办事高效、运转协调、行为规范的行政管理体系和行政执法体制。"该规定一针见血地指出了相对集中行政处罚权是一个对行政机构体系进行调整的问题。反过来说，相对集中行政处罚权的推行将必然和行政机构的调整联结在一起，相对集中行政处罚权的成果也将通过机构调整得到巩固。例如，试点城市集中行政处罚权的机关是本级人民政府的行政机关，而不是政府部门的内设机构，行使集中行政处罚权的行政执法人员亦当然是公务员编制，相应地被集中起来的行政处罚权，原先的行政机构将不再保持，或者直接予以精简，或者归化到其他行政管理机构中去。

4. 被全方位运行的相对集中行政处罚权

行政处罚权的相对集中是城市政府行政管理的一个构成部分，其大前提是行政管理，而行政管理是全方位的，包括工业、农业、国防、教育、城建、卫生、文化等数十个具体门类，同时包括行政机关的若干行政管理权，如行政检查权、行政许可权、行政责任权、行政强制权等，还包括行政机关的诸多行政行为，如作为的行政行为与不作为的行政行为，羁束的行政行为与裁量的行政行为，实质意义的行政行为与形式意义的行政行为，抽象行政行为与具体行政行为，事实行政行为与法律行政行为等。相对集中行政处罚权目前仅仅是就行政处罚而论的，且只限定在城市建设等方面的行政处罚中，若干重要的行政处罚并没有被集中行使。例如，关于知识产权方面的行政处罚、卫生方面的行政处罚至少有五六个行政机关享有处罚权。绝大多数行政执法行为也没有被相对集中。上海市人民政府制定的《上海市文化领域行政执法权综合行使暂行规定》[64]开了一个好头，其在确定综合执法部门的权力时并不限于单一的行政处罚权，而是系统的行政执法权，如第3条规定："市稽查总队受有关行政管理部门委托，依照法律、法规和规章，履行下列具体职责：（一）负责对文化领域经营及相关活动中的违法行为实施行政处罚；（二）负责对文化领域经营及其相关活动中的违法行为采取强制措施；（三）负责对文化领域经营及其相关活动的监督检查权。"其将强制权、检查权、监督权等也相对集中起来。它反映了一种趋势，就是随着相对集中行政处罚权的深入，一方面，相对集中行政处罚权将由个别行政处罚领域拓展到所有应当集中处罚的领域，如卫生检疫、知识产权、文化管理等；另一方面，相对集中行政处罚权不再单单限制在行政处罚行为之中，不单体现在行政权的一个方面，而是在绝大多数行政管理权中都进行相对集中，如果需要的话。作为全方位的相对集中行政处罚权比限于个别环节的行政处罚权更具有规范化和系统化的色彩。

第二节 行 政 许 可

一、行政许可的性质与类型

(一)行政许可的概念

所谓行政许可,[65]是指政府行政系统在特定当事人的请求下对法律禁止的状态或法律不予许可的状态赋予其是否在广延领域内取得权利或利益的行政行为。行政许可有广义和狭义之分,广义的行政许可既包括行政系统内部高层行政机关对低层行政机关请求行为的审批,又包括对行政相对人请求行政主体获得某种权益的行为之审批。狭义的行政许可仅指对特定行政相对人请求行政主体获得某种权益的行为的审批,本书对行政许可的研究限于后者。行政许可中的当事人指请求权益的主体,包括个人和组织两种类型,个人指公民请求一定权益的情况,组织则指法人、社团请求权益的状况。个人请求权益的状况在行政法中大多是以行政许可的形式出现的,也就是说,行政许可中的当事人不仅包括以组织、社团身份出现的特定行政相对人,也包括作为个人而出现的当事人。[66]行政许可存在于法律禁止的状态和尚未许可的状态两种情况之下,前者指法律本来对某种权益的取得设立了禁止规则,若要取得权益必须由有权的行政主体对禁止状态予以解除;后者指法律未允许个人和组织从事某种活动,其在未许可的情况下要取得权益必须首先取得行政主体的认可方有资格为特定行为。随着民主进程和行政法治化水平的提高,行政许可应当多见于前者,而不应当多见于后者。[67]上列诸点是行政许可概念的本质属性。

(二)行政许可的性质

行政许可从其法律属性看,有下列若干方面性质:

1. 行政许可具有政府管制性

现代政府在进行管理时可以有两种模式,即"或者将有关公民与政府之间关系的问题和公民之间的问题截然分开;或者将两种问题看成同一事物的两个分支"。[68]在第一种情况之下,政府所要做的事情仅仅是应当由政府所作并属于行政权范畴的事情,而在第二种情况之下,政府与公民或其他组织的权益难以分开。在西方自由市场经济的条件下,尤其在资本主义自由市场经济发展的初期,政府大多采取宏观调控,即把政府行为限制在对私权进行引导和保护的范围之内,此种情况下的政府管理以指导和引导为主。在实行一体化权力和计划经济体制的国家,政府与市民社会的关系常常分的不够清楚,或者说,政府有权对属于私权范围的活动行使行政权力,我们把政府进行全面干预的此种管理模式叫做政府管制。进一步讲,政府管制在一定的国家形态和一个国家一定的历史阶段可能是一种必要的选择。然而,在以市场经济为主导的社会经济制度之下,政府管制则不能是一个被完全肯定的东西,这是我们对政府管制概念的一个解释。行政许可最为本质的属性就在于它是一种政府管制，即它是以公权的形式干预属于市民社会范围的东西，属于特殊形态的私权范畴的东西。因为，它突出的是政府对社会生活，尤其对经济活动具体范围等的决定，从行政许可的法律规定中我们可以看出这一点，如《中华人民共和国台湾同胞投资保护法实施细则》（1999 年 12 月 7 日国务院令第 274 号发布）第 9 条规定："台湾同胞投资者进行投资，需要审批的，依照国家有关法律、行政法规规定的程序办理审批手续。"第 10 条规定："设立台湾同胞投资企业，应当向对外贸易经济合作部或者国务院授权的部门和地方人民政府提出申请，接到申请的审批机关应当自接到全部申请文件之日起 45 日内决定批准或者不批准。"这些规定非常明确地肯定了有关行政部门对此一事项的管制权。"行政许可在现有的污染者（免费或者收一定的费用）中分配，或者可以通过拍卖或抽签的方式，在更广泛的申请者中间分配……一旦许可证开始分配，它们就会被转让，就会作为一种官方建立的污水排放收费自由市场的等同物而发挥作用。正像污水排放收费制度一样，一种可出售的许可证制度就是提供一种持续的减少污染的鼓励，因为持有许可证就会占用资金，占用的资金又通过出售没有必要的许可证而获得解脱。"[69]这是对许可审批方式在政府管制中发挥作用的描述。行政许可的政府管制性是非常重要的，因为它最终决定着政府行政系统对市场运行的态度。

2. 行政许可具有行政监控性

国家权力是一个比较大的范畴，立法权、司法权、行政权都属于国家权力的内容，都是国家公权力的表现，所不同的是三种重要的公权中与公众权利最为密切的是行政权，由于此点使它比别的国家权力显得更为敏感，其行使的结果更为深刻地在公众中留下烙印。故而，人们常常十分关注对行政权的控制和约束，但是"不论我们可能如何坚持行政部门应该无条件顺从人民的意向，我们却不应主张它同样迎合立法机构中的情绪。立法机构有时候可能站在人民群众的对立面，有时则与人民群众可能完全保持中立。在这两种情况之下，行政部门肯定应该处于敢于有力量、有决心按照自己意见行事的地位。"[70]也就是说，行政权行使中的权威性是不能怀疑的，其对社会生活在诸多方面可以进行监控，可以对诸多社会生活事务设计运行的模式，其中行政许可就具有这样的属性。例如，依照美国宪法第 21 条修正案的规定，各州都有权监控含酒精的饮料在该州内的销售，即其销售是通过行政许可而进行监控的。酒精类销售"执照的申请通常必须向当地的县酒类管制局或直接向州酒类管理局提出。申请执照时通常必须按州酒类管理局所规定的数额交纳一笔费用。州酒类管理局往往发给供'店内'消费的酒类如下三种执照：啤酒执照；烈性酒执照，包括葡萄酒类和啤酒的销售；葡萄酒类执照，它可能包括，也可能不包括啤酒的销售。在被发给执照或每年换发执照时，饭店通常必须按法律所规定的方式在一家或几家报纸上登出告示。"[71]足见行政许可在政府监控中的作用不可低估。我国法律规范在设立行政许可事项时常常亦赋予行政机关这样的监控权限，如《中华人民共和国海洋环境保护法》第43条规定："海岸工程建设项目的单位，必须在建设项目可行性研究阶段，对海洋环境进行科学调查，根据自然条件和社会条件，合理选址，编报环境影响报告书。环境影响报告书经海洋行政主管部门提出审核意见后，报环境保护行政主管部门审查批准。环境保护行政主管部门在批准环境影响报告书之前，必须征求海事、渔业行政主管部门和军队环境保护部门的意见。"此条关于海岸工程建设项目审批中行政主体的监控职能规定得非常清楚。

行政许可所体现的行政监控性是对行政管理权的一个肯定，因为这种监控是在法律规定权限范围内的监控，而不是无原则地通过设计行政许可而为之的监控。

3. 行政许可具有秩序维护性

行政许可的来源具有两个方面：一是由国家立法机关设计的行政许可事项，如《中华人民共和国高等教育法》第29条规定："设立高等学校由国务院教育行政部门审批，其中设立实施专科教育的高等学校，经国务院授权，也可以由省、自治区、直辖市人民政府审批；设立其他高等教育机构，由国务院授权的有关部门或者省、自治区、直辖市人民政府审批。对不符合规定条件审批设立的高等学校和其他高等教育机构，国务院教育行政部门有权予以撤销。"[72]二是由国家行政机关设立的行政许可事项，如我国《营业性演出管理条例》第7条规定："设立文艺表演团体，应当向县级人民政府文化主管部门提出申请；设立演出经纪机构，应当向省、自治区、直辖市人民政府文化主管部门提出申请。文化主管部门应当自受理申请之日起20日内作出决定。批准的，颁发营业性演出许可证；不批准的，应当书面通知申请人并说明理由。申请人取得营业性演出许可证后，应当持许可证依法到工商行政管理部门办理注册登记，领取营业执照。"尽管行政许可设立来源有上列两个方面，但其实质却是一致的，即对社会秩序的维护，这是行政许可最基本的属性之一。"每一社会秩序、每一社会——因为社会不过是一个社会秩序——的功能(function)，就是促成人们的一定的互惠行为；使他们不作出根据某种理由被认为有害于社会的某些行为，并使他们作出根据某种理由被认为有利于社会的其他行为。"[73]行政许可涉及的事项都是若干主体相互作用的关系形式，如高等学校和教育机构设立的审批就关系到教育主体与受教育者之间的联系和其他社会关系。演出机构的设立就涉及观众、演员、演出机构之间的联系。行政许可的基础在于使这些关系形成一种理性的关系模式，而此种模式的建立就是对社会秩序的一种维护。《美国佛罗里达州旅店法》为了维护旅店的管理秩序，就赋予了相关行政机关行政许可权，"每年按照——每个旅店和餐馆应该从旅店与餐馆管理处领取执照。执照不得转移地方，不得转让他人。没有执照开办企业属二级违法行为，应根据775.082、775.083或者775.084条例规定受到处罚。不遵守旅馆与餐馆管理处的规定和法令建造和经营的企业，该处可以拒绝签发执照或者更换执照。该处于下述情况可以拒绝发给或者更换企业营业执照：在前五年中企业经营者因被指控不仅在本州或在美国犯有涉及职业道德的罪行，包括招收妓女、搞淫乱活动、为卖淫提供场所，搞不法场所，或者搞不法毒品交易已被定罪，或者没有了契约。执照每年更换一次,旅馆与餐馆管理处应该安排一个交错换照的日程表。"[74]这一法律条款恰当地说明了行政许可的秩序维护功能。应当说明的是,社会秩序是一种由法律设计并法律化了的秩序,而不是纯粹由行政手段设计并行政化了的秩序,在对行政许可进行研究时,必须把行政秩序和法律秩序区别开来。

4. 行政许可具有利益保护性

行政许可的内容既有物质的成分,又有精神的成分,属于经济权范畴的行政许可都具有物质内容,属于非经济权范畴的行政许可都或多或少具有精神内容,正因为如此,行政许可与利益的保护有着直接关系。日本行政法学家室井力对"医事卫生许可"意义的解释对我们理解行政许可的权利保护有启迪作用。"所谓卫生许可是解除医事卫生法规规定的对自由权的一般性禁止的行政处分。具有对从事医事卫生业务者颁发各种执照(医师、护士的执照)和为执行医事卫生业务的设施和物的许可(药品制造、贩卖、药店开放、饮食店营业等的许可)。在判断给予卫生许可要件时,传统行政法学认为行政厅未被赋予裁量权。但是,今天医事卫生行政必须看成是积极行政,而不应视为消极行政。因此,在医事卫生许可中,特别是关于后者为了执行医事卫生业务的设施和药物,对其给予许可时,除认定法规的要件外,必须认为它负有积极的审查义务,审查该设施和药物是否侵害国民的健康权。这不仅因为行政厅除个别实体法规定的明文要件外,还必须经常牢记宪法第25条为首的人权保护规定,这也是因为生存权即健康权是优位于营业自由、财产权的国民权利。"[75]行政许可机关为什么在医疗事项的行政许可中不是消极行政行为而是积极行政行为就因为行政许可背后所涉及的是深层次的国民权益关系。一方面,行政许可的前提是法律存在的禁止状态或法律未予许可的状态,这种禁止状态和未予许可的状态在正常动机的情况下是对国家利益或社会利益的一种保护。如《广州市野生动物保护管理条例》第19条规定:"因科学研究、驯养繁殖、展览或者其他特殊情况,需要收购、出售、运输、携带、邮寄、加工、利用,属省重点保护野生动物及其产品的,必须报省野生动物行政主管部门或者其授权的单位批准;属于三有保护野生动物及其产品的,必须报县级以上林业行政主管部门批准。"这一禁止性规定是从保护社会公共利益出发的。另一方面,行政许可行为是对一定利益关系的分配,即个人、组织或其他社团通过行政许可取得某一特定领域营业权的同时获得了此方面的利益。如《律师事务所在外国设立分支机构管理办法》第7条规定:"省、自治区、直辖市司法厅(局)收到律师事务所申请材料后,应当予以审核,对符合规定条件的,应将申请材料及出具的审核意见一并报送司法部。司法部对省、自治区、直辖市司法厅(局)报送的材料,应当作出批准或不批准的决定。"在国外设立分支机构的律师事务所通过这一审批行为必然能取得非常大的经济利益。总之,行政许可与利益分配有着非常直接的关系。除国家利益、社会利益、行政相对人利益外,行政许可中还有行政主体的利益,尤其在行政主体设立的行政许可事项中其利益关系更加明确。[76]我们认为,行政许可中的利益关系是以国家利益和行政相对人利益的保护为根本的,行政主体的利益只有在与国家利益、社会利益一致时才有进一步保护的必要,否则,会使行政许可以各种形式的狭隘利益保护为根本。

(三)行政许可的类型

如果说行政许可的概念和性质是对行政许可基本内涵的揭示,那么,行政许可的类型则是对行政许可外延的揭示。我国的行政许可制度在行政法体系中占有非常重要的地位,它既是我国部门行政管理法的一个重要特征,又是我国行政系统进行行政管理所不可缺少的法律手段。我国目前的部门行政管理法99%以上都与行政许可制度有关,其都不同程度的存在行政许可的内容,由行政机关制定的部门行政管理法是如此,由立法机关制定的部门行政管理法也是如此。如2000年1月30日国务院发布的《建设工程质量管理条例》第11条规定:"建设单位应当将施工图设计文件报县级以上人民政府建设行政主管部门或者其他有关部门审查。施工图设计文件审查的具体办法,由国务院建设行政主管部门会同国务院其他有关部门制定。施工图设计文件未经审查批准的,不得使用。"就是一个典型的由行政部门制定的部门行政管理法规范对行政许可事项的设定。而上列指出的《中华人民共和国高等教育法》设定的行政许可则是一个典型的由立法机关制定的部门行政管理法对行政许可的设定。除中央立法对行政许可有权设定外,我国绝大多数行政许可事项都出现在地方立法中。[77]总之,行政许可在部门行政法体系中具有十分重要的地位,占有较大的比重。同时我国政府行政系统由于长期重视对经济和社会生活的干预,因而,行政许可便成了行政权行使中运用最多的手段,行政管理规范性文件对行政许可的设定就是例证。如广州市政府发布的《关于对南沙经济区简政放权的若干规定》[78]第3条规定:"区内自用物资的进口,除机电产品和国家及省管的商品外,由区管委员会审批。区内外商投资企业的涉外经济业务,除国家、省、市另有规定的外,由区管委会审批。"上述表明对行政许可的类型进行概括非常困难,因为一旦没有恰当标准就有可能疏漏我国行政许可的类型。有学者在概括《美国联邦行政程序法》中行政许可的特点时指出:"在20世纪60年代以前,公民的利益被分为权利和特权两种,权利受正当法律程序的保护,特权则除非创造此项特权的法律特别规定受正当法律程序保护才受正当法律程序保护,否则,政府可以不经正当法律程序而随意取消。执照和特许等许可证一直被认为属于特权领域不受正当法律程序的保护,政府可以任意撤销,不受正当法律程序的限制。法院则将个人领有的职业执照分为两类,对于受社会尊重而又需要专门学问的职业如律师、医师、建筑师等执照认为是个人权利,受正当法律程序的保护;而其他许多职业执照如出售烈性酒、啤酒、经营弹子房和舞厅等执照属于个人的特权,不受正当法律程序的保护。20世纪60年代以来,随着政府角色由消极管理者向社会福利提供者转化,特权理论越来越受到批评,许可证和社会福利津贴等被称为'新财产'(New Property),属于权利,应受正当法律程序的保护。"[79]表明在美国有关行政许可的分类是法律上的分类,即法律规则确定了行政许可事项的类型,且法律规则对行政许可类型的划分随着社会的发展也不断发展,使法律上的行政许可类型有强烈的时代色彩。这些分类方式对我国行政许可的分类都有借鉴意义。笔者试从下列方面予以概括。

1. 法律性行政许可与行政性行政许可

依行政许可的决定权和表现形式可以将行政许可分为法律性行政许可与行政性行政许可。行政许可是对国家行政管理事务的必要限制,作为一种限制就必然有相应的限制主体,即谁可以作出这样的限制。行政事务是国家事务的范畴,作为国家事务的决定者首先是国家意志的表达者,就是我国的立法机关。在绝大多数情况下行政许可都应当由立法机关决定,我们可以将立法机关决定的行政许可叫做法律性行政许可。如《中华人民共和国国民经济和社会发展第十个五年计划纲要》就设定了许多行政许可和行政禁止事项:[80]“加强草原保护,禁止乱采滥垦,严格实行草场禁牧期、禁牧区和轮牧制度,防止超载过牧。加大海洋资源调查、开发、保护和管理力度,加强海洋利用技术的研究开发,发展海洋产业。”[81]其规定就隐含了诸多行政许可的内容,而这个决定是由全国人民代表大会作出的。法律性的行政许可还可以从其渊源上表现出来,换句话说,法律性的行政许可的法律规范形式是全国人民代表大会制定的基本法和全国人民代表大会常务委员会制定的一般法。如《中华人民共和国教师法》第13条规定:“中小学教师资格由县级以上地方人民政府教育行政部门认定。”这便是一个由法律决定的对教师资格进行行政许可的规定。与法律性行政许可相对应,行政性行政许可的决定权在政府行政系统,如国务院关于对实行行政处罚权相对集中试点城市资格的审批决定。行政性行政许可其在渊源上看是以行政法规或其他规范性文件的形式决定的。如1997年国务院发布、2001年修订的《农药管理条例》第14条规定:“……生产尚未制定国家标准或者行业标准但已有企业标准的农药的,应当经省、自治区、直辖市工业产品许可管理部门审核同意后,报国务院工业产品许可管理部门批准,发给农药生产批准文件。”法律性行政许可与行政性行政许可的分类有较大的理论意义,它可以使我们对行政许可制度进行规范时进行有效取舍,如行政性行政许可在目前的行政法规范体系中占的比重过大,今后应强化法律规范对行政许可的决定权等。

2. 禁止性行政许可与许可性行政许可

依行政许可的法理基础可以将行政许可分为禁止性行政许可与许可性行政许可。前者指法律对某种状态作出了禁止性规定,此时有关的当事人就失去了与禁止状态有关的权利,如《中华人民共和国渔业法实施细则》第20条规定:“禁止使用电力、鱼鹰捕鱼和敲作业。在特定水域确有必要使用电力或者鱼鹰捕鱼时,必须经省、自治区、直辖市人民政府渔业行政主管部门批准。”此条中的禁止规定就使一些行政相对人丧失了使用电力等手段捕鱼的权利。当然,在行政法上行政禁止可以分为可欲性行政禁止与不可欲性行政禁止,[82]只有在可欲性行政禁止的情况下,当事人才可以通过行政许可取得相应权利。我们把行政相对人通过解除禁止状态的行政许可而能够取得相应权利的情况叫做禁止性行政许可。许可性行政许可是指法律虽然没有规定禁止状态，但也没有规定许可状态，相对人若要取得未经许可状态下的权利就必须通过行政许可这一法定程序。如法律规则没有禁止设立文艺团体，但某个当事人若要设立文艺团体便必须经过行政许可这样的程序才能取得设立文艺团体资格。如《营业性演出管理条例》第7条规定："设立文艺表演团体，应当向县级人民政府文化主管部门提出申请；设立演出经纪机构，应当向省、自治区、直辖市人民政府文化主管部门提出申请。文化主管部门应当自受理申请之日起20日内作出决定。批准的，颁发营业性演出许可证；不批准的，应当书面通知申请人并说明理由。申请人取得营业性演出许可证后，应当持许可证依法到工商行政管理部门办理注册登记，领取营业执照。"此一分类对于我们选择我国行政许可制度的模式有巨大好处，依现代法理精神或法治理论的要求，法律未予禁止的状态，公众都可以作，只有在法律禁止的状态下公民才不可以作，依该理念我国行政许可不应以许可性行政许可为主，而应以禁止性行政许可为主，也就是说，法律或法规应重点解决行政禁止的问题，并根据行政禁止的状态确定行政许可的内容。

3. 管理权的行政许可与请求权的行政许可

依行政许可的运作动力可以将行政许可分为管理权的行政许可与请求权的行政许可。我们常常认为行政法是在行政主体的管理行为与行政相对人的个人行为之间进行运作的。此两方面的有机结合构成了行政法关系的运作过程，这一原理无疑是正确的。然而，在行政法治实践中问题常常不是这么简单，行政法关系的形成要么是由行政主体决定而发动的，要么是由行政相对人决定而发动的，两种不同的起因都可引起行政法关系的产生、变更和消灭，传统行政法理论仅认为行政主体有权决定行政法关系产生、变更和消灭的说法有一定的片面性。[83] 对一个行政许可事项而言，情况也是如此，即有些情况下，行政许可是由行政主体发动而产生的，如《中华人民共和国城市房地产管理法》第11条规定："县级以上地方人民政府出让土地使用权用于房地产开发的，须根据省级以上人民政府下达的控制指标拟订年度出让土地使用权总面积方案，按照国务院规定，报国务院或者省级人民政府批准。"此条规定的行政法关系中尽管有房地产开发者这一行政相对人，但此条规定的行政许可事项却是由行政主体发动的。还如《上海市危险化学品安全管理办法》第13条规定："设立危险化学品生产、储存企业及其改建、扩建，有下列情形之一的，由市安全生产监督管理部门审批：(一)构成重大危险源的；(二)生产、储存剧毒化学品的；(三)国家有关部门所属企业投资的生产、储存项目。除前款规定情形外，设立危险化学品生产、储存企业及其改建、扩建，由区、县安全生产监督管理部门提出审核意见后，报市安全生产监督管理部门审批。"此条规定的行政许可事项只有在行政相对人依请求权的发动下才可以成立。在目前我国行政法制度中，这两种行政许可都是存在的，从数量上看，依请求权而发动的行政许可要多一些，这主要是因为行政法规范在我国以对行政相对人的私权管制为主。

4. 经济性事项的行政许可与社会性事项的行政许可

依行政许可的实体内容可以将行政许可分为经济性事项的行政许可与社会性事项的行政许可。凡行政许可涉及经济内容我们就将其称之为经济性事项的行政许可,凡行政许可涉及经济事项之外其他内容的就是社会性事项的行政许可。行政许可与行政管理权的范畴密不可分,由于现代社会中行政管理权的范围越来越广,因而,行政许可的范围也越来越广。但是,随着社会的不断发展,行政许可所涉及的内容也在不断的发生变化。以我国为例,新中国成立初期,国家的主要任务是建立各种各样的社会管理秩序,理顺各个方面的社会关系,那么,此时的行政许可也以非常广泛的社会事务为主,如文化性事务、卫生性事务、社会保障性事务等。后来随着将工作重点转移到经济建设方面,那么,行政许可也以经济事务为主,尤其在计划经济体制之下,经济事项的行政许可占有非常大的比重。如 1988 年制定的《中华人民共和国私营企业暂行条例》第 13 条规定:"申请开办私营企业应当具备下列条件:(一)与生产经营和服务规模相适应的资金和从业人员;(二)固定的经营场所和必要的设施;(三)符合国家法律、法规和政策规定的经营范围。"第 16 条规定:"私营企业分立、合并、转让、迁移以及改变经营范围等,应当向工商行政管理机关办理变更登记或者重新登记。"我们认为,自我国全面推行市场经济以后,对经济性事项的行政许可和社会性事项的行政许可及其比例关系应重新进行审视。市场经济是一种自主型、多元型、竞争型的经济制度,该制度形态要求:市场经济下,经济性事项的行政许可应当越来越少,尤其加入世界贸易组织后政府更应当注重对经济的宏观调控,而不应以传统的行政许可手段管理经济,目前一些地方对行政许可事项进行清理,其重点亦应该在对经济性行政许可事项的总量控制上。而社会性事项的行政许可应当进一步强化,可持续发展战略,经济与社会的协调发展,社会的信息化等都促使我们必须强化社会性行政许可事项。

二、《行政许可法》出台的背景分析

《行政许可法》的出台与行政许可的法律制约不足有关,行政法对行政许可的制约可以从宏观、中观、微观三个范畴进行分析。从宏观上讲,一国行政法治的状态对行政许可的制约有一定影响。我国行政法治的水平相对而言不算太高,在 20 世纪 90 年代中期以前我国行政法中所追求的是行政法制,即相应的行政法制度,就是用国家制定的行政法规范管理社会事务、文化事务等方面的部门管理规则,我国的行政法在此之前一直被认为是管理法就是例证。行政法治的概念是 90 年代中期以后才提出来的,伴随着"实行依法治国,建设社会主义法治国家"写进宪法,依法行政、依法规范行政权力的概念才被提了出来。显然,在行政法制状态之下行政许可必然是政府行政权行使的重要手段,且这一手段被诸多部门行政管理法规范所认可,对行政许可进行约束是行政法治概念的一个组成部分,而在行政法治在我国还不发达的情况下行政法对行政许可制约也就当然不得力了。[84] 从中观上分析,行政法体系中各种规范的构成比例对行政许可制约会有一定影响。在我国的行政法体系中,诸种法律规范之间的比例还不是十分协调,以我国近年来制定的行政法典为例,大多限制在对制裁性行政行为的规制中,限制在对行政救济的规制中。可见,从中观方面的分析也表明我国行政法对行政许可制约的不足。再从微观方面看,我国制定的有关的行政程序规则还没有具体到对行政许可作出具体规定的程度,而具体的审批规则还一时不能到位。总之,在《中华人民共和国行政许可法》出台之前,行政法对行政许可的制约还存在巨大的疏漏,对此我们可以作出更进一步的分析。

(一)从行政禁止的广泛性看行政许可制约的不足

法律在对社会关系进行调整时常常通过禁止和许可两种手段而实现。前者指法律设定禁止事项,不允许相关的主体在此方面获得权利,法律规范通过确定社会关系的形式达到禁止状态。后者指法律允许或鼓励法律关系主体为一定的行为,这些主体通过所为的行为获得利益。这两种手段是现代社会中进行法律调整所必需的。由于行政权在现代社会中的日益膨胀化,禁止便以两种形式出现,即法律上的禁止和行政上的禁止。

法律上的禁止是指以法律手段设定的禁止,如《中华人民共和国海上交通安全法》第 19 条规定:"船舶、设施有下列情况之一的,主管机关有权禁止其离港,或令其停航、改航、停止作业:一、违反中华人民共和国有关的法律、行政法规或规章;二、处于不适航或不适拖状态;三、发生交通事故,手续未清……"由于一国的国家意志是通过法律表达出来的,[85]因此,法律在任何情况下确定的禁止状态都是适宜的,因为其本身就享有这样的权利。行政上的禁止是指以行政手段或者由行政权确定的禁止状态。享有行政立法权的机关设定的禁止状态和不享有行政立法权的行政机关设定的禁止状态都属于此类。如《上海市沿海边防治安管理办法》第 9 条规定:"有下列情形之一的人员,不予办理出海船民证、临时出海船民证或者临时出海登记证明。"行政权是执行或实施国家意志的权力,故而,在一般情况下行政禁止必须受到严格限制。行政禁止越多,属于行政范畴内的审批事项就越多,若行政上的禁止没有具体的法律依据其就是不规范的,与之相关的行政许可事项就没有得到法律的有效控制。而我国行政主体设定的行政禁止事项非常之多,以至于属于行政范畴的禁止事项多于法律范围的禁止事项,表明行政法对行政许可制约程度的不足。

(二)从行政许可的不规则性看行政许可制约的不足

"行政许可是指行政机关根据相对人的申请,以书面形式作出决定允许相对人从事某种活动或使其获得从事某种活动的行为能力和资格的行为,行政许可在法律法规上的表现形式,主要有许可、认可、审批、批准、核准等。"[86]就我国行政许可制度的状况观察,行政许可还非常不规范。行政许可太多、太滥,主要表现在以下几个方面:一是谁都在设许可,乡政府、县政府在设,有些内设机构也在设。二是什么事都要设行政许可,一说行政管理,就是要审批。三是实施行政许可环节过多、手续烦琐、时限过长,老百姓办事很难。四是重许可、轻监管或者只许可、不监管的现象比较普遍,市场进入很难,而一旦进入却又无人监管。五是有些行政机关利用行政许可乱收费。六是行政机关实施行政许可,往往只有权力,没有责任,缺乏公开、有效的监督制约机制。究其原因,我国当时还没有一部完整的行政许可法,故而没有行政许可的完整的程序规则,以致我国的行政许可都反映在部门行政管理的法律规范之中,如《湖北省实施〈中华人民共和国消防法〉办法》第 14 条规定:“从事消防设施专项建筑工程设计的单位,必须持有相应的资质等级证。其资质由公安消防机构审查,建设主管部门审批发证……”第 16 条规定:“从事易燃易爆物品的生产、储存、运输、经营、使用的单位或者个人,应当依照国家有关规定取得公安消防机构审发的《易燃易爆化学物品消防安全许可证》或者《易燃易爆化学物品准运证》……”由于行政许可反映在部门行政管理规范中,因此,行政许可在行政法中非常混乱,据有关学者统计,我国行政许可有下列各类,即“保障公共安全的许可,如持枪许可、特种刀具的生产购买携带许可”等;“保障人身健康的许可,如食品卫生许可、核设施安全的许可、药品生产经营许可”等;“保护生态环境和重要资源的许可,如土地使用许可、森林采伐许可”等;“发展国民经济的许可,如各种企业的生产经营许可、进出口许可”等;“维护社会良好风尚的许可,如有关报刊出版方面的许可”等;“调控进出口贸易的许可”;“城市建设管理的许可”;“工业产权保护的许可”,等等。[87]我们知道,每一个行政许可的背后都有一个相应的行政许可行为,也就是说,行政许可越多行政行为也就必然越多。如果每一种行政许可都能由法律规则设定,都能规定正当的法律程序,那么,对这样的行政许可进行审批也就不存在问题,但遗憾的是《行政许可法》出台以前我国行政许可的设定权绝大多数在行政主体手上,且行政主体在设定行政许可事项时并没有规定相应的(或者绝大多数没有规定)行政许可程序,即是说,行政相对人只有请求行政主体为某种行为或不为某种行为的权利,而没有能够以正当程序获得此一事项中相应权利的后续手段。因此,从行政许可的不规则可以反映行政许可行政法规制的乏力。

(三)从行政许可仅以行政手段为之看行政许可制约的不足

只要被确定为行政许可的事项无一不涉及行政相对人和其他利害人的权利问题,如《湖北省盐业管理条例》第 9 条规定:“食盐实行定点生产制度,非定点生产企业不得生产食盐。食盐定点生产企业由省盐业行政主管机构提出,并取得同级食品卫生行政部门颁发的卫生许可证和国务院盐业主管机构审批的食盐定点生产企业证书。生产、加工小包装食盐的企业,由省盐业行政主管机构根据质量技术条件择优指定。”这一审批事项关系到制盐企业的经营权。而“权利是个法律概念,它表示通过法律规则授予某人以好处或收益。在古希腊哲学和罗马法中,权利似乎与正确和正义一致。后来,有的从自由意志的基本论据中推导出权利,有的认为权利实质上是根据两者之间的法律关系,由法律决定并通过法律认可和保护,有时被看作是受法律公正地承认和保护的某种利益。”[88]表明权利一般都是具有法律属性的东西,具有法律属性的东西必须被纳入法律的范畴,而不能够放在法律以外的范畴之中。我国以往的行政许可事项,除与法律规则有关系外,诸多审批事项本身就是对宪法和法律规定的公民权利的一种再规定。在大多数审批事项下,这种规定是对公民行使某一方面权利附加的一个条件,有些甚至具有强烈的限制色彩,如对有关行政相对人经营项目的审批其实是对其享有经营权的一个限制。无论这种限制的社会效果如何,但对经营者来讲,总与其此方面的权利有关。由于行政许可与公民权利如此密切,因此便要求我们在解决行政许可问题时不能继续以行政手段进行,而应当在法律机制下进行。我国以往的行政许可主要是通过行政手段进行的,除法律设定了一部分行政许可外,行政系统既能够设定行政许可的事项,整个行政许可的过程也是在行政系统进行的。立法机关和司法机关都没有正当的途径介入到行政许可事项中。我们知道,行政许可是在行政相对人的请求和行政主体的审批及其相互作用下完成的,请求行为和审批行为共同构成了行政许可过程。而这一过程是在较为封闭的状态下运作的,因为没有任何第三者可以介入其中,更由于我国关于行政许可的救济制度没有建立起来,使行政相对人在一些重要的审批事项中失去进行救济的权利。换句话说,行政许可过程中行政机关具有高度的权威,这从另一个侧面证明了行政许可行政法规制的不足。

(四)从行政许可由政府管制中产生看行政许可制约的不足

行政许可的基础可以是为了维护社会秩序和行政管理秩序。如为了维护渔业管理秩序,《中华人民共和国渔业法》第 31 条规定:“禁止捕捞有重要经济价值的水生动物苗种。因养殖或者其他特殊需要,捕捞有重要经济价值的苗种或者禁捕的怀卵亲体的,必须经国务院渔业行政主管部门或者省、自治区、直辖市人民政府渔业行政主管部门批准,在指定区域和时间内,按照限额捕捞……”此条关于行政许可的设定非常明显地维护了渔业行政管理的秩序。应当指出,行政许可中关于秩序的维护尽管有时会限制单个人的利益或权利,但它却从更大的意义上保护了其他人的权利。我们认为,行政许可从维护管理秩序和社会秩序的角度出发应当成为唯一基础。行政许可的基础在我国还可以是从政府管制的角度出发,以政府管制为行政许可制度的基础。我国由于受“大政府,小社会”传统行政管理思维定式的影响,一些重要的行政许可几乎都是从政府管制的角度出发的。现行行政管理制度中的行政许可五花八门,如“律师转所审批”、“土地评估报告确认”、“外地机动车通行办证审批”、“广告经营资格审批”、“市场准入审批”、“建设项目审批”等,诸多审批都是从强化行政管理的角度出发的。如《广州市继续工程教育基地管理办法》第 4 条规定:“市继续工程教育基地的办班计划须经审定后,方可实施。凡属自然科学专业的办班计划由市科委审定,属社会科学专业的办班计划由市人事局审定,并抄送给市科委备案。……”这样的审批项目当然是从政府行政管制的方便与否出发的。政府管制式行政许可在计划经济体制下曾经起到过积极作用,而在市场经济下,尤其加入世界贸易组织后其必然在诸多方面限制了公众的权益,因此我们认为以政府管制为基础理论的行政许可事项反映了法律对行政许可规制的不力。

三、行政许可行政法制约的价值选择

行政许可的行政法制约应当是一个具有战略意义的长期行为,而目前一些地方在调控行政许可过程中似乎采用较多的是政策手段和行政手段,这既是一种短期行为,又表现出了极大的无序性。如某地在改革行政许可事项时重点抓下列各项工作:“一是市场主体准入环节。对没有前置审批、不需要申领许可证的项目,企业设立一律实行直接登记制。凡符合企业设立条件,申报材料齐全的,工商部门在5个工作日办理完毕。对有前置审批、需要申领许可证件的项目,有关部门在12个工作日内办理完毕。二是基建程序环节。改革后,从立项到开工,社会投资的生产性建设项目,行政审批时限累计不超过100个工作日,实行土地招标拍卖方式用地的六类经营性建设项目,行政审批时限累计不超过70个工作日。三是认定环节。将科技类、财政补贴类等18项认定事项纳入‘一门式’统一认定,并建立投资项目认定受理中心,统一受理认定申请,一次受理,限时办结。四是年检环节。对内资企业的年检实行‘一门受理,配套表式,并联审核,一口收费’。”[89]一些地方政府在行政许可改革中做了大量有益的工作,然而,这些工作之间的逻辑关系却不甚明确。造成这种目标不甚明确的根本原因在于没有给行政许可改革的目标、价值进行合理定位。我们认为,在我们对行政许可进行行政法制约时必须首先明确行政法对行政许可进行制约的价值选择,下列价值选择是最为基本的。

(一)实现宏观调控的价值

“管得少的政府是管得好的政府”[90]这一格言已为我国党和政府所接受,这从1992年我国全面推行市场经济以来党和政府出台的若干重要文件中可以看出来,早在中共十四大报告中,江泽民同志就指出政府行政系统的管理主要进行宏观调控、统筹规划、监督检查等,而2001年通过的《中华人民共和国国民经济和社会发展第十个五年计划纲要》进一步强调了今后一段时间政府管理中的宏观调控性能。行政许可在很长一段历史时期内还是不可能被完全取消的,作为它存在的基础条件之一就是政府管理的宏观调控性。也就是说,某一方面存在行政许可,那么这一方面的事情就是需要行政权进行宏观调控的事情,通过这种调控达到资源的合理配置。我们通过对一些国家行政许可的分析,可以看出这一点,在西方国家设立的行政许可制度中,经济性行政许可占有绝对的比重。而经济性行政许可突出的是政府管理问题,通常意义上的政府管制“是指依据一定的规则对构成特定社会的个人和构成特定经济的经济主体的活动进行限制的行为。”[91]发生在经济领域的行政许可无疑也是政府对经济的一种限制行为。20世纪70年代以后,政府的经济管制在西方发达国家逐渐放松,宏观调控的行政法治价值越来越深入。以美国为例,尤其是美国放松管制的立法改革都体现在政府与经济性行政许可事项的取消之上。下列表格反映了自1975年以来,特别是1980年以后,美国政府放松经济性管制的动向,其中每一项改革都在一定范围内取消了行政许可事项。[92]

年份	放松管制法等	放松管制的内容
1975	证券管制法等	取消股票委托手续费管制及根据证券交易促进不同行业间的竞争
1976	管制改革法	放松费用管制
1977	联邦最高法院	放松参入管制、费用管制
1978	航空客运业放松控制法	废除参入管制和费用管制、解散民用航空运输委员会,反托拉斯事件由民用航空委员会移交司法部管理
1978	天然气政策法	分阶段取消对井方价格管制
1978	司法部通告	限制美国应用国际航空运输协会的运费协定
1978	公共事业管制政策法	电力托运、相互连接的认可权移交联邦能源规制委员会、修订费用体系
1978	总统声明	要求修订双边航空服务协定
1979	国际航空运输竞争法	修订以引进竞争为目的的国际航空协定
1979	联邦最高法院判决	停止公用有线电视的节目管制,允许公效力规则
1979	联邦通信委员会	放松无线电节目内容管制规则
1980	斯泰加茨铁路法	促进铁路经营自由化
1980	汽车运输法	促使参入,运费决定自由化,降低运费管制委员会的作用
1980	消费品运输法	放松消费品运输的管制
1980	放松存款金融机关管制、通货管制法	实行同亲存款业务的所有金融机关的储备率均等化,取消存款利率管制,放松筹措资金幅度的限制
1981	联邦通信委员会	认可直接卫星广播节目的制作
1981	废除原油和石油产品统一管理	完全取消原油价格的统一管制
1981	公共汽车管制修正法	放松参入和退出的条件,规定可自由确定运费的幅度,降低运费委员会的作用
1982	联邦最高法院判决	与电报公司分开
1982	加恩斯特。杰曼存款金融机构法	取消有关存款受托、货款和取得证券等对存款机关的限制
1982	关于引进北大西洋航线费用幅度的欧美协议	
1982	公共汽车管制修正法	放松参入和费用的管制
1983	联邦通信委员会	取消对电视节目内容的管制
1984	联邦通信委员会	完全撤销对卫星广播收费和服务的管制
1984	电缆电信法	实际上完全放松有线电视的管制
1985	关于银行业州际业务协定的最高法院判决	支持某州银行可以支配在其他州银行拥有的股票的州间协定
1986	为了放松格拉斯。斯特克尔法所包括的银行业务州际管制,联邦储备委员会及法院制定新的规则。1987 年向议会提出了要求废除该法的普罗科希梅尔。加恩法案	
1996	1996 年电信改革法案	彻底打破了美国电信业分而治之的局面

上列表格中的法规终止同时伴随着行政许可机构的取消和行政许可事项的取消，例如，1981 年颁布的公共汽车管制修正法，放松了公共汽车事业的加入管制和收费管制。以前的加入，在资格方面，公共效率及必要性方面的条件，均需由申请者负责作证，而现在对包租车，仅需资格方面的条件即可，运费管制也取消了。另外，对定期线路的公共汽车，其加入要具备上述的必要条件，至于运费在一定范围内的变更，则不需要经州际商业委员会认可。如《中华人民共和国海洋环境保护法》第 43 条就对海洋工程建设项目进行了有效的宏观调控，该条规定："海岸工程建设项目的单位，必须在建设项目可行性研究阶段，对海洋环境进行科学调查，根据自然条件和社会条件，合理选址，编报环境影响报告书。环境影响报告书经海洋行政主管部门提出审核意见后，报环境保护行政主管部门审查批准。"行政许可的理论依据只有建立在宏观调控的基础上才是合理的。而脱离宏观调控价值的行政许可必然会带来行政管理的低效率，甚至会侵害公众的权益。我们认为，依宏观调控的价值，行政许可事项不应当发生在本该属于私人权利的范畴之中。而目前行政许可事项中，诸多规则都发生在私权范畴之内，如《××省民营科技企业条例》第 18 条规定："民营科技企业人员需要出国（境）进行科技考察，交流展览和有关商务活动，经所在地政府科技行政管理部门审查后，报有关主管部门，按因公出国（境）人员审批办法审批。"笔者认为，对于民营科技企业人员的出国、出境活动没有必要再设立专门的行政许可程序，这样的程序必然有公权干预私权之嫌。

（二）侧重保护私权的价值

公权和私权是两种不同性质的权力或权利，现代法律制度中的诸多问题都是以这两种权力的区分而展开的。所谓公权是指属于国家权力范畴的那些权力，如各个国家机构所享有的权力都是公权，行政管理权也不例外，也是公权范畴的东西。所谓私权，则指归于私人或私人团体所有的那些权利。在行政法理论中占统治地位的观点是行政法是基于公权而产生的法律规范，并以此出发认为行政权既是调整公权关系的，又是立足于保护公权的，有人就曾把行政法理解为保护政府行政权的正当行使的法。[93]受这种观念的影响，我国行政立法一般都是从保护管理权出发而制定的，如《教育部关于国家助学贷款管理操作规程》第 1 条规定："为做好全国学生贷款管理中心负责的国家助学贷款管理工作，依据国务院办公厅批转的中国人民银行、教育部、财政部《关于国家助学贷款的管理规定（试行）》和中国工商银行制定的《中国工商银行国家助学贷款试行办法》，制定本操作规程。"此条表明这一行政规章的目的就是从对贷款进行管理的立法宗旨出发，也就是说，从公权出发的。行政许可的设定和行政许可的各个具体环节也都充斥了对公权的保护，如《中华人民共和国电信条例》第 7 条规定："国家对电信业务经营按照电信业务分类，实行许可制度。经营电信业务，必须依照本条例的规定取得国务院信息产业主管部门或省、自治区、直辖市电信管理机构颁发的电信业务经营许可证。未取得电信业务经营许可证，任何组织或者个人不得从事电信业务经营活动。"总之，我国现行的行政许可的基本价值是保护公权的价值，是以公权为转移的价值。而这样的价值必然有悖于现代法治的理想追求，因为在现代社会中个体的权利无论如何不能被抽象的公权所淹没。行政法对行政许可的制约所追求的第一价值就是对私权进行保护的价值，或者以保护私权为侧重点的价值。西方国家行政程序法在调整行政许可时，都非常突出地体现了对私权的保护，如《美国联邦行政程序法》第558条第3款规定："当有人申请法律所规定的许可证时，机关应在适当考虑所有利害关系人或受其不利影响者的权利和特殊利益的基础上并在合理的期限内，着手进行和完成本编第556条和第557条规定的程序或其他法律规定的程序，而且应作出决定。除非当事人自愿或者公众健康、公众利益或公共安全另有要求，机关若要合法地收回、停止、吊销或废除许可证，都必须在机关程序开始之前给许可证持有人——(一)由该机关发出的、写明可能导致此种措施之事实或行为的通知；(二)表明或得到遵守一切法律规定的机会。如果许可证持有人已及时且有效地按照机关规章提出了更换许可证或领取新许可证的申请，而且许可证涉及的活动具有连续性，那么，在该机关就此申请作出最终决定之前其仍然有效。"[94]这是对行政主体行政许可行为的一个严格的程序约束，该程序约束对私权的保护体现在：若要启动行政许可过程中的听证程序、调卷程序等(第556条和第557条主要是对此二程序的规定)既必须在涉及第三人利益的情况进行，又必须在严格的期限内进行；无论行政许可的启动还是行政许可的结果都必须告知行政相对人，行政相对人的知情权在其中得到了充分的体现；若行政相对人有改变行政许可事项中的内容，但在行政机关的行为过程中及相对人已经取得的权利不因请求或进入新的程序而丧失；从行政许可事项中行政相对人权利的宽泛性和明确性也印证了对私权保护的强化。如《联邦行政程序法》第551条对许可证和颁发许可证都作了解释，该条第1款第8项规定："许可证包括机关核发的执照、证书、批准书、注册、章程、成员资格、法定豁免或其他形式的许可证文书的全部或一部分。"第9项规定："'核发许可证'包括与许可证的发放、更换、拒发、吊销、停止、废止、收回、限制、修改、变更或附加条件等有关的机关活动过程。"[95]这些宽泛的活动内容都被纳入到行政程序之中，是其对私权保护的重视。在管制行政理念支配的行政体制下，行政主体在行政许可中，常常对行政相对人的权益通过附款的方式予以限制，"一般，行政厅的许可，大多都附有某种限制，这就是附款问题。也就是说，为了限制主要法律行为(营业许可、铁路许可)的一般效果而附加的从属的意思表示，即附款。"[96]在政府管制的理念被摒弃的情况下，行政法制度中对行政许可中的附款进行了越来越多的限制，"从性质上说，行政行为的附款，有以下界限。第一，附款只限于法律行为的行政行为，准法律行为的行政行为是不能有附款的；第二，附款原则上须由法令自身标明；第三，法令承认行政厅对行政行为行使的自由裁量，而这种情形，在附款也是可能的；第四，附款，即使在上述界限内，也要根据不同行政行为的目的，不能超越必要的最小限度，超出这个限度的附款是违法的附款。前款条件只限于为防止灾害或维护公共安全的必要的最小限度内，而且，不许对接受许可者课以不当义务。"[97]在日本行政法治中，若行政许可行为所承附的附款无效时,如果该附款属于行政行为的重要构成要素,那么,其主要行政行为也当然无效。从制度上充分保障了行政相对人的私权。葡萄牙《行政程序法》第9条规定:“一、行政机关对于私人向其提出属其权限的所有事项,有作出决定的义务,尤其对于:a)与行政机关直接有关的事项;b)为维护宪法、法律或总体利益而提出的任何请愿、申述、声明异议或投诉。二、主管机关对一私人提出的请求曾作出一行政行为,则在2年内,对私人以相同依据提出的同一请求,无作出决定的义务。”[98]其行政许可制度也是从保护私权出发的。具体而论,某一行政许可事项中的当事人是以私人身份出现的,无论其是个人还是组织都是私人性的。而行政许可中行政主体所体现的利益,通过行政许可所保护的抽象利益是公权性质的,若从私权保护的价值出发制定行政许可规则的话,那么,行政许可项目中个人或组织的权利应当是首先考虑的因素,其次才考虑审批事项的间接利益。

(三)提高行政效率的价值

笔者曾在《行政法的价值定位》一书中提出,现代行政法有两大价值,即效率价值和程序价值。所谓效率价值指行政法使行政权行使成本最小化,使行政权行使社会效果显著化的价值,而程序价值是指行政法使行政权的行使职权分配明确化、行政过程有序化的价值。现代行政法必须合理处理效率和程序的关系,因为在笔者看来,现代社会中由于行政权的大规模性和广延领域性,效率和程序常常难于一致,符合效率价值的东西不见得必须通过行政程序手段来反映,而完整的程序手段不见得能够有利于行政效率的提高。[99]效率与程序的矛盾在行政许可中表现得非常清楚,甚至可以这样讲,行政许可的环节越多、程序规则越严谨,越不利于行政效率的提高。例如,《广州市开办各类学校审批程序的暂行规定》就对各类学校的设立规定了严格的程序,如关于普通高等院校的设立要经过开办单位写可行性研究报告、“由市教委邀请计划、人事、财政、基建等有关部门和专家对建校的必要性和可行性进行论证,并提出论证报告”、“经论证具备开办条件的,由市教委加具意见报广州市人民政府审批同意后,报国家教委审批”等若干环节。我国有些方面的行政许可程序规则竟达到数10个具体环节,以致一些地方为了某个许可竟需要等待数年的审批时间。总之,行政许可中若过分强调程序环节就必然不利于相对人较早获得此方面的权利。《联邦德国行政程序法》(1976年5月25日通过,1997年1月1日修正)第五章第一节专门规定了“许可程序的加快”,这些规定的目的是提高行政主体在行政许可中的效率。如第71a条规定:“许可机关应采取其在法律与事实上可能的预防措施,以保证程序可以在适当的期限内完成,并可按申请予以特别加快。”第71b条规定:“其一许可机关应根据需要,提供有关加快程序,包括相关的有利或不利结果的咨询。该条咨询可根据请求以书面方式提供,只要以该方式有意义或因涉事宜的复杂而显得较为合适。其二许可机关在有需要时,可在提出申请之前,与未来的申请人就下列事项进行商谈:1.哪些证明和资料需要申请人呈交;2.哪些鉴定和审核结论可被许可程序接纳;3.为加快许可程序,可以何种方式召集第三人或公众参加;4.是否有适宜将许可证所需的具体事实要件,事先提交法院予以澄清。其申请一经提交,应即时通知申请人,其申请内容及申请资料是否完备,以及程序期间的计算。"第71c条规定:"在许可程序中应有公益实体参与的,主要行政机关在事实上可能及有必要的情况下,尤其在申请人的请求下,须同时通知公益实体且定明表态期限。在期限届满之后所订的声明不被考虑,除非所提到的利益已在许可机关考虑之列,应属许可机关须了解的内容或有利于作出合乎法律的裁决。"[100]葡萄牙《行政程序法》第三部分第一章在行政程序的一般原则中也规定了快捷义务。"要求行政机关收到相对方的许可申请后,应采取措施,使程序能迅速及有效进行,拒绝作出及避免出现一切无关或拖延程序进行的情况,促成行政决定公正、适时作出。为了防止行政机关迟迟不作决定,避免造成相对方的权利义务迟迟不能确定下来,葡萄牙在规定行政机关负有快捷义务的同时,规定了完成行政程序的一般期限。行政程序一般应在90日内完成,但法律另定期间,或因特殊情节而需要另定期间的,不在此限。澳门特别行政区《行政程序法》规定的期间为60日。"[101]还有一些国家在部门行政管理法中也对行政许可中程序与效率的关系作了恰当处理,在规定严格程序的同时,还尽可能追求效率价值,而当程序规则与效率发生冲突时,常选择程序服从效率的原则。例如,1993年颁布的《泰国海关法》第45条规定:"货物出口前,出口只应当在全面遵守本法与海关有关的各项法律,如实申报,缴纳全部关税或者交纳相应数额的保证金。保证金的适用应当根据署长制定的规章加以设定。在出口人提出申请且署长认为货物必须立即出口的情况下,署长有权不受前款规定的要求,允许货物根据其规定的条件出口。在货物可能需要征收出口关税的情况下,出口只还应当向关长提供符合要求的各项担保。"[102]本条前款是对出口行为行政许可的一般程序规定,第2款则是对前款程序规则的例外规定,这一例外的宗旨是对"必须立即出口"的货物免去第1款规定的烦琐程序。行政许可的效率价值有着深刻的社会基础,如美国社会安全局地区办事处长期以来就被行政许可中的低效率所困扰,为了改变这种状况,"社会安全局授权劳雷塔·康普顿改进本办事处的工作效率。现在有关伤残和健康保险申请的处理工作大量积压,足足需要60—70天来处理(国内相关机构处理等量数额的工作大约需要30天)。由这个办事处处理的申请表格的错误率在这个地区也是最高的,这些问题都是支付中心发现并证实的,顾客们抱怨的意见很多。劳雷塔·康普顿就任后,很快就和他的下属(办公室人员、调查和申请代理人、单位监督人和部门经理)见面,对他们作了提高工作效率必要性的指示,并要求他们互相合作。每个人似乎都同意他的计划,这一计划包括旨在改进工作的培训计划、重新安排处理申请的工作流程、订立目标管理制度等。"[103]我们认为应当毫不含糊地在行政许可的价值选择中将提高行政效率确定下来,将其作为行政法对行政许可进行法律约束的基本原则,就会使行政许可过程尽可能简短。发达国家的行政程序中就贯彻了这一原则,行政行为应根据经济、速度、效率之规则进行。为体现上述原则,西班牙《行政程序法》进而作出如下规定:"随着行政机关机构化和自动化程序的不断提高,只要工作量能使这些方法的采用变得经济，应使机关工作合理化，并通过合适机构为主……”其实，《中华人民共和国宪法》关于行政机关提高行政效率是有规定的，宪法第27条规定：“一切国家机关实行精简的原则，实行工作责任制，实行工作人员的培训和考核制度，不断提高工作质量和工作效率，反对官僚主义。”此条使我们将提高行政效率作为约束行政许可的法律价值有了根本法上的依据和基本的科学内涵，因为依宪法的规定，效率的追求和程序的简化是一个事物的两个方面。

（四）确定禁止规则的价值

“行政许可的内容是国家一般限制或禁止的活动。许可行为是对符合条件的对象解除限制或禁止，允许其从事某项活动，享有特定权利和资格的行为。……许可事项必须有明确的法律规定，许可是建立在普遍限制和禁止基础上的解禁行为。因而，对于大多数人而言，它是限制公民法人活动自由的行为。如行政机关发放的营业执照，从表面上看，是允许相对人从事经营活动的书面证明，而实质上是对公民法人随意自由从事经营活动的禁止和限制，非经行政机关允许从事经营活动即属无照经营的违法行为。”[104]这是学者对行政许可的一个生动解释，依这样的解释我们可以清楚地看出，行政许可也罢，行政审批也罢，其前提条件都是行政禁止或者法律上的禁止。而禁止状态无一不是对行政相对人权利的限制状态，如《湖北省土地管理实施办法》第29条规定：“土地利用总体规划确定的建设用地规模范围外的具体建设项目用地，按下列程序报批：建设单位持建设项目可行性研究报告批准文件或其他有关批准文件、建设项目用地预审报告、土地利用计划指标，向市、县人民政府土地行政主管部门提出建设用地申请。……”非常明确地对建设用地使用者的权利作出了禁止性规定。我们认为，行政许可的源头是行政禁止，然而，行政法学界和行政法治实践中普遍关注的不是行政禁止的规制问题而是行政许可的规制问题。西方国家在对行政许可进行调控时，基本上是从确定禁止规则的角度入手的，一方面，其在法律规则中将行政相对人请求的事项予以明确规定，并使这种规定体现禁止的内容，让行政相对人首先明确知道何种事项属于禁止事项，何种权益需要通过解禁获得。另一方面，将行政主体可以禁止的权限范围列举出来，并不是从许可的角度概括列举行政主体在行政过程中的权限，这种反向的立法技术即使行政相对人明确了权益企求的程度、程序等，又使行政主体难以在行政许可中滥用权力。对此，奥里乌在《行政法与公法精要》一书中对法国在工业企业管理等行政许可事项中的立法状况作了概括：“任何一个属于分类之内的工业企业不经许可不得开始经营，如不遵守，省长和市长都有权通过管理措施对其实行关闭。有时也有临时性的许可。停工6个月以上则需要重新申请经营许可。(一)第一类工业企业。第一类工业企业须远离某些居住区，这是各处方面都在寻求裁决的问题，各种规章制度的规定几乎无差别。在方圆五公里范围内的所有市镇进行公开的利弊调查之后，由省长签发许可。一个月之内，在同样范围内张贴经营要求。(二)第二类工业企业。‘这些手工工厂和工场没有太大必要远离居民区，但是又只有在获得确认，它已实施了某些行动以免妨害邻近财产所有人，也不给他们造成损失的情况下，才可得以允许其经营，这是很重要的。'‘第二类中的工业企业的经营运行所需的许可由省长签发，由副省长提出建议。'其手续与第一类相同，除了不贴布告及不要求省议会对反对意见提出看法。（三）第三类企业。‘第三类企业包括的是一些可以在居民区存在且无害的工业企业，但需要受管理部门的监督。'签发许可的权力当局为副省长，需根据省长的预先意见，利弊调查并非必不可少。"[105]行政许可行政法控制的确定禁止规则的价值在实质上就是有关禁止和许可事项的决定权尽可能放在立法机关手中，行政机关即使有审批范围的设定权也必须作出严格限制，哪怕是最高行政机关的设定也不能例外。如在日本《大气污染防治法》、《水质污染防治法》关于公害排放标准的规定就采取了非常谨慎的做法，正如有学者所指出的："排放标准由总理府设定，但是，其具体的数量应设定为外界环境可以保持在比环境标准规定的状况更加良好的状态（对未设定环境标准的物质，要对人的健康和财产不产生有害结果）的标准。现行法采取的一部分排放标准的设定方法是，以白纸委托（一部分内容留着由被委托者补充的委任形式）给环境厅对该标准的函数加以决定，这从依法行政的观点看是不妥当的。有些应该在法律上明确记载委任的界限，排放标准从理论上说，应该作为环境标准的函数加以决定，如果适当的设定了环境标准的话，排放标准就可以根据它在技术上决定出来，不容许行政机关超过以上标准对事业者课以过当的义务。排放标准的数值是有其自身的界限的，不应把它看作是白纸委托给行政机关的。"[106]行政许可事项的绝大部分并不一定反映在行政程序法中，恰恰相反，行政许可中实质性的规则都体现在各国的行政实体法中，即部门行政管理的法律规范中。因此，部门行政管理法中设定的请求条件或者审批条件的具体标准就是禁止规则的一个生动体现。例如，《加拿大投资法》第11条规定："根据本章规定，下列非加拿大人的投资应行申报：（1）设立新加拿大企业的投资；（2）以第28条第1款规定的方式取得加拿大企业控制权的投资，除非该投资依照第14条的规定为应受审查的投资。"第12条规定："根据本章规定应行申报的投资，非加拿大投资人须在投资实施前或投资实施后30日内，向投资局提出申报，提供规定的情报。"[107]笔者认为这是一种逻辑上的倒置。换句话说，在我们研究行政许可时应先从行政禁止入手，行政禁止问题能够有效解决，那么行政许可问题就会迎刃而解。据此，笔者主张，行政法对行政许可的规制应以合理确定禁止规则为基本价值之一。即行政法在对行政许可进行制约时应将目前的法律禁止和行政禁止予以区分，并对行政机关设定的禁止状态予以有效限制，《中华人民共和国行政许可法》在行政许可的设定权限制方面已经有所突破（该问题将在其他章节阐述），当然，行政禁止的其他一些规则还可以进一步研究。

四、行政许可行政法制约的内容构设

行政许可行政法制约的价值选择固然是非常重要的，而且这些价值可以有效指导对行政许可进行法律规范的调整。行政许可行政法制约中最为实质的东西应当是对行政许可进行行政法制约的内容构造。一则,我们必须把行政许可的改革工作纳入行政法手段之中,而不能纯粹以法律之外的手段改革行政许可,因为政策性的改革和行政性的改革只是一个短期行为,且不会有确切的内容,而内容的不可捉摸性必然使行政许可的改革限制在恶性循环状态中,如一些被取消的改革项目可能会在今后认为取消不当又被恢复,而一些新确定的审批项目可能会随着时间的发展而成为新的一轮改革的对象。二则,我国现行的行政法体系必须给予行政许可制度一个明确的地位。在现行的行政法制度中,行政许可在诸多部门行政法中都有规定,有具体的审批项目,但行政法体系并不认为行政许可是与其他行政行为并列的一种非常重要的行政行为,更没有将行政许可视为与行政复议制度等对应的行政法制度。那么,今后的行政法治实践必须确定行政许可在行政法体系中的名分,或者将其定性为一种行政行为,或者定性为一种行政法制度,因为只有这样行政许可的立法和执法,以及行政许可的救济才能受到行政法的有效调整。三则,行政法学理论亦应确立行政许可在行政法学体系中的地位,我国行政法学界关于行政采购、行政合同等都有较为完整的理论,而行政许可在行政法学体系中还没有一个较为完整的理论,在学者们撰写的行政法教科书和学术著作中甚至找不到行政许可的定义。因此,我们说,要对行政许可行政法制约的内容进行构造必须首先解决上列三个方面的问题。从笔者上文关于行政许可行政法制约的界定、行政许可行政法制约的现状以及行政许可行政法制约的价值选择等出发,我们可以对行政许可行政法制约的内容作出如下初步构设。

(一)行政许可项目法典化

《中华人民共和国行政许可法》严格来讲只是行政许可的程序规则,它不可能对有关行政许可的项目予以全部列举,行政许可的项目是指由法律或行政主体确定的与行政相对人某一方面的权利和利益有关的具体事项。作为一个审批项目它既赋予了行政主体在其中的权限和职责,又为行政相对人确定了此方面权利享受的限制规则。例如,《中华人民共和国无线电管理条例》第 11 条规定:"设置、使用无线电台(站)的单位和个人,必须提出书面申请,办理设台(站)审批手续,领取电台执照。"此条就确定了一个行政许可项目,即无线电台设置的审批事项,行政主体在这个条文中取得了审查和许可权,而行政相对人则增加了申请和提供有关材料的义务。行政许可项目在行政许可制度中是最为实质性的东西,与行政许可的程序等相比它显得更为关键。行政许可项目的法典化包括下列内容:一是行政许可的项目应当以正式的法律文件出现。不过从立法技术发达的国家和地区看,行政许可项目附着于部门行政管理法规范的立法居多,一般都作了相对规范化的规定,如我国香港地区《郊野公园及特别地区规例》第 18 条规定:"(1)凡申请根据本规例发给许可证,须以书面向总监提出,并须附上附表 1 所订明的适当费用,但许可证须免费发出者除外。(2)总监在接获根据第(1)款提出的申请并获缴付费用后,可——(a)在总监认为适当的条件下批出许可证;或(b)拒绝批出许可证。(3)许可证须在证上所述明的期间有效。(4)如许可证持有人有以下作为,则许可证须予撤销——(a)违反任何一条规例,不论该人是否被裁定犯了本规例所订罪行;(b)违反或没有遵从批出该许可证的任何条件。(5)如总监信纳任何许可证已遗失、毁坏或意外污损,总监可发出该许可证的副本,如属须收费的许可证,则有关的人须缴付附表1所指明的原定费用或$50元,两者以数目较小者为准。(6)任何人因拒绝批出许可证或许可证的撤销或暂停有效的通知后14日内,以书面向政务司司长提出上诉,而政务司司长可维持、更换或取消该许可证的拒绝批出、撤销或暂停有效。(7)凡总监就任何根据本规则作出的作为或事情而向任何批给许可证,该许可证的批出,对该人根据任何其他成文法则而须取得其他牌照、许可证或同意的规定无损。"[108]二是行政许可项目应当相对集中在单一的行政法文件中。因为我国行政立法的水平还不够高,所以我们还不可能制定一个完整的法典把所有的行政许可项目都集中起来或统制起来。[109]但是,我们可以根据不同的行政管理领域和不同的行政管理部门而相对集中行政许可项目。如文化领域的行政许可项目可以集中在单一的或者若干个行政法律文件中,土地管理的行政许可项目可以集中在土地法或其他相关法律中。这样分门别类的集中既是应当的、必要的又是可行的。而目前行政许可项目十分零散,常常让行政相对人和行政主体无所适从。据笔者统计,我国文化领域的行政许可项目有30多个法律、行政法规和规章可以设定,事实上已经作了设定,这还没有包括地方立法中的设定。笔者认为,对行政许可项目相对集中并法典式的立法思路是使行政许可法律化的关键环节,这也应当成为行政许可改革的一个突破口。

(二)行政相对人请求权明确化

行政相对人的请求权是行政许可中又一具有实质意义的部分,为什么这样说呢?因为行政许可从项目的确定开始就充满了对行政相对人权利的限制,而赋予行政相对人请求权是对这种限制的一个制约。在具体的行政许可的行政法关系中,行政主体的审批权和行政相对人的请求权构成了该法律关系中两个重要内容,那么,行政主体在行政许可中的若干权利就是行政相对人的若干义务,反过来说,行政相对人的若干权利就是行政主体的若干义务。"在权利——义务关系中,主要是双方身份的彼此相对;我要求——但必须在享有特权——没有权利关系中,为我可以——你不能;在享有权利承担责任关系中,为我能够——你必须接受;在享有豁免权无资格关系中,为我泰然免受惩罚——你不能。[110]也就是说,一旦权利义务在行政法关系中明确后,其就具有对等性,具体而言,在行政相对人请求权明确的情况下,行政主体就应对这些明确权利承担对应义务,也只有如此,行政相对人在行政许可事项中才有可能有效制约行政主体的武断行为。然而,我国现行法律制度中,诸多行政许可事项中,行政主体的审批权是明确的,而行政相对人的请求权则是模糊的。如《山东省殡葬管理规定》第4条规定:"建设殡葬设施,应根据全省殡葬设施建设规则,履行审批手续:(一)建立殡仪馆,由县级人民政府、设区的市人民政府民政部门会同建设行政主管部门提出方案,报本级人民政府审批;(二)建立乡镇殡葬服务站,为农村村民设置公益性墓地,应经乡镇级人民政府审核同意后,报县级人民政府民政部门审批;

(三)建设和扩建公墓,搬迁殡仪馆,应经县级人民政府、设区的市人民政府民政部门审核同意后,报省民政部门审批。”此条赋予了民政部门广泛的审批权,而没有同时赋予行政相对人请求权。这样的规定必然使行政主体在行政许可事项中有较大权威,并可以随时依其权威限制行政相对人的请求权。因此,我们认为,行政许可行政法制约的第二个方面的内容构造应当使行政相对人在行政许可事项中的请求权明确化,其可以以明确的请求权制约行政主体的审批权。埃及在制定新闻法时,强调了新闻行政机关在新闻行政管理事项中的行政许可权,同时也相应确立了行政相对人在该事项中的请求权,由当事人的请求权而发动整个行政过程。如《阿拉伯埃及共和国新闻法》第14条规定:“打算出版新报纸的人,应当向最高新闻委员会提呈书面报告,由报纸的合法代表签名,报告内容包括报主的姓名、别称、国籍和居住地,报纸的名称、使用的语言、出版方式和地点,总编辑的姓名和印刷该报的印刷所的地址。获得批准后,在书面报告所包含的内容发生变动的情况下,至少应在8天前书面通知最高新闻委员会。如果这一变动是预想不到的,在这种情况下,最多应在变动发生后8天内书面通知这一变动。”〔111〕

(三)行政许可主体职级对等化

行政许可主体是行政许可运作过程的发动机,一个完整的行政许可行为应当在行政许可主体的作用下完成。而目前我国行政许可主体存在诸多问题。一是有些方面的行政许可主体不明确,如《山东省通信市场管理条例》第二章,在对“经营范围”和审批事项作出规定以后,并没有同时规定经营者请求何种行政机关审批,如第8条规定:“下列国内通信业务和通信附属业务向社会放开,由持有批准文件的经营者经营:(一)电话信息服务业务;(二)在线数据库信息服务业务……”其仅规定了行政相对人应持有批准文件,而没有规定批准文件由谁颁发,主体的不明确必然会阻碍行政相对人权利的行使。二是有些方面的行政许可主体地位过高。行政许可应有利于行政相对人相应权利的行使,必须讲求行政效率,而目前某些方面的行政许可主体地位极高。如有些事项必须由中央机关批准,诸如某一组织要办刊物就必须由国家新闻出版署审批。有些则由省级行政部门审批。如《湖北省汉江流域水污染防治条例》第26条规定:“汉江流域严格控制新设或变迁排污口。新设或变迁排污口应当征得省水利行政主管部门同意后,报省环境保护部门审查批准。”权力过分集中的审批人为地加大了行政许可的成本,也使行政相对人行使请求权极不方便。三是有些方面的行政许可主体地位偏低。如在我国诸多方面的行政许可由法律、法规授权的组织履行审批权。行政许可主体地位过低也会影响行政许可事项的正确实施。四是行政许可主体职责不明确。如有些事项两个以上的行政主体都有审批权,有些事项则牵涉到若干职能不同的审批主体,但对行政相对人而言仅仅取得审批事项中的一种权利,如向海洋倾倒一定废物的审批权一部分由海洋行政主管部门行使,一部分由环境保护部门行使,还有一部分由当地人民政府行使,等等。我们认为,应根据行政许可事项的性质统一职能,应根据行政许可事项的重要程度确定行政许可主体的职能权限。德国在一些特殊的行政管理事项中，确立了特别的行政许可主体，如《德国股份法》(1965年9月6日颁布)就规定公司应由全体发起人和董事会及监事会的成员向法院申报商业登记，法院便成了设立公司的行政许可主体。法院除履行登记职能外，还履行其他审批职能。第38条规定："(1)法院应审查，公司是否是按规定设立和申报的。非为此种情形的，法院应拒绝登记。(2)设立审查人表示，或显而易见，设立报告或董事会和监事会成员的审查报告不正确或不完整，或不符合法律规定的，法院也可以拒绝登记。设立审查人表示，或法院认为，实物出资或实物承受的价值非为不显著地低于对此应给予的股票的最低发行价格或对此应给予的给付价值的，适用相同规定。(3)法院可以因章程条款的瑕疵、欠缺或无效而拒绝第1项的登记，但只以此项条款、其欠缺或其无效。"[112]此种由法院履行行政许可职能的制度，是我国在制定行政程序法时应当予以参考的。我们可以不将行政许可的权限全部赋予法院，但可以将法院引入到行政许可过程中来，在一定范围内介入到行政许可程序中。

(四)行政许可过程连续化

行政许可是一个实体性法律行为和程序性法律行为的统一。就行政许可项目的确定和行政许可事项中相对人权利的赋予而言，其无疑是实体性的，与当事人的实体权利有关，应当受到实体法的调整。而就行政许可的具体过程而言，其则是一个程序性的权利问题，应纳入行政程序法的范畴。行政程序法必须贯彻短而不间断的立法思想。《澳门行政程序法》第57条规定："行政机关应采取措施，使程序能迅速及有效进行，因而应拒绝作出及避免出现一切无关或拖延程序进行之情事，以及应命令与促成一切对程序之继续进行及对作出公正与适时之决定属必需之情事。"[113]这一行政程序的总原则也当然适用于行政许可程序中，其所要求的就是程序的连续性。《德国行政程序法》关于行政许可中的加快程序就体现了行政许可连续化的立法特性。

所谓短就是行政程序确定的程序性行为应当环节尽可能少，如上海浦东在对行政许可改革时就对基本建设程序环节作了缩减，其规定对于社会投资的生产性建设项目，行政许可时限不得超过100个工作日，实行土地招标拍卖方式用地的六类经营项目，行政许可时限不能超过70个工作日。所谓不间断就是指行政许可的过程不能在运行过程中停止，一旦运行过程发生中断就必然导致相对人权益的实现受到阻滞。短而不间断是现代行政程序的基本要求，行政许可过程亦应当如此。目前我国行政法中关于行政许可程序的规定非常少，诸多行政许可项目甚至没有作相应的时限约束，如《湖南省高等级公路管理条例》第17条规定："在高等级公路规划区内修建建筑物或者其他设施，必须向省交通部门申报，由省交通部门依法审查同意，再向土地管理部门申请用地。"此条没有任何行政许可期限的规定，依这样的规定行政相对人的审批申请即使长时间拖延，行政主体也不对此承担任何法律责任。由于行政许可中既有实体内容又有程序内容，因而作为行政许可的法律规范必须写明具体的程序。《中华人民共和国城乡规划法》就对建设用地的审批规定了具体的程序，第37条规定："在城市、镇规划区内以划拨方式提供国有土地使用权的建设项目，经有关部门批准、核准、备案后,建设单位应当向城市、县人民政府城乡规划主管部门提出建设用地规划许可申请,由城市、县人民政府城乡规划主管部门依据控制性详细规划核定建设用地的位置、面积、允许建设的范围,核发建设用地规划许可证。建设单位在取得建设用地规划许可证后,方可向县级以上地方人民政府土地主管部门申请用地,经县级以上人民政府审批后,由土地主管部门划拨土地。”像这样具体的程序规则应当在我国其他行政许可事项中体现,只有通过严格的程序规则才能保证行政效率的提高,保护行政相对人的权益。

(五)行政许可重大事项听证化

行政许可中的听证在诸多国家的行政程序法和其他一些单行法规中都有规定,《日本行政程序法》第10条规定:“行政机关对申请而为处分时,依法令应斟酌申请人以外的第三人之利害,作为许认可等之要件者。如有必要,应尽量以举办公听会或其他适当方法给予申请人以外第三人听取其意见之机会。”[114]行政听证制度是行政程序制度的重要内容,在发达国家的行政法制度中,尤其行政程序立法中都有听证的规定。[115]所谓行政听证是指在行政机关的主持下,由行政主体和行政相对人对某一权益关系进行论辩、质证,将相应的权益关系予以澄清的行政过程。它是一种行政公开化的制度,在该制度之下,行政相对人有权参与到行政主体的行政行为之中,其他利害关系人也可以了解行政主体与行政相对人的是非关系。我国自行政处罚法将行政听证制度确定下来以后,在其他行政行为中也相继推行了行政听证。我们认为,这一制度作为行政程序的重要内容之一亦可以在行政许可事项中予以采用。这既是因为行政许可是政府行政行为中最为重要的一种,又是因为行政许可除关系到行政主体和行政相对人的权利义务关系外,还关系到其他利害关系人的权利义务关系。如《广播电视管理条例》第11条规定:“中央的广播电台、电视台由国务院广播电视行政部门设立。地方设立广播电台、电视台的,由县、不设区的市以上地方人民政府广播电视行政部门提出申请,本级人民政府审查同意后,逐级上报,经国务院广播电视行政部门审查批准后,方可筹建。中央的教育电视台由国务院教育行政部门设立,报国务院广播电视行政部门审查批准。地方设立教育电视台的,由设区的市、自治州以上地方人民政府教育行政部门提出申请,征得同级广播电视行政部门同意并经本级人民政府审查同意后,逐级上报,经国务院教育行政部门审核,由国务院广播电视行政部门审查批准后,方可筹建。”这一审核事项除涉及审批机关与广播电视播出机构的关系外,还关系到公众利益,即节目收视者的利益,若审批过紧可能会使公众失去观赏诸多节目的机会,若审批过松则可能使少年儿童收视不当节目。那么,对于比较复杂的、重大的行政许可事项应当进行听证。此处所讲的听证与行政处罚法规定的听证有一定的区别,它应当是一种有广大公众参加的广泛的听证,而不是一种只由行政主体和行政相对人参加的比较狭义的听证。至于什么样的事项属于重大事项则是一个需要探讨的问题,笔者认为,应当以某一事项是否与广大公众的利益,或者不特定的行政相对人的利益为标准,如有关价格方面的行政许可事项就关系到广大公众的利益,应当在行政许可过程中实行听证。《中华人民共和国行政许可法》第46—48条对有关行政许可的听证事项作了规定,但是,关于行政许可听证事项的规定较为笼统,这是今后完善行政许可制度应当关注的问题。

(六)行政许可的依据公开化

行政许可的依据包括两方面:一是事实依据,所谓事实依据指行政许可所依据的客观情况,这些客观情况由人、物、事、时等构成。其中的人指参加行政许可事项中的行政主体、行政相对人和与审批事项有关的利害关系人,三者缺一不可。传统行政法理论仅把人限制在行政主体和行政相对人方面是有一定缺陷的,有时利害关系人比行政相对人对行政许可的事项影响更大,行政许可的事态与利害关系人比行政相对人的关系更加密切。物指的是具有经济价值的财产,包括动产和不动产等。事则是指行政许可中涉及的诸种事态及其关系。时则是指行政许可发生的时间段,时既对行政行为的性质有决定意义,又对行政相对人的权益有决定意义,在行政许可中同样忽视不得。行政许可中的事项有些是由行政许可的请求人即行政相对人提供的,就是行政相对人在请求行政许可时所提供的各种事实;有些是由行政主体提供的,如行政主体在进行行政许可时所提供的事实;还有一些是由与行政许可事项有关系的利害关系人提供的,如利害关系人对某种行政许可事项持有异议时所提供的事实。这些事实在一般情况下都是应当予以公开的,只有在法律规定涉及国家机密、商业秘密和个人隐私的事才可以不公开。二是法律依据,是指行政许可所依据的法律、法规、规章。这其中有些是有关行政许可设定的规则。行政许可法律依据的公开化还包括行政许可过程中所依据的实体规则和程序规则的公开化。作为行政许可事实依据的公开化的方式应根据行政许可事项的内容作出确定,或者在审查过程中公布所有事实,或者在审查结果作出后公开审查过程中的事实和审查结果。行政许可法律依据的公开化的方式则可以通过政府公报或具体的行政许可事项进行全面公开。《日本行政程序法》中确立的一项制度值得我们研究,这就是行政许可中的“审查基准”制度。所谓审查基准是指“行政机关作出行政许可时所依据的具有量化性的基本标准制度,要求行政机关对每一项审批应当有具体的参照标准,这些标准具有直接的可操作性。审查基准制度的实质是遏制行政许可中的自由裁量权,各个行政管理部门法将审查基准确定以后,行政机关应该置放在其办公场所以便权益请求人查阅,或者以其他方法公告之,给其他利害关系人也提供了解的机会。”[116]行政许可最低基准的公开还有一个意义就是有利于行政相对人进行监督。《泰国海关法》第99条规定:“本法要求向主管官员作出申报的人,让他人或者准许他人申报的人或者与申报有关的人,提交或让他人提交报关单、证明书、商业记录或其他单证的人,提交虚假、不完整或者有欺骗性细节的报关单、申报单、证明书、商业记录或其他单证的;依照本法被要求答复主管官员向其提出的任何问题而不如实回答的;拒绝或不按规定保存商业记录、登记册、簿记、文件或其他本法要求的文书的;假冒、伪造本法规定的文件、记录或其他文书,或者使用假冒、伪造的本法规定的文件、记录或其他文书的;更改已正式签发的、在与本法有关的交易中使用的任何文件,记录或其他文书,或者假冒由任何海关官员为与本法有关的任何目的而使用的封志、签章、签名或者其他标志的,应当处以不超过5万泰铢的罚款,或者处以不超过六个月的监禁。”[117]海关法规定的审查基准以及满足该审查基准所需的形式要件是行政主体在审批过程中对行政相对人监控的依据。

(七)行政许可的结果法律效力化

行政许可的结果是指行政主体通过行政许可行为而作出的审批决定,它是行政行为的一种,应当具有与其他行政行为相同的法律效力。然而,在行政执法实践中,行政许可的法律效力均存在较为严重的问题,主要表现是行政许可的结果只对行政相对人具有法律效力,对行政主体则没有法律效力。发达国家的行政程序法为了防止行政机关蔑视行政相对人的权益请求行为,规定了一种特殊的效力制度,即默示批准制度。所谓默示批准“指行政机关在法定期限内没有对申请人的申请作出答复的,视为批准其申请。葡萄牙规定如果行政机关没有在该期间内作出决定的,在下列情况下,申请人可以推定其请求被批准:(1)私人工程的执照;(2)地段或分执照;(3)将工作特许外国人的许可;(4)外国人的投资许可;(5)不间断工作许可;(6)轮班工作的许可;(7)公私职务的兼任。”[118]一方面,行政主体作出不予某行政相对人行政许可行为后,则会因其他不正当理由将同一不予许可的事实赋予其他行政相对人,这常常是基于各种不同的利益维护关系而为之的;另一方面,行政主体从行政权的单方面意志出发,把本来已经准许的行政许可事项予以解除,如政府行政系统赋予一些企业营业的权利,但事后不久又基于所谓的总体规划把已经赋予行政相对人的权利予以无条件收回。由于我国行政许可方面的行政赔偿和行政补偿制度尚未建立,行政机关终止行政许可事项的行为使行政相对人的损失没有正当途径予以补偿。我们认为行政许可行为对行政主体和行政相对人具有同等效力,一旦一个行政许可事项作出,对于作出它的行政机关和其他行政机关都有法律上的约束力,无正当理由、不通过法律程序不能改变审批事项。行政许可的行政决定一旦作出就意味着行政机关产生了一个新的法律责任,其既要对行政事项中的权利主体负责,又要对其他利害关系人负责。《佛罗里达州旅馆法》第509条规定:“为了保护公众的健康、安全和福利,旅馆与餐馆管理处应该贯彻本章所规定的所有条款以及有关旅馆、餐馆管理和检查的其他所有法规。该处应该负责查清由它发给执照的企业均不参与做骗人的广告和干不道德的事情。该处对在履行本处职责过程中所开支的全部费用应做到账目准确,并与银行和财政局一起将每月费用的详细说明以及按照这一章条款所规定征收的所有费用开列清单,归档保存。”[119]该条款表明,行政许可机关在审批过程中具有法律责任,在审批行为完成后,还因审批行为带来了后续的法律义务。笔者认为应尽快建立三种制度:一是行政许可结果的承诺制,即行政主体对行政相对人赋予了与某种审批事项有关的权利时,无正当理由不能剥夺行政相对人已经取得的权利,这种承诺是现代法治政府取信于民的重要途径。二是行政许可事项终止补偿制。[120]行政主体赋予了行政相对人与审批事项有关的权利后,鉴于政府行政管理的总体需要,必须终止审批事项而对行政相对人的权利造成侵害时,应当按照《中华人民共和国国家赔偿法》的有关规定进行补偿,减少行政相对人因行政行为的干预而造成的损失。三是行政许可变更说明理由制。行政许可决定一旦作出在一般情况下是不可以变更的,但有时为了行政管理的总体需要,可以将本来审批不予许可的事项而重新予以许可,或者将已经许可的予以终止,或者变更许可中的法律关系客体、主体、权利义务等。从行政法关系单方面性的理论出发,这种变更是完全可能存在的。问题的关键在于这种变更必须有法律上的正当理由,同时这些理由必须让行政相对人和利害关系人知晓,行政主体说明变更理由就是让相关当事人知晓的重要途径。《中华人民共和国行政许可法》关于行政许可的法律责任有诸多规定,遗憾的是,没有规定行政主体擅自改变已经赋予相对人行政许可事项的责任追究制度,这应当在今后的行政许可法中予以完善。

五、行政许可的设定

(一)行政许可设定的概念

所谓行政许可的设定,是指确定行政相对人从事的社会事项必须经过行政主体审批的行为。[121]行政许可设定的事项是行政相对人所从事的社会事项,即行政许可与行政相对人的日常行为有关。行政相对人作为一般的社会成员在生活中从事这样那样的活动,有些活动是为了生存之需要,有些活动是为了娱乐之需要,有些活动则是为了满足其他方面的需要。行政许可设定的事项在设定前"正在实施的有效的法律规范,均未认为该种行为是必须经过行政机关批准的。"[122]即行政许可设定的事项在设定行为实施之前是一种自由状态,行政相对人可以选择实施,也可以选择不实施,可以选择以此种方式实施,也可以选择以彼种方式实施;行政许可的设定是由设定者实施的一种禁止或者半禁止的行为,通过设定行为行政相对人丧失了在设定领域里从事某种活动的自由,至少再要从事这样的活动必须依一定的行为方式而为之;行政许可的设定是设定者对社会关系的安排,个人作为一个社会成员存在于复杂的社会过程中,其在不同的行为特性中处在不同的社会关系的层次之中,而社会关系的安排是形成社会机制的基本手段,行政许可设定则具有安排社会关系的能力。[123]

附:社会关系顺序表

个人的生活方式	生活观点 生活活动方法 生活方法	社会关系	人际关系 美学关系 家庭生活关系 道德关系 思想关系 政治关系 生产关系	社会结构	集体 社会集团 社会阶层 阶级	生产	作为个人的人 社会技术关系 生活手段 科学和教育 作为劳动工具总和的技术	劳动工具和劳动对象
1		2		3		4		5

(二)行政许可的设定原则

行政许可的设定原则是指有权设定行政许可的主体设定行政许可时应当遵循的行为准则。《中华人民共和国行政许可法》第 11 条规定:"设定行政许可,应当遵循经济和社会发展规律,有利于发挥公民、法人或者其他组织的积极性、主动性,维护公共利益和社会秩序,促进经济、社会和生态环境协调发展。"这一条文是对行政许可设定原则作出的专门而集中的规定,国内一些行政法教科书依此条分析行政许可设定的原则是正确的,但是,《行政许可法》还有一些条款同样对行政许可设定的原则作了规定。例如,第 4 条规定:"设定和实施行政许可,应当依照法定的权限、范围、条件和程序。"第 5 条第 1 款规定:"设定和实施行政许可,应当遵循公开、公平、公正的原则。"把上列法律条文综合以后,我们可以看出,行政许可的设定原则有下列各项:

1. 设定权法定原则

设定权法定原则是指行政许可的设定权必须由法律规范予以规定,将整个设定活动纳入到行政法治的轨道。我们知道,行政许可的设定行为是一个法律行为,而不是一个简单的行政管理行为或行政管理中的事实行为,以法调整该行为是世界各国的通例。设定权法定原则要求行政许可的设定主体必须法定化,即某一主体要取得设定行政许可的权力必须有法律上的明文规定,没有法律的授权则不能取得设定行政许可的资格,设定权法定原则要求行政许可所设定的事项必须是法律规定可以设定的事项,法律禁设的事项任何主体都无权擅自设定;设定权法定原则要求设定行为本身依法定程序和法律规定的主客观要件而为之。设定权法定原则既是行政法治原则在行政许可设定中的体现,又是依法行政原则对行政主体行为过程的一个具体要求。

2. 设定公开原则

公开原则既是行政许可实施的原则,又是行政许可设定的原则。所谓公开设定是指享有行政许可设定权的国家机关对行政许可设定的内容必须予以公开,有关设定的规定和设定的具体内容应当向社会和行政相对人公布,未经公布的行政许可事项不得成为行政许可的依据,行政机关不能以此约束行政相对人的权利与义务。由于行政许可是有关机关的造法行为,依《中华人民共和国立法法》的规定,有关的立法必须经过法定程序颁布施行,这一原则的实现在行政法治实践中并没有太大障碍。

3. 设定公平原则

行政许可的设定涉及两个范畴的关系:一是设定机关与设定事项中相关行政相对人之间的关系,尤其在政府行政系统享有设定权的情况下,涉及行政系统与公众之间的关系;二是行政许可设定事项中权利义务人之间的关系,如一个行政许可会有不同的利益主体介入,那么,不同利益主体之间就是一个独立的关系范畴。设定公平原则便是对行政许可所涉及的上列两个范畴关系的控制,要求有权机关对设定的行政许可事项的权利义务主体保持公平,使行政许可设定主体与许可事项的权利义务人保持公平。

4. 设定公正原则

公正原则在行政法中已形成了一些共识,如学者们普遍认为它包括实体公正和程序公正两个方面,前者要求行政过程中的实体规则应当既正当又合理,正当合理共同构成了实体上的公正。后者则要求行政程序应当能有效保护行政相对人的合法权益,行政程序的有效性是程序公正的基本含义。行政许可设定中的公正同样包括实体公正和程序公正两个方面。例如,《行政许可法》第19条规定:"起草法律草案、法规草案和省、自治区、直辖市人民政府规章草案,拟设定行政许可的,起草单位应当采取听证会、论证会等形式听取意见,并向制定机关说明设定该行政许可的必要性、对经济和社会可能产生的影响以及听取和采纳意见的情况。"通过论证会、听证会等形式使行政许可的设定真正体现公正。

5. 科学设定原则

行政许可设定是有权机关对社会关系的设计和调整,可以说,每一个许可设定都与社会事态和社会关系有关联。有时正是新的社会事态和社会关系的出现导致了行政许可设定行为的发生。例如,一些新能源的出现便产生了如何控制这些新能源的利用问题,控制新能源的行为通常就是采用许可设定的方式,使这些能源的生产和使用通过许可行为予以控制,颁发许可证就是这种控制的具体方式。行政许可设定所面临社会事态和社会关系的新颖性表明行政许可的设定必须遵循科学原则。《行政许可法》要求设定行政许可必须遵循经济和社会发展规律,必须促进经济、社会和生态环境的协调发展,[124]这实际上是对科学设定原则的肯定。

6. 私权保护原则

行政许可设定说到底关系到私权与公权的关系问题。如果说某一事项没有以设定行政许可的形式进行调控的话,那么,对于与该事项有关的个体而言便是自由的,其私权得到了保障;反之,若某一事项被国家有关部门通过行政许可设定权予以干预,那么,与该事项有关的个体则或多或少丧失了在该事项中的自由权。但是,所设定的事项体现了公共权力的意志。由此可见,行政许可设定正是在公权与私权的这种相互关系中体现了它的社会价值。这里有两个思维进路可以选择,一是设定行政许可从体现公权力的权威性出发要求国家尽可能多的设定行政许可,二是设定行政许可从保护私权出发要求政府能不设定行政许可的尽可能不予设定。目前,发达国家减少行政许可也是从保护私权的角度出发的。《行政许可法》规定,设立行政许可应当"有利于发挥公民、法人或者其他组织的积极性、主动性"便是对私权保护原则的肯定。

7. 秩序保障原则

行政许可设定是国家维护社会秩序,有效利用资源和促进公共安全的重要手段。国家诸种证照的生效都是为了防止不合格的主体、不合格的行为在一些关系公共利益的场合出现。例如,驾驶执照的发放既保障了交通的安全,又防止了不法主体侵犯他人的利益。有序的社会生活是人类生存的基础,而保障社会生活的有序性则是立法机关和行政主体共同承担的责任。行政许可设定对于秩序保障的作用是非常明显的。《中华人民共和国传染病防治法》第28条规定:“在国家确认的自然疫源地计划兴建水利、交通、旅游、能源等大型建设项目的,应当事先由省级以上疾病预防控制机构对施工环境进行卫生调查。建设单位应当根据疾病预防控制机构的意见,采取必要的传染病预防、控制措施。施工期间,建设单位应当设专人负责工地上的卫生防疫工作。工程竣工后,疾病预防控制机构应当对可能发生的传染病进行监测。”

8. 可操作原则

行政许可法设定的行政许可必须具有可操作性,其中涉及的权利义务必须明确。《行政许可法》第18条规定:“设定行政许可,应当规定行政许可的实施机关、条件、程序、期限。”

(三)可以设定行政许可的行政客体

设定行政许可的客体是指设定行政许可所涉及的行政管理事态。《行政许可法》第12条列举规定了行政许可设定的事态范围。《行政许可法》在列举这些事态范围时没有使用“应当”一词,而使用了“可以”一词,即行政许可设定所涉及的行政客体不是一定要予以设定的,而是既可以设定又可以不设定的情形。[125]这些行政客体包括下列方面:

1. 需要依照法定条件予以批准的事项

有些行政客体是政府行政系统必须予以控制的,这些控制事项与公共利益的关系密切,甚至与公众的安全等有关,对于这类事项行政相对人必须在符合法定条件的情况下才可取得从事此类活动的资格。这类行政客体的取得与申请人自身条件有关,不符合相应条件的行政相对人便不能取得从事此类活动的资格,同时,此类许可一旦取得,行政相对人没有转让的权利,即属于排他性的行政许可事项。有学者指出这类许可是没有数量限制的许可。[126]这类行政许可客体具体包括:其一,国家安全和公共安全的事项。破坏国家统一和对国家统治权构成威胁的行为都是妨害公共安全的行为,行政相对人从事的活动若与国家统一和政权稳定有关联便必须申请许可证,如行政相对人要从事有关的情报信息等活动就必须经过许可。其二,经济宏观调控的事项。经济宏观调控是国家在市场运作的基础上对有关的经济行为作出的宏观控制和宏观管理。经济活动包括资源配置和资源格局的分配等,这种类型的事项虽为经济事项,但不能完全通过市场机制调节,政府有必要在一定范围内进行干预,总量控制、布局控制、资源配置控制都必须以行政许可或颁发许可证的手段为之。其三,人身健康和生命财产安全的事项。此类事项我们通常叫危险行业的事项,如食品卫生许可、药品生产经营许可、麻醉药品的生产使用供应许可、放射性药品的生产许可等。

2. 需要赋予特定权利的事项

行政相对人获取某种权益时,一方面必然会与他人发生一定的关系,根据资源有限的原理,此一当事人获取某项权利后,彼一当事人对同一权利的行使就会受到制约,这些人就成为获取或申请获取权益人的利害关系人;另一方面必然会与公共利益发生关系,一个人获得某种特定权利就会对不特定的多数人的权利产生影响,我们一般将此种不特定多数人的权利叫做公共性权利。上列两方面的关系说明,行政相对人在获取某种利益时,必须经过有关的赋权行为而为之。有关赋予特定权利的事项就构成了行政许可的又一客体,显然,这类许可一般有相应的数量限制,行政主体赋予行政相对人特定权利时有行政自由裁量权,可以根据行政相对人的具体情况赋予权利。有学者认为此类行政许可事项可以在权益获取人与其他利害关系人之间进行转让。此类行政许可事项具体包括:其一,有限自然资源的开发利用事项。有限自然资源是指具有一定量化指标不可再生的资源。例如,土地、矿藏、水流、海域、森林、山岭、草原、荒地、滩涂、湖泊等可开发利用但又具有有限性的自然资源的权益取得必须受到行政许可制度的管制。其二,公共资源的配置事项。公共资源是指属于全体或较大范围社会成员共享的资源。例如,公共交通、公共通信、公共环境等资源,此类资源的经营和利用亦应通过行政许可制度进行控制。其三,直接关系公共利益的特定行业的市场准入事项。市场准入在一般情况下是自由的,就是通过自由市场机制调节市场主体的市场准入行为,但是,直接关系公共利益的垄断性行业的市场准入则实行许可制度,如电力、铁路、邮政、民航以及其他公用事业。

3. 需要确定特殊主体资格的事款

《行政许可法》第12条第3款规定:“提供公众服务并且直接关系公共利益的职业、行业,需要确定具备特殊信誉、特殊条件或者特殊技能等资格、资质的事项。”提供公共服务的行业指有偿提供公共服务的一些特殊行业,如从事律师、会计师、医师等特殊的公共服务行业。此类行业从事人员其主体资格都有相应的条件要求,若达不到条件,这些从业者就不能为公众提供有效的、高质量的公共服务。许可制度对此类行业作出资格限制是理所当然的。此类事项的行政许可有下列特点:“一是一般都要通过考试或者严格考核方式并根据考试、考核结果决定是否予以许可;二是没有数量限制;三是行政机关实施许可一般没有自由裁量权;四是资格、资质的许可与申请人的身份相联系,资格、资质证书不能转让、继承。”[127]此类许可事项包括下列范围:其一,主体具备特殊信誉的事项。即只有具备一定的信誉度才能从事此类事项,如从事某种资格的鉴定部门。其二,主体具备特殊条件的事项。如从事律师业的经营者其主体必须通过国家司法考试,通过司法考试就是对此职业进行的条件限制。其三,主体具备特殊技能的事项。从事一些公共服务事项需要具备特殊技能,如建筑施工企业必须具有修建房屋的建筑技能。

4. 需要对技术规范进行审定的事项

现代高科技广泛运用使一些特殊的工业品以及其他产品为公众带来了巨大方便,但同时这类产品又存在一些安全方面的问题。例如,燃气热水,使公众洗浴较前大为方便,而同时它又比传统的洗浴方式存在更多的危险。为了公共安全、人身健康、生命财产安全,国家对这类产品的生产规定了一系列的技术标准和技术规范。这些技术标准和技术规范要通过检测、检验、检疫等方式进行审定。例如,锅炉、压力容器、压力管道、电梯、起重设备等在生产和安装时都有严格的技术指标和技术规范。行政相对人从事这种设施的生产和安装就必须通过行政许可制度而为之。这类事项一般都有一些政府规章对技术指数作出具体规定,对于达到技术标准的予以许可。此类事项具体包括:其一,需要进行检验的事项。如对食品、药品进行技术指标和技术规范的检验。其二,需要进行检测的事项。如对锅炉、压力容器等设施进行技术指标和技术规范的检测。其三,需要进行检疫的事项。如食品、药品等就需要进行卫生等技术指标的检疫。

5. 需要获得法律人格的事项

市场主体以及其他社会主体要取得合法地位必须取得法律上的人格。如企业只有具备法人资格才能从事生产和经营活动,社会组织必须经过登记才能被其他社会主体所承认。《行政许可法》第12条第5款规定的“企业或者其他组织的设立等,需要确定主体资格的事项”是可以设定许可的事项。即企业取得法人资格需要经过许可,社会组织取得从事某种活动的法律资格需要经过许可。显然,此类许可事项具体包括:其一,企业取得法人资格的事项;其二,社会组织取得主体资格的事项。

6. 法律、行政法规规定可以设定行政许可的其他事项

这是《行政许可法》在列举了行政许可设定客体的具体范围后留下的一个空隙。[128]上列五类不一定能够覆盖行政许可设定事项的所有范围,行政管理事态的复杂性和多变性都决定了有关的列举还不足以将行政许可设定的事项予以穷尽。留一个空隙有利于今后立法对社会事项和行政许可的调控。应当说明的是,其他的许可设定事项只能由法律、行政法规规定。

行政许可设定客体

序号	1	2	3	4	5
范围	需依法定条件批准的事项	需赋予特定权利的事项	需确定特殊主体资格事项	需对技术进行审定的事项	需获得法律人格的事项
内容	1. 国家安全和公共安全的事项 2. 经济宏观调控的事项 3. 人身健康和生命安全的事项	1. 有限资源开发利用事项 2. 公共资源配置的事项 3. 有关市场准入的事项	1. 主体具备特殊信誉的事项 2. 主体具备特殊条件的事项 3. 主体具备特殊技能的事项	1. 需进行检验的事项 2. 需进行检测的事项 3. 需进行检疫的事项	1. 企业取得法人资格 2. 社会组织取得法律主体资格

(四)对抗设定行政许可的机制

所谓对抗设定行政许可的机制,是指对通过立法和行政手段设定行政许可的制度予以对抗的一些社会机制。作为一种机制它存在于社会之中,并有正当的途径对社会事务进行自我调节;对抗设定行政许可是这种机制的固有特征,即此种机制不需要通过立法和行政手段设定许可事项。《行政许可法》第13条规定:“本法第12条

所列事项,通过下列方式能够予以规范的,可以不设行政许可:(一)公民、法人或者其他组织能够自主决定的;(二)市场竞争机制能够有效调节的;(三)行业组织或者中介机构能够自律管理的;(四)行政机关采用事后监督等其他行政管理方式能够解决的。"此条规定表明可以设定行政许可的客体将可以通过下列机制对抗行政许可的设定:

1. 公众能够自主决定的机制

设定行政许可的客体是一个相对的概念,既可以通过许可机制调整这些事项,也可以通过许可机制之外的机制调整这些事项。公民、法人或者其他组织能够自己决定设定行政许可客体的事项,便没有必要一定设定行政许可。公众的自主决定本身就是一种机制,此种机制随着社会的发展会被运用得越来越多,它是宪法关于公民权利在行政法控制中的体现。法律对有关社会事态的控制,行政主体对有关行政事态的控制是以公众的自主选择为基础的,当公众能够自主选择某种事项时,这样的事项就没有必要以行政许可的形式予以控制。例如,《中华人民共和国招标投标法》第12条规定:"招标人有权自行选择招标代理机构,委托其办理招标事项。任何单位和个人不得以任何方式为招标人指定招标代理机构。招标人具有编制招标文件和组织评标能力的,可以自行办理招标事项。"招标人通过自己的行为自主选择,国家便没有必要设定行政许可。

2. 市场机制

市场经济和计划经济是两种类型的经济体制。市场经济是爱好指导的社会。[129]所谓爱好指导的社会,是指由市场主体根据自己的爱好对自己的行为及其行为过程作出决定,而没有必要由政府对其行为作出决定。计划经济被认为是理智指导的社会,所谓理智指导的社会就是指政府通过论证制定相应的规则将整个社会视为一个整体,并对所有社会成员在某些问题上的选择作出决定。由此可见,越是实行计划经济,政府的行政审批就越多。市场机制和政府干预是一个相对立的概念,因此,通过市场能够决定的事项国家就没有必要设定行政许可。

3. 非政府组织的调节机制

行政职权剥离是近年来行政职能转变的一个结果,所谓行政职权剥离,是指行政机关在一些行政管理领域要逐渐淡出,将权力转移到非政府机关手中。各种各样的行业组织和中介机构的涌现,以及这些组织承担行政职能的广泛性就是政府职能转变的一个例证。行政组织和中介机构与相关社会主体的关系是在自愿的基础上形成的,其与相关主体的权利义务关系是在自律而不是强制的基础上得到执行的,因此,能够通过行业组织和中介机构调节社会关系的就没有必要设定行政许可。

4. 非禁止机制

行政许可是以行政禁止为前提的,许可从其本质上讲是对禁止事项的解除。行政禁止或者我们通常意义上讲的行政审批是行政主体管理社会事务的手段之一,而不是所有管理手段。在行政禁止手段之外还存在大量其他的管理手段,例如,行政主体通过行政指导、行政监督等手段同样可以达到对行政事务进行管理的目的。行政禁止的管理手段虽有利于方便行政管理权的行使，但其管理的实际社会效果并不一定比行政指导、行政监督更明显一些。《行政许可法》规定："行政机关采用事后监督等其他行政管理方式能够解决的"可以不设行政许可。如行政主体对从事生产或经营活动的市场主体可以通过加强事后监督监控其生产经营活动，其管理效果常常比行政许可的效果更好。

（五）设定行政许可的权力分配

设定行政许可的权力分配是指哪些主体享有行政许可设定权以及能够在多大的范围内设定行政许可事项。行政许可的设定是一项立法行为，因此，《行政许可法》关于行政许可设定权的规定是通过法律渊源的形式表现出来的，即何种类型的法律渊源可以设定何种类型的行政许可。通过法律渊源的形式表达行政许可的设定权比直接规定某一主体有多大范围的设定权要科学一些，因为此种表述使行政许可设定权与立法行为结合起来，更体现了行政许可设定权的规则性。我国行政许可设定权的具体分配如下：[130]

1. 法律的设定

法律可以设定《行政许可法》第 12 条规定的所有涉及行政许可客体的事项。

2. 行政法规的设定

行政法规对行政许可的设定受到一定条件的限制，即只有在法律没有设定的情况下，行政法规才可以设定行政许可。《行政许可法》第 14 条第 2 款规定："必要时，国务院可以采用发布决定的方式设定行政许可。实施后，除临时性行政许可事项外，国务院应当及时提请全国人民代表大会及其常务委员会制定法律，或者自行制定行政法规。"国务院作为行政法规的制定主体除可以以行政法规的形式设定行政许可外，还可以用行政规范性文件的方式设定行政许可。规范性文件设定的行政许可应当迅速上升为法律或者行政法规。行政法规还可以对法律设定的行政许可事项作出具体规定。

3. 地方性法规的设定

地方性法规的制定主体一是省、自治区和直辖市人民代表大会及其常务委员会；二是较大的市的人民代表大会及其常务委员会。目前我国较大的城市包括 27 个省会城市、18 个经国务院批准享有地方性法规制定权的较大的市以及 4 个经济特区所在地的市。18 个经国务院批准享有地方性法规制定权的较大的市包括：唐山市、大同市、包头市、大连市、鞍山市、抚顺市、吉林市、齐齐哈尔市、无锡市、淮南市、青岛市、洛阳市、宁波市、淄博市、邯郸市、本溪市、徐州市和苏州市；4 个经济特区所在地的市包括：深圳市、厦门市、珠海市和汕头市。这些市的人民代表代表大会及其常务委员会同样享有地方性法规制定权。地方性法规亦有权设定行政许可，但是依《行政许可法》的规定，地方性法规设定行政许可除了受该法第 12 条规定的客体限制外，还必须是上位法律没有设定的许可事项，即在法律、行政法规对可以设定行政许可的客体没有设定时,从法律对社会关系有效调控出发,地方性法规可以设定行政许可事项。地方性法规在我国法律体系中所处的地位决定了它对行政许可的设定必须受到下列条件限制:其一,只能设定上位法律没有设定的事项;其二,不得设定应当由国家统一确定的公民、法人或者其他组织的资格、资质的行政许可;其三,不得设定企业或者其他组织设立的登记及其前置性行政许可事项;其四,其设定的行政许可,不得限制其他地区的个人或者企业到本地区从事生产经营和提供服务。不得限制其他地区的商品进入本地区市场。

4. 政府规章的设定

与《中华人民共和国行政处罚法》关于政府规章对行政处罚的设定不同,《行政许可法》对政府规章设定行政许可的状态作了区别对待,依该法规定,只有省、自治区、直辖市人民政府才享有行政许可的设定权。但对其设定行政许可作了下列限制:其一,只能设定上位法律没有设定行政许可的事项,若法律、行政法规、地方性法规已经设定了行政许可,省、自治区、直辖市人民政府规章则不得对同一事项再设定行政许可;其二,不得设定应当由国家统一确定的公民、法人或者其他组织的资格、资质的行政许可;其三,不得设定企业或者其他组织设立的登记及其前置性行政许可;其四,不得限制其他地区的个人或者企业到本地区从事生产经营和提供服务,不得限制其他地区的商品进入本地区市场;其五,仅仅能够设定临时性行政许可,即实施期为一年的行政许可。《行政许可法》第 15 条有这样的规定,"尚未制定法律、行政法规和地方性法规的,因行政管理的需要,确需立即实施行政许可的,省、自治区、直辖市人民政府规章可以设定临时性的行政许可。临时性的行政许可实施满一年需要继续实施的,应当提请本级人民代表大会及其常务委员会制定地方性法规。"

5. 下位法可以对上位法设定的行政许可作出具体规定

即行政法规可以在法律设定的行政许可事项范围内,对实施该行政许可作出具体规定;地方性法规可以在法律、行政法规设定的行政许可事项范围内,对实施该行政许可作出具体规定;规章可以在上位法设定的行政许可事项范围内,对实施该行政许可作出具体规定。同时,下位法在对上位法设定的行政许可事项作出规定时必须受到两个条件的限制:其一,不得增设行政许可;其二,不得增设违反上位法的其他条件。

(六)设定行政许可的程序

设定行政许可是立法行为的范畴,因此,行政许可设定主体设定行政许可时应当遵循《中华人民共和国立法法》规定的程序。若是通过行政法规设定行政许可还应当依《行政法规制定程序条例》规定的程序设定行政许可。当然,地方性法规和规章设定行政许可时还必须依《法规规章备案条例》的规定等。除上列程序规则外,《行政许可法》还规定若制定的法律文件有设定行政许可的事项,要针对行政许可事项,举行听证会、论证会等,使行政许可设定的事项有广泛的公众参与。

六、行政许可的实施机关

所谓行政许可的实施机关是指依法享有行政许可实施权的国家行政机关以及其他依法行使行政权的组织。行政许可的实施机关是法律规定行使国家行政权的机关或者组织,它们有权实施国家行政管理权,而许可权从广义上讲是国家行政权的表现形式之一,行政许可的实施机关的主体资格具有法定性,即某一机关之所以享有实施行政许可的权力是由法律规范赋予其行政主体资格的;行政许可的实施机关实施行政许可的权力是有限的,只能在法律规定的范围内实施,而不能超越法律规定的行政职权;行政许可实施机关实施行政许可的行为表现仅仅是实施,即将法律设定好的行政许可予以实现,而不是在行政管理活动过程中自己设定行政许可。

(一)行政许可实施机关的类型

1. 职权机关

所谓职权机关是指依政府组织法和部门行政管理法设立的国家行政机关。这类机关在它设立时就取得了行政主体资格,属于国家行政系统的构成部分,我国各级人民政府及其职能部门就属这样的职权机关。它们存在于我国行政机构体系的大系统之中,依法享有综合性或者部门性的行政管理权限。它们的职权体现在宪法和政府组织法之中,又表现在部门行政管理法之中。例如,《中华人民共和国税收征收管理法》关于税务行政机关在税务行政管理中的职权规定,税务机关是行政许可实施的主要主体。

2. 授权机关

所谓授权机关指在法律、法规授权下从事行政管理职能的非行政机关,即这些机关本身不是行政机关,或者是企业单位,或者是事业组织,但他们可以在法律、法规授权之下在特定范围内行使行政管理权,其中也行使一部分行政许可权。《行政许可法》第23条规定:“法律、法规授权的具有管理公共事务职能的组织,在法定授权范围内,以自己的名义实施行政许可。被授权的组织适用本法有关行政机关的规定。”

3. 受委托的机关

所谓受委托的组织指在行政机关的委托之下行使特定行政管理权的组织,它们可以是行政机关也可以是事业组织。[131]《行政许可法》第24条规定:“行政机关在其法定职权范围内,依照法律、法规、规章的规定,可以委托其他行政机关实施行政许可。委托机关应当将受委托行政机关和受委托实施行政许可的内容予以公告。委托行政机关对受委托行政机关实施行政许可的行为应当负责监督,并对该行为的后果承担法律责任。受委托行政机关在委托范围内,以委托行政机关名义实施行政许可;不得再委托其他组织或者个人实施行政许可。”该条关于委托组织实施行政许可的问题作了详细规定。它们虽有权行使实施行政许可的权力,但不能以自己的名义从事这样的活动,即它们在实施行政许可中没有独立的法律主体资格。

4.综合执法机关

综合执法机关是指依法定程序设立的行使若干行政管理部门权力的综合权力机关。它们可以行使若干行政管理部门的权力,但本身并不隶属于某一个行政管理职能部门,具有法律上的相对独立性。自《中华人民共和国行政处罚法》确定了综合执法机关的法律地位后,我国便全面实现了相对集中行政处罚权制定,相对集中行政处罚权的机关便具有综合执法机关的性质,所不同的是他们所集中的仅仅是行政处罚权。《行政许可法》吸收了行政处罚相对集中的经验,第25条规定:"经国务院批准,省、自治区、直辖市人民政府根据精简、统一、效能的原则,可以决定一个行政机关行使有关行政机关的行政许可权。"表明行政许可的实施机关中同样具有综合执法机关,即一个通过法定程序设立的相对独立的行政机关行使若干行政管理部门的行政许可权。它们具有法律上的独立人格,既不从属于彼一行政职能部门,又不从属于此一行政职能部门,是对若干行政管理部门行政许可权的相对集中。与行政处罚权的相对集中一样,综合执法机关对行政许可权的相对集中必然会提高行政效率,减少执法扰民的现象。

5.联合执法机关

行政许可对于行政管理过程的调控是非常复杂的,有时一个行政许可行为就可以调控某一方面的行政管理关系,有时,则需要若干行政许可行为才能调控某一方面的行政管理关系。与之相对应,行政相对人获取某一权益在有些情况下只需要通过一个行政许可请求便可,而在有些情况下需要通过若干许可请求才能得到一个权益。《行政许可法》为了方便相对人对许可权的获取便规定了联合实施行政许可行为的制度。第26条规定:"行政许可需要行政机关内设的多个机构办理的,该行政机关应当确定一个机构统一受理行政许可申请,统一送达行政许可决定。行政许可依法由地方人民政府两个以上部门分别实施的,本级人民政府可以确定一个部门受理行政许可申请并转告有关部门分别提出意见后统一办理,或者组织有关部门联合办理、集中办理。"显然,联合执法机关有两种情况:一是一个行政机关的不同机构联合办公,统一送达行政许可决定。二是两个以上行政机关联合办公,集中作出行政许可决定。这种联合执法机关与综合执法机关存在区别,综合执法机关是依法定程序设立的具有相对独立主体的机关,而联合执法机关则是隶属于某一职能部门不具有独立主体资格的机关。

(二)行政许可实施机关的特别规定

1.有些行政许可需要特殊主体实施

对直接关系公共安全、人身健康、生命财产安全的设备、设施、产品、物品的检验、检测、检疫,除法律、行政法规规定由行政机关实施以外,应当逐步由符合法定条件的专业技术组织实施。当他们实施此类行政许可时具有独立的行政主体资格,对自己的行为有义务承担法律责任。

2. 行政主体实施行政许可不得向行政相对人增加义务

《行政许可法》第 27 条规定:“行政机关实施行政许可,不得向申请人提出购买指定商品、接受有偿服务等不正当要求。行政机关工作人员办理行政许可,不得索取或者收受申请人的财物,不得谋取其他利益。”

七、行政许可的实施程序

(一)申请与受理

1. 申请人的概念

申请人是指为了获得一定的权利或者从事法律、法规以许可规则禁止的事项向行政机关提出申请并要求取得资格的公民、法人或者其他组织。行政许可的申请人是行政相对人,即在行政法关系中与行政主体处于相互对应地位的另一方当事人;申请人的资格是由许可设定规则决定的。申请人是能够从行政许可设定规则中获取权利的特定相对人。在行政法中,有些行为是法律、行政法规禁止的,而且没有解禁的可能,在这种情况下,任何人都不可以获得许可权利。大多数行政许可的设定都可以在满足一定条件的情况下予以解除,只要符合解禁条件的当事人就可以获得申请人资格;申请人是已经提出申请的人,某种行政许可设定事项,获取权利的人可能是不特定的多数主体,只有当依法定程序提起申请的行政相对人才是申请人。

2. 提起申请的条件

行政许可的申请是一个法律行为,申请人提起申请必须依照法律规定条件进行。《行政许可法》第 29 条规定:“公民、法人或者其他组织从事特定活动,依法需要取得行政许可的,应当向行政机关提出申请。申请书需要采用格式文本的,行政机关应当向申请人提供行政许可申请书格式文本。申请书格式文本中不得包含与申请行政许可事项没有直接关系的内容。申请人可以委托代理人提出行政许可申请。但是,依法应当由申请人到行政机关办公场所提出行政许可申请的除外。”从该条的规定可以看出,申请人提起申请应当符合下列条件:其一,申请人是行政法关系中的行政相对人。其二,申请必须依一定的方式提出。如采用格式文本的,行政机关应当向申请人提供行政许可申请书格式文本,申请人必须认真填写格式文本,格式文本的内容必须与申请许可的事项有关联性等。应当指出,《行政许可法》关于行政许可提起的方式规定得比较灵活,行政相对人可以通过信函、电报、电传、传真、电子数据交换和电子邮件等方式提出。其三,申请人必须以自己的名义提起。申请人请求行政许可是为了获取相关的权益,且这一法律行为中的权利义务主体是申请人本人,因此,申请人必须以自己的名义提出许可申请。当然,申请人的这一法律行为可以委托代理人实施,而代理人只能以许可申请人的名义从事申请活动,同时,委托代理申请还要受到一定条件的限制,依法应当由申请人到行政机关办公场所提出行政许可申请的,申请人不得委托他人申请。

3. 申请人的权利义务

申请人的权利义务是指行政许可申请人在实施行政许可申请行为时所享有的权利和所承担的义务。申请人的权利包括:其一,信息主张权,即申请人有权从行政许可实施机关那里主张有关行政许可事项的信息。《行政许可法》第30条第1款规定:"行政机关应当将法律、法规、规章规定的有关行政许可的事项、依据、条件、数量、程序、期限以及需要提交的全部材料的目录和申请书示范文本等在办公场所公示。"第33条规定:"行政机关应当建立和完善有关制度,推行电子政务,在行政机关的网站上公布行政许可事项,方便申请人采取数据电文等方式提出行政许可申请;应当与其他行政机关共享行政许可信息,提高办事效率。"行政机关公布有关资料、提供有关信息的义务也就是许可申请人的权利。其二,要求解释权,即申请人有权要求行政许可机关对有关许可事项公示的内容予以说明、解释,为申请人提供真实可靠的信息。其三,非法主张的拒绝权,申请人有权拒绝行政许可机关要求其提供与案件无关的材料的权利。申请人的义务包括:其一,提交许可所需材料的义务。行政许可的办理必须依赖于有关的材料,凡法律规定应由行政相对人提供的材料,其必须予以提供。其二,依法定方式提起的义务。申请人必须依法定方式提起行政许可申请。其三,提供真实信息的义务。《行政许可法》第31条规定:"申请人申请行政许可,应当如实向行政机关提交有关材料和反映真实情况,并对其申请材料实质内容的真实性负责。"

4. 申请的审查与处理

行政许可申请的审查是指行政许可机关对申请人的许可申请进行审查的行为。许可机关要审查申请人情况以及申请是否符合法定条件等。通过审查分别作出如下处理:其一,告知不予受理。告知不予受理是指行政许可机关告知申请人不予受理的情况。告知不予受理的条件是申请人所申请的事项无须取得许可就可以获得相应的权利和从事特定的活动。其二,决定不予受理。所谓决定不予受理是指行政许可机关作出不予受理申请人许可请求的决定。决定不予受理的条件是申请人所申请的事项不属于本行政机关的职权范围。行政许可机关在作出不予受理的决定时,要告知申请人继续申请的机关,即在决定不予受理的情况下,行政许可机关负有告知受理机关的义务。其三,告知补正。所谓告知补正是指行政许可机关认为申请人的申请符合法定条件,但申请材料不齐全,告知其补正相关材料的行为。告知补正的条件是申请人所提交的材料不齐全或者不符合法定形式。《行政许可法》第32条第4项规定:"申请材料不齐全或者不符合法定形式的,应当当场或者在5日内一次告知申请人需要补正的全部内容,逾期不告知的,自收到申请材料之日起即为受理。"在申请人提供的材料有误的情况下,行政许可机关可以要求申请人当场更正错误。其四,决定受理。决定受理是指行政许可机关对申请人符合法定条件的许可申请予以受理的行为。申请人的申请事项属于本行政机关的职权范围,申请材料齐全、符合法定形式或者申请人应行政机关的要求提交全部补正申请材料等条件满足以后,行政许可机关便应当予以受理。行政机关受理行政许可应当出具加盖本行政机关专用印章和注明日期的书面凭证。

(二)审查与决定

1. 审查的概念

审查是指行政许可机关对申请人提交的申请材料进行全面审查的行为。审查是由行政许可机关实施的行为;审查是对行政相对人申请材料真实性等的确定,它对申请人获取合法权利有决定性影响;审查应当是全面审查,包括申请人提供材料程序方面的合法性和实体方面的合法性。

2. 审查的程序

其一,当场审查。指在申请人提交的申请材料齐全,符合法定形式的情况下,行政许可机关可以当场进行审查。其二,核查。在行政许可申请内容需要核实的情况下,行政许可机关应当指派两名以上工作人员进行检查。其三,二级审查。有些行政许可事项要有两级行政机关实施行政行为后才能作出许可决定,此类审查的主体是两个。《行政许可法》第 35 条规定:“依法应当先经下级行政机关审查后报上级行政机关决定的行政许可,下级行政机关应当在法定期限内将初步审查意见和全部申请材料直接报送上级行政机关。上级行政机关不得要求申请人重复提供申请材料。”其四,告知利害关系人。行政许可机关对申请人的行政许可进行审查时,发现行政许可事项直接关系他人重大利益的,应当告知该利害关系人。申请人、利害关系人有权进行陈述和申辩,行政机关应当听取申请人、利害关系人的意见。

3. 决定的概念

行政许可的决定是指行政许可机关在对行政许可申请相关内容审查的基础上作出行政许可决定的行为。决定是一个法律行为,直接对申请人权利义务产生影响;许可决定必须在审查的基础上作出;行政许可决定的作出必须符合法定程序,并依照法律规定的具体方式作出。

4. 决定的类型

其一,不予行政许可的决定。所谓不予行政许可的决定,是指行政许可机关通过对申请人所提供材料的审查,认为申请人不可以获取许可资格,作出不赋予相应权利的决定。不予许可决定应以书面形式作出;不予许可决定应当说明不予许可的理由;不予许可决定中应告知申请人享有依法申请行政复议或者提起行政诉讼的权利。其二,准予行政许可的决定。所谓准予行政许可的决定就是指行政许可机关通过对申请人申请材料的审查,认为申请人应获取许可权利,作出准予其行政许可的决定。准予行政许可的决定应当以书面形式作出,准予行政许可的决定应当予以公开,以便公众查阅;一些准予行政许可的决定必须符合法定形式。《行政许可法》第 39 条规定:“行政机关作出准予行政许可的决定,需要颁发行政许可证件的,应当向申请人颁发加盖本行政机关印章的下列行政许可证件:(一)许可证、执照或者其他许可证书;(二)资格证、资质证或者其他合格证书;(三)行政机关的批准文件或者证明文件;(四)法律、法规规定的其他行政许可证件。行政机关实施检验、检测、检疫的,可以在检验、检测、检疫合格的设备、设施、产品、物品上加贴标签或者加盖检验、检测、检疫印章。”

(三)期限

1. 期限的意义

行政许可的期限是指行政许可机关和被许可人从事行政许可行为应当遵守的期限规则。期限是行政程序制度的内容之一,但它的深层意义却远远超出了行政程序的范围。对于行政机关而言,期限制度是提高行政效率的一项重要制度。“行政许可中的期限就应当体现许可效率原则。许可效率原则是指行政许可机关应当按照法定程序,在规定的时限内及时办理行政许可事项,不得无故拖延。”[132]对于行政相对人而言,期限制度是一项非常重要的便民措施。我国在没有制定行政许可法之前,行政相对人的申请被搁置的情形非常多见,有些许可事项甚至数年后才被批下来,这样的许可对于行政相对人来讲是非常不便的。行政许可法将期限予以严格规定后,行政主体便不得再有所拖延,这对于方便申请人有巨大好处。

2. 行政许可的一般期限

行政许可的一般期限是指行政许可机关在作出一般行政许可时所遵守的时限。除可以当场作出行政许可决定的外,行政机关应当自受理行政许可申请之日起 20 日内作出行政许可决定。20 内不能作出决定的,经本行政机关负责人批准,可以延长 10 日,并应当将延长期限的理由告知申请人。如果相关的行政实体法即部门行政管理法有特别规定的,则依实体法规定的期限执行,这里所遵循的是优先适用行政实体法的原则。

3. 共同行政许可的期限

共同行政许可是就统一办理、联合办理和集中办理行政许可而言的。依《行政许可法》第 42 条第 2 款的规定:“依照本法第 26 条的规定,行政许可采取统一办理或者联合办理、集中办理的,办理的时间不得超过 45 日;45 日内不能办结的,经本级人民政府负责人批准,可以延长 15 日,并应当将延长期限的理由告知申请人。”

4. 二级许可的期限

依法应当先经下级行政机关审查后报上级行政机关决定的行政许可,下级行政机关应当自其受理行政许可申请之日起 20 日内审查完毕。若实体法有规定,则依实体法规定的期限执行。

5. 证照颁发的期限

行政机关作出准予行政许可的决定,应当自作出决定之日起 10 日内向申请人颁发、送达行政许可证,或者加贴标签、加盖检验、检测、检疫印章。

上列期限不包括对行政许可事项进行听证、招标、拍卖、检验、检测、检疫、鉴定和专家评审所需要的时间。上列行为需要的时间,行政许可机关应当书面告知被许可人。

(四)听证

1. 听证的适用范围

行政许可中的听证程序[133]与行政处罚的听证程序一样不是一个必经程序,而是一个选择程序,就是一方面适用听证程序的行政许可行为只有一部分而不是全部,另一方面是否举行听证由行政许可机关和申请人以及其他利害关系人决定。行政许可听证的适用范围包括:其一,法律、法规、规章规定实施行政许可应当听证的事项。这一听证范围行政许可设定机关在设定时就已经作了规定,这些规定反映在部门行政管理法中,如有关的环境保护规则对排污许可的规定,价格法对价格调整中许可问题的规定。对于法律、法规、规章规定的行政许可听证事项都与公共利益或者他人权益有关。之所以由行政许可机关主动作出听证决定是为了维护国家利益或者公共利益。其二,行政许可机关认为需要听证的事项。法律、法规对于有些行政许可事项,没有作出规定,但是,行政许可机关认为该行政许可事项,应当举行听证的便可以举行听证。行政许可机关自由决定的此类听证事项主要是涉及有关公共利益的重大行政许可事项。何为涉及公共利益的重大事项由行政许可机关决定,这实际上是赋予了行政许可机关在行政许可听证过程中一定的自由裁量权。其三,行政许可直接涉及申请人与他人之间重大利益关系的事项。例如,在一些有数量限制的行政许可事项中,申请许可的人一旦获得许可权利,就会减少其他利害关系人从事同类活动的机会,此时行政机关应当告知相关利害关系人有要求举行听证的权利。正如一些行政许可一旦赋予了申请人便会对其他人的权益产生直接影响,在这种情况下亦应通过举行听证会使各方利益得到协调,如城市规划部门在受理某房地产开发商建房许可时,若这一许可事项被批准后,可能对其他居民的采光、交通、环境等产生影响,行政许可机关在作出这一行政许可决定之前应当告知与之有利害关系的居民有要求举行听证的权利。

2. 听证的类型

《行政许可法》规定了两种类型的听证:一是自主听证。所谓自主听证是指由行政许可机关自行决定的听证。在自主听证的制度中,行政许可机关有义务向社会公告,以使相关的利害关系人参与听证。二是申请听证。所谓申请听证是指申请人以及其他利害关系人向行政许可机关提出申请,要求其举行听证的听证方式。在申请听证的方式中,行政许可机关有义务告知申请人和利害关系人有要求举行听证的权利。申请人和利害关系人应在被告知听证权利之日起 5 日内提出听证申请,如果申请人和利害关系人放弃听证权利,听证则不予举行。对于当事人要求举行听证的申请,行政许可机关应当在 20 日内组织听证。

3. 听证的程序

行政许可听证的程序包括下列环节:其一,听证通知。行政许可机关决定举行听证后,应当通知申请人或者利害关系人举行听证的基本情况,包括举行听证的时间、地点等。告知听证的期限为 7 日,即必须在举行听证前 7 日内告知当事人。在有些情况下,行政机关有必要将听证决定予以公告。其二,确定听证主持人。行政许可机关应当指定审查该行政许可申请的工作人员以外的人员为听证主持人。申请人或者利害关系人有权对主持人的身份提出异议,若认为听证主持人与该行政许可事项有直接利害关系时,有权申请回避。其三,举行听证。举行听证是听证程序的核心环节,它相当于诉讼活动中的开庭审理。举行听证时,参与人有三方,一方是主持人,它是听证过程的组织者和指挥者,是许可听证权利义务的第三方,处于相对中立的地位。另一方是行政许可的办案人员,即审查申请人行政许可申请的行政机关工作人员。还有一方是权利义务或者与许可事项有关的利害关系人。听证过程中,审查许可的办案人员与当事人处于相对立的地位,当然,与利害关系人可能处于相互一致的地位。申请人以及其他当事人有权提出自己的主张,有权提供有利于自己的证据,有权与办案人员进行论辩。听证主持机关应当制作听证笔录,听证笔录应当交听证参加人确认无误后签字或者盖章。其四,听证决定。听证的最终结果是作出听证决定,即对行政许可机关所办理的行政许可作出是否予以许可的倾向性意见,行政听证决定直接关系到申请人是否能够获得许可权利。

(五)变更与延续

1.许可变更

行政许可的变更是在被许可人提出变更主张以后实施的法律行为。行政许可一旦作出就具有法律效力,没有经过法定程序不得变更相关的权利义务。因此,行政相对人要变更行政许可必须向许可机关提出申请。《中华人民共和国商标法》第23条规定:"注册商标需要变更注册人的名义、地址或者其他注册事项的,应当提出变更申请。"当事人的变更申请只是变更程序的第一环节,是否变更由行政许可机关审查决定。对于符合法定条件、法定标准的,行政许可机关应当依法办理变更手续。行政许可的变更既可以是实体权利义务的变更,如相关条件的变更,相互权利义务范围的变更,也可以是程序权利义务的变更,如期限的变更等。

2.许可延续

行政许可可以分为附款的行政许可和无附款的行政许可。无附款的行政许可是指没有附加任何条件的行政许可,在行政法治实践中此类许可相对较少。绝大多数行政许可都属于附款的行政许可,所谓附款就是在行政许可中附加若干条件,其中附加期限是比较多的情形,如生产经营许可证都有期限规定。《行政许可法》对许可延续的规定就是指被许可人在许可期限届满后,若要继续从事此一行为就可向行政许可机关申请延续。可见,延续实质上是方便被许可人的一项制度,它减少了被许可人重新进行许可的环节。延续由被许可人申请,被许可人申请的期限为本许可届满前30日,若法律法规另行规定了期限则依行政实体法的规定执行。例如,《房地产管理法》第22条规定:"土地使用权出让合同约定的使用年限届满,土地使用者需要继续使用土地的,应当至迟于届满前一年申请续期,除根据社会公共利益需要收回该幅土地的,应当予以批准。经批准准予续期的,应当重新签订土地使用权出让合同,依照规定支付土地使用权出让金。土地使用权出让合同约定的使用年限届满,土地使用者未申请续期或者虽申请续期但依照前款规定未获批准的,土地使用权由国家无偿收回。”对于被许可人的申请,行政许可机关应当予以审查并在该行政许可有效期届满前作出是否准予延续的决定。若行政许可机关未作决定,视为准予延续。

（六）实施程序的特别条款

1. 国务院实施行政许可的程序[134]

国务院实施行政许可的程序不适用《行政许可法》规定的程序规则,而是根据有关法律、行政法规的规定执行。国务院作为最高国家行政机关在实施行政管理时常常有一些特别规定。例如,《中华人民共和国土地管理法》第 45 条规定:“征收下列土地的,由国务院批准:(一)基本农田;(二)基本农田以外的耕地超过 35 公顷的;(三)其他土地超过 70 公顷。”《中华人民共和国海域使用管理法》第 18 条规定:“下列项目用海,应当报国务院审批:(一)填海 50 公顷以上的项目用海;(二)围海 100 公顷以上的项目用海;(三)不改变海域自然属性的用海 700 公顷以上的项目用海;(四)国家重大建设项目用海;(五)国务院规定的其他项目用海。”国务院的管理事项是决策事项、重大事项以及宏观调控的事项,《行政许可法》规定的诸多程序是一些具体许可中的程序规则,其难以调控管理国务院的行政许可行为。因此,《行政许可法》对国务院实施行政许可的程序作了特别规定。

2. 市场准入许可的特别程序

《中华人民共和国行政许可法》第 12 条第 2 款规定:“有限自然资源开发利用、公共资源配置以及直接关系公共利益的特定行业的市场准入等,需要赋予特定权利的事项”可以设定行政许可。此类许可被设定以后,行政相对人若要取得权益,申请行政许可,行政许可机关应当通过招标、拍卖等公平竞争的方式作出许可决定。其一,市场准入许可中招标、拍卖等方式作出行政许可决定的具体程序,《行政许可法》没有规定,仅规定依其他法律执行,可以依《中华人民共和国招标投标法》、《中华人民共和国拍卖法》等实体法律规定的招标或拍卖制度执行。其二,行政许可机关对通过招标、拍卖等方式确定的中标人、买受人,必须准予许可,并颁发许可证。其三,市场准入许可中,行政许可机关若没有采用招标、拍卖的方式,行政许可申请人便可以依《中华人民共和国行政复议法》和《中华人民共和国行政诉讼法》进行救济。

3. 确定资格、资质许可的特别程序

《行政许可法》第 12 条第 3 款是行政相对人取得资格、资质许可的规定。这类资格和资质具有强烈的技术色彩,即这类许可不是一般社会成员就可以获取的。《行政许可法》第 54 条规定行政相对人获取这样的资格,应当依法参加国家统一组织的考试,行政许可机关根据考试成绩和其他法定条件作出许可决定。这里指的考试是国家考试,而不是某个部门、某个地方、某个行业组织的考试。例如,赋予行政相对人律师资格,由国家统一组织全国司法考试;赋予行政相对人注册会计师资格,会计人员应当参加注册会计师全国统一考试。行政许可机关必须根据考试成绩和其他法定条件作出许可规定。例如,《中华人民共和国注册会计师法》第 9 条规定:“参加注册会计师全国统一考试成绩合格,并从事审计业务工作 2 年以上的,可以向省、自治区、直辖市注册会计师协会申请注册”,即考试合格和从业两年成为获取此项许可的基本条件。法人取得资格或资质则采取考核的方式。《行政许可法》第 54 条第 2 款规定:“公民特定资格的考试依法由行政机关或者行业组织实施,公开举行。行政机关或者行业组织应当事先公布资格考试的报名条件、报考办法、考试科目以及考试大纲。但是,不得组织强制性的资格考试的考前培训,不得指定教材或者其他助考材料。”这是关于考试程序和方式的规定以及对行政许可机关在考试中贯彻公正、公开、公平原则的规定。

4. 技术标准许可的特别程序

《行政许可法》第 12 条第 4 款规定,“直接关系公共安全、人身健康、生命财产安全的重要设备、设施、产品、物品,需要按照技术标准,技术规范,通过检验、检测、检疫等方式进行审定的事项”可以设定行政许可。此类许可设定以后,若行政相对人要取得相应资格就必须依下列特别程序进行:其一,行政机关要依法对申请人的申请进行申请检验、检测、检疫;其二,检验、检测、检疫的期限为 5 日,即行政机关自受理申请人的申请之日起 5 日内进行检验、检测、检疫;其三,检验、检测、检疫的工作人员不得少于两名;其四,检验、检测完毕后,若不需要作进一步技术分析即可认定设备、设施、产品、物品是否符合技术标准、技术规范的,行政机关应当当场作出行政许可决定;其五,行政许可机关根据检验、检测、检疫的结果,作出不予行政许可决定的,应当书面说明不予行政许可所依据的技术标准和技术规范。

5. 企业或者其他组织设立的特别许可程序

企业或者其他组织设立的程序为:若申请人提交的申请材料齐全、符合法定形式,行政机关应当当场予以登记。若需要对申请材料本身的真实性做进一步核查的,行政机关应当指派两名以上工作人员进行核查,就材料是否真实作出结论,然后根据材料的情况作出是否准予许可的规定。

6. 有数量限制行政许可的特别程序

所谓有数量限制的行政许可是指具有一定数量限制只能满足一部分行政相对人许可请求的许可事项。《行政许可法》第 57 条规定:“有数量限制的行政许可,两个或者两个以上申请人的申请均符合法定条件、标准的,行政机关应当根据受理行政许可申请的先后顺序作出准予行政许可的决定。但是,法律、行政法规另有规定的,依照其规定”,即有数量限制的行政许可实行按顺序取得的原则。《中华人民共和国商标法》第 29 条规定:“两个或者两个以上的申请人,在同一种商品或者类似商品上,以相同或者近似的商标申请注册的,初步审定并公告申请在先的商标;同一天申请的,初步审定并公告使用在先的商标、驳回其他人的申请,不予以公告。”

八、行政许可的费用

(一)行政许可收费的概念

行政许可收费是指实施行政许可的行政机关向许可申请人收取相关费用的行为。行政许可收费是由行政许可机关实施的行为,其主体是特定的;行政许可收费必须具有法律依据,即行政许可的收费必须具有法定性,没有法律依据行政许可机关不得向行政相对人收取费用;行政许可收费是对申请人在许可请求中设定的义务。

(二)行政许可收费的原则

行政许可收费应当以下列原则为指导:其一,不收费原则。所谓不收费原则是指行政机关实施行政许可和对行政许可进行监督、检查,原则上不得向申请人和被许可人收取费用。其二,例外收费法定原则。《行政许可法》规定了行政许可不收费原则,但同时规定法律、行政法规另有规定的除外,也就是说,在不收费原则之下还有一些例外原则,即在有些许可事项中行政许可机关还是有权收取费用的。但是,这一例外必须以法律、行政法规的规定为前提,就是在法律、行政法规规定可以收取费用的情况下,行政许可机关才可以向申请人或被许可人收取费用。其三,收费公开原则。行政机关依法向申请人或被许可人收取的费用必须依照法定程序予以公开,既要公布法定的收费项目,又要公布法定的收费标准。"收取费用的项目,一般应由政府物价部门确定收费标准,才可以向申请人收费;收费时必须使用财政部统一监制的应填定收费对象、依据、项目、费率的收据。收费项目必须透明、收费标准必须公开、依法接受监督。"[135] 其四,格式文本不收费原则。行政许可机关不得以发放格式化文本的方式收取申请人的费用。凡以此收取费用的,申请人有权拒绝交付。

(三)行政许可收费的程序

行政机关实施行政许可所需经费应当列入本级行政机关的预算,由本级财政予以保障,按照批准的预算予以核拨;行政许可机关收取费用必须依法律规定的形式和手续执行;行政许可机关收取的费用必须上缴国库,任何机关或者个人不得以任何形式截留、挪用、私分或者变相私分。财政部门不得以任何形式向行政机关返还或者变相返还实施行政许可所收取的费用。

九、行政许可的监督检查

(一)行政许可监督检查的概念

所谓行政许可的监督检查,是指行政系统对行政许可实施机关以及被许可人在行政许可实施中履行法律义务行为的监督和检查。行政许可的监督检查是行政许可实施的监督和检查,而不包括行政许可设定行为,行政许可设定是立法行为的组成部分,对其进行监督检查要根据《中华人民共和国立法法》和其他相关法律执行;行政许可监督检查是由行政系统实施的监督检查,即享有行政管理权的行政机关实施的,而不包括其他主体对行政许可过程的监督和制约,至少《行政许可法》所规定的行政许可监督检查是由行政系统实施的,其他主体对行政许可的实施也有权依法进行监督,但《行政许可法》规定的监督检查是一个特指概念。行政许可监督检查的对象是实施行政许可的行政机关和行政许可的被许可人,《行政许可法》规定的监督对象主要是获得行政许可权的公民、法人和其他组织。

(二)行政许可的内部监督

所谓行政许可的内部监督是指行政系统内部对实施行政许可进行的监督。行政系统内部对行政许可的监督有两种情况:一是上级行政机关应当加强对下级行政机关实施行政许可的监督检查,及时纠正行政许可实施中的违法行为;[136]二是行政系统内部应当建立健全监督机制。行政许可的实施机关通过核查反映被许可人从事行政许可事项活动情况的有关材料,履行监督责任。行政许可机关依法对被许可人从事行政许可事项的活动进行监督检查时,要将监督检查的情况和处理结果予以记录,由监督检查人员签字后归档。行政机关对行政许可监督事项进行归档的行为是内部行政行为,它表明此种监督行为本身是一种内部监督。当然,作为行政许可的监督权利应当有一定程度的公众参与,如公众有权对内部监督机制进行了解,查阅行政机关监督检查记录。行政许可机关要创造条件,实现与被许可人、其他有关行政机关的计算机档案系统互联,核查被许可人从事行政许可事项活动情况。

(三)行政许可的外部监督

所谓行政许可的外部监督是指行政许可机关对被许可人从事行政许可活动,履行行政许可权利义务情况所进行的监督。行政许可的外部监督包括下列主要内容:

1. 对被许可人生产经营的产品进行监督

行政许可机关有权对赋予生产经营资格的被许可人生产经营的产品进行监督。此类监督采取抽样检查、检验、检测等方式进行。除对其产品进行抽样检查外,还可以对其生产经营的场所依法进行实地检查。在行使检查权的过程中,行政许可机关有权要求被许可人报送有关材料,与之相适应被许可人有义务如实提供有关情况和材料。

2. 对被许可人重要设备、设施进行检验

重要设备设施是指直接关系到公共安全、人身健康、生命财产安全的设备和设施。行政许可机关有权对这些重要设备和设施进行检验,此类检验一般采取定期检验的方式,对检验合格的,行政机关应当发给相应的证明文件。《行政许可法》对被许可人重要设备、设施的监督还作了一些特别规定,如第68条规定:“对直接关系公共安全、人身健康、生命财产安全的重要设备、设施,行政机关应当督促设计、建造、安装和使用单位建立相应的自检制度。行政机关在监督检查时,发现直接关系公共安全、人身健康、生命财产安全的重要设备、设施存在安全隐患的,应当责令停止建造、安装和使用并责令设计、建造、安装和使用单位立即改正。”

3. 对被许可人未依法履行开发利用自然资源义务进行监督

被许可人获得开发利用自然资源的行政许可后,应当依法定条件开发利用这些资源,若未依法履行开发利用自然资源义务或者未依法履行利用公共资源的义务,行政许可机关通过监督,有权责令被许可人限期改正,被许可人在规定的期限内不改正的,行政机关有权依照有关法律、行政法规的规定予以处理。

4. 对被许可人的市场行为进行监督

被许可人取得直接关系公共利益的特定行业的市场准入行政许可后,有义务依照国家规定的服务标准、资源标准和行政机关依法规定的条件从事市场活动,向用户提供安全、方便、稳定和价格合理的服务,并履行普遍服务的义务。没有经过行政许可机关的批准,不得放弃取得的许可资格,如擅自停业、歇业。被许可人若没有依法履行义务,行政许可机关有权责令被许可人限期改正,或者依法采取有效措施督促其履行义务。

5. 对被许可人在管辖区域外所进行的活动进行监督

被许可人获得从事某种活动的权利后,若这种权利的行使没有地域的限制,被许可人便可以在管辖区域外行使此项权利。若这种权利的行使有地域的限制,被许可人只能在许可机关管辖的范围内行使许可权利。对于前者,许可证颁发地的行政机关很有可能无法行使有效监控权,那么,被许可人从事许可活动所在地方的行政机关就有监督权。对于后者,一旦被许可人在外地从事许可证所允许的活动,其行为都构成违法,行为发生地的行政机关当然有权对这样的行为进行监控。《行政许可法》第64条规定:"被许可人在作出行政许可决定的行政机关管辖区域外违法从事行政许可事项活动的,违法行为发生地的行政机关应当依法将被许可人的违法事实、处理结果抄告作出行政许可决定的行政机关。"

(四)行政许可监督机关在监督中的义务

行政许可机关实施监督检查,依法履行下列义务:其一,不得妨碍被许可人正常的生产经营活动;其二,不得索取或者收受被许可人的财物;其三,不得谋取其他利益;其四,接受和处理举报的义务。个人和组织发现违法从事行政许可事项的活动,有权向行政机关举报,行政机关有义务核实和处理个人和组织的举报。

(五)行政许可的撤销

1. 行政许可撤销的概念

所谓行政许可的撤销,是指作出行政许可决定的行政机关或其上级机关,根据利害关系人的请求或者依据行政职权对被许可人已经获得的许可事项,发现该许可在作出时具有主观瑕疵和客观瑕疵的情形,决定予以终止原许可决定的一种法律行为。

(1)行政许可的撤销主体是作出许可决定的行政机关和作出行政许可决定的行政机关的上级行政机关,其他主体不能通过行政程序撤销行政许可。行政复议机关和人民法院通过行政复议或行政诉讼可以依相关的救济程序撤销行政许可,这是终止行政许可关系的另一范畴的问题。

(2)行政许可撤销行为的起因是利害关系人的请求和撤销机关依据职权而启动

的。利害关系人认为行政机关赋予被许可人的许可事项违法或不当便可以向作出许可决定的机关请求终止该许可,行政许可机关或其上级机关发现许可行为有重大瑕疵才有权启动撤销程序。

(3)行政许可撤销的原因是许可行为存在主观或客观瑕疵。主观瑕疵是指作出行政许可决定的机关具有主观过错或者被许可人申请许可时有主观过错。客观瑕疵则是指行政许可行为在客观上存在违法或者不当之处,如具有实体上的违法和程序上的违法。应当指出,撤销行政许可的违法或不当行为发生在许可作出以前和作出过程中,而不是许可作出以后。被许可人合法获取许可权利后,所实施的违法行为是另一范畴的问题。

(4)行政许可撤销的后果是宣布被撤销的行政许可事项无效,对于作出此项许可决定的行政机关而言,此一行政行为为无效行政行为,而对于取得该许可权的行政相对人而言,依该许可获得的权益不受法律保护。

2. 可撤销行政许可的行为类型

《行政许可法》关于可撤销行政许可的规定不是从许可事项的类型而是从作出行政许可时相关主体的行为类型上确定可撤销行政许可范围的,即在作出行政许可决定时相关主体具有不当行为就构成了可撤销行政许可的行为类型,具体有下列情形:

(1)行政机关工作人员滥用职权、玩忽职守作出行政许可决定的。此一行为类型的主体是行政机关工作人员,行为属性有两类:一类是滥用职权作出许可决定,[137]另一类是玩忽职守作出行政许可决定。前者如行政机关工作人员在作出许可决定时擅自扩大许可范围,作了不相关的考察,照顾了不当利益等;后者如行政机关工作人员对申请人的许可请求疏于审查等。

(2)超越法定职权作出准予行政许可决定的。作出行政许可决定的行政机关超越法律规定的权限[138]作出行政许可决定的行为。例如,《中华人民共和国土地管理法》对土地使用的审批权限作了规定,即不同级别的土地行政管理机关享有不同量度的土地使用审批权,若下级行政机关超越了一定量度准予行政许可的就是越权行为,如《旅行社管理条例》第9条第1款规定:"申请设立国际旅行社,应当向所在地的省、自治区、直辖市人民政府管理旅游工作的部门提出申请;省、自治区、直辖市人民政府管理旅游工作的部门审查同意后,报国务院旅游行政主管部门审核批准。"若某区县旅游管理部门受理设立国际旅行社申请的行为,或者省、自治区、直辖市旅游局没有报国务院旅游主管部门审核批准就作出设立某一国际旅行社许可决定的属于超越法定职权作出行政许可决定。

(3)违反法定程序作出准予行政许可决定的。指行政许可机关在作出行政许可决定时违反法定程序的规定,赋予被许可人许可权的情形,如有数量限制的行政许可应当依申请人的排序赋予许可权利,而行政许可机关没有作出排序就随意赋予许可权。违反法定程序赋予行政许可权既包括违反《行政许可法》规定的程序规则,又包括违反部门行政管理法规定的程序规则。

(4)对不具备申请资格或者不符合行政许可条件的申请人予以行政许可的。有些行政许可事项要求具有特殊主体资格和具备特殊条件才能获取,如要获取执业医师的行政许可就必须符合《执业医师法》规定的主体条件,要获取注册会计师的行政许可就应当参加注册会计师全国统一考试成绩合格,并从事审计业务工作2年以上。行政许可机关在实施此类行政许可时必须对申请人的主体资格以及相关条件进行审查,主体资格合格并符合法定条件准予许可。若行政许可机关及其工作人员将某一许可权赋予了不符合主体资格和法定条件的申请人,此一许可就应当予以撤销。

(5)被许可人以欺骗、贿赂等非法手段取得的行政许可。上列四项可以撤销的行政许可行为类型都是因行政主体或者行政机关工作人员的行为过错引起的,而被许可人以欺骗、贿赂等非法手段获取的行政许可其过错在行政相对人一方,如某房地产开发企业为取得建造房屋的资格,向建设行政主管部门提供了伪造的《建设工程规划许可证》和其他虚假材料,从而获得了建设主管部门的建房许可证。对于此类许可行政机关有权撤销。[139]

(6)依法可以撤销行政许可的其他情形。即上述五种行为类型之外的其他行为类型,此种条款被人们称为"兜底"条款,因为上面所列举的诸种行为类型只是行政许可撤销的主要行为类型,在这五种行为类型之外还可能出现其他撤销情形,用这一"兜底"条款就可以不致疏漏。

3. 撤销行政许可的特殊规定

《行政许可法》关于撤销行政许可有下列特殊规定:

(1)可撤销的行政许可,如果撤销后可能对公共利益造成重大损害的,不予撤销。依《行政许可法》的规定,主要包括行政机关工作人员滥用职权、玩忽职守、超越法定职权三种情况下所作的行政许可。此三种情况之外的可撤销行政许可,撤销后即使会对公共利益造成损害也应当予以撤销。行政许可有违法情形但不一定撤销,这是一个应当从法理学上予以解释的问题,它牵涉到违法行为以及纠正违法行为的社会成本问题,有些行为虽然违法但它已经带来了一定的社会影响,且这些社会影响已为既成事实,若要对这样的违法行为及其所造成的后果进行纠正,将会造成更大的社会问题,或者对公共利益造成更大的影响,那么,纠正这一违法行为的成本就要远远大于这一违法行为本身的违法成本,此时选择成本最小化原理而不是程序正当原理似乎更为妥当一些。此处不予纠正的条款就是基于成本最小化原理而制定的。但是,在笔者看来,此一条款是由我国行政法治环境的状况决定的,它应当是一个过渡条款,当我国行政法治环境得到有效改善后,该条款便应当从《行政许可法》中去掉。从我国法治环境看,一些政府机关在有关政策的作用下,实施违法行为的情况非常多见,而且涉及面广,影响范围大,地方政府的形象工程就与违法许可有关,这样的违法许可近年来有上升趋势,若终止此类许可会给国家和公共利益当下造成不可弥补的损失,因此,在目前法治环境下此一条款的存在是合理的。之所以说它是一个过渡条款,是因为若长期使违法许可继续生效,对实现长远的法治目标不利,我们也可能节省了经济成本,却牺牲了法治成本,与其以牺牲法治成本为代价,还不如损失一点眼前的经济利益更可取。同时,何为公共利益、何谓重大损害都难以找到一个标准答案。因此,笔者认为此一条款在我国行政法治环境改善以后应当予以取消。

(2)因行政机关的过错导致行政许可被撤销的,行政机关有行政赔偿的义务。申请人申请行政许可的行为符合法定条件,但因为行政机关的过错导致被许可人获得了许可权利,在被许可人为了取得这一权利投入一定的经济成本,该许可后被发现违法并被行政机关予以撤销,此时,作出行政许可决定的行政机关有义务赔偿被许可人的损失。之所以让行政机关承担赔偿责任,其原因在于造成这种许可行为及其损失的过错在行政机关而不在行政相对人,依国家赔偿法的规定,行政机关要对自己的过错负责。

(3)因被许可人的过错导致行政许可被撤销的,被许可人通过这一违法许可获得的权益不受法律保护。由行政相对人自身过错而形成的行政行为应当被视为无效行政行为,无效行政行为中的权利和义务亦当然无效,因此,被许可人即使已经取得了许可并获得利益亦应当在法律上被视为无效。

(六)行政许可的注销

1.行政许可注销的概念

“行政许可的注销是指取消已经准予的行政许可在行政机关进行登记的事项。”[140]

(1)行政许可注销的主体是赋予行政相对人许可权利的行政机关。行政许可机关在作出准予行政许可的决定时,不论是否向被许可人发放证书和批准文件等证明文书,都要由作出行政许可决定的行政机关进行登记注册,包括对许可内容的记载、许可文件编号的记载以及其他事项的记载,有些甚至还要到上级行政机关备案。这些登记注册的法律行为是行政许可机关对被许可人进行监控的手段,也是行政许可机关对行政许可进行总量控制的手段,行政主体实施登记注册的行为是注销行为存在的前提条件。

(2)行政许可注销是对曾经生效过的行政许可的处置。撤销的行政许可其许可前提是不能成立的,因此,一般认为被撤销的行政许可没有法律效力。而注销的行政许可本是一个具有法律效力的合法许可,是曾经发生过法律效力的许可。注销之前行政许可产生的法律效力不因许可被注销而受到影响。

(3)行政许可的注销必须依法定程序办理。注销行政许可同样是行政机关的一个行政行为。该行为是外部行政行为之一,因此,依严格的法律程序作出显得十分重要。

(4)被注销的行政许可不再具有法律效力。被注销的行政许可在注销之前是有法律效力的。当然,如果权利义务超过了法律规定的期限则依法律规定的期限执行。行政许可被注销以后就不再具有法律效力。

2. 行政许可注销的范围

《行政许可法》第70条规定了行政许可注销的具体范围,具体包括:

(1)行政许可有效期届满未延续的。行政许可有效期是指被许可人从事许可事项的有效期限,例如,《中华人民共和国商标法》第37条规定:"注册商标的有效期为10年,自核准注册之日起计算。"第38条规定:"注册商标有效期满,需要继续使用的,应当在期满前6个月内申请续展注册;在此期间未能提出申请的,可以给予6个月的宽展期。宽展期满仍未提出申请的,注销其注册商标。每次续展注册的有效期为10年。续展注册经核准后,予以公告。"

(2)赋予公民特定资格的许可,该公民死亡、丧失行为能力的。行政相对人获取的资格具有主体的特定性,获取某种资格的被申请人死亡,其便不再是这一行政许可的主体,行政许可机关便应当办理注销手续。如果因为财产权的转移需要变更许可人,则要行政机关履行行政许可程序。被许可人丧失行为能力就自然丧失了从事这一行为的基本条件,对此,行政许可机关要办理注销手续。

(3)法人或者其他组织依法终止的。法人或者其他组织终止后,其便丧失了法律人格,亦没有再从事某种活动的资格。行政许可机关应当依法办理已终止法人的许可注销手续。

(4)行政许可依法被撤销、撤回或者行政许可证件依法被吊销的。被依法撤销的行政许可应当办理注销手续。行政许可机关撤回已经被准许的行政许可,亦应办理注销手续。吊销许可证是一种行政处罚行为,该处罚使行政相对人丧失了原来的权利义务,行政机关对此亦应办理注销手续。

(5)因不可抗力导致行政许可事项无法实施的。不可抗力是指行为人主观意志以外的不以人的意志为转移的客观事件或意志,这些外在原因常常会使行政许可的权利义务无法继续执行,对于这种意外原因导致行政许可无法再履行的,行政机关对此要予以注销。

(6)法律、法规规定应当注销行政许可的其他情形。这是关于行政许可注销的一个"兜底"条款,是指上列情形之外需要注销行政许可的情形。

十、行政许可的法律责任

(一)行政许可法律责任的概念

所谓行政许可的法律责任,是指在行政许可设定和实施过程中各方主体对其违法或者不当行为应当承担的法律责任。依《行政许可法》的规定,行政许可的法律责任主要是行政许可实施过程中的法律责任,由于行政许可设定是立法行为,因此,有关行政许可设定的法律责任主要依《立法法》规定的法律责任对责任主体进行追究。《行政许可法》关于行政许可设定的法律责任主要规定了规范性文件设定行政许可的法律责任问题。行政许可法律责任主要是行政主体以及行政机关工作人员在实施行政许可中的法律责任,行政相对人在行政许可过程中的法律责任,《行政许可法》

规定得比较少，这主要因为相对方在行政许可中的违法行为，其他部门行政管理法基本上都作了规定。行政许可法律责任是多重责任形式，第一个责任形式是行政责任，包括内部行政责任和外部行政责任；第二个责任形式是刑事责任形式，指有关主体在实施行政许可中其行为构成了犯罪而应当依刑法追究的责任。

（二）行政规范性文件设定行政许可的责任

行政规范性文件没有设定行政许可的法律资格，任何行政机关制定的行政管理规范性文件都没有设定行政许可的资格，若某一行政机关通过行政管理规范性文件设定行政许可就违反了行政许可法关于行政许可设定权的规定，设定主体对其设定行为就应当承担法律责任。应当指出，《行政许可法》第14条第2款规定："必要时，国务院可以采用发布决定的方式设定行政许可。实施后，除临时性行政许可事项外，国务院应当及时提请全国人民代表大会及其常务委员会制定法律，或者自行制定行政法规。"此款所规定的发布决定的方式是否为规范性文件是值得探讨的。笔者认为，国务院通过发布决定的方式设定行政许可，其决定本身并不是行政规范性文件，因为，其设定行政许可时是针对某项需要设定行政许可的事项而专门规定的，而不具有普遍意义。规范性文件所涉及的内容具有普遍意义。因此，笔者认为即便是国务院制定的行政管理规范性文件也不能设定行政许可。《行政许可法》第17条对规范性文件设定行政许可的排除，并不是从规范性文件制定主体的角度进行排除的，而是从规范性文件作为一种规则形式的角度而进行排除的，所以，无论哪个主体制定的行政管理规范性文件都无权设定行政许可。规范性文件设定行政许可承担的法律责任有两个：一是有关机关责令设定行政许可的机关予以改正，恢复到行政许可设定前的状态；二是有关机关依法对设定的行政许可予以撤销。《行政许可法》关于规范性文件设定行政许可仅仅规定了此两种法律责任形式，没有规定规范性文件设定行政许可后给行政相对人造成损失应当承担行政赔偿责任。

（三）行政机关及其工作人员在行政许可受理中的违法行为及责任形式

1. 对符合法定条件的行政许可申请不予受理的。申请人申请行政许可若符合法律规定的实体要件和程序要件，行政许可机关就应当予以受理。若行政许可机关无故不予受理就可能构成行政法上的侵权，对此应当承担法律责任。

2. 不在办公场所公示依法应当公示的材料的。在办公场所公示有关的行政许可事项、依据、条件、数量、程序、期限、提供的材料、申请书示范文本等是行政许可机关的义务，也是方便行政许可申请人的举措。上述材料没有及时公开就会妨碍申请人办理许可申请事项。对于不予公开上列事项的，行政机关及其责任人应当承担责任。

3. 在受理、审查、决定行政许可过程中，未向申请人履行法定告知义务的。在行政许可申请中，行政许可机关应当告知申请人提起许可申请的方式、需提供或者补正的材料、不予受理的理由、需要延长作出行政许可的期限、涉及第三人的利益、提起救济途径等事项。在无正当理由不予告知的情况下便应当承担法律责任。

4. 申请人提交的材料不齐全、不符合法定形式，不一次告知申请人必须补正的全部内容的。此责任形式是从防止行政主体给行政相对人制造不便的角度出发的。在行政许可机关不一次性告知申请人需交材料的情况下,可能会拖延许可证发放时间或者使申请人的申请成本加大,对此让行政许可机关承担法律责任是对其效率意识的强化。

5. 未说明不受理行政许可申请或者不予行政许可理由的。说明理由是行政许可法规定的行政主体在行政许可中的重要义务,尤其在行政许可机关不赋予行政相对人许可权的情况下更应当对其说明理由,这也是让行政相对人知晓行政许可状况的路径之一,行政机关及其工作人员对于其不予说明理由的行为亦要承担法律责任。

6. 依法应当举行听证而不举行听证的。行政听证程序是行政许可的重要程序之一,若行政主体在应当举行听证的情况下不予举行,从实质上讲就构成了程序违法,而此种程序违法的结果便可能是侵犯行政相对人取得行政许可的权利,对此行政机关及其责任人应当承担责任。

7. 索取或者收受他人财物以及谋取其他利益的。申请人申请行政许可是为了获取这样或那样的利益。一些行政机关及其工作人员正是抓住申请人获利的特点,向申请人索取财物,所谓索取财物就是以明示或暗示的方式索要财物。收受财物,就是接受行政相对人的财物。谋取其他利益则是指谋取物质财物以外的其他利益,如权势利益、知情利益等。上列行为具有双重侵害性,一是侵害申请人的利益,二是侵害国家利益,对于这样的行为当然应当承担法律责任。

行政机关及其工作人员在受理行政许可中实施了上列行为承担责任的主体有两个:一是行政机关,行政机关作为一个整体要承担改正其行政行为的责任;二是行政机关工作人员,包括直接负责的主管人员和其他直接责任人员。行政机关工作人员的责任形式主要是行政纪律处分。依《中华人民共和国行政监察法》和《公务员法》的规定,若行政机关工作人员索取、收受他人财物或者谋取其他利益构成犯罪的则要追究刑事责任。

(四)行政机关及其工作人员在行政许可审查决定中的责任形式

行政机关及其工作人员在审查决定行政许可中可能出现的违法行为有下列各类:

1. 对不符合法定条件的申请人准予行政许可。被许可人必须是符合法定条件的公民、法人或者其他组织,若行政机关将行政许可赋予了不符合法定条件的行政相对人,从法律上来讲就构成主体不能,即不具有法律主体资格的人从事某项法律行为。这一违法行为或者是由于行政机关及其工作人员在行政许可中的工作疏漏造成的,或者是由于获取了不当利益,故意实施该违法行为,其承担法律责任要根据违法行为的具体情况而定。

2. 超越法定职权作出准予行政许可决定的。行政许可的越权行为也要依权责关系作出,一定层级的行政机关享有赋予行政相对人从事一定行政许可事项的权限,若行政机关越权审批了本该由上级行政机关批准的行政许可,若上级行政机关越权审批了本该由下级行政机关审批的行政许可,若此一行政机关越权审批了本该由彼一行政机关审批的行政许可就要承担行政越权的法律责任。

3. 对符合法定条件的申请人不予行政许可。行政相对人申请行政许可后,若符合法定条件,行政主体就应当依法定程序赋予其从事某种特定活动的主体资格。行政机关及其工作人员无故不赋予其主体资格的就等于变相侵害了其合法权益,因此,应当承担法律责任。

4. 不在法定期限内作出行政许可决定的。在不当行政理论中有一种不当行为就是行政行为迟延,即行政主体不及时作出具体行政行为的情形。《行政许可法》和相关部门行政管理法都对行政许可事项作了期限上的规定,若行政相对人及其工作人员不在法定期限内作出行政许可行为,对此亦应承担法律责任。

5. 未依法定方式作出行政许可决定的。有些行政许可需要依特殊方式作出,如有的行政许可需要通过招标、拍卖、考试等方式作出,若行政机关及其工作人员没有依法定方式作出行政许可就应承担法律责任。《行政许可法》第 74 条第 3 项规定,行政机关及其工作人员"依法应当根据招标、拍卖结果或者考试成绩择优作出准予行政许可决定,未经招标、拍卖或者考试,或者不根据招标、拍卖结果或者考试成绩择优作出准予行政许可决定的"应承担相应的法律责任。

6. 擅自收费或者不按规定项目和标准收费的。《行政许可法》对行政许可的收费作了严格规定:一是规定了除法律、行政法规有明确规定以外,行政机关实施行政许可和对行政许可事项进行监督检查时,不得收取任何费用;二是规定行政机关实施行政许可,依照法律、行政法规收取费用的,应当按照法定的项目、标准收费且按规定收取的费用也必须上缴国库,不能成为收费机关可以任意支配的收益。行政机关擅自收费,或者违规收费的都要承担法律责任。

7. 截留、挪用、私分或者变相私分实施行政许可依法收取费用的。行政许可机关依法定程序收取的费用应当依法上缴国库,任何机关或者个人不得截留、挪用和私分。行政机关及其工作人员截留、挪用、私分收取行政许可费用的,对此应当承担法律责任。

在行政许可审查决定中的责任主体包括行政机关和行政机关工作人员。前者指行政机关作为一个整体应当承担法律责任,其责任形式主要是改正违法或不当行政行为和退回收取的费用,在非法收取财物的情况下,应当依法将收取的财物予以退还。若截留、挪用、私分或者变相私分收取的许可费用的,应当予以追缴。行政机关及其工作人员在行政许可中造成行政相对人经济损失的,应当依《国家赔偿法》的规定予以赔偿。后者指行政机关工作人员作为个体要对其违法行为负责,由直接负责的主管人员和其他直接责任人员承担法律责任。其责任形式包括:一是行政纪律处分责任,二是构成犯罪的承担刑事法律责任。

(五)行政机关及其工作人员在行政许可监督检查中的责任形式

《行政许可法》第 77 条规定:"行政许可机关不依法履行监督职责或者监督不

力,造成严重后果的,由其上级行政机关或者监察机关责令改正,对直接负责的主管人员和其他直接责任人员依法给予行政处分;构成犯罪的,依法追究刑事责任。”该条是对行政机关及其工作人员在行政许可监督检查中法律责任的规定。

(六)行政许可申请人在行政许可中的责任

行政许可申请人在行政许可申请中可能出现的违法行为有以下两种:其一,对行政许可机关隐瞒有关情况的。行政许可申请人本不具备或者不完全具备得到许可资格的条件,但却将与取得许可不利的情况予以隐瞒欺骗许可机关的情形。如某企业为取得生产许可证,故意隐瞒其严重污染不能达到排污标准的情况;某公民为取得教师资格或律师执业资格,隐瞒曾经因职务过失受到刑事处分等情况。其二,故意提供虚假材料的。故意编造虚假材料并向行政许可机关提供以骗取许可资格的。

行政许可申请人若实施了上列两种违法行为要承担下列法律责任:其一,行政机关对其请求不予受理并给予警告;其二,行政机关对许可申请人的请求不予许可并给予警告;其三,若在申请直接关系公共安全、人身健康、生命财产安全事项的行政许可时提供虚假材料或者隐瞒真实情况的,当事人一年内不得再提起该许可请求。

(七)被许可人的法律责任

被许可人在行政许可中可能出现的违法行为有下列诸种:其一,以欺骗或者贿赂等不正当手段取得行政许可;其二,涂改、倒卖、出租、出借行政许可证件;其三,非法转让行政许可的;其四,超越行政许可范围进行活动的;其五,向负责监督检查的机关提供虚假材料或者隐瞒真实情况的;其六,拒绝向监督检查的机关提供反映其活动情况的真实材料的。

被许可人对上列违法行为承担的法律责任有下列种类:其一,行政处罚责任。由行政许可机关根据上列违法行为的情节给予处罚。其二,延缓许可请求。被许可人以欺骗等手段取得直接关系公共安全、人身健康、生命财产安全的行政许可的,其在三年内不得再次申请该行政许可。其三,刑事责任。被许可人在实施行政许可时若构成犯罪就要承担刑事责任。

(八)公民、法人或者其他组织在行政许可中的法律责任

《行政许可法》第81条规定:“公民、法人或者其他组织未经行政许可,擅自从事依法应当取得行政许可的活动的,行政机关应当依法采取措施予以制止,并依法给予行政处罚;构成犯罪的,依法追究刑事责任。”此条既不是对行政许可申请人和被许可人的规定,也不是对行政许可利害关系人的规定,而是对一般公民、法人或者其他社会组织行政许可责任的规定。此规定表明,没有依法取得应当请求的行政许可就擅自从事某特定活动应当承担行政责任或刑事责任。

第三节 行政强制

一、行政强制法引论

《行政强制法》是规范政府行为的一部重要法律,与《行政处罚法》、《行政许可法》并称为行政程序立法的重要"三部曲",该法的出台,结束了我国没有行政强制统一立法的状况,弥补了行政强制立法的诸多空白。根据九届全国人大常委会的立法规划,1999 年 3 月全国人大常委会法工委正式启动《行政强制法》起草调研和论证工作。此后,《行政强制法》草案经过了 2005 年、2007 年、2009 年、2011 年 4 月、2011 年 6 月共五次审议终获通过。2011 年 6 月 30 日,十一届全国人大常委会第 21 次会议审议通过了《行政强制法》,自 2012 年 1 月 1 日起施行。该法的内容涉及行政强制的方式和设定、行政强制措施实施程序、行政机关强制执行程序以及查封、扣押、冻结存款、人民法院强制执行的程序。该法的出台,加快了法治政府的建设步伐,有利于推动各级行政机关及其工作人员严格依法行政,有利于解决此前行政强制执法中存在的诸多问题,有利于切实维护公共秩序和保护公民的合法权利。

(一)行政强制法的立法背景

1. 法治理想上的背景

2004 年国务院《全面推进依法行政实施纲要》、2008 年《国务院关于加强市县政府依法行政的决定》、2010 年《国务院关于加强法治政府建设的意见》,提出了推进依法行政、建设法治政府的基本方针和整体构想,要求"以建设法治政府为奋斗目标,以事关依法行政全局的体制机制创新为突破口,以增强领导干部依法行政的意识和能力、提高制度建设质量、规范行政权力运行、保证法律法规严格执行为着力点,全面推进依法行政,不断提高政府公信力和执行力"。[141]可见,"规范行政权力运行"是法治政府建设的重要组成部分,是我们实现法治理想的必由之路。行政强制权是一项极具侵益性、强制性、控制性和风险性的行政权力,如果不将其纳入法治化轨道,任其游离于法律的约束与控制之外,明显不利于社会和谐稳定,也不符合建设法治政府的总体要求。要确保行政强制行为在法治轨道内展开,为推进法治政府建设提供法律保障,必须制定《行政强制法》。

2. 立法技术上的背景

在行政法领域,从 1990 年开始,我国自 20 世纪 90 年代起先后制定了《行政处罚法》、《行政复议法》、《行政诉讼法》、《国家赔偿法》、《行政监察法》、《行政许可法》行政监督法律文件。"作为我国行政法部门居于主体和核心地位的行政行为法律制度,由于《行政强制法》这一重要的综合性法律一直未能出台,而直接影响了其健全和完善的速度,并进而对我国整个行政法律体系乃至中国特色社会主义法律体系的健全和完善产生了明显影响。"[142]有关行政强制的法律规范,散见于从法律、法规、规章到其他规范性文件的各个位阶的法律文件中,相关的规范内容涉及范围非常广泛,不仅涉及行政强制的设定、实施,代履行、执行罚等行政强制的具体方式,还涉及行政强制的救济制度等内容。同时,由于缺乏统一的上位法的统摄,加上各立法主体对行政强制的理解和把握不一致,导致各相关行政强制立法之间存在矛盾冲突的情形并不鲜见。此外,有些规范行政强制的法律文件位阶较低,无法适应法治发展的需要。例如,目前由征地拆迁引发的群体性事件是比较突出的社会矛盾之一,根据《行政诉讼法》的规定,行政机关可以依法强制执行,也可以申请人民法院强制执行。根据此规定可见,行政机关的行政强制必须"依法"作出,也就是说,行政机关的行政强制只有法律特别授予时才具有。但是何种情况下可以自行实施行政强制,何种情况下需要申请人民法院执行,法律没有明确规定。直到 2011 年 1 月,国务院才出台了《国有土地上房屋征收与补偿条例》,[143]该条例第 28 条规定:"被征收人在法定期限内不申请行政复议或者不提起行政诉讼,在补偿决定规定的期限内又不搬迁的,由作出房屋征收决定的市、县级人民政府依法申请人民法院强制执行。"该规定对围绕国有土地上房屋征收的行政强制提供了新的法律依据,但是该条例只是行政法规,法律位阶比较低。在上述立法背景之下,推出行政强制统一立法,是我国法治发展的迫切需要。

3. 执法实践上的背景

《行政强制法》出台之前,在行政强制的执法实践中,一方面存在随意乱设行政强制和滥用行政强制的乱象,另一方面又存在行政机关对有些违法行为不能有效制止、有些行政决定不能得到及时执行等现象。用有学者的话来说,就是行政强制存在两个方面的问题:一是行政强制"乱"和"滥",二是行政强制"软"。[144]其中,"乱"是指"乱"设行政强制,具体表现为如下几个方面:①设定行政强制的主体过多。除了法律、法规外,规章乃至其他规范性文件也在随意设定行政强制,有些规章竟然也在设定某些限制人身自由的行政强制。②设定权限比较混乱。除《立法法》第 8 条第 5 项规定限制人身自由以及《商业银行法》规定冻结存款只能由法律规定外,法规、规章及其他规范性文件对行政强制的设定权限并没有统一规定,各类法律文件设定的随意性很大。③设定的行政强制名称很多、形式不统一,甚至对同一行政强制措施有多种表述,例如,收容教养、劳动教养、收容教育,收滞纳金、加计滞纳金、加罚滞纳金,等等。据统计,我国法律、行政法规、部门规章所规定的行政强制措施,从手段、形式或名称上统计,共有 263 种。[145]"滥"是指"滥"施行政强制,具体表现为如下几个方面:①实施主体过多。有些行政机关将行政强制委托给一些下属事业单位实施,有的甚至委托给企业甚至临时人员来实施,从而导致行政强制权的滥用。②实施程序缺乏统一规定,具体程序十分零乱。③滥用行政强制,随意扩大行政强制范围,甚至把行政强制作为行政管理的手段。也有的明显违反比例原则,滥用强制手段,扩大行政相对人的损失,侵害行政相对人的合法利益。"软"是指在某些行政强制领域,行政机关的强制手段不足,无法对某些违法相对人的行为进行有效制止,造成行政效率低下。在上述执法背景下,制定和实施统一的《行政强制法》是规范行政强制设定和实施的关键举措。

(二)行政强制法的法律价值

《行政强制法》第1条规定:"为了规范行政强制的设定和实施,保障和监督行政机关依法履行职责,维护公共利益和社会秩序,保护公民、法人和其他组织的合法权益,根据宪法,制定本法。"该条规定了《行政强制法》的立法目的,也体现了该法的法律价值。综合而言,《行政强制法》的法律价值体现在如下三个方面:

1. 保护行政相对人合法权益的价值

法律重在调整各方利益。《行政强制法》作为一项综合性法律,必然也不例外。对于公众而言,行政强制权的行使在打击行政违法行为,维护公共利益的同时,也从根本上保护了行政相对人的合法权益。一方面,行政机关不能对违法行为视而不见,放纵违法行为;另一方面,也不能对违法行为任意实施行政强制。《行政强制法》保护行政相对人合法权益的价值主要体现在如下几方面的规定中:一是从程序规则入手,做到说理充分、执法规范文明,保护当事人知情权等程序权利,约束行政机关的自由裁量权。第8条规定:当事人对行政机关实施的行政强制有陈述和申诉的基本程序权利,并明确了行政复议、行政诉讼和国家赔偿三种法律救济途径(第一款);当事人因人民法院在强制执行中受到违法损害的,有权申请司法赔偿(第二款)。二是注重通过限制对公民实施行政强制来保护个人利益。如第20条规定:"实施限制人身自由的行政强制措施不得超过法定期限。实施行政强制措施的目的已经达到或者条件已经消失,应当立即解除。"第26条规定:"对查封、扣押的场所、设施或者财物,行政机关应当妥善保管,不得使用或者损毁;造成损失的,应当承担赔偿责任。"第28条规定了行政机关应当及时解除查封、扣押的法定情形;第39条和第40条则分别规定了中止执行和终结执行的法定情形。三是要求谨慎行使行政强制权,遵循最小侵害、强制与教育相结合等原则,做到有度、有节。第16条第2款规定:"违法行为情节显著轻微或者没有明显社会危害的,可以不采取行政强制措施。"第43条规定:"行政机关不得在夜间或者法定节假日实施行政强制执行。但是,情况紧急的除外。行政机关不得对居民生活采取停止供水、供电、供热、供燃气等方式迫使当事人履行相关行政决定。"

2. 控制行政权的价值

《行政强制法》第1条关于立法目的的规定中,首先就规定要"规范行政强制的设定和实施",这也反映出《行政强制法》是一部"控权法",即《行政强制法》具有控制行政权的价值。该价值主要通过如下规定得到实现:其一,行政强制必须遵循合法性原则。该法第4条规定:"行政强制的设定和实施,应当依照法定的权限、范围、条件和程序。"即行政强制作为一项重要的行政权力,其设定和实施必须遵循合法性原则,做到依法行政。其二,通过法律保留来限制行政强制权的设定。根据奥托·迈耶的经典定义,法律保留是指在特定范围内对行政自行作用的排除。[146]换句话说,行政机关实施任何行政行为必须有法律依据,宪法规定的专属立法事项,须由立法机关通过法律进行调整,行政机关不得代为规定。因此,法律保留本质上决定着立法权与行政权的界限,从而也决定着行政自主性的大小。该法第10条规定:“行政强制措施由法律设定。尚未制定法律,且属于国务院行政管理职权事项的,行政法规可以设定除本法第九条第一项、第四项和应当由法律规定的行政强制措施以外的其他行政强制措施。尚未制定法律、行政法规,且属于地方性事务的,地方性法规可以设定本法第九条第二项、第三项的行政强制措施。法律、法规以外的其他规范性文件不得设定行政强制措施。”该法第13条规定:“行政强制执行由法律设定。法律没有规定行政机关强制执行的,作出行政决定的行政机关应当申请人民法院强制执行。”从而排除行政法规、地方法规和其他规范性文件设定行政强制的可能。其三,行政强制须遵循正当程序。正当程序包含了两项基本的程序规则,即“任何人不能作为自己案件的法官”和“人们的辩护必须公平地听取”。正当程序的精神已经融入《行政强制法》的某些章节和条款中。该法第三、四章分别规定“行政强制措施实施程序”和“行政机关强制执行程序”,其中第18条第5项规定,行政机关实施行政强制措施应当“当场告知当事人采取行政强制措施的理由、依据以及当事人依法享有的权利、救济途径”;第6项要求行政机关“听取当事人的陈述和申辩”。第35条规定:“行政机关作出强制执行决定前,应当事先催告当事人履行义务。”第35条规定:“行政机关作出强制执行决定前,应当事先催告当事人履行义务”。第36条规定:“当事人收到催告书后有权进行陈述和申辩。行政机关应当充分听取当事人的意见,对当事人提出的事实、理由和证据,应当进行记录、复核。当事人提出的事实、理由或者证据成立的,行政机关应当采纳。”

3. 实现行政法治的价值

实现行政强制的法治化是建构现代法治国家的重点内容。正如前述,在行政强制的执法实践中,存在行政强制“乱”、“滥”和“软”的现象。作为一部“控权法”,《行政强制法》着重于解决行政强制“乱”、“滥”的现象。但是,作为国家权力的重要组成部分,行政权尽管有容易被滥用的特点,但其同时也是维护公共利益和社会秩序的主要力量。为解决实践中存在行政强制实施“软”的问题,充分发挥行政权的有利一面,《行政强制法》将保障和监督行政机关依法履行职责作为立法目的,保障行政机关依法履行职责,实现行政法治。《行政强制法》通过以下方面来保障行政机关依法履行职责:其一,明确了行政强制权的界限,对行政强制的定义、种类、设定和实施作了统一规范,确认了行政机关可以依照法律、行政法规、地方性法规的规定,享有相应的行政强制权。其二,针对目前行政强制程序普遍缺失的现状,强化了程序规定,使行政强制权更加合理、合法。同时,根据实际行政执法情况,规定了简易程序,以保障行政机关在紧急情况下,也有能力履行好职责。其三,建立、健全了行政机关内部审查批准制度,完善了行政内部程序制约机制。该法第18条规定,行政机关实施行政强制措施前,“须向行政机关负责人报告并经批准”;第 19 条规定:“情况紧急,需要当场实施行政强制措施的,行政执法人员应当在二十四小时内向行政机关负责人报告,并补办批准手续。行政机关负责人认为不应当采取行政强制措施的,应当立即解除。”其四,对违法实施行政强制的行为规定了法律责任。《行政强制法》在法律责任一章中对没有法律依据、改变行政强制对象、条件、方式以及违反法定程序等违法行为规定了责令改正、处分及赔偿等法律责任。其五,规定了救济途径。因行政机关违法实施行政强制受到损害的,公民、法人和其他组织有权依法要求赔偿。

(三)行政强制法的结构

1.统一行政法典的行政强制法

《行政强制法》作为规范行政强制的统一的行政法典,由中华人民共和国第十一届全国人民代表大会常务委员会第二十一次会议于 2011 年 6 月 30 日通过,自 2012 年 1 月 1 日起施行。《行政强制法》是继《行政处罚法》、《行政许可法》后又一部旨在约束行政权力的法律。该法共 7 章 71 条,分别为总则、行政强制的种类和设定、行政强制措施实施程序、行政机关强制执行程序、申请人民法院强制执行、法律责任和附则。该法的主要内容包括:其一,通过限制行政强制的种类、行政强制的设定主体、行政强制的实施主体来明确限定行政强制权的范围,制约行政权扩张,努力建设有限政府。其二,明确规范行政强制的程序,防止行政权滥用,努力建设高效透明政府。主要表现为:(1)赋予行政相对人以程序制约权,以权利制约权力。(2)赋予人民法院程序制约权,以权力制约权力。(3)建立、健全行政机关内部审查批准制度,完善行政内部程序制约机制。其三,明确确立行政强制的基本原则,防止行政侵权,努力建设责任政府。《行政强制法》在控制和规范行政机关行使行政强制权方面,确立了一系列基本原则,以保障行政强制行为正当行使,防止其侵犯人权,侵犯行政相对人的合法权益,促进责任政府的建立。可以说,《行政强制法》的颁布实施对规范行政强制的设定和实施,保障和监督行政机关履职,维护公共利益和社会秩序,以及保护公民、法人和其他组织的合法权益具有重要意义。同时,该法的颁布是我国法治建设的重要进步,它让依法行政有了更多的基本制度。

2.部门行政法中的行政强制法

部门行政法是指在行政法体系中调整各个领域行政管理关系,主要为管理相对一方当事人设定权利和规定义务的法律、行政法规以及其它行政管理规范性文件的总称。[147] 部门行政法本身是一个独立的大系统,在一国范围内,工业、农业、交通运输、科技、文化、教育等具体的各个领域部门行政法构成了一个总的部门行政法体系。在这个体系中,国务院制定的行政法规是主体,有关部门行政管理的法律是部门行政法的龙头。需要指出的是,部门行政法的立法体制具有十分明显的分散性,这种分散性最为直观的体现为部门行政法的立法权有序地分散于各个职能部门。除了以统一行政法典形式存在的《行政强制法》外,部门行政法中也存在很多有关行政强制的制度规范。例如,《防洪法》第 42 条第 1 款规定:“对河道、湖泊范围内阻碍行洪的障碍物,按照谁设障、谁清除的原则,由防汛指挥机构责令限期清除;逾期不清除的,由防汛指挥机构组织强行清除,所需费用由设障者承担。”此条规定了防汛指挥机构组织强行清除阻碍行洪的障碍物的权力。《人口与计划生育条例》第 41 条规定:“不符合本法第十八条规定生育子女的公民,应当依法缴纳社会抚养费。未在规定的期限内足额缴纳应当缴纳的社会抚养费的,自欠缴之日起,按照国家有关规定加收滞纳金;仍不缴纳的,由作出征收决定的计划生育行政部门依法向人民法院申请强制执行。”规定了对不缴纳社会抚养费的公民,计划生育行政部门可以依法向人民法院申请强制执行。《食品安全法》第 72 条规定:“县级以上卫生行政部门接到食品安全事故的报告后,应当立即会同有关农业行政、质量监督、工商行政管理、食品药品监督管理部门进行调查处理,并采取下列措施,防止或者减轻社会危害:……(二)封存可能导致食品安全事故的食品及其原料,并立即进行检验;对确认属于被污染的食品及其原料,责令食品生产经营者依照本法第五十三条的规定予以召回、停止经营并销毁;(三)封存被污染的食品用工具及用具,并责令进行清洗消毒;……”此条规定了封存这一行政强制措施。《治安管理处罚法》第 15 条第 2 款规定:“醉酒的人在醉酒状态中,对本人有危险或者对他人的人身、财产或者公共安全有威胁的,应当对其采取保护性措施约束至酒醒。”

3. 宪法性法律中的行政强制法

宪法性法律是对宪法的“规则化”,其自身内容有宪法规范存在,但形式上又不具备最高法律效力以及严格制定和修改程序的法律文件。宪法性法律是一群法律,它们有特定内容,自成体系,与其他法律系统既有联系又有区别。在有些宪法性法律中,也存在关于行政强制的规定。例如,《中华人民共和国全国人民代表大会和地方各级人民代表大会代表法》第32 条第2 款规定:“对县级以上的各级人民代表大会代表,如果采取法律规定的其他限制人身自由的措施,应当经该级人民代表大会主席团或者人民代表大会常务委员会许可。”该款是对县级以上人大代表采取限制人身自由的行政强制措施的限制性规定。《中华人民共和国全国人民代表大会和地方各级人民代表大会代表法》第32 条第3 款规定:“人民代表大会主席团或者常务委员会受理有关机关依照本条规定提请许可的申请,应当审查是否存在对代表在人民代表大会各种会议上的发言和表决进行法律追究,或者对代表提出建议、批评和意见等其他执行职务行为打击报复的情形,并据此作出决定。”该款规定了对申请限制县级以上人大代表人身自由的许可审查。《中华人民共和国全国人民代表大会和地方各级人民代表大会代表法》第 32 条第 4 款规定:“乡、民族乡、镇的人民代表大会代表,如果被逮捕、受刑事审判、或者被采取法律规定的其他限制人身自由的措施,执行机关应当立即报告乡、民族乡、镇的人民代表大会。”该款规定了对乡级人大代表采取限制人身自由的行政强制措施时的报告制度。

二、行政强制概说

(一)行政强制的概念

1. 行政强制的定义

在《行政强制法》制定之前,行政强制不是一个正式的法律概念,社会各界对行政强制的认识也不一致。因此,对“行政强制”一词的使用也比较混乱。《行政强制法》并没有给行政强制下定义,但它明确了“本法所称的行政强制,包括行政强制措施和行政强制执行,也就可以理解为行政强制是行政强制措施和行政强制执行的总称。依照我们的理解,行政强制是指对违反行政法律规范或者不履行生效的行政决定的行政相对人的人身权、财产权等权利予以限制、处分,或者迫使行政相对人履行由具体行政行为所确定的行政法上的义务的强制性具体行政行为。

2. 行政强制的特征

(1)行政性。行政强制是发生在行政管理领域中,行政机关为实现行政管理目的而依法定职权和程序而实施的单方的具体行政行为,具有明显的行政性。需要指出的是,在行政机关申请人民法院强制执行的情况下,行政强制的执行机关是人民法院,理论上人民法院是司法机关,行使的是司法权,但考虑到我国行政强制执行体制的现状,可将其理解为行政权的延伸,由《行政强制法》规范。行政强制的行政性特点可以将其与刑事强制及诉讼强制区分开。

(2)强制性。行政强制是典型的行政机关单方行为,当事人必须服从决定,没有自由选择的余地。其包含两个方面的含义:一方面,行政机关拥有使用强制手段的权力,行政相对人抗拒要承担相应的法律责任。另一方面,行政强制是一种依职权的侵益性的行政行为。强制性的特点可以将行政强制与行政指导、行政合同、行政给付等区分开。

(3)手段性。行政强制通常是行政机关在行政活动中实施其他带有强制性行政行为的媒介。也就是说,行政强制本身不是目的,不能为了强制而强制,行政强制总是为其他行政行为的作出或者实现而服务的。例如,在行政强制中,行政强制检查是为了获取一定的行政管理信息,是否对行政相对人的实体权利作出处分不是行政检查的必然目的,就是最后因检查引起对行政相对人的实体权利作出处分也必须要由其他的类型化行政行为作出。再如,在预防、救治公共危险的行政强制中,可能会对行政相对人的合法权益作出实质性的一定限制,但这不是其本来目的,只是不得已而为之。例如,对传染病人的强制性治疗,其本来目的不是限制行政相对人的人身自由,只是因为其所感染的疾病所具有的传染性可能会对社会公众带来危险,而不得已对其强制性的治疗。因此,手段性将行政强制与行政处罚、行政裁决和行政征收等强制性的行政行为区分开。

(二)行政强制的分类

1. 行政强制的理论分类

从理论上进行分类,行政强制可以分为一般行政强制和特殊行政强制。

所谓一般行政强制,是指适用一般行政强制规则的行政强制,如《行政强制法》所规范的大部分行政强制措施和行政强制执行都属于一般行政强制,适用于该法所规定的实施程序。对于行政强制措施和行政强制执行的具体内容,我们将在下面的部分中重点介绍。

所谓特殊行政强制,是指相较于一般行政强制而言,具有较大的特殊性,不适用一般行政强制规则的行政强制。《行政强制法》第 3 条规定:“行政强制的设定和实施,适用本法。发生或者即将发生自然灾害、事故灾难、公共卫生事件或者社会安全事件等突发事件,行政机关采取应急措施或者临时措施,依照有关法律、行政法规的规定执行。行政机关采取金融业审慎监管措施、进出境货物强制性技术监控措施,依照有关法律、行政法规的规定执行。”

从上述条文规定可见,特殊行政强制主要包括在以下三个领域中:

(1)突发事件中的应急处置措施

突发事件中的应急处置措施是指行政机关在发生突发事件的情况下,为了及时、有效地处置已经发生或者即将发生的各类突发事件,保护人民生命财产安全,维护国家安全、公共安全、环境安全和社会秩序,控制、减少和消除紧急危险或者危害,直接依据有关法律、行政法规的规定而实施的行政强制措施。目前,我国许多单行法律、法规已经规定了行政机关的应急处置措施。如《传染病防治法》、《动物防疫法》、《突发事件应对法》等法律和《突发公共卫生事件应急条例》、《重大动物疫情应急条例》等行政法规规定的隔离治疗和医学观察、紧急免疫接种、封锁、扑杀、销毁、强制检疫、立即拘留、扣留、禁闭、强行驱散、疏散等措施都属于这一类。应急处置措施虽然属于行政强制,但其与一般行政强制有明显区别。首先,它是针对具有社会危害性的公共事件采取的应急措施;其次,实施应急处置措施的前提是存在紧急事态;最后,是应急处置措施不适用《行政强制法》的规定。

(2)金融业审慎监管措施

金融业审慎监管措施是指监管部门以防范和化解银行业风险为目的,通过制定一系列金融机构必须遵守的周密而谨慎的经营规则,客观评价金融机构的风险状况,并及时进行风险监测、预警和控制的监管模式,是对金融业监管机构基于审慎监管原则而采取的各种措施的统称。如《证券法》、《保险法》、《银行业监督管理法》、《商业银行法》等法律和《证券公司监督管理条例》、《证券公司风险处置条例》、《期货交易管理条例》等行政法规规定的限制交易、限制或者暂停部分业务、托管、接管、临时接管等都属于此类强制措施。金融业审慎监管措施不仅保留了金融领域里的监管灵活性,还可以起到安全阀的作用,当出现紧急情况的时候,金融监管部门就可以采取其认为合适的上述监管措施,此类措施因其特殊性而排除适用《行政强制法》。

(3)进出境货物强制性技术监控措施

进出境货物强制性技术监控措施是指海关、检验检疫机关针对出入境货物采取的强制性技术监控措施。海关、检验检疫机关实施此类监控措施的目的在于保证一切进出境活动符合国家政策和法律的规范，从而在政治、经济、文化道德、公众健康等方面维护国家利益。如《进出口商品检验法》、《国境卫生检疫法》、《进出境动植物检疫法》等法律和《进出口商品检验法实施条例》、《进出境动植物检疫法实施条例》、《农业转基因生物安全管理条例》等行政法规规定的检验、检疫措施。此类技术监控措施具有特殊性，也不适用《行政强制法》。

2. 行政强制的法律分类

《行政强制法》第 2 条第 1 款规定："本法所称行政强制，包括行政强制措施和行政强制执行。"从此条规定可见，行政强制从法律上进行分类可分为行政强制措施和行政强制执行两类，对于这两类行政强制形式，我们在本节的后面部分将重点介绍，在此不予展开。

（三）行政强制的原则

行政强制的原则贯穿于行政强制权设定和实施过程的始终，是行政强制实施的基本法治理念，也是《行政强制法》的精髓。《行政强制法》在"总则"中的第 4 条、第 5 条、第 6 条、第 7 条和第 8 条依次规定了行政强制法定原则、行政强制适当原则、教育与强制相结合原则、行政强制禁止谋利原则和行政强制救济原则五个基本原则。

1. 行政强制法定原则

《行政强制法》第 4 条规定："行政强制的设定和实施，应当依照法定的权限、范围、条件和程序。"此条是关于行政强制法定原则的规定。"无法律则无权力"，合法性是行政权力的正当性所在，也是对行政权的最基本要求。行政强制作为一项重要的行政权力，自然也要遵循合法性的要求。我国《行政强制法》比较全面地体现了行政强制法定原则的要求，这主要体现在以下三个方面：一是该法第 4 条规定："行政强制的设定和实施，应当依照法定的权限、范围、条件和程序。"该规定是对行政强制法定原则要求的集中体现。二是该法第 10 条规定："行政强制措施由法律设定。尚未制定法律，且属于国务院行政管理职权事项的，行政法规可以设定除本法第九条第一项、第四项和应当由法律规定的行政强制措施以外的其他行政强制措施。尚未制定法律、行政法规，且属于地方性事务的，地方性法规可以设定本法第九条第二项、第三项的行政强制措施。"该规定是对法律保留原则的具体体现。三是该法第 11 条规定："法律对行政强制措施的对象、条件、种类作了规定的，行政法规、地方性法规不得作出扩大规定。法律中未设定行政强制措施的，行政法规、地方性法规不得设定行政强制措施。"该规定是对法律优位原则的具体体现。

2. 行政强制适当原则

《行政强制法》第 5 条规定："行政强制的设定和实施，应当适当。采用非强制手段可以达到行政管理目的的，不得设定和实施行政强制。"此条是关于行政强制适当原则的规定。适当原则是在合法性原则的基础上对行政机关提出的更高的要求，防止行政自由裁量权走向恣意。该原则一方面要求行政强制的设定要适当，即行政机关设定行政强制必须为了维护公共利益所必需，对公民设定行政强制义务应当适当，不能超出需要的限度。另一方面要求行政强制的实施要适当,在行政强制领域,与该原则相近的概念是比例原则,它要求行使自由裁量权时,所选择的行为方式和手段必须与法律所要实现的目的相一致、合乎比例。世界各国的行政强制法普遍规定了适当性原则或比例原则。例如,我国台湾地区《行政执行法》第3条规定了比例原则,并通过《〈行政执法法〉施行细则》第3条将其要求具体化。[148] 我国《行政强制法》除第5条规定外,还有其他一些条文也体现了适当原则的要求。例如,该法第23条规定:"不得查封、扣押与违法行为无关的场所、设施或者财物";第45条第2款规定:"加处罚款或者滞纳金的数额不得超出金钱给付义务的数额",等等。

3. 行政强制教育与强制相结合原则

《行政强制法》第6条规定:"实施行政强制,应当坚持教育与强制相结合。"此条是关于行政强制教育与强制相结合原则的规定。引导和惩罚是法律中最为常用的两种手段,虽然不同法律有所侧重,但是很少有法律只采用其中一种手段。我国《行政处罚法》第5条、《治安管理处罚法》第5条、《行政监察法》第5条等都规定了教育与惩处相结合的原则,这也是我们长期以来实行的一项法治原则。教育与强制相结合原则要求行政机关在采取行政强制之前,应当先告诫当事人,并通过说服教育,给予当事人依法自觉履行法定义务的机会。只有经说服教育当事人仍不自觉履行法定义务时,才能实施行政强制。除了《行政强制法》第6条规定外,教育与强制相结合原则在该法的其他条文中也有具体体现。例如,该法第35条规定,行政机关作出强制执行决定前,应当事先催告当事人履行义务。这种"催告"程序,就是教育与强制相结合原则的体现。

4. 行政强制禁止谋利原则

《行政强制法》第7条规定:"行政机关及其工作人员不得利用行政强制权为单位或者个人谋取利益。"此条是关于行政强制禁止谋利原则的规定。鉴于我国有些地方和部门存在行政强制执法创收的现象,《行政强制法》规定了禁止谋利原则,要求行政机关不得以行政强制权的行使来谋求单位或者个人利益。该原则是廉洁行政的基本要求,也是大陆法系中禁止不当联结原则的核心内涵。[149] 除《行政强制法》第7条的规定外,该法第26条第1款规定:"对查封、扣押的场所、设施或者财物,行政机关应当妥善保管,不得使用或者损毁;造成损失的,应当承担赔偿责任。"第49条规定:"划拨的存款、汇款以及拍卖和依法处理所得的款项应当上缴国库或者划入财政专户。任何行政机关或者个人不得以任何形式截留、私分或者变相私分。"第60条规定:"行政机关申请人民法院强制执行,不缴纳申请费。强制执行的费用由被执行人承担。人民法院以划拨、拍卖方式强制执行的,可以在划拨、拍卖后将强制执行的费用扣除。依法拍卖财物,由人民法院委托拍卖机构依照《中华人民共和国拍卖法》的规定办理。划拨的存款、汇款以及拍卖和依法处理所得的款项应当上缴国库或者划入财政专户,不得以任何形式截留、私分或者变相私分。"这些规定也是禁止牟利原则的具体体现。

5. 行政强制救济原则

《行政强制法》第8条规定:“公民、法人或者其他组织对行政机关实施行政强制,享有陈述权、申辩权;有权依法申请行政复议或者提起行政诉讼;因行政机关违法实施行政强制受到损害的,有权依法要求赔偿。公民、法人或者其他组织因人民法院在强制执行中有违法行为或者扩大强制执行范围受到损害的,有权依法要求赔偿。”此条是关于行政强制救济原则的规定。“无救济即无权利”,权利救济原则作为一项基本的行政法治原则,包括行政救济和司法救济两大范畴。同时,这两大范畴的救济途径在程序上都包括执行中的救济和执行后的救济。对于执行中的救济,英美法系国家规定了禁止令和人身保护令制度;对于执行后的救济,各国一般规定有行政复议、行政诉讼和国家赔偿等制度。例如,根据德国《行政法院法》第80条和第173条的规定,对于行政强制的侵害一般都可寻求行政复议和行政诉讼的救济。[150]再如,我国台湾地区的《行政执行法》第9条规定了“声明异议”的救济制度,[151]第10条则规定了对违法的行政强制请求国家赔偿的权利。[152]从我国《行政强制法》第8条的规定来看,这一条文非常完整地规定了对行政强制的权利救济制度。从救济阶段来看,既包括执行中的救济,也包括执行后的救济;从赔偿义务机关来看,既包括行政机关,也包括司法机关。

(四)行政强制的事前听证论证制度和后评估制度

1. 行政强制的事前听证论证制度

《行政强制法》第14条规定:“起草法律草案、法规草案,拟设定行政强制的,起草单位应当采取听证会、论证会等形式听取意见,并向制定机关说明设定该行政强制的必要性、可能产生的影响以及听取和采纳意见的情况。”这一条文规定了行政强制设定前的听证论证制度,其法理基础在于民主立法的原则,[153]以确保行政强制的设定权被正确行使。事前听证论证分为两个方面的内容:一是广泛听取社会意见,途径包括听证会、论证会等;二是向制定机关说明情况,内容包括:设定该行政强制的必要性、可能产生的影响、听取和采纳意见的情况。

2. 行政强制的后评估制度

《行政强制法》第15条规定:“行政强制的设定机关应当定期对其设定的行政强制进行评价,并对不适当的行政强制及时予以修改或者废止。行政强制的实施机关可以对已设定的行政强制的实施情况及存在的必要性适时进行评价,并将意见报告该行政强制的设定机关。公民、法人或者其他组织可以向行政强制的设定机关和实施机关就行政强制的设定和实施提出意见和建议。有关机关应当认真研究论证,并以适当方式予以反馈。”这一条文规定的是行政强制设定的后评估制度,其法理基础在于科学立法原则。后评估制度要求法律、法规施行一段时间后,立法机关应当组织有关评估主体对法律、法规的立法质量进行评价,发现存在的缺陷并及时启动修改或者废止的立法程序予以矫正。具体而言,行政强制设定后的评估主体包括:设定机关、实施机关和社会公众。

三、行政强制措施

(一)行政强制措施的概念

1. 行政强制措施的定义

《行政强制法》第 2 条第 2 款给行政强制措施下了明确的定义,即"是指行政机关在行政管理过程中,为制止违法行为、防止证据损毁、避免危害发生、控制危险扩大等情形,依法对公民的人身自由实施暂时性限制,或者对公民、法人或者其他组织的财物实施暂时性控制的行为"。行政强制措施一般分为一般性强制措施和即时性强制措施两类。

一般性强制措施是行政机关为了查明情况,或者为了预防、制止、控制违法、危害状态,或者为了保障行政管理工作的顺利进行,根据现实需要,依职权对有关对象的人身或财产权利进行暂时性限制的强制措施。《行政强制法》所规定的大部分行政强制措施均属此类。

即时性强制措施是行政主体在事态紧急的情况下,为排除紧急妨碍、消除紧急危险,来不及先行作出具体行政行为,而直接对相对人的人身、财产或行为采取的行政行为。《行政强制法》第 19 条规定:"情况紧急,需要当场实施行政强制措施的,行政执法人员应当在二十四小时内向行政机关负责人报告,并补办批准手续。行政机关负责人认为不应当采取行政强制措施的,应当立即解除。"第 20 条规定:"依照法律规定实施限制公民人身自由的行政强制措施,除应当履行本法第十八条规定的程序外,还应当遵守下列规定:(一)当场告知或者实施行政强制措施后立即通知当事人家属实施行政强制措施的行政机关、地点和期限;(二)在紧急情况下当场实施行政强制措施的,在返回行政机关后,立即向行政机关负责人报告并补办批准手续;(三)法律规定的其他程序。实施限制人身自由的行政强制措施不得超过法定期限。实施行政强制措施的目的已经达到或者条件已经消失,应当立即解除。"上述两个条文属于即时行政强制。

2. 行政强制措施的特征

行政强制措施有以下特征:(1)法定性。主要体现为主体法定性和对象法定性。主体法定性体现为:行政强制措施由法律、法规规定的行政机关在法定职权范围内实施。行政强制措施权不得委托。依据行政处罚法的规定行使相对集中行政处罚权的行政机关,可以实施法律、法规规定的与行政处罚权有关的行政强制措施。行政强制措施应当由行政机关具备资格的行政执法人员实施,其他人员不得实施。对象法定性体现为:行政强制措施针对的对象是具有人身自由和财产的公民、法人和其他组织。同时,这些对象原则上是以违反义务为前提的。(2)紧急性。即以制止违法行为、防止证据损毁、避免危害发生、控制危险扩大等紧急情形为前提,这也是行政强制措施与其他行政强制行为最大的区别所在。(3)侵益性。根据《行政强制法》第 2 条第 2 款的规定,行政强制措施处分的是行政相对人的人身自由和财产,是对上述权利暂时性的限制或控制,具有明显的侵益性。(4)非制裁性。行政强制措施的主要目的是便于行政决定的作出和行政目的的实现,即要么是维护行政管理秩序,要么是保全行政证据,以便之后作出行政决定,而非制裁行政相对人。

(二)行政强制措施的种类

《行政强制法》第9条规定:“行政强制措施的种类:(一)限制公民人身自由;(二)查封场所、设施或者财物;(三)扣押财物;(四)冻结存款、汇款;(五)其他行政强制措施。”从该条规定可见,行政强制措施共分如下几类。

1. 限制公民人身自由

公民人身自由是宪法规定的公民的基本权利,根据《立法法》第9条的规定,只有法律可以设定限制人身自由的行政强制措施。目前我国设定限制公民人身自由的法律主要有《人民警察法》、《治安管理处罚法》、《道路交通安全法》、《海关法》、《公民出入境管理法》、《外国人入境出境管理法》、《铁路法》、《戒严法》、《集会游行示威法》、《渔业法》、《海商法》等。上述法律规定的限制公民人身自由的措施有:盘问、留置盘问、传唤、强制传唤、扣留、拘留、强制传唤、人身检查、强制检测、约束、隔离、强制隔离、强行带离现场、强制戒毒、紧闭、强制检疫等。

2. 查封场所、设施或者财物

查封是行政机关为限制行政相对人对其财产的使用和处分而采取的强制措施,主要针对的标的物是不动产或者其他不便移动的财产。查封在法律、法规中规定得比较多,实践中也比较常用。规定有查封的法律主要有:《税收征收管理法》、《道路交通安全法》、《商标法》、《职业病防治法》、《药品管理法》、《产品质量法》、《证券法》、《证券投资基金法》、《银行业监督管理法》、《行政监察法》、《安全生产法》、《消防法》等。法律、法规中除使用“查封”外,还经常用“封存”一词,如《职业病防治法》第57条规定,发生职业病危害事故或者有证据证明危害状态可能导致职业病危害事故发生时,卫生行政部门可以“封存造成职业病危害事故或者可能导致职业病危害事故发生的材料和设备”。除此之外,有些情况下还使用“封闭”、“关闭或者限制使用场所”、“禁止或者限制使用设备、设施”等表述。

3. 扣押财物

扣押财物是指行政机关为了预防制止违法行为、保障行政决定的执行,对行政相对人涉嫌违法的财物予以暂时扣留的行为。扣押财物也是行政机关在行政执法中普遍采取的行政强制措施。在现行法律、法规中,有《税收征收管理法》、《种子法》、《商标法》、《枪支管理法》、《海关法》、《产品质量法》、《公安机关督察条例》、《道路交通安全法实施条例》、《禁止传销条例》等规定了扣押财物的行政强制措施。在法律、法规中,除了使用“扣押”一词外,还采用扣留、暂扣、暂时扣留等。

4. 冻结存款、汇款

冻结存款、汇款,是指金融机构或者邮政局根据行政机关的请求,对行政相对人的存款、股票等有价证券或者汇款暂停支付,未经许可不准其提取或转让的行为。现行法律、法规中,有《证券法》、《税收征收管理法》、《反洗钱法》、《海关法》等法律规定了冻结存款、汇款,此外,《保险法》、《银行业监督管理法》、《证券投资基金法》、《审计法》、《行政监察法》等法律规定,保险监管机构、银行业监管机构、证券监管机构、审计机关、行政监察机关可以申请司法机关采取冻结措施。我国法律、法规中规定的"临时冻结"、"暂停支付"亦属于冻结存款、汇款类的行政强制措施。

5. 其他行政强制措施

以上四种行政强制措施是比较典型、实践中比较普遍采用的措施,但是还不能涵盖现行法律法规规定的所有行政强制措施的种类。例如,现场检查就是现行许多法律法规规定的一种行政强制措施,但并不涵盖在上述四种类型之中。还有一些限制行为的行政强制措施,如《期货交易管理条例》规定的"限制被调查案件当事人的期货交易"、《禁毒法》第19条第2款规定的"制止、铲除"非法种植的毒品原植物等,都是行政强制措施。面对如此众多的行政强制措施的种类,《行政强制法》不可能逐一列举,故对法律、法规所设定的其他行政强制措施,作了兜底性规定,确认其他行政强制措施亦属于行政强制措施的种类。

(三)行政强制措施的设定

1. 行政强制措施设定的范畴

《行政强制法》第10条和第11条特别规定了行政强制措施设定的范畴问题。其中,第10条规定的是行政强制设定权的"法律保留原则",第11条则规定的是行政强制设定权的"法律优位原则"。从这两条规定中可见,行政强制措施设定的范畴如下:

(1)法律设定行政强制措施的权限。《行政强制法》第10条第1款规定:"行政强制措施由法律设定。"由此可见,该条款赋予了"法律"以行政强制措施设定权。此处所讲的"法律"是狭义的法律,即全国人大及其常委会制定并发布的具有普遍约束力的规范性文件。根据《立法法》第8条的规定,[154]全国人大及其常委会享有十分广泛的立法权限,由它们制定和发布的"法律"可以创设《行政强制法》第9条规定的所有种类的行政强制措施。

(2)行政法规设定行政强制措施的权限。《行政强制法》第10条第2款规定:"尚未制定法律,且属于国务院行政管理职权事项的,行政法规可以设定除本法第九条第一项、第四项和应当由法律规定的行政强制措施以外的其他行政强制措施。"由此可见,该条款赋予了"行政法规"以行政强制措施设定权。但是,行政法规创设行政强制措施是有条件的,即"尚未制定法律,且属于国务院行政管理职权事项",该规定也符合《立法法》第56条所规定的立法权限。[155]同时,"行政法规"的权限范畴要比"法律"小,即"行政法规"仅可以创设《行政强制法》第9条规定的第2项(查封)、第3项(扣押)和第5项(应当由法律规定的行政强制措施以外的其他行政强制措施)三种行政强制措施。

(3)地方性法规设定行政强制措施的权限。《行政强制法》第10条第3款规定:

“尚未制定法律、行政法规,且属于地方性事务的,地方性法规可以设定本法第九条第二项、第三项的行政强制措施。”由此可见,“地方性法规”仅可以创设《行政强制法》第9条规定的第2项(查封)、第3项(扣押)两种行政强制措施。地方性法规可以创设行政强制措施的条件是“尚未制定法律、行政法规,且属于地方性事务”,该条文与《立法法》第64条所规定的地方性法规的立法权限也是一致的。[156]

不难看出,法律享有的行政强制措施设定权最广,行政法规次之,地方性法规最窄,规章和其他规范性文件无权设定行政强制措施。具体而言,对于《行政强制法》第9条第1项和第4项所规定的“限制公民人身自由”与“冻结存款、汇款”,只能由全国人大及其常委会制定的法律设定,行政法规和地方性法规均无权设定。而第9条规定的第2项、第3项行政强制措施可以由行政法规或者地方性法规设定,第5项应当由法律规定的行政强制措施以外的其他行政强制措施可以由行政法规设定,但涉及公民住宅和通信自由方面的行政强制措施必须由法律设定。

2. 行政强制措施设定的禁止规则

《行政强制法》第11条规定:“法律对行政强制措施的对象、条件、种类作了规定的,行政法规、地方性法规不得作出扩大规定。法律中未设定行政强制措施的,行政法规、地方性法规不得设定行政强制措施。但是,法律规定特定事项由行政法规规定具体管理措施的,行政法规可以设定除本法第九条第一项、第四项和应当由法律规定的行政强制措施以外的其他行政强制措施。”此条包含两个方面的禁止性规则,其一,行政法规、地方性法规对法律已经规定的行政强制措施的对象、条件、种类不得作出扩大规定。换句话说,行政法规、地方性法规可以将法律已经规定的行政强制措施进行具体化规定,并且只能在法律规定的对象、条件、种类的范围内进行规定,否则就造成对上位法的抵触,不能作为人民法院审理案件的依据。其二,法律中未设定行政强制措施的,行政法规、地方性法规不得设定。如果行政法规、地方性法规设定了法律中未设定的行政强制措施的,那么该行政法规、地方性法规同样是没有法律效力的。

(四)行政强制措施的实施

1. 行政强制措施的实施主体

《行政强制法》第17条规定:“行政强制措施由法律、法规规定的行政机关在法定职权范围内实施。行政强制措施权不得委托。依据《中华人民共和国行政处罚法》的规定行使相对集中行政处罚权的行政机关,可以实施法律、法规规定的与行政处罚权有关的行政强制措施。行政强制措施应当由行政机关具备资格的行政执法人员实施,其他人员不得实施。”该条从四个方面对行政强制措施的实施主体进行了规范:其一,行政强制措施由法律、法规规定的行政机关在法定职权范围内实施。其二,行政强制措施权不得委托。行政强制实施的主体资格可以通过法律、法规授权获得,而不能通过委托获得。如果可以通过委托来获得行政强制措施权,则不符合行政强制法定原则。其三,享有相对集中行政处罚权的行政机关可以实施相关的行政强制措施。该规定实现了《行政强制法》与《行政处罚法》规定的衔接,使享有相对集中处罚权的行政机关同时享有相对集中强制权,以保障其行政执法权限的统一和行政执法行为的高效。其四,行政强制措施必须由具备资格的行政执法人员实施。其他人员不能作为行政强制措施权的实施主体。

2. 行政强制措施实施的一般程序

《行政强制法》第 18 条规定:"行政机关实施行政强制措施应当遵守下列规定:(一)实施前须向行政机关负责人报告并经批准;(二)由两名以上行政执法人员实施;(三)出示执法身份证件;(四)通知当事人到场;(五)当场告知当事人采取行政强制措施的理由、依据以及当事人依法享有的权利、救济途径;(六)听取当事人的陈述和申辩;(七)制作现场笔录;(八)现场笔录由当事人和行政执法人员签名或者盖章,当事人拒绝的,在笔录中予以注明;(九)当事人不到场的,邀请见证人到场,由见证人和行政执法人员在现场笔录上签名或者盖章;(十)法律、法规规定的其他程序。"该条是对实施行政强制措施一般程序的规定。具体而言,实施行政强制措施一般需要遵循以下程序。

(1)实施前报告批准。这是行政强制措施实施前的内部审批程序。一般情况下,行政执法人员在行政执法过程中发现违法行为,经过调查认为需要采取行政强制措施的,必须向行政机关负责人报告并经批准,也就是一般需要由行政机关作出书面的决定。例如,《海事行政强制实施程序暂行规定》第 9 条规定:"执法人员发现需对行政管理相对人采取海事行政强制措施的情形时,应当立即调查取证,提出处理意见,制作《海事行政强制调查报告》,连同有关案卷材料经本海事机构的法制部门或者法规员审核后,报送海事管理机构负责人审查决定。经审查拟作出的海事行政强制决定超越本海事管理机构权限范围的,应当及时移交有权作出该行政强制决定的海事管理机构。经审查需采取海事行政强制措施的,执法人员应当制作《海事行政强制措施决定书》。"

(2)确定实施人员。实施行政强制措施必须由两名以上的行政执法人员进行,这是行政机关实施行政强制措施时的法定人数要求。之所以规定两个以上的执法人员执法,就是为了防止实施行政强制措施的过程中出现滥用职权和徇私舞弊的现象。基于这一目的,在实践中,很多部门规章和地方法规规章还对行政执法人员的回避制度作出了详细规定。

(3)现场出示执法身份证件。执法身份证件是代表行政执法人员依法有权代表国家对一定范围内的公民、法人和其他组织实施行政管理的资格证明和法律凭据。出示执法身份证件的目的是表明行政执法人员身份,体现行政执法的严肃性,同时也防止非行政执法人员无证执法。在行政强制措施实施过程中,如果行政执法人员不出示行政执法证件,当事人有权拒绝接受调查和检查。

(4)通知当事人到场并告知权利。通知当事人到场,一方面是验证当事人身份的需要,防止采取的行政强制措施对象错误;另一方面也是见证行政强制措施的实施过程,防止行政强制措施标的错误,避免对当事人利益的扩大损害。由于行政强制措施直接影响当事人的人身权利和财产权利,所以必须直接面对当事人作出。告知当事人有关权利,是实施行政强制措施程序中的一个重要法定程序,也是行政机关的法定程序性义务。告知的内容主要包括三个方面:一是告知当事人违法行为的基本事实、理由和有关依据,拟实施行政强制措施的种类;二是告知当事人享有的法定权利和义务,包括陈述权和申辩权、申请执法人员的回避权等;三是告知当事人救济途径可以向哪一级机关提请行政复议、向哪一级人民法院提起行政诉讼、向哪一级行政机关或人民法院提出行政赔偿等。

(5)听取当事人的陈述和申辩。当行政执法机关告知当事人将要采取的行政强制措施后,当事人有权表明自己的观点、意见和看法,并有权进行辩解,反驳对自己不利的证据和意见。陈述权和申辩权是行政程序中当事人最基本的法定权利,听取当事人的陈述和申辩也是行政机关的法定义务。

(6)制作现场笔录。现场笔录是行政程序中的重要证据形式,是行政执法人员当场对某些事项作出的文字记载和书面记录。现场笔录应当记录行政强制措施的实施对象的基本情况、实施标的物的状况、实施强制措施的过程等。现场笔录由当事人和行政执法人员签名或者盖章,当事人拒绝的,在笔录中予以注明。当事人不到场的,邀请见证人到场,由见证人和行政执法人员在现场笔录上签名或者盖章。

3. 行政强制措施实施的特殊程序

《行政强制法》第19条规定:"情况紧急,需要当场实施行政强制措施的,行政执法人员应当在二十四小时内向行政机关负责人报告,并补办批准手续。行政机关负责人认为不应当采取行政强制措施的,应当立即解除。"该条是对实施行政强制措施时遇到紧急情况时所采取的特殊程序的规定。启用特殊程序时,需要注意以下两点:一是事后报告必须在采取行政强制措施后二十四小时内向行政机关负责人报告;二是除了可以事后报告并补办手续外,必须遵循《行政强制法》第18条规定的两人以上执法人员执法、现场出示执法身份证件、通知当事人到场并告知权利、听取当事人的陈述和申辩、制作现场笔录等一般程序规定。

四、行政强制执行

(一)行政强制执行的概念

1. 行政强制执行的定义

行政强制执行是指行政主体或行政主体申请人民法院依法对不履行发生法律效力的行政决定的行政相对人采取强制方式,以迫使该相对人履行该义务,或者达到与履行义务相同之状态的行为。从定义可见,行政强制执行包括两部分内容:一是行政机关自己强制执行;二是行政机关申请人民法院强制执行。

2. 行政强制执行的特征

(1)行政强制执行以相对人逾期不履行已经生效的具体行政行为所确定的义务

为前提。不履行法定义务有两种情况:一是不履行的义务直接来自法律、法规的规定;二是不履行的义务来自行政机关依法做出的某项行政处理决定。上述两种情况是否都能导致行政强制执行,目前学术界观点仍不统一,一种意见认为应包括两个方面,另一种意见认为只包括后一个方面,即行政处理决定。我们认为,从我国现行立法执法实践和行政强制执行的理论基础看,只应以行政处理决定作为执行基础。

(2)行政强制执行以行政主体和人民法院为执行主体。行政强制执行的主体有两种:一种是由行政机关依照法律、法规的授权对行政相对方直接采取强制执行措施。这类机关主要有:公安、税务、海关、工商行政管理、公路主管部门、水行政主管部门、防汛指挥机构、外汇管理等行政机关。另一种是由行政机关向人民法院提出强制执行申请,由人民法院执行。

(3)行政强制执行的目的在于迫使行政相对人履行义务或达到与履行义务所要求的状态。行政机关或科以行政相对人金钱付给义务,或对行政相对人的人身、财产采取强制手段,而对于可替代性的义务,也可以由行政机关或第三方代为履行。可见,行政强制执行是为行政义务得以履行而存在,行政义务的履行完毕,行政强制执行就不复存在。

(4)行政执行的对象具有广泛性。执行对象可以是财产,如强制划拨银行存款、强制扣缴、强制抵缴、滞纳金等;也可是行为,如强制纳税,对智力成果强制执行等;还可是人身,如强制拘留、强制传唤等。

(二)行政强制执行的方式

《行政强制法》第12条规定:"行政强制执行的方式:(一)加处罚款或者滞纳金;(二)划拨存款、汇款;(三)拍卖或者依法处理查封、扣押的场所、设施或者财物;(四)排除妨碍、恢复原状;(五)代履行;(六)其他强制执行方式。"此条规定了如下几种行政强制执行的方式。

1. 加处罚款或者滞纳金

加处罚款或者滞纳金在学理上属于执行罚,属于一种间接行政强制方式。所谓加处罚款,是指行政机关作出行政处罚决定之后,行政相对人逾期不履行法定义务,行政机关在原行政处罚决定对其罚款的基础上,增加罚款的额度,每日按罚款数额加处罚款,原处罚决定中的罚款仍应执行。在我国,加处罚款主要是针对不缴纳罚款的行为,加处罚款的数额由《行政处罚法》统一规定,该法第51条第1项规定:"到期不缴纳罚款的,每日按罚款数额的百分之三加处罚款。"

所谓滞纳金,是指超过税务、规费规定的缴款期限,向缴款人征收的一种带有惩罚性质的款项,一般是按照超过规定期限的天数,每天征收占应缴款额一定百分比的金额。在我国,加处滞纳金主要针对不缴纳税费、规费的行为,加处滞纳金的数额由单行法律、行政法规和地方性法规规定,滞纳金的数额有按日加处万分之零点五、万分之一、万分之一、万分之三、万分之五不等。

2. 划拨存款、汇款

行政强制执行中的划拨存款、汇款，是指行政机关、人民法院对行政相对人拒不履行生效具体行政行为所确定的义务，通过有关金融机构、邮政机构将其账户上的存款或者汇款，直接划入权利人账户的执行方式。需要指出的是，人民法院根据民事、刑事裁判所采取的划拨存款、汇款的行为不属本法调整的范围。

3. 拍卖或者依法处理查封、扣押的场所、设施或者财物

行政强制执行中的"拍卖"仅指行政机关、人民法院根据已生效的具体行政行为所确定的义务，将特定的场所、设施或者财物委托拍卖人进行的拍卖，以抵缴罚款、所欠税款、所欠费款等或者上缴国库的活动。

依法处理查封、扣押的场所、设施或者财物，是指行政机关对依法查封、扣押的场所、设施或者财物，根据法律、法规及规章的规定所作出的处理。此种处理主要有以下几种方式：一是变卖，一般是指出卖财物，换取现款。二是销毁，是指当行政机关依法查封、扣押的物品属于违禁品时，该机关作出决定予以收缴后，依据有关法律、法规及规章的规定，予以销毁。三是返还被侵害人或者善意第三人，是指行政机关依法查封、扣押财物属于被侵害人或者善意第三人的合法财物，依法返还被侵害人或者善意第三人。

4. 排除妨碍、恢复原状

行政强制执行中的"排除妨碍"，是指行政相对人实施了不法行为，阻碍或妨害公共活动或者他人的合法权益，行政机关或者人民法院依法要求该行政相对人排除妨碍，以保障权利正常行使的措施。

行政强制执行中的"恢复原状"，是指行政相对人的违法行为损害国家、集体的财物或者他人的财物并有恢复的可能性，行政机关或者人民法院依法要求侵权人采取修复等方式恢复原状。

5. 代履行

代履行是指义务人逾期不履行行政法义务，由他人代为履行可以达到相同目的的，行政机关可以自己代为履行或者委托第三人代为履行，同时向义务人征收代履行费用的强制执行制度。

6. 其他强制执行方式

《行政强制法》所规定的"其他强制执行方式"，是指《行政强制法》第 12 条规定的前五类强制执行方式以外的法律、法规规定的其他强制执行方式。如《治安管理处罚法》规定的强制拘留，《兵役法》规定的强制服兵役，《专利法》规定的强制许可，《计量法》规定的强制检定，《煤炭法》规定的强制停产、强制消除安全隐患，《金银管理条例》规定的强制收购，《外汇管理条例》规定的回兑，等等。

（三）行政强制执行的设定

《行政强制法》第 13 条规定："行政强制执行由法律设定。法律没有规定行政机关强制执行的，作出行政决定的行政机关应当申请人民法院强制执行。"该条第 1 款

是关于行政强制执行设定权的规定，将行政强制执行设定权统一收归法律。但是，在我国现行有效的行政法规中，已有45件规定了行政强制执行，其中有35件没有明确的"法律"依据，另有2件是因为行政法规立法先于法律，与后出台的法律相抵触但未被及时清理。[157]为了既有利于防止不当设定行政强制执行的情形，又能适应复杂多变的行政管理任务的需要，《行政强制法》第13条除规定了行政强制执行的设定权外，该条第2款还规定了行政强制执行的实施问题，即在行政机关没有法律依据直接实施行政强制执行的情况下，要申请人民法院强制执行。同时，《行政强制法》规定在下列情况下行政机关可以自己执行：一是在法定条件下可以作出"代履行"决定的权力。该法第四章设专节赋予了行政机关在法定条件下可以作出"代履行"决定的权力。二是在法定条件下依法作出加处罚款或者滞纳金的"执行罚"的权力。该法第45条规定："行政机关依法作出金钱给付义务的行政决定，当事人逾期不履行的，行政机关可以依法加处罚款或者滞纳金。加处罚款或者滞纳金的标准应当告知当事人。加处罚款或者滞纳金的数额不得超出金钱给付义务的数额。"三是依法强制拆除违法建筑等。该法第44条规定："对违法的建筑物、构筑物、设施等需要强制拆除的，应当由行政机关予以公告，限期当事人自行拆除。当事人在法定期限内不申请行政复议或者提起行政诉讼，又不拆除的，行政机关可以依法强制拆除。"四是在法定情况下，可以将查封、扣押的财物依法拍卖抵缴罚款。该法第46条第3款规定："当事人在法定期限内不申请行政复议或者提起行政诉讼，经催告仍不履行的，在实施行政管理过程中已经采取查封、扣押措施的行政机关，可以将查封、扣押的财物依法拍卖抵缴罚款。"《行政强制法》关于行政强制执行设定和实施问题的规定，实现了保护行政相对人合法权益与维护公共利益之间的合理平衡。

（四）行政强制执行的实施程序

1. 行政强制执行的实施主体

《行政强制法》第34条规定："行政机关依法作出行政决定后，当事人在行政机关决定的期限内不履行义务的，具有行政强制执行权的行政机关依照本章规定强制执行。"此条是关于行政机关强制执行一般条件的规定，即只有在具有行政强制执行权的情况下，行政机关才拥有自行强制执行的权力。

《行政诉讼法》第66条规定："公民、法人或者其他组织对具体行政行为在法定期间不提起诉讼又不履行的，行政机关可以申请人民法院强制执行，或者依法强制执行。"最高人民法院《关于执行〈中华人民共和国行政诉讼法〉若干问题的解释》第87条规定："法律、法规没有赋予行政机关强制执行权，行政机关申请人民法院强制执行的，人民法院应当依法受理。法律、法规规定既可以由行政机关依法强制执行，也可以申请人民法院强制执行，行政机关申请人民法院强制执行的，人民法院可以依法受理。"上述规定确立了行政机关自己强制执行或申请人民法院强制执行并行的模式。换句话说，行政强制执行的实施主体包括行政机关和人民法院。

2. 行政强制执行的一般程序

《行政强制法》第四章第一节规定了行政强制执行的一般程序，主要包括事先催告程序、听取当事人陈述申辩程序、行政强制执行决定程序、送达程序、中止执行程序、终结执行程序、执行回转程序、执行和解程序、人性化执行程序、违法建筑的强制拆除程序等。

(1)事先催告程序。事先催告程序是指是指行政机关在强制执行程序启动后，向根据行政决定负有未履行义务的行政相对人发出通知，催促行政相对人在一定期限内履行义务，并就不履行义务的后果作出警告。《行政强制法》第35条规定："行政机关作出强制执行决定前，应当事先催告当事人履行义务。催告应当以书面形式作出，并载明下列事项：(一)履行义务的期限；(二)履行义务的方式；(三)涉及金钱给付的，应当有明确的金额和给付方式；(四)当事人依法享有的陈述权和申辩权。"此条规定了催告通知书的形式、主要内容。

(2)听取当事人陈述申辩程序。《行政强制法》第36条规定："当事人收到催告书后有权进行陈述和申辩。行政机关应当充分听取当事人的意见，对当事人提出的事实、理由和证据，应当进行记录、复核。当事人提出的事实、理由或者证据成立的，行政机关应当采纳。"此条是关于听取当事人陈述申辩程序的规定。需要指出的是，行政机关在送达催告通知后，未给予当事人陈述、申辩机会的，行政强制执行就会违反法定程序。根据《行政诉讼法》第54条的规定，[158]违反法定程序构成撤销相应行政行为的理由。

(3)行政强制执行决定程序。行政强制执行决定是指行政机关依法决定对负有行政法义务的行政相对人进行行政强制执行的具体行政行为，它是实施行政强制执行的直接依据。《行政强制法》第37条规定："经催告，当事人逾期仍不履行行政决定，且无正当理由的，行政机关可以作出强制执行决定。强制执行决定应当以书面形式作出，并载明下列事项：(一)当事人的姓名或者名称、地址；(二)强制执行的理由和依据；(三)强制执行的方式和时间；(四)申请行政复议或者提起行政诉讼的途径和期限；(五)行政机关的名称、印章和日期。在催告期间，对有证据证明有转移或者隐匿财物迹象的，行政机关可以作出立即强制执行决定。"此条规定了作出行政强制执行决定的条件、行政强制执行决定的内容、立即作出行政强制执行决定的例外情况。

(4)送达程序。送达是相关法律文书生效的必备条件，未依法送达，相关法律文件对行政相对人不发生法律效力。《行政强制法》第38条规定："催告书、行政强制执行决定书应当直接送达当事人。当事人拒绝接收或者无法直接送达当事人的，应当依照《中华人民共和国民事诉讼法》的有关规定送达。"此条是关于催告通知书、行政强制执行决定书送达程序的规定。

(5)中止执行程序。行政强制中止执行是指在行政强制执行过程中发生了某种无法克服的或难以避免的情况，致使行政强制执行无法或不宜继续进行，而由行政机关决定暂时停止行政强制执行程序，待特定情况消除后行政强制执行程序继续进行的法律制度。《行政强制法》第 39 条规定：“有下列情形之一的，中止执行：（一）当事人履行行政决定确有困难或者暂无履行能力的；（二）第三人对执行标的主张权利，确有理由的；（三）执行可能造成难以弥补的损失，且中止执行不损害公共利益的；（四）行政机关认为需要中止执行的其他情形。中止执行的情形消失后，行政机关应当恢复执行。对没有明显社会危害，当事人确无能力履行，中止执行满三年未恢复执行的，行政机关不再执行。”此条规定了中止执行的四种法定情形、中止执行的恢复和不再执行的情况。

（6）终结执行程序。行政强制终结执行是指行政强制执行的目的因某种客观原因无法实现而终止行政强制执行程序。《行政强制法》第 40 条规定：“有下列情形之一的，终结执行：（一）公民死亡，无遗产可供执行，又无义务承受人的；（二）法人或者其他组织终止，无财产可供执行，又无义务承受人的；（三）执行标的灭失的；（四）据以执行的行政决定被撤销的；（五）行政机关认为需要终结执行的其他情形。”此条规定了终结执行的五种法定情形。

（7）执行回转程序。行政强制执行回转是指在执行过程中或者执行完毕后，因执行依据被撤销或者行政强制执行错误，执行机构对已被执行的财产重新采取执行措施，恢复到执行前的状态。《行政强制法》第 41 条规定：“在执行中或者执行完毕后，据以执行的行政决定被撤销、变更，或者执行错误的，应当恢复原状或者退还财物；不能恢复原状或者退还财物的，依法给予赔偿。”此条规定了执行回转应具备的条件、执行回转的方式以及行政赔偿。

（8）执行和解程序。行政强制执行和解是指在行政强制执行过程中，行政机关与行政相对人通过自愿协商，在不违反法律法规的强制性规定，不侵犯国家利益、公共利益和他人合法权益的前提下，就生效行政决定中确定的权利义务关系达成一致的行为。《行政强制法》第 42 条规定：“实施行政强制执行，行政机关可以在不损害公共利益和他人合法权益的情况下，与当事人达成执行协议。执行协议可以约定分阶段履行；当事人采取补救措施的，可以减免加处的罚款或者滞纳金。执行协议应当履行。当事人不履行执行协议的，行政机关应当恢复强制执行。”

（9）人性化执行程序。《行政强制法》第 43 条规定：“行政机关不得在夜间或者法定节假日实施行政强制执行。但是，情况紧急的除外。行政机关不得对居民生活采取停止供水、供电、供热、供燃气等方式迫使当事人履行相关行政决定。”

（10）违法建筑的强制拆除程序。《行政强制法》第 44 条规定：“对违法的建筑物、构筑物、设施等需要强制拆除的，应当由行政机关予以公告，限期当事人自行拆除。当事人在法定期限内不申请行政复议或者提起行政诉讼，又不拆除的，行政机关可以依法强制拆除。”该条对于行政机关依法强制拆除违法的建筑物、构筑物、设施等的行为，规定了两个专门程序。第一个专门程序是行政机关公告，限期当事人自行拆除。第二个专门程序是当事人在法定期限内不申请行政复议或者提起行政诉讼，又不拆除的,行政机关可以依法强制拆除。此外,需要指出的是,本条规定强制拆除的对象是违法建筑物、构筑物和设施,对于合法建筑物、构筑物和设施的依法强制拆除,不适用本条规定,应当适用《城市房地产管理法》及相关行政法规的规定。

3. 行政强制执行的特别程序

《行政强制法》第四章第二节、第三节分别规定了两类行政强制执行的特别程序,即金钱给付义务的强制执行程序和代履行的强制执行程序。

(1)金钱给付义务的强制执行程序

①加处罚款或者滞纳金。《行政强制法》第45条规定:"行政机关依法作出金钱给付义务的行政决定,当事人逾期不履行的,行政机关可以依法加处罚款或者滞纳金。加处罚款或者滞纳金的标准应当告知当事人。加处罚款或者滞纳金的数额不得超出金钱给付义务的数额。"上述条款规定了作出加处罚款或者滞纳金的行政决定的前提和形式,即当事人负有金钱给付义务、逾期不履行金钱给付义务、行政机关履行了告知义务。同时规定了加处罚款或者滞纳金的数额限制。《行政强制法》第46条规定:"行政机关依照本法第四十五条规定实施加处罚款或者滞纳金超过三十日,经催告当事人仍不履行的,具有行政强制执行权的行政机关可以强制执行。行政机关实施强制执行前,需要采取查封、扣押、冻结措施的,依照本法第三章规定办理。没有行政强制执行权的行政机关应当申请人民法院强制执行。但是,当事人在法定期限内不申请行政复议或者提起行政诉讼,经催告仍不履行的,在实施行政管理过程中已经采取查封、扣押措施的行政机关,可以将查封、扣押的财物依法拍卖抵缴罚款。"该条规定了加处罚款或者滞纳金其后的程序,即催告程序、强制执行。

②划拨存款、汇款。《行政强制法》第47条规定:"划拨存款、汇款应当由法律规定的行政机关决定,并书面通知金融机构。金融机构接到行政机关依法作出划拨存款、汇款的决定后,应当立即划拨。法律规定以外的行政机关或者组织要求划拨当事人存款、汇款的,金融机构应当拒绝。"从该条规定可见,划拨存款、汇款的决定主体是行政主体,实施主体是金融机构。而划拨的程序包括两个:一是作出划拨决定的行政机关书面通知金融机构;二是金融机构实施划拨行为。

③拍卖。《行政强制法》第48条规定:"依法拍卖财物,由行政机关委托拍卖机构依照《中华人民共和国拍卖法》的规定办理。"从该条可见,拍卖必须委托拍卖机构进行,同时拍卖程序按照《拍卖法》进行。

(2)代履行的强制执行程序

①代履行一般规定。代履行属于间接行政强制执行的一种,是指当当事人不履行义务时,行政机关或者第三人代其履行义务。《行政强制法》第50条规定:"行政机关依法作出要求当事人履行排除妨碍、恢复原状等义务的行政决定,当事人逾期不履行,经催告仍不履行,其后果已经或者将危害交通安全、造成环境污染或者破坏自然资源的,行政机关可以代履行,或者委托没有利害关系的第三人代履行。"该条规定了代履行的适用范围,即只能针对当事人的可替代性义务。当事人的不作为义务、

金钱给付义务和具有高度人身性质的义务,其他人无法代为履行。同时,该条也规定了代履行的实施主体是行政机关或者没有利害关系的第三人。此外,代履行也要遵循行政强制执行的一般程序。《行政强制法》第 51 条规定:"代履行应当遵守下列规定:(一)代履行前送达决定书,代履行决定书应当载明当事人的姓名或者名称、地址,代履行的理由和依据、方式和时间、标的、费用预算以及代履行人;(二)代履行三日前,催告当事人履行,当事人履行的,停止代履行;(三)代履行时,作出决定的行政机关应当派员到场监督;(四)代履行完毕,行政机关到场监督的工作人员、代履行人和当事人或者见证人应当在执行文书上签名或者盖章。代履行的费用按照成本合理确定,由当事人承担。但是,法律另有规定的除外。代履行不得采用暴力、胁迫以及其他非法方式。"该条规定了代履行程序中的一些相关规则,即代履行行政决定书的送达和内容、催告程序、现场监督、制作现场笔录和代履行费用的承担等。

②即时代履行。即时代履行是指在紧急情况下,为了公共安全和秩序的需要,行政机关可以不按照严格的代履行程序决定实施代履行。《行政强制法》第 52 条规定:"需要立即清除道路、河道、航道或者公共场所的遗洒物、障碍物或者污染物,当事人不能清除的,行政机关可以决定立即实施代履行;当事人不在场的,行政机关应当在事后立即通知当事人,并依法作出处理。"该条规定了实施即时代履行的条件和程序,即时代履行程序的特别之处在于:第一,适用对象是特定的,只是代履行的可替代性义务中的一小部分。第二,实施程序简易。代履行需要作催告,但即时代履行中没有催告程序。同时,在即时代履行中,尽管程序简化了,但当事人自动履行优先的原则也是适用的。

五、申请人民法院强制执行

(一)申请人民法院强制执行的概念

1. 申请人民法院强制执行的定义

行政机关申请人民法院强制执行,是指对于当事人在法定期限内不申请行政复议或者提起行政诉讼,又不履行行政决定的情况,没有行政强制执行权的行政机关可以在法定期限内向人民法院提出强制执行申请,并由人民法院进行审查并裁定是否执行,以便实现行政决定目的的制度。

2. 申请人民法院强制执行的性质

从世界范围来看,学术界和实务部门对行政机关申请人民法院强制执行的性质存在不同主张,一般认为,普通法系国家把行政强制执行权看成是司法权的一部分,而大陆法系国家则把行政强制执行权看成是行政权的一部分。[159] 而在我国,当行政相对人不履行行政决定所确立的义务时,有些情况下行政机关可以自行强制执行,有些情况下需要申请人民法院强制执行,但什么情况下可以由行政机关自行强制执行,什么情况下必须申请人民法院强制执行,要根据法律法规的明确规定。从性质上来看,我们认为,行政机关申请人民法院强制执行是对具体行政决定的执行,属于行政权的延伸。

3. 申请人民法院强制执行的特征

从行政机关申请人民法院强制执行的定义可见,其主要有如下几个特征:其一,行政机关申请人民法院强制执行的前提是当事人在法定期限内,不申请行政复议或提起行政诉讼,又不履行行政决定所确定的义务。其二,申请人民法院强制执行的行政机关是没有行政强制执行权的行政机关。其三,申请强制执行的内容是行政机关作出的对当事人课以义务的行政决定。需要指出的是,由于作为申请强制执行内容的行政决定没有进入行政诉讼程序,因而不同于人民法院对经过行政诉讼判决维持的具体行政行为的执行,前者称为行政非诉执行案件,后者称为行政诉讼执行案件。其四,申请强制执行的目的是保障行政机关作出的行政决定得以实现。

(二)申请人民法院强制执行的适用条件

1. 主体上的条件

《行政强制法》第13条规定:"行政强制执行由法律设定。法律没有规定行政机关强制执行的,作出行政决定的行政机关应当申请人民法院强制执行。"《行政强制法》第53条规定:"当事人在法定期限内不申请行政复议或者提起行政诉讼,又不履行行政决定的,没有行政强制执行权的行政机关可以自期限届满之日起三个月内,依照本章规定申请人民法院强制执行。"可见,向人民法院提出强制执行申请的主体,必须是依法没有行政强制执行权的行政机关。

需要指出的是,《行政强制法》没有规定那些依法拥有行政强制执行权的行政机关可以申请人民法院强制执行。换句话说,已经依法拥有行政强制执行权的行政机关,只能自己组织强制执行。对于某些单行法律在授权行政机关依法享有强制执行权的同时,又规定行政机关可以申请人民法院强制执行的,应继续适用这些单行法律的规定。

2. 依据上的条件

行政机关申请人民法院强制执行的依据,主要有法律、行政法规、司法解释以及其他规范性文件。此外,一些地方性法规、规章也会根据上位法,对行政机关申请人民法院强制执行作出规定。(1)法律。规定行政机关申请人民法院强制执行的法律主要包括:《行政强制法》、《行政诉讼法》和《民事诉讼法》和其他涉及行政管理工作的单行法律,如《行政处罚法》等。(2)行政法规。如《国有土地上房屋征收与补偿条例》、《水路运输管理条例》、《公路管理条例》,等。(3)司法解释。如《最高人民法院关于执行〈中华人民共和国行政诉讼法〉若干问题的解释》、《最高人民法院关于人民法院执行工作若干问题的规定(试行)》、《最高人民法院关于人民法院办理执行案件若干期限的规定》等。(4)其他规范性文件。如2008年浙江省金华市中级人民法院出台的《关于非诉行政执行案件的执行操作规程》、2011年2月上海市高级人民法院出台的《关于〈国有土地上房屋征收与补偿条例〉实施前已经取得房屋拆迁许可证项目所涉案件有关审判、执行工作的若干意见》、2011年6月北京市高级人民法院出台的《关于〈国有土地上房屋征收与补偿条例〉施行前已取得拆迁许可证项目所涉案件有关审判、执行工作的若干意见(试行)》等。

3. 期限上的条件

行政机关申请人民法院强制执行必须遵守一定的期限规定,只有在法定期限届满后,行政机关才能依法向人民法院提出强制执行的申请。根据《行政强制法》第53条的规定,没有行政强制执行权的行政机关可以自期限届满之日起3个月内,依照本章规定申请人民法院强制执行。

需要指出的是,最高人民法院《关于执行〈中华人民共和国行政诉讼法〉若干问题的解释》第88条规定:"行政机关申请人民法院强制执行其具体行政行为,应当自被执行人的法定起诉期限届满之日起180日内提出。逾期申请的,除有正当理由外,人民法院不予受理。"因此,《行政强制法》与最高人民法院的司法解释对申请人民法院强制执行的期限规定并不一致。根据法律位阶适用原则,《行政强制法》实施后,行政机关申请人民法院强制执行应当统一适用3个月的规定,而不再适用司法解释中180天的规定。

(三)申请人民法院强制执行的程序

1. 催告程序

《行政强制法》第54条规定:"行政机关申请人民法院强制执行前,应当催告当事人履行义务。催告书送达十日后当事人仍未履行义务的,行政机关可以向所在地有管辖权的人民法院申请强制执行;执行对象是不动产的,向不动产所在地有管辖权的人民法院申请强制执行。"本条是对行政机关申请人民法院强制执行前的催告程序,其与《行政强制法》第35条所规定的行政机关自己实施强制执行中催告程序是相对应的。但是,申请人民法院强制执行的催告程序与行政机关自行进行强制执行的催告程序存在一定的区别,即在申请人民法院强制执行催告程序中设定了一个期限:"催告书送达十日后当事人仍未履行义务的,行政机关可以向所在地有管辖权的人民法院申请强制执行。"

2. 申请程序

《行政强制法》第55条规定:"行政机关向人民法院申请强制执行,应当提供下列材料:(一)强制执行申请书;(二)行政决定书及作出决定的事实、理由和依据;(三)当事人的意见及行政机关催告情况;(四)申请强制执行标的情况;(五)法律、行政法规规定的其他材料。强制执行申请书应当由行政机关负责人签名,加盖行政机关的印章,并注明日期。"行政机关的申请是启动人民法院强制执行第一个环节,人民法院只有在收到行政机关的执行申请后,才开始审查申请并最终决定是否执行,行政机关申请强制执行时,必须向人民法院提交相应的材料,以便于人民法院进行审查。本条就是关于向人民法院申请强制执行应当提供所需材料的规定。

3. 受理、审查程序

《行政强制法》第56条规定:"人民法院接到行政机关强制执行的申请,应当在五日内受理。行政机关对人民法院不予受理的裁定有异议的,可以在十五日内向上一级人民法院申请复议,上一级人民法院应当自收到复议申请之日起十五日内作出是否受理的裁定。"该条规定了人民法院收到行政机关申请强制执行的申请书后,要在5日内作出是否受理的裁定;同时规定了行政机关对裁定有异议时的救济程序规定。

《行政强制法》第57条规定:"人民法院对行政机关强制执行的申请进行书面审查,对符合本法第五十五条规定,且行政决定具备法定执行效力的,除本法第五十八条规定的情形外,人民法院应当自受理之日起七日内作出执行裁定。"该条是关于人民法院对执行申请进行书面审查的规定。书面审查属于形式审查的一种,审查的内容主要包括申请材料是否齐全、行政决定是否具备法定执行效力、行政决定是否存在《行政强制法》第58条规定的法定情形等。

《行政强制法》第58条规定:"人民法院发现有下列情形之一的,在作出裁定前可以听取被执行人和行政机关的意见:(一)明显缺乏事实根据的;(二)明显缺乏法律、法规依据的;(三)其他明显违法并损害被执行人合法权益的。人民法院应当自受理之日起三十日内作出是否执行的裁定。裁定不予执行的,应当说明理由,并在五日内将不予执行的裁定送达行政机关。行政机关对人民法院不予执行的裁定有异议的,可以自收到裁定之日起十五日内向上一级人民法院申请复议,上一级人民法院应当自收到复议申请之日起三十日内作出是否执行的裁定。"该条是关于人民法院对执行申请进行实质审查的规定。

4.执行程序

人民法院经过审查裁定予以执行后,其具体的执行程序《行政强制法》没有做出详细规定。因此,人民法院在执行行政强制时,主要适用《行政诉讼法》及相关司法解释的有关规定。需要指出的是,最高人民法院《关于执行〈中华人民共和国行政诉讼法〉若干问题的解释》第97条规定:"人民法院审理行政案件,除依照行政诉讼法和本解释外,可以参照民事诉讼的有关规定。"我国《民事诉讼法》第三编规定了相对完备的"执行程序",人民法院执行行政机关申请的行政强制执行除适用《行政强制法》、《行政诉讼法》和有关司法解释的规定外,还应当参照适用《民事诉讼法》的有关规定。

(四)申请人民法院强制执行的费用

《行政强制法》第60条规定:"行政机关申请人民法院强制执行,不缴纳申请费。强制执行的费用由被执行人承担。人民法院以划拨、拍卖方式强制执行的,可以在划拨、拍卖后将强制执行的费用扣除。依法拍卖财物,由人民法院委托拍卖机构依照《中华人民共和国拍卖法》的规定办理。划拨的存款、汇款以及拍卖和依法处理所得的款项应当上缴国库或者划入财政专户,不得以任何形式截留、私分或者变相私分。"就行政强制执行案件而言,申请人民法院强制执行的费用包括申请费和执行费用。执行费用是指人民法院在执行行政机关申请的行政强制过程中所发生的实际支出的费用。从本条规定可见,行政机关申请人民法院强制执行不缴纳申请费;执行费用由被执行人承担。同时本条规定,人民法院以拍卖方式强制执行的,可以在拍卖后将执行费用扣除。

六、行政强制的法律责任

(一)行政强制法律责任的概念

1. 行政强制法律责任的定义和特征

行政强制法律责任是指行政强制法律关系中的主体由于违法实施行政强制,按照法律规定必须承担的消极法律后果。其主要具备如下几个特征:(1)违法实施行政强制,这是行政强制法律责任的前提条件;(2)责任的承担者包括行政机关及其公职人员、参与行政强制的金融机构、实施行政强制执行的人民法院等;(3)行政强制法律责任主要由《行政强制法》等法律规范所确认;(4)行政强制法律责任由有权的国家机关依法进行追究。

2. 行政强制法律责任的形式

从《行政强制法》第六章的规定来看,行政强制的法律责任主要包括以下形式:(1)行政责任。行政强制的行政责任,是指相关行政强制实施主体在实施行政强制过程中,由于违反行政法律规范的规定,而应承担的一种行政法律后果。行政强制行政责任的承担主体主要是行政机关及其工作人员,具体承担责任的形式主要是改正违法行为、处分和行政赔偿。(2)刑事责任。行政强制的刑事责任,是指相关行政强制实施主体在实施行政强制过程中,由于违法刑事法律的规定,而应承担的一种刑事法律后果。行政强制刑事责任的承担主体主要是行政机关、金融机构、人民法院三类主体的工作人员。具体承担责任的形式应当依照《刑法》的规定执行。

(二)行政机关及其工作人员的法律责任

1. 行政机关及其工作人员承担法律责任的法定情形

根据《行政强制法》第61条、第62条、第63条、第64条和第66条的规定,行政机关及其工作人员承担法律责任的法定情形主要包括如下几类:

(1)行政机关违法实施行政强制的。《行政强制法》第61条规定了违法实施行政强制的六种情形,即没有法律、法规依据的;改变行政强制对象、条件、方式的;违反法定程序实施行政强制的;违反本法规定,在夜间或者法定节假日实施行政强制执行的;对居民生活采取停止供水、供电、供热、供燃气等方式迫使当事人履行相关行政决定的;有其他违法实施行政强制情形的。

(2)行政机关违法实施查封、扣押、冻结等行政强制措施的。《行政强制法》第62条规定了四种违法情形,即扩大查封、扣押、冻结范围的;使用或者损毁查封、扣押场所、设施或者财物的;在查封、扣押法定期间不作出处理决定或者未依法及时解除查封、扣押的;在冻结存款、汇款法定期间不作出处理决定或者未依法及时解除冻结的。

(3)行政机关截留、私分或者变相私分相关款项的。《行政强制法》第63条第1

款规定了三种情形,即行政机关截留、私分或者变相私分查封、扣押的财物;截留、私分或者变相私分划拨的存款、汇款;截留、私分或者变相私分拍卖和依法处理所得的款项。

(4)行政机关工作人员将查封、扣押的场所、设施或者财物据为己有的。

(5)行政机关及其工作人员利用行政强制权为单位或者个人谋取利益的。

(6)行政机关指令金融机构将款项划入国库或者财政专户以外的其他账户的。

2. 行政机关及其工作人员承担法律责任的形式

(1)改正违法行为。改正违法行为是承担法律责任的一种重要形式,主要是通过阻止和矫正违法行政行为,避免更为严重的不良后果。《行政强制法》第 61 条规定,行政机关违法实施行政强制,"由上级行政机关或者有关部门责令改正",可见,改正违法行为是行政机关承担内部法律责任的一种体现。在上述列举的行政机关承担法律责任的五种法定情形中(即第五项除外的其他五种情形),都适用改正违法行为这一责任形式。

(2)处分。根据《公务员法》第 55 条的规定,处分是公务员因违法违纪应当承担纪律责任。该法第 56 条规定:"处分分为:警告、记过、记大过、降级、撤职、开除。"承担处分这一法律责任的主体只能是行政机关的工作人员,而不能是行政机关本身。在上述列举的行政机关及其工作人员承担法律责任的六种法定情形中,都规定了处分这一责任形式。需要指出的一点是,《行政强制法》对行政机关工作人员进行处分的规定分为两种模式:一是笼统规定应当"依法给予处分",《行政强制法》第 61 条、第 62 条、第 64 条和第 66 条都使用了这种立法例;二是针对某些具体的违法情形,直接确定了处分的类型,《行政强制法》第 63 条对行政机关截留、私分或者变相私分相关款项行为的直接负责的主管人员和其他直接责任人员以及将查封、扣押的场所、设施或者财物据为已有的行政机关工作人员,直接规定了"记大过、降级、撤职或者开除"的处分。

(3)行政赔偿。行政赔偿是指行政机关及其工作人员违法实施行政行为,侵犯行政相对人合法权益并造成损害时,由国家承担的一种赔偿责任,其承担主体是行政机关。《行政强制法》第 68 条第 1 款规定:"违反本法规定,给公民、法人或者其他组织造成损失的,依法给予赔偿。"

(4)刑事责任。刑事责任是指行政机关工作人员在实施行政强制过程中,存在违法行为且情节严重,已经触犯刑事法律构成犯罪的,由司法机关依法追究其刑事责任,其承担主体主要是行政机关工作人员。《行政强制法》第 68 条第 2 款规定:"违反本法规定,构成犯罪的,依法追究刑事责任。"

(三)金融机构及其相关人员的法律责任

1. 金融机构及其相关人员承担法律责任的法定情形

根据《行政强制法》第 65 条、第 66 条的规定,金融机构承担法律责任的法定情形主要包括如下几类:

(1)在冻结前向当事人泄露信息的;

(2)对应当立即冻结、划拨的存款、汇款不冻结或者不划拨,致使存款、汇款转移的;

(3)将不应当冻结、划拨的存款、汇款予以冻结或者划拨的;

(4)未及时解除冻结存款、汇款的;

(5)将款项划入国库或者财政专户以外的其他账户的。

2. 金融机构及其相关人员承担法律责任的形式

(1)改正违法行为。根据《行政强制法》第65条、第66条的规定,金融机构存在上述列举的五类违法行为时,"由金融业监督管理机构责令改正"。

(2)处分。根据《行政强制法》第65条、第66条的规定,金融机构存在上述列举的五类违法行为时,要对其直接负责的主管人员和其他直接责任人员依法给予处分。需要注意的是,由于金融机构不是行政机关,因此其工作人员通常不是公务员,无法适用《公务员法》的规定对其工作人员进行处分。所以《行政强制法》第65条、第66条规定的处分含义与其他条款规定的有所不同,这里规定的对金融机构直接负责的主管人员和其他直接责任人员的处分有可能是依据金融机构内部制定的工作纪律而进行的内部工作处分,若直接负责的主管人员和其他直接责任人员是公务员或者参照公务员管理的人员时,则应当依据《公务员法》的规定进行处分。

(3)罚款。根据《行政强制法》第66条的规定,金融机构违反本法规定将款项划入国库或者财政专户以外的其他账户的,除了由金融业监督管理机构责令改正外,还要处以违法划拨款项二倍的罚款。此处罚款的性质属于行政处罚,这是金融机构应当承担的行政法律责任。

(4)民事赔偿。《行政强制法》第68条第1款规定:"违反本法规定,给公民、法人或者其他组织造成损失的,依法给予赔偿。"金融机构承担的赔偿责任与行政机关承担的赔偿责任所不同的是,其属于民事赔偿,而行政机关的赔偿责任属于行政赔偿。

(5)刑事责任。刑事责任是指金融机构相关工作人员在实施行政强制的过程中,存在违法行为且情节严重,已经触犯刑事法律构成犯罪的,由司法机关依法追究其刑事责任,其承担主体主要是金融机构相关工作人员。《行政强制法》第68条第2款规定:"违反本法规定,构成犯罪的,依法追究刑事责任。"

(四)人民法院及其工作人员的法律责任

1. 人民法院及其工作人员承担法律责任的法定情形

根据《行政强制法》第66条、第67条的规定,人民法院承担法律责任的法定情形主要包括如下两类:

(1)人民法院指令金融机构将款项划入国库或者财政专户以外的其他账户的。

(2)人民法院及其工作人员在强制执行中有违法行为或者扩大强制执行范围的。

2. 人民法院及其工作人员承担法律责任的形式

(1)处分。根据《行政强制法》第66条、第67条的规定,人民法院存在上述列举的两类违法行为时,要对直接负责的主管人员和其他直接责任人员依法给予处分。具体的执行依据应当是《人民法院工作人员处分条例》。

(2)司法赔偿。《行政强制法》第68条第1款规定:“违反本法规定,给公民、法人或者其他组织造成损失的,依法给予赔偿。”人民法院承担的赔偿责任与行政机关、金融机构承担的赔偿责任所不同的是,其属于司法赔偿。

(3)刑事责任。刑事责任是指人民法院工作人员在实施行政强制的过程中,存在违法行为且情节严重,已经触犯刑事法律构成犯罪的,由司法机关依法追究其刑事责任,其承担主体主要是人民法院工作人员。《行政强制法》第68条第2款规定:“违反本法规定,构成犯罪的,依法追究刑事责任。”

行政强制的种类、设定和实施

<table>
<tr><th colspan="2">种 类</th><th>设 定</th><th>实 施</th></tr>
<tr><td>行政强制措施</td><td>①限制公民人身自由
②查封场所、设施或者财物
③扣押财物
④冻结存款、汇款
⑤其他</td><td>①法律(任何种类)
②行政法规(除限制公民人身自由;冻结存款、汇款;法律保留事项外的其他事项)
③地方性法规(查封场所、设施或者财物;扣押财物;没有制定法律、行政法规且属地方性事务的)</td><td>①法律、法规规定的行政机关
②行使相对集中行使处罚权的行政机关</td></tr>
<tr><td rowspan="2">行政强制执行</td><td>①代履行
②加处罚款或滞纳金</td><td rowspan="2">法律</td><td>一般行政机关</td></tr>
<tr><td>③划拨存款、汇款
④拍卖或者依法处理查封、扣押的场所、设施或者财物
⑤排除妨碍、恢复原状
⑥其他</td><td>①法律规定有直接强制执行权的行政机关
②人民法院</td></tr>
</table>

第四节 瑕疵具体行政行为

一、行政放弃职权

“行政主体可以单方面设定权利义务,但不能任意处分有关的行政职权。这是必须引起注意的,行政法制实践中,一些行政机关对行政法关系的单方面性没有正确的认识。似乎行政机关可以做一切事情和不做一切事情。其应当行使的职权必须行使,不能因故予以放弃。"[160]这是我国行政法教科书中第一次提到行政放弃职权问题。我们知道,行政法学界和行政法治实践给予了行政滥用职权、行政越权、行政误用职权等足够的重视,或者有法律规范对这些变态的职权运用及制裁措施予以规定,或者学者们对这些不当的职权行使从理论上予以了阐释。[161]然而,行政放弃职权在行政法学理论和行政法治实践中却是一个相对滞后的问题,该滞后性已经严重地制约了我国行政权的有效行使,[162]因此,国务院在2003年5月9日针对非典时期行政权行使的状况,制定并发布了《突发公共卫生事件应急条例》,在其中有几处确定了行政放弃职权的类型和法律责任。然而,行政放弃职权作为一个制度范畴的东西却没有得到有效的理论阐释。笔者认为,行政放弃职权是瑕疵行政行为的一种,在行政法教科书中应当有所反映。

(一)行政放弃职权的界定

行政放弃职权是指行政主体对法律赋予他的行政职权擅自处分的情形。

1. 行政放弃职权是一个法律概念

行政放弃职权作为法律制度在一些国家的《行政程序法》中有所反映,例如,《美国联邦行政程序法》第551条第13项规定:"行政机关采取的其他类似的行为及其否定行为和不作为的全部或一部。"[163]该概念在以后的美国行政法理论中被认为是"未能采取行动"。[164]《美国最高法院判例汇编》(第740卷)第821页编写了这样一个案件,8个死囚牢房的犯人致函食品和药物管理局,争辩说有关州在执行死刑时利用致命药物,违反了《食品、药物和化妆品法》,写信者敦促该管理局提起诉讼以阻止有关州的做法。但食品和药物管理局拒绝了他们的要求,他们便以行政机关不行动为由提起了司法审查。可见,在美国行政放弃职权可以进入司法审查的范畴,其法律上的属性是非常明显的。行政放弃职权作为一个法律概念还有这样一个含义,即行政职权本身是法定的,而在这种法定职权的情况下行政主体基本上没有自由裁量的余地,如《突发公共卫生事件应急条例》第26条规定:"突发事件发生后,卫生行政主管部门应当组织专家对突发事件进行综合评估,初步判断突发事件的类型,提出是否启动突发事件应急预案的建议。"该条规定赋予了卫生行政管理部门三项职权:一是组织评估,二是判断类型,三是提出建议,行政主体若没有依此三个职权而行动就是放弃职权。

2. 行政放弃职权是对职权的擅自处分

行政职权分为归属主体和行使主体两个方面,在行政法制度中和行政法理论中,一般认为行政职权归属于国家或国民,而行政主体不是行政职权的归属者,只是行政职权的行使者。[165]作为行使者他不能对自己行使的职权进行处分,如像民法中不属于自己的财产不能处分一样。具体而言,行政主体的行政职权对于行政相对人而言是一种权力,即它通过这种权力可以改变相对人之间的关系形式等,行政职权的权威性也由此得到证明。行政主体的行政职权相对于国家或者国民而言,则是它的义务,即它必须对法律规定的职权进行行使,只有在法律规定了其有自由裁量权的情况下,它才能够在一定范围内进行处分,否则,其不能有任何对职权进行私下处分的权力。行政放弃职权从行政机关对职权的态度讲,就是依自己的意志而不是国家的意志对职权的擅自处分,这是行政放弃职权最为本质的属性。

3.行政放弃职权在行为上的表现是行政不作为

"行政主体的行政行为有两种存在方式:一种是积极的方式,表现为具体的作为,如采取强制措施、作出行政处罚等;另一种是消极的方式,表现为具体的不作为,如行政主体对公民的申请不予答复、置之不理等。前者是作为的行为,后者是不作为的行为。"[166]行政职权是一个范畴概念,它必须通过有关的行政行为才能表现出来,行政职权的正当运用是通过行政行为而实现的,行政职权的不当运用亦是通过行政行为表现出来的。如行政滥用职权就是通过行政主体的不当行政行为而达到滥用状态之目的的。行政放弃职权也不能例外,它也以一定的行政行为表现出来,所不同的是行政放弃职权是以不作为的行政行为而表现自身的。不作为就是行政主体对行政职权不予实施的状态,如果说作为是行政行为的动态表现的话,那么,不作为则是行政行为的静态表现。同时应当指出,在行政法学理论中,行政行为中的不作为主要反映行政主体与行政相对人之间的关系,如在行政相对人请求行政主体为某种行为时,行政主体不予理睬的情形。[167]然而,行政放弃职权中的不作为一部分反映行政主体与行政相对人之间的关系,另一部分反映行政主体与国家或者作为一个综合概念的国民之间的关系。换句话说,行政放弃职权与一般行政违法中的不作为相比,侵害对象主要是国家,而不单单是特定的个人。正因为如此,在没有建立行政公诉制度的国家,行政放弃职权常常成了行政法中的真空地带,因为这种对职权的消极不作为既没有一个严格的发现机制,也缺乏严格的责任追究制度。

4.行政放弃职权是一种非法行为

行政职权的行使可分为正当的职权行使和不正当的职权行使两类,前者指行政主体依法律规定的权力范围、时效、对象、程序等对职权进行合理化运用。后者指行政主体对行政职权的非正当运用,即不依法律规定的权利义务、程序、期限、对象等行使职权。行政放弃职权显然归于后者。同时,在不当行政职权的运用中,有非法行政与不当行政之分,所谓非法行政,是指行政主体违反法律规定行使职权的状态,而不当行政则是指行政主体行使职权没有达到一种较为理性或恰到好处的状态,如行政处罚中的畸轻或畸重,等等。[168]行政放弃职权由于是以不作为的形式表现出来的,因此,我们认为,它不能存在于后者,即不能存在于不当行政之中,仅仅存在于非法行政之中。从行政法治实践看,非法行政的危害后果常常大于不当行政的危害后果,此点提醒我们对于行政放弃职权必须给予高度重视。

(二)行政放弃职权的构成要件

凯尔森认为,"有害社会的行为,因而法律秩序认为应当予以避免者,引起制裁的后果。这种行为称为'违法行为'。在这里,我们是采用其最广泛的意义。如果我们要依照纯粹法学的原则，来解说违法行为的概念，那么，所谓‘法律秩序的意思’或‘立法者的目的’等，只有表明于立法程序所产生的资料中者，见于法律秩序的内容里者，才能被采入这个定义里，否则，违法行为的概念，将不是一个法律的概念”。[169] 从这个观点来看，违法行为及其所带来的制裁的后果必须被联结于法律规则之中，某些行为之所以会成为违法行为，正因为它与法律规则中的一个制裁结果相联系，“行为是制裁的条件，制裁是行为的后果”。[170] 这表明当我们将行政放弃职权确定为非法行为之后，我们必须对它所具有的法律构成要件予以确定，只有当某个行为符合我们事先确定好的法律要件时，我们才能将其归入行政放弃职权的范畴。正因为如此，笔者将对行政放弃职权的构成要件作如下分析。

1. 行政放弃职权的主体是行政主体或行政责任人

《中华人民共和国行政诉讼法》第 11 条规定，公民、法人和其他组织“认为符合法定条件申请行政机关颁发许可证和执照，行政机关拒绝颁发或者不予答复的”、“申请行政机关履行保护人身权、财产权的法定职责，行政机关拒绝履行或者不予答复的”、“认为行政机关没有依法发给抚恤金的”可以向人民法院提起行政诉讼。该法的这一规定成为我国学者研究行政不作为的一个重要法律依据，学者们依此规定，将行政不作为主体确定为行政主体，因为提起行政诉讼的对象是行政主体的具体行政行为，公务员的个人行为不具有可诉性。[171] 然而，笔者认为，行政诉讼法的规定并不能够涵盖所有的行政不作为，这是由行政诉讼法自身的调整范围决定的，也是由司法审查的特性决定的。也就是说，我们不能仅仅依行政诉讼法确定行政放弃职权的主体，而要从行政法治的角度对行政放弃职权的主体作出规定。从理论上讲，行政放弃职权的主体既包括行政主体，又包括行政责任人。行政主体是行政职权的当然主体，任何一个行政职权的行使都以行政主体的名义作出，因此，行政主体也就自然而然地成了行政放弃职权的主体，《行政诉讼法》第 11 条的规定就说明了这一点。行政机关中的工作人员虽不能以自己的名义对外作出行政行为，但任何一个行政行为的作出都是在行政首长、直接责任人、行政主管人员等多个自然人的作用下形成的，他们对行政职权的消极对待必然导致行政放弃职权的发生。因此，各国公务员法和其他行政法规范都规定了公务员放弃职权或消极对待职权的法律责任。例如，《日本国家公务员法》第 82 条规定：“职员符合下列条件时，作为惩戒处分给予免职、停职、降薪和警告处分：一、违反本法和依法发布的命令；二、违反职务上的义务或渎职；……”[172] 在不当行政职权行为中，有些是单一主体，即只有行政主体才成为违法主体，或者只有公务人员才成为违法主体。而行政放弃职权的主体是复合主体，行政主体和公务人员都可以成为行政放弃职权的责任主体。《突发公共卫生事件应急条例》第 21 条规定：“任何单位和个人对突发事件，不得隐瞒、缓报、谎报或者授意他人隐瞒、缓报、谎报。”即行政主体或者行政人员只要有隐瞒不报等行为就会构成行政放弃职权。

2. 行政放弃职权在客观上是对行政管理的消极对待

各国宪法和政府组织法都有行政主体与行政职权关系的行为规范，这些规范要求行政主体必须与行政职权在客观上保持一种良性的关系形式。[173] 另外，政府组织法和公务员法也有公职人员与行政职权关系的行为规则。这些规则有的是明确的，有的是暗含的，无论以何种形式出现都要求行政公职人员与法律赋予它的行政职权保持一种良好的关系形式。一方面，职权本身适合于行政主体的结构和特征；另一方面，行政主体必须善待职权。这些宪法和政府组织法理论被后来的学者具体到行政法的基本原则之中，如日本学者美浓布达吉所提出的"依法行政"原则就有这样一个基本要求，即行政机关对于行政法的适用必须主动为之，它要求行政主体及其公职人员要积极主动地适用法律，将法律规范的规定和行政事态有机的予以结合。而结合的过程就是对行政职权的运用。若作进一步的推论就是行政主体不论在任何情况下都必须积极地对待行政职权，依法律规定积极作出行政行为，或依法律规定不消极对待行政行为。行政放弃职权的客观表现就是行政主体及其公职人员对行政管理的消极对待，这种消极对待是对行政职权的蔑视。行政放弃职权正是由于客观上的这种表现使人们常常将行政放弃职权的行为忽视了，正如笔者前面提到的至少在我国行政越权、行政滥用职权都有相应的关注，而没有将行政放弃职权置于行政法治之下，更没有一个行政放弃职权的系统理论。

3. 行政放弃职权主观上是由故意引起的

故意和过失是违法和不当行为中的两种心理状态，在犯罪问题中，故意犯罪和过失犯罪的理论和制度是比较完整的，而在违法问题上故意和过失的理论和制度均比较单薄。从法理上讲，"过失是一种特殊的侵权行为的名称，指在特定情况下一个有理智的人应当注意而没有注意从而对他人人身或财产造成损害的侵权行为"。[174] 在过失违法或者过失犯罪的情况下，行为的主观恶意相对较轻。故意是指行为人明知他的行为会带来危害社会的后果，其主观上追求或放任这种结果的发生。在故意违法行为状态下，行为人主观恶意相对较大，因此，故意违法比过失违法承担的责任也要相对大些，正如黑格尔在《法哲学原理》中指出的："凡是出于我的故意的事情，都可归责于我，这一点对犯罪来说是特别重要的。"[175] 行政放弃职权作为非法行为的一种，行为人（行政主体或公务人员）亦必然具有某种心理状态。对于这种心理状态的确定既对我们确定行为性质有重要意义，又对我们确定责任追究的原则有重要意义。行政放弃职权中行为人主观上都是故意的，而不存在过失放弃职权的情形，也就是说，故意已经不仅仅是确定责任人承担责任的一个考虑要素，它更是行政放弃职权中主观上的必备要件。我们知道，在过失违法中存在疏忽大意和过于自信两种情形，而这两种情况都存在于作为的违法或者作为的犯罪之中，而在不作为的违法或不作为的犯罪中我们无法确定疏忽大意和过于自信的问题，从这个意义上讲，行政放弃职权主观上是故意而非过失。此点也是我们将行政放弃职权与其他非法职权行使作出区别的主要标志。

4. 行政放弃职权的行为后果具有不可测性

违法或不当行政行为的成立，除了其他相关要件外，危害后果是另一非常重要的法律要件，即是说，某一行为若仅仅具有违法行为的外形而实际上给社会带来了良好效益，此时就不能将这种貌似于违法的行为视为违法。行为的危害后果无论在违法行为中，还是在犯罪行为中都是非常重要的判断标准，甚至可以说是最为实质的判断标准。“惩罚的正义性是建立在这样一个简单的原则之上的：一切人都有责任采取能够想到的各种手段来防止有害于社会安宁的罪恶。”[176]可见，无论行政法上的制裁还是刑法上的制裁都建立在行为的社会危害性这一基础之上，行为的社会危害可以从多层面进行分析，如对他人人身或者财产的损害，对法律设定的社会关系的破坏，对国家和国民利益的侵犯，等等。在其他不当行政职权行为之下，行政主体的社会危害后果一般具有可以量化性的特点，如行政主体吊销企业营业执照而导致企业受损等。可以说，行政主体积极实施的不当或违法行为损害结果的量一般都具有可测性，既可以作出判断和预测，也可以作出估算和评价。但是，行政放弃职权的侵害后果则是不可测的，即行政主体一旦放弃了某种行政职权，其所造成的危害后果在绝大多数情况下不可以作出正确判断。正因为这一点，各国法律关于行政放弃职权没有规定直接以结果进行评判的责任，只要行政主体或公职人员放弃了行政职权就必须对放弃行为本身负法律责任，而不仅仅对放弃行为所产生的危害后果负法律责任。例如，《突发公共卫生事件应急条例》第45条规定：“县级以上地方人民政府及其卫生行政主管部门未依照本条例的规定履行报告职责，对突发事件隐瞒、缓报、谎报或者授意他人隐瞒、缓报、谎报的，对政府主要领导人及其卫生行政主管部门主要负责人，依法给予降级或者撤职的行政处分。”这里并没有将危害后果作为制裁的必备要件。

（三）行政放弃职权的主要行为范畴

《中华人民共和国行政复议法》与《中华人民共和国行政诉讼法》关于行政不作为的规定有三种情况：第一种情况是“认为符合法定条件，申请行政机关颁发许可证、执照、资质证、资格证等证书，或者申请行政机关审批、登记有关事项，行政机关没有依法办理的”。第二种情况是“申请行政机关履行保护人身权利、财产权利、受教育权利的法定职责，行政机关没有依法履行的”。第三种情况是“申请行政机关依法发放抚恤金、社会保险金或者最低生活保障费，行政机关没有依法发放的”。[177]这三种行政不作为的表现形式基本上成了我国行政法学界关于行政不作为研究的始点和终点。学者们对行政放弃职权表现形式的理解也基本上局限在上列范畴中，这可以说是我国行政法学界关于行政不作为与行政放弃职权研究的偏向。这三种情形实际上只是一个范畴的东西，是一种放弃职权的三个不同的表现形式，也就是说，这三种表现中行政机关所放弃的仅仅是行政许可权或者行政审批权。而依行政放弃职权的构成要件和行政放弃职权在行政法治实践中的表现，行政放弃职权存在于诸多范畴中，甚至几乎每一种行政职权都有被放弃的可能，为了使问题简单起见，笔者将行政放弃职权概括为下列范畴：

1. 放弃行政处置权

行政处置权是指行政主体及其公职人员在“决定一项政策如何实施时所拥有的抉择自由。”[178]行政处置是政治与行政相互作用的结果，它牵涉到政党政策与行政的关系，牵涉到立法与行政的关系。就前者而言，一国执政党总希望行政权在运作中既能够体现该党的政策，又能及时有效的对紧急性社会事态作出处理。就后者而论，立法机关总希望自己能够将行政所作的事项全部表达出来而给行政较少的选择余地，但同时由于法律的稳定性和对社会事态感应的迟钝性其不得不留给行政系统一定的对付紧急事态、新近出现的事态的处置权力。由于行政处置权是在没有法律规定的情况下为之的，因此，行政主体行使这样的权力时有可能带来不利于自己的后果，也就是说该权力是一种风险权力，一旦行使得当，行政主体或行政人员会因此得到表彰或晋升；反之，一旦行使不当则会给自己带来麻烦。而行政管理的实际情况常常要求行政主体主动行使这样的处置权，若没有行使可能会给行政管理造成不可弥补的损失，此时，行政主体若没有及时对该事项进行处理就构成了放弃行政处置权。[179]2003 年颁布的《突发公共卫生事件应急条例》就肯定了行政主体对突发公共卫生事件的行政处置权，该条例第四章“应急处理”就是对行政处置权的规定，若行政主体没有及时处置就构成了放弃行政处置权。应当说明的是，该条例的适用范围仅存在于“突发公共卫生事件”中，而行政管理其他领域的处置权我国法律尚无统一规定。但是，无论有无明文的法律规定，行政主体都不得放弃行政处置权。

2. 放弃行政制裁权

在传统行政法理论中，认为制裁权包括行政处罚权和行政处分权两个方面。[180]近年来学者们更多地认为行政制裁权包括行政强制权和行政处罚权两种。这两种权力是一个事物的两个方面，有学者认为行政处罚是行政主体对不可挽救的违法行为的打击，而行政强制则是行政主体对可以挽救的违法行为的打击。[181]笔者认为这一论点是正确的。行政放弃行政强制权、行政放弃行政处罚权实际上是对行政制裁权的放弃。我们知道，法律上的制裁是非常重要的，因为制裁决定着法律规范实施的实际社会效果。对于这样的权力行政主体当然不能放弃。由于行政制裁权从理论上讲是对行政主体有利的权力，即行政主体实施这样的权力只会给自己带来物质上或精神上的好处，因此，这一权力的行使难以出现放弃的情况。然而，行政法治实践的状况却并非如此，行政主体放弃行政制裁权的情况并不少见。有的基于地方利益的考虑而放弃这一权力，有的基于部门利益的考虑而放弃这一权力。2001 年 4 月 21 日国务院发布了《国务院关于特大安全事故行政责任追究的规定》第 20 条规定：“地方人民政府或者政府部门阻挠、干涉对特大安全事故有关责任人员追究行政责任的，对该地方人民政府主要领导人或者政府部门正职负责人，根据情节轻重，给予降级或撤职的行政处分。”可见，有些行政主体不但自己有可能放弃行政制裁权，还有可能阻挠别人行使这样的权力。

3. 放弃行政许可权

行政许可是现代行政管理的重要手段，关于行政许可在一国的法律制度中有两种设定的情况：一是由法律设定，即立法机关通过立法权对行政许可的事项予以设定；二是由行政管理机关设定，就是行政管理机关在行政管理活动过程中对行政许可事项的设定。在后一种情况下，行政许可是一种行政管制，行政主体通过职权的行使限制公民、法人和社会组织的权益。随着社会的发展，行政许可的事项越来越少，即政府对于公众生活采取少禁止的状态。但是，无论如何行政许可制度都将在一定范围内存在，行政相对人要取得一定权益必须通过申请程序取得许可证或者其他证明材料。《中华人民共和国行政复议法》和《中华人民共和国行政诉讼法》将行政机关没有依法发放许可证，没有依法发放抚恤金，没有办理审批登记等放弃职权的行为纳入了行政救济的范畴，为行政许可中的放弃职权确立了法律责任。由于目前我国行政法对此一范畴的行政放弃职权规定得比较明确，因此，笔者不再详述。

4. 放弃行政管理权

行政主体根据宪法和有关法律，通过行政行为对国家政治、经济、文化、卫生、环境保护等诸多事务进行管理和组织的权力就叫做管理权。[182]行政管理权是一个范围较广的概念，行政机关对法律事务发生作用的全部过程都可以视为行政管理权。但是，笔者此处所讲的行政管理权是指行政机关强制权力以外，许可权力以外对有关社会事务进行设计、组织的权力，对社会关系进行重新组合的权力。上述三个范畴之外的权力都可以归入行政管理权的范畴。行政主体在行政法治实践中放弃最多的应当是行政管理权。因为我国部门行政管理的法律规范都对行政主体在某些方面的管理权作了规定。如《国务院关于禁止在市场经济活动中实行地区封锁的规定》第 20 条第 2 款规定："有关省、自治区、直辖市人民政府或者其经济贸易管理部门、工商行政管理部门、质量技术监督部门或者其他有关部门接到检举后，应当自接到检举之日起 5 个工作日内，由省、自治区、直辖市人民政府责成有关地方人民政府在 30 个工作日内依照本规定直接调查、处理完毕……"这个条文规定了"查处"和"处理"两项管理权，诸行政主体若没有行使这两项权力就是对行政管理权的放弃。

（四）行政放弃职权的责任追究

行政放弃职权的责任是指行政主体及其公职人员对行政放弃职权行为应当承担的法律责任。《中华人民共和国行政诉讼法》和《中华人民共和国行政复议法》对行政机关放弃行政许可权的责任作了规定。依这些规定复议机关和人民法院可以责令或判决具有责任的行政机关依法履行责任。但是，《中华人民共和国国家赔偿法》没有规定因行政放弃职权给行政相对人造成损失应当承担的责任。不过，我国法律以下的行政法文件中关于行政放弃职权的规定并不少见，如《监察机关参加特别重大事故调查处理的暂行规定》、《渔业水域污染事故调查处理程序规定》、《通信工程质量事故处理暂行规定》、《国务院关于特大安全事故行政责任追究的规定》、《突发公共卫生事件应急条例》等。这些规定都在一定范围内确立了行政放弃职权的法律责

任。然而,这些规定都相对比较零散,不利于确立行政放弃职权的法律责任,为了在理论上澄清这一问题,笔者将作如下思考:

1. 关于行政放弃职权的责任主体

目前我国法律、法规或者行政规章关于行政放弃职权责任承担主体的规定不统一,具体表现在有些放弃职权的行为其责任主体是行政主体,而公职人员,无论责任人还是主管人员均不承担责任,如《中华人民共和国行政复议法》和《中华人民共和国行政诉讼法》就将不作为行政行为的责任归结为行政主体,由行政主体对这样的行为负责,而没有规定公务人员负责的情形。有些则规定了行政责任人员和行政主管人员的法律责任,而没有规定行政主体的对应责任,如《国务院关于特大安全事故行政责任追究的规定》第 2 条规定:"地方人民政府主要领导人和政府有关部门正职负责人对下列特大安全事故的防范、发生,依照法律、行政法规和本规定的规定有失职、渎职情形或者负有领导责任的,依照本规定给予行政处分……"该条规定了主要领导人和直接领导人的责任,而没有规定行政主体的责任。笔者认为,行政放弃职权是由行政主体和公务人员双重的违法行为构成的,因此,行政放弃职权的责任主体应当是行政主体和公职人员两方。具体而言,若某一放弃职权的行为给公民、法人和其他社会组织造成了侵害,应当由行政主体负主要责任,行政公职人员负连带责任。若某一放弃职权行为给国家利益和社会利益造成侵害,应当由直接责任人和行政主管人员负主要责任,行政主体负连带责任。只有对行政放弃职权确定双重责任主体才能有利于对这种非法职权行使从根本上予以杜绝。我们注意到,《突发公共卫生事件应急条例》在一定程度上确立了行政放弃职权的双重责任主体,如第 21 条规定:"任何单位和个人对突发事件,不得隐瞒、缓报、谎报或者授意他人隐瞒、缓报、谎报。"换句话说,如果出现隐瞒、缓报、谎报等放弃职权的行为后,单位和个人都是这一违法行为的责任主体。

2. 关于行政放弃职权的责任形式

行政放弃职权的责任形式包括刑事责任和行政责任等。由于刑事责任是刑法学的范畴,笔者在此不予探讨。关于行政放弃职权的行政责任目前我国法律制度主要从两个方面作了规定:一是行政主体对行政放弃职权的责任形式,主要是让行政主体承担履行职责的责任。就是当行政主体放弃某一职权时,其有义务恢复对该职权的行使,如复议机关通过行政复议可以裁决没有发放抚恤金的行政机关发放抚恤金。二是对行政机关工作人员行政责任的规定,这一范畴的责任主要是行政纪律处分责任,如《突发公共卫生事件应急条例》第 51 条规定:"在突发事件应急处理工作中,有关单位和个人未依照本条例的规定履行报告职责,隐瞒、缓报或者谎报,阻碍突发事件应急处理工作人员执行职务,拒绝国务院卫生行政主管部门或者其他有关部门指定的专业技术机构进入突发事件现场,或者不配合调查、采样、技术分析和检验的,对有关责任人员依法给予行政处分或者纪律处分……"笔者认为,目前我国行政放弃职权的责任形态比较单一,而且行政主体及其公职人员所承担的责任与违法行为本身不能对应。如放弃行政许可权必然会给行政相对人财产造成损失，但《国家赔偿法》对这样的损失没有规定赔偿责任。基于此，笔者认为，行政主体及其公职人员，放弃职权行为给公民、法人或者其他组织造成财产损失的应承担国家赔偿责任。行政主体作为一个整体有放弃职权行为的应承担集体辞职的责任。直接责任人和行政领导人作为个体也应当承担相应的经济责任，对于前者应建立行政系统内部的罚金制度，对于后者应建立财产没收制度。尽管行政放弃职权造成的损害结果不可预测，但我们还是应当对承担的相关责任进行量化，做到责任和行为后果最大限度地相等。

3. 关于行政放弃职权的责任认定

"责任自负"是法学理论和法律制度中责任追究的一个基本原则，行政放弃职权的责任追究也不能例外，即责任应当落实到非法行为实施者的身上，而不能够株连无辜。由于行政放弃职权的主体主要是行政主体，这就导致了责任认定的复杂性。我国行政系统既实行行政首长负责制，又实行一定范围内的集体负责制。这种混合形式的责任制度使行政决策和行政执行常常予以分离。本来某一行政决定是由行政首长作出的，但它的执行者却是主管人员或者其他辅助人员。当这一决定被运用到行政执法实践后，若带来了好处则是行政首长决定有方，但若是一个错误的决定，则由执行者负责。我国行政法治实践中，诸多责任最终都由行政机关中的配角承担，而主角安然无恙。行政放弃职权中这种情况则更加明显，因为它是以不作为的行为形式表现出来的。这一点要求在追究行政放弃职权的法律责任时，必须对责任进行正确认定。一方面，在主体不明确的情况下，行政首长承担全部责任，行政主体作为一个法人承担后续的连带责任；另一方面，在责任者明确的情况下，由直接责任人承担主要责任，行政首长负责管理不力、用人不当的责任，行政机关作为整体可以承担轻微的连带责任。我国关于此方面的法律规定已经较前有进步，如《国务院关于特大安全事故行政责任追究的规定》第 20 条规定："地方人民政府或者政府部门阻挠、干涉对特大安全事故有关责任人员追究行政责任的，对该地方人民政府主要领导人或者政府部门正职负责人，根据情节轻重，给予降级或者撤职的行政处分。"这样的责任认定是比较合理的。

4. 关于行政放弃职权的责任承担

行政责任是一种特殊形式的责任，而行政放弃职权的行政责任则更加特殊，这种特殊性主要表现在行政放弃职权是一种不太明显的违法行为，尤其在行政主体放弃行政处置权和放弃行政管理权的状态下，不明显性显得十分突出，同时，行政放弃职权发生在行政系统内部，常常与行政机关甚至行政机构体系有关。上述两点决定了行政放弃职权以什么途径承担责任、责任最终归结于谁都显得极为复杂。例如，《中华人民共和国地方各级人民代表大会和地方各级人民政府组织法》第 61 条规定："乡、民族乡、镇的人民政府行使下列职权：执行本级人民代表大会的决议和上级国家行政机关的决定和命令，发布决定和命令……"那么，某一个乡镇政府多发布一个或少发布一个行政命令对行政管理的质量的影响肯定是不同的，我们是否能够因为一个乡镇少发布了一个行政命令就认为是放弃了行政职权?像这样的问题,都牵涉到责任承担,这要求我们应当通过有效的法律制度确定何种行为为具体的放弃职权行为。行政放弃职权的责任主体主要是行政主体,这在《中华人民共和国国家赔偿法》中作了明确规定。然而,行政组织本是一个集合概念,是一个由诸多无形因素构成的实体,它既没有生命,也不知道责任承担对它意味着什么,从深层次讲,组织的责任心最终汇聚到国家或者公众身上。基于此,笔者认为关于行政放弃职权的责任承担应当建立一种新的理论体系,在这种体系中将公务人员置于责任主体的焦点,一些国家将与职权有关的责任大多数放在公务员法中就值得我国借鉴。关于行政放弃职权的责任承担还有一个问题需要说明,在《突发公共卫生事件应急条例》出台以前,行政放弃职权的责任常以是否造成后果或严重后果为承担的前提,显然,这不利于对放弃职权行为的责任追究,也不利于提高行政管理的质量。笔者注意到,《突发公共卫生事件应急条例》在此方面有了突破性发展,如第49条规定:"县级以上各级人民政府有关部门拒不履行应急处置职责的,由同级人民政府或者上级人民政府有关部门责令改正、通报批评、给予警告;对主要负责人员、负有责任的主管人员和其他责任人员依法给予降级、撤职的行政处分……"该条并没有将造成危害后果作为责任追究的必备条件。

二、行政误用职权

(一)行政误用职权的构成要件

"行政职权"一词应当是一个法律用语,《中华人民共和国地方各级人民代表大会和地方各级人民政府组织法》第55条第3款规定"地方各级人民政府必须依法行使行政职权",以法律的形式将行政职权的概念确定了下来。其作为一个法律用语,且作为一个较为抽象化的概念应当有法律上的界说和学理上的阐释,遗憾的是,当这一概念在法律规则中出现时,相应的规则并没有确定其在应用过程中的具体含义。法理学著作、行政法学著作乃至于行政管理学辞书[183]都尚未对这一概念的具体内涵作出解释。笔者认为行政职权的概念至少应从三个方面分析,正是这三个方面的统一才使行政职权区别于行政法理论中的其他相关概念:

1. 行政职权是行政权和行政机构系统内的事情,它是国家政权体系中立法职能、审判职能、检察职能的对应职能,是立法权、审判权、检察权的对应权力,也就是说,"职权"一词本身并不是行政系统和行政权范畴的专属物,这从《中华人民共和国宪法》第62条、第67条的规定可以看出,第62条有这样的规定:"全国人民代表大会行使下列职权……"第67条有这样的规定:"全国人民代表大会常务委员会行使下列职权……"可见,"职权"一词在行政机构以外的系统和行政权以外的国家权力中同样是存在的。那么,行政便自然而然地成了行政职权的一个限定词,即通过行政一词把行政职权与行政机构体系的功能联结在一起。

2. 行政职权是行政机体的一种职能,"涉及将普遍政策适用于特定情况和具体形式,包括在特定情况下行使某种处置权力”。[184]具体而言,行政职能是在设立行政机构体系时对其进行的一个角色定位,正是广泛的行政职能确定了行政机构的性质以及运行方向。职能在绝大多数情况下是一个静态的东西,“行政机构的职能多种多样,这类机构的权力很大。其职能和权力一般都是根据法规而具备的。行政机构的职能包括对城乡规划的管理,对公共教育实施的管理,对社会保险制度规定的管理,调整一个行业或公共事业的发展方向,控制社会弊端和赌博以及许多其他类似活动”。[185]

3. 行政职权的外在表现是对权力的行使。所谓外在表现,是指行政机构体系权力的外化情形,即其与其他社会因素发生联系的情形,以此种外化看,它是一种改变行政相对人权利义务的力量,是对行政职权的一个动态化的反映。深而论之,行政权力是从行政职能中演绎出来的,是对行政职能外延的一个勾画,“对行政机构权力的规定较为灵活,对行使有关职能的人赋予范围广泛的权限。行政机构的权力可包括:由国会授予的立法权,为具体落实国会所规定的一般原则而制定规则和规定;指导权,据此要求个人去进行或不进行某些行为;调查权,要求社会个体提供信息、数据和统计表等;颁布许可证权,同意或拒绝特定种类业务或贸易、房屋的特定使用;征税权,在某些情况下,强制要求支付地方税、捐税和款项;以及准司法权,包括调查反对意见、对有关行政管理所易出现的纠纷作出裁定”。[186]

总之,行政职权是行政、职能、权力三个要素的统一,上述三个要素使行政职权有了较为确定的含义。在行政职权的概念确定以后,我们便必须给行政误用职权[187]下一个定义,简单地说,行政误用职权就是对行政职权的错误使用,进一步讲,就是指行政主体在履行行政管理职能,进行行政管理活动,行使行政管理权的过程中对法律规则为其确定的行政职权作了错误的判断,以错误的行为改变了行政相对人的权利义务关系,并带来了错误的社会效果和法律后果的情形。如果我们将行政超越职权、行政滥用职权、行政放弃职权以及行政误用职权等当成行政职权的诸种变态情形,那么,行政滥用职权等不当的职权使用行为都不能包括行政误用职权,它的表现形式和内在属性与上列诸种不当的职权行使行为都有较大差异,这种差异提醒我们必须对行政误用职权进行单独确立。若从法律上的构成要件分析的话,行政误用职权有如下构成要件:

(1)行政误用职权要求行政主体必须有权力行使行为。除行政放弃职权外,行政超越职权、行政滥用职权都应当有行政主体权力行使行为的存在,从这一意义上讲,行政误用职权的这一属性是行政滥用职权和行政超越职权所共有的。这是行政误用职权的一个基础条件或者说是一个最为基本的构成要件,是我们不得不提到的。所谓行政主体有权力行使行为,是指行政主体以积极的作为或消极的不作为运用了手中的行政权力。在作为情况下,其主动地将权力运用于行政管理事态,如《中华人民共和国地方各级人民代表大会和地方各级人民政府组织法》第59条关于县级以上的地方各级人民政府的职权作了列举规定,共有10项之多,地方人民政府若积极实施所述职权的内容就是一种积极的作为,如“保障少数民族的权利和尊重少数民族的风俗习惯,帮助本行政区域内各少数民族聚居的地方依照宪法和法律实行区域自治,帮助各少数民族发展政治、经济和文化的建设事业”。消极的不作为指在相对人拥有请求权的情况下,行政主体对这种请求置之不理的情形。应当作为的不作为也是对职权的运用,因为这种内涵通过行政主体的此种不作为行为而得到了实现。同时,权力行使行为的存在与否还不能就行政主体的一面作出分析,我们知道,权力行使是在两个以上的主体之间进行的,[188]只有当一方的意志改变了另一方的意志,一方的行为改变了另一方的行为,且在另一方不愿意的情况下实施改变行为时,我们才可以说,此一方向彼一方行使了权力。顺理成章,行政误用职权中行政主体权力行使行为的存在是说行政主体以其单方意志作出了某种决定,而这种决定改变了行政相对人的权利义务关系,或者使其物质性利益受损,或者使其精神性利益受损。应当指出,行政主体权力行使行为是以行政主体的名义而为之的,而不是以行政机构体系中的个人意志而为之的,不是行政机构体系中的个人行为。如果是个人行为实施的对行政相对人权利的影响则是另一范畴的问题,换句话说,行政主体误用职权行为的行为主体是具备法律形式的。

(2)行政误用职权的成立,要求权力行使行为是职权与事态不能对应的权力行为。这可以说是行政误用职权的一个实质性要件。行政职权是写进法律规范的东西,一般来讲都是比较明确的,如《中华人民共和国地方各级人民代表大会和地方各级人民政府组织法》第61条规定:“乡、民族乡、镇的人民政府行使下列职权:(一)执行本级人民代表大会的决议和上级国家行政机关的决定和命令,发布决定和命令;(二)执行本行政区域内的经济和社会发展计划、预算,管理本行政区域内的经济、教育、科学、文化、卫生、体育事业和财政、民政、公安、司法行政、计划生育等行政工作;(三)保护社会主义的全民所有制和劳动群众集体所有制的财产,保护公民和私人所有的合法财产,维护社会秩序,保障公民的人身权利、民主权利和其他权利;(四)保护各种经济组织的合法权益;(五)保障少数民族的权利和尊重少数民族的风俗习惯;(六)保障宪法和法律赋予妇女的男女平等、同工同酬和婚姻自由等各项权利;(七)办理上级人民政府交办的其他事项。”其关于乡镇人民政府的职权规定是非常明确的,既有确定的内涵,又有一定的操作程序。出现在法律规则中的行政职权只是管理权的一种存在形式,这种形式是立法者对行政主体行政管理权的主观企求,只有当它与行政管理的客观事态结合以后才会具有实质意义。法律规则中的职权与事态的结合可以有两种情况:一是职权主体在职权行使中使职权的内容与行政过程中的人、事、时以及权利义务达到了最大范围的合致,如“保护各种经济组织的合法权益”这一职权的行使,行政主体既保护了此一行政相对人的权利,又平等地保护了彼一行政相对人的权利;既保护了作为大型经济组织的权益,又保护了作为小型经济组织的权益;既保护了经济组织的此种权益,又保护了经济组织的其他权益,而且所有保护行为都是主动为之的,此时,我们就可以说法律上的职权与物质化的职权达到了合致，显然行政误用职权不会发生在此种情况之下。二是行政主体在职权行使中没有将法律上规定的职权与具体的行政事态对应起来，权力行使行为与立法者在设置这一权力时的本意对抗，权力行使行为与行政事态中的各种主客观因素有出入，此时我们便可以说职权被误用了。

(3)行政误用职权的成立，要求权力行使主体的主观动机是良性的。如果说上述两个条件揭示了行政误用职权的客观构成要件，那么，行政误用职权的主观动机则是其主观要件。权力行使主体对行政职权的行使必然受主观动机的支配，一切客观的、外在的行为都与主观动机有关，都是在一定主观动机的驱使下发生作用的，正如卢梭指出的："一切自由的行为，都是各种原因的结合而产生的：一种是精神的原因亦即决定这种行为的意志，另一种是物理原因，亦即执行这种行为的力量。"〔189〕行政误用职权的行为就相当于后者，而行政误用职权中的动机就相当于前者。行政误用职权是行政职权与社会事态的一种反差或对抗，故而，职权在客观上必然是不当的，但我们不能因客观上的不当性而得出结论说行政误用职权的主动动机也是不当的。恰恰相反，在行政误用职权的主观动机方面是一种完全与行政滥用职权和行政超越职权相反的情形，即行政主体是在良性动机的支配下而为误用职权行为的。笔者所使用的良性概念是从法治伦理的角度考虑的，而不是从具体的行为过程中分析的，因为依照法律要素的动机理论，只要存在故意和过失都属于有瑕疵的主观动机，而从法治伦理的角度考虑，行政主体在误用职权情况下，其心理是一种善良愿望的心理，是符合法制或行政伦理准则的心理状态。对此罗素曾作过分析："爱好权力，犹如好色，是一种强烈的动机，对于大多数人的行为所发生的影响往往超过他们自己的想像。因此可以这样说：产生最好效果的伦理是一种对爱好权力的反对按理说不过去的伦理：既然人们在追求权力中，很容易违反他们自己的道德的准则，因此可以说，如果他们的道德准则订得过分的严格，他们的行为就可以接近于正确。不过提出伦理学说的人几乎不能容许自己受这些考虑的影响，如果能够，他就不得不为道德而有意说谎……我们必须承认人们由于爱好权力而作了坏事并将继续作坏事，但我们不应该因为这一点，就把我们所认为的处于某些形式和条件下有益或至少无害的权力爱好也说成是要不得的。"〔190〕罗素这一论断虽是对权力体系中伦理因素的一个总体分析，但这种分析对我们探讨行政误用职权的主观动机是有所帮助的，即在误用职权情况下，行政主体的主观动机是符合原则的理论和行政伦理准则的。这是误用职权和其他非法职权行为最具有实质部分的区别。恶性和良性是法理学和其他部门法学几乎都涉及的概念，在主观恶性的情况下，行为上开始便有违反法律并实施破坏性行为的内心驱力，而在良性的主观动机支配下，行为人即便实施了有害的行为，但主观上所追求的是实施对社会有益的行为状态。行政误用职权大多是权力行使者对法律和事件的认识错误所致，对此下面还要作进一步分析。

(4)行政误用职权的成立，要求权力行使的最终结果是法律上的误差。行政误用职权是对权力的错误运用，就是说权力的行使必然是有误差的，对这种误差的判断可以有诸多标准。我们可以说,权力,尤其行政权力是从公民权利中派生出来的,其来源于公共意志和公众的总的价值取向,要对权力的误差作出判断就必须和公民权利以及公众利益结合起来,即有害于公民权利的权力行使就是误用职权的表现。我们还可以说,行政机构体系是由人民代表机关组建的,其必须对人民代表机关负责,执行人民代表机关的意志,其行为若背离人民代表机关的意志时就可以定性为对行政职权的不当使用,与人民代表机关意志存在误差的权力行使就可以定性为行政误用职权。我们还可以说,行政机构体系本身是一个职权系统,低层行政机构和行政主体隶属于高层行政机构和行政主体,那么,一个行政主体在行使职权时与行政机构的总体目标不一致时,低层行政机构的职权行使与高层行政机构的意志产生误差以后,就可以说这一职权行使行为是行政误用职权行为。上述说法若在政治学、行政学的范畴讲是合理的,然而,行政误用职权只有在法律的范围内探讨才会有合理的内涵。或者说,行政职权是宪政体制的必然结果,至少定量化、定性化的行政职权是现代宪法制度确立以后才具有的,而在现代宪法出现以前,在高度集权制的国家结构形式之下,由于行政职权不可能受明文的法律规则制约,因此,行政误用职权便不可能有严格的量化标准。行政法治的日益提高使行政构成、行政权力的来源大多集中于法律规则之中,"权威来源于法律和选举,它并不一定会同时代精神相背离,但这种权威一旦背离了时代精神,也会受到挑战和限制。法官的诫律和立法机关的行动在他们提出的平等和参与目标的程度上是合法的,正像他们经常所作的那样"。[191]可见,选举、时代精神是权力的主要来源,但这些来源似乎都是以法律规则即以合法性为基础的。这就是说,我们对行政误用职权的判断,在参照公众意志、立法机关意志、时代精神、选民意向等的过程中,法律规则是最为实质的判断标准。换句话说,行政误用职权中的误差最为本质的是职权与法律规则的误差,是职权所处理的行政事态与法律规则之间的误差。也就是说,合法性是行政误用职权最为关键的判定要素。

(二)行政误用职权的客观表现

随着社会的发展,政府行政系统的管理技术不断改进,如由全面干预式的管理到宏观调控式的管理就是这种变化和改进的一个例证。而方法的改变并不必然反映管理领域的减少,在一些发达国家行政职权客观表现的外延反倒越来越广。"如果说,政府的权力曾经一度受到限制的话——政府除了保障法律和秩序、保护私人自由和私人财产、监督合同、保护本国不受外国侵略以外,没有别的权力——那个时刻早已过去。今天,认为政府机构干涉着我们生活中'从生到死'的各个方面的看法是很平常的。在美国,政府的首要职责是为防老、死、无依无靠、丧失劳动力和失业提供安全保障;为老人和穷人提供医疗照顾;为小学、中学、大学和研究生提供各级教育;调整公路、水路、铁路和空中运输的规制;提供警察和防火保护;提供卫生措施和污水处理;为医学、科学和技术的研究提供经费;管理邮政事业;进行探索太空的活动;建立公园并维持娱乐活动;为穷人提供住房和适当的食物;制定职业训练和劳力安排的规则;净化空气和水;重建中心城市;维持全部就业和稳定货币供应;调整购销企业和劳资关系；消灭种族和性别的歧视。看来，政府的职责似乎是无限的，而我们每年都给政府增添任务。”[192]美国作为市场化程度较高的国家，政府行政系统尚且有如此广泛的行政职权，而我国行政系统的职权行使则更加广泛，概率论的原理告诉我们，政府职权越广泛，行政误用职权的表现就越宽泛。对于诸多的误用职权的情形必须从理论上进行概括，笔者综合我国行政法治的状况将行政误用职权概括为如下几个方面。

1. 真空地带行政事务处理中的误用职权

不同的政权体系对国家事务有不同的划分，如有的国家分成三类，即立法性国家事务、司法性国家事务和行政性国家事务。这些事务是否交由专职机关处理则是另一范畴的问题，不过三权分立制的国家都是以这种三类国家活动的理论来划分国家职能的。有的则分为五类，如我国台湾地区就把国家活动分为立法、行政、司法、考试和监察，五种活动交由五个性质不同的国家机关行使。我国则分为立法、行政、审判和检察四种。一般认为，无论对国家活动进行何种类型的划分，其中行政活动以外的国家活动都是有明确界限和范围的，一般国家在宪法和相关法律中对这些国家机关的权力进行列举规定。而行政活动的范围则是没有办法进行细化的，在国家宪法和相关法律中要么采取列举规定和概括规定相结合的行文方式，要么采取概括规定的方式。[193]行政事务面对的是未来的、复杂的、多变的事务，法律规则不可能将行政事务的全部内容都列举出来，也就是说，法律关于行政事务常常留有一定的真空地带。这些真空地带从范畴上看是行政权必须发生作用的，是行政机关必须予以处理的，但具体的处理方式却从法律规则中寻找不到相关的根据。而依行政主动原则[194]行政主体必须依自己的自由意志对事态的处理作出裁量，即必须对真空地带的行政事务行使行政职权。若职权的运用有悖于国家利益，有悖于行政相对人的意志就是对职权的一种误用。我们知道，此时对于行政主体误用职权的行为尽管找不到具体的规则作为误用职权的根据，却不能影响误用职权行为的成立，因为行政法规范中除了具体的行为规则外，还有以不同层次排列的行政法原则，即是说，若行政主体依行政法原则出发对空白地带的行政事务行使了权力就是正当的职权行使行为，若行政主体违背行政法原则对空白地带的行政事务行使了权力，就是对行政职权的误用。此一范畴的行政误用职权相对来讲难以把握。

2. 职权交叉性行政事务处理中的误用职权

行政事务的错综复杂性使现代国家不得不对行政机构体系的目标进行分类，在行政机构需要管理的行政事务这一总目标之下，又细分了许多二类目标和子目标，并在子目标的基础上进行更加深入的细化。如我国行政机构体系中的次目标就划分为40余个，每次行政机构改革时都对这些目标作了必要的调整，每次调整都使行政机构体系的目标更加合理，然而我国1998年最后一次调整后，行政机构的目标仍然有40余个，[195]而每个大目标之下又有非常多的小目标。行政机构确定以后，行政机构体系的职能和机构设置也就可以确定了，行政职权便由此而来。也许是由于行政事务的复杂性，也许是由于我国对行政机构体系目标一直缺乏科学而合理的分类，在我国行政系统中职能交叉现象十分多见。常常一个性质的行政事务总有数个行政机关有权管理。如文化管理领域的行政事务在我国就有文化、工商、广播电视、知识产权、商标等若干个行政机关行使管理权。在城市管理领域,市容环境卫生管理、规划管理、城市绿化管理、市政管理、环境保护管理、工商管理、户外广告管理、交通管理等数个机构的职权存在交叉。[196]在行政职能交叉的情况下,依照行政优化管理必然只有一个行政机关的职权与某一个具体的行政事态是最为对应的,若有两个以上的行政职能机关都可以进行管理,此时单有一个机关的职权对这一事态来讲是一种误用职权的状态。"目前,政府职能转变和行政管理体制改革尚未完全到位,行政机关仍在管着许多不该管、管不了、实际上也管不好的事情,机构臃肿、职责不清、执法不规范的问题相当严重。往往是制定一部法律、法规后,就要设置一支执法队伍。一方面,行政执法机构多,行政执法权力分散;另一方面,部门之间职权交叉重复,执法效率低,不仅造成执法扰民,也容易滋生腐败。"[197]可见,职能交叉问题不解决,误用职权就难以避免。

3. 利益对立的相对人赋权中的误用职权

行政赋权行为[198]是行政行为中最为基本的一种,它是指行政主体在行政管理活动过程中赋予行政相对人权益的一种具体行政行为,抽象行政行为的赋权严格地受到了相关程序规则的控制,因此笔者在这里不予探讨。行政赋权可以说有两种情况:一种情况是法律规则本身设定了一种禁止状态,行政相对人要获得禁止状态下的权利必须通过请求行为从行政主体那里取得许可。行政主体颁发许可证等证件的行为就是具体的赋权过程。另一种情况是行政主体以其据有国家行政权力的优势,对有关的行政相对人给予物质利益或精神利益的状态。此种利益行政相对人本身不是当然的可以获取的,是否获取取决于行政机关的行政决定权。行政赋权行为在行政行为体系中有着自己的特殊性。其中最为重要的属性是行政主体在赋权中所面临的不是单一的行政相对人,而是若干不同类型的行政相对人。其中一些行政相对人之间的利益是相互对抗的,即行政主体赋予此一行政相对人权利可能会不同程度地影响和制约另一行政相对人权益的实现。如在行政许可的赋权行为中,行政主体可以将许可证照颁发此一行政相对人而不颁发彼一行政相对人,而此一行政相对人获取该项权利后,会对彼一行政相对人的权益产生影响,行政相对人利益对立的情况下行政赋权中的职权运用就显得十分重要。如果本该赋予此一行政相对人而行政主体没有赋予,反而赋予了彼一行政相对人,此时就是对职权的一种误用。我们知道,在法律规则禁止的情况下,行政相对人权利的取得是受一定的数量限制的,正是这种量的限制使行政许可制度成为必要,如何按量的要求恰当地赋予行政相对人权利就是职权运用时必须重点考虑的。再则,在赋权行为的第二种情况下,将利益分配给哪一个行政相对人也是至关重要的,本该取得相应救助的行政相对人由于行政机关的认识错误而没有取得,而不该取得利益的行政相对人由于行政机关的认识错误而取得了不当利益,这两种情况下都是对行政职权的一种误用。

4. 冲突规则选择中的误用职权

法律冲突原本是国际私法中的概念，指不同国度之间在有关法律规定中的不一致或矛盾，即法官在确认权利时遇到困难的情形。[199] 近年来，这一概念也在国内法中被广泛运用，2000 年通过的《中华人民共和国立法法》多处提到了法律规则之间的冲突问题，如行政法规与法律之间的冲突，地方性法规与部委规章之间的冲突，规章之间的冲突，等等。行政主体行政立法权的不断扩大致行政法规范之间的冲突无论绝对数还是相对数都有进一步上升的趋势。法律规则之间的冲突最根本的原因是行政法制定主体的多元性，如果一国的法律规则由一个单一的立法机关制定就不可能出现冲突问题，即使出现也是非常少的。然而，行政事务越来越复杂，单一的立法主体已经不可能将所有的行政事务规定下来，对于行政事务的规范必须分层次进行，如法律调整的行政事务与行政法规调整的行政事务就是有所不同的，地方性法规与行政法规调整的行政事务也有所区别，规章和地方性法规调整的行政事务也有巨大差异，彼此之间的不一致是法律冲突存在的基础。法治化水平较高的国家都力求对该国范围内的法律冲突进行控制，《中华人民共和国立法法》在控制这种冲突方面已经有所细化，并将起到非常好的作用。但是，在笔者看来，行政法规范之间的冲突在立法多元化的格局之下，人们只能在一定范围和一定程度内进行控制，而不可能完全杜绝，这既是由于行政事务在不同层面上的表现所致，又是因为行政事务的地方性、区域性、职能性所致。一个国家的法制体系是一个统一的整体，在这个体系之下法律规范之间的冲突当然是不合理的，进一步讲，只要存在法律规范之间的冲突，那么在一国的法律体系中就必然存在不良的法律。细而论之，法律规范之间冲突以后，冲突双方便是一种矛盾状态，这种矛盾状态表明其中只有一个与法治大系统的目标是一致的，而另一个则与法治大系统的目标不会完全一致，此一与法治大系统不完全一致的规则一旦被行政主体在职权行使中所选择，其结果便是行政误用职权的出现，但就目前的立法技术来看，我们还无法确定若干具体标准为法律冲突的选择提供依据，我们所能够做的只是当这种选择引起异议时以一定的法律程序予以处理，事实上大多数错误的选择并不一定立即产生异议，也就是说，只要有法律规则之间的冲突存在，行政误用职权便会在这种冲突中出现。

5. 法律援用中的误用职权

法律援用有两种情况：一是立法中的法律援用，指立法机关或其他制定行政法规范的机关在制定行政法文件时对此法援用彼法状况的规定，如《中华人民共和国大气污染防治法》第 11 条第 1 款规定："新建、扩建、改建向大气排放污染物的项目，必须遵守国家有关建设项目环境保护管理的规定。"此条的"必须遵守国家有关建设项目环境保护管理的规定"就是一个立法援用，即《中华人民共和国大气污染防治法》在施行中有关权利义务要从"国家有关建设项目环境保护管理的规定"中寻找。再如，《中华人民共和国体育法》第 50 条规定："在体育运动中使用禁用的药物和方法的，由体育社会团体按照章程规定给予处罚；对国家工作人员中的直接责任人员，依法给予行政处分。”此条所指的章程就是一个法律援用问题,即体育法在施行中援用有关的章程。我国现行法律规范中的援用比比皆是,有的是实体法援用程序法、有的是主法援用从法、有的是后法援用前法、有的是法律援用规章等。立法援用的状态下,行政职权的误用是存在的,即是说,法律适用主体若援用错误便可能出现误用行政职权,如环境保护部门在执行《中华人民共和国大气污染防治法》时,将“国家有关规定”理解错误或者选择错误就有可能导致行政职权的误用。二是执法中的法律援用,指执法机关在行政执法过程中援用有关的法律规则对行政相对人处理的情形,此一法律援用行为应当说同行政法的适用是一个意义的概念。[200]行政主体对相对人行使权力,无论是强加义务的行为,还是赋予权利的行为都应当依法而为之,此时便牵涉到援用法律规则的问题,若行政主体对法律规范的选择正确,行政误用职权行为便不复存在,若行政主体没有选择适当的法律便有可能导致误用职权。法律援用问题本是无可非议的问题,因为有些程序法中不一定有实体规则,有些实体法中则不一定有程序规则,有些义务性条例中不一定有制裁性条款,而有些赋权性条款中则不一定有保护性条款。不幸的是,我国立法中的援用存在非常大的问题,如某一管理领域的基本法反而要援用规章才能使其实施过程中的内容得到确定,有些法律规范本是某一方面的一个基本的程序规则,但在施行时还要援用其他程序规则才能最终运行。法律规范的援用看似一个细小的问题,实质上是一个关系到行政主体职权能否一次性得到确认和规制的问题,也就是说,援用的状态越多行政主体的职权越不容易得到确认,那么,行政职权的误用也就越普遍。对于行政法适用中的援用问题我们可以通过相应的制度予以解决,对于立法中的援用则是一个在短期内难以解决的问题,而这一问题对于行政职权的误用起到了推波助澜的作用,例如《上海市艾滋病防治办法》本是一个操作规则但却援用了《血液制品管理条例》等,这样有关行政主体的职权行使既有可能从前者中寻找,又有可能从后者确定,此一管理中的误用职权便由此而生。

(三)行政误用职权的原因分析

马克斯·韦伯于1922年根据对他十分重视的普鲁士行政机构所做的分析,[201]首先提出了现代官僚制的理论,这种理论同他对行政机构体系的三种类型,尤其是权力行使类型的认识有关,即基于风俗习惯之上的传统权力,基于领袖个人威望之上的特别权力和建立于一套合乎逻辑的合法规则之上的合法权力。现代官僚体制是合法权力最发达的形式,它有下列明显特点:“首先,权力和职能具有不可继承性,即拥有一个职务并不等于是它的占有者,职务不能传给后代,任期结束就要予以放弃。这同家族的、封建的或资本主义的传统权力有着本质的区别,因为传统权力同占有制密切相连。此外,权力和职能不带个人性。它们不取决于履行这些权力和职能的个人威望如何,不带有任何特殊的权威性。人们服从领班的,因为他是领班;人们服从船长,因为他是船长,而并不考虑领班的或船长有无才能。官僚体制竭尽全力推进这种非个性化,据此制定了职称、制服、守则等。这样,对每个职务的权限都作了严格规定,从而避免相互干扰;任何人均不得采取越权行为,换句话说,就是非常明确地分配了担负不同任务的各种角色。”[202]韦伯的理论充分说明行政误用职权已经不单单是行政机构体系中职权行使者的个人问题,也不单单是某个行政主体的问题,而是一个与行政机构体系有关,同时与行政主体、具体的权力行使者等都有关联的、全方位的问题,基于此,我们对行政误用职权的原因分析也不能局限在某一个方面,而必须全方位进行考察。

1. 规则制定权混乱的立法体制未完善原因

行政职权的直接来源是法律规则,它既反映在宪法和政府组织法对行政机构体系和行政主体的赋权之中,又反映在行政管理法规则对各种事态中行政主体权力进行细化的行为规则中,可见,规则不但与行政主体的一般性职权有关,而且与具体的职权运用有关。作为规则来讲,贵在统一、一致和相对集中。正如罗尔斯指出的:“当一个制度所指定的行为按照一种公开的理解——即确定制度的规范体系应被遵循——而有规则地实现时,它就是存在于一定时间和地点中的。例如,议会制度就是被某种规范体系(或容有变化的一组这样的体系)确定的。这些规范列举了某些行为类型:从召开一系列议会会议对一项议案进行投票,到对一种议事规程提出质疑。各种一般规范被组织成一种首尾一贯的体系。一种议会制度存在于这样的一个确定的时间和地点:当某些人们实行恰当的行动,以一种必要的方式介入这些活动,并相互承认大家都理解他们的行为要符合他们想服从的规范。”[203]只有当一个国家的立法制度成为一个前后连贯的体系时,其行政职权才相对明确,误用职权的情形也就会相对减少。我国行政法规范的体系中至少有六个层次的行政法源,[204]各个法源之间并没有在规制事态的分工中作非常合理的划分,如同一个行政事态,有时法律规则中有相关内容,有时行政法规中也有相关内容,有些规章也对该事态作出规定。还如同一个完全相同的行政事态在此一地区是由地方性法规调整的,而在另一地区则是由规章调整的,如计划生育这一被确定为基本国策的行政事态在有些地方是由地方性法规设定权利义务关系的,而在另一些地方则由规章进行调整。有时上位规则已经调整的管理事务,下位规则再作出重复调整,且设定的权利义务关系不一致。例如,1997年5月8日国务院发布了《农药管理条例》对农药管理方面的行政事务作了规定,1998年1月湖北省人民政府便发布了《湖北省农药管理办法》,对有关湖北省的农药管理作了规定。《农药管理条例》第18条规定:“下列单位可以经营农药:(一)供销合作社的农业生产资料经营单位;(二)植物保护站;(三)土壤肥料站;(四)农业、林业技术推广机构;(五)森林病虫害防治机构;(六)农药生产企业;(七)国务院规定的其他经营单位。经营的农药属于化学危险物品的,应当按照国家有关规定办理经营许可证。”《湖北省农药管理办法》第13条规定:“下列单位可以经营农药:(一)供销合作社的农业生产资料经营单位;(二)植物保护站;(三)土壤肥料站;(四)农业、林业技术推广机构;(五)森林病虫害防治机构;(六)农药生产企业;(七)国务院规定的其他经营单位;禁止个人经营农药。”这两个条文都是关于农药经营主体资格的规定,两个规定中的立法重复暂且不论,就具体内容看,湖北省所确定的农药经营主体资格与国务院确定的主体资格有两个不同:一是湖北省限制了个人对农药的经营权,而国务院的行政法规并没有作这样的限制;二是湖北省允许化学农药的直接经营,国务院则要求经营化学农药的办理许可证。关于农药经营主体资格的规定,此两个行政法文件的出入是巨大的,在这样的情况下,作为地方行政机构在行使此一方面的职权时便必然会出现误用职权的行为。

2. 行政职权定性不确定的宪政不足原因

职权分配一向被认为是宪政问题,国家政权体系中不同部类机构的权力分配是如此,某一职权系统中的权力再分配亦应属于宪政问题。我国行政机构体系中不同层次、不同部门的权力分配应当是政治制度和宪政制度范畴内的问题。《中华人民共和国宪法》实际上对行政职权的内部分配作了一些规定,如该法第 89 条对国务院行使的职权作了列举规定有 18 项之多。第 107 条是对地方行政职权的规定:"县级以上地方各级人民政府依照法律规定的权限,管理本行政区域内的经济、教育、科学、文化、卫生、体育事业、城乡建设事业和财政、民政、公安、民族事务、司法行政、监察、计划生育等行政工作,发布决定和命令,任免、培训、考核和奖惩行政工作人员。乡、民族乡、镇的人民政府执行本级人民代表大会的决议和上级国家行政机关的决定和命令,管理本行政区域内的行政工作。省、直辖市的人民政府决定乡、民族乡、镇的建置和区域划分。"也就是说,从法律形式看,我国行政职权的定性和划分已被纳入宪政的范畴,具有了宪政体制的形式要件。然而,若从深层分析,我国行政职权的定性与宪政的一般要求还有较大差距。宪政的基本内容之一是"相当详尽地描述了各种结构、秩序,以及有秩序的、合法的方式达到其各种目的的个人和团体应该遵循的专门程序。这样一种对各种不同的机构和职员分别委以专门职责的规定,可能有助于减轻通常在阅读由主管复杂的法人团体的管理部门公布的组织机构表时产生的那种沉闷感。"[205]职权的分配在宪政内涵中的地位是显而易见的,其中最为根本的是行政职权定性必须确定,而目前我国有关行政主体的职权分配中,职权不确定的状况普遍存在。如上面列举的《中华人民共和国宪法》第 107 条规定的"发布决定和命令"的行政职权,其内涵就是非常不确定的,行政主体既可以发布程序性的行政命令,也可以发布实体性的行政命令,既可以发布保护行政相对人权利的行政命令,也可以发布限制行政相对人权利的行政命令,总之,这样的职权可以做出无数种解释。宪法第 108 条规定:"县级以上的地方各级人民政府领导所属各工作部门和下级人民政府的工作,有权改变或者撤销所属各工作部门和下级人民政府的不适当的决定。"其中不适当的决定与行政职权的关系也是难以把握的。在宪法、政府组织法和其他法律文件中,行政机关职权的不确定状况非常普遍地存在着,这样的不确定使行政主体在职权行使中对行政事态的处理常常无所适从,这是导致行政职权误用的又一重要原因。

3. 行政权柔性化的限权不力原因

发达国家的行政法治有一个共同的特点,就是这些国家都认为,如果行政机构体系滥用了行政决定权,那么行政机构行使这种权力时其行为就是违法的。他们认为"任何一个法定权力机关都必须受到法律的限制,否则就会导致独裁。特别需要指出的是,在使行政自决权的行使必须与法令的基本原则相适应并为正当的目的而行使而且不能以不合理的方式行使等方面,法庭具有很大的作用。换句话说,每一种行政自决权都可能被滥用,而法庭的基本作用,正在于防止这种情况的发生。"[206]行政权必须受到行政法的控制和约束已成为发达国家行政法治的趋势。而我国行政权长期以来处于一种柔性化的状态之下,其与我国长期实行计划经济有关,计划经济是突出政府行政权的一种经济形态,"大政府、小社会"、"小政府、小服务"的理念由来已久。在这样的基础上建立起来的行政法治主要是针对行政相对人的法治,我国行政法的管理法属性就是明显例证。所谓管理法,即行政法所突出的是政府行政系统对社会进行管理的性能。2001 年通过的 20 余件行政法规和 40 余件部委规章中管理命令占到 80% 以上,如《建设工程质量管理条例》、《互联网信息服务管理办法》、《自费出国留学中介服务管理规定》等,从名称便可看出这些行政法文件都是以管理老百姓为立法宗旨的。而其中关于行政权范围的规定更是具有较大的柔性。如 2000 年 1 月 4 日国务院发布的《医疗器械监督管理条例》第 15 条规定:"生产医疗器械,应当符合医疗器械国家标准;没有国家标准的,应当符合医疗器械行业标准。医疗器械国家标准由国务院标准化行政主管部门会同国务院药品监督管理部门制定。医疗器械行业标准由国务院药品监督管理部门制定。"该规定关于医疗器械管理中的行政职权呈现出了巨大的柔性。一些低层次的法律常常有权设定行政主体的管理权限,部门规章、地方政府规章都存在设定行政权的状况,而对于这种设定既无立法上的制约,更不能进行司法审查,[207]也就是说,诸多方面的行政管理权都是由行政机构体系或者行政主体自己确定的。此种既欠缺明确的法律依据,又不受相关机关制约的行政职权必然会出现行使职权过程中的误用。

4. 规则认识不足的行政意识低下原因

行政意识是指行政主体在行政权行使中的心理要素以及行政执法人员在行政管理活动过程中的心理因素。意识是一种属于主观范畴的东西,作为行政意识而言可以说包括两个相互联系的方面:第一个方面是行政系统中的组成人员对行政事态和行政法规范的认识水平,此一方面与一个国家的总体法律文化、行政文化有关。第二个方面是行政系统作为一个独立的社会构成部分其职权行使主体和行政人员的法治认识水平以及对行政事态的判断能力。行政主体和行政公职人员实际上是一个对法律规则进行适用的法律主体,康德对此作了论证,他指出:"公正的科学所研究的对象是:可以由外在立法机关公布的一切法律的原则。如果有一个这样的立法机关,在实际运用这门科学时,这门科学就成为一个实在的公正和实在的法律的体系。专业法学家就是精通和熟悉实在的外在法律知识的人,能够运用这些法律来处理生活中的案件。关于实在的公正和实在的法律的实际知识,可以被视为法理学。可是,关于公正和法律原则的理论知识,不同于实在法和经济的知识,而属于纯粹的公正的科学,所以,公正的科学指的是有关自然公正原则哲理的并且有系统的知识。从事实际工作的法学家和立法者必须从这一门科学中推演出全部实在法的不可改变的原则。"[208]执法者无疑是这种公正科学的主体,其在他的行为过程中必须对法律作出正确的判断。而我国行政系统中,行政主体和行政执法人员的主观意识基本上还是受政治意识制约的意识,而不是从法律原则中推演出的属于公正科学的法律意识。该政治意识常常使行政主体对行政权行使中的法律规则作出失误的判断。事实上,由于我国立法技术上的原因,诸多法律规则在适用过程中还必须进行正确判断。行政主体所作的判断不同,行政职权的内容、行政职权对行政相对人的影响也就有所不同,如《中华人民共和国行政处罚法》第 24 条规定:"对当事人的同一个违法行为,不得给予两次以上罚款的行政处罚。"这一规定在行政法治实践中叫"一事不再罚",那么,什么叫"一事",什么叫"不再罚"就需要行政执法人员在执法过程中作出判断,同一个违法行为若不同的行政机关作出了不同的判断,行政职权也就必然有所不同。由于我国行政主体的行政意识普遍不高,而法律规则留有的判断余地又相应地较大,由此而导致的行政误用职权也就必然存在。

5. 行政管理具体规则欠明确的部门行政法滞后原因

法律是一个动态概念,[209]行政法治也不能例外,其不是一成不变的,如果说在初期的行政法治概念中人们所追求的是较为抽象的对行政权的控制,那么,后来人们便认为行政法治必须具体到单个的行政职能中去,必须将行政法治反映在立法、司法、行政三个有机整体中去,必须把主观的规则与客观的规定结合起来,"国家通过立法职能表述客观法和法律规则;国家依法对触犯客观立法的行为或对于主观法律状况的存在与适用范围的争议作出裁定,当客观法遭到侵犯时,国家将根据情况要求对该违法行为进行修正、惩罚和取缔;当国家认可了主观法律状况的存在和适用范围后,将要求采取必要措施来保证其实施。通过行政职能,国家采取严格意义上的法律行为,即指通过介入,对一些主观司法状况的创立或制定作为法律情形或客观情况产生前提的条款,这种介入必须在客观法范围之内。"[210]这说明行政法治是一种立体化的概念,依此理论还可以说纯粹的行政在法治国家是不存在的,即行政作为一种政府介入是对客观法的一种具体化。而在我国的行政法治中,行政权发生作用的诸多部门领域行政法规则十分欠缺,[211]尤其以高层法律渊源出现的部门行政法规则远远不能与非常广泛的行政事态相对应。例如,2001 年 3 月通过的《中华人民共和国国民经济和社会发展第十个五年计划纲要》确定了未来 5 年诸多新的管理领域和新的社会发展趋势,如西部大开发、南水北调、制度创新、信息产业跨越式发展、行政职权剥离、社区制度建设、网络结构调整等,这些领域是一个国家行政权必须发生作用的领域,而对其发生作用必须有客观的法律规则存在,否则则由行政机构体系或者行政主体进行主观判断并行使相应职权。显然,在没有法律规则规定的前提下,行政主体的职权行使带有很大的或然性,误用行政职权便在所难免。目前我国许多方面的管理规则都是行政机关制定的,全国人民代表大会制定的法律规范与国务院制定的行政法规之间的比例基本上为1∶4,地方性法规和地方政府规章的比例也为1∶4,这中间还不算部委规定的规章。总之,部门行政管理法律规则的欠缺是行政误用职权存在的又一重要原因。

(四)行政误用职权的法治对策

"差之毫厘,失之千里"是中国人的一句古训,其可以用来说明行政误用职权的危害性。我国行政法学界和行政法治实践中对于行政越权、行政滥用职权等违法的职权行使较为关注,而对行政误用职权关注较少,其中最为根本的原因在于似乎行政误用职权的危害相对较小。其实,我们认为行政误用职权对全面实现行政法治的危害性是巨大的,可以说,行政越权、行政滥用职权等违法行为的数量要比行政误用职权的数量少得多,同时,行政误用职权比其他违法使用职权的行为更加隐蔽。再则,针对行政超越职权、行政滥用职权国家已经建立了相应的救济制度对其进行校正和补救,如行政诉讼制度、行政复议制度都有相应的制度校正行政滥用职权等,而针对行政误用职权还没有较为完善的法律制度对其进行补救。因此,笔者认为,就全面实现行政法治而论,治理行政误用职权显得更为重要一些。应当指出,行政误用职权的对策探讨可以有多种思维进路,而在所有思考中,将其与行政法治结合起来的思考,将其纳入行政法治大系统中进行分析似乎是最为适当的,正如约翰·密尔在探索代议制的职能时指出的:"代议制议会的适当职能不是管理——这是它完全不适合的——而是监督和控制政府:把政府的行为公开出来,迫使其对人们认为有问题的一切行为作出充分的说明和辩解;谴责那些该受责备的行为,并且,如果组成政府的人员滥用职权,或者履行责任的方式同国民的明显舆论相冲突,就将他们撤职,并明白地或事实上任命其后继人。这的确是广泛的权力,是对国民自由的足够保证。"[212]其将代议制放在国民自由的角度进行定位,此种分析问题的方式可以被我们运用到对行政误用职权的对策探讨中来,即我们不能就事论事地探讨行政误用职权的解决办法,而必须构架出一个能够根除行政误用职权的规则体系,对此笔者试从下列方面予以分析:

1. 关于行政立法权合理划分的问题

笔者此处所使用的行政立法概念是就行政法作为一个部门法的体系构成而言的,而不仅仅指有关行政机关制定行政法规范的行为。现代社会中,行政机关通过授权,或者通过委任即取得制定行政法规范的权力,这使行政法具有了双重属性,即控制权力的属性和对权力进行行使的属性。"今天许多人都说法律乃是权力,而我们却总是认为法律是对权力的一种限制。社会控制是需要有权力的——它需要用其他人的压力来影响人们行为的那种权力。作为社会控制的一种高度专门形式的法律秩序,是建筑在政治组织社会的权力或强力之上的。但是法律决不是权力,它只是把权力的行使加以组织和系统化起来,并使权力有效地维护和促进文明的一种东西。"[213]这是庞德对法律属性的一个定位,也就是说,法律应当是对权力进行控制的规则,而不是直接运用权力的规则。但是,行政机关在一定范围内取得了行政立法权以后,便使行政法中的一系列规则由控权规则变成了直接的权力行使规则,如 1998 年12 月 3 日湖北省人民政府制定的《湖北省企业名称登记管理规定》第 20 条规定:"省工商行政管理局认为可以冠用省行政区划的名称或者地名的其他企业,必须是注册资本(金)达到 1000 万元人民币并且在全省同行业处于领先地位。企业名称经核准登记后不满两年的,不得申请冠用省行政区划的名称或者地名。"该条其实是赋予省工商局在企业名称使用中的职权行使权。由于目前行政主体制定的一些行政法文件是对职权的运用,便导致了行政法渊源中诸多渊源是对行政职权的具体运用,这便使行政法的价值发生了一些变化,且其前景是非常可怕的。因此,笔者认为有必要对行政立法权进行合理划分。可以把行政机关制定的行政法文件与立法机关制定的行政法文件对照起来,对行政机关制定行政法文件的行为进行必要的限制。在行为属性上,立法机关制定的行政法规则是具有一定预测性的行为规则,而行政机关制定的行政法规则则应当是不具预测性的短期规则;在调整方式上,立法机关制定的规则可以创设行政职权和法律关系,而行政机关制定的规则则是对职权的运用和对行政法关系的促使实现,不允许绝大多数行政机关的立法创制新的行政法关系;在法律依据上,立法机关的立法权限具有原初性,而行政机关则必须有授权依据才可制定行政法文件,且低层行政机关必须有双重授权;在作用客体上,立法机关制定的行政法规则可以调整广延领域的行政法关系,而行政机关制定的行政法文件仅具有专门职能;在社会效果上,立法机关可以进行宏观调控性立法,而行政机关只能制定显著社会效果性立法。通过这样的划分,将行政主体行使的行政职权尽可能集中在立法机关手中,行政误用职权亦会有所减少。

2. 关于行政职权的定性与分配问题

对行政职权准确定性以及作出合理分配是解决行政误用职权的又一重要对策。纳入行政法治中的行政职权必须符合下列条件,也只有符合这样的条件以后,行政误用职权发生的概率才会相对减少。第一个条件是行政职权必须依法赋予。即行政主体要取得行政职权必须有法律上的依据,此处所指的法律是指由最高立法机关制定的法律规范,而不是行政机关制定的规章或其他行政管理规范性文件,或者依法赋予行政主体行政职权,或者依法授予行政主体职权,总之要使行政主体的职权有据可查,而不能由行政主体根据其机关性质进行自我演绎。第二个条件是行政职权的赋予必须以特定的行政机关为对象。行政权虽然是一个大的权力系统,但在运作中是分职能和层次进行的,行政机关之间在职权行使中的分工显得比确定行政权的大范围更为重要。我国目前一些法律规范中在行政赋权问题上存在较大问题,常常没有把特定的职权赋予特定的行政主体,如《中华人民共和国产品质量法》第 8 条规定:"国务院产品质量监督部门主管全国产品质量监督工作。"产品质量监督管理本属于一种行政职权,"国务院有关部门在各自的职责范围内进行管理",便是此一事务的行政职权必然有数个行政机关有权进行管理,同时,什么是"全国质量管理"、什么是"本行政区域内的质量管理"都是非常难以确定的概念。那么,今后的立法必须将某一方面的行政职权清清楚楚的赋予一个特定的行政机关,一个机关有一种职权,一种职权只有一个机关行使的情况下,行政误用职权出现的可能性就会大大减少。第三个条件是职权应具有确定的范围。“行政职权的整体既须分配予众多机关行使,则个别机关的职权均有其确定范围,以求事权专一,避免重复混淆,始不致引发争议。此种确定范围的规定,具有保障及限制两方面的作用”。[214]第四个条件是行政职权的地域范围必须明确。除上述四个条件外,在现代法治政府中,职权的定性大多与行政客体有非常密切的关系,就是在立法机关把各个行政机关所管理的行政事务对象确定以后,再根据这些具体对象确定行政机关职权的具体范围,如兵役机关以兵役为对象、教育管理机关以教师和学生为对象、农业管理机关以农民为对象、税务机关以纳税人为对象,等等。[215]职权的定性与分配在某种意义上讲已经超出了法学的范畴,因为其牵涉到许多管理的技术问题,但其最终必须归入法治体系之中。

3. 关于行政法规范的操作技术问题

行政法规范的规制对象包括行政主体和行政相对人两个方面,行政法的内容也由此两部分构成,有些法律规范是专门规范行政主体的,如政府组织法、公务员法、行政编制法等;有些则是专门规制行政相对人的,如具体的部门行政管理规则。还有一些行政法规范其中既具有规制行政主体的内容,又具有规制行政相对人的内容,如《中华人民共和国食品安全法》第 27 条规定:“食品生产经营应当符合食品安全标准,并符合下列要求:(一)具有与生产经营的食品品种、数量相适应的食品原料处理和食品加工、包装、贮存等场所,保持该场所环境整洁,并与有毒、有害场所以及其他污染源保持规定的距离;(二)具有与生产经营的食品品种、数量相适应的生产经营设备或者设施,有相应的消毒、更衣、盥洗、采光、照明、通风、防腐、防尘、防蝇、防鼠、防虫、洗涤以及处理废水、存放垃圾和废弃物的设备或者设施;……”这是一个典型的规范行政相对人的条款。第 76 条规定:“县级以上地方人民政府组织本级卫生行政、农业行政、质量监督、工商行政管理、食品药品监督管理部门制定本行政区域的食品安全年度监督管理计划,并按照年度计划组织开展工作。”这是一个典型的规范行政主体的条款。《中华人民共和国食品卫生法》第 32 条规定:“县级以上地方人民政府卫生行政部门在管辖范围内行使食品卫生监督职责。铁道、交通行政主管部门设立食品卫生监督机构,行使国务院卫生行政部门会同国务院有关部门规定的食品卫生的监督职责。”这是一个关于行政主体及其职权的规范。两类规范在法律性质上讲是不同的,在规定技术上讲也是不同的,正如博登海默所说的:“法律规范过程有时还受政策的指导,这些政策可被定义为旨在实现某种明确的社会、经济或意识形态等方面的目标的裁判标准。”[216]总之,规制行政主体的规则与规制行政相对人的规则在立法中应有实质性的差别。一般地讲,行政主体的权力和行使的权力只能从明确的规则中去寻找,换句话说,必须依法对行政主体的权力作出明确规定,使行政主体不能在立法规则之外再作出新的解释。而行政相对人的权利则是相对广泛的,除法律禁止的以外,他都可以去作,这正是两种规则之间的本质区别。而目前我国行政法文件中,对行政主体的职权常常采取概括规定,而对行政相对人的权利采取列举规定。《中华人民共和国文物保护法》第 8 条规定:"国务院文物行政部门主管全国文物保护工作。地方各级人民政府负责本行政区域内的文物保护工作。县级以上地方人民政府承担文物保护工作的部门对本行政区域内的文物保护实施监督管理。县级以上人民政府有关行政部门在各自的职责范围内,负责有关的文物保护工作。"此条所赋予的文物管理机构的权力应当说是不定的,文物管理机构可以依此条行使诸多权力。专门的职权限制规则固然重要,然而,部门行政管理法规则中的权力细化则更加重要。

4. 关于行政主体法律认识的提高问题

行政误用职权在一些情况下与行政主体以及行政执法人员的法律认识有关,即错误的法律认识导致错误的职权行使。因此,我们在探讨行政误用职权的法律对策时不能不将提高行政主体的法律认识作为一个重要的对策予以探讨。行政主体承担着执行法律的职能,承担着将行政法规范与行政管理事态结合的职能,法律规则中所反映的职权是通过行政主体及其公职人员的行为而得到实施的。行政主体作为一个整体的法律认识,在我国行政主体应当是实施行政行为的独立单位,或者说行政行为是以行政主体的名义出现的,因此,行政主体的法律认识决定着行政职权的行使的状况。作为行政主体的法律认识而论,必须做到:一则,行政主体对法律规则的认识与对行政事态的认识必须达到最大限度的合致。我们知道,一个行政事项的处理是行政主体将法律规则与行政事项结合以后而产生的,法律规定的内容与行政事件的高度一致才可以说这一法律适用行为是正确的。二则,行政系统对相关的法律知识必须有一个深刻领会,至少要高于一般社会成员的法律知识。三则,行政行为的作出实际上是一项行政法推广行为,就是说,行政主体在对行政相对人行使职权时,应将行使职权的行为视为一个宣传法律知识,推广行政法治的行为,随着社会的发展行政行为的此一属性将越来越明显。"在潜势法时代,人民不能预先知法,故关于法的知识之问题,实发生于规范法时代。然进至规范法时代以后,其在无形法时期,法的知识为特权阶级所专有,仅有秘密法。至民主的社会,则有惯习法而为谚语体之公知法。其在成形法时代之初期,法则分为秘密法、训令法及公知法三种。关于此等法的知识之进化,固因民族及地域而不同,若概而言之,则第一期为绝对不知法的知识之潜势法时代;第二期为禁止民众知法之秘密法时代;第三期为对于国家机关命其知法,对于民众许其知法之颁布法时代;第四期则为民众要求知法之公布法时代。"[217] 足见民众法律认识的不断提高是一个历史过程,行政主体在推广民众法律认识方面具有不可取代的作用。四则,行政主体对于行政法规则中确立的行政职权要有足够的认识,既不能作出扩大解释,也不能作缩小解释,当对规则不能作出正确判断时便必须考虑法律原则,如《中华人民共和国海洋环境保护法》第 5 条关于海洋环境保护的主体规定了下列数个:国务院环境保护行政主管部门、国家海洋行政主管部门、国家海事行政主管部门、国家渔业行政主管部门、军队环境保护部门、沿海县级以上地方人民政府行使海洋环境监督管理权的部门等。关于职权的规定则更多,如"对全国海洋环境保护工作实施指导、协调和监督"、"负责全国防治陆源污染物和海岸工程建设项目对海洋污染损害的环境保护工作"、"组织海洋环境的调查、监测、监视、评价和科学研究"、"负责全国防治海洋工程建设项目和海洋倾倒废弃物对海洋污染损害的环境保护工作"、"负责污染事故的调查处理"等,一个法律条文中竟有如此多的职权需要诸多行政主体再进行确定,只有正确认识的前提下,才不致误用职权的行为发生。

三、行政滥用职权

(一)行政滥用职权的界定

所谓行政滥用职权,是指行政主体在行使行政权力或履行行政管理职能的过程中对法律赋予的行政职权不规范或者超常规的使用。[218]行政滥用职权不仅仅停留在行政主体行使行政自由裁量权的领域内。在英国行政法制度中对滥用行政权力是这样解释的,行政主体在立法机关授权在范围内实施行政自由裁量的行为时"1. 不符合法律规定的目的,如教育局由于教育上的原因可以辞退职员,但不能利用这个权力来达到节省经费的目的;2. 不相关的考虑,即把不应该考虑的因素作为依据;3. 不合理的决定,即行政决定看起来明显不合情理。"[219]美国行政法学家施瓦茨也将行政自由裁量权滥用的形式作了列举并受到了学术界的关注。由于传统行政法教科书中关于行政滥用职权大多在行政自由裁量权理论中界定,这就给了人们一种错觉,似乎行政滥用职权仅仅发生在行政自由裁量权的范围内。其实,行政自由裁量权中的滥用职权只是行政滥用职权概念中一个非常小的部分,绝大多数的行政滥用职权发生在行政主体行使自由裁量权的范畴之外,《中华人民共和国行政复议法》第 28 条第 1 款第 3 项中的第 4 目规定"超越或者滥用职权的",第 5 目规定"具体行政行为明显不当的",在这一规定中将行政滥用职权和行政自由裁量权的不当行使是并列规定的,我们认为"具体行政行为的明显不当"才是自由裁量权范畴的东西,而滥用职权甚至是一个独立于自由裁量不当行使的概念。《中华人民共和国刑法》在 1995 年的修改中加上了滥用职权的新罪名。[220]这一罪名的确定显然已经超出了行政权及其行政机关工作人员不当行使自由裁量权的范围。行政滥用职权包括下列含义:

1. 行政滥用职权的成立,要求行为主体必须是行政主体

从广泛意义上讲,权力的滥用包括两种情况:一是行政机关中的个体对权力的滥用,或者行政首长滥用职权,或者以直接责任人出现的滥用职权,或者部分工作人员在工作过程中对权力的滥用。例如,《中华人民共和国刑法》规定的滥用职权罪就是立足于行政机关中个体权力滥用的基础上的,刑法所追究的权力滥用者都是单个的个人,而不是以行政主体身份出现的行政法人;二是行政机关以组织或法人出现的对行政职权的滥用,如有法国行政法学家认为行政滥用职权指"行政机关行使行政权力的目的不是出于公共利益,而是出于私人利益,或所属政治团体的利益等;行政机

关行使权力的目的符合公共利益,但不符合法律授予的特别目的。"[221]这里所指的"行政滥用职权的主体"就是以组织名义出现的对行政权力滥用的情形。行政法上行政滥用职权的概念是就后者而论之的。具体而论,行政法上的行政机关或者经过法律授权行使行政权的组织是行政滥用职权的主体,而行政机关中个人对行政职权的滥用至少不能归于行政法上行政滥用职权的概念之内。个人在行政主体中若对行政职权进行了滥用,此时,行为性质就发生了变化,或者转入民事范畴之中,或者转入刑事范畴之中,若不发生这样的转换,行政滥用职权的责任则是由行政主体以法人的名义承担的。为什么行政滥用职权的主体是行政主体而不是行政组织中的个人,主要因为行政滥用职权的法律关系是行政外部法律关系,即行政主体和权力对象之间的关系,而不是行政主体和其雇员之间的关系,而在外部行政法关系中主体一方只能是行政机关而不能是行政机关中的个人。

2. 行政滥用职权的成立,要求行为主体主观上必须是故意过错

行政法上所有违法活动或者不当的行政行为都存在主观上的过错。所谓主观过错,是指行为人主观上故意或过失的心理状态。[222]行政主体在行使行政权时存在行政超越职权、行政放弃职权、行政滥用职权、行政误用职权、行政蔑视职权等违法或者不当的职权行使行为。任何一种这样的行为都是在行政主体主观意识作用下形成的,当然,行政主体的主观意识不像个人作为违法主体那样可以作出非常具体的分析,也就是说,行政主体的主观过错可能是行政主体中所有成员共同作用的结果,也可能是核心领导成员作用的结果,还可能是主要负责人或行政首长作用的结果,不论什么样的作用结果其主观意识都是以集合形式出现的。一般而论,在行政超越职权、行政误用职权、行政放弃职权、行政蔑视职权的情况下,行政主体的心理状态既有可能是故意过错,也有可能是过失过错,如在行政越权的状态下,"法律规定由内政部长对于不符合英国利益的人,可以命令其出境,如果部长驱逐的不是一个外国人而是一名英国人,这就超越了他的管辖权范围。"[223]内政部长的这种越权行为既有可能是故意为之的,又有可能不是故意为之的,在其不知法规有这一明文规定出于善良愿望而为之时就可以视为是一种过失行为。而行政滥用职权的行政主体在实施行政行为时主观上都是故意过错,就是其希望或放任自己所实施的行政行为发生并知道实施这种行政行为是法律所禁止的。行政滥用职权与其他不当行政行为的差别主要表现在这一方面,甚至行政违法之概念也难于具备这样严格的条件,我们知道,行政违法既存在违法者的故意违法,也存在违法者的过失违法。从这个意义上讲,行政滥用职权是非常容易和其他对行政职权不当运用的行为区别开来的,遗憾的是,我国行政法学界对于行政滥用职权这个独一无二的构成要件并没有给予必要的重视,导致行政滥用职权与其他不当行为难以合理区分。[224]

3. 行政滥用职权的成立,要求行政行为必须是绝对有侵害性的行为

行政主体实施的违法或不当行政行为,尤其对行政职权的不当运用,其侵害结果可以从三个方面分析:第一种情况是行政主体实施了不当的行政职权,或者对行政职

权作了不当使用,而结果是造成了相对侵害后果。所谓相对的侵害后果,即是说不当职权所侵害的对象是一定范围和一定程度的,如行政主体在超越行政职权的情况下,其侵害后果可能仅仅限于对另一行政主体职权的侵犯,这样的侵犯同样是一种侵犯,“各方面都同意,正当地属于某一部门的权力,不应该完全由任何其他部门直接行使。同样明显的是,没有一个部门在实施各自的权力时应该直接间接地对其他部门具有压倒的影响。”[225] 即只要此一行政部门行使彼一部门的行政权力其对彼一部门而言就是一种压制。但在这种不当职权中行政相对人并不一定受到了实质意义的侵害,因此,这样的侵害具有较大的相对性。第二种情况是行政主体实施了不当的行政职权,或者行政误用职权,或者行政蔑视职权,或者行政超越职权,但实际上这种行为没有给行政相对人或行政法上的其他利害关系人造成侵害,如行政主体虽然误用了职权,但误用的结果却给社会创造了财富。[226] 第三种情况是行政主体实施了不当的行政职权,其结果给社会、给行政相对人等造成了绝对的侵害,如行政主体滥用职权而剥夺了行政相对人的权益等。我们认为其他的不当职权行使所造成的侵害后果是相对的,或者有时甚至并没有造成某种侵害。而行政滥用职权的情况下,行政主体的不当职权行为所造成的侵害后果是绝对的,即每一种滥用行政职权的行为、每一次滥用行政职权的行为必然会给行政相对人或者法律秩序造成侵害,这一特性与第二个特性有一定的关联性。

4. 行政滥用职权的成立,要求行为本身必须是职权的不当延伸

行政法上的诸种不当职权行为,如行政超越职权、行政误用职权、行政放弃职权、行政蔑视职权和行政滥用职权等,都与“职权”有着千丝万缕的联系,都只有放在职权范围内进行讨论。然而,上述诸种不当职权行为中的“职权”我们首先是在抽象意义上使用的,即我们把职权视为是由立法机关赋予行政系统的,“现代政治发展的最突出特征是政府职权的增长,对经济社会事务范围的不断扩大。适应政府对于复杂的社会管理的形势,议会常常用很原则很笼统的语言授予政府权力”。[227] 可见职权本是一个非常大的概念范畴。但是,就某一具体的行政不当职权运用而言,每一种职权都必然对应一个行政主体。换句话说,行政职权是特定行政主体的职权,每一特定行政主体都行使相应的行政职权。但是,在上述不当职权行使中,职权与主体的关系却表现出了非常大的相异状态。在行政超越职权的情况下,行政主体的行政行为与自己的职权无关,是对他人职权的侵占,在行政放弃职权的情况下则是对自己的职权不以为之。唯有在行政滥用职权的情况下,行政机关所实施的行政行为是对自己职权的一个延伸,它既没有侵占别人的职权,也没有蔑视自己的职权,而是对自己职权的一种延伸,如实施行政行为时本不该考虑相关因素而考虑之。行政滥用职权的这一属性是最为本质的,如果说故意过错是行政滥用职权与其他不当职权行使行为最为本质的主观区别的话,那么,行政职权的不当延伸则是行政滥用职权与其他不当职权行使最为本质的客观区别。

(二)行政滥用职权的表现形式

美国行政法学家施瓦茨在揭示行政自由裁量权滥用时,指出了下列滥用职权的形式:"1.不正当的目的;2.错误的或不相干的原因的考虑;3.以错误的法律或事实为根据;4.遗忘了其他有关事项;5.不作为或延迟;6.背离了既定的判例或习惯。"[228]尽管施瓦茨对上述形式的揭示是立足于行政自由裁量权的,但是,他的理论对各国行政滥用职权具体表现形式的确定起到了非常重要的启迪作用。有学者对我国行政滥用职权的形式作了这样的概括:"要对滥用职权的表现形式加以系统概括还比较困难,需要通过司法实践不断总结探索、积累经验,也需要进一步加强立法或司法解释工作,使之不断丰富、完善。这里仅就滥用职权的主要表现概述如下:(一)动机和目的违法,追求不当利益。即行政机关在实施具体行政行为时,其行政职权的行使不是为了维护国家和公共利益,而是基于管理者个人或小团体的私利,假公济私,使行政权力成为个人谋私的工具。……(二)工作方式和工作态度武断专横。主要指行政机关在实施具体行政行为时,不考虑相关因素或考虑不相关因素,一意孤行,任意行事。……(三)行为后果显失公正。是指行政机关所实施的具体行政行为违反一般人的理智(常识)或者违反社会公认的公平规则(观念),使其行为明显偏袒。"[229]这一概括既表明我国学者关于行政滥用职权的理论深深受到国外相关理论的影响,又表明我国关于行政滥用职权表现形式存在巨大的迷惘性。[230]说明我们有必要从理论上对行政滥用职权的表现形式予以重新确定,笔者认为,行政滥用职权的形式应当包括下列范畴。

1.行政职权不能对应承受主体的滥用状态

职权关系的真正意义在于它发生于两个相互对立的主体之间,如果只有一个主体或者只有一方的行为,职权就没有实际意义,因为职权所反映的是一方能够将自己的意志强加于对方。[231]施加影响的一方在法律关系中称为权利主体,而被影响的一方则称之为义务主体。由于行政职权是一个非常大的概念范畴,法律规范在对行政主体的职权进行表述时常常不指明具体的权利主体和义务主体以及他们在某一法律关系中的关系,如《中华人民共和国人口与计划生育法》第6条规定:"国务院计划生育行政部门负责全国计划生育工作和与计划生育有关的人口工作。县级以上地方各级人民政府计划生育行政部门负责本行政区域内的计划生育工作和与计划生育有关的人口工作。县级以上各级人民政府其他有关部门在各自的职责范围内,负责有关的人口与计划生育工作。"该规定中对计划生育行政部门的职权作了一个泛泛的规定,而并没有也不可能指出某一法律关系中的义务主体,法律规则的这种表述方式使人们往往将行政滥用职权仅仅放在行政系统内部讨论,放在行政机关自身的行为中讨论。而实质性的东西是每一个行政职权在运作过程中都必然对应一个特定的义务主体,为了把对应主体与一般的行政法关系区别开来,笔者将此称之为承受主体,就是受到行政职权作用的个人或者组织。如果行政主体的行政职权与恰当的承受主体对应时,行政主体的职权就是一种合法而正当的职权行使;反之,当行政主体的职权不能对应承受主体时,我们就可以认为行政主体滥用了行政职权。如在瑞典就有这样一个滥用职权的例子,依瑞典法律规定,住在瑞典的外国侨民与瑞典公民享有同样的权利,然而,住在瑞典某乡村的若干外国侨民经常受到警察的粗暴对待,唯一的原因就是这些人是外国人,瑞典当地监察部门将警察的行为确认为滥用职权,[232]其原因就在于警察的职权行为不能对应承受主体,因为这些外国人与瑞典公民应享有同等的待遇。

2. 行政职权不能对应法律义务的滥用状态

"如果法律秩序决定某人负有作某行为的义务,它同时也决定另一个人,享有作对待行为的法律权利。在这种意义上,每个义务都有一个相对待的权利。这种意义的'权利',只是义务的对待物。"[233]这是凯尔森关于权利与义务对应关系的一个描述,在行政法中,行政主体的权利实际上被转化为了行政职权,也就是说,每一种行政职权在运作过程中,在施加于被管理者的过程中都必然相应地对待了一个义务,该义务就外部行政法关系而言是个人、组织等相对一方当事人的义务,就内部行政法关系而言则是下级行政机关或行政机关工作人员的义务。从法理学的角度看,法律义务有相对义务和绝对义务之分,"相对的义务是对于某个特定人的义务;而绝对的义务是对于无定数人或一切人的义务"。[234]行政主体的职权若能与相对义务或绝对义务对应时,我们就可以认为其是正当的职权行使行为;反之,若行政主体的职权既不能与相对义务对应又不能与绝对义务对应,我们就可以说,行政主体的这一职权行使是对职权的滥用。例如,在行政处罚执法中,某些行政机关基于行政经费紧张,为了提成或者为其工作人员发放基金,对本应适用人身罚、行为罚的人适用了财产罚。在这个处罚的法律关系中相对人只有承担行为罚的义务,而行政主体却给他增加了金钱罚的义务,从而使行政职权不能与行政相对人的义务对应。此种形式的滥用职权在行政法治实践中是最为多见的。

3. 行政职权不能对应法律权利的滥用状态

法律权利是与法律义务相对应的一个概念,行政主体的职权不能与法律义务对应时我们认为这样的职权是滥用职权,那么,行政主体的职权若不能对应相关权利时,其同样是可以归入滥用职权范畴的。美浓部达吉在界说"依法行政"的概念时认为:"行政权没有法律依据不得使人民负担义务",这一内容要求行政主体的职权要与行政相对人的义务对应。他同时还指出:"行政权没有法律依据不得为特定人设定权利。"[235]显然,行政职权与行政相对人权利的对应同样是职权正当与否的衡量标准。行政主体若通过行政职权将不该赋予的权利赋予了某个行政相对人,将不该剥夺的权利予以剥夺,导致其职权不能和行政相对人的权利对应同样是行政滥用职权。《美国最高法院判例汇编》中记载了一起这样的案件:"有两个申请人申请在密执安州的两个城市设立电台,使用同一频率。美国有关法律规定,在这些申请被否决之前,许可证申请者必须得到受询问的权利,即有关政府审批部门必须给予申请人陈述理由的权利。联邦电讯委员会认定,如果同时设立这两个电台,对这两个申请人都会产生不可忍受的干扰,因此它未经询问就批准了第一个申请人提出的那份申请,然后才决定为第二个申请人举行询问。在第二个申请人依法诉诸法院后,最高法院认为,联邦电讯委员会的做法不妥,如果批准一个申请,事实上等于排挤了另一个申请,那么,国会所规定的在申请人的申请被否决之前,申请人有受询问的权利则成了一纸空文。"〔236〕在这一案件中,行政机关的滥用职权表现就在于其职权不能与行政相对人的权利对应。

4. 行政职权不能对应正当程序的滥用状态

"正当法律程序"是美国《宪法》第5条修正案率先确定的,它的最原始的意义是任何人不经正当法律程序审判不被追究法律责任。在1868年的第14条宪法修正案中,美国将正当程序法则拓展到了行政职权的领域,〔237〕它要求任何行政机关没有通过正当法律程序不得剥夺公众的人身权和财产权。后来正当程序的理论在各国的法律制度中被普遍采用,在行政法中叫"行政性正当程序"。依正当程序理论和相关原则,行政机关在行使行政职权时,要依严格的程序规则为之,若违背了程序规则无论实体如何都应视为对职权的滥用。事实上,在绝大多数行政行为中,程序和实体的关系是相辅相成的,即程序瑕疵必然导致实体上的瑕疵。一方面,正当程序与公正的结果有关,如当某一行业申请执照的人很多,而批准数额又有限时,这种既可批给甲又可批给乙的权力无疑给某一些官员进行合法谋私提供了机会,而通过正当程序规则恰恰给这种合法谋私的可能性予以控制,它要求在申请人面前创造一个公正的机会,要求行政机关以各申请人的理由陈述为依据批准申请。〔238〕另一方面,行政程序并不是一个简单的摆设,它与行政相对人以及行政利害关系人的权益有直接或间接关系。即是说程序一旦错位行政相对人或利害关系人获得的权益的量就有所不同,因此,我们可以把行政机关对程序颠倒归入行政滥用职权之中。〔239〕

(三)行政滥用职权的法律责任

博登海默指出:"不论赋予该机关的非限制的裁量权有多大,一般来讲,一旦这种裁量被肆意滥用,受这种行为侵损的个人就应当具有某种方式以求助于公正的法庭。"〔240〕可见,即使是自由裁量权范畴的行政滥用职权也应当具有相应的责任追究途径。对于广泛意义上的行政滥用职权,既包括行政自由裁量权行使中的滥用职权又包括行政自由裁量权之外的滥用职权,当然更应当承担相应的法律责任。从我国理论界来看,关于行政滥用职权的追究途径似乎已有一些探讨,如罗豪才认为"不能说过去没有对滥用行政权力的必要监督。多年来,我国对滥用职权的监督,主要局限于六种渠道:1. 权力机关的监督;2. 行政机关自身的监督;3. 党组织的监督;4. 社会团体的监督;5. 各级信访部门的监督;6. 群众运动形式的监督。"〔241〕他还认为"对滥用行政职权行为的司法审查,是近现代国家普遍设立的一项重要制度。"〔242〕但是,行政滥用职权究竟应当承担怎样的责任形式,或者责任如何分配等十分关键的问题在我国行政法治实践〔243〕和行政法学界却是不甚明确的。《中华人民共和国国家赔偿法》是一部非常重要的规定行政赔偿责任和刑事赔偿责任的法律,其中在确定行政赔偿责任时是以“非法”“违法”等为依据的,而没有对“行政滥用职权”的责任作出具体规定,在一些单行的有关行政机关法律责任的法规中也没有滥用行政职权的专门规定,而“行政放弃职权”、“行政蔑视职权”等非理性职权的使用行为已经有了单行的责任追究制度。[244]基于此,笔者认为,必须从理论上澄清行政滥用职权的责任问题。

1. 关于行政主体的直接责任

行政滥用职权是由行政主体所为之的,是行政机关从法律赋予他的权力中扩张出来的,因此,行政滥用职权的责任,尤其直接责任应当由行政主体承担。所谓行政主体承担,是指由行政主体以行政机关的名义承担。《中华人民共和国行政诉讼法》第54条第2项规定:“具体行政行为有下列情形之一的,判决撤销或者部分撤销,并可以判决被告重新作出具体行政行为:1. 主要证据不足的;2. 适用法律、法规错误的;3. 违反法定程序的;4. 超越职权的;5. 滥用职权的。”依该条的规定在司法审查中行政主体对滥用行政职权的行为可能要承担所作出的滥用职权的行政行为无效、所作出的滥用职权的行政行为部分无效、重新作出非滥用职权的行政行为等责任。然而,笔者认为这样的责任规则过于笼统,并不足以起到制裁行政主体的作用。换句话说,应当将行政主体的责任形式与行政相对人或者利害关系人权益受损的情形结合起来确定行政主体的责任,如可以在《中华人民共和国国家赔偿法》中确立行政主体对滥用职权行为进行物质赔偿和精神赔偿的责任。例如,在陕西发生的“处女嫖娼案”,公安机关对受害少女进行处女膜检查就是一种典型的滥用行政职权的行为,其给受害少女所造成的主要是精神方面的损害,而不是物质方面的损害,应当在国家赔偿法中规定行政主体对行政相对人精神造成的损害承担经济和其他方面的赔偿责任。从目前情况来看,确立这样的责任牵涉到对国家赔偿法进行修改的问题,[245]笔者认为,在该法还不能很快修改的情况下可以制定一部单行的法律规范规定行政主体滥用行政职权的法律责任,责任的具体形式还可以再探讨。

2. 关于行为实施者的行政连带责任

行政连带责任在一般情况下是指行政机关对于行政机关工作人员的违法失职行为或行政机关工作人员对行政机关违法作出行政行为承担互动性连带责任的制度规则。由于行政主体是由行政公职人员构成的,行政行为即使是以行政机关的名义作出的,也不能排除行政公职人员在行政行为作出中的作用,因此,在法律规则设计有关的责任时,常常将行政主体的责任与行政机关工作人员的责任连结在一起,如《中华人民共和国国家赔偿法》第14条规定:“赔偿义务机关赔偿损失后,应当责令有故意或重大过失的工作人员或者受委托的组织或者个人承担部分或者全部赔偿费用。对于有故意或者重大过失的责任人员,有关机关应当依法给予行政处分;构成犯罪的,应当依法追究刑事责任。”该条文是对行政赔偿责任中行政连带责任的规定,即行政赔偿是由于职权行使而发生的责任,但行政公职人员尤其直接责任人或者行政首长在这种责任的形成中也起着不可低估的作用,因此,公职人员作为个体要和行政主体一起连带负责。行政连带责任在我国行政管理的部门法中也有一些规定,如

《中华人民共和国职业病防治法》第75条规定:"卫生行政部门不按照规定报告职业病和职业病危害事故的,由上一级卫生行政部门责令改正,通报批评,给予警告;虚报、瞒报的,对单位负责人、直接负责的主管人员和其他直接责任人员依法给予降级、撤职或者开除的行政处分。"由此可见,在我国现行法律制度中,在行政职权不当行使的其他行为中,行为实施者的连带责任制度已经有之,那么在行政滥用职权的责任中确立行政连带责任亦应当是情理之中的。行为实施者的连带责任人应当是滥用行政职权行为的直接责任人、行政主体负责人和行政首长三个方面,要根据每一个滥用职权行为的决策过程而定,看谁在某一行为的决策过程中起的作用较大,谁就应当负主要连带责任;行政行为实施者连带责任的形式以金钱赔偿和行政纪律处分责任为主。我国关于公职人员的行政纪律处分责任规定得比较明确,但关于行政公职人员承担金钱给付责任的形式还没有形成一套完整的机制。可以通过在行政系统内部建立财产罚的形式让个体承担经济上的连带责任。《中华人民共和国刑法》关于滥用职权罪的规定实际上是从行政职权连带行使的角度设计这一罪名的,在行政系统中这样的连带责任更应当建立起来。

3. 不当受益者的权益返还责任

行政滥用职权由于是在行为人主观故意的支配下而为之的,又由于行政主体在滥用行政职权时有一种表现形式是其行为不能和行政相对人的权利对应,亦即行政主体从各种各样的动机出发常常将不能剥夺的权利予以剥夺,将不该赋予的权利予以赋予。在"权钱交易"、"权色交易"等行政滥用职权中,行政主体滥用职权的行为不是给特定行政相对人造成了伤害,[246]而是给特定行政相对人带来了利益,当然,行政主体则通过丧失原则的作法使自己同时获得利益,这时行政主体和行政相对人都获得了利益而法律秩序或者更大范围的利益都遭到了侵害。针对这种情况一些国家制定了对滥用职权者以及通过行政机关滥用职权而获利的行政相对人的《非法利益没收法》,如1989年新加坡就制定了这样的法律,其将行政主体以及其他受益者因滥用职权获得的报酬列为下列诸种:"金钱、礼品、贷款、赏金、酬金、保证金、其他财务和各种动产、不动产的利息;提供官职、就业机会和承包契约;给予他人帮助、袒护和各种好处,如使某人免遭处罚、免予逮捕、免受处分、免予起诉,行使、延缓行使某种权利、职权和义务。"[247]笔者此处所讲的不当受益者指通过行政主体滥用职权的行为而获得利益的公民、法人和其他社会组织。20世纪70年代美国芝加哥在对市政设施进行改造时,一些非法商人和企业集团利用这样的机会行贿市政官员,而市政官员在没有举行听证会、招标会的情况下将市政改造设计赋予不当商人,[248]并将工程承包给一些与政府关系密切的企业财团。这些相对人在这一滥用职权行为中获得了巨大利益。而这些利益通过撤销行政主体的行政行为既达不到返回的目的,也达不到对非法商人制裁的目的,而这样的情况在我国又何止是少数呢?因此,笔者认为,在行政滥用职权的责任追究中应当建立一种不当受益者的权益返还责任,让通过行政主体滥用行政职权而获得利益的行政相对人返还所得到的权益。

4. 关于行政机构体系的恢复原状责任

行政机构体系、行政主体以及行政公职人员构成了现代国家行政权主体的三个基本要素,就行政系统内部而言,三者是一个有机的统一体。某一个具体行政行为的作出是由行政主体完成的,而行政行为的形成过程是在行政公职人员的作用下被确定的,但当行政决定或行政行为面向社会成员时就形成了行政机构体系与社会成员之间的关系,人们常常对于某一个行政决定的评价与行政机构的总体系联系起来,现代责任政府的概念非常生动地体现了这种抽象而又政治化的关系。依《布莱克维尔政治学百科全书》的解释,责任政府是“一种需要通过其赖以存在的立法机关而向全体选民解释其所作的决策并证明这些决策是正确合理的行政机构。在议会政府中,不管是大臣整体,还是大臣个人,都要向议会负责。”〔249〕依这一解释,责任政府指政府行政系统作为一个整体既要对议会负责,又要对选举他的选民负责,同时更为重要的必须对全体社会成员负责。依此而论,笔者认为行政主体的行政滥用职权不单单是某一个行政主体的问题,更不单单是某一或某些公职人员的问题,而是整个行政机构体系对待社会成员的态度问题。这便决定了一旦行政机构体系中出现了滥用职权的行为,行政机构体系就必须对公众负责,对选举他的选民和代议机构负责。具体地讲,行政机构体系在行政主体滥用行政职权给不特定的人带来利益而招致法律秩序受损时,其便必须对法律负责;行政机构在行政主体滥用行政职权的行为给相对人权利造成侵害时必须对公众负责。据此我们便可进一步推出行政机构体系对行政滥用职权承担的恢复原状的责任,就是以这样和那样的形式将行政滥用职权造成的后果尽可能恢复到滥用职权以前的状态,而这一点在我国以前的行政法律制度中还未曾强调过,《中华人民共和国国家赔偿法》规定的恢复原状与此还不是同一意义的概念。

四、行政误导

行政指导是行政主体在实现行政管理职能时采用的基本手段,由于行政指导与其他行政行为相比不具有直接的强制力,因而理论界普遍认为即便是错误的行政指导行政主体对其亦不负法律上的责任。〔250〕此论无疑为行政主体的误导行为提供了依据,亦为行政主体规避法律提供了说法。基于此,笔者认为有必要从理论上解决行政误导的法律责任问题。

(一)行政误导成立的基本要件

行政误导从行政权运行过程观察属于行政指导,其是一种特殊的、变态的行政指导行为,然而,行政误导本身可以成为一个独立的行政法问题,即是说可以将其从行政指导行为中独立出来进行研究,若将行政误导作为一个独立的行为范畴看的话,它的成立需要以下构成要件。

1. 行政主体实施了行政指导行为

这是行政误导成立的第一要件,行政主体的误导行为的首要环节是对行政管理相对一方当事人实施了属于行政指导范畴的行政行为。其可能是向相对一方当事人发出了一个信息,如行政主体向当事人提供有关具有经济价值的情报,并因此让当事人做什么或不做什么,一些县政府向农民提供有关良种推广的信息是之。其还可能是书面或口头说服相对一方当事人为某种行为或不为某种行为,如某县乡镇企业局说服乡镇企业发展外向型经济、使某种产品上马,等等。应当指出,行政误导中的行政指导行为是由行政主体实施的而不是由行政人员以个人名义实施的,其本身是一种职权行为而非个人行为,之所以要指出这一点,是因为在行政指导制度中,行政首长或行政领导人员的指导行为亦包括在内。行政误导中的行政指导行为常常是正式的、具有严格程序要件的,甚至是要式的指导行为,这也是使行政误导行为成为行政法制度关注的前提。

2. 行政主体实施的指导行为是仅符合主观要件的行为

行政指导成立的一般要件可以分为主观要件和客观要件两个方面。[251]主观要件包括两项内容:一是实施行政指导的机关必须具有法律上的能力,如指导行为的作出或者符合多数规则或者符合行政首长负责制的组织原则;[252]二是实施行政指导行为的机关所指导的事项属于该机关的职权范围,不是越权指导的状况。客观要件包括:行政指导行为的内容必须合法,若行政机关授意相对一方当事人实施法律禁止的行为其所指导的内容就是不合法的。行政指导所涉及的具体事项具有实现的可能和发生法律效力的可能,若行政主体所指导的事项不能实现或不能完全实现就可视为内容不合法。现实中,一些行政主体从极“左”观念出发让相对一方为目前条件下不可能实现的事情是经常发生的。行政主体的一些指导行为有可能实现但法律不予保护,不能发生正当的法律效力,此时亦可视为内容瑕疵。行政指导行为的内容必须确定,即必须在一定地段、一定时段或针对一定事件,若不确定其亦就不符合客观要件。行政误导行为的构成要件就在于行政主体在实施行政指导行为时仅符合主观要件,即属其职权范围内的事项、符合法定的决定程序,而不符合客观要件,行政误导中的行政指导其客观上要么内容不合法、要么内容不可能实现、要么内容不确定。此一要件尽管不是首要条件,但都是实质性要件。

3. 行政主体实施的指导行为客观上影响了相对一方当事人的权益关系

行政指导行为作出以后,行政管理相对一方当事人既有可能根据所指导的内容为一定的行为或不为一定的行为,也有可能对所指导的事项不予理睬。是否理睬决定于两个方面:第一个方面是行政指导行为的强弱程度,如果行政指导行为具有较大的强度,则相对一方当事人选择的权利就小些,实施行政指导内容的可能性亦大一些;反之,若行政指导的强度较小,相对人实施行政指导内容的可能性亦就较小。第二个方面是相对人对行政指导的认同态度,认同的程度高其实施指导内容的可能性就大些。行政主体实施了行政指导行为,相对一方当事人不为所动,或者依所指导的内容而行为时获得了利益此时便不为误导,属于误导的行政指导是在当事人依该指导行为而行使权利或承担义务时带来了权益关系上的不利,甚至对其权利造成了侵害。误导行为所造成的侵害仅指接受误导行为的相对一方当事人的侵害而言,而不包括被指导人获益后对另一当事人造成的侵害。应当说明的是,行政主体的行政指导既可能是对权益倡议人的指导,又可能是对被保护人的指导。前者是指行政主体对某一要求实现某种权利的人的指导,在其倡议权益后,行政主体依其倡议的权益所为的指导,如某企业提出一个扩大生产规模的动议,行政主体依此动议而指导其扩大生产规模。后者指受行政机关保护的相对一方当事人在没有任何倡议的情况下,行政主体为了给其带来利益而对其实施了指导行为。上述两种情况都有可能使接受指导者受到损害,对上述两种情况应作同样看待。指导行为对被指导人造成损害是行政误导成立的结果性条件。

4. 行政主体实施的指导行为与相对方的损害有直接的因果关系

因果关系是追究法律责任时必须考虑的因素,无论在刑法理论还是在民法理论中因果关系都占有非常重要的地位,行政法中同样必须重视这一理论。行政误导能否成立亦必须考虑错误的行政指导行为与相对一方造成侵害间的因果关系。在这一因果关系中要求行政指导行为必须引起相对一方当事人的行为,进而使依指导行为而实施个人行为的相对方造成了侵害。这一过程有三个相互联系的环节,第一环节是行政主体的指导行为。第二环节是相对一方当事人的行为,相对一方的行为是由行政主体的指导行为引起的,并且是按照行政主体指导行为的内容而为之的。一般来讲,指导行为都有一个相对确定的内容,这一内容制约了相对一方当事人的行为,行政主体就对相对一方当事人的行为负有责任,若没有制约,或只是部分制约,行政主体就不应负责或不应完全负责。也就是说,相对一方当事人在依行政主体的指导行为而作为或不作为时,改变了原指导行为的内容,此时其所改变部分的内容就不应视为与指导行为有因果关系。此一点在行政法治实践中一定要认真把握。第三个环节是相对一方的物质或精神损失,该损失是由第一环节和第二环节派生出来的,若该损失具有单独存在的价值就不应视为与前二环节有因果关系。同时,指导行为与相对方的损害结果之间必须有直接的因果关系,《中华人民共和国国家赔偿法》在确立行政赔偿的范围时仅限于相对方的直接损失,而不赔偿间接损失。依此我们认为,行政误导中的因果关系必须是直接的因果关系,即指导行为造成的间接损失不应视为指导行为的结果。如行政主体错误地指导某相对一方当事人从事运营事业,而当事人依这一指导修建大型停车场等,并雇用数十名工人,结果造成了修停车场的资金损失,又付给了工人工资,那么,这一案件中,修停车场的费用应为直接损失,而付给工人工资应为间接损失。后者不能视为与指导行为有因果关系。行政主体的指导行为与相对方当事人损害结果的因果关系要件应视为行政误导中的程序性要件。

（二）行政误导的理论分类

为了对行政误导有一个全面了解,为了在行政法治实践中准确把握行政误导,对行政误导进行理论分类是十分必要的。笔者试以下列标准对行政误导进行分类,也许这些分类标准以及所作的分类并不十分周延,但至少在理论界对这一问题尚未研究的情况下,下列分类都是十分有益的。

1. 以行政误导与行政执法的关系来分,可以分为决策性行政误导与执行性行政误导

相对立法机关的立法行为而言,行政主体始终处于执行的地位,正如有学者认为的行政是对国家意志的一种执行。[253]而对于执行的理解不能片面地停留在具体的执行阶段,而必须把它看成一个有机的整体,如此看的话,行政执法分为行政决策和行政执行两个方面。前者是指行政主体为了实现法律内容和法律精神而从可供选择的方案中进行选择的行为;后者指在法律规定明确的状态下行政主体付诸行为的状态。行政误导无论在行政决策中,还是在行政执行中都有可能发生。具体地讲,所谓决策性行政误导就是指行政主体在行政执法的大环节上选择了错误的方案,并以此方案指导相对一方当事人的行为,如行政主体制定一个具有普遍约束力的行为规则,其中指导相对一方从事错误的行为。决策性误导涉及的面要大一些,因为决策行为常常是具有普遍意义的行政行为。所谓执行性行政误导就是指行政主体在某一已经有法律根据的执法行为中错误的引导相对一方当事人从事某种具体的活动或者不从事某种具体的活动。如行政主体在对相对一方当事人颁发许可证时错误地为其提供不可能营利的地点的信息。决策性误导尽管影响面大,但较易判断,因为误导行为是由行政主体选择错误的方案引起的,当事人可以在与其他方案比较的情况下判断指导行为所涉及方案的正确性。而执行性误导由于法律依据明确很难判断真伪,常常只有当相对一方当事人造成损失后,才能认清误导行为的错误性。

2. 以行政误导与行政主体心理动机的关系来分,可以分为善良愿望的行政误导与不良动机的行政误导

行政主体尽管是一个集合概念,即是由两个以上公职人员组成的一个集合体,但丝毫不能否定行政主体在权力行使过程中具有主观动机。行政主体的心理动机可能是组成行政主体的每一个公职人员的共同动机,因为在绝大多数情况下行政主体作为一个构成,其成员之间有着共同的利益关系,该利益关系往往促成其心理上的一致性,也可能是行政主体中多数成员的动机,还有可能是行政主体中主要领导成员的动机。若把行政主体实施行政指导行为的动机当成一个与社会、与管理相对一方当事人对应的总体来看,其可以是善良动机,此时实施的行政误导尽管是错误的,但属善良愿望的行政误导。即行政主体实施指导的动机是好的,想给社会、给相对一方当事人带来利益,而由于认识的误差或者外部原因使指导行为给当事人带来了损害。不良动机的行政误导是指行政主体的指导行为对社会、对相对一方当事人而言是恶意的,而不是善意的。不良动机的行政误导应当具体分析,有些是行政主体仅从自身利益出发考虑的,如某市政府指导在政府首长居住的小区修建商业一条街,以利于行政主体组成人员的生活而伤害相对方的利益。有些是行政主体玩弄权术的结果,如某县政府曾误导农民修建所谓的方块田,旨在使主要行政领导能名垂青史。善良愿望的行政误导与不良动机的行政误导是同样性质的不法行为,不能因为前者是出于善

良愿望而否定其成立的主观要件,其误导行为的成立就表明其有主观上的故意。甚至可以说,善良愿望的行政误导危害更大一些,因为其有较大的隐蔽性,综观我国行政法治实践中重大的错误指导大多是出于良好愿望的。不良动机的行政误导由于其具有主观恶性,故较易被相对一方当事人发现。

3. 以行政误导与行政管理权行使诱因的关系来分,可以分为实现行政战略的行政误导与获取狭隘利益的行政误导

行政法在实施过程中有一个与其他部门法实施的不同之处在于其主动性,[254]也就是说,刑法、民法常常是在案件发生以后执法才将其付诸实施,而行政法在绝大多数情况下行政机关必须主动为之,其必须把法律规定积极地适用于管理事态,如税务机关必须主动适用《税收征收管理法》以收取税款。行政法的此一特点决定了行政权在行使中常常是具有诱因的。行政主体在实施一个行政行为时,常常是在某种因素的引诱下而进行的,笔者依此将行政主体的误导行为分为实现行政战略的行政误导与获取狭隘利益的行政误导。行政主体以实现行政权的战略目标为出发点而实施指导行为,但由于认识错误或对行政战略领会不深入而造成指导行为错误者属于前者。如第九届全国人民代表大会第三次全体会议决定对西部进行大开发,一些行政主体为了实现这一战略目标,为了使自己的管理行为与该战略目标符合而指导其所管理的企业向西部大量投资,结果因论证不足而造成大量损失。在获取狭隘利益行政误导情况下,行政主体实施误导的诱因是为了对其所保护的区域利益、部门利益、地方利益带来好处。其误导行为本身是与行政权的战略目标背道而驰的。获取狭隘利益的行政误导是一种较为特殊的行政误导,因为此种行政误导可能在一时一事或短期内给被指导人带来利益,而被指导者在获取利益后必然对误导行为采取默认态度。只有站在行政权的总体构架之下,只有坚持行政法治的统一才能正确辨别获取狭隘利益的行政误导。

4. 以行政误导与行政主体误导行为形成的原因的关系来分,可以分为主观主义的行政误导与经验主义的行政误导

行政误导的发生与行政主体的不良行政有密切联系,甚至可以说行政误导就是由不良行政引起的。行政主体在履行行政管理职能作出行政行为时,以法律为依据,以行政管理的客观状态为基准,并对需要处理的行政事项作出准确判断,选择适当行政行为,此时便是一种良性的行政状态。若在依据上有误差、在认识上有误差、在采取的行为上有误差,其行为必然有不同程度的不当。显然,作为行政误导行为而言,其是一种不当的行政行为,其必然具有某种外在的或内在的原因,或者是行政主体主观认识上有误,或者是采取的客观行为不当。主观主义的行政误导是指行政主体依据某种抽象理论指导本来就十分复杂的行政事态,并独断的指示相对一方当事人依行政主体的主观认识而为一定的行为,其是哲学上的“形而上学”在行政指导行为中的表现。经验主义的行政误导则是指行政主体从先前处理一些行政事态的经验出发并用先前的处理方式指导新的行政事态的处理,并引导相对一方当事人依其指导行

为而活动。其是哲学上的“机械主义”在行政指导中的表现。主观主义的行政误导与经验主义的行政误导其效果是一样的,不能简单地说哪一个危害大些哪一个危害小些。

5. 以行政误导与行政误导结果的关系来分,可以分为为行政首长创造政绩的行政误导与尝试新的管理方法的行政误导

行政误导行为的结果可以从两个方面看:一个方面是行政误导对于相对一方当事人来讲带来了精神或物质损害的后果,此一结果由指导行为转移到被指导者身上。另一个方面是行政误导对机构乃至于行政权带来了后果。此方面有两种情况,有时行政误导的结果是为行政机关中的主要领导者创造了政绩,而该政绩是以损害相对一方当事人的权益为代价的,如某乡人民政府为了向上级表明其管理方式的有效性,指导乡里一部分养羊户将羊集中在某一所谓的养羊示范区,欺骗上级说示范区的羊是乡里组织养的,其结果导致乡民多交税款,而乡长因此得到了提拔。在行政执法中,为行政首长捞取政绩的错误行政指导非常多见。如某市让全体市民修建现代化厕所,一些贫困农民亦不得不拿出数千元筑建厕所。尝试新的管理方法的行政误导是指行政主体在实施管理过程中,为了使管理更有效而大胆尝试新的管理方法,并指导相对一方在法律之外,在脱离实际的情况下从事某种活动,结果给相对人造成损害。尝试新的管理方法的行政误导与其他类型的行政误导一样属不当行政行为,因为任何新的管理方法的尝试都不能以损害行政相对人的权利为代价。

注释

〔1〕“‘行政罚’一词向来即为台湾地区学术界及实务界所采用,虽所涵盖之范围有别,大致上仍被普遍接受。奥地利向以行政罚为‘Verwaltungsstrafe’,并以‘行政罚法’为统一法典之名称。德国早期采与奥地利相同之用法,唯在该国 1952 年公布违反秩序罚法后,大部分学者放弃行‘政罚’一词,并配合该国之法制,改称违反秩序之处罚等,且在一般的行政法总论教科书中已不再列人行政罚,而成为各论中之一种。日本向来亦称为行政罚,并往往与行政制裁共同讨论。Vgl. Friedfrich Koja/Walter Antoniolli, Allgmeines Verwaltungsrecht, 1986, S. 611; Wolf – Riidiger Schenke, Besonderes Verwaltungsrecht, 1984, S. 109; Erich Gohler, Ordnungswidrigkeitengesetz, Kömmentar (zit. OWIG), 11. Aufl., 1995. 田中二郎:新版《行政法》(上卷),第 185 页以下(1990);原田尚彦,《行政法要论》,第 203 页(1991);矶崎辰五郎,‘行政罚’,收于《行政法讲座》(第 2 卷),《行政法的基础理论》,第 213 页以下(1964)。台湾地区最近一般性之介绍请参阅吴庚:《行政法之理论与实用》,第 423 页以下(1999 年 6 月增订五版);陈新民:《行政法学总论》,第 281 页以下(1997 年 5 月修订六版);林锡尧:《行政法要义》,第 231 页以下(1991);蔡志方:《行政法三十六讲》,第 341 页以下(1997 年再版);李震山:《行政法学要论》,第 293 页以下(1997);城仲模:‘奥国行政罚制度析论’,载氏著:《行政法之理论基础》,第 387、388 页(1980)。”参见翁岳生:《行政法》(下册),中国法制出版社 2002 年版,第 824 页。

〔2〕翁岳生:《行政法》(下册),中国法制出版社 2002 年版,第 824—825 页。

〔3〕［日］室井力:《日本现代行政法》,吴微译,中国政法大学出版社 1994 年版,第 168 页。

〔4〕有的认为行政处罚是国家行政机关对违反行政管理法规的人所作的处罚;有的认为行政处罚是行政机关依法对实施违反行政法律规范的违法行为的行政管理相对人进行的法律制裁;有的认为行政处罚是国家行政机关依法对违反行政法规定的当事人所施加的制裁措施,等等。参见杨海坤主编:《跨入 21 世纪的中国行政法学》,中国人事出版社 2000 年版,第 345 页。

〔5〕应松年、马怀德主编:《行政处罚法》,人民出版社 1996 年版,第 27 页。

〔6〕行政处罚法出台以后,对于行政处罚的共同认识是它是行政机关针对违反行政管理秩序的行政相对人的一种制裁行为,这种行为以违反行政管理法规的行为的存在为前提,处罚程度轻于刑罚。但在具体表述上有三点差别:一是实施行政处罚的主体,有的学者阐述为行政机关,有的是特定的行政机关,还有的是行政主体(包括行政机关和法律、法规授权的组织);二是被处罚对象,有的概念是行政管理相对人,有的则具体化为组织、个人;三是行政处罚的性质,都认为是一种制裁或惩戒,只不过有的从行政主体角度看,有的从相对人角度看。参见杨海坤主编:《跨入 21 世纪的中国行政法学》,中国人事出版社 2000 年版,第 345—346 页。笔者认为这不能说明关于行政处罚概念的认识在实质上有什么差别。

〔7〕所谓明确性原则,主要源自于法治国家原则中之法律保留原则,即国家行为欲干涉人民之权利时,必须要有明确的法律上根据,缺乏法律规定,不得处罚人民。比例原则又称禁止过渡原则,主要源自于法治国家原则,比例原则之基本意义,在要求干涉与所得之间,应具有适当比例,即当国家行为之所得必须超过对人民所生之不利益时,才被容许。有责性原则亦为不容忽视之重要原则,当一个人必须对其行为负责时,才得对其加以非难,处以行政秩序罚。同时,其所受到之制裁,亦须与其责任相当,否则亦与此原则相抵触。法定原则及便宜原则,本于法定原则,既有充分之事实,足认行为人之行为已构成法规所规定之违反秩序之要件时,自须由追诉机关予以追诉,同时处罚机关亦须加以处罚,以符合法律上之规定。然而本于便宜原则,尽管根据上述之法律规定对于该行为应有可罚性,唯在个案中,行政机关仍有放弃继续追诉及制裁之权能。参见翁岳生:《行政法》(下册),中国法制出版社 2002 年版,第 832—834 页。

〔8〕理论界关于一事不再罚至少有下列解释:“指个人或组织的某一违法行为,只能依法给予一次处罚,不能处罚两次或多次”;“同一行政机关(含共同行为机关)对于同一违法行为只能实施一次处罚,不得重复处罚”;“对行政相对人的一个违法事实只作一次行政处罚,已作过行政处罚的,不应再施处罚”;“指行政相对人的一个行为违反一种行政法规范时只能由一个行政机关作出一次处罚”等。参见应松年、马怀德主编:《行政处罚法》,人民出版社 1996 年版,第 133—134 页。

〔9〕应松年、马怀德主编:《行政处罚法》,人民出版社 1996 年版,第 134—135 页。

〔10〕刘莘:《行政法热点问题》,中国方正出版社 2001 年版,第 233 页。

〔11〕应松年、马怀德主编:《行政处罚法》,人民出版社 1996 年版,第 133 页。

〔12〕同上书,第 135 页。

〔13〕参见杨海坤主编:《跨入 21 世纪的中国行政法学》,中国人事出版社 2000 年版,第 362、

366页。

〔14〕奥地利在1926年1月1日制定了世界上最早的一部具有现代意义的行政处罚法典,称为《行政罚法》,后经1932年及1948年两次修改,于1950年5月23日颁布生效至今。其内容具有典型的程序法与实体法合为一体的行政法特征。德国的行政处罚法典是于1992年7月最后修订的《德国违反秩序法》,与奥地利的《行政罚法》相比,其内容更为细致周全。参见张正钊、韩大元主编:《比较行政法》,中国人民大学出版社1998年版,第463—464页。

〔15〕该条例于2006年3月1日被《中华人民共和国治安管理处罚法》废止。

〔16〕该规定于2005年2月1日被《财政违法行为处罚处分条例》废止。

〔17〕该细则于2004年11月1日被《中华人民共和国海关行政处罚实施条例》废止。

〔18〕参见阎军、张卫理:"行政处罚须有法可依",载《法制日报》1996年2月12日第1版。

〔19〕应松年、马怀德主编:《行政处罚法》,人民出版社1996年版,第44—46页。

〔20〕其中仅以工商行政处罚中的罚款为例就很能说明问题。据《四川省工商行政管理罚款汇总表》统计,根据法律、法规、规章和其他经合法授权制定的规范性文件的规定,四川省现行有效的工商行政管理罚款共有214项,其中罚款没有规定数额标准(如仅规定"可以罚款")的有93项,占总数的43.4%;只规定一个最高幅度(如"处2万元以下罚款")的有103项,占总数的48.1%;规定一个最高幅度和一个最低幅度(如"50—1000元罚款")的有14项,占总数的6.5%;规定一个确定数额(如"每辆车处1000元罚款")的有1项,不到0.5%;只笼统规定"可以处罚"的有3项,占总数的1.5%。参见袁曙宏:《行政处罚的创设、实施和救济》,中国法制出版社1997年版,第9页。

〔21〕1.财产权方面的行政处罚:罚锾、没入、滞报金等、空地税及荒地税。2.名誉权方面的行政处罚:申诫、告诫、公布姓名、照片及判决要旨。3.自由权方面的行政处罚:人身自由,主要有拘留;营业自由,包括歇业、停业、停工、解散、撤销许可、吊销执照或证书、停止生产、制造、陈列、销售、输入或贩卖、撤换人员、限制买卖、取消登记、注销证书、撤销立案、不核发营利性事业执照、停职或解除职务、停止受理申报;一般行为自由,包括禁止行驶、禁止通行、定期禁止出入港、禁止进入港口、机场、停办、停止使用、停止播送、停止租用、停止建筑、停止作业、限制出境、停止结关出口、冻结配额、收回配额、停止输出入货品、取消实绩、停止申请配额资格及撤销进出口厂商登记、禁止发行、出售或散布、停止供水供电等。4.其他方面的行政处罚,如警告。参见翁岳生:《行政法》(下册),中国法制出版社2002年版,第830—831页。

〔22〕转引自应松年、马怀德主编:《行政处罚法》,人民出版社1996年版,第50页。

〔23〕《德国违反秩序法》第18条。

〔24〕"这一点可以从我国新旧两部《治安管理处罚条例》的比较中得到证明。旧的《治安管理处罚条例》颁布于1957年。限于当时的政治经济条件和法律意识水平,它只是规定了公安机关对公民的处罚权,而未规定公民不服处罚的救济权,致使公安机关与公民之间的权利义务处于不平衡状态。而1986年颁布、1994年修正的新的《治安管理处罚条例》则弥补了这一重大缺陷。"参见袁曙宏:《行政处罚的创设、实施和救济》,中国法制出版社1997年版,第18页。

〔25〕 刘莘著:《行政法热点问题》,中国方正出版社 2001 年版,第 233 页。

〔26〕 应松年、马怀德主编:《行政处罚法》,人民出版社 1996 年版,第 73—74 页。

〔27〕 如在奥地利对行政处罚设定机关控制最为严格,只有立法机关通过法律才能设定行政处罚;在日本,行政处罚的设定权分为中央和地方两个层次,在中央,行政处罚的设定权集中在国会,内阁及内阁各省非经法律的明确授权,不得设定行政处罚;在意大利,行政处罚的设定权集中在国会和地区议会,但地区议会的规定不得与国会的法律相抵触,地区议会也不得在国会的法律所规定的行政处罚种类之外设定行政处罚。参见张正钊、韩大元主编:《比较行政法》,中国人民大学出版社 1998 年版,第 472 页。

〔28〕 "议行合一"的提法近年来在学术界引起了一些争论,有学者认为它已经不适合于用来表述我国现行的政权体制。但我们认为,从我国宪法规定的国家权力机关高于一切的原则出发,从理论上讲,权力机关是"全权机关",当然也可以说是议行合一机关。

〔29〕 关于法律、法规授权的组织实施行政处罚后独立承担法律责任的问题,行政法学界有学者持质疑态度,认为无论在立法上还是在行政法治实践中,法律、法规授权的组织都缺乏必要的行政强制执行权,这在一定程度上制约了行政处罚的有效实施。参见袁曙宏:《行政处罚的创设、实施和救济》,中国法制出版社 1997 年版,第 56 页。也就是说,法律、法规授权的组织可以依法作出行政处罚决定,但决定能否实现即此种权能能否实现仍是一个问题,因此,关于法律、法规授权组织在行政处罚中的法律地位还有探讨之必要。

〔30〕 袁曙宏教授认为"行政处罚必须具备下列几个条件才能予以委托:(1)处罚机关由于人力、物力、财力所限或其他原因,确实需要委托其他组织或个人行使处罚权;(2)委托实施的处罚程度较轻,一般以警告和数额较小的财产罚为宜,人身罚、能力罚、较大数额的财产罚和通报批评等不宜委托实施;(3)委托处罚的机关应出具正式的委托书给被委托方,委托书应明确规定双方的权利、义务和责任,被委托方签字盖章后生效;(4)作为被委托人的组织,应当是具有法人资格的国家行政机关、企业、事业单位、社会团体等,不具有法人资格的临时组织或松散组织等一般不宜被委托行使处罚权;(5)公民个人作为被委托人要对其权限严格加以限制,一般只能授予其警告和 10 元以下罚款的权限,超出权限的处罚行为需经委托机关批准,否则无效;被委托的公民还应具有健全的行为能力、良好的品行以及实施被委托的行政处罚权所必须掌握的业务知识和法律知识等。"参见袁曙宏:《行政处罚的创设、实施和救济》,中国法制出版社 1997 年版,第 56—57 页。

〔31〕 袁曙宏:《行政处罚的创设、实施和救济》,中国法制出版社 1997 年版,第 57—58 页。

〔32〕 王成栋、杨解君编著:《行政处罚法概论》,中国人民公安大学出版社 1996 年版,第 138 页。

〔33〕 王成栋、杨解君教授认为"行政处罚实施机关无论怎样纷繁复杂、扑朔迷离,但归根结底可以总结出只有两种机关:一是作为一级政府的行政机关,二是作为一级政府的主管部门的行政机关。这两种行政机关的管辖运作,正是构成了行政处罚级别管辖的基础。"袁曙宏教授则认为"确定级别管辖主要有三个标准:一是行为的违法程度。严重的由较高一级处罚机关管辖,较微的由较低一级处罚机关管辖。二是处罚的轻重程

度。较轻的处罚由下一级处罚机关管辖,较重的处罚由上一级处罚机关管辖。三是违法组织的法律地位。违法组织级别较低的,由下级处罚机关管辖,较高的由上级处罚机关管辖。"参见王成栋、杨解君编著:《行政处罚法概论》,中国人民公安大学出版社1996年版,第129页;袁曙宏:《行政处罚的创设、实施和救济》,中国法制出版社1997年版,第59—60页。

〔34〕 王成栋、杨解君编著:《行政处罚法概论》,中国人民公安大学出版社1996年版,第171页。

〔35〕 在治安违法案件中,人民法院在追究责任时,如果若干违法行为人共同实施了违反治安管理处罚法的行为,则对若干共同违法人分别追究责任,此种诉讼规则极易导致在行政处罚中行政机关对共同行为人的同一违法行为作多次处罚,因为此时的处罚不是对事而是对人。

〔36〕 关保英:《行政法案例教程》,中国政法大学出版社2013年版,第265—266页。

〔37〕 如《德国违反秩序法》第21条:"同一行为构成犯罪行为与违反秩序者,仅适用刑法。但其法律规定之从罚仍得宣告之(第1项)。前项情形之行为未受刑之宣告者,仍得以违反秩序,处罚之(第2项)。"

〔38〕《奥地利行政罚法》第22条:"行政被告以各种独立之行为违反不同之行政义务时,或一行为而牵涉数罪名,而应各别处罚时,应予各别处罚(第1项)。违反行政义务行为与其他由行政官署或法院处罚之行为竞合时,适用同样之规定(第2项)。"则采并罚主义,即刑罚与行政秩序罚分开各别处罚。

〔39〕 王成栋、杨解君编著:《行政处罚法概论》,中国人民公安大学出版社1996年版,第178—179页。

〔40〕 刘莘:《行政法热点问题》,中国方正出版社2001年版,第255—256页。

〔41〕 高志新主编:《中华人民共和国行政处罚法释义》,红旗出版社1996年版,第75—76页。

〔42〕《美国行政程序法》第551条中"制裁"包括下列机关行为的全部或一部:(1)禁止、强制、限制或其他影响个人自由的措施;(2)不予救济;(3)给予处罚或罚金;(4)销毁、禁用、没收或扣押财产;(5)确定应给付的损害赔偿、归还、恢复原状、补偿、成本费、收费或酬金的数额;(6)许可证的吊销、停止或附加条件;(7)采取其他强制性或限制性措施。

〔43〕 "Project: The Decriminalization of Administrative Law Penalties - Civil Remedies, Alternatives, Policy, and Constitutional Implications", Administrative Review Fall 1993, pp. 369 - 434.

〔44〕 正式程序是制裁违法行为的一般程序,在正式程序中必须保证被告能够主张作为当事人的所有权利,尤其是听证权;简易程序是制裁行政违法行为的简便程序,在简易程序中,可以不经审讯径行予以处罚或警告,但是只限于3天以下的拘留及2000先令以下的罚款。

〔45〕 德国《违反秩序法》第35条。

〔46〕《德国违反秩序法》第53—64条。

〔47〕《德国违反秩序法》第 65 条。

〔48〕《德国违反秩序法》第 67 条。

〔49〕1993 年《日本行政程序法》第 3(5)、(6)、(8)、(13)条规定了行政程序法的除外适用。包括检察官、检察事务官或司法警察职员依刑事案件相关法令所为之处分及行政指导;国税厅长官、国税局长、税务署长、收税官员、税关长、税关职员或税务员(包括依其他法令规定得为该等职员之职务者)依国税或地方税处罚事件之有关法令(包括准用其他法令之情形)所为之处分或行政指导;证券交易等监视委员会或其职员、财务局长、财务支局长,依证券交易或金融期货交易处罚事件之有关法令所为之处分或行政指导;在发生或可能发生公共卫生、环境保全、防疫、保安或其他有关公益情事之现场,警察、海上保安官或法律上直接赋予其为确保公益而应行使权限之其他职员所为之处分及行政指导。

〔50〕各国听证的含义和范围有所不同,在有的国家如美国、葡萄牙泛指听取当事人的意见,有 20 多种听证形式。在日本、韩国、中国则专指以听证会形式听取当事人的意见。参见王名扬:《美国行政法》(上),中国法制出版社 1995 年版,第 449— 457 页。

〔51〕例如在美国,1941 年的一项官方文献透露,在非联邦政府执行控制职能的联邦机构所作的决定中,听证的比率还不到 5%。在执行控制职能的机构所作的决定中,听证的比率更小,在 1981 年,联邦社会保障署作出了 5000 万个决定,进行听证的案件只有 262000个,只占 0.25%。参见王名扬:《美国行政法》(上),中国法制出版社 1995 年版,第 385 页。

〔52〕参见关保英:"论行政处罚权和执行权的分离",载《法学研究》1993 年第 4 期。

〔53〕实行行政综合执法与相对集中行政处罚权试点城市的审批权目前由国务院法制办公室行使,目前被视为行政授权的一种方式,从审批的程序和内容来看,先由集中行政处罚权的城市提出请求,国务院法制办公室审查以后再作出批准决定。例如对长沙市审批的内容是这样的:"湖南省人民政府:《湖南省人民政府关于在长沙市开展城市管理综合执法试点工作的请示》(湘政〔2000〕2 号)收悉。根据国务院领导批准的开展城市管理综合执法试点方案,现函复如下:一、湖南省人民政府可以在长沙市开展城市管理综合执法试点工作。二、集中行使行政处罚权的行政机关的具体职责是:1. 行使规划管理方面法律、法规、规章规定的行政处罚权,强制拆除不符合城市容貌标准的违法建筑物或者设施;2. 行使市容环境卫生管理方面法律、法规、规章规定的行政处罚权;3. 行使城市园林绿化管理方面法律、法规、规章规定的行政处罚权……"还有一些城市是由市人大常委会决定的,如上海市。

〔54〕目前实施行政综合执法与相对集中行政处罚权的领域还比较有限,主要反映在城市管理领域。

〔55〕万洪源在《具体行政行为要览》一书中按照各类行政机关的不同职能,将行政行为的范围分为"政治、财政、审计、税收征管、工商、金融、外汇、物价、劳动、公安和国家安全、司法、海关、环境保护、商检、外贸外事、技术监督、科学技术、商标、专利、教育、新闻出版和广播电影电视及文化、卫生医药、城乡建设、土地规划、工业商业、化工、烟草专卖、农牧渔业、能源、交通运输、旅游、地质矿产、林业、水管理、邮政民政具体行政行为共 35

大类”。其中每一类都以行政处罚行为为主。万洪源编著:《具体行政行为要览》,武汉大学出版社 1994 年版,第 2 页。

〔56〕 国务院办公厅第 63 号文件明确提出了相对集中行政处罚权必须与机构改革结合起来。“为什么这样提?就是要把试点推向深入,要使这个制度及其成果在政府机构改革之中得以巩固和深化。这就是试点的深度问题,杨景宇主任提出,这项工作要和深化行政管理体制结合起来,体现到市县机构改革中去。这就给试点工作指明了方向,就是要和政府的整个行政体制改革结合起来,使它固定化、深入化。曹康泰副主任也强调,要考虑把试点工作的成功经验运用到市县机构改革,进一步理顺市县行政管理体制。比如,江苏省在这次政府机构改革中,专门预留了一个局的位置给执法局,还没有批就预留了,这样就使这项工作有一个比较扎实的组织保障。如果要说试点工作要深入,就是在组织上的深入和组织上的保障,就是和市县机构改革相结合。今天上午,省编办的周处长提到市县乡机构改革中,要清理行政执法队伍,特别提出了要积极支持和鼓励地方政府实行相对集中行政处罚权制度。我体会这个意思就是要在机构上给予考虑。同时,这个意见还特别提出对试点工作任何部门不得干预,这就说明对此问题也是有一个明确态度的。”表明相对集中行政处罚权必然与一定组织、一定个人的利益有关,正是这一点使实现中的主动性与被动性并存。参见青锋:《关于相对集中行政处罚权的几个问题》,2001 年广州市城市管理相对集中行政处罚权研讨会上讲话。

〔57〕 参见关保英:“比较行政法学若干问题探讨”,载《法学研究》2001 年第 2 期。

〔58〕 我国在加入了 WTO 议定书中已经承诺对地方政府行政行为进行有效监控,如使其进入司法审查的范围,使其在有关刊物上公布,并告知世界贸易组织等。参见全国人民代表大会常务委员会办公厅公报编辑室编:《中国加入世界贸易组织法律文件及有关国际条约》,中国民主法制出版社 2002 年版,第 310—410 页。

〔59〕 关保英:《行政法的价值定位》,中国政法大学出版社 2003 年版,第 25 页。

〔60〕 关保英:《行政法案例教程》,中国政法大学出版社 2013 年版,第 63—64 页。

〔61〕 参见“广州市开展城市管理相对集中行政处罚权试点工作的情况汇报”,2001 年广州市城市管理相对集中行政处罚权研讨会论文。

〔62〕 《马克思恩格斯全集》(第 1 卷),人民出版社 1974 年版,第 183 页。

〔63〕 参见青锋:《关于相对集中行政处罚权的几个问题》,2000 年在广州市相对集中行政处罚权理论研讨会上的讲话。

〔64〕 该规定于 2005 年 8 月 1 日被《上海市文化领域相对集中行政处罚权办法》废止。

〔65〕 在行政法学界,关于行政许可尚无系统化的定义,这主要是因为在我国学者建构的行政行为体系中没有将行政许可作为一个与其他行政行为相平行的概念,而是作为附着于一定行政行为的环节性概念,有的将其附着于行政内部行为中,即上下级之间的请示汇报行为中,有的将其归于行政许可行为中,或者在上列两个单独的行政行为中研究行政许可。

〔66〕 当事人是一个范畴概念,不是指法律规则中的自然人,而是能为一定行为的权利义务主体,如《湖北省改善外商投资环境若干规定》第 4 条规定:“实行审批公示制和时限制。有关行政机关应公开办事内容、程序和时限,一次性提供审批所需的材料目录和

文件范本,一次性讲清对申报材料的修改意见和要求。"其中的当事人总是外商投资企业。

〔67〕 行政许可应当在法律规范设定的禁止状态下确定,这是现代民主法治发展的必然,而不能够是没有准许行政相对人做的都要去审批。

〔68〕 [英]彼得·斯坦、约翰·香德:《西方社会的法律价值》,王献平译,中国人民公安大学出版社 1990 年版,第 43 页。

〔69〕 [美]罗杰·W. 芬德利、丹尼尔·A. 法伯:《环境法概要》,杨广俊等译,中国社会科学出版社 1997 年版,第 96 页。

〔70〕 [美]汉密尔顿等:《联邦党人文集》,程逢如等译,商务印书馆 1980 年版,第 364 页。

〔71〕 [美]杰克·P. 杰弗里斯:《美国饭店法》,何江等译,旅游教育出版社 1988 年版,第 120 页。

〔72〕 由于地方立法的存在,地方立法机关在一定范围内也取得了行政许可事项的设定权,如湖北省人大常委会制定的《湖北省预算外资金管理条例》第 20 条规定:"财政部门应在审核本级各部门和单位预算外收支计划和决算的基础上,汇总编制本级年度预算外资金收支计划和决算,报本级人民政府批准。"

〔73〕 [奥]凯尔森:《法与国家的一般理论》,沈宗灵译,中国大百科全书出版社 1996 年版,第 15 页。

〔74〕 佛罗里达州法规第 509 章"旅馆和餐馆"。参见[美]小雷亚蒙·C. 艾利斯、美国 A-H-MA 安全委员会:《安全与损失预防管理》,林珍珍等译,旅游教育出版社 1989 年版,第 253 页。

〔75〕 [日]室井力主编:《日本现代行政法》,吴徽译,中国政法大学出版社 1995 年版,第 392 页。

〔76〕 如《湖北省水利建设基金征收使用管理办法》在设定了诸多审批事项后规定:"从收取的政府性基金(收费附加)中提取 3%,应提取水利建设基金的政府性基金(收费、附加)项目包括:公路养路费、公路建设基金、车辆通行费、公路运输管理费、与中央分成的地方电力建设基金、公安和交通等部门的驾驶员培训费、市场管理费、个体工商业管理费、征地管理费、市政设施配套费。"

〔77〕 地方立法的绝对数量大于中央立法,而每个地方立法中都几乎有不同程度的行政许可事项,因此,我们说我国行政许可的事项大多数存在于地方立法中。一些不能制定地方立法的行政机关也有广泛的设定,如上海浦东现有行政许可事项 724 项。参见《行政与法制》2001 年第 12 期。

〔78〕 该法规已被《广州市人民政府关于停止执行 428 件规范性文件的通知》废止。

〔79〕 应松年主编:《行政程序立法研究》,中国法制出版社 2001 年版,第 404 页。

〔80〕 行政禁止事项尽管不是明确的行政许可,但其常常导致行政许可事项的发生。

〔81〕 朱镕基:《中华人民共和国国民经济和社会发展第十个五年计划纲要》,人民出版社 2001 年版,第 66 页。

〔82〕 参见关保英:"论行政法上的行政禁止",载《法学评论》2001 年第 5 期。

〔83〕 参见张淑芳:"行政法关系单方面性的理论审视",载《法律科学》1999 年第 5 期。

〔84〕 我国行政法规范中以公众和与公众事务有关的事项为规制对象的行政法规范占绝对多数,以行政主体为规制对象的行政法规范少之又少,而一些行政法规范中既有控制行政权的内容,又有规范行政相对人的内容,但对行政主体的规范是十分稀少的,如《中华人民共和国人民币管理条例》中关于行政相对人的法律责任有十余处,而关于行政主体的法律责任只有一处。

〔85〕 国家意志可以分为表达和执行两个范畴,负责表达国家意志的是立法机关,而负责执行国家意志的是行政机关,行政许可可以视为一种表达国家意志的行为,因此,立法机关对行政许可事项的确定应当不受限制。

〔86〕 刘莘:《行政法热点问题》,中国方正出版社2001年版,第150页。

〔87〕 同上书,第154—155页。

〔88〕 [英]戴维·M.沃克:《牛津法律大辞典》,北京社会与科技发展研究所译,光明日报出版社1988年版,第773页。

〔89〕 参见宗禾:"浦东改革行政许可制大刀阔斧",载《行政与法制》2001年第12期。

〔90〕 参见[美]路易斯·亨金等:《宪政与权利》,郑戈等译,三联书店1996年版,第5页。

〔91〕 宋世明:《美国行政改革研究》,国家行政学院出版社1999年版,第57页。

〔92〕 同上书,第72—77页。

〔93〕 参见王珉灿:《行政法概要》,法律出版社1983年版,第1页。

〔94〕 应松年主编:《外国行政程序法汇编》,中国法制出版社2001年版,第82—83页。

〔95〕 同上书,第40—41页。

〔96〕 [日]和田英夫:《现代行政法》,倪健民等译,中国广播电视出版社1999年版,第205页。

〔97〕 同上书,第206页。

〔98〕 应松年主编:《外国行政程序法汇编》,中国法制出版社2001年版,第475—476页。

〔99〕 参见关保英:《行政法的价值定位》,中国政法大学出版社2003年版,第247—249页。

〔100〕 应松年主编:《外国行政程序法汇编》,中国法制出版社2001年版,第191—192页。

〔101〕 应松年主编:《行政程序立法研究》,中国法制出版社2001年版,第406页。

〔102〕 《亚洲部分国家海关法》,何晓兵等译,中国社会科学出版社2000年版,第25页。

〔103〕 黄达强、许文蕙主编:《中外行政管理案例选》,中国人民大学出版社1988年版,第219—220页。

〔104〕 应松年:《行政法学新论》,中国方正出版社1998年版,第245页。

〔105〕 [法]莫里斯·奥里乌:《行政法与公法精要》(下册),龚觅等译,辽海出版社、春风文艺出版社1999年版,第696—697页。

〔106〕 [日]原田尚彦:《环境法》,于敏译,法律出版社1999年版,第76页。

〔107〕 姚梅镇主编:《国际投资法教学参考资料选编》(上册),武汉大学社出版1987年版,第45页。

〔108〕 王建新主编:《香港环境保护法实务》,人民法院出版社1997年版,第528页。

〔109〕 随着立法水平的提高,是否能制定一个完整的行政法典将所有的行政许可项目都规定下来则是一个值得探讨的问题,就目前各国行政法典化程度尚不够高的现实情况

看,似乎难度较大。

〔110〕［英］戴维·M. 沃克:《牛津法律大辞典》,邓正来等译,光明日报出版社 1988 年版,第 773 页。

〔111〕萧榕主编:《世界著名法典选编》(行政法卷),中国民主法制出版社 1997 年版,第 59 页。

〔112〕《德国股份法》,杜景林、卢湛译,中国政法大学出版社 2000 年版,第 16 页。

〔113〕应松年主编:《外国行政程序法汇编》,中国法制出版社 2001 年版,第 591 页。

〔114〕同上书,第 443 页。

〔115〕《美国联邦行政程序法》在此方面更具有代表性。参见萧榕主编:《世界著名法典选编》(行政法卷),中国民主法制出版社 1997 年版,第 1 页。

〔116〕应松年主编:《外国行政程序法汇编》,中国法制出版社 2001 年版,第 442 页。

〔117〕《亚洲部分国家海关法》,何晓兵等译,中国社会科学出版社 2000 年版,第 41 页。

〔118〕应松年主编:《行政程序立法研究》,中国法制出版社 2001 年版,第 406—407 页。

〔119〕［美］小雷亚蒙·C. 艾利斯、美国 A－H－MA 安全委员会:《安全与损失预防管理》,林珍珍等译,旅游教育出版社 1989 年版,第 242 页。

〔120〕《美国联邦行政程序法》关于行政许可的效力还有一个有法理价值的规定:"如果许可持有人已及时且有效地按照机关规章提出了更换许可证或领取新许可证的申请,而且许可证所涉及的活动具有连续性,那么在该机关就此申请作出最终决定之前其仍然有效。"(《联邦行政程序法》第 558 条)

〔121〕行政许可设定实际上是对行政许可进行的立法行为,就是谁有权决定哪些事项必须通过行政许可的程序相关当事人才能取得权益。《中华人民共和国行政许可法》使用设定的概念是受《中华人民共和国行政处罚法》的影响。该法第一次使用了设定的概念。

〔122〕乔晓阳、张世诚主编:《〈中华人民共和国行政许可法〉释义》,中国长安出版社、中国言实出版社 2003 年版,第 36 页。

〔123〕有人对行政许可的设定作了这样的理论分析:"设定行政许可属于立法行为,是实施行政许可的基础。设定行政许可,要严格依照本法的规定实施。哪些国家机关可以设定行政许可,哪些国家机关不可以设定行政许可;哪些事项可以设定行政许可,哪些事项不得设定行政许可,本法都作了明确的规定,各国家机关必须依照本法规定执行,不得越权。行政许可的设定问题,实质上是立法权限的分配问题,也就是哪一级国家机关、哪一类性质的国家机关有设定何种行政许可的权力。具体地说也就是法律、行政法规、地方性法规以及规章具有设定哪一种行政许可的权力。现代法制理论认为,凡赋予公民、法人和其他组织权利,或者设定公民、法人和其他组织的义务,或者对公民、法人和其他组织的某种权力作出限制以至剥夺,均需由立法机关制定法律,或者由立法机关作出明确具体的授权,并由行政机关制定行政法规、规章加以规定实施。这一理论的基础是行政机关的一切行政行为均应当有法律依据,也就是通常说的依法行政。"参见乔晓阳、张世诚主编:《〈中华人民共和国行政许可法〉释义》,中国长安出版社、中国言实出版社 2003 年版,第 36 页。

〔124〕 《美国联邦水污染控制法》第1251条第1款规定:"本章的目的是恢复和保持国家水体化学的、物理的和生物方面的完整性;为实现上述目的,结合本章规定,藉此声明以下两项国家目标第1项、第2项和五项国家政策第3项至第7项:(1)至1985年,全面停止向通航水体排放污染物;(2)至1983年7月1日,在所有可能实现的地方达到水质保护的中期目标,这一目标将有利于鱼类、水生贝类和野生生物的保护和繁殖,并有利于在水面和水中进行娱乐活动;(3)禁止排放达到毒害数量的有毒污染物;(4)为公共废物处理工程的建设提供联邦财政援助;(5)为确保各州对污染源的有效控制,制定并实施区域性的废物处理管理规划;(6)大力进行研究和示范,开发必要的技术,消除向通航水域、临界水体和海洋排放污染物的行为;(7)尽快制定和实施非点源污染控制计划,通过对点源和非点源污染的双重控制实现本章目标。"《德国环境监测法》第15条规定:"飞机场路线的确定和批准根据联邦远程航道法第16条第1款和根据联邦水运法第13条第1款以及根据航空交通法第6条第1款,在确定路线的审理中,将根据每个计划的现状进行环境监测。本规定不适用于土地规划审理中的环境监测。为了吸收公众的意见,要满足第2款和第3款的要求。为了把公众吸引来参与确定路线,由制定计划产生作用的社区主管部门发起倡议,依据第6条的资料要陈列1个月以备查看。社区必须事先公布陈列的情况。直到陈列期结束以后2个星期,每个人都可以发表意见。对公众的意见要通过地方的公告给予报道。相应的适用第9条第3款第2项。为了把公众吸引到根据航空交通法第6条第1款的审理程序中,必须相应地适用第2款第1项和第2项。第9条第3款不受影响。在以后的批准审理中,环境监测可以限制在计划附带的或其他明显的环境影响上。"这些规定都反映了其在行政许可设定中注意经济、社会和生态的协调发展。参见越国青主编:《外国环境法选编》,中国政法大学出版社2000年版,上册第11页,下册第770页。

〔125〕 但是,从《行政许可法》所列的"可以"设定的条款看,绝大多数所列行政许可事项至少在目前情况下是应当予以设定的,而不是既可以设定又可以不设定,例如,有关人身安全国家宏观调控等方面的事项是非设不可的。因此,笔者认为笼统使用"可以"一词不十分妥当,应当将"应当"设定的事项与"可以"设定的事项区别开来。

〔126〕 乔晓阳、张世诚主编:《〈中华人民共和国行政许可法〉释义》,中国长安出版社、中国言实出版社2003年版,第68页。

〔127〕 同上书。

〔128〕 由于我国立法技术上的不足,在行政管理法律文件中诸如此类表述非常多,如《中华人民共和国行政处罚法》列举了行政处罚的六种类型后,留下了一个"法律、行政法规规定的其他行政处罚"的空隙。笔者认为,这样的空隙在法律行文中越少越好,因为我们本来通过一部基本法建立了一个制度,但由于这样的空隙便冲淡了法律所设立制度的价值。

〔129〕 参见[英]亚当·斯密:《国民财富的性质和原因的研究》(下卷),郭大力、王亚南译,商务印书馆1974年版,第27页。

〔130〕 乔晓阳、张世诚主编:《〈中华人民共和国行政许可法〉释义》,中国长安出版社、中国言实出版社2003年版,第36—37页。

〔131〕《中华人民共和国行政处罚法》规定,接受行政处罚委托的组织应当是事业单位或者其他行政机关,但把行政委托不仅仅限制在行政处罚制度中研究的话,企业单位接受委托从理论上讲也是说得过去的。因为,在委托的法律关系中,委托方是矛盾的主要方面,因此,它可以作出是否委托和如何委托的决定。

〔132〕乔晓阳、张世诚主编:《〈中华人民共和国行政许可法〉释义》,中国长安出版社、中国言实出版社 2003 年版,第 131 页。

〔133〕参见《世界各国法律大典》总编译委员会编:《世界各国法律大典美国法典》(宪法行政法卷),中国社会科学出版社 1993 年版,第 227 页。

〔134〕国务院虽然是我国行政系统的构成部分,但是,国务院行使的权力以及行使权力的方式与其他行政机关有很大区别,它主要是行政系统的决策机关,对行政事务进行全面领导,因此,《中华人民共和国宪法》对国务院的领导体制和工作程序作了许多特别规定,《中华人民共和国行政许可法》对国务院行政许可中作的特别规定具有宪法依据。

〔135〕乔晓阳、张世诚主编:《〈中华人民共和国行政许可法〉释义》,中国长安出版社、中国言实出版社 2003 年版,第 160 页。

〔136〕行政机关在实施行政许可时可能出现的违法行为有下列诸种:"(一)违法设定行政许可事项的;(二)无法定依据擅自实施行政许可的;(三)收到申请后不依法出具书面受理凭证的;(四)对符合条件的申请应当受理而拒绝受理的;(五)对申请材料不全或者不符合法定形式的,未能一次性书面告知申请人需要补正的全部内容的;(六)决定不予受理行政许可而不书面告知理由的;(七)在行政许可中要求申请人购买指定商品、订阅指定刊物、接受服务等的;(八)违反法定程序实施许可的;(九)超越权限实施行政许可的;未在法定时限内作出是否准予行政许可决定的;对符合条件的申请应当许可而不予许可的;在行政许可实施过程中违法收取抵押金、保证金等的;违法委托其他组织实施行政许可的;对涉及两个以上行政机关的行政许可,主办机关不按照规定及时、主动协调,推诿或者拖延的;行政许可事项已经取消而行政机关继续实施的;不按照规定公开行政许可结果的。"参见乔晓阳、张世诚主编:《〈中华人民共和国行政许可法〉释义》,中国长安出版社、中国言实出版社 2003 年版,第 163—164 页。

〔137〕参见关保英:《行政法案例教程》,中国政法大学出版社 2013 年版,第 173 页。

〔138〕行政越权是一个非常重要的行政法学理论和行政法治实践问题,我国目前的行政法规范还没有对行政越权的类型等作一个全面的规定,这是今后我国行政立法应当解决的问题之一。

〔139〕《行政许可法》有关撤销行政许可的情形采用了不同的行文技术,对于因行政机关滥用职权、玩忽职守作出准予行政许可决定的,超越行政职权作出许可决定的,违反法定程序作出行政许可决定的等情形,采用的行为方式是"可以"撤销,而对"被许可人以欺骗、贿赂"等不正当手段取得行政许可的则采用"应当予以撤销"。即是说,因行政机关过错导致撤销情形的,是否撤销由行政机关裁量,而对于因当事人过错引起撤销许可情形的,则必须予以撤销,《行政许可法》的这一行文方式是值得探讨的。

〔140〕乔晓阳、张世诚主编:《〈中华人民共和国行政许可法〉释义》,中国长安出版社、中国言实出版社 2003 年版,第 184 页。

〔141〕《国务院关于加强法治政府建设的意见》(国发〔2010〕33号)。

〔142〕袁曙宏撰:"我国《行政强制法》的法律地位、价值取向和制度逻辑",载《中国法学》2011年第4期。

〔143〕2011年1月19日国务院第141次常务会议通过,2011年1月21日公布并施行。

〔144〕江必新主编:《〈中华人民共和国行政强制法〉条文理解与适用》,人民法院出版社2011年版,第18页。

〔145〕同上书。

〔146〕[德]奥托·迈耶:《德国行政法》,刘飞译,商务印书馆2002年版,第72页。

〔147〕关保英:"论市场经济与部门行政法及其独立",载《法商研究》1995年第4期。

〔148〕台湾地区"'行政执行法'施行细则"第3条规定:"本法第三条所定以适当之方法为之,不得逾达成执行目的之必要限度,指于行政执行时,应依下列原则为之:(1)采取之执行方法必须有助于执行目的之达成。(2)有多种同样能达成目的之执行方法时,应选择对义务人、应受执行人及公众损害最少之方法为之。(3)采取之执行方法所造成之损害不得与达成执行目的之利益显失均衡。"

〔149〕不当联结禁止原则的核心是不得让行政机关为实现行政目的而拟做出的行政决定与没有实质事理联系的手段之间存在相互依存关系。该原则所禁止的联结是没有事理上关联的联结,即行政行为与相对人之给付间无实质内在关联的,不得相互联结。参见赵义德撰:"析论不当联结禁止原则",载城仲模主编:《行政法之一般法律原则(一)》,三民书局1994年版,第221—222页。

〔150〕[德]哈特穆特·毛雷尔:《行政法学总论》,高家伟译,法律出版社2000年版,第482— 490页。

〔151〕台湾地区"行政执行法"第9条第1款规定:"义务人或利害关系人对执行命令、执行方法、应遵守之程序或其他侵害利益之情事,得于执行程序终结前,向执行机关声明异议。"

〔152〕台湾地区"行政执行法"第10条规定:"行政执行,有国家赔偿法所定国家应负赔偿责任之情事者,受损害人得依该法请求损害赔偿。"

〔153〕近年来,我国中央层面和地方层面都在积极开展民主立法工作。对于各类立法草案纷纷通过网上公布、新闻媒体公布、论证会、座谈会和听证会等各种民主方式向社会公开征求意见。如《车船税法(草案)》、《职业病防治法修正案(草案)》、《个人所得税法修正案(草案)》、《精神卫生法(草案)》、《戒毒条例》等中央层面的立法都通过各种途径向社会广泛征求过意见。

〔154〕《立法法》第8条规定:"下列事项只能制定法律:(一)国家主权的事项;(二)各级人民代表大会、人民政府、人民法院和人民检察院的产生、组织和职权;(三)民族区域自治制度、特别行政区制度、基层群众自治制度;(四)犯罪和刑罚;(五)对公民政治权利的剥夺、限制人身自由的强制措施和处罚;(六)对非国有财产的征收;(七)民事基本制度;(八)基本经济制度以及财政、税收、海关、金融和外贸的基本制度;(九)诉讼和仲裁制度;(十)必须由全国人民代表大会及其常务委员会制定法律的其他事项。"

〔155〕《立法法》第56条规定:"国务院根据宪法和法律,制定行政法规。行政法规可以就下

列事项作出规定:(一)为执行法律的规定需要制定行政法规的事项;(二)宪法第八十九条规定的国务院行政管理职权的事项。应当由全国人民代表大会及其常务委员会制定法律的事项,国务院根据全国人民代表大会及其常务委员会的授权决定先制定的行政法规,经过实践检验,制定法律的条件成熟时,国务院应当及时提请全国人民代表大会及其常务委员会制定法律。"

〔156〕《立法法》第64条规定:"地方性法规可以就下列事项作出规定:(一)为执行法律、行政法规的规定,需要根据本行政区域的实际情况作具体规定的事项;(二)属于地方性事务需要制定地方性法规的事项。除本法第八条规定的事项外,其他事项国家尚未制定法律或者行政法规的,省、自治区、直辖市和较大的市根据本地方的具体情况和实际需要,可以先制定地方性法规。在国家制定的法律或者行政法规生效后,地方性法规同法律或者行政法规相抵触的规定无效,制定机关应当及时予以修改或者废止。"

〔157〕袁曙宏撰:"我国《行政强制法》的法律地位、价值取向和制度逻辑",载《中国法学》2011年第4期。

〔158〕《行政诉讼法》第54条规定:"人民法院经过审理,根据不同情况,分别作出以下判决:(一)具体行政行为证据确凿,适用法律、法规正确,符合法定程序的,判决维持。(二)具体行政行为有下列情形之一的,判决撤销或者部分撤销,并可以判决被告重新作出具体行政行为:1.主要证据不足的;2.适用法律、法规错误的;3.违反法定程序的;4.超越职权的;5.滥用职权的。(三)被告不履行或者拖延履行法定职责的,判决其在一定期限内履行。(四)行政处罚显失公正的,可以判决变更。"

〔159〕参见袁曙宏主编:《行政强制法教程》,中国法制出版社2011年版,第143页。

〔160〕关保英:《行政法案例教程》,中国政法大学出版社2013年版,第96页。

〔161〕《中华人民共和国行政诉讼法》、《中华人民共和国行政复议法》就"超越职权""滥用职权"作了规定,参见《中华人民共和国行政诉讼法》第54条、《中华人民共和国行政复议法》第28条。我国行政法或者行政诉讼法教科书对行政滥用职权、行政超越职权等都有系统评价。

〔162〕行政放弃职权由于没有相关法律规则对其责任予以规定,因此行政主体在作为与不作为之中常常选择消极的不作为,不求有功,但求无过在行政执法中的表现就是例证。因为其主动实施的行政行为减少,因犯罪而被追究责任的机会也就减少,近年来我国各地不断发生重大事故与行政主体放弃职权不无关系。

〔163〕萧榕主编:《世界各国著名法典选编》(行政法卷),中国民主法制出版社1997年版,第2页。

〔164〕[美]欧内斯特·盖尔霍恩、罗纳德·M.利文:《行政法和行政程序概要》,黄列译,中国社会科学出版社1996年版,第72页。

〔165〕行政主体是代表国家行使职权的组织,在一些国家的行政法理论中一般都认为行政主体本身不具有法律上的独立人格。但是,行政主体取得行政职权以后,同时还取得了其他相关利益,正是通过利益使其必须对职权行使行为负法律上的责任。

〔166〕姜明安主编:《行政法与行政诉讼法》,北京大学出版社、高等教育出版社2010年版,

第487页。

〔167〕 参见应松年主编:《行政法学新论》,中国方正出版社1999年版,第638页。

〔168〕 不当行政在国外行政法教科书中有一套理论,并将不当行政的具体情况在有关法律规则中予以细化。参见[美]施瓦茨:《行政法》,徐炳译,群众出版社1986年版,第571页。

〔169〕 [美]凯尔森:“法律与国家”,载《西方法律思想史资料选编》,北京大学出版社1983年版,第648页。

〔170〕 同上书。

〔171〕 实际上行政上的不作为多与行政公职人员的个人行为有关,参见刘明波编著:《外国监察制度》,人民出版社1994年版,第七章。

〔172〕 萧榕主编:《世界各国著名法典选编》(行政法卷),中国民主法制出版社1997年版,第182页。

〔173〕 法国思想家迪韦尔热认为权力溶于机构之中,机构使权力易于接受。参见[法]莫里斯·迪韦尔热:《政治社会学》,杨祖功等译,华夏出版社1987年版,第174页。

〔174〕 [德]黑格尔:《法哲学原理》,范扬等译,商务印书馆1982年版,第118页。

〔175〕 [英]戴维·M.沃克编:《牛津法律大辞典》,北京社会与科技发展研究所译,光明日报出版社1988年版,第633页。

〔176〕 [英]威廉·葛德文:《政治正义论》,何慕李译,商务印书馆1982年版,第563页。

〔177〕 参见《中华人民共和国行政诉讼法》第11条、《中华人民共和国行政复议法》第6条。

〔178〕 贾湛、彭剑锋主编:《行政管理学大辞典》,中国社会科学出版社1989年版,第210页。

〔179〕 参见关保英:《行政法案例教程》,中国政法大学出版社2013年版,第63页。

〔180〕 王珉灿主编:《行政法概要》,法律出版社1983年版,第125页。

〔181〕 张淑芳:“行政强制与行政处罚关系的若干问题探讨”,载《中国法学》1999年第3期。

〔182〕 贾湛、彭剑锋主编:《行政管理学大辞典》,中国社会科学出版社1989年版,第210页。

〔183〕 日本学者田中二郎教授认为职权系“行政机关就其所掌事务能够有效决定并表示国家意志于外部之权限,亦可谓就其所掌事务之范围拥有之管辖权”。台湾地区学者张家洋认为“职权乃是依据组织或业务法规所授予,专属于特定机关就确定范围内的行政事项得有效处理的权限”。参见张家洋:《行政法》,三民书局1998年版,第308页。

〔184〕 [英]戴维·M.沃克:《牛津法律大辞典》,北京社会与科技发展研究所译,光明日报出版社1988年版,第19页。

〔185〕 同上书。

〔186〕 同上书。

〔187〕 笔者此处使用“行政误用职权”的概念,实际上也可以表述为“误用行政职权”或“行政职权误用”等,笔者认为在行政法学界行政超越职权、行政滥用职权、行政放弃职权等已经成为习惯用法,因此,用“行政误用职权”更符合行政法学界的习惯表述法。

〔188〕 权力关系发生在两个以上的主体之间,两个以上主体的关系可以表述为三种情况:一是平等关系;二是冲突关系;三是命令—服从关系。在前两种情况下,主体两方是平等关系,而在第三种情况下,一方主体将自己的意志强加给了另一方,从改变另一方

意志的角度看,其向另一方行使了权力。参见严家其:《首脑论》,上海人民出版社1986年版,第8—9页。

〔189〕［法］卢梭:《社会契约论》,何兆武译,商务印书馆1982年版,第75页。

〔190〕［英］伯特兰·罗素:《权力论》,吴友三译,商务印书馆1991年版,第190页。

〔191〕［美］塞缪尔·亨廷顿等:《民主的危机》,王冠华等译,求实出版社1989年版,第67—68页。

〔192〕［美］托马斯·戴伊:《谁掌管美国》,梅士、王殿宸译,世界知识出版社1980年版,第66页。

〔193〕《希腊共和国宪法》(1975年6月7日第五次修改宪法会议通过)第82条规定:"第1款依照宪法和法律的规定,政府确定并指导国家的总政策。第2款总理维护政府的统一,并指导政府和一般公用事业的活动,使政府的政策在法律规定的范围内得到实施。"《印度宪法》(1949年11月26日制宪会议通过,1979年9月25日第44次修宪法令最后修改)第162条规定:"邦行政权的范围——在遵守本宪法规定的前提下,邦行政权可以扩大到邦议会有权制定法律的一切事项。但是,此涉及邦议会及联邦议会有权制定法律的事项,邦的行政权服从本宪法及议会法律明文授予联邦及联邦机关的行政权,并受其限制。"

〔194〕行政法与其他部门法相比有一个明显的特性就是其适用过程的主动性,即行政执法主体要积极地将行政法的规定与行政管理事态结合起来,而不是被动地等待行政纠纷发生后再适用行政法。有学者在讨论依法行政的构成要件时也讲到了行政法行政中的主动性问题。参见张淑芳:"依法行政构成要素新探",载《法商研究》1999年第1期。

〔195〕我国行政机构体系的目标几经调整,到1998年最后一次大规模调整后,若以职能部门和直属机构的行政活动为单位确定行政目标,我国行政机构体系的目标还有40余个,还不算办事机构等所完成的目标。

〔196〕"在城市管理领域可以集中行使的行政处罚权,主要包括:(一)市容环境卫生管理、规划管理、城市绿化管理、市政管理、环境保护管理等方面法律、法规、规章规定的全部或者部分行政处罚权;(二)工商行政管理方面法律、法规、规章规定的对无照商贩的行政处罚权;(三)公安交通管理方面法律、法规、规章规定的对侵占道路行为的行政处罚权。"参见国办发〔2000〕63号《国务院办公厅关于继续做好相对集中行政处罚权试点工作的通知》,第5页。

〔197〕国办发〔2000〕63号《国务院办公厅关于继续做好相对集中行政处罚权试点工作的通知》,第2页。

〔198〕行政行为中有设定义务的行政行为与赋予权利的行政行为之分,前者是为行政相对人施加负担的,后者则是给行政相对人带来利益的。参见胡建森:《行政法学》,法律出版社1998年版,第277页。

〔199〕法律冲突指"涉外民事关系中所涉及的外国法的规定与处理该关系的法院地法对同一问题规定歧异的情况"。参见邹瑜、顾明主编:《法学大辞典》,中国政法大学出版社1991年版,第1040页。

〔200〕“行政法的适用是指行政主体在千变万化的行政管理事态与错综复杂的行政法规范之间进行有效选择,并使在质量两个方面都最为接近的客观事态与法律之间达到一种融合,以使行政法的法律规定和行政管理的客观事态找到各自的归宿,通过此种归宿实现立法者的意志和社会意志。”参见张淑芳:“行政法的适用”,载《法学研究》2000 年第 5 期。

〔201〕参见[德]马克斯·韦伯:《经济与社会》(上卷),林荣远译,商务印书馆 1997 年版,第 38 页。

〔202〕[法]莫里斯·迪韦尔热:《政治社会学——政治学要素》,王大东、杨祖功译,华夏出版社 1987 年版,第 171 页。

〔203〕[美]约翰·罗尔斯:《正义论》,何怀宏等译,中国社会科学出版社 1988 年版,第 51 页。

〔204〕我国行政法的渊源基本上包括六个层次:第一层次是法律,即有关行政管理的法律规则;第二层次是行政法规;第三层次是地方性法规;第四层次是自治条例和单行条例;第五层次是规章,包括部委规章和地方规章;第六层次则是规章以下的行政管理规范性文件。

〔205〕[英]戴维·米勒、韦农·波格丹诺主编:《布莱克维尔政治学百科全书》,邓正来等译,中国政法大学出版社 2002 年版,第 166 页。

〔206〕[英]彼得·斯坦、约翰·香德:《西方社会的法律价值》,徐清译,中国人民公安大学出版社 1990 年版,第 47 页。

〔207〕参见《中华人民共和国行政诉讼法》第 11、12 条。

〔208〕[德]康德:《法的形而上学原理》,沈叔平译,商务印书馆 1997 年版,第 38 页。

〔209〕戴雪系统提出了法治概念,法治的意思是所有的权威机构、立法、行政、司法及其他机构都要服从于某些原则。这些原则一般被看作是表达了法律的各种特性,如正义的基本原则、道德原则、公平和合理诉讼程序的观念,它含有对个人的至高无上的价值观念和尊严尊重。参见[英]戴雪:《英宪精义》,雷宾南译,中国法制出版社 2001 年版,第 227—245 页。

〔210〕[法]莱昂·狄骥:《宪法学教程》,王文利等译,辽海出版社、春风文艺出版社 1994 年版,第 24 页。

〔211〕理论界有人认为,我国的立法已经出现了膨胀化的现象,即法律规范是太多了而不是太少了,其实部门行政管理的法律规则在我国还是比较欠缺的。

〔212〕[英]约翰·密尔:《代议制政府》,汪瑄译,商务印书馆 1984 年版,第 80 页。

〔213〕[美]罗斯科·庞德:《通过法律的社会控制》,沈宗灵等译,商务印书馆 1984 年版,第 26 页。

〔214〕张家洋:《行政法》,三民书局 1998 年版,第 308 页。

〔215〕同上书,第 309 页。

〔216〕[美]E. 博登海默:《法理学——法哲学及其方法》,邓正来、姬敬武译,华夏出版社 1987 年版,第 228 页。

〔217〕[日]穗积陈重:《法律进化论》(合订本第 2 册),黄尊三等译,商务印书馆 1930 年版,

第47—48页。

〔218〕行政滥用职权的概念在我国学界说法不一，罗豪才教授在《中国司法审查制度》一书中定义为："滥用职权是指国家行政机关及其工作人员故意违背法律所赋予职权的目的，在法定范围内做出不符合立法目的、精神、原则的具体行政行为。"参见罗豪才主编：《中国司法审查制度》，北京大学出版社1993年版，第406页。应松年教授在《行政法学新论》一书中认为："行政滥用职权，即滥用行政自由裁量权，系指行政主体在自由裁量权限范围内不正当行使行政权力而达到一定程度的违法行为。"这两个权威性的定义之差别是巨大的。参见应松年主编：《行政法学新论》，中国方正出版社1999年版，第589页。

〔219〕王名扬：《英国行政法》，法律出版社1987年版，第105页。

〔220〕从刑法确定滥用职权罪的用意来看，主要是追究行政机关中个体的责任，即行政公职人员滥施权力的责任，但是，我们不能因此将行政滥用职权视为是行政公职人员的个人行为，行政法作为公法的范畴其有关职权的概念是公权力关系的结果，因此，行政法学界把行政滥用职权与公务人员个人违法行为相等同是存在认识上的错误的。

〔221〕参见[法]莫里斯·奥里乌：《行政法与公法精要》（上册），龚觅等译，辽海出版社、春风文艺出版社1999年版，第512页。

〔222〕故意与过失既是一个法理学用语，又是一个部门法的用语，在法理学中，故意指行为人主观上对危害后果采取希望或放任态度，而过失则指行为人由于主观上认识不足而致结果发生的状态，过失行为常常与行为结果有关。在部门法中故意和过失依部门法的性质不同而有所不同，最为规范的是刑法中关于故意犯罪和过失犯罪中对故意和过失的解释，至少可从不同的部门法去比较研究故意与过失的概念，应当说，行政法学界对这一问题的研究尚显滞后。

〔223〕刘明波编著：《外国监察制度》，人民出版社1994年版，第102页。

〔224〕行政滥用职权与行政越权的概念之区分是非常重要的，因为《中华人民共和国行政诉讼法》和《中华人民共和国行政复议法》将二者是并列规定，即二者是一种互不包容的排他关系，在行政复议和行政诉讼中审查的结果也必然不同，笔者认为"滥用职权超出了法律范围，也就是说，在滥用职权情况下，行政主体的行为是法律所禁止的，或者是法律所不认可的。而行政机关超越职权则是在某项法律规定的范围内实施的行为，只是这一行为的权力应由另一个机关行使，而不应由行为实施者行使。……滥用职权的社会危害大于行政越权。在滥用职权情况下，行为性质是违法的，而行政越权情况下，行政行为性质并不是法律禁止的，只是行为主体不合格而已，由此可以说滥用职权的社会危害性大于行政越权。当然，从严格意义上讲，滥用行政职权和行政越权都是违法的。前者的违法性质是双重的，既是行为方面的违法，又是主体方面的违法；后者只有主体违法。"参见关保英：《行政法案例教程》，中国政法大学出版社2013年版，第175页。

〔225〕[美]汉密尔顿等：《联邦党人文集》，程逢如等译，商务印书馆1980年版，第252页。

〔226〕行政不当使用职权的后果有两个评价标准：一是用法律规则来评价，就是看行政职权的使用是否符合法律规则；二是用社会效果来评价，就是看行政职权是否带来了社会

利益。这两个评价标准并不是完全相容的,有时符合法律规则的不见得带来社会效果,有时带来社会效果的不一定符合法律规则,不同的法学流派选择的评价标准是有所不同的,笔者认为在我国法制不太健全的情况下,社会效果的评价标准占有非常重要的地位。

〔227〕 刘明波编著:《外国监察制度》,人民出版社 1994 年版 第 103 页。

〔228〕 [美]伯纳德·施瓦茨:《行政法》,徐炳译,群众出版社 1985 年版,第 571 页。

〔229〕 罗豪才主编:《中国司法审查制度》,北京大学出版社 1994 年版,第 407— 409 页。

〔230〕 行政滥用职权除了与行政超越职权的界限没有完全从理论上划清外,其与"违反法定程序"、"行政处罚显失公正"、"被告不履行或者拖延履行法定职责"等的界限也须进一步探讨。我国目前没有一个完整的司法解释或者行政解释对上列界限作出划分,既给行政复议实践带来了不便,也给行政诉讼带来了不便,最主要的是我们无法有针对性地追究相关行为的法律责任。

〔231〕 参见严家其:《首脑论》,上海人民出版社 1986 年版,第 8 页。

〔232〕 [加]唐纳德·罗瓦特:"美国的监察专员制度",吕苏胜译,载《国外政治学》1989 年第 2 期。

〔233〕 [美]汉斯·凯尔森:"法律与国家",载《西方法律思想史资料选编》,北京大学出版社 1983 年版,第 651 页。

〔234〕 同上书,第 652 页。

〔235〕 参见王云五编:《云五社会科学大辞典》(行政卷),商务印书馆 1971 年版,第 291 页。

〔236〕 刘明波编著:《外国监察制度》,人民出版社 1994 年版,第 105 页。

〔237〕 参见萧榕主编:《世界著名法典选编》(宪法卷),中国民主法制出版社 1997 年版,第 15 页。

〔238〕 参见胡建淼主编:《外国行政法规与案例评述》,中国法制出版社 1997 年版,第 500 页。

〔239〕 罗豪才教授在《中国司法审查制度》一书中认为:不考虑相关因素,反复无常、朝令夕改,出尔反尔、说了不算,恐吓恫吓、违法使用戒具,视法定职责为儿戏、为所欲为,故意拖延或不作为等都是行政滥用职权的形式。笔者认为上述诸种形式是否为行政滥用职权值得商榷,如其中"视法定职责为儿戏"显系行政蔑视职权,而"违法使用戒具"显系行政违法、"不考虑相关因素"和"拖延或不作为"则纳入《中华人民共和国行政诉讼法》第 54 条第 3 项和第 4 项的内容之中,而不是滥用职权的范畴。又如"反复无常、朝令夕改"、"威胁恫吓"则是行政滥用职权时采用的手段,其本身并不是滥用职权的形式。

〔240〕 [美]E. 博登海默:《法理学——法哲学及其方法》,邓正来、姬敬武译,华夏出版社 1987 年版,第 356 页。

〔241〕 罗豪才主编:《中国司法审查制度》,北京大学出版社 1993 年版,第 412 页。

〔242〕 同上书。

〔243〕 《中华人民共和国行政复议法》、《中华人民共和国行政诉讼法》以及 2002 年最高人民法院就《关于审理国际贸易行政案件若干问题的规定》等法律规则中都没有将行政滥

用职权的责任明确下来。

〔244〕 最为典型的是2001年4月21日国务院令第302号发布的《关于特大安全事故行政责任追究的规定》,是对行政放弃职权和行政蔑视职权的专门性规定,且其中的责任形式非常具体。

〔245〕 《中华人民共和国国家赔偿法》规定对于行政相对人财产、人身造成侵害的国家承担赔偿责任,但对行政相对人造成精神侵害的没有规定赔偿责任,至少没有规定对精神损害的金钱赔偿责任。这也引起了社会各界和学术界的普遍关注,从政治文明和法治文明建设的角度出发,精神赔偿当然应当写进国家赔偿法。

〔246〕 在这种情况下,行政主体侵害的利益不是行政相对人,而是国家利益或者法律秩序,由于我国没有相应的国家诉讼制度,便使这种滥用职权的行为难以受到司法审查,因为公民、法人和社会组织不能成为这类案件的原告,而《中华人民共和国行政诉讼法》没有规定其他主体的原告资格。

〔247〕 刘明波编著:《外国监察制度》,人民出版社1994年版,第154页。

〔248〕 行政滥用职权具有一定的延伸性,正如彼得·尔所指出的:“政府官员一旦离开政府部门,他们就能够以其过去的资历获利,找到能赚大钱的工作,政府高官获得的丰富经验和关系,可以使他们以后在私营部门中占据一个有利可图的好位置。”说明对于行政滥用职权的控制是一个非常复杂的问题。参见[美]沃尔·彼得:《美国政府内幕——人物与政治》,李洪、徐所译,社会科学文献出版社1989年版,第135页。

〔249〕 [英]戴维·米勒、韦农·波格丹诺主编:《布莱克维尔政治学百科全书》,邓正来等译,中国政法大学出版社2002年版,第702页。

〔250〕 认为行政指导不承担责任的原因主要是行政指导从特性上看是非强制性的。“一般说来,行政管理相对人对于行政指导,没有必须服从的义务。相对人认为行政指导合情合理,便服从之;反之,认为行政指导有悖于情理,也可以不服从,行政机关不得加以强制。”参见姜明安主编:《行政法学》,法律出版社1998年版,第191页。最高人民法院《关于执行〈中华人民共和国行政诉讼法〉若干问题的解释》第1条第2款第4项规定,公民、法人和其他社会组织对行政机关非强制性的行政指导行为不得提起诉讼。看来行政指导不承担法律责任已有了法律依据。

〔251〕 台湾行政法学家管欧认为行政行为的成立分为主观要件和客观要件两个方面,主观要件包括主体合法、职权合法等;客观要件包括内容合法、程序合法、对象合法等。行政指导亦由主客观两部分要件组成,行政误导行为的主观要件是合格的,而客观要件不合格,尤其是内容不合法和对象不合法。参见管欧:《中国行政法总论》,三民书局1998年版,第426页。

〔252〕 行政主体决定问题的方式是不同的,在行政首长负责制下,由行政首长作出最后决定,其决定具有法律效力。在委员会制下,依多数规则决定,或者相对多数,或者绝对多数。我国由于实行行政首长负责制,在绝大多数情况下,行政首长决定某一行政行为是否作出。

〔253〕 学者们一般乐意把行政与立法视为国家行为的两个部分而将行为并列起来分析各自的内涵。最具代表性的是美国的古德诺,其在《政治与行政》一书中,认为立法行为属

于政治行为,是对国家意志的一种表达,行政则属于执行的范畴,其将表达出来的国家意志予以执行。参见[美]古德诺:《政治与行政》,王元译,华夏出版社 1987 年版。

〔254〕 行政法的实施行政机关必须主动为之,被许多学者视为行政法的一个特征,亦有学者认为其是依法行政原则的一个基本内涵。主动为之的意思是行政主体必须把法律规定积极适用到管理事态中去,如税务机关应积极地将税收征管的法规适用到税收管理活动中,而不能够采取不告不理的漠视态度。行政机关不得放弃职权,行政执法既是行政主体的一项权力又是其义务的论点也佐证了行政法实施的主动性。

第十三章　行 政 执 法

第一节　行政执法的分类

一、行政执法的概念和特征

行政机关通过采取三方面的活动,来实现行政目的。这三方面的活动是:行政机关所采取的抽象行政行为,即制定规范性文件的行为,这是行政机关为了执行国家权力机关制定、发布的法律、决议,依照法定权限和程序制定行政规范性文件的活动;行政执法行为,即行政机关为了执行法律、法规、规章和其他具有普遍约束力的决定、命令,直接对特定的相对人和行政事务采取措施,影响相对人的权利义务,实现行政管理职能的活动;行政司法行为,即行政机关作为争讼双方之外的第三者,按照准司法程序审理行政争议或民事纠纷,裁决特定案件的活动。广义的行政执法,包括上述三方面的活动;狭义的行政执法,仅指第二种行政行为。我们所指的行政执法即狭义的行政执法。这一概念可从以下几个方面理解:(1)行政执法的主体是行政机关,是法定的执行法律、法规,行使行政权力的国家机关。(2)行政执法的对象是特定的、具体的相对人或行政事务。(3)行政执法的目的是执行、实施法律、法规,将法律、法规适用到具体的人和事,使法律规范的要求在现实生活中得以实现,完成国家行政管理职能。(4)行政执法的内容是行政机关依法实施具体行政行为,直接影响相对人的权利和义务。(5)行政执法的形式可分为三类:第一类是行政机关通过下达命令、制作决定、采取措施等形式,依法将法律法规和规章等具有普遍约束力的决定、命令适用于具体的人和事;第二类是行政机关通过告诫、希望、建议等形式,将法律法规等具有普遍约束力的决定、命令适用于特定公民、法人;第三类是行政机关与相对人通过合意形式,确立双方权利义务,以实现行政机关为公益而设定的目标,具体适用法律法规和其他具有普遍约束力的决定、命令。

行政执法具有下列特征:

行政执法是行政机关实施的主要行政行为,是产生行政法律效果的行政行为。因此,行政执法具有一般行政行为的特征。除此之外,与行政立法、行政司法活动相比较,它还具有自身具体的特征:

1.效力一次性。行政机关实施行政执法行为所作出的决定或采取的具体措施,不具有普遍的多次适用的约束力,其效力仅及于该决定或措施所针对的特定相对人或行政事务,而且仅一次有效,一次性适用。即使同一对象再次出现同类情况,原决定或措施一经执行完毕即失去法律效力,需另行作出决定或采取措施。

2. 对象确定性。行政执法行为所针对的对象是特定的、明确的,不具有广泛性和非特定性。

3. 性质执行性。行政执法行为的目的是使法律、法规得以执行和适用。行政执法行为是使抽象的法律规范转化为相对人具体权利义务的中间媒介,法律规范只有经过行政执法行为才能得以贯彻和执行。

4. 方式、方法多样性。行政执法行为的措施和手段种类繁多,形式灵活。如命令、指示、审批、批准、拒绝、许可、免除、赋予、剥夺、代理等。行政机关从国家行政管理的实际需要出发,根据具体情况,采取它认为适当的措施和手段,其对上述措施和手段的采取,有较大的选择余地。

5. 与相对人关系的单一对应。行政执法中,行政机关与相对人发生的关系为单一且直接的权利义务关系,属双方关系,不同于行政司法行为中行政机关作为第三方裁决双方纠纷的三方关系。

某市工商行政管理局执法情况(2001年)

案件性质＼案件数	32123件
违反反不正当竞争法规	1180件
违反消费者权益保护法规	547件
违反商标法规	615件
违反产品质量法规	37件
违反广告法规	1200件
违反企业登记管理法规	5576件
制售假冒伪劣商品	1924件
走私贩私	292件
侵犯知识产权	182件
非法传销	35件
其他案件	1174件

某市劳动保障监察效果及专项工作统计表

		检查单位数(户)	涉及劳动者人数(万人)	群众举报专查结案数	劳动保障年检		参与处理突发事件		补签劳动合同(万人)	追发劳动者工资		社会保险费证缴				
												督促缴费			督促登记	
					单位数(户)	涉及劳动者人数(万人)	案件数(件)	涉及劳动者人数(万人)		涉及劳动者人数(万人)	金额(万元)	单位数(户)	涉及劳动者人数(万人)	金额(万元)	单位数(户)	涉及劳动者人数(万人)
甲栏	序号	1	2		3	4	5	6	7	8	9	10	11	12	13	14
合计	1	21350	248.9193	6946	77319	715.0486	35	0	2.5449	0	0	3400	26.614	21685	807	0.9731
国有企业	2	2997	72.3983	922	15406	142.5092	35		0.1705			665	11.559	8779.9	41	0.0259
集体企业	3	3796	29.9289	1050	12143	112.3344			0.5149			753	5.8432	4454	48	0.0991
私营企业	4	3933	15.3969	1444	14907	137.8613			0.4886			435	0.7379	979.64	330	0.2602
港台商投资企业	5	2050	26.8448	769	3028	27.9584			0.3212			299	0.9204	1098.2	64	0.0269
外商投资企业	6	3053	54.2428	1042	5825	53.8431			0.4232			497	2.9106	3181.1	92	0.2091
其他企业	7	4796	44.9381	1606	14781	136.7172			0.5769			659	4.3968	2797	229	0.3513
个体经营者	8	472	0.4265	53	350	3.2177			0.0039			40	0.0606	58.22	1	0.0003
补充资料	1.取缔非法中介机构数:118户;2.清退童工:22人;3.补办流动就业证、卡:4.8758万人;4.清退擅自招用外劳力:3.6602万人;5.清退押金:0.2865万人、139.99万元;6.受理举报:11686件;7.群众举报专查逾期未结案数:260件															

二、行政执法的分类

1. 以执法主体的身份为标准:职权主体执法、授权主体执法、委托主体执法和综合主体执法

执法主体的身份是指行政主体以何种执法资格形式出现,依此标准就有上述四类主体的执法。职权主体是那些基于宪法和组织法的规定,在其成立时就具有行政职权并取得行政主体资格的组织,它们的执法行为就是职权主体执法。授权主体是依宪法、组织法以外的法律、法规的规定而获得行政职权,取得行政主体资格的组织,也就是说,一个机关或组织在其设立时无行政职权,或无该行政职权,事后通过法定程序赋予其行政职权或某种新的行政职权,那么它们的执法行为就是授权主体执法。委托主体执法是某组织或个人得到法定行政主体的委托而以委托方的名义实施的行政执法行为。在委托主体执法中其行为效果由委托方行政主体承担。综合主体执法是指在行政执法过程中,当行政事态所归属的行政主体不明或需要调整的管理关系具有职能交叉的状况时,由相关机关转让一定职权,并形成一个新的执法主体,对事态进行处理或对社会关系进行调整的执法活动。行政主体的执法行为若有明确的法律规范规定,行政事态的管理和管辖若有清楚的职能承担者,行政管理关系若是一个单一的关系形态就没有行政综合执法可言。在这个意义上讲,行政综合执法既是出于对行政管理事态有效处理的考虑,又从一个侧面反映了行政机关组织体系中职责范围不健全这一事实。

2. 以执法主体的地位为标准:高层行政机关的执法和低层行政机关的执法

依据我国现行宪法和法律,行政机关从中央到地方分为不同层级,我们习惯于将省级以上的行政机关称为高层行政机关,而将其以下的行政机关称为低层行政机关。当然,高层行政机关和低层行政机关是一个相对而言的概念。高层行政机关的执法就是指省级以上的行政机关所为的执法行为,如省级人民政府的执法;相应的,低层行政机关的执法指其以下的行政机关所为的执法行为,如县级人民政府的执法。一般而言,低层行政机关的执法是一种更为贴近社会生活实践的执法行为,直接影响到行政管理相对一方的状况。

3. 以执法主体的活动区域为标准:一般执法和职能执法

行政执法主体的活动区域即行政执法主体职能涉及的领域范围。我国行政执法涉及的范围和领域甚广,政治、经济、文化、国防、外交、财政、金融、公安、民政、工商、税务、计划生育等无所不包。一般执法和职能执法就是以行政执法主体活动涉及的范围大小为标准划分的。一般执法即行政执法主体的职能涉及的事项非常宽泛,包括的领域很多;职能执法也可以称为专业执法,即由各级人民政府的职能部门所为的执法行为,它们一般仅涉及某一行政管理领域的专门事项,负责某一方面的专门业务。如国家税务管理机关的执法就属职能执法,它专门负责税收方面的管理事宜,如依法征税,促使纳税人正确履行纳税义务,对日常税收活动进行组织、管理、检查和制

裁违法行为，制定税收行政规章和规范性文件等，其职能不能涉及税务以外的其他领域。相应的，其他机关也一样。

4. 以执法主体的组建形式为标准：权力机关产生的执法主体执法和行政机关组建的执法主体执法

依据我国宪法和法律的规定，行政执法主体的组建有两种方式：由权力机关产生和由行政机关自行组建。一般而言，国务院和地方各级人民政府及其职能部门都必须由权力机关产生。例如《国务院组织法》规定，国务院组成部门的设置由全国人民代表大会决定，在全国人民代表大会闭会期间，由全国人民代表大会常务委员会决定。而行政机关自行组建的行政主体是指有关行政机关或组织的设立可以由相应行政机关决定，无须经权力机关的同意。又如国务院直属机构是国务院设立的主办各项专门业务的行政管理部门，其由国务院自行设置，无须国家权力机关批准。

5. 以执法的依据为标准：依法律、法规、规章的执法和依规范性文件的执法

在我国现行的立法体系中除宪法因为过于原则还没有成为行政执法的直接依据外，法律、行政法规、地方性法规和行政规章都可以成为行政执法的直接依据。还有大量的行政执法是以规范性文件为依据的。依法律的行政执法指行政执法行为是依据全国人大或全国人大常委会即最高国家权力机关制定的法律而作出的；依法规的行政执法指依国务院的行政法规和地方国家权力机关根据本行政区域的特点和需要而制定的地方立法作出的行政执法；依规章的行政执法则是指依据地方各级人民政府所制定的地方规章或国务院各部委制定的部委规章而进行的行政执法；而依规范性文件的行政执法是指依各类国家行政机关为实施法律、执行政策在法定权限内制定的除行政法规、行政规章以外的具有普遍约束力的决定、命令及行政措施而为的行政执法行为。

6. 以执法对社会事务的作用为标准：积极执法和消极执法

执法对社会事务的作用即行政执法的结果给社会事务带来的影响。行政主体的执法行为是行政主体执行国家法律和政策的外在行为表现。在执行过程中，受行政主体自身素质、执法环境、执法对象和执法条件等因素影响，行政主体的执法行为带来的结果不都是同一的，一般可以有两种大的表现形式：积极执法和消极执法。所谓积极执法，是指行政主体的职权或公务行为给相应社会事务产生了良性影响，使之运转达到了较以往更佳的状态或趋势，如使社会经济、文化协调发展，提高了整个国家和民族的文明程度，确保良好稳定的社会生活秩序，满足人民群众日益提高的经济文化生活需要等。消极执法则与之相反，行政主体的执法行为不仅没有使社会事务朝良性化方向发展，反而因这种行为导致社会事务良好状态的破坏，如地方行政执法主体以规范性文件形式出现的乱摊派、乱收费行为，不仅会加重老百姓的经济负担，也会因此滋生老百姓的一些不良意识和情绪。

问卷:对现行行政执法方式是否认同(如你所遇到的工商、税务等执法行为是否存在粗暴执法等不良行为?)

注:预计调查人数为100人左右,采取散形抽样法。

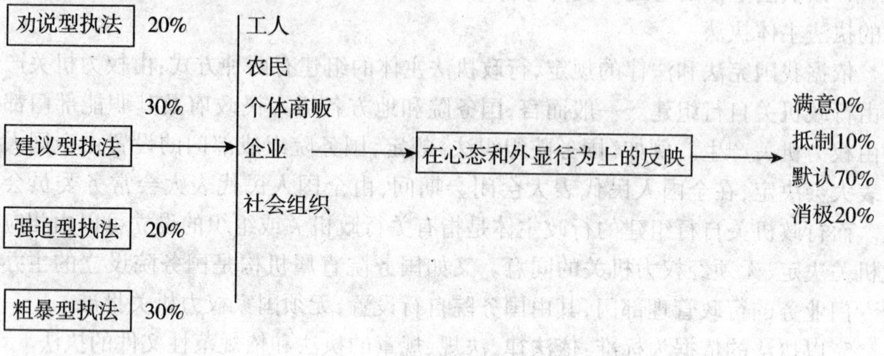

注:以上是各行业人员整体调查结果。如果把企业、社会组织放在一起,把个体商贩、工人、农民放在一起,其具体情形为:

	劝说型	建议型	强迫型	粗暴型
企业、社会组织	30%	50%	20%	0%
个体商贩等	17%	0%	33%	50%
	满意	默认	消极	抵制
企业、社会组织	0%	60%	40%	0%
个体商贩等	0%	83%	0%	17%

一般而言,个体商贩对行政执法人员的评价普遍较差,企业对行政执法人员的评价普遍要好。而在所有的行政执法人员中,人们对警察、工商、税务的印象普遍要好,并认为他们能用劝说、建议方式执法;人们对市容管理、稽查的印象要差,并认为他们大都以粗暴手段执法。

7. 以执法对法律关系的作用为标准:创造性执法和保护性执法

法律关系是指法律规范所确认的具有权利义务内容的具体社会关系。行政执法对法律关系的作用一般就是行政主体通过实施一定行为而最终影响到这种权利义务关系——产生新的权利义务关系、变更现有权利义务关系或消灭现有权利义务关系等。创造性执法是指行政主体通过其执法行为而产生了一种新的法律关系,导致了行政机关与公民、法人之间或公民、法人彼此之间或公民法人与国家之间等的新的权利义务关系的产生,而这种权利义务关系是以往法律关系中所不存在的。保护性执法则是指行政主体的执法行为既不创设新的法律关系,也不变更或消灭已有法律关系,而是对现存法律关系的维护,使之继续存在和发展。

8. 以执法对相对人的权益的影响为标准:有利于相对人的执法和不利于相对人的执法

行政执法都是行政主体的行为指向相对一方的公民、法人和其他社会组织,也就是说，它必然要对相对人产生这样那样的影响，主要是权益方面的影响。有的是对直接权益的影响，有的是间接权益的影响，以此来达到实现行政管理的目的，否则也就失去了行政执法的意义。我们把行政执法作用于相对人权益的效果，站在是否有利于相对人的角度分为有利于相对人的执法和不利于相对人的执法。有利于相对人的执法指行政主体的执法行为给相对人的权益产生了积极作用，即通过这种行为设定了相对人实现某种愿望或获得某种权益的可能性，对相对人而言意味着它可以为某种行为或得到一定的物质待遇等；不利于相对人的执法指行政主体的执法行为给相对人的权益产生了消极作用，即通过这种行为要求相对人必须作出一定行为，不得作出一定行为或剥夺了相对人的某种利益。

9. 以执法的起动因素为标准：政策起动的执法和法律起动的执法

执法的起动因素是指引起行政主体实施一定行政行为的原始动因。在行政执法实践中，一般来说任何行政主体的执法行为都是基于一定的起因的，只不过合法正当的执法行为正确贯彻了这种起动因素的意图，而违法或不当的执法行为歪曲了这种起动因素的意图。所谓政策起动的执法，是指行政主体的行为是为了贯彻党和国家的大政方针或上级行政机关的命令指示等，如国务院指示地方各级人民政府必须加强行政综合执法，那么地方国家行政机关所开展的行政综合执法工作就是以此政策为动因的。法律起动的执法就是行政主体为了贯彻实施国家法律而为的执法行为。行政机关作为权力机关的执行机关，其主要职能就在于将立法运用于具体的社会事务而使法律规范的内容得以实现，法律规范的效力得以体现。应该说行政主体大多数情况下的执法行为都是以法律为起动因素的。

10. 以执法与法律关系的内容为标准：赋权性执法与设定义务性执法

法律规范中最多的是赋权性规范和设定义务性规范，一般来说确认性规范较少。所以行政执法内容中较为多见的也是赋权性执法和设定义务性执法。前者指行政执法主体通过一定的行为赋予相对人某种权利，如工商行政管理机关通过颁发给某个体工商户营业执照的行为赋予其从事某种生产经营的权利。后者指行政执法主体通过一定的行为为相对人设定某种义务，如税务机关通过税收行为给公民设定了必须向国家交纳税收的义务。赋权性执法与设定义务性执法都是站在相对人的角度观察的，因为权利和义务是一组相对概念，权利相对义务而言，义务相对权利而言，如果换一角度可能赋权性执法与设定义务性执法就会向相反的方面转变。

11. 以执法中的法律关系客体为标准：以物为客体的执法和以行为为客体的执法

法律关系客体是法律关系所指向的对象。在行政法关系中，行政主体和相对方的公民、法人以及其他社会组织等形成的关系往往建立在一定的客体基础之上，或物或行为。以物为客体的执法，其执法行为针对的是与相对方有关系的物，如某道路交通管理部门认为公民甲某的房屋属违章建筑物，决定拆除甲某房屋，此时道路交通管理部门和甲某之间形成的法律关系是基于违章建筑物，执法行为也是指向违章建筑物。以行为为客体的执法其执法行为针对的是由相对方实施的行为，如某环境保护部门因某造纸厂违法排放污水造成环境污染而给予其罚款。该法律关系的产生基于造纸厂的排污行为,那么环境保护部门的执法就是针对此排污行为造成环境污染的行为。

12. 以执法过程的物质要件为标准:运用执法工具的执法和不运用执法工具的执法

行政执法工具是指行政执法机关在行政执法活动过程中使用的能够对相对一方当事人权益产生影响的物质性器具、器械和其他能达到目的的物理手段。它首先是行政执法的物质实力,是看得见、摸得着的;其次是行政执法的非人格性要素,即不体现意志因素、身份因素等;最后是行政执法过程中运用的,即只有在一定时空内行政主体使用的工具才是行政执法工具。行政主体在行政执法中有的是运用执法工具的,如《中华人民共和国人民警察法》第 11 条规定:"为制止严重犯罪活动的需要,公安机关的人民警察依照国家有关规定可以使用警械。"所以,人民警察的执法绝大多数情况下是运用执法工具的执法。许多情况下行政主体的执法不运用执法工具,而是通过人格性要素发挥作用的。

13. 以执法的作用对象为标准:内部行政执法和外部行政执法

内部行政执法与外部行政执法是以行政执法行为作用对象为标准的。行政系统内部,行政机关对内部事务包括机构、编制、人事等的管理和监督,行政系统内上下级行政机关和同级行政机关之间发生的各种工作关系等,都属于行政管理的内容,我们称之为内部行政执法行为。外部行政执法行为是指行政机关对行政系统以外的,即对被管理的个人、组织所作的执法行为。在行政执法行为中,大部分行政执法都是涉及外部行政行为的。内部与外部行政执法行为之间并非相互隔绝的,它们往往会相互影响,有些外部行政执法行为的完成依赖于内部行政执法行为,如工商行政机关的处罚行为有时需要有上级机关的审批,在内部审批程序完成以前,外部行为无法生效。在这种情况下,内部行为对外部行为具有制约作用。当然,有时行政机关的内部行为的完成也会依赖于一定的外部行为。

14. 以执法过程中行政主体的意志自由程度为标准:羁束性执法与裁量性执法

以行政执法行为受法律约束的程度或行政主体运用自由意志的程度,可以将其分为羁束性执法和裁量性执法。羁束性执法是指严格受法律的具体规定约束、行政主体没有一点自己选择余地的执法,如税务机关严格按法律规定的税种、税率征税,不能有任何变动。裁量性执法是指法律只规定原则或一定的幅度或范围,行政主体根据原则或在法定幅度内,根据具体需要和实际情况可以自主作出的执法行为,如公安机关对公民予以治安管理处罚中的罚款,就可以根据情况在法律规定的幅度内自由选择具体数额。羁束性执法和裁量性执法分别运用于不同事务,前者通常针对需要严格统一控制、稳定性较强的事务,后者通常针对情况比较复杂、变化多、需要灵活处理的事务。

15. 以执法过程中涉及的规范性质为标准:实体性规范制约的执法和程序性规范

制约的执法

行政法律规范是由实体规范和程序规范两部分构成的，实体规范主要指那些涉及公民、组织等的权利义务的规范。如《珠海市住宅小区物业管理条例》(1996 年)第 14 条规定："业主大会或者业主代表会行使下列权利……"这就是一条实体规范。程序性规范指规定行政行为的方式、步骤所构成的行政行为的过程的规范。如《珠海市海上液化石油气装卸作业点安全管理规定》第 8 条规定："外国籍船舶进出作业点，除执行第 5、6、7 条规定外，还应依照《中华人民共和国对外国籍船舶管理规定》向珠海港监办理进出港审批手续。"这就是一条程序性规范。行政执法过程中，行政主体有时是以实体性规范为标准执法，有时是以程序性规范为标准执法。但行政法规范的实体内容和程序内容相互依存，不存在没有实体内容的行政程序，也不存在不通过程序就能实现的行政实体内容，两者是同一行政执法行为的两个方面。前一种行为一般受实体性规范制约，后一种行为则受程序性规范制约。

16. 以执法空间范围为标准：涉外执法和境内执法

现代社会经济、文化的发展和国际交往的日益加强，行政执法所涉及的空间范围亦不断扩大，越来越多的涉外执法涌现出来。所谓涉外执法，是指执法对象涉及中国以外的其他国家和地区的执法，如被管理的相对一方当事人为具有外国国籍的自然人或依外国法律登记注册的法人，或者行政执法的某些事项牵涉到外国公民或组织。与之相反，境内执法指被管理的相对一方公民、法人或社会组织均具有中国国籍，而且执法对象与外国没有构成相应利益关系的执法。如中国海关对进入中国境内的中国船舶的检查就是一种境内执法，而对入境外国船舶的检查就是涉外执法。

17. 以执法的时间范围为标准：经常性执法和临时性执法

经常性执法是指行政主体的执法行为已融入公民的日常生活和法人、社会组织等的日常经营活动中，它具有执法机构、人员的稳定性、执法行为的长久性、连贯性等特点。行政执法中绝大多数属经常性执法，如交通民警的道路交通管理行为、税务人员的税收行为、工商管理人员的市场管理行为等。临时性执法是因为某一临时事件的发生或某一特殊时期的需要而开展的执法活动，它具有短暂性、突发性、不连贯性的特点。如某地发生暴力事件，有关执法人员赶赴现场进行人员疏散和相应救援工作。除此之外，也还有一些日常的临时管理行为其性质为经常性执法。

18. 以执法中涉及的行政行为性质为标准：制裁性行政执法、许可性行政执法和奖励性行政执法

行政执法中行政主体采取的不同性质的行政行为会给管理相对一方带来完全不同的后果。制裁性行政执法是行政主体对违反行政管理秩序或不履行法律法规设定的某种义务但尚未构成犯罪的个人或组织予以制裁的行政行为。其通过制裁而剥夺或者限制违法行为人的一定的权利或利益，使其人身权或财产权受到一定的损失，从而达到预防、警戒和制止违法行为的目的。许可性执法是行政机关根据相对人的申请，以书面证照或其他方式允许相对人从事某种行为，确认某种权利，授予某种资格

和能力的行为。例如,政府批准公民的集会游行示威申请的行为,行政机关发放营业执照,允许相对人从事某种经营活动的行为等。奖励性行政执法是指行政机关或者法律、法规授予奖励权的组织依照法定的条件和程序,对为国家和社会做出重大贡献的单位与个人,给予物质或精神鼓励的具体行政行为。其目的是表彰先进、鞭策后进,充分调动和激发人们的积极性与创造性。

19. 以执法所追求的伦理目标为标准:文明执法和普通执法

执法的伦理目标是指行政主体执法时所具有的道德理念和守法意识。文明执法是法律规定的执法主体不仅严格依照法律规定的职责权限、管理事态、程序和形式实施法律,而且执法中贯穿了一种高于法律理念的伦理道德责任。例如,行政机关对管理相对一方的公民耐心服务、礼貌服务、微笑服务等。应该说,在文明执法之下,在政府行政系统和公民之间注入了更多的"人性"因素。而普通执法是指行政机关及其组织的通常状态的执法行为。普通执法一般情况下行政主体没有违背法律的规定或主观上没有有意要违背法律规定,只是没有贯彻那么多的行政伦理意识或观念,即在行政系统和公民之间缺乏"人性"因素。

20. 以执法过程的刚柔性为标准:强制性执法和说服性执法

强制性执法和说服性执法表现出来的刚柔性其实也是执法方式上或手段上的区分。前者是指公民、法人或其他组织不履行行政机关依法所作行政处理决定中规定的义务,有关国家行政机关依法强迫其履行义务或达到与履行义务相同的状态的行为。强制性执法一般基于两种情形:一种情形是相对方从事法律所禁止的行为,如在规定不得建筑住宅的土地上建筑住宅;另一种情形是不履行必须履行的义务,如应纳税而不纳。说服性执法是行政执法主体在公民、法人等不积极履行义务时,采取宣扬国家法律、政策,教育公民自觉守法的方式来促使公民、法人等主动履行义务的行为。它与强制性执法的主要区别在于其并不对相对方的人身、财产采取强制措施,而是通过口头上说服的方式让相对方自己去履行义务。

21. 以执法是否使用法律文书为标准:使用法律文书的执法和不使用法律文书的执法

是否使用法律文书的执法是以执法结果表现出书面形式与否作为区分标准的。执法实践中,有的执法需要书面文件即法律文书的形式,而有的执法不需要书面文件形式。例如,交通警察对违章骑车的人予以口头警告,此时就是不使用法律文书的执法;而环境保护部门对违章排放废水废气的某工厂处以较大数额的罚款,此时就必须以书面形式出具罚款凭证等。一般来说,绝大多数执法要以法律文书的形式出现,这样便于对执法主体进行监督,规范执法。

22. 以执法者的个人素质为标准:熟悉法律程序的执法和对法律程序似是而非的执法

执法者的个人素质主要指行政执法人员对国家法律、法规、规章等的了解程度和掌握情况。由于我国以往行政法治的不健全,在行政执法者队伍中,执法人员的法律素质也是参差不齐的,有的可能非常熟悉有关的法律制度,有的可能对法律制度一知半解,还有的可能完全不通晓法律法规现状等。因此,执法实践中必然带来了熟悉法律程序的执法和对法律程序似是而非的执法。前者指行政执法者在行政执法过程中严格按照法定程序、格式要求执法。如公安机关在搜查某一犯罪嫌疑人的住所时,按规定出示搜查证并有见证人在场的情况下进行。后者指行政执法者对法定程序并不熟悉,结果在执法中表面上好像依照了法定程序,实际上没有依照法定程序。如有关的行政机关对当事人处以较大数额罚款,在当事人没有要求听证的情况下该机关作出当事人放弃听证的决定。好像行政机关的做法没错,实际上,当事人根本不知道有听证的权利,因为行政机关没有履行告知的程序。

23. 以执法是否与经济利益挂钩为标准:行政收费性执法和非行政收费性执法

如果从行政执法是否带来直接的经济利益为标准,分为能带来经济利益的执法和不能带来经济利益的执法。前者就是我们说的行政收费性执法,此种执法以管制为手段、以收取一定的费用为目的。如道路交通管理部门设置在各种道路、桥梁上的收费站,其形式上是对来往车辆进行检查、管制等,实际都要收取一定的道路交通管理费用。后者就是我们说的非行政收费性执法,此种执法以维持良好的社会秩序为目的,其采用的管制手段与执法的目的是一致的。如城市交警的执法,他们每天都要疏通车辆,监督车辆、行人是否遵守交通规则,为城市公众创造良好的生活、工作秩序,但并不以收取费用为目的。

24. 以行政执法与经济秩序的关系为标准:调控性执法和管制性执法

经济秩序是一国经济发展和运行的状态及结果。随着现代社会的发展,“行政国”的出现致使政府部门对社会管理的领域越来越广泛,在这些管理领域中对经济生活方面的管理应该是涉及最多的。对经济秩序的调控性执法是指政府对经济秩序并不采用强制手段施加任何压力,而是从宏观方面进行政策、法律等的灌输、引导,为经济发展提供各种信息等。而对经济秩序的管制性执法是指政府对经济秩序并不从宏观方面引导,而是从微观上进行干预,如对企业的生产、经营等具体环节进行管制等。在市场经济下,经济秩序更多的是靠市场调节,所以行政执法应以调控性执法为主。

某市劳动保障监察案件统计表

			案件分类														案件处理情况				
																			行政处罚分类		
		结案数	养老保险征缴	失业保险征缴	医疗保险征缴	职业中介	招用童工	发职工特殊保护	擅自招用外来劳动力	劳动合同订立和解除	收取风险抵押	克扣、无故拖欠工资	最低工资的支付	工作时间和休息、休假	职业资格和职业培训	其他	责令限期整改	行政处理决定	行政处罚决定	警告	罚款	其他行政处罚
甲栏	序号	1	2	3	4	5	6	7	8	9	10	11	12	13	14	15	16	17	18	19	20	21
合计	1	6946	3494	0	0	100	4	0	2022	642	242	0	0	278	0	424	5283	928	995	0	995	0
国有企业	2	922	627			6			163	55	47			24		30	510	360	82		82	
集体企业	3	1050	561			9	1		295	96	50			35		56	697	262	144		144	
私营企业	4	1444	625			24	1		579	179	41			31		78	1276	53	229		229	
港台商投资企业	5	769	320			1			245	69	26			57		63	623	37	121		121	
外商投资企业	6	1042	540			9	1		208	108	23			74		107	813	70	187		187	
其他企业	7	1606	775			48	1		486	132	53			56		78	1275	143	211		211	
个体经营者	8	53	11			3			24	3	1			1		10	39	1	13		13	
非企业单位	9	60	35						22		1					2	50	2	8		8	
补充资料	1. 强制执行案件:132 件；2. 行政复议:1 件；3. 行政诉讼:1 件；4. 罚款金额 524 万元																					

25. 以行政执法的财政来源为标准:财政拨款制行政执法和独立核算制行政执法

行政执法必须以一定的经济基础和物质条件为前提,没有相应的经济基础和物质条件行政执法便无法展开。据有关学者调查,越是现代化的国家行政执法中的经济消耗就越大,即经济现代化和行政执法的消耗是一种正向的比例关系。那么,从行政执法中行政主体的财政来源看,便有两种类型的行政执法:财政拨款制行政执法和独立核算制行政执法。前者指行政主体的财政来源是由国库支付的,通过一定的财政制度将行政执法所需要的费用拨给行政机关。后者指执法过程中行政主体所需经费由行政主体自己通过一定的渠道解决,一般以先前的执法行为养后续的执法行为。在罚没收入与行政机关的经济核算挂钩的体制下,行政执法便是独立核算制。应当说,在这两种执法方式中,前者是合乎执法规律的,而后者是不妥当的。行政执法中的腐败现象等都可以从独立核算制的执法格局中产生。

26. 以行政执法的社会效果为标准:在社会上造成声势的执法和处理个别问题的执法

行政执法是一种社会性行为,其与现实社会必然发生这样那样的关系,最为显著的关系形式是执法都或多或少具有一定的社会效果。根据社会效果程度的不同我们可以将行政执法分为造成社会声势的执法和处理个别问题的执法。所谓造成社会声势的执法,是指该执法行为主要是营造一种社会氛围并在社会上造成一种声势,使相关的社会成员引起足够重视,如行政机关在社会治安综合治理中的执法,工商行政管理总局通过"3·15"在央视上造成打假声势的执法。此种执法并不算计一城一地的得失,而是要对广大的社会成员造成影响。由于我国法律制度中有教育为主的原则,所以此类执法在行政执法中占有重要地位。而处理个别问题的执法一般就事论事,其对社会的影响仅在于个别环节甚至个别成员等狭小方面。

27. 以行政执法是否能够进入诉讼程序为标准:可进入诉讼程序的执法和不能进入诉讼程序的执法

行政权是国家政权体系中一个较为独立的权力,其在国家政治生活中所起的作用是巨大的,甚至超过了其他国家权力。难怪乎有人将现代国家称为"行政国",这是一个方面。另一方面,现代民主进程要求行政权必须受到其他国家权力的约束,司法审查就是对行政权约束最为典型的手段。这样便产生了行政权自身的价值与行政权社会价值之间的张力。那么,理性化的解决问题的方法便是正确处理对行政权进行司法审查的范围,换句话说,无论如何都不可能将所有的行政行为或者所有的不当行政行为都纳入司法审查的范围。据此,我们便可以将行政执法分为可进入诉讼程序的执法和不能进入诉讼程序的执法。前者是指司法机关可以进行司法审查的执法行为,后者指司法机关不能够进行司法审查的执法行为。加入 WTO 以后,一些传统的不能进行司法审查的执法行为则要逐渐地被纳入司法审查的范围,对此行政主体必须有一个清醒认识。

28. 以行政执法是否能够引起行政赔偿责任为标准:引起赔偿责任的执法和不引起赔偿责任的执法

我国于 1994 年颁布了《中华人民共和国国家赔偿法》(以下简称《国家赔偿法》),该法第一次把行政机关的不当执法行为纳入了国家赔偿的范畴。然而,即便是不当的行政行为也不一定全都要承担赔偿责任。这就使我们能够以此为标准将行政执法行为分为引起赔偿责任的执法和不引起赔偿责任的执法。行政执法中的不当行为若能够引起行政赔偿责任就是引起赔偿责任的执法,如《国家赔偿法》规定的处罚、强制等对相对人人身和财产造成侵害的便可要求承担赔偿责任。行政执法的不当行为尽管侵犯了相对人的权益但不承担赔偿责任的就是不引起赔偿责任的行政执法。我国对行政误导的执法没有规定承担赔偿责任,因此行政误导即使是不当行政行为也不因此承担赔偿责任。行政执法中的不当行为对相对人造成精神侵害时,行为尽管不当其也不承担赔偿责任。

某市城市交通管理局行政执法统计表(2002 年第 1 季度)

<table>
<tr><td rowspan="3">具体行政行为</td><td colspan="12">行政处罚</td></tr>
<tr><td rowspan="2">处罚案件总数</td><td rowspan="2">警告</td><td colspan="2">罚款</td><td colspan="2">没收违法所得</td><td colspan="2">没收非法财物</td><td rowspan="2">责令停产停业</td><td rowspan="2">暂扣或吊销许可证</td><td colspan="2">行政处罚听证</td></tr>
<tr><td>次数</td><td>金额</td><td>次数</td><td>金额</td><td>次数</td><td>金额</td><td>听证告知</td><td>实际听证</td></tr>
<tr><td>合计</td><td>28189</td><td>8582</td><td>25841</td><td>15657182</td><td>724</td><td>246372</td><td>0</td><td>0</td><td>75</td><td>4</td><td>79</td><td>4</td></tr>
<tr><td rowspan="7">54470</td><td colspan="4">行政许可</td><td>行政强制措施</td><td>行政强制执行</td><td colspan="6">行政复议</td></tr>
<tr><td>总数</td><td>审批发证</td><td>年检</td><td>其他</td><td>财产</td><td>财产</td><td>总数</td><td>不予受理</td><td>维持具体行政行为</td><td>撤销具体行政行为</td><td>纠正行为当事人撤回</td><td>未结案</td></tr>
<tr><td>22508</td><td>16691</td><td>1814</td><td>4003</td><td>3773</td><td>0</td><td>7</td><td>1</td><td>1</td><td>1</td><td>1</td><td>3</td></tr>
<tr><td colspan="12">行政诉讼</td></tr>
<tr><td>总数</td><td colspan="2">维持</td><td colspan="2">撤销</td><td colspan="3">调解</td><td colspan="2">当事人撤销</td><td colspan="2">未结案</td></tr>
<tr><td>4</td><td colspan="2">1</td><td colspan="2">0</td><td colspan="3">1</td><td colspan="2">1</td><td colspan="2">1</td></tr>
</table>

注:表格中的具体行政行为单位为“件”,金额单位为“元”。

29. 以行政执法在行政管理中所处的环节为标准:决策性行政执法、执行性行政执法、咨询性行政执法、信息性行政执法和监督性行政执法

现代行政管理分为决策、执行、信息、咨询和监督五个环节,与之相对应,行政执法也可以分为决策性行政执法、执行性行政执法、信息性行政执法、咨询性行政执法和监督性行政执法。所谓决策性行政执法,是指行政主体的执法行为本身就是一种行政决策,如行政主体决定召开某一方面的听证会。执行性行政执法指执法行为本身不具有决策性,是对已决定的东西的一个执行,行政强制执行的执法其执行性特征非常明显。信息性执法是指行政主体为公众提供某种信息的执法行为,如行政主体向行政相对人提供有关经济发展和社会发展的信息等,此类执法行为在经济全球化以后显得十分突出,其相对量不断增加,如何完善此类执法行为是我国行政法治应当关注的课题。咨询性行政执法常常发生在一些特殊的行政管理活动中,其与行政相

对人的了解权有关，与立法机关的质询权有关，此种执法行为下行政主体要对有关的事项作出答复。监督性行政执法则是指行政主体对行政相对人履行义务行为的督促，它常常附着于另一个行政执法行为之下。此一分类对于健全和完善行政执法机制有重大意义。

30. 以行政执法中行政相对人的类型为标准：对公民的执法、对社会组织的执法、对企事业单位的执法和对外国人的执法

行政执法行为是在行政主体和行政相对人相互作用的情况下完成的，因此，要研究行政执法、有效规范行政执法就必须对行政执法中行政相对人的状况进行分析。依我国有关法律规定，行政执法以相对人为标准可以分为：对公民的执法，指对宪法和法律规定的自然人的执法，如某人违反税收征管法，税务行政机关对其追缴税款并进行处罚的执法行为。某一时期内执法行为所涉及的自然人人数可以成为测试行政法治的一个指标。对社会组织的执法，就是以社会组织为对象的执法，市场经济推行以后，各种各样的社会组织不断涌现，致使社会组织从执法中的个别现象变为了一种普遍现象。对企事业单位的执法，即以企事业单位为对象的执法。行政主体对这类执法将随着我国加入 WTO 而必然有所变化，包括执法方式和执法内容等方面的变化。对外国人的执法，是指以外国自然人、法人和其他组织为对象的执法。《中华人民共和国行政诉讼法》、《中华人民共和国行政复议法》规定的“公民、法人和其他社会组织”的概念中并没有包含外国人，但是，这并不影响行政执法实践中涉及外国人的情况，加入 WTO 以后此方面的执法将会越来越多。此一分类是我们对行政执法量化研究的重要思路。

问卷：对行政执法中的一些较新制度是否知晓（如听证、介入等）？

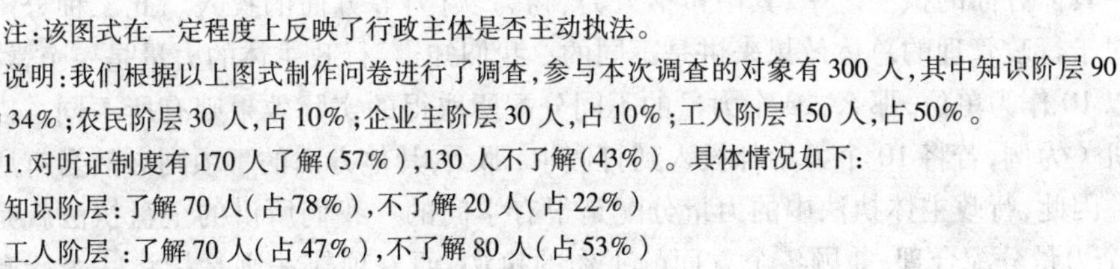

注：该图式在一定程度上反映了行政主体是否主动执法。

说明：我们根据以上图式制作问卷进行了调查，参与本次调查的对象有 300 人，其中知识阶层 90 人，占约 34%；农民阶层 30 人，占 10%；企业主阶层 30 人，占 10%；工人阶层 150 人，占 50%。

1. 对听证制度有 170 人了解（57%），130 人不了解（43%）。具体情况如下：

知识阶层：了解 70 人（占 78%），不了解 20 人（占 22%）

工人阶层：了解 70 人（占 47%），不了解 80 人（占 53%）

农民阶层：了解 10 人（占 33%），不了解 20 人（占 67%）

企业主阶层：了解 20 人（占 67%），不了解 10 人（占 33%）

2. 对介入制度了解的 70 人（占 23%），不了解的 230 人（占 77%）。其中：

知识阶层：了解 30 人（占 33%），不了解 60 人（占 67%）

工人阶层 :了解 30 人(占 20%),不了解 120 人(占 80%)

农民阶层:了解 0 人(占 0%),不了解 30 人(占 100%)

企业主阶层:了解 10 人(占 33%),不了解 20 人(占 67%)

3. 对其他行政执法新制度的了解,总体上 300 人中有 40 人说了解,这些人都来源于知识阶层和工人阶层,但他们却说不出具体的制度名称。

4. 对传统或新的行政法制度了解的途径,总体上有 230 人认为源于媒体(A),70 人认为源于执法者的执法过程(B)。

知识阶层:A:80 人(占 89%), B:10 人(占 11%)

工人阶层 :A:140 人(占 93%),B:10 人(占 7%)

农民阶层:A:0 人(占 0%),B:30 人(占 100%)

企业主阶层:A:10 人(占 33%),B:20 人(占 67%)

31. 以行政执法的运作模式为标准:常规执法和突击执法

行政执法运作模式是指行政执法在实施过程中的方式、套路、价值追求等内在因素。根据行政执法所追求的价值目标、采取的方式和遵循的套路,可以将其分为常规执法和突击执法。在常规执法的情况下,行政主体追求一种理性的、严格的程序价值,并依法律规定的具体环节进行和缓式运行以达到对某方面社会事务作出理性处理的目的。突击执法则是以临时性的政策理念等为指导的,并采取一些较为极端的方法而为之。我们认为,作为一国的行政执法而论,应当是一个有序的、循序渐进的过程,不是非常时期、不是非常事态都应该强调常规执法的作用。因为行政法治秩序的形成在常规执法的情况下才是有可能的。不是非常时期和非常事态应尽可能避免突击执法,因为突击执法所起的作用常常是一些短期效果,甚至会使执法对象产生逆反心理。

32. 以行政执法中行政主体投入的方向为标准:全盘执法和专项执法

行政主体的行政职能之下有许多分支职能,如工商行政机关的总体职能是维护工商管理秩序,维护市场经济秩序,保证市场的有效运行。但在这一总体职能之下,有许多具体的职能,如保护消费者权益、打击假冒伪劣产品、管理商标、物价等。在行政执法中,行政执法机关在力量分配下便可以有两种情况:一是将力量分配于其职权之下的所有行政管理事项,兼顾各个方面的工作环节和执法环节;二是将力量集中于某一具体方面的执法之中,其中包括人力、物力、财力等方面的投入。此二种分配方式对于行政管理的总体效果来讲是不同的。我们知道,行政主体的力量是一个常数,若以 10 作为单位,那么,10 个力量的不同分配所取得的实际效果则有所不同。以工商机关为例,若将 10 个力量都投入到打假中,那么,其他方面的事项则必然会有所疏忽。因此,行政主体执法中的力量分配是很有学问的。我们所讲的全盘执法就是将 10 个力量分配合理,兼顾各个方面的工作的执法,而专项执法则是指将一个行政主体的 10 个力量都投入到一个执法事项的执法。

33. 以行政执法过程受到的监控程度为标准:独立执法和受到监控的执法

行政执法过程中除了行政主体和行政相对人的关系外,还存在行政主体与其他机关以及行政机关之间的关系形式。行政执法实践中,有些行政执法只存在行政主体和行政相对人之间的单一关系,如果说有其他关系的话也是非常间接的,如在日常的行政执法中,只有行政主体与行政管理相对一方当事人,在此类执法中行政主体的执法行为相对比较独立,其执法的权威性得到了明显的体现。而另一些行政执法不单单是行政主体和相对人之间的关系,还存在行政主体与其他机关的关系,如在专项执法中,行政主体的执法常常受到某一专项执法领导小组的制约,其在执法过程中除了行使法律规定的权力外,还要考虑相关机关的意志和指示。由于我国是议行合一的政权体制,行政主体必须服从国家权力机关的意志,因此,在相当一部分执法中,行政主体必须受到权力机关的监控。又由于我国党政关系在诸多方面融为一体,故而,行政执法中受到监控的执法所占比例并不在少。因此,如何处理独立执法与受到监控执法的关系是我国行政法治面临的又一问题。

34. 以行政执法发生法律效力的状况为标准:发生终局效力的执法和可进入救济程序的执法

行政行为的作出和行政行为的效力是两个不同的概念,即行政主体作出的行政行为不一定都是立即发生法律效力的行为,事实上在行政执法中相当一部分行政行为作出后并不会发生法律效力。因此,我们以行政行为作出后是否能够直接发生法律效力将其分为终局效力的行政执法和可进入救济程序的行政执法。前者指行政执法主体的执法行为一旦作出就约束行政相对一方当事人,对行政主体也具有约束作用。如行政机关在紧急情况下的处置行为,商标主管机关对于商标权的认定行为。后者指行政主体作出执法行为后,还不能对行政相对人产生终局效力。其在行政相对人对此种行为提出异议的情况下,也就是说,行政主体的执法行为是否具有终局效力需进入另一个法律程序,我们将这一程序叫做救济程序。随着社会的发展,应当说行政主体作出一行政行为能够发生终局效力的将越来越少,而可进入救济程序的则越来越多。

35. 以行政执法的自主程度为标准:自主执法和请求执法

此分类标准是以行政执法中行政主体的执法行为与行政相对人的请求权为依据的。在行政执法中,有些执法是由行政主体自动决定并自动为之的,我们称其为自主执法。对于自主执法,行政主体可以自行决定执法行为的开始和终结。如行政主体决定进行指导或者行政奖励的行为,这样的执法具有单方意志性。有些执法则是在行政相对人的请求下而为之的,如果行政相对人没有请求行为执法活动就不可能展开。此种执法一般与行政相对人的私权有关,如行政相对人申请结婚登记而民政行政机关根据行政相对人的请求进行审查并颁发结婚证书的执法行为。

第二节 行政执法中的法服从

一、行政执法中法服从的界定

行政执法中的法服从,是行政主体在行政执法过程中的一种行为取向,这种行为取向以对法律的认识、判断、实在内涵的确定为始点,以行为过程对相关法律规则的认可和遵从为终点。简而言之,行政主体的法服从是在对法律存在自我判断的前提下无条件遵循法律而为之的一种行为状态。行政主体法之服从与行政主体行为过程中法之遵守不是同一意义的概念,二者的主要区别是:行政主体的法律遵守是就行政主体与法律规则的单一关系出发的,行政主体若认同法律,依法律规则中的权利义务而行为就是法律的遵守,而行政主体对法律的服从则是一个中介概念,即一方是法律规则,另一方是行政管理相对一方当事人,在其中间的就是行政主体,因此,法律服从是一个对他人后续权利有影响的概念,而法律遵守的落脚点则仅仅在行政主体一方;法律遵守从遵守者的主观意志看是一种自我而为的意志状态,是由自我意志支配的,故此,在法的遵守状态下行政主体的行为是主动的,而法律服从之中却隐含了行政主体意志的被动性,该被动性也带来了其行为不同程度的强迫性;行政主体在法的遵守状态下其对法律的规定没有异议,也不会提出异议,在法律服从状态下,行政主体对法律规则存有一定的认识保留。正是由于有上述三个方面的区分使我们有必要探讨行政主体对法的服从问题。行政主体法服从的构成要素有如下几个方面:

1. 行政执法中的法服从是特定主体的法服从

行政执法中法服从之主体不是一般意义上的法主体,也不是一般意义上的法律关系主体,更不是一般意义上的行政权行使主体,而是受到严格条件限制的特定主体,该特定性表现在:它是动态化的行政主体的法服从。行政主体既有静态的存在形式,又有动态的存在形式。当我们讨论某一行政主体的法律形式时我们是在静态的意义上考察行政主体的,如“在法国,行政主体是个法律概念,指具有行政权能,并能负担由于行使职权而引起的权利义务的主体。它包括:(1)国家;(2)大区;(3)省;(4)市镇;(5)公法人”。[1]说它是静态的是因为它的存在及其存在形式都具有恒定性、可测性,行政主体作为一种客观存在物必须有这样的静态特性。当我们讨论行政主体履行行政管理职能、实施行政职权时,我们便是在动态的意义上考察行政主体的。“地方政府由于具有独立地位,可以在行政领域中发挥创造性和进行试验,创建新的职务,实施新的管理方法,成功的经验可以向全国推广。”[2]这一关于行政主体的描述是对行政主体动态属性的确定。法服从中的行政主体是在履行具体管理职能中的行政主体,换句话说,某一行政主体若在一定时间或瞬间内没有对职权进行行使就不能算做法服从中的行政主体;它是处在具体的行政法关系中的行政主体的法服从。行政主体的存在并不必然形成某一法律关系,至少不必然形成具体的行政法关系,即与行政管理相对一方当事人结成现实的权利义务关系。法服从中的行政主体是在具体而现实的行政法关系中的行政主体,因为只有这样的行政主体其法律行为才直接对行政相对人有后续化的结果。

2. 行政执法中的法服从是特定行为的法服从

行政执法中法服从若以外在要素观察,它便是对行政主体行为方式的要求,即要求行政主体在履行行政行为的过程中服从的法律。然而,行政主体法服从的行为却是特定性的行为,既不是一般意义上的政府行为,也不是一般意义上的行政行为,更不是公务员的个人行为。此种特定性表现在:它是与执法行为紧密联系的行为,也就是说,行政执法是行政主体法服从中的限制性条件。我们知道,行政主体的行政行为从法律规则和理论思辨的角度讲,[3]分为抽象行政行为和具体行政行为。法服从中的行政行为是不能够限定在具体行政行为中的,也不能排除在抽象行政行为之外的,关键要看该行为是否是在执行法律,是否是对上位法律规则的一个实施。有些具体行政行为尽管非常具体,与特定的事或特定的人有关,但其不一定是标准意义上的执法行为,如行政机关的一些公益性行政行为、事实行为。也就是说,在巨大的具体行政行为体系中,尚有一部分不是行政执法行为。与之相反,抽象行政行为中尽管包括了行政立法行为和行政制定规范性文件的行为,但绝对不能得出结论说抽象行政行为就不是行政执法行为。换而言之,抽象行政行为中同样存在大量的行政执法行为,如政府行政系统对某一上位行政法规范制定实施细则,将上位行政法规则中的某一普遍规定作出进一步具体规定的行为。行政执法中法服从的行为就是从具体行政行为和抽象行政行为中游离出来的那些具有直接执法属性的行为。本文所探讨的行政主体法服从中的行为也只有限定在这样的行为之中,才不至于使概念泛化,行政法治实践中对法服从的规制才会有较强的操作性。

3. 行政执法中的法服从是对特定行为规则的服从

行政执法中的法服从的规则是特定的行为规则,不是所有能够规制行政执法人员行为的规则。从法律形式层面上看,《中华人民共和国立法法》所规定的行政法渊源的体系以及层级之间的效力关系是法服从的普遍性规则。或者说,大的方面必须以该法规定的法的体系构成作为行政主体法服从的首要参照系,对服从过程中冲突性规则的选择该法也作了明文规定。可以说,《中华人民共和国立法法》所规定的行政法渊源以外的相关规则,即使其有规制执法行为的功能,也不能作为法服从中的行为规则,如道德准则、政策准则、国际惯例等,[4]至少这些东西不能成为我们在此研究的对象。行政主体在执法过程中常常存在上下级之间的微妙关系,上级对下级的命令指示以及与命令指示相关的行为规则更不是行政主体法服从的行为规则,这是无须证明的。行政执法是发生在特定场合的行政行为,是对特定事件而为之的行政行为,这就存在一个空间和时间方面的限制条件,只有在特定空间和特定时间段的行政执法行为才是确定法服从的要素。而行政法中的行为规则也都有着强烈的时空属性,即是说一些行为规则仅在此一空间和时间内有意义,而另一些行为规则则在彼一时间和空间内具有意义,那么,行政主体法服从中的行为规则仅是某一单一执法行为中存在或发生法律效力的行为规则,这是必须强调的。因为不强调这一点,行政主体便可以以服从法律规则之名而为对抗法律之实。[5]行政主体法服从中行为规则的特定性还表现在该规则是与行政主体此次执法行为的行为属性对应的行为规则。法律或法是一种行为规则,这里所突出的就是行为和规则两个概念,便自然而然地引申出行为和规则的关系,规则是行为存在之归宿,并通过行为体现它存在的价值,而行为是以规则为逻辑前提的,规则既可以演绎行为,也可以制约行为,甚至决定行为的方向。这就是说,行政执法中法服从的规则与行政主体当下的行为必须有强烈的对应关系,对应的规则才是行政主体法服从中的准则。

4.行政执法中的法服从是对法之价值的肯定

"统治者应当凭借法律,而不是凭借智慧;应当依靠法律而不是依靠智慧。合乎逻辑的结论是,法律必须是客观的且遵循绝对的标准以求得人们的信赖。"[6]这是对统治权行使中法的价值的一个肯定性说法。行政执法中行政主体有诸多的价值判断,并通过这些有意义的价值判断指导自己的行为,处理具体的行政事务。依靠智慧是价值选择的一种,行政主体通过群体的才智对执法事项予以处理,其效果可能是显著的。而此种效果可能在下次行政行为中就是另外一个结果,即破坏性行为后果的出现。因此,智慧就长远来看是靠不住的。同时,行政主体还可以有其他的价值选择,如政策的选择、经济效益的选择等,但法律服从追求的是对法的价值的选择和肯定。笔者所讲的仅仅是对法的价值的肯定,而没有关注是以什么样的方式出现的肯定。因为事实上只存在以主动方式出现的肯定和以被动方式出现的肯定两个方面或者两种情形。前者是指行政主体自觉地服从法律规则并进而使法的价值得到体现,使法对自己的执法行为以自觉自为的状态予以规制。后者则是行政主体主观上不认同法律规则的状态,其内心对执法的法律规则有保留之嫌,但在作出执法行为过程中必须选择现实有效的法律规则。此二者都是法律服从中对法价值的肯定,我们的立足点在行为的结果方面,在法律实现过程中的客观方面。而行政主体主观上对法价值的接受是另一范畴的问题。从这一意义上讲,行政主体的法服从是一种职责,正如丹宁所指:"执行国家法律大都是警察局长的职责,就像它是任何一位警察局长的职责一样。"[7]既然是一种职责,行政执法中的法服从就是对法价值的绝对肯定。

二、行政执法中法服从的误区

"如果执行人员只是有选择性地执行法律,如果公民只是有选择性地支持法律,那么,我们自治政府的整个体制就必将崩溃。"[8]这是胡佛总统在就职演说中不经意地一句话,然而,其却在不经意之中揭示了一个真理,即法律服从并不是一个绝对理性化的概念。深而言之,法律服从的形式要素和法服从的理性价值之间并不是一个绝对的对应关系,并不是一个成正比例的关系。那么,在行政执法实践中,形式主义的法服从与实质意义的法服从、表象的法服从与理性的法服从若存在反差,我们就可以说出现了法服从的误区。由于我国行政法治的程度较低,再加之诸多内外在因素的干扰,在行政执法中法服从的误区是非常严重地存在的,这也正是我国依法行政长期以来不尽如人意的原因之一。因此,探讨行政执法中法服从的误区就显得十分必要。依笔者所见,我国行政执法中法服从的误区有下列表现:

1. 只追求宽泛概念的法服从

"有法必依"[9]的概念是我国20世纪70年代末提出来的,其在当时的社会背景下有着强烈的社会意义和针对性。它所强调的是执法人员在执法中要无条件地选择法律规则,而摒弃行政命令和个人意志,显然,选择法治而放弃其他手段的治理是有进步意义的。但是,当初在提出这一概念时,由于受当时历史条件和法治背景的限制不可能揭示其所包含的其他内在精神,无论理论界对该问题的探讨,还是法治领域对该问题的实施,都基本上限于宽泛的概念之中。例如,《湖北省行政执法条例》第14条规定行政执法人员在执法过程中的法服从问题时,仅指出了"行政执法的依据"一是宪法、法律、行政法规和地方性法规;二是部委规章和省市政府规章,而没有进一步揭示法服从中的具体内容。我们认为,行政主体行政执法中的法服从在实质意义上讲是一个具体概念,是由一些具体的、可以操作的行为规则构成的规则系统,正是这些规则系统确定了行政主体法服从的具体运作过程。如果法服从不能成为操作规则,便必然限于"有法必依"的抽象概念之中,必然仅仅停留在概念的讨论和争论之中。按说,有关行政执法的行为规则应当对法服从的具体运作作出规定,但是,从目前国内诸省市颁布的《行政执法条例》看,[10]无一不是把行政主体的法服从限制在宽泛的概念之中,而这样的概念导致了行政执法中行政主体也仅从概念的角度、大前提的角度贯彻法服从,而不是对具体行为规则的法服从,更不是依严格程序规则和严格运作模式的法服从。

2. 以政令为指导原则的法服从

法服从的本质是对法之价值的肯定,在这里法律应当具有至上性,其地位应当高于法律之外的行为规则。而以政令为指导原则的法服从则是对该价值的否定,其要么将法的价值置于政令的价值之下,在所服从的法律规则之前加上一个制约法律规则的东西;要么以行政政策和其他政策规范行政执法人员的法服从行为,要求以行政命令规范行政执法人员的法服从行为。如在我国经常出现的专项执法、突击执法、集中执法等,都首先在行政主体的法服从之前加一个前置规则,这样便使执法行为在某一环节看是对法律规则的服从,但从整个行政执法过程看所服从的却不是法律而是政策或者行政命令。尤其阶段性政策、土政策、长官意志对行政执法中法服从的制约所导致的后果更为严重,常常使行政主体的法服从没有一个行为上的连贯性。若政令导向在经济方面,那么法服从也就转向经济事务方面,整个执法活动的侧重点也在经济事务方面;若政令在社会秩序的稳定方面,这时执法主体便会放弃经济行政行为中的法服从,而选择维护社会秩序的法服从。如我国一些地方曾经在引进外资、西部大开发的政令指导下,在执法过程中以破坏生态环境和良好的社会秩序为代价;而在严打和综合治理的政令指导下,便舍弃行政相对人经济权等。由于此种法服从突出了政令的作用而使法律价值以政令为转移,因此是一种严重的法服从中的误区。

3. 不理解法律层次的法服从

在现代社会中法的唯一性的属性基本上不复存在,而代之以法律的多元性。所谓法律的唯一性,是指法的制定机关在全国只能有一个,法的规范形式只能有一种,法的效力不存在层级之分。该理论是从国家作为主权者的唯一性演化出来的。“法律性质和法律渊源的理论几乎不可避免地牵涉到国家组织和国家权威的理论。……既然近代国家是设有警察、监狱、行刑队和军队的唯一组织机构,他就可能感到一种引诱力,使他把国家划为唯一的这样的一个组织机构,即唯有它才真正能够是法律的渊源。”〔11〕所谓法律的多元性,是指法律规则的制定主体是多个的,法律规则的表现形式是多层次的,法律的效力等级是有序的排列着的。“特别在法律的性质上,多元主义者这一名称很可能与自然主义者是同义语。这就是说,多元主义者可以把政府的法规和命令看作只是法的一个部类。”〔12〕这一关于多元主义的解释虽然比较极端,但它却反映了近代法律的一个趋势,即多元主义趋势。当然,我们所讲的多元主义是国家政权体系内部的多元性,即在国家机构体系中,可以制定行为规则的不单单是一个唯一的立法机关,对此我国宪法和立法法已经作了规定。诚然,法律的形式是多元的,但无论如何一国的法律却是成体系的,在该体系之下有序地排列着若干等级的规则。行政执法中的法服从也必须依规则的效力等级逐级服从,尤其在上位规则与下位规则不一致或矛盾的情况下,必须无条件地服从上位规则而舍弃下位规则。目前我国的行政执法中法服从的误区之一就是违背法的效力等级的人为选择。例如,认为区域性的、地方性的规则更具有操作性,因而舍弃与之冲突的上位规则。再如,认为行政性立法更灵活、更具体,因而当行政性立法与立法性立法发生冲突时选择行政性立法,等等。

4. 未领会法律之精神的法服从

法律规则在实施过程中有两个重要因素,且是法律自身的、不以人的意志为转移的因素,执法者在执法过程中必须予以考虑。第一个因素是既成的法律规则是一定时代的产物,它在制定过程中考虑更多的是自己所处时代的时代背景,而对未来的情势只能作出有限的预测,这样便很可能导致法律规则与现实社会情况不一致之弊害。执法者一味追求法律在制定时的考虑,而忽视现实状况,便会适得其反。这就要求执法者必须领会立法者在制定这一法律规则时的主观愿望,即通过这一规则旨在达到什么样的目的,那么,执法者对立法者意图的把握就是对法律精神的一个理解。若执法者一味考虑规则本身的机械内容,以前一时代的处理方式处理新的时代的社会关系,尽管从形式上讲服从了法律,但仍然是对法律服从的一个误解。第二个因素是法律规则中的一些规则具有抽象性,尤其行政事态的多变性、复杂性使得行政法规则中的此种现象更为明显一些,此时便要求行政执法主体在法律服从中考虑法律精神。

正如列宁所指:“我已经说过,法令[13]责成公社帮助附近农民。要在法令中用多种方式表明这种意思,要在法令中写出具体的指示是不可能的。我们本来就是规定一般的原则,希望各地有觉悟的同志们忠实地去执行,并且善于想出多种办法,按照各地的具体经济条件实施这个法令。”[14]列宁的话表明执法者在执法过程中对法律的服从最主要的是对法律精神的服从,而不单单是对规则的机械理解。而我国行政执法中法服从的一大误区就是在没有领会法之精神的情况下,生搬硬套具体的操作条款。

5. 限制服从主体的法服从

行政执法中的法服从是行政主体的法服从,即只要你是行政主体,只要你承担行政执法职能,你就有服从法之义务。法律面前人人平等的原则在行政执法中同样具有非常重要的意义,在行政主体一方,要求不论何种类型或者何一层次的行政主体在行政执法过程中均有平等的服从法律的义务。限制服从主体的法服从的误区则在行政执法主体中区分不同的服从对象。具体而言,对不同地位的行政机关有不同的法律服从之要求,如一般在讲行政执法中法律服从时大多强调低层行政机关的法律服从,似乎高层行政机关没有服从法律之义务,如在行政复议中对规范性文件的审查仅仅限制在部委颁布的规范性文件以下,而对最高行政机关的规范性文件则不可以提起审查请求,其所颁布的规范性文件即使在违背法律的情况下也是如此;[15]对不同身份的行政机关有不同的服从法律之要求,如《中华人民共和国行政处罚法》关于行政听证作了较为严格的条件限制,在大量行政处罚行为中只有一小部分处罚行为可以被纳入听证程序之中,最严厉的行政拘留则不可以进行听证,这种区分给人的印象是以行政主体的身份关系确定听证的范围。除此之外,对服从主体的限制还表现在其他方面,如行政主体所发生关系的场合,行政主体行使权力的性质等。这一误区人为造成了行政主体之间在法服从上的不平等关系,使行政主体法律服从具有较大的片面性。

6. 仅选择有利规则的法服从

在行政法规则中,有些规则对行政相对人来讲是有利的,而对行政主体则是不利的;反之,有些规则对行政相对人是不利的,而对行政主体是有利的。法律规则中存在此种有利与不利的情况是很自然的,因为行政主体作为一种社会关系的代表与行政相对人作为一种社会关系的代表在利益组合关系中的利益表现是不同的。但是,在行政执法过程中,法律规则是一个整体,尤其某一方面的行政管理规则是一个完整的体系,执法者应从该法律体系的全部构成出发,服从法律规则中的全部内容,而不能仅选择对自己有利的规则,而放弃对自己不利的规则。例如,《中华人民共和国海洋环境保护法》对行政主体既有赋权性规定,又有设定义务性规定,前者如第73条规定海洋行政管理机关有权对海洋违法行为进行处罚,后者如第40条规定:“沿海城市人民政府应当建设和完善城市排水管网,有计划地建设城市污水处理厂或者其他污水集中处理措施,加强城市污水的综合整治。”作为误区的行政执法中的法服从以选择前者为主,而不积极主动地选择后者。说它是误区是因为它对法律规则作了片面理解,破坏了法律服从中法律体系的平衡性。

三、行政执法中法服从的障碍因素分析

行政执法中法服从的诸误区严重地制约着我国行政执法中的法服从,进而制约着我国行政执法的水平。正是由于诸多误区的存在导致行政执法水平低下。同时我们还应当看到行政执法中法服从的若干误区本身均是形式性的东西,是由某种本质性的东西决定的现象,是由某种第一性的东西决定的第二性的东西。这便提醒我们,要从根本上解决行政执法中法服从的误区必须进一步探讨决定它存在的第一性的东西。笔者认为,造成行政执法中法服从误区的是一些深层次的障碍因素,对于这些障碍因素可以从如下方面予以概括:

1. 不敢服从法的权威意志障碍

行政法的运作是由行政机构体系发动的,而现代行政机构体系都是通过等级制的内部结构而表现自身的,越是现代化的发达社会这种倾向就越明显。[16]如果一个国家在建立行政机构体系的同时没有建立起相应的内部约束机制就将导致不堪设想的后果,尤其将使行政机构体系内部的联系以权威而不是规则连结在一起。诚如马克思讲的,行政官僚机构的"普遍精神是秘密,是奥秘。保守这种秘密在官僚界内部是靠等级制组织,对于外界则靠它那种闭关自守的公会性质。因此,公开的国家精神及国家的意图,对官僚机构来说就等于出卖它的秘密。因此,权威是它的知识原则,而崇拜权威则是它的思想方式。但在官僚界内部,唯灵论变成了粗劣的唯物主义,变成了盲目服从的唯物主义,变成了对权威的信赖的唯物主义,变成了例行公事、成规、成见和传统的机械论的唯物主义"。[17]由于我国行政系统内部没有严格的程序规则,因而行政系统中的连结模式基本上是靠权威来维系的,行政系统中的权威维系若外化到行政系统外的行政执法中就是服从长官意志,服从行政权威取代法律规则。因为,若低层行政人员选择服从法律而抵制服从长官意志其就有可能丧失进一步晋升的机会。在这样的情况下,具体负责事务处理的行政执法人员便不敢服从法律。当然,笔者所分析的此种现象是相对的,是在相对意义上进行的分析,至少从理论上来讲我们可以得出上述结论。

2. 不知服从法的法律认识障碍

行政主体的法律认识由两部分构成:第一部分是单一个体的法律意识,就是行政系统中执法人员对法律的感悟程度。"一个公民必须决定哪一种立宪制度是正义的。我们可以把政治过程看成一部机器,当代表和选民的意志被输入时,它就作出一些社会决策。一个公民会认为这种机器的设计方法比其他方法更正义。所以,一个完整的正义观不但能够评价法规和政策,而且也能评价用于选择要被制定为法律的某种政治化的程序。此外,这个公民总是把某种制度当作正义而接受下来,并认为某些传统程序——比如,受到适当限制的多数裁决规则的程序——是合适的。"[18]公民

这种巨大的意识惯性也必然存在于行政人员的意识中,并影响行政人员在行政系统中的法律理念。第二部分是行政主体作为总构成对法律的认识,就是行政主体对法律规则的理解以及在法律面前的觉悟程度。在我国,公民总体的法律素质还不算很高,行政执法人员作为一个普通的公民也存在法律素质不高的问题。而由这样的人组成行政执法队伍以后对行政法认识的水平也必然是不高的。一项调查表明,在我国行政系统中,系统学过《行政诉讼法》、《行政处罚法》的不足一半,学过《行政复议法》的仅为26%,学习过《国家赔偿法》的仅为20%等。“在国家权力和公民权利的关系上,只有41.8%的人回答是公民权利产生国家权力,而42.6%的人回答是国家权力产生公民权利,另有15.6%的人回答‘不知道’。调查显示,有71.6%的被调查对象[19]对依法治国的理解还仅仅停留在管理主义的水平上,而对依法治吏是依法治国的核心问题采取认同态度的仅仅有25.9%。”[20]这还不包括在行政执法过程中由于受主观因素、外在环境、利益关系等的影响对法律规则作出错误判断的情况在内。法律意识和法律认识两方面水平的低下是对法律的一种无知,而在不能领会法律规则的情况下自然而然地会妨碍对法律的服从。

3. 不愿服从法的利益制约障碍

“在现代社会中,科层制与社会的分离状态是明显的。主要表现是科层的利益与社会的利益是不一致的。科层有着自己独立的活动规律,科层的各个层次之间的联系比科层整体与社会之间的联系还要密切。对于科层的各个单位和构成分子而言,服从科层的独立利益、独立意志比服从社会的独立意志还要重要。因为科层制一旦形成,对科层各构成部分和各构成分子来讲,决定其命运的并不是社会,而是科层内部。”[21]也就是说,行政系统内部的利益和社会的利益、行政执法机关的利益和行政相对人的利益永远是一对难以调和的矛盾。行政主体在执法过程中对自己利益的追求就成为其不愿服从法律的另一障碍因素。而且,其与相对人的利益冲突而导致的不愿服从法律仅仅是诸多利益冲突现象中的一种。地方保护主义是因地方利益而引起的变态执法,其也对行政主体不服从法律起到很大的障碍作用。如制裁在一些地方行政执法中也分主客场。“陕西洋县的西瓜久负盛名。可是今年,这里却卖不出去。记者通过暗访后发现,这与运输司机的遭遇不无联系:西瓜车进入四川广元境内,先后被路政、交警几次罚款;进入端阳境内,又一连几次挨‘宰’。相反,四川本地的货车即使超载也不罚款。对此,有执法者说省里有文件,不敢对本地车罚款,怕追究责任。而对于外地货车,只能加大执法(罚款)力度。对此,他们还振振有词:‘球赛还有个主客场之分,更何况执法呢?’”[22]该报道生动地表现了行政主体因地方利益而导致的对法律服从的阻滞。部门保护主义、行业保护主义等都是由这种利益冲突所造成的。利益冲突以后,一些行政主体狭隘地选择自己或相关相对人的利益而不愿意服从法律,此一障碍在行政执法的法律服从中危害性是极大的。

4. 不便服从法律的传统理念障碍

上文已指出法律遵守与法律服从是有着微妙区别的概念,其中区别之一就是法服从不是一种自觉地追求法律价值的活动,或者不完全是一种自觉的活动,或者说,法律服从在一定意义带有强迫的性质。基于此,我们可以说行政主体的法服从必须在与行政相对人相互制约的关系中才能得到有效实现。换句话说,行政相对人的法律理念对行政主体的法服从有重要的制约作用。行政主体自身的法理念也对行政执法中的法服从有制约作用。在我国,行政相对人作为公民的一种特殊形式,也具有普通公民在法律意识上的共性。由于受传统国家权力理论的影响,我国公民常常把国家机构体系和行政公职人员视为自己的父母官,其深层理念中有一种潜意识的服从本能,行政相对人这种特殊的服从本能便塑造了行政主体对其进行命令指示的行为状态,而这种命令指示由于前提是相对人的无条件服从,使行政主体不看重命令过程中的法律选择。把行政相对人的行政法服从和行政主体的法服从当成一个常数来看,二者将处于一种相互消长的状态之中,即是说,行政相对人过分的逆来顺受必然导致行政主体法服从意识的低下;相反,行政主体的法服从意识提高则有助于行政相对人对错误的行政命令盲目服从概率的降低。在我国行政管理长期以来被认为是官事,政府的权威也从这种官事中得到了强化。我国行政法理论中,长期以来是以管理论为基本理论的,这与西方国家的控权论形成鲜明对比。我国行政法教科书中仍然强调行政法关系的不对等性,“行政关系的不对等性是指行政法关系主体双方的权利义务不对等”[23],该不对等性所突出的是行政主体的单方意志性,突出行政主体对行政相对人绝对的管理权能。显然,这样的传统法治理念和行政法理念很难顺理成章的构筑起行政主体执法过程中的法服从。我国市场经济推行以后,按理现行行政主体的管理宽度、强度应当有所降低,然而,诸多与公众利益相关的行业仍然都为行政系统所垄断,并且在经营过程中并不完全遵守市场规则,可见传统理念塑造了一种非常不方便的法律服从的心理机制。

5. 不好服从法律的多元市场规则障碍

世纪之交我国正处在社会结构的转型期,一是由计划经济全面转入市场经济,二是由本土型经济转化为国际性经济。加入世贸组织的现实使这种转型显得进一步突出。而经济的转型必然带来社会结构的变化、法律格局的变化、政府管理方式的变化,更重要的是全民市场意识的变化。这样便带来一个执法中的法律选择问题:法律的既定规则与市场运作中的市场规则冲突以后,行政主体如何选择。另外,还包括效率与程序冲突的选择、效益与公正价值冲突的选择等,这些问题都实实在在地摆在行政主体面前。那么,若上升到行政执法中法律服从的角度来认识,其便是一个制约行政执法中法服从的障碍因素。这一因素尽管是客观的、必然的,但就目前情况来看,它无疑是行政主体法服从的一个障碍因素。

某市某区城管监察大队行政执法情况(2001)

案件数 案件性质	12656 件	简易程序	12635 件	移送其他部门管辖 13 起 提起行政复议 1 起
		一般程序	21 件	
责任区不洁	974			
运输污染	36			
渣土管理	323			
乱扔乱吐	5			
施工污染	174			
户外广告	48			
一次性饭盒	13			
“三乱”	13			
园林绿化	81			
市政工程管理	374			
环境保护	22			
无证设摊、堆物	8451			
水质污染	29			
拆除违章建筑	600			
其他	1513			

四、行政执法中法服从的重塑

我们对行政执法中行政主体法服从的理论探索若从实用的角度讲,最终必须落实到行政法治中去,让其成为我国依法行政的重要组成部分,并能够有效规制行政主体具体的执法行为。目前,我国行政执法中法服从存在的诸多问题也只有通过构架相关的制度才能得到彻底解决。笔者将初步探索使行政执法中的法服从能够得到重塑一系列制度或规则。

(一)行政执法主体重组的法服从塑造

行政主体是行政执法中法服从的第一要素,因此解决行政执法中的法服从问题必须从行政主体的重塑入手。

首先,要给行政主体在执法过程中一个价值上的定位。即将其定位为在行政执法中,尤其在法服从中有较大的权威呢,还是不具有较大的权威只有选择法律的义务?给其在执法中较大的创造性、超越性呢,还是让其严格地依程序规则而为之?这些问题是十分关键的。笔者认为,上列两种价值选择都是合理的,但要根据各国法治进程的状况而定。一个社会的法治进程较快,行政法治化程度较高便可以选择前者,因为在此种情况下整个行政系统的运转机制已经形成,执法人员较大的主动性便能提供较好的社会利益。而在一个国家的法治进程较慢,行政法治的水平还不高的情况下,选择后者为上策,因为通过赋予行政人员较小的选择余地可以遏制武断行政。诚如修昔底德所言:“一般来说,普通人治理国家比有智慧的人还要好些。这些有智慧的人常想表示自己比法律还聪明些;在公开的讨论中,他们总想按照自己的意思去作,因为他们觉得他们不能在更大的问题上表现自己的智慧,结果,往往引导国家走到毁灭的路上去。但是,另外有一种人,对于自己的智慧没有那么自信,承认法律比自己聪明些,承认自己没有批判一个巧妙发言的能力;但是他们是毫无偏见的裁判者,而不是有利害关系的竞争者;所以在他们当权的时候,事务的进行通常是很顺利的。"[24]

其次,要对行政主体形态进行重新组合。法服从是对法律体系和法律精神的服从,而不是将法律体系割裂以后的法服从,更不是行政主体之间对抗的法服从。由于我国行政系统的职能划分十分复杂,且有些职能之间还存在矛盾和冲突,更由于各个职能机构基本上都形成了一个独立的权力系统,而且有着一定范围的立法权,如部委有权制定规章,而规章的绝对数已远远超过了行政法规和法律的数量,[25]这样便很可能导致不同职能部门之间在权力行使中的冲突,相对于各职能部门的低层行政机构而言,在执法过程中可能都服从了法,而由于各职能部门相关规则的冲突,便使这种法服从只是局部的法服从。市场经济下,由于利益组合关系的复杂化,这种现象将会进一步突出。那么,对行政机构体系中单一行政主体进行重组,如实行综合执法,将分散化的职能相对集中起来,必然会纠正分散的局部的法服从,而重现法制一体化、职能统一化的法服从。2002 年 8 月,国务院作出了全面推行相对集中行政处罚权的决定,这无疑是一个好的开端。

最后,要对行政主体的职权进行重构。法服从与行政主体行使权力的广度与深度有一定关系,可以说行政主体行使权力的强度越大其发生法服从障碍的机会也就越多,反之其若进行宏观调控法服从的质量也越高。《中华人民共和国国民经济和社会发展第十个五年计划纲要》要求行政主体的职权必须有所剥离,即"加强社会组织和队伍的建设,扩充社区管理职能,承接企事业单位、行政机关剥离的部分社会职能和服务职能"。将以前由行政主体行使的职权交由社区行使,这是解决行政主体法服从的有效方法之一。

(二)弱化政令规制作用的法服从塑造

笔者所指的政令可以分解为两个部分:一是政策,即执政党的政策,包括中央机构和地方党政机构的政策。二是行政命令,就是上级行政机关或行政首长发布的临时性、突发性的指示。此二因素与法服从的关系有两面性:一方面,有效的、良好的政令可以帮助行政主体提高法服从的意识和规范法服从的行为。另一方面,一些政令将会使行政主体偏离法律轨道,这种偏离造成的结果就是对法的不服从。从总体上讲,在我国政令对法服从弊大于利,不好的政令必然破坏法服从,而一些良好的政令也会给法服从带来障碍。尤其是政令造就了行政主体一种把法律放在第二位的行政意识,而这是最为关键的。可见,弱化政令对行政主体行为的规制作用是强化法服从的又一有效对策。这要求改变我国行政主体及其公职人员在组织结构中的人事关系。我们知道,一旦某一组织和个人的命运决定于某一机构,那么,这一组织和个人对它的忠诚将是无须证明的。"为什么人们总是那样倾向于顺从而难于不从呢?因为,只要我顺从国家权力、教会权力或公意,我就会感到安全和有保障。事实上,人们对自己所服从的权力究竟是什么也很少区分。这种权力通常就是某种制度或某些人,这些人以这样或那样的形式动用武力,并欺骗性地宣扬全知全能。我的顺从使我成为我所崇拜的权力的一部分,因此我感到强壮有力。"[26]这段话非常精辟地揭示了服从关系中的哲学原理,依该原理只有使行政主体的命运决定在法律手中,而不是其他组织或机构手中,其才能够选择服从法律。行政命令的问题则更容易解决,在一些国家以法律手段将上下级之间的服从与否的关系确定下来,通过确定让下级只对法负责而不对上级负责。如《德意志联邦共和国官员法》第56条规定:"官员对做的公务活动的合法性承担全部责任。如果官员对公务上的命令的合法性有怀疑,应当立即向他的直接上级提出。如果命令维持不变,而官员对上级的命令的合法性仍然抱有怀疑,那就应当请求更高一级的领导。如果更高一级的领导肯定这个命令,那么,官员受委托执行命令的行为不会受到法律上的刑事威胁,或者是不合与秩序背道而驰并且对他来讲,还没有认识到是犯罪的,或者是与秩序背道而驰的,或者只要他受委托执行命令的行为不损害人的尊严,他就必须执行命令。官员个人对此不承担责任。官员应当要求更高一级的领导以书面的形式作出肯定。"此种下级对上级行政命令有非常严格条件地执行而不是无条件执行的制度应当尽快在我国行政法制度中予以确立。总之,政策与行政命令对行政主体的规制应降低到最低限度。

(三)提高法律规制技术的法服从塑造

法律规制技术由于是最为具体的东西,因此,其对改善法服从的作用显得更为直接。笔者认为,我国行政法的规制长期以来由于受行政权威原则的制约,其在对行政权运行过程进行规制时,所选择的是这样的思维进路。即在行政主体方面采取凡法律没有禁止的都可以做的原则,而在对行政相对人进行规制时则是凡法律允许的才可以去做,而法律没有允准的就不能去做。在行政立法文件中一般都反映了这样的精神,绝大多数行政法文件对行政主体可以做的事情采取概括规定。如2000年1月4日国务院发布的《医疗器械监督管理条例》第8、9条赋予了医疗器械管理机构非常广的权力,第9条规定:"省、自治区、直辖市人民政府药品监督管理部门负责审批本行政区域内的第二类医疗器械的临床试用或者临床验证。国务院药品监督管理部门负责审批第三类医疗器械的临床试用或者临床验证。临床试用或者临床验证应当在省级以上人民政府药品监督管理部门指定的机构进行临床试用或者临床验证,应当符合国务院药品监督管理部门的规定。进行临床试用或者临床验证的医疗机构的资格,由国务院药品监督管理部门会同国务院卫生行政部门认定。"依此条医疗管理行政主体可以演绎出无限权力。而对行政相对人可以做的事情则采取列举规定,如上列条例中关于作为行政相对人的医疗器械生产经营者的权利采取了列举规定,将其可以享受的权利从第24条到第34条详细列举出来,言下之意,在所列举的此10条范围之外,医疗器械生产经营者便不得有其他相关权利。我们认为,这种规制技术是导致行政执法中法服从不足的重要因素。故而,这些情形提醒我们必须对行政法的规制技术进行改革,尤其要将原来关于禁止与许可的规定方式予以倒置。即对行政主体采取法律允许做的其才可以去做,法律规则尽管没有禁止,但没有允许其做的其便无权去做,这是对法服从的实质性体现。而对行政相对人则采取法律没有禁止的都可以做,尽管法律没有作专门的许可。当然,行政法规制技术的提高还有其他方面,如确立上下级之间的法律关系等。

(四)本土法制与世贸组织规则接轨的法服从塑造

法律的本土化问题是我国法理学界近年来关注的一个问题,所谓本土化就是追求法律在一国的自我属性。我国行政法长期以来既受到英美法系和大陆法系行政法制度的影响,又被苏联的管理法模式所制约,这使我国行政法存在非驴非马的状态,因而,研究本土化当然是无可非议的。但是,就目前我国行政法治而言,本土化应当与世贸组织的相关规则接轨。我国已加入世贸组织,要"根据我国经济和社会发展、结构调整的需要以及加入世贸组织的承诺,逐步降低关税,有步骤地开放银行、保险、电信、外贸、内贸、旅游等服务领域。对外商投资企业逐步实行国民待遇,制定统一、规范、透明的投资准入政策,除关系国家安全和经济命脉的重要行业和企业均须由国家控股外,取消对其他企业的股比限制"。[27]这是我国加入世贸组织后行政立法的一个总方针。也就是说,行政执法中的法服从已经不是简单地对本土行政法的服从,对本土行政法的服从只是今后行政法服从的一部分,还必须对世贸组织的相关规则予以服从。这要求我们在行政立法方面必须下大工夫,要理解立法权的最终目的"是社会世俗的利益和外部繁荣"。[28]其实,加入世贸组织后,除世贸组织的规则外,还有世贸组成员国的相关法律规则,这些规则是所有世贸组织国家共同具有的,那么,我国行政执法主体在法服从过程中也应当对此予以参照。

第三节 行政执法中的法制统一原则

一、行政执法中法制统一原则的客观必然性

行政执法中强调法制统一原则既是社会主义法制的客观要求又有着充分实践依据,其客观必然性可从如下诸方面阐述。

1. 它是行政权威原则的必然要求

行政权一向被认为是诸种国家权力的核心。一些学者毫不掩饰地认为,行政权是立法、司法、监察等权力中最为重要的部分。他们把立法视为为行政权提供规范的权力,即此权的功能仅在于为行政权提供有效而明确的规范;把司法权视为为行政权排除障碍的权力,即此权的功能在于排除行政权行使过程中的各种障碍。总之,所有其他国家权力,都要最终从行政权中寻找其价值和归宿。该观点虽然有些偏颇,但无疑揭示了一个道理:在当今的国家和社会生活中行政权是任何其他权力不可取代的,

而且有日益加强的趋向。其实马克思主义经典作家早已有类似的预示。恩格斯在其“论权威”一文中就曾尖刻指出,越是大生产就越需要建立完善的、牵一发而动全身的指挥系统,行政权威的合理化充分体现了与发达的社会相适应的指挥系统的特性。具体地讲,行政权威原则就是指行政权作为代表国家的一种公权力,其地位和威信是不能受到任何威胁和动摇的,要充分保证它把个别的、特殊的意志有效地集中起来的功能。很显然,行政权威原则的科学内涵是与其在运行过程中的法制统一原则息息相关的,或者没有行政权的运行过程中的法制统一就没有行政权运行的高度权威性,这已基本成为无争议的问题。所以,为了维护行政权威原则就必须强调行政执法中的法制统一原则。

2. 它是行政法制体系化的法律表现

“行政法制”这个名词在我国出现没有很长的历史,只是近年来社会主义法制逐渐完善和发展过程中的产物。行政法律的制度化、体系化的提出则更是近两三年的事情。然而,行政法律制度化、体系化这一大的社会主义法制趋向还没有得到全面实现,就受到了市场机制、利益多元化、竞争原则的冲击,使本来体系化程度就不高的行政法制受到了强烈的震撼。地方化、区域化、分散化、多样化的行政法制观点几乎占了主导地位。与之相适应行政法制统一和行政规则亦被忽视。诚然,市场经济是多样型、竞争型、多元型经济形态这是没有错的,但不能因此而否认行政权的体系性和统一性。因为经济形态和对其起保驾护航作用的行政形态、法制形态乃至政治形态是不同的事物,经济上的分散并不等于法制与政治也必须分散,经济上的多元化绝不必然导致行政管理的多元化。行政管理主体作为竞赛规则的制定者和裁判者应保持一种恒定化状态而不可以瞬息万变,否则竞争参与者则失去了约束或限制的相应标准,即使是纯经济性的东西也应有较大的共性。针对这一点,市场化程度发达的国家和地区的立法为我们提供了范例。如美国、德国等都有影响巨大的“统一”商法典。我国本来就是单一制的国家结构形式,除一部统一的宪法外,不允许有地方上类似的法律形式。宪法对行政权的一体化、行政法制的系统化有较大篇幅的规定。行政法制系统化的内容不外乎要保持全国各地的行政执法有统一或大体一致的原则、规划和标准。可见,行政执法中法制统一原则是对行政法制体系化从一个侧面所作的阐释,是行政法制体系化的法律表现。

3. 它是防止行政权松散化的有效手段

行政权在行使过程中有两种变态倾向必须防止。一是行使过程中过分集中的倾向,其主要表现是在全国及其行政大系统只强调一个独立的行政人格。行政管理活动过程中的决策、执行、咨询、监督没有明确的功能上的划分和组织上的划分。在此种情况下,行政权的外在表现是迟钝、滞后、没有活力、没有效率。二是行政执法权行使过程中过于分散的倾向,表现为政出多门、行政决策没有前后连贯性、行政执法中多种标准、管理对象难以适从。如果说前者使行政权缺乏活力、迟滞、僵化的话,那么,后者则使行政权松散、零乱、似是而非。这两种倾向都有害于行政管理和人为地降低行政权的质量。笔者认为,市场经济在我国推行之前,尤其在改革之前我国行政权的弊病主要表现为前者。而在市场经济全面推行以后,分散化则是我国行政权的主要弊端,此种分散化的倾向使行政权具有了强烈的松散性和混乱性。各种地方保护主义、行业保护主义、部门保护主义、层级保护主义、共同经济利益保护主义近年来不断滋生和蔓延的事实充分说明了我国行政权目前的分散化、松散化倾向甚至到了令人不能容忍的地步。强调行政执法中的法制统一原则是防止、纠正行政权过分集中的有效手段,就像从实际出发、灵活管理是纠正行政权过分集中的有效手段一样。通过统一的行政法制原则使部门之间、地方之间、行业之间、行政层级之间有共同的利益和统一的意志。

二、行政执法中法制统一原则的内涵

行政执法中的法制统一原则作为一种法制精神对行政权的行使和行政管理活动过程有规制和指导作用,而且有客观的、具体的要求,也就是说,行政执法中的法制统一原则有法律上的内在外在表现。作为内在表现,它调整着行政执法人员的行为,作为外在表现它规范着管理相对一方当事人的行为。笔者认为,在目前情况下,行政执法中的法制统一原则的法律表现或科学内涵主要包括如下诸点:

1. 义务设定统一

行政管理活动过程从某种角度观察是在行政机关代表国家行使权力的过程中完成的。行政机关代表国家行使权力具有独立的意志和指挥、命令、执行、强制等具体的权力范畴,并通过与管理相对一方当事人交换物质、精神能量得以使国家权力变为现实。在日常行政活动过程中,在行政法关系中,行政机关为了执行法律,贯彻党和政府的方针政策,要经常性的对管理对象发号施令,把表现为抽象形态的法律、政策精神变成物质内容。该活动体现在行政机关向当事人设定义务,体现在行政机关和相对一方当事人的行政法关系中。行政机关向当事人设定义务尽管是一种法律行为,但它是一种单方面的法律行为,其中行政机关是该行为的主导因素。因此,该行为不可避免地带有浓厚的主观色彩。感情的、环境的、意识的以及其他外在因素都会影响义务设定行为,进而导致义务设定中法制不统一、政令不统一、行为属性不统一难以避免。行政执法实践中,本不该承担义务的人被迫承担,本该承担义务的则被免除,以及同一法律义务表现在不同当事人身上就会有不同法律效果的现象普遍存在的事实就是例证。可见,行政执法中的义务设定统一,要求行政机关和行政执法人员要以统一的义务标准对待同一类型的义务人,不论部门、地区、行政环境等。当然有些客观上的限制因素可以例外。我们认为,大体相同的区域,大体相同的时间段,大体相同的义务行为应在全国范围内有统一的义务设定标准,绝对不能使管理相对一方当事人在不同环境、不同地区对行政法制有完全两样的感受。从客观上讲,义务设定统一的全面实现还须行政法规范乃至法律规定来完成,但就执法人员来讲,至少应保证自己在义务设定行为中的前后连贯、一视同仁。

2. 权利赋予统一

现代行政管理中随着民主意识的深入和民主制度在行政管理中的广泛运用,行政法关系的性质较前有了质的飞跃。如果把在计划体制下的行政法关系视为以行政机关为本位,以相对方的义务履行为主要法律特性的话,那么,民主体制下的行政法关系则突出了管理相对一方当事人的法律地位和显著的权利倾向。尤其在市场经济条件下,竞争是主要和基本的市场原理,市场参与者较前有了很大的自由权,包括在法律规定的条件下经营的自由权。此法律特征刻画了这样一个命题:行政机关的行政行为中赋予相对一方当事人权利的行为其绝对数和相对数都有所增多。另外,我国的市场经济体制正在逐步形成。许多方面的行政管理还没有严格准确的行政法规范予以调整。所以,行政机关在权利赋予、权利确认、合法行为认可等方面只能凭市场原理和以前的法律规范为标准。其结果自然而然地使权利赋予行为具有强烈的任意性。基于此,笔者认为,在行政执法中必须强调权利赋予的统一性,具体地讲,行政机关应首先遵循法律,尤其要以 1992 年市场经济号角吹响以后出台的法律、行政法规为行为指南。如果各地行政机关都以这两个主要的行政法源赋予相对一方当事人权利,就会使权利赋予统一在绝大地区得到运用。应当说明的是,各地在地方性法规和地方规章的制定中应谨慎处理行政机关权利赋予行为,甚至有必要限制规章以下行政管理规范性文件对行政机关权利赋予行为的认可。近一段时间,许多地区出现了不少具有杀伤性的、冠以猎枪名义的枪支,而且生产者持有有关部门的生产许可证,这无疑破坏了权利赋予行为的统一性原则。

3. 后果承受统一

法律上的后果一般是指自己的行为触犯了某个法律条文或法律而造成了相应的社会损失,对此当事人应承担的民事上、刑事上或行政上的法律责任。显然法律后果是与当事人的违法行为和损害结果以及由此而应承担的责任联系在一起的。行政执法中,行政机关及其工作人员会每日每时地遇到相对一方当事人违反法律的行为,并且有可能每日每时地追究违法行为者的行政法律责任,尤其与管理对象直接打交道的政府职能部门其基本职责就是要校正出现的违法行为。行政机关及其公职人员在履行此类管理职能、实施行政行为时与司法部门对于罪犯的责任追究有很大的相似性。从某种意义上讲,这种行为既是行政行为又是司法行为,其作为一种司法性行为对于当事人社会权益、法律权益乃至政治权益有很大影响。此点表明行政机关的责任追究行为比其他行政行为有更大的敏感性,更大的社会效果和政治影响。因此,相对一方当事人对于法律后果的承受应有统一的标准,这就是行政执法中后果承受统一的基本含义。就行政执法的现状来看,行政处罚、行政强制以及其他行政制裁中的法制不统一多于其他类型的行政行为。一些行政机关在实施行政处罚行为时,对于不同地区、不同地位、不同身份、不同环境等有同一违法者往往采用不同的处罚尺度,如对于同类行为的外地当事人加重处罚,对于该行为的本地当事人则重点保护。市场经济条件下,由于经济方面横向联合的剧增,地区之间的交流日益频繁。个别地区的行政机关常制定有地方色彩和狭隘团体利益的土政策。行政主体在执法过程中采取对内对外两套标准的手法,结果严重影响了市场经济的健康运行。对于承受后果的统一除了用立法标准来实现外,加强行政人员的经济意识、法律意识也是不能忽视的。

4. 裁量尺度统一

行政法上的自由裁量权是指行政机关及其公职人员在行政执法过程中以独立的意志主动处理法律没有明文规定或规定过于笼统的行政事项,是一种呈现出极强政策性的行政行为。裁量权一般发生在两种场合:一是法律对某个行政事项有规定,但规定不具体、不明确、留有一定的幅度,从而使行政人员在法律规定的范围内自由选择一个行为标准以影响相对一方当事人。二是由于行政管理事态复杂,行政人员遇到了法律没有指明答案,甚或没有任何规定的事态,而此事态是行政人员必须立即处理的,行政人员以自己对该事态的主观认识选择一个处理对策,从而影响所管理的相对一方当事人。在行政执法实践中,后者较前者对行政人员而言难度更大一些。不言而喻,上述两种情况下,10 个行政人员可能会采用 10 个以上的标准处理同一行政事务。也就是说,在行政自由裁量权存在的地方,要达到行政执法中的统一是有很大难度的,甚至是不大可能的。但是不能因此而否认行政自由裁量权中的法制统一。因为随着经济多元化和市场特征的日益明显,裁量的范围、余地等比以前有所增多而不是减少,如果不强调裁量行为中的法制统一就等于否认行政执法中的行政法制统一原则。那么应该以什么为尺度使行政自由裁量权趋向于统一呢?笔者认为,这牵涉到一个法律渊源的构成理论。法律渊源的构成有两个部分,即正式的法律渊源和非正式的法律渊源。前者是指体现在权威性的法律文件中,具有明确内容的被国家认可的行为准则。后者是指没有被权威机关认可,不以条文形式出现,但确实规制着行政管理活动过程的行为准则。非正式的行政法渊源对于确立裁量尺度、裁量规则有正式渊源不能取代的作用,如行政政策,行政习惯,行政管理活动过程中的推理、思考对于自由裁量权行使的尺度有很大的指导意义,而此点正式渊源是不可能做到的。所以,在我国建立行政法非正式渊源的体系有效规制行政自由裁量权,使其走上统一化已成为行政法制建设的当务之急。

三、行政执法中法制统一原则例外及例外的限制条件

行政执法中的法制统一是一个相对意义上的概念,永远不可能有执法过程中的绝对统一。所以行政执法中的法制统一原则必须以一定的例外规则作为必要补充。只有这样,法制统一原则才具科学性,才能够真正达到统一行政管理活动过程的目的。我们认为这些例外有下列方面:

1. 经济成分上的差异引起的例外

由于我国经济地理极其复杂,故不同省份、不同区域、甚至不同县市经济成分上有很大差异。有些地区是典型的多元型经济,各种经济成分和构成指标共同存在并

有合理的格局。如东南沿海的一些省份,其内资企业和外资企业、私人企业和国有企业、大规模企业和小规模企业并存,且都在经济舞台上扮演角色。而且农、工、商等比例协调。而有些省份其经济结构单一,如我国有些省就是典型的农业省份,有些则是典型的商业省份。各地在经济上的巨大差异是影响行政执法中法制统一的首要因素,不得不使法制统一在经济结构不同的省份有所不同即法制统一例外的存在。在这种情况下,即使是由最高国家行政机关制定的行政法规也不能绝对强调统一执行。如对于一个强调发展棉花的行政规则就不能强行让工业化程度很高的省份与农业化程度高的省份按相同的标准执行。地方规章以下行政管理规范性文件的执行也应该如此。

2. 文化特性上的差异引起的例外

广义上的文化概念包括各方面的知识性状,文化累积和市民知识结构、觉悟程度、文化水准等。我国内地与沿海、南方与北方、东部和西部、边疆与内陆等在文化特性上存在很大差异。一则总体文化意识不同,有些地区总的文化意识相当高,包括识字率和受教育程度以及总体文化素养都呈现出高指标,有些地区的上述因素其指标则相当低。二则文化侧重点不同,如有些地区笃信宗教,有些则崇尚技术,有些地区人们对人文科学有普遍兴趣,有些地区则对自然类学科有较高的理解度。三则市民个性不同,孟德斯鸠在《论法的精神》一书中以立体的角度对法律以及影响法律的文化作了深刻论证和分析,其中指出:不同地理环境、不同气候条件下人们个性上有极大反差。我国由于幅员辽阔和其他原因,不同地区的市民个性会有不同的表现形式。上述三方面文化特性上的差异是行政执法中法制统一原则的又一例外,行政机关在执法过程中不能把同一标准运用在不同的文化特性地区上。国家对文化特性不同的地区亦应采用不同的法制原则而不能过分强调法制统一原则。

3. 市场进程上的差异引起的例外

市场经济在我国全面推行是1992年邓小平同志南巡讲话后开始的。在此之前我国的一些地区已开始建立市场机制并运用市场原理指导经济建设,这些率先推行市场经济的地区其市场化程度显然要高于其他地区,即使在1992年以后,全面推行市场经济的速度在各地也有所不同。一些地方的市场化程度相当高,已在接近市场经济较为发达国家的水平,在这些地区行政执法应尽可能强调与国际行政法制接轨。如一些高科技执法就应符合国际惯例,使这些地区的行政管理和其市场经济一样尽可能得到国际上的认同。但是我国绝大多数内陆地区市场经济起步晚,发展缓慢,其市场性还不能够与国际普遍认可的市场经济同日而语。因此,其行政执法便有较大的内部特征。市场进程上的差异对行政执法中法制统一原则的影响不可能是永恒的,但绝对的行政执法统一又似乎是不可能的,这对我国的行政法制来讲也提出了一个不大不小的课题。

除以上三方面外,民族组成、行政人员的行政意识和构成状况以及其他因素也是影响行政执法中法制统一的因素。对于行政执法中法制统一的各种例外国家必须确立相应的限制条例。或者说,在承认例外的前提下,应有若干普遍性的限制条件。一方面把各种例外限制到最小程度;另一方面不允许以例外为理由践踏我国法制的尊严,破坏社会主义法制大系统。我们认为下列诸点是例外的主要限制条件:

(1)宪法原则。宪法是根本法,处于所有法律规范之首。各国宪法都确立了一系列的宪法原则。各项原则作为一个有机联系的整体为该国的法律制度定了性,使其有独立的质的规定性。所有其他部门法,所有的执法活动都要始终服从各项宪法原则。我国行政执法中法制统一的各种例外尽管是客观存在,但不能因例外情形而否定宪法原则。换言之,不同经济构成区域,不同文化特性省份,不同市场进程地区都应以统一的宪法原则为指南。在宪法的前提下履行行政执法行为,如我国宪法原则确立的权力属于人民原则、民主集中制原则、平等原则、单一制原则对任何行政执法都有同等约束力。

(2)法治精神。法治精神与宪法原则相比似乎是个动态性的概念,即法治精神是随着时代的变化,政府治国方针的变化,执政党政策的变化和社会进程的发展变化而变化的。上述因素的不同内涵使法治精神有不同的质差。但是同一历史时期,每一个国家应有基本同一的法治精神。就目前来讲,我国行政法治精神无疑由如下诸因素构成:行政民主化、行政公开化、行政管理效率化、行政权力有限化、行政程序连续化、行政过程规范化、行政组织合理化、行政人员知识化等。这些因素作为一个整体体现了行政权力的性状并为行政权规定了内在特征。这些精神是行政法制统一的支柱,不论哪一个地区、哪一个部门、哪一种性状的经济构成,哪一种文化特性都必须捍卫上述法治精神,避免行政统一中无原则的例外。

(3)市场规律。行政体制的基本构成是人的一种劳作,即由人有意识地设计和建构的,行政活动也是由人来完成的。然而,不能因此否认行政的客观性质。行政体制和行政活动可以有两种属性:一是它们是客观的,有着自己独立的内涵和质的规定性。二是它们是第二性的东西,受某种因素的决定制约。按照经济和政治关系的原理,行政体制和行政行为最终是由它所处的经济环境决定的,并且受经济因素的制约。自我国认可了市场经济理论、推行市场经济以来,我国的经济特性以市场取向为根本,经济属性富有灵活、多样、竞争、公平等内容。行政体制和行政行为只有以市场规律为转移,才能体现出对经济的合理反作用。可见,行政执法中法制统一的例外规则不能违背市场规律这一大的经济前提。

第四节 行政执法承诺制

行政执法承诺制是保障行政执法实效性的一种辅助制度,它是指行政机关在行政执法活动中对公民、法人和其他社会组织就有关的行政执法行为所作的信守性许诺。它尽管不是行政法制的主要制度，但对于促进行政执法的效率性和促进行政执法取信于民具有不可替代的作用。

一、行政执法承诺制的适用范围

以行政法制的精神而论，行政执法是行政机关的职权和职责，是行政机关义不容辞的法律责任，不存在承诺问题。行政法制度中的各种规范一般都具有明确的行为规则，甚至于履行规则的方式、方法、期限等，似乎也没有承诺的必要。然而，行政执法有着自己的固有特点，与民事、刑事执法相比，具有广泛性和主动性。就前者而言，它牵涉到社会生活的各个方面，覆盖的领域极广，此点进一步导致行政执法较之其他执法复杂多变。就后者而论，行政执法在绝大多数情况下，是由行政机关主动为之，是一种积极的权力行使，此点进一步导致行政执法难以预测和社会效果难以判别。广泛性和主动性使行政执法领域建立执法承诺制十分必要。同时，绝大多数的行政执法行为的一般特点是有严格的法律规范规定。此种受严格法律规范规定的行政执法在行政执法总构成中占的比重是很大的。换句话说，行政执法可以由两部分构成，一部分是具有严格法律规定的行政执法，其执法过程中的行为规则明确，执法行为的规范性强，此类行政执法是没有必要建立承诺制的。另一部分是伸缩性极强的行政执法，此类行政执法或者具有极强的裁量余地，或者受执法者主观意识和外在环境的较强制约，行政执法承诺制在此类行政执法中才具有意义，也就是说，行政执法承诺制仅存在于伸缩性极强的行政执法中。具体而言，行政执法承诺制存在于下列类型的行政执法中。

（一）请托性行政执法

请托性行政执法是一个泛指的概念，其中包括两种不同性质的行政执法：一是依请求的行政执法，二是依委托的行政执法。这两种行政执法虽然在执法行为的性质上是有所不同的，但在与行政执法承诺制的关系上却有着共同的意义，正因为如此，笔者将二者归于行政执法承诺制的一种类型的范围之下。依请求的行政执法其含义是相当明确的，指行政机关在相对一方请求下而为的执法行为。相对一方当事人的请求是该类行政执法的前提条件，即相对一方当事人的请求行为是依请求的行政执法的行为基础。行政执法行为是围绕请求行为而运行的，当然运行的规则和运行的线路是受行政法规范约束的，而不是受相对一方当事人的请求行为制约。行政执法行为中的行政许可等就是较为典型的请求性行政执法，除行政许可外，还有请求保护权益的行政执法等。公民、法人和其他社会组织对行政机关进行的举报、信访、问题反映等都可以引起请求性行政执法。此类执法中，相对一方，或者说发起请求的一方对于行政机关都有某种明示或暗示的企求，其对于自己企求的结果以及结果值都是一无所知的，但主观上总追求某种自己认为较为理想的行政行为后果。此种情形下，请求人的希望以及对政府行政系统的信任就与行政机关的态度和行政机关的行为后果有了必然联系。行政机关也可能在相对人请求后的某一时间内作出具体行政行为,即完成此一请求而引起的行政执法。但如果没有行政机关的表态,在请求行为与作出的行政行为的间隙中就形成了可以称之为执法真空的时间段。此段执法真空是滋生各种不良行为的“温床”,这种不良行为既可以来自行政系统,也可以来自相对一方当事人。如果有行政执法承诺制作为补充,此段执法真空就不复存在,进而使相对一方当事人与行政机关形成最大限度的和谐,依请求的行政执法中通过承诺无疑会使行政机关及时完成执法行为。依委托的行政执法是指具有一定资格的主体在行政机关的委托下而履行行政执法职能的情形。显然,在委托者与受委托者之间如果有较为严格的承诺制度就会使委托性的行政执法少出些偏差。依委托行政执法的承诺尽管不是行政机关与行政管理相对一方当事人的承诺关系,但其最终可以达到理顺行政权行使主体与相对一方关系的目的,正因此故,其仍然属于行政执法承诺制的范围。

(二)服务性行政执法

在行政行为的划分中,一向有消极的行政行为和积极的行政行为的分类,对于两类行政行为的概念有不同的解释。一般观点认为,消极的行政行为是被动的维持社会秩序和行政法关系原初状态的行为。积极的行政行为是促进新的行政法关系的形成,甚至创造新的社会效益(不管此种效益是物质的或精神的)的行政行为。以此为启迪,行政执法亦可以作类似于此的分类。笔者认为,可以依其对社会的作用将之分为平衡性行政执法和服务性行政执法。所谓平衡性行政执法,是指维护社会关系、管理关系、行政法关系的对等和平衡的执法。此类执法的目的是维护上列三类关系内部的平衡性。在社会生活中,各种各样的摩擦都有可能使上列关系发生歧变,把本来平衡的状态变得不平衡。通过平衡性执法促进上列三类关系在平衡状态下良性运行。所谓服务性执法,是指为社会提供公共服务并创造物质和精神财富的执法。此类执法能够带来较为直接的社会物质效益或精神效益。在平衡性执法状态下行政执法行为的职责性、不可或缺性是明显的。或者说,该类执法行为的疏漏极容易被发现,又容易用明确的法制规则予以矫正。在服务性执法状态下,行政机关执法行为的职责并不是那么明显的。有时行政机关不履行此类执法行为不一定带来直接的法律后果。如果说有效的法制规则是保障平衡性行政执法行为得以顺利实现的话,那么执法者的良知和执法悟性是服务性执法行为的保障机制。不言而喻,执法者的良知和执法悟性与有效的法制规则和相应的制裁手段并无直接关系,或曰不可能用行政法制的内部既成规则解决服务性执法的有效性和及时性问题,而通过行政机关的承诺才能促进服务性执法的主动性。承诺制也只有在服务性执法中才有意义,而不是在平衡性执法中。服务性执法的主要领域有:社会服务的行政执法,即行政机关为社区提供公共服务的行政执法;改善社会环境的行政执法,就是行政机关改善诸如交通、环保等社会环境的执法;提高社会福利的执法,指行政机关在提高社会物质福利和精神福利方面的执法;其他创造社会财富的执法。上述执法中的承诺制是保证其取得成就不可缺少的手段。

（三）由其他行为准则调整的行政执法

从行政执法的层次上进行划分，可以把行政执法分为规范内部的行政执法和由其他行为准则调整的行政执法。这一分类的哲学基础是行政执法的调节机制。我们知道，对于行政执法实际效果和行政执法运行过程的调节可以有两种机制：第一种机制是法律机制，该机制存在于法制大系统之中，包括宪法确立的法制原则和普通法确立的法制规则以及行政法制系统确立的若干具体的行政法制原则。这一机制在行政执法中对行政执法行为可以进行直接的认同或纠正，它的若干调节手段都是通过法律规范反映出来的。第二种机制是理性机制，或者道德机制，它不在法律规范之中，而在法律规范之外，或者比法律规范具有更高的层次。它通过社会舆论和执法主体的内心认知调节执法行为。据此，我们可以说，凡受法律规范内部行为准则调节的执法就属于规范内部的行政执法。凡受规范之外或规范之上行为准则调节的行政执法就属于由其他行为准则调整的行政执法。规范内部的行政执法由于受规范内部明文规定的行为准则的制约，是没有必要用承诺制解决执法状况问题的。当然，这也不是绝对的。正如我们上面指出的，在一些情况下规范内部仍需通过承诺制予以保障执法的良性循环。由其他行为准则调整的行政执法，其尽管是为了达成行使行政权的目的，属于行政执法的范畴，然而在行政法制发展的目前状况下，还不宜或者不可能确定具体的行政法规则用以调整这类执法。如一些大城市为了提高执法的文明程度，提倡文明手势、文明用语、文明姿态等，这些有关文明执法的行为规则，行政法制系统还不可能予以规定或者认可。这类行为准则就是与行政法规范相互对应的其他行为准则，受这些准则制约的执法行为就应当纳入承诺制的范围之内。近一两年来，在我国的一些大中城市提倡并盛行文明执法，而且已成了行政执法的一种风气。对于文明执法的性质而言，它是高于普通执法要求的。正因为如此，一般的行政法规范还不可能达到直接约束这类执法的程度，承诺制自然而然地成了调整这类执法的主要制度。

（四）期限规则不明确的行政执法

行政法包括行政实体法和行政程序法两个部分。行政实体法解决的是有关实体性权利义务问题，行政程序法解决有关的程序规则问题，如期限、手续、方式等。在行政法体系中，实体和程序的划分在绝大多数情况下，只能是理论上的。而在行政法律文件中，实体规则和程序规则往往是合二为一的。一个法律规范中既包括了大量的实体规则又有若干程序规则。例如，《上海市房地产转让办法》（1997 年 4 月 30 日上海市人民政府第 42 号令发布，2004 年修正）在总则部分和第二章对“转让原则”（第 5 条）、“管理部门”（第 4 条）、“不得转让的房地产”（第 8 条）等实体性内容作了规定。在第二章第二节专门规定了“转让程序”（第 15 条至第 19 条）。行政法中关于实体和程序内容的各自完善程度暂且可以不论，而在程序规则不完善，尤其程序规则中期限制度和其他制度不明确的情况下，承诺制就有存在的必要，因为它可以补充期限制度的不足。

二、行政执法承诺制的若干属性

行政执法承诺制在行政法制体系中的地位如何,还需理论界进一步探讨。目前对其在行政法律体系中的定位为时尚早。但无论如何行政执法承诺制至少有三个方面的作用:一是行政执法承诺制对于行政执法规则具有弥补作用。我国还没有制定出完整的行政程序法典,总体而论,行政程序法的发展落后于行政实体法。行政程序法中的一系列规则还没有制定出来或者还不够完善。在此种状况下,在一些范围的行政执法中,推行承诺制有利于弥补程序规则的不足,如通过期限承诺弥补有些执法环节中无期限的弊病。一些没有期限规则的行政执法是难以保护公民、法人和其他社会组织合法权益的。二是行政执法承诺制对于执法作风的转变作用。我国行政执法与行政立法的状况相比,应当说前者的发展速度是落后于后者的,前者的水平也是低于后者的。甚至可以说,在有些行政执法领域,行政执法的形势还是相当严峻的。法律形式表现为不依法办事,违反法律规定;执法主体与执法对象的关系形式上则表现为执法主体与执法对象间存在的不信任、不默契。承诺制就是要促使执法主体取信于执法对象,使两者达到最大限度的理解和支持。而矛盾的焦点在执法主体一方,可见,通过承诺制可以改变执法主体的作风。三是行政执法承诺制对于执法效能的提高作用。行政执法主体始终是行政权的行使主体,而不是行政权的归属主体,其只是代表国家和公众行使行政权的一个处于工具状态的主体。其所担负的行政执法使命就是为行政权归属主体创造财富,以最小的代价换来最大的社会效益。承诺制的承诺方是行政执法主体,而承诺的对象是行政权归属主体。行政权行使主体和归属主体这种直接的承诺关系是最能体现和解决行政执法效能的。在明确行政执法承诺制作用的基础上,必须进一步揭示行政执法承诺制的若干属性。笔者所指的属性是就其内在特性而言的,而不是其在行政法上的本质属性或在行政法上的地位。行政执法承诺制的内在属性包括如下诸点:

1. 规范性

行政执法承诺制现在还不能够说它是一个完整意义的行政法制度,它还不是行政法制的组成部分。然而,规范性却不能不说是它的一个基本属性。行政执法承诺制的规范性有三层意思:第一层意思是行政执法承诺制应以规范的形态表现出来,至于是以什么性质的规范表现的则不是具有决定意义的问题。实行行政执法承诺制首先应在实施的范围内制定行政执法承诺制的规范性文件,使其具有完整的外形。因为只有具备了一定的外形,执法主体的承诺才有据可查。第二层意思是所承诺的内容应当规范。承诺应当承诺的事项,而不承诺不应当承诺的事项。把行政执法承诺与行政执法主体应当履行的职责予以区分。同时,应当使承诺具有可实现性,不能无原则的承诺。一些地方在建立承诺制时为了产生社会效应,无原则的进行许诺,结果使所承诺的内容无法兑现,其后果是进一步损害了执法机关的形象。第三层意思是行政执法承诺应接近现行的行政法规范,尽可能弥补现行行政法规范的不足,而不能完全脱离现行行政法规范,成为极端超前的制度。由于行政执法承诺制是行政执法主体取信于行政执法对象的一项制度,因此,有关行政执法承诺制的规范性文件应当由行政系统制定,或者由享有行政立法权的行政机关制定,或者由即将作出承诺的行政机关就有关承诺的事项制定规范性文件。

2. 非广延性

行政执法承诺制不能同一般意义的行政法制度同日而语。从承诺的本质属性观察,它应当有特定的主体,即此一主体与彼一主体,而且在比较明确的双方主体之间才能达成某种承诺。可见,承诺主体是限制承诺范围的主要因素。承诺还必须是就某种事实和具体内容的承诺,而不能是泛泛而谈的承诺。也就是说,承诺内容是限制承诺范围的又一因素。上述两因素决定了行政执法承诺首先是一定区域的承诺,就是一行政管理辖区内的承诺。目前我国行政执法承诺制仅在几个大中城市实行,在实行这一制度时并没有受相应上级的制约,或从相应上级那里取得什么根据,而是根据当地的行政管理的实际情况和当地公众对行政执法的企求状况建立承诺制的。行政执法承诺的区域性也反映了社区执法在市场经济下的发展趋势。其次是一定行政管理部门的承诺。行政管理是由若干方面构成的,根据每一方面的事务设立对应的行政机构实体。在法律的规定下,各个行政机构都有较为固定的管理对象,这些特点导致了行政执法承诺制的部门特征。最后是就具体行政管理事态的承诺。行政管理事态十分复杂,从行政管理的总系统看是如此,从一个行政机关的实际管理状况看也是如此。复杂性说明即便是一个行政机构实体也不可能或必须对所有的管理事态都作出承诺。承诺应当是行政管理相对方认为有必要承诺的。笔者在前一部分就行政执法承诺制的范围作了列举,这些列举是有普遍意义的。但就每一个行政执法体系讲,其所应当承诺的事项还受本部门的特殊情况制约。

3. 敏感性

行政执法承诺制还有一个内在属性就是其最容易体现行政执法主体和行政管理相对一方的关系。一般的行政执法行为行政机关只承担行政法规定的法律责任,只对行政法的法律规范负责。如果说也要对管理相对一方当事人负责的话,那也是极其间接的。而行政机关一旦在行政执法中对管理相对一方作了承诺就有了两个方面的责任:一个是法律规范上的责任;另一个是对承诺对象,即管理相对一方当事人的责任。其在原来法律义务的基础上加进了一个新的义务,就是信守诺言的义务。如果没有许诺,即便在执法中有所疏漏也不会带来直接的麻烦。而承诺以后,如果没有依承诺而履行职责,则会带来直接的社会后果,最终降低执法威信。这一属性一则要求行政机关所承诺的内容有十足的可实现性,而不能超越行政执法的实际能力。二则要求行政机关在建立行政执法承诺制的同时建立相关的配套制度,以保证所承诺内容能够得到兑现。

4. 自愿性

行政执法承诺制以我国行政法制的发展水平而论,还不可能成为行政法制中的一个基本制度。只是行政机关为了提高执法水平、改善执法环境而有意识地、自觉地建立的对行政执法有保障作用的一种特殊制度。该制度的最大属性之一就是其自愿性。行政机关建立行政执法承诺制不是它的法定义务。由承诺制的基本制度到承诺制确立的具体承诺内容,行政机关都有权自主决定,而无须受外界的干扰和约束。行政机关在承诺制的建立和承诺内容的确定上都具有极大的主动性。该特性可以导致一系列的承诺原则,如承诺行为和承诺内容公开化原则,承诺制原则等。承诺自愿性仅指承诺行为和承诺内容的自主性,就是说,一旦承诺关系成立,这种自愿、自主性就要发生变化,就要由单一的自愿、自主关系转化为自愿、自主和责任承担的双重关系形态。公民、法人和其他社会组织从承诺关系中得到利益是理所当然的。如果行政机关承诺后而没有信守承诺的诺言,致公民、法人和其他社会组织合法权益受到侵害,此时行政机关应当承担一定的法律责任。相对一方甚至可以提起行政诉讼保护自己的权益。此种诉讼请求与《行政诉讼法》规定的公民、法人和其他社会组织认为行政机关没有履行保护其合法权益的法定职责而可提起诉讼的规定是完全一致的。

总体而言,行政执法承诺制应当说是一种保障行政执法公开化、民主化、实效化的超前的、特殊的制度。某种意义上讲,它是行政执法朝着文明、高水准发展的必然。

第五节　行政执法责任制

一、行政执法责任制的法制基础

所谓行政执法责任制,是指行政机关及其公职人员在行政执法过程中的一种岗位责任制,即用法律或其他规范性文件的手段明确规定每个机构实体、每个行政职务、每个权力行使者的职位范畴、工作性质、职责范围等,以便能够使每个行政机关和公职人员各司其位、人尽其能、各负其责的一种行政法制度。行政执法责任制应区别于我们通常讲的行政责任,应当说行政责任是行政执法责任制的内容之一,是被行政执法责任制所包容了的,是行政执法责任制的最后一个环节。行政执法责任制应区别于行政执法,行政执法是相对于行政立法或行政司法而言的一个外延十分广泛的概念,而行政执法责任制是确保行政执法理性实现的一项制度,其归于制度范畴之下。行政执法责任制应区别于行政法制,行政法制是国家有关行政立法、行政执法、行政司法等制度的总称,而行政执法责任制则是行政法制的基本构成之一,是行政法制这一宏观制度中的一个微观制度,是行政法制这一宏观概念所能够包容的一个微观概念。作为一个微观的行政法制构成,其必然建立在一定的理论基础、一定的法制基础之上。笔者认为,决定行政执法责任制存在的底土是下列若干因素,即议行合一体制的宪政基础、单一制结构的法制统一基础、依法治国方略的法治基础,试分述于后。

1. 议行合一体制的宪政基础

宪政制度可以简单地定义为以宪法为基础并为宪法所确认的民主政治制度。当然这是从形式上而言的,至于是否符合民主政治的实质则是另一范畴的问题。资本主义国家是三权分立的宪政体制,在该制度下,立法、司法、行政各机构实体都具有完全独立的法律人格,不存在何者对何者负责的问题,最大只不过是相互牵制和平衡而已。我国的政治制度是人民代表大会制,人民代表大会处于政治生活的中心,是整个国家机器运转的发动机。在该制度之下,辅有行政制度和行政机构体系,司法制度和司法机构体系。但行政、司法是从属于人民代表大会的。马克思把社会主义国家建立的此种制度称为议行合一制度。即是说,国家的立法、议事等职能与行政、司法等职能是合而为一的。作为负责议事的人民代表大会是所有负责执法的机关的决定者。从法律上讲,人民代表大会具有独立的人格,而行政、司法是不能具备独立人格的,其人格归属于人民代表大会,归属于国家。毫无疑问,行政执法责任制是一种让行政既对自己的行为负责又同时向人民代表机关负责的一种责任制。由于在议行合一体制之下,其人格归属于人民代表机关,故其对自己行为负责、对人民代表机关负责就是顺理成章的。反过来说,议行合一的政治制度恰恰构成了行政执法责任制的宪政基础。

2. 单一制结构的法制统一基础

一个国家的法制状况与其国家结构形式有着千丝万缕的联系。一般地讲,在联邦制结构之下,法制呈现出了多样性、多方位性等特征。表现在:地方法律、法规与中央法律、法规在内容与形式上的相对反差;地方之间的法律、法规在内容与形式上的相对反差。在此复杂、多样的法制状况下,很难想象能够建立比较规范的执法责任制,因为此种法制背景下,谁对谁负责往往是不甚明确的。单一制结构之下,在国家地域板块和职能板块中只能有一部统一的、具有高度权威的宪法,一切法律、法规和规章都是宪法这一母法的子法,是对宪法所勾画出来的轮廓的具体化。任何国家机构实体的行为都应当是法律化了的行为,而任何法律化了的行为都必须符合宪法和法律的根本属性。作为执法行为来讲是严格的责任化了的行为,也只有通过责任化才能始终保证各机构实体行为与法律的高度吻合。行政执法是所有国家执法行为中最为主要、最为实质的一种,这是一个方面。另一个方面是行政执法与其他执法相比,最易出现多样性并因此游离于法制大系统之外。可见,在行政执法中强调责任制是对单一制国家结构下宪法权威的最好认同。据此,我们可以从深层次上说,单一制国家结构形式下所要求的法制统一是行政执法责任制的一个法制基础。没有这种统一化的法制基础,行政执法责任制既没有存在的必要,亦无存在之可能。

3. 依法治国方略的法治基础

行政执法责任制单就字面意义而言,其所要求的就是对政府行政权力及其行使的制约。行政机关及其公职人员在权力行使中可以表现为多种多样的状态,可以受方方面面因素的制约。在人治的治国方略之下,行政权的行使往往加进了许多权力行使者的个人意志成分,如利益关系、个人好恶、个人悟性等。而权力行使者个人所有与职权无关的因素得到了充分施展而无制约,在此状态下,权力行使主体是不会对什么负责任的。而在法治的治国方略之下,法律具有至高无上的地位,对于任何权力行使者来讲,法律就是它的上帝,不允许有法律之外的人格因素制约权力行使。如果说依法治国在我国改革开放以后只是作为一个口号而被提出来的话,那么,中共十五大以后,其已成为了一个基本的治国方略,九届人大二次会议后已得到了我国根本法的确认。[29]它是与社会主义制度、与社会主义市场经济同时并存的。依法治国作为治国的方略首先要求行使国家权力尤其行使国家行政权力的机构、人员在权力行使中多些规范化而少些任意性,依法治国对行政权行使的深层次要求在于使行政权成为一种真正的公共权力,而不能是某个特定阶层、某些个人的私有权力。权力行使者只能扮演公仆角色、服务者的角色。换言之,任何行政权的行使都应当对权力的实际归属者负有绝对的责任。以此论之,依法治国方略的法治基础成为行政执法责任制的又一基础是无须证明的。

二、行政执法责任制的内在精神

行政执法责任制包括了两个元概念:一是行政执法,即行政机关对法律、法规和规章的执行。显然,行政执法是通过一定的执法行为表现出来的,对行政执法的研究必须着眼于行政机关及其公职人员的行政行为。二是责任制,即行为的规范化表现以及对行为后果负责的诸制度。行政执法和责任制两个元概念不能简单地相加,二者是行政执法责任制这一事物的两个侧面,是相辅相成的关系形式。行政执法是责任制的主语,而责任制则是行政执法的限定词。从行政执法责任制所包含的内在精神看,无疑有下列各点:

1. 行政行为规范律

行政执法责任制所体现的第一个内在精神是行政行为的规范化问题。所谓行政行为规范化,是指行政机关的行政行为以及行政公职人员代表行政机关所为的与职权有关的行为必须符合规范化的标准。规范化是相对于随意性、任意性而言的。行政执法中行政行为的不规范就表现在行政机关和公职人员在作出行政行为时既随意又任意。首先,行政主体在作出行政行为时不参照任何标准。这有两方面的情形:一方面,是法律规范没有确立此行为的标准,致行政机关以自己的判断而为之,此点说明行政行为的规范化必须以一定的行政法制规范为前提。另一方面,法律、法规确立了某行政行为的标准,而执法主体在法律、法规确定的标准之外行事,致行政行为不规范。其次,行政主体在作出行政行为时考虑法律之外的因素。行政执法中,为了达到规范化必须做到两点:一是考虑必须考虑的因素,如考虑法律原则、考虑宪法精神等。二是不考虑不应考虑的因素,如相对一方当事人与自己的关系、对行政机关能够带来多大利益等。不规范的行政执法行为常常违背上述两者。行政行为的规范化是行政执法责任制的一条定律,通过这个定律行政机关既能掌握每个行政行为的规格,又能依该行为的法定规格行事,行政行为承受方亦能通过恰当标准把握每个行政行为的构成要素。

2. 行政行为同一律

行政行为同一律的主要内涵有:在全国范围内,同一职位、同一部门的行政行为应当保持同一。不同地域之间尽管有地域差别,但行政行为的基本状况还是应当保持基本一致的。就一个行政机关而论,行政行为应保持前后连贯,不能针对同一事态作出前后不一致的行政处理决定。一个行政管理事态如有一个行政机关已经实施行政行为,那么,别的行政机关不能就同一事态、同一理由作出相似的行政行为,行政机关之间应保持一致。同一律是行政执法责任制所具备的基本精神实质,它既可以防止行政执法中的部门保护主义、行业保护主义和地方保护主义,[30]又是行政管理相对人是否信任行政机关的一个鉴别器。如果行政机关,不论单个行政机关还是整个行政管理系统在作出行政行为时,在不同的当事人身上采用不同的标准势必导致相对人无所适从,从而降低行政机构大系统的威信。

3. 行政行为定量律

定量分析方法在现代政治学和行政管理学中得到了普遍重视。一些发达国家在行政权行使过程中亦尽可能采用量化原理,发达国家公务员制度中关于公务行为就有一条定量化的准则。[31]我们认为,科学的行政执法责任制是以行政行为的量化为先决条件的。因为只有量化以后,行政执法责任制的其他内容才能得以实现。行政行为定量律要求,应以行政机关所处地位确定其行政行为的总量及其相关性质,高层行政机关履行行政行为的量应有别于低层行政机关的量;应以行政机关的人力、物力、财力配备确定各机关行政行为的总量,财力、人力、物力都较为充足的行政机关其行为的总量就应当大于配备相对差的机关。行政系统中的职务、职称都要有相应的数量确定,可以通过行政编制法确定相应的数量。行政系统中,一个机关、一个公职人员所完成的工作项目以及各工作所占的时间比例应当用数字来说明。履行一定行政行为的行为主体所需要的资格,如专业知识、文化程度、工作资历应用数字反映出来。各行政机关、行政机关工作人员在人事、财务等方面的权限亦应用数字表述出来。通过上述若干方面的量化内容确定每个行政机关、行政机关公职人员的责任范畴。

4. 行政行为制约律

行政行为是由政府行政系统所实施的行为,行为的承担主体有三个:一是行政机关大系统,即国家行政机构总体系;二是单个行政机关,即每一个负责实施行政管理的机构实体;三是行政机关工作人员,就是在一个行政执法行为中,负责具体操作的公务人员。上列三者都只是行政行为的实施者而已,而不是行政行为和行政权的所有者。行政行为制约律就是此一理论前提的进一步演化。它是就行政机关和行政机关以外的其他国家机关、社会组织和公众之间的关系而论之的。制约律要求受行政行为影响的相对一方当事人能够通过正当的法律途径介入到对自己有直接影响的行政行为之中。如通过听证手段与作出行政处理决定的行政机关进行论辩等;其他国家机关能通过法律手段有效监督行政机关的行政行为。这种监督不单单是法律形式的,而主要是能够发挥实效的,如人民检察院可以对诸多不当或违法行政行为提起公诉,人民法院能够既对具体行政行为又对抽象行政行为进行全面的司法审查,各种社会舆论可以非常有效的通过合法途径对不当行政行为进行曝光等。通过制约使行政权的行使达到某种程度的平衡以强化其责任心。

5. 行政行为自负律

行政行为自负律是指行政行为如果发生过错,应当由相关机关和公职人员承担一定的法律责任的一条定律。行政行为若发生不当或违法应由谁来负责、承担法律后果一向是理论界争论的问题之一。有三种理论观点:第一种观点认为,行政机关的行政行为如出现过错侵犯了社会权益、他人权益应由国家负责。[32]持此说的理由是,行政机关是由国家创设,行政机关工作人员与国家有一种类似于契约的关系,国家作为行政机关和行政机关工作人员之支配力量当然应对其雇佣者的行为负责,一些人以《国家赔偿法》中赔偿责任的规定为理论和法律依据,因《国家赔偿法》规定行政机关及其公职人员执法中对相对人造成的侵害应由国家负责。第二种观点认为,行政机关和行政机关工作人员的不法行为应由以自己的名义作出行政行为的行政机关负责。[33]理由是国家只不过是一个集合概念,公务人员个人无承担责任的能力,故由行政机关负责最为合理。第三种观点认为,行政机关的管理职能最终都是分配给公职人员个人的,只有个人的失误才可能导致行政行为的违法或不当,因而由行政机关中实施行政行为的个人负责才是正确的。[34]笔者认为,第三种观点较为合理。因为我国的公务人员在行政系统中享有广泛的权利,因此亦应承担相应的义务。国家应把行政行为的责任归于行政机关的法定代表人和直接责任人,在大多数情况下由他们承担责任,各自对各自的行政行为负责,只有当其没有能力承担责任的情况下,为了达到某种平衡才由行政机关承担一部分责任。

三、行政执法责任制的内容构造

上面已经指出,行政执法责任制是行政法制中的一个微观制度,与整个行政法制大系统相比,行政执法责任制是具体的、且有实效的,是能够对行政管理活动和行政权的行使进行规制的。正因为如此,我们必须探讨行政执法责任制的具体内容构造。这些具体内容是能够被操作的,并能指导行政执法实践。笔者试作如下设想:

1. 关于法律规范和行政手段的分类落实问题

在我国法律体系中唯有调整行政管理的法律规范最为复杂。宪法原则、宪法中关于公民权利义务的规定、关于行政机关职权的规定既间接调整行政权的行使又直接规范行政管理活动过程;法律,即由全国人大及其常委会制定的规范性文件,无疑是主要的调整行政权行使的规范;行政法规是完全调整行政管理活动过程和行政权行使的规范;地方性法规中有相当大的一部分同样能够规范行政权;规章以其固有的灵活性在调适行政活动中更具有不可忽视的作用。经以上法律规范所认可的行政手段更是无法列举,仅行政处罚手段在《行政处罚法》出台以前就有120多种。[35]上述复杂情形无疑是行政执法不够理想的原因之一,至少是促成因素之一。笔者认为,建立行政执法责任制,必须科学合理地对行政法规范进行分类,对行政手段进行分类。通过分类使每一个行政机关熟悉与自己的管理行为相关的法律、法规和规章,熟悉自己能够运用和不能运用的行政手段。上述众多的行政法规范和行政手段,可以分为四大类:第一类是通则性或普遍性规范和手段。它们对任何行政机关及其公务行为都具有规制作用,如《行政处罚法》关于行政处罚程序的规定就具有通则性和普遍性。第二类是类别性规范或手段。其只适用于某一门类或某些部门的行政管理领域,如《税收征收管理法》和其所确认的行政手段仅在税务行政系统适用,而与别的行政部门没有密切关系。第三类是个别性规范和手段。其只能对特定行政机关就特定的行政管理事务起作用,如有关高速公路行车规则、有关戒严的法律手段仅在极其有限的范围内有意义。第四类是区域性规范和手段。其仅适用于一定的行政区域之内,如民族自治机关制定的自治条例及其所确认的手段。每一个行政管理部门都应当以上述标准对法律规范和行政手段进行分类,并于本系统内予以落实,一些地区的法规上榜、行政手段上榜的作法就很能体现行政执法责任制的内涵。

2. 关于执法项目和权力行使的分块负责问题

行政机关履行行政管理职能具有执行性和指挥性。任何一个行政管理行为都是执行性与指挥性的统一。所谓执行性,是指行政机关的任何一个管理行为都是对人民代表机关意志或者法律规范的执行。此点表明行政机关的执法行为首先是一种义务,一种必须承担的、不可推卸的责任。所谓指挥性,是指行政机关在履行管理职能时有着对管理相对方的刚性权力,可以为相对方设定义务并使其服从之。行政机关的此种执行性和指挥性是统一的,它常常统一于一个行政机关的全部行为之中,统一于一个行政管理活动中。一个行政机关此种义务与权力的统一就构成了一个权力义务板块。每一个权力义务板块都具有非常强烈的排他性。在行政执法中之所以会出现越权、职责不明、推诿都与权力义务板块之间的界限不清有直接关系,而此点在理论界是被忽视了的。执法项目和权力行使的分块负责就是指通过确定每一个行政机构实体的执法项目及其执法项目的数量和具体的权力范围明确每个具有板块状的行政机关的职责。行政机关的执法项目可以分为三类:第一类是主动执法的内容。行政执法与民事、刑事执法等有一个显著的区别就是行政执法中的主动执法所占的比重较大,即是否有相对方的请求都不影响行政机关实施一定的执法行为,如税务机关积极征税、兵役机关积极征兵。如果行政机关不为此种执法行为将会导致不作为的违法行为及其后果。第二类是被动执法的内容。即行政管理事态发生偏差,行政相对人违反法律以后,其便适用法律以理顺此一方面的管理关系,作为的违法大多在此类行政执法行为中发生。第三类是折中执法的内容。行政相对人申请权益和请求保护,行政机关据此请求而为的执法就属此类,如颁发许可证和执照等。之所以将其称为折中执法是说此种执法须行政机关和相对方两方面的意思表示才能成立。与此三类执法相适应,行政机关行使的权力也有同样划分。通过这种板块上的分类使行政执法中行政机关的权力义务达到最大限度的一致。

3. 关于命令指示和请示汇报的线路畅通问题

在行政机构体系的纵向关系上有三个范围的关系:第一个是政党体系、政权体系与行政机构体系的关系。执政党通过路线、方针、政策为行政权的行使设计方略和确定目标。政权体系表达国家意志使行政机构有效执行之。政党和政权体系在政治生活中的地位是高于行政机构体系的,因此他们之间的关系是纵向的而非横向的。第二个是行政机构体系与社会管理事态和相对一方当事人的关系。行政主体通过行使行政权对所有管理事态发生作用,通过行使行政权调整各种各样的社会关系。由于这些关系的调整是在权力作用的过程中实现的,故也是一种纵向关系形式。第三个是行政系统内部上下级之间的层级关系和一个行政机关内部领导者与被领导者的关系。我们经常谈到政令畅通问题,就是要求政党体系和政权体系的意志能够通过行政机构系统贯彻下去。而行政系统内部的命令指示和请示汇报关系是否完善具有决定意义。行政系统内部的命令指示和请示汇报必须逐级进行。下级行政机关要经常对上级行政机关汇报工作,提供管理事态的信息并反馈有关行政决策的实际效果。由下至上的传递应当遵循明确的线路,一般情况下按行政系统设立的层级关系运行。如果下级超越某个级别向更高一级的机构请示汇报必然会导致误差,而视为行政越权。自上而下存在命令指示问题,即上级把有关的行政决策传递到下级。此一传递线路亦应逐级进行,不能超越职权。在理论界有一种观点认为上对下不存在越权,该理论显然不能成立。因为行政机构体系的层级关系处在一个链条上,环环相扣,一旦这种衔接关系被打破,行政系统的运行就必然出现阻滞。当然,在非常情况下,才可以越级请示汇报,越级命令指示。行政系统中命令指示和请示汇报关系中还有一个必须指出的问题,就是下级行政机关必须具有一定的相对独立性,因为他们距行政管理事态最近,应让其如实地汇报有关情况,并能够独立处理有关事务。上下层机构之间、上下级公职人员之间的线路畅通关系要求以法律规范明确各自的职责范围和相互联系的途径。

4. 关于不法确认和制裁规则的对应问题

行政执法责任制必须有最后一道防线作为保障,此道防线既有制裁作用,又确实能够矫正行政违法和行政越权。我们认为建立不法行为确认制度和制裁规则就是这道防线的基本内容。

首先,对于不法行为应当进行科学分类,如可以按其危害程度分成轻微违法和严重违法,前者对社会的危害要小于后者,因此应以制裁后者为主。可以按其动机分为为了个人利益和为了小团体利益的违法,前者是为了执法人员个人的利益而违反法律的规定,后者则是出于地方保护、部门保护、本机关利益保护而践踏法律。目前,理论界缺乏对后一类型的研究,因而在打击地方保护主义、部门保护主义等方面显得不十分得力。可以按其行为的外在表现分为突发性违法和预谋性违法,前者是在违法行为人没有任何心理准备的情况下实施的,后者则是在充分的思想准备下实施违法行为的。显然应以打击后者为重点。

其次,应正确认定不法行为。行政违法比民事、刑事违法的表现要复杂得多,其认定的难度亦相当大。在认定过程中必须综合考虑,除了以法律原则、法律条文为依据外,还要结合行政合理性原则的内容,在合法与合理的选择中,笔者认为应选择全社会公认的公共道理,把合理与合法有机结合是最理想的。

再次,不法行为的制裁应及时。对于行政不法行为的制裁主体在我国是多形态的,如人民法院可以通过行政审判的途径制裁;监察机关可以通过行政监察给予制裁;上级行政机关和本级行政机关可以通过纪律处分制裁;人民代表机关通过监督权进行制裁等。然而,上述若干制裁主体的制裁行为难于协调一致,若能像一些国家和地区建立专职的惩戒委员会[36]则能收到更好的效果。

最后,不法行为和制裁手段应当对应。我国行政处罚制裁和刑事制裁制度之间有密切的衔接关系,如行政拘留的最高限度和刑事制裁中限制人身自由的最低限度相衔接,在打击社会上的不法行为方面相得益彰。而行政处分和刑事制裁存在较大断层,如六种行政纪律处分与刑事制裁没有任何的衔接关系,若一个违法行为超出了行政处分制裁的范围,但却不够刑事制裁,此时违法行为人很可能逍遥法外。笔者曾经提出应建立职务违法行为的行政处罚制度,以此制度使不法行政行为的制裁达到过责相适应。

第六节 行政执法工具的规范化

一、行政执法工具的概念界定

行政执法工具本来应当是一个法律用语,至少在规范行政执法的法律规范中应当有一个界定,然而目前我国法律规范中却没有行政执法工具的概念,如规范行政处罚的《中华人民共和国行政处罚法》就没有关于处罚执法的工具规定。1999 年 1 月 22 日通过的 2006 年修订的《湖北省行政执法条例》,1996 年 9 月 28 日通过的《湖南省行政执法条例》等都没有行政执法工具的规定。由于没有法律上的定义,我们只能在学理上探讨行政执法工具的概念。笔者认为,可以给行政执法工具下这么一个定义:所谓行政执法工具就是指行政执法机关在行政执法活动过程中使用的能够对相对一方当事人权益产生影响的物质性器具、器械和其他达到目的的物理手段。[37]

1. 行政执法工具是行政执法的物质实力

行政执法是行政主体代表国家所为的一种法律行为,其在运行中以国家强制力为后盾,并以国家强制力向相对一方当事人施加影响。行政执法的实现是以国家的强制力作为基本保障的,因此,行政执法必须有相应的实力,甚至可以说,执法过程就是一定的国家或行政实力的体现。而在这些实力中有些是非物质的实力,有些是物质的实力。作为权力的根本属性而论,它是一种对相对方意志施加压力的力量,以改变或强化权力承受者的意志为根本,而意志本身并不是物质性的东西。同时,权力行使还有物质性的实力,它常常在具体环节中发挥作用,有时非物质实力要发挥作用必须依物质实力的运用,此时,物质实力就成为非物质实力的基础条件。行政执法工具就属于物质性实力,它既是看得见摸得着的,又是对执法过程具有实质意义的。可以说,非物质实力较为抽象,其在联系行政主体与相对方当事人方面所起的作用较为间接,而行政执法工具则直接把行政执法主体和行政相对一方当事人连结起来,处在具体而现实的界面上。任何行政执法行为都是如此,[38]而理论界片面地认为只有规则才是连结行政执法主体和行政相对人的因素,而忽视了执法工具作为一种物质实力在联结行政主体和相对人中的作用。

2. 行政执法工具是行政执法的非人格性要素

行政执法是行政主体和执法对象的一种合意,即行政法主体意志和相对一方当事人意志融合以后产生一种新的合意的意志,行政执法才能最终完成。在这种合意过程中,存在行政主体行为及其模式、相对一方当事人行为及其模式,而这些东西都是人格性要素,即加进了意志因素和身份化因素,行政主体意志因素和身份化因素与相对方意志因素和身份化因素的反差是加大行政执法难度的重要原因。在规范行政执法问题时,人们对这种人格性要素给予了高度关注,如《湖南省行政执法条例》第10条规定:"行政机关和行政执法人员依法履行行政执法职责受法律保护。任何单位和个人不得拒绝、阻碍行政执法人员依法行使职权,不得违法干预行政执法。"这些关于职权的规定都是人格性要素。然而,人格性要素只是行政执法中的要素之一,此外,还有非人格化要素,即它不体现意志因素、身份因素等。行政执法工具就是这种既不体现意志又不体现身份的非人格要素。但是,非人格要素常常是人格要素的决定因素和基础,如行政机关在执法中没有使用相关器械而仅对相对人进行说服,此时,行政相对人就不可能出现与行政主体意志和行为的对立,可见非人格性要素在行政执法中同样忽视不得。[39]

3. 行政执法工具是行政执法过程中运用的

行政执法工具是一个具有严格时空感的概念,只有一定时空内行政主体使用的工具才是行政执法工具。我们知道,行政主体每日每时地与一定的工具发生着联系,日常的办公设施、办公用品、文件处理工具等都与行政主体的职权有关。但我们不能把行政主体运用的这些非常宽泛的工具都纳入到行政执法工具的范畴之内。行政主体的行政行为与相对一方当事人发生联系后,必须确定一个联系过程的起点和终点,在起点和终点时间段内使用的工具方可纳入行政执法工具的范畴。行政主体行政行为也存有空间问题,行政主体在确定空间内使用的工具是行政执法工具的另一限定条件。如《公安机关警戒带使用管理办法》第4条规定:"公安机关使用警戒带,应当以既有利于履行职责,又有利于公民、单位的正常活动为原则。夜间使用警戒带应当配置警示灯和照明灯。使用警戒带的情形消灭时,应当立即停止使用和拆除。”此条就限定了警戒带这一执法工具的时间性和空间性。而在上列时空外的“专用标志物”则不是任何意义上的执法工具。上述三个特性,前两者揭示了行政执法工具的自然属性,而第三者则揭示了行政执法工具的规则属性。

二、行政执法工具立法的现状

我国关于行政执法工具的立法与其他加强行政法治的立法相比显得十分薄弱,到目前为止规范行政执法工具的立法仅有五六件,如《中华人民共和国人民警察使用警械和武器条例》、《公安机关警戒带使用管理办法》等。此外,在一些行政法文件中有一些零散的规范行政执法工具的规则,如《中华人民共和国人民警察法》第11条规定:“为制止严重违法犯罪活动的需要,公安机关的人民警察依照国家有关规定可以使用警械。”《保税区海关监管办法》第6条规定:“保税区实行海关稽查制度。区内企业应当与海关实行电子计算机联网,进行电子数据交换。”第12条第1款第3项规定:“保税区行政管理机构自用合理数量的管理设备和办公用品及其所需的维修零配件,予以免税”等。这些规定还不足以对运用频率极高的行政执法工具进行合理调控,总之目前存在的问题可以概括为下列方面:

1. 行政执法工具尚未作为行政执法的明确规制对象。首先,学界关于行政法的定义中,尚未有人认为或明确提出行政法必须对行政执法工具作出规定。有学者列举了行政法的若干功能,提到“行政法是规范行政权力如何行使和运用的法”[40],但认为行政权力及其如何运用的规范并不必然包括对行政执法工具的规范。正如我们前面所讲到的权力是一种人格化的东西,是一种以意志力为实质内涵的东西,而行政执法工具则是非人格化的东西,其不在意志力之列,因而难以将行政执法工具与行政权等同起来。事实上,近两年来学者们在讨论行政强制执行法时,几乎都没有提到行政主体在强制过程中强制工具的使用问题,[41]仅从抽象的、人格化的角度谈论规则,“还需要一整套规范行政权运用及行使的规则,这类规则包括实体规则和程序规则两部分,是行政法的核心内容。”[42]其次,行政法治实践也疏于对执法工具进行规范。笔者查阅了数省市有关专门规范行政执法的地方性法规,其都有行政执法主体、行政执法行为、行政执法程序、行政执法监督的规定,但毫无例外地没有行政执法工具的规定,甚至在行政执法行为和行政执法程序中也没有提到行政执法工具问题。尽管我国已经有五六部规范行政执法工具的专门立法,但这些立法所规制的执法工具并不是在普通行政执法中运用极广的那些工具,而是类似于刑事执法中使用的工具,如手铐、电警棒、警戒带等。纯粹行政性执法工具,如检测仪、定位器、执法用车辆等则没有一个专门的立法予以规定。

2. 仅有的行政执法工具规则大多是就事论事式规定,没有将规制行政执法工具的规则当成一个系统化的规则。如《公安机关警戒带使用管理办法》第5条规定:

"公安机关及其人民警察履行职责时,可以根据现场需要经公安机关现场负责人批准,在下列场所使用警戒带:(一)警卫工作需要;(二)集会、游行、示威活动的场所;(三)治安事件的现场;(四)交通事故或交通管制的现场;(五)灾害事故的现场;(六)爆破或危险品实(试)验的现场;(七)重大的文体、商贸等活动的现场;(八)其他需要使用警戒带的场所。"此种列举了一大堆可适用警戒带场所的立法形式,看似具体和可以操作的,其实它充分反映了其在立法技术上的就事论事性,因为,此种行文方式并没有给行政主体指出执法工具使用的有限性,也没有使行政管理相对一方当事人领会限制使用行政执法工具的意义。另外,目前我国法律规制的行政执法工具是极其个别的,在广泛的行政执法工具中仅仅选择数量和形式极小的一部分更使其陷入了就事论事的泥潭之中。此种就事论事的、作出严格选择的规范方式,只能让广大公众感到立法所关注的敏感的东西,而不是牵涉绝大多数人权益的普遍的东西。

3. 行政执法工具规则内容的无序性。有关行政执法工具的规则无疑是控权性规则,而不是赋权性规则,这是不需要论证的问题,因为任何一个行政法文件不论对于行政主体还是行政管理相对人都有一个明确的行为取向,或者是有利的行为取向,或者是不利的行为取向。而目前有关行政执法工具的规则都难以判定其对行政主体或当事人是有利取向还是不利取向。如《中华人民共和国人民警察使用警械和武器条例》第2条规定:"人民警察制止违法行为,可以采取强制手段;根据需要,可以依照本条例的规定使用警械;使用警械不能制止,或者不使用武器制止,可能发生严重危害后果的,可以依照本条例的规定使用武器。"显然,这对行政主体而言是一个赋权性条款,而实际上这一赋权是不必要的,因为人民警察使用执法工具是必然的,并不以赋权为转移。实质性问题是要对使用器械作出严格限制。而此法中的限制性条款并没有得到充分体现,其最大不过与赋权性条款保持相当比重。无序性的立法技术必然不利于对行政执法工具的规制。

4. 行政执法工具规则操作性较弱。行政执法工具的规则在所有行政法规则中应当是最为具体的,最容易操作的,因为工具的使用本身就是操作层面的问题。而我国现有的立法文件关于行政执法工具的规定其操作性不强,还以《中华人民共和国人民警察使用警械和武器条例》为例,其第3条给警械下了这样一个定义:"本条例所称警械,是指人民警察按照规定装备的警棍、催泪弹、高压水枪、特种防暴枪、手铐、脚镣、警绳等警用器械;所称武器,是指人民警察按照规定装备的枪支、弹药等致命性警用武器。"那么,人民警察在行政执法中使用的第3条以外的执法工具就不一定受到规制,而此条之外的,甚至比此条所指执法工具更为敏感的执法工具同样是人民警察经常使用的。而依此条,它们在使用过程中就可以不遵守任何规则,这显然有悖于立法宗旨。再则,行政执法工具的使用是在行政主体和相对人发生接触的一刹那发挥作用的,作为规范执法工具的规则必须对接触过程中相对人如何保护自身权益,如何对所使用工具作出反应而有所规定,但目前关于工具使用的规定都是一种单向式规则。

三、行政执法工具规范化的内涵

从表面上看,行政执法工具只是一个极其具体的问题,是一个手段问题,在行政法治中的地位似乎不值一提。然而,笔者认为行政执法工具由于处于行政权作用主体和作用对象的交合点上,使其显得比行政执法中的其他问题更加敏感。甚至可以说,行政执法工具的规范化程度反映了一国行政执法的文明程度。在粗暴执法的概念之下,往往是行政执法工具的不合理使用,而在文明执法的概念之下,则是行政执法工具的合理化运用。正因为这一点,探讨行政执法工具的规范化,无疑对行政法治具有重大意义。我们认为,行政执法工具的规范化有下列内涵:

1. 行政执法工具名称的规范化

可以说,目前我国关于行政执法工具的概念既不是一个学术用语,更不是一个法律用语。就前者而论,理论界并没有关于行政执法工具或执法工具的一个概念界定,国内尚无一部行政法教材对行政执法工具展开讨论,也没有学者发表相关论文探讨行政执法工具,这样便使行政执法工具缺乏确切的概念界说。就后者而论,尚无一部法律或法规专门使用行政执法工具这一概念。也就是说,目前我们对行政执法工具的称谓只是一个日常生活用语。而这样低层次的用语远远唤不起人们对行政执法工具的重视,远远不能使行政执法工具成为行政法规范和调整的对象。我们所讲的行政执法工具名称的规范化的第一层含义是,应使行政执法工具的概念尽快成为法律上的称谓,成为一个具有严谨法律意义的术语。在行政执法的行政法规范中应明确提出"行政执法工具"这样的概念。第二层含义是应使行政执法工具的名称有严格的时空限制,正如前述行政主体每日每时地与一定的工具发生联系,每日每时地使用着一些工具,我们必须在行政主体使用的复杂的工具概念中确定出行政执法工具的时间范围和空间范围。

2. 行政执法工具类别的规范化

在行政执法工具名称规范化以后,便应以一定的标准划分并在行政法规范中确定行政执法工具的类别。行政执法工具的使用主体是不同的,行政执法工具对相对一方当事人的权益影响是不同的,行政执法工具在行政主体与行政相对人的接触方式上是不同的,可以依这样的区别对行政执法工具的类型作出确定。如公安机关在行政执法中的执法工具目前就分为警戒带,"是指公安机关按照规定装备,用于依法履行职责在特定场所设置禁止进入范围的专用标志物"。[43]警械"指人民警察按照规定装备的警棍、催泪弹、高压水枪、特种防暴枪、手铐、脚镣、警绳等警用器械"。[44]武器"指人民警察按照规定装备的枪支、弹药等致命性警用武器"。[45]上述分类方式不论其是否科学,但至少为我们确定今后行政执法工具的方向和方式提供了范例。通过对行政执法工具的分类,可以解决一系列执法工具运用过程中的具体问题,诸如哪些执法工具只能由执法机关独用、哪些执法工具只能由特定行政机关使用、哪些行政执法工具只有在特定条件下才可以使用的问题。工具作为一个范畴概念包括诸多甚至无法详尽列举的物质器械或械具,如果不作科学分类,如果不将其以法律规范的形式确定下来,必然在行政执法中被盲目而无规范的运用。

3. 行政执法工具使用环节的规范化

这应当是行政执法工具规范化的关键。行政执法工具本身是一个静态的事物,是一个没有任何人格要素的机械品,而作为这样的机械品相对一方当事人是不会对其提出疑问和抵制的。而在行政机关对其使用以后就赋予了其新的含义,使其由静态的、中性的东西变成了动态的和有所偏向的东西。行政主体对行政过程的实现就是在这种动态化过程中完成的,行政相对人的权益如果被侵犯也是由于这种动态性而引起的。以此而论,行政法必须对行政执法工具的使用环节作出规定,使行政执法工具与相应的行政管理环节对应起来。例如公安机关利用电子计算机这一行政执法工具通缉犯罪嫌疑人,近年来就引起了社会各界的极大关注,事实上这一工具的使用也给一些公民、法人和社会组织的合法权益造成了侵害,[46]而其被侵害后并没有有效的手段予以救济。但对相对人的强烈反应还是引起了有关机关注意,也就是说,如果这一执法工具没有规范化,既有可能侵害相对人的合法权益,又有可能阻碍行政机关良性执法。试想一下,若将电脑这一现代化的设备恰当地、规范化地运用于行政执法中必然会取得良好效果,关键问题是要确定其运用的环节。

4. 行政执法工具承受对象的规范化

行政执法工具是由行政主体使用的,因为行政主体就是行政执法的主体,整个行政执法活动就是在其启动和运行的过程中而完成的。而行政执法工具最终是要作用于行政管理相对人的,从这个意义上讲,行政相对人是行政执法工具的承受对象。这样便产生了行政执法工具和行政相对人对应的问题,即是说,特定的行政执法工具只能由特定的行政相对人承受。如《中华人民共和国人民警察使用警械和武器条例》第 7 条规定,警棍、催泪弹、高压水枪、特种防暴枪等只能在 8 种情况下使用,而且只能是在警告无效后才可以使用。这就严格限定了上述执法工具的承受对象。行政执法工具承受对象的规范化是行政执法工具规范化中最具有实质意义的部分,因此通过这一规范化可以使不该承受某一执法工具的公民、法人和其他社会组织免遭侵权。

四、行政执法工具的法律控制

行政执法工具的规范化所揭示的是行政执法工具的一种理想的法律状态,而这些规范化的内涵要得到实现还必须通过有效的法律手段进行控制,笔者试结合我国行政法治的实践对行政执法工具的法律控制作出如下构想。

1. 应使行政执法工具的使用制度化

以我国行政执法的实践观察,似乎有一个不成文的规则,或者不需要论证的认识,那就是行政执法工具是行政执法权的附属物,也就是说,某一行政主体取得了某一方面的行政执法权,同时就伴有实现这些权力的无限手段,运用所有应当运用的执法工具也是其权力的延伸和必然结果。正由于这一点,在我国,行政主体对任何工具的使用似乎都是顺理成章的,不需要取得法律上或政策上的依据,如由电话而BP机、由BP机而手机、由手机而电脑互联网等,几乎都是在没有任何根据的情况下使用的。只是近年来对一些较为敏感的行政执法工具才作出规定,[47]而这些规定的绝大部分是赋权性规则和义务性规则的统一,而不是完整意义上的控权或限权规则。笔者认为,必须建立行政执法工具使用制度规则,要有一个明确的价值取向,就是行政执法工具的使用必须受到相应的控制,必须由规范化的制度对其进行约束。目前的行政执法制度、行政处罚制度、行政强制执行制度、行政许可制度都没有包括行政执法工具的使用制度。在这样的立法环境下,我们再不可能在一些已经制定出来的法律规则中塞进行政执法工具制度化的内容,而我们恰恰可以制定一个单一的规范行政执法工具使用的法律、法规或者规章,尽快使这一制度建立起来。

2. 应使行政执法工具与行政主体的职权对应化

行政执法工具与行政主体职权之间的关系应当成为行政法对行政执法工具进行控制的另一重要方面。行政机关工作与行政主体职权的关系在目前并没有对应起来,一项行政职权可以派生无数行政执法工具使用的机会,这样便使行政执法工具的使用成为一个无底洞,即怎么使用都行。行政执法工具必须与行政主体职权相对应,一方面要求一定的职能权限机关只能对应一定的行政执法工具,如公安机关对应警械、器械、武器等行政执法工具,税务机关对应财务账单等,通过这样的职能对应使特定职能机关只能使用特定的行政执法工具,而不能使用本应由其他机关使用的工具。在行政执法实践中,常常对于行政越权没有太准确的客观标准,若执法工具与职能权限对应后,其便可作为一个较为客观的标准确定行政越权。当然,此种对应不一定是绝对的,有时可以出现数个职能机关对应同一类行政执法工具的状况,如公安机关和安全机关就有可能对应同一类行政执法工具,税务机关和财政机关可能对应同一类行政执法工具,而这都可以通过巧妙立法予以解决。另一方面要求特定的行政权力对应特定的行政执法工具。行政权的总概念之下包括了许多从属概念,如我们可以在行政权概念之下,再划分命令权、制裁权、形成权、设定权、强制权、许可权、奖励权等,不同的权力可以产生不同的行政关系,不同的权力有不同的运用范围,不同的权力会给当事人带来不同的物质后果。如果我们能够在不同的行政权形式之后确定附属性的行政执法工具,那将既使不同类型的行政权形式不会滥用,又使不同的行政执法工具得到合理运用。若能使行政权的不同类型与不同行政执法工具相对应的理论框架建立起来,对行政法学理论也是一个巨大贡献。此种对应一旦澄清以后,就应在行政法文件中予以反映,我国台湾地区“监察法”关于监察权的规定就采取了每一种权力对应一定的执法手段和执法工具的立法技术,其操作的方便程度和对相关权力控制的效果是显而易见的。

3. 应使行政执法工具的运用程序化

我国行政立法中的程序规则并不少见,但这些程序规则的着眼点都在行政行为方面,如《中华人民共和国居民身份证法》第7条规定:“公民应当自年满16周岁之日起3个月内,向常住户口所在地的公安机关申请领取居民身份证。未满16周岁的公民,由监护人代为申请领取居民身份证。”第8条规定:“居民身份证由居民常住户口所在地的县级人民政府公安机关签发。”而关于行政执法工具的规定又欠缺具体操作的程序规则。总之,程序规则和行政执法工具的使用并没有完全对应起来。因此,笔者建议,今后有关行政程序的立法应侧重对行政执法工具使用程序的规定。[48]对行政执法工具使用的主体、使用的范围、使用的时效、使用过程中应当终止的事项等作出具体规定。我国正着手制定行政程序法,应当利用这样的契机使我国行政程序立法有一个质的飞跃,由规范较为原则的行为过程转化为既对行为过程又对具体的执法工具使用同时作出规定。还应指出,对行政执法工具的使用确定程序规则并不是不可能的,《中华人民共和国人民警察使用警械和武器条例》尽管对执法工具使用的程序规定得还不甚具体,但这种对使用程序进行规定的立法尝试就证明了它存在的可能性。

4. 应使行政执法工具的不当使用责任化

法律责任规则是法律规范中权利义务得到实现的最后一道屏障。因此,在我们探讨行政执法工具的法律控制时必须把行政执法工具使用的责任放在最后一环。显然,此一环节的确定必须与前面若干环节衔接起来。正如《中华人民共和国人民警察使用警械和武器条例》在规定了警械和武器的使用标准、程序规则之后,规定“人民警察违法使用警械、武器,造成不应有的人员伤亡、财产损失,构成犯罪的,依法追究刑事责任,尚不构成犯罪的,依法给予处分,对受到伤亡或者财产损失的人员,由该人民警察所属机关依照《中华人民共和国国家赔偿法》的有关规定给予赔偿。”“人民警察依法使用警械、武器,造成无辜人员伤亡或者财产损失的,由该人民警察所属机关参照《中华人民共和国国家赔偿法》的有关规定给予补偿。”这些规定都是非常有益的,是今后有关行政执法工具的立法应进一步贯彻的。在确定行政执法工具不当使用的责任时,必须把行政主体应当承担的责任和行政机关工作人员的责任予以合理区分,把相对一方当事人所受的精神损害和财产损害等予以合理区分。就《中华人民共和国国家赔偿法》的规定看,关于行政执法工具不当使用的责任条款明显不足,那么,今后在确定执法工具不当使用的责任追究时应加大责任追究力度。只有如此,才能有效控制行政执法工具的滥用。

注释

〔1〕 罗豪才主编:《行政法学》,中国政法大学出版社1996年版,第67页。

〔2〕 王名扬:《英国行政法》,中国政法大学出版社1987年版,第51页。

〔3〕 抽象行政行为与具体行政行为的分类应当说是大陆学者从我国台湾地区学者的研究中借鉴过来的,在我国台湾行政法的教科书中都有关于抽象行政行为与具体行政行为的分类。大陆在1983年出版的第一部行政法学统编教材中就有这样的分类。后来在制定《中华人民共和国行政诉讼法》时,这一分类被写进该法中,从此其便由理论术语变成

了严谨的法律概念。参见张家洋:《行政法》,三民书局 1986 年版,第 530 页;王珉灿主编:《行政法概要》,法律出版社 1983 年版,第 101—112 页。

〔4〕 在一些发达国家,由于强调进入了福利国家时代,因而对行政成文法提出了越来越多的疑问,认为其在规制行政权方面有一定的滞后性,言下之意应强调行政法规则之外的法律渊源形式对行政权的规制。我们认为在我国行政法治化程度还不高的情况下,仍应以制定法为行政法的主要渊源,并严格以制定法规范行政主体。

〔5〕 如国家关于农转非的规定在城市郊区和边远山区就存在明显的差异,这种差异不是体现在法律之中,而是在其运作或者适用过程中,城市郊区的农民在目前的市场经济下绝大多数是不愿意农转非的,这是由城市城区土地的昂贵价值决定的。而边远山区的农民则大多愿意农转非,原因在于农转非以后可以获得比占有土地更大的利益,那么,行政执法中就必须对这两种情况分别处理。

〔6〕 [美]金勇义:《中国和西方的法律观念》,陈国平等译,辽宁人民出版社 1989 年版,第 12 页。

〔7〕 [英]丹宁:《法律的训诫》,杨百揆等译,群众出版社 1985 年版,第 101 页。

〔8〕《美国总统就职演说》,北方文艺出版社 1990 年版,第 338 页。

〔9〕 中国共产党第十一届三中全会提出了"有法可依、有法必依、执法必严、违法必究"的法制思路,并确定为我国社会主义法制的基本原则,并认为"有法必依是社会主义法制的中心环节"。参见《中国大百科全书》(法学卷),中国大百科全书出版社 1984 年版,第 518 页。

〔10〕 参见《湖北省行政执法条例》(1999 年 1 月 22 日湖北省第九届人民代表大会常务委员会第七次会议通过,2006 年修订)第 2、5、14 条。《湖南省行政执法条例》(1996 年 9 月 28 日湖南省第八届人民代表大会第二十四次会议通过)第 2、3、7、11 条。《云南省行政执法监督条例》(1998 年 11 月 27 日云南省第九届人民代表大会常务委员会第六次会议通过)第 2、3、8 条等。

〔11〕 [美]爱·麦·伯恩斯:《当代世界政治理论》,曾炳钧译,商务印书馆 1983 年版,第 105 页。

〔12〕 同上书。

〔13〕 列宁此处所指的法令是指《关于社会主义土地规划和过渡到社会主义农业的措施的条例》是全俄中央执行委员会在 1919 年 2 月通过的,它实际上是一个有关农业方面的基本法,列宁之所以将它叫法令是由当时历史环境决定的,切不可将它理解为政策或政令。

〔14〕 参见《列宁全集》(第 30 卷),人民出版社 1957 年版,第 173 页。

〔15〕《中华人民共和国行政复议法》第 7 条。

〔16〕 马克斯·韦伯将科层制管理体制称为合法型统治,并指出它的特征是:(1)通过协议的或强加的任何法都可能以理性为取向,即目的合乎理性为取向,并制定成章程,同时有权至少要求团体的成员必须尊重它;(2)任何法按其本质都是一些抽象的、一般是有意制定成章程的规则的总体;(3)职务等级原则,也就是说,任何机构都有固定的监督和监察制度,下级机构却有权向上级机构投诉或提出异议。……参见[德]马克斯·韦

伯:《经济与社会》(上卷),林荣远译,商务印书馆1997年版,第242—245页。

〔17〕《马克思恩格斯全集》(第1卷),人民出版社1956年版,第302页。

〔18〕[美]约翰·罗尔斯:《正义论》,何怀宏等译,中国社会科学出版社1988年版,第186页。

〔19〕这些被调查对象都是行政职能部门的执法人员。

〔20〕杨佳文:“官员法律素质令人吃惊”,载《政府法制》2001年第1期。

〔21〕关保英:《行政法的价值定位》,中国政法大学出版社2003年版,第29页。

〔22〕刘海明:“执法也有主客场”,载《中国青年报》2001年8月22日。

〔23〕罗豪才主编:《行政法学》,中国政法大学出版社1996年版,第23页。

〔24〕[古希腊]修昔底德:《伯罗奔尼撒战争史》,谢德风译,商务印书馆1960年版,第205页。

〔25〕如2000年国务院制定的行政法规(含修订)有25件,而同期部委规章却有42件,且不包括修订的。自1996年以来,基本上每年都保持这样的数量。

〔26〕[英]弗洛姆:《人的呼唤》,毛泽应等译,三联书店1991年版,第7—8页。

〔27〕朱镕基:《中华人民共和国国民经济和社会发展第十个五年计划纲要》,人民出版社2001年版,第74页。

〔28〕[英]洛克:《论宗教宽容》,吴云贵译,商务印书馆1982年版,第37页。

〔29〕九届人大二次会议将“依法治国”写进了宪法,成为宪法的第13条修正案。

〔30〕行政执法中的“部门保护主义”、“行业保护主义”、“地方保护主义”是指行政机关的行政行为不是以法律为准绳,而从本部门、本行业、本地方的利益出发,结果损害了国家利益、社会利益和其他管理对象的利益。

〔31〕例如美国等发达国家关于公务员公务行为的考核就采用“工作标准法”(参见金伟峰:《国家公务员法比较研究》,杭州大学出版社1994年版,第164页),实际上就是一种定量分析法。

〔32〕参见胡建淼:《行政法学》,法律出版社2003年版,第461页。

〔33〕参见谭健主编:《现代行政管理手册》,辽宁人民出版社1987年版。

〔34〕参见张淑芳:“简论行政赔偿无过错责任”,载《法学天地》1993年第5期。

〔35〕高志新主编:《〈中华人民共和国行政处罚法〉释义》,红旗出版社1996年版,第20页。

〔36〕例如法国、瑞士、奥地利等国都设立了专门的行政惩戒机构。参见金伟峰:《国家公务员法比较研究》,杭州大学出版社1994年版,第198—199页。

〔37〕参见《辞海》,上海辞书出版社1979年版,第1152页。

〔38〕学界一般认为联结行政主体和相对一方当事人的仅仅是规则,其实规则只是一个联结过程中的设定要素,具体的联结环节还是行为和工具。

〔39〕我国行政法学界目前尚处于人格化研究阶段,还没有达到非人格化的研究层次,笔者对行政执法工具的研究无疑是一个非人格化研究的尝试。

〔40〕应松年主编:《行政法学新论》,中国方正出版社1999年版,第12页。

〔41〕学者们对行政强制研究时,常常把行政强制措施独立出来,使其成为行政法中的一项独立制度,这是应当肯定的,但目前强制措施的研究并没有对强制措施施行中使用工

具进行研究。2000 年行政法年会试拟稿亦没有提到强制措施中的工具问题。而我国行政强制执法实践中滥用执法工具的情形非常普遍,如一些机关运用大型推土机、吊车甚至爆破器材拆除相对人的违章建筑,此种工具的不当使用必然会侵害相对人的合法权益。

〔42〕 应松年主编:《行政法学新论》,中国方正出版社 1999 年版,第 13 页。

〔43〕 参见《公安机关警戒带使用管理办法》第 2 条。

〔44〕 参见《中华人民共和国人民警察使用警械和武器条例》第 3 条。

〔45〕 同上书。

〔46〕 据有关部门披露此类案件的发案率近年来有上升趋势,有些已经造成了严重后果。

〔47〕 目前所规定的执法工具大多限制在公安机关使用的范围内,而对其他行政机关执法工具的规定几乎还没有涉及。

〔48〕 如《中华人民共和国人民警察使用警械和武器条例》关于警械使用的规定只有两个条文,使用程序之单纯是显而易见的。

第四篇　行政救济法篇

第十四章　行政救济法概说

第一节　行政救济法的概念

一、行政法上的行政救济

行政法上的行政救济，是指对行政机关行政行为通过类似于司法程序的行政程序或者司法程序进行校正，以使因该行为受损者的权益不致遭受侵害的相关制度。[1]行政救济不是一个法律用语，而是一个学理用语，至少在我国的行政法制度中还没有救济这样一个概念。这只是学者们为了描述行政法中的一种特殊现象而使用的一个科学术语。有权力必有救济，救济与权力和权利是一个不可分割的东西。行政法与行政权是不可分开的，行政法的运作过程是以行政权为对象的，正是行政法中行政权的敏感性使人们在行政法中引入了救济的概念。同时，行政权的对象是行政相对人，在一个行政行为作出时，行政权对象作为个人和组织的性状越发明显。权力和权利的关系便在一个具体的行政活动过程得到了体现。权力是一种力量，行政权是一种靠一定国家强力保障实施的力量，该力量足以强大到任何一种形态的行政相对人都不可能与其相抵御。行政权作为一种强力作用基点是行政相对人，与其说是相对人的抽象概念还不如说是相对人的具体权利。当行政过程中权力使权利发生扭曲时，权利由扭曲状态恢复到原来状态就成为行政过程良性循环不能或缺的环节。由于权利自身不可能与行政权力相对抗，当两者不是处在同一个级别上时，便出现了救济的概念。《辞源》中对于救济是这样解释的：“用钱或物质帮助生活困难的人。”[2]由此可见救济中的救济对象是弱者，是处于弱势地位的人或者组织。由此可以说，行政法上的行政救济是学者们对行政活动中行政主体与行政相对人关系、行政权力与行政相对人权利以及它们之间关系的描述；行政救济是一个范畴概念，即它不是指某一种单一的行政法制度，而是将若干不同的制度予以集合后的称谓。在行政法上，能够归于救济制度之中的有若干具体的制度，这些具体制度因不同国家的行政法制度、不同类型的行政法制度等有所不同，如在一些国家包括事情处理、诉讼等形态的救济制度，一些国家则包括司法审查、行政裁判等制度。[3]凡是对行政行为造成行政相对人侵害的挽救措施都可以归于行政救济制度的范畴。我国就有复议救济、诉讼救济、赔偿救济甚至监督救济等。同时，行政救济不是由行政系统设计或救济，也不是仅仅存在于行政系统的救济，而是保障行政行为正当性与合法性的救济。从这个意义上讲，行政救济只是对行政法中呈现行政权力现象的表述，因此，不能仅仅从字面意思将行政救济理解为对行政法救济和由行政系统发动的救济，上述两方面是我们分析行政法上行政救济首先应当领会的。笔者认为，行政法上的行政救济具有下列本质属性。

1. 行政救济是行政过程得以实现的后续保障措施

若站在国家政权体系的立场分析，行政法是使行政过程得以实现的保障规章。人们多以公民权为出发点研究行政法问题，将行政法定义为公民权利和社会权利的保障法，这是没有错的，这一立足点主要在公民的权益方面。同时，行政法还有一个立足点就是国家政权体系，以国家政权体系为中心观察行政法现象便可说，行政法是保障国家政权体系中行政权运作的规则，行政法的目的在于使行政权在对国家社会生活的调控中发挥积极作用，并使整个行政管理的过程能够有序地运作。行政法在设计了行政机构体系以后，所关注的是行政行为的有效性，行政组织规则和行政行为规则在保障行政组织的存在和行政行为的有效性方面各自扮演重要角色，行政过程就是在行政组织的策动下和行政主体的行政行为中实现的。然而，行政组织和行政行为只是行政过程的前期运作阶段，其运作的效果在组织和行为中还难以得到证明，只有当这些组织和行为得到来自于社会主体反馈以后才能评价其效果。行政救济的前提是其他社会主体，尤其受行政行为影响的社会主体对行政组织和行政行为的反馈，没有行政相对人对行政行为的反馈，行政救济便不可以展开。行政相对人对行政救济的反馈必然是以对行政行为的不良评价为表现形式的。行政行为的不良状态在救济过程中通过相应的救济手段得以校正，进而保证行政过程的继续，而不是行政过程的中断。因此，我们认为，行政救济是行政过程得以实现的后续保障措施。行政救济和行政法中的“体”、“用”运作是一对相辅相成的东西，当“体”、“用”运作不发生阻滞时，行政救济也运用得很少，即行政过程进行救济状态的概率就要低一些；反之，当行政法中的“体”、“用”和行政救济是一对矛盾着的东西，即在一国行政法治中，就行政改革体制系统自身而言，只要有能够使行政组织存在的规则，只要能使行政行为无障碍地作出权力，其并不乐于接受存在一个行政救济的事实。行政救济对于行政系统自身而言只是行使权力的障碍，正因为如此，在法治不发达而行政相对发达的国家几乎都不存在现代主义的行政救济制度。我国作为现代主义的行政救济制度的产生是20世纪80年代后期的事情，而在此前的漫长过程则没有程序化的行政救济制度。即使在我国已经建立了若干行政救济制度的情况下，行政系统仍然对该制度表现出被动心态和行为，可用以下图式表示：

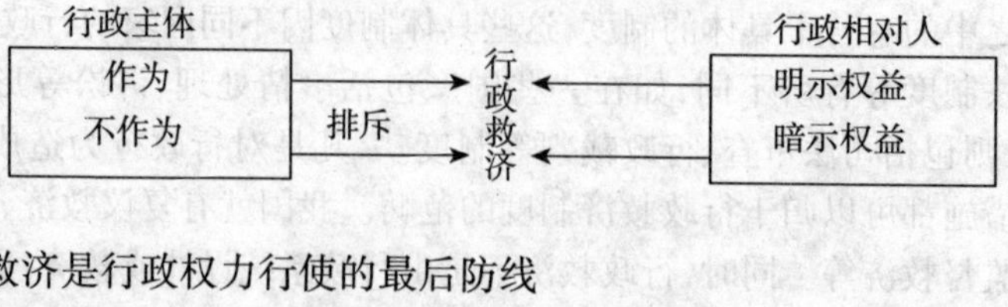

2. 行政救济是行政权力行使的最后防线

行政权力的行使是由行政主体承担的，行政权力在行使过程中必须保证它的规范化和有序化,这既是行政权归属主体对行政权力的期待,也是一国政治体制存续所需要的最底界。为了达到这样的期待和最底界,便不得不为行政权的行使设计诸多的防线。我们上面已经讲到行政组织规则是保障行政组织有效性的手段,它无疑是行政组织的防线之一,而行政行为规则是保障行政行为正当行使的规则,它无疑是行政行为的防线之一。在一国的行政法制度中,行政组织法和行政行为法都是对行政权力行使设置的防线。但是,行政组织规则、行政行为规则不是行政权行使的最后防线,只是行政权行使的前期防线,例如,行政行为只能规定行政行为的一般规则,包括程序规则等,但在行政行为已经发生侵害的情况下,行政行为规则往往无能为力,行政行为法即使规定了相关的责任规则,也不是防止行政行为违法的最后防线。例如,《中华人民共和国行政许可法》第 72 条规定:"行政机关及其工作人员违反本法的规定,有下列情形之一的,由其上级行政机关或者监察机关责令改正;情节严重的,对直接负责的主管人员和其他直接责任人员依法给予行政处分:(一)对符合法定条件的行政许可申请不予受理的;(二)不在办公场所公示依法应当公示的材料的;(三)在受理、审查、决定行政许可过程中,未向申请人、利害关系人履行法定告知义务的;(四)申请人提交的申请材料不齐全、不符合法定形式,不一次告知申请人必须补正的全部内容的;(五)未依法说明不受理行政许可申请或者不予行政许可的理由的;(六)依法应当举行听证而不举行听证的。"《中华人民共和国行政处罚法》第 55 条规定:"行政机关实施行政处罚,有下列情形之一的,由上级行政机关或者有关部门责令改正,可以对直接负责的主管人员和其他直接责任人员依法给予行政处分:(一)没有法定的行政处罚依据的;(二)擅自改变行政处罚种类、幅度的;(三)违反法定的行政处罚程序的;(四)违反本法第 18 条关于委托处罚的规定的。"这两个条文一个是针对行政许可行为规定的法律责任,另一个是针对行政处罚行为规定的法律责任,它们在对行政行为进行针对性规制方面具有典型性,法律行文方式的技术也显得非常完善,但是,这种规则仍然只能被列入假定规则的范畴,即是说其只不过是对行政许可不当、行政处罚不当的假定,而对行政许可和行政处罚不当性的证明这些手段均没有反映出来。事实上,防止行政行为违法或不当的最后环节是对违法性或不当性的证明,根据证明以后的予以结果报应。行政救济首先表现在对行政行为不当或违法性的证明方面。一个行政行为作出以后,行为承受者没有提出异议,此时行为即便存在问题也无关要紧,因为从某种意义上讲,行政行为只要能够达到让其承受者满意就应当是一个正当的行政行为。此外,再无别的更加理性的证明标准。[4]当行为承受者提出异议后,便使该行为进入了需要进一步证明的状态,行政救济阶段就是证明行政行为合法性与否的唯一阶段,通过证明使已作出的行政行为得到合理而客观的评判,再根据评判结果予以报应。所谓报应,是指对正当的行政行为通过救济途径予以肯定,对不正当的行政行为通过救济予以纠正或者采取其他形式的制裁措施。

3. 行政救济的核心是对相对人权益的拯救

行政救济在实施过程中是以行政行为为轴心的,救济的发端是行政行为,救济过程中的各个环节也围绕行政行为而进行,救济的结果是对行政行为的评判。行政行为在行政救济中这种独特的地位使人们常常忽视了行政救济更为实质的东西。笔者认为,行政救济中的行政行为只是行政救济的末端要素,即是说在行政行为之前有诸多决定行政行为和左右行政行为的因素。一方面,行政行为的作出其物质内容是行政主体的行政权力,行政行为是行政权力的外形,而行政权力是行政行为的发动机,换句话说,行政行为启动的本质要素是行政权力。另一方面,行政行为所涉及的本质要素是行政相对人的权利,若某个行政行为没有行政相对人的权利,那么,它要么是行政法上的内部行为,要么是行政法上的事实行为,而这样的行为并不是行政法所重点关注的。简而言之,行政行为之所以会引起关注主要是因为它涉及行为承受者——行政相对人的权利,例如,在行政处罚行为中,制裁的对象是行政相对人,它要改变行政相对人对人身和财产的支配能力。在行政许可行为中,行政相对人可能会失去某些方面的资格,而这种资格对他而言是一种法律上的能力。可见在行政救济中,在外形上以行政行为为对象,但实质上是行政行为所涉及的行政权力和行政相对人的权利。由于救济是对弱者的拯救,是对处于不利地位又没有较为强大的手段保护自己的社会个体的帮助,因此可以说,行政救济的核心是拯救行政相对人的权利。我国三大行政救济制度的启动都是以行政相对人对行政行为的不服为前提的,例如《中华人民共和国行政复议法》第2条规定:"公民、法人或者其他组织认为具体行政行为侵犯其合法权益,向行政机关提出行政复议申请,行政机关受理行政复议申请、作出行政复议决定,适用本法。"《中华人民共和国行政诉讼法》第2条规定:"公民、法人或者其他组织认为行政机关和行政机关工作人员的具体行政行为侵犯其合法权益,有权依照本法向人民法院提起诉讼。"《中华人民共和国国家赔偿法》第6条规定:"受害的公民、法人或者其他组织有权要求赔偿。受害的公民死亡,其继承人和其他有扶养关系的亲属有权要求赔偿。受害的法人或者其他组织终止,承受其权利的法人或者其他组织有权要求赔偿。"应当指出,行政救济对行政相对人权利的拯救是对已经造成侵害的权利的拯救,而不是对没有造成侵害的权利的拯救。

4. 行政救济是由第三者主持进行的法律行为

若将行政救济放在行政法关系的原理中分析的话,可以看出,行政救济首先具有原始的双方当事人,一方是作出行政行为的行政机关或者其他类似于行政机关的组织,另一方是行政相对人,双方当事人之间的争议是行政救济的前提。在行政法中将行政主体和行政相对人的权属争议叫做行政纠纷,它指行政主体在行政法关系中实施了一个行政行为,而这一行政行为是针对某一特定当事人的,当承受行政行为的当事人对行政主体的行政行为不予认同时,便发生了权属争执。一方要通过行政行为让另一方履行义务,而另一方则认为行政行为对他所设定的义务是不合法或者不适当的。产生这种争议的客观背景暂时可以不予追寻,但争议本身与民事法律关系中的权属争议并无二致,即有争议的双方主体、有不一致的意思表示、有相反的权利主张等。与民事争议所不同的是争议权益的启动因素,在行政争议中引起争议的启动因素是行政行为,而不是双方依实体法所固有的权利义务。在法律关系中,一旦争议产生就必须通过相应的机制予以化解,要不然争议就会游离于法律之外,就会由法律关系变为法律外的其他权力关系。争议解决的机制可以有多种类型,但概括起来不外乎两种:一是通过争议双方自我协调而达成调解,当然,此一争议解决的机制成本最小,但无论在民事纠纷中,还是在行政纠纷中,此一解决途径的运用率是小之又小的,其原因在于纠纷中涉及的权益关系常常是不可调和的,更不可能由双方主体自行调和。二是行政救济。行政救济由于是对行政争议双方权利义务的确认,因此,行政争议同样是在第三者主持下进行的,这里所讲的第三者是指行政争议双方之外的主体,该主体可以存在于行政系统之中,也可以存在于行政系统之外,但其与具体行政行为不能有直接关系,[5]更不能与争议双方的权利义务有关联。第三者在行政救济活动中所为的行为是法律行为,该行为是由法律规范设计的,该行为一旦作出就具有法律上的拘束力。

二、行政救济法的界定

所谓行政救济法,是指用以规范行政救济制度的行政法规范。对于行政救济法的内涵我们可以作出如下概括。

1. 行政救济法是一个规范体系

行政救济法存在于行政法大系统之中,行政法是由许许多多法律规范构成的法律群,这是就行政法规范的外在形式而言的。以调整对象作为确定行政法的内涵为标准的话,行政法则是一个独立的部门法,该部门法调整行政管理关系。所有调整行政管理关系的规则使行政法这一部门法成为一个独有法律部门的基础,该定在将零散的行政法规范统一于行政法的大系统之下。行政法中的规范无论多么零散都是行政法大系统的构成。在我们对行政法体系构建时,常常讲到行政组织法、行政行为法、行政程序法以及行政救济法。也就是说,行政救济法不能离开行政法大系统而独立存在。同时,行政救济法是行政法大系统的一个支系统,而不是一个子系统。说它是一个支系统是说它是与行政法中其他支系统相对应的,如与行政组织法相对应、与行政行为法相对应。而在行政救济法这一支系统之下,还包括若干子系统,如行政复议法、行政诉讼法、行政赔偿法等。当然也有学者认为行政救济法是行政法体系的补充规则,"行政法是规定行政组织及行政作用之法,行政法内容包括'行政组织法'及'行政作用法'两大部分。行政组织法以规定行使行政权主体的组织及其权限为目的,质言之,即规定各种行政机关的构成及其行使的权限,此中包括政府行政组织及自治团体组织二者,是为行政上'体'的法则。行政作用法以规定行使行政权主体与其所属人民的关系为目的,质言之,即规定行政机关施行公务时,于何种情形下方能授予或限制人民的权利及课取人民的义务,是为行政上'用'的法则。由此两种法则,以构成行政法的两大体系。至于'行政救济法',或称'行政争讼法',乃是行政法的补充法则,其内容除部分采用司法外,其余仍属于行政组织法及行政作用法范围,不能另立体系”。[6]依此观点行政法仅有组织规则和行为规则两个部类,而行政救济规则是上述两个规则的补充规则。笔者认为,这一论点自然肯定了行政救济法在行政法大系统中处于支系统的地位而不是子系统的地位。因为,行政救济法本身就是一个规范体系,至于认为它是对行政组织法和行政行为法的补充只是对它和上列两个支系统关系的描述。

2. 行政救济法是对行政救济规则的一个概括性称谓

左潞生给行政救济下了这样一个定义:“‘行政救济’是人民因行政官署的违法或不当行为,致损害其权利或利益,请求国家予以补偿的方法;而规定此补救方法的一切法则,是为行政救济法。行政官署的行政行为,因须依据法规,但实际执行者,仍是各个人员,各人的认识不同,品格不一,或由于过失,或出于故意,难免无违误之处。违误行为,致人民的权利或利益蒙受损害;国家于此情形,无论在法理上或行政目的上,应有补救之方,而适用有效的法则,故称‘行政救济法’。”[7]此定义非常清楚地表明行政救济法植根于行政救济手段之,即国家创设了救济行政行为的诸种手段,每一种手段都是行政法上的一个零散制度,设计和规制这些零散制度的规则便是行政救济法。这与行政法的其他法律规范是不同的,尤其与行政组织法的差别更大,行政组织法是通过一个法典设立了各个组织环节,在行政组织法与行政组织的关系中是一般与个别的关系,一般的存在决定了个别的存在,而不是相反;行政救济法则是个别对一般的决定。行政救济法作为一个法群的特性比其他行政法规范还要突出。一则,一些单一的行政法典是行政救济法的构成,如行政诉讼法典、行政复议法典。二则,一些分散的行政法规范也构成了行政救济法的内容,这些行政法规范多数存在于部门管理法之中,例如,《中华人民共和国消费者权益保护法》第51条规定:“经营者对行政处罚决定不服的,可以自收到处罚决定之日起十五日内向上一级机关申请复议,对复议决定不服的,可以自收到复议决定书之日起十五内向人民法院提起诉讼;也可以直接向人民法院提起诉讼。”三则,行政程序法的相关条款也具有救济法的内容。行政程序在不同的国家有着不同的立法技术,有的国家行政程序法本身就是典型的行政救济法,在法条中规定了行政相对人救济权益的各种途径,如《西班牙行政程序法》。有些国家的行政程序法其内容更多的是行政行为在作出时的规则,相关的救济规则很少,例如,《美国联邦行政程序法》等。我国没有制定统一的行政程序法,一些地方制定了有关行政程序的单行规则,如上海市人民政府制定了《上海市政府信息公开规定》,在该地方性程序规则中有不少救济条款,如第31条第2款规定:“公民、法人或者其他组织认为行政机关不依法履行政府信息公开义务的,可以向上级行政机关、监察机关或者政府信息公开工作主管部门举报。收到举报的机关应当予以调查处理。”

3. 行政救济法是行政法中的程序规则

行政法规范有实体规则和程序规则之分。实体规则是关于行政法关系主体实体权利义务的那些规则。实体上的权利义务是法律关系主体权利义务的核心,实体权利对行政主体和行政相对人有实质性影响，既可以决定其物质利益也可以决定其精神利益，例如，《中华人民共和国高等教育法》第47条规定："高等学校实行教师职务制度。高等学校教师职务根据学校教师所承担的教学、科学研究等任务的需要设置。教师职务设助教、讲师、副教授、教授。高等学校的教师取得前款规定的职务应当具备下列基本条件：（一）取得高等学校教师资格；（二）系统地掌握本学科的基本理论；（三）具备相应的教育教学能力和科学研究能力；（四）承担相应的课程和规定课时的教学任务。……"其中对于教师的权利义务规定得亦很具体。程序法是确认实体权利义务的行为规则，它本身没有实体上的权利与义务。例如，《中华人民共和国行政处罚法》第50条规定："执行法人员当场收缴的罚款，应当自收缴罚款之日起两日内，交至行政机关；在水上当场收缴的罚款，应当自抵岸之日起两日内交至行政机关；行政机关应当在两日内将罚款缴付指定的银行。"此条规定的若干环节都是针对罚款过程的，它本身并没有为行政相对人设定实体上的权利义务而设计相应规则。行政救济作为行政法中的程序规则不能与行政程序规则相等同，行政程序规则是行政主体在作出行政行为时遵守的规则，而行政救济作为程序规则是对行政行为引起争议而设置的，它的功能主要体现在行政争议发生之后。同时，行政救济归于行政系统的程序和司法程序两套程序之下。当行政救济仅仅存在于行政系统时，救济所适用的程序是行政系统内部的程序，即通过行政复议程序进行救济。当行政救济存在于司法系统时其所适用的就是司法程序。例如，通过行政诉讼程序救济行政相对人权益。

4. 行政救济法的适法主体是多元主体

任何法律规范都有相应的适法主体，所谓适法主体，是指将法律规范适用所调整事态的主持者。法律规范都有其调整的事态，都有其调整的社会关系。法律规范对社会关系的调整有时是自觉的，即一个法律规范制定以后不需要通过相关主体的主持行为就可以起到调整社会关系的作用。但不幸的是，在法律的运作过程中绝大多数法律规范都需要特定主体的主持才能使抽象规则变为具体形态。行政法规范中相关的规范都有相关的适法主体伴随。如行政组织法的适法主体是相对高层的行政主体，行政行为法的适法主体是履行行政职能的主体，这些法律的适法主体比较固定和单一。然而，行政救济法的适法主体却是多元主体。这是由行政救济制度多是由多层面的制度构成所决定的。在行政救济法中，若救济途径是行政复议救济，那么，适法主体就是行政复议的主持机关；若行政救济是诉讼救济，则适法主体是人民法院。当然，如果把对行政的监督也归于行政救济的范畴的话，有关的监督主体就是行政救济的适法主体。有学者将行政救济的适法主体问题上升到"行政救济管辖"的高度来认识，具有一定的道理，"行政救济法的内容，通常以诉讼及行政诉讼为主。但此两者以外，行政上的损害赔偿，亦为重要的救济方法之一，同一类论级。诉讼依据诉讼法，适用行政程序，属行政机关管辖，其裁决是二次行政处分，已如上述。行政诉讼依法，适用司法程序，属行政法院管辖。行政上的损害赔偿；其因违法行为，致人民的权利蒙受损害者,则于提起行政诉讼时,向行政法院附带请求,或者蒙受损失者,则仍适用行政程序,向有管辖权的机关请求补偿"。[8]提醒我们行政救济的适法问题可以作为行政救济的管辖问题来研究,要建立标准化的行政救济制度,相应的管辖制度是不可被忽视的。

三、行政救济法的功能

《中华人民共和国行政复议法》第1条规定:"为了防止和纠正违法的或者不当的具体行政行为,保护公民、法人和其他组织的合法权益,保障和监督行政机关依法行使职权,根据宪法,制定本法。"《中华人民共和国行政诉讼法》第1条规定:"为保证人民法院正确、及时审理行政案件,保护公民、法人和其他组织的合法权益,维护和监督行政机关依法行使行政职权,根据宪法制定本法。"《中华人民共和国国家赔偿法》第1条规定:"为保障公民、法人和其他组织享有依法取得国家赔偿的权利,促进国家机关依法行使职权,根据宪法,制定本法。"这3个法律的3条规定实际上是对行政救济制度基本价值的定位。这些规定表明行政救济制度具有如下功能。

1. 保护行政相对人权益的功能

行政救济制度的起点是行政相对人对行政行为的异议,一则,行政系统的行政行为对行政相对人发生了作用。这种作用表现在对行政相对人权利义务的改变,有时是直接改变,有时则是间接改变。[9]二则,行政系统的行政行为没有得到行政相对人的认同。当行政主体对行政相对人作出行政行为时,行政相对人表示认可的情况下便不会发生行政救济,只有在行政相对人不予认同时行政救济才会发生。三则,行政行为有可能已经侵害了行政相对人的权益,至少行政相对人已经认为行政行为对他的权益造成了侵害。从深层次讲,即便是行政机关的行政行为没有侵害相对人的合法权益,行政相对人对行政行为表示不服本身就意味着行政过程尚未结束,意味着行政机关在一定程度上没有完全履行行政管理职能。行政管理职能的履行以行政秩序的是否维护为鉴别标准之一,在当事人没有服从行政行为之前,秩序维护之目的并没有达到。由此分析,行政救济过程中无论对行政机关的行政行为是否作出了纠正都不影响对行政相对人权利救济功能的实现。若通过行政救济对行政主体的行政行为进行了纠正,便直接起到了保护行政相对人权益的作用;若通过行政救济对行政主体的行政行为作了维护,便间接保护了行政相对人的权益,行政相对人通过第三者的作用对行政行为有了一个更深层次的认识,由不服从到内心服从,便起到了保护其精神权益的作用。

2. 维护行政主体行政权威的功能

行政主体是公共权力的行使者,当行政主体履行行政管理职能作出行政行为时,其是公共利益的代表者,或者说是多数利益的代表者。行政主体在现代国家是法律的执行者,由于法律是通过法定程序制定的,是人民利益的体现,因此,行政主体的执法行为也是实现人民意志的行为。在行政机关的一个具体行政行为中,相对一方当事人只是一个个体,其与行政主体相比属于私人的范畴,而行政主体则是公共利益的体现者,因此,在一个行政行为中行政相对人的服从是无可争议的,行政主体的行政权威必须得到体现。行政主体在作出行政行为时,行政决定的公定力、执行力和拘束力就是行政权威的具体体现,即是说,行政救济制度的存在就证明了行政主体在行政过程中的行政权威,因为救济的对象是行政相对人的权利,行政相对人作为弱者一方的地位便在行政救济中反映出来。行政救济制度虽是对行政相对人权利的保障,虽以保障行政相对人的权益为制度之核心,但是行政救济制度并不以否定行政主体的行政行为为目标,而是对行政行为恰当与否、合法与否的判断。行政主体行政行为若是合法、适当的,行政救济的适法主体只能作出行政行为合法的判断。事实上,各国行政救济在对行政行为审查时也常常维持了行政主体的行政决定。正如有学者指出的:"行政争讼制度与普通诉讼制度不同,在此种制度中,国家一方面为当事人,另一方面又是裁判者,因此其立场应公正无私。如行政机关措施确有违法不当情事,国家自不能予以袒护,对于人民权益则应力求保全。反之,如行政相关措施,并无违法不当情事,则应就争议案件予以澄清,对行政机关措施予以全力支持并使人民了解政府措施的合法性与合理性。如此以公正守法、审慎客观的态度处理行政争讼,自有助于政府威信的树立,并维护行政机关守法负责的良好形象。"[10]

3. 实现法治行政的功能

法治行政是现代法治国家的基本理念,行政法治是一国法治水平的重要指标,在一国的法律制度中若行政上的法治不健全就不能说已经进入了法治国家,如在封建专制国家不乏刑事方面的严刑峻法,且一些封建国家这样的法律还相当完备。但是无论如何,我们不能将这样的国家划入法治国家之列。法治行政是现代法治国家的重要标志,其根本原因在于在救济行政之下,人民与行政主体的关系是法律上的权利义务关系,只要将行政主体与行政相对人的关系具体到行政法关系中,行政机关便既是权利主体又是义务主体,行政相对人亦具有权利主体和义务主体的双重身份。国家机构体系与行政相对人地位的平等性、国家行政机构体系与人民之间的关系亦通过法律规则予以连接。一方面行政主体通过行政职权对行政相对人施以行政法上的影响;另一方面公众对行政主体不法行为予以诉求,双方处在真正意义的平等地位上,而行政救济制度是真正能够起到使行政主体与行政相对人平等的作用的。在行政法治发达国家,行政救济法在行政法中的地位非常重要,行政救济法所占的比重相对大些。有学者甚至认为行政法这一部门法本身就是对权利的救济法,如美国行政法学家施瓦茨认为,行政法规定行政机关的权力、权力行使的原则和人民受到行政活动侵害时的救济手段。[11]我国在行政诉讼等行政救济法规范出台之前并不乏行政法规范,如国务院组织法、地方人民政府组织法、部门行政管理法等早已有之,诸多行政法规范甚至在 1954 年宪法制定之前就已经存在,这些行政法规范的存在并没有使人们认为我国已经进入真正意义上的法治行政时代。1989 年行政诉讼法作为我国第一部完整的行政救济法的通过则使我国行政法治产生了较大的震撼。从行政系统来看,该法改变了行政权行使的方式和格局,更改变了行政系统行使行政权力的理念。以社会公众来观察,该法唤起了公众对行政系统权力行使的积极认识和判断,行政上的盲目崇拜已受到动摇。行政法上的其他规范能够监督和限制行政权,“惟在实际上行政机关或人员仍不免有违法不当的措施发生,使人民受到损害。遇有此种情事发生,使受害人民透过行政救济制度,获得直接申诉的机会,足以有效揭发行政机关或人员违法滥权的行为,促使彼等经常保持守法的警惕,对实现法治行政的目的当能发挥重大的助益。此外,行政救济制度的建立,亦有助于维持行政秩序,促进公共利益目的的实现”。[12]

行政救济法

	1	2	3	4	5
名称	行政救济的特征	行政救济法的含义	行政救济法的部类	行政救济法的法律形式	行政救济法的功能
说明	(1)行政过程的后续保障措施; (2)行政权力的最后防线; (3)对相对人权益拯救; (4)第三者主持的法律行为	(1)存在于行政法大系统中; (2)是一个法律范畴; (3)是程序规则; (4)多元适法主体	(1)行政复议法; (2)部门法中的救济规则; (3)行政赔偿法; (4)行政监督法	(1)单一救济法典; (2)部门法中的救济规则; (3)行政程序法中的救济规则	(1)保护行政相对人权益; (2)维护行政权威; (3)实现法治行政

第二节　行政救济法与行政的司法化

一、行政的行政化与行政的司法化的比较

所谓行政的行政化,是指行政权行使以内部运作和强制权力运作的状态。所谓行政的司法化,是指使行政权的运作接近于司法行为并社会化的状态。行政的行政化与行政的司法化是两种不同状态的行政权行使机制。一般而论,在实行高度集权的国家行政更多的体现行政化,而在相对民主的国家行政的司法化倾向则更为明显一些。我国对行政的行政化与行政的司法化可以从下列方面予以区分。

(一)行政权范围上的比较

在行政的行政化格局之下,行政权的范围相对大些。其范围大小的来源有两个方面:一是宪法和法律制度对行政权的范围规定得较为宽泛,我们注意到,在实行权力分割制的现代法治国家行政权的范围在宪法和相关法律的表述中非常谨慎,当然有人认为行政权在国家立法的表述中一般采用概括规定,而司法权采用列举规定,但是,诸发达国家对行政权范围在宪法中的表述几乎都采取列举规定的行文方式,例如,《美利坚合众国宪法》对于行政权和司法权以及立法权采取了同样的行文方式,

而没有通过概括规定使行政权的范围大于其他国家权力。[13]《德意志联邦共和国基本法》第 84 条规定了行政的范围,其指出:“(州的行政和联邦政府监督)1. 各州在履行其执行联邦法律的职责时,除经联邦参议院同意的联邦法律另有规定外,应规定建立必要的机构和调整行政程序。2. 联邦政府经联邦参议院同意,可以颁布适当的一般性行政法规。3. 联邦政府实行监督各州按现行法执行联邦法律。为此,联邦政府可以向各州最高机关同意,或如遭到拒绝经联邦参议院同意,也可向各个州下级机关派遣代表。4. 如联邦政府发现各州执行联邦法律中存在缺点而未被纠正时,由联邦参议院根据联邦政府或有关州的请求,决定该州是否违反现行法。对联邦参议院的决定,可以向联邦宪法法院上诉。5. 为执行联邦法律,联邦政府由需要经联邦参议院同意的联邦法律授权,对特殊情况发布个别指令。这些指令向各州最高机关发出,联邦政府认为情况紧急时除外。”[14]而在一些不发达国家,其宪法行文中对行政权大多概括规定,例如《古巴共和国宪法》第 96 条对部长会议的权力作了规定,列举了部长会议可以行使的 20 余项权力,而每个列举的权力都是一个概括规定,即在所列举的某一权力项都可以派生无数个具体的行政权力,如“根据全国人民政权代表大会的决议组织和领导政治、经济、文化、科学、社会以及国防等各个领域的工作”、“领导和监督对外贸易”、“当各个部长、中央管理机关领导人各地方人民权力机关领导人的命令建议它们必须执行的上级机关的命令时,撤销这些命令或者宣布这些命令无效”,[15]这些权力都可以派生出若干具体权力。由此可见,宪法和法律对一国行政权虽有规定,但是,行文方式的不同使行政权范围有所不同。二是行政权在运行过程中所占的地盘。法律对行政权范围的规定只是行政权范围的一个方面,有时此一方面并不十分重要,更为重要的是行政权在实施过程中所占的地盘,所能够涉及的国家事务的范围,这些事务范围可以是在与其他国家权力的比较中说明,也可以是在与公众权利的比较中得到说明。总之,在行政的行政化状态下,行政权的范围无论法律形式还是实际占有空间都大于行政的司法化的状态,即在行政司法化体制下,行政权的范围要相对小一些。

(二)行政强度上的比较

行政权的强度是指行政权对社会生活影响的程度。行政权行政化状态与行政权司法化状态相比较的话,在行政权行政化状态下其对社会生活影响的强度要大一些。一则,在行政权行政化状态下,行政权对社会设计的规则要多一些。社会生活中的行为规则在法律范围内有两套设计机制,一套设计机制是立法机关的设计,即由一国立法机关对社会生活设计的行为规则,如西方国家的议会、我国的人民代表大会。现代国家立法机关的设计亦有两个系统,那就是中央立法机关的设计系统和地方立法机关的设计系统。另一套设计机制是行政机关的设计,就是政府系统对社会生活所设计的行为规则。在理论层面上,政府行政系统是不具有造法功能的,它们具有执行国家意志的职能,而执行国家意志本身并不能等同于规则设计,规则设计是一种表达国家意志的行为。而在社会实践层面上,政府行政系统都履行着设计规则的职能,且在现代一些国家政府行政系统设计的规则的总量远远超过了立法机关。不争的事实是随着服务政府理念的深入,政府行政系统对社会生活的干预越来越广泛,不论发达国家还是不发达国家其政府行政系统都不同程度地为社会生活设计着行为规则。例如,在美国就出现了政府规章膨胀这样的局面,所谓政府规章膨胀,是指政府行政系统为了强化对社会生活的管理在尽可能多的方面制定政府规章,以调整其所管理的行政管理关系。[16]我们注意到行政系统对社会生活规则的设计在不同的政权体制下其范围是有所不同的,可以肯定地讲,在行政权行政化状态的国家,行政系统设计规则的权力以及设计规则的概率都要高于行政权司法化状态的国家。这其中的根本原因是前者行政系统在社会生活中的地位相对高些,后者则相反。二则,在行政权行政化状态下,行政权对社会生活影响的层面深一些。计划的管理模式与市场的管理就充分反映了政府行政系统对社会生活管理的强弱程度。在计划的管理模式下,政府行政系统不但是市场的裁判者,也是市场的介入者,其常常可以直接介入经济生活和社会生活的方方面面。"传统的计划经济从严格意义上讲是一种集权性经济,即国家对国民经济实行计划领导和计划管理,使国民经济有计划按比例协调地发展。计划经济体制下,主要通过两种形式对国民经济实行管理。第一种形式是实行指令性计划。这是计划管理的主要的和基本的形式,用于对全民所有制企业、事业单位活动的管理。往往是国家和计划主管部门以法令形式下达计划指标,如对原来的国营工业企业下达产品的产量、品种、质量、劳动、生产率、主要原材料的消耗、产品成本、上缴利润等指标,计划执行单位必须坚决执行,否则将受到经济、行政或刑事制裁。第二种形式是实行指导性计划,即国家和各级主管部门颁发计划指标,以指导经济的发展方向,计划指标执行单位可以参照实施,不具有强制性。一般用于对企业单位的生产经营活动的管理。目的在于引导企业经济活动。使之符合国家计划的要求。"[17]而市场经济下政府行政系统仅仅为市场活动和其他社会活动的裁判者,不直接介入属于市民社会自己的事情之中去。显然,行政权行政化状态之下政府行政系统对社会生活干预的深度大于行政权司法化状态下政府行政系统对社会生活的干预。这是行政权行政化与行政权司法化第二个方面的区别。

(三)行政权界限的比较

行政权有无底界是行政权行政化与行政权司法化的另一比较范畴。一国宪法和法律对行政权范围的规定并不一定是对行政权底界的限制。例如,《宪法》规定国家最高行政机关统一领导全国地方各级国家行政机关的工作,规定中央和省、自治区、直辖市的国家行政机关的职权的具体划分,"领导和管理经济工作和城乡建设"、"领导和管理教育、科学、文化、卫生、体育和计划生育工作"、"领导和管理民政、公安、司法行政和监察等工作"、"县级以上地方各级人民政府依照法律规定的权限,管理本行政区域内的经济、教育、科学、文化、卫生、体育事业、城乡建设事业和财政、民政、公安、民族事业、司法行政、监察、计划生育等行政工作,发布决定和命令,任免、培训、考核和奖惩行政工作人员"[18]等,这样的措词基本上没有给出行政权的一个底界。在行政权行政化的状态下,行政主体有权对行政权作出自己的判断,而相关的规则对行政主体的此种判断和推演行为既可能表现出沉默,又可能无可奈何。行政权司法化状态下行政权具有明显的底界。当然,底界的确定并不是由行政主体自己决定的。在宪政体制发达的国家,立法机关通过规则为行政权规定了底界,并规定了行政系统超越底界的救济规则,如《美利坚合众国宪法》第 1 条规定:"所有弹劾案,只有参议院有权审理。在开庭审理弹劾案时参议员们均应宣誓或誓愿。如受理者为合众国总统,则应由最高法院首席大法官担任主席;在未得出席的参议员的 2/3 的同意时,任何人不得被判有罪。弹劾案的判决,不得超过免职及取消其担任合众国政府任何有荣誉、有责任或有俸给的职位之资格;但被判处者仍须服从另据法律所作之控诉、审讯、判决及惩罚。"[19]

二、行政权司法化的意义

行政权司法化是使行政权在运作模式等方面类似于司法权的情形。行政权的司法化不是将行政权变为司法权,也不是让司法权取行政权而代之,而是让行政权在行使中具有司法权那样的社会开放性和在纠纷排解中的机制化倾向。行政权司法化亦不是要模糊行政权与司法权之间的关系,而是要让行政权与司法权有更加明确的界限和范围。那么,行政权司法化究竟具有什么意义呢?笔者认为有下列若干方面。

(一)强化行政功能的意义

行政功能的强化是各国行政改革的总目标,从外在的关系形式上讲,行政改革以减少政府管制为行为倾向。依笔者看,强化行政对社会生活的干预和管制并不是要强化行政的单体功能,恰恰相反,行政对社会的管制是从根本上强化行政的功能。我们知道,会管理的政府是相对而言管得少的政府,会管理的政府是会以规则对社会事务进行管理的政府。在依规则管理的情况下,政府行政系统面对复杂的行政事务会游刃有余,而依行政手段管理的政府会整天忙于具体的行政事务之中。政府管理的事情多并不能表明政府功能就是良好的,政府行政系统对社会生活干预得深刻,也不能说行政功能是良好的。功能的良好体现在政府运作的实体社会效果,而不是体现在政府忙忙碌碌的自我表现中。行政权司法化使政府行政系统在社会生活中的地位较前提高,它的行为都有明确的规则可循,而与行政相对人的关系就好像法官与当事人之间的关系那样,既不介入他们之间的纠纷中去,又可以较高的身份对纠纷主体采取措施。因此,行政权的司法化有利于强化行政功能。

(二)降低行政成本的意义

行政权行使的成本与其他国家权力行使的成本相比是最大的。"首先,行政权行使主体自身的存在就是行政权归属主体的一个元投入。说它是元投入是指该投入还没有包括行政主体因自己的行为而带来的其他消耗。在元投入概念中,归属主体只是在正值的角度进行投入,就是此种投入是绝对可以带来利益的,并且是为了获取正当利益才进行的投入。其次,行政权行使主体为了维持自身的生存必须建立严密的组织体系,并在组织内部形成新的控制系统,这样无形中又为行政权归属主体增加了一个新的投入,即在其原来的成本上又增加了一个成本。也许该成本对于归属主体实现目标是必要的,但就此种投入本身而言,与归属主体的利益似乎是间接的。对于这种状态,归属主体并没有一个可靠的标准进行验证,以确定第二个成本的实际意义。最后,行政权行使主体一旦组成以后,必然有各种各样的行为。有为了联系内部成员而履行的内部行为;有为了完成对社会事态进行调控而进行的外部行为;有为了建立内部设施而进行的事实行为;有为了理顺管理关系而采取的法律行为;等等。各种行为都处在消耗状态中,包括经济的消耗和文化的消耗。行政机构的总消耗就是从以上三个方面产生出来的,具体地讲,它包括为了维持行政机构的组织体系而耗费的各种组织性费用。如为了使行政机构经常性地保持联系而消耗的会议费,此种费用在一些国家已经成为一笔庞大的财政负担。美国一行政学家把这种情况描述为'会议的时代'。为了协调机构内部的行为而耗费的各种文件打印费,为了维持机构的正常活动而投入的各种办公费,包括办公设施,如办公楼、交通工具、文印设备,等等。在现代国家,行政权使主体的总消耗一般反映在政府行政经费预算中。"[20]这是行政机构体系成本较大的一个方面,另外,行政权行使主体的分支消耗是指独立于总消耗之外的行政机构各部分和行政机构各组成人员的消耗。其中有两个部分:一部分是一些单个的机构实体消耗。我们知道,行政机构体系是由许多分支机构组成的,一个分系统包含了许多的支系统。一个支系统又包含了许多的子系统,而一个子系统也同样包括许多细小的系统。行政机构体系尽管有着统一的意志和统一的行动,但各个分子机构或各个单个的机构有着自己的,甚至独立于行政总系统之外的意志,这样就构成了分支机构的单独消耗。此种消耗的来源可以从行政机构体系的总经费中取得,亦可以由该机构实体向自己的管理对象取得。如果是前者情况,其消耗便可归入行政总消耗之中,若是后者就构成了新的消耗范畴。分子消耗首先包含了这一新的消耗范畴;另一部分是机构组成人员的消耗。行政体的构成分子,从政治学的角度看,是行使权力的最小单位,他们担任公职,并通过公职赋予的法律资格履行管理职能。从社会学的角度看,他也是一个社会成员,只是扮演的社会角色比较特别而已。作为社会成员其同样要生活,取得合法收入,该收入就是我们通常所讲的政府职员的工资和其他津贴。职员工资对于行政权归属主体来讲无疑是一种消耗。职员工资一般在政府行政经费预算之外,因此,它实际上是独立于总消耗之外的。机构分子消耗的上述两个部分都是非常重要的。然而,上述部分只是分子消耗的一个方面,即合理消耗,就是通过此消耗可以为行政权归属主体带来利益。而在行政权行使实践中,还有一部分消耗,可以称其为非合理消耗。它是指机构分子在职权行使中既违背权力归属主体的意志和利益,又与行政大系统的意志、利益背道而驰而从被管理对象或客观事态取得利益的行为,并以此导致的消耗。非合理消耗由于不是以正常途径进行的,因此,具有很大的隐蔽性。这一部分消耗在行政消耗的计算中是相当困难的。行政权行使中的有形消耗和无形消耗是行政权行使成本的核心问题。只有在精确计算总消耗和分子消耗的基础上,才能真正弄清行政权行使成本。其中一些成本不是通过行政权的司法化所能够遏制的。然而,就行政权运作仅突出行政特征而论,行政权的司法化是降低行政成本的一个很好的手段。行政权司法化以后行政机构体系社会由原来的经验模式变为技术模式,即行政体系不是以经验和传统为本位结构体系,而是以技术为本位的结构体系,只有相对专业化的人员才有管理行政事务的资格和机会。行政权的司法化将行政权置于严格的法律程序之下,而不是简单的内部行政程序之下,行政过程的主观色彩就会越来越少,行政对社会事态发生作用时所犯的错误也自然会越来越少。其降低行政成本的功能便不证自明了。

(三)提高行政效率的意义

行政效率具有广义和狭义之分,广义的行政效率包括行政成本的最小化和行政过程的高效化两个方面。狭义的行政效率是就后一种意义而言的,狭义的行政效率要求行政权行使要讲求准确和速率,"行政管理中的准确化就是说行政管理活动的效果与管理目标之间具有一致性,或具有基本的一致性。准确化用于物理学中,是指测得指标与实际之间没有任何差距,但在作为社会科学的行政管理中就不可能要求完全一致。因为,行政管理人员面向未来,所遇到的问题必然具有各种程序的不确定性,所以,面临的问题随着现实的不确定程度而变化无常。在许多问题中,会产生不同结果,但是,管理人员又不得不在确定和不确定的情况下作出决定,因此,他们要为自己的决策提出一些判断,而这种判断难免与实际状况有些误差。当然,行政权行使主体为了做到结果的准确性高,要尽可能减少误差,误差的减少又须借助于对事件发生结果概率的把握。概率就是指一个事件重复发生的频率或结果出现的频率。为了了解它,行政人员通常要通过理论推导和实践摸索去取得。如果能估计出所得结果的概率,就能有计划地做出自己认为可得到最准确结果的决策来。行政管理的速率指的是行政行为、过程或某种权能完成的速度。效率在绝大多数情况下与速度成正比,这是毋庸置疑的。而速度与时间又是密不可分的,提高速度意味着时间的缩短。所以,行政速率要求行政过程尽可能短,一个行政行为的作出尽可能快,准确化和速率是行政过程中效率提高不可缺少的两个方面,任何一方面的偏废都将影响效率。如果一味地强调准确化而忽视速率,使行政过程缓慢,而且只见树木,不见森林,不顾大局;反之,强调速率不讲准确,使行政过程快而粗糙,结果只是一种效率形式而无效率实质。因此,只有两者的完善结合才是效率的内涵"。[21]行政权的效率化在行政法治中有着独特的表现,对行政关系由同步调整到超前调整。法律与社会的发展可表现为滞后、同步、超前三种关系形式,在法律对社会关系进行超前调整时其承担了预测功能和信息功能,可以为社会的发展创造良好的环境,行政法对社会关系的调整也往往表现为上列三种关系形式。当今社会要求行政法对社会关系的调整要有相对的超前性。"现代社会是信息化的社会,各种社会关系具有复杂性、多元性、未来性等特点。那么,作为具有效率定位的行政法不仅要积极地适应和调整现有的社会关系,更重要的是能够设定和一定范围内调控即将出现的社会关系。要有一定的预测性和超前调控性”。[22]行政权的司法化将行政系统置于社会结构之下，相关的社会主体不但能够了解与自己有关的行政过程，而且能够通过作为司法机制的第三者了解与自己无关的行政行为，这样的了解对于行政系统是一个很大的刺激，行政系统在这样的刺激下必然会在权力行使时考虑未来的后果，做到事半功倍。

（四）促进行政民主的意义

行政民主与行政专制是两个相互对应着的概念，因此，要领会行政民主必须对行政专制有所了解。所谓行政专制，是指行政主体对社会生活的管理以行政主体的单方意志为转移，行政主体的单方意志既表现在行政主体对行政事务具有独立的决定权方面，又表现在行政主体对行政事务的决定具有无可置疑性方面，即行政主体一旦作出行政决定，这样的行政决定无论在什么情况下都是正确的。在我国没有建立行政救济制度以前，行政主体的行政决定在决策过程中不受干涉，而在作出决定以后也不会因外在因素的影响而被改变，即使是会发生改变的情形，改变并不因被决定者的不满而发生，改变亦并不经常发生等，这便是行政专制的基本含义。与之相对，行政民主则是指行政主体的行政决定权是有限的，是在其他社会主体的参与下对行政事项作出决定的。行政决定的作出不同时意味着行政决定就具有绝对的排他性，行政决定的承受者有权对行政决定提出异议，有权依据法律程序对行政决定伤害自己权益的情形提出诉求等。显然，行政权的司法化使另一主体介入到行政行为中来，当然，这种介入可能是事前介入，在监督救济的情况下就有事前介入的情形；也可能是事中介入，行政行为被付诸以前的介入都可视为事中介入，行政复议和行政诉讼都是在行政行为还没有发生法律效力前就被另一方介入；有时则可能是事后介入，行政赔偿救济和行政监督救济中的一些就属事后介入。第三者对行政行为的介入使行政行为不具有完全排他的执行力和拘束力，由专制行政到民主行政的特性也就得到了证明。

三、行政救济法使行政司法化的表现

行政救济法具有使行政司法化的作用，这也是行政救济法在行政法治中最为重要的意义，行政救济法使行政司法化的表现有下列几个方面。

（一）行政救济法确立了行政过程的三角关系

行政过程是行政权对社会发生作用的过程。人们常以行政法关系分析行政行为的过程。行政主体与行政相对人的相互作用关系是行政管理过程的具体表现，即行政主体通过行政职权对行政相对人实施管理，而管理从行政法治的角度讲，是在行政法关系及其相互作用中进行的。行政法关系的主体有两个方面，就是行政主体和行政相对人，没有行政救济制度的行政管理是此一主体与彼一主体之间的能量交换，若行政主体是能量的输出者的话，那么，行政相对人则是能量的输入者，反之，若行政相对人有能量输出的话，行政主体则是能量的输入者。行政实体法在对行政过程调控时，亦大多从行政相对人与行政主体的关系性质出发，如《上海市人口与计划生育条例》第17条规定:“各级卫生行政管理部门应当加强母婴保健工作,降低婴儿死亡率和出生缺陷发生率,提高出生婴儿健康水平。本市提倡公民进行婚前医学检查和孕产期检查,市人民政府应当制定有利于公民自愿进行婚前医学检查和孕产期检查的措施。医疗保健机构在为公民进行婚前医学检查和孕产期检查时,应当提供规范、优质的服务,并为当事人保守秘密。医师和助产人员应当严格遵守有关操作规程,预防和减少产伤。”此条就有卫生行政部门与生育权之间的关系、市人民政府与医疗机构之间的关系等。[23]无论关系形式有几种,其从关系性质上讲,仍然是一种双方面的关系,即只有两方主体介入的关系。行政救济制度一旦介入到某一行政过程就使行政过程的关系性质发生了变化,由原来的双方关系变成了三角关系,如图所示:

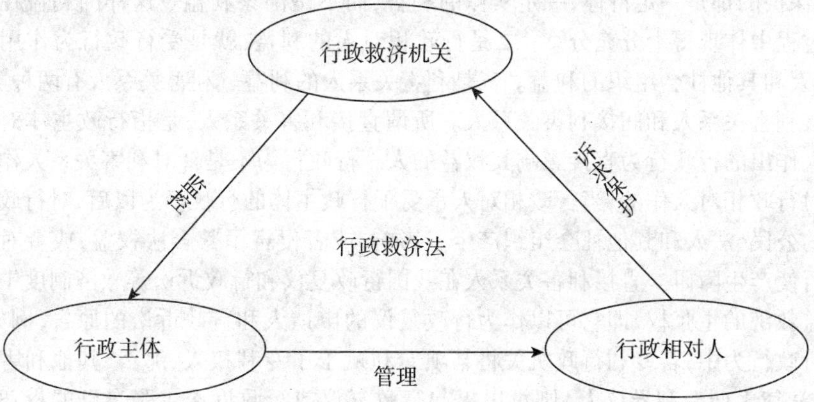

在这一图式中将原来行政过程仅是行政主体与行政相对人的关系变为一种三角关系,行政主体通过行政职权对行政相对人实施行政管理,而行政救济机关则以法律上的监控对行政主体发生作用,行政相对人可以通过诉求权与行政救济机关发生行政过程的联系。在双方关系形式下,行政主体在对行政相对人行使权力时具有单方意志性,且是无后顾之忧的单方意志。而行政相对人除接受行政主体的管理外,有时则直接对抗行政主体,行政管理过程中的不服从等就是例证。行政救济法所设定的三角关系使行政主体有了行使权力的后顾之忧,而行政相对人亦不能简单地对抗行政主体的合法管理,其对行政行为的异议可以用诉求权提出,行政救济机关则有权对行政相对人的诉求标的中涉及的行政行为进行审查。行政救济制度确立行政过程的三角关系形式是非常重要的,我们知道,司法关系本来就是一种三角关系,而行政关系则是双方关系,也就是说行政救济法所设计的三角关系便使行政具有了司法性质。行政权司法化的程度与行政救济制度的特性有关,若行政救济涉及的范围广,对行政权的制约深刻,那么,行政权司法化的程度也要深刻一些。行政救济不能介入的行政职权,不能通过司法程序审查的行政行为就没有处在司法化的状态之下,如我国行政系统的抽象行政行为就没有被司法化,行政权在抽象行政行为中仍然是双方关系式的单方意志。同时,行政救济法所设计的救济制度中的若干技术成分也决定行政司法化的程度。[24]

（二）行政救济法确立了行政行为的证明制度

行政行为在没有救济制度的保障下是没有得到证明的，行政主体作出行政行为仅依据行政职权发动，其将行政职权运用行政管理事态，运用于行政相对人的权益之中，当行政主体作出行政行为时并没有同时证明行政行为的正确性与否。我们可以说，若行政主体的行政行为被行政相对人接受以后就已经得到了证明，但是这样的证明不算完全证明，因为行政行为所关涉到的利益是多方面的，在笔者看来，行政行为作出后至少关系到下列利益。一是行政主体的利益，就是行政主体作为一个利益群体的利益，而不是行政主体所体现或代表的国家利益。行政法实施中的各种保护意义，所保护的都是一定群体，一定实体的利益，而不是国家利益。这样的利益在这种保护过程中体现得十分充分。[25]二是行政相对人的利益，就是受行政行为作用的公民、法人和其他社会组织的利益。三是利害关系人的利益。利害关系人有两种类型，即直接利害关系人和间接利害关系人。所谓直接利害关系人，是指行政主体对行政相对人作出的行政行为直接影响其权益的人。行政行为不是针对利害关系人作的而是针对行政相对人作的，当行政相对人承受了行政主体的行政行为以后，对行政行为之外的公民、法人和其他社会组织产生了影响，或者侵害了其合法权益，或者对其权益的行使产生障碍。直接利害关系人在我国行政复议和行政诉讼等救济制度中确立了权益救济的主张权，即它可以作为行政复议的申请人和行政诉讼的原告，例如，在专利行政行为中，若专利行政机关将某项专利赋予了专利权人，那么，其他利害关系人（在法律上叫专利异议人）则可以提起行政复议或行政诉讼主张自己的权益。所谓间接利害关系人，则是指行政主体的行政行为比较间接地侵犯了具有合法权益的人，如行政主体作出了房屋动拆迁的行政决定，而对与房屋没有直接关系的其他市民产生了影响，其他市民可以认为房屋的动拆迁侵害了城市的总体形象，进而也侵害了自己的利益。这类间接利害关系人在行政权行使的实践中是十分多见和普遍的，但我国行政法治还没有给这类相对人诉求权。四是国家利益，即国家作为一个整体的利益，国家利益代表者究竟是谁是需要探讨的，我国宪法和其他法律都提到了国家利益的概念。应当说明的是行政主体自身的利益绝对不能与国家利益相等同。上述几个方面表明，行政行为若要使上述利益都得到满意，或者行政行为选择最大化的利益关系，单靠行政主体的满意和行政相对人的满意还远远不足以证明其合法性、远远不足以证明其合理性。行政权救济制度作为一个由多种机制组成的制度，对行政行为的证明是最全面的。行政行为是否得到证明再发生法律效力是行政权司法化与行政化的重要界限。在行政权行政化的状态下，行政行为是不需要经过证明就能够发生效力的；而在行政权司法化的情形下，行政行为只有通过有效的机制证明以后才能发生法律效力。

第三节　行政救济法与不良行政的校正

一、现代行政权的过程

有人将管理的过程分成四个部分，即组织、计划、领导和控制，每个部分都是权力行使的一个环节，每一个环节上都有复杂的内容。如下表所示：[26]

	反映管理结构的特征	稳定型	有节制调节型	适应型
组织	集权与分权专业化水	集权	近乎集权	分权
	平	分工细致的专业化大	专业化或手艺中	领域可变只在设备允
	自足生产单位规模	内在的程序化的职能	独立的计划单位职能	许就采用小型面对面
	调节机制	狭窄指挥部	狭窄指挥部和作业单	的单位内的指挥部内
	人员的性质及设置	上行的信息流	位	通才作业单位内专家
	管理信息系统	过硬的操作人员	既流向高层管理部	绝大多数信息在基层
	关键人物特点	覆盖面很广详细说明	门，又流向基础生产	生产部门流转
计划	标准计划的运用：	完全计划详细说明	部门	分析适应
	计划覆盖面特点	周计划到季度计划中	直线与参谋机构中的	绝大多数计划都由部
	单一目标计划的运	间目标明确	职能专家	门自我制定的，只列
	用：	中间目标明确详细说	涉及所有主要部门详	要点
	计划覆盖面特点	明如何	细说明了协作活动	只是主要行动步骤有
	计划限度中间与最终	非常有限绝对服从	完全计划化详细的日	计划根据反馈信息随
	目标	严密监督生产过程对	程表和进度	时调整计划
领导	“如何”与结果	信息的分享斤斤计较	周计划到年度计划中	月计划到3年或更长
	参与计划制订宽容度	不太关心有效性、可	间目标明确	期限的计划注重最终
	监督程度	靠性	详细说明每一阶段的	目标
	信息分享	工序中间各阶段	结果	强调最终成果
	对工作满意感的关心	频繁	只限于自身任务	高度参与
控制	重视成效标准	常常是中心的主任们	灵活性仅限于自身的	只要能达到目的，敬
	控制点的界定	强调可靠性	工作	听尊便
	检查的频率	只容忍少量错误	严密监查产出和质量	泛泛的监督
	谁提出修正行动		分享工作信息	分享某一项目的全部
	强调可靠性，还是强		工匠技艺和专业技艺	信息
	调学习		受到鼓励	为人们参与各项工作
	惩罚性还是报偿性激		质量、准时、效率	提供机会
	励		焦点放在各个生产单	成果；有限资源限度
			位	内
			频繁	总的“里程碑”
			“生产控制”和其他职	不经常
			能人员	操作人员自身
			强调可靠性	强调学习
			只容忍少量错误	对成功给予极度高的
				奖励

此表是对一般管理过程的理论分析,理所当然它的基本原理适合于我们分析行政管理,即分析行政权的行使过程。如果我们再具体和通俗一点分析,那么现代行政过程应当由下列环节构成。

1. 搜集与行政决定有关的行政信息

行政主体在实施行政管理活动,作出行政行为时,第一步便是要搜集和占有大量的行政信息,这里的“行政信息”包括主观信息和客观信息两个方面。客观信息是客观存在的规则和事实,行政法规范、行政相对人的基本情况、行政行为所涉及的权利义务等都是客观信息。主观信息则是行政主体以及行政人员对行政过程所作的分析和判断,[27]行政主体和行政人员的素质直接决定着这类信息的质量。行政主体的行政过程对于行政信息而言具有极大的启动性,我们之所以称之为信息收集就是说信息是通过行政主体及时的事实行为而完成的,搜集信息的行为本身不具有法律效力,因此,我们认为它是事实行为。搜集信息的行为是行政过程的起始环节,这一环节的质量直接决定着后面所有其他的环节。

2. 作出行政决定

行政决定是行政过程中最具有实质意义的一个环节,所谓行政决定,是指行政主体在大量搜集信息的基础上,针对行政管理的客观实际作出能够改变行政相对人原来权利义务的行政行为。在行政管理学中将行政决定叫做行政决策。作为一种决策,行政决定有下列本质属性:一是行政决定是一种选择,就是在多种行政方案中选择一个方案,任何行政决定都是如此;二是行政决定是行政主体和行政人员的一种自主活动过程,行政主体必须通过主观意识对事态进行判断,对已经占有的方案进行分析;三是行政决定常常受到一些外在的、非理性的因素的影响,在行政主体行使自由裁量权时,这种影响的表现更加复杂。[28]上述三个要素都说明行政决定必须被纳入法律的轨道,用法律手段对行政决定行为进行控制,在行政信息收集阶段,即便有外在的和非理性的因素都不会产生实质性影响,因为此一阶段不会形成影响行政相对人权益的行政行为,而行政决定则使问题进入了实质性阶段。在西方国家即便是高层的行政决定也常常有一套评价机制和相应的制约机制。[29]

3. 行政执法

行政执法是指行政主体将作出的行政决定予以执行的状态。行政决定和行政执行是有机地联系在一起的。行政决定一旦作出便会转入执行阶段,只有这样行政决定才能从规范形态变为事态形态。作出行政决定的行政主体和执行行政决定的行政主体既可以是同一主体也可以是不同的主体,这要根据行政决定的性质和行政管理体制而定。在一般情况下,作出决定的主体和执行决定的主体是一个主体,如工商部门对违反工商行政法的人进行行政处罚,作出处罚决定的主体和执行处罚决定的主体便是一个。

4. 行政决定的效果评价

行政决定付诸执行以后其实际社会效果要通过一定的机制予以评价。在我国行政法制度中，行政效果的评价机制似乎是不健全的，在发达法治国家常常有这样的机制，当然有些国家将这样的机制作为行政系统的内部事务，即设立一个内设机构，该机构不具有法人资格，对行政决定执行情况进行调查，并向行政主体提供有关的情况。有些国家则将这样的机构设在行政系统之外，西方一些国会就设有这样的机构专门评价政府的行为，通过评价对政府行政系统改进行政工作提出法律上的建议，后一种评价机制是严格的法律机制。

5. 行政监控

行政监控是指对行政系统的行政决定以及行政决定的执行情况进行的控制。行政监控分为内部控制和外部控制两种情况。内部控制是设立于行政系统内部的控制机制，除专职的控制机构外，还有上级对下级的监控。我国的行政监察制度就是一种比较完整的内部制度。外部控制则是在行政系统之外设立的控制机制。我国的诸多法定监督主体都是从行政系统外部对行政过程的控制，如人民代表机关的监督控制、人民法院的司法控制等。

6. 不良行政的校正

行政监控与不良行政校正是两个不同的概念。监控具有对行政过程督促的作用，在大多数情况下，监控所起的作用是对行政过程的事前制约和事中制约。一方面，让行政决定在作出时依严格的程序为之，使行政执行依严格的程序为之。另一方面，行政决定和行政执行在每一个具体环节上都应当理性化和法律化，而不能游离于法律规范之外，这是行政监督最为重要的意义。当然，通过行政监督要找出不良行政行为，并通过一定的法律程序由有校正权的实体对不良行政行为予以校正。不良行政的校正是行政过程的最后一个环节，此一环节在行政权运作中不一定经常出现，而它对保证行政的合法性而论却是最后一道防线。

上述行政过程表明，行政救济制度处在最后一道环节上，它对行政权的实质意义在于校正不良行政。

二、不良行政校正的理论基础

不良行政校正的理论基础应当是行政责任的理论和制度。所谓行政责任，是行政法律责任的简称。在行政法学中行政责任有两层意思：第一层意思是行政主体对自己所管辖的行政事务应当具有负责的精神，这一意义上的行政责任是就行政主体及其公职人员对行政事务的态度而言的。[30]第二层意思是行政主体及其公职人员对自己的行为应当承担的法律后果。笔者此处所讲的行政责任是第二种意义上的行政责任。行政责任与行政权力有关联。行政主体依法或者依授权取得国家权力，当它取得国家权力时便带来了两个方面的问题：一是带来了支配别人的力量，行政主体通过这种力量改变或设定行政管理关系，对行政过程出现的问题进行处置。二是带来了相应的麻烦，即在法律上有实施管理的义务。此两方面是相互对应的，前者如果是利的话，那么后者则是害，正是这种利与害的结合使任何权力都表现出强烈的双重性。有人对权力和责任的关系就有这样的描述:“从责任直接的内在渊源来说,国家责任来源于国家权力,国家行政责任就来源于国家的行政权力。权力和责任同时产生,有权力就有责任。这是民主政治及其权力运行的必然结果。”〔31〕各国法律制度在设立行政责任时候都坚持下列原则:一是行政责任法定原则,所谓行政责任法定原则,是指行政责任必须以法律形式表现出来,具体而言包括:行政责任主体的权利义务要通过法律设定,“行政责任作为一种行政法责任,是指责任主体违反行政法规范引起的法律后果。要认定行为人是否构成行政违法,主要看行为人是否违反了法律赋予他的权利义务规定,主要是义务规定。如果没有这种规定,或找不到行为人违法的依据,行为人就不构成违法。即便行为人的确侵犯了正常的行政关系或国家利益,也不能认定行为人违法。因此,为了保护国家正常的行政关系,必须通过立法,建立完善的行政法规范,以法律的形式保护和调整行政关系。这些行政法规范主要应体现为行政法主体的权利与义务。由此,就可以依法认定违法主体及其侵害的对象。实施责任法定原则,是健全和加强行政法治的需要”。〔32〕责任形式要有法律依据,就是通过法律规范将行政主体的责任形式予以规定,我国行政主体的责任形式依《中华人民共和国行政诉讼法》、《中华人民共和国国家赔偿法》以及其他行政实体法的规定,主要有下列诸种:其一,向行政相对人赔礼道歉。其二,依法履行职责。在行政主体不作为违法的情况下,要积极地实施应当作为的行为。其三,撤销违法行为。即行政主体有义务撤销已经作出的违法行政决定。其四,纠正不适当行政作为。行政主体对已经作出的行政行为有义务进行变更,使其不合理变为合理。其五,返还权益。当行政行为剥夺了行政相对人的权益后,若通过正常的程序认为行政主体剥夺权益的行为是错误时,行政主体有义务将该项权益返还给行政相对人。其六,行政赔偿。在行政行为给行政相对人造成人身或财产伤害的情况下,行政主体有义务赔偿行政相对人的损失。除上列主要形式外,行政责任还有一些特殊的法律形式,如恢复现状等;二是行政责任过错原则。所谓过错则,是指行政主体承担行政法责任的前提是其主观上有过错,或者故意实施了某种伤害行政相对人权益的行为,或者过失而致使行政相对人权益受损。行政责任的上列原则都使行政责任与其他的责任形式有着本质的区别,对于这种责任的本质我们可以作出如下分析。

1. 行政责任旨在让行政过程能够继续进行

行政法以外的法律责任其目的在于终止某种行为过程,不让已经发生的行为过程再继续下去,如在民事赔偿责任中,责任追究的宗旨在于让责任人与受害人之间的行为过程予以终止,纠纷解决的目的是终止不良的行为过程,让责任人承担以后不再与被侵害人之间再发生原来存在的联系。然而,在行政责任中,行政主体承担责任的目的不是终止其与行政相对人之间的行政关系,而是让行政主体与行政相对人之间的关系进一步继续下去。行政法上对于行政主体的责任形式,既在于对行政主体进行制裁,又在于让行政主体和相对人达成一致。行政责任无论有多少形式,其根本不外乎让行政相对人得到精神上或物质上的安抚。行政法通过行政责任安抚行政相对人的最终目的是让行政过程能够不断地继续下去。在刑事法律责任中,法律责任主体承担责任的形式是非常极端的,从有期徒刑到死刑,每一种责任形式几乎都将责任人置于了再不能有所为的境地。可见,刑事责任终止责任人与被侵害人关系的特性表现得最为典型。在行政法中,行政主体的任何一种责任形式都存在一个量的问题和质的问题,量和质都是有一定限度的,实际中的上限就是行政主体还能够继续行政过程。当然,如果行政主体发生了行政法以外的责任情况就不同了。行政主体作为法人的一种可以成为刑法中的责任主体,即行政主体可能以法人的身份实施犯罪行为。在宪法中,行政主体因为宪法责任可能会导致行政主体的被解散和职权的终止。行政主体在行政法上的责任则没有这么极端,任何一种行政法上的责任形式都以行政过程继续进行为界。让行政过程继续进行既是行政主体承担行政责任的目标,又是行政主体承担行政责任的法律属性。

2. 行政责任旨在让行政关系进一步理顺

行政关系是就行政主体与行政相对人在行政管理活动过程中结成的关系而言的,国家设立行政机构组成体系之始就在法律上赋予了行政主体行政职权。行政机构组织体系以行政组织规则和行政行为规则将法律赋予行政机构体系的权力予以合理分配,每一个取得权力的机关就是一个行政主体,具有能够独立行使行政职权和独立承担行政法律责任的能力。行政主体的法律资格只有放在与行政相对人的关系中讨论才有意义,因为法律人格是在此一主体与彼一主体的关系形式上表现出来的,若某一主体不与其他主体发生联系即使具有法律资格也没有什么实际意义。行政责任亦是在行政主体与行政管理相对一方的关系中得到展现的,换句话说,若行政主体的权力行使没有对行政相对人产生影响,其就不可能产生行政法上的责任。那么,行政责任的承受与行政关系之间的关系就是一个必须引起重视的问题。对于行政责任与行政关系之间的关系我们可以作出这样的分析:第一种情形是行政主体承担行政责任以后,其原来所为的行政关系,即与行政相对人之间的行政关系便予以结束,其与行政相对人的行政关系亦予以终结。第二种情形是行政主体承担行政责任以后,不但不终止与行政相对人的行政关系,反而进一步将这一行政关系理顺,使这一关系继续存续。笔者认为,行政主体与行政相对人在某一事项中的关系随时都有终止的可能,但就行政关系的整体而论,行政主体与行政相对人的关系是一种长远关系,不论把行政相对人作为一个特定对象来看,还是将行政相对人作为一个不特定的对象来看都是如此,行政责任的承担是让行政关系进一步得以理顺。行政关系是否理顺是衡量行政过程是否良性循环的标准。正如有学者对司法监察制度的责任效果所评价的,“现代世界各国对市场经济活动都给予一定程度上的干预,管制与调节,政府各部门的职责与经济活动、社会生活已息息相关。政府部门经常发生实施、适用法律、规章错误的情况,侵害了公民的合法权益和利益。因此,寻求行政权力的公正,制止政府权力的滥用,则成了司法或司法行政机关的重要职责。在国外,滥用权力是一个专有概念,司法机关或行政司法机关是专纠政府滥用权力的监督保护机关”。[33]可见,行政责任的目的在于校正不当行政行为。

3. 行政责任旨在让行政过程中诸方利益进一步和谐

上面已经指出,行政过程所涉及的利益不仅仅是行政主体和行政相对人之间的利益,即它所体现的是一种多方利益关系。一些行政行为本身就是对社会利益的分配,如行政主体颁发证照的行为、行政主体征收税款的行为、行政主体进行行政指导的行为,等等。若行政主体通过行政行为对社会利益分配得比较合理,使利益各方都能够接受,此时,行政行为就不会产生争议,行政主体亦不必为此承担法律责任。反之,若行政主体对利益的分配不公,或者行政过程中的行政相对人、其他利害关系人以及其他的社会主体对行政主体的利害分配有异议,行政主体很可能因此而承担行政责任。行政法让行政主体承担行政责任的目的既不是终止利益分配关系,也不是制止行政主体的利益分配行为,而是让利益分配更加合理。我们所讲的合理与否是以利益各方对行政主体利益分配行为的评价为标准的。瑞典的监察制度是制约不良行政的一个特有制度,该制度在校正不良行政时也充分体现了利益分配色彩,例如,"住在瑞典乡村的一名外国侨民投书监察专员,指控警察粗暴地对待他,唯一原因就是他是外国人"。[34]监察通过纠错行为,使外国侨民的利益得到了保障。由此可见,行政责任旨在让社会利益得到合理分配,最终让行政过程中诸方利益进一步和谐。

注释

〔1〕 行政救济在我国大陆的行政法学教科书中使用的并不多,王连昌教授1996年主编的《行政法学》中有一篇为"监督行政与行政救济"。而其他行政法教科书中则很少使用行政救济的概念。我国台湾地区的行政法教科书都有行政救济的概念,一般认为行政救济是指行政机关不法之行政使人民权益受损害时,人民有权请求国家予以拯救,这种拯救行为就是行政法上的行政救济。参见王连昌主编:《行政法学》,中国政法大学出版社1996年版,第310页;涂怀莹:《行政法原理》,五南图书出版公司1983年版,第615页。

〔2〕 《辞源》(第3卷),上海辞书出版社1989年版,第364页。

〔3〕 参见[日]盐野宏:《行政法》,杨建顺译,法律出版社1999年版,第292页;[美]欧内斯特·盖尔霍恩、罗纳德·M. 利文:《行政法和行政程序概要》,黄列译,中国社会科学出版社1996年版,第216—245页。

〔4〕 行为的承受者能够合理地承受行政行为中的权利和义务,在一般情况下再没有对其进行证明的必要,当然,也许会出现行政行为的实施者与行政行为承受者恶意串通的情况。若恶意串通行为侵害了第三人的利益,第三人便会使这种行为进入被证明状态,若恶意串通侵害了国家利益,以何种手段使其进入证明状态则需要探讨,建立公益诉讼是可以选择的路径。

〔5〕 行政系统中的相关主体,如上级行政机关、专职裁决机关等作为救济的主持人从理论上讲存在一定问题,因为行政系统与行政系统之外的当事人是两方当事人,其利益是相互对应的。因此,广义方面看主持者既是纠纷一方又是纠纷的解决方法。但是,在一般情

况下行政系统作为救济的主持者不影响当事人通过其他手段再行救济，这样便没有太大的法律障碍。

〔6〕　左潞生：《行政法概要》，三民书局1977年版，第8页。

〔7〕　同上书，第111页。

〔8〕　同上书。

〔9〕　行政主体对行政相对人作出了行政行为后可能会使多方当事人的权益产生影响：一是对行政行为的承受者产生影响，对行政行为承受者产生的影响都是直接影响；二是对利害关系人产生影响，即行政行为作出后对行政相对人以外的主体产生影响，这一影响可以被视为间接影响。直接影响和间接影响都是一个相对概念。

〔10〕　张家洋：《行政法》，三民书局1998年版，第731页。

〔11〕　参见王名扬：《比较行政法》，北京大学出版社2006年版，第34页。

〔12〕　张家洋：《行政法》，三民书局1998年版，第730页。

〔13〕　有些国家的宪法对行政权的规定还要详细一些，如《芬兰共和国宪法》从第23条到第52条都是行政权及其范围的规定。参见萧榕主编：《世界著名法典选编》（宪法卷），中国民主法制出版社1997年版，第97—99页。

〔14〕　萧榕主编：《世界著名法典选编》（宪法卷），中国民主法制出版社1997年版，第155页。

〔15〕　同上书，第192页。

〔16〕　有许多方面的因素促使了经济规章的增加。在一定程度上，规章的增加是由于我们缺乏其他类型的政府干预。在日本，产业的资金融通很大程度上依附于日本银行。政府能够发号施令，命令钢铁厂停止空气污染，而不必制定详细的规章制度。厂商知道，如果不“自愿地”履行政府的命令，昔日“友好”的银行家就会和自己过不去。相形之下，美国的钢铁厂只能用一系列烦琐的法律限制，才能劝说其停止污染，而这些法律限制的起草，通过立法，交付法院公断、实施，需要很大一段时间。在欧洲也可以看到类似日本的现象，在欧洲，政府自身拥有许多产业（如伏尔卡斯瓦根汽车公司、雷诺汽车公司、英国钢铁公司），厂商需要政府在资本市场上的扶持，当政府拥有或能控制工业时，很明显，就不必像我们那样去制定法规。历史上，美国曾出现过三次巨大的管制浪潮：第一次管制浪潮出现在20世纪初前后，当时，人们利用反托拉斯法控制人为的垄断（石油、钢铁）；利用政府的规章，控制自然垄断（铁路、电力）。这两种管制，其目的都在于剥夺垄断者从消费或其他生产者的收入榨取的垄断利润。第二次管制浪潮出现在20世纪30年代，当时，为了医治“大萧条”，政府采用了提高价格等各种无效方案。但是，除了农产品价格补助外，各种长期管制都集中于为工人们易于组成工会创立一个合法的环境。30年代实质上接受了“大企业”的观点，只是试图以大工会的对抗力量限制大企业的权力。第三次管制浪潮出现在20世纪60年代末和70年代初，目前我们仍处于它的影响之中。尽管最近的管制浪潮涉及到许多不同的方面，但其实质，主要集中于外部经济环境和经济安全问题。参见［美］莱斯特·C.瑟罗：《得失相等的社会》，李万宇译，商务印书馆1992年版，第119—120页。

〔17〕　关保英：《行政法模式转换研究》，法律出版社、中央文献出版社2000年版，第107页。

〔18〕　参见《中华人民共和国宪法》第89条。

〔19〕 萧榕主编:《世界著名法典选编》(宪法卷),中国民主法制出版社 1997 年版,第 9 页。

〔20〕 关保英:《行政法的价值定位》,中国政法大学出版社 2003 年版,第 31—32 页。

〔21〕 同上书,第 84 页。

〔22〕 同上书,第 100 页。

〔23〕 此条还涉及医院与产妇之间的关系,该关系是民事法律关系的范畴。

〔24〕 行政处罚中第三者没有介入其中的两个主体之间的关系,只有两个主体参加的关系存在一系列问题,如一方强迫另一方的问题,双方恶意串通的问题。事实上,我国行政法治实践中,行政处罚机关或处罚执法人员与被处罚人恶意串通的情形并不少见。如广东汕头就曾发生过某烟草专卖局与假烟生产者在处罚过程中的恶意串通事件。依《中华人民共和国烟草专卖法》和其他法律的规定,对假烟生产者既要实施罚款的行政处罚,又要实施取缔生产设备、吊销生产许可证的处罚,而某烟草局仅对该假烟生产者处以罚款的处罚,目的是通过罚款取得不当利益,而没有予以取缔或吊销生产许可证的处罚。这样处罚者和受罚者都得到了好处,而受损失的是国家和大多数人的利益。

〔25〕 对于行政机构体系与社会的关系形成分析时,不能仅仅考虑形式上利益的一致性,着重要分析行政机构的管理方略与社会事态之间的关系。无论对人的管理还是对事的管理最终都必须团结到管理方略与被管理因素的适应程序上。

〔26〕 参见[美]W. H. 纽曼、小·C. E. 萨默:《管理过程》,李柱流等译,中国社会科学出版社 1995 年版,第 809 页。

〔27〕 参见[英]亚当·库珀、杰西卡·库珀编:《社会科学百科全书》,林勇军等译,上海译文出版社 1989 年版,第 786 页。

〔28〕 行政决策中非理性因素的影响程序与一国法制对行政领导的制约程序有关,法律越能够制约行政领导,行政人员在决策过程中非理性的因素就越少,反之,法律对行政领导人员制约的行政的程度越低,行政决策中非理性的因素就越多。参见关保英:《市场经济与行政法学新视野论丛》,法律出版社 1996 年版,第 202 页。

〔29〕 "1969 年 10 月 16 日,美国中央情报局的官员们将一些 U-2 飞机拍摄的照片放在肯尼迪总统的办公桌上。专家们确信,苏联人正在古巴放置导弹和原子武器。美国的情报专家认为苏联在古巴布置了 16 枚、或许 32 枚射程超过 1000 里的导弹,大约相当于苏联当时拥有的洲际弹道导弹总能量的一半。导弹对准了美国的一些城市,一旦发射,那么几分钟内,将要死掉 8000 万美国人。而对这剑拔弩张的局势,美国必须迅速作出反应。于是当局立即制定了各种决策方案:(1)无所反应;(2)通过外交手段施加压力;(3)与古巴领导人卡斯特罗谈判;(4)动用军事力量摧毁导弹基地;(5)封锁海面。约翰·肯尼迪总统在众多方案中选择了第五种方案。13 天之后,苏联政府下令拆除进攻性的武器,并把它们装船运回苏联。这项事例一直被诩为政治决策成功的典型:政治体系在受到突如其来的冲击时,及时作出了恰当的反应,并且通过一项决策的执行达到了自己确定的目标。在当代社会生活中,政治体系不仅要对诸如此类的军事冲突和危机做出快速决策,而且还要就难以计数的、政治共同体一般运转上的基本问题做出正确决策。从社会经济发展状况的恶化到社会成员健康水平的提高,从政治共同体受到外来势力的武装干涉到政治共同体自身对待外部世界的方针和态度,从社会

消费水平的高低到社会投资金额的多寡,从社会包罗万象的民用建设到社会形形色色的犯罪活动的控制,均需要政治体系作出决定,制定政策。政治决策在政治时代享有至关重要的地位。历史的力量促使当代政治体系包罗政治生活和社会生活的方方面面。任何社会问题都可能成为政治问题。历史的力量推动了人类的政治化,推动了社会过程的政治化,从而使政治体系的决策在政治共同体中构成了前所未有的活动能量。"参见王沪宁:《比较政治分析》,上海人民出版社 1987 年版,第 127—128 页。

〔30〕 在一些国家的公务员法中,公务员的责任常常放在公务员义务一章中规定,如《德意志联邦共和国官员法》第 56 条规定:"官员的责任心第 1 款　官员对他的公务活动的合法性承担全部责任。第 2 款　如果官员对公务上的命令的合法性有怀疑,应当立即向他的直接上级提出。如果命令维持不变,而官员对上级的命令的合法性仍然抱有怀疑,那就应当请示更高一级的领导。如果更高一级的领导肯定这个命令,那么,只要官员受委托执行命令的行为不会受到法律上刑事威胁,或者是不会与秩序背道而驰并且对他来讲,还没有认识到犯罪的,或者是与秩序背道而驰的,或者只要他受委托执行命令的行为损害人的尊严,他就必须执行命令。官员个人对此不承担责任。官员应当要求更高一级的领导以书面的形式作出肯定。第 3 款　如果直接的领导,因为情况紧急,以及更高一级的领导不可能及时地作出决定,而要求立即执行命令,那么,第 2 款第三句和第四句相应有效。"

〔31〕 廖晃龙主编:《新编行政法学》,大连海运学院出版社 1991 年版,第 272 页。

〔32〕 同上书,第 281 页。

〔33〕 刘明波编著:《外国监察制度》,人民出版社 1994 年版,第 11 页。

〔34〕 同上书,第 47 页。

第十五章　行政复议法

第一节　行政复议法的基本理论

一、行政复议法中的行政复议

所谓行政复议,是指在政府行政系统的某些机构主持下解决行政纠纷的活动。在行政法的运作过程中,行政纠纷发生在两个范畴中,第一个范畴是行政系统内部的纠纷,这类纠纷有这样几种:一是公务员以及其他行政公职人员与行政机关因行政处分事宜而发生的纠纷。我国一定层次的行政机关有权对它的构成人员的违法行为进行处理,或者给予当事人以行政处分,或者给予当事人以其他的行政处理决定,[1]若当事人对行政机关的这种处理决定不予认同时就发生行政机关与当事人的纠纷关系。二是行政公职人员与监察机关因行政处分或者其他行政处理决定而发生的纠纷。根据《中华人民共和国行政监察法》的规定,监察机关有权对违反行政法的公务员和行政机关的其他工作人员进行处分,公务员以及其他公职人员在对行政监察机关的处分决定不服时便产生因监察决定事宜而发生的纠纷。行政监察对象除了公务员以外,还有行政机关和国家行政机关任命到企事业单位担任公职的人员,如行政监察机关对行政机关可以作出相关监察决定,在行政机关对行政监察机关的监察决定不服时便产生了纠纷。三是被审计的行政机关因审计机关的审计事宜而与审计机关之间发生的纠纷。依《中华人民共和国审计法》的规定,审计机关有权对行政机关进行审计监督,当被审计的行政机关不服审计机关的处理决定时便发生与审计机关之间的纠纷。上述纠纷解决机制的法律规范有:《中华人民共和国行政监察法》、《中华人民共和国审计法》以及其他调整公务员管理关系的法律规范。[2]第二个范畴是外部纠纷,是指行政主体与其行使职权的公民、法人和其他社会组织之间的纠纷。内部行政纠纷不是行政复议法所解决的纠纷范畴,行政复议所解决的是行政主体与公民、法人和其他社会组织之间的纠纷关系。基于此,我们可以对行政复议法中的行政复议下这样一个定义:行政复议是指公民、法人或者其他组织对行政主体的具体行政行为不服,依法提请作出行政行为机关的上一级行政机关对该具体行政行为进行审查并作出决定的一种法律行为。行政法上的行政复议有下列本质属性。

1. 行政复议是一项法律制度

行政复议在日常运作中是以政府行政行为的形式出现的,但是,行政复议不能与一般的行政行为相等同，它是由一国法律设计的制度，是一种法律制度。“行政复议是行政系统内部的一种自我纠偏机制，也是保护行政相对方合法权益的行政救济制度。作为一项与行政诉讼相衔接的用以解决行政争议的法律制度，它普遍存在于世界各国的法律体系之中。西方国家的行政复议制度发端于19世纪末，成型并且完善于20世纪中期，是近代资产阶级民主政治发展的产物，也是政府为了平息社会矛盾、增进社会公益、提升自身形象而采取的明智之举。”〔3〕行政复议作为一项法律制度可以从以下层面理解：行政复议是通过一定的法律形式设计的。设计行政复议的法律形式有两种：第一种是由立法系统制定法律规则设计行政复议制度，如德国的“异议审查制度”、日本的“苦情处理制度”都是由国会以立法的形式确立的制度。第二种是由行政系统通过制定行政法立法而设计的，如我国1990年就由国务院制定行政法规对我国行政复议作了系统设计，〔4〕形成了我国行政复议制度的基本框架。行政复议制度作为一项重要的法律制度理应由立法机关设计基本框架。同时，由于该制度是行政系统内部解决纠纷的机制，行政系统为了有效实施该制度制定一些规则也是合乎情理的。另外，行政复议是一国行政救济制度的构成部分。行政救济是一个大制度范畴，它的目的在于从多个不同的角度校正行政系统的不当行政行为，行政复议制度是行政救济制度的一个分支。行政复议虽然是一种法律制度，但它包容于行政救济制度之中。它与行政救济制度中的其他制度所追求的目的是相同的，如若把行政救济制度作为一个过程看，那么行政复议制度在这一过程中处于一个特殊的环节之中，它与其他救济制度具有充分的关联性。例如，行政复议制度和行政诉讼制度就具有一定的逻辑上的相关性，《中华人民共和国行政诉讼法》第37条规定：“对属于人民法院受案范围的行政案件，公民、法人或者其他组织可以先向上一级行政机关或者法律、法规规定的行政机关申请复议，对复议不服的，再向人民法院提起诉讼；也可以直接向人民法院提起诉讼。法律、法规规定应当先向行政机关申请复议，对复议不服再向人民法院提起诉讼的，依照法律、法规的规定。”这项规定表明行政复议与行政诉讼难以分割。〔5〕

2. 行政复议是行政性司法活动

行政复议行为的性质在行政法学界有多种论点，有人认为行政复议是行政行为，持此说者以行政复议行为的主体和存在空间为依据，行政复议是由行政主体主持解决的，其行为主体与一般行政行为并没有质的区别。同时，行政复议行为存在于行政系统之中，是行政权对社会所发生的作用。我国一些行政法教科书将行政复议与其他行政行为排列在一起讲授就是例证。另有人认为行政复议是司法行为。这是因为行政复议是用来解决行政纠纷的，解决纠纷的活动向来就是司法权的范畴，是司法权发生作用的结果。还有人认为行政复议是行政司法活动，“行政司法是指国家行政机关根据法律的授权充当公断人，依照司法化的程序裁断行政争议和民事纠纷活动。行政司法中的主要制度，除了行政复议之外，还包括行政裁决，行政仲裁和行政调解。与这些制度不同的是行政复议是行政机关裁断行政争议的活动，而行政裁决等则是以与行政管理职能有关的民事纠纷作为裁断对象的。”[6]笔者认为,行政复议准确地讲,是行政性司法活动。行政复议从它作为国家权力的性质分析,它应是归属于行政系统的权力,是行政管理活动的继续。因为行政复议是对行政行为的进一步证明,行政主体实施行政行为以后,行政相对人对行政行为有异议,这便使行政行为处于一种待证明状态中,它也许是合法或者适当的,也许是非法或者不适当的,是否合法与适当在它没有付诸实施、没有发生法律效力之前便是一种待证状态。进入行政复议程序的意义在于将行政行为置于第三者的证明状态之中。对行政行为的证明既可以在行政系统之外进行,也可以在行政系统之内进行。行政系统作为行政行为的实施者当然有证明自己行为正确与否的义务,行政复议是行政活动,这是行政复议行为的大前提。它与一般的行政行为不同之处在于它是排解行政纠纷的活动,即解决行政主体与行政相对人之间的纠纷。行政主体与行政相对人之间若没有发生纠纷就不可以导致行政复议行为的发生。此点与司法活动十分相似。司法活动向来被认为是一种被动的政府活动,而行政活动制度被视为是主动的行政活动,即行政活动是由行政系统依职权而为之的,大多数情况下行政主体,可以自己决定是否实施行政行为;司法活动则不是由司法机关主动为之的,即只有当社会生活出现某种阻滞,某种不和谐因素时,司法行为才能够被启动。行政复议也只有在存在某种行政阻滞时才能够启动,这一属性决定了行政复议是一种司法活动。那么,将上列两个方面结合以后,便可以说行政复议是行政性司法活动。

3. 行政复议是行政监督的形式

传统理论中行政监督的概念是指对行政权行使的监督。“对政府行政管理活动所进行的监察和督导。有广义和狭义之分。广义的行政监督指行政法法制监督,包括国家权力机关的监督、国家行政机关的内部监督、审计监督、国家检察机关的监督及群众监督与社会监督。狭义的行政监督仅指国家行政机关内部的监督。它包括上级国家行政机关对下级国家行政机关行使权限实行监督,国家行政机关内行政领导人对其下级人员的行政管理活动是否遵守法律和制度所实行的监督;还包括下级国家行政机关及其工作人员对上级国家行政机关的决议、命令和工作布置都可以提出批评和建议。国家行政机关内部监督,根据监督目的、内容、范围等分为事前监督、事后监督、专题检查、专案检查、全面检查等。我国上级国家行政机关对下级国家行政机关的行政监督,主要表现在:(1)国务院对我国的一切国家行政机关实行统一领导和监督;(2)各部、委和国务院直属机构,对省、自治区、直辖市业务部门的监督;(3)地方各级人民政府对自己的工作部门和下级人民政府以及设在本辖区内不属于自己管理的国家机关的监督等。”[7]这一概念应当说是没有什么争议的。但是,我国行政法学界一些学者认为行政监督是行政主体对行政相对人及其行为的监督,其他主体对行政的监督叫监督行政。[8]笔者认为这样的区分和称谓不利于有效把握行政监督的概念。行政主体对行政相对人行使的权力不应被看作是监督权,即使其对行政相对人的行为进行一定程度的监控,但这种监控只是管理过程中的一个环节,不能同监督权和监督行为同日而语。笔者这里使用行政监督概念是传统意义的概念，就是对行政系统行使行政权的监督。行政复议是行政监督的一种形式。

行政监督在一个国家的监督体制中是以机制的形式出现的，我国的行政监督就是以如图所示的机制出现的，分为外部的监督和内部的监督两套体系。内部监督虽没有外部监督重要，但它仍然是行政监督的重要形式，在行政监督的体系中也是不可缺少的。我国的内部监督分成普通监督和专门监督两个方面，前者指行政系统诸机构体系之间约束关系，如上级对下级的监督、下级对上级的监督、[9]各行政机构之间的监督等。后者指设立在行政系统的专门监督制度，这些专门的监督制度具有一套完善的监督法律制度，具有专门的监督主体，具有专门的监督程序等。行政复议便是行政系统内部的专门监督制度，如下图所示：[10]

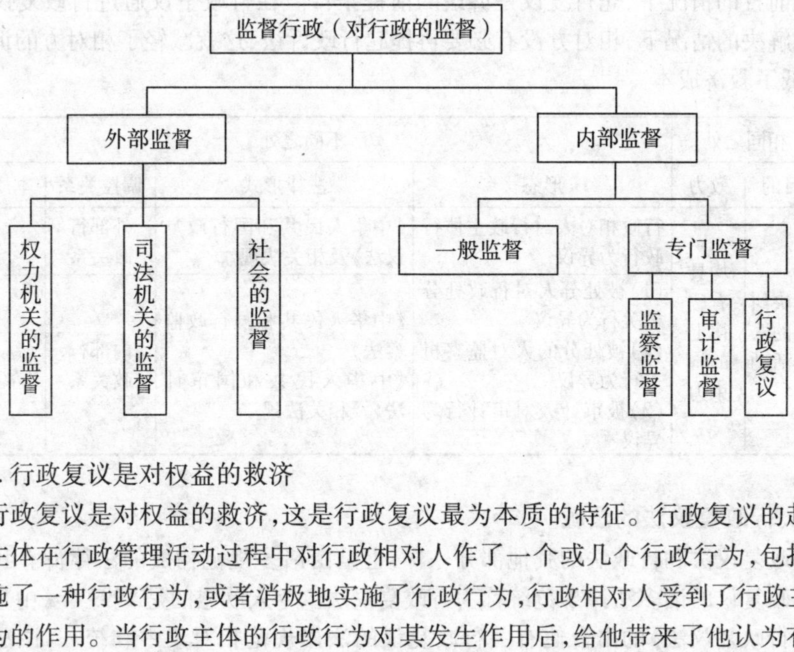

4. 行政复议是对权益的救济

行政复议是对权益的救济，这是行政复议最为本质的特征。行政复议的起因是行政主体在行政管理活动过程中对行政相对人作了一个或几个行政行为，包括积极地实施了一种行政行为，或者消极地实施了行政行为，行政相对人受到了行政主体行政行为的作用。当行政主体的行政行为对其发生作用后，给他带来了他认为有利的后果时，行政复议便不会发生，只有当行政行为给当事人带来了他认为不利的后果时才会发生行政复议。对当事人不利的行政行为是对当事人权益的侵害，正如我们在分析行政救济制度的本质时所指出的，只要当事人对行政主体的行政行为持有异议，我们便可以说行政行为侵害了行政相对人的权益。权益的侵害分为实质的侵害和非实质的侵害两种。所谓实质侵害，是指对当事人的物质利益和精神利益造成了法律所禁止的侵害状态，如行政主体以乱摊派的形式使当事人直接遭受到了财产损失。所谓非实质的侵害，是指行政主体的行政行为对当事人造成了心理上的不利影响，这种影响不一定能从法律上寻找到根据。我们认为，行政主体的行政行为在当事人不服的情况下，就给当事人造成了心理上的侵害，至少其与行政主体在这一行为过程中没有达成意志的合致，当事人的意志游离于行政大系统意志之外。当然，法律不能够有直接的办法拯救当事人心理上的伤害。行政复议就第一种侵害而论其有直接的权益救济功能，主持复议的机关改变行政主体不当或违法的行政行为从而使行政主体的行政行为不加害于行政相对人，直接救济了他的权益。对于非实质侵害，行政复议同样具有救济作用，因为，行政复议维持行政主体的行政行为后，行政相对人可能会由不认同行政行为变为认同行政行为，其心理上便由不平衡达到了平衡。有学者认为“行政复议的救济性体现在：第一，行政复议是一项沟通行政主体和相对人并且缓解二者之间矛盾冲突的重要制度；第二，行政复议是纠正违法或不当的行政行为，维护相对方合法权益，敦促行政主体优化管理结构、提高管理效能的有效手段；第三，行政复议与行政诉讼相衔接，是联结相对方的利益诉求和司法救济终端的中间环节。在复议前置的情况下，先行复议是诉讼的前提条件。在行政争议通过行政复议的方式得以解决的情况下，相对方没有必要再提起行政诉讼，这就减轻了相对方的诉讼负累，降低了救济成本。”[11]

<table>
<tr><th rowspan="2">区分</th><th colspan="2">相同之处</th><th colspan="4">不同之处</th></tr>
<tr><th>目的</th><th>效力</th><th>形态</th><th>法律形式</th><th>调控关系</th><th>本质属性</th></tr>
<tr><td>外部行政复议</td><td rowspan="2">解决纠纷的法律活动</td><td rowspan="2">均具有法律上的拘束力</td><td>行政相对人对行政主体行政行为异议</td><td>《中华人民共和国行政复议法》及相关法规</td><td>外部行政关系</td><td></td></tr>
<tr><td>内部行政复议</td><td>(1)被处分人对行政处分机关行为异议
(2)被处分的人对监察机关行为异议
(3)被审计人对审计行为异议</td><td>《中华人民共和国行政监察法》
《中华人民共和国审计法》及相关法规</td><td>内部行政关系</td><td>缓和内部矛盾</td></tr>
</table>

二、行政复议法的法源

行政复议法和行政法的其他部分一样，也是由诸多规范构成的法律群。我们将规范行政复议的诸多法律规范统称为行政复议法。令人欣慰的是1999年《中华人民共和国行政复议法》的出台使有关行政复议的法律规范相对集中和统一，该法作为一个基本法对其他有关行政复议的法律规范有统摄作用。尽管如此，我们不能否认除《中华人民共和国行政复议法》之外，在我国行政法律体系中还存在其他一些规范行政复议的法律、法规和规章。构成行政复议法的法律规范大体上有下列几个方面。

（一）行政复议法典

即1999年制定的《中华人民共和国行政复议法》，1999年4月29日第九届全国人民代表大会常务委员会第九次会议通过，1999年4月29日中华人民共和国国务院令第16号公布，自1999年10月1日起施行。该法是关于行政复议的一个最高层次的法律规范，其对我国的行政复议制度作了系统规定，包括7章，43个条文，对行政复议范围、行政复议申请、行政复议受理、行政复议决定、行政法律责任等有关行政复议的基本问题作了规定。

（二）部门行政管理法中关于行政复议的规则

在《中华人民共和国行政复议法》出台以前，有关行政复议的高级法则就反映在部门行政管理法的法律规范中。部门行政管理法关于行政复议的规定非常零散，几乎每一个部门行政管理法规范中都有行政复议的内容，这些法律规范对行政复议事项的规定也非常复杂，从行政复议的提起到受理，甚至到行政复议决定的执行等几乎都涉及了。例如，《中华人民共和国民用航空器适航管理条例》第 26 条规定："任何单位或者个人对民航局作出的罚款决定不服的，可以在接到罚款通知书之日起 15 日内向民航局提请复议。"《中华人民共和国商标法》（2001 年 10 月 27 日第九届全国人民代表大会常务委员会第二次修正）第 33 条规定："对初步审定、予以公告的商标提出异议的，商标局应当听取异议人和被异议人陈述事实和理由，经调查核实后，做出裁定。当事人不服的，可以自收到通知之日起 15 日内向商标评审委员会申请复审，由商标评审委员会做出裁定，并书面通知异议人和被异议人。当事人对商标评审委员会的裁定不服的，可以自收到通知之日起 30 日内向人民法院起诉。人民法院应当通知商标复审程序的对方当事人作为第三人参加诉讼。"《中华人民共和国专利法》（2008 年第十一届全国人民代表大会常务委员会第六次会议第三次修正）第 41 条规定："国务院专利行政部门设立专利复审委员会。专利申请人对国务院专利行政部门驳回申请的决定不服的，可以自收到通知之日起 3 个月内，向专利复审委员会请求复审。专利复审委员会复审后，作出决定，并通知专利申请人。专利申请人对专利复审委员会的复审决定不服的，可以自收到通知之日起 3 个月内向人民法院起诉。"《中华人民共和国集会、游行示威法》第 31 条规定："当事人对公安机关依照本法第 28 条第 2 款或者第 30 条的规定给予的拘留处罚决定不服的，可以自接到处罚决定通知之日起 5 日内，向上级公安机关提出申诉，上一级公安机关应当自接到申诉之日起 5 日内作出裁决。"《中华人民共和国海关法》（2000 年 7 月 8 日第九届全国人民代表大会常务委员会第一次修正）第 64 条规定："纳税义务人同海关发生纳税争议时，应当缴纳税款，并可以依法申请行政复议；对争议决定仍不服的，可以依法向人民法院提起行政诉讼。"《中华人民共和国治安管理处罚法》第 102 条规定："被处罚人对治安管理处罚决定不服的，可以依法申请行政复议或者提起行政诉讼。"笔者注意到，在《中华人民共和国行政复议法》出台之前制定的有关行政部门法和出台之后制定的行政部门法对行政复议事项的规定表现出了较大的区别。前者对行政复议事项的规定具体全面，而后者则较为简单，其主要原因在于《中华人民共和国行政复议法》将有关行政复议事项规定得较为具体，后来制定的行政法规范只要简单提一下依复议法的规定为之便可。

（三）单行的行政法规范中关于行政复议的规定

在《中华人民共和国行政复议法》出台之前，1990 年国务院制定了《行政复议条例》，该条例在当时既是一个行政复议的系统规则，如第 1 条规定："为了维护和监督行政机关依法行使职权,防止和纠正违法或者不当的具体行政行为,保护公民、法人和其他组织的合法权益,根据宪法和有关法律,制定本条例。”是有关行政复议的单行的行政法规则,其与规定行政复议的部门行政法相比只是一个单行规定。2007年国务院又制定通过了《中华人民共和国行政复议法实施条例》,第1条规定:“为了进一步发挥行政复议制度在解决行政争议、建设法治政府、构建社会主义和谐社会中的作用,根据《中华人民共和国复议法》,制定本条例。”从目前情况看,这些单行的行政复议规定大多是以政府规章的形式出现的,有些是各职能部门制定的,有些是地方政府制定的。例如,《税务行政复议规则(暂行)》2004年由国家税务总局制定、《劳动和社会保障行政复议办法》1999年由劳动和社会保障部制定、《卫生部行政复议和行政应诉管理办法》1999年由卫生部制定、《质量技术监督行政复议实施办法》2000年由国家技术监督局制定、《交通行政复议规定》2000年由交通部制定、《中国保险监督管理委员会行政复议办法》2001年由中国保险监督管理委员会制定、《国土资源行政复议规定》2001年由国土资源部发布。地方一些省市也制定了有关行政复议的规定,如《广州市行政复议规定》、《湖北省行政复议实施办法》等。上述关于行政复议的单行规定调整着各个部门或地方政府有关行政复议的事项。值得探讨的问题是,这些有关行政复议的单行规定究竟是否必要,笔者注意到各个职能部门制定的复议的单行规定基本上将行政复议法的有关规定照抄了一遍,没有这些条文规定,各个部门的行政复议同样会进行。我们不妨列举几个单行行政复议规则中关于行政复议的一些规定。关于受案范围,《质量技术监督行政复议实施办法》第8条规定:“有下列情形之一的,公民、法人或者其他组织可以依照本办法的规定申请行政复议:(一)对质量技术监督行政部门作出的行政处罚决定不服的;(二)对质量技术监督行政部门作出的行政强制措施不服的;(三)对质量技术监督行政部门作出的有关许可证、资质证、资格证等证书变更、中止、撤销的决定不服的;(四)认为质量技术监督行政部门侵犯合法的经营自主权的;(五)认为质量技术监督行政部门违法集资、征收财物、摊派费用或者违法要求履行其他义务的;(六)认为符合法定条件,申请质量技术监督行政部门颁发许可证、资质证、资格证等证书,或者申请审批、登记有关事项,质量技术监督行政部门没有依法办理的;(七)申请质量技术监督行政部门履行保护人身权利、财产权利的法定职责,质量技术监督行政部门没有依法履行的;(八)认为质量技术监督行政部门的其他具体行政行为侵犯其合法权益的。”《劳动和社会保障行政复议办法》第3条规定:“公民、法人或者其他组织对劳动保障行政部门作出的下列具体行政行为不服,可以申请行政复议:(一)对劳动保障行政部门作出的警告、罚款、没收违法所得、没收非法财物、责令停产停业、吊销许可证等行政处罚决定不服的;(二)认为符合法定条件,申请劳动保障行政部门办理许可证、资格证等行政许可手续,劳动保障行政部门拒绝办理或者在法定期限内没有依法办理的;(三)认为保障行政部门作出的有关许可证、资格证等变更、中止、取消的决定不服的;(四)对劳动符合法定条件,申请劳动保障行政部门审批、审核、登记有关事项,劳动保障行政部门没有依法办理的;(五)认为劳动保障行政部门侵犯合法的用人自主权、工资分配权等经营自主权的;(六)申请劳动保障行政部门依法履行保护劳动者获取劳动报酬权、休息休假权、社会保险权等法定职责,劳动保障行政部门没有依法履行的;(七)认为劳动保障行政部门违法收费或者违法要求履行义务的;(八)对劳动保障行政部门认定工伤的具体行政行为不服的;(九)认为劳动保障行政部门作出的其他具体行政行为侵犯其合法权益的。"关于行政复议决定书。《劳动和社会职位行政复议办法》第16条规定:"劳动保障复议机关作出复议决定,应当制作复议决定书。复议决定书应当载明下列事项:(一)申请人的姓名、性别、年龄、工作单位、住址(法人或者其他组织的名称、地址、法定代表人的姓名、职务);(二)被申请人的名称、地址、法定代表人的姓名、职务;(三)申请人的复议请求和理由;(四)劳动保障复议机关认定的事实、理由,适用的法律、法规、规章及其他规范性文件;(五)复议结论;(六)申请人不服复议决定向人民法院起诉的期限;(七)作出复议决定的年、月、日。复议决定书应当加盖本行政机关的印章。"《国土资源行政复议规定》第28条规定:"被申请人的书面答复应当载明下列内容:(一)被申请人的名称、地址、法定代表人的姓名;(二)作出具体行政行为的事实依据及有关的证据材料;(三)作出具体行政行为所依据的法律、法规、规章、规范性文件和具有普遍约束力的决定、命令;(四)作出答复的日期。书面答复应当加盖被申请人的印章。"[12]

(四)其他救济规则和程序法中的行政复议规则

《中华人民共和国行政诉讼法》是我国行政救济法中最为重要的法律规范,该法在设计了行政诉讼制度的同时,对行政复议也作了多处规定,第37条规定:"对属于人民法院受案范围的行政案件,公民、法人或者其他组织可以向上一级行政机关或者法律、法规规定的行政机关申请复议,对复议不服的,再向人民法院提起诉讼;也可以直接向人民法院提起诉讼。法律、法规规定应当先向行政机关申请复议,对复议不服再向人民法院提起诉讼的,依照法律、法规的规定。"第38条规定:"公民、法人或者其他组织向行政机关申请复议的,复议机关应当在收到申请书之日起两个月内作出决定。法律、法规另有规定的除外。申请人不服复议决定的,可以在收到复议决定书之日起15日内向人民法院提起诉讼。复议机关逾期不作决定的,申请人可以在复议期满之日起15日内向人民法院提起诉讼。法律另有规定的除外。"这些规定使行政复议制度与行政诉讼有机的衔接起来。我国有关对行政行为作出规定的程序法也有行政复议的规则,如《中华人民共和国行政处罚法》第6条第1款规定:"公民、法人或者其他组织对行政机关所给予的行政处罚,享有陈述权、申辩权;对行政处罚不服的,有权依法申请行政复议或者提起行政诉讼。"第35条规定:"当事人对当场作出的行政处罚决定不服的,可以依法申请复议或者提起行政诉讼。"第45条规定:"当事人对行政处罚决定不服申请行政复议或者提起行政诉讼的,行政处罚不停止执行,法律另有规定的除外。"《中华人民共和国行政许可法》第7条规定:"公民、法人或者其他组织对行政机关实施行政许可,享有陈述权、申辩权;有权依法申请行政复议或者提起行政诉讼。”第38条规定:“申请人的申请符合法定条件、标准的,行政机关应当依法作出准予行政许可的书面决定。行政机关依法作出不予行政许可的书面决定,应当说明理由,并告知申请人享有依法申请行政复议或者提起行政诉讼的权利。”关于行政复议制度与其他行政救济规则和行政程序规则的关系,在我国现行行政法文件中,行政复议与其他救济制度关系的规定、行政复议制度与行政程序制度关系的规定都非常分散,这是今后行政法规范应当解决的问题。[13]

三、行政复议的立法背景

行政复议的立法背景可以从下列几个方面分析:

(一)行政纠纷解决机制的多元化

现代行政权行使的理念已经发生了深刻变化,如果说进入福利国家时代之前行政权的行使更多的追求程式化,那么,在此之后行政权则更多的追求效率化和实效化。所谓程式化,是指行政权行使的判断标准以是否走完了法律规定的程式为核心,对这种程式所带来的社会效果则不一定加以考虑,一些国家对程序负责的超程序主义就是例证。所谓效率化和实效化则,是指行政权的行使要以是否提高行政效率和所带来的社会效果为评价标准。行政权评价标准的变化对行政系统以及国家政权体系对行政态度产生了深刻影响。在行政权强调程式至上的理念下,国家政权体系强化了对行政权的控制,将行政系统中存在的问题尽可能外化,尤其将行政系统与行政相对人之间的纠纷外化,由行政系统之外的纠纷解决机制来解决。外化的主要途径在于认为行政纠纷是一个民主问题,是一个行政权是否法治化的问题。而在行政权效率理念支配下,首先对行政纠纷的认识有变化,就是不再把行政过程中的行政划分看成是行政民主和行政法治的问题,而是看作行政权行使过程中的一个技术问题,是行政权行使过程中发生的一个技术阻碍,作为技术阻碍自然而然地以迅速排除这种阻碍为根本,至于这种阻碍是以什么样的形式排解的则是无关紧要的,甚至可以说发生了纠纷以后能够以最快的速度和最小的成本排解为最佳选择。“行政业务讲求效率,行政争议如由法院管理,因诉讼繁琐缓慢,势将无法符合效率的要求。”[14]基于此,各国解决行政纠纷的机制便由单一化向多元化方向发展,即不但把司法程序作为解决纠纷的基本制度,而且也通过其他的机制解决行政系统的纠纷,行政复议是行政纠纷解决机制多元化的产物。行政复议制度由于有解决纠纷的此等优点,因此,无论大陆法系国家还是英美法系国家都已经普遍采用这一制度。英美法系国家,以前在法治行政原则和权力分立主义的影响下,原来没有建立独立的行政争议制度,其没有设置行政法院就是例证,在这种情况下行政争议案件均由普通法院管辖。到了20世纪以后,英美法系国家基于政府行政权的不断扩张,行政纠纷案件日益剧增,行政争议制度也被承认,除设立了专门受理行政争议案件的机构外,并对行政机关授予一定范围的行政裁判,使裁判机关受理公众的诉讼请求。1947年英国制定了国王追诉法对行政主体与行政相对人的争议案件作了具体规定,在各种法院之外,授予行政机关案件处理权,在一些裁判案件中,行政裁判机关的裁判具有终局效力。不过,依英国诉讼制度的规定,通过诉讼解决的行政纠纷案件主要有下列各类:一是因公共卫生事件引起的行政纠纷;二是因社会保险引起的行政纠纷;三是因失业保险引起的行政纠纷;四是因国民住宅引起的行政纠纷;五是因铁路运河等公共事业引起的行政纠纷。虽然行政裁判机关解决的行政纠纷有一定限度,但从英国诉讼制度建立的脉络我们还是可以看出,在现代行政权行使中,行政纠纷的解决朝着多元化的方向发展。我国实际上也接受了纠纷解决机制多元化的理念,在《中华人民共和国行政诉讼法》出台之前,我国就有信访制度、控告制度等非司法程序的纠纷解决机制。且这时我国已在一些部门行政管理法中规定了行政复议问题。

(二)行政纠纷归由行政系统解决的有效性

任何纠纷解决机制的最终目的都是使纠纷得以化解,一个纠纷解决机制无论多么完善如果其不能迅速及时地解决纠纷就不能被认为是一种有效的纠纷解决机制。反之,一个纠纷解决机制无论其存在哪些缺陷,只要能够使纠纷迅速化解就应当说其是一种有效的纠纷解决机制。行政纠纷是行政主体与行政相对人之间发生的纠纷,这种纠纷的实质是行政相对人对行政主体作用于它的具体行政行为不予认同。那么,解决行政纠纷的关键是对政府行政系统的行政行为进行重新审视、对行政相对人不予认同的行政行为予以调整,若能调整到让行政相对人满意纠纷也就解决了,是否要改变或者调整自己所作出的行政行为是行政行为实施者最为熟悉的,即行政系统对自己行政行为的调整要比司法机关的调整来得更为方便一些。一则,行政权力分配中,人们想尽一切办法对行政权进行约束,使行政权与其他国家权力和谐相处,不至于使行政权取别的国家权力而代之。然而,行政权的膨胀是不可逆转的事实,正如本书第二章所讲到的,行政权涉及领域的广泛性使司法权不可能对行政权的每一个方面都能够进行直接的制约,在一些方面发生行政纠纷以后,司法权的介入要等到一定的阶段,若能够在行政系统就化解纠纷,司法权的介入自然就是不必要的。二则,行政系统解决纠纷具有更大的方便性。我们知道,司法程序是一种严格而规范化的程序,这从司法程序的介入主体以及司法程序的运作过程都可以得到证明。而行政系统的程序则相对灵活。行政复议是存在于行政系统的程序,其在程序的设计上和程序的运作中都比司法程序要简单得多。如《中华人民共和国行政复议法》关于行政复议的审理的规定设计了书面审理程序。显然,书面审理程序要比庭审程序简单得多。纠纷解决的有效性与否是以纠纷解决的双方认同为评判标准的,若行政纠纷解决以后纠纷双方都认同了解决纠纷的方案,那么,就可以说这一纠纷解决过程是有效的。行政复议由于是在行政机关的主持下进行的,主持纠纷的机关是纠纷一方的上级机关,它拿出的纠纷解决方案下级机关在一般情况下会予以接受,因为上级机关对下级机关的行政行为具有职权上的包容性,当他拿出行政纠纷的解决方案时,既要考虑行政职权利用的合理程度,又要考虑行政过程是否还能继续进行,甚至还要考虑对今后行政过程的影响。而作为行政相对人亦更容易认同来自于行政系统之行政决定,因为在以行政为中心的时代,公众与行政权的关系远远要比其与司法权的关系来得密切。在一般情况下,行政相对人只要能够找到公理上的满足就有可能接受行政系统内部解决行政纠纷的决定。从这个意义上讲,行政复议解决行政纠纷具有较大的有效性。

(三)行政纠纷完全由司法程序解决的不现实性

行政诉讼是解决行政纠纷的重要司法活动,行政诉讼制度的建立确立了司法权与行政权的一种制约关系,司法机关通过审判活动对行政权的行使进行约束,但是,在任何国家司法权与行政权的关系都必须予以理性化的处理。一方面,行政权不能无原则无限制地介入司法权之中;另一方面,司法权对行政权的制约也应当是有限度的,“行政争议事件,因涉及行政机关的职权,如由法院管辖,则不无司法干涉行政之嫌,由行政机关自行处理,可以减少外来的牵制”。[15] 即是说,司法对行政的牵制和制约是应当有限度的,若将任何一种行政纠纷都放在司法系统下解决肯定不利于行政系统行使权力积极性之发挥。司法权一向被认为是最后一道防线,它的基本功能在于对行政权的不当性进行设防,只要能够起到最后的御防作用,其对行政权制约的效果也就达到了。另外,司法系统解决纠纷的效果是有限的,司法体制的构成不单单是为了解决行政纠纷而设置的,其承担着诸多社会纠纷的化解任务。行政纠纷分别设到司法系统解决至少从司法系统的人力、物力、财力上讲就是不现实的。当然,我们可以通过扩大司法的体系结构而使其承担所有行政纠纷的解决任务,但是,这样会加大司法权的成本。而与其加大司法权的成本还不如加大行政权的成本,司法权是不制造社会财富的权力,它的实质只是缓和社会冲突,如果能带来社会财富的话,那也是非常间接的。而行政权是能够直接创造社会财富的权力。正如有学者所指出的:“建立健全行政复议制度之所以必要,关键的一条就是为了不把成千上万个由上一级有关行政机关出面可以妥善解决的行政纠纷,一股脑儿都推到法院去。这既有利于加强上级行政机关对下级行政机关的行政法制监督,又可以减轻法院不必要的负担。行政机关自己来纠正下级的不当措施或违法措施,由于业务熟悉,只要能坚持依法办事,比推到法院去是会处理得更及时、更准确的。这样做有利于提高国家行政管理的效率。”[16]

四、行政复议法的原则

行政复议法的基本原则是从行政复议法的规定和行政复议制度中概括出来的,它是指限定行政复议制度的具有其质的规定性的那些准则,它体现了行政复议制度的精神实质和制度特点。《中华人民共和国行政复议法》第4条规定:“行政复议机关履行行政复议职责,应当遵循合法、公正、公开、及时、便民的原则,坚持有错必纠,保障法律、法规的正确实施。”此条被一些学者认为是行政复议法对其原则的规定,其实此条所规定的原则是行政复议机关履行行政复议职能时的行为原则,它是针对行政复议机关而言的,并不适用于行政复议的申请人和被申请人。笔者认为,作为行政复议的基本原则应当对行政复议过程中所有参与人都适用,而不是对行政复议的过程某一环节的反映,由此出发,笔者认为行政复议法有下列若干原则:

(一)行政权自我纠错原则

行政复议制度是对行政行为的违法性或不当性进行纠正的制度,由此决定了行政复议的基本原则之一便是行政权的自我纠错原则。行政权发生错误和偏差不论从理论上分析,还是从行政过程的实践观察几乎都是不可避免的,行政权行使中一旦发生错误就必须通过一定的机制予以纠正。其中行政诉讼制度和其他监督制度是从外部对行政权错误或不当的纠正,而行政复议制度是由行政系统内部对自身不当或错误的纠正。行政复议制度的设立就在于使行政系统自己能够纠正运行中的错误。因此,行政复议机关以及作出行政行为的行政主体都应当以自我纠正错误为行为倾向。一旦某一行政行为被申请人申请复议,行政系统首先应当考虑纠正行政权自我的错误。这一原则具有重大意义,一方面国家给予了行政系统下台阶的一个机会,当事人不服行政决定,很可能意味着行政行为已经发生了错误,而这一错误先不让行政系统以外的其他系统知晓或介入,先通过复议机关的纠错行为使家丑暂不外扬,错误的行政行为被纠正了,行政权的自我完善也就实现了。此一原则对行政复议机关和行政复议中的其他当事人都具有拘束力,要求行政复议机关受理行政复议案件后,一定要积极主动地纠正行政主体实施的行政行为中的错误。但是,在行政复议的法制实践中,该原则并没有得到很好的贯彻执行,复议机关基于两个方面的考虑常常不对行政行为主动纠错,一是其若维持行政主体的行政行为便可以理顺与行政行为实施机关的关系,不至于因为撤销下级的行政决定而得罪下级机关;二是作出维持行政主体行政行为的复议决定可以避免在行政诉讼中当被告。[17]这样的行为实际上违背了行政权自我纠错的行政复议法原则。

(二)请求原则

所谓请求原则,是指行政复议程序的启动因行政相对人的请求而引起。行政主体行政行为的错误有两种可能的启动方式使其进入法律程序之中。第一种可能的启动方式是有权的行政机关通过自上而下的监督机制而使错误的行政行为进入法律程序之中。第二种可能的启动方式是受行政主体行政行为作用的行政相对人对行政行为提出异议,使其进入法律程序中。行政复议的启动不是前者,即上级行政机关对行政行为的监督可以通过其他形式,而没有必要在行政相对人没有异议的情况下用复议程序进行审查。行政复议是由行政相对人请求而启动的,即是说,若没有行政相对人或者受行政行为影响的其他利害关系人对行政行为提出异议,行政复议程序就不可能展开。有学者将该原则叫做申请原则,“申请原则的基本含义,指的是行政复议必须由公民、法人和其他组织主动提起,而不得由行政复议机关主动进行;即使具体行政行为侵犯公民、法人或者其他组织的合法权益,如果被侵犯的公民、法人或者其他组织没有提出复议申请,行政机关也不得主动进行复议”。[18]《中华人民共和国行政复议法》在多处肯定了此项原则,如第 2 条规定:“公民、法人或者其他组织认为具体行政行为侵犯其合法权益,向行政机关提出行政复议申请,行政机关受理行政复议申请,作出行政复议决定,适用本法。”

(三)程序保障原则

行政复议法是对行政复议制度进行设计的法律规范,同时,行政复议法还是保障行政复议过程规范化、程序化的法律规范。行政系统中存在诸多监控方式,如上级行政机关通过指示命令对下级行政机关进行监控,而下级行政机关通过自己的执法活动对上级行政机关亦有监督作用。行政相对人在与行政机关发生联系时也有法律程序之外的诸多监督方法,如通过向作出行政行为机关的上级行政机关反映问题,等等。行政复议之外的一些监督方式常常没有严格的法律程序。行政复议法确立了非常严格的程序规则,使整个行政复议活动都显得比较正式,如《中华人民共和国行政复议法》第3条规定:“依照本法履行行政复议职责的行政机关是行政复议机关。行政复议机关负责法制工作的机构具体办理行政复议事项,履行下列职责:(一)受理行政复议申请;(二)向有关组织和人员调查取证,查阅文件和资料;(三)审查申请行政复议的具体行政行为是否合法与适当,拟订行政复议决定;(四)处理或者转送对本法第7条所列有关规定的审查申请;(五)对行政机关违反本法规定的行为依照规定的权限和程序提出处理建议;(六)办理因不服行政复议决定提起行政诉讼的应诉事项;(七)法律、法规规定的其他职责。”该条确立了行政复议中的两个行为主体:一个是行政复议机关,另一个是行政复议机构。尤其行政复议机构的设立使行政复议活动有了专职的负责机构。行政复议程序保障原则在整个行政复议法中都有体现。例如,该法第34条规定:“行政复议机关违反本法规定,无正当理由不予受理依法提出的行政复议申请或者不按照规定转送行政复议申请的,或者在法定期限内不作出行政复议决定的,对直接负责的主管人员和其他直接责任人员依法给予警告、记过、记大过的行政处分;经责令受理仍不受理或者不按照规定转送行政复议申请,造成严重后果的,依法给予降级、撤职、开除的行政处分。”所规定的责任都是行政主体程序违法的责任。行政复议之所以能够成为与行政诉讼、行政赔偿等并列的救济制度与其具有程序保障原则是分不开的。程序保障原则对行政复议的各方当事人以及行政复议的主持机关来说都是非常重要的。

(四)行政行为的行政审查原则

行政行为的行政审查是与行政行为的司法审查相对应的一个概念,然而,这一重要概念在行政法学界并没有人予以提起,更谈不上给予深入研究。《中华人民共和国宪法》设立了我国行政机构体系的层级结构,关于各层级之间关系的表述也有一些,如国务院领导全国的行政工作等。遗憾的是我国并没有哪一部法律规范规定了行政行为的行政审查制度,上级对下级的领导、上级对下级的监督都不能与行政审查同日而语。行政审查应当是一个正规的法律术语,而行政领导和行政监督则是一个行政性概念,不是严格意义上的法律概念。行政审查是有关行政机关对行政主体行政行为进行监控的一种法律手段。如果说,在行政领导和行政监督制度下,下级行政机关只有服从义务,那么,在行政审查制度下,上级行政机关与实施行政行为的机关之间是法律上的权利义务关系。作出行政行为的机关由于有作出行政行为的主体资格,因此,其捍卫自己作出的行政行为是天经地义的,当实施行政审查的机关对其作出的行政行为宣告无效时,它具有抗辩权,以证明所实施行政行为的正确性。行政审查作为一个正式的法律概念有如下含义:其一,行政复议机关依法享有对被申请行政行为进行审查的权利,这种审查权是法律上的一项独立权利,不受任何政党、组织和个人的干涉。[19]其二,行政复议机关只能审查行政相对人提出异议的行政行为,而不能审查行政相对人没有提出异议的行政行为。其三,行政复议机关既能够审查行政行为的合法性,亦能够审查行政行为的适当性。合法性审查主要是审查行政行为是否具有法律依据,[20]而合理性审查主要审查行政行为是否适当,有无畸轻畸重的情形。对行政行为适当性审查是行政审查与司法审查的重要区别,在司法审查中,审查机关无权审查行政行为的适当性。[21]其四,行政复议机关对行政行为的审查以具体行政行为为主,有限审查抽象行政行为。行政复议机关主要审查具体行政行为,对抽象行政行为只能进行部分审查,对此笔者将在后面进一步讨论。

(五)推定行政行为有效原则

行政行为进入行政复议状态后,便出现了两个相反的主张:一个是作出行政行为之行政机关的主张,另一个是承受行政行为之行政相对人的主张。前者认为所作的行政行为是正确的,后者则认为所作的行政行为是错误的,此时,行政主体的行政行为是否正确就处于一种待证状态。那么,依一般的法律原理,处于待证状态的行为其权利义务应当暂时予以停止执行。但是,《中华人民共和国行政复议法》则对于这种待证状态的行政行为采取了推定有效的作法,该法第21条规定:“行政复议期间具体行政行为不停止执行;但是,有下列情形之一的,可以停止执行:(一)被申请人认为需要停止执行的;(二)行政复议机关认为需要停止执行的;(三)申请人申请停止执行,行政复议机关认为其要求合理,决定停止执行的;(四)法律规定停止执行的。”该条实际上确立了一个原则就是推定行政行为有效的原则。这一原则的出发点是行政行为是由行政主体代表国家作出的,这是一种公共权力,作为公共权力只有正当的法律程序才能确认其有效与否,而行政相对人提起行政复议的权利只是个体权利,是个体的一项程序性权利,这种程序性权利当然不应当改变公共权力。同时,行政主体实施行政行为一般都有严格的法律程序,即是说,行政主体作出行政行为的法律准备要比行政相对人对行政行为提出异议的法律准备充分得多。推定行政行为有效还有一个根据就是行政主体在行政复议机关实施审查阶段有举证的义务,其具有举证责任的义务与推定行政行为有效正好实现了权利与义务的对等。

(六)一级复议原则

所谓一级复议原则,是指行政复议案件经过一级复议即告终结,或者使复议决定发生法律效力,或者进入其他救济途径。《中华人民共和国行政复议法》第5条规定:“公民、法人或者其他组织对行政复议决定不服的,可以依照行政诉讼的规定向人民法院提起行政诉讼,但是法律规定行政复议决定为最终裁决的除外。"此条规定后面还有一些规定确立了一级复议原则。这一实体法规定的也是一级复议。一级复议有两种情况:一是一级终局复议,即复议决定作出后,即要发生法律效力,当事人再没有其他救济渠道。二是一级非终局,即复议决定作出后,若行政相对人不服可以再进入其他救济渠道。此种情况是行政复议的一般情况,而前者则是例外。当然,一级复议是原则,在行政法治实践中,还有一些行政复议采取的是二级复议制度,如《中华人民共和国进出口关税条例》第 64 条规定:"纳税义务人、担保人对海关确定纳税义务人、确定完税价格、商品归类、确定原产地、适用税率或者汇率、减征或者免征税款、补税、退税、征收滞纳金、确定计征方式以及确定纳税地点有异议的,应当缴纳税款,并可以依法向上一级海关申请复议。对复议决定不服的,可以依法向人民法院提起诉讼。"《中华人民共和国海关关于入境旅客行李物品和个人邮递物品征收进口税办法》第 8 条规定:"纳税义务人同海关发生纳税争议时,应当先按海关核定的税额缴纳税款,然后自海关填发税款缴纳后之日起 30 日内向海关书面申请复议。逾期申请的,海关不予受理。海关应当自收到复议申请之日起 15 日内作出复议决定,并通知纳税义务人。纳税义务人对复议决定不服,可以自接到海关通知之日起 15 日内向海关总署申请复议。海关总署在接到复议申请后,应当在 30 日内作出复议决定,并通知纳税义务人。纳税义务人对海关总署的复议决定仍然不服的,可以自收到复议决定书之日起 15 日内,向人民法院起诉。"此规定所确立的便是两级复议,在我国行政法治中,两级行政复议的状况是非常少的。

序号	原则称谓	基本含义	意义
1	行政权自我纠错原则	行政系统的自我纠正机制;要求行政复议机关主动纠正不当或违法行为	主动纠错,提高行政威信
2	请求原则	复议程序的启动以相对人请求为根本	提高行政相对人的法治意识
3	程序保障原则	复议为正式的法律程序,不是一般意义的行政监控	行政复议的严肃性
4	行政审查原则	行政审查是法律程序,审查具有法律效力,审查范围是特定的	行政层级的法律连结
5	推定行政行为有效原则	行政行为是国家行为,不能因个体诉权而停止执行	保持行政过程的连续性
6	一级复议原则	一次复议后,复议程序即告终结,有一定的例外	留给司法救济较大空间

第二节　行政复议法律主体

一、行政复议机关与行政复议机构

(一)行政复议机关

所谓行政复议机关,是指依照法律规定有权受理行政复议申请,依法对被申请的具体行政行为进行审查并作出复议决定的行政机关。行政复议机关有下列属性。

1. 行政复议机关具有独立的主体资格

行政复议机关是依政府组织法设置的具有独立管理职权的行政机关,它符合行政法中行政主体所具备的法律要件。行政复议机关能够以自己的名义行使行政复议中的诸种权力,并对行政复议行为所产生的法律后果负法律上的责任,如在行政诉讼中它可能会成为被告,并以自己的名义应诉,在行政赔偿中成为行政赔偿的主体。

2. 行政复议机关是行政复议活动的主导机关

行政复议活动开始后,行政复议机关就处于行政复议活动的核心地位,整个行政复议活动就是在行政复议机关的主导下进行的,行政复议机关作为行政复议的主导机关统领着行政复议活动,对行政复议过程的诸多问题具有决定权,通俗地讲,行政复议机关在行政复议活动中的地位就好像人民法院在行政诉讼中的地位一样。

3. 行政复议机关具有特定性

行政复议机关必须是法律赋予行政复议权的机关,在我国行政系统中不是所有行政机关都可能成为行政复议机关,下列行政机关就不能成为行政复议机关;一是不设派出机构的县级人民政府所属工作部门。这些所属工作部门之下没有能够以自己名义作出具体行政行为的行政主体,那么,它不可能具有行政复议的职责。二是乡(镇)人民政府。乡(镇)人民政府在我国行政机构体系中处于最低层,在它之下没有设立工作部门,更没有统辖其他机关,因此便不能承担行政复议职责。三是县级以上地方各级人民政府的派出机关,根据《中华人民共和国地方各级人民代表大会和地方各级人民政府组织法》的规定,在我国省、县级人民政府可以设立派出机关,这些派出机关由于不是一级人民政府,其在行政系统中没有明显的层级属性,从而也不承担行政复议职能。四是国务院。国务院是最高国家行政机关,它统领全国的行政事务不一定直接主持行政复议活动,《中华人民共和国行政复议法》第 14 条规定:"对国务院部门或者省、自治区、直辖市人民政府的具体行政行为不服的,向作出该具体行政行为的国务院部门或者省、自治区、直辖市人民政府申请行政复议。对行政复议决定不服的,可以向人民法院提起行政诉讼;也可以向国务院申请裁决,国务院依照本法的规定作出最终裁决。"此条表明国务院在行政复议中最多只行使裁决的职权。

（二）行政复议机构

行政复议机构是指设立于行政复议机关之中负责主持复议活动的政府法制部门。行政复议机构具有下列本质属性：

1. 行政复议机构是行政复议机关的内部机构

行政复议机构是行政复议机关为了使行政复议活动有序化地进行而在行政复议机关内部设立的专职机构，它属于行政复议机关。《中华人民共和国行政复议法》第3条规定："依照本法履行行政复议职责的行政机关是行政复议机关。行政复议机关负责法制工作的机构具体办理行政复议事项"。依此条规定，行政复议机构的内设属性是非常明显的。

2. 行政复议机构不能以自己的名义从事行政复议行为

行政复议机构不具有行政主体资格，不能够对外从事行政行为，在行政复议中其可以成为行政复议的主持机关，主持行政复议活动，但不能以自己的名义作出行政复议决定，只能以它所在的行政机关的名义从事行政复议活动。

3. 行政复议机构是行政复议机关的法制机构

有人认为行政复议机构是行政机关的办事机构，但是，根据《中华人民共和国行政复议法》第3条的规定行政复议机构应当是行政复议机关的法制机构，即从事政府法制工作的机构。就行政复议事项的处理而论，行政复议机构是处理行政复议的专职机构。[22]

区别 名称	性质	资格	行为
行政复议机关	独立机构	行政主体	可以对外实施行为
行政复议机构	内设机构	非行政主体	不可对外实施行为

（三）行政复议机关与行政复议机构的职权

《中华人民共和国行政复议法》第3条规定："依照本法履行行政复议职责的行政机关是行政复议机关。行政复议机关负责法制工作的机构具体办理行政复议事项，履行下列职责：（一）受理行政复议申请；（二）向有关组织和人员调查取证，查阅文件和资料；（三）审查申请行政复议的具体行政行为是否合法与适当，拟订行政复议决定；（四）处理或者转送对本法第7条所列有关规定的审查申请；（五）对行政机关违反本法规定的行为依照规定的权限和程序提出处理建议；（六）办理因不服行政复议决定提起行政诉讼的应诉事项；（七）法律、法规规定的其他职责。"该条的行文方式其字面意思是对行政复议机构所履行职责之规定，但是，若将行政机构履行的这些职责认真分析的话，我们将会看到，这些职责的大多数是一种对外的法律行为，而不是行政复议机关内部的法律行为，如"受理行政复议申请"当然是行政复议机关与行政相对人之间的一种法律行为,所反映的是行政复议机关和行政相对人之间的权利义务关系。因此,我们认为这些职权应当被视为行政复议机关的职权,行政复议机构只不过代表行政机关行使了这些职权,具体职责包括:

(1)受理行政复议申请权,是指由行政机构实施的代表行政复议机关受理申请人的复议请求。

(2)调查取证权,是指由行政机构实施的代表行政复议机关对行政复议涉及的具体行政行为进行真实性核实的行为,可以通过各种手段进行取证,如对有关当事人和证人进行询问等。

(3)查阅文件和资料权,是指行政机构实施的代表行政复议机关对有关具体行政行为涉及的文件和资料进行查阅的行为。该行为在行政法理论中更像是行政主体采取的行政措施。

(4)审查具体行政行为权,是指行政机构实施的代表行政机关对具体行政行为进行审查的权力。行政复议机关只能审查被申请的具体行政行为。既可以审查行政行为的合法性又可以审查行政行为的合理性。

(5)行政规范性文件处置权,是指行政机构实施的代表行政机关对有关行政规范性文件的处置权。《中华人民共和国行政复议法》第 26 条规定:"申请人在申请行政复议时,一并提出对本法第 7 条所列有关规定的审查申请的,行政复议机关对该规定有权处理的,应当在 30 日内依法处理;无权处理的,应当在 7 日内按照法定程序转送有权处理的行政机关依法处理,有权处理的行政机关应当在 60 日内依法处理。处理期间,中止对具体行政行为的审查。"该条规定了行政复议机关对行政规范性文件的两项处置权:一是直接对规范性文件作出处理。二是将行政规范性文件转送给有权处理机关处理。

(6)提出处理建议权,是指由行政机构对作出具体行政行为的机关实施的就行政复议法规定的行为提出处理建议的行为。行政复议机构无权直接对行政机关的行为进行处理,它只能建议行政复议机关对行政机关进行处理,有权提出具体的处理内容,供行政复议机关进行处理时参考。

(7)组织审理复议权,是指由行政机构实施的代表行政复议机关对行政复议活动进行审理的权力,这是行政复议权最重要的一项职权。由于行政复议机构是代表行政复议机关具体承办复议案件的常设机构,整个复议活动是在行政复议机构的组织下进行的,如确定审理方式,审理时间和地点,处理回避、答辩、具体行政行为是否停止执行等事宜,发送复议申请书和有关的书面通知,主持对具体行政行为的审查,收集、归纳、整理行政复议意见等。

(8)拟订复议决定权,是指在行政复议机关对被申请的具体行政行为审查以后,由行政复议机构拟订复议决定。行政复议决定在复议过程中由行政复议机构拟定,但最后作出行政复议决定的是行政复议机关,作出行政复议决定是行政复议机关的实质性权力,因为,这一权力可以直接决定行政复议申请人和被申请人的权利义务。

二、行政复议申请人

所谓行政复议申请人，是指认为行政主体行政行为侵犯其合法权益，依法向行政复议机关提出行政复议的人。申请人必须符合下列条件：第一，申请人必须是行政相对人。即在行政主体的职权行使中承受了行政主体的行政行为的人。行政相对人包括公民、法人和其他组织，只要其被行政主体的行政行为改变了权利义务就是行政相对人。第二，申请人是认为行政主体具体行政行为侵犯其合法权益的相对一方。即申请人不是一般意义的行政相对人，而是对行政主体的行政行为不服，认为其已经侵犯其合法权益的行政相对人。若行政主体的行政行为对某个行政相对人的权利义务产生了影响，该行政相对人并不认为这一行政行为侵犯了其合法权益，其就不具备申请人的资格。第三，申请人必须是明确提出了行政复议请求的人。或者以口头形式或者以书面形式向行政复议机关提出了行政复议申请。上述三个方面是行政复议申请人的资格要件。在行政复议中，常常会出现行政复议申请人主体资格转移或者主体资格发生变化的问题。第一种情况是作为申请人的公民死亡时的主体资格转移。有权申请行政复议的公民死亡，其近亲属可以提起行政复议，当其近亲属提起行政复议时是以他自己的名义而不是以独立公民的名义提起。[23]第二种情况是有权提起行政复议的公民是无行为能力或限制行为能力时的主体资格变化。若有权提起行政复议的公民无行为能力或者限制行为能力，其法定代理人可以代为申请行政复议。依法理，代理人应以被代理人的名义提起复议。第三种情况是有权申请行政复议的法人或者其他组织终止时的主体资格变化。当有权提起行政复议的法人或者其他组织终止，承受其权利的组织有权提起行政复议，承受权益的组织应当以自己的名义提起，因为，原组织已不复存在。行政复议申请人在行政复议中享有下列权利：一是具体行政行为停止执行申请权；二是行政复议申请撤回权。《中华人民共和国行政复议法》第25条规定："行政复议决定作出前，申请人要求撤回行政复议申请的，经说明理由，可以撤回；撤回行政复议申请的，行政复议终止。"该条赋予了行政复议申请人撤回行政复议的权利。

三、行政复议被申请人

所谓行政复议被申请人，是指因申请人指控其具体行政行为侵犯申请人合法权益，被行政复议机关通知参加行政复议的行政主体。被申请人必须具备下列条件：第一，被申请人必须是作出具体行政行为的行政机关或法律、法规授权的组织。行政主体在行政过程中对某一特定的行政相对人作出具体行政行为是行政侵权发生的前提条件，也是引起公民、法人和其他组织对行政行为不服的前提条件。故而，只有行政主体作出具体行政行为才会引起行政复议，也只有作出具体行政行为的行政机关或者法律、法规授权的组织才能成为行政复议的被申请人。第二，被申请人是实施了申请人请求行政审查之行政行为的行政主体。被申请人是一个特定概念，只有当行政行为进入复议状态后,行政行为的实施者才能成为被申请人,即是说,被申请人与行政相对人指控的行政行为有直接关系,而不是间接关系。第三,被申请人是行政复议机关通知参加行政复议的行政主体。只有当行政复议机关通知参加行政复议的行政主体才是被申请人。上述三个条件共同构成了行政复议被申请人的主体资格条件。被申请人有下列类型:一是作出具体行政行为的行政机关。人民政府及其职能部门是行使行政管理权的行政机关,当它们实施了行政行为以后,就有可能成为被申请人。二是共同作出行政行为的行政主体是共同被申请人。在行政执法中,常常有两个或者两个以上行政主体共同实施行政行为的情形,若行政相对人对其不服提起复议,共同作出行政行为的主体便是共同被申请人。三是被授权的组织。法律,法规授权的组织在授权情况下作出具体行政行为,在行政相对人不服提起行政复议后,法律、法规授权的组织便是被申请人。四是行政机关委托的组织。行政机关委托的组织作出具体行政行为,委托的行政机关便是行政复议的被申请人。五是当行政机关发生合并等情况时,继续行使其权力的机关是被申请人。被申请人在行政复议中有下列权利:一是答辩权,即对申请人的复议请求提出反驳意见,并证明自己行政行为合理合法。《中华人民共和国行政复议法》第23条规定:"行政复议机关负责法制工作的机构应当自行政复议申请受理之日起7日内,将行政复议申请书副本或者行政复议申请笔录复印件发送被申请人。被申请人应当自收到申请书副本或者申请笔录复印之日起10日内,提出书面答复,并提交当初作出具体行政行为的证据、依据和其他有关材料。申请人、第三人可以查阅被申请人提出的书面答复、作出具体行政行为的证据、依据和其他有关材料,除涉及国家秘密、商业秘密或者个人隐私外,行政复议机关不得拒绝。"二是被提起复议的具体行政行为是否继续执行的决定权。在行政复议申请人提出行政复议请求后,若被申请人认为该行政行为需要停止执行便可作出停止执行的决定。当然,被申请人有权决定停止执行,但无权决定不停止执行,只有行政复议机关能够作出继续执行的决定。

四、行政复议第三人

所谓行政复议第三人,是指与申请复议的具体行政行为有利害关系,经行政复议机关批准参加到行政复议活动中的公民、法人或者其他组织。第三人是行政行为的利害关系人,[24]即行政复议机关对行政复议案件的裁决会直接或间接影响到他的权益。行政复议中第三人必须具备下列条件:第一,必须与申请复议的具体行政行为有利害关系。第二,必须向行政复议机关提出参加行政复议的申请。如果没有向行政复议机关提出参加行政复议的申请,即使与具体行政行为有利害关系,也不能被称之为行政复议的第三人。第三,必须参加到正在进行的行政复议活动中。行政复议尚未发生,或者行政复议已经结束而与案件有关的当事人都不是第三人。第四,必须经行政复议机关批准。第三人成为第三人的资格必须经行政复议机关认定和决定。

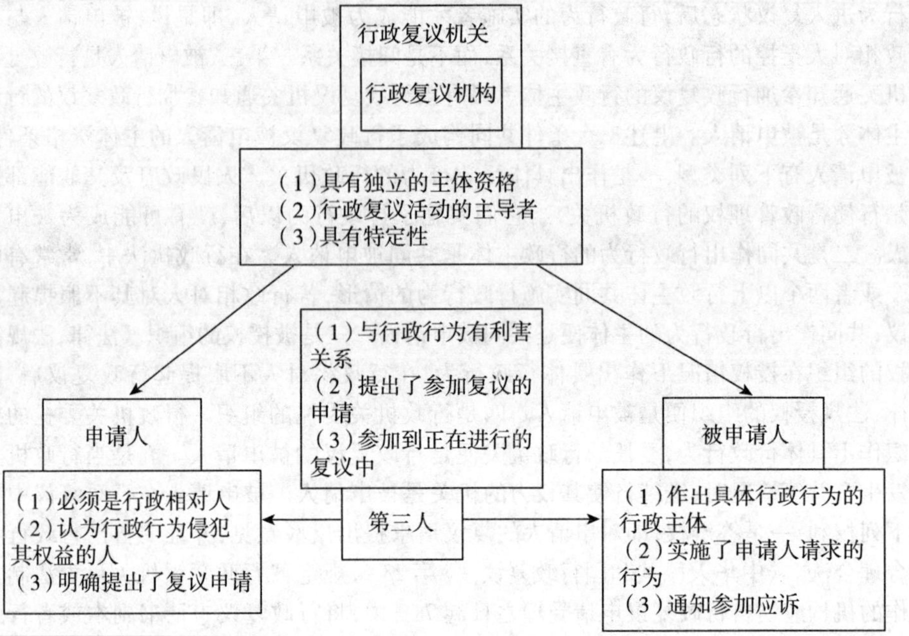

第三节 行政复议的主管与管辖

一、行政复议的主管

(一)行政复议主管的概念

程序法中的"主管",是指此一性质的机关与彼一性质的机关在案件受理中的分工。[25]依此原理,行政复议的主管指行政复议机关在行政案件处理中与其他机关之间的分工,而不是行政机关在受理行政复议案件中的内部分工。《中华人民共和国行政复议法》中没有主管这一概念,该法用"受案范围"表述程序法中的主管概念。

(二)确定行政复议主管的标准

行政复议的主管是行政复议制度中一个非常重要的问题,如何确定行政复议的主管对于行政复议制度的有效性等有决定性影响。从理论上讲,确定行政复议主管的标准有下列各项:

1. 宪政体制

一国行政复议法对行政复议主管的确定首先必须以该国的宪政体制为标准。宪政体制有两个层面的意思:一是国家政权体系与人民之间的关系。即人民在组织国家政权体系中所能够起的作用,包括对国家政权体系的总体格局的决定权等,包括其与各个政府机关之间的关系。若一国强调国家权力归于人民,那么,行政复议的受案范围则是一种格局。反之,若一国强调主权在国家机构,那么,行政复议的受案范围则是另一种格局。二是国家政权体系与国家权能之间的关系,如立法体制与司法体制的关系,行政体制与司法体制的关系,行政体制与立法体制的关系,等等。上列关系形式不同,行政复议的受案范围亦必然有所区别。由于行政复议制度是权利救济制度,因此,宪政体制是确立行政复议受案范围的最为基本的标准。

2. 行政传统

所谓行政传统,是指一国行政权行使中长期形成的具有惯性的格局。行政传统可以从多视角进行分析,如有些国家行政权的行使具有民主的惯性,而另一些国家行政权的行使则具有专制的惯性。两种惯性之下的行政复议受案范围有所不同。还如有些国家采取行政干预主义,即以行政权对社会生活的设计和干预为行政的本质属性,一些国家则采取行政放任主义,就是行政对社会生活的管理基本上是通过管理对象的自身调节。此两种惯性之下,行政复议受案范围亦必然有所不同。行政传统既可能来自于行政的法内因素,也可能来自于行政的法外因素,行政的法外因素与行政的法内因素相比对行政传统的形成所起的作用还要大一些。这些传统不但决定一国行政复议的主管,而且决定行政复议制度的其他方面。

3. 行政法治

行政法治是一国行政管理和行政权行使法治化的简称。行政法治是一个内容极其丰富的概念,行政管理的立法水平、行政执法的状态、行政救济制度的状态、行政权的总体制度等都是行政法治的衡量指标。毫无疑问,法治化水平的高低不同对行政复议制度的格局有决定性意义,对行政复议的受案范围也有决定性影响。在不以法治管理的行政专制时代,行政复议制度是难以存在的,行政复议的受案范围也无从谈起。当人们对行政权的侵害行为有所认识并通过法律制度进行救济时,行政复议制度的受案范围才能得以确定。总之,行政法治的水平与行政复议的受案范围有直接关系。

4. 立法者的认知水平

行政复议制度是由立法者或者行政机构体系设计的。在我国,1990 制定的行政复议条例就是由国务院制定的,1999 年制定的行政复议法则是由全国人民代表大会常务委员会制定的。不论由谁制定,在制定过程中都存在一个对行政复议制度的设计问题。行政复议的受案范围与制度设计者对行政复议制度的认知,对行政管理中行政相对人与行政主体关系的认知,对行政复议中行政复议机关与复议各方当事人关系的认知有着一定的关联性。对上列关系的认知水平所确定的行政复议的受案范围亦必然有所不同。例如,1990 年行政复议条例所确定的受案范围就将所有抽象行政行为排除在行政复议的范围外,而 1999 年制定的《中华人民共和国行政复议法》则使抽象行政行为在一定条件下可以进入复议状态,某种意义上讲,这是立法者对行政复议的认知水平的提高所决定的。

5. 行政权自我纠错的能力

行政系统的自我纠错能力是确定行政复议受案标准的客观因素。行政复议的实质是行政系统对自身瑕疵行为的纠错。当制度设计者对行政复议制度进行设计时，首先考虑的是行政系统自我纠错的能力。即是说，当行政机构体系具有较强的纠错能力时，行政复议的受案范围便可以松弛一些，反之，当行政系统的自我纠错能力相对较弱时，行政复议的受案范围便不可以宽泛。行政系统的自我纠错能力与行政系统的体制设计等都有关联，合理的体制设计其自我纠错的能力也较强。反之，体制结构不合理其自我纠错的能力也较差。

（三）行政复议的受案范围

1. 关于作为行政行为的受案范围

作为的行政行为是行政主体在行政管理中积极实施的行政行为，依《中华人民共和国行政复议法》第6条的规定，下列作为的行政行为是行政复议的受案范围：

（1）行政处罚行为。除《中华人民共和国行政处罚法》规定的诸种行政处罚形式可以作为行政复议的受案范围外，一些部门行政管理法规定的其他行政处罚形式，也是行政复议的受案范围。我国法律、法规除行政处罚法规定的六种处罚形式外，还规定了诸如通报批评、责令返还、停止生产经营、销毁禁止生产经营的食品和食品添加剂、责令退还非法占用的土地、限期拆除违法建筑、补种滥伐、盗伐、毁坏的树木、驱逐出境、限期出境、限期消除障碍、限期采取补救措施、责令具结悔过等处罚形式，这些处罚形式都可以成为行政复议的受案范围。

（2）行政强制行为。包括行政强制措施和行政强制执行两个方面，而行政强制措施包括对人身的强制和对财产的强制两种，依《中华人民共和国行政复议法》第6条第2项的规定，对人身强制和财产强制都是行政复议的受案范围。[26] 例如，劳动教养案件就是一种典型的对人身的强制。劳动教养是指劳动教养机关对犯有一般违法行为但尚不够刑事处罚程度，而继续留在社会上又会造成一定危害的人所采取的限制其人身自由的强制性教育改造措施。它既是“对被劳动教养的人实行强制性教育改造的一种措施，也是对他们安置就业的一种办法。”根据1957年8月1日第一届全国人民代表大会常务委员会第七十八次会议批准而由国务院1957年8月3日公布的《关于劳动教养问题的决定》第1条规定：“对于下列几种人应当加以收容实行劳动教养：（1）不务正业，有流氓行为或者有不追究刑事责任的盗窃、诈骗等行为，违反治安管理、屡教不改的；（2）罪行轻微，不追究刑事责任的反革命分子、反社会主义的反动分子，受到机关、团体、企业、学校等单位的开除处分、无生活出路的；（3）机关、团体、企业、学校等单位内，有劳动能力、但长期拒绝劳动或者破坏纪律、妨害公共秩序，受到开除处分，无生活出路的；（4）不服从工作的分配和就业转业的安置，或者不接受从事劳动生产的劝导，不断地无理取闹、妨害公务、屡教不改的。”根据1979年11月29日第五届全国人民代表大会常务委员会第十二次会议批准，1979年11月29日国务院公布施行的《关于劳动教养的补充规定》的规定：“省、自治区、直辖市和大中城市人民政府成立劳动教养管理委员会，由民政、公安、劳动部门的负责人组成，领导和管理劳动教养工作。”“劳动教养收容大中城市需要劳动教养的人。对于需要实行劳动教养的人,由省、自治区、直辖市和大中城市劳动教养管理委员会审查批准"。"劳动教养的期限为1年至3年。必要时得延长1年。节日、星期日休息。"被劳动教养的人对劳动教养管理委员会给予的劳动教养不服的,可以申请行政复议。

(3)行政许可的不当行为。行政主体在行政许可行为中常常会积极地作出某种决定。依行政复议法的规定这种决定有:变更决定,指行政主体对行政相对人已经取得的行政许可作出变更处理的决定;中止决定,指行政主体对行政相对人取得的行政许可作出中止的行政处理决定;撤销决定,指行政主体对行政相对人取得的行政许可作出撤销的行政处理决定。上列行政决定都是行政主体积极实施的行政行为,它们都可以成为行政复议的受案范围。

(4)行政确认行为。《中华人民共和国行政复议法》第6条第4项规定,公民、法人或者其他组织"对行政机关作出的关于确认土地、矿藏、水流、森林、山岭、草原、荒地、滩涂、海域等自然资源的所有权或者使用权的决定不服的"可以提起行政复议,该条非常明确地将行政主体的行政确认行为纳入了行政复议的范围。

(5)行政侵犯经营自主权的行为。经营自主权是指企业或者其他经济组织所有的经济性权利,它既是企业财产权的组成部分,又是具有独立内涵的权力。依《中华人民共和国全民所有工业企业法》、《全民所有制企业转换经营机制条例》以及其他法律、法规的规定,企业经营自主权有下列几个方面:一是生产计划权;二是产品销售权;三是物资选购权;四是产品、劳务定价权;五是外汇贸易权;六是资金使用权;七是财产处罚权;八是工资以及其他福利的分配权;九是劳动人事权;十是机构设置权;十一是拒绝摊派权;十二是联营权;十三是投资权;十四是持有股份权;十五是发行债券权。上述权利是企业和其他经济组织的法定权利。行政主体不得对上列权利进行干预和侵害,若企业和其他组织认为行政主体的行为侵犯了上列权利,这种侵权行为便是行政复议的受案范围。

(6)行政设定义务行为。行政设定义务行为是一个特指概念,是指行政主体运用行政职权在法律规范之外向行政相对人设定义务的行为。依行政复议法的规定,这类行为包括行政主体的违法集资行为,是指行政主体在没有法律依据的情况下向行政相对人筹集资金的情形;行政主体违法征收财物的行为,是指行政主体在没有法律依据的情况下向行政相对人征收实物的行为;行政主体违法摊派费用的行为,是指行政主体在没有法律依据的情况下向行政相对人摊派费用的行为。此外,违法要求行政相对人承担其他义务都属此类。上述行为都是行政复议的受案范围。

(7)行政侵犯农业承包合同的行为。我国农村实行联产承包责任制是一项基本的农业方略,为了保证农民的合法权益,国家以农业承包合同的形式使农民对土地以及其他农业资源能够合法利用。农业承包合同一旦签订就具有法律效力,这种法律效力对行政主体与对行政相对人具有同等的效力。即是说,农业承包合同一旦签订对行政主体就具有拘束力。行政主体不能变更或者废止农业承包合同。行政相对人对行政主体变更或者废止农业承包合同的行为可以提起行政复议,这样的行为也就成了行政复议的受案范围。

2. 关于不作为行政行为的受案范围

不作为的行政行为与作为的行政行为相对而言，是指行政主体消极对待行政管理事项，对行政相对人在行政法中的企求或请求不予理睬的情形。不作为行政行为的受案范围有下列诸项：

(1)消极对待行政相对人的许可请求。《中华人民共和国行政复议法》第6条第8项规定，公民、法人或者其他组织"认为符合法定条件，申请行政机关颁发许可证、执照、资质证、资格证等证书，或者申请行政机关审批、登记有关事项，行政机关没有依法办理的"可以提起行政复议。行政许可既是一项行政法制度，也是一种行政行为，国家为了有效实施对社会的管理，便设立了行政许可制度，行政相对人对国家禁止和限制的事项要取得权益必须申请许可，行政主体有义务对行政相对人的请求予以答复，其不作答复的行为便是行政上的不作为，此种不作为可以成为行政复议的受案范围。

(2)消极对待行政相对人的权益保护请求。行政系统中的诸多行政机关依宪法和政府组织法以及部门行政管理法的规定负有保护公民、法人和其他社会组织权益的职责。行政相对人有权根据自己的实际情况要求行政主体履行这样的职责，当行政主体不予履行时便构成了消极行政，这种消极行为亦为行政复议的受案范围。《中华人民共和国行政复议法》规定此类消极行政有三种：一是行政相对人请求保护人身权，行政主体没有依法履行职责的情形。二是行政相对人请求保护财产权利，行政主体没有依法履行职责的情形。三是行政相对人请求保护受教育权，行政主体没有依法履行职责的情形。笔者认为上述三种情形之外的其他权利请求，行政主体若没有给予保护，都可以成为行政复议受案范围。

(3)消极对待行政相对人的社会福利请求。行政相对人有权请求特定行政主体给予社会福利方面的保护，行政主体消极对待的，行政相对人有权请求复议。此类请求有三类：第一类是发放抚恤金的请求。抚恤金是指国家对因公牺牲者的家属或者因公致残者给予经济帮助而由民政机关依法发给的金钱，抚恤金的发放是国家对利益受损者的补贴，拿到抚恤金是此类行政相对人的基本权利。发放抚恤金的是民政行政机关。第二类是社会保险金。社会保险金是推行市场经济以后国家对一定社会人群所支付的一种社会福利，若某一行政相对人享有获取社会保险金的权利，那么，行政主体就应当在其职责范围内予以发放。第三类是最低生活保障金。最低生活保障金是国家对社会弱势群体的福利补贴。收入达不到一定标准的公民有权获得最低生活保障金，特定行政机关有义务予以发放。上述三方面都可以成为行政复议的受案范围。

(四)行政复议受案范围的排除

所谓行政复议受案范围的排除，是指不能成为行政复议受案范围的行政行为。[27]行政复议受案范围的排除事项同样是由行政复议受案范畴确立标准决定的，但排除条款的设置必须严格依法为之，《中华人民共和国行政复议法》第8条规定："不服行政机关作出的行政处分或者其他人事处理决定的，依照有关法律、行政法规的规定提出申诉。不服行政机关对民事纠纷作出的调解或者其他处理,依法申请仲裁或者向人民法院提起诉讼。"该条是行政复议法所设置的唯一排除条款。同时,应当指出由于我国行政复议法对行政复议的受案范围也采取列举规定的方式,因此,没有列举的行政法受案范围的事项都应当成为行政复议受案范围的排除事项。将法律明示的排除条款和暗示的排除条款予以综合的话,行政复议受案范围的排除事项有下列各类:

1. 国家行为

所谓国家行为,是指行政机关以国家名义实施的行为。行政机关有对内对外两种关系形式,对内的关系形式主要指其与公民、法人和其他社会组织的关系形式。对外的关系形式指行政机关作为一国主权者与其他国家的关系形式。对外行为是一种政治行为和主权行为。"国家行为直接涉及国家相互之间的关系,国家的安全以及国家其他重大问题,事关国家的根本利益,一般的复议机关根本无权过问,因而行政复议难以包容国家行为。"[28]国家行为相对比较抽象,如果对公民、法人和其他社会组织的权益有影响的话,这种影响既是不特定的又是间接的,若要对行政机关的此类行为进行救济便可以通过权力机关的监督,因此,这类行为是行政复议受案范围的排除事项。这类行为包括:一是外交行为,指国家行政机关为了实现对外政策而实施的行为,这类行为的对象是外国国家机关或组织、国际组织等。二是国防行为,指国家行政机关为了保卫国家领土主权、防御外来侵略而实施的行为,如军事行为等。三是其他国家行为,如一些国家将国家行政机关对地球、地质的勘探、太空探索等行为都排除在行政复议的受案范围之外。

2. 民事调处行为

国家行政机关在行政管理中为了使行政秩序良性循环,有时也关注行政相对人之间的民事关系。当行政机关介入当事人的民事关系中时其不是以管理者的身份出现的,而是以第三者的身份出现的。行政主体机关实施这类行为若能排解民事纠纷便是其在行政职权之外获取的意外收获,若没有通过行政行为排解民事纠纷,当事人之间便可进入司法程序,因此,行政机关在这类事项中并不扮演必不可少的角色,因此,这类行为完全没有必要成为行政复议的受案范围。这类行为有三类:一是行政裁决行为。所谓行政裁决,是指行政机关依法对特定民事争议进行处理并作出裁决的行为,它的对象是特定的民事纠纷,主要类型有对权属争议的裁决、对赔偿纠纷的裁决、对补偿纠纷的裁决、对民间纠纷的裁决等。二是行政仲裁行为。所谓行政仲裁行为,是指行政机关依法以第三人的身份对特定民事纠纷进行仲裁的行为。根据《中华人民共和国行政复议法》、《劳动争议仲裁委员会办案规则》、《人事争议处理办案规则》等的规定,行政仲裁包括劳动仲裁和人事仲裁,上述仲裁行为可以通过民事救济途径解决。三是行政调解行为。其是指行政机关对特定民事纠纷和特定行政纠纷依法在纠纷当事者之间进行调停并促使当事人之间达成和解协议的活动。上述三类均是行政复议受案范围的排除事项。

3. 内部行政行为

内部行政行为是存在于行政系统内部,不对行政相对人权益产生影响的行政机关所为的行为。内部行政行为涉及的关系是内部行政关系,它包括行政机关的人事任免和行政处理等行政行为。“行政机关对其工作人员进行奖惩、任免,属于行政机关自身建设问题。作为上级行政机关的复议机关,不宜对此进行干涉。否则,难以保证下级行政机关有效地行使职权。因而,行政机关对其工作人员的奖惩、任免不属行政复议的范畴。行政机关决定奖惩、任免其工作人员,对国家行政机关工作人员而言,是对其作为国家行政机关工作人员资格的评价。如果有所损害,则损害的是他作为国家行政机关工作人员的权益,而没有损害他作为公民的合法权益。作为国家行政机关工作人员,与行政机关的关系,是上、下级的从属关系,不具有独立的复议申请权,与国家行政机关构不成对立的双方当事人。其作为行政工作人员的权益受到损害时,只能向原行政机关或上级行政机关,或监察、人事机关通过内部申诉程序进行解决,不得申请行政复议。”[29]

4. 抽象行政行为

抽象行政行为不能直接而独立地成为行政复议的受案范围,只能在行政相对人对具体行政行为申请行政复议时,附带提出对部分抽象行政行为的审查申请。行政法学理论中普遍认为抽象行政行为可以通过其他监督机制救济,而没有必要通过行政复议以及行政诉讼制度救济。依笔者看,抽象行政行为没有纳入行政复议和行政诉讼等救济途径是我国行政复议制度和行政诉讼制度不成熟的表现,我们并没有充分的理论依据和事实依据证明这种行为不进入复议救济的必然性。

受案范围的标准	受案范围		受案范围的排除
	作为行政行为的受案范围	不作为行政行为的受案范围	
(1)宪政体制 (2)行政传统 (3)行政法治 (4)立法认知 (5)行政纠错能力	(1)行政处罚 (2)行政强制 (3)行政许可 (4)行政确认 (5)行政侵犯经营权 (6)行政设定义务 (7)行政侵犯农业合同	(1)消极对待许可请求 (2)消极对待权益保护请求 (3)消极对待福利主张	(1)国家行为 (2)民事调处行为 (3)内部行政行为 (4)抽象行政行为

二、行政复议的管辖

(一)行政复议管辖的概念

所谓行政复议的管辖,是指行政复议机关在受理行政复议案件中的分工。《中华人民共和国行政复议法》没有使用管辖这一概念,但作为处理行政复议的程序法其不可能回避管辖问题,该法第 15 条规定:“对本法第 12 条、第 13 条、第 14 条规定以外的其他行政机关、组织的具体行政行为不服的,按照下列规定申请行政复议:(一)对县级以上地方人民政府依法设立的派出机关的具体行政行为不服的,向设立派出机关的人民政府申请行政复议;(二)对政府工作部门依法设立的派出机构依照法律、法规或者规章规定,以自己的名义作出的具体行政行为不服的,向设立该派出机构的部门或者该部门的本级地方人民政府申请行政复议;(三)对法律、法规授权的组织的具体行政行为不服的,分别向直接管理该组织的地方人民政府、地方人民政府工作部门或者国务院部门申请行政复议;(四)对两个或者两个以上行政机关以共同的名义作出的具体行政行为不服的,向其共同上一级行政机关申请行政复议;(五)对被撤销的行政机关在撤销前所作出的具体行政行为不服的,向继续行使其职权的行政机关的上一级行政机关申请行政复议。有前款所列情形之一的,申请人也可以向具体行政行为发生地的县级地方人民政府提出行政复议申请,由接受申请的县级地方人民政府依照本法第 18 条的规定办理。"该条便是对行政复议管辖的规定。此外,行政复议法第 12 条至第 14 条也对行政复议的管辖作了规定。

(二)行政复议管辖划分的标准

行政复议管辖的划分实际上是在行政系统内部对行政复议权的分配,划分行政复议管辖应当考虑下列因素:

1. 行政系统的内部结构

行政复议是上级行政机关对下级行政机关行政行为的校正制度,是行政系统内部的监控制度,而划分行政复议管辖必须考虑行政系统内部的层级结构关系。换句话说,行政系统内部层级结构关系不同管辖权的划分则有所不同。

2. 行政系统的领导体制

行政系统采用不同的领导体制行政复议的管辖则有所不同,如实行单头领导体制的话,行政复议的主持机关就是作出行政行为的对应上级机关,体制的单头性也决定了行政复议案件管辖的单主体性。而实行行政双重领导体制的话,行政复议的主持机关则可能是双重主体,《中华人民共和国行政复议法》规定行政相对人对行政主体的行政行为不服既可以申请到同级人民政府进行复议,又可以申请至上级政府职能部门进行复议,这样的复议管辖是由我国行政系统实行双重领导体制决定的。

3. 行政系统与行政相对人的关系

行政系统与行政相对人的关系表现在诸多方面,在行政法治实践中,行政系统与行政相对人有地域上的关系,即行政管理机关总是在一定的地域内行使行政管理权的,而行政相对人总与一定地域内的行政主体有较为固定的关系形式,行政系统与行政相对人之间在地域上的关联性必然决定行政复议案件的内部分工。行政系统与行政相对人还有职能权限上的关系形式,即一定的行政事态可以将特定行政主体与特定行政相对人联系起来,此种因事态而引起的关联关系亦决定行政系统对行政复议案件的分工。行政复议中最为直接的问题是行政相对人的请求权问题。能够使行政相对人非常方便地行使请求权是行政复议管辖必须考虑的问题。

4. 行政复议标的与行政系统之间的关系

行政复议的标的是具体行政行为，这是就争议的根本点而论的。然而，行政行为所涉及的行政管理事项是多方面的，仅以行政系统职能权限划分为标准，就有五六十项之多。具体行政行为的内容与行政系统的部门性质、层级结构等都有直接关系，行政复议管辖权的划分也是必须考虑的因素之一。

（三）行政复议的法定管辖

所谓行政复议的法定管辖，是指由行政复议法以及其他的部门行政管理法所规定的管辖形式。法定管辖的具体情形有下列各种：

1. 地域管辖

指同一级别不同地区行政机关在受理行政复议案件时的分工。由于我国行政机关都有其活动的地域范围，因此，各地有复议权的行政机关管辖本区域范围内发生的行政复议案件。

2. 级别管辖

指上下级行政机关在受理行政复议案件中的分工。级别管辖依行政复议法的规定，适用选择原则，即行政相对人有权选择作出具体行政行为机关的上一级主管部门管辖，也有权选择作出行政行为机关的同级人民政府管辖，当然，前提是作出行政行为的机关是县级以上人民政府职能部门。行政相对人选择何者完全由行政相对人自己决定，法律对行政相对人的这一选择没有附加任何条件。级别管辖还有一种情形就是下级人民政府作出的具体行政行为由上级人民政府管辖。

3. 职能管辖

所谓职能管辖，是指行政职能划分的管辖形式。从广义上讲，作出具体行政行为的县级以上人民政府被申请人诉至其主管部门就是职能管辖的表现。然而，《中华人民共和国行政复议法》第12条第2款规定："对海关、金融、国税、外汇管理等实行垂直领导的行政机关和国家安全机关的具体行政行为不服的，向上一级主管部门申请行政复议。"这便是职能管辖的特定含义，即行政相对人对海关等具体行政行为不服只能申请至作出具体行政行为行政机关之上级职能部门，而不能够申请至作出行政行为机关的同级人民政府管辖。

4. 专属管辖

《中华人民共和国行政复议法》第14条规定："对国务院部门或者省、自治区、直辖市人民政府的具体行政行为不服的，向作出该具体行政行为的国务院部门或者省、自治区、直辖市人民政府申请行政复议。对行政复议决定不服的，可以向人民法院提起行政诉讼；也可以向国务院申请裁决，国务院依照本法的规定作出最终裁决。"此条笔者将它称之为专属管辖，这是因为作出行政行为的机关在对自己行为进行复议时具有排他性，实施行政行为与对行政行为复议集中于同一机构，其实施行政行为具有行政系统之内的排他性，[30]对行政行为进行复议也具有行政系统之内的排他性。依此条规定，国务院各部门的行政行为，若行政相对人对其提起复议便由作出行政行为的部门管辖，省级人民政府作出的具体行政行为,行政相对人不服便由作出行政行为的人民政府管辖。

5. 法定管辖的特殊情形

行政机构设置的复杂性和行政主体实施行政行为的复杂性等因素决定了上述法定管辖并不能够将法定管辖的所有情事都包容进去,下列几种管辖形式则是法定管辖的特殊情形:(1)县级以上人民政府设立的派出机关的具体行政行为的复议,由设立该派出机关的人民政府管辖。(2)政府工作部门依法设立的派出机构,在一定行政行为中具有行政主体资格,当它以行政主体资格而不是以委托的机关实施行政行为时,其行为的行政复议便由设立它的部门或者该部门的本级人民政府管辖。(3)法律、法规授权的组织作出具体行政行为的行政复议,由直接管理该组织的行政机关管辖。这类行政机关有地方人民政府、地方人民政府工作部门和国务院部门。(4)共同行政行为的行政复议,由作出行政行为机关的共同上级机关管辖。(5)被撤销行政机关作出具体行政行为的行政复议,由继续行使其职权的上级行政机关管辖。

(四)行政复议的裁定管辖

在行政复议中常常存在管辖权的争议问题,所谓行政复议管辖权的争议,是指两个或者两个以上的行政复议机关都不愿意管辖行政争议案件或者都主张对某一行政案件有复议权而引起的争议。当管辖权发生争议以后必须通过一定的形式予以解决,那么解决行政复议管辖权争议的制度便是裁定管辖,有下列两种:

1. 移送管辖

1990 年制定的《行政复议条例》第 18 条规定:“复议机关发现受理的案件不属于自己管辖,应当移送有管辖权的复议机关。受移送的复议机关不得再自行移送。”虽然《行政复议条例》已经被废止,但是,笔者认为,该条例确立的行政复议案件管辖的移送制度对我国行政复议实践仍具有现实意义,因为行政复议管辖权的争执是不可避免的,总要有一种有效的方法解决这样的争议。

2. 指定管辖

指定管辖是指两个行政机关就行政复议管辖权发生争议后由其共同行政机关指定其中一个管辖。[31] 原来的《行政复议条例》第 19 条规定:“行政机关因复议管辖发生争议,争议双方应当协商解决。协商不成的,由它们的共同上一级行政机关指定管辖。”该规定在《中华人民共和国行政复议法》中没有出现。在行政法治实践中指定管辖的情形是经常出现的,其作为一项制度应当有存在的价值。

<table>
<tr><th rowspan="2">行政复议管辖划分的标准</th><th colspan="2">行政复议的法定关系</th><th>裁定管辖</th></tr>
<tr><th>法定管辖的一般情形</th><th>法定管辖的特殊情形</th><th rowspan="2">(1)移送管辖
(2)指定管辖</th></tr>
<tr><td>(1)行政系统的内部结构
(2)行政系统的领导体制
(3)行政系统与行政相对人的关系
(4)行政争议标的物与行政系统的关系</td><td>(1)地域管辖
(2)职能管辖
(3)职能管辖
(4)专属管辖</td><td>(1)派出机关的管辖
(2)派出机构的管辖
(3)授权组织的管辖
(4)共同行政行为的管辖
(5)被撤销机关行政行为的管辖</td></tr>
</table>

第四节 行政复议的程序

一、行政复议的提起

(一)行政复议的申请

行政复议的申请,是指公民、法人或者其他组织对行政主体所作的行政行为不服,依法向有管辖权的行政复议机关提出,请求其对该行政行为进行审查并作出行政复议决定的行为。

1. 申请行政复议必须具有法定条件

行政复议的法定条件包括:其一,申请人必须是受行政主体行政行为影响的公民、法人和其他组织,与具体行政行为的关联性是申请人最为关键的属性。其二,有明确的被申请人。其三,有具体的复议请求和事实根据,"所谓具体的复议请求,是指申请人申请复议的主张和要求。它主要有四种情况:一是请求撤销违法的具体行政行为;二是请求变更不适当的具体行政行为;三是请求责成被申请人限期履行法定职责;四是请求确认具体行政行为违法或责令被申请人赔偿损失。所谓事实根据,是指能够证明行政机关已经作出某种具体行政行为的材料,以及能够证明行政机关的具体行政行为已经侵犯其合法权益的材料。"其四,属于行政复议的受案范围和行政复议机关的管辖范围。

2. 申请行政复议的期限

行政复议的提起必须符合法定期限,即行政相对人必须在行政行为作出后的某一时间内提起行政复议,否则,则丧失进入复议救济途径的权利。行政复议的期限有两类:一是一般期限,就是《中华人民共和国行政复议法》规定的提起行政复议的期限,该法第9条规定:"公民、法人或者其他组织认为具体行政行为侵犯其合法权益的,可以自知道该具体行政行为之日起60日内提出行政复议申请;但是法律规定的申请期限超过60日的除外。因不可抗力或者其他正当理由耽误法定申请期限的,申请期限自障碍消除之日起继续计算。"一般行政行为提起行政复议都要遵守这一期限规则,即在60日内提起。一般期限有一个延长问题。"公民、法人和其他组织因不可抗力或者其他正当理由耽误法定申请期限的,申请期限自障碍消除之日起继续计算。所谓不可抗力,是指申请人不能预见并且不能避免和克服的客观情况,如地震、火灾、水灾、战争等。所谓其他正当理由,是指不可抗力之外的其他可以延长期限的事由,比如申请人突患重病、法人正处于合并或分立的阶段等"。[32]"二是特殊期限,是指《中华人民共和国行政复议法》之外的其他法律所规定的行政复议期限。因部门行政法的不同这类期限亦有所不同,有5日的申请期限,7日的申请期限,90日的申请期限,1年的申请期限等。"[33]

3. 申请行政复议的方式

《中华人民共和国行政复议法》第 11 条规定:“申请人申请行政复议,可以书面申请,也可以口头申请;口头申请的,行政复议机关应当当场记录申请人的基本情况、行政复议请求、申请行政复议的主要事实、理由和时间。”这表明行政复议的申请的方式有两种,即书面申请和口头申请,两种申请方式行政相对人都有权选择。

(二)行政复议的受理

行政复议的受理,是指行政复议机关审查申请人的复议申请后,认为符合受理条件而予以立案的法律行为。《中华人民共和国行政复议法》第 16 条第 1 款规定:“公民、法人或者其他组织申请行政复议,行政复议机关已经依法受理的,或者法律、法规规定应当先向行政复议机关申请行政复议、对行政复议决定不服再向人民法院提起行政诉讼的,在法定行政复议期限内不得向人民法院提起行政诉讼。”由该规定可以看出,行政复议是一种法律行为,能够发生法律效力。只要行政相对人的复议请求符合法定条件,行政复议机关就有义务受理。“复议机关一经受理复议申请,即产生如下法律效果:(1)就行政复议机关而言,行政复议机关受理行政复议申请后便开始了行政复议程序,行政复议机关对该案件行使行政复议权,负有依法定程序和期限审查并作出行政复议决定的义务;(2)就行政复议当事人而言,取得申请人和被申请人的资格,分别依法享有一定的行政复议权利,履行一定的行政复议义务;(3)就原行政机关而言,行政机关的具体行政行为成为行政复议的审查对象,行政机关变更、撤销原具体行政行为要受到行政复议机关的监督;(4)就申请人而言,不得重复提起行政复议或者提起行政诉讼”。[34]

二、行政复议的审理

(一)行政复议审理的概念

行政复议审理,是指行政复议机关对行政复议案件进行行政审查的法律行为。审理是行政复议制度的中心环节,复议机关在此一环节中必须对行政主体实施的行政行为作出合法、合理与否的分析,为作出行政复议决定奠定基础。

(二)行政复议审理的依据

行政复议审理的依据与行政诉讼审理的依据不同,在行政诉讼中审理依据受到了严格限制,规章以下的行政法渊源不能成为诉讼审理的依据,规章仅仅是行政诉讼中的参照,行政复议的审理依据则较为宽泛,几乎所有行政法的正式渊源都是行政复议审理的依据,当然,在有关行政行为适当性审查中非正式的行政法渊源也是行政复议审理的依据。

(三)行政复议审理前的准备

《中华人民共和国行政复议法》第 23 条规定:“行政复议机关负责法制工作的机构应当自行政复议申请受理之日起 7 日内,将行政复议申请书副本或者行政复议申请笔录复印件发送被申请人。被申请人应当自收到申请书副本或者申请笔录印件之日起10日内,提出书面答复,并提交当初作出具体行政行为的证据、依据和其他有关材料。申请人、第三人可以查阅被申请人提出的书面答复、作出具体行政行为的证据、依据和其他有关材料,除涉及国家秘密、商业秘密或者个人隐私外,行政复议机关不得拒绝。"此条是对行政复议机关审理前准备的规定,规定了若干准备环节。

(四)行政复议审理方式

《中华人民共和国行政复议法》第22条规定:"行政复议原则上采取书面审查的办法,但是申请人提出要求或者行政复议机关负责法制工作的机构认为有必要时,可以向有关组织和人员调查情况,听取申请人、被申请人和第三人的意见。"依这一条的规定行政复议的审理方式有两种:一是书面审理。所谓书面审理,是指行政复议机关通过不开庭,不听证的方式对行政行为的审查。这一书面审理的特点是,无须各方当事人直接见面并进行陈述和论辩;行政复议机关仅对已经掌握的材料进行审查,并根据书面材料的情况对案件作出判断。书面审理是行政复议审理的主要方式,绝大多数行政复议的案件都采用书面审理的方式。二是听证审理。听证审理是指行政复议机关通过召开听证会的方式对行政复议案件所进行的审理。听证制度实际上是一种论辩制度,当行政复议机关审理行政复议案件时,若发现案件事实难以查清,单靠书面审理方式难以得出合乎逻辑的结论时,便可以召开由申请人、被申请人以及第三人等参加的听证会,通过各方当事人之间的论辩使案件事实得到澄清。听证审理是对书面审理的补充,它不是行政复议审理必须采用的方式,只有在行政复议机关认为必要时才可以采用。行政复议申请人要采用听证审理时亦可以采用听证审理的方式。

(五)行政复议审理的期限

《中华人民共和国行政复议法》第31条第1款规定:"行政复议机关应当自受理申请之日起60日内作出行政复议决定;但是法律规定的行政复议期限少于60日的除外。情况复杂,不能在规定期限内作出行政复议决定的,经行政复议机关的负责人批准,可以适当延长,并告知申请人和被申请人;但是延长期限最多不超过30日。"依此条规定,行政复议审理的期限有下列情形:其一,一般情况下行政复议机关应当在受理申请之日起60日内作出行政复议决定。其二,法律规定的行政复议期限少于60日的,依照有关的法律规定处理,这主要指有关部门行政法对行政复议期限的规定。在程序法和实体法规定的内容冲突以后,优先适用实体法的规定。其三,对于情况复杂,不能在规定期限内作出行政复议决定的,经行政复议机关负责人批准,可以适当延长审理期限并告知申请人和被申请人,但延长期限最多不得超过30日。

(六)行政复议审理期间申请的撤回

《中华人民共和国行政复议法》第25条规定:"行政复议决定作出前,申请人要求撤回行政复议申请的,经说明理由,可以撤回;撤回行政复议申请的,行政复议终止。"显然,该条是对行政复议申请撤回的规定。所谓申请的撤回是指行政复议提起后,在行政复议机关作出行政复议决定前,申请人撤回复议申请的情形。从法律理论上讲,行政复议申请人撤回申请须具备下列条件:一是申请人必须提出申请撤回的请求。申请人要撤回行政复议申请,必须向行政复议机关提出请求,或者以口头形式提出,或者以书面形式提出。二是撤回申请必须是申请人提出的,是申请人真实意思的反映,而不是由行政复议被申请人提出,或者申请人在被申请人的胁迫下提出。三是撤回申请必须在行政复议决定作出前提出。行政复议机关一旦作出行政复议的决定,行政复议案件就告终结,申请人再不得提出撤回请求。四是撤回申请必须经行政复议机关审查同意。行政复议申请的撤回有可能是在法外因素的作用下产生的,即不当的申请撤回既有可能侵害国家、社会和法人的利益,又有可能不是行政相对人真实意思的表示,为了防止撤回申请的不真实等因素,行政复议机关必须审查申请人的撤回申请。[35]行政复议申请的撤回具有如下法律效力:其一,行政复议申请撤回后申请人便丧失了对该行政行为再行提起复议的权利。行政复议申请的撤回意味着行政复议程序的结束,行政复议程序的结束同时标志着行政相对人请求权的结束,行政相对人不得再以同一事项和同一理由提起行政复议。其二,行政复议申请的撤回在有些情形下有可能导致行政诉讼权利的丧失。行政诉讼制度和行政复议制度具有逻辑上的关联性,即行政相对人首先可以通过行政复议的程序救济权益,在复议救济没有达到目的的情况下便可以进入诉讼程序。但为了照顾各个部门行政管理的特点,法律也规定了在有些情况下行政复议和行政诉讼两种救济途径,行政相对人只能选择一种,若选择了行政诉讼的救济途径就不能通过行政复议救济,反之,若选择了行政复议救济途径就不能选择行政诉讼进行救济。即在有些情况下,对行政相对人来讲行政复议是唯一救济途径,其撤回行政复议申请,便可能同时丧失了所有救济权利,不能提起行政诉讼亦属自然。其三,行政复议申请的撤回使具体行政行为的义务必须予以履行。当事人提起行政复议的行政行为一般都是要求行政相对人履行义务的行为。行政复议的撤回即使行政复议程序终结了,还很可能使行政行为进入不了行政诉讼途径,即该行政行为将会发生法律的效力,行政行为的生效便是该行政行为内容的实现,行政相对人履行行政行为所设定的义务便是行政行为实现的具体表现。

(七)行政复议审理的证据规则

1. 行政主体对被审查的具体行政行为负举证责任

《中华人民共和国行政复议法》第 23 条规定申请人应该对被审查的具体行政行为提交当初作出具体行政行为的证据、依据和其他有关材料。各个职能部门制定的行政复议规则也都具有这样的内容,如《中国保险监督管理委员会行政复议办法》第 17 条规定:"复议答辩书应当载明下列内容:(一)被申请人的名称和住址,主要负责人的姓名和职务;(二)答辩的事实和理由;(三)作出具体行政行为的事实及有关的证据材料;(四)作出具体行政行为所依据的法律、法规、规章和具有普遍约束力的决定、命令;(五)作出答辩的年月日,并加盖答辩机关或部门的印章。"虽没有明确指出在行政复议中由作出行政行为的机关负举证责任,但上列规定实际上表明了在行政复议中由被申请人负举证责任。

2. 行政复议期间被申请人的取证禁止

所谓被申请人的取证禁止,是指在行政复议进行期间作出行政行为的机关不得再进行取证的活动。一方面,在复议进行期间,被申请人不得自行向申请人收集证据;另一方面,在行政复议进行期间,被申请人不得向其他人或者组织搜集证据。行政主体对行政行为的纠纷必须负行政法上的责任,在其作出每一个行政行为时,应当先取证再作出行政决定,而不是作出行政决定后再用后来收集的证据来支持。故而,行政复议程序一开始,行政主体就应当停止取证行为,因为此时行政行为已经被作出,若没有进入复议状态或诉讼状态的话,很可能已经发生了法律效力。正因为如此,《中华人民共和国行政复议法》第 24 条规定:"在行政复议过程中,被申请人不得自行向申请人和其他有关组织或者个人收集证据。"

三、行政复议的决定

(一)行政复议决定的概念

行政复议决定是指行政复议机关经过对行政复议所申请具体行政行为的审查,作出行政复议决定的法律行为。行政复议决定作出后标志着行政复议程序的结束。申请人对行政复议决定不服的,不能再通过行政复议来进行救济,而只能通过其他的救济途径保护自己的权益,这也是行政复议决定的意义。

(二)行政复议决定的类型

《中华人民共和国行政复议法》第 28 条规定:行政复议机关负责法制工作的机构应当对被申请人作出的具体行政行为进行审查,提出意见,经行政复议机关的负责人同意或者集体讨论通过后,按照下列规定作出行政复议决定:(一)具体行政行为认定事实清楚,证据确凿,适用依据正确,程序合法,内容适当的,决定维持。(二)被申请人不履行法定职责的,决定其在一定期限内履行。(三)具体行政行为有下列情形之一的,决定撤销、变更或者确认该具体行政行为违法;决定撤销或者确认该具体行政行为违法的,可以责令被申请人在一定期限内重新作出具体行政行为:1. 主要事实不清、证据不足的;2. 适用依据错误的;3. 违反法定程序的;超越或者滥用职权的;4. 具体行政行为明显不当的。(四)被申请人不按照本法第 23 条的规定提出书面答复、提交当初作出具体行政行为的证据、依据和其他有关材料的,视为该具体行政行为没有证据、依据,决定撤销该具体行政行为。行政复议机关责令被申请人重新作出具体行政行为的,被申请人不得以同一事实和理由作出与原具体行政行为相同或者基本相同的具体行政行为。由此条的规定我们可以看出,行政复议决定有下列类型:

1. 维持具体行政行为的复议决定

行政复议机关通过对被申请具体行政行为的行政审查,若认为行政行为符合下列条件的,便可以作出维持原具体行政行为的决定:其一,具体行政行为适用法律、法规以及其他行政依据正确的;其二,具体行政行为依据的事实清楚,证据确实充分的;其三,具体行政行为的主体资格合法的,既在法定权限下作出,又是一个合法的行政主体,具有法律人格;其四,具体行政行为没有违反法定程序的。还应说明,在申请人认为具体行政行为不适当时,行政复议机关通过审查认为行政行为合乎情理的,亦作出维持具体行政行为决定。

2. 撤销具体行政行为的复议决定

行政复议机关通过具体行政行为的行政审查,认为行政行为具有应当撤销的条件的,便作出撤销决定。这些条件包括:其一,主要事实不清、证据不足。事实不清指行政行为在作出时没有理顺所涉及的基本法律关系,使行政行为不能对应合格的当事人、不能对应正确的法律事实、不能使行政行为有正确的定量等。证据不足则是指行政主体在作出行政行为时缺乏基本的证据材料。其二,适用依据错误。适用依据错误在行政法学理论和行政法治中是一个复杂的问题,笔者认为,应当适用行政法规则而行政主体适用了行政法以外的原则,应当适用此一部门行政管理的规则而适用了彼一行政管理部门的规则,应当适用于上位规则而适用了下位规则,应当适用此一条款而适用了彼一条款等都应当被认为适用依据错误。其三,违反法定程序。指行政主体作出行政行为时没有严格的考虑法定程序,包括部门行政管理法规定的程序和一些程序性行政法典中规定的程序。其四,超越或者滥用职权的。超越行政职权和滥用行政职权我们在本书行政行为一篇中已经作过讨论。其五,在行政复议中没有依法定程序提供答辩材料的。

3. 变更具体行政行为的复议决定

行政复议机关通过对具体行政行为的行政审查,认为行政机关的行政行为存在明显不当时,可以作出变更的复议决定。不当行政行为主要指具体行政行为的内容不合理,它与违法的具体行政行为不同,主要是行政行为的量存在瑕疵,量的问题在复议过程中可以通过行政复议机关的调整予以处理,因此,行政复议机关可以作出变更的决定。值得注意的是,根据2007年颁布实施的《中华人民共和国行政复议法实施条例》第51条的规定,行政复议机关在变更具体行政行为时,不得作出对申请人更为不利的行政复议决定。

4. 确认违法行政行为的复议决定

行政复议机关通过对具体行政行为的行政审查,认为行政机关实施的具体行政行为违法便可以作出确认具体行政行为违法的复议决定。另外,在行政复议中,若作出行政行为的行政机关不按法定程序提出书面答复,不按法定程序提交作出具体行政行为的证据、依据等。行政机关亦可确认该具体行政行为违法。

5. 促使行政机关履行法定职责的复议决定

在行政不作为的复议案件中,行政复议机关通过行政审查,若认为行政机关确有行政不作为行为时,便可以作出其履行法定职责,实施某种行政行为的复议决定。如促使行政主体发放抚恤金,促使行政主体积极保护行政相对人的权益。

6. 责令重新作出具体行政行为的复议决定

行政复议机关通过对被申请具体行政行为的行政审查,在具体行政行为所依据的事实不清等情况下,可以作出要求行政机关重新作出具体行政行为的复议决定。重新作出具体行政行为的复议决定不是针对行政行为所涉及的权利义务关系的,只是行政行为有些瑕疵的情况下,行政主体作出更加明确的行政行为。同时,行政主体不得以同一事实和同一理由作出与原具体行政行为权利义务相同或基本相同的具体行政行为。

(三)行政复议决定书的制作

行政复议无论采用书面审理的方式,还是采用听证审理的方式都需要制作行政复议决定书,《中华人民共和国行政复议法》第 31 条第 2 款规定:“行政复议机关作出行政复议决定,应当制作行政复议决定书,并加盖印章。”表明制作行政复议决定书是行政复议决定的法定程序,行政复议法没有规定行政复议决定书的具体内容,笔者认为,行政复议决定书应当载明下列事项:第一,申请人的姓名、性别、年龄、工作单位、地址(法人或者其他组织的名称、地址、法定代表人的姓名、职务);第二,申请人的名称、地址、法定代表人的姓名、职务;第三,申请人的复议请求和理由;第四,行政复议机关认定的事实、理由,适用法律、法规、规章及其他依据;第五,行政复议结论,即对行政复议决定的内容作出的反映;第六,申请人不服行政复议决定向人民法院提起行政诉讼的期限;第七,作出行政复议决定的行政机关的名称;第八,作出行政复议决定的年、月、日。除上列内容外,行政复议决定书还必须加盖印章,否则,行政复议决定书就不能成为正式的法律文书。

(四)行政复议决定的法律效力

《中华人民共和国行政复议法》第 31 条第 3 款规定:“行政复议决定书一经送达,即发生法律效力。”这是对行政复议决定具有法律效力的规定,行政复议决定的法律效力应从下列几个方面理解:其一,行政复议决定一经作出就宣告行政复议程序结束,“复议机关一经作出复议决定,并向受送达人送达复议决定书,则行政复议审理程序即告终结,亦即行政机关对复议案件的审理活动告以结束”。[36] 其二,行政复议决定会导致具体行政行为进入司法审查途径。当行政复议机关作出行政复议决定后,若行政相对人对行政复议机关的决定仍然不服,在行政复议是非终局复议情况下,其便有权向人民法院提起行政诉讼,这也将行政行为引入了司法审查的救济程序之中。其三,行政复议决定会导致行政机关或者行政机关对行政相对人的行政强制执行。行政复议机关所作的行政复议决定如果是终局决定,或者是非终局但行政相对人没有对复议决定提起行政诉讼,又没有在法定期限内履行具体行政行为所确定的权利和义务,此时,行政机关便有权请求有执行权的主体对行政相对人强制执行。正如《中华人民共和国行政复议法》第 33 条所规定的:“申请人逾期不起诉又不履行行政复议决定的,或者不履行最终裁决的行政复议决定的,按照下列规定分别处理:(一)维持具体行政行为的行政复议决定,由作出具体行政行为的行政机关依法强制执行,或者申请人民法院强制执行;(二)变更具体行政行为的行政复议决定,由行政复议机关依法强制执行,或者申请人民法院强制执行。”其四,行政复议决定还会导致对作出行政行为机关的法律义务。《中华人民共和国行政复议法》第32条规定："被申请人应当履行行政复议决定。被申请人不履行或者无正当理由拖延履行行政复议决定的，行政复议机关或者有关上级行政机关应当责令其限期履行。"表明行政复议决定既可能带来行政机关在行政法上的新的义务，又有可能带来对行政机关的强制执行措施。

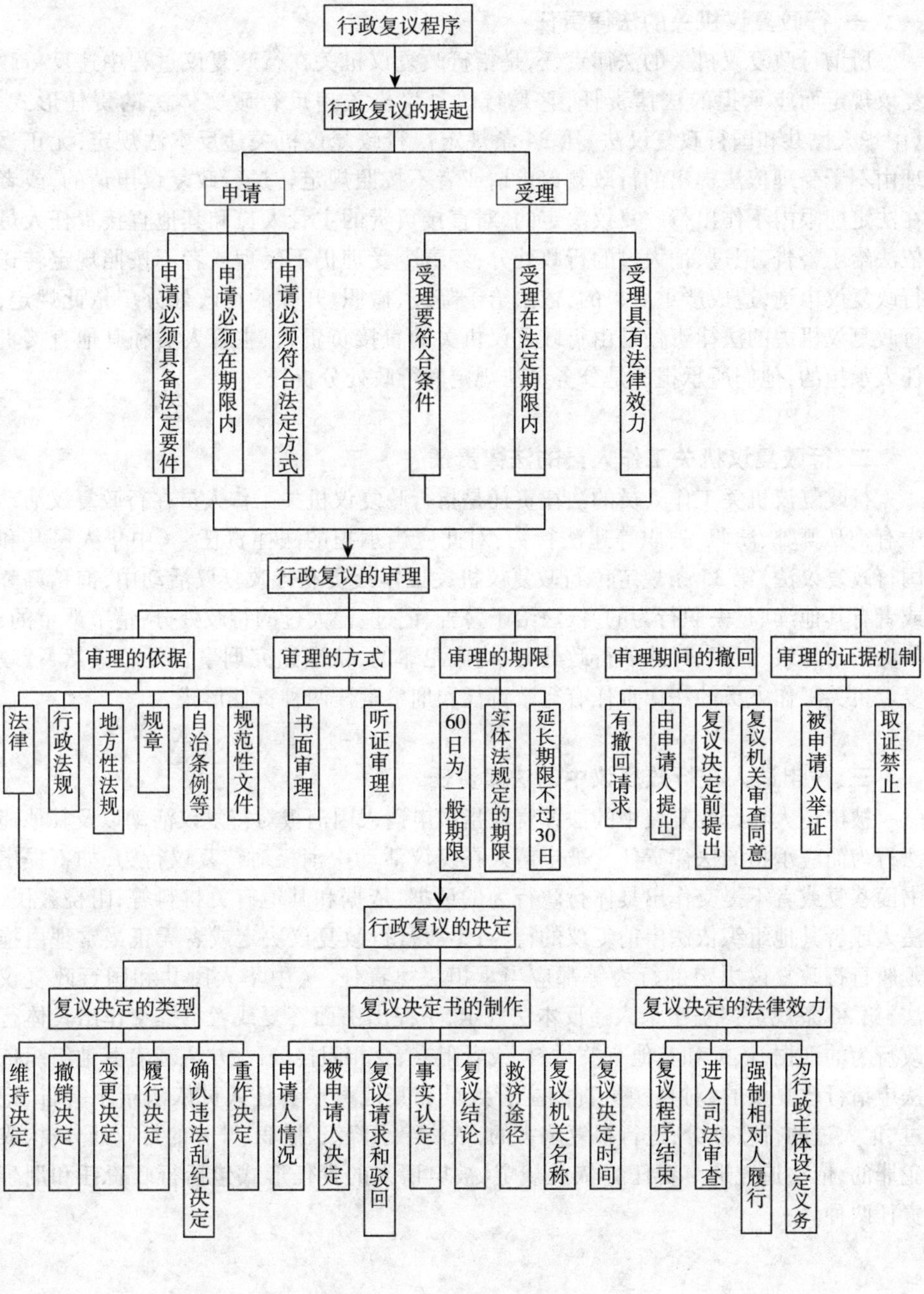

第五节 行政复议的法律责任

一、行政复议机关的法律责任

所谓行政复议机关的法律责任，是指行政复议机关在行政复议过程中违反行政复议规定而应承担的法律责任，它是行政复议机关违反行政实体法的责任形式。《中华人民共和国行政复议法》第 34 条规定："行政复议机关违反本法规定，无正当理由不予受理依法提出的行政复议申请或者不按照规定转送行政复议申请的，或者在法定期限内不作出行政复议决定的，对直接负责的主管人员和其他直接责任人员依法给予警告、记过、记大过的行政处分；经责令受理仍不受理或者不按照规定转送行政复议申请，造成严重后果的，依法给予降级、撤职、开除的行政处分。"依此规定，行政复议机关的法律责任是由行政复议机关的直接负责人、主管人员和其他直接责任人承担的，他们所承担的是公务员法规定的行政处分责任。

二、行政复议机关工作人员的法律责任

行政复议机关工作人员的法律责任是指行政复议机关工作人员在行政复议活动中有徇私舞弊、渎职、失职等违法行为，对此应当承担的法律责任。《中华人民共和国行政复议法》第 35 条规定："行政复议机关工作人员在行政复议活动中，徇私舞弊或者有其他渎职、失职行为的，依法给予警告、记过、记大过的行政处分；情节严重的，依法给予降级、撤职、开除的行政处分；构成犯罪的，依法追究刑事责任。"显然，行政复议机关工作人员的法律责任有行政责任和刑事责任两种责任形式。

三、被申请人在行政复议中的法律责任

被申请人在行政复议中的法律责任指被申请人因消极对待复议活动以及其他违法行为而应承担的法律责任。被申请人在复议活动中消极对待复议行为，如不提出书面答复或者不提交作出具体行政行为的证据、依据和其他有关材料等；阻挠公民、法人或者其他组织依法申请复议的行为；不履行行政复议决定或者无正当常理由拖延履行行政复议决定的行为等都应当承担法律责任。《中华人民共和国行政复议法》第 36 条规定："被申请人违反本法规定，不提出书面答复或者不提交作出具体行政行为的证据、依据和其他有关材料，或者阻挠、变相阻挠公民、法人或者其他组织依法申请行政复议的，对直接负责的主管人员和其他直接责任人员依法给予警告、记过、记大过的行政处分；进行报复陷害的，依法给予降级、撤职、开除的行政处分；构成犯罪的，依法追究刑事责任。"依此规定，被申请人的责任形式包括行政责任和刑事责任两种。

注释

〔1〕 行政机关有权依法定程序对公务员作出辞退的处理决定。参见本书“公务员法”一章。

〔2〕 目前我国调整公务员关系的行政法规范大多数是行政规章，或行政规范性文件，如《公务员奖励规定（试行）》、《公务员职务任免与职务升降规定（试行）》、《公务员录用规定（试行）》、《公务员培训规定（试行）》等。

〔3〕 关保英主编：《行政法与行政诉讼法》，中国政法大学出版社2007年版，第480页。

〔4〕《行政复议条例》是1990年11月9日由国务院第七十一次常务会议通过，并于1990年12月24日由总理签署70号国务院令予以公布，从1991年1月1日起施行。在《中华人民共和国行政复议法》出台之前调整行政复议关系的主要是《行政复议条例》。该条例对行政复议制度的基本问题都作了规定，在行文方式上也非常讲究，其操作性也非常强，有学者甚至认为《行政复议条例》的立法技术要比《中华人民共和国行政复议法》的立法技术更好一些。如关于受案范围的规定，关于管辖的规定、关于期间与送达的规定都很有特色。

〔5〕 在行政救济制度中，诉愿和诉讼是难以分开的，一些国家的行政法制度将此二制度紧密地衔接在一起，包括受案范围、救济方式、审理机制等。行政救济（指诉讼）是当事人对于违法和不当的行政行为，向行政机关请求矫正的一种救济手段，是行政监督的一种方式。行政救济和诉讼救济是当事人对抗违法的行政行为常用的两种手段，各有特点。参见王名扬：《法国行政法》，中国政法大学出版社1988年版，第535页。

〔6〕 关保英主编：《行政法与行政诉讼法》，中国政法大学出版社2007年版，第481页。

〔7〕 贾湛、彭剑锋主编：《行政管理法大辞典》，中国社会科学出版社1989年版，第231页。

〔8〕 “就行政领域而言，仅探讨行政法律关系是不够的。行政法律关系是行政主体运用行政权力作用一定管理行为而与行政相对方形成的关系，只是行政法的基本关系之一。现实中还存在另一种以行政主体为监督对象的法律关系，即监督行政法律关系。我们过去较少或几乎不讨论监督行政法律关系，是有失偏颇的。事实上，监督行政法律关系也是行政法基本关系，和行政法律关系同样重要”。参见罗豪才主编：《行政法学》，中国政法大学出版社1996年版，第27页。

〔9〕 行政系统内部同样存在监督关系，“行政系统的自我监督是指行政机关内上下级行政机关相互之间存在的法律监督以及行政系统内部设立的专门监督机关对其公务员所实施的法律监督。它通常包括一般行政监督，专门行政监督，即行政监察和审计监督以及行政复议几种情形”。参见罗豪才主编：《行政法学》，中国政法大学出版社1996年版，第331—332页。

〔10〕 参见关保英主编：《行政法与行政诉讼法》，中国政法大学出版社2007年版，第485页。

〔11〕 关保英主编：《行政法与行政诉讼法》，中国政法大学出版社2007年版，第483页。

〔12〕 这些行政复议的规章一方面与上位法关于行政复议的规定没有太大区别，大多数是将上位法的规定重新表述一遍；另一方面各个部门行政复议的规则基本上很雷同，这是我国行政立法存在的技术问题，对行政复议制度本身没有实质意义的影响。

〔13〕 自《中华人民共和国行政复议法》颁布以后，1999年5月6日国务院发布了《关于贯彻

实施〈中华人民共和国行政复议法〉的通知》,该通知虽没有对行政复议与行政程序规则的关系作出规定,但强调了行政系统实施行政复议法的重要性,某种意义上讲,具有一定的程序价值,其在第一段规定:"《中华人民共和国行政复议法》(以下简称行政复议法)已于1999年4月29日经九届全国人大常委会第九次会议通过,将于1999年10月1日起施行。这是我国社会主义民主与法制建设的一件大事。保证行政复议法全面、正确地实施,并以此促进各级政府和政府各部门依法行政,从严治政,建设廉洁、勤政、务实、高效政府,是各级行政机关的一项重要职责,也是政府法制建设的一项重要任务。地方各级政府、国务院各部门对行政复议法的实施给予高度重视,切实做好各项实施工作。"

〔14〕 张家洋:《行政法》,三民书局1998年版,第734页。

〔15〕 同上书。

〔16〕 张尚鷟主编:《行政法教程》,中国广播电视大学出版社1991年版,第167页。

〔17〕《中华人民共和国行政诉讼法》规定,行政复议机关经过行政复议改变了原行政机关的行政行为,若公民、法人或者其他组织不服复议决定提起行政诉讼,则由行政复议机关当被告,而不是由作出行政行为的机关当被告,一些复议机关为了避免当被告,常常对一些不当的行政行为也作出维持的复议决定。

〔18〕 何建贵编著:《行政复议教程》,法律出版社1991年版,第30页。

〔19〕 参见杨解君、温晋锋:《行政救济法》,南京大学出版社1997年版,第119页。

〔20〕 何建贵编著:《行政复议教程》,法律出版社1991年版,第39页。

〔21〕 应当指出,这里是对我国的状况而言的,在不同的国家司法审查的范围和强度有所不同,大多数发达国家的司法审查制度都确立了合法性和合理性的双重审查制度。

〔22〕 在行政法治实践中,行政复议机构有三种类型:(1)专职复议机构,是指专门行使复议职权从事行政复议工作的机构,如专利复审委员会,商标复审委员会;(2)兼职复议机构,是指兼职行使复议职权从事复议工作的机构,如政府机关设立的法制机关;(3)专职复议人员,是指有复议职权的行政机关内部所确定的专门承办具体复议工作的行政机关工作人员。参见何建贵编著:《行政复议教程》,法律出版社1991年版,第91页。

〔23〕 近亲属以自己的名义提起本属于死亡公民权利义务的复议请求是法治实践中的普遍作法,但是,这里有一个理论问题一直没有得到澄清,即近亲属是通过继承权或者什么方式取得作为请求人或原告的主体资格,若以继承权取得这样的资格的话,有些权利是不可以继承的。因此,该问题还需要从理论上予以说明。

〔24〕 利害关系人究竟应怎样界定和确定是各国行政法中的一个难题,例如,规划部门对建房者的许可行为,利害关系人究竟是多大区域内的公民、法人和其他组织就需要确定。到目前为止我国法律对利害关系人还没有一个明确规定。

〔25〕 如在民事诉讼的主管是指法院审理法律规定范围内民事纠纷的权限,"即确定法院与其他国家机关、社会团体解决民事纠纷的工作。法院主管民事案件的范围,主要取决于法律关系的性质"。邹瑜主编:《法学大辞典》,中国政法大学出版社1991年版,第417页。

〔26〕 何建贵编著:《行政复议教程》,法律出版社1991年版,第50页。

〔27〕 行政复议受案范围要根据一个国家行政救济制度和行政系统行使行政权的状况而定,对行政范围排除范围的确定应当通过法律条文予以明确规定,1990 年制定的《行政复议条例》对行政复议不予受理的行为作了列举规定,这在立法技术上讲是必要的,而《中华人民共和国行政复议法》则没有列举规定行政复议的排除条款,这是立法技术上存在的缺陷。

〔28〕 何建贵编著:《行政复议教程》,法律出版社 1991 年版,第 71 页。

〔29〕 同上书,第 66 页。

〔30〕 行政行为的排他性是专属管辖的原因之一,另一个原因是我国高层行政机关具有管理行政事务的高度权威。因此,其对自己行政行为正确性与否也有进行判断的能力。

〔31〕 《中华人民共和国行政复议法》第 12 条第 2 款规定:“对海关、金融、国税、外汇管理等实行垂直领导的行政机关和国家安全机关的具体行政行为不服的,向上一级主管部门申请行政复议。”该规定表明,这五类机构作出的行政行为可能由国务院的直属机构或职能机构复议,那么,若其他行政机关与上列五类机关共同作出行政行为就有可能由国务院管辖。因此,共同作出行政行为的行政复议由其共同上级管辖应当是一个一般原则,一些特殊的行政复议管辖不一定完全适用这一原则。

〔32〕 关保英主编:《行政法与行政诉讼法》,中国政法大学出版社 2007 年版,第 510 页。

〔33〕 何建贵编著:《行政复议教程》,法律出版社 1991 年版,第 116 页。

〔34〕 关保英主编:《行政法与行政诉讼法》,中国政法大学出版社 2007 年版,第 513 页。

〔35〕 行政复议机关审查申请人撤回申请的原因包括:一是怕被申请人对申请人施加压力,使申请人在不情愿的情况下撤回申请;二是怕申请人与被申请人有不当和解或者恶意串通的行为。

〔36〕 何建贵编著:《行政复议教程》,法律出版社 1991 年版,第 164 页。

第十六章　行政诉讼法

第一节　行政诉讼法的基本理论

一、行政诉讼法的概念

行政诉讼,是指由司法系统主持解决行政纠纷的行为。在我国是由人民法院主持解决行政纠纷的行为。[1]具体地讲,所谓行政诉讼,就是指行政相对人认为行政主体的具体行政行为侵犯了他的合法权益,依法向人民法院起诉,由人民法院对该具体行政行为是否合法行使司法审查并作出裁判的法律行为或者法律制度。行政诉讼具有如下本质属性:

1. 行政诉讼是一种法律行为或者法律制度

行政诉讼首先是一种法律行为,即司法机关对所诉具体行政行为进行审查的全部过程是由法律规则规定的,该行为本身是由法律规范确定的,包括行为主体和行为属性,如果把行政诉讼作为一个司法活动过程看,其法律行为的属性更加明显,其中各参与主体能够有所为、有所不为都是法律所使然,而能够使有所为的每一处行为结果都具有法律后果。其次,行政诉讼是一种法律制度。一方面,行政诉讼是由一国的基本法所设定的,当基本法对行政诉讼法进行设计时紧紧结合了该国宪法对国家制度基本格局的规定。若一国宪法制度没有确立权力分立的体制,没有确立国家机关在政体体系中的分工,那么,该国的行政诉讼制度就难以建立,在官僚集权制的国家,无论行政诉讼还是其他对行政权的司法审查制度都是不可想像的。而现代世界各国建立的司法审查制度或者行政诉讼制度都可以从其宪法找到相应的制度根基。大陆法系和美国法系在行政诉讼法制度或者司法审查制度设计上的巨大差异就是例证。[2]另一方面,行政诉讼一旦被确立就是以制度形态出现的,而不是行政法中的一种个别现象。正如学者所指出的:"由于各国国情和法律制度的差异,各国行政诉讼的范围、受理机关、审理程序以及设定原告、被告资格等情况都有所不同,因此各国学者对行政诉讼概念的概括和理解也有所区别。一般来说,行政诉讼是针对行政机关的违法与不当行为,权利或利益受到不利影响的当事人向法院或其他有裁决权的机构按法定程序请求给予救济的一种法律制度。"[3]

2. 行政诉讼法是对行政的司法审查

司法审查是指由国家司法系统对相关主体之行为所进行的判断和认定。司法审查与现代权力的分立体制有着不可分割的关系,从某种意义上讲,国家权力之间的合理划分是司法审查存在的前提条件。尤其三权分立的国家政权体制被确立以后,国家权力交由了不同的国家机关行使,而各国家机关之间又在相互制约下保持一种均势。司法对其他权力的制约就是通过司法审查而实现的。如司法审查包括司法对立法的审查,美国最高法院能够审查国会制定的法律就是例证。[4]其可以将国会制定的法律解释为违宪,从而使其不能发生法律效力。司法审查是国家政权体系由专制到民主、由不平衡到平衡、由权力集中到权力分散的一个质变性标志。行政诉讼无疑是司法审查制度的一种,它是对行政以及行政权行使的审查。当然,从司法审查的主体看,在一般情况下是由司法机关为之的,但也不是绝对的,司法机关以外的特定主体对行政权作出类似于司法审查的判断也是司法审查的范畴,它可以说是一种特殊的司法审查。即司法审查有两个判断标准:一个是以审查主体为据的,另一个则是以行为性质为据的,即一些国家通过设置于行政系统的专门机构对行政权作类似于司法审查的判断也应当被认为是司法审查,法国将行政法院设立于行政系统内部并不影响法院对行政行为进行审查的司法审查性质。行政诉讼是对行政的司法审查可以被理解为是对行政行为的司法审查。在大多数情况下,司法审查是对行政行为进行的,因此,人们一般认为对行政的司法审查是对行政行为的司法审查,这样的理解并没有明显的错误之处。对行政的司法审查还可以被理解为是对行政权的司法审查,即审查的主要对象是行政权,对行政行为的审查只是审查的操作技术问题。笔者认为,对行政的司法审查无论怎样理解都是一个立足点不同的问题。无论被理解为对行政行为的审查,还是被理解为对行政权的审查都不影响行政司法审查的权力制约属性。即通过对行政过程的司法审查有效制约行政权的行使。

3. 行政诉讼是对行政过程的再证明

行政权行使的结果是需要有一套制度来证明的。当行政主体实施了行政管理、履行了行政行为以后,其行为的社会效果如何应当进行确认,确认行政行为效果的制度便是行政行为的证明制度。行政主体是行政权的行使主体而不是行政权的归属主体,作为行政权的行使主体,在一般情况下,它不能自己对自己的行为作出正确与否的终局判断。在行政过程中,行政主体的行政行为所涉及的对象主要是行政相对人,在行政相对人对行政主体的行政行为没有异议时,该行为便可以暂时不需要进行证明,此时若需要证明的话,所涉及的是行政主体与因果之间的关系,可以通过法制监督等机制进行证明。若行政行为在行政相对人表示不服时,行政主体行政行为便必须进行证明状态。这种证明可以通过行政系统内部解决,即在行政系统内部证明行政行为的合法性与否,行政复议制度便是行政系统内部对行政行为进行证明的制度。若行政系统仍然没有对行政行为作出正确与否的最终结论就可以进入另一种证明机制,行政诉讼就是这样一种证明制度。从这个意义上讲,行政诉讼是对行政行为的再证明,其前提是行政行为没有得到证明或者前一证明制度没有达到证明行政行为正确与否的目的。此点表明,行政诉讼的前提并不是行政行为的必然错误或者已经错误,我国传统理论在此方面有一定的偏颇,如有学者认为,“行政诉讼是指当事人由于国家行政机关执行职务不当而使其权益受到损害,为请求撤销或改变原决定而向有关司法机关提出的申诉,是在司法机关和行政案件当事人及其他诉讼参与人的配合下,解决行政案件所进行的全部活动”。[5]我们认为,行政诉讼的前提并不一定是行政行为的不当,而是行政行为的待证状态。

4.行政诉讼的宪政理念是权利救济理念

行政诉讼与宪政有着密切联系,严格地讲,没有宪政制度就没有行政诉讼制度,其是行政体制的必然结果,也是对宪政体制的一个具体化。我们知道,宪政体制的根本问题是国家政权体系之关系问题以及国家政权体系与人民之关系问题。国家政权体系的诸部分与人民的关系是宪政制度必须解决的问题,其中行政权与人民的关系非常密切,又非常敏感。在非宪政格局下,人民与行政权的关系是一种单向式的关系形式,即行政系统只有对公众行使管理权的资格,而没有公众对行政权行使有效制约的能力。宪政体制是人民能够通过一定的机制对行政权有所对抗,当然,笔者此处所讲的对抗是指对行政权的效果提出异议,而不是将行政权置于敌对地位。在行政权与公众的个体权利比较中,行政权始终处于优势,这既是由行政权的体制设计决定的,又是由行政权作为国家权力的属性决定的。也就是说,我们若把社会中的人作为一个集合概念来看的话,它的权利可能大于行政权;反之,如果把社会中的人作为一个个体来看的话,它的权利则要小于行政权,无论权利的形式还是权利行使的手段都是如此。正因为行政权行使中遇到的相对人是以个体出现的,当它与行政权发生交锋以后必然处于相对的劣势,一旦被行政权的作用侵害以后其权利就必须得到拯救,“根据‘有权利必有救济,无救济便无权利’的原理,必然要提供相对方救济的法律制度,以此来撤销违法行政行为所具有的公定力,才能使宪法、法律赋予相对方的权利从应然状态走向实然状态。因此提供救济,是社会主义民主法制的必然要求和保障,是行政诉讼第一位重要的功能,相对方正是通过行政诉讼,不仅可以得到诉讼过程的程序公正,也可以得到公正的实体结果”。[6]其实,行政诉讼作为一种救济只是一个宪政理念问题,即从行政机构体系与人民个体的权力对比中得出的一个结论,在行政过程中,其对行政相对人权利的救济只是它的功能之一。

二、行政诉讼法的界定

所谓行政诉讼法,是指调整行政诉讼关系的法律规范的总称。具体地讲,“是调整人民法院在诉讼参加人和诉讼参与人参加下审理行政案件进行的各种诉讼活动,以及由此而产生的各种诉讼关系的法律规范的总称”。[7]行政诉讼法应当具有下列本质属性。

1.行政诉讼法是行政法的一个特殊种类

行政法是调整行政关系的法律规范的总称,它与行政权是天然地联系在一起的。只要有行政权和行政管理活动,行政法就必然存在,它或者以正式渊源的形式存在,或者以非正式渊源的形式存在。法是行政权存在的法律形式和行政权运作的行政规则。因此,可以说一国只要设立了行政体系,只要将行政权交由行政机构体系行使,行政法也就随之产生了,当然,行政法的渊源形式在行政权和行政法治的不同阶段会有不同的表现。但无论如何,行政权不能完全离开行政法而存在。行政权不离开行政法亦只有相对的意义,行政法规范门类的多样化决定了行政权可能不离开行政法的此一种类,而可以离开行政法的彼一种类。行政组织法和行政行为法这些基本的行政法部门是行政权不能离开的,若离开这些种类行政权既无法组织亦难以运作。发达国家的行政法体系中都包括了行政诉讼法,即行政诉讼法是行政法的一个分部类。这从各国行政法的法典汇编和行政法的教科书都可以看到。[8]我国有学者认为行政诉讼法不是行政法,或者行政诉讼法与其他程序法更像一个法律门类,而与行政法的关系没有与其他程序法的关系那样密切。这些观点都是值得研究的,但从各国关于行政法认识的通例来看,行政诉讼法是行政法的一个门类。然而,行政诉讼法在行政法中的地位是非常特别的,我们刚才讲到,行政法中的其他门类,如行政组织法、行政行为法不能与行政权割裂,其完全依据于行政权而存在,其对行政权有相得益彰之功效。而行政诉讼法则不同,有行政权不一定必然具有行政诉讼法,以我国为例,在1989年《中华人民共和国行政诉讼法》出台之前,我国并没有类似于行政诉讼法的规则,但这并没有导致行政权的停滞,并没有导致行政权对社会生活作用的停止。如果说行政权就其自身而论需要行政组织法、行政行为法,那么,行政诉讼法则不是它一定需要的,如果制定了行政诉讼法,那也是通过行政权以外的力量发生作用的结果。对于行政系统自身而言,行政诉讼法只是为其增加麻烦的法律规则。也许,行政系统也会认为行政法的其他部门也是给它增添麻烦的,但无论如何其对行政诉讼法的不接受来得要比对其他行政法门类的不接受要大得多,这正是行政诉讼法在行政法体系中的特殊性之所在。

2. 行政诉讼法的适法主体是司法系统

行政诉讼法虽为行政法的一个种类,但是,它与行政法其他部门的适法主体都是不同的。行政法的一般适法主体是行政系统,即国家行政机关的组织体系。如行政组织法就是通过行政系统自身的组织行为而适用的,行政行为法是通过行政系统行政行为而适用的,行政复议法也是行政系统在复议中适用的。行政主体对行政法的适用使行政法与行政权不可分,这体现于具体的行政过程之中。而行政诉讼法的适法主体则是司法系统,在我国是人民法院,《中华人民共和国行政诉讼法》第1条规定:"为保证人民法院正确、及时审理行政案件,保护公民、法人和其他组织的合法权益,维护和监督行政机关依法行使行政职权,根据宪法制定本法。"依此规定,行政诉讼法是国家为人民法院制定的法,而不是为行政机关制定的法。其实,在行政诉讼法的运作中,行政系统是适法对象。这是一个非常矛盾的现象,即行政诉讼法是行政法的组成部分,而它的适法主体却不是行政法的一般适法主体,而是一种特殊的适法主体。行政诉讼过程中,作为行政法的一般适法主体成为了适法对象。人民法院是以行政诉讼法作为工具对行政案件进行审判的。"《行政诉讼法》的首要任务就是保证人民法院正确、及时地审理行政案件。所谓正确，就是人民法院在查明事实的基础上，正确适用法律，作出公正裁判。所谓及时，就是人民法院依照法定程序审理行政案件，在法定期限内进行或完成行政诉讼活动，不失时机地及时解决行政争议。”[9]

3. 行政诉讼法是调整程序关系之法

关于行政诉讼法所调整的关系有多种表述，有的认为行政诉讼法是调整行政关系之法。持此说的人认为行政诉讼法是行政法的组成部分，其基本的法律属性是行政法属性，作为行政法的组成部分，其调整的关系不外乎于行政法所调整的关系，由于行政法是调整行政关系的，因此，作为行政法一个分种类的行政诉讼法亦应是调整行政关系的。另有人认为行政诉讼法是调整司法关系的。持此说的理由是行政诉讼法中所规定的权利义务关系是司法中的权利义务关系，即人民法院和其他诉讼参与主体的权利义务关系。行政主体和行政相对人在诉讼过程中的实体权利义务关系是通过行政实体法确认和调整的，且行政主体与行政相对人在行政诉讼中的关系是在人民法院的主导下进行的。行政诉讼法本身并不确定行政过程中的实体权利义务。即是说，行政诉讼法是以司法关系为主的关系形式。笔者认为，上列两种说法从不同的角度讲都是有道理的。行政诉讼法的最终目的是理顺国家行政机关在行政权行使中的诸种关系，这是行政诉讼最为实质的意义，从这个意义上讲，行政诉讼法调整行政关系的说法并不错。行政诉讼法的关系主体是人民法院和诉讼参加人以及诉讼参与人的关系，即司法过程中司法机关和其他主体的关系，这一关系中由于司法主体处于主导地位，所以，将行政诉讼法的调整对象确定为司法关系亦应当是正确的。在笔者看来，上述两种说法都是基于调整对象的表层关系对行政诉讼法调整对象的理解，从深层次讲，法律调整对象所涉及的是有关具有物质内容和精神内容的关系，而不是为确定主体之间物质内容和精神内容而设定的其他关系形式。行政诉讼法可以说既不包括主体权利义务中的物质成分，也不包括主体权利义务的精神成分，只是为了确定这些物质内容和精神内容而建立的关系。换句话说，行政诉讼法是为了解决各主体实体权利和义务而制定的规则。故而，将行政诉讼法的调整对象确定为程序关系才是正确的。“行政诉讼法主要规定行政诉讼活动中必须遵循的法定程序，它是人民法院审理行政案件必须遵循的基本原则和程序，是当事人以及其他诉讼参与人行使诉讼权利和履行诉讼义务的依据。行政诉讼程序是行政诉讼中最基本的内容，包括起诉、受理、应诉、审理、裁判、执行等程序。”[10]行政诉讼法对程序的规定实质上是对诸方主体程序关系的调整，通过调整程序关系最终解决主体之间实体上的权利义务。当然，行政诉讼法在适用中必须借助于行政实体法，若没有行政实体法，行政诉讼法就无法达到对权利义务作出最终调整的目的。行政实体法规定行政主体在行政管理中与行政相对人之间的实体权利义务关系，如规定行政主体可以行使的权力范畴，规定行政相对人对行政主体的权利主张；又如，在行政许可中，行政相对人可以请求什么，不可以请求什么，行政主体应当履行哪些义务等。当行政实体法在运作中权利义务发生争议或者行政主体职权发生阻滞时，就需要通过一定的程序规则对实体权利义务予以厘清，行政诉讼法就规定了一套厘清行政实体法之权利义务的程序机制,规定了一整套能够确定实体权利义务的程序方法。可见,行政诉讼法的调整对象仅仅存在于程序阶段。正因为如此,不论说行政诉讼法是调整行政关系的,还是说行政诉讼法是调整司法关系的都不够确切。

4. 行政诉讼法具有统一的法律效力

法律效力是法律规范的基本命题之一,是指法律所能够约束到的人、物、时、空以及对这些物所能够约束的程度。我们在分析行政法的法律效力时曾经指出,行政法的法律效力具有多级别性,所谓多级别性,是指行政法因其法源和制定主体的不同,其对人、物、时、空的约束以及所约束的程度就有所不同,如行政规章的约束力就低于行政法规的约束力,它要么对一定职能范围内的行政事项有约束力,如土地行政管理规章仅约束土地管理的一些问题,要么对一定的地域范畴内的事态有约束力,如某省人民政府的政府规章仅仅在某省范围具有法律效力。行政诉讼法虽为行政法的一个部类,但是,行政诉讼法的效力却具有统一效力,一方面,行政诉讼法在全国范围内具有统一的约束力,而不分地域和行政管理的职能范畴。另一方面,行政诉讼法的约束力和其他基本法或一般法的约束力一样,主要表现在:一是对空间的约束力。就是行政诉讼法的空间效力,指行政诉讼法适用和生效的空间范畴。一般情况下,《中华人民共和国行政诉讼法》在中华人民共和国境内发生效力,包括领土、领海、领空以及领土延伸的范围。凡在中华人民共和国境内发生的行政案件只要符合行政诉讼的救济范围均适用行政诉讼法。二是时间效力。行政诉讼法的时间效力根据行政诉讼法构成的内容而决定,但无论如何一部规范行政诉讼内容的法律规范具有统一的时间效力。三是对人的效力。《中华人民共和国行政诉讼法》第 2 条规定:"公民、法人或者其他组织认为行政机关和行政机关工作人员的具体行政行为侵犯其合法权益,有权依照本法向人民法院提起诉讼。"第 70 条规定:"外国人、无国籍人、外国组织在中华人民共和国进行行政诉讼,适用本法。法律另有规定的除外。"这两个法律条文既确定了我国行政诉讼法以属人原则确定对人的效力,又确定了以属地原则对人的效力。即是说,具有中华人民共和国国籍的人无论在什么地方出现了行政纠纷,行政诉讼法对其都具有拘束力,不论什么人只要在中华人民共和国境内遇到了行政纠纷,也都要受行政诉讼法解决纠纷机制之约束。四是对事的效力。其是指行政诉讼法适用于哪些类型的事项。对此,行政诉讼法的相关条约既作了列举规定,又对不适用的事项进行了排除。行政诉讼法的效力不论包括什么内容其都具有统一的法律效力,这是其与行政法其他门类的又一重大区别。

三、行政诉讼法的构成

行政诉讼法与其他行政法规范相同,是一个类的概念,在行政诉讼法这一类的概念之下包括下列规范形态:

(一)《中华人民共和国行政诉讼法》法典

它是 1989 年 4 月 4 日由第七届全国人民代表大会第二次全体会议制定的,在我国的法律体系处于基本法的地位,是调整我国行政诉讼法关系之主体法,该法对行政诉讼的其他法律规范具有统摄作用,即其他有关调整行政诉讼关系的法律规范都应当以该法为基础。该法典由11章75个条文构成:第一章"总则",有10个条款,主要规定立法的宗旨、目的与基本原则;第二章"受案范围",有2个条款,规定了可以或者不可以作为行政审判的受案范围;第三章"管辖",共11个条款,明确了四级法院的管辖范围以及特殊的管辖规定等;第四章"诉讼参加人",有7个条款,对适格原告及其资格转移的情况、适格被告及其种类、法定代理人与委托代理人等予以规定;第五章"证据",有6个条款,规定了证据的种类、举证责任、提供证据规则、证据保全等内容;第六章"起诉和受理",有6个条款,规定了起诉与复议的关系、起诉应当符合的条件等;第七章"审理和判决",共有22个条款,分别对一审、二审、再审以及开庭前准备工作、违反法庭秩序的制裁、判决种类等方面作了全面规定;第八章"执行",有2个条款,对执行法院、执行措施等予以了规定;第九章"侵权赔偿责任",有3个条款。对行政赔偿申请人、行政赔偿机关以及赔偿费用来源等作了规定;第十章"涉外行政诉讼",有4个条款,规定涉外行政诉讼特有原则、适用国际条约以及委托代理人等的事项;第十一章"附则",有2个条款,对诉讼费用、生效时间作了规定。

(二)行政实体法中有关行政诉讼的条款

此一部分的行政诉讼法构成在《中华人民共和国行政诉讼法》出台之后意义重大,其在诸多方面起到了行政诉讼基本法的作用,行政诉讼法典的出台虽然使这一种类的行政诉讼构成其功能有所减弱,[11]但目前我国行政诉讼法构成中仍然不能没有这一部分内容。例如,《中华人民共和国农业法》第78条规定:"违反法律规定,侵犯农民权益的,农民或者农业生产经营组织可以依法申请行政复议或者向人民法院提起诉讼,有关人民政府及其有关部门或者人民法院应当依法受理。人民法院和司法行政主管机关应当依照有关规定为农民提供法律援助。"《中华人民共和国草原法》第16条规定:"草原所有权、使用权的争议,由当事人协商解决;协商不成的,由有关人民政府处理。单位之间的争议,由县级以上人民政府处理;个人之间、个人与单位之间的争议,由乡(镇)人民政府或者县级以上人民政府处理。当事人对有关人民政府的处理决定不服的,可以依法向人民法院起诉。在草原权属争议解决前,任何一方不得改变草原利用现状,不得破坏草原和草原上的设施。"行政实体法对行政诉讼法的规定是对行政诉讼法典所规定内容的必要补充,它们对诸多事项的规定既与行政诉讼法典所规定的内容不同,又是行政诉讼法典所规定不到的事项。有些是行政诉讼法典关于受案范围所涉及不到的,有些则是对行政诉讼法所规定期限等内容的进一步完善。

(三)相邻近的诉讼法典中与行政诉讼有关的条款

在我国建立行政诉讼制度之前,就建立了刑事诉讼和民事诉讼制度,由于我国行政诉讼的适法主体是人民法院,因此,其他相邻诉讼法典中的一些内容也对行政诉讼活动具有约束力。在《中华人民共和国行政诉讼法》出台之前,行政诉讼[12]的一些程序是按照民事诉讼法的内容操作的。该法出台以后,民事诉讼以及刑事诉讼的一些内容同样对行政诉讼起着规范作用。其他诉讼法中有关条款对行政诉讼法的约束有两种情形:第一种是《中华人民共和国行政诉讼法》规定有些程序环节依其他诉讼法为之。立法者为了节省立法成本,合理利用立法资源,将行政诉讼中一些与民事诉讼等重复的内容略去,仅原则规定遇到这样的问题依其他法典的内容解决。例如,《中华人民共和国行政诉讼法》第 64 条规定:“人民检察院对人民法院已经发生法律效力的判决、裁定,发现违反法律、法规规定的,有权按照审判监督程序提出抗诉。”而该法对审判监督程序和抗诉并没有进一步规定,因为我国其他诉讼法确立了审判监督制度,此种行文方式有利于降低立法成本。《中华人民共和国行政诉讼法》关于送达程序、执行程序等都没有详细规定。第二种是人民法院在行政诉讼法遇到中一些操作不具体的事项时,可以依相邻程序法的规定操作。如《中华人民共和国行政诉讼法》关于证据的审查等都没有具体规定,若人民法院在行政案件审理中需要具体操作条款便可以依相邻程序法的规定办理。

(四)有关行政行为程序规则中的行政诉讼法构成

行政法中有一些法律规范是行政程序规则,或者存在于行政系统中的程序规则。我国没有制定出统一的行政程序法典,但行政行为的程序规则并不是完全没有,正如前所述,《中华人民共和国行政处罚法》、《中华人民共和国行政许可法》就是两个针对两种重要行政行为而制定的程序规则,它们中间有一些是关于行政诉讼的条款。《中华人民共和国行政处罚法》第 35 条规定:“当事人对当场作出的行政处罚决定不服的,可以依法申请行政复议或者提起行政诉讼。”在第 39 条关于行政处罚决定书规定中,也指出行政处罚决定书必须载明行政相对人“不服行政处罚决定,申请行政复议或者提起行政诉讼的途径和期限”。《中华人民共和国行政许可法》第 38 条规定:“申请人的申请符合法定条件、标准的,行政机关应当依法作出准予行政许可的书面决定。”另外,《中华人民共和国行政复议法》也有诸多行政诉讼的条款或者与行政诉讼有关的条款。例如,第 30 条规定:“公民、法人或者其他组织认为行政机关的具体行政行为侵犯其已经依法取得的土地、矿藏、水流、森林、山岭、草原、荒地、滩涂、海域等自然资源的所有权或者使用权的,应当先申请行政复议;对行政复议决定不服的,可以依法向人民法院提起行政诉讼。根据国务院或者省、自治区、直辖市人民政府对行政区划的勘定、调整或者征用土地的决定,省、自治区、直辖市人民政府确认土地、矿藏、水流、森林、山岭、草原、荒地、滩涂、海域等自然资源的所有权或者使用权的行政复议决定为最终裁决。”

(五)司法机关的司法规范性文件和司法解释

司法机关在一定范围内也具有造法的功能。一是一定层次的司法机关有权制定司法规范性文件。例如,《最高人民法院关于审理行政赔偿案件若干问题的规定》、[13]《最高人民法院关于执行〈中华人民共和国行政诉讼法〉若干问题的解释》、《最高人民法院关于行政诉讼证据若干问题的规定》、《最高人民法院关于审理国际贸易行政案件若干问题的规定》等。二是司法机关对有关行政诉讼过程中适用法律问题的解释。例如,《最高人民法院关于因政府行政管理方面的决定引起的房产纠纷不应由人民法院受理的函》、《最高人民法院关于行政案件受理问题的复函》、《最高人民法院关于不服工商行政管理机关的确认经济合同无效及财产损失的处理决定的案件应属行政案件的复函》、《最高人民法院关于〈行政诉讼法〉施行前法律未规定由法院受理的案件应如何处理问题的批复》、《最高人民法院关于不服政府或房地产行政主管部门对争执房屋的确权行为提起诉讼人民法院应作何种案件受理问题的函》、《最高人民法院关于人民法院应否受理财政、扶贫办等非金融行政机构借款合同纠纷的批复》、《最高人民法院关于当事人对行政机关作出的全民所有制工业企业分立决定不服提起诉讼人民法院应作为何种行政案件受理问题的复函》等。

（六）WTO 规则以及其他国际条约

《中华人民共和国行政诉讼法》第十章专门规定了涉外行政诉讼，在涉外行政诉讼中我国将与涉案当事人所在国采取对等原则，即“外国法院对中华人民共和国公民、组织的行政诉讼权利加以限制的，人民法院对该国公民、组织的行政诉讼权利，实行对等原则”，实行对待原则就是对其予以对等限制。若我国加入了某些国际条约，这些条约中的诉讼程序对我国同样具有规范作用，《中华人民共和国行政诉讼法》第 72 条规定：“中华人民共和国缔结或者参加的国际条约同本法有不同规定的，适用该国际条约的规定。中华人民共和国声明保留的条款除外。”我国已经参加了 WTO，以后有诸多规则与行政诉讼程序有关，这些规则对我国行政诉讼活动也有规范作用。

四、行政诉讼法关系

所谓行政诉讼法关系，是指由行政诉讼法规定的各诉讼主体在行政诉讼活动过程中结成的关系。行政诉讼法关系中人民法院处于主导地位，在行政诉讼法关系中有多方主体，而人民法院总处于行政诉讼法关系的特殊地位上。在整个诉讼过程，关系形式主要是人民法院与其他主体的关系，如人民法院与原告的关系、人民法院与被告的关系、人民法院与第三人的关系等。就好像在行政法关系中没有行政主体关系就无法展开一样，在行政诉讼法关系中若没有人民法院该关系也无法展开。作为行政诉讼权利义务的裁判者，人民法院在行政诉讼关系中可以对其他主体的行为方式等作出安排，虽然这种安排并不是在没有法律依据的情况下进行的，但人民法院对于诸多事项的安排还是可以行使司法方面的自由裁量权，如对是否停止具体行政行为执行作出裁定，对是否先行给付作出裁定等。其他主体在行政诉讼中若要为一定行为或者不为一定行为也必须在人民法院的主持下进行，尤其行政主体在行政法关系中的单方面性到行政诉讼法关系中已经不复存在。行政诉讼法关系中主体身份相对确定，即行政诉讼法关系形式比行政法关系形式具有更大的固定性：一方面，人民法院在行政诉讼法关系中的主导地位是稳定的，既不会因为诉讼参加人的变化而变化，也不会因为诉讼目的的变化而变化；另一方面，其他主体的身份也相对稳定，当然其他主体身份的稳定性是由行政法关系的相对稳定性传承过来的。在行政法关系中行政主体是对行政相对人行使管理权的一方，其作为权力的行使者在行政过程中具有地位上的优势,而在行政诉讼中这种优势就变成了必须以被告资格出现的情形,且不能因为其权益问题进行反诉等。行政相对人在行政法关系中作为受行政权作用的一方,它在行政诉讼法关系中便成了原告,其原告身份也是稳定的,不会因为其他权利义务的变化而成为被告。在民事诉讼法关系中,原被告的地位则没有这么稳定,即在民事诉讼中任何一个主体既可以成为原告,又可以成为被告;在诉讼过程中还会因为反诉,原来的原告变为被告,而原来的被告变为原告。这是我们在领会行政诉讼法律关系时必须首先考虑的问题,我们对行政诉讼法关系的具体内容作如下阐释:

(一)行政诉讼法关系主体

在行政诉讼中主张权利和承担义务的人或者组织都可以成为行政诉讼法关系主体,具体包括:其一,人民法院。指享有案件审理权的人民法院。人民法院是国家审判机关,在我国行使刑事、民事、行政等案件的裁判权,当它行使行政案件的审判权时就成了行政诉讼法律关系的主体,它对受理的行政案件有主管权和管辖权,对行政机关的具体行政行为行使司法审查的权力,它是行政法关系的当然主体。其二,行政诉讼参加人。其是指行政诉讼中的原告和被告以及第三人。他们在行政诉讼法律关系中虽不处于主导地位,但没有他们的法律行为行政诉讼法律关系就无从形成,他们与行政诉讼的标的有直接或者间接关系。我们知道,行政诉讼的目标应当是行政机关的行政行为,行政行为对于行政诉讼被告而言是职权的体现,对于行政诉讼原告而言直接关系到他的权利义务,对于第三人来讲与其权利义务有关。其三,行政诉讼参与人。诉讼参与人在诉讼法中有广义和狭义两种理解。广义的诉讼参与人指除人民法院以外的所有参与到行政诉讼中的人或者组织,显然,广义的诉讼参与人包括原告、被告、第三人和他们以外的其他人。狭义的诉讼参与人指人民法院以及诉讼参加人之外的人,如证人、鉴定人和翻译人等。我们是在狭义的意义上使用行政诉讼参与人概念的。行政诉讼参与人是否为行政诉讼法关系的主体在行政法学界有不同认识,一些学者认为,证人、鉴定人和翻译人等在行政诉讼中的地位与参加人有很大差别,他们参与到行政诉讼中来既不为实体上的权利义务,也不为程序上的权利义务,同时也与行政诉讼争论的标的没有利害关系,只是行政诉讼能够实现的帮助主体,因此,他们不是真正意义上的行政诉讼法关系主体。且根据法律关系主体理论,主体是能够在法律关系中行使权利和承担义务的人或者组织,而参与人由于没有实质性权利义务,将其视为行政法关系主体有些牵强。另有学者认为诉讼参与人应当是行政诉讼法关系主体,"诉讼参与人也是行政诉讼法律关系主体,但他们与行政案件没有法律上的利害关系。他们参与诉讼主要是协助人民法院和当事人查明案情,使审判活动顺利进行。他们不是诉讼主体,没有诉讼的请求权,对于行政诉讼法律关系的发生、变更和消灭产生没有直接影响。但为了发挥他们的作用,必须使他们享有某些诉讼权利承担一定的诉讼义务,他们应根据人民法院的要求为一定的诉讼行为"。[14]可见,诉讼参与人即便是行政法关系的主体,其地位也是非常特别的,他行使的权利和承担的义务不能与诉讼参加人同日而语。其四,人民检察院。《中华人民共和国行政诉讼法》第10条规定:“人民检察院有权对行政诉讼实行法律监督。”表明人民检察院亦可以成为行政诉讼法律关系主体。人民检察院不是在所有行政诉讼法关系中都是主体,只在它介入并对行政诉讼活动进行监督的诉讼中才是主体。

(二)行政诉讼法关系的表现形式

上述诸多主体决定了行政诉讼法关系有下列形式:一是人民法院同作为原告的公民、法人和其他组织的关系。在这一对诉讼法律关系中,原告有起诉权和提出诉讼主张的权利,同时有服从法院指挥、遵守审判秩序之义务。人民法院有对行政相对人进行诉讼指挥、调查取证、审查等诉讼请求权利,也有接受起诉,依法裁判之义务。二是人民法院同作为被告的行政主体之间的行政诉讼法关系。被告在诉讼中有反驳诉讼请求、依法答辩等权利,人民法院则有强制执行权利和依法判决等义务。三是原告同被告之间的关系。原告与被告之间的关系是在人民法院的主导下发生的,他们之间的权利与义务要通过人民法院的司法行为予以联结。四是人民法院与其他诉讼参与人的关系。五是原被告与其他诉讼参与人的关系。六是人民检察院与人民法院的关系。七是人民法院与诉讼参加人的关系。八是人民检察院与诉讼参加人的关系。由于行政诉讼法关系主体在行政法关系中的地位有所不同,便决定了行政诉讼法关系的上列形式在行政法关系中地位亦有所区别。上述前三种关系形式可以被视为基本关系,在所有行政诉讼活动中都不能没有这三种关系。这三种关系的权利义务不仅仅是程序性的,更重要的是实体性的。而后面几种关系形式则可以视为是行政诉讼中的从属关系形式,这类关系主要是一种程序性的权利义务关系,它们以行政诉讼中的基本关系为轴心,是行政诉讼基本关系实施的保障手段,若没有行政诉讼的基本关系,行政诉讼中的从属关系就没有存在的价值。

(三)行政诉讼法律关系中的权利义务

行政诉讼法律关系中的权利义务在一般意义上是从行政诉讼法关系的内容的角度来认识的。笔者认为,行政诉讼法律关系的权利义务分为不变权利义务与可变权利义务两大类。所谓不变权利义务,就是在行政诉讼过程中各方主体所享有的固定性权利和应当履行的固定性义务,作出裁判权、强制执行权等,同时具有依法判决等义务。原告有起诉权、请求诉讼主张权、要求先行给付权等,负有遵从人民法院指挥、履行判决等义务。被告有应诉权和论辩权等,负有提供证据、服从法院指挥、履行生效判决等义务。诉讼主体的这些不变权利和义务,既是法定的,又具有强烈的程序色彩,即这些权利和义务大多数是其在法律程序上的权利义务,而不是实体上的权利义务。关于行政主体的不变权利义务在行政法学界研究较多,诸多不变权利和义务在其他诉讼中也是存在的,如在民事诉讼中人民法院、原被告所享有的权利和履行的义务基本上和行政诉讼相同。所谓可变权利义务,是指因行政诉讼内容不同而不断变化着的权利义务,这些权利义务对于人民法院而言可能并不重要,但对于原被告而言都是十分关键的,这些权利义务与原被告的诉讼目的等有直接关系。因此,有必要对行政诉讼法律诸主体的可变权利予以分析。在行政法学界对行政诉讼主张有如下主要分类:一是依行政诉讼标的来分,将行政诉讼分为撤销之诉,确认之诉、履行之诉、变更之诉、赔偿之诉等。依《中华人民共和国行政诉讼法》第54条规定,撤销之诉是指原告认为被告的行政行为违法并侵害了自己的合法权益,请求人民法院对该具体行政行为予以撤销的诉讼请求。在撤销之诉中,原告有要求撤销被告具体行政行为的权利,人民法院有义务对这一行政行为的实体和程序进行审查,被告则潜在地承担着行政行为被撤销的义务;确认之诉是指原告请求人民法院确认被告的行政行为违法或无效以恢复到行政行为作出之前的权利义务状态之中。在确认之诉中原告享有主张自己固有权利的诉讼权利,被告则负有承受行政行为无效后果的法律义务;履行之诉是指原告认为被告没有依法履行法定职责,请求人民法院判令被告履行应当履行的法定职责,而被告则潜在的负有作出行政行为的义务;变更之诉是指原告认为被告的行政行为显失公正,申请人民法院予以变更的诉讼请求。依目前我国行政诉讼制度,变更之诉仅仅存在于行政主体的行政处罚行为中,因此,原告的诉讼权利及其主张也要限于被告的行政处罚行为中,而被告负有变更义务也以对行政处罚显失公正的变更为前提;行政赔偿之诉是指原告认为被告的行政行为侵犯了其权益并带来了物质或者精神上的损失,请求人民法院予以判令赔付的诉讼主张。在赔偿诉讼中,赔偿损失是诉讼主体权利义务的中心内容。总之,诉讼标的不同各方诉讼主体在诉讼中的权利义务就有所不同,权利义务随诉讼标的变化而变化。二是依诉讼理由来分,可以分为行政行为违法之诉和行政行为不当之诉。前者在行政法上称为单纯违法,后者则称为显失公正,此两种诉讼理由引起的诉讼必然使诉讼过程中的权利义务有不同表现。三是依行政行为所归属的门类来分,可以分为治安行政诉讼、经济行政诉讼、文化行政诉讼、教育行政诉讼、海关行政诉讼等,几乎每一个行政管理部门都存在行政诉讼问题,那么,在不同的行政管理领域行政诉讼主体所表现出来的权利义务亦就必然有所不同。笔者认为,在行政诉讼法关系中,研究诉讼主体的可变权利义务意义重大,它有利于我们从深层次领会行政诉讼法关系。

(四)行政诉讼法律关系的客体

在法学理论中,法律关系的客体指法律关系主体权利与义务所指向的对象,我们在介绍行政法关系的客体时,认为物、行为、精神财富是行政法关系的客体。在行政诉讼法关系中客体究竟为何是一个需要探讨的问题。有学者认为由于行政诉讼法律关系不同的表现形式,而在不同的表现形式之下主体权利义务所指向的对象则有所不同,"人民法院与当事人之间诉讼权利义务所指向的对象,就是要审查确定案件的事实真相,解决因行政管理而产生的纠纷。原告起诉后,原、被告双方都有权要求人民法院查明案情,保护其合法权益或维护行政管理的正常进行。双方当事人都有义务提供事实和证据,证实其诉讼请求。人民法院一方面有权力就双方当事人争议的案件进行审查,另一方面也有义务依法认真审理,调查案情并作出公正判决。因此,人民法院与当事人之间的诉讼客体,就是案件的事实和实体权利的请求。人民法院与证人、鉴定人、翻译人员之间诉讼权利义务所指向的对象,是查明案件的事实。这些诉讼参加人虽与案件的结果没有利害关系,但他们依法参加诉讼活动,目的是帮助人民法院查清事实真相,正确处理案件。因此,他们既有权作证、作鉴定、当翻译,又有义务实事求是地作证、鉴定和翻译。因此,人民法院与证人、鉴定人、翻译人员的诉讼客体是案件的事实"。[15]

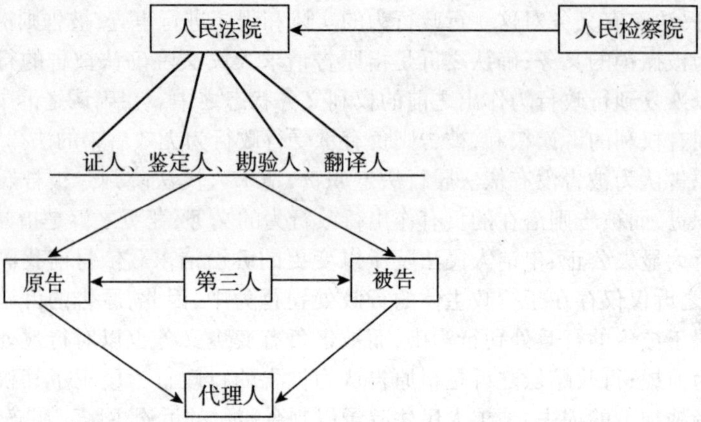

五、行政诉讼法律原则

(一)行政诉讼与其他诉讼的共有原则

1. 人民法院独立行使审判权原则

《中华人民共和国行政诉讼法》第3条规定:"人民法院依法独立行使审判权,不受行政机关、社会团体和个人的干涉。"这是对人民法院独立行使审判权原则的规定,该原则在民事诉讼法和刑事诉讼法中均有规定。该原则的精神实质有三个方面:一是该原则确立了行政审判权的排他性。即行政审判权仅仅归属于人民法院,人民法院对这一权力享有排他性,即除人民法院以外其他任何机关不得行使行政审判权。对审判活动的监督与行政审判权的行使是两个概念。依我国的司法体制人民代表机关有权对司法活动进行监督,而且这种监督具有高度的权威性,但监督与代其行使职权是两个不同范畴的问题。二是该原则确立了人民法院行使审判权的司法权威。司法权威是司法权有效性的基本保障,若司法失去了权威其有效性也就难以得到保障。人民法院独立行使审判权原则确立了人民法院在审判活动过程中的主导地位,其在行政审判中所享有的一系列权力就是例证。三是该原则确立了司法权不受非法干涉的法治理念。人民法院以外的机关既不能行使审判权,同时也不能对行政审判权的行使进行非法干涉,在实践中对司法权的干涉有以机关或者组织的名义出现的,也有以领导者个人的名义出现的,无论何种干涉都是与独立行使审判权原则相悖的。应当指出,尽管人民法院独立行使审判权是行政诉讼与其他诉讼的共有原则,但是,该原则在行政诉讼中具有特别重要的意义,这主要是因为行政诉讼之中的纠纷一方也是握有国家权力的机关。

2. 以事实为根据,以法律为准绳原则

《中华人民共和国行政诉讼法》第4条规定:“人民法院审理行政案件,以事实为根据,以法律为准绳。”这一规定确立了以事实为根据,以法律为准绳的行政诉讼原则。该原则对人民法院的审判行为有两个方面的要求:一是人民法院在行政审判中必须把案件事实查清楚,并根据案件事实继续下一步的法律行为。案件事实是指与案件相关或决定案件走向的所有客观事实,包括案件中的人,案件进入行政诉讼以前的权利义务以及权利义务的变化情况,案件进入行政诉讼以后的证据材料,等等。行政法关系和行政诉讼法关系的若干方面都是行政诉讼案件事实的基本构成。二是人民法院审理行政案件的司法行为必须依法作出,依笔者理解,以法律为准绳对人民法院而言有两个环节:一个环节是人民法院在行政诉讼中的所有活动都必须依法为之,不能违背有关的诉讼程序规则。另一个环节是人民法院在确定行政诉讼中原被告的是非曲直时要以行政实体法和行政程序法为标准,根据实体规则和程序规则确定各方当事人的权利与义务。这一原则不仅仅是行政诉讼和其他诉讼的原则,它还是我国宪法所确立的法治原则。[16]

3. 合议制原则

合议制与主审法官负责制是两种不同的作出审判决定的机制主审法官负责制是指主审法官对整个审判活动具有统领作用,且有权作出审判的前后决定,当他作出这样的决定时可以不征求来自其他方面的意见。合议制则是指在审判活动中组成类似于委员会的组织,由委员会对案件进行评议,有关审判决定由委员会集体作出,以少数服从多数的表决方式作出审判决定,任何一位委员在合议中仅仅只有一票的表决权。依《中华人民共和国行政诉讼法》的规定,我国行政审判以及其他审判均实行合议制,要求人民法院审判案件时组成三人以上的合议庭对案件进行合议,行政审判中的审判长没有最后决定权,其最多只承担对审判活动组织的职能。合议庭在行政案件受理后组成,案件的全部审判活动都应在合议庭的作用下进行。合议庭的组成人员可以在具体过程中有所分工,负责某一方面的事项,并可以对案件发表意见,但最后的决定权是由合议庭全体成员行使的,评议案件时以少数服从多数为原则。

4. 回避原则

回避原则是保证审判过程公正进行的重要原则,该原则要求在行政审判中与案件有利害关系的有关人员应当退出案件的审理活动。在我国下列人员属于回避对象:审判人员、书记员、翻译人员、鉴定人和勘验人等。回避的条件是他们本身就是行政案件的当事人,或他们是案件当事人的近亲属,案件的处理结果与他们有利害关系。在审判过程中回避分为自动回避和申请回避两种方法。前者指回避人员自己提出回避要求的情形,后者则是由案件的当事人提出要求某些人回避的情形。自动回避和申请回避都要依法定程序办理。

5. 公开审判原则

公开审判是指人民法院审理行政案件应当依法向社会公开,将审判活动置于公众和社会的监控之下。公开审判是使审判活动透明的重要制度,《中华人民共和国行政诉讼法》不仅仅将公开审判作为一项制度,而且也确定为行政诉讼的基本原则。该原则只有在案件涉及国家秘密、商业秘密和个人隐私等情况时才可以例外。

6. 两审终审原则

所谓两审终审原则,是指一个行政案件经过两级人民法院审判就宣告终结的制度。《中华人民共和国行政诉讼法》将这一制度亦指定为行政诉讼的一项原则。

7. 使用本民族语言、文字进行诉讼的原则

《中华人民共和国行政诉讼法》第8条规定:"各民族公民都有用本民族语言、文字进行行政诉讼的权利。在少数民族聚居或者多民族共同居住的地区,人民法院应用当地民族通用的语言、文字进行审理和发布法律文书。人民法院应当对不通晓当地民族通用的语言、文字的诉讼参与人提供翻译。"我国是一个多民族国家,各民族都有自己的传统文化和风俗习惯等,其中各民族的语言是其文化的构成部分。《中华人民共和国宪法》对各民族的权利作出规定,包括各民族都有权传承本民族文化和风俗的权利。各民族使用本民族语言、文字从事司法活动和其他活动是其基本权利。

8. 辩论原则

辩论原则是指在诉讼过程中,各诉讼主体都有权就案件事实和争议的问题提出自己的主张和理由,证明自己行为的正确性和相对方行为的不合法性等,以维护自己的合法权益。在行政诉讼阶段,原告与被告之间具有平等的法律地位,正是这种平等的法律地位使各方都有权平等地提出自己的意见。辩论是双方作为平等主体的法律形式,当事人既可以采用书面形式提出自己的答辩意见,又可以在法庭上与另一方当事人面对面辩论。对人民法院而言,辩论是其查清案件事实的手段,因为在辩论中各方都会为了支持自己的诉讼主张提出对自己最有利的证据和事实。两种相反的事实和证据放在一起,其真伪性就容易辨别。辩论原则在行政诉讼中有着自己的特殊性。我们知道,在民事法律关系中,即便这种关系没有进入诉讼状态,主体双方的地位都是平等的,在诉讼阶段当然也是平等的。而行政诉讼中,主体双方在没有进入行政诉讼状态时,地位不平等,即行政主体处于支配一方,行政相对人处于被支配一方,显然,在行政法关系阶段主体双方进行辩论的机会少之又少,[17]行政相对人主张自己权利的程度也相对差些,进入行政诉讼阶段后,人民法院起着决定性作用,行政主体与行政相对人已由原来的不平等关系变为了平等关系,以前作为弱者的行政相对人现在可以大胆与行政主体进行案件事实的争执,足见辩论原则在行政诉讼中的重要意义。

9. 检察监督原则[18]

在刑事诉讼和民事诉讼中,人民检察院都有权对诉讼活动进行监督,所不同的是在不同的诉讼行为中人民检察院监督的方式、手段和程序等都有所不同,《中华人民共和国行政诉讼法》第10条规定:"人民检察院有权对行政诉讼实施法律监督。"第

64 条规定:“人民检察院对人民法院已经发生法律效力的判决、裁定,发现违反法律、法规规定的,有权按照审判监督程序提出抗诉。”人民检察院作为专门的法律监督机关其对行政诉讼的监督有一定的特点:其一,人民检察院对人民法院的行政审判活动实施法律监督,如对审判人员贪赃枉法、徇私舞弊等违法行为实行法律监督,对人民法院的一审判决进行抗诉,对二审按照审判监督程序提起抗诉等。其二,对原告和被告的行政诉讼活动实施法律监督。目前关于人民检察院对原被告在行政诉讼中的监督还没有规定具体的方法和手段。我们不能因此否认人民检察院对原被告在行政诉讼中的监督。尤其人民检察院对作为被告的行政机关的监督是非常必要的。行政主体在行政诉讼中是被告,而在行政管理阶段则是行使国家权力的机关,对它在行政管理中的权力行使和在行政诉讼中的行为人民检察院都应当进行监督。我国学者提出,人民检察院对行政机关的全部诉讼活动都应当进行监督,〔19〕对行政机关在行政诉讼中有妨碍公民等一方行使诉讼权利的行为,自行向原告和证人收集证据的行为应当予以制止,还可以对行政相对人因行政机关一方的压力而不敢起诉的行为帮助其提起诉讼。关于人民检察院监督的途径理论界也提出了不同的思路,如人民检察院主动参加到行政诉讼活动中来,即人民检察院对有重大影响以及涉及国家利益、社会利益等重大权益的案件,有权主动参加到行政诉讼中来。又如,由人民法院通知或者建议参加、行政相对人请求参加等。总之,人民检察院对行政诉讼的监督方式以及其介入到行政诉讼中的途径是一个需要通过立法完善的问题。

10. 当事人法律地位平等原则

《中华人民共和国行政诉讼法》第 7 条规定:“当事人在行政诉讼中法律地位平等。”这是法律面前人人平等原则在行政诉讼活动中的体现,它要求人民法院在行政诉讼中无论双方当事人的地位和身份如何都应当给予平等对待,让他们平等履行义务,平等享受诉讼权利。毫无疑问,当事人在诉讼中法律地位平等应当是一个共有原则,因为在民事诉讼中双方当事人之间如果不平等便不可能开展正常的诉讼活动。但是,在行政诉讼中究竟如何理解当事人地位平等原则却是一个需要进一步说明的问题。我们知道,仅就行政诉讼活动的过程看,被告与原告的地位是不平等的,被告在行政诉讼的若干环节上似乎都处于下风,如被告在行政诉讼中只能当被告,且没有反诉的权利,被告被指控以后还要负举证责任,而且在整个诉讼过程中他再不能从原告和证人那里收集证据等。这些现象都表明似乎在一些环节上原被告地位并不平等。然而,如果我们把行政诉讼阶段和行政管理阶段联系起来看的话,原被告之间的地位仍应当是平等的。被告在行政管理中处于职权行使者的地位,它完全可以不通过行使诉权就可以保护自己,它既享有行政管理阶段的处罚权,又享有对相对人人身和财产的强制权。无须借助第三者就可以使自己的意志予以实现。同时,原告即使提起了行政诉讼,被告的行政行为仍不停止执行,也就是说,在一般情况下原告的诉权并不能终止被告对行政职权的行使,至于被告负举证责任则是因为被告在作出行政行为时已经作了充分的事实方面和法律方面的准备。当事人诉讼权利还表现在:

"首先,有些诉讼权利和义务当事人是相同或相等的。例如,当事人都有申请回避权、辩论权和上诉权等权利,也都有维护法庭秩序、执行生效裁判等义务;其次,有些诉讼权利和义务是不相同或不相等的,又如,公民在行政诉讼中享有起诉权和撤诉权;再如,在行政诉讼中,被告负有举证责任,原告不负举证责任,被告不得自行向原告和证人收集证据,这种诉讼权利与义务分配的不相等是由当事人在行政法律关系中地位不同以及行政诉讼特殊性质和任务所决定的,其目的正是为真正实现行政诉讼中当事人法律地位的平等。"[20]

(二)行政诉讼的特有原则

1.具体行政行为的合法性审查原则

《中华人民共和国行政诉讼法》第5条规定:"人民法院审理行政案件,对具体行政行为是否合法进行审查。"这一规定是对行政诉讼的定性,同时也确立了人民法院对具体行政行为进行司法审查这一行政诉讼的独有原则。在《中华人民共和国行政诉讼法》颁布以前,或者确切地说在行政诉讼制度建立以前,我国行政机关和审判机关之间的关系是一种相对分立的关系,行政机关只有涉及行政管理权时才对司法机关起作用,而在其对司法机关起作用的大多数场合,司法机关是以法人的身份出现的,司法机关对行政机关的作用亦大多在司法行为中体现出来,而此时行政机关也是以法人身份出现的。司法审查原则的确立则改变了行政机关与审判机关之间的传统关系,即审判机关有权对行政机关的有所为和有所不为实施法律上的审查。其一,这一原则将行政权置于了审判权的监督之下,建立起了一种以司法权为轴心的行政权监督机制,以前对行政权监督主要是司法程序以外的监督。而对行政的司法审查是对行政权行使进行的司法监督,从国家政权体系的发展看,这样的监督制度具有非常重要的意义,它是一国政治体制是否成熟的表现。其二,人民法院对行政权的司法审查主要是对行政权合法性的审查。在绝大多数情况下,人民法院对行政权的审查是对行政行为过程合法性的审查,而只有在极个别情况下才能审查合理性。确立这样的审查方式初衷在于使行政权与司法权保持各自相对独立性,行政权中有一个重要权力是自由裁量权,这一权力在各国的法律制度中基本上都得以确认,就是允许行政系统在一定范围内行使自由裁量权,对属于行政系统的自由裁量权司法系统最好不要过多干预,这是现代一般国家的行政法理论。当然,也有学者认为行政法本身就是用来控制行政机关之自由裁量权的,这一问题的法哲学原理还需进一步探讨。其三,人民法院对行政权的司法审查只限于具体行政行为的审查,而不能审查具体行政行为以外的抽象行政行为。这是我国行政诉讼制度的特色,在行政诉讼制度较发达的国家,政府行政系统的抽象行为亦在司法审查之列,甚至政府规章也是司法审查的对象。其四,人民法院对具体行政行为的审查还限于人民法院受理案件的具体行政行为,而对没有进入诉讼状态的具体行政行为法院无权审查。

2.司法最终救济原则

行政复议和行政诉讼是对行政相对人权益进行救济的两种救济制度。行政复议是存在于行政系统由行政机关进行救济的制度,依《中华人民共和国行政复议法》和《中华人民共和国行政诉讼法》的规定,两套救济制度是衔接在一起的,《中华人民共和国行政复议法》第 16 条规定:"公民、法人或者其他组织申请行政复议,行政复议机关已经依法受理的,或者法律、法规规定应当先向行政复议机关申请行政复议、对行政复议决定不服再向人民法院提起行政诉讼的,在法定行政复议期限内不得向人民法院提起行政诉讼。公民、法人或者其他组织向人民法院提起行政诉讼,人民法院已经依法受理的,不得申请行政复议。"《中华人民共和国行政诉讼法》第 37 条规定:"对属于人民法院受案范围的行政案件,公民、法人或者其他组织可以先向上一级行政机关或者法律、法规规定的行政机关申请复议,对复议不服的,再向人民法院提起诉讼;也可以直接向人民法院提起诉讼。法律、法规规定应当先向行政机关申请复议,对复议不服再向人民法院提起诉讼的,依照法律、法规的规定。"这些规定使行政复议救济和行政诉讼救济之间的关系非常清晰,一方面,行政相对人可以自由选择救济手段。即其可以先向行政复议机关申请行政复议,对行政复议决定不服的,再向人民法院提起行政诉讼。若行政相对人提起行政复议后,复议机关尚未作出复议决定,则不可以向人民法院提起行政诉讼,即复议救济程序和诉讼救济程序不能同时进行。当然行政相对人还可以不经行政复议直接进入行政诉讼的救济程序。另一方面,在特殊情况下,行政复议是行政诉讼的前置程序。应当说,行政复议前置程序是基于行政管理的技术性等因素而确立的,"行政复议也是救济的途径之一,它能消化很大一部分行政争议案件,减轻人民法院的受案压力,也方便了相对方经济地解决纠纷。当然,将专业性、技术性强的行政争议案件,规定复议前置,更多是出于对法院解决此类问题的能力及其效率的考虑,如专利、商标、治安处罚等的行政争议案多为复议前置,是考虑到专门行政机关在解决此类争议的能力上比起法院来略胜一筹,并且当事人对该行政复议决定仍然不服的,还可由法院进行合法性与否的审查"。[21]行政复议救济和行政诉讼救济在救济的逻辑关系上以司法救济为最终救济。只有在个别情况下行政复议才具有终局效力。而基本的原则是司法救济是最终的救济手段,这实质上是行政诉讼法的一项原则。

3. 行政诉讼期间不停止具体行政行为执行原则

《中华人民共和国行政诉讼法》第 44 条确立了行政诉讼期间不停止行政主体具体行政行为执行原则,其原因我们在讨论行政复议时不停止具体行政行为中已经作了分析。依《中华人民共和国行政诉讼法》第 44 条的规定,遇到下列情况具体行政行为应当停止执行:其一,被告认为需要停止执行的。当作出行政行为的行政机关被行政相对人起诉后,其作出的具体行政行为究竟是否能够实施还是一个需要人民法院作出结论的问题。行政机关对自己的行政行为应当最为了解,因此,行政机关可以对被诉的具体行政行为作出停止执行的决定,当行政机关认为被诉的具体行政行为有可能因违法或不当被撤销时,便可以作出停止执行行政行为的决定。其二,原告提出停止执行的申请,人民法院审查后认为被诉具体行政行为执行后会造成难以弥补的损失，且停止执行后不会损害国家利益、社会利益等，则可以作出停止执行的决定。此一停止执行的情况需符合下列条件：由原告向人民法院提出停止执行的申请，如果将该行政行为予以执行便会对相关当事人造成不可弥补的损失，且不会再恢复到执行以前的状态，即使判决原告胜诉，也无法使原告获得他认为应当获得的利益。行政机关即使赔偿也无法使行政相对人受到的损失得到弥补；停止执行不会损害社会利益和其他相关利益，如卫生防疫机关对于被认为已染上了禽流感的鸡群予以灭杀，若不作出这样的灭杀或者不及时灭杀就会使社会利益遭到更大的损害，这样的行政行为即使行政相对人申请执行，人民法院亦可作出不停止执行的决定。停止执行的决定必须由人民法院作出，这种司法决定一般通过裁定的形式作出。其三，法律、法规规定应当停止执行的。此处所讲的法律、法规规定停止执行的情形是指由行政诉讼法以外的行政实体法规定应当予以停止执行的情况。《治安管理处罚法》第 110 条规定："被决定给予行政拘留处罚的人交纳保证金，暂缓行政拘留后，逃避行政拘留处罚的执行的，保证金予以没收并上缴国库，已经作出的行政拘留决定仍应执行。"《治安管理处罚法》第 111 条规定："行政拘留的处罚决定被撤销，或者行政拘留处罚开始执行的，公安机关收取的保证金应当及时退还交纳人。"

行政诉讼法基本理论

序号	1	2	3	4	5	
概念	行政诉讼概念	行政诉讼法概念	行政诉讼的构成	行政诉讼法关系	行政诉讼法原则	
基本理念	(1)是法律行为或法律制度 (2)是对行政的司法审查 (3)是对行政诉讼过程的再证明 (4)是权利救济的宪政理念	(1)是行政法的特殊部类 (2)适法主体是司法系统 (3)调整程序关系 (4)具有统一的法律效力	(1)诉讼法典 (2)实体法律的诉讼条款 (3)相邻诉讼法典 (4)行政程序规则中的诉讼条款 (5)司法规范和司法解释 (6)国际条约	(1)关系主体：法院、参加人、参与人 (2)表现形式：法院与原告、法院与被告、原告与被告、法院与检察院、检察院与其他主体 (3)权利义务 (4)客体	共有原则 (1)独立行使审判权原则 (2)以事实为根据、以法律为准绳原则 (3)合议原则 (4)回避原则 (5)公开审判原则 (6)两审终审原则 (7)用本民族语言、文字诉讼原则 (8)辩论原则 (9)检察监督原则 (10)当事人地位平等原则	独有原则 (1)具体行政行为合法性审查原则 (2)司法最终救济原则 (3)不停止具体行政行为执行原则

第二节　行政诉讼的主管与管辖

一、行政诉讼的主管

（一）行政诉讼主管的概念

行政诉讼的主管，是就人民法院在受理行政案件中与其他相关机关的分工而言的。《中华人民共和国行政诉讼法》没有使用主管的概念，而使用了“受案范围”的概念。其实从法理和诉讼理论的角度称主管应当说更加合理一些。行政诉讼的主管是指人民法院所能够主管的行政诉讼案件的权限。行政诉讼是用来解决行政争议的司法制度，它的前提是行政争议问题。行政争议在一定意义上讲具有不可避免性，[22]而且随着社会的发展行政争议的类型也越来越多。如何解决行政争议是现代法治国家面临的重要课题。纠纷解决制度的最终目的是使纠纷能够得到解决，纠纷越能够迅速解决所需要的成本就越低。因此，各国在建立行政纠纷解决制度时尽可能采取多元化、多途径的方式。我国也不例外，在行政诉讼制度和行政争议制度建立之前我国已有一系列解决纠纷的制度，如来信来访制度、法制监督制度，等等。行政诉讼和行政复议制度的建立并不意味着其他的纠纷解决机制就没有存在的价值。恰恰相反，行政复议和行政诉讼制度并不能完全代替其他的纠纷解决制度。那么，如何确定各种纠纷解决机制解决纠纷的范围和权限就是一个不能够回避的问题。人民法院通过司法程序解决行政纠纷虽为重要机制，但不一定是最完善的机制，也不一定是最后的机制，也许对纠纷的某种类型来说，司法机制是最后机制，若把行政纠纷作为一个总体事物来看，司法解决机制则不是最后机制。如由行政立法而引起的纠纷可以说是纠纷中最大的纠纷，而这一最大纠纷却不是由司法机制解决的。由此可见，人民法院对行政纠纷的主管牵涉到人民法院与相关纠纷解决机制的分工问题，这是行政诉讼主管最为根本的含义。

（二）确定行政诉讼主管的原则[23]

1. 行政可承受原则

行政诉讼主管若上升到政权体制建制的高度认识就是一个宪政问题，即它牵涉到行政系统与司法系统的权力分配和权力制约的问题。司法系统能够解决行政纠纷，既是对行政权进行的司法审查，又是对行政行为的最后裁断。在行政诉讼实践中，人民法院对具体行政行为的裁断常常表现为对行政行为效力的终止，从深层次看，司法系统对行政行为效力的终止实际上介入了行政权的行使，而不仅仅是对行政权的监督和约束。行政系统与司法系统权力分配的这种敏感性，使人民法院主管当下变成了一个宪政问题。我们知道，宪政的另一层面的意思是国家政权体系之间的权力分配。那么，如何确定人民法院所能够审查的行政行为的范畴，所能够解决的行政纠纷的范围,就必须考虑行政系统的承受能力。所谓承受能力,就是行政系统对法院司法审查所能够接受的心理上和技术上的程度。行政权在社会生活中的地位我们在本书中已多次提到,它的强度以及涉及的领域都远远超过了其他国家权力,某些方面的社会事务只有行政系统有行使权力的能力和资格,而其他系统即便是对这样的权力有所制约也显得勉强。若在确立人民法院的主管时没有充分考虑行政权的承受能力,要么司法审查的结果会带来行政效率的低下,要么司法审查会以一纸空文而流于形式。《中华人民共和国行政诉讼法》和我国理论界关于行政诉讼受案范围问题中行政系统承受能力的考虑并不十分充分,[24]这是今后修改行政诉讼法时应当考虑的问题。

2. 司法可处置原则

《中华人民共和国行政诉讼法》第1条规定:"为保证人民法院正确、及时审理行政案件,保护公民、法人和其他组织的合法权益,维护和监督行政机关依法行使行政职权,根据宪法制定本法。"该条文确立了行政诉讼制度的一个基本的价值追求,就是能够迅速及时地将行政案件予以处理。我们知道,任何化解纠纷制度的设计都应当以纠纷能够有效、迅速解决为最高的衡量指标。对于这一最高的衡量指标我国行政法学界似乎没有给予高度重视。由于我国长期以来受行政专断之苦,人们更多的从民主政治的角度认识行政诉讼的价值,其实民主只是一个程序问题,任何国家机关的最高任务都应当是为社会、为公众创造更多的物质财富和精神财富,程序规则只是保证创造更多财富的机制和手段。行政诉讼当然也不能例外,人民法院对行政机关进行制约,达到行政民主只是行政诉讼的程序性价值。行政诉讼最高的价值是迅速化解行政过程中的纠纷,以使行政系统在为公众创造财富方面不会发生阻滞。这一最高价值表明,人民法院受理行政案件范围的标准就人民法院而论是能够处置行政纠纷。我们注意到,各国的司法审查制度都在一些具体问题上存在差异,造成差异的原因之一就是司法系统对行政系统行政过程的处置能力。一些国家由于历史传统和政治体系方面的原因,司法权相对强大一些,其在司法审查的技术层面上具有较高水准,这样的体制下司法审查的范围和强度则要大一些。反之,另一些国家由于司法权与行政权不是同一重量级的权力,司法对行政审查的范围和强度都相对较弱。

3. 私权有效救济原则

私权是指归属于社会个体之权利,依我国有关救济法规的规定,私权的主体包括公民、法人或者其他组织。私权是与公权相对应的概念,就某一权利主体以及所享有的权利本身而论,很难给出一个是否为私权或者是否为公权的结论。例如,符合法定条件的公民有选举权和被选举权的权利就很难说是私权还是公权。也就是说,当某种权利归于私人个体,而代表公权的主体能够对这种个体权利产生影响时,这种权利的私权属性十分明显。私权在受到公共权力的侵害时,或者当私权与公共权力发生纠纷时,一方面需要纠纷解决机制,使公权和私权达成和谐;另一方面对处于弱势的私权要进行救济,司法救济是一定范围内私权被侵害的最后救济手段。因此,要确立人民法院的受案范围必须以私权能够有效救济为原则。有学者对此作了深入分析，"就人民与国家之行政法律关系而言，多数情形，尤其于人民权益因该公权力行为之效力而受拘束之情形，以直接撤销该行为效力或宣告其无效之方式，解除人民权益所受之拘束，较之审查因该行为所生法律关系之具体权利义务存否，更为直接有效。就此点而言，如撤销诉讼此一诉讼构造，有其存在价值，并不因承认课予义务诉讼而减损其功能，且时至今日，其重要性更有增无减，并使此一古典诉讼构造取得现代意义。例如，撤销诉讼于下列情形，对于人民权利之保护，有怕助益。亦即，于(1)无须审查人民实体法上之'主观公权力'，即可提供人民救济；或(2)人民实体法上个别被侵害之权利极度轻微但属大量侵害，且具有扩散性与累积性(如环境保护诉讼)；或(3)人民实体法上权利存否尚有争执(如健康权、环境权等人格权)；或(4)于行政过程或程序中，人民实体法上权利具体化之前，欲提前予以救济(如行政程序行为之救济)等情形，撤销诉讼均能发挥相当功能"。[25]

(三)行政诉讼主管的行文技术

"世界各国对行政诉讼受案范围的确定方式不尽相同。英国、美国、法国等国家主要是以判例为主要方式，即某一争议是否作为行政争议由法院来审理，主要看其是否符合由法院判例形成的一些规则。在其他大多数大陆法系国家则主要以制定法来明确规定行政诉讼的受案范围。"[26]行政诉讼成文法的国家其立法中对行政诉讼主管的规定方式各有不同，概括起来有下列三种行文方式：

1. 列举式规定

所谓列举式，是指以法律规则的形式将司法机关能够审查的行政权的范围，行政行为的范围予以列举，指明什么样的行为可以成为司法审查的对象。而列举规定的行文方式中又可分为三种情况：一是将司法权能够审查的行政行为列举出来，所列举出来的行政行为就是行政诉讼的主管，如《日本行政诉讼法》分别列举了上诉诉讼、当事人诉讼、民众诉讼、机关诉讼等四种可诉行政行为的情况，该法第 3 条规定：(上诉诉讼)(1)本法中所谓"上诉诉讼"是指关于行政机关行使国家权力而引起的不服的诉讼。(2)本法中所谓"取消处分的诉讼"，是指请求取消行政机关处分以及其他相当于行使国家权力的行为(排除下项中规定、裁判、决定和其他行为，以下单称不"处分")的诉讼。(3)本法中所谓"取消裁决的诉讼"，是指要求取消行政机关对于审查请求、异议申诉和其他不服申诉(以下单称为"裁决")的诉讼。(4)本法中所谓"无效等确认的诉讼"，是指请求确认处分或者裁决之存否或效力之有无的诉讼。(5)本法中所谓"确认不作为之违法的诉讼"是指关于行政机关对基于法令的申请，尽管应在相当期限内作出某些处分或裁决，而不作，就此请求确认其违法的诉讼。第 4 条规定：(当事人诉讼)本法中所谓"当事人诉讼"，是指关于确认或形成当事人之间法律关系的处分或裁决的诉讼，是关于以根据法令规定其法律关系的当事人的一方为被告者以及公法上的法律关系的诉讼。[27]没有列举的事项就难以进入司法审查的状态，值得注意的是日本不是以具体行政行为为标准确定主管的，而是以当事人诉讼所主张权益的类型确定主管的。二是将司法权不可以审查的行为类型列举出来，即列举不能审查的具体行政行为的范围，通过否定不能审查的行政行为而肯定能够审查的行为。三是将能够审查的行政行为和不可以审查的行政行为都列举出来。一般而论，采用列举规定的方式使行政诉讼的主管相对比较清楚，同时，在列举规定的行为方式下，行政诉讼所能够审查的行政行为的范畴较少，只能审查所列举的行为，而没有列举的行为则很难进入司法审查的范围。当然，日本不以具体行政行为或者行政行为的形态而列举受案范围的方式比列举行政行为的方式有一定的优势，因为诉讼类型的划分要比行为类型的划分使司法审查的范围宽一些。总之，“列举式的优点是使规定的行政诉讼受案范围比较具体明确，不易产生歧义。但这种方式也有它的局限性，即列举式无法把行政诉讼受案范围列举穷尽，还有分散、繁杂、执行不便等缺点，因而使法院的受案范围和行政相对人的诉权受到较大限制，不利于充分保护相对人的合法权益”。[28]

2. 概括式规定

这是指法律仅仅规定行政诉讼对行政行为审查的原则性标准，而不具体列举所能够审查的行政行为范畴。《英国1947年王权诉讼法》第1条规定：“任何人于本法施行后，均具有控诉王权的请求权。在本法尚未通过之前，该请求权须凭权利请愿，由陛下之敕令允许，方为有效；经本法废止任何法令所规定的诉讼程序而生效，则属于本法之规定，该请求权即为有权之请求，毋须陛下之敕令，即可依据本法，提起诉讼。”[29]此条将诉讼受案范围作了抽象的概括规定。由于行政权的广泛性，无论何种体制的国家都不可能将所有行政权范畴都纳入司法审查之列，因此采取概括规定的方式之后，一般都对所概括的内容有一个解释，如《英国1947年王权诉讼法》第2条规定：“王权在侵权行为上的责任 1. 凡是责任能力的成年人应负的侵权行为责任，王权为此等侵权行为亦得负侵权行为责任主体，属于本法规定的侵权行为包括：(1)由英王之臣仆或机关所为之侵权行为；(2)普通法上雇主就其仆人或机关所为之不履行义务的行为；(3)属于普通法上对财产的所有、占有、持有或支配的违反义务的行为。但不得因本项(1)款的规定，关于英王之臣仆或机关作为或不作为而对王权提起诉讼；除非与本法无关之作为或不作为，在侵权行为上对臣仆、机关或其不动产提起诉讼的原因者，则不在此限。2. 凡有责任能力之成年人，其所应负侵权行为之责任，王权如不遵守该项义务，应负其责。3. 依照普通法或法令的规定，曾赋予英王官员的职能，该官员在履行或准备履行其职能应负侵权行为责任时，如该职能系由王权经合法的命令授予，则此项侵权行为责任应由英王负担。4. 任何否决或限制政府部门或官员侵权行为应负责任的制定法，依照本条之规定，就该部门或官员侵权行为对英王提起的诉讼，视为对该部门或官员提起的诉讼，视为对该部门或官员提起的诉讼，可以适用关于部门或官员的各有关规定。5. 任何人当其履行或准备履行其司法上应负的责任，或者与司法上执行程序有关的责任，就其作为或不作为，不得依本条的规定对王权提起诉讼。6. 就任何官员之故意、过失或重大错误，不得依本条规定提起诉讼;但该官员是由英王直接或间接任命,其履行职务行为或于行为当时,其职务经财政部批准,其薪俸由政府支付的公职人员,不在此限。”[30]该条从形式看似乎是对诉讼受案范畴的列举,而从实质上讲,则是对所概括规定之主管的一个注解。它与列举规定是有原则性区别的,列举规定所列举的是独立的行为,而此种注解则是对所概括之主管范围行为属性的揭示。概括规定的优势在于赋予了司法系统较为广泛的行政行为司法审查权,为行政相对人的权益救济提供更大的空间。[31]

3. 折中式规定

所谓折中式规定,是指法律对行政诉讼主管采取将列举规定和概括规定相结合的方式,既为行政诉讼受案范围留下较大空间,同时又列举出可以进行司法审查的具体范围。就折中规定而论也有不同的行文技术,一些国家采取先对所能够司法审查的行政权范畴进行概括,然后再进行列举,将司法审查在实践中的具体范畴列举出来,且列举排除不能进行司法审查的情形。另一些国家则先进行概括规定,然后,对于所概括事项的例外进行排除,在此种情况下被排除的事项是以列举的形式出现的。《中华人民共和国行政诉讼法》在行政诉讼主管的规定方式上所采取的就属于折中规定。一则,《中华人民共和国行政诉讼法》第2条规定:“公民、法人和其他组织认为行政机关和行政机关工作人员的具体行政行为侵犯其合法权益,有权依照本法向人民法院提起诉讼。”此条概括规定了具体行政行为在侵犯公民权益情况下便可以成为诉讼的标的。二则,《行政诉讼法》第11条将可以作为司法审查的具体行政行为予以列举,被列举的行政行为都是人民法院的主管。三则,《行政诉讼法》第12条将不能成为行政诉讼受案范围的事项予以排除。我国行政诉讼法将可以进入司法审查的行政行为和不可以进入司法审查的行政行为都予以列举,使受案范围在诉讼实践中比较清晰。

(四)我国行政诉讼主管

《中华人民共和国行政诉讼法》第11条在列举行政诉讼受案范围时,以“具体行政行为”作为确定受案范围的标准。而1999年11月24日最高人民法院审判委员会发布的《最高人民法院关于执行〈中华人民共和国行政诉讼法〉若干问题的解释》中则使用了“行政行为”的概念,即以“行政行为”而不是“具体行政行为”作为确定受案范围的标准。最高人民法院的解释是否将行政行为的受案范围扩展到抽象行政行为呢?回答是否定的。因为,一方面,最高人民法院作为司法机关只能在法律实施时起作用,且仅仅能够在司法活动的法律实施中起作用。将行政诉讼受案范围予以拓展的问题既是一个立法问题,又牵涉到司法权与行政权的分配问题。有关权力分配的问题只能由国家权力机关去做,因此,我们认为,最高人民法院不能通过司法解释行为而将行政诉讼的受案范围由具体行政行为拓展到所有行政行为。另一方面,最高人民法院的解释也确认了《中华人民共和国行政诉讼法》第12条的排除条款的法律效力,即这些被排除的受案范围不能因这一解释而变为无效,进而可以对被排除的事项提起行政诉讼。而被排除的事项中就有抽象行政行为。总之,无论抽象行政行为没有被纳入司法审查的范围是否合理,都需要立法程序予以解决,通过司法程序或通过行政程序解决这样的问题都是不妥当的,这是由我国国家政权体系结构的属性所决定的。我们认为,我国行政诉讼受案范围的划分在《中华人民共和国行政诉讼法》没有修改之前,应当忠于行政诉讼法的规定,显然,对于一些需要在司法实践中澄清的事项最高人民法院有权通过司法解释予以明确,这种解释的内容应当仅仅限于司法实践中的事项和需要进一步澄清的具体事项。由此出发,笔者认为我国行政诉讼的受案范围如下:〔32〕

1. 对作为的具体行政行为不服可提起行政诉讼的情形

(1)对行政主体行政处罚不服,属于行政诉讼受案范围。《中华人民共和国行政诉讼法》第11条第1项规定:"公民、法人和其他组织对拘留、罚款、吊销许可证和执照、责令停产停业、没收财物等行政处罚不服时有权提起行政诉讼。"在制定《中华人民共和国行政诉讼法》的时候,《中华人民共和国行政处罚法》还没有出台,在当时情况下行政处罚行为都是行政诉讼的受案范围。还应指出,《中华人民共和国行政处罚法》第8条第7项使用了"法律、法规"规定的诸多处罚形式,也就是说行政实体法中规定的行政处罚也属于行政诉讼的受案范围。

(2)对行政强制措施不服,属于行政诉讼受案范围。《中华人民共和国行政诉讼法》第11条第2项规定:"公民、法人或者其他组织对行政机关限制人身自由或者对财产的查封、扣押、冻结等行政强制措施不服而起诉的,人民法院应当受理。"由于我国没有制定统一的行政强制执行法,目前的行政强制分散于部门行政管理的法律规范中,如《中华人民共和国治安管理处罚法》、《中华人民共和国海关法》、《中华人民共和国外国人入境出境管理法》、《中华人民共和国公民出境入境管理法》等。这些强制包括对人身的强制和对财产的强制两个方面。对人身强制依学者们的普遍理解包括人身约束和束缚,是对行政相对人的人身自由所作的限制。劳动教养也被认为是对人身的强制。对财产的强制包括查封、扣押、冻结。查封是对被强制人财产的封存,如在行政相对人拒不履行行政法律文书确定的义务时,为了防止其转移、隐匿或者毁坏可供执行的财产,有关机关便有权将财产予以清点登记,加贴封条予以封存,不允许被执行人擅自处理。扣押则是将有关的财产由相关机关保管,使行政相对人暂不能对该财产有支配权。冻结是对行政相对人在金融单位的存款采取的一种不允许其提取或者转移的强制措施。

(3)对行政主体侵权行为不服的,属于人民法院受案范围。这种侵权案件主要是行政行为侵犯企业的经营自主权。关于经营自主权的范围我们在行政复议受案范围中已经讲过,此处的经营自主权和行政复议救济中的经营自主权是同一意义的概念,因此我们不再详细阐释。《中华人民共和国行政诉讼法》在侵权行为中,除规定了经营自主权的情形外,还规定了侵犯"其他人身权、财产权"的规定,不过,该法对其他人身权和财产权没有作进一步解释。最高人民法院的司法解释也没有对此作出进一步的规定。依我国民事法律规范的规定,其他人身权是指有关的人格权和身份权。属于人格权的有生命权、健康权、荣誉权、名誉权、姓名权、肖像权等。属于身份权的有亲权、监护权、继承权、著作权、发明权等。上列权利若被行政机关的行政行为予以侵害都应当成为行政诉讼的受案范围。其他财产权就是行政处罚、行政强制等涉及的财产权范围以外的财产权。

(4)对行政主体违法要求履行义务的行为不服,属于人民法院的受案范围。依目前我国有关法规的规定,行政主体向行政相对人摊派义务的行为主要有乱收费和乱摊派两种。所谓乱收费,就是行政主体在没有法律依据的情况下向行政相对人收取有关费用的情况。[33]乱摊派则是指行政主体向行政相对人摊派劳务、财物等行为的情形。《禁止向企业摊派暂行条例》第3条规定:"禁止任何国家机关、人民团体、部队、企业、事业单位和社会组织向企业摊派。"《中华人民共和国全民所有制工业企业法》第33条也规定,企业有权拒绝任何机关和单位向企业摊派人力、物力、财力。《中华人民共和国农业法》第67条规定:"任何机关或者单位向农民或者农业生产经营组织收取行政、事业性费用必须依据法律、法规的规定。收费的项目、范围和标准应当公布。没有法律、法规依据的收费,农民和农业生产经营组织有权拒绝。任何机关或者单位对农民或者农业生产经营组织进行罚款处罚必须依据法律、法规、规章的规定。没有法律、法规、规章依据的罚款,农民和农业生产经营组织有权拒绝。任何机关或者单位不得以任何方式向农民或者农业生产经营组织进行摊派。除法律、法规另有规定外,任何机关或者单位以任何方式要求农民或者农业生产经营组织提供人力、财力、物力的,属于摊派。农民和农业生产经营组织有权拒绝任何方式的摊派。"对于行政机关的任何摊派的行为,行政相对人都可以提起行政诉讼。

2. 对不作为的具体行政行为不服可以提起行政诉讼的情形

(1)对行政主体行政许可中的不作为行为不服的,属于人民法院受案范围。《中华人民共和国行政诉讼法》第11条第4项规定:"公民、法人和其他组织认为符合法定条件申请行政机关颁发许可证和执照,行政机关拒绝颁发或者不予答复的有权向人民法院提起行政诉讼。"2003年通过的《中华人民共和国行政许可法》也规定对于行政主体在行政许可中的消极行为,行政相对人有权提起行政诉讼。

(2)对行政机关没有依法发放抚恤金的行为不服的,属于人民法院的受案范围。关于抚恤金的内容我们在行政复议部分已经作过解释,在此不再详细介绍。

(3)对行政机关不履行保护人身权、财产权法定职责不服的,属于人民法院受案范围。行政主体对职责的消极对待是此一范畴受案范围的关键之点。所谓法定职责,是指法律、法规为行政主体及其授权的组织所确定的职责。行政主体与职责的对等性是问题的关键。

(五)我国行政诉讼主管的排除条款

1. 国家行为

《中华人民共和国行政诉讼法》第12条第1项规定,人民法院不受理公民、法人或者其他组织对"国防、外交等国家行为"不服的诉讼请求。何为国家行为在行政法中一直没有一个确切的规定,直到1999年制定的《最高人民法院关于执行〈中华人民共和国行政诉讼法〉若干问题的解释》颁布施行以后,“国家行为”才有了正式的法律依据。该解释第2条规定:“国家行为,是指国务院、中央军事委员会、国防部、外交部等根据宪法和法律的授权,以国家的名义实施的有关国防和外交事务的行为,以及经宪法和法律授权的国家机关宣布紧急状态、实施戒严总动员等行为。”

2. 抽象行政行为

《中华人民共和国行政诉讼法》第12条第2项规定“行政法规、规章或者行政机关制定、发布的具有普遍约束力的决定、命令”不属于行政诉讼受案范围。最高人民法院的《若干解释》将“具有普遍约束力的决定、命令”解释为行政机关针对不特定对象发布的能反复适用的行政规范性文件。[34]

3. 内部行政行为

行政诉讼法规定,行政机关对其工作人员的奖惩、任免等决定,不是人民法院行政诉讼的受案范围。根据《若干解释》第4条的规定,“对行政机关工作人员的奖惩、任免等决定”,是指行政机关作出的涉及该行政机关公务员权利义务的决定。为了保证行政机关内部的有效管理,要求工作人员遵守内部工作制度与纪律是必须的,而奖惩与升降制度是前者配套适用的,对奖惩、任免不服的,通过内部的申诉途径由上级行政机关或者行政监察机关解决,一般不受司法的审查,即不是人民法院行政诉讼的受案范围。当然,实践中划分内外行政行为有难度,人民法院对于行政机关超出法律授权行使内部行政行为侵害了内部相对方人身权、财产权时,法院应该向起诉人提供救济。例如,对违纪公务员给予没收财产的行政处置,它实际上是行政处罚,不是行政处分,应该属于行政诉讼的受案范围。

4. 终局行政行为

终局行政行为是指在行政系统完成以后就能够发生法律效力的行为。终局行政行为在我国行政法中属于个别情形,在《中华人民共和国商标法》、《中华人民共和国专利法》等修改之前,在商标管理和商标复议、专利管理和专利复议等行政行为中都有终局行政行为。近年来,对这两部法律的修改都取消了行政主体的终局行为。我国加入WTO以后,行政主体作出最终裁决的具体行政行为会越来越少。目前我国有些领域仍然存在终局行政行为,如《中华人民共和国集会游行示威法》、《中华人民共和国行政复议法》等,《中华人民共和国行政复议法》第30条第2款规定:“根据国务院或者省、自治区、直辖市人民政府对行政区划的勘定、调整或者征用土地的决定,省、自治区、直辖市人民政府确认土地、矿藏、水流、山岭、草原、荒地、滩涂、海域等自然资源的所有权或者使用权的行政复议决定为最终裁决。”最高人民法院的司法解释强调了行政诉讼法中“法律规定由行政机关最终裁决的具体行政行为”中的法律指的是由全国人民代表大会及其常务委员会制定通过的法律。也就是说,终局行政行为只能由法律设定,法律以下的任何下位法都没有确定终局行政行为的权力。

5. 行政主体实施的属于刑事法律调整的行为

《最高人民法院关于执行〈中华人民共和国行政诉讼法〉若干问题的解释》第 1 条第 2 款第 2 项规定“公安、国家安全等机关依照刑事诉讼法的明确授权实施的行为”不属于行政诉讼受案范围。该规定是最高人民法院根据行政诉讼的司法实践所作的排除受案范围。公安机关和国家安全机关在国家权力行使中履行着两种职能，即行政管理职能和在一定范围从事刑事实体活动、刑事程序活动的职能。当这些行政机关从事刑事行为时其主体资格也不再是行政主体，其行为所作用的相对人也已经不再是行政相对人。即是说，因此类行为引起的法律关系不是行政法关系，既然不是行政法关系，那么，行政法和行政诉讼法就不宜对这样的关系纠纷进行处理。

6. 调解行为以及法律规定的仲裁行为

行政机关在对社会实施行政管理的过程中，不仅发生与行政相对方之间的双方管理与被管理关系，还包括对公民、法人、其他组织之间发生的民事纠纷进行居间裁断，由此形成管理方与纠纷双方当事人之间的三方关系。例如，通过调解或者仲裁活动，化解社会矛盾，维持一定社会生活与经济秩序。通过行政机关的居间调解，由当事人自愿达成调解协议。由于它不是行政权力的意思表示，不是行政权力的强行介入，因而就不具有行政诉讼的可诉性，当事人只能寻求民事诉讼以彻底解决他们之间的纠纷。仲裁虽然与调解存在许多不同之处。又如，只有法律规定的机构才享有居间裁断权，劳动仲裁委员会依法享有对劳动人事纠纷的裁决权，商标复审委员会依法对商标纠纷的裁决权。而调解的权力各级政府几乎都有；再如，裁决的事项限于有合同关系的民事纠纷。而调解的对象非常广泛；再如，裁决的程序更接近司法程序，称为准司法程序；另外，仲裁文书比调解文书更具法律效力。但是行政仲裁同样不具可诉性，它也不是行政权力的强行介入。由于仲裁必须由当事人自由选择，仲裁的机构属于半官方半民间的性质，因此，当事人对仲裁裁决不服的，无权提起行政诉讼。但是超出了法定范围或者违反了法定程序的仲裁行为，应当赋予当事人寻求司法救济的权利。

7. 不具有强制力的行政指导行为

行政指导存在于行政管理活动过程中，有关行政指导的规定分散于部门行政管理法中，我国部门行政管理法对行政指导的规定一般比较原则，且都是一些赋权性条款，所谓赋权性条款，是指通过法律行为赋予行政机关对某些方面的行政管理具有指导的功能。当行政法规范赋予行政主体进行行政指导的权力时，基本上没有规定行政误导所应承担的法律责任。行政指导在行政法治实践中有程度的强弱。一些行政指导带有明显的强制力，对于带有明显强制力的行政指导一旦行政相对人不服提起行政诉讼，则应当成为行政诉讼的受案范围。而一些行政指导其强度相对较弱，即其没有将所指导的内容以这样那样的方式让行政相对人接受。行政相对人对这类行政指导有接受与否的选择权，其服从这样的行政指导是出于自愿，不服从这样的行政指导亦是出于自愿，正是这一点决定了此类行政指导不可作为司法审查的对象。

8. 驳回当事人对行政行为提起申诉的重复处理行为

"重复处理行为一般发生在以下情形:当事人对历史遗留问题的行政行为,对已超过诉讼期限的行政行为或行政机关具有终局裁决的行为不服向行政机关提出申诉,行政机关经过审查驳回当事人的申诉维持原有的行为"。[35]由此可见,重复处理的行为是以一个已经设定了权利义务的行为的存在为前提的,它是对已经存在的行为作出的程序上的处理,有时亦可能是实体上的处理,但这种处理没有改变原行政行为所设定的权利义务。一般而论,在重复处理的行为之中,原行政行为或者没有再进行权利义务变更的必要,或者权利义务已经发生了法律效力,即是说,原行为中的权利义务已经不可能再经过行政诉讼程序予以变更,此点便决定了对重复处理行为不予受理是恰当的。

9. 事实行为

最高人民法院的解释规定"对公民、法人或者其他组织权利义务不产生实际影响的行为"不属于人民法院的受案范围。笔者认为,"实际影响"是指能够改变当事人在实体上的权利义务和程序上的权利义务。显然,行政主体的实体行政行为和程序行政行为都会对行政相对人的权利义务产生影响,唯有行政法上的事实行为不会对行政相对人的权利义务产生影响。"根据行政行为所产生的后果以及其他社会影响的程度可以把行政行为分成三个级别,即一级行政行为、二级行政行为和三级行政行为。一级行政行为指产生强烈影响的行政行为。从其影响的程度看,具有非常强烈的特性,具体表现在,它可以产生直接的社会后果,可以直接改变行政管理相对一方当事人的权利义务关系。对于行政行为的这种强烈影响可以从两个方面认识:一方面,它具有比较强烈的社会效果,这是从宏观上而言的,可以改变某一方面的社会结构和社会过程,可以重塑政府需要的社会关系形态,政府的管理战略就是通过行政行为对社会结构的重造而予以贯彻执行的。另一方面,它对管理相对一方的权利义务关系有明显的再造或改变。这是就微观而言的,即对于承受行政权作用的公民、法人和其他社会组织而言,一级行政行为既可以改变其与政府行政系统的关系,也可以改变其与其他相关当事人的关系,甚至可以改变其在社会领域中的活动范围,包括经济的、政治的和法律的。一级行政行为对社会和管理相对人可以产生直接的法律效果,因此可以将此种行为称为法律行为。行政法理论上关于法律行为的界定一般也是如此。例如,管欧就认为行政法上的法律行为,'即其行为直接发生法律上之效果'。二级行政行为与一级行政行为相比,产生次级的法律效果。该次级法律效果表现为:一是间接性影响,即不直接改变相对一方当事人的权利义务关系,仅对这些权利义务关系的实现有促进作用;二是其作为一级行政行为的附属行为而产生影响,如行政执法实践中的通知、证明、受理行为等。三级行政行为尽管也是行政行为中的一种,而且就其数量来讲,也不会比一级和二级行政行为少,但就其与相对一方以及社会的关系看则显得十分间接。它既不设定行政法上新的权利义务关系或促进原有权利义务实现,又不发生直接的法律效果,与法律的关系甚至比较疏远。在行政法理论上这类行为可以叫做事实行为。由此可见,事实行为是相对于法律行为、准法律行为而言的,与前两类行为相比,其在行政行为的体系中处于第三级别,属于三级行政行为。事实行为的社会影响力相对来讲较弱,但并非毫无关系,其亦应当受到行政法规范的调整。”[36]

行政诉讼受案范围

序号	1	2		3
称谓	确立受案范围的原则	受理的行政行为		案件受理的例外
基本内涵	(1)司法可承受原则 (2)司法可处置原则 (3)私权有效救济原则	第一部类 作为的行政行为	第二部类 不作为的行政行为	(1)国家行为 (2)抽象行政行为 (3)内部行政行为 (4)终局行政行为 (5)行政主体的司法行为 (6)行政民事行为 (7)行政弱指导行为 (8)行政重复处理行为 (9)行政事实行为
		(1)行政处罚 (2)行政强制 (3)行政侵权 (4)行政要求义务	(1)请求不作为 (2)抚恤金不作为 (3)保护不作为	

二、行政诉讼的管辖

(一)行政诉讼管辖的概念

所谓行政诉讼管辖,是指人民法院在受理行政案件中的内部分工和各人民法院在受理行政案件中的权限划分。在行政诉讼法中对管辖的分析基本上是就第一审行政案件而论之的。管辖所要解决的问题是人民法院受理行政案件中的内部分工,即哪些案件由哪一级或哪一地域法院受理的问题。行政案件的发生与其他案件的发生一样,在一定意义上讲是不以人的意志为转移的,且行政案件本身具有非常复杂的外在表现形式,如案件发生的地域有所不同、案件性质有所不同、案件的标的物大小有所不同、案件的社会影响等有所不同。案件自身的这种复杂性都是行政诉讼案件的变量,这种变量必须与人民法院处理案件的承受能力、方便程度等变量对应起来。解决上述两类变量相互对应的制度就是行政诉讼的管辖制度。

(二)确定行政诉讼管辖制度

确定行政诉讼管辖的原则在行政法学界基本上是一个容易定论的问题,学者普遍认为“便于当事人进行诉讼”、“便于人民法院行使审判权”、“保证各级人民法院之间合理分工和均衡负担”、“坚持原则性和灵活性相结合”等是划分行政诉讼管辖的原则。[37]笔者认为我国学者们所提出的这些原则从严格意义上讲不是确定管辖标准的原则,而是划分行政诉讼管辖时应当考虑的因素,因为作为原则来讲既应当有高度的抽象性又应当与宪法和法律确立的相关指导思想结合起来。笔者认为,确定行政诉讼管辖的原则应当有下列几个方面:

1. 权责对等原则

权责对等是指权力行使者所享有的权力和所承担的责任应当保持质与量两个方

面的平衡。具体地讲,某一权力主体手中握有的权力越大,其对权力行使者所承担的责任也就应当越大;反之,某一权力主体手中握有的权力越小,其在权力行使者所承担的责任也就应当越小。在现代社会中,权责对等是对权力主体以及权力结构的一个基本要求。人民法院所行使的是国家审判权,而审判权与行政权一样也是一个大规模的权力范畴,该权力必须存在于一定的组织体系之下,该组织体系对审判权的内部分工直接关系到审判权行使的质量。审判权是国家权力的一部分,是人民法院作为司法系统依法律程序,审判行政案件、刑事案件、民事案件的权力。但是,人民法院系统是一个结构化的组织体系,从纵向讲,有最高人民法院、高级人民法院、中级人民法院和基层人民法院之分;从横向讲,有普通人民法院和专门人民法院[38]之分。各类法院的划分并不是一个纯粹的组织机构上的划分和组织机构上的联结,最主要的是不同的法院对应不同的案件事态,其与案件的关系就是权与责的关系,如在全国范围内有影响的案件由最高人民法院管辖即只有最高人民法院有这样的权力,也只有最高人民法院能够承担这样的责任。由此可见,权责对等是划分行政诉讼管辖的首要原则。

2. 职级对应原则

职与级是权力主体内部的两个重要元素。职指的是权力系统所能够从事的行为及其行为类型,以及行为类型所归属的职位。级则指的是权力系统的分级。我们知道,无论行政权还是司法权其组织体系都是金字塔式的结构,每一种权力的系统都有一个从上到下的连结模式,处于权力结构最底层的与客观事态的关系最密切,而处于权力结构最高层的则与客观事态的距离最远。但是,权力系统的权力大小则与权力结构成反比,即权力结构是一个正向排列的金字塔,而权力大小则是一个反向排列的金字塔。我们知道,金字塔的底部最大,顶端最小,但是,存在于金字塔结构中的权力则是底部最小,顶端最大。如何使金字塔的权力结构方式与权力本身的分配对应是任何一个权力系统都必须解决的问题。人民法院受理行政案件的分工也必然是任何一个权力系统都必须解决的问题。人民法院受理行政案件的分工也必然遇到这样的问题。何种类型的案件、何种规模的案件对应何种职级的权力主体是划分管辖的最为基本的考虑因素。那么,根本原则就是职级对应,即不同的权力职能与不同的权力级别在案件受理中有客观的对应性。《日本行政诉讼法》由于首先对诉讼划分了不同的类型如上诉诉讼、当事人诉讼、民众诉讼等,因此,其对管辖的规定也依诉讼类型而定,关于上诉诉讼的管辖是这样规定的"1. 以行政机关为被告的取消诉讼属于该行政机关所在地的裁判所管辖。2. 关于有关征用土地、制定矿业权及其他不动产或特定场所的处分或裁决的取消诉讼,也可以向不动产或场所所在地的裁判所提起诉讼。3. 取消诉讼也可向关于该处分或裁决做了案件处理的下级行政机关所在地的裁判所提起"。[39]

3. 事态对位

行政审判中的事态是指行政审判所涉及的纠纷类型。不同的纠纷类型必须归于司法系统中解决纠纷的相应机制。一方面,行政纠纷与行政行为的类型以及行政行为所设的管理事项有关,不同的行政管理事项导致不同的行政行为类型,而不同的行政行为类型又决定了行政纠纷的不同状态。不同的纠纷用不同的机制解决才能达到最满意的效果。正因为如此,法院系统常常以纠纷的不同类型确立法院的类型,使纠纷的解决与相应的纠纷解决机制一致起来。例如,有些行政事态具有较强的技术属性,如商标、海关等都有较强的技术性,此类纠纷的解决必须归位于有效的解决机制,我国将这样的纠纷放在中级人民法院解决就是将事态能够对位,即特殊事态对位特殊的纠纷解决机制。另一方面,行政纠纷有大小之别,纠纷大小不同事态的类型必然有所不同,一般国家在划分管辖时都对事态的大小作了充分考虑,使大事态对位于大的纠纷解决机制,小事态对位于小的纠纷解决机制。

4. 主体对域

地缘关系是权力行使的基本关系之一,即任何一种权力都有相互对应的地缘性。国家在设立各类权力系统时也都充分考虑了地缘因素,例如,我国确立了严格的行政区划,行政区划是由立法机关确定的,一旦行政区划确定,它就使行政权存在于某一行政区划之内,使司法权存在于某一行政区划之内。权力主体的地缘性与权力所涉及对象的地缘性是一致的。即是说,我们在确立权力地缘性时,将权力所对应的客体也置于了一定的地缘之中。权力所涉及的人是有一定户籍关系、一定的地籍关系的人,权力所涉及的事是一定区域范围的事。行政纠纷发生于一定的区域内,法院系统的机构除最高人民法院外也都存在于一定的区域内。权力主体的区域性在纠纷处理机制的设计中是必须坚持的又一原则。

(三)级别管辖

所谓级别管辖,是指上下级人民法院之间在受理第一审行政案件中的分工。《中华人民共和国人民法院组织法》第2条规定:"中华人民共和国的审判权由下列人民法院行使:(一)地方各级人民法院;(二)军事法院等专门人民法院;(三)最高人民法院。地方各级人民法院分为:基层人民法院、中级人民法院、高级人民法院。"此规定表明以级别划分我国人民法院分为四级,即基层人民法院、中级人民法院、高级人民法院和最高人民法院。级别管辖所解决的就是上列各级人民法院在受理第一审行政案件中的分工,具体分工如下:

1. 基层人民法院管辖的第一审行政案件

《中华人民共和国行政诉讼法》第13条规定:"基层人民法院管辖第一审行政案件。"此规定表明我国第一审行政案件以基层人民法院管辖为原则,除了法律列举应由上级法院管辖的案件外,其他案件均由基层人民法院管辖。

2. 中级人民法院管辖的第一审行政案件

《中华人民共和国行政诉讼法》第14条规定:"中级人民法院管辖下列第一审行政案件:(一)确认发明专利权的案件、海关处理的案件;(二)对国务院各部门或者省、自治区、直辖市人民政府所作的具体行政行为提起诉讼的案件;(三)本辖区内重大、复杂的案件。”按此规定，中级人民法院管辖下列案件。一是本辖区内重大复杂的案件。《最高人民法院关于执行〈中华人民共和国行政诉讼法〉若干问题的解释》对“本辖区内重大、复杂的案件”作了解释，根据这一解释这类案件包括：其一，被告为县级以上人民政府，且基层人民法院不适宜审理的案件。“实践中，被告为县级人民政府的行政案件，主要是指土地、林地、矿产等所有权或使用权争议，以及征用土地、城镇拆迁及其安置和补偿的案件，这些案件一般影响较大，来自各方面的干扰也较多，如果处理失当会造成不良影响。因此这些案件不适宜由基层人民法院审理，而应由中级人民法院管辖”。[40]其二，社会影响重大的共同诉讼、集团诉讼案件。共同诉讼和集团诉讼所争议的诉讼标的和所关涉到的诉讼当事人都与一般诉讼有较大区别，其复杂性和对社会的影响都远远超过了普通的行政诉讼案件，例如，农民因土地使用权、城镇居民因房屋拆迁而引起的与行政机关的纠纷常常对社会秩序的稳定会造成较大影响，因此，这类案件被视为重大复杂的案件。其三，重大涉外或者涉及香港特别行政区、澳门特别行政区、台湾地区的案件。这类案件在适用法律时与诸多因素有关，受到诸多因素的制约，基层人民法院审理这样的行政案件有一定的难度，故而被解释为重大、复杂案件而由中级人民法院受理。其四，上述三种情况之外的其他重大复杂的案件。其他重大复杂的案件要由中级人民法院自己确定。二是确认发明专利权案件。所谓确认专利权的案件，是指行政相对人对专利行政机关具体行政行为不服以专利行政机关为被告的行政案件。这类案件有专利申请人与专利行政机关之间的行政纠纷引起的案件，有专利异议人与专利机关之间的纠纷而引起的案件等。三是海关处理案件。其是指海关行政机关对行政相对人在海关管理过程中作出某一具体行政行为，行政相对人对这一行政行为不服时所引起的行政案件。四是对国务院各部门或者省、自治区、直辖市的人民政府所作的具体行政行为提起诉讼的案件。

3. 高级人民法院管辖的第一审行政案件

《中华人民共和国行政诉讼法》第15条规定：“高级人民法院管辖本辖区内重大复杂的第一审行政案件。”当事人不服中级人民法院第一审案件的判决，便上诉至高级人民法院，即高级人民法院是中级人民法院第一审案件的上诉审法院，一般不审理第一审行政案件。但是，法律赋予高级人民法院在一定范围内审理的一审案件是其所辖区域内重大、复杂的案件，此类案件由中级人民法院审理难以形成有效判决时，其便可以对该案件进行审理。

4. 最高人民法院管辖的第一审行政案件

最高人民法院是最高审判机关，它的职能是领导和监督地方各级人民法院的审判工作，在绝大多数情况下最高人民法院都不受理第一审行政案件。但是，为了在立法上留有余地，《中华人民共和国行政诉讼法》第16条规定：“最高人民法院管辖全国范围内重大、复杂的第一审行政案件。”

（四）地域管辖

地域管辖，是指同一级别的不同地区或者不同区域人民法院受理第一审行政案

件的分工。地域管辖在行政诉讼中有如下类型:

1. 一般地域管辖

一般地域管辖也被学者们称之为普通管辖,是以当事人所在地为标准确定案件管辖法院的制度。《中华人民共和国行政诉讼法》第 17 条规定:"行政案件由最初作出具体行政行为的行政机关所在地的人民法院管辖。经复议的案件,复议机关改变原具体行政行为的,也可以由复议机关所在地人民法院管辖。"依此条规定,一般地域管辖有两方面的含义:一是由最初作出具体行政行为的行政机关所在地的人民法院管辖。二是经过行政复议的行政案件,行政相对人不服起诉的既可以选择作出具体行政行为的行政机关所在地的人民法院管辖,又可以选择行政复议机关所在地的人民法院管辖。

2. 特殊地域管辖

特殊地域管辖是一般地域管辖的特殊类型,它是根据特殊的行政法律关系或者特殊的行政法律关系所指的对象来确定管辖法院的制度。《中华人民共和国行政诉讼法》第 18 条规定:"对限制人身自由的行政强制措施不服提起的诉讼,由被告所在地或者原告所在地人民法院管辖。"第 19 条规定:"因不动产提起行政诉讼,由不动产所在地人民法院管辖。"此两条款是特殊地域管辖的规定,具体包括以下方面。

(1)因限制人身自由的行政强制措施引起的行政案件属于选择管辖。即原告既可以向原告所在地的人民法院起诉,也可以选择向被告所在地的人民法院起诉。最高人民法院的司法解释第 9 条第 2 款规定:"行政机关基于同一事实既对人身又对财产实施行政处罚或者采取行政强制措施的,被限制人身自由的公民、被扣押或者没收财产的公民、法人或者其他组织对上述行为均不服的,既可以向被告所在地人民法院提起诉讼,也可以向原告所在地人民法院提起诉讼,受诉人民法院可一并管辖。"限制人身自由的行政强制措施是一种非常严格的行政行为,此种行政行为一旦违法或不当将会对行政相对人造成较大损失。因此,对此类管辖采取了较为灵活的管辖方式。[41]

(2)因不动产引起的行政纠纷由不动产所在地人民法院管辖。此一管辖在行政诉讼管辖理论中也被叫做专属管辖。不动产是与动产相对应而言的,指从物理原理上讲不能够移动的财产,如土地、房屋、山林、水源、滩涂、山岭等。这类案件之所以要由所在地法院管辖是从方便案件审理的角度出发的。

(3)两个以上人民法院都有管辖权的案件,原告可以选择其中一个人民法院管辖。在共同行政行为和对人身强制的行政行为中均有可能出现两个人民法院都有管辖权的情形,此种管辖在诉讼理论中叫共同管辖,若出现共同管辖的情况,原告可以选择其中一个人民法院管辖。若原告向两个以上有管辖权的人民法院均提起了诉讼,由最先受理的人民法院管辖。

(五)裁定管辖

所谓裁定管辖,是指由人民法院自行决定管辖权的情况。如果把级别管辖、地域管辖都称为法定管辖,那么,裁定管辖则是非法定管辖,它是人民法院对自由裁量权在管辖权处理上的行使。行政诉讼制度中设定人民法院裁定管辖的权力有利于上级人民法院根据案件的情况灵活处理,使案件能够在最小成本下解决,裁定管辖有下列类型。

1. 移送管辖

移送管辖也称案件移送,是指本来对某一行政案件无管辖权,但为了方便原告行使诉讼权已经受理,然后将受理的行政案件移送给有管辖权的人民法院审理。《中华人民共和国行政诉讼法》第 21 条规定:"人民法院发现受理的案件不属于自己管辖时,应当移送有管辖权的人民法院。受移送的人民法院不得自行移送。"依这一规定,移送管辖有下列特点:一是移送法院已经受理了所移送的案件,即案件受理程序已经完成;二是移送法院受理后发现对该案无管辖权;三是接受移送的法院对该案件既拥有管辖权,又是移送法院的同级法院,即案件移送发生在同一级别的法院之间。[42]

2. 指定管辖

所谓指定管辖,是指两个人民法院在案件管辖权问题上发生了争议,或者受理法院无法行使管辖权,由两个法院的共同上级人民法院指定由某一下级法院管辖的裁定管辖。《中华人民共和国行政诉讼法》第 22 条规定:"有管辖权的人民法院由于特殊原因不能行使管辖权的,由上级人民法院指定管辖。人民法院对管辖权发生争议,由争议双方协商解决。协商不成的,报它们的共同上级人民法院指定管辖。"指定管辖有两种情况:一是两个人民法院就管辖权问题发生了争议,这种争议可以表现为双方都主张对某一案件的管辖权,或者双方都否认对某一案件的管辖权。此时便由上级法院指定其中一个人民法院管辖。二是由于特殊原因,使本来有管辖权的人民法院不能对案件继续行使管辖权。在诉讼制度中,这种特殊情况指法院自身无力抗拒或无法避免的原因,如各种自然灾害和突发意外事件等。还可能因为诉讼程序方面的原因,如由于审判人员回避而导致不能继续管辖案件。人民法院的技术水平有时也是导致不能继续行使管辖权的原因。

3. 管辖权的转移

所谓管辖权的转移,是指由上级人民法院决定或同意将行政诉讼的管辖权由下级人民法院移交给上级人民法院管辖,或者上级人民法院将案件移交给下级人民法院管辖的裁定管辖。《中华人民共和国行政诉讼法》第 23 条规定:"上级人民法院有权审判下级人民法院管辖的第一审行政案件,也可以把自己管辖的第一审行政案件移交下级人民法院审判。下级人民法院对其管辖的第一审行政案件,认为需要由上级人民法院审判的,可以报请上级人民法院决定。"

序号	1	2	3	4
概念范畴	确定行政管辖的原则	级别管辖	地域管辖	裁定管辖
基本含义	(1)权责对等 (2)职级对应 (3)事态对位 (4)主体对域	(1)基层法院: 一般一审案件 (2)中级法院: A 本辖区重大影响的 B 专利案件 C 海关案件 D 省政府、国务院部门 (3)高级法院: 区域内重大、复杂案件 (4)最高法院: 全国重大、复杂案件	(1)一般地域管辖: 最初作出行政行为机关复议案件可选择 (2)特殊地域管辖: 强制措施 专属管辖 共同管辖	(1)移送管辖 (2)指定管辖 (3)管辖权转移

第三节　行政诉讼参加人

一、行政诉讼原告

行政诉讼原告是行政诉讼的当事人之一,是指认为行政主体的某一具体行政行为侵犯了自身的合法权益,以自己的名义向人民法院起诉要求撤销或改变该行政行为的公民、法人或者其他组织。《中华人民共和国行政诉讼法》第 24 条规定:“依照本法提起诉讼的公民、法人或者其他组织是原告。有权提起诉讼的公民死亡,其近亲属可以提起诉讼。有权提起诉讼的法人或者其他组织终止,承受其权利的法人或者其他组织可以提起诉讼。”这是我国法律关于原告及其资格的法律依据。为了使原告进一步具体化,《最高人民法院关于执行〈中华人民共和国行政诉讼法〉若干问题的解释》对原告的相关问题作了解释,第 12 条规定:“与具体行政行为有法律上的利害关系的公民、法人或者其他组织对该行为不服的,可以依法提起行政诉讼。”第 13 条规定:“基层人民法院管辖第一审行政案件。”另外在行政管理活动过程中行政主体向被管理者行使管理权,在管理过程中行政相对人由于受到行政主体行政行为的作用,使其在法律上的权利义务受到了影响,他对行政主体改变或影响其权益的行政行为不服,因而也具有行政诉讼的原告资格。可见,认为侵害其合法权益是原告资格成立的关键所在。与行政复议中的复议请求人一样,只要“认为”侵犯其合法权益即可,因为行政行为是否侵犯其合法权益还需要通过审判行为来证明。最高人民法院的解释,将“认为”解释为可以是认为行政行为直接侵犯其合法权益的情形,也可以是认为间接侵犯其合法权益的情形,即行政主体所作的行政行为不一定是直接针对原告的,只要行政主体作出的行为,原告认为该行为已经侵犯了自己的合法权益便可成为原告,这大大拓宽了行政原告的范围。其一,必须是起诉人对行政主体具体行政行为不服。原告的身份必须是特定的,即在法律上和诉讼制度中原告资格必须受到限定,否则行政诉讼制度则难以起到对侵权行为救济的作用。这种限定就是原告必须与行政主体之行政行为有关联,该关联性是具体的现实的。在行政法治中,权益受到侵害的情形或者认为权益受到侵害的情形是非常多见的,但是,一些社会主体在权益受到侵害或认为受到侵害的情况下,并不一定想通过诉讼程序救济权益,那么,与此一行政行为无关的局外人是否能够为了打抱不平而成为原告起诉呢,回答是否定的,即任何与行政行为没有利害关系的人都不能成为行政诉讼原告。[43]其二,必须以起诉者本人的名义向人民法院起诉。原告只能以自己的名义起诉,这是原告在法律上的又一限定条件。在权益受损的行政相对人死亡的情况下,其近亲属有权成为行政诉讼原告,但是,此时的原告亦必须以自己的名义而不得以死者的名义起诉,对于这种复杂现象学者们有不同认识。

行政诉讼原告有下列类型:

1. 自然人

指具有中华人民共和国国籍的自然人。他们作为行政诉讼的原告参加诉讼时,必须具有法律上的诉讼行为能力和诉讼权利能力,没有行为能力的人成为原告时必须由其法定代理人代理。外国人和无国籍的人也属于自然人的范畴,当然也是行政诉讼原告。

2. 法人

行政诉讼的法人概念是对民事法律中法人概念的援用,其在行政诉讼中没有相对的特殊性。一般指能以自己的名义从事民事活动的组织。最高人民法院的司法解释对法人的特殊类型作了如下列举:一是合伙企业和合伙人作为原告的情形。合伙企业作为原告时,应当以核准登记的字号为原告身份,由执行合伙企业事务的合伙人作为诉讼代表人。而其他合伙组织,指没有取得法人资格的合伙组织,在诉讼中全体合伙人则以共同诉讼人出现成为行政诉讼的共同原告。二是联营企业、中外合资企业或者合作企业作为原告的情形。《最高人民法院关于执行〈中华人民共和国行政诉讼法〉若干问题的解释》第15条规定:"联营企业、中外合资或者合作企业的联营、合资、合作各方,认为联营、合资、合作和企业权益或者自己一方合法权益受具体行政行为侵害的,均可以自己的名义提起诉讼。"三是农村土地承包人作为原告的情形。农村土地承包人等土地使用权人对行政机关处分其使用的农村集体所有土地的行为不服,可以自己的名义起诉。土地使用权人可以是自然人也可以是法人组织。他们都有权利以自己的名义起诉而成为行政诉讼原告。四是非国有企业作为原告的情形。非国有企业若被行政主体注销、撤销、合并、强令兼并、出售、分立或者改变企业隶属关系的,该企业或者其法定代表人可以提起行政诉讼而成为行政诉讼原告。五是股份制企业作为原告的情形。股份制企业若认为行政主体的行政行为侵犯其经营自主权,其股东大会、股东代表大会、董事会等可以以自己的名义提起行政诉讼而成为行政诉讼原告。

3. 其他组织

其是指没有法人资格的社会组合体，我们在行政法关系理论中已经对不具有法人资格的其他组织作了讲解。

二、行政诉讼被告

被告是与原告相对而言的，没有原告就没有被告。在行政诉讼中，被告是指经原告起诉声称其具体行政行为侵犯了其合法权益的行政机关或者法律、法规授权的组织。《中华人民共和国行政诉讼法》第 25 条规定："公民、法人或者其他组织直接向人民法院提起诉讼的，作出具体行政行为的行政机关是被告。经复议的案件，复议机关决定维持原具体行政行为的，作出原具体行政行为的行政机关是被告；复议机关改变原具体行政行为，复议机关是被告。两个以上行政机关作出同一具体行政行为的，共同作出具体行政行为的行政机关是共同被告。由法律、法规授权的组织所作的具体行政行为，该组织是被告。由行政机关委托的组织所作的具体行政行为，委托的行政机关是被告。行政机关被撤销的，继续行使其职权的行政机关是被告。"《最高人民法院关于执行〈中华人民共和国行政诉讼法〉若干问题的解释》第 20—22 条等都对被告的资格和类型作了进一步解释。上述规定是被告资格及其类型的重要法律依据。依这些规定，行政诉讼被告应当具备下列条件：其一，被告在行政执法阶段具有行政主体资格；其二，被告作为行政主体在行政法关系中实施了行政行为，且实施的具体行政行为对原告的权利和义务产生了影响；其三，必须被人民法院通知应诉。

在行政诉讼中，被告有下列具体类型：

1. 原告直接向人民法院起诉的，作出具体行政行为的机关是被告。行政复议和行政诉讼是两种救济制度，二者的关系我们已经作了分析。如果法律没有规定复议救济途径，或者复议救济不是行政复议的前置程序，行政相对人直接向人民法院提起行政诉讼，作出具体行政行为的行政主体是被告。

2. 经复议案件的被告资格确定。经过行政复议的案件，若复议机关经过行政复议维持了原行政机关的行政行为，行政相对人不服提起行政诉讼，作出行政行为的机关是被告；若复议机关经过复议改变了原具体行政行为，行政相对人不服起诉的，复议机关是被告。

3. 两个以上行政机关共同作出行政行为，作出行政行为的机关是共同被告。

4. 由行政主体委托的组织作出具体行政行为，行政相对人不服起诉的，委托的行政机关是被告。

5. 由法律、法规授权的组织作出的具体行政行为，行政相对人不服起诉的，作出行政行为的组织是被告。

6. 作出行政行为的行政主体被撤销，继续行使其权力的机关是被告。

7. 行政机关组建并赋予行政管理职能但不具有独立承担法律责任能力的机构，

以自己的名义作出具体行政行为,行政相对人不服提起行政诉讼的,组建该机构的行政机关是被告。

8. 行政机关的内设机构或者派出机构在没有法律、法规授权的情况下,以自己的名义作出具体行政行为,行政相对人不服提起行政诉讼的,该行政机关是被告。

9. 法律、法规或者规章授权范围实施行政行为,行政相对人不服起诉的,实施该行政行为的机构或者组织是被告。

10. 复议机关在法定复议期限内不作复议决定,行政相对人对原具体行政行为不服起诉的,作出具体行政行为的机关是被告。

11. 行政相对人对行政复议机关不作行政复议的行为起诉的,复议机关是被告。

三、共同诉讼人

(一)共同诉讼的概念

所谓共同诉讼,是指原告为两个以上或被告为两个主体以上以及双方都是两个以上的行政诉讼。在行政诉讼理论中,将原告为两个以上的诉讼称为积极的共同诉讼,将被告为两个以上诉讼称之为消极的共同诉讼。而将原被告都为两个或两个主体以上的诉讼称之为混合的共同诉讼。[44]共同诉讼既是简化诉讼程序的必要,又是避免人民法院作出矛盾判决的必要。共同诉讼的成立必须具备一定的条件。一方面,共同行政诉讼的主体必须是两个以上,或者原告是两个以上,或者被告是两个以上,或者原被告双方均为两个以上,若没有这样的主体条件范围诉讼便无法形成。另一方面,共同诉讼与行政主体的行政行为有关,或者行政主体一个行政行为引起了多个当事人相同的权利义务,或者行政主体两个以上相似行政行为引起了多个主体的权利义务。总之,共同诉讼中的共同性与行政纠纷的便当解决有关,若将行政行为放在一起会导致诉讼程序的进一步复杂化,会使行政纠纷不便化解则共同诉讼就没有存在的必要。

(二)必要的共同诉讼及共同诉讼人

行政诉讼当事人一方或双方为两人以上,因行政主体同一具体行政行为引发行政纠纷,当事人不服提起行政诉讼的,便是必要的共同诉讼。必要共同诉讼的基础条件是因行政主体同一个具体行政行为引起的,即具体行政行为的“一元”性是引起必要共同诉讼的必备条件。必要共同诉讼中既可能有共同原告,还可能有共同被告。在必要共同诉讼中共同原告有如下类型:第一,两个或者两个以上的行政诉讼相对人被行政主体以同一行政行为处理,两个被处理的行政相对人均不服,向人民法院提起诉讼而成为共同原告。第二,行政主体对侵害人作出一个具体行政行为,而两个以上的被侵害人对行政主体的行政行为不服提起行政诉讼而成为共同原告。在治安行政案件中,公安机关处理了加害人而两个以上的被侵害人认为行政主体对加害人的处理不足以保护自己的合法权益便有权起诉而成为共同原告。第三,行政主体对加害人作出一个具体行政行为受害人不服起诉,而被侵害人亦不服起诉,加害人和被害人显然利益不一致，但由于其权利义务由一个行政行为引起，因而成为行政诉讼的共同原告。必要共同诉讼中的共同被告指两个或者两个以上的行政主体作出同一个具体行政行为，行政相对人不服起诉，共同作出同一具体行政行为的行政主体便是共同被告。

（三）普通共同诉讼及其共同诉讼人

普通共同诉讼是指行政诉讼当事人一方或者双方为两人以上，因行政主体同样或者同一类型的具体行政行为引发行政纠纷而进入诉讼程序的情形。在普通共同诉讼的情况下，共同诉讼人之间的权利义务是可以分割的，它们本能够作为多案处理，但人民法院为了简化程序，将多案并为一案而使诉讼成为共同诉讼。普通的共同诉讼的成立要考虑下列因素：一是共同诉讼中的共同被告是否都在同一个人民法院的辖区之内，即受理案件的人民法院对若干共同被告都能行使案件审理权。二是多个原告或多个被告之间发生的多个同样类型的诉讼属于同一诉讼程序，若不是同一诉讼程序则不能作为共同诉讼。三是人民法院合并审理是否能达到简化诉讼程序的目的。若作为共同诉讼不能达到简化程序的目的则不可以作为共同诉讼处理。《最高人民法院关于执行〈中华人民共和国行政诉讼法〉若干问题的解释》第 46 条规定："有下列情形之一的，人民法院可以决定合并审理：（一）两个以上行政机关分别依据不同的法律、法规对同一事实作出具体行政行为，公民、法人或者其他组织不服向同一人民法院起诉；（二）行政机关就同一事实对若干公民、法人或者其他组织分别作出具体行政行为，公民、法人或者其他组织不服分别向同一人民法院起诉；（三）在诉讼过程中，被告对原告作出新的具体行政行为，原告不服向同一人民法院起诉的；（四）人民法院认为可以合并审理的其他情形。"该条所规定的诸种情形是普通共同诉讼的诸种特殊类型。

四、行政诉讼第三人

（一）行政诉讼第三人的概念

所谓行政诉讼第三人，是指在原告和被告的行政诉讼活动展开以后，介入该诉讼中的公民、法人或者其他组织。在行政诉讼中，原告与被告是整个诉讼活动展开所必不可少的，一般将原告与被告已经开展的诉讼称之为本诉，第三人就是介入到本诉中的第三者，一般将第三人参加的诉讼叫参加诉讼。第三人具有下列特点：一是其参加到原告与被告已经开展但没有结束的诉讼中来；二是其与原告和被告开展的诉讼以及诉讼标的有利害关系，即人民法院对行政主体被诉具体行政行为的审查结果会影响到他的利益。第三人介入到诉讼中的目的是为了维护自己的权益；[45] 三是其参加到原告与被告之间尚未结束的诉讼中，若原告与被告之诉讼已经结束则不存在第三人的问题。

（二）行政诉讼第三人的类型

《中华人民共和国行政诉讼法》第 27 条规定："同提起诉讼的具体行政行为有利

害关系的其他公民、法人或者其他组织,可以作为第三人申请参加诉讼,或者由人民法院通知参加诉讼。”显然,此条对第三人的规定是非常原则的,为了使第三人在行政诉讼中进一步具体化,《最高人民法院关于执行〈中华人民共和国行政诉讼法〉若干问题的解释》第24条规定:“行政机关的同一具体行政行为涉及两个以上利害关系人,其中一部分利害关系人对具体行政行为不服提起诉讼,人民法院应当通知没有起诉的其他利害关系人作为第三人参加诉讼。第三人有权提出与本案有关的诉讼主张,对人民法院的一审判决不服,有权提起上诉。”依上列规定,行政诉讼第三人可概括为下列类型。

1. 侵害人作为第三人

在治安等行政案件中,侵害人对被侵害人实施了加害行为,行政机关依法对侵害人的行为予以处理,被侵害人认为行政机关的处理没有能够保护自己的权益,而侵害人能够接受行政机关对自己的处理决定。在被侵害人将行政机关作为被告起诉的情况下,侵害人作为第三人参加到行政诉讼中来。其参加到诉讼中的目的是主张维护行政机关的处理决定,进而保护自己的利益。

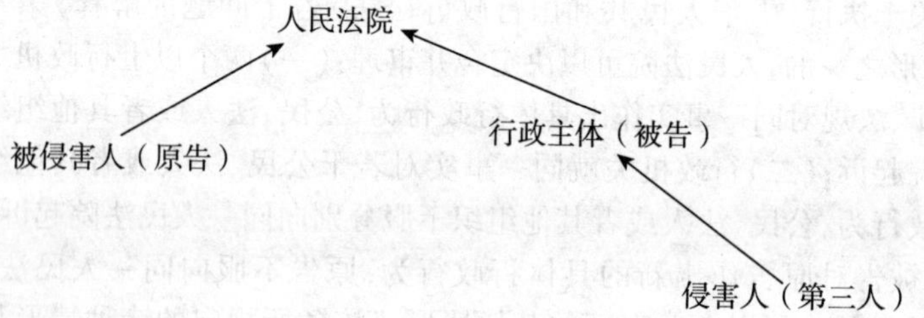

2. 被侵害人作为第三人

在治安等行政案件中,侵害人对被侵害人实施了加害行为,行政机关依法对侵害人的行为予以处理,被侵害人认为行政主体对侵害人的处理合法适当,而侵害人则不服行政机关的处理决定,向人民法院提起行政诉讼,被侵害人作为第三人参加到行政诉讼中来,其参加到诉讼中来的目的的同样是维持行政主体的处理决定,进而维护自己的权益。

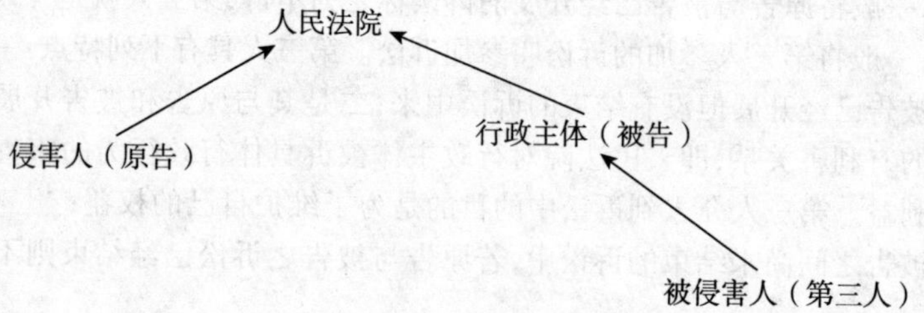

3. 确权案件中的权利人

行政确权行为是行政主体对公民、法人和其他组织权属争执所实施的公断行为。在权属争执中必有两方主体，通过行政主体的确认得到权益的一方为权利人，而争执中的另一方则可以称之为权利异议人。当权利异议人对行政主体的裁决行为不服提起行政诉讼后，权利人则作为第三人参加行政诉讼，支持行政主体的权属确认行为，进而维护自己的权利。

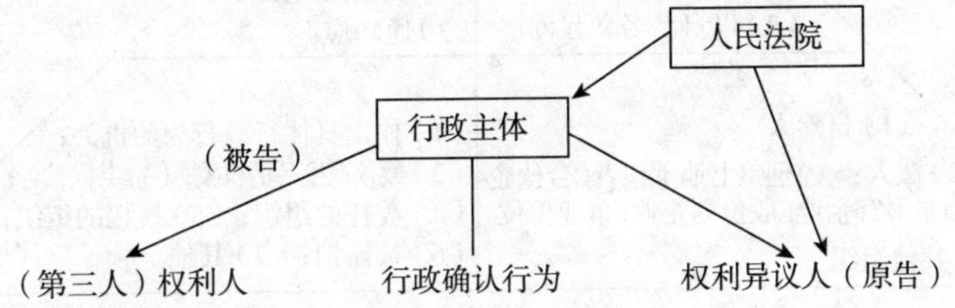

4. 裁决案件中的一方当事人

行政机关常常对公民、法人和其他组织之间的赔偿或者补偿纠纷进行裁决。这种裁决的结果可能使双方当事人一方认同另一方不认同，当不认同的一方提起行政诉讼时，另一方当事人则作为第三人参加诉讼。

5. 行政处理案件中的未起诉人

行政机关就同一违法事实处罚了两个或者两个以上的行政相对人，其中某个或某些被处理人对该行政行为不服提起了行政诉讼，而另一些人则没有起诉，人民法院受理后将未起诉的人作为第三人。因为人民法院对起诉人所诉具体行政行为的判决，对未起诉人的权利义务会产生影响。

6. 与行政机关共同署名作出行政处理决定的非行政机关

行政机关在行政管理中，常常与行政机关以外的组织共同执法。这些非行政机关的组织不能单独作出行政行为，但可以与行政机关联合署名，这类行政行为作出后若行政相对人不服提起行政诉讼，与行政机关联合署名的非行政机关作为第三人参加行政诉讼。

7. 其他类型利害关系人

在一个行政案件中，被行政机关具体行政行为处理的公民、法人和其他组织不服，以行政机关为被告起诉，其他利害关系人认为该具体行政行为的处理结果与自己的权益有关，便可作为第三人参加到行政诉讼中来。

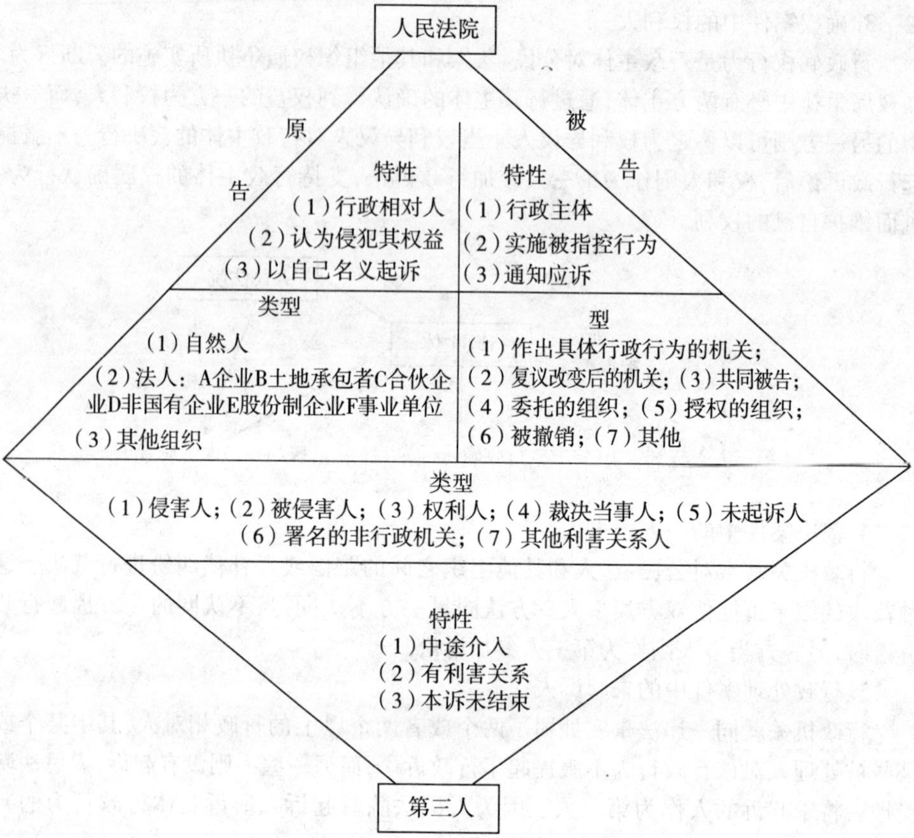

第四节 行政诉讼第一审程序

一、行政诉讼起诉和受理

（一）起诉

1. 起诉的概念

所谓行政诉讼的起诉，是指公民、法人或者其他组织认为行政主体的具体行政行为侵犯了自己的合法权益，依诉讼程序向人民法院提出请求，要求人民法院对行政主体行政行为进行审查以保护自己权益的法律行为。行政诉讼起诉是由原告进行的法律行为，即受行政主体行政行为作用的行政相对人的法律行为，而不是被告即行政主体的法律行为；行政诉讼的结果是引起第一审程序的展开，[46]它是整个一审程序的起始环节。依照不告不理原则，若没有原告的起诉，行政诉讼一审程序就无法展开或者不可能展开。

2. 起诉的条件

行政诉讼起诉的条件是法定条件,《中华人民共和国行政诉讼法》第 41 条专门规定了行政诉讼起诉的条件。依此条款规定行政诉讼起诉的条件有下列几个方面:

(1)主体条件。所谓主体条件,是指行政诉讼的起诉人即原告必须具有特定的身份,且必须符合特定的身份标准。这个标准由两个因素构成:一个因素是起诉的人必须是行政相对人,即其受到了行政主体行政行为的影响。另一个因素是起诉人必须认为行政主体的具体行政行为侵犯了自己的合法权益,此两因素必须同时存在。

(2)对象条件。诉讼行为是对某一主体的指控,没有被指控的对象诉讼活动便无法存在。行政诉讼的起诉也不例外,必须有明确的被告。

(3)内容条件。起诉必须有比较明确的诉讼主体和相应的事实根据,对于起诉而言这是基本内容,它要求原告所主张的权益必须是明确的,若没有明确的权益主张,人民法院的审判活动也就难以有明确的方向。

(4)主管与管辖条件。行政相对人在与行政主体的行政法关系中,会有多种多样的关系形式,其受到行政主体侵害的情形也有多种类型,其中一些侵害不可能通过诉讼程序进行救济,不能通过诉讼程序救济的就不是人民法院的主管范围。因而,也就不符合起诉的条件。除了主管以外,人民法院内部还存在分工问题,若原告的起诉不宜由受诉法院管辖,依行政诉讼法的规定也不符合起诉的条件。

(5)期限条件。即原告起诉必须符合法定期限。行政诉讼起诉期限有两套法律规则:一是《中华人民共和国行政诉讼法》规定的期限规则只以先经过行政复议的案件,当事人不服复议决定起诉的,可以在收到复议决定书之日起 15 日内起诉。若行政复议机关逾期不作决定,当事人可以在复议期满之日起 15 日内起诉;对于不经行政复议而直接向人民法院起诉的行政案件,当事人应当在知道行政机关作出具体行政行为之日起 3 个月内起诉。所谓知道行政机关作出具体行政行为之日起指行政机关将行政决定告知当事人之日,在一般情况下行政机关都会以书面通知的形式告知当事人行政行为的内容。告知必须以行政相对人的受理为前提,若行政相对人没有履行受理的法律行为就不应当被视为已经告知。《中华人民共和国行政处罚法》对行政处罚决定书的下达作了规定,即行政主体要以民事诉讼法规定的送达程序将行政处罚决定告知行政相对人。由于行政相对人是否知道行政行为已经作出直接关系到其诉权,因此,告知制度就显得非常重要;当事人因不可抗力或者其他特殊情况耽误法定期限的,在障碍消除后的 10 日内,可以申请延长起诉期限,是否可延长由人民法院决定。

二是其他行政实体法规定的起诉期限。各实体法的规定不同,起诉期限也就有所不同。有的规定为 5 日,有的为 15 日,还有的为 30 日或 3 个月。例如,《中华人民共和国商标法》第 43 条第 2 款规定:“当事人对商标评审委员会的裁定不服的,可以自收到通知之日起 30 日内向人民法院起诉。人民法院应当通知商标裁定程序的对方当事人作为第三人参加诉讼。”不予受理要以裁定的形式作出，最高人民法院的解释对裁定不予受理的情况作出如下具体规定：其一，请求事项不属于行政审判权限范围的；其二，起诉人无原告诉讼主体资格的；其三，起诉的人错列被告且拒绝变更的；其四，法律规定必须由法定或者指定代理人、代表人为诉讼行为，未由法定或者指定代理人、代表人为诉讼行为的；其五，由诉讼代理人代为起诉，其代理不符合法定要求的；其六，起诉超过法定期限且无正当理由的；其七，法律、法规规定行政复议为提起诉讼必经程序而未申请复议的；其八，起诉人重复起诉的；其九，已撤回起诉，无正当理由再行起诉的；其十，诉讼标的为生效判决的效力所羁束的；起诉不具备其他法定要件的。

3. 起诉的方式

依《中华人民共和国行政诉讼法》第 42 条的规定，行政诉讼的起诉方式是书面起诉，即原告必须向人民法院提交起诉书及其副本。[47] 起诉书应载明下列内容：(1)原告的样本情况，包括原告的姓名、性别、年龄、民族、籍贯、职业、工作单位、住址。原告为法人或其他组织的，则写明法人或单位的名称、所在地、法定代表人的姓名、职务。原告有数人的，依次排列。(2)被告的基本情况，包括被告即行政机关的名称、所在地、法定代表人的姓名、职务。被告是数个行政机关的依次排列。(3)诉讼请求是什么。(4)起诉所根据的事实和具体理由。(5)结尾和附项，包括呈送的法院名称、具状人签名盖章、日期和附上有关证据材料。

(二)受理

所谓受理，是指人民法院对起诉进行审查，接受符合法定条件的起诉并予以立案的法律行为。受理是以对起诉的审查为前提的，《中华人民共和国行政诉讼法》第 42 条规定：“人民法院接到起诉状，经审查，应当在 7 日内立案或者作出裁定不予受理。原告对裁定不服的，可提起上诉。”《最高人民法院关于执行〈中华人民共和国行政诉讼法〉若干问题的解释》第 32 条规定：“人民法院应当组成合议庭对原告的起诉进行审查。符合起诉条件的，应当在 7 日内立案；不符合起诉条件的，应当在 7 日内裁定不予受理。7 日内不能决定是否受理的，应当先予受理；受理后经审查不符合起诉条件的，裁定驳回起诉。受诉人民法院在 7 日内既不立案，又不作出裁定的，起诉人可以向上一级人民法院申请或者起诉。上一级人民法院认为符合受理条件的，应予受理；受理后可以移交或者指定下级人民法院审理，也可以自行审理。前三款规定的期限，从受诉人民法院收到起诉状之日起计算；因起诉状内容欠缺而责令原告补正的，从人民法院收到补正材料之日起计算。”从上述规定可以看出，对当事人起诉的审查是一个法律行为，它是受理的必经环节。通过起诉的审查可以有三种处理结果：一是告知起诉人补正。在起诉人基本符合起诉条件，但起诉书在某一些方面有所疏漏时，人民法院则限令起诉人补正。二是裁定不予立案。如果起诉人的起诉不符合法定要件的便作裁定不予立案处理。法定要件的五个方面缺一不可，只要起诉人缺乏其中之一人民法院就可作出不予受理的决定。三是期限的特殊情况。行政相对人申请行政机关履行法定职责,行政机关在接到申请之日起60日内不履行的,当事人有权起诉。《最高人民法院关于执行〈中华人民共和国行政诉讼法〉若干问题的解释》第41条规定:“行政机关作出具体行政行为时,未告知公民、法人和其他组织诉权或者起诉期限的,起诉期限从公民、法人或者其他组织知道或者应当知道诉权或者起诉期限之日起计算,但从知道或者应当知道具体行政行为内容之日起最长不得超过2年。复议决定未告知公民、法人或者其他组织诉权或者法定起诉期限的,适用前款规定。”

二、审理前的准备

(一)审理前准备的含义

审理前的准备也叫庭前准备,是指人民法院立案后为对案件进行一审判决所作的准备工作。庭前准备是第一审程序中一个必不可少的环节。人民法院在审理案件之前必须充分了解和熟悉与案件有关的所有事实,对案件的一些关键问题有所掌握,且有些问题若不在这一阶段掌握就会阻滞审理程序。庭前准备是其他诉讼程序也具有的程序,但在行政诉讼中庭前准备在一些方面有自己的特点,我们重点介绍行政诉讼庭前准备的一些关键内容。

(二)被告向人民法院提交作出具体行政行为的材料

人民法院决定立案后,在5日内将起诉书副本发给作为被告的行政主体。被告在收到起诉书副本之日起10日内向人民法院提交答辩状。在行政诉讼中被告除了提交答辩状以外,还必须提交作出具体行政行为的有关材料。这些材料包括行政主体作出某一具体行政行为时所依据的事实,所依据的证据材料,所依据的法律、法规等。

(三)更换和追加诉讼当事人

人民法院若发现原告和被告不符合当事人条件时,应更换当事人使符合条件的人参加诉讼。《最高人民法院关于执行〈中华人民共和国行政诉讼法〉若干问题的解释》第23条规定:“原告所起诉的被告不适格,人民法院应当通知原告变更被告;原告不同意变更的,裁定驳回起诉。应当追加被告而原告不同意追加的,人民法院应当通知其以第三人身份参加诉讼。”

(四)决定是否停止执行被诉具体行政行为

依行政诉讼的有关原则,在诉讼期间行政主体的具体行政行为不停止执行。但是遇有行政诉讼法规定的例外情形,行政主体的具体行政行为则要停止执行。停止具体行政行为的执行决定权是人民法院,而人民法院在开庭审理之前就要作出是否停止执行的决定,它是行政诉讼庭前准备工作的又一特殊之处。若要停止具体行政行为执行,由人民法院作出停止执行的裁定。

(五)书面裁定先行给付

对原告起诉行政机关没有依法发放抚恤金、社会保险金、最低生活保障金等行政案件,在原告申请人民法院要求被告先行给付时,人民法院要对原告先行给付的主张进行审查,若原告的先行给付申请符合条件时,便可以裁定书的形式作出先行给付的裁定。

(六)决定是否合并审理

行政诉讼的共同诉讼分为必要的共同诉讼和普通的共同诉讼。普通共同诉讼是为了简化程序而合并审理的,即在普通共同诉讼的情况下,案件是否合并审理必须在庭审前作出判断和决定。

三、开庭审理

(一)开庭审理的含义

所谓开庭审理,是指在人民法院的主持下,在当事人及其他诉讼参与人的参加下依照法定程序对行政案件作出审理的全过程。开庭审理是行政诉讼程序的中心环节,是人民法院对行政行为进行司法审查的主要方式,也是人民法院行使行政审判权最为突出和集中的表现。

(二)开庭审理的具体程序

(1)宣布开庭。具体的规则与民事诉讼的操作规则相同。

(2)法庭调查。与民事诉讼等程序法庭调查的不同在于强调被告与案件的事实和证据向法庭进行陈述,原告有权陈述自己的主张,但原告没有提交证据材料的义务。

(3)法庭辩论。围绕被告具体行政行为的合法性进行辩论。

(4)合议庭评议。与民事诉讼等程序相同。

(5)宣判。与民事诉讼等程序相同。

四、审判程序中几种特殊情况的处置

(一)当事人拒不到庭

当事人拒不到庭分为原告拒不到庭、被告和第三人拒不到庭三种情况。[48]依《中华人民共和国行政诉讼法》第48条、《最高人民法院关于执行〈中华人民共和国行政诉讼法〉若干问题的解释》第49条的规定,[49]原告拒不到庭视为撤诉。被告拒不到庭人民法院可以缺席判决。第三人拒不到庭则不影响案件的处理,即在审判过程中对第三人的权利义务可以不予考虑,除非这种权利义务与原被告的诉讼主张有关联。

(二)撤回起诉

1.撤诉的概念。撤诉是原告的法律行为,是指原告起诉后,在人民法院判决作出前,依法定程序向人民法院提出撤回诉讼主张的行为。

2.申请撤诉。申请撤诉是原告主动向人民法院提出撤诉申请的情形。申请撤诉有两种具体情况:一是原告起诉后认为具体行政行为合法而撤诉;二是原告起诉后被告改变具体行政行为,原告对改变后的具体行政行为能够接受而撤诉。根据《最高人民法院关于执行〈中华人民共和国行政诉讼法〉若干问题的解释》第 50 条的规定,被告改变具体行政行为应当符合下列条件:其一,被告一审期间改变被诉具体行政行为的,应当书面告知人民法院。其二,原告或第三人对改变后的具体行政行为不服可以就改变后的具体行政行为提起诉讼。其三,被告改变原具体行政行为后,原告不撤诉,人民法院应当继续进行司法审查。经审查认为原具体行政行为违法的应当作出确认其违法的判决,认为原具体行政行为合法的应当判决驳回原告的诉讼请求。其四,原告起诉被告不作为的,在诉讼期间被告作出具体行政行为,诉讼期间原告不撤诉的,人民法院继续对原行政行为进行审查并作出相应判决。

3. 视为申请撤诉。在原告未能按规定期限预交案件审理费,又不提交缓交、减免、免交申请或者提出未获批准,原告经人民法院两次合法传唤不到庭或未经许可中途退庭的情况下视为申请撤诉。

4. 撤诉的法律后果。原告撤诉后不得再以同一事实和理由重新起诉。

(三)中止诉讼

1. 中止诉讼的概念。所谓中止诉讼,是指在行政诉讼过程中,由于存在某种足以导致诉讼程序暂时中断的客观情况,诉讼程序暂时停止,待障碍消除后再获得诉讼程序的制度。

2. 导致中止诉讼的原因。《最高人民法院关于执行〈中华人民共和国行政诉讼法〉若干问题的解释》第 51 条规定了下列中止诉讼的原因,这一规定表明中止诉讼是一个法律行为,而终止诉讼的这些原因也是法定原因。其一,原告死亡,须等待其近亲属表明是否参加诉讼的;其二,原告丧失诉讼行为能力,尚未确定法定代理人的;其三,当事人作为一个组织客体终止,尚未确定权利义务承受者的;其四,一方当事人因不可抗力的事由不能参加诉讼的;其五,案件涉及法律适用问题,需要送请有权机关作出解释或者确认的;其六,案件的审判需以其他案件的审理结果为依据的;其七,其他应当中止诉讼的情形。这一情形由人民法院在审判实践中确定。

3. 中止诉讼的操作程序。中止诉讼以裁定形式作出,作出裁定的权力归属人民法院,裁定一经作出即具有法律效力,当事人不得就该裁定提出上诉,也不能申请人民法院复议。裁定一经作出诉讼活动就予以停止,财产保全裁定除外。中止诉讼的原因消除后,可以由当事人申请或者由人民法院依职权恢复诉讼,诉讼中止以前的诉讼行为仍然具有法律效力。

(四)终结诉讼

1. 终结诉讼的概念。所谓终结诉讼,是指在行政诉讼进行期间,由于存在和发生了足以导致诉讼程序终结的客观原因,从而结束正在进行的行政诉讼程序的一项法律行为。

2. 导致终结诉讼的原因。《最高人民法院关于执行〈中华人民共和国行政诉讼法〉若干问题的解释》第 52 条规定了下列终结诉讼的原因。其一,原告死亡,没有近亲属或者近亲属放弃诉讼权利的；其二，作为原告的法人或者其他组织终止后，其权利义务的承受人放弃诉讼权利的；其三，原告丧失诉讼行为能力，中止诉讼满90日仍无人继续诉讼的。

3. 终结诉讼的操作程序。终结诉讼的案件以裁定的形式作出。对于终结诉讼的裁定当事人既不能上诉也不能提起复议。

（五）延期审理

1. 延期审理的概念。所谓延期，是指人民法院对行政案件决定开庭审理后或者在开庭审理中，由于存在足以导致延期审理的原因，从而推迟案件审理期限的法律行为。

2. 导致延期审理的原因。其一，必须到庭的当事人没有到庭的；其二，当事人申请回避不能进行审理的；其三，需要通知新的证人到庭的；其四，其他应当延期审理的情形。

3. 延期审理的性质。延期审理是就开庭审理的日期而言的，它与整个诉讼活动无关，即在延期审理期间，其他诉讼活动还要继续进行，如调查、取证等并不因延期审理而中止。这也是延期审理和诉讼中止的区别，同时延期审理不以裁定的形式作出。

五、第一审行政案件的判决

（一）行政案件判决的概念

行政案件的判决是指人民法院通过开庭审理，在查清事实的前提下，对被诉具体行政行为进行司法审查作出合法与否判断的法律行为。

（二）行政判决的种类

1. 维持判决

维持判决是人民法院肯定行政主体具体行政行为的判决，依《中华人民共和国行政诉讼法》第54条的规定，维持判决的具体行政行为必须同时具备三个条件：一是具体行政行为证据确凿；二是具体行政行为适用法律、法规正确；三是具体行政行为符合法定程序。

2. 驳回诉讼请求判决

驳回诉讼请求判决是对原告起诉行为中实体权利义务的否定，反过来说是对被审查的具体行政行为的肯定，不论这种行政行为是作为的行政行为还是不作为行政行为。《最高人民法院关于执行〈中华人民共和国行政诉讼法〉若干问题的解释》第56条规定了驳回诉讼请求判决的适用条件：其一，原告起诉被告不作为不能成立的；其二，被诉具体行政行为虽有不合理之处，但从总体上看符合法律规定，有法律依据的；[50]其三，被诉讼具体行政行为因法律和政策的变化需要予以变更或者废止，但该具体行政行为在当初作出时是一个合法的行政行为的；其四，其他应当驳回诉讼请求判决的情形。具体情形和适用由人民法院在审理过程中决定。

3. 撤销判决

撤销判决是对被诉具体行政行为的否定判决,依《中华人民共和国行政诉讼法》第54条的规定,符合下列条件的人民法院作出撤销判决:其一,被诉具体行政行为主要证据不足的;其二,被诉具体行政行为适用法律、法规错误的;其三,被诉讼具体行政行为违反法定程序的;其四,被诉具体行政行为超越职权的;其五,被诉具体行政行为滥用职权的。附合上述条件具备之一的人民法院便可作出撤销判决,而不是同时具备上述条件。《最高人民法院关于执行〈中华人民共和国行政诉讼法〉若干问题的解释》对撤销判决作了一些补充决定,即当人民法院对被诉具体行政行为作出撤销判决,而撤销判决作出后将会给国家利益、公共利益或者他人合法权益造成损失的,[51]人民法院在作出撤销判决的同时可以采取下列法律行为:一是判决被告重新作出具体行政行为;二是责令被诉行政机关采取相应的补救措施;三是向被告或有关机关提出司法建议;四是发现违法犯罪行为的,建议有权机关依法处理。撤销判决既可以是对被诉具体行政行为的全部撤销,也可以是对被诉具体行政行为的部分撤销。

4. 重新作出具体行政行为判决

重新作出具体行政行为判决是撤销判决中的附属判决,即在人民法院作出撤销判决时,同时可以判决被告重新作出具体行政行为。被告在重新作出行政行为时不得以同一事实和同一理由作出与被撤销的具体行政行为相同的具体行政行为。最高人民法院的解释还规定了人民法院在必要时可以对行政主体重新作出行政行为限定期限。

5. 变更判决

依目前我国诉讼法的规定,变更判决存在的空间是非常有限的,它仅仅适用于行政处罚,就是当行政主体的行政处罚显失公正时,[52]人民法院则可以对行政主体的处罚行为予以变更。人民法院的变更是向着有利于原告的变更,而不是向着对原告加重处罚的变更。但是,在共同诉讼中,两个利益不一致的公民、法人或其他组织同为原告时则可以通过变更加重对其中一方的处罚。

6. 确认具体行政行为合法或有效的判决

人民法院经审理认为被诉具体行政行为合法,但不适宜作出维持或驳回诉讼请求的判决时,便可以作出被诉具体行政行为合法或者有效的判决。

7. 确认具体行政行为违法或者无效的判决

确认具体行政行为违法或无效的判决,应当符合下列条件:其一,被告不履行法定职责,但判决责令其履行法定职责已无实际意义的;其二,被诉具体行政行为违法,但不具有可撤销内容的;其三,被诉具体行政行为依法不成立或者无效的;其四,被诉具体行政行为违法,但撤销该具体行政行为将会给国家利益或者公共利益造成重大损失。在这种情况下人民法院还可以责令被诉行政机关采取相应的补救措施。

8. 限期履行法定职责的判决

在执行机关作为被告不履行法定职责或拖延履行法定职责的案件中，人民法院可以判决被告在一定期限内履行法定职责。《最高人民法院关于执行〈中华人民共和国行政诉讼法〉若干问题的解释》第60条第2款规定：“人民法院判决被告履行法定职责，应当指定履行的期限，因特殊情况难以确定期限的除外。”

(三) 行政判决书

“人民法院审理行政案件的法律文书的名称有三种，分别是行政判决书、行政裁定书和行政赔偿调解书。行政判决书是人民法院解决行政案件中实体权利义务的法律文书；行政裁定书是人民法院在诉讼期间主要针对行政诉讼程序所作决定的法律文书；行政赔偿调解书是行政赔偿诉讼适用调解所达成的赔偿协议，对于行政赔偿调解书调解未成或不必进行调解的，人民法院可以直接判决维持或者改变行政赔偿决定；没有行政赔偿决定，也可以直接作出判决。行政赔偿判决也属行政判决”。[53] 行政判决书是法律文书，具有法律效力。行政判决书一般包括下列内容：(1) 制作行政判决书的人民法院的名称、案件和行政判决书的编号；(2) 诉讼参加人，包括参加人的代理人的基本情况；(3) 争议标的和诉讼理由；(4) 判决的事实根据和适用法律的情况；(5) 判决的最后结论，通过判决为各当事人设定的权利义务等；(6) 诉讼费用的承担；(7) 上诉的期限以及上诉审法院的名称；(8) 署名和年月日。

一审程序

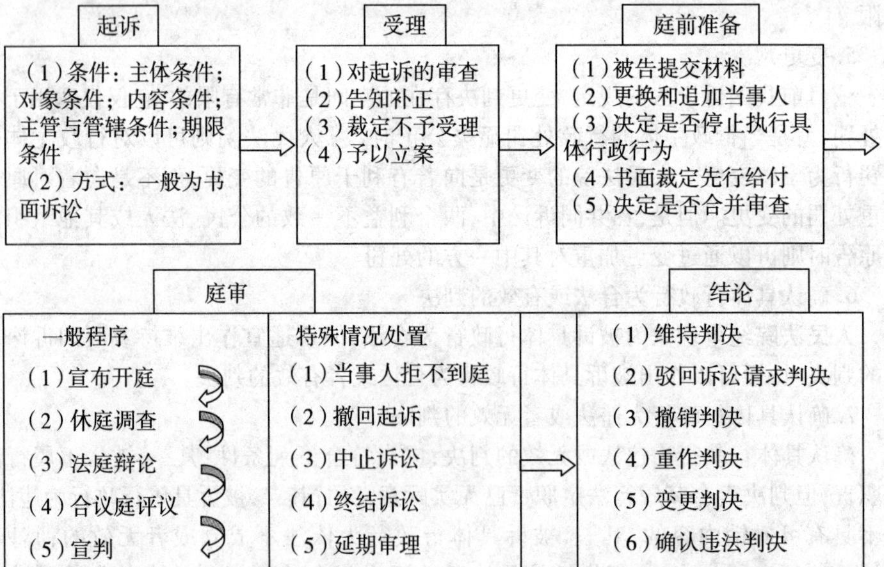

第五节　第二审程序与审判监督程序

一、行政诉讼第二审程序

（一）第二审程序的概念

所谓行政诉讼第二审程序，是指上级人民法院对下级人民法院就第一审行政案件所作出的判决和裁定，在其发生法律效力之前由于当事人的上诉请求，依法对案件进行审理的程序。我国实行两审终审制，第二审程序便是这一原则的体现。第二审程序是与第一审程序相联系的一个独立的诉讼程序，该程序是为了保障当事人依法行使上诉权或申请复核权而设置的程序。一审程序只能由行政相对人引起，即原告通过诉权引起第一审程序，而作为被告的行政主体在一审程序中没有起诉权，因此也不能引起一审程序的发生。第二审中，无论作为行政相对人的原告，还是作为行政主体的被告都可以使该程序发生。[54]

（二）上诉

1. 上诉的概念

上诉是二审程序展开的前提条件，法律若没有对上诉作出规定或者当事人没有上诉行为，二审程序就不可能发生。《中华人民共和国行政诉讼法》第58条规定："当事人不服人民法院第一审判决的，有权在判决书送达之日起15日内向一级人民法院提起上诉。当事人不服人民法院第一审裁定的，有权在裁定书送达之日起10日内向上一级人民法院提起上诉。逾期不提起上诉，人民法院的第一审判决或者裁定发生法律效力。"可见，上诉是当事人的一个法律行为。所谓上诉就是指当事人不服第一审人民法院尚未生效的裁判，在法定期限内声明不服，提请上级人民法院对原裁判进行审理的法律行为。

2. 上诉主体和称谓

在行政诉讼中，原告和被告以及第三人都有权就行政判决和裁定提起上诉，因而他们都可以成为上诉主体。进入二审程序以后，上诉主体的称谓便具有特定性，以使各上诉主体的身份区别于一审期间的身份和称谓。《最高人民法院关于执行〈中华人民共和国行政诉讼法〉若干问题的解释》第65条规定："第一审人民法院作出判决和裁定后，当事人均提起上诉的，上诉各方均为上诉人。诉讼当事人中的一部分提出上诉，没有提出上诉的对方当事人为被上诉人，其他当事人依原审诉讼地位列明。"此条将上诉主体的称谓和身份关系明确化了。提起上诉的主体叫上诉人，而没有提起上诉但与上诉人在一审程序中处于相对一方的当事人叫被上诉人。如果一审程序中的原告和被告均提起了上诉，他们便都是上诉人，此种情况下被上诉人的身份要根据二审所审理的具体行政行为的情况而定，即若对此一上诉人的上诉请求进行审查，那么,彼一上诉人则为被上诉人;反之,若对彼一上诉人的上诉请求进行审查,此一上诉人则为被上诉人。“一般情况下,一方当事人提起上诉,对方当事人则为被上诉人,若各方当事人均提起上诉,从理论上讲,则各方当事人既是上诉人,又是被上诉人。”[55]

3. 上诉的提起

当事人提起上诉必须符合下列条件:其一,上诉的标的是尚未发生法律效力的第一审判决裁定。终局判决和裁定当事人不可以提起上诉,在行政诉讼实践中可以提起上诉的判决和裁定主要有三个方面:一是地方各级人民法院作出的所有第一审判决;二是地方各级人民法院所作的不予受理的裁定,驳回起诉的裁定和一审法院对管辖异议的裁定;三是第二审人民法院发回重审的判决。其二,上诉人和被上诉人必须适格。上诉人和被上诉人必须是一审判决中的原告、被告或者第三人。其三,必须在法律规定的上诉期限内提起上诉。依行政诉讼法的规定,判决的上诉期限是15日,而裁定的上诉期限为10日。如果当事人在上诉期限内因不可抗力或者其他特殊情况耽误上诉期限的,可以在障碍消除后10日内向人民法院申请延长上诉期限,是否准许,由人民法院审查后根据具体情况作出决定。其四,必须提交上诉状。上诉状是上诉人不服第一审人民法院的裁判,请求上一级人民法院撤销或变更原审法院裁判的诉讼文书,上诉人上诉必须提交上诉状。[56]

4. 上诉的受理

《最高人民法院关于执行〈中华人民共和国行政诉讼法〉若干问题的解释》第66条规定:“当事人提出上诉,应当按照其他当事人或者诉讼代表人的人数提出上诉状副本。原审人民法院收到上诉状,应当在5日内将上诉状副本送达其他当事人,对方当事人应当在收到上诉状副本之日起10日内提出答辩状。原审人民法院应当在收到答辩状之日起5日内将副本送达当事人。原审人民法院收到上诉状,答辩状,应当在5日内连同全部案卷和证据,报送第二审人民法院。已经预收诉讼费用的,一并报送。”该条实际上是对行政诉讼上诉受理的规定。人民法院对符合法定条件的上诉必须予以受理。

5. 上诉的撤回

《中华人民共和国行政诉讼法》第51条规定:“人民法院对行政案件宣告判决或者裁定前,原告申请撤诉的,或者被告改变所作的具体行政行为,原告同意并申请撤诉的,是否准许,由人民法院裁定。”此条是对第一审程序中撤诉的规定,笔者认为,此规定也适合于二审程序,即在二审程序中也存在撤诉。上诉人上诉后发现第一审人民法院判决公正合法时,便可以撤回上诉。参照一审撤回诉讼的规定,上诉的撤回必须在二审判决作出前出现,上诉的撤回是上诉人真实意思的体现,撤回上诉不得损害国家利益、社会利益或他人的合法权益,撤回上诉必须经二审人民法院审查。不符合法定条件的不能撤回上诉。

（三）上诉案件的审理

1. 第二审人民法院审理上诉案件的权限范围

二审程序的审查具有双重性，一方面，要审查一审人民法院的判决是否准确公正，即认定事实是否准确、适用法律法规是否准确、审理程序是否合法。另一方面，二审人民法院要继续审查行政机关具体行政行为的合法性，即具体行政行为认定事实是否准确、适用法律法规是否准确、程序是否合法。

2. 第二审人民法院审理上诉案件的方式

二审人民法院审理上诉案件与一审一样要组成合议庭，不论开庭审理还是书面审理都应组成合议庭。合议庭由审判员或助理审判员组成，成员必须是三人以上的单数，而不能由审判员个人独任审判。一审案件都要开庭审理，而二审既可以开庭审理也可以书面审理。《中华人民共和国行政诉讼法》第 59 条规定："人民法院对上诉案件认为事实清楚的，可以实行书面审理。"所谓书面审理，是指上诉人通过诉状提起诉讼请求，提供证据或进行答辩。人民法院通过查阅案件材料，上诉人的诉状等对案件进行审理的行为。开庭审理是二审人民法院审理上诉案件的另一种形式。上诉案件的开庭审理是指二审案件的双方当事人和其他诉讼参加人均应到庭。人民法院要进行法庭调查，充分听取各方当事人的陈述，还应当进行法庭辩论，在案件事实完全清楚以后，合议庭依法作出判决。

3. 第二审案件的裁决类型及适用条件

其一，驳回上诉，维持原则。第二审人民法院对上诉案件全面审理后，若认为原判决认定事实清楚、证据审理充分、适用法律法规正确便可作出维持原判的判决。其二，依法改判。当一审判决在认定事实、证据审查、法律适用等方面存在问题时，二审人民法院有权依法改判。若一审是部分判决错误，就改判错误的部分，若一审全部错误则可以全部改判。其三，撤销原判，发回重审。撤销原判是指二审人民法院经过上诉案件的审理，确认一审判决认定事实不清，证据不足，或者有明显的程序瑕疵时，作出的撤销一审人民法院判决，将案件发回一审人民法院重新审理的裁定。〔57〕

4. 第二审案件审理的法律效力

第二审人民法院的裁定、判决是最终确定当事人权利义务的终审裁定、判决。裁定书或判决书一经宣告或送达，案件的审理即告终结，当事人不得再提起上诉。

二、行政诉讼审判监督程序

（一）审判监督程序的概念

所谓审判监督程序，是指人民法院对已经发生法律效力的判决或裁定，发现有违反法律法规的情形再次进行审理并作出裁判的特殊审理程序。《中华人民共和国行政诉讼法》第 63 条规定："人民法院院长对本院已经发生法律效力的判决、裁定，发现违反法律、法规规定认为需要再审的，应当提交审判委员会决定是否再审。上级人民法院对下级人民法院已经发生法律效力的判决、裁定,发现违反法律、法规规定的,有权提审或者指令下级人民法院再审。”第 64 条规定:“人民检察院对人民法院已经发生法律效力的判决、裁定,发现违反法律、法规规定的,有权按照审判监督程序提出抗诉。”这两个条文是我国行政诉讼设置审判监督程序的法律依据。

(二)申诉的概念

所谓申诉,是指当行政诉讼当事人对人民法院已经发生法律效力的判决、裁定认为确有错误,依法律规定要求人民法院重新进行审理以改变原判决、裁定的行为。《中华人民共和国行政诉讼法》第 62 条规定:“当事人对已经发生法律效力的判决、裁定,认为确有错误的,可以向原审人民法院或者上一级人民法院提出申诉,但判决裁定不停止执行。”当事人的申诉行为是引起审判监督程序的原因之一。申诉是一种法律行为,最高人民法院的司法解释对申请的期限作了规定,“当事人申请再审,应当在判决、裁定发生法律效力后两年内提出。当事人对已经发生效力的行政赔偿调解书,提出证据证明调解违反自愿原则或者调解协议的内容违反申请规定的,可以在两年内申请再审”。[58] 人民法院接到当事人的再审申请后,经审查符合再审条件的,应当立案并及时通知各方当事人。不符合再审条件的予以驳回。当事人向原审人民法院申诉的,原审人民法院应指定专人复查原审案件的材料,也可以进行必要的调查。经过复查,若发现原判决或者裁定违反法律法规的,由院长提交审判委员会讨论决定再审。认为原判决裁定不违反法律、法规不需要再审的,以通知驳回申诉。当事人向上一级人民法院申诉的,上一级人民法院可以把申诉发交原审人民法院查处,也可以自行查处。上一级人民法院复查中发现申诉有理由的,有权提审或指令下级人民法院再审。若认为原判决或裁定没有错误,申诉无理由的通知驳回申诉。

(三)审判监督程序的提起

1. 审判监督程序提起的主体和方式

其一,原审人民法院的提起。《中华人民共和国行政诉讼法》第 63 条第 1 款规定:“人民法院院长对本院已经发生法律效力的判决、裁定,发现违反法律、法规规定认为需要再审的,应当提交审判委员会决定是否再审。”一审人民法院若发现已发生法律效力的判决有违法情形,便可由原审人民法院院长通过审判委员会讨论决定再审。

其二,上级人民法院的提起。上级人民法院对下级人民法院已经发生法律效力的判决或裁定有违法情形时有权提起或责令下级人民法院再审。上级人民法院对下级人民法院发生效力的判决案件进行再审的行为叫提审,提审是上级人民法院对下级人民法院生效判决的监督行为,是对违法判决进行救济的重要措施。在提审情况下受法定管辖原则的限制。

其三,人民检察院提出抗诉而导致再审。人民检察院的抗诉是指人民检察院发现人民法院生效的判决或裁定违法,要求人民法院再行审理,纠正错误判决。抗诉是人民检察院对行政诉讼活动进行监督的重要方式。人民检察院的抗诉必须严格依法定程序进行,有权对下级人民法院已经发生法律效力判决或裁定的抗诉只能是最高人民检察院和上级人民检察院。地方各级人民检察院若发现同级人民法院的判决或裁定违法,若要提起抗诉要通过上级人民检察院进行。人民检察院的抗诉行为具有法律效力。一方面,人民检察院提出的抗诉案件,人民法院应当再审;另一方面,人民检察院提出抗诉的案件,人民法院再审时,应当通知人民检察院派员出庭,人民检察院应当派员出庭,对诉讼活动是否合法实行监督。

2. 审判监督程序提起的条件

审判监督程序的提起必须符合一定的法律要件,依《中华人民共和国行政诉讼法》和《最高人民法院关于执行〈中华人民共和国行政诉讼法〉若干问题的解释》的规定,审判监督程序的提起应当符合下列条件:其一,所提起再审的判决或裁定已经发生法律效力,若是没有生效的判决或裁定则可以通过上诉审判程序进行补救。其二,所提起再审的判决或裁定违反法律、法规的规定。这是提起审判监督程序最为本质的要件,具体来讲,包括原判决或裁定认定事实主要证据不足、原判决或裁定适用法律、法规错误、原判决或裁定违反法定程序等,这些实体条件只要具备一个就可提起再审。其三,所提起再审的主体必须合法。

(四)再审案件的审理

1. 裁定中止原判决的执行

依审判监督程序再审的案件,应当中止原判决的执行。《最高人民法院关于执行〈中华人民共和国行政诉讼法〉若干问题的解释》第 77 条第 1 款的规定:"按照审判监督程序决定再审的案件,应当裁定中止原判决的执行;裁定由院长署名,加盖人民法院印章。上级人民法院决定提审或者指令下级人民法院再审的,应当作出裁定,裁定应当写明中止原判决的执行;情况紧急的,可以将中止执行的裁定口头通知负责执行的人民法院或者作出生效判决、裁定的人民法院,但应当在口头通知后 10 日内发出裁定书。"可见,进入再审程序的案件应当中止原判决的执行。

2. 另行组成合议庭

凡由原审人民法院再审的行政案件,在院长提交审判委员会讨论决定再审后,或收到上级人民法院关于再审的决定后,应另行组成合议庭,由新组成的合议庭成员担任再审案件的审理工作,原审作出判决、裁定的合议庭成员不再参加新组成的合议庭。

3. 再审案件的适用程序

再审案件适用的程序应根据再审所审理的原审案件的适用程序而定。若再审案件审理的是原一审案件,那么,再审就适用一审程序,若再审案件审理的是原二审案件,那么,再审程序则适用二审程序。上级人民法院根据审判监督程序提审的案件,一律适用第二审程序,所作的判决或裁定为终审判决或裁定,当事人不得再提起上诉。上级人民法院指令下级人民法院再审的案件,既可以指令原来的第一审法院再审,也可以指令原来的第二审法院再审。若指令原第一审法院再审,适用第一审程序,所作的判决或裁定为一审判决裁定,当事人有权提起上诉。若指令第二审法院再审,适用第二审程序,所作的判决裁定为终审判决裁定。

4. 再审案件的裁判

其一,维持判决。提起再审的案件,若经过审判监督程序再审后,确认原判决认定事实清楚,适用法律、法规准确,程序适用恰当时则作出维持原判决或裁定。其二,更正或补判。依再审程序审理的案件,经审理认为原判决或裁定认定事实、适用法律均无不当,但判决书或裁定书中有文字失误,用词不准,漏判等技术性问题,应根据不同情况予以更正或补判。其三,发回重审。《最高人民法院关于执行〈中华人民共和国行政诉讼法〉若干问题的解释》第80条规定:"人民法院审理再审案件,发现生效裁判有下列情形之一的,应当裁定发回作出生效判决、裁定的人民法院重新审理:(一)审理本案的审判人员、书记员应当回避而未回避的;(二)依法应当开庭审理而未经开庭即作出判决的;(三)未经合法传唤当事人而缺席判决的:(四)遗漏必须参加诉讼的当事人的;(五)对与本案有关的诉讼请求未予裁判的;(六)其他违反法定程序可能影响案件正确裁判的。"

二审程序

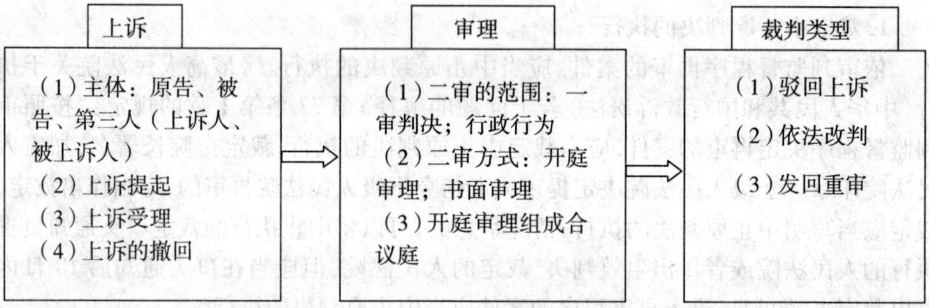

审判监督程序

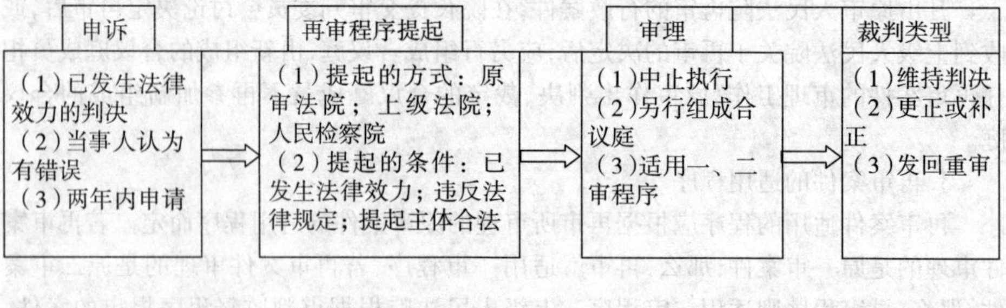

第六节 行政诉讼证据

一、行政诉讼证据的基本理论

(一)行政诉讼证据的概念

诉讼程序中证据无疑是不可缺少的东西,所谓行政诉讼证据,是指能够证明行政诉讼案件真实情况的相关事实。在诉讼过程中,有已知的情况和未知的情况两个因素:未知的情况叫做证明对象,它是有待证明的;已知的情况是已经知道的,那么,已知的对于未知的而言就是证据。我国行政诉讼法的一个基本原则就是以事实为根据,以法律为准绳。以事实为根据要求必须在行政诉讼过程中重视证据的收集和运用。行政诉讼证据与行政证据不同,行政证据是在行政管理阶段行政主体为处理行政案件而适用的证据,它的功能在于证明行政主体行政行为的真实性与合法性。行政诉讼证据是在行政审判中运用的证据,它的目的在于证明人民法院判决的真实性和合法性。

(二)行政诉讼证据的特征

行政诉讼证据是诉讼证据的一种,它具有与民事诉讼证据、刑事诉讼证据相同的共性,这些共性是:一则,客观性。所谓客观性,是指证据存在于客观的法律关系之中,是客观事物的真实反映,而不是由人们主观意识想象或杜撰出来的。在行政诉讼过程中,任何人都不能通过主观想象向法院提供证据,而法院也不能主观臆断地对证据下结论。二则,相关性。证据是能够证明案件真实情况的事实,与案件中的关系就成了证据的又一本质属性,若某种材料或者事实尽管客观,但与诉讼过程的案件无关联就不能成为证据。与案件相关性既是对证据事实时间和空间的限制,又是对证据与行政事态关系的限制,"并非一切客观存在的事实材料都能成为证据,只有那些与行政案件事实存在一定的内在必然联系,能够证明某种行政案件事实存在与否的客观事实,才能成为行政诉讼的证据"。[59] 三则,合法性。我国三大诉讼法对证据问题都作了规定,法律对证据规定以后就成为一个法律问题而不简单的是诉讼过程的事实问题。证据的合法性要求证据的类型等都要有法律依据,如《中华人民共和国行政诉讼法》第 31 条对证据的种类作了列举规定,那么,此条所列举的证据种类就是法定种类,此条之外的情形则不是证据的种类。证据还存在收集问题,证据的合法性也反映在证据的收集中,只有以法定程序收集的证据才具有可使用性;反之,某种能够证明案件事实的客观情况可能是真实的,但如果收集证据的程序违法,那么,这一事实则不能被作为证据使用。行政诉讼法强调各类证据只有经法庭审查属实,才能作为定案的根据。

上列三个方面是三大诉讼制度的共性,作为行政诉讼依据而言,还应当有自己的特性,笔者认为行政诉讼证据的特性应当包括下列方面:其一,行政诉讼规则的调整性。行政诉讼证据是由有关行政诉讼的规则调整的,除《中华人民共和国行政诉讼法》关于证据的规定外,《最高人民法院关于执行〈中华人民共和国行政诉讼法〉若干问题的解释》对有关行政诉讼证据也作了规定。另外,2002 年 6 月 4 日最高人民法院审判委员会还制定了《最高人民法院关于行政诉讼证据若干问题的规定》这些规则都是行政诉讼合法性的依据,人民法院在审理行政案件中,对于证据的收集、审查和运用都必须遵循上述规则。其二,举证责任的行政性,《中华人民共和国行政诉讼法》规定行政诉讼的举证责任是由行政主体承担。仅就诉讼过程看,将举证责任分配给了被告,这本身就是行政诉讼证据特殊性的所在。而从深层次讲,是将举证责任分配给了行政系统。人民法院对行政行为进行司法审查,享有对行政行为进行审查的国家权力,但不负担因审查而带来的提供证据的义务。将行政行为司法审查的举证责任分配给了行政系统,也就是说,这不简单的是原告与被告在行政诉讼中对待证据的关系问题,更为重要的是它所反映的是司法系统和行政系统在行政证据中的关系问题。其三,行政诉讼证据具有严格的时空性。《中华人民共和国行政诉讼法》第 33 条规定:"在诉讼过程中,被告不得自行向原告和证人收集证据"。第 34 条规定:"人民法院有权要求当事人提供或者补充证据。人民法院有权向有关行政机关及其他组织、公民调取证据。"这些规定均表明行政诉讼证据有着严格的时空性。对于负有举证责任的行政主体而言,其证据的提供虽是义务,但证据的时空仅仅限制在其作出行政行为阶段,进入诉讼程序以后,行政主体不再有收集证据的权利。人民法院对行政诉讼的证据其时空性限制在行政案件的处理阶段,行政主体在行政管理活动中运用的事实材料人民法院无法介入其中。即人民法院不能介入到行政主体的行政管理活动过程中去收集证据。

(三)行政诉讼证据的种类

证据从理论上可以依不同的标准进行分类,三大诉讼法中的有关证据的分类有下列主要理论:

1. 依证据是否为负有证明责任的当事人提出分为本证和反证

所谓本证是由负有证明责任的当事人提出证据,此种证据用以证明负有举证责任的当事人所提出的诉讼主张。反证则是指另一方当事人为了推翻对方所主张的事实,而另行提出的其他事实时所举出的证据。反证与本证的证据至少在证明标的上是相反的。但是,在行政诉讼中,本证则不是由负有举证责任的一方提出的,而是由原告提出的,即原告提出的叫本证,负有证明责任的被告提出的则叫反证。这主要是因为行政诉讼中举证责任的倒置所决定的。

2. 依证据的来源不同分为原始证据和传来证据

原始证据是指直接来源于案件事实的证据。传来证据又称派生证据,指从原始证据中派生出来的证据。传来证据由于与案件事实的关系较为间接,其对案件的证明力度也要弱得多。在诉讼过程中,应当重视对原始证据的收集,在原始证据无法收集或不足的情况下，才运用传来证据。

3. 依证据与待证事实之间的关系来分，可分为直接证据和间接证据

直接证据是指能够直接证明案件事实的证据。间接证据则是指不能单独而直接证明案件事实，仅与待证事实有间接联系的证据。划分直接证据与间接证据有利于在案件审理过程以不同的证据采取不同的处理方式。直接证据与案件主要事实的关系是直接关系，其证明过程比较简单，审查语气与案件事实的环节比较简单，其对案件的证明力度则相对大些。间接证据由于与案件事实关系比较间接，便要求在收集和运用间接证据时，必须注意应使各间接证据形成一个有机联系的整体。一个间接证据不能证明案件的全部情况，只有当若干间接证据形成一个证据链条时，才能真正证明案件事实。

4. 根据证据的表现形式来划分，可以分为言辞证据和实物证据

"凡是通过人的陈述的是言辞证据，如证人的证言。凡是以物品外部形态或其中记载的内容等作为某种客观事实的表现形式的证据，是实物证据。例如从事某种违法行为时所使用的工具等。"〔60〕

《中华人民共和国行政诉讼法》将证据分为下列各类，由于这种分类形式是由法律规定的，因此，下列分类方式便是行政诉讼证据的法律形式。

1. 书证。所谓书证，就是指所有的书面证明材料，所有以书面形式记载的思想、内容、含义等证明案件事实的文字、符号、图表、图号等都是是书证的范围。"书证是行政诉讼中适用率最高的、最重要的证据之一，如行政处罚裁决书、专利证书、营业执照、会计账本，等等。由于它记载或者表达的内容与案件有联系，能够作为认定案件事实的根据。"〔61〕

2. 物证。物证是指以其形状性质、特征等证明案件事实的痕迹、物品等。从广义上讲，书证也是物证的范畴，但是，《中华人民共和国行政诉讼法》将物证和书证是分而规定的，依该规定我们只能对物证作狭义解释，即所有不包括书证的痕迹、物品都是物证。物证的特点是具有客观的可靠性，不像人证那样易受到人的主观因素和其他情况的影响，失真的可能性比较小，因而常常用来证实与鉴别其他证据的真伪，是重要的证据之一。〔62〕

3. 视听资料。视听资料是现代行政诉讼中有着其他证据不可取代的作用，而且随着社会的发展视听资料对案件的证明力将越来越强。所谓视听资料，是指利用录音或录像带或其他可视性、可听性资料反映出来的能够证明案件事实的一切证据。

4. 证人证言。证人是指案件当事人以外的了解案件事实并可以到庭作证的人。证人证言就是证人对案件事实所提供的言词证明和相关的陈述。证人证言在法律上可以是口头形式的，也可以是书面形式的。

5. 当事人的陈述。当事人是指诉讼中的原告、被告和第三人等。其在诉讼过程中对案件的陈述也是证据的重要种类。当事人在诉讼过程中的陈述有两种情况：一是对有关的法律事实或者法律关系发生、变更、消灭的事实陈述；二是对案件适用法

律所发表的见解或者主张个人权益时所提出的观点。在诉讼中能够作为证据的应当是当事人的第一种陈述。

6. 鉴定结论。鉴定结论是指在诉讼中,具有专门知识的人经人民法院指定或批准,运用专门知识或技术对某些带有技术的问题进行检验、分析后所作的结论。在行政诉讼中,把与案件事实无关而进行这种专门性活动的人称之为鉴定人。鉴定人对技术性问题所作的结论就是鉴定结论。"鉴定结论是解决行政诉讼中专门问题、查明案件的特定问题,进而正确认定案件事实的重要证据之一,也是鉴别其他证据正确与否的重要手段,如书证、物证的真伪。在行政诉讼中具有重要意义,但是,对鉴定结论也要进行审查,看鉴定调取的材料是否可靠,鉴定人员是否具有解决专门问题的专业知识,鉴定人员的工作是否认真负责。另外,用作证据的鉴定结论要与本人见面,当事人有权申请重新鉴定。"[63]

7. 勘验笔录、现场笔录。勘验笔录是指具有勘验检查权的行政机关及人民法院对与案件争议有关的客体物,如现场、物证等进行勘察、检验、检测、摄像、绘图、拍照等的活动,并将整个情况真实记录下来所形成的笔录。勘验检查人员应当持有勘验检查证件,并通知当事人或者其成年家属到场,还可以邀请当地基层组织或者有关单位派员参加。当事人或者他的成年家属拒不到场的不影响勘验的进行。

二、行政诉讼举证责任的分配

(一)举证责任的概念

举证责任也叫证明责任,是指诉讼当事人对自己的主张所根据的事实有提供证据加以证明的责任。在不同的诉讼体制中,证明责任的分配是有所不同的。在控告式诉讼体制中由当事人各方负举证责任。控告式体制又称当事人进行主义,有人也将这种体制称之为辩论式体制。在这种体制之下,证据由各方当事人收集和提供,法官原则上不负责证据的收集和提供,其仅仅客观地审查、检查各方当事人所提供的证据,"法官在未经一方当事人反对提出某项证据之前,无权决定该证据的不可采纳,而反对一方也必须说明理由,否则法官无权否认其证明力。如果反对一方所提出的反对理由不能成立,法官不得阻碍陪审团采纳该证据。可见,控告式体制中的法官,不仅不主动调查,就是对证据的判断也受某些限制,证明主体基本上限于当事人双方和律师"。[64]在审问式体制下诉讼证据以法官为本位。审问式体制又称职权进行主义,在这种诉讼体制中,法官在整个诉讼活动中处于核心地位,整个诉讼活动以法官为本位,法官依职权主动收集证据、调查案件事实,有权命令有关当事人提供证据。"法官对各项证据自行决定其使用价值,对证据的提出与认定,具有很大的裁量权;法官对澄清事实有积极的责任;法院有权传唤证人或专家。可见,对于审问式体制来说,当事人的举证责任并不显得重要,只是在法官无法弄清事实而又不能拒绝裁判的情况下,举证责任才显得必要;法院在一般情况下都扮演证明主体的角色。"[65]上列两种体制的结合称为混合式体制,在混合式诉讼体制下,法官可依职权进行调查,但提供证据不是法官的义务。证人在诉讼阶段提供证据的情况由当事人及律师询问。《中华人民共和国民事诉讼法》第 64 条规定:“当事人对自己提出的主张有责任提供证据,……人民法院应当按照法定程序,全面地、客观地审查核实证据。”第 65 条规定:“人民法院有权向有关单位和个人调取证据,有关单位和个人不得拒绝。人民法院对有关单位和个人提出的证明文书,应当辨别真伪,审查确定其效力。”显然,我国民事诉讼法中的举证责任符合混合式体制的特点。

(二)行政诉讼中被告负举证责任

我国行政诉讼的举证责任实质上所适用的是证明责任倒置原则。在诉讼过程中,一般情况下谁主张权益谁举证,即在大多数情况下举证责任应当由原告承担,因为原告是诉讼权益的主张者。但是,在行政诉讼中则将这一基本的举证原则倒置过来了,主张权益的原告不负举证责任,而被诉的被告负举证责任。《中华人民共和国行政诉讼法》第 32 条规定:“被告对作出的具体行政行为负有举证责任,应当提供作出具体行政行为的证据和所依据的规范性文件。”此规定非常明确地将行政诉讼中的举证责任分配给了被告。为什么要将举证责任分配给被告呢? 一则,行政诉讼争执的焦点是行政主体的具体行政行为是否合法。而在行政管理活动过程中,行政机关的具体行政行为是其对行政职权的运用,行政职权是行政主体单方面行使的权力,这一权力常常为行政相对人设定了诸多的权利和义务。当行政主体为行政相对人设定权利和义务时其是以国家代表者的资格出现的,此点要求行政主体的行政行为必须具有事实根据和法律根据。由其向人民法院提供作出行政行为的事实依据和法律依据便是法治原则的具体反映。二则,行政诉讼从一定意义上讲是对行政管理活动过程的证明。当行政主体的行政行为让行政管理相对一方当事人接受以后,整个行政管理活动过程才算完成,才算行政主体所作的行政行为得到了证明。反之,若行政相对人对行政主体的行政行为提出了异议,就可以说整个行政管理过程尚未结束,行政主体所作的行政行为处于一种待证明的状态之中。而证明行政主体行政行为正确与否的义务显然应当归于行政主体,而不应当归于行政相对人和人民法院。三则,行政主体享有管理国家事务的广泛权力,对于有关行政管理的情况要比行政相对人熟悉得多,其具有提供有关证据材料的方便条件。被告负举责任是一个严格的法律行为,被告在收到起诉状副本之日起 10 日内,应当向人民法院提供证据,其所提供的必须是全部证据和所依据的行政管理规范性文件。若被告在 10 日内没有向人民法院提供证据,视为被诉具体行政行为没有相应证据。被告因不可抗力或者客观上不能控制的正当事由,不能在法定期限内提供证据的,应当在收到起诉状副本之日起 10 日内向人民法院提出延期提供证据的书面申请。人民法院准许延期提供的,被告应当在正当事由消除后 10 日内提供证据,若被告超过法定期限提供证据视为被诉具体行政行为没有证据。

(三)行政诉讼中原告提供证据的情况

被告提供证据是行政诉讼的一般原则,原告在一些特殊情况下也有向人民法院

提供证据的义务。原告提供证据的具体情况包括:

1. 提供起诉符合法定条件的证据

原告向人民法院提起行政诉讼必须符合《中华人民共和国行政诉讼法》规定的相应条件,对不符合法定条件的起诉行为人民法院不予受理。因此,原告若要让人民法院受理自己的起诉行为就必须提供相应的证据,以证明自己符合原告资格。但是,若原告起诉后,被告对原告的诉讼行为提出了超过诉讼时效的异议,这一异议的证明责任在被告而不在原告。

2. 提供被告不作为的证据

原告的起诉包括对作为的行政行为起诉和对不作为的行政行为起诉两种情况,在原告起诉被告不作为时,应当提供被告不作为的证据。例如,原告起诉被告没有依法发放抚恤金,则应提供相关的证据证明被告确实存在没有发放抚恤金的行为。但是依《最高人民法院关于行政诉讼证据若干问题的规定》第 4 条的规定,在不作为诉讼中,被告依职权主动履行法定职责的原告不承担提供证据的责任。原告因被告受理申请的登记制度不完备等正当事由不能提供相关证据材料并能够作出合理说明的,原告亦不承担提供证据的责任。

3. 提供赔偿诉讼中造成损害事实的证据

原告诉被告侵权赔偿责任的诉讼中,原告有义务提供被诉具体行政行为所造成的损害事实的证据。

4. 原告主动提供的证据

原告没有提供行政诉讼证据的义务,但是,从另一角度看,提供证据则是原告的一项诉讼权利,为了认真对待原告的诉讼权利,最高人民法院有关司法解释规定:"原告可以提供证明被诉具体行政行为违法的证据。原告提供的证据不成立的,不免除被告对被诉具体行政行为合法性的举证责任。"原告提供证据必须符合法律规定的条件,其必须在开庭审理前或者人民法院指定的交换证据之日提供证据。没有依法定条件提供证据的,视为原告放弃提供证据的权利。

(四)提供证据的要求

1. 提供证据的一般要求

提供证据的一般要求是指在行政诉讼中原被告提供证据应当遵循的一般规则,这些规则包括:其一,涉及国家秘密、商业秘密或者个人隐私的证据,应当作出明确标注,并向法庭说明,法庭应当对此予以确认;其二,当事人应当对其提交的证据材料分类编号,对证据材料的来源、证明对象和内容作简要说明,签名或者盖章,注明提交日期;其三,人民法院收到当事人提交的证据材料,应当出具收据,注明证据的名称、份数、原数、件数、种类等以及收到的时间,由经办人员签名或者盖章;其四,对于案情比较复杂或者证据数量较多的案件,人民法院可以组织当事人在开庭前向对方出示或者交换证据,并将交换证据的情况记录在卷。

2. 提供证据的特殊要求

所谓提供证据的特殊要求，是指法律、法规对一些特殊证据提供时所规定的条件。这些特殊要求包括：其一，当事人向人民法院提供的在中华人民共和国领域外形成的证据，应当说明来源，经所在国公证机关证明，并以中华人民共和国驻该国使领事馆认证，或者履行中华人民共和国与证据所在国订立的条约中规定的证明手续；其二，当事人提供的在中华人民共和国香港特别行政区、澳门特别行政区和台湾地区内形成的证据，应当具有按照有关规定办理的证明手续；其三，当事人向人民法院提供外文书证或者外国语视听资料的，应当附有由具有翻译资质的机构翻译的或者其他翻译准确的中文译本，由翻译机构盖章或者翻译人员签名。

3. 各类证据提供的具体要求

其一，提供书证的具体要求：一是当事人必须提供书证的原件，在提供原件确有困难的情况下可以提供与原件核对无误的复印件、照片、节录本。原件包括原本、正本和副本。二是当事人提供由有关部门保管的书证原件的复印件、影印件或者抄录件的，应当注明出处，经该部门核对无误后加盖其印章。三是当事人提供报表、图表、会计账册、专业技术资料、科技文献等书证的，应当附有说明材料。四是被告提供的被诉具体行政行为所依据的询问、陈述、谈话类笔录，应当有行政执法人员、被询问人、陈述人、谈话人签名或者盖章。

其二，提供物证的具体要求是应当提供原物。在提供原物确有困难的情况下，可以提供与原物核对无误的复制件或者证明物证的照片、录像等其他证据。

其三，提供的视听资料必须注明制作方法、制作时间、制作人和证明对象。还应注意，若是声音资料的视听证据应当附有该声音内容的文字汇录。

其四，提供证人证言的具体要求：一是写明证人的姓名、单位、性别、职业、住址等基本情况；二是应当有证人的签名，若不能签名则应当以盖章等方式证明；三是要注明证人出具证据的日期；四是要附有证人身份的证明文件，如身份证或身份证复印件。

其五，提供鉴定结论的具体要求：一是要载明委托人和受委托鉴定的事项；二是向鉴定部门提供的相关材料；三是鉴定的依据和使用的科学技术手段；四是鉴定部门和鉴定人鉴定资格的说明；五是鉴定人的签名和鉴定部门的盖章。

其六，提供现场笔录的具体要求：一是现场笔录应当载明时间、地点和事件等具体内容；二是执法人员要当场签名。

三、行政诉讼中证据的调取和保全

（一）证据的调取

1. 人民法院有权自行收取证据

《最高人民法院关于行政诉讼证据若干问题的规定》第 22 条规定："根据行政诉讼法第 34 条第 2 款的规定，有下列情形之一的，人民法院有权向有关行政机关以及其他组织、公民调取证据：（一）涉及国家利益、公共利益或者他人合法权益的事实认定的;(二)涉及依职权追加当事人、中止诉讼、终结诉讼、回避等程序性事项的。"依该条文的规定,人民法院自行收集证据的情形包括:一是涉及国家利益、公共利益或者他人合法权益的事实认定的情形;二是涉及依职权追加当事人、中止诉讼、终结诉讼、回避等程序性事项的情形。

2. 人民法院要求当事人提供或补充证据

人民法院在行政诉讼中有权要求当事人向法院提供相关的证据,对被告而言提供证据是他的一项义务,其必须依行政诉讼法的规定向人民法院提供证据。补充证据是指当事人向法庭提供的证据不足而就同一问题的证据向法庭所作的补充。依行政诉讼原理,在一般情况下,被告提供证据的行为是有法定期限的,而且只能提供与作出具体行政行为有关的证据,即是说,其在进入诉讼状态后,再不能为具体行政行为提供作为补充的证据材料。但在下列情况下被告经人民法院准许可以补充相关的证据:一是被告在作出具体行政行为时已经收集的证据,只是由于不可抗力或者其他正当事由没有向法庭提供的;二是原告或者第三人在诉讼过程中,提出了其在被告实施行政行为过程中没有提出的反驳理由或者证据的。

3. 当事人申请人民法院调取证据

在行政诉讼中,原告或者第三人不能自行收集但能够确切提供线索的,可以申请人民法院调取有关的证据材料。

其一,可以申请调取的证据类型:一是由国家有关部门保存而须由人民法院调取的证据材料;二是涉及国家秘密、商业秘密、个人隐私的证据材料;三是确因客观原因不能自行收集的其他证据材料。应当指出,人民法院不得为证明被诉具体行政行为的合法性收集证明被诉具体行政行为合法性被告在作出具体行政行为时收集的证据。

其二,当事人申请人民法院调取证据的申请程序。当事人申请人民法院调取证据是一个非常严肃的诉讼行为,因此,必须依法定程序实施这一行为。一则,当事人应当在诉讼举证期限内提交调取证据的申请书。调取证据的申请书应当载明证据持有的基本情况,拟调取证据的内容,申请的调取证据的原因,要证明的案件事实等情况。二则,人民法院对当事人调取证据的申请,经审查符合调取证据条件的,应当及时决定调取;不符合调取条件的,应当向当事人或者其诉讼代理人送达通知书,说明不准许调取的理由。当事人及其诉讼代理人可以在收到通知书之日起3日内向受理申请的人民法院复议一次。人民法院应当在收到复议申请之日起5日内作出答复。人民法院根据当事人的申请,经调取未能取得相应证据的,应当告知申请人并说明原因。三则,人民法院需要调取的证据在异地的,可以书面委托证据所在地的人民法院调取。受委托的人民法院应当在收到委托书后,按照委托要求及时完成调取证据工作,送交委托人民法院。

(二)证据的保全

1. 证据保全的概念

行政诉讼证据的保全是指证据已经存在但存在灭失或者可能灭失的客观情况,

人民法院在调取证据之前,依当事人的申请或依职权采取了预先收集并保存证据的措施。《中华人民共和国行政诉讼法》第36条规定:“在证据可能灭失或者以后难以取得的情况下,诉讼参加人可以向人民法院申请保全证据,人民法院也可以主动采取保全措施。”由此可见,证据保全应当符合下列条件:一是证据存在灭失的可能;二是证据存在以后难以取得的可能;三是被保全的证据对诉讼标的具有证明作用;四是被保全证据应在进入庭审前采取保全措施。

2. 证据保全的程序

当事人向人民法院申请保全证据的,应当在举证期限届满以前以书面形式提出,并说明证据的名称和地点、保全的内容范围、申请保全的理由等事项。同时,当事人申请保全证据,人民法院有权要求其提供相应的担保,人民法院认为需要保全证据的,可以根据具体情况,采取查封、扣押、拍照、录音、录像、复制、鉴定、勘验、制作询问笔录等保全措施。

3. 证据保全中的鉴定与重新鉴定

其一,鉴定。《最高人民法院关于行政诉讼证据若干问题的规定》第31条规定:“对需要鉴定的事项负有举证责任的当事人,在举证期限内无正当理由不提出鉴定申请、不预交鉴定费用或者拒不提供相关材料,致使对案件争议的事实无法通过鉴定结论予以认定的,应当对该事实承担举证不能的法律后果。”第32条规定:“人民法院对委托或者指定的鉴定部门出具的鉴定书,应当审查是否具有下列内容:(一)鉴定的内容;(二)鉴定时提交的相关材料;(三)鉴定的依据和使用的科学技术手段;(四)鉴定的过程;(五)明确的鉴定和结论;(六)鉴定部门和鉴定人鉴定资格的说明;(七)鉴定人及鉴定部门签名盖章。前款内容欠缺或者鉴定结论不明确的,人民法院可以要求鉴定部门予以说明、补充鉴定或者重新鉴定。”此二条款是对行政诉讼证据保全鉴定的规定。

其二,当事人对人民法院委托的鉴定部门作出的鉴定结论有异议的,有权申请重新鉴定。只有符合下列条件时,人民法院才能准许重新鉴定:(一)鉴定部门或者鉴定人不具有相应的鉴定资格的;(二)鉴定程序严重违法的;(三)鉴定结论依据明显不足的;(四)经过质证不能作为证据使用的其他情形。

四、行政诉讼证据的质证和核实

行政诉讼庭审中,关于证据的质证和核实有下列若干重要制度。

1. 证据必须在法庭上出示。证据必须在法庭上予以出示,并经庭审质证,才能作为认定案件事实的依据,未经庭审质证的证据不得作为定案的依据。但是,对于当事人在庭审前证据交换过程中没有争议并记录在卷的证据,经审判人员在庭审中说明后则可不予质证,可直接作为定案的依据。涉及国家秘密、商业秘密、个人隐私的证据,不得在开庭时公开质证。

2. 缺席判决中被告提供的证据不能作定案的依据。在庭审中,经人民法院合法传唤,被告无正当理由不到庭,对案件进行缺席判决时,被告提供的证据不能作为认定案件事实的依据。当事人在庭审前证据交换中没有提出异议的则可以作为认定案件事实的依据。

3. 当事人申请人民法院调取的证据,由申请调取证据的当事人在庭审中出示,并由当事人质证。人民法院依职权调取的证据,由法庭出示,并可就调取证据的情况进行说明,听取当事人意见。当事人应当围绕证据的关联性、合法性和真实性,针对证据有无证明效力及证明效力大小进行质证。经法庭准许,当事人及其代理人可以就证据问题相互发问,也可以向证人、鉴定人或者勘验人发问。当事人及其代理人相互发问,或者向证人、鉴定人、勘验人发问时,发问的内容应当与案件事实有关联,不得采用引诱、威胁、侮辱等语言或者方式。

4. 当事人应当出示原件或者原物。对书证、物证和视听资料进行质证时,当事人应当出示证据的原件或者原物。但是,出示原件或者原物确有困难并经法庭准许可以出示复制件或者复制品的除外。原件或者原物不存在,可以出示证明复制件、复制品与原件、原物一致的其他证据的除外。

5. 行政执法人员作为证人出庭作证。依我国相关诉讼制度的一般规定,公民都有出庭作证的义务。《最高人民法院关于行政诉讼证据若干问题的规定》第41条规定:"凡是知道案件事实的人,都有出庭作证的义务。有下列情形之一的,经人民法院准许,当事人可以提交书面证言:(一)当事人在行政程序或者庭前证据交换中对证人证言无异议的;(二)证人因年迈体弱或者行动不便无法出庭的;(三)证人因路途遥远、交通不便无法出庭的;(四)证人因自然灾害等不可抗力或者其他意外事件无法出庭的;(五)证人因其他特殊原因确实无法出庭的。"在行政诉讼中,原告或者第三人还可以要求行政执法人员作为一个特殊人群出庭作证,行政执法人员出庭作证必须符合下列条件:一则,原告或者第三人对现场笔录的合法性有异议的;二则,原告或者第三人对扣押财产的品种或者数量有异议的;三则,原告或者第三人对检验的物品取样或者保管有异议的;四则,原告或者第三人对行政执法人员的身份的合法性有异议的;五则,原告或者第三人认为行政执法人员需要出庭作证经人民法院认可的其他情形。

6. 对被诉具体行政行为涉及专门性问题的质证。对被诉具体行政行为涉及的专门性问题,当事人可以向法庭申请由专业人员出庭进行说明,法庭也可以通知专业人员出庭说明。必要时法庭可以组织专业人员进行对质。当事人对出庭的专业人员是否具备相应专业知识、学历、资历等专业资格等有异议的,可以进行询问。由法庭决定其是否可以作为专业人员出庭。

五、行政诉讼证据的审核认定

在行政诉讼中证据的审核认定有下列主要制度和规则。

1. 法官对证据的态度

人民法院审理行政案件,应当以证据证明的案件事实为依据。法庭要对经过庭审质证的证据和无须质证的证据进行逐一审查和对全部证据进行综合审查。在证据的审查和运用中法官处于中心地位,因此,《最高人民法院关于行政诉讼证据若干问题的规定》第54条规定,法官应"遵循法官职业道德,运用逻辑推理和生活经验,进行全面、客观和公正地分析判断,确定证据材料与案件事实之间的证明关系,排除不具有关联性的证据材料,准确认定案件事实"。

2. 对证据合法性与真实性的审查

对证据的审查主要包括合法性与真实性的审查,合法性审查主要包括:其一,证据是否符合法定形式。其二,证据的取得是否符合法律、法规、司法解释和规章的要求。其三,是否有影响证据效力的其他违法情形。真实性审查包括:其一,证据形成的原因;其二,发现证据的客观环境;其三,证据是否为原件、原物,复制件、复制品与原件、原物是否相符;其四,提供证据的人或者证人与当事人是否有利害关系;其五,影响证据真实性的其他因素。

3. 不能作为定案依据的证据材料和不能支持具体行政行为的证据

依最高人民法院的司法解释,下列证据材料不能作为定案的依据:(1)严重违反法定程序收集的证据材料;(2)以偷拍、偷录、窃听等手段获取侵害他人合法权益的证据材料;(3)以利诱、欺诈、胁迫、暴力等不正当手段获取的证据材料;(4)当事人无正当事由超出举证期限提供的证据材料;(5)在中华人民共和国领域以外或者在中华人民共和国香港特别行政区、澳门特别行政区和台湾地区形成的未办理法定证明手续的证据材料;(6)当事人无正当理由拒不提供原件、原物,又无其他证据印证,且对方当事人不予认可的证据的复制件或者复制品;(7)被当事人或者他人进行技术处理而无法辨明真伪的证据材料;(8)不能正确表达意志的证人提供的证言;(9)不具备合法性和真实性的其他证据材料;(10)以违反法律禁止性规定或者侵犯他人合法权益的方法取得的证据;(11)被告在行政程序中依照法定程序要求原告提供证据,原告依法应当提供而拒不提供在行政诉讼程序中提供的证据;(12)鉴定结论有下列情形之一的,不得作为证据使用:一是鉴定人不具备鉴定资格的;二是鉴定程序严重违法的;三是鉴定结论错误、不明确或者内容不完整的。

《最高人民法院关于行政诉讼证据若干问题的规定》规定了不能作为认定被诉具体行政行为合法性依据的证据材料:其一,被告及其诉讼代理人在作出具体行政行为后收集的证据;其二,被告及其诉讼代理人在诉讼程序中自行收集的证据;其三,被告在行政程序中非法剥夺公民、法人或者其他组织依法享有陈述、申辩权或者听证权利所采用的证据;其四,原告或第三人在诉讼程序中提供的被告在行政程序中未作为具体行政行为依据的证据;其五,复议机关在复议程序中收集和补充的证据;其六,被告在复议程序中未向行政机关提交的证据。

4. 证据的证明效力

证据的效力是指证据对案件事实证明的程度证明同一事实的数个证据,其效力一般依下列情形分别认定:其一,国家机关以及其他职能部门依职权制作的公文书优于其他书证；其二，鉴定结论、现场笔录、勘验笔录、档案材料以及经过公证或者登记的书证优于其他书证、视听资料和证人证言；其三，原件、原物优于复制件、复制品；其四，法定鉴定部门的鉴定结论优于其他鉴定部门的鉴定结论；其五，法庭主持勘验所制作的勘验笔录优于其他部门主持勘验所制作的勘验笔录；其六，原始证据优于传来证据；其七，其他证人证言优于与当事人有亲属关系或者其他密切关系的证人提供的对该当事人有利的证言；其八，出庭作证的证人证言优于未出庭作证的证人证言；其九，数个种类不同、内容一致的证据优于一个孤立的证据。

5. 人民法院可以直接认定的证据

众所周知的事实法庭可以直接认定；自然规律及定理法庭可以直接认定；按照法律规定推定的事实法庭可以直接认定；已经依法证明的事实法庭可以直接认定；根据日常生活经验准确推定的事实法庭可以直接认定。

6. 不能单独作为定案依据的证据

其一，未成年人所作的与其年龄和智力状况不相适应的证言；其二，与一方当事人有亲属关系或者其他密切关系的证人所作的对该当事人有利的证言，或者与一方当事人有不利关系的证人所作的对该当事人不利的证言；其三，应当出庭作证而无正当理由不出庭作证的证人证言；其四，难以识别是否经过修改的视听资料；其五，无法与原件、原物核对的复制件或者复制品；其六，经一方当事人或者他人改动，对方当事人不予认可的证据材料；其七，其他不能单独作为定案依据的证据材料。

序号	1	2	3	4	5
基本问题	证据理论	举证责任分配	证据的调取和保全	质证与核实	证据的审核认定
内容注解	(1)证据的概念。 (2)证据的特征：一般特征——客观性、相关性、合法性；独有特征——行政诉讼规则调整性、举证责任的行政性、严格的时空性。 (3)种类：理论分类——本证与反证、原始证据与传来证据、直接证据与间接证据、言辞证据与实物证据；证据的种类——书证、物证、视听资料、证人证言、当事人陈述、鉴定结论、勘验现场笔录。	(1)概念。 (2)被告举证：内容；理由。 (3)原告所提供证据：起诉条件、被告不作为、损害事实、主动提供。 (4)提供证据的要求：提供证据的一般要求、提供证据的特殊要求、各类证据提供的具体要求。	(1)证据的调取：人民法院自行收集、要求当事人提供补充、申请法院调取。 (2)证据的保全：保全之概念、保全的程序、鉴定与重新鉴定。	(1)证据出示。 (2)缺席判决中的证据。 (3)出示证据原件。 (4)执法人员出庭作证。 (5)专门性问题的质证。	(1)法庭对证据的态度。 (2)合法性与真实性审查。 (3)不能作为定案依据的证据。 (4)证据的效力。 (5)直接认定的证据。 (6)不能单独定案的证据。

注释

〔1〕 日本有学者将行政诉讼称为行政案件诉讼,如室井力所编的《日本现代行政法》就使用了这一概念"行政案件诉讼是指行政上的法律关系发生纠纷时,法院根据一定的利害关系人或由法律承认的特别有可能成为原告的人提起的诉讼,依特殊诉讼程序,审理、判断当事人的主张是否妥当,据此决定解决纠纷,亦称为"行政事件诉讼"。其所称的行政案件诉讼与行政诉讼是同一概念。日本学者和田英夫还将行政诉讼称为"行政事件诉讼"。参见[日]室井力:《日本现代行政法》,吴微译,中国政法大学出版社 1994 年版,第 226 页;[日]和田英夫:《现代行政法》,倪健民、潘世圣译,中国广播电视出版社 1993 年版,第 320 页。

〔2〕 在行政诉讼体制设计上就有一元制与二元制的区别。所谓一元制就是将行政诉讼的裁判系统设置在普通法院之内,这种体制有人亦称为合并主义或司法一体化主义,这种体制主要是英、美等国家采用,第二次世界大战以后,日本也采用这样的体制。《中华人民共和国行政诉讼法》所确立的行政诉讼的体制亦为一元制。我国虽有专门的行政庭,但行政庭是法院的组成部分,而不是一个独立的法院系统。所谓二元制就是行政诉讼的裁判机关在普通法院之外,普通法院和行政法院是两个分立的系统,此种制度也被一些学者称为二元制或司法分立意义,此体制以法国最为典型。两种体制孰优孰劣恐怕难以下一个结论,要根据各国司法权和行政权关系以及宪政体制而定。

〔3〕 黄学贤、杨海坤:《新编行政诉讼法学》,中国人事出版社 2001 年版,第 19 页。

〔4〕 参见[美]加里·沃塞曼:《美国政治基础》,陆震纶等译,中国社会科学出版社 1994 年版,第 110 页。

〔5〕 罗豪才主编:《中国司法审查制度》,北京大学出版社 1993 年版,第 1 页。

〔6〕 关保英主编:《行政法与行政诉讼法》,中国政法大学出版社 2007 年版,第 438 页。

〔7〕 黄学贤、杨海坤:《新编行政诉讼法学》,中国人事出版社 2001 年版,第 21 页。

〔8〕 参见[法]莫里斯·奥里乌:《行政法与公法精要》(下册),龚觅等译,辽海出版社、春风文艺出版社 1999 年版,第 1169 页;[日]盐野宏:《行政法》,杨进顺译,法律出版社 1999 年版,第 253 页。

〔9〕 黄学贤、杨海坤:《新编行政诉讼法学》,中国人事出版社 2001 年版,第 23 页。

〔10〕 同上书,第 21 页。

〔11〕 由于《中华人民共和国行政诉讼法》将行政诉讼的基本制度统一起来了,因此部门行政管理法律的一些规定已经没有太大意义,后来修改的一些部门行政管理法都将行政诉讼的内容去掉了,如《中华人民共和国商标法》。

〔12〕 在人民法院设立行政庭是我国行政诉讼正式成为一种诉讼制度的开端,1986 年 9 月颁布的《中华人民共和国治安管理处罚条例》规定,公民对公安机关及其工作人员的行政违法行为不服,可以向人民法院提起诉讼,此后诸多部门行政管理法规定了行政相对人的诉权。人民法院的行政庭从此在全国各地纷纷建立起来"从 1987 年起,各级人民法院积极而又稳妥地试建行政审判庭,例如湖南省已在全省 138 个人民法院中设置了行政审判庭 134 个,其中有 119 个已开展行政审判工作。各级人民法院积极开展行政审判工作,使我国行政诉讼制度的建立健全进入了一个新的阶段"。参见任建新主编:

《中国行政诉讼教程》,中国政法大学出版社 1988 年版,第 23 页。

〔13〕 1997 年 4 月 29 日最高人民法院发布此规定,该规定在第一段规定:"为正确审理行政赔偿案件,根据《中华人民共和国国家赔偿法》和《中华人民共和国行政诉讼法》的规定,对审理行政赔偿案件的若干问题作以下规定。"《中华人民共和国国家赔偿法》将行政赔偿和司法赔偿规定在一起,而最高人民法院将行政赔偿的诉讼程序单独规定,在诉讼体制设计上具有积极意义。

〔14〕 黄学贤、杨海坤:《新编行政诉讼法学》,中国人事出版社 2001 年版,第 30 页。

〔15〕 任建新主编:《中国行政诉讼教程》,中国政法大学出版社 1988 年版,第 38 页。

〔16〕 参见《中华人民共和国宪法》第 13 条修正案。

〔17〕 在《中华人民共和国行政处罚法》颁布以前,行政机关实施具体行政行为时相对一方当事人没有抗辩权,自该法确定了此一权利后,《中华人民共和国行政许可法》等也规定了类似权利。

〔18〕 检察监督在行政诉讼中一直是一个比较困惑的问题,由于我国没有建立行政公诉制度,那么,监察机关在行政诉讼中究竟处于什么样的地位,如何对行政诉讼进行监督就成为一个仁者见仁,智者见智的理论问题。

〔19〕 检察机关究竟监督行政诉讼的哪一个环节也是一个争论颇多的问题,即是仅仅监督一审和二审程序,或者在一审和二审程序中参与行政诉讼,还是一、二审程序前后都有权进行监督也是没有定论的问题。

〔20〕 黄学贤、杨海坤:《新编行政诉讼法学》,中国人事出版社 2001 年版,第 351 页。

〔21〕 关保英主编:《行政法与行政诉讼法》,中国政法大学出版社 2007 年版,第 536 页。

〔22〕 行政争议的不可避免性是无须论证的,这既是由行政主体与行政相对人的利益关系决定的,又是由不同行政相对人之间的利益关系决定的,同时,行政机关的职权行使处在不断的变化过程中,所面临的行政事态也在不断的变化之中,行政行为与这些事态的反差,行政行为与不同社会利益之间的反差都会导致行政纠纷出现。

〔23〕 行政诉讼受案范围本是一个不需要讨论的问题,行政诉讼作为救济制度应当以行政相对人的权益是否受到来自行政系统的侵害为最高标准,若以此为标准,行政机关的行政行为只要有侵害公众权益的可能性就应被纳入到受案范畴之中,但是由于法治进程等方面因素的影响,行政诉讼的受案范围在一些国家总有一定的限度,如何确定这样的限度就构成了行政诉讼受案范围的原则。一般而论能够保障公民、法人和其他组织的合法权益是最重要的原则,另外还要注意平衡司法权和行政权的关系等。关于行政诉讼受案范围的处理方式和原则《比较行政法》一书有一些评价。参见张正钊、韩大元主编:《比较行政法》,中国人民大学出版社 1998 年版,第 800—802 页。

〔24〕 参见关保英主编:《行政法与行政诉讼法》,中国政法大学出版社 2007 年版,第 549 页。

〔25〕 翁岳生主编:《行政法》(下册),中国法制出版社 2000 年版,第 1323 页。

〔26〕 黄学贤、杨海坤:《新编行政诉讼法学》,中国人事出版社 2001 年版,第 30 页。

〔27〕 参见萧榕主编:《世界著名法典选编》(行政法卷),中国民主法制出版社 1997 年版,第 218 页。

〔28〕 黄学贤、杨海坤:《新编行政诉讼法学》,中国人事出版社 2001 年版,第 68 页。

〔29〕 同上书,第98页。

〔30〕 同上书。

〔31〕 参见姜明安主编:《行政法学》,法律出版社1998年版,第268页。

〔32〕 从《中华人民共和国行政诉讼法》和《中华人民共和国行政复议法》的规定来看,我国大陆行政复议的受案范围大于行政诉讼的受案范围,如行政规范性文件可以在一定条件下为复议标的。这与我国台湾地区相反,台湾地区行政诉讼的受案范围大于诉愿的受案范围。依台湾"行政诉讼法"的规定,所有可以提起诉愿的案件都可以成为诉讼标的,而在诉愿范围之外,行政机关的作为和不作为亦可被提起行政诉讼。参见黄昭元主编:《综合小六法》,学林文化事业有限公司2000年版,第B—105、B—115页。

〔33〕 全国人民代表大会已将行政收费法纳入了立法规划,不久这一法律将会出台,该法必然为我国行政收费提供法律依据。

〔34〕 具有普遍约束力的决定、命令是否一定要求反复适用则是一个值得商榷的问题,2000年1月25日国务院发布了《第五次全国人口普查办法》(该办法已于2008年1月被废止),该办法第1条规定:"为了科学地制定国民经济和社会发展战略与规划,制定人口政策,统筹安排人民的物质和文化生活,实现人口与资源、环境的协调发展,国务院决定于2000年进行第五次全国人口普查。根据《中华人民共和国统计法》制定本办法。"第3条规定:"2000年11月1日以前完成全国人口普查汇总工作,公布汇总资料。"这是一个行政法规,但它并不是反复适用的,仅在此次人口普查中适用。

〔35〕 黄学贤、杨海坤:《新编行政诉讼法学》,中国人事出版社2001年版,第97页。

〔36〕 关保英:《市场经济与行政法学新视野》,法律出版社1996年版,第61—62页。

〔37〕 参见罗豪才主编:《行政诉讼法学》,中国政法大学出版社1990年版,第124页;张尚鷟主编:《行政法学》,北京大学出版社1991年版,第296页。

〔38〕 "专门人民法院在特定组织系统内设立的专门审理特定案件的审判机关。中国根据1954年颁布的《中华人民共和国法院组织法》的规定设置军事法院、铁路运输法院、水上运输法院。1979年的《人民法院组织法》规定除设置上述专门人民法院外,还设置森林法院和其他专门人民法院。1983年修订的《人民法院组织法》除明确规定军事法院外,对设置其他专门人民法院未做具体规定。现有军事、铁路运输、海事专门人民法院。专门人民法院的设置和职权由全国人民代表大会常务委员会决定并单独作出规定。专门人民法院与一般人民法院不同,其不是完全按行政区域设立,且不审理一般刑事、民事案件。其设有院长一名、副院长、审判员若干名,并设置必要的机构。审判工作受最高人民法院监督。"中国社会科学院法学研究所法律辞典编委会编:《法律辞典》,法律出版社2004年版,第901页。

〔39〕 萧榕主编:《世界著名法典选编》(行政法卷),中国民主法制出版社1997年版,第219页。

〔40〕 黄学贤、杨海坤:《新编行政诉讼法学》,中国人事出版社2001年版,第108页。

〔41〕 原告所在地或被告所在地在一般情况下指户籍所在地,有时也指居住地。

〔42〕 也有学者认为受移送法院可以是上级人民法院。参见黄学贤、杨海坤:《新编行政诉讼法学》,中国人事出版社2001年版,第124页。

〔43〕 法学辞书对原告是这样定义的,“在民事诉讼和行政诉讼中,为保护自己的合法权利,以本人名义向法院起诉并启动民事诉讼和行政诉讼程序之人”。中国社会科学院法律研究所法律辞典编委会编:《法律辞典》,法律出版社2004年版,第824页。

〔44〕 利害关系人在行政机关实施的行政管理活动中与行政机关的关系是否为行政法关系是需要探讨的问题,若将行政相对人界定为受到行政主体行政行为影响的人,那么,利害关系人实际上是行政相对人的一种特殊形态,这样来看的话,行政主体与利害关系人管理活动过程形成的关系也是行政法关系。这一问题如何得到合理阐释是行政法学界应当解决的问题。

〔45〕 行政诉讼法使用“认为”一词是有道理的,该词是一个纯粹的主观判断而不是一个具有客观意义的概念。且“认为”是一个由行为主体单方面实施的主观行为,而不是双方主观意志的合致。

〔46〕《日本行政诉讼法》第9条规定:“(原告适格)取消处分的诉讼及取消裁决的诉讼(以下称为‘取消诉讼’),只限于就请求取消该处分或裁决具有法律上的利益者(包括即使在由于处分或裁决的效果期限的经过其他理由消失后,仍具有由于取消处分或裁决而应恢复的法律上的利益者才可以提起诉讼)。”其对原告资格的确定是以其受行政行为影响的状况决定的。

〔47〕 实践中也有口头起诉,“口诉”是在书写诉状确有困难的情况下,允许当事人以口头方式向法院起诉,由法院记入笔录,并书面告知被告一方,口诉笔录经被诉人签名或盖章后,与起诉状有同等效力。

〔48〕 共同诉讼分为必要的共同诉讼和普通的共同诉讼两种。必要共同诉讼中当事人之间的权利义务不可分割必须放在一起审理,因此对其意义不需要另作分析。即普通共同诉讼中当事人权利和义务不一定必然不可分割,因此其简化行政诉讼程序和避免人民法院作出矛盾判决的意义是非常明显的。

〔49〕 国内绝大多数行政法或行政诉讼法教科书认为在行政诉讼中第三人都是无独立请求权,也有教材认为行政诉讼中存在有独立请求权的第三人。如果行政诉讼的根本是在于对行政行为的合法性进行司法审查的话,那么行政诉讼中都是无独立请求权的第三人。

〔50〕 若将行政诉讼作为一个完整的程序来看的话,起诉与第一审程序存在必然的逻辑上的联系,起诉由于是原告一方的法律行为,它是否一定引起第一审程序还要看人民法院是否对原告的起诉进行了受理。“起诉和受理是行政诉讼的启动程序,行政诉讼实行不告不理的原则。原告的起诉是人民法院行政诉讼职权的前提条件,如果原告的起诉为人民法院所接受,人民法院将开始对该行政案件进行审理,当事人双方将开始受到诉讼规则的约束。”方世荣主编:《行政法与行政诉讼法》,中国政法大学出版社1999年版,第401页。

〔51〕《中华人民共和国行政诉讼法》第42条规定:“人民法院接到起诉状,经审查,应当在7日内立案或者作出裁定不予受理。原告对裁定不服的,可以提起上诉。”依此条规定,起诉应当以书面形式进行。但是,为了方便公民、法人或者其他组织,为了照顾文化素质有障碍的人,在行政诉讼实践中,口头起诉也是一种法院认可的起诉形式。

〔52〕 当事人拒不到庭是有法定条件的，指当事人经两次合法传唤后还不到人民法院应诉的情况。

〔53〕 《中华人民共和国行政诉讼法》第48条规定："经人民法院两次合法传唤，原告无正当理由拒不到庭的，视为申请撤诉；被告无正当理由拒不到庭的，可以缺席判决。"《最高人民法院关于执行〈中华人民共和国行政诉讼法〉若干问题的解释》第49条规定："原告或者上诉人经合法传唤，无正当理由拒不到庭或者未经法庭许可中途退庭的，可以按撤诉处理。原告或者上诉人申请撤诉，人民法院裁定不予准许的，原告或者上诉人经合法传唤无正当理由拒不到庭，或者未经法庭许可而中途退庭的，人民法院可以缺席判决。第三人经合法传唤无正当理由拒不到庭，或者未经法庭许可中途退庭，不影响案件的审理。"最高人民法院的解释与《行政诉讼法》的规定没有完全吻合，在行政诉讼实践中应当以《行政诉讼法》的规定为准。

〔54〕 依目前我国行政诉讼制度的设计，人民法院除在对行政处罚进行司法审查时除可以对合理性进行一定限度的司法审查外，对其他被诉具体行政行为只能进行合法性审查。因此，人民法院若认为被诉具体行政行为有明显的法律依据，只存在合理性问题时，只能作出维持判决，而不能作出撤销或者变更的判决。

〔55〕 此条规定赋予了人民法院在审理行政案件中一定的自由裁量权，一则，何为国家利益、公共利益或者他人合法权益的判断权属于人民法院。二则，国家利益，公共利益以及他人合法权益的判断标准由人民法院掌握。

〔56〕 显失公正原本是民法学上的概念，指契约关系中存在不公平和不合理的情形，其在民法中的称谓为"显失公平"，"指为了实现不公平的意外利益而实施的违背社会公平观念的行为。显失公平的行为源于英、美衡平法，早期的衡平法关注的是行使协议所规定的权利的公平性。随着时代的发展，显失公平的适用范围日渐拓展，其种类越来越多，但是，由于许多显失公平的行为逐渐独立而成为一种独立的可予救济的行为，因此，在现在，显失公平主要涉及到契约方面的问题"。在行政诉讼中显失公正主要是对行政机关实施行政处罚而言的，是否为显失公正亦是一个由人民法院掌握的自由裁量权问题。参见中国社会科学院法学研究所法律辞典编委会编：《法律辞典》，法律出版社2004年版，第712页。

〔57〕 黄学贤、杨海坤：《新编行政诉讼法学》，中国人事出版社2001年版，第217页。

〔58〕 二审与一审程序相比有下列区别：一是引起审理程序发生的原因不同。二审因当事人的上诉行为而引起的，一审则是由原告的起诉而引起的。二是引起审理程序发生的诉讼主体不同。一审中原被告地位固定，有相应的资格限制，而二审行政当事人诉讼地位并不固定，没有相应的资格限制。三是审查的对象不同。一审法院审查的对象是被告作出的具体行政行为是否合法，二审法院主要审查一审裁判是否正确，它是一种双重审查。四是审理方式不同。一审一律开庭审理，二审大多数情况下是书面审理。五是裁判方式不同。另外，还有审理期限等方面的区别。

〔59〕 黄学贤、杨海坤：《新编行政诉讼法学》，中国人事出版社2001年版，第225页。

〔60〕 任建新主编：《中国行政诉讼法教程》，中国政法大学出版社1988年版，第114页。上诉状应当写明上诉人的姓名或者名称以及其他基本情况；要写明被上诉人的有关情

况;要写明原审人民法院的名称、案件的编号、案由、上诉法院的名称;要写明提起上诉的事实根据、法律依据、理由、具体请求等,这一部分是上诉的事实部分;最后是签名或者加盖公章等。

〔61〕 关保英主编:《行政法与行政诉讼法》,中国政法大学出版社2007年版,第564页。

〔62〕 参见《最高人民法院关于执行〈中华人民共和国行政诉讼法〉若干问题的解释》第73条。

〔63〕 黄学贤、杨海坤:《新编行政诉讼法学》,中国人事出版社2001年版,第256页。

〔64〕 任建新主编:《中国行政诉讼法教程》,中国政法大学出版社1988年版,第118页。

〔65〕 任建新主编:《中国行政诉讼法教程》,中国政法大学出版社1988年版,第119页。

第十七章　行政赔偿法

第一节　行政赔偿法概述

一、行政赔偿的界定

(一)行政赔偿的概念

行政赔偿是国家赔偿的一种,[1]指国家行政机关及其公职人员在执行职务的过程中,因违法行使职权并给公民、法人和其他组织的人身或者财产造成了损害,对此应当承担的赔偿责任。此定义表明:

1. 行政赔偿的主体是国家行政机关

有人认为行政机关是代表国家行使职权的,它自己没有独立的法律人格,因此,行政赔偿的主体是国家而不是行政机关。"具体的赔偿事务是由法定赔偿义务机关来负责的,但赔偿义务机关是代表国家履行赔偿义务。"[2]我们认为,国家是一个集合概念,在诸多方面是以抽象形态存在的,将赔偿主体定义为国家没有实际意义。而且,在现代法治国家中,都强调行政责任或者行政权行使中的法律责任。不论从哪个意义上讲,行政责任的责任主体都不是国家,而是直接行使行政权力的国家机关。至于行政赔偿费用来自国库开支这一问题则是另一范畴的问题。《奥地利国家赔偿法》第1条规定:"官署、机关。1. 联邦、各邦、县市、乡镇、以及其他公法上团体及社会保险机构(以下简称官署)于该官署之机关执行法令因故意或过失违法侵害他人的财产或人格权时,依民法之规定由官署负损害赔偿责任;机关不负损害赔偿责任。损害赔偿形式仅为金钱赔偿。2. 本法所称机关是指所有为官署执行法令的自然人(包括司法及行政人员),继续或暂时或为着特定事件经选任指派或雇用,与官署间关系为公法上或私法上的人员均属这里所称的'机关'。"[3]显然,奥地利行政侵权赔偿责任的主体是行政官署,而不是国家,更不是执行公务中的公职人员。

2. 行政赔偿因国家行政机关及其公职人员违法行使行政职权而引起

行政赔偿的前提条件是行政机关及其公职人员存在履行管理职能,进行行政执法的行为,同时这一行为具有行政上的违法性。行政执法和违法执法这两个基本条件是行政赔偿的又一本质特征。行政机关既是国家机关中的一个实体,又是一般意义上的法人,当行政机关在行政法的范围内为法律行为时,它是行政主体,是国家机构中的一个实体。当行政机关在民法或经济法的范围内从事某种活动时,它则是一法人组织。行政赔偿存在于行政机关作为行政法上的身份关系之中。行政机关在民法上的身份关系无论如何不能形成行政赔偿。行政机关在法律上的合法行为也不能形成行政赔偿。合法行为在行政法治实践中也存在侵权问题,但合法行为的侵权所导致的是行政上的补偿。《奥地利国家赔偿法》第 11 条[违法决定]规定:"1. 国家损害赔偿之诉取决于行政官署的决定是否违法,在宪法法院或行政法院对该项决定是否违法尚未确定判决之前,除应依宪法第 2 条的规定予以驳回的情形外,应停止诉讼程序,并依宪法第 131 条第 2 项请求对该决定作出判决。行政法院判决确定后,受诉法院应继续诉讼程序,其判决应受行政法院之见解的拘束。2. 行政决定是否违法,根据宪法第 133 条的规定不得由行政法院判决的,不适用本条第一项的规定。3. 宪法第 18 条第 2 项到 4 项所规定的法院审判义务不受本法的影响。"[4]可见,其也以主体和主体的违法作为确定行政赔偿的条件。

3. 行政赔偿以公民、法人或者其他组织之合法权益受到损害为要素[5]

赔偿的实质在于使受损害者能够得到弥补;或者是直接弥补或者是间接弥补。既然是一种弥补,赔偿的基本要素就是得到赔偿的主体有实际的损失存在。实际损失是客观存在的损失,而不是请求赔偿的人所假想出来的损失。在不同国家的赔偿制度中,对受损者的实际损失有不同的认识和理解,因而也就有不同的法律规定。例如,在一些国家既认同受损失人在精神上的损失、人身上的损失,也认同受损失人在财产上的损失。[6]而有些国家仅认同财产和人身损失,而不认同精神损失。行政赔偿制度对受损失人损失状况的认同程度与一个国家的法律制度、民主进程等有巨大关联。在法治化程度较高、民主进程发展较快的国家,对受损害人的认同程度要广泛一些,而在法治化程度不高、民主进程发展较缓慢的国家对受损害人的认同程度则相对较低。是否有实际上的损害是法律问题和技术问题的统一,从法律层面讲,对实际的损害范围等作出规定,使实际损害有法律上的依据,从技术上讲,实际损害应当有一套技术上的测评标准。[7]

(二)从"行政法的一元意志"解释行政赔偿

在法律体系的其他部门法中至少有一个相对公认的定义,而正是这种公认的定义使该部门法的内涵也相对确定,其所体现的意志争论亦较少。而行政法定义则十分不一致,"在国内国外公开出版的一些百科全书、辞典、专著、教材和论文中,各国行政法学者给行政法下的定义,少说也有五六十种。其中不少是大同小异,但也有一些是完全不一样的。各国行政法学者一般是从各种不同的角度,按照不同的目的,甚至有的还是站在完全不同的立场上来给行政法下定义,阐明行政法的基本概念。他们有的按照行政法的法源来表述它的定义,有的又按行政法的调整对象,或行政法规定的主要内容,或行政法在法律体系中的地位和作用,或行政法本身的性质和特征来表述它的定义。例如,有的说行政法是行政管理法;有的说行政法就是行政诉讼法;有的又说行政法包括了行政组织法、行政行为法和行政诉讼法;还有的说行政法是监督政府的法而不是建立政府的法;有的说行政法是关于行政、行政权或行政法律关系的法律;有的说行政法是关于行政权的行使和控制的法律;有的说行政法首先是控权法,行政法就是限制政府的法律;有的说行政法是公法不是私法;有的说行政法与宪法不一样:宪法是关于国家机构的静态的法,行政法则是关于国家机构活动的动态的法;有的说行政法是行政法规范的总称,有的则说行政法是行政法规的总称"。[8]

行政法定义的多样性只是问题的一个方面,行政法体系在我国也存在极大的差别。读者则可以翻一翻盐野宏的日本行政法教程和韦德的英国行政法教程以及奥里乌的法国行政法教程,就会发现,三个不同国家对行政法体系的构架和学者们对行政法体系的认识具有多大的反差。王名扬教授的三部著作,即《美国行政法》、《英国行政法》和《法国行政法》,在介绍不同国家行政法时,在体系的编排上却完全不同。上述行政法定义和行政法体系的复杂性决定了一个具有非常原则性的深刻理论问题,那就是行政法究竟体现的是单元意志还是多元意志。不言而喻,行政法作为法的一个构成部分是一定阶级或社会意志的体现,如果不这样解释就有悖于马克思主义关于法的本质的理论:"意志如果是国家的,就应当表现为政权机关所制定的法律,否则'意志'这两个字只是毫无意义的空气震动而已。"[9]"法律是什么呢?法律是统治阶级意志的体现。法律就是取得胜利、掌握国家政权的阶级的意志的表现。"[10]当行政法作为统治阶级意志体现的问题解决以后,下一步就是对该问题的进一步分析。可以说,法律是统治阶级意志的体现是一个绝对命题,就是无论在什么情况下法都是取得统治权的那个阶级的意志的体现,其也是一个质的命题,就是法律体现阶级意志是法的一个本质特征。接着要分析的就是要探讨该命题相对性和量的方面以及具体的表现过程方面。再则,刑事法律和民事法律其在规制对象方面,往往没有特定的阶层性对象,刑法是规制犯罪的,而民法是规制民事纠纷的,犯罪和民事纠纷并不以某一特定的阶层为具体对象。而行政法的规制则有明显的或者人或者组织的对象。当其调整行政机关的内部关系时,其规制的对象就是行政权力行使者阶层,当其调整外部行政管理关系时,其规制的对象就是与行政机关处于相对一方的公众。而且常常是行政法对两个方面的东西都进行规制。由于规制对象的二元性就使人们对行政法所体现的意志的认识亦陷入了二元论之中,即一些人认为行政法所体现的是行政主体的意志,行政主体对行政权的单方面行使都是在其意志的支配下进行的。如行政主体作出某一行政决定时,只需要加进去自己的主观判断,而不需要考虑相对方的意志就可以使决定形成。如《海洋环境保护法》第6条规定,国家海洋行政主管部门会同国务院有关部门和沿海省、自治区、直辖市人民政府拟定全国海洋功能区划,报国务院批准。沿海地方各级人民政府应当根据全国和地方海洋功能区划,科学合理地使用海域。此条明显地规定了有关行政机关单方作出行政决定的权力。与此同时,行政法还体现公众的意志或者说人民群众的意志。有些法律规范直接规定了行政主体必须在实现人民群众的利益中起作用。如《中华人民共和国环境噪声污染防治法》第1条规定:"为了防治环境噪声污染,保护和改善生活环境,保障人体健康,促进经济和社会发展,制定本法。”该条提到的生活环境和人体健康都是相对于单个的人而言的,个人作为人民群众的分子之一所享有的权利在此条的规定中得到了充分体现。行政法的二元意志的矛盾在行政法规范的制定中则表现得更加突出,如刑法和民法的规则都由统一的或单一的立法机关制定,而行政法规则既可以由立法机关制定,又可以由行政机关制定,[11]那么行政机关制定的法律规范,其意志究竟是自己的还是他人的,换句话说,行政机关制定的行政法规范是否能和立法机关的意志和人民群众的意志保持最大的一致性。上述实情,若从基本现象上看,确实有两种不同的意志表现,行政法是在两种不同意志的支配下而被表达出来的。但我们在研究问题的时候必须从行政法的这种外在表现中走出来。本书认为,对于行政法这种外在形式上的两种意志进行分析时,必须制定一个准确的研究范围,必须对行政法发生作用的过程确定一个时空点,在某一时间上行政法的意志是多元的,而在行政权运行的整个过程中行政法的意志无论如何都是一元的。如果在一国的行政法中出现了两种不同的意志,那么这个国家的行政法治就遇到了很大的麻烦,或者出现了行政专横,或者出现了行政权与立法权的距离。正如刘少奇在“政法工作和正确处理人民内部矛盾”一文中所讲的:“无产阶级法制,就是人民民主的法制,也就是社会主义法制。法制不一定是指专政方面的,人民内部也要有法制,国家工作人员和群众也要受公共章程的约束。”[12]这说明在社会主义制度下作为政府行政系统的法制和人民群众的法制是同一性质的事物。行政主体在一定的层级中、一定的条件下也有表达行政法意志的功能,但行政法中最为基本的是组织法规则,行政主体的组织在构成时就充分地被人民的意志所制约,其每一种表达意志的行为都是为了更好的实现人民意志的行为,若其表达的意志与人民的意志相对立,人民就可以通过设立新的规则重新确立行政机构的组成体系,包括它的结构、层级、规模、办事效率等。应当说明,马克思主义经典作家关于法的意志的人民性和社会主义国家的行政法意志的人民性,在大多数情况下是一种应然状态,也就是说,社会主义国家的法律应当体现人民的意志,行政法亦应当是人民意志的体现。然而,这种应然性既可以以实然的形态出现,又可以不完全以实然的形态出现。在其以实然状况出现的情况下,行政法的一系列问题就容易得到解决。但是,对于建设一个国家的行政法制度起主要作用的似乎是应然和实然之间的反差。在社会主义法治水平不高,甚至在整个社会主义的初级阶段,本该体现人民意志的行政法,却常常不能完全体现;本该由一元国家机关制定行政法,却无法在一元机关的主持下完成。这种现象既使行政法问题复杂化,又为学者们研究行政法问题拓宽了空间。我们在不断地寻求行政法治的最佳状态,设计各种各样的旨在规范政府行为的行政法规则,其直接原因就在于行政法意志一元性应然关系与实然关系之间的不和谐。可悲的是一些学者由于对这种应然和实然的关系认识不足,从而得出了行政法二元意志的结论,更把二元意志作为行政法理论的一个前提,并进而运用这一大前提推演行政法中的其他问题。同时,这里存在一个转换关系问题,就是从原本上讲行政法的意志始终是一元的,始终在人民一方,但行政权在行使中一些具体问题交由行政机关,其可以在一定范围内表达意志,具有管理行政事务的高度权威,行政法关系理论中的单方面性原理就可以证明此点。请注意,行政主体的此种单方意志性是在大前提确定以后而为之的,大前提之一是相对一方此时很难说能够成为与人民意志一致的相对方,其主观过错决定了其行为与人民意志可能的矛盾性。大前提之二是行政主体此种单方意志性存在于法律设定好的权利义务关系中,如行政许可规则设定了许可中的权利义务关系;行政处罚规则设定了行政处罚中的权利义务关系等,这时行政主体应被理解为实现人民意志的一个中介物。大前提之三是行政主体在进行这种意志表达时必须受严格的行政规则约束。总之,行政主体在行政法一元法下的意志表达、在一元法下的单方权力行使与行政法的自由裁量权理论、行政主体的职权理论等有关。

行政法的一元意志并不否认行政赔偿制度存在的合理性,恰恰相反,它是对行政法一元意志的一个延伸。我们知道,行政法所体现的是行政权归属主体的意志,是以单个意志集合而成的总体意志,当某一单个的个体存在于整体意志之外时,它就是另一范畴的东西,就不能被正常地归入行政权归属主体的意志之中。行政权行使者所实施的行政制裁行为就是对归属主体以外之意志的校正。与之相适应,行政权行使主体对行政过程中受损害者的赔偿则是作为总体的公共意志对作为个体的私人意志的肯定。即是说,行政赔偿非常恰当地反映了现代社会中公权与私权的关系。

(三)行政赔偿的行为属性

行政赔偿的行为属性向来就有诸多不同的说法。公共负担说认为政府行政系统是公共利益的体现者,行政执法活动是公共权力对社会发生作用的结果。因此,政府行政系统在职权行使中若对行政相对一方当事人造成了侵害,这种侵害使受害人在公共权力范围之外负担了多余的义务,包括财产上的义务或者精神上的义务。显然,利益受损者承担的额外义务使原有的公共行政管理关系不再平衡,为了达到平衡公共管理关系的目的就必须使利益受损者的负担得到弥补,行政主体或者行政主体代表国家向利益受损者支付赔偿费用就是让其所负担的多余义务转移为公共负担。国家平等主体说认为,行政主体在职权行使中与管理相对一方当事人是同一意义的法律主体,在某一具体的行政法关系中行政主体既是权利主体又是义务主体,行政相对人亦具有权利主体和义务主体的双重身份,既然二者地位平等,行政主体对其不法行为就应当承担相应的法律责任。《英国1947年王权诉讼法》第2条第1款第1项规定:“由英王之臣仆或机关所为之侵权行为。”〔13〕实际上将主权置于了一般法律关系主体之下;人权保障法则认为“民主国家的基本目的和任务之一就是保护人权,国家有保护公民免受其他公民或组织侵害的责任,当然更有义务保证公民不受来自国家的侵害,如果一旦国家机关工作人员的违法行为给公民造成损害,就必须予以赔偿。”〔14〕正如有学者对日本国家赔偿制度所作的评价:“第二次世界大战之后,日本实行民主主义制度。在理念上官吏由天皇之仆臣变成国民之公仆。基于尊重国民基本人权的要求,对于公务员侵害国民权利及自由时,规定了救济途径,从而为国家赔偿责任的确立奠定了基础。"[15] 上列诸说都从不同的角度揭示了行政赔偿的性质，笔者认为行政赔偿有下列本质属性：

1. 行政赔偿具有行政性

此一属性主要是要将行政赔偿与民事赔偿区别开来。依市民社会的基本理论，国家管理关系是以市民社会诸关系为基础的，国家管理关系存在于市民社会关系之中，因此，市民社会中的民事赔偿是所有赔偿制度的基础。诸多国家在设立赔偿制度时并没有将行政赔偿或者与行政赔偿相关的国家赔偿作为一种特殊的赔偿制度，而是将其视为民事赔偿制度。英国在 1947 年王权诉讼法制定以前，美国在 1967 年颁布侵权行为法制定之前都将行政赔偿视为特殊形态的民事赔偿。"因为公务员是侵权行为的实施者，行政主体不可能实施侵权行为。这是英国在 1947 年王权诉讼法制定以前，以及美国在 1946 年联邦侵权行为赔偿法制定以前，所实行的行政赔偿制度。这种办法实际上还是国家不负赔偿责任。法国在实行国家赔偿责任以前也采取这种解决方法。但是法国在承认公务员的赔偿责任的同时，又对这种责任的实行加以限制。受害人追诉公务员的赔偿责任必须得到最高行政法院的同意。这种限制到 1870 年时取消。"[16] 现这些国家在很长一段时间将行政赔偿归入于普通的民事赔偿之中。《中华人民共和国行政诉讼法》和《中华人民共和国国家赔偿法》出台之前，我国也将行政赔偿纳入民事赔偿的范围，《中华人民共和国民法通则》第 121 条规定："国家机关或者国家机关工作人员在执行职务中，侵犯公民、法人的合法权益造成损害的，应当承担民事责任。"无论行政赔偿与民事赔偿有多么大的关联，都不能否认行政赔偿最大的属性是它的行政性。

(1) 行政赔偿的起因是由行政权的不当运用产生的。行政侵权的主体与行政权益受损者之间产生的关系是在一方不当行使行政权力的基础上形成的，而由民事侵权关系引起的民事赔偿责任则是由一方的民事违法行为引起的。可见，是否使用行政职权是区别民事赔偿与行政赔偿的决定性因素。

(2) 行政赔偿发生在行政法关系之中。行政赔偿从救济过程来看，可以存在于行政复议关系或者行政诉讼关系之中，但行政赔偿的发生则存在于行政法关系中，民事赔偿存在于民事法律关系中。我们知道民事法律关系与行政法律关系存在巨大的差别。主体之间地位的不对等性是这两种法律关系的根本区别。既然二者的关系性质不同，那么所发生的侵权责任，所发生赔偿的关系也就有很大差别。在行政赔偿中，赔偿的主体是没有意志力的复合主体。"行政主体是一个由法律所创设的实体，自己不能活动，必须通过公务员的行为才能活动，一切行政活动所引起的损害，都由公务员的行为所产生。"[17] 赔偿主体的独特属性使行政赔偿的责任认定和责任承担较民事赔偿复杂。

(3) 行政赔偿的实施程序也具有明显的行政性。行政赔偿受行政程序以及行政救济程序的影响。例如，在行政管理中，若行政主体对行政相对人的权益造成损害，行政相对人可以通过"行政声明异议制度"、"行政复议制度"等在行政系统内部进行处理。事实上,我国大多数行政赔偿进入行政诉讼救济之前,必须通过行政复议制度事先解决,行政复议的解决途径是行政诉讼解决程序的一个前置程序,若将行政系统作为一个整体看,其既是行政侵权的侵权者,又是行政侵权赔偿纠纷的解决者。而在民事赔偿中,主体双方的赔偿则不是这样的程序,若一方认为另一方侵犯了他的合法权益,便可直接寻求司法救济。

2. 行政赔偿具有赔偿性

在行政法中还有一个制度叫行政补偿制度,所谓行政补偿是指国家行政机关及其公职人员在行使行政职权的过程中,因其履行职责的合法行为对公民、法人或者其他组织的人身或者财产造成了侵害而对其侵害予以补偿的制度。行政补偿由行政主体及其公职人员的合法行为引起,即在行政补偿制度中,行政主体及其公职人员主观上无过错,行为本身也没有违反法律规定。行政补偿是一种国家责任而非行政权行使者承担的责任。国家承担这种责任的目的是使因公共利益而遭受损失的行政相对人得到一定的补救。行政补偿由于其前提是公共利益的需要,即由于某种公共利益的需要而要对行政相对人的房屋进行征用等,在此,公共利益是形成补偿的关键之点。这同时决定了行政补偿一般采用补偿直接损失的原则。“国家赔偿虽然不适用民事赔偿的等价原则,只赔偿直接损失,而且主要是物质损失,但仍比国家补偿的范围要宽。国家补偿一般以直接现实的损失为限,而且在许多情况下,法律规定的补偿往往小于直接损失额。”[18]行政赔偿与行政补偿在形式上有诸多相似之处,但是,必须明确行政赔偿是一种法律上的赔偿制度,而不是行政上的补偿制度。赔偿所具备的基本要件是对相对人造成伤害之行为的违法性,是否违法是区别赔偿与补偿的关键之点。但是,《中华人民共和国国家赔偿法》第2条规定:“国家机关和国家机关工作人员违法行使职权侵犯公民、法人和其他组织的合法权益造成损害的,受害人有依照本法取得国家赔偿的权利。国家赔偿由本法规定的赔偿义务机关履行赔偿义务。”依此条规定我国将行政赔偿的违法主体确定为双重主体:一是行政主体的违法行为可以导致行政赔偿责任的形成;二是行政公职人员的违法行为也会导致行政赔偿责任。在理论界有一种认识,认为行政赔偿应当将违法责任主体定为行政主体而不应定为公职人员。理由是公务员的行为如果是正当合法的职权行使行为,就是代表行政主体或者代表国家行政机关而为的行为。反之,若公职人员实施了法律上禁止的行为,此时,行为主体就发生了变化,即该行为就为个体行为,既然是公务员个人的行为就不应当让行政系统承担责任。笔者认为,公务员的个人行为在理论上是存在的,因为公务员首先是一个活生生的自然人,其在行政职权之外必然有自己的私人行为。但是,若将公务员的所有过错行为都归入于公务员的个人行为则是不妥当的,因为行政主体实施行政行为时必然是在公务员意志的作用下行使的,正如我们上面已经指出的行政主体只是一个组织实体,本身是无生命的东西,因而也就不会有相应的意志。在这里有一个前提必须明确,即行政赔偿制度乃至于所有国家赔偿制度建立的前提就是允许行政系统的公职人员在执行职务时犯错误,即国家给了行政公职人员在履行管理职能时一定的犯错误的机会。当公职人员意志上出现了差错导致行政行为违法或不当给公民、法人或者其他组织的权益造成了侵害,此时,由行政系统或者由国家承担责任,即行政系统将公职人员的个人错误承担下来并对此承担法律上的责任。允许行政公职人员犯错误是行政赔偿制度存在的理论基础。如果没有这一理论基础的话,就不会有行政赔偿制度存在,最多只有行政补偿制度。因为,行政职权行使中的错误归根结底都是个人的。为什么行政系统或者国家要对公职人员个人的错误负责呢?一方面,行政职权行使的正确与错误是不可预测的,行政人员对职权的判断不可能在任何一种情况下都能做到百分之百正确。知识能力的大小,环境的状况都有可能导致行政公职人员判断上的失误或错误,若国家不对这样的错误负一定的责任,行政公职人员就必然会非常消极地对待行政公职,因为越是不作为犯错误的机会就越少。另一方面,无论如何行政职权是公共利益或者公共权利的体现,行政系统内部无论出现怎样的错误都是公权之错误,对于公权的错误所导致的后果应当由公共系统承担,这样无论对于侵权者个人还是对权益受损者都是公正的。

3. 行政赔偿具有权利救济性

行政赔偿制度的建立具有宪政基础,只有当一国有完整的宪法以及相应的宪政制度时,才有可能建立起行政赔偿制度。行政赔偿若从另一层面看所反映的是手中握有国家权力的机关与普通公众的关系。能够让握有国家强力的机关对普通公众承担法律责任本身就需要一定的制度基础,其中宪政制度是所有制度中的关键。《中华人民共和国宪法》第2条规定:"中华人民共和国的一切权力属于人民。人民行使国家权力的机关是全国人民代表大会和地方各级人民代表大会。人民依照法律规定,通过各种途径和形式,管理国家事务管理经济和文化事业,管理社会事务。"该条将人民置于行政权归属主体的地位,而将行政主体置于了行政权行使主体的地位,依这样的法律地位,公众在行政权行使中并不是行政权的客体,而是主体。《中华人民共和国宪法》第5条规定:"中华人民共和国实行依法治国,建设社会主义法治国家。国家维护社会主义法制的统一和尊严。一切法律、行政法规和地方性法规都不得同宪法相抵触。一切国家机关和武装力量、各政党和各社会团体、各企业事业组织都必须遵守宪法和法律。一切违反宪法和法律的行为,必须予以追究。任何组织或者个人都不得超越宪法和法律的特权。"这个宪法条文使行政系统行使国家权力必须走法治化之路。换句话说,行政系统行使国家权力既要有高度的行政权威又必须承担相应的法律责任,要对自己的行为及其行为后果负责。行政系统在行使国家权力时面对的是单个的社会成员或者单个组织。在力量对比中,行政系统处于优势,而相对一方当事人处于劣势。因此当行政相对人向行政主体主张权益时就是一种法律上的救济。"国家赔偿制度是对受违法行为侵害的公民、法人和其他组织的救济,有利于保护公民、法人和其他组织的合法权益。从损害赔偿的直接后果看,相对人的合法权益得到有效保护,被损害的权益可以通过赔偿机制得到补救和恢复。从国家赔偿制度更深层的意义来看,它肯定了国家与公民、法人及其他组织之间各自独立意志和独立权益的存在，否定了公民利益应当无条件地服从国家利益，国家利益可以凌驾于公民利益之上的观点，从而要求国家在行使权力的过程中尊重个人意志，不得侵犯公民、法人和其他组织的合法权益。"[19]行政赔偿的权利救济属性十分明显。

二、行政赔偿法的含义

行政赔偿法是指调整行政侵权赔偿的法律规范的总称。行政赔偿法在现代国家一般都被认为是公法的范畴。在现代法治国家一般都将法律分为公法和私法，至于这种分类是否科学则是一个需要探讨的问题。[20]所谓公法，就是指调整国家公共权力和私人之间关系的法律，如宪法主要确定公民与国家政权体系之关系，因而被视为是公法，行政法确定行政系统与公民、法人和其他组织之间的关系，亦被视为是公法。所谓私法，是指调整私人或者私人团体之间关系的法律，如民法所调整的是市民社会中的财产关系或者人身非财产关系。行政赔偿还被纳入行政救济法的范畴。正如本篇开始作者所分析的，行政赔偿法与行政复议法、行政诉讼法是现代行政法中三大救济法。所谓救济法，就是指当公众权益受到侵害以后所应获得的行政上或者司法上的拯救。救济的前提是权益遭到了侵害或者权益有可能遭到侵害，这是我们领会行政赔偿法的概念时首先应当注意的问题。依笔者理解，行政赔偿法应当具有下列本质属性：

1. 行政赔偿法是规范行政责任之法

行政赔偿法所规范的是有关的行政责任。现代法治政府要求行政系统对自己的行为及其行为后果负责。行政赔偿是行政主体对其侵权行为负责任的一种形式，因此，规定行政赔偿责任的法律规范也就必然是有关责任承担之法。德国的毛雷尔将行政侵权赔偿责任分为四种模式：[21]一是公务员责任模式。此模式指在行政侵权行为中，行为的引起和实施都是以公务员为核心的。行政职权行使中出现的过错也是以个人意志出现的个体化过程。既然过错是个体化的，那么，责任的承担就应归之于公务员个人。二是国家责任模式。"国家必须将其公务员的错误行为直接归于自己，对损害承担全部赔偿责任。"[22]由国家代公务员承担赔偿责任在理论上也叫做代位责任，"国家承担代位责任时受了两个因素的促进和影响：第一个理由是受害的公民可以得到具有给付能力的责任人。第二个理由是——出于提高行政效率的需要——应当避免不受限制的个人责任的风险损害公务员的创造性和积极性。法治国家原则是国家赔偿的主要依据。国家责任是合法性原则和法律保障的补充：如果不能或者不再能通过法院的法律保护予以阻止权利侵害行为，就应当通过赔偿的方式弥补。国家任命公务人员，有责任对其进行监督；国家赋予公务人员以主权职权，而这本来就可能导致侵害行为的发生。从法理或者法意的角度来看，不存在反对将公务员的违法行为归责于国家并且由国家承担责任的理由。以前存在的与此相反的意见终于被战胜了"。[23]德国制定的《帝国为其公务员承担赔偿责任法》就是这一模式的生动体现。真正意义上的行政赔偿应当是这样的模式，笔者在分析行政赔偿的本质属性时已经对此作了评价。三是职务责任模式。此种责任将对行政赔偿责任置于行政职务之下,使责任本身与行政职务紧密地联系在一起。一方面,可以由公务员首先对其履行职务的行为承担责任,待公务员承担责任后国家再取代公务员的责任。[24]另一方面,或者先由国家承担责任,国家承担责任后再向有过错的公务员进行赔偿。笔者认为以职务作为划分行政责任的方式具有一定的科学价值,因为行政赔偿责任本身就是由行政职务引起的。四是连带责任模式。即由公务员和国家相互承担连带责任。在这种模式之下,国家责任和公务员个人责任是联结在一起的,国家承担赔偿责任并不免除个人的责任,同样,个人承担责任也不免除国家责任。无论我们从哪个意义上讲,行政赔偿法都是对有关的责任进行确立和追究之法。《国务院办公厅关于实施〈中华人民共和国国家赔偿法〉的通知》强调了我国国家赔偿法在确立行政责任制度中的意义,"国家赔偿制度的确立,对作为具体行政执法活动依据的各类规定的合法性提出了更高、更严格的要求。因此,制定规章或者规范性文件,一定要更加严格地依照宪法和法律规定的职权,不能超越法定权限、违反法定程序乱规定处罚、收费、审批发证等;凡是违反法律、法规规定的,要按照法定程序,该修改的及时作出修改,该废止的及时予以废止。……国家赔偿法实施后,行政机关因怕赔偿而不严格执法的问题还可能会突出起来。各地方、各部门对这个问题必须高度重视,切实加以解决。严格依法行政,严肃行政执法,首先行政机关领导要带头学法、守法、执法。要把行政执法活动进一步纳入制度化的轨道,规范行政执法行为。要逐步建立、健全行政执法队伍建设,建立高廉洁的执法队伍,增强执法人员的责任感、荣誉感"。

2. 行政赔偿法既是行政程序法又是行政实体法

在行政法学理论中一般将行政救济法都归到行政程序法之中,认为救济法是通过相应的程序规则对权益的救济,如行政复议法和行政诉讼法都被认为是程序规则。笔者认为,行政赔偿法包括了诸多程序内容,如《德意志联邦共和国国家赔偿法》第19条规定:"普通法院的管辖:①国家赔偿争议由普通法院受理的,不论争议标的价值大小,专属于州法院管辖。对国家赔偿争议,由引起金钱赔偿或消除后果请求权的官署或机构所在地区的州法院民事法庭裁判之。②为便利于诉讼的进行,州政府有权以法令在数个州法院的辖区中指定一个州法院受理国家赔偿争议。州政府可将该授权以法令授予州司法行政部门。③当事人可以委托律师在根据第2款所确定的法院代理自己,只要该律师在没有第2款规定时而应有管辖权的法院拥有出庭资格。"[25]这是非常典型的程序规则。但是若把行政赔偿法的全部内容都归到程序法之中却是不正确的,因为行政赔偿法中有相当一部分内容是实体法的内容。所谓实体内容就是说包括了诸多实体权利义务的规则,还以《德意志联邦共和国国家赔偿法》为例,该法第8条规定:"定期金和一次给付赔偿总额:①因损伤身体的完整和健康致使受害人降低、丧失工作能力,或增加受害人的生活需求之损害,应以给付定期金赔偿。②定期金按月预先给付。受害人即便在给付期届满前死亡,仍得须受全部金额。③受害人如有重大理由,可不请求定期给付,而请求一次给付赔偿金额。④本条请求权并不因其他人对受害人应提供生活费而丧失。”[26]此内容直接涉及实体的权利义务,《中华人民共和国国家赔偿法》关于行政赔偿范围的规定也无疑是实体法的内容。行政赔偿法既有程序规则又有实体规则是其区别于其他两种救济法的关键之点。在行政复议法和行政诉讼法中没有实体权利和义务,在这两个救济途径中有关实体权利和义务必须从相应的行政实体法中寻求。法院在审理行政诉讼案件时,其在判决书中必须指出判决所适用的行政实体法,但国家赔偿判决则不一定必须以行政实体法为依据。

3. 行政赔偿法是由诸多规则构成的

行政赔偿法与行政诉讼法等同是由诸多法律规范构成的,一国宪法条文中一般都有行政赔偿的内容。例如《中华人民共和国宪法》第 41 条第 3 款规定:“由于国家机关和国家工作人员侵犯公民权利而受到损失的人,有依照法律规定取得赔偿的权利。”《魏玛宪法》第 131 条规定:“官吏为全国之公仆,非一党一派之佣役。官吏之政治志向自由及结社自由,应保障之。官吏得依据联邦法律规定,设立特别之官吏代表机关。”[27]《日本国宪法》第 17 条规定:“任何人因公务员的不法行为而受到损害时,均得根据法律规定,向国家或公共团体要求赔偿。”[28]宪法关于行政赔偿的规定只是为下位法的制定留一个空间,提供一个依据。如果没有宪法的相应规定,行政赔偿制度在一国就难以建立起来。同时,宪法不可能规定行政赔偿的所有问题。行政赔偿的主要法律是行政赔偿的单一法典。各个国家的立法一般都将这一法典叫做国家赔偿法,在一些国家“国家赔偿法”就是“行政赔偿法”的代名词,而在另一些国家则包括了刑事赔偿和行政赔偿两个部分。《美国联邦侵权求偿法》第 2680 条规定该法不予调整的赔偿事项,其中第 8 款规定:“对于因威胁、殴打、错误拘禁、错误逮捕、恶意控告、滥用传票、诽谤、中伤、歪曲、欺骗或干涉契约权利引起的权利请求如果涉及到合众国政府的调查和执法官员的作为或不作为,本章和本编第 1346 条第 2 款的规定在本限制规定生效日或该日以后,将适用于因威胁、殴打、错误拘禁、错误逮捕、滥用或恶意控告引起的权利请求。为本款之目的,所谓‘调查官员或执法官员’,是指法律授权执行搜查、收集证据或对违反联邦法律的人执行逮捕的任何合众国官员。”[29]显然,美国侵权求偿法并不调整有关的刑事赔偿责任。《韩国国家赔偿法》、《奥地利国家赔偿法》等都属于调整行政赔偿的法律规范。《德意志联邦国家赔偿法》除规定了行政赔偿外,还对司法赔偿、立法赔偿等作了规定。例如,第 5 条[司法和立法中的责任]规定:“①如果义务损害为司法权力的违法裁判所造成,而该裁判使诉讼程序终结并发生约束力,或者义务损害为司法处分所造成,而该处分为裁判的根据,则限于该义务损害行为为刑事行为并且该裁判已依法撤销并确定时,可以依本法追究责任。上述规定不适用于第三人因义务损害而遭受损害第三人又不受裁决约束力影响的情形。本法规定不涉及司法权力的其他行为。②如果义务损害为立法者的违法行为所造成,只在法律有规定并在规定的范围内,发生赔偿责任。本法不涉及完全基于立法者行为而发生的行政的或司法的权力违反义务的责任。”[30]在有关行政赔偿的单行法典之下还有两套实施规则,如我国台湾地区还制定了"'国家'赔偿法施行细则",对行政赔偿的原则问题作进一步的具体规定。我国在《国家赔偿法》之下还有诸多的行政法规和政府规章调整着行政赔偿关系。1995年1月25日国务院制定了《国家赔偿费用管理办法》、1995年8月1日国家工商行政管理局制定了《工商行政管理机关行政赔偿实施办法》。我国司法机关关于行政赔偿也有诸多司法性规范性文件和司法解释。例如,1995年9月18日最高人民法院发布了《最高人民法院关于受理行政赔偿案件是否收取诉讼费用的答复》、1996年5月6日最高人民法院发布了《最高人民法院关于人民法院执行〈中华人民共和国国家赔偿法〉几个问题的解释》、1997年4月29日最高人民法院制定了《最高人民法院关于审理行政赔偿案件若干问题的规定》、2000年9月14日最高人民法院制定了《最高人民法院关于民事、行政诉讼中司法赔偿若干问题的解释》、2001年7月17日最高人民法院发布了《最高人民法院关于公安机关不履行法定行政职责是否承担行政赔偿责任问题的批复》等。

《中华人民共和国国家赔偿法》颁布施行以前,有两部基本法中的一些内容调整着行政赔偿法关系:一是《中华人民共和国民法通则》,如上面我们列举的民法通则第121条的内容;二是《中华人民共和国行政诉讼法》第9章"侵权赔偿责任"的规定,第67条规定:"公民、法人或者其他组织的合法权益受到行政机关或者行政机关工作人员作出的具体行政行为侵犯造成损害的,有权请求赔偿。公民、法人或者其他组织单独就损害赔偿提出请求,应当先由行政机关解决。对行政机关的处理不服,可以向人民法院提起诉讼。"《中华人民共和国国家赔偿法》实施以后,上列两部法律规定的行政赔偿内容是否还可以在行政赔偿程序适用?笔者注意到,《中华人民共和国国家赔偿法》没有规定在它颁布以前相关行政赔偿规则是否有效的问题,依法学的一般原理,若后法没有这样的规定就应认为前法规定相关内容仍然有效,即《中华人民共和国民法通则》、《中华人民共和国行政诉讼法》关于行政赔偿的规定仍具有法律效力,仍然能够调整行政赔偿关系。这里有一个法律冲突的选择问题,从目前情况看,《中华人民共和国国家赔偿法》与《中华人民共和国行政诉讼法》关于行政赔偿的规定并不完全一致。依诉讼法的规定,公民、法人和其他组织提出赔偿诉讼时必须首先向赔偿义务机关提起,即在行政赔偿程序中,赔偿义务机关先行处理程序是诉讼程序的前置程序。但是,《中华人民共和国国家赔偿法》第9条第2款规定:"赔偿请求人要求赔偿应当先向赔偿义务机关提出,也可以在申请行政复议和提起行政诉讼时一并提出。"该规定表明赔偿程序中赔偿义务机关先行处理程序并不是前置程序。那么,行政相对人在行政赔偿诉讼中究竟适用《中华人民共和国行政诉讼法》还是适用《中华人民共和国国家赔偿法》就是一个法律冲突问题。《中华人民共和国立法法》规定了后法优于前法的法律原则,依这一原则当然应当适用《中华人民共和国国家赔偿法》。

三、行政赔偿法立法之比较（以大陆行政赔偿立法与我国台湾地区行政赔偿立法展开）

序号	1	2	3	4	5
区分	立法体例	责任原则	赔偿范畴	赔偿方式	赔偿程序
大陆行政赔偿法	合并式	过错责任原则	列举式规定	平衡主义	公断主义
台湾行政赔偿法	分立式	双重责任原则	概括式规定	物质主义	协议主义

（一）立法体制的比较：合并式或分立式

综观世界各国的国家赔偿立法，在立法技术上都不外乎两种：一是合并式，即把行政赔偿制度和刑事赔偿制度合而为一，统称为国家赔偿制度，由专门的法律加以规定，采用相同的赔偿程序、责任原则、计算方法等。其典型代表当推前联邦德国。该国 1973 年制定的《德意志联邦共和国国家赔偿法草案》第 1 条和第 7 条明确规定："任何人之权利受公权力之侵害者，公权力主体依本法对受害人负赔偿之责。""人民之权利因判决或性质相同之裁判遭受侵害者，仅于法官负故意责任时，始适用本法之规定。权利之侵害系因裁判本身所生者，始负赔偿之责。"二是分立式，就是把行政赔偿制度和刑事赔偿制度分别规定在不同的法律中，依不同的程序、原则、计算方法处理。如日本早在 1947 年就制定了《日本国家赔偿法》，该法系统规定了行政赔偿制度，把赔偿限于公务员的职务行为。1950 年日本又制定了《日本刑事补偿法》，该法明确规定了刑事赔偿的制度和原则。一般地说，采用何种立法方式受该国的行政管理制度影响较大。凡公务员制度完善、发达的国家都把两种制度分立开来，以突出行政赔偿的地位，体现行政民主化。

大陆《国家赔偿法》在立法技术上采用的是前者，该法第二章是行政赔偿的专门规定，第三章则规定了刑事赔偿。应当指出的是，大陆尽管把两种赔偿制度规定在一部法律之中，但对两种赔偿制度采用了不同的赔偿原则和赔偿程序，只是赔偿方式和计算标准相同而已。这与采用合并式立法技术的其他国家是有所区别的。因为其他国家采用单一程序，而我国是复式程序。我国台湾地区采用分立式立法技术，其赔偿法仅规定了行政赔偿制度，只对行政机关及其公务员的故意或过失侵权行为起作用。其刑事赔偿制度则规定在《冤狱赔偿法》中。两种立法技术孰优孰劣很难断然下结论。但就大陆的实际情况而论，笔者认为分立式立法技术更为可取。理由是：(1) 大陆从 1993 年 10 月 1 日起正式推行公务员制度，公务员制度应该和公务员的各项责任同步。如果将行政赔偿制度单独立法，有助于行政法制的健全和系统化。(2)《国家赔偿法》中规定的行政赔偿制度和刑事赔偿制度有很大差别，程序也不尽相同，分别规定是完全必要和可行的。(3) 从其他国家的立法经验看，由于分立式立法技术操作性强，目前已为各国所广泛采用。

（二）责任原则：过错责任原则和双重责任原则

在各国的行政赔偿立法中，有两种不同类型的责任原则：即过错责任原则和双重责任原则。前者是行政赔偿制度普遍采用的一种原则,它以行政机关及其工作人员故意或过失的心理状态作为承担赔偿责任的主观条件。后者是以过错责任原则为主,同时辅之以无过错责任原则。无过错责任就是不要求行为人主观上有故意或过失的心理状态。从国外行政赔偿立法看,美国、日本、韩国都采用了过错责任原则和行政机关在某些情况下的无过错责任原则。

我国《国家赔偿法》确立了过错责任的单一原则,该法第2条规定:“国家机关和国家机关工作人员违法行使职权侵犯公民、法人和其他组织的合法权益造成损害的,受害人有依照本法取得国家赔偿的权利。”其后,对过错责任作了进一步解释并使之具体化。台湾地区赔偿法则采用双重责任原则。不仅规定了“公务员于执行职务行使公权力时,因故意或过失”侵害公民各项权利者应承担赔偿责任的过错责任原则,而且还规定:“公有公共设施因设置或管理有欠缺,致人民生命、身体或财产受损害者,‘国家’应负损害赔偿责任”。另外,我国台湾地区于1977年制定了“核子损害赔偿法”规定“政府机构”或经“政府”批准的经济实体经营核能企业不当对公民或其他组织造成无形或有形损害的应负损害赔偿之责。这实际上是对无过错责任的进一步扩大。无过错责任原则把行政机关的赔偿范围扩大到了职权行为之外,使行政部门要对其突发性行为、非常状态下的行为及有关公共设施的经营管理不善负责,对宏观调控过程中损害的局部利益进行必要补偿。显然,行政机关承担无过错赔偿责任有其积极意义:一是可以提高行政机关及其公务员的责任心,克服官僚主义作风;二是可以提高行政权后果的平等程度,使无主观过错的公民、法人遭受公共设施损害时得到必要补偿;三是健全的行政赔偿制度应该是过错责任和无过错责任的统一。尤其行使社会主义国家的行政权更应对全社会负责。所以,大陆在行政赔偿制度中确立无过错责任原则是十分必要的。

(三)赔偿范畴:概括式规定与列举式规定

赔偿范畴是指国家行政机关应对何种类型的侵权负赔偿责任,它是行政赔偿制度的核心问题。赔偿范畴过宽或过窄都不利于建立赔偿制度的目的。台湾地区“赔偿法”对赔偿范畴采取概括式规定的行文方式,明确规定:“公务员于执行职务行使公权力时因故意、过失的不法行为侵害人民自由或权利者,‘国家’应负损害赔偿责任。”由此可见,行政机关只要侵犯了公民的自由或权利就应依法负损害赔偿之责。因为自由和权利是一个综合性概念,公民的自由包括言论自由、人身自由、财产自由、意志自由、罢工自由、结社自由等。权利的内容则更丰富,有荣誉权、著作权、迁徙权、财产权、参政权等。也就是说,根据台湾地区“赔偿法”,公民在法律规定的各种自由或权利遭到行政机关侵犯时,都有依法请求赔偿的权利和相应的法制保障。

我国《国家赔偿法》则在行文上采取了列举式,它严格列举了赔偿范畴,把行政机关的赔偿范围仅限制在有关人身权和财产权上。《国家赔偿法》第3条、第4条分别对侵犯人身权和财产权的情形作了具体的规定。侵犯人身权的情形包括:因行政强制限制人身自由的;因行政处罚侵犯人身自由的;因非法拘禁或其他方法侵犯人身自由的；因使用非常手段致人身体伤害或死亡的等。侵犯财产权的情形有：违法实施罚款、吊销许可证和营业执照、责令停业停产、没收财物等行政处罚的；违法对财产采取查封、扣押、冻结等行政强制措施的；违反国家规定征收财物摊派费用的；造成财产损害的其他违法行为。除此之外。对其他行政行为相对人均不能请求赔偿。

赔偿范畴的这两种规定方式是由一定的社会意识形态、权利义务观念和国家性质及政权组织形式等因素决定的。大陆在强调依法行政、行政民主化等行政法制原则的同时，突出行政权威原则，突出行政权的统一化，目的是使行政机关充分代表人民群众的利益，行使指挥、命令等强制性权力。行政权优先已成为大陆理论界和执法界普遍接受的信条。以此为基础，对于行政机关的行政责任、民事责任必须采取列举式规定，不允许任何组织和个人扩大解释。台湾地区实行五权政制，行政权只是若干公权力中的一种，它要受立法、司法、考试、监察等权力的制约。以此为前提，对行政机关的行政侵权赔偿责任作概括规定也就顺理成章了。

（四）赔偿方式：物质主义和平衡主义

台湾地区“赔偿法”规定：“‘国家’负损害赔偿责任者，应以金钱为之。但以获恢复原状为适当者得依之请求，恢复损害发生前之原状。”从这一规定可以看出，我国台湾地区所确认的行政机关对相对人的赔偿方式有两种：一是金钱赔偿，二是恢复原状。金钱赔偿就是给造成损害的当事人按一定比例或标准，支付相应的金钱；恢复原状是对有形损失可以变为原型的复归式赔偿。无论金钱赔偿，还是恢复原状我们都可以把它称之为物质主义，它以金钱、财物等为赔偿的唯一方法，排除了精神的、意识的等因素。显然，物质主义有其消极的一面，另外，它也反映了台湾地区社会、市民以及当局的市场意识。

大陆《国家赔偿法》没有把物质主义作为赔偿方式，而是确认了平衡主义的赔偿方式。所谓平衡主义，是指国家通过行政赔偿达到行政机关及其政府职能部门与公民、法人和其他社会组织最大限度的和谐，使二者有统一的意志和一致的社会目标。《国家赔偿法》把行政机关与相对人作为一个辩证的统一体来对待，而不是将他们互相对立。正因为行政机关与相对人的根本利益是一致的，大陆在行政赔偿制度中确立了六种具体的赔偿办法：一是支付赔偿金，《国家赔偿法》第 32 条第 1 款规定：“国家赔偿以支付赔偿金为主要方式”；二是返还财产；三是恢复原状，《国家赔偿法》第 32 条第 2 款规定：“能够返还财产或者恢复原状的，予以返还财产或者恢复原状”；四是消除影响，即为受害人消除因损失所造成的影响；五是恢复名誉；六是赔礼道歉。《国家赔偿法》第 35 条规定，赔偿义务机关“在侵权行为影响的范围内，为受害人消除影响，恢复名誉，赔礼道歉”。上述方法中既有物质赔偿，又有精神补偿。把两者有机地结合起来，充分体现了平衡主义的立法宗旨。

（五）赔偿程序：协议主义和公断主义

海峡两岸行政赔偿立法都规定了较为详细的程序。然而，其立足点却各有不同。如果说在赔偿程序上台湾地区是以协议主义为核心的话，那么，大陆则以公断主义为主。所谓协议主义,是指行政赔偿允许双方协商解决,赔偿法对协商的程序有明确规定并保护协商结果的法律效力。公断主义的主要特征是赔偿纠纷由有权的复议机关或受诉人民法院负责解决;原侵害机关只有很小范围的纠纷解决权,它不以协商为解决赔偿纠纷的主要途径,而以裁决和判决为解决赔偿纠纷的渠道。

台湾地区"赔偿法"的协议主义特征在"国家赔偿法施行细则"中得以充分体现。该细则设专章18个条文,规定了协议制度,内容完整全面。包括协议代理制、协议过程和协议期间、协议的法律效力等各个方面。其中实行协议代理,不仅能确保协议的顺利进行,而且还可通过代理人对赔偿义务机关进行监督。

我国《国家赔偿法》第13条规定、第14条,赔偿义务机关应当自收到申请之日起2个月内依照本法第四章的规定给予赔偿;逾期不予赔偿或者赔偿请求人对赔偿数额有异议的,赔偿请求人可以自期间届满之日起3个月内向人民法院提起诉讼。可见,我国的行政赔偿立法没有认可协议制度,而是以行政机关的复议、复核和法院的行政赔偿判决为解决行政赔偿纠纷的主要方式。笔者认为,大陆解决赔偿纠纷的公断主义对于迅速解决纠纷,提高赔偿结果的公正性是大有好处的。但是如果能在公断的基础上,适当吸收台湾地区有关协议制度的规定,则更有积极意义。

第二节 行政赔偿的请求人与赔偿义务主体

一、行政赔偿的请求人

(一)行政赔偿请求人的概念

所谓行政赔偿请求人,是指有权向有关行政主体主张赔偿的公民、法人或者其他组织。在行政程序中赔偿请求权是受到行政主体具体行政行为影响的行政相对人;行政赔偿请求人是其认为合法权益受到行政主体行政行为侵害的人。行政主体在实施行政行为时,若有对当事人不利的具体行政行为,很可能有侵害行政相对人权益的情形存在。行政主体的行政行为是否真的给行政相对人造成了侵害不影响请求人的资格,只要行政相对人认为行政主体的行政行为给他造成了侵害便可以成为请求人。是否受到了实际侵害要通过行政复议和行政诉讼程序来确定。行政赔偿请求人是以自己名义主张赔偿责任的。若某公民以他人名义或者代他人进行行政赔偿的请求活动,则不是行政赔偿的请求人,这是对行政赔偿请求人特定身份的限制。在行政法治实践中当权益受到侵害或者可能受到侵害的公民死亡,其家属有权成为行政赔偿请求权人,此时,其家属与普通的请求权人一样,具有独立的请求权人的资格。

(二)行政赔偿请求权人的范围

1. 公民。即具有中华人民共和国国籍的自然人。当公民受到行政主体行政行为的管理时,若认为行政主体的行政行为使其人身或财产受到了侵害,便可以成为行政赔偿请求权人。行政赔偿请求权人并不是一般意义上的公民,而是符合我国《国家赔偿法》规定的适格主体。

2. 法人。依民法通则规定具有法人资格的组织。只有当某一法人受到行政主体行政行为管理,认为合法权益受到侵害时才能成为行政赔偿的请求权人。

3. 其他组织。其他组织是指不具有法人资格的组织。当这类组织的权益受到行政主体行政行为侵害时,便可成为行政赔偿请求权人。

二、行政赔偿的义务主体

(一)行政赔偿义务主体的概念

行政赔偿的义务主体,是指负担行政赔偿的行政机关或者法律、法规授权行使行政管理权的组织。赔偿义务主体是行使行政职权的主体,若某主体在法律形式上享有行使职权的权力,具有行使行政职权的资格,但其没有实施行政行为,此时,它便不能成为赔偿义务主体。赔偿义务主体是实施了具体行政行为并对行政相对人权益造成侵害的主体,此两方面缺一不可。在法律上有一个因果关系问题,即行政相对人损失的造成与行政主体实施的行政行为有因果关系,该行政行为直接或间接给行政相对人造成了侵害。赔偿义务主体是被赔偿请求权人指控的行政主体。在行政法关系的不同阶段,各主体的称谓不同,前述指出,行政法是在行政机关与公民、法人或者其他组织之间的相互关系中进行运作的。在行政主体实施行政管理中一方叫行政主体,一方叫行政相对人。在行政复议法律关系中一方叫被申请人,另一方叫申请人。在行政诉讼法律关系中一方叫行政被告,另一方叫行政原告。在行政赔偿法律关系中,一方叫赔偿义务主体,另一方叫赔偿请求权人。只有当行政赔偿请求权人指控以后,有主管或管辖权的机关受理以后,请求权人和赔偿义务主体才能形成行政赔偿的法律关系,因此,被请求权人指控是赔偿义务主体成立的又一条件。

(二)行政赔偿义务主体的具体范围

1. 实施侵害行为的行政主体为赔偿义务主体

我国《国家赔偿法》第 7 条第 1 款规定:“行政机关及其工作人员行使行政职权侵犯公民、法人和其他组织的合法权益造成损害的,该行政机关为赔偿义务机关。”即在一般情况下,实施行政行为并造成行政相对人侵害的行政机关是赔偿义务主体。一则,行政赔偿义务主体要具有行政主体资格,就是能够对外以自己的名义实施法律行为,行政机关的内设机构不能成为赔偿义务机关,其他没有独立行政主体资格的机构都不能成为行政赔偿的义务主体。二则,行政赔偿义务主体实施了导致行政相对人权益受损的行政行为,这是赔偿义务成立的实质要件。根据行政法律责任的原则,谁实施加害行为谁就应当对自己的行为负责,只有实施行政行为的机关才有义务对自己的行为负责,而没有实施行政行为的机关则不应承担行政赔偿责任。

2. 共同实施行政行为而致害的机关为共同的行政赔偿义务主体

我国《国家赔偿法》第 7 条第 2 款规定:“两个以上行政机关共同行使行政职权

时侵犯公民、法人和其他组织的合法权益造成损害的,共同行使职权的行政机关为共同赔偿义务机关。”共同行政行为在行政法理论中是一个比较复杂的问题,一个行政行为若涉及若干行政相对人亦为共同行政行为。两个以上行政机关对一个行政相对人作出行政行为的也是共同行政行为的一种类型。此处所讲的“共同的行政行为”是指两个以上行政机关对一个行政相对人或多个行政相对人实施的行为。共同实施行政行为而使行政相对人权益受损的,两个以上实施行政行为的机关应当承担共同责任。至于责任如何分担则是一个需要探讨的问题。《最高人民法院关于审理行政赔偿案件若干问题的规定》第 17 条规定:“两个以上行政机关共同侵权,赔偿请求人对其中一个或者数个侵权机关提起行政赔偿诉讼,若诉讼请求系可分之诉,被诉的一个或者数个侵权机关为被告;若诉讼请求系不可分之诉,由人民法院依法追加其他侵权机关为共同被告。”依此规定,共同实施行政行为的机关作为行政赔偿的义务主体要根据行政赔偿请求权人的诉求以及各自在实施行政行为中的地位而定。

3. 授权组织侵权时的行政赔偿义务主体

我国《国家赔偿法》第 7 条第 3 款规定:“法律、法规授权的组织在行使授予的行政权力时侵犯公民、法人和其他组织的合法权益造成损害的,被授权的组织为赔偿义务机关。”

4. 受委托的组织实施行政行为而使行政相对人权益受损害的,委托的机关是行政赔偿义务主体

我国《国家赔偿法》第 7 条第 4 款规定:“受行政机关委托的组织或者个人在行使受委托的行政权力时侵犯公民、法人和其他组织的合法权益造成损害的,委托的行政机关为赔偿义务机关。”在行政法学理论中,受委托的组织不具有行政主体资格,其实施行政行为是以委托机关的名义实施的,因此,由具有行政主体资格的委托机关负责赔偿。

5. 致害行政机关被撤销的,继续行使其权力的机关是行政赔偿义务主体

赔偿义务机关被撤销的,继续行使其职权的行政机关为行政赔偿义务主体。若侵害机关被撤销后没有设立新的行政机关,那么,撤销侵害机关的行政机关便是行政赔偿义务机关。[31]

6. 复议机关加重侵害的,复议机关为行政赔偿义务机关

我国《国家赔偿法》第 8 条规定:“经复议机关复议的,最初造成侵权行为的行政机关为赔偿义务机关,但复议机关的复议决定加重损害的,复议机关对加重的部分履行赔偿义务。”此条规定同样反映了责任自负的原则。

7. 申请行政强制执行给行政相对人造成侵害的,申请强制执行的行政机关为行政赔偿义务主体

《最高人民法院关于审理行政赔偿案件若干问题的规定》第 19 条规定:“行政机关依据行政诉讼法第 66 条的规定申请人民法院强制执行具体行政行为,由于据以强制执行的根据错误,而发生行政赔偿诉讼的,申请强制执行的行政机关为被告。”该

规定为司法规范性文件,但从该规定可以看出,若行政机关申请人民法院实施行政强制执行,在执行中给行政相对人造成侵害的,由申请强制执行的行政机关负行政赔偿责任。

三、行政追偿权

(一)行政追偿权的概念

所谓行政追偿权,是指行政赔偿义务主体享有的向相关责任人追究赔偿责任的权力。行政追偿存在于行政赔偿制度中,是行政赔偿程序之外的附加程序;行政追偿的主体是赔偿义务主体,赔偿义务主体是一个法人组织,其与行使直接权力的个体具有法律上的关联性。法律形式上行政赔偿义务主体行使的权力都是由行政系统中的个体实施的,因此,行政赔偿义务主体具有追偿的理论根据;被追偿人是行政权行使者的直接责任人,即在行政权行使中由于自己的过错而导致行政相对人受到侵害的人。我国《国家赔偿法》第16条规定:"赔偿义务机关赔偿损失后,应当责令有故意或者重大过失的工作人员或者受委托的组织或者个人承担部分或者全部赔偿费用。对有故意或者重大过失的责任人员,有关机关应当依法给予行政处分;构成犯罪的,应当依法追究刑事责任。"

(二)行政追偿的构成要件

行政追偿是对直接违法责任人行政责任的追究,因此,只有符合法定条件时被追偿人才具有被追究的义务。一则,被追究者必须有职权行使行为,就是直接行使了行政管理权,并对行政相对人的权益造成了侵害;二则,被追究者在职权行使中有主观过错,即主观上的故意或者重大过失;三则,被追究者行使的错误权力与行政相对人受到的侵害有因果关系。这是法律理论上的构成要件。目前,我国法律和行政法规还没有行政追偿制度的专门规定。

国家工商行政管理局1995年制定了《工商行政管理机关行政赔偿实施办法》规定了工商行政赔偿中的行政追偿问题。参照这一规定,被追偿人有下列情形之一的应当被追偿:(1)直接责任人滥用职权,越权执法造成经济损失的;(2)直接责任人未经县级以上工商行政管理局局长批准,采取扣押、查封、暂停支付等强制措施,给行政相对人造成经济损失的;(3)直接责任人拒绝执行行政复议决定,给行政相对人造成损失的;(4)直接责任人遗失扣押、查封的物品给行政相对人造成损失的;(5)直接责任人超期暂停支付相对人的银行存款而不补办手续,以及冻结金额超过违法金额造成损失的;(6)直接责任人扣押、查封的财物经查与违法行为无关,没有解除扣押、查封措施而造成损失的;(7)直接责任人违反办案程序给相对人造成损失的。

(三)行政追偿的程序

行政追偿程序是行政系统内部程序,目前我国法律、法规还没有对该程序作出规定,《工商行政管理机关行政赔偿实施办法》规定了下列程序规则:(1)追偿责任人员经济责任,由局长或局长办公会议决定;(2)对责任人员确定赔偿数额时,依据责任大小,追偿金额为其月工资的1—10倍;(3)有关责任人员对其是否应当承担经济责任有申辩权;(4)需要对责任人员追究行政责任的,由本单位监察部门依法处理。

行政赔偿法律关系主体

序号	1	2	3
名称	行政赔偿的请求人	行政赔偿义务主体	行政追偿权
知识点	1. 请求人概念 (1)受具体行政行为影响 (2)认为权益受到侵害 (3)以自己的名义主张 2. 请求权人的范围 (1)公民 (2)法人 (3)其他组织	1. 义务主体的概念 (1)行使行政职权 (2)实施了具体行政行为 (3)被请求权人指控 2. 义务主体的范围 (1)一般实施行为者 (2)共同实施行为者 (3)授权的组织 (4)委托的组织 (5)继续行使权力者 (6)申请强制执行者 (7)复议加重致害者	1. 追偿权的概念 (1)是附加程序 (2)追偿者为义务主体 (3)被追偿者为责任人 2. 追偿的构成要件 (1)有职权行使行为 (2)有主观过错 (3)与侵害有因果关系 3. 追偿程序 (1)由行政首长决定 (2)数额为月工资10倍 (3)被追偿者的申辩权

第三节 行政赔偿的范围

一、行政赔偿范围的含义

所谓行政赔偿范围,是指行政赔偿义务主体所能够承担赔偿责任的行为范畴。行政赔偿的范围是一个法律问题,法律有什么样的规定就有什么样的赔偿范围。有些国家在国家赔偿法里将立法、行政、司法的不当责任都规定了相应的赔偿范围。就行政赔偿而论,不同的法律规定就有不同的行政赔偿范围。例如,《韩国国家赔偿法》第5条规定:"因公共设施有瑕疵之责任因道路、河川及其他公共营造物之设置或管理有瑕疵,致他人发生损害时,国家或地方自治团体负赔偿之责。第2条第1项但书、第3条及第3条之二规定于此种情形适用之。前项情形,对损害别有应负责任之人时,国家或地方自治团体之有求偿权。"[32]该规定将公共设施致人损害的情况也规定到行政赔偿的范围之内。行政赔偿范围与一国的民主和法治的进程有关,在民主进程较快、法治化程序较高的国家行政赔偿的范围要大些,而在民主化程序较低、法治进程较慢的国家行政赔偿的范围则相对小些。在一些发达国家,根据行为的违法性和行为对行政相对人造成侵害的情况确定行政赔偿的范围,而在一些不发达国家则是根据行为类型划分和确定行政赔偿范围的。即有些行政行为即使有违法或侵害公众权益的情况,但由于此类行为本身的性质决定了其不能被确定为行政赔偿的范围。行政赔偿的范围与一国行政支付能力有关。在国家行政支付能力较强的国家，行政赔偿的范围要广一些。而在行政支付能力不强的国家行政赔偿的范围就相对小些。例如，大多数西方国家既将公共设施给行政相对人造成损害列为行政赔偿的范围，又将行政行为给行政相对人造成精神损害列为行政赔偿的范围。还有一些国家将政府行政系统的抽象行政行为甚至规章制定行为也列为国家赔偿的范围。由于我国行政系统的支付能力有限，以及其他方面的原因，我国没有将行政行为给行政相对人造成精神损害的情况列为赔偿范围，也没有将抽象行政行为给行政相对人造成侵害的情形归入行政赔偿法之中。[33]

二、侵犯人身权的行政赔偿

人身权是一个非常大的权利范畴，只要与人身有关的所有权利都可以被认为是人身权。《中华人民共和国宪法》所规定的公民的自由权利和平等权利共30余项，这些权利是最广义的人身权。在民法中人身权利包括人格权和身份权。人格权中包括生命权、健康权、发明权等。依笔者理解，人身权应当包括与人身有关的物质性权利和与人身有关的精神性权利。前者如生命健康、人身自由等权利，后者如著作权、名誉权等。凡是看得见、摸得到的都可以是物质性权利，而以抽象形态存在的就是精神性权利。上述广泛的人身权利并不能够全部成为人身侵权赔偿的范围。《国家赔偿法》第3条规定："行政机关及其工作人员在行使行政职权时有下列侵犯人身权情形之一的，受害人有取得赔偿的权利：（一）违法拘留或者违法采取限制公民人身自由的行政强制措施的；（二）非法拘禁或者以其他方法非法剥夺公民人身自由的；（三）以殴打、虐待等行为或者唆使、放纵他人以殴打、虐待等行为造成公民身体伤害或者死亡的；（四）违法使用武器、警械造成公民身体伤害或者死亡的；（五）造成公民身体伤害或者死亡的其他违法行为。"依该条规定，我国行政赔偿制度只确认了下列人身侵权的行政赔偿责任：

1. 违法拘留给行政相对人造成侵害的

行政拘留是行政机关对行政相对人实施的行政处罚。《中华人民共和国行政处罚法》、《中华人民共和国治安管理处罚法》、《中华人民共和国外国人入境出境管理法》等都规定了行政拘留的期限和实施程序。在我国现行的法律制度中只有公安机关和国家安全机关等少数国家行政机关享有行政拘留的处罚权。行政机关实施行政拘留时必须根据法律规定的实体条件和程序规则进行，违反实体规则和程序规则就应当对其不当的拘留行为负责。行政拘留本身就是对行政相对人人身自由的限制，只要被确定为违法实施拘留，就应承担行政赔偿责任，而没必要再考虑行政拘留后造成的其他侵害，若有其他侵害就是另一范畴的法律问题。

2. 违法实施行政强制给行政相对人造成侵害的

我国没有一部统一的行政强制执行法，但在一些部门管理法中规定了行政强制执行措施，如《中华人民共和国治安管理处罚法》就规定了在一定条件下，公安机关有权将违法行为人强制起来。《中华人民共和国传染病防治法》、《突发公共卫生事件应急条例》等规定了强制隔离、强制治疗等措施，强制戒毒、劳动教养亦为行政强制措施。行政强制措施对人身自由的限制是非常明显的，因此，要求行政机关必须依法实施行政强制，若行政机关违反法定程序或者违反行政实体法对行政相对人人身进行限制的，就应承担赔偿责任。

3. 非法拘禁给行政相对人造成侵害的

非法拘禁是违法强制和违法拘留以外强制行政相对人人身自由的行为。在行政相对人不存在应当予以限制人身自由的违法行为时，任何机关不得以任何手段对行政相对人人身自由予以限制。若采取了这样的限制手段就应当对行政相对人予以赔偿。

4. 殴打或者以其他暴力手段加害于行政相对人造成侵害的

行政执法人员直接殴打行政相对人，或者指使他人殴打行政相对人致行政相对人身体受伤或者死亡的，应当承担赔偿责任。除殴打以外，采取其他暴力手段致行政相对人受伤或死亡的亦要承担行政赔偿责任。

5. 违法使用武器、警械给行政相对人造成侵害的

武器和警械是特定行政机关在行政执法时所使用的工具，由于这些工具都是机械性的强力要素，一旦作用于行政相对人或者违法行为人就有可能带来其身体的伤害。正因为如此，法律对武器和警械的使用作了专门规定，如1996年1月16日国务院发布了《中华人民共和国警察使用警械和武器条例》，对警械和武器作了界定，并规定了使用的前提和程序。如第3条规定："本条例所称警械，是指人民警察按照规定装备的警棍、催泪弹、高压水枪、特种防暴枪、手铐、脚镣、警绳等警用器械；所称武器，是指人民警察按照规定装备的枪支、弹药等致命性警用武器。"第7条规定："人民警察有下列情形之一，经警告无效的，可以使用警棍、催泪弹、高压水枪、特种防暴枪等驱逐性、制服性警械：（一）结伙斗殴、殴打他人、寻衅滋事、侮辱妇女或者进行其他流氓活动的；（二）聚众扰乱车站、码头、民用航空站、运动场等公共场所秩序的；（三）非法举行集会、游行、示威的；（四）强行冲越人民警察为履行职责设置的警戒线的；（五）以暴力方法抗拒或者阻碍人民警察依法履行职责的；（六）袭击人民警察的；（七）危害公共安全、社会秩序和公民人身安全的其他行为，需要当场制止的；（八）法律、行政法规规定可以使用警械的其他情形。人民警察依照前款规定使用警械，应当以制止违法犯罪行为为限度；当违法犯罪行为得到制止时，应当立即停止使用。"如果执法机关或者执法人员不按这些规则使用武器和警械致行政相对人身体伤害、死亡的，就应承担行政赔偿责任。

除上述情况外，《中华人民共和国国家赔偿法》还规定了行政机关造成行政相对人身体伤害或死亡的其他引起人身损害赔偿的情形。这些情形要根据行政执法的具体情况而定。

三、侵犯财产权的行政赔偿

财产权是指公民对特定财产的支配权。国家赔偿制度中的财产权是就行政相对人的财产权而言的，包括公民的合法收入、储蓄、房屋和其他财产的所有权、支配权、使用权等。《国家赔偿法》第4条规定：“行政机关及其工作人员在行使行政职权时有下列侵犯财产权情形之一的，受害人有取得赔偿的权利：（一）违法实施罚款、吊销许可证和执照、责令停产停业、没收财物等行政处罚的；（二）违法对财产采取查封、扣押、冻结等行政强制措施的；（三）违法征收、征用财产的；（四）造成财产损害的其他违法行为。”这是对行政主体侵犯行政相对人财产权范围的限定，具体如下：

1. 违法实施行政处罚给行政相对人造成损害的

行政机关实施的财产处罚主要包括罚款、吊销许可证执照、暂扣许可证执照、责令停产停业，没收非法财物、没收违法所得等形式。上述违法处罚若没有给行政相对人造成伤害，即使违反有关法律规定也不承担赔偿责任。若行政机关实施了违法处罚，同时给行政相对人的财产造成了伤害，对此就应当承担行政赔偿责任。

2. 违法实施行政强制给行政相对人造成损害的

行政强制包括对人身的强制和对财产的强制两个方面。此处所指的是行政机关实施的财产强制，包括对财产的查封、扣押、冻结等具体的强制措施。行政机关非法实施了这些强制措施并给行政相对人造成了侵害的，对此就应承担行政赔偿责任。

3. 违法征收财物给行政相对人造成损害的

行政主体在一定范围内代表国家行使征收和征用的权力。但是，征收和征用既要以公共利益为本位，又要符合法定程序，若行政主体不以公共利益、国家利益为出发点而违反法定程序对行政相对人实施征收致其遭受财产损失的，便应承担行政赔偿责任。

4. 违法摊派费用给行政相对人造成损害的

我国诸多部门法都禁止行政机关实施乱摊派的行为。若行政机关违法向行政相对人摊派费用使行政相对人遭受财产损失的，就应当承担行政赔偿责任。

四、行政赔偿的免责范围

行政赔偿是对行政权设定的法律责任，而行政权是国家权力的一种。在行政权范畴的作用之下，行政机关实施着各种各样的行政行为。是否将行政权在行使过程中的所有不当情形都纳入到行政赔偿的范围之中呢？回答是否定的。从行政权的权威性和行政权作为国家权力属性的角度分析，当然不能将行政权行使中所有方面的不当情形都纳入到行政赔偿的范围之中。事实上，各国法律在规定了行政行为的不当行使致行政相对人受害时要承担赔偿责任之外，还规定了诸多的免责情形。《美国联邦侵权赔偿法》就规定了下列14种免责情况：第1款，基于政府雇员以应有的谨慎实施制定法或规章的作为或不作为提起的权利请求，无论该制定法或规章是否有效;或者基于联邦机关或政府雇员行使或执行、未能行使和执行自由裁量作用或职责提起的权利请求,无论该自由裁量是否被滥用。第2款,对于因信件或邮件的丢失、误投或疏漏传递提起的权利请求。第3款,对于因任何税或海关税的评估或征收,或者因海关官员,或其他执法官员对任何私人财产或商品货物的扣押而引起的权利请求。第4款,依照本编第741—752、781—790条规定提供救济的,有关在海事法庭提起的诉合众国的请求或诉讼。第5款,对于因政府雇员实施第50编第1—31条的条款及其附录的作为或不作为而引起的权利请求。第6款,对于因合众国实施检疫或强制检疫行为而引起的损害赔偿申请。(第7款,为1950年9月26日载《美国制定法汇编》第64卷第1043页的第1049章第13条第5款法律废除。)第8款,对于因威胁、殴打、错误拘禁、错误逮捕、恶意控告、滥用传票、诽谤、中伤、歪曲、欺骗或干涉契约权利引起的权利请求,如果涉及合众国政府的调查和执法官员的作为或不作为,本章和本编第146条第2款的规定在本限制规定生效日或该日以后,将适用于因威胁、殴打、错误拘禁、错误逮捕、滥用或恶意控告引起的权利请求。为本款之目的,所谓'调查官员或执法官员',是指法律授权执行搜查、收集证据或对违反联邦法律的人执行逮捕的任何合众国官员。第9款,对于由财政部的财政措施或金融系统的规章而引起的损害赔偿权利请求。第10款,对于因陆军或海军以及海岸警卫队在战争时期的战斗活动而引起的权利请求。第11款,对于发生在外国的事项而引起的权利请求。第12款,对于因田纳西流域管理局的活动而引起的权利请求。第13款,对于因巴拿马运河公司的活动而引起的权利请求。第14款,对于因联邦土地银行、联邦中级信贷银行或合作银行的行为而引起的权利请求。[34]《中华人民共和国国家赔偿法》对行政赔偿的范围采取了列举赔偿范围与列举免责范围的行文方式。有些事项既没有被列举为赔偿的范围,也没有列举为免责范围,在行政赔偿实践中必然是一个障碍,好在《最高人民法院关于审理行政赔偿案件若干问题的规定》将有些不明确的问题作了进一步明确。根据这些规定我国行政赔偿中的免责范围包括下列方面:

1. 公职人员的个人行为给行政相对人造成侵害的属于免责范围

公职人员存在于行政系统之中,他在法律上具有多重身份。当他代表行政机关行使行政职权时,他就具有公务员身份,此时他所为的行为是公务行为,这样的行为国家应当对此承担责任。当他在公职范围之外为某种行为时,其就是一个普通的自然人,作为自然人实施的行为就归属于自己,而不应由国家对其承担责任。在行政法治实践中,公职人员的行为究竟是公职行为还是个人行为并不完全是清楚明白的,要根据公职人员的行为究竟是否为职权行为而定:由行政职权导致的行为就是行政行为,而不是由行政职权导致的行为就不是行政行为,对于后者造成的侵害只能由公职人员个人负责。

2. 因受害人自己的行为导致损害发生的属于免责范围

在行政管理活动过程中,行政主体和行政相对人共处于行政法关系中,双方之间权利义务的变化常常是非常复杂的。行政主体的合法行为即使给行政相对人造成侵害也不应承担赔偿责任,行政主体的非法行为有时也不必然会造成行政相对人权益的损失。行政相对人自己的过错也常常是其发生权益受损的一个原因,如行政主体依法要求行政相对人交纳某种款项而行政相对人拒绝交纳,此时行政主体便可以采取一系列手段进一步使行政相对人的财产受到损害,从表面上看这种损害是行政主体实施的,但损害的起因却是行政相对人自己的行为。概而论之,若造成行政相对人损害的过错在行政主体一方就属于行政赔偿的范围;反之,如果造成行政相对人损害的过错在行政相对人一方,则是行政赔偿的免责范围。

3. 行政主体实施的国家行为给行政相对人造成损害的属于免责范围

国家行为主要指国防、外交等方面的行为。这类行为具有强烈的政治性,有时还涉及国家主权问题。这类行为还有一个特点是其高度的集中性,受该行为影响的常常不是某个具体的行政相对人,至少是一些不特定的行政相对人。因此,这类行为一旦被纳入行政赔偿范围,从操作层面上看是非常困难的。

4. 抽象行政行为给行政相对人造成损害的属于免责范围

《中华人民共和国国家赔偿法》既没有将抽象行政行为的侵权责任列举在行政赔偿范围之内,同时在免责条款中也没有将抽象行政行为的侵权责任予以免责。故而,在行政法学界关于抽象行政行为侵权致行政相对人受损是否应当赔偿便有两种观点:一种观点认为抽象行政行为的侵权应当被纳入行政赔偿的范围,理由是抽象行政行为侵犯行政相对人的现象非常普遍,甚至可以说抽象行政行为的侵权常常比具体行政行为的侵权更加严重,若不将其纳入行政赔偿领域就不利于提高行政执法水平。同时,《中华人民共和国国家赔偿法》并没有将抽象行政行为的侵权排除出去。依法律规则内容不明时应当以是否有利于公众进行内容的确定,即哪一种理解有利于公众就应依哪一种精神来理解的原则,只有将抽象行政行为纳入行政赔偿的范围才是正确的。另一种观点则认为抽象行政行为的侵权责任不应当被纳入行政赔偿的范围,其理由是抽象行政行为都是经过具体行政行为而实施的,既然规定了具体行政行为的赔偿责任,就没有必要规定抽象行政行为的赔偿责任。笔者认为,从行政法治和政府责任的角度看,行政机关抽象行政行为给行政相对人造成侵害的应当承担赔偿责任。但是,《中华人民共和国国家赔偿法》第 2 条规定:“国家机关和国家机关工作人员行使职权,有本法规定的侵犯公民、法人和其他组织合法权益的情形,造成损害的,受害人有依照本法取得国家赔偿的权利。本法规定的赔偿义务机关,应当依照本法及时履行赔偿义务。”此条是指行政机关及其公职人员行使职权的行为,而职权的概念在大多数情况下是相对于具体行政行为而言的。同时,《最高人民法院关于审理行政赔偿案件若干问题的规定》第 6 条将抽象行政行为在行政诉讼阶段赔偿主张排除出去了。因此,依照现在我国的法律制度抽象行政行为的赔偿仍是免责范围,至少不是行政赔偿法调整的范围。

另外,《中华人民共和国国家赔偿法》在免责范围中还规定了“法律规定的其他情形”,即上列四种情形以外的国家不承担行政赔偿责任的其他情形。这一免责范围要根据各个部门法的规定而确定，有人提出了“不可抗力”、“第三人过错”等造成侵害的免责情形。[35]

行政赔偿的范围

序号	1	2	3	4
名称	赔偿范围的概念	侵犯人身权的赔偿范围	侵犯财产权的赔偿范围	免责范围
知识点	(1)能够赔偿的行为范畴 (2)与一国法治进程有关 (3)与国家财力有关	(1)违法拘留的侵害 (2)违法强制的侵害 (3)非法拘禁的侵害 (4)殴打等施暴的侵害 (5)非法使用武器警戒的侵害	(1)违法处罚的侵害 (2)违法强制的侵害 (3)违法征收的侵害 (4)违法摊派的侵害	(1)公职人员个人行为 (2)受害人自己行为 (3)国家行为 (4)抽象行为

第四节　行政赔偿程序

一、行政赔偿程序的概念

所谓行政赔偿程序，是指实现行政赔偿的程序规则，即当行政主体对行政相对人造成侵害，行政相对人获得行政赔偿时，主张权益和获得实际赔偿所应遵循的具体程序。行政赔偿程序是行政赔偿实施的保障手段，没有具体的程序规则，赔偿法和有关实体法所规定的赔偿内容就无法实现。各国在制定其赔偿法时都规定了详细的赔偿程序制度，各国在设计行政赔偿程序时大体上采取了如下模式：

1. 针对救济程序规定赔偿程序

将行政赔偿程序分散于其他行政救济程序之中，例如，《美国联邦侵权求偿法》就采取了这样的模式。“对政府侵权行为请求赔偿，当事人在向法院起诉以前，应首先请求行政机关赔偿。即首先履行行政程序是法院具有管辖权的前提。只有在行政机关不在法定期间以内作出决定，或当事人不满意行政机关的决定时，才能向法院起诉。当事人提出赔偿请求，并提供支持请求的证据，双方可以协议解决，标的超过25000元的赔偿，协议要经司法部长批准，否则，协议不成立。当行政机关不遵守协议时，当事人可以向法院起诉；双方达不成赔偿协议的，当事人可以向法院起诉，也可由行政机关决定赔偿，对行政机关作出拒绝决定的，当事人可以申请复议，也可以直接起诉。”[36]

2. 根据受损权益的性质确定行政赔偿的程序

《日本国家赔偿法》第6条[身体、生命之赔偿额]规定：“(1)本条第1款之情形，损害于他人之身体时，对于被害人应依下列各款之标准赔偿之：1. 实行必要之疗养与此相当之必要疗养费。2. 因前款之疗养，致损失月薪或月实收额或平均工资之收入者,其疗养期间,该损失额50%之休业赔偿。3. 被害人身体治疗后,留有身体障害时,依该障害之等级,以受害当时之月薪或月实收额或平均工资,乘以附表所定之月数或日数所得数额之障害赔偿。(2)前项第3款规定身体障害之等级及种类,以大总统令定之。(3)前条第1项之情形,有害于他人之生命时,对于被害人之继承人(以下称遗属),依下列各款之标准赔偿之:①生命受害当时之月薪或月实收额之1个月份至60个月份或平均工资之360日至1700日之遗属赔偿;②生命受害时,大总统令所定之殡葬费。(4)前项情形,对于被害人之直系尊亲属,直系卑亲属及配偶,斟酌被害人之社会地位或过失程度及遗属生活状况或遗属赔偿额等。应赔偿慰抚金。(5)依第1项及第3项规定之月薪、月实收额或平均工资,须有管辖被害人住所地之税务署长、区厅长、市长、郡守及被害人服务机关之首长之证明其他有公信力之证明,不能证明时依大总统令之所定。"[37]这显然是根据行政相对人受损权益的性质规定具体的赔偿程序。

3. 根据行政赔偿的方式确定行政赔偿的程序

《德意志联邦共和国国家赔偿法》第2条规定:"以金钱赔偿损害:(1)公权力机关须以金钱赔偿损害。如果在行使公权力时,已经尽到该情况所必要的注意,义务损害仍不能避免,金钱赔偿可以免除。本款第2项不适用于技术设施事故(第1条第2款)。(2)义务损害如果违法地侵害基本权利时,即使尽到本条第1款必要的注意仍须以金钱赔偿损害。(3)应予赔偿的损害包括所失利益以及依据第7条标准发生的非财产损害,所失利益指根据事情的通常进程或根据特殊情况,特别是根据已有设备和措施可能获得的利益,本款第1句不适用于技术设施事故(第1条第2款)及基本权利侵害(第2条第2款)。(4)如果受害人对损害的发生也有责任时,金钱赔偿的义务和所需给付赔偿的范围取决于损害在何种程度上主要由受害人或公权力机关所引起而定。此时准用民法典第254条第2款的规定。"非常详细地规定了金钱赔偿方式的操作程序。我国行政赔偿的程序规则既吸收了上列行政赔偿程序模式的合理之处,又使行政赔偿程序具有独特内涵。《中华人民共和国国家赔偿法》第9条到第14条是对行政赔偿程序的设计,从这个设计可以看出,我国行政赔偿程序有三套机制:一是行政程序中的行政赔偿程序规则,即行政相对人赔偿权的主张可以在行政系统内独立进行,通过行政系统的赔偿机制来解决;二是以行政复议程序解决行政赔偿问题;三是通过行政诉讼程序解决行政赔偿。

二、行政赔偿的行政程序

(一)申请与受理

行政程序中行政赔偿的申请,是指请求权人向赔偿义务主体主张赔偿权的法律行为。《中华人民共和国国家赔偿法》第9条第2项规定:"赔偿请求人要求赔偿应当先向赔偿义务机关提出,也可以在申请行政复议和提起行政诉讼时一并提出。"依这一规定,行政程序中行政赔偿的被请求人是行政赔偿义务主体。由于国家赔偿法关于行政程序中行政赔偿规定的十分原则,我们只能根据下位法来探讨行政程序中的行政赔偿问题。根据《工商行政管理机关行政赔偿实施办法》和《司法行政机关行政赔偿刑事赔偿办法》的规定,请求权人申请行政赔偿必须符合下列条件:

1. 请求权人必须是受行政机关违法具体行政行为直接侵害的公民、法人和其他组织。是否受到行政主体行政行为的处理以及是否受到权益的侵害是请求权人资格成立的关键。在被侵权人死亡的情况下,其近亲属可以以自己的名义主张赔偿。

2. 申请行政赔偿必须有明确的赔偿义务人,而且赔偿义务人必须是具有行政主体的行政机关或者法律、法规授权的组织。

3. 申请行政赔偿必须有具体的请求、事实根据和理由。所谓具体的请求是指请求权人在行政赔偿中所主张的具体权利,或为人身权的赔偿、或为财产权的赔偿,而且这种主张是非常具体的,至少要让赔偿义务机关知道请求人的具体主张。事实根据则是指被行政主体处理以后受到侵害的客观事实。这里所讲的理由不一定是证据,行政赔偿的证据要在案件审理中查明。

4. 申请行政赔偿必须以具体行政行为已被确定为违法为前提。这是行政程序中行政赔偿的特殊性之所在。在行政复议和行政诉讼中主张行政赔偿不要求行政行为已被确定为违法,是否违法要由复议机关和人民法院来确定。《中华人民共和国国家赔偿法》第 9 条第 1 款规定:"赔偿义务机关对依法确认有本法第 3 条、第 4 条规定情形之一的,应当给予赔偿。"此条规定表明,行政程序中行政赔偿的展开要以行政行为确认违法为前置程序。确认违法的前置程序可以是行政复议程序和行政诉讼程序,即行政相对人通过行政复议或者行政诉讼程序已经证明了行政主体对其所作的行政行为违法。在这个前提下他便有权主张违法行政行为给自己造成侵害的行政赔偿。还可以是行政系统或者行政系统之外的其他行政监督程序,如人民代表机关或者上级行政机关已经确认行政主体的行政行为违法,行政相对人便可以对被行政监督机关确认的违法行政行为主张权益受损的赔偿权利。

5. 申请行政赔偿必须在法定期限内提出。赔偿请求人请求国家赔偿的时效为两年,自国家机关及其工作人员行使职权时的行为被依法确认为违法之日起计算。当事人被限制人身自由的期间不计算在内。赔偿请求人在赔偿请求时效的最后 6 个月内,因不可抗力或者其他障碍不能行使请求权的,时效中止。从中止时效的原因消除之日起,赔偿请求时效期间继续计算。

6. 申请行政赔偿必须符合法定形式。行政赔偿的申请原则上必须是书面形式,依《中华人民共和国国家赔偿法》第 12 条的规定,行政赔偿申请书应当载明下列事项:其一,受害人的姓名、性别、年龄、工作单位和住所,法人或者其他组织的名称、住所和法定代表人或者主要负责人的姓名、职务;其二,具体的要求、事实根据和理由;其三,申请的年、月、日。为了方便行政相对人行使行政赔偿申请权,国家赔偿法没有禁止请求权人以口头形式提出赔偿申请。如果请求权人以口头形式提出赔偿请求,应由行政赔偿义务机关记入笔录。

7. 申请赔偿所赖以存在的行政行为是否在行政复议或行政诉讼的状态中。《工商行政管理机关行政赔偿实施办法》第 13 条规定:“赔偿请求人在行政复议和行政诉讼有效申请期限内,就未经依法确认为违法的具体行政行为,单独向作出该具体行政行为的工商行政管理机关申请赔偿的,该工商行政管理机关应当告知其依法申请复议或提起行政诉讼。”

所谓行政赔偿的受理是指行政赔偿义务机关收到请求权人的赔偿请求后,经过审查发现可以立案处理并决定立案的法律行为。

赔偿义务机关收到行政相对人的赔偿请求后,对下列方面的情况予以查明:[38]

1. 要查明申请权人的申请是否符合《中华人民共和国国家赔偿法》规定的受案范畴,如行政相对人的请求是国家行为、抽象行为等就可以决定不予受理。

2. 要查明申请人是否符合法定条件,即《中华人民共和国国家赔偿法》第 6 条规定的条件。

3. 要查明赔偿义务机关究竟是谁,若受理机关不是行政赔偿义务机关就可以决定不予受理或者转交有赔偿义务的机关。

4. 要查明申请权人的赔偿请求是否已过时效,若侵权行为发生在两年以前行政相对人就丧失了请求权。

5. 要查明请求权人请求赔偿的有关材料是否齐全。

通过上列方面的审查,赔偿义务机关要作出相应的决定。目前在法律法规层面我国还没有对行政赔偿义务机关作出相应决定的期限作出规定。应当说明的是,《工商行政管理机关行政赔偿实施办法》规定的期限是 10 日,即收到请求权人的书面或口头申请后,应当在 10 日内作出决定。这些决定的类型包括:一是发现请求权人的请求不符合法定条件,如不属于行政赔偿范围、超过了法定期限等,便可作出不予受理的决定,要以裁定的形式作出并书面通知赔偿请求权人。二是发现请求权人提供的材料不齐全时,书面通知赔偿请求权人在一定期限内补齐。工商行政赔偿中申请人补齐材料的期限为 10 日,若请求权人逾期未能补齐则视为未提出行政赔偿申请。三是作出受理的决定,并以裁定形式书面通知赔偿请求权人。

(二)审理

行政程序中行政赔偿的审理,是指由行政赔偿义务机关对已经受理的赔偿请求权人的赔偿请求予以审查,决定是否予以赔偿的法律行为。目前关于行政程序中行政赔偿审理的唯一法律依据是《中华人民共和国国家赔偿法》第 13 条的规定。该条规定:“赔偿义务机关应当自收到申请之日起 2 个月内,作出是否予以赔偿的决定。”第 14 条规定,逾期不予赔偿或者赔偿请求人对赔偿数额有异议的,赔偿请求人可以自期间届满之日起 3 个月内向人民法院提起诉讼。此条关于行政程序中行政赔偿的审理规定得十分原则,几乎使行政赔偿义务机关无法操作。鉴于此,我国一些部门规章对本部门行政赔偿的审理作了详细规定。[39]依目前我国现有的这些规定,行政程序中行政赔偿的审理大体包括如下内容:

1. 行政程序中行政赔偿的审理机关是赔偿义务机关,具体由行政赔偿义务机关内设的法制机构负责。

2. 行政程序中行政赔偿案件审理的内容包括:

(1)行政赔偿义务机关已被确认为违法的具体行政行为是否给公民、法人或其他组织造成了损害以及损害的程度。行政赔偿最为基本的条件就是有损害后果的发生,违法的行政行为不一定都必然给行政相对人的人身或财产造成侵害。审理机关要审查侵害问题,而无须审查具体行政行为,因为行政程序中行政赔偿的前提是行政行为已经被确认为违法。

(2)公民、法人或其他组织已受到的损害与行政赔偿义务机关被认为违法的具体行政行为之间是否有直接因果关系。违法行政行为给行政相对人造成的损害要有因果关系,即行政相对人的损害一定是由被确认为违法的具体行政行为引起。同时,这种因果关系是直接的而非间接的,即行政主体的违法行政行为的状况直接决定了损害后果的性质,决定了损害后果的量。

(3)对行政相对人行政赔偿的具体方式和标准。这是行政赔偿审查的关键之点,通过审理要作出具体的处理决定,其中赔偿内容和赔偿方式是最为本质的东西。

3. 负责审理行政赔偿案件的法制机构要对案件进行全面审查,而不能只审查部分内容。由于行政赔偿中,举证责任不是行政主体,而是主张权益的行政相对人,因此,审理机关要对赔偿请求权人提供的证据进行认真审查。若认为赔偿请求权人提供的证据不充分,既不能证明违法具体行政行为对其造成了侵害,也不能证明行政主体的行政行为与其造成的侵害后果有因果关系时,便可以视为证据不充分。赔偿请求权人若不能提供新证据或者拒绝提供新证据,便可以认定行政赔偿事实不能成立。

4. 负责审理行政赔偿案件的法制机构在对案件全面审查的基础上,形成审理意见,交行政首长或者行政办公会议决定。即行政赔偿义务机关赔偿与否的决定权在本机关的行政首长或者行政办公会议。行政赔偿审理的决定有下列诸种:

(1)不予赔偿的决定。经过审理认为,已被确认违法的具体行政行为未对赔偿请求权人造成损害,或者被认为违法的具体行政行为与损害后果无因果关系时,行政赔偿义务机关作出不予以赔偿的决定。

(2)恢复原状的决定。行政主体对行政相对人采取了查封、扣押、冻结等财产强制措施时,对行政相对人造成了损害,行政赔偿义务机关若能够通过恢复原状态达到赔偿目的时,作出恢复原状的赔偿决定。

(3)返还财产的决定。行政主体对行政相对人实施了罚款、吊销许可证和营业执照、责令停产停业、没收财物等行政处罚,或者违法向行政相对人征收财物、摊派费用等给行政相对人造成损害,若能通过返还财产的方式达到赔偿目的时,行政赔偿义务机关可以作出返还财产的决定。

(4)给付拍卖、变卖所得价款的决定。行政主体将行政相对人的有关财物予以拍卖或变卖时,这类行为被确认为违法并给行政相对人财产造成了损失,若能通过给付上述款项达到行政赔偿的目的时,行政赔偿义务机关便可作出给付拍卖、变卖所得价款的决定。

(5)金钱赔偿的决定。金钱赔偿是行政赔偿的主要方式,是指行政赔偿义务机关以向行政相对人支付金钱的形式达到履行赔偿义务目的。在行政处罚、行政强制以及其他行政侵权行为中都可以采用金钱赔偿的方式。

5. 行政赔偿决定以书面形式作出。行政赔偿义务机关对案件审理后要制作行政赔偿决定书,行政赔偿决定书应根据行政赔偿决定的具体内容而制作,一般包括赔偿请求及其理由、赔偿义务机关认定的事实、赔偿处理决定的内容及赔偿请求人的诉权等。

6. 依国家赔偿法的规定,自行政赔偿义务机关受理赔偿请求权人的申请到作出赔偿决定的期限为 2 个月。

7. 行政赔偿义务机关的行政赔偿决定是行政主体的行政行为之一,它的法律效力应当与其他行政行为的法律效力相同。即在行政相对人对这一行政行为不服时既可以通过行政复议进行救济,[40]也可以通过行政诉讼进行救济。法律没有规定对行政赔偿义务机关的审理决定,行政相对人执行以后又反悔的处理。也就是说,行政赔偿义务机关对行政相对人作出予以赔偿的决定,行政相对人对该决定的内容起初予以认同,但是,执行以后又认为这一行政赔偿决定不当,此时究竟是否还能够进入救济程序法律没有作出规定。笔者认为依有关行政行为效力的理论,当行政主体的行政行为被行政相对人受领并完全认同以后就应当具有法律效力,行政相对人对此不能再进行法律救济。当然,这一问题是一个需要探讨的问题。

(三)执行

行政程序中行政赔偿的执行是指将确定地具有法律效力的行政赔偿决定予以执行的法律行为。《工商行政管理机关行政赔偿实施办法》对工商行政赔偿中的执行程序作了具体规定,例如,第 25 条规定:“赔偿义务机关执行赔偿处理决定,应当由赔偿义务机关的财务部门在法定期限内按有关规定办理支付手续;返还财产或恢复原状的,由原办案机构负责办理。”第 26 条规定:“执行赔偿案件应当制作笔录,由执行人和赔偿请求人签字、盖章。执行文书、票据等材料复印件,应当存入案卷。”

三、行政赔偿的行政复议程序

进入行政复议程序的行政赔偿有两种情况:

第一种情况是行政相对人对已经被认为违法的行政行为造成的侵害提起行政复议赔偿的请求。依《中华人民共和国国家赔偿法》、《中华人民共和国行政复议法》的规定,被确定为违法的具体行政行为侵权赔偿的行政复议必须以行政程序中行政赔偿的审理为前提。也就是说,行政相对人对被确定为违法的具体行政行为提起行政侵权赔偿先要通过行政程序解决,行政法学界把通过行政程序解决行政赔偿的程序叫做“赔偿义务机关先行处理程序”。[41]待赔偿义务机关依行政程序先行处理后,若行政赔偿请求权人对先行处理不服便可以对此提起行政赔偿复议,这是独立的行政赔偿复议。

第二种情况是行政相对人对尚未被确认违法的行政行为的侵权赔偿责任提起行政复议的情形。此一程序又包括两种情况:一是行政复议申请人在对具体行政行为提起行政复议时一并提出行政赔偿请求。行政相对人在对具体行政行为提起行政复议时,可以一并提出行政赔偿申请。《中华人民共和国行政复议法》第29条第1款规定:“申请人在申请行政复议时可以一并提出行政赔偿请求,行政复议机关对符合国家赔偿法的有关规定应当给予赔偿的,在决定撤销、变更具体行政行为或者确认具体行政行为违法时,应当同时决定被申请人依法给予赔偿。”根据这一规定,行政相对人既提出行政行为违法又要求行政复议机关确认侵权赔偿责任的复议申请是一种复合式申请,就是行政相对人有两个标的复议请求:一个标的是审查具体行政行为的合法性与合理性,另一个标的是确认具体行政行为造成侵害的行政赔偿责任。显然,行政复议机关对行政相对人这两个申请标的都应当进行审查。通过审查,一方面作出具体行政行为是否违法或不当的决定,另一方面作出行政主体是否应当对行政相对人予以赔偿的决定,而不是由行政赔偿义务机关依行政程序重新处理。这样的制度既简化了行政赔偿程序,又能够使行政相对人获得赔偿的权利得到保障。二是行政相对人在行政复议中未提出行政赔偿请求,但行政复议机关通过具体行政行为的审查认为行政主体的具体行政行为给行政相对人造成了侵害,在作出撤销行政主体具体行政行为的同时,责令被申请人赔偿申请人的损失。《中华人民共和国行政复议法》第29条第2款规定:“申请人在申请行政复议时没有提出行政赔偿请求的,行政复议机关在依法决定撤销或者变更罚款、撤销违法集资、没收财物、征收财物、摊派费用以及对财产的查封、扣押、冻结等具体行政行为时,应当同时责令被申请人返还财产,解除对财产的查封、扣押、冻结措施,或者赔偿相应的价款。”总之,行政赔偿的行政复议程序以行政复议程序为核心,赔偿的权益确认都附着于行政复议程序之中。

四、行政赔偿的行政诉讼程序

(一)行政赔偿的行政诉讼程序的概念

行政赔偿的行政诉讼程序,是指依行政诉讼制度解决行政赔偿纠纷的程序。行政诉讼程序可以解决的行政赔偿纠纷有四大类:

1. 赔偿请求人对行政机关确认具体行政行为违法但又决定不予赔偿,或者对确定的赔偿数额有异议而引起的行政赔偿纠纷。此类主要是通过行政程序作出的行政赔偿决定,请求权人仍不服时可以起诉至人民法院由人民法院依行政诉讼程序对行政程序解决的行政赔偿再作确认。《最高人民法院关于审理行政赔偿案件若干问题的规定》第2条规定:“赔偿请求人对行政机关确认具体行政行为违法但又决定不予赔偿,或者对确定的赔偿数额有异议提起行政赔偿诉讼的,人民法院应予受理。”

2. 请求权人对行政主体直接造成其权益侵害的行政行为引起赔偿责任的纠纷。

行政主体“以殴打等暴力行为或者唆使他人以殴打等暴力行为造成公民身体伤害或者死亡的”；行政主体“违法使用武器、警械造成公民身体伤害或者死亡的”；行政主体“造成公民身体伤害或者死亡的其他违法行为”等引起的行政赔偿纠纷，请求权人无须提出确认该具体行政行为违法的行政诉讼，可以直接提起行政赔偿诉讼。此类诉讼有一个前提，即行政机关拒绝确认上列致害行为违法。

3. 请求权人因其他具体行政行为造成侵害而引起的行政赔偿纠纷。此类情形在行政赔偿诉讼中是最为多见的，它的一般含义是当行政相对人向人民法院提起具体行政行为违法的行政诉讼时可一并提出行政侵权赔偿，即其既要求人民法院判决行政主体的具体行政行为违法，又要求实施违法具体行政行为的行政主体同时承担行政赔偿责任。

4. 行政主体最终作出的具体行政行为引起的行政赔偿责任。依我国行政诉讼法律制度的规定，行政主体最终裁决的具体行政行为行政相对人没有可诉权，人民法院也没有对其进行司法审查的权利。但是，行政赔偿诉讼则是例外。也就是说，行政相对人不能对最终作出裁决的具体行政行为提起行政诉讼，人民法院无权确认行政主体最终裁决的具体行政行为是否违法，然而，若最终作出裁决的行政主体认为最终作出裁决的具体行政行为违法时，人民法院则有权受理因确认为违法具体行政行为而提起的行政赔偿诉讼。

（二）行政赔偿诉讼的管辖

（1）行政相对人提起行政诉讼时一并提起行政赔偿诉讼的，依《中华人民共和国行政诉讼法》规定的管辖原则执行。

（2）行政赔偿诉讼涉及不动产的由不动产所在地人民法院管辖。

（3）单独提起行政赔偿诉讼的由被告住所地的基层人民法院管辖。

（4）中级人民法院管辖下列行政赔偿诉讼的一审案件：一是被告为海关、专利行政管理机关的行政赔偿案件；二是被告为国务院各部门或者省、自治区、直辖市人民政府的行政赔偿案件；三是本辖区内其他有重大影响和复杂的行政赔偿案件。

（5）高级人民法院管辖在本辖区内有重大影响和复杂的一审行政赔偿案件。

（6）最高人民法院管辖在全国范围内有重大影响和复杂的一审行政赔偿案件。

（7）对两个以上行政机关提出侵权赔偿诉讼由任何一个行政机关所在地的人民法院管辖。若向两个人以上有管辖权的法院均提起了行政赔偿诉讼，则由最先收到诉状的人民法院管辖。

（8）行政相对人对限制人身自由的行政强制措施侵权责任提起行政赔偿诉讼的，由被告所在地或原告所在地人民法院管辖，若是对不动产的强制还可选择不动产地的人民法院管辖。

（三）起诉与受理

1. 行政赔偿诉讼的起诉。行政赔偿的单独诉讼的起诉必须符合下列条件：[42]

（1）原告具有请求资格。

(2)有明确的被告。

(3)有具体的赔偿请求和受损害的事实根据。

(4)加害行为为具体行政行为的,该具体行政行为已被确认为违法。

(5)赔偿义务机关已先行处理或超过法定期限不予处理。

(6)属于人民法院行政赔偿诉讼的受案范围和受诉人民法院管辖。

(7)符合法律规定的期限。

赔偿请求人单独提起行政赔偿诉讼,可以在向赔偿义务机关送交赔偿申请后的2个月届满之日起3个月内提出;请求权人提起诉讼的同时一并提出行政赔偿请求的,其起诉期限依《中华人民共和国行政诉讼法》规定的诉讼期限执行;行政案件的原告可以在提起行政诉讼后至人民法院一审庭审结束前提出行政赔偿请求;赔偿义务主体作出赔偿决定时,未告知赔偿请求人的诉权或者起诉期限,致使赔偿请求人逾期向人民法院起诉的,其起诉期限从赔偿请求人实际知道诉讼或者起诉期限时计算,但逾期的期间自赔偿请求人收到赔偿决定之日起不得超过1年;受害的公民死亡,其继承人和有抚养关系的人提起行政赔偿诉讼,应当提供该公民死亡的证明及赔偿请求人与死亡公民之间的关系证明。

2. 行政赔偿诉讼的受理。人民法院接到原告单独提起行政赔偿的起诉状,应当进行审查,并在7日内立案或者作出不予受理的裁定。若在7日内不能确定可否受理,应当先予以受理,受理后发现不符合受理条件的,裁定驳回起诉。当事人对不予受理或驳回起诉的裁定不服的,可以在裁定书送达之日起10日内向上一级人民法院提起上诉。

(四)审理与判决

1. 行政赔偿诉讼的审理

(1)行政赔偿案件的合并审理与单独审理。当事人在提起行政诉讼的同时一并提出行政赔偿请求,或者因具体行政行为与行使行政职权有关的其他行为侵权造成损害的一并提出行政行为赔偿请求的,人民法院应当分别立案,但可以根据情况决定合并审理或者单独审理。所谓合并审理就是将具体行政行为的司法审查和求偿权人赔偿请求的司法审查合并在一起审理,以行政行为司法审查的结果作为行政赔偿的依据。所谓单独审理则是指对行政赔偿请求进行独立审查,就行政赔偿本身涉及的权利义务予以认定并作出裁判。上列两种模式由人民法院根据案件的情况决定采用前者或者后者。

(2)行政赔偿案件的审理要紧密结合原告与被告之间的行政赔偿争议而展开,并以行政赔偿争议所涉及的标的确定原告与被告之间的权利义务关系。

(3)行政赔偿诉讼由原告负举证责任。原告主张赔偿权必须有证据能证明自己的权益受到侵害。应当指出原告仅仅对其行政赔偿主张负举证责任,而不对引起行政赔偿的行政行为的司法审查负举证责任。即便在对具体行政行为提起行政诉讼一并提出行政赔偿诉讼时也是如此。也就是说,原告没有必要为引起行政赔偿的具体行政行为的不当负举证责任。被告在行政赔偿诉讼中没有负举证的义务,但有权利提供不予以赔偿或者减少赔偿数额方面的证据。但是,被告对引起行政赔偿的具体行政行为在行政诉讼阶段负举证责任。

(4)行政赔偿诉讼可以调解结案。《最高人民法院关于审理行政赔偿案件若干问题的规定》第30条规定:"人民法院审理行政赔偿案件在坚持合法、自愿的前提下,可以就赔偿范围、赔偿方式和赔偿数额进行调解。调解成立的,应当制作行政赔偿调解书。"调解结案或者原告与被告达成和解是行政赔偿诉讼与其他行政诉讼最大的区别。调解结案的理由是非常清楚的,因为只要原告愿意放弃一定的权利主张和解协议就可以达成。原告与被告的和解必须在人民法院的监控之下进行。"被告在一审判决前同原告达成赔偿协议,原告申请撤诉的,人民法院应当依法予以审查并裁定是否准许。"[43] 人民法院对和解进行监控的目的在于防止被告对原告施加压力以及被告与原告达成有损于国家利益的不当和解协议。

2. 行政赔偿诉讼的判决

人民法院对行政赔偿诉讼可以作出下列判决:

(1)驳回原告的诉讼请求。在被告的具体行政行为没有对原告合法权益造成侵害,原告的请求没有事实根据,没有法律依据等情形下,人民法院判决驳回原告的赔偿请求。

(2)对致害行为作出确认。人民法院对赔偿请求人未经确认程序而直接提起行政赔偿诉讼的案件,在判决时应当对赔偿义务机关致害行为是否违法予以确认,作出确认的判决。此判决虽没有涉及行政赔偿的具体事项,但它是行政主体是否承担行政赔偿责任的前提。

(3)予以赔偿。人民法院经过审判,认为被告对原告的损害事实成立,应依法作出予以赔偿的判决。人民法院对行政赔偿案件的处理可以用行政赔偿判决书、行政赔偿裁定书和行政赔偿调解书三种方式。

(五)执行与期限

人民法院发生法律效力的行政赔偿判决、裁定或调解协议,当事人必须履行。一方拒绝履行的,对方当事人可以向第一审人民法院申请执行。申请执行的期限为:若申请人是公民的为1年,申请人是法人或者其他组织的为6个月。人民法院单独受理的第一审行政赔偿案件的审理期限为3个月,第二审为2个月。一并受理行政赔偿请求案件的审理期限与该行政案件的审理期限相同。如因特殊情况不能按期结案,需要延长审限的,应按照行政诉讼法的有关规定报请批准。

行政赔偿程序

序号	1	2	3
名称	行政赔偿的行政程序	行政赔偿的复议程序	行政赔偿的诉讼程序
知识点	1. 申请与受理 (1)申请人合格 (2)有明确的义务人 (3)有事实根据 (4)行政行为违法 (5)法定期限内提出 (6)法定形式 (7)未进入救济状态 符合条件的予以受理 2. 审理 (1)赔偿义务机关审理 (2)审理内容 (3)全面审查 (4)首长决定 3. 执行	1. 对赔偿不公的复议 2. 复议中请求赔偿	1. 管辖 (1)依诉讼法的管辖原则管辖 (2)不动产地管辖 (3)被告所在地管辖 (4)中级人民法院管辖 (5)高级人民法院管辖 (6)最高人民法院管辖 (7)共同管辖 2. 起诉与受理 起诉条件 …… 3. 审理与判决 4. 执行与期限

第五节　行政赔偿的方式和计算标准

一、行政赔偿的方式

(一)行政赔偿方式的概念

所谓行政赔偿方式,是指行政主体对自己的侵权行为承担赔偿责任的形式。行政赔偿方式是一个具有强烈技术色彩的问题,正如有学者指出的:"公民、法人和其他组织的合法权益受到国家机关违法行使职权的侵害,国家不但要承担赔偿责任,而且要保障受害人的损害得到及时和迅速的补救。同时,也要考虑国家机关运用公共权力进行社会管理的工作效率不致因赔偿复杂化而陷于繁复的事务之中,这就要求确定国家赔偿的方式和计算标准应当作到便于计算,简便易行,以免久拖不决。"[44]行政赔偿作为一个救济制度其目的在于化解行政主体与行政相对人之间的纠纷,而行政纠纷的起因是行政相对人对行政主体的行政决定不服。行政纠纷解决的根本价值在于使行政相对人认同行政主体的行政决定,当行政相对人心理上平衡时纠纷也就解决了。因此,行政赔偿的方式也必须建立在让行政相对人满意的基础上,当行政相对人能够迅速接受行政主体的赔偿形式,纠纷也就解决了。我们注意到,各国在行政赔偿方式中都非常注重金钱赔偿的方式。《奥地利国家赔偿法》第 1 条第 1 款规定:"联邦、各邦、县市、乡镇,以及其他公法上团体及社会保险机构(以下简称官署)于该官署之机关执行法令因故意或过失违法侵害他人的财产或人格权时,依民法之规定由官署负损害赔偿责任;机关不负损害赔偿责任。损害赔偿形式为金钱赔偿。”[45]《韩国国家赔偿法》第2条规定:“赔偿责任:1)公务员执行职务,因故意或过失违反法令致使他人受损害或依汽车损害赔偿保障法之规定,发生损害赔偿之责任时,国家或地方自治团体应赔偿其损害。但军人、军属、警察、后备军人或防护团员于战斗、训练或勤行其他有关职务,或于国防、维持治安之目的,所使用之设施、车辆、船舶、航空机、其他运输器具内所致之战死,殉职或因公负伤时,本人或其遗属,依其他法令规定,得请求灾害补偿金、遗属年金、伤残年金等补偿时,不得依本法及民法规定请求损害赔偿。2)前项情形,公务员有故意或重大过失时,国家或地方自治团体对该公务员有求偿权。”[46]各国之所以重视金钱赔偿方式根本原因在于金钱赔偿方式最为简捷和最为方便,且行政相对人容易接受。当然,绝大多数国家都与奥地利仅把金钱确定为行政赔偿方式有所不同,即在金钱方式之外还规定了其他的方式。如《德意志联邦共和国国家赔偿法》第3条规定:“消除后果之请求:1)损害如系某一事实状态发生不利于受害人的变更时,公权力机关应回复原状,回复原状不能达到目的,回复具有同等价值的状态以消除不良后果。本条同样适用于某一由公权力机关所引起的状态事后违法,而且其后果属于继续性的侵害并不能依其他法规消除的情况。2)回复原状如不可能,或不许允,或不合理时,可以免除消除后果。现存的状态是由行政行为或其他判决所形成,而该行为或判决对受害人已确定时,消除后果也可以免除。3)受害人对违法状态的发生也负有责任时,受害人只能根据自己的责任大小并以自己的费用共同消除后果,方能要求消除后果;损害主要系受害人造成时,请求权消灭。”[47]其将回复原状和消除危害后果也作为基本的赔偿方式。《中华人民共和国国家赔偿法》规定的赔偿方式可以说较为丰富,除金钱赔偿之外,还有一系列其他的方式。

(二)金钱赔偿

所谓金钱赔偿,是指行政主体通过履行金钱给付义务使权益受损人得到赔偿。《中华人民共和国国家赔偿法》第32条第1款规定:“国家赔偿以支付赔偿金为主要方式。”金钱赔偿在我国行政赔偿中适用非常广泛:一是行政主体不当使用限制人身自由的行政强制措施可以采取金钱赔偿方式;二是行政主体不当使用行政处罚手段可以采用金钱赔偿方式;三是行政主体不当使用限制财产的行政强制措施可以采用金钱赔偿;四是行政主体实施其他行政违法行为使行政相对人权益受到侵害的可以采用金钱赔偿方式。

(三)返还财产

所谓返还财产,是指行政主体将非法从行政相对人处取得的财产还给行政相对人的赔偿方式。返还财产的前提是行政主体非法从行政相对人那里取得了财产:一是行政主体违法采用罚款、没收等行政处罚形式;二是行政主体违反国家规定向行政相对人征收财物、摊派费用;三是行政主体采取违法手段查封、扣押、冻结行政相对人的财产等。返还财产的赔偿要求行政主体所还的必须是原财产,而不是改变后或者以其他形式替换的财产。

(四)恢复原状

所谓恢复原状是指行政主体的非法行为给行政相对人的财产造成了侵害,该财产具有恢复的可能,行政主体将财产恢复到行政行为以前状态的行政赔偿方式。恢复原状的一个重要条件就是该行政行为所致害的客体具有恢复的可能性,若不具有恢复的可能性就不能采用此种赔偿方式。《国家赔偿法》第32条第2款规定:"能够返还财产或者恢复原状的,予以返还财产或者恢复原状。"在行政主体给行政相对人财产造成的损害能够恢复原状的情况下,都可以采用恢复原状的形式予以赔偿。依《国家赔偿法》第32条第1款的规定,应当返还的财产损坏的,能够恢复原状的恢复原状,不能恢复原状的,按照损害的程度给付相应的赔偿金。应当说,恢复原状是一个独立的行政赔偿方式,即它不一定与金钱赔偿等赔偿方式并用。

(五)精神赔偿方式

所谓精神赔偿就是指行政主体不以金钱等物质的方式对行政相对人所作的赔偿。精神赔偿方式是以精神赔偿的形式出现的,它不是对行政相对人精神损害的物质赔偿,而是以精神方式对行政相对人物质损害的赔偿。《国家赔偿法》第35条规定:"有本法第三条或者第十七条规定情形之一,致人精神损害的,应当在侵权行为影响的范围内,为受害人消除影响,恢复名誉,赔礼道歉;造成严重后果的,应当支付相应的精神损害抚慰金。"可见,精神赔偿的方式包括消除影响、恢复名誉、赔礼道歉等具体方式。

二、行政赔偿的计算标准

(一)行政赔偿计算标准的含义

所谓行政赔偿的计算标准是指行政主体支付赔偿金额赔偿受害人的损失时所适用的标准。世界各国选择赔偿标准大体上有三种模式:

1. 惩罚性标准模式

此种模式旨在对违法行政主体进行一定的惩罚,与之相适应的则是对权益受损人的超标准补偿。即除了让赔偿义务主体向受害人补偿其实际损失的费用外,还要支付额外的费用,这种额外费用已经超出了权益受损人所受到的实际损失。从这个意义上讲,它是对违法行政主体非法行政的惩罚。选择此种模式的国家一方面法律制度比较健全,另一方面国家有足够的财力支付行政相对人更多的费用。

2. 补偿性标准模式

此种模式旨在使权益受损人所受到的损失能够得到真正补偿,使赔偿的费用与行政相对人受损失的程度相等。此种模式应当说是一种比较理性的模式,它能够使行政赔偿起到平衡个人利益和公共利益之间的关系的作用。

3. 抚慰性标准模式

在此种模式下,行政赔偿不足以弥补行政相对人的实际损失,通过赔偿只是给行政相对人一种安慰。应当说,我国《国家赔偿法》修订前,所选择的是第三种模式,即抚慰性标准模式。[48]在一些社会保障制度和个人保障制度健全的国家,行政赔偿的计算标准还采用损益相抵原则。所谓损益相抵原则是指权益受损人若能够通过社会保险和个人保险制度取得行政行为侵害时的补偿,行政主体在行政赔偿中便可以减少一定的行政赔偿费用。依行政赔偿法律制度,行政主体本应赔偿行政相对人较大数额的费用,但是,行政相对人通过社会保险已经得到了一定的补偿费用,其所得到的这一赔偿费用便可以在行政赔偿中减去。一些国家甚至还要考虑权益受损人的个人收入以及其他方面的经济条件。显然损益相抵原则是将行政赔偿作为一种社会平衡制度而看待的;通过行政赔偿达到行政权行使过程中各个方面的平衡是赔偿标准计算的最高原则。

(二)侵犯公民人身自由的赔偿计算标准

侵犯公民人身自由的赔偿计算标准为,按日支付赔偿金,每日的赔偿金按照国家上年度职工日平均工资计算。具体为被侵害人被限制人身自由的日期乘以上年度职工的日平均工资,所得出的金钱数额就是行政主体应赔偿的数额。

(三)侵犯公民生命健康权的赔偿计算标准

1. 行政主体的行政行为造成行政相对人身体伤害的,应当支付医疗费以及误工补贴。被侵害人减少的收入每日的赔偿金额按照国家上年度职工日平均工资计算,最高额为国家上年度职工年平均工资的5倍。被侵害人身体伤害有程度之分,根据伤害的程度确定应赔偿的标准。在赔偿过程中行政赔偿义务主体以及作出行政赔偿决定的其他机关在最高限额为职工年平均工资5倍的数额内有自由裁量权,但这一自由裁量权的行使建立在被侵害人侵害程度的基础之上。

2. 行政主体的行政行为造成行政相对人部分或者全部丧失劳动能力的,应当支付医疗费,以及残疾赔偿金,残疾赔偿金根据被侵害丧失劳动能力的程度确定,部分或者全部丧失劳动能力的为国家上年度职工年平均工资的20倍。应当指出,全部丧失劳动能力的赔偿金额是一个羁束的行政赔偿限额,即行政赔偿义务机关只能按20倍的数额支付,而不是在20倍之内进行选择。显然,最高不超过20倍的赔偿数额不包括医疗费以及误工补贴等。同时,在被侵害人有扶养人的情况下,赔偿义务机关还要给被侵害人所抚养的无劳动能力的人支付生活费。生活费的发放标准参照当地民政部门有关生活救济的规定办理。

3. 行政主体的行政行为造成行政相对人死亡的,应当支付死亡赔偿金、丧葬费,总额为国家上年度职工年平均工资的20倍。《国家赔偿法》此处规定的20倍是一个羁束数额,即只能按20倍赔偿,而不能有伸缩余地。[49]造成被侵害人死亡的,若被害人生前有抚养的无劳动能力的人,那么,行政赔偿义务机关还要支付被抚养人的生活费。如果被抚养人是未成年人的,生活费支付到18周岁;若被抚养人是其他无劳动能力的人,生活费支付到其死亡为止。

(四)侵犯公民财产权的赔偿计算标准

(1)行政主体违法罚款、追缴、没收行政相对人财产或者违反国家规定征收财物、摊派费用的以返还行政相对人财产为赔偿标准。显然,此一赔偿标准的计算所遵循的是抚慰性原则,即通过行政赔偿给行政相对人以安抚。因为,在返还财产的行政赔偿中,行政相对人的实际损失并没有得到最低额的补偿,被侵害人既没有取得被侵害财产的利息,也没有得到其他间接损失的赔偿。

(2)行政主体违法查封、扣押、冻结行政相对人财产的,解除对财产的查封、扣押、冻结并返还被强制的财产。造成被侵害人财产损坏或丢失的,按照损害的程度给付相应的赔偿金。《国家赔偿法》并没有规定强制财产的具体赔偿标准,损害程度和赔偿标准由行政赔偿义务机关或者决定行政赔偿的机关根据实际情况确定。若行政主体将查封、扣押、冻结的财产拍卖,则要给付拍卖所得的款项。

(3)行政主体违法吊销行政相对人许可证和执照、责令停产停业的,赔偿权益受损人在停产停业期间必要的经常性费用开支,对行政相对人的其他损失则不予赔偿。

(4)行政主体的行政行为给行政相对人财产造成其他损害的,按照被侵害人所受的直接损失给予赔偿。

第六节 行政赔偿费用的管理

一、行政赔偿费用管理的概念

行政赔偿费用,是指行政赔偿义务机关依照《国家赔偿法》的规定,应当向行政赔偿请求权人支付的费用。行政赔偿费用的管理就是对行政主体应当支付给权益受损人费用的管理。《中华人民共和国国家赔偿法》第29条规定:“赔偿费用,列入各级财政预算,具体办法由国务院规定”。根据这一规定,1995年1月25日国务院发布了《国家赔偿费用管理办法》对包括行政赔偿费用在内的国家赔偿费用的管理作了规定。该办法第1条规定:“为了加强国家赔偿费用的管理,保障公民、法人和其他组织享有依法取得国家赔偿的权利,促进国家机关依法行使职权,根据国家赔偿法的规定,制定本办法。”由此可见,行政赔偿费用的管理有两个方面的意义:第一个方面是通过对行政赔偿费用的管理切实保障行政相对人的合法权益,使其获得行政赔偿的权利具有物质上的保障;第二个方面是通过行政赔偿费用的管理促进国家行政机关依法行使职权。

二、行政赔偿费用的管理主体和体制

行政赔偿费用的管理主体,是就行政赔偿费用的管理者而言的,即对行政赔偿费用行使行政管理权的机关。依《中华人民共和国国家赔偿法》和《国家赔偿费用管理

办法》的规定,我国国家赔偿费用的管理主体是国家财政管理机关。具体来说:

(1)财政部统一行使国家赔偿费用的管理权和监督权。

(2)行政赔偿费用实行分级管理,列入各级财政预算,由各级财政按照财政管理体制分级负担。

(3)行政赔偿费用应充分考虑地区特点。"各级政府应当根据本地区的实际情况,确定一定数额的国家赔偿费用,列入本级财政预算。国家赔偿费用由各级财政机关负责管理。当年实际支付国家赔偿费用超过年度预算的部分,在本级预算预备费中解决。"

三、行政赔偿费用的支付程序

(1)行政赔偿费用先由行政赔偿义务主体从本单位预算经费和留归本单位使用的资金中支付。

(2)赔偿义务机关支付后再向同级财政机关申请核拨。赔偿义务机关申请核拨行政赔偿费用或者申请返还已经上交财政的财产,要根据具体情况提供以下文件或者文件副本:其一,赔偿请求人请求赔偿的申请书;其二,赔偿义务机关作出的行政赔偿决定;其三,若行政赔偿经过行政复议则提交行政复议的复议决定书;其四,若行政赔偿经过行政诉讼则提交人民法院的判决书、裁定书或者调解书;其五,赔偿义务机关对有故意或者重大过失责任者依法实施追偿的意见或者决定;其六,财产已经上交财政的有关凭据;其七,财政机关要求提供的其他文件或者文件副本。

(3)财政机关对行政赔偿义务机关的申请进行审核。审核后根据情况作出如下处理:其一,财产已经上交财政,应当依法返还给赔偿请求权人的,财政机关便作出返还决定并及时予以返还;其二,行政赔偿义务机关申请核拨已经依法支付的赔偿费用的,财政机关应当及时核拨。

四、财政机关对行政赔偿费用的监管职能

(1)财政机关审核赔偿义务机关的申请时,发现该赔偿义务机关因故意或者重大过失造成国家损失的,或者超出国家赔偿法规定的范围和标准赔偿的,可以提请本级政府责令赔偿义务机关自行承担部分或者全部国家赔偿费用。

(2)财政机关应当审查赔偿义务机关与赔偿请求人之间的赔偿实施过程。如可审查赔偿义务机关向赔偿请求人支付国家赔偿费用或者返还财产,赔偿请求人是否出具收据或者其他凭证,赔偿义务机关是否将收据或者其他凭证的副本报送同级财政机关备案等。

(3)财政机关有权追缴被侵占的国家赔偿费用。国家行政机关有下列行为之一的,由财政机关依法追缴被侵占的国家赔偿费用:其一,虚报、冒领、骗取国家赔偿费用的;其二,挪用国家赔偿费用的;其三,未按照规定追偿国家赔偿费用的;其四,违反国家赔偿法的规定支付国家赔偿费用的。

注释

〔1〕 国家赔偿是一个相对较大的概念，一些国家将所有国家行为引起的赔偿责任写在一个统一的法典中，如德国等。“国家赔偿法调整公民在国家活动侵害其权利时而提出的损害赔偿、公平补偿、恢复原状的请求，是一个开放的系统。国家赔偿法产生于各种不同历史和事实根据，针对各不相同并且相互之间不协调的事实要件，从而形成了一堆多层次、遍布漏洞、难以提纲挈领的材料。”参见[德]哈特穆特·毛雷尔：《行政法学总论》，高家伟译，法律出版社1999年版，第615—618页。

〔2〕 金国坤主编：《行政法与行政诉讼法通论》，经济管理出版社1996年版，第135页。

〔3〕 萧榕主编：《世界著名法典选编》（行政法卷），中国民主法制出版社1997年版，第75页。

〔4〕 同上书，第76页。

〔5〕 王名扬：《法国行政法》，中国政法大学出版社1988年版，第717页。

〔6〕 参见刘恒：《行政救济制度研究》，法律出版社1998年版，第331页。

〔7〕 我国关于城市房屋拆迁中如何对所拆房屋进行估价就有一套较为科学的评估办法，如由有关方面的专家对所拆房屋的价格进行评估；有关国家赔偿中，对行政相对人造成的损失亦应有一套科学的评估机制，既不能由赔偿义务机关决定，也不能以行政相对人的意志为转移。

〔8〕 张尚鷟主编：《行政法教程》，中国广播电视大学出版社1990年版，第2页。

〔9〕《列宁全集》（第22卷），人民出版社1959年版，第75页。

〔10〕《列宁全集》（第13卷），人民出版社1959年版，第304页。

〔11〕 从目前的情况来看，行政机关制定的法律规范的数量要大于立法机关的数量。《中华人民共和国立法法》规定的立法主体中，属于立法机关的有三个，即全国人大和省级人大以及民族自治地方的权力机关。属于行政机关的亦有三个即国务院、各部委和省级人民政府。尽管立法法同时规定了立法机关制定的法律规范地位高于行政机关制定的法律规范。但这并不影响行政机关制定的法律规范对公众权益的规范作用。行政机关制定的行政管理规范性文件同样可以改变相对一方的权益。

〔12〕《刘少奇选集》（下卷），人民出版社1988年版，第452页。

〔13〕 萧榕主编：《世界著名法典选编》（行政法卷），中国民主法制出版社1997年版，第98页。

〔14〕 薛刚凌主编：《国家赔偿法教程》，中国政法大学出版社1997年版，第13页。

〔15〕 胡建淼主编：《外国行政法典与案例评述》，中国政法大学出版社1997年版，第203页。

〔16〕 王名扬：《法国行政法》，中国政法大学出版社1988年版，第712页。

〔17〕 同上书，第721页。

〔18〕 薛刚凌主编：《国家赔偿法教程》，中国政法大学出版社1997年版，第7页。

〔19〕 同上书，第11页。

〔20〕 参见关保英：“行政主体信息义务的行政法理析解”，载《法律科学》2002年第1期。

〔21〕 参见[德]哈特穆特·毛雷尔：《行政法学总论》，高家伟译，法律出版社1999年版，第619页。

〔22〕 同上书,第620页。

〔23〕 同上书,第621页。

〔24〕 同上书,第619页。

〔25〕 萧榕主编:《世界著名法典选编》(行政法卷),中国民主法制出版社1997年版,第165页。

〔26〕 同上书,第164页。

〔27〕 同上书,第141页。

〔28〕 同上书,第316页。

〔29〕 同上书,第57页。

〔30〕 同上书,第163页。

〔31〕 这里有一个问题需要理论界和行政法实践予以解决,即在通常情况下撤销行政机关的行为是由人民代表机关实施的,若人民代表机关撤销了某一行政机关,而没有设立新的行政机关,对于被撤销机关实施的行政行为造成的赔偿责任究竟由谁承担。笔者认为,让撤销该机关的人民代表机关承担赔偿责任似乎不大妥当,该问题需要研究。

〔32〕 萧榕主编:《世界著名法典选编》(行政法卷),中国民主法制出版社1997年版,第254页。

〔33〕 随着行政法治水平的不断提高,行政赔偿的范围应当越来越大,美国《联邦侵权赔偿法》规定,凡联邦政府之任何人员于其职务范围内因过失、不法行为或不作为致相对人财产上之损害或损失,或人身之伤害或死亡,均可以以美国政府为被告,请求行政侵权赔偿。该法对不予赔偿的范围作了列举规定:1. 政府官员尽了相当注意的执法行为;2. 政府和政府官员的自由裁量行为(不论自由裁量权是否滥用);3. 邮政行为;4. 税收行为及关税或执行人员扣留物品的行为;5. 海事行为或法律规定另有救济途径的行为;6. 国防及国家安全行为;7. 检疫行为;8. 恶意严重侵权行为(包括殴打、非法拘禁、非法逮捕、诬告、程序滥用、书面或口头诽谤、诈欺、侵害债权等);9. 财政行为;10. 战争行为;11. 发生在外国的行为;12. 田纳西流域工程行为;13. 巴拿马运河公司的行为;14. 有关银行(联邦土地银行、中级信贷银行、合作银行)的行为。参见姜明安主编:《外国行政法》,法律出版社1993年版,第320—321页。

〔34〕 萧榕主编:《世界著名法典选编》(行政法卷),中国民主法制出版社1997年版,第57页。

〔35〕 薛刚凌主编:《国家赔偿法教程》,中国政法大学出版社1997年版,第162页。

〔36〕 同上书,第184页。

〔37〕 萧榕主编:《世界著名法典选编》(行政法卷),中国民主法制出版社1997年版,第241页。

〔38〕 参见《司法行政机关行政赔偿刑事赔偿办法》。

〔39〕 1995年8月1日国家工商行政管理局制定了《工商行政管理机关行政赔偿实施办法》,1995年9月8日司法部制定了《司法行政机关行政赔偿刑事赔偿办法》等。

〔40〕 目前法律没有规定行政相对人对行政赔偿义务机关的赔偿决定不服可以提起行政复议。这从《中华人民共和国国家赔偿法》第13条的规定可以看出,“赔偿义务机关应当

自收到申请之日起2个月内依照本法第四章的规定给予赔偿；逾期不予赔偿或者赔偿请求人对赔偿数额有异议的，赔偿请求人可以自期间届满之日起3个月内向人民法院提起诉讼。”

〔41〕 薛刚凌主编：《国家赔偿法教程》，中国政法大学出版社1997年版，第188页。

〔42〕 《最高人民法院关于审理行政赔偿案件若干问题的规定》第21条规定："赔偿请求人单独提起行政赔偿诉讼，应当符合下列条件：（一）原告具有请求资格；（二）有明确的被告；（三）有具体的赔偿请求和受损害的事实根据；（四）加害行为为具体行政行为的，该行为已被确认为违法；（五）赔偿义务机关已先行处理或超过法定期限不予处理；（六）属于人民法院行政赔偿诉讼的受案范围和受诉人民法院管辖；（七）符合法律规定的起诉期限。"

〔43〕 《最高人民法院关于审理行政赔偿案件若干问题的规定》第31条规定："被告在一审判决前同原告达成赔偿协议，原告申请撤诉的，人民法院应当予以审查并裁定是否准许。"

〔44〕 肖峋、孙礼海主编：《国家赔偿法手册》，中国人民公安大学出版社1994年版，第220页。

〔45〕 萧榕主编：《世界著名法典选编》（行政法卷），中国民主法制出版社1997年版，第75页。

〔46〕 同上书，第254页。

〔47〕 同上书，第163页。

〔48〕 薛刚凌主编：《国家赔偿法教程》，中国政法大学出版社1997年版，第116页。

〔49〕 该条规定在行政法治实践中的操作值得探讨，参见关保英：《行政法案例教程》，中国政法大学出版社2013年版，第16页。

参考学术文献

1.《阿奎那政治著作选》:马清槐译,商务印书馆 1982 年版。

2. [爱尔兰]约翰·莫里斯·凯利:《西方法律思想简史》,王笑红译,法律出版社 2010 年版。

3. [奥]凯尔森:《法与国家的一般理论》,沈宗灵译,商务印书馆出版,2013 年版。

4. [奥]凯尔森:《法与国家的一般理论》,沈宗灵译,中国大百科全书出版社 1996 年版。

5. [澳]皮特·凯恩:《法律与道德中的责任》,罗李华译,商务印书馆 2008 年版。

6. 柏阳:《德国公法导论》,北京大学出版社 2008 年版。

7. 陈慈阳主编:《行政法实例研习》,元照出版有限公司 2011 年版。

8. 陈端洪:《中国行政法》,法律出版社 1998 年版。

9. 陈新民:《公法学札记》,法律出版社 2010 年版。

10. 陈新民:《中国行政法学原理》,中国人民大学出版社 2002 年版。

11. 城仲模:《行政法之理论基础》,三民书局 1994 年版。

12. [丹]努德·哈孔森:《立法者的科学——大卫·休谟与亚当·斯密的自然法理学》,赵立岩译,浙江大学出版社 2010 年版。

13. [德]埃贝哈德·施密特—阿斯曼等:《德国行政法读本》,于安等译,高等教育出版社 2006 年版。

14. [德]奥托·迈耶:《德国行政法》,刘飞译,商务印书馆 2002 年版。

15. [德]斐迪南·滕尼斯:《共同体与社会》,林荣远译,商务印书馆 1999 年版。

16. [德]弗里德赫尔姆·胡芬:《行政诉讼法》,莫光华译,法律出版社 2003 年版。

17. [德]弗里德里希·卡尔·冯·萨维尼:《论立法与法学的当代使命》,许章润译,中国法制出版社 2001 年版。

18. [德]格奥尔格·耶利内克:《人权与公民权利宣言——现代宪法史论》,李锦辉译,商务印书馆 2013 年版。

19. [德]格奥尔格·耶利内克:《人权与公民权利宣言》,钟云龙译,中国政法大学出版社 2012 年版。

20. [德]哈特穆特·毛雷尔:《行政法学总论》,高家伟译,法律出版社 2000 年版。

21. [德]海因里希·罗门:《自然法的观念史和哲学》,姚中秋译,上海三联书店 2007 年版。

22. [德]汉斯·沃尔夫:《行政法》,高家伟译,上海译文出版社 2004 年版。

23. [德]卡尔·恩吉斯:《法律思维导论》,郑永流译,法律出版社 2004 年版。

24. [德]卡尔·施密特:《宪法的守护者》,李君韬等译,商务印书馆 2008 年版。

25. [德]康拉德. 黑塞:《联邦德国宪法纲要》,李辉译,商务印书馆 2007 年版。

26. [德]拉德布鲁赫:《法学导论》,米健等译,中国大百科全书出版社 1997 年版。

27. [德]卢曼:《社会的法律》,郑伊倩译,中国人民大学出版社 2009 年版。

28. [德]罗伯特·阿列克西:《法理性商谈:法哲学研究》,朱光等译,中国法制出版社 2011 年版。

29. [德]马克斯·韦伯:《经济与社会》,林荣远译,商务印书馆 1997 年版。

30. [德]诺贝特·埃利亚斯:《文明的进程》,王佩莉译,生活·读书·新知三联书店 1998 年版。

31. [德]齐佩利乌斯:《德国国家学》,赵宏译,法律出版社 2011 年版。
32. [德]塞缪尔·普芬道夫:《任何公民的自然法义务》,鞠成伟译,商务印书馆 2010 年版。
33. [德]瓦尔特·欧肯:《国民经济学基础》,左大培译,商务印书馆 2010 年版。
34. [德]尤尔根·哈贝马斯:《关于欧洲宪法的思考》,伍惠萍等译,上海人民出版社 2013 年版。
35. 邓正来:《国家与社会——中国市民社会研究》,四川人民出版社 1997 年版。
36. [法]邦雅曼·贡斯当:《古代人的自由与现代人的自由》,阎克文等译,商务印书馆 1999 年版。
37. [法]保罗·利科主编:《哲学主要趋向》,李幼蒸等译,商务印书馆 1988 年版。
38. [法]弗雷德里克·巴斯夏著《财产、法律与政府》,秋风译,商务印书馆 2012 年版。
39. [法]霍尔巴赫:《自然政治论》,陈太先、眭茂译,商务印书馆 1994 年版。
40. [法]卢梭:《论人类不平等的起源和基础》,李常山译,商务印书馆 1996 年版。
41. [法]卢梭:《社会契约论》,何兆武译,商务印书馆 1982 年版。
42. [法]路易·戴格拉夫:《孟德斯鸠传》,许明龙译,商务印书馆 1997 年版。
43. [法]路易·若斯兰:《权力相对论》,王伯琦译,中国法制出版社 2006 年版。
44. [法]孟德斯鸠:《论法的精神》,张雁深译,商务印书馆 1982 年版。
45. [法]孟德斯鸠:《罗马盛衰原因论》,婉玲译,商务印书馆 1984 年版。
46. [法]莫里斯·奥里乌:《行政法与公法精要》,龚觅译,辽海出版社、春风文艺出版社 1999 年版。
47. [法]帕斯卡尔:《思想录》,何兆武译,商务印书馆 1985 年版。
48. [法]让·里韦罗等:《法国行政法》,鲁仁译,商务印书馆 2008 年版。
49. [法]让·里韦罗、让·瓦利纳:《法国行政法》,鲁仁译,商务印书馆 2008 年版。
50. [法]托克维尔:《旧制度与大革命》,冯棠等译,商务印书馆 1992 年版。
51. [法]托克维尔:《旧制度与大革命》,冯棠译,商务印书馆 1997 年版。
52. [法]雅克·马里旦:《自然法——理论与实践的反思》,鞠成伟译,中国法制出版社 2009 年版。
53. 傅士成:《行政强制研究》,法律出版社 2000 年版。
54. 龚祥瑞:《比较宪法与行政法》,法律出版社 1985 年版。
55. [古罗马]西塞罗:《论义务》,王焕生译,中国政法大学出版社 1999 年版。
56. [古希腊]柏拉图:《理想国》,郭斌和、张竹明译,商务印书馆 1986 年版。
57. [古希腊]亚里士多德:《雅典政制》,日知等译,商务印书馆 1999 年版。
58. [古希腊]亚里士多德:《政治学》,吴寿彭译,商务印书馆 1983 年版。
59. 关保英主编:《当代中国行政法奠基史》,中国政法大学出版社 2011 年版。
60. 关保英主编:《行政法案例教程》,中国政法大学出版社 2012 年版。
61. 关保英主编:《行政法编年史》,中国政法大学出版社 2009 年版。
62. 关保英主编:《行政法认知史》,中国政法大学出版社 2008 年版。
63. 关保英主编:《行政法思想史》,中国政法大学出版社 2008 年版。
64. 关保英主编:《行政法制史教程》,中国政法大学出版社 2006 年版。
65. 关保英:《比较行政法学》,法律出版社 2008 年版。
66. 关保英:《行政法分析学导论》,商务印书馆 2011 年版。
67. 关保英:《行政法模式转换研究》,法律出版社 2000 年版。
68. 关保英:《行政法时代精神研究》,中国政法大学出版社 2008 年版。
69. [韩]金东熙:《行政法》,赵峰译,中国人民大学出版社 2008 年版。
70. [荷]斯宾诺莎:《政治论》,冯炳昆译,商务印书馆 1999 年版。
71. 胡建淼主编:《外国行政法典与案例述评》,中国法制出版社 1998 年版。

72. 胡建淼主编:《中外行政法规分解与比较》,法律出版社 2004 年版。
73. 胡建淼:《比较行政法》,法律出版社 1998 年版。
74. 黄学贤:《比较行政法——港、澳、台行政法析论》,中国社会出版社 2004 年版。
75. 黄学贤:《比较行政法》,中国社会出版社 2004 年版。
76. 姜明安主编:《外国行政法教程》,法律出版社 1993 年版。
77. 姜明安主编:《行政法与行政诉讼法》,北京大学出版社、高等教育出版社 1999 年版。
78. 李惠宗:《行政法要义》,元照出版有限公司 2008 年版。
79. 林纪东:《行政法》,三民书局股份有限公司 1994 年修订版。
80. 林纪东:《行政法新论》,三民书局 1985 年版。
81. 林腾鹞:《行政诉讼法》,三民书局 2011 年版。
82. 刘春萍:《转型期的俄罗斯联邦行政法》,法律出版社 2005 年版。
83. 罗傅贤:《行政程序法论》,五南图书出版股份有限公司 2004 年版。
84. 罗豪才、毕洪海编:《行政法的新视野》,商务印书馆 2011 年版。
85. 罗豪才主编:《中国司法审查制度》,北京大学出版社 1993 年版。
86. [美]C. H. 麦基文:《宪政古今》,翟小波译,贵州人民出版社 2004 年版。
87. [美]F. J. 古德诺:《政治与行政》,王元译,华夏出版社 1987 年版。
88. [美]J. 格里高利·西达克等:《美国公用事业的竞争转型——放松管制与管制契约》,宋华琳等译,上海人民出版社 2012 年版。
89. [美]埃德加·博登海默:《法理学——法哲学及其方法》,邓正来等译,华夏出版社 1987 年版。
90. [美]埃尔斯特等:《宪政与民主》,潘勤译,三联书店 1997 年版。
91. [美]埃里克·方纳:《美国自由的故事》,王希译,商务印书馆 2002 年版。
92. [美]爱德华·S. 考稔:《美国宪法的高级法背景》,强世功译,生活·读书·新知三联书店 1996 年版。
93. [美]爱德华·麦克诺尔·伯恩斯等:《世界文明史》,罗经国等译,商务印书馆 1987 年版。
94. [美]保罗·布莱斯特等编:《宪法决策的过程》,陆符嘉等译,中国政法大学出版社 2002 年版。
95. [美]保罗·布莱斯特等:《宪法决策的过程:案例与材料》,张千帆等译,中国政法大学出版社 2002 年版。
96. [美]本杰明·N. 卡多佐:《法律的成长法律科学悖论》,彭冰等译,中国法制出版社 2002 年版。
97. [美]伯尔曼:《法律与革命》,贺卫方等译,中国大百科全书出版社 1993 年版。
98. [美]伯纳德·施瓦茨:《行政法》,徐炳译,群众出版社 1986 年版。
99. [美]布莱克:《法律的运作行为》,唐越等译,中国政法大学出版社 1994 年版。
100. [美]查尔斯·A. 比尔德:《美国宪法的经济观》,何希济译,商务印书馆 1984 年版。
101. [美]查尔斯·A. 比尔德:《美国政府与政治》,朱曾汶译,商务印书馆 1987 年版。
102. [美]查尔斯·比尔德等:《伟大的篡权——美国 19、20 世纪之交关于司法审查的讨论》,李松峰译,上海三联书店 2009 年版。
103. [美]查尔斯·弗瑞德:《何谓法律:美国最高法院中的宪法》,胡敏洁等译,北京大学出版社 2008 年版。
104. [美]戴维·伊斯顿:《政治体系》,马清槐译,商务印书馆 1993 年版。
105. [美]戴维·约翰·法默尔:《公共行政的语言——官僚制、现代性和后现代性》,吴琼译,中国人民大学出版社 2009 年版。
106. [美]丹尼尔·贝尔:《后工业社会的来临》,王宏周等译,商务印书馆 1984 年版。
107. [美]弗里德曼:《选择的共和国——法律、权威与文化》高鸿钧等译,清华大学出版社 2005 年版。
108. [美]格林斯坦·波尔斯比编:《政治学手册精选》,竺乾威等译,商务印书馆 1996 年版。
109. [美]汉密尔顿、杰伊、麦迪逊:《联邦党人文集》,程逢如、在汉、舒逊译,商务印书馆 1982 年版。

110. [美]赫伯特·J. 斯托林:《反联邦党人赞成什么——宪法反对者的政治思想》,汪庆华译,北京大学出版社2006年版。
111. [美]霍菲尔德:《基本法律概念》,张书友编译,中国法制出版社2009年版。
112. [美]杰里·马肖:《贪婪、混沌和治理》,宋功德译,商务印书馆2009年版。
113. [美]杰瑞·L. 马肖:《行政国的正当程序》,沈岿译,高等教育出版社2005年版。
114. [美]凯斯·R. 桑斯坦:《就事论事——美国最高法院的司法最低限度主义》,泮伟江等译,北京大学出版社2007年版。
115. [美]凯斯·R. 桑斯坦:《恐惧的规则——超越预防原则》,王爱民译,北京大学出版社2011年版。
116. [美]凯斯·R. 桑斯坦:《偏颇的宪法》,宋华琳等译,北京大学出版社2005年版。
117. [美]康芒斯:《制度经济学》,于树生译,商务印书馆1994年版。
118. [美]科恩:《论民主》,聂崇信、朱秀贤译,商务印书馆1988年版。
119. [美]肯尼思·W. 汤普森:《宪法的政治理论》,张志铭译,三联书店1997年版。
120. [美]肯尼斯·卡尔普·戴维斯:《裁量正义》,商务印书馆2009年版。
121. [美]劳伦斯·H. 却伯等:《解读宪法》,陈林林等译,上海三联书店2007年版。
122. [美]理查德·A. 艾珀斯坦:《征收——私人财产和征用权》,杨昊等译,中国人民大学出版社2011年版。
123. [美]列奥·施特劳斯等主编:《政治哲学史》,李天然等译,河北人民出版社1998年版。
124. [美]路易斯·亨利·摩尔根:《古代社会》,杨东莼等译,商务印书馆1983年版。
125. [美]罗伯特·A. 达尔:《现代政治分析》,王沪宁等译,上海译文出版社1987年版。
126. [美]罗伯特·S. 萨默斯:《美国实用工具主义法学》,柯华庆译,中国法制出版社2010年版。
127. [美]罗伯特·考特等:《法和经济学》,张军等译,三联书店、上海人民出版社1994年版。
128. [美]罗纳德·德沃金:《认真对待权利》,信春鹰译,中国大百科全书出版社1998年版。
129. [美]马斯洛:《动机与人格》,许金声等译,华夏出版社1987年版。
130. [美]马修·戴弗雷姆:《法社会学讲义——学术脉络与理论体系》,郭星华等译,北京大学出版社2010年版。
131. [美]梅里亚姆:《美国政治思想》,朱曾汶译,商务印书馆1984年版。
132. [美]米尔顿·弗里德曼、罗斯·弗里德曼:《自由选择》,胡骑等译,商务印书馆1999年版。
133. [美]米尔顿·弗里德曼:《资本主义与自由》,张瑞玉译,商务印书馆1986年版。
134. [美]欧内斯特·盖尔霍恩等:《行政法和行政程序法概要》,黄列译,中国社会科学出版社1996年版。
135. [美]帕森斯:《现代社会的结构与过程》,梁向阳译,光明日报出版社1988年版。
136. [美]乔治·P. 弗莱切:《隐藏的宪法—林肯如何重新铸定美国民主》,陈绪纲译,北京大学出版社2009年版。
137. [美]乔治·弗雷德里克森:《公共行政的精神》,张成福译,中国人民大学出版社2003年版。
138. [美]乔治·霍兰·萨拜因等:《政治学说史》,刘山等译,商务印书馆1986年版。
139. [美]塞缪尔·P. 亨廷顿:《变化社会中的政治秩序》,王冠华等译,三联书店1989年版。
140. [美]史蒂文·J. 卡恩:《行政法原理与案例》,中山大学出版社2004年版。
141. [美]史蒂文·凯尔曼:《制定公共政策》,商正译,商务印书馆1990年版。
142. [美]斯科特·戈登:《控制国家》,应奇等译,江苏人民出版社2001年版。
143. [美]特伦斯·鲍尔等编:《概念变迁与美国宪法》,谈丽译,华东师范大学出版社2010年版。
144. [美]威尔逊:《国会政体》,熊希龄、吕德本译,商务印书馆1986年版。
145. [美]西尔维亚·斯诺维斯:《司法审查与宪法》,谌红果译,北京大学出版社2005年版。
146. [美]小詹姆斯·R. 斯托纳:《普通法与自由主义理论——柯克、霍布斯及美国宪政主义之诸源头》,姚中秋译,北京大学出版社 2005 年版。
147. [美]亚历山大·M. 比克尔:《最小危险部门——政治法庭上的最高法院》,北京大学出版社 2007 年版。
148. [美]约翰·R. 康芒斯:《资本主义的法律基础》,戴昕等译,华夏出版社 2009 年版。
149. [美]约翰·罗尔斯:《正义论》,何怀宏等译,中国社会科学出版社 1988 年版。
150. [美]詹姆斯·A. 古尔德文森特·V. 瑟斯比编:《现代政治思想》,杨淮生等译,商务印书馆 1985 年版。
151. [美]詹姆斯·M. 布坎南:《民主财政论》,穆怀鹏译,商务印书馆 1999 年版。
152. [美]詹姆斯. M. 布坎南:《宪法秩序的经济学与伦理学》,朱泱等译,商务印书馆 2008 年版。
153. [美]詹姆斯·Q. 威尔逊:《美国官僚政治》,张海涛译,中国社会科学出版社 1995 年版。
154. [美]詹姆斯·W. 西瑟:《自由民主与政治学》,竺乾威译,上海人民出版社 1998 年版。
155. [美]朱迪·弗里曼:《合作治理与新行政法》,毕洪海等译,商务印书馆 2010 年版。
156. [前苏联]帕舒卡尼斯:《法的一般理论与马克思主义》,杨昂等译,中国法制出版社 2008 年版。
157. [日]大桥洋一:《行政法学的结构性变革》,吕艳滨译,中国人民大学出版社 2008 年版。
158. [日]芦部信喜:《宪法》,林来梵等译,北京大学出版社 2006 年版。
159. [日]美浓布达吉:《公法与私法》,黄冯明译,中国政法大学出版社 2003 年版。
160. [日]南博方:《行政法》,杨建顺译,中国人民大学出版社 2009 年版。
161. [日]室井力等:《日本行政程序法逐条注释》,朱芒译,上海三联书店 2009 年版。
162. [日]藤田宙靖:《日本行政法入门》,杨桐译,中国法制出版社 2012 年版。
163. [日]盐野宏:《行政法》,杨建顺译,法律出版社 1999 年版。
164. 沈岿:《平衡论———种行政法认知模式》,北京大学出版社 1999 年版。
165.《世界各国法律大典》总编译委员会主持编译:《美国法典宪法行政法卷》,中国社会科学出版社 1993 年版。
166. [苏]B. M. 马诺辛等:《苏维埃行政法》,黄道秀译,群众出版社 1983 年版。
167. [苏联]司徒节尼金:《苏维埃行政法》,中国人民大学出版社 1953 年版。
168. 涂怀莹:《行政法专题研究》,五南图书出版公司 1998 年版。
169. 王名扬:《法国行政法》,中国政法大学出版社 1988 年版。
170. 王学辉、宋玉波等:《行政权研究》,中国检察出版社 2002 年版。
171. 翁岳生:《行政法》,中国法制出版社 2002 年版。
172. 吴庚:《行政法之理论与实务》,三民书局股份有限公司 1999 年版。
173. 萧榕等主编:《世界著名法典选编》(行政法卷),中国民主法制出版社 1997 年版。
174. [新西兰]迈克尔·塔格特编:《行政法的范围》,金自宁译,中国人民大学出版社 2006 年版。
175. 熊文钊:《现代行政法原理》,法律出版社 2000 年版。
176. 杨海坤、黄学贤:《中国行政程序法典化:从比较法角度研究》,法律出版社 1999 年版。
177. 杨海坤主编:《跨入 21 世纪的中国行政法学》,中国人事出版社 2000 年版。
178. 杨海坤主编:《跨入新世纪的中国行政法学》,中国人事出版社 2001 年版。
179. 杨海坤主编:《中国行政法基础理论》,中国人事出版社 2000 年版。
180. 杨建顺:《日本行政法通论》,中国法制出版社 1998 年版。
181. 杨解君:《行政法学》,中国方正出版社 2002 年版。
182. 叶必丰:《行政行为的效力研究》,中国人民大学出版社 2002 年版。
183. [意]马志尼:《论人的责任》,吕志士译,商务印书馆 1995 年版。
184. [意]密拉格利亚:《比较法律哲学》,朱敏章等译,中国政法大学出版社 2005 年版。
185. [意]尼科洛·马基雅维里:《君主论》,潘汉典译,商务印书馆 1986 年版。

186. 应松年、朱维究:《行政法学总论》,工人出版社 1985 年版。
187. 应松年主编:《外国行政程序法汇编》,中国法制出版社 1999 年版。
188. 应松年主编:《行政法学新论》,中国方正出版社 1999 年版。
189. 应松年主编:《行政行为法》,人民出版社 1993 年版。
190. [英]A. H. M. 米尔恩:《人的权利与人的多样性——人权哲学》,夏勇等译,中国大百科全书出版社 1995 年版。
191. [英]A. W. 布拉德利、A. D. 尤因:《宪法与行政法》,程洁译,商务印书馆 2008 年版。
192. [英]F. W. 梅特兰:《国家、信托与法人》,樊安译,北京大学出版社 2008 年版。
193. [英]J. S. 密尔:《代议制政府》,汪瑄译,商务印书馆 1982 年版。
194. [英]L. T. 霍布豪斯:《形而上学的国家论》,汪淑钧译,商务印书馆 1996 年版。
195. [英]L. 赖维乐. 布朗等:《法国行政法》,中国人民大学出版社 2006 年版。
196. [英]M. J. C. 维尔:《宪政与分权》,苏力译,生活 · 读书 · 新知三联书店 1997 年版。
197. [英]W. D. 罗斯:《亚里士多德》,王路译,商务印书馆 1997 年版。
198. [英]W. Ivor. 詹宁斯:《法与宪法》,龚祥瑞等译,三联书店 1997 年版。
199. [英]阿克顿:《自由史论》,胡传胜等译,译林出版社 2001 年版。
200. [英]阿克顿:《自由与权力》,侯健、范亚峰译,商务印书馆 2001 年版。
201. [英]埃德蒙 · 柏克:《自由与传统》,蒋庆等译,商务印书馆 2001 年版。
202. [英]埃弗尔 · 詹宁斯:《英国议会》,蓬勃译,商务印书馆 1993 年版。
203. [英]爱德蒙 · 柏克:《美洲三书》,缪哲选译,商务印书馆 2003 年版。
204. [英]保罗 · P. 克雷格:《英国与美国的公法与民主》,毕洪海译,中国人民大学出版社 2008 年版。
205. [英]鲍桑葵:《关于国家的哲学理论》,汪淑钧译,商务印书馆 1995 年版。
206. [英]彼得 · 莱兰等:《英国行政法教科书》,杨伟东译,北京大学出版社 2007 年版。
207. [英]边沁:《道德与立法原理导论》,时殷弘译,商务印书馆 2000 年版。
208. [英]边沁:《政府片论》,沈叔平等译,商务印书馆 1996 年版。
211. [英]伯特兰 · 罗素:《权力论》,吴友三译,商务印书馆 1998 年版。
212. [英]达尔文:《人类的由来》,潘光旦译,商务印书馆 1983 年版。
213. [英]大卫 · 斯塔萨维奇:《公债与民主国家的诞生》,毕竞悦译,北京大学出版社 2007 年版。
214. [英]大卫 · 休谟:《休谟政治论文选》,张若希译,商务印书馆 1993 年版。
215. [英]戴维 · M. 沃克:《牛津法律大辞典》,北京社会与科技发展研究所组织翻译,光明日报出版社 1988 年版。
216. [英]戴雪:《英宪精义》,雷宾南译,中国法制出版社 2001 年版。
217. [英]戴雪:《英宪精义》,雷宾南译,中国法制出版社 2009 年版。
218. [英]蒂莫西 · A. O. 恩迪科特:《法律中的模糊性》,程朝阳译,北京大学出版社 2010 年版。
219. [英]弗里德利希 · 冯 · 哈耶克:《法律、立法与自由》,邓正来等译,中国大百科全书出版社 2000 年版。
220. [英]弗里德利希 · 冯 · 哈耶克:《法律、立法与自由》,邓正来译,中国大百科全书出版社 2001 年版。
221. [英]格雷厄姆 · 沃拉斯:《政治中的人性》,朱曾汶译,商务印书馆 1995 年版。
222. [英]哈耶克:《自由秩序原理》,邓正来译,生活 · 读书 · 新知三联书店 1997 年版。
223. [英]赫伯特 · 斯宾塞:《社会静力学》,张雄武译,商务印书馆 1996 年版。
224. [英]霍布斯:《法律要义——自然法与民约法》,张书友译,中国法制出版社 2010 年版。
225. [英]霍布斯:《利维坦》,黎思复等译,商务印书馆 2008 年版。
226. [英]霍布斯:《利维坦》,黎思复等译,商务印书馆 1985 年版。

227. [英]霍布斯:《论公民》,应星等译,贵州人民出版社 2003 年版。
228. [英]吉米·边沁:《立法理论》,李贵方等译,中国人民公安大学出版社 2004 年版。
229. [英]杰里米·边沁:《论一般法律》,毛国权译,上海三联书店 2008 年版。
230. [英]卡罗尔·哈洛、理查德·罗林斯:《法律与行政》,杨伟东等译,商务印书馆 2004 年版。
231. [英]坎南编:《亚当·斯密关于法律、警察、岁人及军备的演讲》,陈福生等译,商务印书馆 1982 年版。
232. [英]克莱尔·奥维等:《欧洲人权法》,何志鹏等译,北京大学出版社 2006 年版。
233. [英]昆廷·斯金纳:《近代政治思想的基础》,亚方等译,商务印书馆 2002 年版。
234. [英]洛克:《政府论》,瞿菊农、叶启芳译,商务印书馆 1982 年版。
235. [英]马克·尼奥克里尔斯:《管理市民社会》,陈小文译,商务印书馆 2008 年版。
236. [英]迈克尔·欧克肖特:《政治中的理性主义》,张汝伦译,译文出版社 2003 年版。
237. [英]威廉·韦德:《行政法》,徐炳译,中国大百科全书出版社 1997 年版。
238. [英]沃尔特·白哲特:《英国宪制》,李国庆译,北京大学出版社 2005 年版。
239. [英]沃尔特·白芝浩:《英国宪法》,夏彦才译,商务印书馆 2005 年版。
240. [英]亚当·斯密:《国富论》,郭大力等译,商务印书馆 1972 年版。
241. [英]约翰·弥尔顿:《建设自由共和国的简易办法》,殷宝书译,商务印书馆 2013 年版。
242. [英]约翰·密尔:《论自由》,程崇华译,商务印书馆 1982 年版。
243. [英]约瑟夫·拉兹:《法律体系的概念》,吴玉章译,中国法制出版社 2003 年版。
244. [英]詹姆斯·C. 霍斯特:《大宪章》,毕竞悦等译,北京大学出版社 2010 年版。
245. 于安:《德国行政法》,清华大学出版社 1999 年版。
246. 余凌云:《行政契约论》,中国人民大学出版社 2000 年版。
247. 张家洋:《行政法》,三民书局 2000 年版。
248. 张尚鷟主编:《走出低谷的中国行政法学》,中国政法大学出版社 1991 年版。
249. 张树义:《变革与重构——改革背景下的中国行政法理念》,中国人民大学出版社 2002 年版。
250. 张永明:《行政法》,三民书局 2001 年版。
251. 张载宇:《行政法概要》,台北翰林出版社 1978 年版。
252. 张正钊、韩大元主编:《比较行政法》,中国人民大学出版社 1998 年版。
253. 周佑勇:《行政法原论》,中国方正出版社 2000 年版。

参考法律文献

一、基本行政法典

中华人民共和国立法法	2000 年 3 月 15 日
中华人民共和国行政许可法	2003 年 8 月 27 日
国务院贯彻实施《中华人民共和国行政许可法》的通知	2003 年 9 月 28 日
中华人民共和国行政复议法	2009 年 8 月 27 日
国务院办公厅关于国务院行政复议案件处理程序若干问题的通知	2001 年 5 月 14 日
最高人民法院关于审理行政许可案件若干问题的规定	2009 年 12 月 14 日
国务院贯彻实施《中华人民共和国行政复议法》的通知	1999 年 5 月 6 日
最高人民法院于适用《行政复议法》第三十一条第一款有关问题的批复	2003 年 2 月 25 日
中华人民共和国行政复议法实施条例	2007 年 5 月 29 日
中华人民共和国行政处罚法	2009 年 8 月 27 日
国务院关于贯彻实施《中华人民共和国行政处罚法》的通知	1996 年 4 月 15 日
中华人民共和国行政强制法	2011 年 6 月 30 日
国务院关于贯彻实施《中华人民共和国行政强制法》的通知	2011 年 9 月 1 日
最高人民法院于没收财产是否应当进行听证及没收经营药品行为等有关法律问题的答复	2004 年 9 月 4 日
国务院关于印发全面推进依法行政实施纲要的通知	2004 年 3 月 22 日
附：全面推进依法行政实施纲要	
中共中央办公厅国务院办公厅关于进一步推行政务公开的意见	2005 年 3 月 24 日
国务院办公厅关于推行行政执法责任制的若干意见	2005 年 7 月 9 日
最高人民法院于进一步加强行政审判工作的通知	2004 年 3 月 17 日
国务院关于加强法治政府建设的意见	2010 年 10 月 10 日
最高人民法院于审理政府信息公开行政案件若干问题的规定	2011 年 7 月 29 日
最高人民法院于充分发挥行政审判职能作用为保障和改善民生提供有力司法保障的通知	2008 年 3 月 25 日
最高人民法院于当前形势下做好行政审判工作的若干意见的通知	2009 年 6 月 26 日
最高人民法院于依法保护行政诉讼当事人的诉权的意见的通知	2009 年 11 月 9 日

二、公 安 管 理

中华人民共和国国家安全法	1993 年 2 月 22 日
中华人民共和国国家安全法实施细则	1994 年 6 月 4 日
中华人民共和国人民警察法	1995 年 2 月 28 日

中华人民共和国人民武装警察法	2009年8月27日
中华人民共和国戒严法	1996年3月1日
中华人民共和国治安管理处罚法	2005年8月28日
中华人民共和国集会游行示威法	2005年8月28日
中华人民共和国集会游行示威法实施条例	1992年6月16日
公安机关办理行政案件程序规定	2006年8月24日
公安机关办理行政复议案件程序规定	2002年11月2日
中华人民共和国消防法	1998年4月29日
中华人民共和国枪支管理法	1996年7月5日
中华人民共和国护照法	2006年4月29日
中华人民共和国居民身份证法	2003年6月28日
中华人民共和国外国人入境出境管理法	1985年11月22日
中华人民共和国外国人入境出境管理法实施细则	1994年7月15日
中华人民共和国公民出境入境管理法	1985年11月22日
中华人民共和国公民出境入境管理法	1994年7月15日
公安机关人民警察纪律条令	2010年4月21日
公安机关办理行政案件程序规定	2010年11月26日
戒毒条例	2011年6月26日
保安服务管理条例	2009年10月13日
中华人民共和国道路交通安全法	2011年4月22日
中华人民共和国消防法	2008年10月28日

三、监　察

中华人民共和国行政监察法	2010年6月25日
中华人民共和国行政监察法实施条例	2004年9月17日
最高人民法院监察部印发《关于执行〈中华人民共和国行政监察法〉第二十一条若干问题的规定》的通知	1998年10月13日
公安机关监督条例	2011年8月31日

四、司法行政

中华人民共和国律师法	2007年10月28日
中华人民共和国人民调解法	2010年8月28日
最高人民法院关于人民调解调协议司法确认程序的若干规定	2011年3月23日
合伙律师事务所管理办法	2004年6月16日
律师和律师事务所违法行为处罚办法	2004年3月19日
关于反对律师行业不正当竞争行为的若干规定	1995年2月20日
最高人民法院关于认真贯彻律师法依法保障律师在诉讼中执业权利的通知	2006年3月13日
最高人民法院司法部关于印发《关于规范法官和律师相互关系维护司法公正的若干规定》的通知	2004年3月19日

附：最高人民法院司法部关于规范法官和律师相互关系维护司法公正的若干规定

中华人民共和国公证法	2005年8月28日
公证程序规则	2006年5月18日
全国人民代表大会常务委员会关于司法鉴定管理问题的决定	2005年2月28日

五、教　育

中华人民共和国教育法	2009年8月27日
中华人民共和国义务教育法	2006年6月29日
中华人民共和国义务教育法实施细则	1992年3月14日
中华人民共和国民办教育促进法	2002年12月28日
中华人民共和国中外合作办学条例	2003年3月1日
中华人民共和国教师法	2009年8月27日
教师资格条例	1995年12月12日

六、海　关

中华人民共和国海关法	2000年7月8日
中华人民共和国海关行政处罚实施条例	2004年9月19日
中华人民共和国海关稽查条例	1997年1月3日
中华人民共和国出境入境边防检查条例	1995年7月20日
中华人民共和国进出口关税条例	2003年11月23日
中华人民共和国海关行政复议办法	2007年9月24日
中华人民共和国船舶吨税暂行条例	2011年12月5日

七、贸　易

中华人民共和国对外贸易法	2004年4月6日
中华人民共和国反倾销条例	2004年3月31日
中华人民共和国反补贴条例	2004年3月31日
最高人民法院关于审理反倾销行政案件应用法律若干问题的规定	2002年11月21日
最高人民法院关于审理反补贴行政案件应用法律若干问题的规定	2002年11月21日
最高人民法院关于审理国际贸易行政案件若干问题的规定	2002年8月27日

八、税　收

中华人民共和国税收征收管理法	2001年4月28日
中华人民共和国税收征收管理法实施细则	2002年9月7日
中华人民共和国增值税暂行条例	1993年12月13日
中华人民共和国增值税暂行条例实施细则	1993年12月25日
中华人民共和国耕地占用税暂行条例	1993年12月1日
中华人民共和国营业税暂行条例	1993年12月13日
中华人民共和国营业税暂行条例实施细则	1993年12月25日

中华人民共和国房产税暂行条例 1986年9月15日
中华人民共和国土地增值税暂行条例 1993年12月31日
中华人民共和国土地增值税暂行条例实施细则 1995年1月27日
中华人民共和国企业所得税法 2007年3月16日
中华人民共和国个人所得税法 2007年12月29日
中华人民共和国印花税暂行条例 1988年8月6日
中华人民共和国印花税暂行条例实施细则 1988年9月29日
中华人民共和国契税暂行条例 1997年7月7日
中华人民共和国契税暂行条例细则 1997年10月28日
中华人民共和国车船税法 2011年2月25日
中华人民共和国车船税法实施条例 2011年12月5日

九、商　　检

中华人民共和国进出口商品检验法 2002年4月28日
中华人民共和国进出口商品检验法实施条例 2005年8月31日
中华人民共和国进出境动植物检疫法 1991年10月30日
中华人民共和国进出境动植物检疫法实施条例 1996年12月2日
中华人民共和国计量法 2009年8月27日
中华人民共和国产品质量法 2009年8月27日
中华人民共和国进出境动植物检疫法 2009年8月27日

十、工　　商

中华人民共和国广告法 1994年10月27日
中华人民共和国商标法 2001年10月27日
中华人民共和国商标法实施条例 2002年8月3日
中华人民共和国消费者权益保护法 1993年10月31日
城乡个体工商户管理暂行条例 1987年8月5日
城乡个体工商户管理暂行条例实施细则 1998年12月3日
中华人民共和国企业法人登记管理条例 2011年1月8日
中华人民共和国企业法人登记管理条例实施细则 2000年12月1日
中华人民共和国反不正当竞争法 1993年9月2日
最高人民法院关于工商行政管理部门对医疗机构购买工业氧代替医用氧用于临床的行为是否具有处罚权的答复 2003年9月5日
附件：湖南省高级人民法院关于涟源市人民医院不服涟源市工商行政管理局处罚一案请示
最高人民法院对人民法院在审理盐业行政案件中如何适用国务院《食盐专营办法》第二十五条规定与《河南省盐业管理条例》第三十条第一款规定问题的答复 2003年4月29日
最高人民法院关于工商行政管理检查所是否具有行政主体资格问题的答复 1995年12月18日
中华人民共和国招标投标实施条例 2011年12月20日
个体工商户条例 2011年4月16日

十一、城市建设规划

中华人民共和国建筑法　2011年4月22日
中华人民共和国城乡规划法　2007年10月28日
中华人民共和国土地管理法实施条例　2011年1月8日
城市供水条例　1994年7月19日
城市市容和环境卫生管理条例　1992年6月28日
城市绿化条例　1992年6月22日
城市生活垃圾管理办法　2007年4月28日
城市燃气管理办法　1997年12月23日
中华人民共和国城市房地产管理法　2007年8月30日
城市房屋拆迁管理条例　2001年6月13日
国有土地上房屋征收与补偿条例　2011年1月21日
最高人民法院关于农村集体土地征用后地上房屋拆迁补偿有关问题的答复　2005年10月12日
附:重庆市高级人民法院关于赵建请求撤销重庆市沙坪坝区国土资源局责令其拆除房屋交出土地行政决定一案的请求
最高人民法院关于房地产管理机关能否撤销错误的注销抵押登记行为问题的批复　2003年11月17日
最高人民法院关于行政机关对土地争议的处理决定生效后一方不履行另一方不应以民事侵权向法院起诉的批复　1991年7月24日
公路安全保护条例　2011年3月7日

十二、交 通 运 输

中华人民共和国道路交通安全法　2007年12月29日
中华人民共和国道路交通安全法实施条例　2004年4月30日
中华人民共和国公路法　2004年8月28日
中华人民共和国铁路法　1990年9月7日
中华人民共和国民用航空法　1995年10月30日
最高人民法院关于转发中国民用航空总局等《关于规范飞行人员流动管理保证民航飞行队伍稳定的意见》的通知　2005年7月25日
最高人民法院关于道路运输市场管理的地方性法规与部门规章规定不一致的法律适用问题的答复　2003年8月15日
附件:江苏省高级人民法院关于部门规章与地方性法规规定的处罚幅度不一致,如何适用法律的请示报告
最高人民法院关于对人民法院审理公路交通行政案件如何适用法律问题的答复　2001年2月1日
最高人民法院关于公路路政管理机构行政主体资格及有关法律适用问题的答复　1995年1年15日

十三、环 境 保 护

中华人民共和国环境保护法　1989年12月26日
中华人民共和国固体废物污染环境防治法　2004年12月29日

中华人民共和国放射性污染防治法 2003年6月28日
中华人民共和国大气污染防治法 2000年4月29日
中华人民共和国海洋环境保护法 1999年12月25日
中华人民共和国环境噪声污染防治法 1996年10月29日
中华人民共和国水污染防治法 2008年2月28日
放射性废物安全管理条例 2011年12月20日
规划环境影响评价条例 2009年8月17日

十四、资源、能源

中华人民共和国土地管理法 2004年8月28日
中华人民共和国土地管理法实施条例 1998年12月27日
中华人民共和国土地森林法 2004年8月28日
中华人民共和国土地森林法实施条例 1998年12月27日
中华人民共和国水法 2002年8月29日
中华人民共和国草原法 2002年12月28日
中华人民共和国矿产资源法 1996年8月29日
中华人民共和国煤炭法 1996年8月29日
中华人民共和国水土保持法 1991年6月29日
中华人民共和国水土保持法实施条例 1993年8月1日
中华人民共和国陆生野生动物保护实施条例 1992年3月1日
中华人民共和国水生野生动物保护实施条例 1993年10月5日
中华人民共和国野生植物保护条例 1996年9月30日
中华人民共和国节约能源法 2007年10月28日
中华人民共和国电力法 1995年12月28日
电力设施保护条例 1998年1月7日
电力设施保护条例实施细则 1999年3月18日
最高人民法院关于审理水政行政征收案件是否适用国办法〔1995〕27号文件的请示的答复 1997年8月8日
附：山东省高级人民法院关于审理水政行政征收案件是否适用国办法〔1995〕27号文件的请示 1997年4月12日
最高人民法院关于对地下热水的属性及适用法律问题的答复 1996年5月6日
最高人民法院关于对征收水资源费法律适用问题的答复 1995年10月20日

十五、邮　　电

中华人民共和国邮政法 1986年12月2日
中华人民共和国电信条例 2000年9月25日

十六、文化、出版

中华人民共和国国家通用语言文字法 2000年10月31日

中华人民共和国文物保护法	2007年12月29日
中华人民共和国文物保护法实施条例	2003年5月18日
中华人民共和国非物质文化遗产	2011年2月25日
中华人民共和国著作权法	2010年2月26日
中华人民共和国著作权法实施条例	2010年2月26日
出版管理条例	2011年3月19日
音像制品管理条例	2011年3月19日
电影管理条例	2001年12月25日
印刷业管理条例	2001年8月2日
中华人民共和国文物保护法	2007年12月29日
中华人民共和国地图编制出版管理条例	1995年7月10日
营业性演出管理条例	2005年7月7日
营业性演出管理条例实施细则	2005年8月30日
娱乐场所管理条例	2006年1月29日
中华人民共和国体育法	2009年8月27日

十七、农林牧渔

中华人民共和国农业法	2002年12月28日
农民承担费用和劳务管理条例	1991年12月7日
中华人民共和国畜牧法	2005年12月29日
中华人民共和国农业技术推广法	1993年7月2日
中华人民共和国种子法	2004年8月28日
中华人民共和国渔业法	2004年8月28日
退耕还林条例	2002年12月14日
种畜禽管理条例	2004年7月1日
兽药管理条例	2004年4月9日
饲料和饲料添加剂管理条例	2011年11月3日
农药管理条例	2001年11月29日

十八、劳　　动

中华人民共和国劳动法	1994年7月5日
中华人民共和国矿山安全法	1992年11月7日

十九、医药卫生

中华人民共和国药品管理法	2001年2月28日
中华人民共和国药品管理法实施条例	2002年8月4日
药品行政保护条例	1992年12月19日
中药品种保护条例	1992年10月14日
中华人民共和国传染病防治法	2004年8月28日
中华人民共和国传染病防治法实施办法	1991年12月6日

中华人民共和国职业病防治法 2001年10月27日
中华人民共和国国境卫生检疫法 2007年12月29日
中华人民共和国国境卫生检疫法实施细则 1989年3月6日
中华人民共和国食品安全法 2009年2月28日
中华人民共和国食品安全法实施条例 2009年7月20日
乳品质量安全监督管理条例 2008年10月9日
中华人民共和国母婴保健法 1994年10月27日
中华人民共和国母婴保健法实施办法 2001年6月20日
中华人民共和国执业医师法 2009年8月27日
医疗机构管理条例 1994年2月26日
医疗机构管理条例实施细则 1994年8月29日
中华人民共和国执业医师法 1998年6月26日
公共场所卫生管理条例 1987年4月1日
《公共场所卫生管理条例》实施细则 1991年3月11日
最高人民法院关于食品卫生监督机构能否采用“查封”措施的答复 1991年10月9日
附:新疆维吾尔自治区高级人民法院关于实施《食品卫生法(试行)》中卫生防疫部门能否采用“查封”措施的请示 1991年7月18日

二十、技术监督、审计

中华人民共和国标准化法 1988年12月29日
中华人民共和国标准化法实施条例 1990年4月6日
中华人民共和国计量法 1985年9月6日
中华人民共和国计量法实施细则 1987年2月1日
中华人民共和国产品质量认证管理条例实施办法 1992年1月30日
中华人民共和国审计法 2006年2月28日
中华人民共和国审计法实施条例 1997年10月21日
中华人民共和国产品质量法 2000年7月8日
中华人民共和国认证认可条例 2003年9月3日
最高人民法院关于如何认定质量监督检验检疫部门在产品流通领域中行政管理职权问题的答复 2003年12月1日
附:湖北高级人民法院关于如何认定质量监督检验检疫部门在产品流通领域中行政管理职权问题的请示 2003年8月5日
最高人民法院对人民法院在审理审计行政案件中涉及的应否对食品卫生监督机构进行计量认证问题的答复 2003年4月29日
最高人民法院关于对计量违法行为处一万元以上的罚款的决定是否受《计量法实施细则》第六十条调整的请示的答复 2001年6月25日
最高人民法院关于对人民法院审理产品质量监督行政案件如何适用法律问题的答复 2001年2月18日

二十一、行政诉讼程序

中华人民共和国行政诉讼法 1989年4月4日

最高人民法院关于执行《中华人民共和国行政诉讼法》若干问题的解释 2000年3月8日
最高人民法院关于行政案件管辖的若干问题的规定 2008年1月14日
最高人民法院关于认真贯彻执行《关于行政案件管辖若干问题的规定》的通知 2008年1月14日
附:行政案件管辖相关司法文书样式(试行)
最高人民法院关于行政诉讼撤诉若干问题的规定 2008年1月14日
最高人民法院关于认真贯彻《关于行政诉讼撤诉若干问题的规定》的通知 2008年1月31日
最高人民法院行政审判法庭关于混应登记行政案件原告资格及判决方式有关问题的答复 2005年10月8日
附:浙江省人民法院关于婚姻关系当事人以外的其他人可否对婚姻登记行为提起行政诉讼及对程序违法的婚姻行为能否判决撤销的请示
最高人民法院关于对与证券交易所监管职能相关的诉讼案件管理与受理问题的规定 2005年1月25日
最高人民法院关于印发《一审行政判决书样式(试行)》的通知 2004年12月8日
附:一审行政判决书样式(试行)
最高人民法院关于印发《行政诉讼证据文书样式(试行)》的通知 2004年12月8日
附:行政诉讼证据文书样式(试行)
最高人民法院办公厅关于向外国送达涉外行政案件司法文书的通知 2004年7月20日
最高人民法院关于行政机关根据法院的协助执行通知书实施的行政行为是否属于人民法院行政诉讼受案范围的批复 2004年7月13日
最高人民法院关于印发《关于审理行政案件适用法律规范问题的座谈会纪要》的通知 2004年5月18日
附:关于审理行政案件适用法律规范问题的座谈会纪要
最高人民法院于印发《民事、行政抗诉案件调卷函样式》的通知 2004年3月9日
最高人民法院、国土资源部、建设部关于依法规范人民法院执行和国土资源房地产管理部门协助执行若干问题的通知 2004年2月10日
最高人民法院于规范行政案件案由的通知 2004年1月14日
最高人民法院于将于行政主管部门出具介绍信的行为是否属于可诉具体行政行为请示的答复 2003年11月26日
附件:辽宁省高级人民法院关于大连市教育局出具介绍信的行为是否为具体行政行为的疑请报告
最高人民法院办公厅关于海事行政案件管辖问题的通知 2003年8月11日
最高人民法院于涉外行政案件的审理期限应当如何掌握的复函 2002年11月20日
最高人民法院于如何执行《最高人民法院关于执行〈中华人民共和国行政诉讼法〉若干问题的解释》第四十二条的规定的请示的答复 2002年8月2日
附件:福建省高级人民法院关于关于如何执行《最高人民法院关于执行〈中华人民共和国行政诉讼法〉若干问题的解释》第四十二条溯及力的请示
最高人民法院于行政诉讼证据若干问题的规定 2002年7月24日
最高人民法院于海关行政处罚案件诉讼管辖问题的解释 2002年1月30日
最高人民检察院关于印发《人民检察院民事行政抗诉案件办案规则》的通知 2001年10月11日
附:人民检察院民事行政抗诉案件办案规则
最高人民法院于国有资产产权管理行政案件管辖问题的解释 2001年2月16日
最高人民法院行政审判庭关于严格执行行政审判工作请示制度的通知 2000年12月29日
最高人民法院对如何执《最高人民法院关于执行〈中华人民共和国行政诉讼法〉若干

问题的解释》第九十二条的规定的请示的答复 2000 年 12 月 14 日

最高人民法院于严格执行案件审理期限制度的若干规定 2000 年 9 月 22 日

最高人民法院于使用《关于审判人员严格执行回避制度的若干规定》第四条有问题的答复 2000 年 6 月 20 日

最高人民法院于执行《关于审判人员严格执行回避制度的若干规定》时间效力问题的通知 2000 年 6 月 15 日

最高人民法院对如理解《最高人民法院关于执行〈中华人民共和国行政诉讼法〉若干问题的解释》第四条第一款第(十)项规定的请示的答复 2000 年 6 月 5 日

最高人民法院行政审判庭关于规范申请延长行政案件审限报告的通知 2000 年 3 月 1 日

最高人民法院印发《关于审判人员严格执行回避制度的若干规定》的通知 2000 年 1 月31日

附:最高人民法院关于审判人员严格执行回避制度的若干规定

最高人民法院于严格执行公开审审判制度的若干规定 1999 年 3 月 8 日

最高人民法院于审判工作请示问题的通知 1999 年 1 月 26 日

最高人民法院于当事人不服教育行政部门对适龄儿童入学争议作出的处理决定可否提起行政诉讼的答复 1998 年 8 月 21 日

最高人民法院于“少年收容教养”是否属于行政诉讼受案范围的答复 1998 年 8 月 15 日

最高人民法院印发《关于人民法院立案工作的暂行规定》的通知 1997 年 4 月 21 日

附:最高人民法院关于人民法院立案工作的暂行规定

最高人民法院于对因枕骨调整划转企业国有资产引起的纠纷是否受理问题的批复 1996 年 4 月 2 日

最高人民法院于人民检察院提出抗诉按照审判监督程序再审维持原裁判的民事、经济、行政案件,人民检察院在此提出抗诉应否受理问题的批复 1995 年 10 月 6 日

最高人民法院对有关不动产的非诉行政案件执行管辖问题的答复 1995 年 8 月 24 日

最高人民法院于对“当事人以卫生行政部门不履行法定职责为由提出行政诉讼人民法院应否受理”的答复 1995 年 6 月 14 日

最高人民法院于人民法院审理行政案件对缺乏法律和法规依据的规章的规定应如何参照问题的答复 1994 年 1 月 13 日

最高人民法院于不服政府或房地产行政主管部门对争执房屋的确权行为提出诉讼人民法院应作何种案件受理问题的函 1993 年 4 月 17 日

最高人民法院于药品行政案件管辖问题的答复 1992 年 1 月 2 日

最高人民法院于检察院对行政诉讼进行法律监督具体程序问题请示的答复 1991 年 8 月 19 日

最高人民法院行政审判庭关于税务行政案件起诉期限问题的电话答复 1990 年 12 月 27 日

附:湖北高级人民法院关于税务行政案件起诉期限的请示报告 1990 年 12 月 21 日

最高人民法院于行政案件受理问题的复函 1989 年 1 月 23 日

最高人民法院、中国人民银行关于法院对行政机关依法申请强制执行需要银行协助执行的案件应如何办理问题的联合通知 1989 年 1 月 11 日

最高人民法院于地方人民政府规定可向人民法院起诉的行政案件法院应否受理问题的批复 1987 年 10 月 9 日

最高人民法院于地方法院依法执行行政机关的行政处罚决定应用何种法律文书的问题的批复 1985 年 9 月 14 日

最高人民法院关于依法保护行政诉讼当事人诉权的意见 2009 年 11 月 9 日

最高人民法院关于行政案件管辖若干问题的规定 2008 年 1 月 14 日

最高人民法院关于铁路运输法院案件管辖范围的若干规定　2008 年 1 月 14 日
最高人民法院关于专利、商标等授权确权类知识产权行政案件审理分工的规定　2009 年 6 月 26 日
最高人民法院关于行政诉讼撤诉若干问题的规定　2008 年 1 月 14 日
最高人民法院关于审理行政许可案件若干问题的规定　2009 年 12 月 14 日
最高人民法院关于审理房屋登记案件若干问题的规定　2010 年 11 月 5 日
最高人民法院关于审理政府信息公开行政案件若干问题的规定　2011 年 7 月 29 日
最高人民法院关于审理涉及农村集体土地行政案件若干问题的规定　2011 年 9 月 7 日
国有土地上房屋征收与补偿条例　2011 年 1 月 21 日
最高人民法院于办理申请人民法院强制执行国有土地上房屋征收补偿决定案件若干问题的规定　2012 年 3 月 26 日

二十二、国家赔偿

中华人民共和国国家赔偿法　2010 年 4 月 29 日
国家赔偿费用管理办法　1995 年 1 月 25 日
国家赔偿费用管理条例　2011 年 1 月 17 日
国务院办公厅　1994 年 12 月 22 日
关于实施《中华人民共和国国家赔偿法》的通知　1994 年 12 月 22 日
最高人民法院于适用《中华人民共和国国家赔偿法》若干问题的解释(一)　2011 年 2 月 28 日
最高人民法院关于人民法院赔偿委员会审理国家赔偿案件程序的规定　2011 年 3 月 17 日
人民检察院国家赔偿工作规定　2010 年 11 月 22 日
最高人民检察院关于适用修改后《中华人民共和国国家赔偿法》若干问题的意见　2011 年 4 月 25 日
最高人民法院行政审判庭关于李彩莲、姜伟诉兰州市公安局违法使用武器及行政赔偿一案请示的电话答复　2005 年 12 月 29 日
附:甘肃省高级人民法院关于李彩莲、姜伟诉兰州市公安局违法使用武器及行政赔偿一案请示　2005 年 1 月 18 日
最高人民法院、最高人民检察院关于刑事赔偿义务机关确定问题的通知　2005 年 7 月 5 日
最高人民法院于贯彻执行《关于审理人民法院国家赔偿确认案件若干问题的规定(试行)》的通知　2004 年 8 月 26 日
附:确认案件文书样式
最高人民法院于审理人民法院国家赔偿确认案件若干问题的规定(试行)　2004 年 8 月 10 日
最高人民法院于行政机关工作人员执行职务致人伤亡构成犯罪的赔偿诉讼程序问题的批复　2002 年 8 月 23 日
最高人民法院于公安机关不履行法定行政职责是否承担行政赔偿责任问题的批复　2001 年 7 月 17 日
最高人民法院于劳动教养管理所不履行法定职责是否承担行政赔偿责任问题的批复　2001 年 7 月 4 日
最高人民法院、最高人民检察院关于使用《关于办理任命法院、人民检察院共同赔偿案件若干问题的解释》有关问题的答复　2001 年 2 月 1 日
最高人民检察院关于认真贯彻执行《人民检察院刑事赔偿工作规定》的通知　2000 年 12 月 28 日
附:人民检察院刑事赔偿工作规定
最高人民法院于民事、行政诉讼中司法赔偿若干问题的解释　2000 年 9 月 16 日
最高人民法院于王至诚申请国建赔偿一案的批复　2000 年 1 月 10 日

最高人民法院于印发《最高人民法院赔偿委员会工作规则》的通知 1999年5月31日
附:最高人民法院赔偿委员会工作规则
最高人民法院于印发《人民检察院错案责任追究条例(试行)》的通知 1998年6月26日
附:人民检察院错案责任追究条例(试行)
最高人民法院、最高人民检察院关于印发《关于办理人民法院、人民检察院共同赔偿案件若干问题的解释》的通知 1997年6月27日
附:最高人民法院、最高人民检察院关于办理人民法院、人民检察院共同赔偿案件若干问题的解释
最高人民法院印发《关于审理行政赔偿案件若干问题的规定》的通知 1997年4月29日
附:最高人民法院关于审理行政赔偿案件若干问题的规定
最高人民法院于印发《人民法院赔偿委员会审理赔偿国家程序的暂行规定》的通知 1996年5月6日
附一:人民法院赔偿委员会审理赔偿国家程序的暂行规定
附二:赔偿案件诉讼文书样式
最高人民法院印发《关于人民法院执行〈中华人民共和国国家赔偿法〉几个问题的解释》的通知 1996年5月6日
附:最高人民法院关于人民法院执行《中华人民共和国国家赔偿法》几个问题的解释
最高人民法院于《中华人民共和国国家赔偿法》溯及力和人民法院赔偿委员会受案范围问题的批复 1995年1月29日
最高人民检察院关于认真做好《国家赔偿法》实施准备工作的通知 1994年5月30日
最高人民法院于适用《中华人民共和国国家赔偿法》若干问题的解释 2011年2月28日
最高人民法院于人民法院赔偿委员会审理国家赔偿案件程序的规定 2011年3月17日
最高人民法院于国家赔偿案件立案工作的规定 2012年1月13日
最高人民法院于国家赔偿案件案由的规定 2012年1月13日
最高人民法院于国家补偿案件立案、案由有关问题的通知 2012年1月13日
国家赔偿费用管理条例 2011年1月17日
人民检察院国家赔偿工作规定 2011年11月22日
最高人民检察院关于适用修改后《中华人民共和国赔偿法》若干问题的意见 2011年4月25日

图书在版编目(CIP)数据

行政法学／关保英著．—北京：法律出版社，
2013.11
ISBN 978－7－5118－5649－4

Ⅰ．①行…　Ⅱ．①关…　Ⅲ．①行政法学—中国
Ⅳ．①D922.101

中国版本图书馆CIP数据核字(2013)第270276号

责任编辑／徐　蕊　　装帧设计／凌点工作室

出版／法律出版社　　编辑统筹／法律教育出版分社
总发行／中国法律图书有限公司　　经销／新华书店
印刷／北京嘉恒彩色印刷有限责任公司　　责任印制／沙　磊

开本／720毫米×960毫米　1/16　　印张／59　　字数／1035千
版本／2013年11月第1版　　印次／2013年11月第1次印刷

法律出版社／北京市丰台区莲花池西里7号(100073)
电子邮件／info@lawpress.com.cn　　销售热线／010－63939792/9779
网址／www.lawpress.com.cn　　咨询电话／010－63939796

中国法律图书有限公司／北京市丰台区莲花池西里7号(100073)
全国各地中法图分、子公司电话：
第一法律书店／010－63939781/9782　　西安分公司／029－85388843　　重庆公司／023－65382816/2908
上海公司／021－62071010/1636　　北京分公司／010－62534456　　深圳公司／0755－83072995

书号：ISBN 978－7－5118－5649－4　　定价(上、下册)：88.00元

(如有缺页或倒装，中国法律图书有限公司负责退换)